Collection dirigée par Michel Simonin

ALEXANDRE DUMAS

Les Trois Mousquetaires

INTRODUCTION ET NOTES PAR SIMONE BERTIÈRE

LE LIVRE DE POCHE
classique

Introduction

Ils ne sont pas trois, comme le suggère le titre, mais quatre. Cherchez l'intrus, la nouvelle recrue, le postulant, le néophyte, tout frais débarqué de sa province, un enfant cueilli au sortir du nid paternel mais déjà escrimeur chevronné, connaissant mal les bonnes manières mais tout pétri d'honneur, rêvant d'amour, de gloire, de conquêtes : un savoureux composé de candeur et de sagacité. Le plus mousquetaire de tous, c'est lui, d'Artagnan, bien qu'il n'obtienne cet emploi si convoité qu'aux deux tiers du roman, un vrai mousquetaire, authentiquement sorti de l'histoire de France. Non sans un détour par la fiction cependant, puisque ses prétendus *Mémoires*, dont s'inspire Dumas, sont apocryphes. Un personnage appelé à devenir un mythe, géniale création d'un écrivain en quête d'un second souffle, dont il fera la fortune.

Dumas au début des années 1840

Aux approches de la quarantaine, Dumas est un homme célèbre, arrivé. Il vit sur sa réputation, une réputation méritée de dramaturge. En 1829, un an avant *Hernani,* il a fait applaudir pour la première fois sur scène un drame romantique avec *Henri III et sa Cour.* Ont suivi en 1831 *Antony* — un triomphe — et *Charles VII chez ses grands vassaux*, puis en 1832, *La Tour de Nesle,* pour ne citer que les titres illustres. Dix ans plus tard, il commence à s'essouffler, tandis que le drame passe de mode. Le meilleur de sa production serait-il derrière lui ? Le succès de *Mademoiselle de Belle-Isle*, en 1839, ne le console qu'imparfaitement de l'échec, seize mois plus tôt, d'un *Caligula* en vers, à grand spectacle. Voici que les comités de lecture font la fine bouche devant les pièces qu'il leur présente et exigent des remaniements. Dans sa production théâtrale d'alors, le métier tient lieu de génie. Il sait bâtir une intrigue, mais il répugne à inventer, se contente de retaper les canards boîteux que lui apportent des confrères moins doués. Il tâtonne, hésitant à abandonner un genre qui lui a valu naguère ses succès.

Mais sa situation financière est précaire. Il n'a jamais aimé compter et il veut pouvoir croquer la vie à belles dents. Hélas ! dans son budget, les recettes sont très loin de couvrir les dépenses, programmées ou imprévues. Le cœur sur la main, la bourse toujours ouverte, il entretient, outre sa mère, différentes maîtresses et leurs enfants respectifs, plus une nuée de parasites. Il lui faut écrire, pour faire bouillir la marmite, ou plutôt les marmites de tous ceux qui s'accrochent à ses basques.

Il fait flèche de tout bois. Il a toujours aimé l'histoire, qui a fourni la matière de la plupart de ses drames. Adolescent, dévorant les grandes collections de Mémoires en cours de publication, il se rêvait l'émule de Walter Scott ou d'Augustin Thierry. Au fil des années et au fur et à mesure de ses besoins, il tire de ses lectures des compilations soucieuses de répondre aux curiosités du moment : des « scènes historiques » à la mode de 1830 *(Les Stuart)*, des articles biographiques *(Napoléon)*, une série policière avant la lettre (les *Crimes célèbres*). Il s'essaie à la vulgarisation historique : après *Gaule et France,* publié en

1833, il a mis sur le chantier un *Louis XIV et son siècle*, plus ambitieux, qui devrait faire de lui l'égal de Voltaire.

Et puis, soudain, une révolution : l'avenir n'appartient plus au théâtre, mais au roman. Pas à n'importe quel roman. Au feuilleton, imaginé par Emile de Girardin en 1836 pour soutenir le lancement d'un journal à bon marché. En réduisant de moitié le prix de l'abonnement, le directeur de *La Presse* espérait toucher une clientèle de moyenne et petite bourgeoisie, que les progrès de l'alphabétisation avaient amenée à la lecture. Pour se l'attacher, il comptait sur l'attrait de récits mouvementés, découpés en tranches quotidiennes, au dénouement toujours suspendu. « La suite au prochain numéro » : la célèbre formule n'est pas de lui, mais d'un de ses rivaux, le docteur Véron, qui se lança lui aussi dans la course aux abonnés.

Ils furent d'abord deux journaux — *La Presse*, d'Emile de Girardin et *Le Siècle*, d'Edmond Dutacq —, puis quatre — avec le *Journal des Débats* et *Le Constitutionnel* — à se partager le marché ainsi ouvert. Tous firent des offres aux écrivains illustres, Balzac, George Sand, Chateaubriand, qui ne dirent pas non. Dumas, sollicité par Girardin dès le premier jour, hésite quelque temps, oscille entre théâtre et roman, entre feuilleton et publication en librairie. Il brasse et rebrasse les mêmes sujets sous des formes différentes, il adapte, remanie, redécoupe des textes qui pâtissent de ces manipulations. Il obtient d'honorables succès. Mais la réussite éclatante est pour d'autres. Le *Journal des Débats* tient une mine d'or avec Paul Féval (*Les Mémoires du Diable*, 1841) et surtout avec Eugène Sue (*Les Mystères de Paris*, 1842-1843). Gloire et fortune aux nouveaux venus.

Dumas, décidé à faire aussi bien ou mieux qu'eux, se met au travail.

« Maison Alexandre Dumas et Cie, Fabrique de Romans » [1]

Dumas a souscrit plus de contrats qu'aucun écrivain normalement constitué n'envisagerait d'honorer. Et il les honore.

C'est une force de la nature, il peut devenir un bourreau de travail. Il fait le vide autour de lui, liquide provisoirement les maîtresses et définitivement l'épouse, quitte Paris pour se réfugier à Saint-Germain où il se plaît tellement qu'il achète le terrain destiné à construire le petit château qu'il baptisera Monte-Cristo. Dès le matin, il s'attable à son bureau : plume d'oie, encre brun noir, papier bleuté, non ligné, de très grand format (44 x 28). Il prend son rythme, il fait ses comptes, en artisan avisé. Un quart d'heure pour une page de quarante lignes et de cinquante lettres à la ligne, deux mille lettres environ : « Bon jour, mauvais jour, j'écris quelque chose comme vingt-quatre mille lettres dans les vingt-quatre heures. » Mais il est assurément capable, dans les moments de grande urgence, d'en faire bien davantage. Ecriture régulière, bien lisible, presque calligraphiée — pour éviter la corvée de correction d'épreuves. Très peu de ratures. Peu ou pas de ponctuation : il l'a éliminée pour gagner du temps !

Il lui fallait aller vite en effet. En 1844, il publie, outre quatre romans de moindre envergure, *Les Trois Mousquetaires*, les premiers volumes du *Comte de Monte-Cristo*, plus l'ouvrage de vulgarisation historique sur *Louis XIV et son siècle*. 1845 voit paraître, entre autres choses, la fin de *Monte-Cristo*, *Vingt Ans après* et *La Reine Margot*. En 1846, *Le Chevalier de Maison-Rouge*, *La Dame de Monsoreau*, *Le Bâtard de Mauléon*, *Les deux Diane*. L'auteur s'accorde ensuite quelque répit pour voyager : le public devra attendre 1848-49 pour connaître la suite et fin de l'histoire des

---

1. Tel est le titre d'un pamphlet publié en 1845 par un détracteur, qui signe Eugène de Mirecourt.

Mousquetaires, dans *Le Vicomte de Bragelonne*. Sa période d'intense activité romanesque se prolonge, avec des hauts et des bas, jusque vers 1853, après quoi il se tournera vers ses *Mémoires* ou s'amusera à un *Dictionnaire de Cuisine*, tout en exploitant ses romans à succès dans des adaptations scéniques.

Si rapide et efficace qu'il fût, il n'aurait pas pu mener à bien l'énorme production des grandes années sans l'intervention d'un collaborateur. Il le trouva en la personne d'un jeune professeur d'histoire, Auguste Maquet, qui cultivait une vocation contrariée d'écrivain. Dumas avait accepté, à la demande de leur ami commun Gérard de Nerval, de rafistoler pour la rendre jouable une de ses pièces de théâtre maladroitement bâtie. Lorsque Maquet vint ensuite lui soumettre un roman, *Le Bonhomme Buvat*, il le lui acheta un prix estimable et il en fit *Le Chevalier d'Harmental*. Et il lui proposa de travailler pour lui. Leur association, teintée d'amitié, se prolongea harmonieusement jusque vers 1850. Ensuite Dumas, croulant sous les dettes, voulut y mettre fin et tenta de minimiser le travail fourni par son partenaire, pour éviter de lui verser les sommes promises. Maquet protesta, réclama ses arriérés — la bagatelle de cent mille francs ! —, revendiqua sa part dans la « réputation » acquise en commun. Et faute de parvenir à se faire payer, il lui intenta en 1858 un procès en paternité littéraire, qu'il perdit, mais qui valut à Dumas, auprès d'un bon nombre de critiques ultérieurs, une solide réputation d'exploiteur des pauvres nègres de l'écriture.

Peut-on légitimement donner Maquet comme un coauteur des grands romans, à égalité avec Dumas ? On sait en gros comment ils travaillaient. Ils cherchaient leurs sujets chez les historiens et les mémorialistes, le professionnel, Maquet, n'ayant sur ce point aucune supériorité sur l'amateur passionné, Dumas. Ils confrontaient leurs trouvailles, mettaient au point ensemble le scénario, définissaient les personnages. Ils découpaient la matière en chapitres et en groupes de chapitres — ce que Dumas appelle dans une de ses lettres « faire une bonne botte de plan » — et sans doute arrêtaient-ils entre eux les points d'ancrage du récit et du dialogue. Puis Maquet se livrait à une première rédaction, très détaillée. A lui incombait le soin de préparer les exposés généraux — situation politique à la veille du siège de La Rochelle — et de réunir les informations de détail sur les événements — lieux, dates, participants, etc. Bref de faire en bibliothèque le travail de documentation, quitte à réclamer au passage le secours d'autres amis érudits. Mais il proposait également une ébauche de la narration et des dialogues.

Charles Samaran a retrouvé la Bibliothèque nationale et publié à la suite de son édition les fragments du texte de Maquet pour les *Mousquetaires*. Ils débutent avec le siège de La Rochelle et se prolongent, coupés par de nombreuses lacunes, jusqu'à la fin. La première impression, lorsqu'on les lit, est de proximité. L'essentiel y est, on reconnaît, inchangés, des bribes de description, des fragments de dialogue. Mais à côté du texte définitif, celui de Maquet est diffus et plat. Une confrontation attentive montre vite pourquoi. Dumas supprime le bavardage, développe l'essentiel. Il accentue les lignes directrices, ajoute des détails concrets, qui font vivre, déplace des éléments, en modifie d'autres. Au chapitre LVII, par exemple, Milady s'inflige à dessein une blessure légère avec le couteau que Maquet se contentait de lui faire brandir. Et les révélations successives des juges improvisés d'Armentières sont dosées par Dumas avec un sens de la gradation et du suspens qui manquait cruellement à son adjoint.

Il reconnaissait de bonne grâce qu'il ne travaillait pas seul, rappelant que ce fut le cas de tous les grands peintres d'autrefois : Raphaël, après avoir ébauché ses tableaux, laissait à ses élèves le soin de l'exécution, et revenait mettre la dernière touche. Il disait aussi en riant qu'il avait des collaborateurs comme Napoléon avait des généraux. Bref il revendiquait la paternité de ses romans. Et la postérité lui a donné raison : qui lit encore aujourd'hui les romans signés Maquet ?

La genèse des Trois Mousquetaires

Dumas répugnait à livrer ses secrets de fabrication : il produisait des pièces de théâtre, disait-il, comme les pruniers font des prunes et les pêchers des pêches. Mais on aperçoit aisément, dans *Les Trois Mousquetaires*, la présence de deux germes initiaux, d'une double matrice.

Le hasard d'une lecture lui a fourni, semble-t-il, la donnée première. De passage à Marseille, il emprunta à la Bibliothèque de la ville les *Mémoires de M. d'Artagnan*, quatre petits volumes *in-12*, qu'il oublia de rendre [1]. Bien que présenté comme un récit authentique, l'ouvrage n'est qu'un roman sorti en 1700 de la plume féconde d'un professionnel du genre, Courtilz de Sandras. Dumas a-t-il subodoré le subterfuge ? Lui-même y aura recours, sur le mode parodique, dans sa Préface aux *Trois Mousquetaires*. Peu lui importait d'ailleurs l'authenticité d'un texte oublié dont le principal mérite était de se prêter à une libre réécriture.

Les pseudo-*Mémoires* de d'Artagnan fournissent un cadre, des personnages, des anecdotes, un embryon d'intrigue amoureuse. Le cadre, c'est la fin du règne de Louis XIII et les premières années de la régence d'Anne d'Autriche. L'ambitieux cadet de Gascogne, beau parleur et fine lame, en quête de bonnes fortunes et de fortune tout court, arrive à Paris peu avant le siège d'Arras, auquel il prend part en 1640. Ses aventures se terminent abruptement avec la paix de Rueil, qui met un terme en avril 1649 à la Fronde parlementaire. Autour de lui ses trois amis n'occu-

---

1. On connaît ce détail grâce aux recherches d'un érudit qui a retrouvé, dans les archives de la Bibliothèque, la trace des réclamations qui lui furent adressées en vain.

pent qu'une place modeste, bien que leurs noms aux consonances insolites aient fourni à Dumas le titre primitif de son roman [1]. En arrière-plan vont et viennent quelques figures historiques connues, Louis XIII, Richelieu, des grands seigneurs et des maréchaux, Tréville et son beau-frère Des Essarts. Mais déjà Courtilz triche avec la chronologie, puisqu'il rajeunit d'Artagnan de cinq à six ans au moins. Et déjà il déracine du réel Athos, Porthos et Aramis — de vrais mousquetaires qui figurent avec ces patronymes sur les états de leur régiment —, en faisant d'eux trois frères.

A eux quatre ou isolément, ils sont les acteurs de péripéties diverses, rivalités, duels, affaires d'honneur et d'amour, campagnes militaires : tout ce qui fait le quotidien de militaires turbulents. De quoi alimenter les premiers chapitres de Dumas, qui se contente de s'égailler dans les marges de son modèle. Mais cette veine n'est pas inépuisable et il lui faut chercher une intrigue capable de soutenir longuement l'intérêt.

A côté d'amours faciles figure bien chez Courtilz une aventure périlleuse. D'Artagnan rencontre une Anglaise, Miledi ***, qui le provoque, l'humilie, le repousse, et qu'il finit par posséder sous le nom d'un autre, grâce à la complicité d'une soubrette séduite. Dans l'euphorie du désir satisfait, il croit pouvoir se faire pardonner sa supercherie, il avoue, mais déclenche la fureur de la dame, qui lui fait infliger deux mois de prison, puis lui envoie des sbires chargés de l'assassiner. Cependant les choses tournent court et l'on n'entend plus parler d'elle. Dumas conservera cet épisode, en le corsant. Mais il se met en quête, pour bâtir son roman, d'une action dramatique de plus vaste envergure.

C'est donc à une autre source qu'il puise l'histoire

---

1. Le roman s'appela *Athos, Porthos et Aramis* avant que Dumas n'opte pour *Les Trois Mousquetaires*.

des ferrets de diamants d'Anne d'Autriche, volés au duc de Buckingham et remplacés à l'identique. Parmi les contemporains, La Rochefoucauld est seul à la raconter dans ses *Mémoires*. Mais Dumas en a eu connaissance par une version dérivée plus développée, celle que fournit J.-F. Barrière, en 1828, dans l'annotation des *Mémoires* de Louis-Henri de Brienne [1]. Il a découvert là une intrigue authentique mettant en cause des personnages du plus haut rang. Suffisante pour une pièce de théâtre, pas assez consistante cependant pour un feuilleton à rebondissements. Qu'à cela ne tienne ! Il mènera jusqu'à son terme l'idylle esquissée entre la reine de France délaissée par son glacial époux et le trop séduisant ambassadeur d'Angleterre : les vains efforts de Buckingham pour revenir en France, les secours qu'il promet à la cité rebelle de La Rochelle, assiégée par le roi, son assassinat en 1628, tôt suivi par la reddition de la ville, en constituent le tragique dénouement.

La fusion de ces deux séries de données, savamment entrelacées dans une action dramatique à la charpente solide, est une incontestable réussite. Mais le roman garde cependant quelques traces de cette double genèse.

Deux fils conducteurs, deux séries de sources concourent à la création d'un tissu serré, certes, mais pas homogène. On aura remarqué que les deux noyaux constitutifs ne se rapportent pas à la même période. Pour ancrer son roman dans le temps, Dumas devait choisir : le siège d'Arras, ou celui de La Rochelle ? L'hésitation n'était pas permise, dès l'instant que Buckingham et la reine y jouaient un rôle

---

1. L'anecdote avait été exploitée en 1825 par un magistrat et écrivain amateur nommé Roederer, sous le titre *Les Aiguillettes d'Anne d'Autriche*. Sa comédie figure dans un recueil intitulé *Intrigues politiques et galantes de la Cour de France sous Charles IX, Louis XIII, la Régence et Louis XV*. Elle ne fut sans doute jamais jouée et rien n'indique que Dumas l'ait lue. *Les Trois Mousquetaires* démarquent si étroitement Barrière qu'il est inutile de leur chercher d'autres modèles.

majeur. Des dates très précises viennent donc baliser le récit et en délimiter l'extension. En dépit de l'arrivée — prématurée [1] — de d'Artagnan à Paris au début d'avril 1625, l'action se circonscrit entre le milieu de 1626 et la fin de 1628. Pour le mêler aux événements très connus dont il rend compte avec un respect scrupuleux des dates, en démarquant de très près les mémorialistes contemporains — La Rochefoucauld, Bassompierre, Richelieu lui-même —, Dumas vieillit son héros, ainsi que ses compagnons, de huit ans environ. Qui s'en apercevra, en dehors des fouineurs d'archives ? Le texte conserve sa cohérence.

Mais pour décrire le climat qui régnait alors à la cour, il s'inspire de Courtilz, qui évoque une période sensiblement postérieure, et il complète son information auprès de Brienne et de Tallemant des Réaux, peu soucieux de dater leurs anecdotes. Il en résulte une série d'erreurs, dont voici quelques exemples. En 1625-1628, la France n'est pas encore en guerre avec l'Espagne, Richelieu est déjà cardinal, mais pas encore duc, il passe toujours pour une créature de la reine mère et ne jouit pas de la confiance de Louis XIII, qui ne lui sera acquise qu'après la prise de La Rochelle. La compétition qui s'instaure entre le roi et lui par mousquetaires et gardes interposés, telle que la décrit Courtilz, est plus tardive. Ce n'est que plus tard que Louis XIII s'irrita de l'ascendant exercé sur lui par son ministre, et se dit parfois désireux de s'en débarrasser, au besoin par la violence ; et c'est tout à fait à la fin du règne, au temps de la faveur de Cinq-Mars, que Richelieu put craindre d'être tué par Tréville sur ordre de son maître. Dans ce dernier cas, c'est très consciemment que Dumas triche sur le calendrier : il a besoin de cet antagonisme comme ressort de l'action. Dans d'autres cas, s'agissant notamment des figurants qu'il cueille à droite ou à

---

1. *Cf.* sur ce point la note 1 de la page 55.

gauche pour meubler son récit, il a négligé de faire les raccords — si tant est qu'il se soit posé la question !

Ainsi s'expliquent la plupart des distorsions relevées par les érudits entre la chronologie des *Trois Mousquetaires* et celle de l'histoire. Elles prouveraient, s'il en était besoin, que Dumas ne confond pas les genres et qu'il se comporte en romancier, non en historien.

Roman et histoire

La France de 1844 s'ennuie. Elle rêve d'évasion. Eugène Sue, en promenant ses lecteurs petits-bourgeois dans les milieux interlopes de la capitale, les a transportés sur une autre planète : dépaysement garanti. Dumas leur propose une excursion dans le temps. Avouons-le : c'est beaucoup moins original.

Depuis vingt ans déjà, dramaturges et romanciers exploitent l'engouement qui porte vers leur passé national les peuples en quête de racines et d'identité. Walter Scott a fait école. En matière de roman historique, Dumas n'est qu'un épigone. Mais il bénéficie de l'expérience de ses prédécesseurs. Il essaiera plusieurs formules. Entre la fiction sur fond d'histoire, à la manière de *Notre-Dame de Paris*, et l'histoire romancée, à la manière de *Cinq-Mars*, ses *Trois Mousquetaires* adoptent une voie moyenne : juxtaposer des événements historiques et des aventures imaginaires, faire coexister dans un même récit des personnages réels et des personnages fictifs ou semi-fictifs, les lier en un faisceau si serré que les frontières entre le vrai et le faux s'effacent.

L'histoire est complaisante. Elle fournit à Dumas un épisode déjà romancé : rien de plus romanesque que l'idylle entre la reine et le duc de Buckingham. Le bref tête-à-tête des deux intéressés dans un jardin à Amiens avait fait scandale. Les contemporains avaient beaucoup jasé et fantasmé sur cette affaire. La jalousie du roi, celle de Richelieu, que l'on disait amoureux de la jeune femme, la fureur du bel Anglais désormais interdit de séjour en France, passaient pour guider les décisions politiques : c'est pour les beaux yeux d'Anne d'Autriche, disait-on, que les deux pays s'affrontaient à La Rochelle, aux dépens des malheureux huguenots. Dumas n'a que quelques coups de pouce à donner pour dramatiser la situation. Un exemple ? L'épisode des ferrets, qu'on dirait volontiers sorti de son imagination, est vrai : si l'on en croit La Rochefoucauld, ils furent bien volés et remplacés. En revanche, leur réapparition fut beaucoup plus discrète : les menaces du roi, la terreur de la reine, puis son triomphe au ballet de la Merlaison sont imaginaires.

Non content de romancer l'histoire, comme il s'apprête à le faire dans *La Reine Margot*, Dumas joue avec elle. S'agissant des rois et des princes, elle impose des bornes à l'invention romanesque. Pas question de leur prêter un caractère ou des aventures incompatibles avec ce que le lecteur moyen croit savoir d'eux : vraisemblance oblige. Mais il est d'autres personnages, historiques sans doute, mais si peu connus qu'ils sont malléables à volonté et peuvent être traités comme des êtres fictifs [1]. Dumas les glisse dans les interstices des récits officiels. Ils occuperont les emplois non distribués dans l'histoire. Certes les ferrets ont été récupérés. Mais qui assura la liaison entre Paris et Londres, qui fut l'artisan du miracle ? On ne sait. Donc ce sera d'Artagnan, aidé de ses amis. Certes un jeune officier puritain nommé John Felton a assassiné Buckingham. Seul. Mais on peut supposer qu'un mauvais génie a armé secrètement sa main. Milady, après avoir joué dans le vol des ferrets le rôle réel de la vraie Lady Carlisle, jouera dans l'assassinat de Buckingham un rôle parfaitement imaginaire. Ainsi se tissent entre le réel et la fiction des liens subtils, qui contribuent à la cohé-

---

1. Ce sont ceux-là que nous avons choisi de nommer *semi-fictifs*.

rence et à la crédibilité de l'ensemble. Les éléments historiques apportent leur caution aux aventures romanesques qui se développent autour d'eux. Et inversement les éléments romanesques donnent au lecteur l'impression d'être admis dans les secrets de cour. Roman et histoire se donnent la main.

Plus tard Dumas prétendra qu'il a, par ses romans, « appris à la France autant d'histoire qu'aucun historien ». Le croyait-il déjà en écrivant sa célèbre trilogie ? Sans doute pas. L'œuvre historique, c'était alors pour lui *Louis XIV et son siècle*. Mais il doit à ce double travail une familiarité avec l'air du temps, une imprégnation. Il peut ancrer dans un XVIIe siècle plausible les aventures personnelles de ses mousquetaires. Bien qu'il triche avec les faits et les dates, sa perception globale de l'histoire est juste. Sur la société, les mœurs, les mentalités, les modes de vie, il est l'écho fidèle des mémorialistes. L'image qu'il donne des relations entre Louis XIII et Richelieu est en avance de dix ans, elle n'est pas fausse. Il contracte la durée, redistribue les éléments, sépare l'essentiel de l'accessoire, au détriment, bien sûr, des fluctuations et des nuances. « Miroir de concentration, point d'optique », selon la formule proposée par Hugo pour le drame, le roman historique devient entre ses mains le condensé d'une époque. Ses portraits brossés à gros traits, mais pas caricaturaux, offrent des images d'Epinal assez proches, somme toute, de celles que proposent les historiens : une vision de Louis XIII, d'Anne d'Autriche, de Richelieu, fixés tels qu'en eux-mêmes a choisi de les voir l'historiographie romantique.

Dans *Les Trois Mousquetaires*, Dumas ne s'est pas encore enhardi jusqu'à violer l'histoire. Tout au plus la bouscule-t-il un peu. Mais elle est consentante. Et c'est alors qu'il lui fait son plus bel enfant.

Un univers mythique

Cette plongée dans le passé n'est pas innocente. Tout historien est sensible aux différences. Profondément déçu par son temps, Dumas les souligne à plaisir. Il est le petit-fils d'un gentilhomme colonialiste et d'une esclave noire qui lui a légué ses cheveux crépus et ses lèvres épaisses, le fils d'un général républicain, compagnon de Bonaparte, mis sur la touche pour avoir désapprouvé l'Empire. Il ne croit plus aux idées libérales pour lesquelles il a fait le coup de feu en 1830. Il ne reconnaît plus, dans Louis-Philippe, le duc d'Orléans dont il se croyait l'ami. La monarchie de Juillet marque le triomphe de la bourgeoisie qu'il abhorre. Le précepte du jour — « Enrichissez-vous » — l'exaspère d'autant plus qu'il voudrait bien s'enrichir et n'y parvient pas : il n'est pas doué pour la gestion de patrimoine.

Les *Trois Mousquetaires* sont nourris au même terreau que les grands romans d'éducation de Stendhal et surtout de Balzac, ses contemporains. Le temps n'est plus où l'on pouvait se tailler gloire et fortune sur les champs de bataille. Les jeunes provinciaux pauvres qui débarquent à Paris gonflés d'ambition et de rêve, Julien Sorel, Eugène de Rastignac, Lucien de Rubempré, ont affronté un monde impitoyable, s'y sont brûlés ou ont triomphé — au prix de leur âme. Illusions perdues. Dumas, incorrigible optimiste, préfère se réfugier dans un XVIIe siècle conçu comme l'exacte antithèse de ce présent décevant.

On n'est jamais seul dans *Les Trois Mousquetaires*. Il y a d'abord le régiment, formé de grands enfants sur lesquels veille paternellement leur capitaine, Tréville. Comme naguère auprès de Napoléon, l'armée joue un rôle d'encadrement, de soutien et aussi de creuset où se forgent les personnalités. À l'isolement de l'individu livré à lui-même dans la société mercantile, elle oppose l'appartenance à un corps dont les membres sont solidaires. Elle est aussi le lieu d'une compétition permanente, mais juste, qui offre au mérite les moyens de s'affirmer. L'avenir est ouvert aux meilleurs. Des gentilshommes, bien entendu : nous sommes sous l'Ancien Régime. Mais la noblesse impose plus de devoirs qu'elle ne donne de droits. Et elle n'implique à l'égard des roturiers aucun mépris de principe. Seule compte la fidélité à soi-même et à ceux que l'on a choisi de servir. Dumas s'enchante à évoquer cet univers idéal, où l'on méprisait l'arrivisme et l'hypocrisie, où l'on respectait la parole donnée, où l'on risquait sa vie joyeusement pour la défense du point d'honneur ou pour le service du roi, où l'amitié était sacrée, où l'on pouvait boire, jouer, croiser l'épée, courtiser les dames, vivre dangereusement, mais fièrement, avec panache.

Et puis, à l'intérieur du régiment, il y a le petit groupe des quatre amis. Ils ne sont pas frères par le sang, comme chez Courtilz, mais par le cœur. « Un pour tous, tous pour un » : ils ne feront pas mentir leur devise. Dumas les a différenciés. Derrière l'anonymat que préservent leurs pseudonymes, on perçoit des disparités d'ordre social : Athos est un grand seigneur, Porthos un petit hobereau qui rêve d'une vie bourgeoise, Aramis un de ces cadets de grande famille hésitant entre l'armée et l'église, sans renoncer pour autant à l'amour des duchesses. Seul parmi eux l'aîné, Athos, la trentaine accomplie, porte le poids d'un passé mystérieux, qui sera un des ressorts de l'action. Les deux autres — vingt-quatre ou vingt-cinq ans — ont les passions et les ambitions de leur âge. Le plus jeune, d'Artagnan, est donné pour un enfant, mais un enfant prodige. Il n'a pas l'âpre lucidité d'Athos, ni la force physique du géant Porthos, ni l'inquiétante séduction de l'équivoque Aramis. Mais il possède un peu de tout cela. Et surtout il rayonne d'intelligence, une intelligence concrète, en prise sur le réel, et qu'il met au service des causes vers lesquelles l'incline sa générosité native. Il est « la forte tête » de l'équipe, et l'on comprend que Buckingham ait pu s'étonner « que tant de prudence, de courage et de dévouement s'alliât avec un visage qui n'indiquait pas encore vingt ans ».

Les leçons de M. d'Artagnan père étaient un peu sommaires. Les aventures de son fils font figure de rites de passage, d'épreuves initiatiques. N'entre pas aux mousquetaires qui veut, il faut faire ses preuves. Notre héros patientera longtemps avant d'obtenir, à coups d'exploits, la prestigieuse casaque. Il lui fallait aussi apprendre l'usage du monde, se policer, se polir. Quelques déconvenues enseignent au garçon trop curieux les vertus de la discrétion. Et sa finesse naturelle lui fait sentir très vite que le respect de l'autre et de ses secrets, si dérisoires qu'ils soient, est un des fondements de l'amitié.

Dissemblables, mais fraternels, ils sont jeunes — sauf Athos —, ils sont généreux, ils sont insouciants, allègres, irrévérencieux, insolents. Ils supportent gaiement leur impécuniosité chronique. Jamais ils ne thésaurisent : quand un peu d'argent leur tombe du ciel, ils le partagent, le mangent et le boivent en commun. Ils sont prêts à jouer sur un coup de dés ou d'épée leur cheval — et celui de leurs amis —, leur bourse ou leur vie. En riant.

Ils ne sont pas parfaits pour autant, ils ont des travers — sauf Athos, qui n'a guère de faiblesse que pour le vin où il tente de noyer son désespoir. Les autres n'hésitent pas à puiser dans la bourse de leurs maîtresses, Aramis avec élégance, Porthos avec goujaterie : chose tout à fait admise à l'époque, nous dit Dumas, qui regrette visiblement qu'il n'en soit plus de même. D'Artagnan a le « génie de l'intrigue » — attention : le mot n'est pas péjoratif ici ! Il épie indiscrètement la femme qu'il aime, guette aux fenêtres, écoute aux portes et aux planchers, subtilise à de Wardes son sauf-conduit pour Londres, s'approprie des lettres qui ne lui sont pas destinées et en écrit de fausses, exploite cyniquement la passion que lui porte Ketty et se glisse sous un faux nom dans le lit de Milady. Autant d'indélicatesses excusées par l'importance des enjeux et par la perversité de l'ennemi à combattre.

Car Dumas a compris que de tels héros ne sauraient se satisfaire, comme chez Courtilz, de traîner de cabaret en alcôve et de ferrailler à tout-va. « Quatre hommes dévoués les uns aux autres depuis la bourse jusqu'à la vie, quatre hommes se soutenant toujours, ne reculant jamais, exécutant isolément ou ensemble les résolutions prises en commun » sont une « force unique quatre fois multipliée », un « levier » propre à « soulever le monde »[1]. A quelles entreprises appliquer ce levier ? La première relève des impératifs chevaleresques traditionnels : défendre une faible femme en proie à de puissants ennemis — en l'occurrence Anne d'Autriche persécutée par Richelieu. Amour et politique : on reste ici dans le domaine du romanesque. Mais le personnage de Milady prend au fil des pages un relief de plus en plus inquiétant, et, une fois son identité découverte, elle se révèle sataniique. La lutte qui l'oppose à nos héros devient alors un combat du Bien contre le Mal, un duel gigantesque auquel la mort de la femme monstrueuse ne mettra pas fin, puisqu'elle revivra en son fils, dans *Vingt Ans après*.

Un roman qui se veut populaire échappe difficilement au manichéisme. Celui des *Trois Mousquetaires* reste tempéré. Il y a les bons et les méchants, certes. Mais, à la différence de ce qui se passe chez Eugène Sue, les bons ne se croient pas obligés d'être bêtes et ne tendent pas complaisamment le cou pour se faire égorger. Face aux démons que sont Milady et dans une moindre mesure, Rochefort, nos quatre héros sont tout, sauf des anges. Courage, sang-froid, lucidité. Ils se battent. Et ils gagnent. Pas sans souffrances de la chair et du cœur. Ils laissent des morts au long du chemin. Mais ils sortent intacts, tous quatre, des pires dangers. Une justice immanente distribue à bon escient récompenses et châtiments. La morale est sauve.

1. P. 169, n. 1.

Il y a plus. La société leur rend justice. Oh ! certes, ils ne font pas fortune, financièrement parlant. Mais leur valeur est reconnue, celle de d'Artagnan notamment, pour qui le dénouement est une consécration. Il a bravé Richelieu et l'a emporté. Deux fois : une première fois en rapportant les ferrets, une seconde fois en conduisant à la mort Milady, avec la caution involontaire du ministre. La menace de la prison, de l'échafaud, plane un instant sur lui. Mais non ! Coup de théâtre : Richelieu lui rend hommage et lui accorde une promotion. C'est pour Dumas un moyen de concilier son admiration pour un des plus grands hommes d'Etat français avec le rôle de méchant qu'il lui a fait endosser pour les besoins de l'intrigue. De proposer aussi une remise en cause des hiérarchies. Les hommes en vue ne sont pas toujours ceux qui font l'événement : mousquetaires et suivantes peuvent tenir entre leurs mains la destinée des rois. Dans l'ombre des puissants, les humbles sont les artisans secrets de l'histoire. Par la bouche de Richelieu, le dernier chapitre leur en donne acte.

Quand le dramaturge se fait conteur

Lorsque Dumas se lance dans le feuilleton, il sait que le romantisme flamboyant d'*Antony* est passé de mode, et il en a lui-même perdu le goût. Pour faire pleurer le lecteur, il n'est pas sûr d'être aussi bien doué que son rival des *Mystères de Paris*. Décidément, le pathétique ne le tente plus. Avec la venue de l'âge, il se sent croître un penchant pour le rire dont il est le premier surpris :

> « A cette époque (vers 1832), je n'avais pas encore découvert en moi deux [...] qualités [...] qui dérivent l'une de l'autre : la gaîté, la verve amusante. [...] D'ailleurs, à cette époque, j'aurais reconnu cette merveilleuse qualité [...], que je l'eusse renfermée au fond de moi-même, et cachée avec terreur à tous les yeux. »

De cette gaîté toute neuve, il fera dans *Les Trois Mousquetaires* le meilleur usage.

« En ce temps-là... » : dès le second paragraphe, le ton est donné, nous sommes dans un univers de fantaisie. Certes Dumas s'est plié, au tout début du premier, à l'une des règles d'or du roman historique, en commençant par une date : mais cette date est le 1er avril [1] ! Et il est là, visible meneur de jeu, entremêlant le récit de commentaires souriants, interpellant le lecteur, assoiffé de séduire son auditoire imaginaire. Un maître conteur à la verve jaillissante.

Ce conteur n'oublie pas qu'il a été un des meilleurs dramaturges de sa génération, capable comme personne de ficeler une intrigue. Rien de plus concerté que l'enchaînement des péripéties qui, de rebondissements en coups de théâtre, s'acheminent vers le dénouement. Après une exposition en règle, un titre nous prévient que « L'intrigue se noue ». Des groupes de chapitres, aisément discernables, répartissent la matière romanesque en épisodes autonomes, reliés entre eux par des fils solides. Pas de temps morts : les moments creux sont escamotés. Les articulations fortement soulignées laissent apercevoir la ligne générale, très nette, caractérisée par une tension croissante, jusqu'au dénouement. Il y a là tous les éléments d'un drame, aussi noir que ceux qui triomphaient sur scène quinze ans plus tôt.

Mais ce drame est en partie neutralisé par le traitement qui en est fait. Les deux héros de l'idylle princière, Buckingham et la reine, ne sont que des comparses. Quant au pauvre Felton victime de la comédie diabolique que lui joue Milady — et que commente ironiquement lord de Winter —, il est moins pitoyable que ridicule. Les protagonistes, eux, ne se bornent pas à vivre les péripéties majeures : ils passent le plus clair de leur temps à se débattre dans le quotidien. Et ce quotidien est évoqué sur le mode plaisant.

---

1. D'Artagnan n'arrive pas le 1er avril, mais le premier lundi d'avril, c'est-à-dire le 7 (*cf.* p. 55, n. 1), mais la date qui frappe le lecteur est le 1er avril.

Sur les quatre personnages principaux, deux relèvent de la comédie, Porthos et dans une moindre mesure, Aramis. Le seul qui s'apparente au registre tragique, Athos, refuse de s'y complaire et se réfugie dans un détachement flegmatique. Quant à d'Artagnan, il déborde, de vie, d'ardeur, d'esprit, d'ingéniosité, de sens pratique — toutes qualités roboratives, incitant à l'optimisme. Si l'on ajoute que chacun est flanqué d'un valet bien typé et façonné à l'humeur de son maître, dont il constitue un doublet comique, on comprendra que la tonalité dominante du récit soit humoristique.

La multiplicité des personnages permet au narrateur d'étoffer l'intrigue principale, grâce à des variations, des parallélismes, des reprises. Lors du voyage d'Angleterre, par exemple, chaque gîte d'étape est le lieu d'incidents qui immobilisent tour à tour les trois compagnons de d'Artagnan. Celui-ci parvient seul à Londres. Puis, une fois rentré, mission accomplie, il part à la recherche de ses amis, pour des retrouvailles prévisibles certes, mais pleines d'imprévu quant aux circonstances. On pourrait en dire autant de la « chasse à l'équipement ». Des fils s'entrecroisent, courant à travers le récit, posant des jalons, des échos, des rappels : ainsi des apparitions fugitives de Rochefort, l'agresseur de d'Artagnan à Meung, que celui-ci poursuit vainement tout au long du livre, avant d'être invité à l'embrasser au dernier chapitre. Des thèmes en forme de leitmotive — la vocation ecclésiastique d'Aramis, les amours de Porthos et de sa procureuse — viennent aussi resserrer le tissu narratif. Autant de points d'appui pour la mémoire de lecteurs condamnés par le feuilleton à une lecture discontinue.

Clarté, rapidité. Rien qui ralentisse le tempo, casse le rythme.

« Commencer par l'intérêt, au lieu de commencer par l'ennui ; commencer par l'action au lieu de commencer par la préparation ; parler des personnages après les avoir fait paraître, au lieu de les faire paraître après avoir parlé d'eux », recommandait Dumas — jetant ainsi une pierre dans le jardin de Balzac. Ses personnages agissent, ou parlent, en vue de l'action, dans l'action. Beaucoup de dialogues, qui s'attardent parfois en questions et réponses — parce que les feuilletons étaient payés à la ligne —, mais qui savent entretenir la curiosité, créer la surprise. Des échanges de répliques en forme de duels, des insolences, des mots d'esprit, des mots d'auteur. Des scènes de comédie parfois, dignes de Molière.

L'analyse psychologique, plus poussée et plus fine qu'on ne le dit généralement, est toujours en situation, indissociable des péripéties romanesques. Grâce à Milady, notamment, qui lit dans le cœur de ses partenaires pour adapter son discours à leur réaction présumée — et les chapitres consacrés à la séduction de Felton sont à cet égard un modèle de perspicacité. Grâce à l'insatiable curiosité de d'Artagnan aussi, dont le regard aigu observe, épie, qui s'interroge, raisonne, commente. Dumas a délégué à son héros préféré un des rôles que se réserve d'habitude l'auteur : c'est au jeune protagoniste, en situation d'enquêteur, qu'il appartient de deviner les secrets d'Aramis et de Porthos, de découvrir le passé d'Athos et celui de Milady. Le roman d'aventures proprement dit se double ainsi d'un embryon de roman policier à énigme. Et ce n'est pas une mince source d'intérêt.

Double distance. Double regard amusé, que jettent Dumas et son alter ego d'Artagnan sur cette « époque chevaleresque et galante », où rien n'est impossible aux cœurs vaillants, où l'on réchappe des coups d'épée et de mousquet, où un baume magique guérit les blessures en vingt-quatre heures, où l'argent tombe du ciel à point nommé, où le hasard complaisant rassemble au dénouement tous les acteurs dispersés du drame, où Richelieu est capable de pardonner : le genre d'époque où se meuvent fables et légendes.

Alors que pèse la désinvolture de Dumas à l'égard

des inadvertances dont fourmille un récit qu'il ne se donne pas la peine de corriger lors de l'édition en librairie ? Il importe peu que le pseudonyme de la duchesse de Chevreuse soit Aglaé ou Marie Michon, que d'Artagnan soit reçu deux fois dans la compagnie des mousquetaires, que changent le lieu du rendez-vous donné par Mme Bonacieux et celui du couvent qui lui sert d'abri, que varient l'origine du saphir d'Athos ou la date du papier remis par Richelieu à Milady. Le récit ne prétend pas au réalisme, ni même à la stricte cohérence interne, il va son grand chemin, « à franc étrier », à bride abattue, il nous entraîne dans un tourbillon d'aventures échevelées, rebondissantes, où nous oscillons entre la surprise et l'attente comblée. Quant à y croire, Dumas ne nous en demande pas tant. Il nous invite à entrer avec lui dans le jeu, le temps de la lecture, sans bouder notre plaisir.

Les plus populaires des héros

Ces quatre garçons sont prodigieusement sympathiques. Ils nous réconcilient avec l'humanité. Moins guindés que leurs ancêtres de la légende grecque ou des romans de chevalerie, ils ne campent pas continûment sur les cimes de l'héroïsme. Ils sont humains et n'en éprouvent nulle honte. Ils ont juste ce qu'il faut de romantisme pour attendrir. Mais ils savent rire aussi, et faire rire. Ils sont intelligents — sauf Porthos —, énergiques, efficaces. Et ils gagnent. Ils font des miracles. Ils peuvent tout — presque tout. Qui ne souhaiterait les avoir pour amis ? Quel adolescent ne s'est jamais vu en songe sous les traits de d'Artagnan ?

Littérairement parlant, ils ont aussi un autre mérite : ils ne sont pas prisonniers des aventures que leur a forgées Dumas. Le récit n'épuise pas leurs capacités d'action. La tragédie finale ne les brise pas. Ils sont jeunes, ils sont forts, l'avenir leur reste ouvert. Certes, au terme du récit, trois d'entre eux quittent l'armée pour une vie plus rangée, conforme à leurs désirs : ils font une fin, comme on dit. Mais d'Artagnan, monté en grade, libre de tous liens affectifs ou sociaux, demeure prêt, disponible pour d'autres exploits. Et il saura, au besoin, arracher ses amis à une retraite où ils s'ennuient.

Les Trois Mousquetaires sont une sorte de roman gigogne, capable d'en engendrer d'autres à l'infini. Dumas lui-même donna l'exemple en écrivant deux suites — *Vingt Ans après* et *Le Vicomte de Bragelonne* — avant de se décider à les faire mourir. En vain : ils sont indestructibles. Traitant son roman comme il avait traité l'histoire, romanciers et cinéastes ne se lassent pas de le réinterpréter, de glisser des épisodes inédits dans tous les espaces laissés vacants, de leur inventer au gré de leur fantaisie adversaires, maîtresses, enfants, épreuves et victoires.

On dit que peu avant sa mort, Dumas reçut la visite de son fils, qui le trouva en train de relire son célèbre roman : « Alors ? lui demanda-t-il. — C'est bien. — Et *Monte-Cristo* ? — Ça ne vaut pas les *Mousquetaires*. » La postérité a ratifié cet avis. Adoptés par des lecteurs et des spectateurs unanimes, d'Artagnan et ses trois amis poursuivent inlassablement leur tour du monde, commencé il y a tout juste cent cinquante ans. Pour un roman-feuilleton populaire, écrit à la diable, en marge de la « grande » littérature, pouvait-on rêver plus brillant destin ?

Siège de La Rochelle, d'après Jacques Callot.

Notice historique

Bien que *Les Trois Mousquetaires* débutent, en principe, « le premier lundi du mois d'avril 1625 », avec l'arrivée de d'Artagnan à Paris, l'action effective ne commence qu'au milieu de 1626 et elle s'achève à la fin décembre 1628. Mais elle déborde ce cadre en se référant à des événements antérieurs ou même postérieurs. On trouvera ici les principales données historiques exploitées par Dumas.

LA « PRÉHISTOIRE » DU ROMAN

A. — *La situation politique.*

Louis XIII monte sur le trône à l'âge de neuf ans, après l'assassinat de son père Henri IV en 1610. Sa mère, Marie de Médicis, exerce la régence jusqu'à sa majorité en 1614. Mais elle évite de l'initier aux affaires et refuse de lui en céder la direction. Il supporte impatiemment sa tutelle. En avril 1617, il fait un coup de force contre le favori de sa mère : Concini, maréchal d'Ancre, est abattu par ses gardes dans la cour du Louvre et son épouse, Leonora Galigaï, condamnée à mort et exécutée. Marie de Médicis est exilée.

Marié trop jeune à Anne d'Autriche [1], Louis XIII est resté assez immature. Il subit désormais l'influence de son propre favori, Luynes. La femme de celui-ci, Marie de Rohan, entre comme dame d'atour auprès de la jeune reine. Les deux jeunes femmes se prennent d'une vive sympathie. La connétable de Luynes, bientôt veuve et remariée au duc de Chevreuse, communique à son amie un peu de sa gaîté, mais aussi son goût pour l'intrigue et pour la galanterie. Louis XIII la prend en haine.

Entre 1620 et 1622, la reine mère reconquiert son fils. En 1624 elle fait entrer au Conseil son chancelier personnel, Richelieu. Celui-ci comprend vite qu'il n'a d'avenir qu'au service du roi, à qui il en impose par la force de sa personnalité et par ses évidentes capacités politiques. Mais son emprise sur lui ne sera complète et il ne jouira de sa pleine confiance qu'un peu plus tard, après la « journée des Dupes », en 1630, qui verra l'éviction définitive de Marie de Médicis.

Le couple royal s'entend mal. Louis XIII délaisse sa femme, qui ne lui a pas donné d'enfant. En l'absence d'un dauphin, l'héritier du trône est le frère cadet du roi, Gaston d'Orléans, homme aimable et facile, autour duquel se rassemblent tous les opposants, et notamment les grands seigneurs indociles, hostiles au renforcement de l'autorité royale. Ils cherchent à éliminer Richelieu, en qui ils pressentent un ennemi. Ils spéculent même sur la disparition prématurée de Louis XIII : on pourrait alors marier son successeur avec la jeune veuve, Anne d'Autriche, providentiellement libérée d'un époux déplaisant. En attendant ils s'appliquent à empêcher Gaston d'en épouser une

---

1. La famille régnante d'Espagne était une branche de la maison de Habsbourg, d'origine autrichienne (dont l'autre branche régnait à Vienne), et avait gardé son nom. Mais Anne d'Autriche, née à Madrid et fille du roi d'Espagne, est bien une princesse espagnole.

autre, en l'occurrence Mlle de Montpensier, qui lui était promise.

D'où une série de conspirations qui jalonnèrent tout le règne. *Les Trois Mousquetaires* évoquent l'une d'entre elles, celle de Chalais, dans l'été de 1626, qui s'inscrit dans prolongement des précédentes.

A l'instigation de la duchesse de Chevreuse, sa maîtresse, le jeune Henri de Talleyrand-Périgord, comte de Chalais, s'engagea dans un projet d'enlève-ment ou même d'assassinat du ministre. Le complot découvert, il se vit accusé d'avoir voulu faire périr non seulement Richelieu, mais le roi. Il fut condamné à mort et exécuté le 19 août 1626 dans des conditions particulièrement atroces, par un bourreau non pro-fessionnel qui dut s'y reprendre à vingt fois pour l'achever. Il fut pleuré par toute la noblesse française. Mme de Chevreuse, au lieu d'obéir à l'ordre qui la reléguait en Poitou, préféra se réfugier en Lorraine [1]. Quant à la reine, elle était trop liée à la duchesse et avait trop souvent pressé son beau-frère de refuser le mariage qu'on lui proposait pour n'être pas indirec-tement compromise.

L'idylle ébauchée entre elle et le duc de Bucking-ham acheva de dégrader ses relations avec son mari.

B. — *Les origines de l'idylle entre Anne d'Autriche et Buckingham.*

Avant le début du roman, ils se sont rencontrés trois fois, est-il dit p. 225. Voici dans quelles circonstances :

1. En 1623, le prince de Galles se rendit à Madrid pour solliciter (en vain) la main d'une infante. Buc-kingham l'accompagnait. Lors du voyage d'aller, ils s'arrêtèrent à Paris incognito, assistèrent au Luxem-

---

1. Ce n'est qu'un peu plus tard, après la conjuration de Mont-morency en 1632, qu'elle sera reléguée à Tours. Dumas la fixe dans cette ville pour la commodité du récit.

bourg, chez la reine mère, à un ballet de cour, les « Fêtes de Junon », où ils purent voir danser la jeune reine dans le rôle de la déesse. Le roi prit ombrage du succès remporté par le trop brillant anglais et leur interdit de passer par Paris au retour.

2. Le 11 mai 1625, Henriette de France, sœur de Louis XIII, épousa le roi d'Angleterre, Charles Ier. Venant la chercher au nom de son maître, Buckingham arriva à Paris le 24 mai et logea chez le duc et la duchesse de Chevreuse. Il revit la reine à l'occasion des festivités qui suivirent la cérémonie. Eblouissement réciproque, inclination naissante encouragée par Mme de Chevreuse et par son amant britannique, le comte de Holland.

3. Henriette s'en va le 2 juin, sous la conduite de Buckingham. Marie de Médicis et Anne d'Autriche doivent l'accompagner jusqu'à Boulogne. Mais pour soustraire cette dernière aux assiduités du duc, les deux cortèges prennent des chemins séparés. Ils se rejoignent à Amiens, où une maladie de la reine mère les immobilise neuf jours. C'est là qu'un soir, à la brune, dans les bosquets d'un jardin, Mme de Chevreuse réussit à ménager un bref tête-à-tête entre Anne d'Autriche et son amoureux : occasion inespérée, dont le duc se crut autorisé à profiter. Anne d'Autriche prit peur, cria, ses dames de compagnie accoururent, et l'incident fut rapporté à Louis XIII qui en conçut une vive colère. Le duc aggrava le scandale en affichant un chagrin extrême lorsqu'il prit congé d'elle le lendemain et en revenant à l'improviste quelques jours plus tard pour se jeter à ses pieds en larmes en la suppliant de lui pardonner [1].

Ils ne devaient pas se revoir. La rencontre évoquée au chapitre XII du roman est censée avoir lieu en 1626, c'est-à-dire en effet trois ans après leur première rencontre. C'est une invention de Dumas.

---

1. On trouvera plus loin, en annexe, le récit qu'en donne La Rochefoucauld.

LES ANNÉES 1626-1628
DANS *LES TROIS MOUSQUETAIRES*

A. — *Les incidences politiques de cette idylle.*

1. — Tous les témoignages insistent sur la jalousie de Louis XIII, que Richelieu tenta d'exploiter pour le brouiller avec son épouse. L'affaire des ferrets de diamant [1] n'est qu'un épisode de la lutte menée par le cardinal pour dominer entièrement l'esprit du roi. Certains mémorialistes ajoutent que Richelieu, lui-même amoureux de la reine, voulait se venger de ses mépris en la persécutant.

2. — *Romanesque et politique.*

La Rochelle, citadelle du calvinisme et dernière « place de sûreté » concédée par les édits, supportait impatiemment l'autorité royale. Le Sud-Ouest était le lieu de prises d'armes périodiques des grands seigneurs réformés. Ceux-ci, en quête d'appuis, se tournaient naturellement vers l'Angleterre protestante, d'autant plus satisfaite d'avoir une occasion d'intervenir en France que cette dernière cherchait à préserver pour l'instant la paix avec l'Espagne catholique. Ajoutons que l'Angleterre avait tout intérêt à freiner l'expansion des ports français sur l'Atlantique, qui concurrençait sa suprématie maritime. La guerre qui se déchaîna en 1626-1628 autour de La Rochelle est donc en réalité la conséquence des rivalités qui opposent entre elles les trois grandes puissances européennes.

Mais les contemporains voulurent y voir l'effet de l'amour contrarié de Buckingham pour la reine de France. Louis XIII lui avait interdit l'accès du royaume. C'est pour se venger et pour y revenir en vainqueur qu'il aurait entrepris de secourir les Rochelais et de s'emparer du grand port saintongeais.

---

1. Voir de même, en *Annexes*, le récit de La Rochefoucauld.

Ne reprochons donc pas à Dumas d'avoir déformé l'histoire. En adoptant l'interprétation romanesque, il n'a fait qu'emboîter le pas à tous les mémorialistes du temps.

B. — *Les opérations militaires.*

1. — *L'expédition britannique contre l'île de Ré.*

Les Anglais prirent l'initiative des hostilités en dirigeant une puissante flotte sur l'île de Ré, qui protège le port de La Rochelle. Ils quittèrent Portsmouth le 27 juin 1627 et débarquèrent sur l'île le 21 juillet. Le défenseur, Toiras, submergé par le nombre, renonça à défendre la totalité du terrain, s'enferma dans les forts de La Prée et de Saint-Martin, où Buckingham l'assiégea. Il résista héroïquement, de la fin juillet jusqu'au début de novembre. Une armée de secours parvint à débarquer et contraignit Buckingham à battre en retraite, non sans avoir subi de lourdes pertes.

Louis XIII, averti des préparatifs anglais, s'était mis en route le 28 juin. Ses mousquetaires — donc parmi eux Athos, Porthos et Aramis — l'accompagnaient (*cf.* chap. XLI), ainsi que le régiment des gardes, dont fait partie d'Artagnan. Mais, malade, il dut s'arrêter à Villeroy-en-Brie, où il séjourna jusqu'au 17 août. Après quoi, il regagna la capitale. D'où la séparation de nos héros, les uns restant avec lui, l'autre continuant sa route vers La Rochelle.

2. — *Le siège de La Rochelle.*

Le roi quitta à nouveau Paris le 21 septembre, rejoignit Richelieu à Parthenay le 7 octobre et ils arrivèrent ensemble à La Rochelle le 12 (*cf.* chap. XLII). Entre-temps, après deux mois d'hésitations, la ville, dominée par une majorité belliqueuse, avait pris fait et cause pour les Anglais et s'était enfermée dans ses murs. Richelieu et Louis XIII entreprirent donc de l'assiéger.

Comme le montre le plan reproduit p. 28, La Rochelle se trouve alors entourée d'une double ceinture de fortifications, qui se font face : d'un côté ses propres remparts, une muraille continue, renforcée aux points stratégiques, qu'elle défend avec acharnement, de l'autre une série de forts, fortins et bastions occupés par les troupes royales, interdisant l'accès de la ville. Entre les deux, une sorte de *no man's land*, sous le feu de l'artillerie des deux parties.

Comme le ravitaillement et les secours arrivaient par mer, Richelieu décida la construction d'une digue obstruant l'entrée du port. Les travaux commencèrent le 30 novembre 1627. Souvent contrariés par les tempêtes et les grandes marées, ils ne progressèrent que lentement. Les Rochelais, affamés, refusaient cependant de se rendre. Le siège traînait en longueur, les commandants en chef se querellaient, les troupes s'ennuyaient, le roi aussi.

Au début de 1628, désormais convaincu des capacités de Richelieu, Louis XIII lui confie le commandement de l'armée et, le 10 février, il quitte son quartier général d'Aytré pour rentrer à Paris, où il arrive le 28. Il y reste jusqu'au 3 avril, puis il regagne La Rochelle, d'autant moins décidée à céder qu'une flotte anglaise se prépare à la secourir.

La flotte en question arriva en vue de la ville vers le 15 mai et stationna quelques jours au large. Son commandant, Lord Denbigh, se rendit compte que la digue était infranchissable, il tenta en vain de l'incendier au moyen de brûlots. Puis, dans la nuit du 19 au 20, il fit demi-tour sans combattre et invita les Rochelais à se réconcilier avec leur souverain.

On parla beaucoup d'une lettre envoyée par Anne d'Autriche à Buckingham — sur ordre de son mari ? — pour le prier de renoncer à ses projets. Mais on n'en connaît ni la teneur exacte, ni la date, et elle ne semble pas avoir eu d'effet.

3. — *L'assassinat de Buckingham et la reddition de la ville.*

Le duc, ulcéré de l'échec subi, tint à veiller personnellement à la préparation d'une nouvelle expédition navale. À Portsmouth, il rassembla plus de cent vaisseaux. La flotte était prête à appareiller lorsque, le 23 août [1], il fut frappé au cœur d'un coup de couteau par un jeune officier de marine, John Felton. Celui-ci revendiqua son acte, qu'il expliqua par des raisons personnelles et religieuses : le duc lui aurait refusé une promotion méritée, et surtout, personnage corrompu, aux mœurs dissolues, il incarnait aux yeux des puritains qu'il persécutait un monstre d'impiété.

Malgré la mort de Buckingham, l'expédition prévue partit pour La Rochelle où elle arriva le 2 octobre. Après quelques échanges d'artillerie infructueux, les Anglais renoncèrent à débarquer face à une armée française forte de 20 000 hommes et se retirèrent. La Rochelle, réduite à la dernière extrémité par la famine, se résigna à signer sa capitulation, le 28 octobre. Louis XIII y fit son entrée le jour de la Toussaint. Le 11 novembre, il reprit le chemin de Paris, où il arriva le 18. Il y fit une « entrée solennelle » le 23 décembre, sous les acclamations populaires.

D. — *Une addition de Dumas.*

Le lecteur n'aura pas de peine à situer les allées et venues des mousquetaires par rapport aux événements historiques : Dumas suit de très près les Mémoires de Bassompierre et de Richelieu notamment. À une exception près, cependant : le roi, qui s'ennuyait, nous dit-il, au camp de La Rochelle,

---

1. Cet assassinat est daté, selon les sources, du 23 août ou du 2 septembre. Il ne s'agit pas d'une erreur. En 1582, la France avait adopté la réforme grégorienne du calendrier. Les Anglais, par hostilité pour le pape, l'avaient refusée (ils n'y souscriront qu'en 1752). Au XVIIᵉ siècle, les dates ont donc, outre-Manche, dix jours de retard sur les dates françaises.

« résolut d'aller *incognito* [1] passer les fêtes de saint Louis à Saint-Germain » (chap. LX, p. 798) — la Saint-Louis, c'est le 25 août. Il serait resté dans la capitale jusqu'au 6 septembre. Or aucun déplacement de Louis XIII n'est signalé à cette date et tout indique au contraire qu'il n'a pas quitté le camp. Mais Dumas lui a prêté ce voyage parce qu'il lui fallait soustraire ses mousquetaires au siège de La Rochelle et les faire remonter vers le nord, pour leur permettre d'aller à Béthune, à la recherche de Mme Bonacieux. C'est là-bas qu'ils apprendront l'assassinat de Buckingham, intervenu entre-temps. Ce léger coup de pouce donné à la vérité historique est d'une si parfaite vraisemblance qu'il passe presque inaperçu.

LES ANTICIPATIONS DE DUMAS

On a montré, dans l'*Introduction*, comment Dumas rapporte aux années 1626-1628 le type de relations qui prévalaient entre Louis XIII et Richelieu dix ou douze ans plus tard : espèce de transposition globale, qui affecte le climat de tout le roman. On n'y reviendra pas ici.

Mais il arrive que Dumas greffe dans son récit, en modifiant les circonstances, des faits précis survenus ultérieurement.

1. — Le ballet dit de « la Merlaison », en raison de son thème — la chasse au merle — fut dansé à Chantilly le 15 mars 1635, puis à Royaumont le 17 mars. Dumas prête ce nom pittoresque à un ballet imaginaire que le contexte permet de situer en 1627. Mais il démarque pour le raconter la relation d'un vrai ballet effectivement dansé à l'Hôtel de Ville le 24 février 1626.

2. — En 1637, en pleine guerre franco-espagnole, Anne d'Autriche fut soupçonnée — avec raison — de

---

1. C'est nous qui soulignons.

correspondre avec son frère le roi d'Espagne et de lui transmettre des informations. On arrêta son valet de chambre, Pierre de La Porte, et on le menaça de la torture. Le roi chargea le chancelier Séguier de perquisitionner chez elle, chez ses amies les religieuses du Val-de-Grâce, puis de la fouiller elle-même, à Chantilly où elle avait été convoquée. Prise de court, elle tenta de cacher dans son corsage une lettre [1] reçue du marquis de Mirabel, ambassadeur d'Espagne, en réponse à une des siennes. Mais Séguier n'hésita pas à s'en emparer et à visiter ensuite ses poches. Brisée, elle dut s'engager à cesser toutes relations avec son frère.

Il n'était pas question de lettre d'amour, bien entendu, mais de correspondance politique et Louis XIII jugea sévèrement ce qu'il considérait comme une trahison.

Lorsque Dumas, au chapitre XVI, transpose cette scène célèbre, il l'édulcore, et il en modifie profondément la signification.

QUELQUES INDICATIONS SUR LES MESURES ET MONNAIES

Les mesures de longueur sont le *pied* (= 0,324 m) et le *pouce,* qui en constitue la douzième partie. La principale mesure itinéraire est la *lieue,* dont la valeur, variable, oscillait autour de 4 de nos kilomètres.

La question des monnaies est un peu plus compliquée.

On ne tentera pas de convertir ici en francs actuels les indications fournies par Dumas. Le résultat serait trop aléatoire pour deux sortes de raisons.

D'abord, le calcul est très difficile à effectuer même sur des textes du XVIIᵉ siècle, parce que le taux des

---

1. Ou plus exactement une copie de lettre, car les originaux étaient chiffrés.

monnaies n'a cessé de varier selon les temps et les lieux, et parce que la valeur comparée des différentes marchandises n'était pas ce qu'elle est aujourd'hui. Ensuite parce que Dumas prend quelques libertés avec les usages monétaires de l'époque qu'il décrit.

Voici, en gros, ce qu'il faut savoir.

L'unité de base était la *livre* ou le *franc*, subdivisibles en vingt *sols* ou *sous*, eux mêmes divisibles en douze *deniers*. Il existait du temps de Jean le Bon ou de Charles V des pièces d'or d'une livre tournois [1] ou d'un franc. Il y avait aussi des *écus* de trois livres, soit en argent, soit en or, avec un soleil au-dessus de la couronne royale, à partir de Louis XI et de Charles VIII — dits *écus au soleil*. Sous le règne de Louis XIII, les pièces d'une livre n'étaient plus en circulation, mais la livre restait utilisée comme monnaie de compte, notamment dans les actes juridiques, pour fixer le montant des baux, rentes et transactions diverses. Pour les règlements en espèces, il fallait convertir en écus les sommes libellées en livres. Et comme le Trésor royal jouait sur le poids d'or contenu dans les écus, pour opérer une sorte de dévaluation déguisée, le rapport trois livres/ un écu a fini par varier, au détriment, bien entendu, des possesseurs de rentes fixes.

D'autre part, Louis XIII créa en 1640 une nouvelle pièce de monnaie, le *louis* d'or, qui valait à l'origine dix livres ou dix francs — le *double-louis* en valant vingt. Enfin au début du XVIIe siècle, circulaient en France de nombreuses pièces d'or battues en Italie ou surtout en Espagne, qu'on nommait chez nous *pistoles*, et qui valaient approximativement dix livres, comme le louis. Le *doublon* valait le double, la *demi-pistole* la moitié.

1. Se disait des livres frappées à Tours, par opposition aux livres parisis frappées à Paris, qui n'avaient pas exactement la même valeur.

Dans *Les Trois Mousquetaires*, Dumas n'évoque guère les petites pièces qui constituent la monnaie divisionnaire de la livre. Ses héros manient de plus grosses sommes. Ils calculent les prix en livres, très rarement en francs. Ils touchent ou distribuent des écus, le cas échéant des louis (bien que ceux-ci n'existent pas encore en 1626-1628), mais le plus souvent des pistoles — sans doute parce que ce mot est plus pittoresque.

Dumas respecte généralement le rapport de un à trois entre la livre et l'écu et de un à dix entre la livre et la pistole ou le louis [1].

A titre indicatif, on relèvera quelques prix :

D'Artagnan vend son bidet jaune 9 livres, soit 3 écus (p. 75), mais un bon cheval vaut entre 60 et 150 louis ou pistoles = de 600 à 1 500 livres (p. 451 et 454). Le harnachement est estimé à 300 livres (p. 498). L'équipement complet d'un mousquetaire coûte entre 1 500 et 2 000 livres (p. 457). Une modeste journée d'auberge coûte un écu = 3 livres (p. 71). Avec 75 pistoles, soit 750 livres, on a largement de quoi aller à Londres et retour par les moyens de locomotion normaux (p. 309), mais il faut 1 000 pistoles, soit 10 000 livres, pour fréter un bâtiment qui aille de Portsmouth à Boulogne en temps de guerre (p. 783).

Une demi-pistole à un laquais venu délivrer un message est un pourboire exorbitant (p. 306). Une gratification de 40 pistoles accordée à d'Artagnan par le roi est considérée comme large (p. 154) et les 100 pistoles données à Bonacieux par Richelieu suffisent à le lui concilier définitivement (p. 251). En mettant en gage son diamant de famille, Athos comptait emprunter 1 000 écus, soit 3 000 livres ; en acceptant de le vendre il en tirera 5 000 livres (p. 553-559). Quant au diamant dont la reine a fait présent à d'Artagnan, il vaut bien entendu davantage : 7 000 livres (p. 660).

1. Exception : il parle de louis de *douze* francs p. 667.

Ajoutons que le compte pour lequel d'Artagnan est comparé à Archimède (p. 455-456) ne tient debout que si, contrairement à ce que dit le texte, Athos a bien tiré de ses poches quelque menue monnaie, jusqu'à concurrence de 35 livres. Car 90 livres de Porthos, 100 livres d'Aramis et 250 de d'Artagnan n'en font au total que 440 et non 475 !

En conclusion, on peut dire que Dumas et Maquet utilisent un système monétaire assez simple, doté d'une cohérence interne satisfaisante, et qui, à défaut d'être scrupuleusement fidèle à la vérité historique, a au moins le mérite de la vraisemblance.

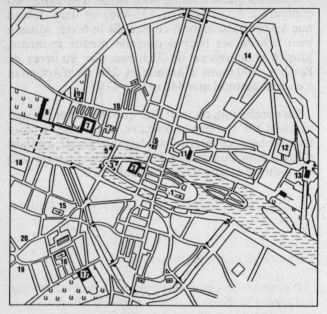

Paris au temps des *Trois Mousquetaires*

1. Notre-Dame. – 2. Palais de Justice. – 3. Place Dauphine. – 4. Pont Neuf. – 5. Samaritaine. – 6. Châtelet. – 7. Louvre. – 8. Tuileries. – 9. Palais-Cardinal (plus tard Palais-Royal), en construction. – 10. Croix-du-Tiroir. – 11. Hôtel de Ville et place de Grève. – 12. Place Royale (place des Vosges). – 13. Bastille. – 14. Le Temple. – 15. Saint-Germain-des-Prés. – 16. Saint-Sulpice. – 17. Luxembourg. – 18. Pré-aux-Clercs. – 19. Rue du Vieux-Colombier. – 20. Rue du Four.

La ville est encore enclose dans les murailles datant de Charles V (ici hachurées). Sur la rive droite, cette enceinte sera démolie entre 1633 et 1636 et remplacée par une suite de bastions (déjà en partie édifiés) qui augmentera la place disponible.

Les portes (généralement nommées d'après les rues qui y aboutissent) sont, d'ouest en est : sur la rive droite, la porte-Neuve, les portes Saint-Honoré, Montmartre, Saint-Denis, Saint-Martin, du Temple et Saint-Antoine, – sur la rive gauche, les portes de Nesle, de Buci, Saint-Germain, Saint-Michel, Saint-Jacques, Saint-Marcel, Saint-Victor et Saint-Bernard.

La rue des Fossoyeurs, où loge d'Artagnan, est la petite rue en équerre à côté de Saint-Sulpice.

Annexes

Extraits des Mémoires de La Rochefoucauld

L'épisode du jardin d'Amiens

D'autres sujets animèrent encore le Roi et le Cardinal contre la Reine et contre Mme de Chevreuse : le comte d'Hollande vint en France, ambassadeur extraordinaire d'Angleterre, pour traiter le mariage du roi son maître avec Madame, sœur du Roi ; il était jeune, bien fait, et il plut à Mme de Chevreuse. Pour honorer leur passion, ils formèrent le dessein de faire une liaison d'intérêts et même de galanterie entre la Reine et le duc de Buckingham, bien qu'ils ne se fussent jamais vus. Les difficultés d'une telle entreprise n'étonnèrent point ceux qui y avaient le principal intérêt : la Reine était telle que je l'ai dépeinte, et le duc de Buckingham était favori du roi d'Angleterre, jeune, libéral, audacieux, et l'homme du monde le mieux fait. Mme de Chevreuse et le comte d'Hollande trouvèrent toutes les facilités qu'ils désiraient auprès de la Reine et auprès du duc de Buckingham : il se fit choisir pour venir en France épouser Madame au nom du roi son maître, et il y arriva avec plus d'éclat, de grandeur et de magnificence que s'il eût été roi. La

Reine lui parut encore plus aimable que son imagination ne lui avait pu représenter, et il parut à la Reine l'homme du monde le plus digne de l'aimer. Ils employèrent la première audience de cérémonie à parler d'affaires qui les touchaient plus vivement que celles des deux couronnes, et ils ne furent occupés que des intérêts de leur passion. Ces heureux commencements furent bientôt troublés : le duc de Montmorency et le duc de Bellegarde, qui étaient soufferts de la Reine, en furent méprisés ; et quelque brillante que fût la cour de France, elle fut effacée en un moment par l'éclat du duc de Buckingham. L'orgueil et la jalousie du cardinal de Richelieu furent également blessés de cette conduite de la Reine, et il donna au Roi toutes les impressions qu'il était capable de recevoir contre elle : on ne songea plus qu'à conclure promptement le mariage et à faire partir le duc de Buckingham. Lui, de son côté, retardait le plus qu'il lui était possible et se servait de tous les avantages de sa qualité d'ambassadeur pour voir la Reine, sans ménager les chagrins du Roi ; et même, un soir que la cour était à Amiens et que la Reine se promenait assez seule dans un jardin, il y entra avec le comte d'Hollande, dans le temps que la Reine se reposait dans un cabinet ; ils se trouvèrent seuls ; le duc de Buckingham était hardi et entreprenant ; l'occasion était favorable, et il essaya d'en profiter avec si peu de respect, que la Reine fut contrainte d'appeler ses femmes et de leur laisser voir une partie du trouble et du désordre où elle était. Le duc de Buckingham partit bientôt après, passionnément amoureux de la Reine et tendrement aimé d'elle ; il la laissait exposée à la haine du Roi et aux fureurs du cardinal de Richelieu, et il prévoyait que leur séparation devait être éternelle. Il partit enfin sans avoir eu le temps de parler en particulier à la Reine ; mais, par un emportement que l'amour seul peut rendre excusable, il revint à Amiens le lendemain de son départ, sans prétexte et avec une diligence extrême. La Reine était au lit : il entra dans sa chambre et, se jetant à genoux devant elle et fondant en larmes, il lui tenait les mains ; la Reine n'était pas moins touchée, lorsque la comtesse de Lannoy, sa dame d'honneur, s'approcha du duc de Buckingham et lui fit apporter un siège, en lui disant qu'on ne parlait point à genoux à la Reine. Elle fut témoin du reste de la conversation, qui fut courte. Le duc de Buckingham remonta à cheval en sortant de chez la Reine et reprit le chemin d'Angleterre. On peut croire aisément ce qu'une conduite si extraordinaire fit dans la cour, et quels prétextes elle fournit au Cardinal pour aigrir encore le Roi contre la Reine.

L'affaire des ferrets

Les choses étaient dans ces termes, quand la reine d'Angleterre partit pour aller trouver le roi son mari ; elle fut menée par le duc et par la duchesse de Chevreuse. Le duc de Buckingham eut dans cette réception tout le sujet qu'il désirait de faire paraître sa magnificence et celle d'un royaume dont il était le maître, et il reçut Mme de Chevreuse avec tous les honneurs qu'il aurait pu rendre à la Reine qu'il aimait. Elle quitta bientôt la cour du roi d'Angleterre et revint en France avec le duc son mari ; elle fut reçue du Cardinal comme une personne dévouée à la Reine et au duc de Buckingham ; il essaya néanmoins de la gagner et de l'engager à le servir auprès de la Reine ; il crut même quelque temps qu'elle lui était favorable ; mais il ne se fiait pas assez à ses promesses pour ne se pas assurer par d'autres précautions. Il voulut en prendre même du côté du duc de Buckingham ; et sachant qu'il avait eu un long attachement, en Angleterre, pour la comtesse de Carlisle, le Cardinal sut ménager si adroitement l'esprit fier et jaloux de cette femme, par la conformité de leurs sentiments et de leurs intérêts, qu'elle devint le plus dangereux espion du duc de Buckingham. L'envie de se venger de son infidélité et de se rendre nécessaire au Cardinal la portèrent à tenter toutes sortes de voies pour lui donner des preuves certaines de ce qu'il soupçonnait de la Reine. Le duc de Buckingham était, comme j'ai dit, galant et magnifique ; il prenait beaucoup de soin de se parer aux assemblées ; la comtesse de Carlisle, qui avait tant d'intérêt de l'observer, s'aperçut bientôt qu'il affectait de porter des ferrets de diamants qu'elle ne connaissait pas ; elle ne douta point que la Reine ne les lui eût donnés ; mais pour en être encore plus assurée, elle prit le temps, à un bal, d'entretenir en particulier le duc de Buckingham et de lui couper les ferrets, dans le dessein de les envoyer au Cardinal. Le duc de Buckingham s'aperçut le soir de ce qu'il avait perdu, et jugeant d'abord que la comtesse de Carlisle avait pris les ferrets, il appréhenda les effets de sa jalousie et qu'elle ne fût capable de les remettre entre les mains du Cardinal pour perdre la Reine. Dans cette extrémité, il dépêcha à l'instant même un ordre de fermer tous les ports d'Angleterre et défendit que personne n'en sortît, sous quelque prétexte que ce pût être, devant un temps qu'il marqua ; cependant, il fit refaire en diligence des ferrets semblables à ceux qu'on lui avait pris et les envoya à la Reine, en lui rendant compte de ce qui était arrivé. Cette précaution de fermer les ports retint la comtesse de Carlisle, et elle vit bien que le duc de Buckingham avait eu tout le temps dont il avait besoin pour prévenir sa méchanceté. La Reine évita de cette sorte la vengeance de cette femme irritée et le Cardinal perdit un moyen assuré de convaincre la Reine et d'éclaircir le Roi de tous ses doutes, puisque les ferrets venaient de lui et qu'il les avait donnés à la Reine.

Orientation bibliographique

LE TEXTE DES *TROIS MOUSQUETAIRES*

Premières éditions

— En feuilleton, dans *Le Siècle*, du 14 mars au 14 juillet 1844.
— En librairie,
 1844 : Edition en 8 volumes *in-8°*, chez P. Baudry.
 1845 : Réédition, chez le même P. Baudry, avec, à la fin du tome VIII, les premiers chapitres de *Vingt Ans après*.
 1846 : Edition illustrée en un volume, chez J.-B. Fellens et L.-P. Dufour, grand *in-8°* de 522 pages et 32 planches.
 1847 : Edition du journal *Le Siècle*, en un volume *in-4°*, 351 pages illustrées.
Très nombreuses rééditions, qu'il n'est pas possible de recenser ici.

Editions critiques

 1956 : Edition critique, avec introduction, bibliographie et notes de Charles Samaran, un volume *in-16*, de XLII-864 pages, « Classiques Garnier jaunes ». Comporte en Appendice les fragments de la première rédaction due à Maquet (n° 11944 des nouvelles acquisitions de la Bibliothèque nationale, Département des manuscrits).

1962 : *Les Trois Mousquetaires* et *Vingt Ans après*, édition annotée et présentée par Gilbert Sigaux, un volume de XXV-1735 pages, Gallimard, « Bibliothèque de la Pléiade ».

SOURCES

— *Mémoires de Mr d'Artagnan, Capitaine lieutenant de la première Compagnie des Mousquetaires du Roi, Contenant quantité de choses particulières et secrètes qui se sont passées sous le règne de Louis le Grand*, à Cologne chez Pierre Marteau, 1700, 3 volumes. (Disponibles aujourd'hui en reprint, auprès des éditions Altaïr, 16 rue des Poissonniers, 92200 Neuilly-sur-Seine). Dumas a consulté l'édition d'Amsterdam, 1704, chez Pierre Rouge, en 4 volumes.

— *Mémoires* de La Rochefoucauld. Deux éditions accessibles :

– *in* La Rochefoucauld, *Œuvres complètes*, texte établi et annoté par L. Martin-Chauffier, Gallimard, « Bibliothèque de la Pléiade », 1950.

– La Rochefoucauld, *Mémoires*, édition présentée par Jean-Dominique de La Rochefoucauld, collection « La petite Vermillon », aux éditions de La Table Ronde, 1993.

— Tallemant des Réaux, *Historiettes*, texte intégral établi et annoté par A. Adam, Gallimard, « Bibliothèque de la Pléiade », 2 vol. 1960-1961.

— *Mémoires inédits* de Louis-Henri de Loménie de Brienne, avec un *Essai sur les mœurs du XVIIe siècle*, par J.-F. Barrière, 1828, 2 vol. *in-8°*.

Ajouter à ces sources principales les divers mémorialistes du XVIIe siècle — notamment Richelieu, Bassompierre, Mme de Motteville, La Porte —, à consulter soit dans l'édition Petitot et Montmerqué, *Collection des Mémoires relatifs à l'Histoire de France...*, seconde série, 78 vol., 1820-1829, soit dans celle de Michaud et Poujoulat, *Nouvelle Collection des Mémoires pour servir à l'histoire depuis le XIIIe siècle jusqu'à la fin du XVIIIe siècle*, 32 vol. 1836-1839.

PRINCIPAUX OUVRAGES SUR DUMAS

Répertoires bibliographiques

REED (F.-W.), *A Bibliography of Alexandre Dumas père, in-8°*, XII-468 pages, J.A. Neuhuys, Londres, 1933. Supplément ronéotypé, 30 pages, 1952.

FRÉMY (Dominique) et SCHOPP (Claude), *Quid de Dumas*, dans *Mes Mémoires*, vol. II, Robert Laffont, « Bouquins », 1989, pp. 1161 à 1425.

Ouvrages généraux

CLOUARD (Henri), *Alexandre Dumas*, Albin Michel, 1955.

MAUROIS (André), *Les Trois Dumas*, Hachette, 1957.

SCHOPP (Claude), *Alexandre Dumas, le génie de la vie*, Mazarine, 1985.

ZIMMERMANN (Daniel), *Alexandre Dumas le Grand, biographie*, Julliard, 1993.

Sur Les Trois Mousquetaires

SAMARAN (Charles), *D'Artagnan, capitaine des mousquetaires du roi. Histoire véridique d'un héros de roman*, Calmann-Lévy, 1912.

Sur les relations Dumas-Maquet

SIMON (Gustave), *Histoire d'une collaboration :
Alexandre Dumas et Auguste Maquet*, Documents
inédits, Crès, 1919 (c'est un plaidoyer pour Maquet,
très partial, qu'on cite ici pour mémoire, mais qui ne
rencontre plus aujourd'hui d'adhésion).

PRÉFACE

DANS LAQUELLE IL EST ÉTABLI QUE, MALGRÉ LEURS NOMS EN *OS* ET EN *IS*, LES HÉROS DE L'HISTOIRE QUE NOUS ALLONS AVOIR L'HONNEUR DE RACONTER À NOS LECTEURS N'ONT RIEN DE MYTHOLOGIQUE

Il y a un an à peu près, qu'en faisant à la Bibliothèque royale des recherches pour mon histoire de Louis XIV [1], je tombai par hasard sur les Mémoires de M. d'Artagnan [2], *imprimés, — comme la plus grande partie des ouvrages de cette époque, où les auteurs tenaient à dire la vérité sans aller faire un tour plus ou moins long à la Bastille, — à Amsterdam, chez Pierre Rouge. Le titre me séduisit : je les emportai chez moi, avec la permission de M. le conservateur [3], bien entendu, et je les dévorai.*

Mon intention n'est pas de faire ici une analyse de ce curieux ouvrage, et je me contenterai d'y renvoyer ceux de mes lecteurs qui apprécient les tableaux d'époque. Ils y trouveront des portraits crayonnés de main de maître ; et, quoique ces esquisses soient, pour la plupart du temps, tracées sur des portes de caserne et sur des murs de cabaret, ils n'y reconnaîtront pas moins, aussi res-

1. *Louis XIV et son siècle*, 2 volumes parus en 1844-1845.
2. Sur les *Mémoires de M. d'Artagnan*, cf. *Introduction*. L'édition de Pierre Rouge (Amsterdam, 1704), que Dumas eut entre les mains, n'est pas l'originale. Le livre fut publié pour la première fois en 1700 à Cologne par Pierre Marteau, en 3 volumes.
3. En réalité l'emprunt fut fait à Marseille et Dumas ne restitua pas le livre.

semblantes que dans l'histoire de M. Anquetil [1], les images de Louis XIII, d'Anne d'Autriche, de Richelieu, de Mazarin et de la plupart des courtisans de l'époque.

Mais, comme on le sait, ce qui frappe l'esprit capricieux du poète n'est pas toujours ce qui impressionne la masse des lecteurs. Or, tout en admirant, comme les autres admireront sans doute, les détails que nous avons signalés, la chose qui nous préoccupa le plus est une chose à laquelle bien certainement personne avant nous n'avait fait la moindre attention.

D'Artagnan raconte qu'à sa première visite à M. de Tréville, le capitaine des mousquetaires du roi, il rencontra dans son antichambre trois jeunes gens servant dans l'illustre corps où il sollicitait l'honneur d'être reçu, et ayant nom Athos, Porthos et Aramis.

Nous l'avouons, ces trois noms étrangers nous frappèrent, et il nous vint aussitôt à l'esprit qu'ils n'étaient que des pseudonymes à l'aide desquels d'Artagnan avait déguisé des noms peut-être illustres, si toutefois les porteurs de ces noms d'emprunt ne les avaient pas choisis eux-mêmes le jour où, par caprice, par mécontentement ou par défaut de fortune, ils avaient endossé la simple casaque de mousquetaire.

Dès lors nous n'eûmes plus de repos que nous n'eussions retrouvé, dans les ouvrages contemporains, une trace quelconque de ces noms extraordinaires qui avaient si fort éveillé notre curiosité.

Le seul catalogue des livres que nous lûmes pour arriver à ce but remplirait un feuilleton tout entier, ce qui serait peut-être fort instructif, mais à coup sûr peu amusant pour nos lecteurs. Nous nous contenterons donc de leur dire qu'au moment où, découragé de tant d'investigations infructueuses, nous allions abandonner notre recherche, nous trouvâmes enfin, guidé par les conseils de notre illustre et savant ami Paulin

---

1. Louis-Pierre Anquetil (1723-1806), auteur d'une *Histoire de France* en 4 volumes (1805).

Paris [1], *un manuscrit in-folio, coté sous le n° 4772 ou 4773* [2], *nous ne nous le rappelons plus bien, ayant pour titre* :

« *Mémoires de M. le comte de La Fère, concernant quelques-uns des événements qui se passèrent en France vers la fin du règne du roi Louis XIII et le commencement du règne du roi Louis XIV.* »

On devine si notre joie fut grande, lorsqu'en feuilletant ce manuscrit, notre dernier espoir, nous trouvâmes à la vingtième page le nom d'Athos, à la vingt-septième le nom de Porthos, et à la trente et unième le nom d'Aramis.

La découverte d'un manuscrit complètement inconnu, dans une époque où la science historique est poussée à un si haut degré, nous parut presque miraculeuse. Aussi nous hâtâmes-nous de solliciter la permission de le faire imprimer, dans le but de nous présenter un jour avec le bagage des autres à l'Académie des inscriptions et belles-lettres, si nous n'arrivions, chose fort probable, à entrer à l'Académie française avec notre propre bagage [3]. Cette permission, nous devons le dire, nous fut gracieusement accordée ; ce que nous consignons ici pour donner un démenti public aux malveillants qui prétendent que nous vivons sous un gouvernement assez médiocrement disposé à l'endroit des gens de lettres.

Or, c'est la première partie de ce précieux manuscrit que nous offrons aujourd'hui à nos lecteurs, en lui restituant le titre qui lui convient, prenant l'engagement, si, comme nous n'en doutons pas, cette première partie obtient le succès qu'elle mérite, de publier incessamment la seconde.

En attendant, comme le parrain est un second père,

---

1. Paulin Paris, historien et érudit ami de Dumas (1800-1881).
2. Artifice de présentation, qu'avait déjà employé Courtilz : le manuscrit en question est imaginaire.
3. Dumas, malgré plusieurs tentatives, ne fut jamais élu à l'Académie française. Quant à l'Académie des inscriptions et belles-lettres, elle accueille les auteurs de travaux d'érudition historique ou archéologique : d'où la plaisanterie de Dumas.

nous invitons le lecteur à s'en prendre à nous, et non au comte de La Fère, de son plaisir ou de son ennui.

Cela posé, passons à notre histoire.

I

LES TROIS PRÉSENTS DE M. D'ARTAGNAN PÈRE

Le premier lundi du mois d'avril 1625 [1], le bourg de Meung, où naquit l'auteur du *Roman de la Rose* [2], semblait être dans une révolution aussi entière que si les huguenots en fussent venus faire une seconde Rochelle [3]. Plusieurs bourgeois, voyant s'enfuir les femmes du côté de la Grande-Rue, entendant les enfants crier sur le seuil des portes, se hâtaient d'endosser la cuirasse et, appuyant leur contenance [4] quelque peu incertaine d'un mousquet ou d'une pertuisane [5], se dirigeaient vers l'hôtellerie du *Franc*

1. En 1625, le mois d'avril commençait un mardi. Donc le *premier lundi* d'avril était le 7. Dumas n'a sûrement pas vérifié. Mais la tournure qu'il emploie donne au lecteur l'impression que le récit commence le 1er avril. Quant à la date de l'année — 1625 — elle est incompatible avec les conversations qu'entendra bientôt d'Artagnan dans l'antichambre de Tréville (p. 88), et qui se rapportent à l'été de 1626. Il aurait suffi à Dumas de retarder de quinze mois l'arrivée de son héros à Paris pour rétablir la cohérence chronologique. Il ne l'a pas fait. La chose est pour lui sans importance.

2. Jean de Meung est l'auteur de la seconde partie — satirique — du célèbre roman médiéval (vers 1280).

3. La place forte de La Rochelle avait été accordée aux huguenots — surnom donné aux protestants français — comme « place de sûreté ». Ils y défiaient l'autorité royale.

4. *Contenance* : attitude (généralement embarrassée). Les bourgeois effrayés cherchent à se donner l'air décidé en brandissant une arme.

5. *Mousquet* : arme à feu portative, ancêtre de notre fusil. *Pertuisane* : pique légère montée sur une hampe de bois.

Meunier, devant laquelle s'empressait, en grossissant de minute en minute, un groupe compact, bruyant et plein de curiosité.

En ce temps-là les paniques étaient fréquentes, et peu de jours se passaient sans qu'une ville ou l'autre enregistrât sur ses archives quelque événement de ce genre. Il y avait les seigneurs qui guerroyaient entre eux ; il y avait le roi qui faisait la guerre au cardinal ; il y avait l'Espagnol qui faisait la guerre au roi [1]. Puis, outre ces guerres sourdes ou publiques, secrètes ou patentes [2], il y avait encore les voleurs, les mendiants, les huguenots, les loups et les laquais, qui faisaient la guerre à tout le monde. Les bourgeois s'armaient toujours contre les voleurs, contre les loups, contre les laquais, souvent contre les seigneurs et les huguenots, quelquefois contre le roi, — mais jamais contre le cardinal et l'Espagnol. Il résulta donc de cette habitude prise, que, ce susdit premier lundi du mois d'avril 1625, les bourgeois, entendant du bruit, et ne voyant ni le guidon jaune et rouge, ni la livrée du duc de Richelieu [3], se précipitèrent du côté de l'hôtel du *Franc Meunier*.

Arrivé là, chacun put voir et reconnaître la cause de cette rumeur.

Un jeune homme... — traçons son portrait d'un seul trait de plume : figurez-vous don Quichotte [4] à dix-

---

1. Anachronismes. A cette date, les nobles avaient cessé de guerroyer entre eux comme au Moyen Age. La guerre franco-espagnole, en revanche, ne sera déclarée qu'en 1635. Quant à Richelieu, il eut — un peu plus tard — avec le roi des relations parfois tendues, mais on ne peut parler de guerre.
2. Visibles, ouvertes.
3. *Guidon* : étendard d'une compagnie de gendarmes ou de grosse cavalerie. Le rouge et le jaune étaient les couleurs de l'Espagne. Les costumes des domestiques ou *livrées* étaient identiques pour un même maître et permettaient de le reconnaître.
4. Héros du célèbre roman de Cervantès qui porte son nom, don Quichotte est un gentilhomme animé d'un très vif sens de l'honneur, mais rêveur et chimérique, confondant la vie avec les romans de chevalerie. Sa jument se nommait Rossinante.

huit ans, don Quichotte décorcelé [1], sans haubert et sans cuissards, don Quichotte revêtu d'un pourpoint de laine dont la couleur bleue s'était transformée en une nuance insaisissable de lie-de-vin et d'azur céleste. Visage long et brun ; la pommette des joues saillante, signe d'astuce ; les muscles maxillaires énormément développés, indice infaillible auquel on reconnaît le Gascon, même sans béret, et notre jeune homme portait un béret orné d'une espèce de plume ; l'œil ouvert et intelligent ; le nez crochu, mais finement dessiné ; trop grand pour un adolescent, trop petit pour un homme fait, et qu'un œil peu exercé eût pris pour un fils de fermier en voyage, sans sa longue épée qui, pendue à un baudrier [2] de peau, battait les mollets de son propriétaire quand il était à pied, et le poil hérissé de sa monture quand il était à cheval.

Car notre jeune homme avait une monture, et cette monture était même si remarquable, qu'elle fut remarquée : c'était un bidet [3] du Béarn, âgé de douze ou quatorze ans, jaune de robe, sans crins à la queue, mais non pas sans javarts [4] aux jambes, et qui, tout en marchant la tête plus bas que les genoux, ce qui rendait inutile l'application de la martingale [5], faisait encore également ses huit lieues [6] par jour. Malheureusement les qualités de ce cheval étaient si bien cachées sous son poil étrange et son allure incongrue, que dans un temps où tout le monde se connaissait en chevaux, l'apparition du susdit bidet à Meung, où il était entré il y avait un quart d'heure à peu près par la

1. *Décorcelé* : ce mot, absent des dictionnaires, semble forgé sur corset, ou sur *écorce*, et signifie : dépouillé de sa cuirasse. *Haubert* : vêtement en mailles d'acier couvrant le tronc. *Pourpoint* : sorte de veste ajustée couvrant le haut du corps jusqu'à la ceinture.
2. Bande de cuir ou d'étoffe portée en bandoulière, à laquelle on suspendait l'épée.
3. Petit cheval de voyage.
4. Phlegmons, abcès.
5. Pièce du harnais destinée à empêcher un cheval de soulever la tête trop haut.
6. Sur les mesures itinéraires, *cf. Notice historique*, p. 38.

porte de Beaugency, produisit une sensation dont la défaveur rejaillit jusqu'à son cavalier.

Et cette sensation avait été d'autant plus pénible au jeune d'Artagnan (ainsi s'appelait le don Quichotte de cette autre Rossinante), qu'il ne se cachait pas le côté ridicule que lui donnait, si bon cavalier qu'il fût, une pareille monture ; aussi avait-il fort soupiré en acceptant le don que lui en avait fait M. d'Artagnan père. Il n'ignorait pas qu'une pareille bête valait au moins vingt livres [1] ; il est vrai que les paroles dont le présent avait été accompagné n'avaient pas de prix.

« Mon fils, avait dit le gentilhomme gascon — dans ce pur patois de Béarn dont Henri IV n'avait jamais pu parvenir à se défaire [2] —, mon fils, ce cheval est né dans la maison de votre père, il y a tantôt treize ans, et y est resté depuis ce temps-là, ce qui doit vous porter à l'aimer. Ne le vendez jamais, laissez-le mourir tranquillement et honorablement de vieillesse, et si vous faites campagne avec lui, ménagez-le comme vous ménageriez un vieux serviteur. A la cour, continua M. d'Artagnan père, si toutefois vous avez l'honneur d'y aller, honneur auquel, du reste, votre vieille noblesse vous donne des droits, soutenez dignement votre nom de gentilhomme, qui a été porté dignement par vos ancêtres depuis plus de cinq cents ans [3]. Pour vous et pour les vôtres — par les vôtres, j'entends vos parents et vos amis, ne supportez jamais rien que de [4]

---

1. Sur les monnaies, *cf. Notice historique*, p. 38-41.
2. On verra plus loin que d'Artagnan est né à Tarbes, en Bigorre. Il n'est donc pas béarnais, à strictement parler. Mais Dumas n'y regarde pas de si près, ses lecteurs non plus. Le héros possède tous les traits qu'on prête d'ordinaire aux hommes du Sud-Ouest, et notamment à Henri IV, qui n'oublia jamais, en effet, le patois de son enfance.
3. L'accès à la cour était de droit pour les nobles (à l'origine les descendants des anciens compagnons d'armes du roi). Un homme était de plus ou moins vieille noblesse selon le nombre de ses ancêtres qui avaient été gentilshommes. Cinq cents ans d'ancienneté nobiliaire, c'est un chiffre considérable. En réalité, la famille du vrai d'Artagnan était anoblie de fraîche date.
4. *Rien que de...* : rien si ce n'est de la part de...

M. le cardinal et du roi. C'est par son courage, entendez-vous bien, par son courage seul, qu'un gentilhomme fait son chemin aujourd'hui. Quiconque tremble une seconde laisse peut-être échapper l'appât que, pendant cette seconde justement, la fortune lui tendait. Vous êtes jeune, vous devez être brave par deux raisons : la première, c'est que vous êtes Gascon, et la seconde, c'est que vous êtes mon fils. Ne craignez pas les occasions et cherchez les aventures. Je vous ai fait apprendre à manier l'épée ; vous avez un jarret de fer, un poignet d'acier ; battez-vous à tout propos ; battez-vous d'autant plus que les duels sont défendus, et que, par conséquent, il y a deux fois du courage à se battre [1]. Je n'ai, mon fils, à vous donner que quinze écus, mon cheval et les conseils que vous venez d'entendre. Votre mère y ajoutera la recette d'un certain baume qu'elle tient d'une bohémienne, et qui a une vertu miraculeuse pour guérir toute blessure qui n'atteint pas le cœur. Faites votre profit du tout, et vivez heureusement et longtemps. — Je n'ai plus qu'un mot à ajouter, et c'est un exemple que je vous propose, non pas le mien, car je n'ai, moi, jamais paru à la cour et n'ai fait que les guerres de religion en volontaire ; je veux parler de M. de Tréville, qui était mon voisin autrefois, et qui a eu l'honneur de jouer tout enfant avec notre roi Louis treizième, que Dieu conserve ! Quelquefois leurs jeux dégénéraient en bataille, et dans ces batailles le roi n'était pas toujours le plus fort. Les coups qu'il en reçut lui donnèrent beaucoup d'estime et d'amitié pour M. de Tréville. Plus tard, M. de Tréville se battit contre d'autres dans son premier voyage à Paris, cinq fois ; depuis la mort du feu roi jusqu'à la majorité du jeune [2] sans compter

---

1. Henri III avait fait promulguer, en vain, des édits contre les duels qui décimaient la noblesse. Louis XIII les avait remis en vigueur. Les contrevenants risquaient la peine de mort.
2. A la mort de Henri IV, en 1610, le jeune Louis XIII n'avait que huit ans et demi. Il sera proclamé majeur à 13 ans, le 2 octobre 1614.

les guerres et les sièges, sept fois ; et depuis cette majorité jusqu'aujourd'hui, cent fois peut-être ! — Aussi, malgré les édits, les ordonnances et les arrêts, le voilà capitaine des mousquetaires, c'est-à-dire chef d'une légion de Césars [1] dont le roi fait un très grand cas, et que M. le cardinal redoute, lui qui ne redoute pas grand-chose, comme chacun sait. De plus, M. de Tréville gagne dix mille écus par an ; c'est donc un fort grand seigneur. — Il a commencé comme vous ; allez le voir avec cette lettre, et réglez-vous sur lui, afin de faire comme lui. »

Sur quoi, M. d'Artagnan père ceignit à son fils sa propre épée, l'embrassa tendrement sur les deux joues et lui donna sa bénédiction.

En sortant de la chambre paternelle, le jeune homme trouva sa mère qui l'attendait avec la fameuse recette dont les conseils que nous venons de rapporter devaient nécessiter un assez fréquent emploi. Les adieux furent de ce côté plus longs et plus tendres qu'ils ne l'avaient été de l'autre, non pas que M. d'Artagnan n'aimât son fils, qui était sa seule progéniture [2], mais M. d'Artagnan était un homme, et il eût regardé comme indigne d'un homme de se laisser aller à son émotion, tandis que Mme d'Artagnan était femme et, de plus, était mère. — Elle pleura abondamment, et, disons-le à la louange de M. d'Artagnan fils, quelques efforts qu'il tentât pour rester ferme comme le devait être un futur mousquetaire, la nature l'emporta, et il versa force larmes, dont il parvint à grand-peine à cacher la moitié.

Le même jour le jeune homme se mit en route, muni des trois présents paternels et qui se compo-

---

1. Jules César est donné ici comme modèle de héros guerrier. Son nom est devenu un nom commun.
2. La *progéniture* : l'ensemble des enfants. Le vrai d'Artagnan avait de nombreux frères et sœurs, dont il n'était pas l'aîné. Dumas fait ici de lui un fils unique — ce qui ne l'empêche pas de le qualifier ensuite de *cadet de Gascogne* — terme usuel pour les jeunes gentilshommes désargentés du Sud-Ouest venus chercher fortune à Paris.

saient, comme nous l'avons dit, de quinze écus, du
cheval et de la lettre pour M. de Tréville ; comme on le
pense bien, les conseils avaient été donnés par-dessus
le marché.

Avec un pareil vade-mecum [1], d'Artagnan se trouva,
au moral comme au physique, une copie exacte du
héros de Cervantes, auquel nous l'avons si heureusement comparé lorsque nos devoirs d'historien nous
ont fait une nécessité de tracer son portrait. Don
Quichotte prenait les moulins à vent pour des géants
et les moutons pour des armées [2], d'Artagnan prit
chaque sourire pour une insulte et chaque regard
pour une provocation. Il en résulta qu'il eut toujours
le poing fermé depuis Tarbes jusqu'à Meung, et que
l'un dans l'autre il porta la main au pommeau de son
épée dix fois par jour ; toutefois le poing ne descendit
sur aucune mâchoire, et l'épée ne sortit point de son
fourreau. Ce n'est pas que la vue du malencontreux
bidet jaune n'épanouît bien des sourires sur les visages des passants ; mais, comme au-dessus du bidet
sonnait une épée de taille respectable et qu'au-dessus
de cette épée brillait un œil plutôt féroce que fier [3], les
passants réprimaient leur hilarité, ou, si l'hilarité
l'emportait sur la prudence, ils tâchaient au moins de
ne rire que d'un seul côté, comme les masques antiques [4]. D'Artagnan demeura donc majestueux et
intact dans sa susceptibilité jusqu'à cette malheureuse ville de Meung.

Mais là, comme il descendait de cheval à la porte du

1. *Vade mecum* (en latin : viens avec moi) : guide, manuel ren-
fermant des informations indispensables.
2. Allusion à deux passages célèbres du roman de Cervantes (1re
partie, chap. VIII et XVIII).
3. *Fier* et *féroce* sont deux doublets, l'un populaire, l'autre savant,
dérivés du latin *ferus* (sauvage). Encore synonymes au XVIIe siècle,
ils avaient déjà, au temps de Dumas, leur sens actuel.
4. Masques portés par les acteurs du théâtre grec et latin, où le
dessin de la bouche variait pour le rire et les pleurs, et qui pouvaient présenter tour à tour les deux expressions selon qu'on
tournait vers le public le profil droit ou le profil gauche.

Franc Meunier sans que personne, hôte, garçon ou palefrenier, fût venu prendre l'étrier au montoir [1], d'Artagnan avisa à une fenêtre entrouverte du rez-de-chaussée un gentilhomme de belle taille et de haute mine, quoique au visage légèrement renfrogné, lequel causait avec deux personnes qui paraissaient l'écouter avec déférence. D'Artagnan crut tout naturellement, selon son habitude, être l'objet de la conversation et écouta. Cette fois, d'Artagnan ne s'était trompé qu'à moitié : ce n'était pas de lui qu'il était question, mais de son cheval. Le gentilhomme paraissait énumérer à ses auditeurs toutes ses qualités, et comme, ainsi que je l'ai dit, les auditeurs paraissaient avoir une grande déférence pour le narrateur, ils éclataient de rire à tout moment. Or, comme un demi-sourire suffisait pour éveiller l'irascibilité [2] du jeune homme, on comprend quel effet produisit sur lui tant de bruyante hilarité.

Cependant d'Artagnan voulut d'abord se rendre compte de la physionomie de l'impertinent qui se moquait de lui. Il fixa son regard fier sur l'étranger et reconnut un homme de quarante à quarante-cinq ans, aux yeux noirs et perçants, au teint pâle, au nez fortement accentué, à la moustache noire et parfaitement taillée ; il était vêtu d'un pourpoint et d'un haut-de-chausses [3] violet avec des aiguillettes de même couleur, sans aucun ornement que les crevés habituels par lesquels passait la chemise. Ce haut-de-chausses et ce pourpoint, quoique neufs, paraissaient froissés comme des habits de voyage longtemps renfermés dans un portemanteau [4]. D'Artagnan fit toutes ces remarques avec la rapidité de l'observateur le plus

---

1. Bloc de pierre ou de bois dont on se servait pour monter à cheval.
2. Humeur coléreuse.
3. Le *haut-de-chausses* est l'équivalent de notre pantalon. Les *aiguillettes* sont des lacets servant à nouer les vêtements. Les *crevés* sont des fentes ménagées dans les manches du pourpoint pour laisser apparaître la chemise : raffinement d'élégance à l'époque.
4. Une valise.

minutieux, et sans doute par un sentiment instinctif qui lui disait que cet inconnu devait avoir une grande influence sur sa vie à venir.

Or, comme au moment où d'Artagnan fixait son regard sur le gentilhomme au pourpoint violet, le gentilhomme faisait à l'endroit du bidet béarnais une de ses plus savantes et de ses plus profondes démonstrations, ses deux auditeurs éclatèrent de rire, et lui-même laissa visiblement, contre son habitude, errer, si l'on peut parler ainsi, un pâle sourire sur son visage. Cette fois, il n'y avait plus de doute, d'Artagnan était réellement insulté. Aussi, plein de cette conviction, enfonça-t-il son béret sur ses yeux, et, tâchant de copier quelques-uns des airs de cour [1] qu'il avait surpris en Gascogne chez des seigneurs en voyage, il s'avança, une main sur la garde [2] de son épée et l'autre appuyée sur la hanche. Malheureusement, au fur et à mesure qu'il avançait, la colère l'aveuglant de plus en plus, au lieu du discours digne et hautain qu'il avait préparé pour formuler sa provocation, il ne trouva plus au bout de sa langue qu'une personnalité [3] grossière qu'il accompagna d'un geste furieux.

« Eh ! Monsieur, s'écria-t-il, Monsieur, qui vous cachez derrière ce volet ! oui, vous, dites-moi donc un peu de quoi vous riez, et nous rirons ensemble. »

Le gentilhomme ramena lentement les yeux de la monture au cavalier, comme s'il lui eût fallu un certain temps pour comprendre que c'était à lui que s'adressaient de si étranges reproches ; puis, lorsqu'il ne put plus conserver aucun doute, ses sourcils se froncèrent légèrement, et après une assez longue pause, avec un accent d'ironie et d'insolence impossible à décrire, il répondit à d'Artagnan :

« Je ne vous parle pas, Monsieur.

— Mais je vous parle, moi ! » s'écria le jeune

---

1. Manières en usage à la cour.
2. Poignée munie d'une pièce de métal protégeant la main.
3. Parole insultante attaquant personnellement quelqu'un.

homme exaspéré de ce mélange d'insolence et de bonnes manières, de convenances et de dédains.

L'inconnu le regarda encore un instant avec son léger sourire, et, se retirant de la fenêtre, sortit lentement de l'hôtellerie pour venir à deux pas de d'Artagnan se planter en face du cheval. Sa contenance tranquille et sa physionomie railleuse avaient redoublé l'hilarité de ceux avec lesquels il causait et qui, eux, étaient restés à la fenêtre.

D'Artagnan, le voyant arriver, tira son épée d'un pied hors du fourreau.

« Ce cheval est décidément ou plutôt a été dans sa jeunesse bouton d'or, reprit l'inconnu continuant les investigations commencées et s'adressant à ses auditeurs de la fenêtre, sans paraître aucunement remarquer l'exaspération de d'Artagnan, qui cependant se redressait entre lui et eux. C'est une couleur fort connue en botanique, mais jusqu'à présent fort rare chez les chevaux.

— Tel rit du cheval qui n'oserait pas rire du maître ! s'écria l'émule [1] de Tréville, furieux.

— Je ne ris pas souvent, Monsieur, reprit l'inconnu, ainsi que vous pouvez le voir vous-même à l'air de mon visage ; mais je tiens cependant à conserver le privilège de rire quand il me plaît.

— Et moi, s'écria d'Artagnan, je ne veux pas qu'on rie quand il me déplaît !

— En vérité, Monsieur ? continua l'inconnu plus calme que jamais, eh bien ! c'est parfaitement juste. » Et tournant sur ses talons, il s'apprêta à rentrer dans l'hôtellerie par la grande porte, sous laquelle d'Artagnan en arrivant avait remarqué un cheval tout sellé.

Mais d'Artagnan n'était pas de caractère à lâcher ainsi un homme qui avait eu l'insolence de se moquer de lui. Il tira son épée entièrement du fourreau et se mit à sa poursuite en criant :

1. Imitateur, élève.

« Tournez, tournez donc, Monsieur le railleur, que je ne vous frappe point par-derrière.

— Me frapper, moi ! dit l'autre en pivotant sur ses talons et en regardant le jeune homme avec autant d'étonnement que de mépris. Allons, allons donc, mon cher, vous êtes fou ! »

Puis, à demi-voix, et comme s'il se fût parlé à lui-même :

« C'est fâcheux, continua-t-il, quelle trouvaille pour Sa Majesté, qui cherche des braves de tous côtés pour recruter ses mousquetaires ! »

Il achevait à peine, que d'Artagnan lui allongea un si furieux coup de pointe, que, s'il n'eût fait vivement un bond en arrière, il est probable qu'il eût plaisanté pour la dernière fois. L'inconnu vit alors que la chose passait [1] la raillerie, tira son épée, salua son adversaire et se mit gravement en garde. Mais au même moment ses deux auditeurs, accompagnés de l'hôte, tombèrent sur d'Artagnan à grands coups de bâton, de pelles et de pincettes. Cela fit une diversion si rapide et si complète à l'attaque, que l'adversaire de d'Artagnan, pendant que celui-ci se retournait pour faire face à cette grêle de coups, rengainait avec la même précision, et, d'acteur qu'il avait manqué d'être, redevenait spectateur du combat, rôle dont il s'acquitta avec son impassibilité ordinaire, tout en marmottant néanmoins :

« La peste soit des Gascons ! Remettez-le sur son cheval orange, et qu'il s'en aille !

— Pas avant de t'avoir tué, lâche ! » criait d'Artagnan tout en faisant face du mieux qu'il pouvait et sans reculer d'un pas à ses trois ennemis, qui le moulaient [2] de coups.

« Encore une gasconnade, murmura le gentilhomme. Sur mon honneur, ces Gascons sont incorrigibles ! Continuez donc la danse, puisqu'il le veut

1. Dépassait la simple plaisanterie.
2. Imparfait du verbe *moudre*.

absolument. Quand il sera las, il dira qu'il en a assez. »

Mais l'inconnu ne savait pas encore à quel genre d'entêté il avait affaire ; d'Artagnan n'était pas homme à jamais demander merci [1]. Le combat continua donc quelques secondes encore ; enfin d'Artagnan, épuisé, laissa échapper son épée qu'un coup de bâton brisa en deux morceaux. Un autre coup, qui lui entama le front, le renversa presque en même temps tout sanglant et presque évanoui.

C'est à ce moment que de tous côtés on accourut sur le lieu de la scène. L'hôte, craignant du scandale, emporta, avec l'aide de ses garçons, le blessé dans la cuisine où quelques soins lui furent accordés.

Quant au gentilhomme, il était revenu prendre sa place à la fenêtre et regardait avec une certaine impatience toute cette foule, qui semblait en demeurant là lui causer une vive contrariété.

« Eh bien ! comment va cet enragé ? reprit-il en se retournant au bruit de la porte qui s'ouvrit et en s'adressant à l'hôte qui venait s'informer de sa santé.

— Votre Excellence est saine et sauve ? demanda l'hôte.

— Oui, parfaitement saine et sauve, mon cher hôtelier, et c'est moi qui vous demande ce qu'est devenu notre jeune homme.

— Il va mieux, dit l'hôte : il s'est évanoui tout à fait.

— Vraiment ? fit le gentilhomme.

— Mais avant de s'évanouir il a rassemblé toutes ses forces pour vous appeler et vous défier en vous appelant.

— Mais c'est donc le diable en personne que ce gaillard-là ! s'écria l'inconnu.

— Oh ! non, Votre Excellence, ce n'est pas le diable, reprit l'hôte avec une grimace de mépris, car pendant son évanouissement nous l'avons fouillé, et il n'a dans son paquet qu'une chemise et dans sa bourse

1. Demander grâce.

que douze écus, ce qui ne l'a pas empêché de dire en s'évanouissant que si pareille chose était arrivée à Paris, vous vous en repentiriez tout de suite, tandis qu'ici vous ne vous en repentirez que plus tard.

— Alors, dit froidement l'inconnu, c'est quelque prince du sang déguisé [1].

— Je vous dis cela, mon gentilhomme, reprit l'hôte, afin que vous vous teniez sur vos gardes.

— Et il n'a nommé personne dans sa colère ?

— Si fait, il frappait sur sa poche, et il disait : « Nous verrons ce que M. de Tréville pensera de cette insulte faite à son protégé. »

— M. de Tréville ? dit l'inconnu en devenant attentif ; il frappait sur sa poche en prononçant le nom de M. de Tréville ?... Voyons, mon cher hôte, pendant que votre jeune homme était évanoui, vous n'avez pas été, j'en suis bien sûr, sans regarder aussi cette poche-là. Qu'y avait-il ?

— Une lettre adressée à M. de Tréville, capitaine des mousquetaires.

— En vérité !

— C'est comme j'ai l'honneur de vous le dire, Excellence. »

L'hôte, qui n'était pas doué d'une grande perspicacité, ne remarqua point l'expression que ses paroles avaient donnée à la physionomie de l'inconnu. Celui-ci quitta le rebord de la croisée sur lequel il était toujours resté appuyé du bout du coude, et fronça le sourcil en homme inquiet.

« Diable ! murmura-t-il entre ses dents, Tréville m'aurait-il envoyé ce Gascon ? il est bien jeune ! Mais un coup d'épée est un coup d'épée, quel que soit l'âge de celui qui le donne, et l'on se défie moins d'un enfant que de tout autre ; il suffit parfois d'un faible obstacle pour contrarier un grand dessein. »

Et l'inconnu tomba dans une réflexion qui dura quelques minutes.

1. Prince ayant du sang de Saint Louis dans les veines, donc apparenté à la famille royale.

« Voyons, l'hôte, dit-il, est-ce que vous ne me débarrasserez pas de ce frénétique ? En conscience, je ne puis le tuer, et cependant, ajouta-t-il avec une expression froidement menaçante, cependant il me gêne. Où est-il ?

— Dans la chambre de ma femme, où on le panse, au premier étage.

— Ses hardes [1] et son sac sont avec lui ? il n'a pas quitté son pourpoint ?

— Tout cela, au contraire, est en bas dans la cuisine. Mais puisqu'il vous gêne, ce jeune fou...

— Sans doute. Il cause dans votre hôtellerie un scandale auquel d'honnêtes gens ne sauraient résister. Montez chez vous, faites mon compte et avertissez mon laquais.

— Quoi ! Monsieur nous quitte déjà ?

— Vous le savez bien, puisque je vous avais donné l'ordre de seller mon cheval. Ne m'a-t-on point obéi ?

— Si fait, et comme Votre Excellence a pu le voir, son cheval est sous la grande porte, tout appareillé pour partir.

— C'est bien, faites ce que je vous ai dit alors. »

« Ouais ! se dit l'hôte, aurait-il peur du petit garçon ? »

Mais un coup d'œil impératif de l'inconnu vint l'arrêter court. Il salua humblement et sortit.

« Il ne faut pas que Milady soit aperçue de ce drôle, continua l'étranger : elle ne doit pas tarder à passer ; déjà même elle est en retard. Décidément, mieux vaut que je monte à cheval et que j'aille au-devant d'elle... Si seulement je pouvais savoir ce que contient cette lettre adressée à Tréville ! »

Et l'inconnu, tout en marmottant, se dirigea vers la cuisine.

Pendant ce temps, l'hôte, qui ne doutait pas que ce ne fût la présence du jeune garçon qui chassât l'inconnu de son hôtellerie, était remonté chez sa

---

1. *Hardes* : vêtements (sans nuance dépréciative).

femme et avait trouvé d'Artagnan maître enfin de ses esprits. Alors, tout en lui faisant comprendre que la police [1] pourrait bien lui faire un mauvais parti pour avoir été chercher querelle à un grand seigneur — car, à l'avis de l'hôte, l'inconnu ne pouvait être qu'un grand seigneur —, il le détermina, malgré sa faiblesse, à se lever et à continuer son chemin. D'Artagnan, à moitié abasourdi, sans pourpoint et la tête tout emmaillotée de linges, se leva donc et, poussé par l'hôte, commença de descendre ; mais, en arrivant à la cuisine, la première chose qu'il aperçut fut son provocateur qui causait tranquillement au marchepied d'un lourd carrosse attelé de deux gros chevaux normands.

Son interlocutrice, dont la tête apparaissait encadrée par la portière, était une femme de vingt à vingt-deux ans. Nous avons déjà dit avec quelle rapidité d'investigation d'Artagnan embrassait toute une physionomie ; il vit donc du premier coup d'œil que la femme était jeune et belle. Or cette beauté le frappa d'autant plus qu'elle était parfaitement étrangère aux pays méridionaux que jusque-là d'Artagnan avait habités. C'était une pâle et blonde personne, aux longs cheveux bouclés tombant sur ses épaules, aux grands yeux bleus languissants, aux lèvres rosées et aux mains d'albâtre [2]. Elle causait très vivement avec l'inconnu.

« Ainsi, Son Eminence m'ordonne..., disait la dame.

---

1. Le terme de *police* signifiait au XVIIe siècle : organisation politique, ensemble des règlements régissant un Etat. Sous Louis XIII, le maintien de l'ordre relevait des prévôts, assistés de la maréchaussée. Mais dès 1667, il fut confié à un *lieutenant de police*, au sens actuel du terme.
2. Pierre très blanche servant à faire des statuettes et des vases, souvent utilisée en poésie pour évoquer métaphoriquement la blancheur des mains de femme.

— De retourner à l'instant même en Angleterre, et de la prévenir directement si le duc [1] quittait Londres.

— Et quant à mes autres instructions ? demanda la belle voyageuse.

— Elles sont renfermées dans cette boîte, que vous n'ouvrirez que de l'autre côté de la Manche.

— Très bien ; et vous, que faites-vous ?

— Moi, je retourne à Paris.

— Sans châtier cet insolent petit garçon ? » demanda la dame.

L'inconnu allait répondre : mais, au moment où il ouvrait la bouche, d'Artagnan, qui avait tout entendu, s'élança sur le seuil de la porte.

« C'est cet insolent petit garçon qui châtie les autres, s'écria-t-il, et j'espère bien que cette fois-ci celui qu'il doit châtier ne lui échappera pas comme la première.

— Ne lui échappera pas ? reprit l'inconnu en fronçant le sourcil.

— Non, devant une femme, vous n'oseriez pas fuir, je présume.

— Songez, s'écria Milady en voyant le gentilhomme porter la main à son épée, songez que le moindre retard peut tout perdre.

— Vous avez raison, s'écria le gentilhomme ; partez donc de votre côté, moi, je pars du mien. »

Et, saluant la dame d'un signe de tête, il s'élança sur son cheval, tandis que le cocher du carrosse fouettait vigoureusement son attelage. Les deux interlocuteurs partirent donc au galop, s'éloignant chacun par un côté opposé de la rue.

« Eh ! votre dépense », vociféra l'hôte, dont l'affection pour son voyageur se changeait en un profond dédain en voyant qu'il s'éloignait sans solder ses comptes.

« Paie, maroufle [2] », s'écria le voyageur toujours

---

1. Quel duc ? Pas plus que d'Artagnan, le lecteur ne doit le savoir tout de suite.
2. Apostrophe méprisante (d'origine inconnue).

galopant à son laquais, lequel jeta aux pieds de l'hôte deux ou trois pièces d'argent et se mit à galoper après son maître.

« Ah ! lâche, ah ! misérable, ah ! faux gentilhomme ! » cria d'Artagnan s'élançant à son tour après le laquais.

Mais le blessé était trop faible encore pour supporter une pareille secousse. A peine eut-il fait dix pas, que ses oreilles tintèrent, qu'un éblouissement le prit, qu'un nuage de sang passa sur ses yeux et qu'il tomba au milieu de la rue, en criant encore :

« Lâche ! lâche ! lâche !

— Il est en effet bien lâche », murmura l'hôte en s'approchant de d'Artagnan, et essayant par cette flatterie de se raccommoder avec le pauvre garçon, comme le héron de la fable avec son limaçon du soir [1].

« Oui, bien lâche, murmura d'Artagnan ; mais elle, bien belle !

— Qui, elle ? demanda l'hôte.

— Milady », balbutia d'Artagnan.

Et il s'évanouit une seconde fois.

« C'est égal, dit l'hôte, j'en perds deux, mais il me reste celui-là, que je suis sûr de conserver au moins quelques jours. C'est toujours onze écus de gagnés. »

On sait que onze écus [2] faisaient juste la somme qui restait dans la bourse de d'Artagnan.

L'hôte avait compté sur onze jours de maladie à un écu par jour ; mais il avait compté sans son voyageur. Le lendemain, dès cinq heures du matin, d'Artagnan se leva, descendit lui-même à la cuisine, demanda, outre quelques autres ingrédients dont la liste n'est pas parvenue jusqu'à nous, du vin, de l'huile, du romarin, et, la recette de sa mère à la main, se composa un baume dont il oignit ses nombreuses blessu-

1. *Cf.* La Fontaine, *Fables*, livre VII, fable 4. Le héron, après avoir fait le difficile devant divers poissons qu'il jugeait indignes de lui, n'en trouva plus un seul et dut se contenter d'un limaçon.

2. « Douze écus », était-il dit p. 67 : une de ces inadvertances dont Dumas est coutumier.

res, renouvelant ses compresses lui-même et ne voulant admettre l'adjonction d'aucun médecin. Grâce sans doute à l'efficacité du baume de Bohême, et peut-être aussi grâce à l'absence de tout docteur, d'Artagnan se trouva sur pied dès le soir même, et à peu près guéri le lendemain.

Mais, au moment de payer ce romarin, cette huile et ce vin, seule dépense du maître qui avait gardé une diète absolue, tandis qu'au contraire le cheval jaune, au dire de l'hôtelier du moins, avait mangé trois fois plus qu'on n'eût raisonnablement pu le supposer pour sa taille, d'Artagnan ne trouva dans sa poche que sa petite bourse de velours râpé ainsi que les onze écus qu'elle contenait ; mais quant à la lettre adressée à M. de Tréville, elle avait disparu.

Le jeune homme commença par chercher cette lettre avec une grande patience, tournant et retournant vingt fois ses poches et ses goussets [1], fouillant et refouillant dans son sac, ouvrant et refermant sa bourse ; mais lorsqu'il eut acquis la conviction que la lettre était introuvable, il entra dans un troisième accès de rage, qui faillit lui occasionner une nouvelle consommation de vin et d'huile aromatisés : car, en voyant cette jeune mauvaise tête s'échauffer et menacer de tout casser dans l'établissement si l'on ne retrouvait pas sa lettre, l'hôte s'était déjà saisi d'un épieu, sa femme d'un manche à balai, et ses garçons des mêmes bâtons qui avaient servi la surveille [2].

« Ma lettre de recommandation ! s'écria d'Artagnan, ma lettre de recommandation, sangdieu ! ou je vous embroche tous comme des ortolans [3] ! »

Malheureusement une circonstance s'opposait à ce que le jeune homme accomplît sa menace : c'est que, comme nous l'avons dit, son épée avait été, dans sa première lutte, brisée en deux morceaux, ce qu'il avait parfaitement oublié. Il en résulta que, lorsque d'Arta-

---

1. Petites poches de gilet.
2. L'avant-veille.
3. Petits oiseaux très savoureux, qu'on faisait cuire à la broche.

gnan voulut en effet dégainer, il se trouva purement et simplement armé d'un tronçon d'épée de huit ou dix pouces à peu près, que l'hôte avait soigneusement renfoncé dans le fourreau. Quant au reste de la lame, le chef l'avait adroitement détourné pour s'en faire une lardoire.

Cependant cette déception n'eût probablement pas arrêté notre fougueux jeune homme, si l'hôte n'avait réfléchi que la réclamation que lui adressait son voyageur était parfaitement juste.

« Mais, au fait, dit-il en abaissant son épieu, où est cette lettre ?

— Oui, où est cette lettre ? cria d'Artagnan. D'abord, je vous en préviens, cette lettre est pour M. de Tréville, et il faut qu'elle se retrouve ; ou si elle ne se retrouve pas, il saura bien la faire retrouver, lui ! »

Cette menace acheva d'intimider l'hôte. Après le roi et M. le cardinal, M. de Tréville était l'homme dont le nom peut-être était le plus souvent répété par les militaires et même par les bourgeois. Il y avait bien le père Joseph [1], c'est vrai ; mais son nom à lui n'était jamais prononcé que tout bas, tant était grande la terreur qu'inspirait l'Eminence grise, comme on appelait le familier du cardinal.

Aussi, jetant son épieu loin de lui, et ordonnant à sa femme d'en faire autant de son manche à balai et à ses valets de leurs bâtons, il donna le premier l'exemple en se mettant lui-même à la recherche de la lettre perdue.

« Est-ce que cette lettre renfermait quelque chose de précieux ? demanda l'hôte au bout d'un instant d'investigations inutiles.

— Sandis [2] ! je le crois bien ! s'écria le Gascon qui comptait sur cette lettre pour faire son chemin à la cour ; elle contenait ma fortune.

---

1. François Le Clerc du Tremblay (1577-1638), conseiller secret de Richelieu.
2. Forme gasconne du juron : *sangdieu !* = par le sang de Dieu !

— Des bons sur l'Epargne [1] ? demanda l'hôte inquiet.

— Des bons sur la trésorerie particulière de Sa Majesté », répondit d'Artagnan, qui, comptant entrer au service du roi grâce à cette recommandation, croyait pouvoir faire sans mentir cette réponse quelque peu hasardée.

« Diable ! fit l'hôte tout à fait désespéré.

— Mais il n'importe, continua d'Artagnan avec l'aplomb national, il n'importe, et l'argent n'est rien : — cette lettre était tout. J'eusse mieux aimé perdre mille pistoles que de la perdre. »

Il ne risquait pas davantage à dire vingt mille, mais une certaine pudeur juvénile le retint.

Un trait de lumière frappa tout à coup l'esprit de l'hôte, qui se donnait au diable en ne trouvant rien.

« Cette lettre n'est point perdue, s'écria-t-il.

— Ah ! fit d'Artagnan.

— Non ; elle vous a été prise.

— Prise ! et par qui ?

— Par le gentilhomme d'hier. Il est descendu à la cuisine, où était votre pourpoint. Il y est resté seul. Je gagerais que c'est lui qui l'a volée.

— Vous croyez ? » répondit d'Artagnan peu convaincu ; car il savait mieux que personne l'importance toute personnelle de cette lettre, et n'y voyait rien qui pût tenter la cupidité. Le fait est qu'aucun des valets, aucun des voyageurs présents n'eût rien gagné à posséder ce papier.

— « Vous dites donc, reprit d'Artagnan, que vous soupçonnez cet impertinent gentilhomme.

— Je vous dis que j'en suis sûr, continua l'hôte ; lorsque je lui ai annoncé que Votre Seigneurie était le protégé de M. de Tréville, et que vous aviez même une lettre pour cet illustre gentilhomme, il a paru fort inquiet, m'a demandé où était cette lettre, et est

_____

1. Le texte original — *Bons sur l'Espagne* — paraît être une coquille pour *Bons sur l'Epargne*, espèces d'obligations d'Etat.

descendu immédiatement à la cuisine où il savait qu'était votre pourpoint.

— Alors c'est mon voleur, répondit d'Artagnan ; je m'en plaindrai à M. de Tréville, et M. de Tréville s'en plaindra au roi. » Puis il tira majestueusement deux écus de sa poche, les donna à l'hôte, qui l'accompagna, le chapeau à la main, jusqu'à la porte, remonta sur son cheval jaune, qui le conduisit sans autre incident jusqu'à la porte Saint-Antoine [1] à Paris, où son propriétaire le vendit trois écus, ce qui était fort bien payé, attendu que d'Artagnan l'avait fort surmené pendant la dernière étape. Aussi le maquignon auquel d'Artagnan le céda moyennant les neuf livres susdites ne cacha-t-il point au jeune homme qu'il n'en donnait cette somme exorbitante qu'à cause de l'originalité de sa couleur.

D'Artagnan entra donc dans Paris à pied, portant son petit paquet sous son bras, et marcha tant qu'il trouvât à louer une chambre qui convînt à l'exiguïté de ses ressources. Cette chambre fut une espèce de mansarde, sise rue des Fossoyeurs [2], près du Luxembourg.

Aussitôt le denier à Dieu [3] donné, d'Artagnan prit

---

1. La porte Saint-Antoine, qui occupait alors un emplacement tout proche de la Bastille, aujourd'hui absorbé par la place qui porte ce nom, commandait la route de l'est. Venant du sud, d'Artagnan aurait dû entrer par la porte Saint-Jacques. — Autre inadvertance de Dumas ? Notre héros vend son cheval bien vite, en dépit des recommandations de son père.

2. La rue des Fossoyeurs doit son nom au fossoyeur de Saint-Sulpice, qui y demeurait ; elle fut baptisée en 1807 rue Servandoni. Dumas la désigne indifféremment par l'un et l'autre nom. Elle est située dans le quartier Saint-Sulpice, près du palais du Luxembourg, que Marie de Médicis s'était fait construire quelques années plus tôt. Il en est de même de la rue du Vieux-Colombier, qui existe encore, entre la place Saint-Sulpice et le carrefour de la Croix-Rouge. Mais l'hôtel de Tréville n'y était pas situé. Il se trouvait à l'angle de la rue de Tournon, de la rue de Vaugirard et de la rue de Condé.

3. A l'origine, contribution versée lors de la signature d'un engagement et destinée à des fins charitables ; puis, arrhes, acompte versé pour une location, un marché.

possession de son logement, passa le reste de la journée à coudre à son pourpoint et à ses chausses des passementeries [1] que sa mère avait détachées d'un pourpoint presque neuf de M. d'Artagnan père, et qu'elle lui avait données en cachette ; puis il alla quai de la Ferraille [2], faire remettre une lame à son épée ; puis il revint au Louvre s'informer, au premier mousquetaire qu'il rencontra, de la situation de l'hôtel de M. de Tréville, lequel était situé rue du Vieux-Colombier, c'est-à-dire justement dans le voisinage de la chambre arrêtée par d'Artagnan : circonstance qui lui parut d'un heureux augure pour le succès de son voyage.

Après quoi, content de la façon dont il s'était conduit à Meung, sans remords dans le passé, confiant dans le présent et plein d'espérance dans l'avenir, il se coucha et s'endormit du sommeil du brave.

Ce sommeil, tout provincial encore, le conduisit jusqu'à neuf heures du matin, heure à laquelle il se leva pour se rendre chez ce fameux M. de Tréville, le troisième personnage du royaume d'après l'estimation paternelle.

II

L'ANTICHAMBRE DE M. DE TRÉVILLE

M. de Troisvilles, comme s'appelait encore sa famille en Gascogne, ou M. de Tréville, comme il avait fini par s'appeler lui-même à Paris, avait réellement commencé comme d'Artagnan, c'est-à-dire sans un sou vaillant, mais avec ce fonds d'audace, d'esprit

1. Galons et rubans utilisés comme garniture.
2. Aujourd'hui quai de la Mégisserie, entre le Châtelet et le Pont-Neuf.

et d'entendement [1] qui fait que le plus pauvre gentillâtre [2] gascon reçoit souvent plus en ses espérances de l'héritage paternel que le plus riche gentilhomme périgourdin ou berrichon ne reçoit en réalité. Sa bravoure insolente, son bonheur [3] plus insolent encore dans un temps où les coups pleuvaient comme grêle, l'avaient hissé au sommet de cette échelle difficile qu'on appelle la faveur de cour, et dont il avait escaladé quatre à quatre les échelons.

Il était l'ami du roi, lequel honorait fort, comme chacun sait, la mémoire de son père Henri IV. Le père de M. de Tréville l'avait si fidèlement servi dans ses guerres contre la Ligue [4], qu'à défaut d'argent comptant — chose qui toute la vie manqua au Béarnais, lequel paya constamment ses dettes avec la seule chose qu'il n'eût jamais besoin d'emprunter, c'est-à-dire avec de l'esprit —, qu'à défaut d'argent comptant, disons-nous, il l'avait autorisé, après la reddition de Paris [5], à prendre pour armes un lion d'or passant sur gueules avec cette devise : *Fidelis et fortis* [6]. C'était beaucoup pour l'honneur, mais c'était médiocre pour le bien-être. Aussi, quand l'illustre compagnon du grand Henri mourut, il laissa pour seul héritage à Monsieur son fils son épée et sa devise. Grâce à ce double don et au nom sans tache qui l'accompagnait, M. de Tréville fut admis dans la maison du jeune prince, où il servit si bien de son épée et fut si fidèle à sa devise, que Louis XIII, une des bonnes lames du royaume, avait l'habitude de dire que, s'il avait un ami

1. Intelligence.
2. Se disait, par dénigrement, d'un gentilhomme pauvre.
3. Chance.
4. La Ligue, parti ultra-catholique, tenta par la guerre civile d'empêcher Henri IV de monter sur le trône.
5. Henri IV, qui avait dû conquérir pied à pied son royaume depuis son avènement en 1589, ne put entrer dans Paris, le 22 mars 1594, que huit mois après avoir abjuré la religion réformée.
6. *Gueules* : la couleur rouge, sur les armoiries. La devise « Fidèle et courageux » se rencontre assez fréquemment dans les armoiries du temps, mais pas dans celles des Tréville.

qui se battît, il lui donnerait le conseil de prendre pour second, lui d'abord, et Tréville après, et peut-être même avant lui.

Aussi Louis XIII avait-il un attachement réel pour Tréville, attachement royal, attachement égoïste, c'est vrai, mais qui n'en était pas moins un attachement. C'est que, dans ces temps malheureux, on cherchait fort à s'entourer d'hommes de la trempe de Tréville. Beaucoup pouvaient prendre pour devise l'épithète de *fort*, qui faisait la seconde partie de son exergue [1] ; mais peu de gentilshommes pouvaient réclamer l'épithète de *fidèle*, qui en formait la première. Tréville était un de ces derniers ; c'était une de ces rares organisations [2], à l'intelligence obéissante comme celle du dogue, à la valeur aveugle, à l'œil rapide, à la main prompte, à qui l'œil n'avait été donné que pour voir si le roi était mécontent de quelqu'un, et la main que pour frapper ce déplaisant quelqu'un, un Besme, un Maurevers, un Poltrot de Méré, un Vitry [3]. Enfin, à Tréville, il n'avait manqué jusque-là que l'occasion ; mais il la guettait, et il se promettait bien de la saisir par ses trois cheveux [4] si

1. *Exergue* : inscription en tête d'un ouvrage, est pris ici au sens de *devise*.

2. L'*organisation* est l'ensemble des traits qui caractérisent un individu, au physique et au moral.

3. Assassins célèbres, agissant sur ordre. Poltrot de Méré tua François de Guise en 1563. Maurevers visa et manqua Coligny l'avant-veille de la Saint-Barthélemy, Besme le tua dans son lit le matin du massacre, en 1572. Vitry tua le maréchal d'Ancre, Concini, en 1617. Le rapprochement s'explique par une réflexion prêtée à Louis XIII par Tallemant des Réaux au sujet de Tréville : « Voilà un homme qui me défera du cardinal quand je voudrai » (*Historiettes*, éd. Adam, I, 287). En 1642, lors de l'affaire Cinq-Mars, Richelieu lui-même craignait que le roi ne le sacrifie et voyait en Tréville et en Des Essarts deux des hommes « destinés à l'exécution ».

4. L'occasion, personnage allégorique, était représentée « sous les traits d'une femme nue, chauve par derrière, avec une longue tresse de cheveux par devant, un pied en l'air et l'autre sur une roue, tenant un rasoir d'une main et de l'autre une voile tendue au vent » (Littré). Il fallait la saisir aux cheveux, chose très difficile. Est-ce

jamais elle passait à la portée de sa main. Aussi
Louis XIII fit-il de Tréville le capitaine de ses mousquetaires, lesquels étaient à Louis XIII, pour le
dévouement ou plutôt pour le fanatisme, ce que ses
ordinaires [1] étaient à Henri III et ce que sa garde
écossaise était à Louis XI.

De son côté, et sous ce rapport, le cardinal n'était
pas en reste avec le roi. Quand il avait vu la formidable élite dont Louis XIII s'entourait, ce second ou
plutôt ce premier roi de France avait voulu, lui aussi,
avoir sa garde. Il eut donc ses mousquetaires comme
Louis XIII avait les siens, et l'on voyait ces deux
puissances rivales trier pour leur service, dans toutes
les provinces de France et même dans tous les Etats
étrangers, les hommes célèbres pour les grands coups
d'épée. Aussi Richelieu et Louis XIII se disputaient
souvent, en faisant leur partie d'échecs, le soir, au
sujet du mérite de leurs serviteurs. Chacun vantait la
tenue et le courage des siens, et tout en se prononçant
tout haut contre les duels et contre les rixes, ils les
excitaient tout bas à en venir aux mains, et conce-
vaient un véritable chagrin ou une joie immodérée de
la défaite ou de la victoire des leurs. Ainsi, du moins,
le disent les Mémoires d'un homme qui fut dans
quelques-unes de ces défaites et dans beaucoup de
ces victoires [2].

Tréville avait pris le côté faible de son maître, et
c'est à cette adresse qu'il devait la longue et constante
faveur d'un roi qui n'a pas laissé la réputation d'avoir
été très fidèle à ses amitiés. Il faisait parader ses
mousquetaires devant le cardinal Armand Duples-

---

par contamination avec la chanson de *Cadet Rousselle* que Dumas
réduit ses cheveux à trois ?

1. Les *ordinaires* étaient des officiers de la maison du roi remplissant leur fonction toute l'année, par opposition à ceux qui
servaient par quartier. C'étaient des gardes du corps totalement
dévoués à sa personne.

2. L'évocation de cette rivalité entre Louis XIII et Richelieu est
en effet empruntée aux pseudo-*Mémoires* de d'Artagnan.

sis [1] avec un air narquois qui hérissait de colère la
moustache grise de Son Eminence. Tréville entendait
admirablement bien la guerre de cette époque, où,
quand on ne vivait pas aux dépens de l'ennemi, on
vivait aux dépens de ses compatriotes : ses soldats
formaient une légion de diables à quatre, indisci-
plinée pour tout autre que pour lui.

Débraillés, avinés, écorchés [2], les mousquetaires
du roi, ou plutôt ceux de M. de Tréville, s'épandaient
dans les cabarets, dans les promenades, dans les jeux
publics, criant fort et retroussant leurs moustaches,
faisant sonner leurs épées, heurtant avec volupté les
gardes de M. le cardinal quand ils les rencontraient ;
puis dégainant en pleine rue, avec mille plaisanteries ; tués quelquefois, mais sûrs en ce cas d'être
pleurés et vengés ; tuant souvent, et sûrs alors de ne
pas moisir en prison, M. de Tréville étant là pour les
réclamer. Aussi M. de Tréville était-il loué sur tous les
tons, chanté sur toutes les gammes par ces hommes
qui l'adoraient, et qui, tout gens de sac et de corde
qu'ils étaient, tremblaient devant lui comme des écoliers devant leur maître, obéissant au moindre mot, et
prêts à se faire tuer pour laver le moindre reproche.

M. de Tréville avait usé de ce levier puissant, pour le
roi d'abord et les amis du roi, — puis pour lui-même
et pour ses amis. Au reste, dans aucun des Mémoires
de ce temps, qui a laissé tant de mémoires, on ne voit
que ce digne gentilhomme ait été accusé, même par
ses ennemis — et il en avait autant parmi les gens de
plume que chez les gens d'épée —, nulle part on ne
voit, disons-nous, que ce digne gentilhomme ait été
accusé de se faire payer la coopération de ses séides [3].
Avec un rare génie d'intrigue, qui le rendait l'égal des
plus forts intrigants, il était resté honnête homme.
Bien plus, en dépit des grandes estocades [4] qui déhan-

---

1. Prénom et nom de famille de Richelieu.
2. Couverts d'écorchures, de plaies superficielles.
3. Hommes d'un dévouement aveugle et fanatique.
4. Coups frappés avec la pointe de l'épée.

chent et des exercices pénibles qui fatiguent, il était devenu un des plus galants coureurs de ruelles, un des plus fins damerets, un des plus alambiqués diseurs de phébus [1] de son époque ; on parlait des bonnes fortunes de Tréville comme on avait parlé vingt ans auparavant de celles de Bassompierre [2] — et ce n'était pas peu dire. Le capitaine des mousquetaires était donc admiré, craint et aimé, ce qui constitue l'apogée des fortunes humaines.

Louis XIV absorba tous les petits astres de sa cour dans son vaste rayonnement ; mais son père, soleil *pluribus impar* [3], laissa sa splendeur personnelle à chacun de ses favoris, sa valeur individuelle à chacun de ses courtisans. Outre le lever [4] du roi et celui du cardinal, on comptait alors à Paris plus de deux cents petits levers un peu recherchés. Parmi les deux cents petits levers, celui de Tréville était un des plus courus.

La cour de son hôtel, situé rue du Vieux-Colombier, ressemblait à un camp, et cela dès six heures du matin en été et dès huit heures en hiver. Cinquante à soixante mousquetaires, qui semblaient s'y relayer pour présenter un nombre toujours imposant, s'y promenaient sans cesse, armés en guerre et prêts à tout. Le long d'un de ses grands escaliers sur l'emplacement desquels notre civilisation bâtirait une maison tout entière, montaient et descendaient les solliciteurs de Paris qui couraient après une faveur

1. Les dames recevaient étendues sur un lit de parade et leurs galants s'installaient pour les courtiser dans la *ruelle* (espace entre le lit et le mur). Un *coureur de ruelles* est un collectionneur de conquêtes féminines. *Dameret* : homme d'une élégance affectée, soucieux de plaire. *Phébus* : galimatias précieux.

2. Ancien compagnon d'Henri IV, maréchal de France, célèbre pour ses succès féminins (1579-1646).

3. La devise de Louis XIV — *nec pluribus impar* — signifiait qu'il n'avait pas d'égaux. En ce qui concerne Louis XIII, la suppression de la négation implique que beaucoup de grands seigneurs pouvaient rivaliser avec lui.

4. Chaque matin, le lever du roi et de quelques grands personnages (mais pas deux cents !) donnait lieu à une sorte de cérémonie.

quelconque, les gentilshommes de province avides d'être enrôlés, et les laquais chamarrés de toutes couleurs, qui venaient apporter à M. de Tréville les messages de leurs maîtres. Dans l'antichambre, sur de longues banquettes circulaires, reposaient les élus, c'est-à-dire ceux qui étaient convoqués. Un bourdonnement durait là depuis le matin jusqu'au soir, tandis que M. de Tréville, dans son cabinet contigu à cette antichambre, recevait les visites, écoutait les plaintes, donnait ses ordres et, comme le roi à son balcon du Louvre, n'avait qu'à se mettre à sa fenêtre pour passer la revue des hommes et des armes.

Le jour où d'Artagnan se présenta, l'assemblée était imposante, surtout pour un provincial arrivant de sa province : il est vrai que ce provincial était Gascon, et que surtout à cette époque les compatriotes de d'Artagnan avaient la réputation de ne point facilement se laisser intimider. En effet, une fois qu'on avait franchi la porte massive, chevillée de longs clous à tête quadrangulaire, on tombait au milieu d'une troupe de gens d'épée qui se croisaient dans la cour, s'interpellant, se querellant et jouant entre eux. Pour se frayer un passage au milieu de toutes ces vagues tourbillonnantes, il eût fallu être officier, grand seigneur ou jolie femme.

Ce fut donc au milieu de cette cohue et de ce désordre que notre jeune homme s'avança, le cœur palpitant, rangeant sa longue rapière [1] le long de ses jambes maigres, et tenant une main au rebord de son feutre avec ce demi-sourire du provincial embarrassé qui veut faire bonne contenance. Avait-il dépassé un groupe, alors il respirait plus librement ; mais il comprenait qu'on se retournait pour le regarder, et pour la première fois de sa vie, d'Artagnan, qui jusqu'à ce jour avait une assez bonne opinion de lui-même, se trouva ridicule.

Arrivé à l'escalier, ce fut pis encore : il y avait sur les

---

1. Epée à lame fine et longue, dont on se servait dans les duels.

premières marches quatre mousquetaires qui se divertissaient à l'exercice suivant, tandis que dix ou douze de leurs camarades attendaient sur le palier que leur tour vînt de prendre place à la partie.

Un d'eux, placé sur le degré supérieur, l'épée nue à la main, empêchait ou du moins s'efforçait d'empêcher les trois autres de monter.

Ces trois autres s'escrimaient contre lui de leurs épées fort agiles. D'Artagnan prit d'abord ces fers pour des fleurets d'escrime, il les crut boutonnés [1] : mais il reconnut bientôt à certaines égratignures que chaque arme, au contraire, était affilée et aiguisée à souhait, et à chacune de ces égratignures, non seulement les spectateurs, mais encore les acteurs riaient comme des fous.

Celui qui occupait le degré [2] en ce moment tenait merveilleusement ses adversaires en respect. On faisait cercle autour d'eux : la condition portait qu'à chaque coup le touché quitterait la partie, en perdant son tour d'audience au profit du toucheur. En cinq minutes trois furent effleurés, l'un au poignet, l'autre au menton, l'autre à l'oreille, par le défenseur du degré, qui lui-même ne fut pas atteint : adresse qui lui valut, selon les conventions arrêtées, trois tours de faveur.

Si difficile non pas qu'il fût, mais qu'il voulût être à étonner, ce passe-temps étonna notre jeune voyageur ; il avait vu dans sa province, cette terre où s'échauffent cependant si promptement les têtes, un peu plus de préliminaires aux duels, et la gasconnade [3] de ces quatre joueurs lui parut la plus forte de toutes celles qu'il avait ouïes jusqu'alors, même en Gascogne. Il se crut transporté dans ce fameux pays

---

1. Les fleurets d'escrime (épées légères, non tranchantes, destinées à l'exercice) ont la pointe *boutonnée* ou mouchetée, c'est-à-dire recouverte par une sorte de bouton qui en atténue le piquant.
2. La marche supérieure.
3. Fanfaronnade, pari risqué.

des géants où Gulliver alla depuis [1] et eut si grand-peur ; et cependant il n'était pas au bout : restaient le palier et l'antichambre.

Sur le palier on ne se battait plus, on racontait des histoires de femmes, et dans l'antichambre des histoires de cour. Sur le palier, d'Artagnan rougit ; dans l'antichambre, il frissonna. Son imagination éveillée et vagabonde, qui en Gascogne le rendait redoutable aux jeunes femmes de chambre et même quelquefois aux jeunes maîtresses, n'avait jamais rêvé, même dans ces moments de délire, la moitié de ces merveilles amoureuses et le quart de ces prouesses galantes, rehaussées des noms les plus connus et des détails les moins voilés. Mais si son amour pour les bonnes mœurs fut choqué sur le palier, son respect pour le cardinal fut scandalisé dans l'antichambre. Là, à son grand étonnement, d'Artagnan entendait critiquer tout haut la politique qui faisait trembler l'Europe et la vie privée du cardinal, que tant de hauts et puissants seigneurs avaient été punis d'avoir tenté d'approfondir : ce grand homme, révéré par M. d'Artagnan père, servait de risée aux mousquetaires de M. de Tréville, qui raillaient ses jambes cagneuses [2] et son dos voûté ; quelques-uns chantaient des noëls [3] sur Mme d'Aiguillon, sa maîtresse, et Mme de Combalet, sa nièce [4], tandis que les autres liaient des parties [5] contre les pages et les gardes du cardinal-

---

1. « Où Gulliver alla *depuis* » : car les fameux *Voyages de Gulliver,* de Jonathan Swift, furent publiés pour la première fois en 1726.

2. Jambes aux genoux tournant vers l'intérieur.

3. Faisaient des railleries.

4. Inadvertance : ces deux personnages n'en font qu'un. La nièce de Richelieu, Marie-Madeleine de Vignerot, dame de Combalet, fut faite duchesse d'Aiguillon après son veuvage. Elle passa pour avoir été, à côté de beaucoup d'autres, la maîtresse de son oncle.

5. *Lier des parties* : former des projets à plusieurs, notamment en vue d'un duel.

duc [1], toutes choses qui paraissaient à d'Artagnan de monstrueuses impossibilités.

Cependant, quand le nom du roi intervenait parfois tout à coup à l'improviste au milieu de tous ces quolibets cardinalesques, une espèce de bâillon calfeutrait pour un moment toutes ces bouches moqueuses ; on regardait avec hésitation autour de soi, et l'on semblait craindre l'indiscrétion de la cloison du cabinet de M. de Tréville ; mais bientôt une allusion ramenait la conversation sur Son Eminence, et alors les éclats reprenaient de plus belle, et la lumière n'était ménagée sur aucune de ses actions.

« Certes, voilà des gens qui vont être embastillés [2] et pendus, pensa d'Artagnan avec terreur, et moi sans aucun doute avec eux, car du moment où je les ai écoutés et entendus, je serai tenu pour leur complice. Que dirait Monsieur mon père, qui m'a si fort recommandé le respect du cardinal, s'il me savait dans la société de pareils païens [3] ? »

Aussi, comme on s'en doute sans que je le dise, d'Artagnan n'osait se livrer à la conversation ; seulement il regardait de tous ses yeux, écoutant de toutes ses oreilles, tendant avidement ses cinq sens pour ne rien perdre, et malgré sa confiance dans les recommandations paternelles, il se sentait porté par ses goûts et entraîné par ses instincts à louer plutôt qu'à blâmer les choses inouïes qui se passaient là.

Cependant, comme il était absolument étranger à la foule des courtisans de M. de Tréville, et que c'était la première fois qu'on l'apercevait en ce lieu, on vint lui demander ce qu'il désirait. A cette demande, d'Artagnan se nomma fort humblement, s'appuya du

---

1. En 1625, Richelieu était déjà cardinal (depuis 3 ans), mais il ne devint duc qu'en 1631.
2. Emprisonnés à la Bastille.
3. Les mousquetaires sont traités plaisamment de païens non parce qu'ils manquent de respect envers Dieu, mais parce qu'ils se moquent de l'homme d'Eglise qu'est le cardinal de Richelieu.

titre de compatriote [1], et pria le valet de chambre qui était venu lui faire cette question de demander pour lui à M. de Tréville un moment d'audience, demande que celui-ci promit d'un ton protecteur de transmettre en temps et lieu.

D'Artagnan, un peu revenu de sa surprise première, eut donc le loisir d'étudier un peu les costumes et les physionomies.

Au centre du groupe le plus animé était un mousquetaire de grande taille, d'une figure hautaine et d'une bizarrerie de costume qui attirait sur lui l'attention générale. Il ne portait pas, pour le moment, la casaque d'uniforme, qui, au reste, n'était pas absolument obligatoire dans cette époque de liberté moindre mais d'indépendance plus grande, mais un justaucorps [2] bleu de ciel, tant soit peu fané et râpé, et sur cet habit un baudrier [3] magnifique, en broderies d'or, et qui reluisait comme les écailles dont l'eau se couvre au grand soleil. Un manteau long de velours cramoisi tombait avec grâce sur ses épaules, découvrant par-devant seulement le splendide baudrier, auquel pendait une gigantesque rapière.

Ce mousquetaire venait de descendre de garde à l'instant même, se plaignait d'être enrhumé et toussait de temps en temps avec affectation. Aussi avait-il pris le manteau, à ce qu'il disait autour de lui, et tandis qu'il parlait du haut de sa tête, en frisant dédaigneusement sa moustache, on admirait avec enthousiasme le baudrier brodé, et d'Artagnan plus que tout autre.

« Que voulez-vous, disait le mousquetaire, la mode en vient ; c'est une folie, je le sais bien, mais c'est la mode. D'ailleurs, il faut bien employer à quelque chose l'argent de sa légitime [4].

1. Invoqua sa qualité de compatriote pour obtenir une audience (Tréville est béarnais, comme d'Artagnan).
2. *Justaucorps* : espèce de pourpoint (*cf.* p. 57, n. 1).
3. *Baudrier* : *cf.* p. 57, n. 2. — *Rapière* : *cf.* p. 82, n. 1.
4. Portion d'héritage.

— Ah ! *Porthos !* s'écria un des assistants, n'essaie pas de nous faire croire que ce baudrier te vient de la générosité paternelle : il t'aura été donné par la dame voilée avec laquelle je t'ai rencontré l'autre dimanche vers la porte Saint-Honoré.

— Non, sur mon honneur et foi de gentilhomme, je l'ai acheté moi-même, et de mes propres deniers, répondit celui qu'on venait de désigner sous le nom de Porthos.

— Oui, comme j'ai acheté, moi, dit un autre mousquetaire, cette bourse neuve, avec ce que ma maîtresse avait mis dans la vieille.

— Vrai, dit Porthos, et la preuve c'est que je l'ai payé douze pistoles. »

L'admiration redoubla, quoique le doute continuât d'exister.

« N'est-ce pas, *Aramis ?* » dit Porthos se tournant vers un autre mousquetaire.

Cet autre mousquetaire formait un contraste parfait avec celui qui l'interrogeait et qui venait de le désigner sous le nom d'Aramis : c'était un jeune homme de vingt-deux à vingt-trois ans à peine, à la figure naïve et doucereuse, à l'œil noir et doux et aux joues roses et veloutées comme une pêche en automne ; sa moustache fine dessinait sur sa lèvre supérieure une ligne d'une rectitude parfaite ; ses mains semblaient craindre de s'abaisser, de peur que leurs veines ne se gonflassent, et de temps en temps il se pinçait le bout des oreilles pour les maintenir d'un incarnat [1] tendre et transparent. D'habitude il parlait peu et lentement, saluait beaucoup, riait sans bruit en montrant ses dents, qu'il avait belles et dont, comme du reste de sa personne, il semblait prendre le plus grand soin. Il répondit par un signe de tête affirmatif à l'interpellation de son ami.

Cette affirmation parut avoir fixé tous les doutes à l'endroit du baudrier ; on continua donc de l'admirer,

---

1. *D'un rouge clair et vif.*

mais on n'en parla plus ; et par un de ces revirements rapides de la pensée, la conversation passa tout à coup à un autre sujet.

« Que pensez-vous de ce que raconte l'écuyer de Chalais [1] ? » demanda un autre mousquetaire sans interpeller directement personne, mais s'adressant au contraire à tout le monde.

« Et que raconte-t-il ? demanda Porthos d'un ton suffisant.

— Il raconte qu'il a trouvé à Bruxelles [2] Rochefort, l'âme damnée du cardinal, déguisé en capucin ; ce Rochefort maudit, grâce à ce déguisement, avait joué M. de Laigues [3] comme un niais qu'il est.

— Comme un vrai niais, dit Porthos ; mais la chose est-elle sûre ?

— Je la tiens d'Aramis, répondit le mousquetaire.

— Vraiment ?

— Eh ! vous le savez bien, Porthos, dit Aramis ; je vous l'ai racontée, à vous-même hier, n'en parlons donc plus.

— N'en parlons plus, voilà votre opinion à vous, reprit Porthos. N'en parlons plus ! peste ! comme vous concluez vite. Comment ! le cardinal fait espionner un gentilhomme, fait voler sa correspondance par un traître, un brigand, un pendard [4] ; fait, avec l'aide de cet espion et grâce à cette correspondance, couper le cou à Chalais, sous le stupide prétexte qu'il a voulu tuer le roi et marier Monsieur avec la reine [5] ! Per-

1. Sur la conspiration de Chalais, découverte dans l'été de 1626, cf. *Notice historique.*
2. Bruxelles, capitale des Pays-Bas espagnols, servait alors de refuge à tous les comploteurs. Richelieu les y faisait surveiller secrètement. Le personnage imaginaire de Rochefort est l'un de ses espions.
3. Anachronisme : le marquis de Laigues (1604-1674) ne sera que plus tard mêlé aux intrigues politiques. Le cardinal de Retz le tient pour un homme ayant « très peu de sens ».
4. Un vaurien, bon à pendre (mot vieilli).
5. *Monsieur* est Gaston d'Orléans, frère de Louis XIII. — Chalais fut en effet dénoncé par trahison. Il reconnut avoir conspiré contre Richelieu, mais nia tout projet contre le roi. Cf. La Rochefoucauld,

sonne ne savait un mot de cette énigme, vous nous l'apprenez hier, à la grande satisfaction de tous, et quand nous sommes encore tout ébahis de cette nouvelle, vous venez nous dire aujourd'hui : N'en parlons plus !

— Parlons-en donc, voyons, puisque vous le désirez, reprit Aramis avec patience.

— Ce Rochefort, s'écria Porthos, si j'étais l'écuyer du pauvre Chalais, passerait avec moi un vilain moment.

— Et vous, vous passeriez un triste quart d'heure avec le duc Rouge, reprit Aramis.

— Ah ! le duc Rouge ! bravo, bravo, le duc Rouge ! répondit Porthos en battant des mains et en approuvant de la tête. Le « duc Rouge » est charmant [1]. Je répandrai le mot, mon cher, soyez tranquille. A-t-il de l'esprit, cet Aramis ! Quel malheur que vous n'ayez pas pu suivre votre vocation, mon cher ! quel délicieux abbé vous eussiez fait !

— Oh ! ce n'est qu'un retard momentané, reprit Aramis ; un jour, je le serai. Vous savez bien, Porthos, que je continue d'étudier la théologie pour cela.

— Il le fera comme il le dit, reprit Porthos, il le fera tôt ou tard.

— Tôt, dit Aramis.

— Il n'attend qu'une chose pour le décider tout à fait et pour reprendre sa soutane, qui est pendue derrière son uniforme, reprit un mousquetaire.

— Et quelle chose attend-il ? demanda un autre.

— Il attend que la reine ait donné un héritier à la couronne de France.

Mémoires, Première partie : « Il fut accusé d'avoir eu dessein contre la vie du Roi et d'avoir proposé à Monsieur de rompre son mariage, dans la vue d'épouser la Reine, aussitôt qu'il serait parvenu à la couronne. Bien que ce crime ne fût pas entièrement prouvé, Chalais eut la tête tranchée ».

1. Le duc Rouge est Richelieu : allusion à la pourpre cardinalice, mais aussi au sang de ceux qu'il a fait condamner à mort. *Cf.* le dernier vers de *Marion de Lorme*, de V. Hugo (1831) : « Regardez tous ! voilà l'homme rouge qui passe ! »

— Ne plaisantons pas là-dessus, Messieurs, dit Porthos ; grâce à Dieu, la reine est encore d'âge à le donner [1].

— On dit que M. de Buckingham est en France, reprit Aramis avec un rire narquois qui donnait à cette phrase, si simple en apparence, une signification passablement scandaleuse.

— Aramis, mon ami, pour cette fois vous avez tort, interrompit Porthos, et votre manie d'esprit vous entraîne toujours au-delà des bornes ; si M. de Tréville vous entendait, vous seriez mal venu de parler ainsi.

— Allez-vous me faire la leçon, Porthos ? s'écria Aramis, dans l'œil doux duquel on vit passer comme un éclair.

— Mon cher, soyez mousquetaire ou abbé. Soyez l'un ou l'autre, mais pas l'un et l'autre, reprit Porthos. Tenez, Athos vous l'a dit encore l'autre jour : vous mangez à tous les râteliers [2]. Ah ! ne nous fâchons pas, je vous prie, ce serait inutile, vous savez bien ce qui est convenu entre vous, Athos et moi. Vous allez chez Mme d'Aiguillon, et vous lui faites la cour ; vous allez chez Mme de Bois-Tracy, la cousine de Mme de Chevreuse, et vous passez pour être fort en avant dans les bonnes grâces de la dame. Oh ! mon Dieu, n'avouez pas votre bonheur, on ne vous demande pas votre secret, on connaît votre discrétion. Mais puisque vous possédez cette vertu, que diable ! faites-en usage à l'endroit de Sa Majesté. S'occupe qui voudra

1. Louis XIII et Anne d'Autriche, tous deux nés en 1601, furent mariés le 28 novembre 1615. Leur couple resta stérile pendant près de vingt-trois ans, jusqu'à la naissance du futur Louis XIV, le 5 septembre 1638.

2. « Vous fréquentez tous les partis. » Autour de Mme d'Aiguillon se réunissaient les amis de Richelieu, autour de Mme de Chevreuse ses ennemis. Mme de Bois-Tracy est un personnage imaginaire, dont le nom a pu être suggéré par celui, réel, de Bois d'Arcy. — Sur Mme de Chevreuse, cf. *Répertoire des personnages*.

et comme on voudra du roi et du cardinal ; mais la reine est sacrée, et si l'on en parle, que ce soit en bien.

— Porthos, vous êtes prétentieux comme Narcisse [1], je vous en préviens, répondit Aramis ; vous savez que je hais la morale, excepté quand elle est faite par Athos. Quant à vous, mon cher, vous avez un trop magnifique baudrier pour être bien fort là-dessus. Je serai abbé s'il me convient ; en attendant, je suis mousquetaire : en cette qualité, je dis ce qu'il me plaît, et en ce moment il me plaît de vous dire que vous m'impatientez.

— Aramis !

— Porthos !

— Eh ! Messieurs ! Messieurs ! s'écria-t-on autour d'eux.

— M. de Tréville attend M. d'Artagnan », interrompit le laquais en ouvrant la porte du cabinet.

A cette annonce, pendant laquelle la porte demeurait ouverte, chacun se tut, et au milieu du silence général le jeune Gascon traversa l'antichambre dans une partie de sa longueur et entra chez le capitaine des mousquetaires, se félicitant de tout son cœur d'échapper aussi à point à la fin de cette bizarre querelle.

III

L'AUDIENCE

M. de Tréville était pour le moment de fort méchante humeur ; néanmoins il salua poliment le jeune homme, qui s'inclina jusqu'à terre, et il sourit en recevant son compliment, dont l'accent béarnais

1. Personnage mythologique qui tomba amoureux de sa propre image.

lui rappela à la fois sa jeunesse et son pays, double souvenir qui fait sourire l'homme à tous les âges. Mais, se rapprochant presque aussitôt de l'antichambre et faisant à d'Artagnan un signe de la main, comme pour lui demander la permission d'en finir avec les autres avant de commencer avec lui, il appela trois fois, en grossissant la voix à chaque fois, de sorte qu'il parcourut tous les tons intervallaires [1] entre l'accent impératif et l'accent irrité :

« Athos ! Porthos ! Aramis ! »

Les deux mousquetaires avec lesquels nous avons déjà fait connaissance, et qui répondaient aux deux derniers de ces trois noms, quittèrent aussitôt les groupes dont ils faisaient partie et s'avancèrent vers le cabinet, dont la porte se referma derrière eux dès qu'ils en eurent franchi le seuil. Leur contenance, bien qu'elle ne fût pas tout à fait tranquille, excita cependant, par son laisser-aller à la fois plein de dignité et de soumission, l'admiration de d'Artagnan, qui voyait dans ces hommes des demi-dieux, et dans leur chef un Jupiter olympien armé de tous ses foudres [2].

Quand les deux mousquetaires furent entrés, quand la porte fut refermée derrière eux, quand le murmure bourdonnant de l'antichambre, auquel l'appel qui venait d'être fait avait sans doute donné un nouvel aliment, eut recommencé ; quand enfin M. de Tréville eut trois ou quatre fois arpenté, silencieux et le sourcil froncé, toute la longueur de son cabinet, passant chaque fois devant Porthos et Aramis, roides et muets comme à la parade, il s'arrêta tout à coup en face d'eux, et les couvrant des pieds à la tête d'un regard irrité :

1. Adjectif formé sur *intervalle* et datant du XVIᵉ siècle, qui n'a survécu qu'en botanique.
2. *Foudre* (du latin *fulgur* : éclair) peut être masculin ou féminin. Au masculin pluriel, les *foudres*, sont des faisceaux d'éclairs en forme de flèches, que tient à la main le roi des dieux de l'Olympe, Zeus chez les Grecs, Jupiter chez les Romains.

« Savez-vous ce que m'a dit le roi, s'écria-t-il, cela pas plus tard qu'hier au soir ? le savez-vous, Messieurs ?

— Non, répondirent après un instant de silence les deux mousquetaires ; non, Monsieur, nous l'ignorons.

— Mais j'espère que vous nous ferez l'honneur de nous le dire, ajouta Aramis de son ton le plus poli et avec la plus gracieuse révérence.

— Il m'a dit qu'il recruterait désormais ses mousquetaires parmi les gardes de M. le cardinal !

— Parmi les gardes de M. le cardinal ! et pourquoi cela ? demanda vivement Porthos.

— Parce qu'il voyait bien que sa piquette [1] avait besoin d'être ragaillardie par un mélange de bon vin. »

Les deux mousquetaires rougirent jusqu'au blanc des yeux. D'Artagnan ne savait où il en était et eût voulu être à cent pieds sous terre.

« Oui, oui, continua M. de Tréville en s'animant, oui, et Sa Majesté avait raison, car, sur mon honneur, il est vrai que les mousquetaires font triste figure à la cour. M. le cardinal racontait hier au jeu [2] du roi, avec un air de condoléance qui me déplut fort, qu'avanthier ces damnés mousquetaires, ces diables à quatre — il appuyait sur ces mots avec un accent ironique qui me déplut encore davantage —, ces pourfendeurs, ajoutait-il en me regardant de son œil de chat-tigre [3], s'étaient attardés rue Férou [4], dans un cabaret, et qu'une ronde de ses gardes — j'ai cru qu'il allait me rire au nez — avait été forcée d'arrêter les perturbateurs. Morbleu ! vous devez en savoir quelque chose !

1. Les mousquetaires sont comparés ici à un vin de médiocre qualité (*piquette* : vin qui pique).
2. Les soirées chez le roi étaient souvent occupées à jouer aux cartes ou aux dés.
3. Chat sauvage.
4. La rue Férou existe encore, entre la rue de Vaugirard et la place Saint-Sulpice, mais amputée d'un segment par la construction de l'église.

Arrêter des mousquetaires ! Vous en étiez, vous autres, ne vous en défendez pas, on vous a reconnus, et le cardinal vous a nommés. Voilà bien ma faute, oui, ma faute, puisque c'est moi qui choisis mes hommes. Voyons, vous, Aramis, pourquoi diable m'avez-vous demandé la casaque quand vous alliez être si bien sous la soutane ? Voyons, vous, Porthos, n'avez-vous un si beau baudrier d'or que pour y suspendre une épée de paille ? Et Athos ! je ne vois pas Athos. Où est-il ?

— Monsieur, répondit tristement Aramis, il est malade, fort malade.

— Malade, fort malade, dites-vous ? et de quelle maladie ?

— On craint que ce ne soit de la petite vérole, Monsieur, répondit Porthos voulant mêler à son tour un mot à la conversation, et ce qui serait fâcheux en ce que très certainement cela gâterait son visage.

— De la petite vérole ! Voilà encore une glorieuse histoire que vous me contez là, Porthos !... Malade de la petite vérole, à son âge [1] ?... Non pas !... mais blessé sans doute, tué peut-être... Ah ! si je le savais !... Sangdieu ! Messieurs les mousquetaires, je n'entends pas [2] que l'on hante ainsi les mauvais lieux, qu'on se prenne de querelle dans la rue et qu'on joue de l'épée dans les carrefours. Je ne veux pas enfin qu'on prête à rire aux gardes de M. le cardinal, qui sont de braves gens, tranquilles, adroits, qui ne se mettent jamais dans le cas d'être arrêtés, et qui d'ailleurs ne se laisseraient pas arrêter eux !... j'en suis sûr... Ils aimeraient mieux mourir sur la place que de faire un pas en arrière... Se sauver, détaler, fuir, c'est bon pour les mousquetaires du roi, cela ! »

Porthos et Aramis frémissaient de rage. Ils auraient

---

1. Dumas semble prendre la variole ou petite vérole pour une maladie infantile. On l'attrapait à tout âge. Il est vrai qu'on était immunisé si on en réchappait. Mais les pustules laissaient de vilaines cicatrices.

2. « Je ne veux pas... »

volontiers étranglé M. de Tréville, si au fond de tout
cela ils n'avaient pas senti que c'était le grand amour
qu'il leur portait qui le faisait leur parler ainsi. Ils
frappaient le tapis du pied, se mordaient les lèvres
jusqu'au sang et serraient de toute leur force la garde
de leur épée. Au-dehors on avait entendu appeler,
comme nous l'avons dit, Athos, Porthos et Aramis, et
l'on avait deviné, à l'accent de la voix de M. de Tréville,
qu'il était parfaitement en colère. Dix têtes curieuses
étaient appuyées à la tapisserie [1] et pâlissaient de
fureur, car leurs oreilles collées à la porte ne perdaient
pas une syllabe de ce qui se disait, tandis que leurs
bouches répétaient au fur et à mesure les paroles
insultantes du capitaine à toute la population de
l'antichambre. En un instant depuis la porte du cabinet jusqu'à la porte de la rue, tout l'hôtel fut en
ébullition.

« Ah ! les mousquetaires du roi se font arrêter par
les gardes de M. le cardinal », continua M. de Tréville
aussi furieux à l'intérieur que ses soldats, mais sac-
cadant ses paroles et les plongeant une à une pour
ainsi dire et comme autant de coups de stylet [2] dans la
poitrine de ses auditeurs. « Ah ! six gardes de Son
Eminence arrêtent six mousquetaires de Sa Majesté !
Morbleu ! j'ai pris mon parti. Je vais de ce pas au
Louvre ; je donne ma démission de capitaine des
mousquetaires du roi pour demander une lieutenance dans les gardes du cardinal, et s'il me refuse,
morbleu ! je me fais abbé. »

A ces paroles, le murmure de l'extérieur devint une
explosion : partout on n'entendait que jurons et blas-
phèmes. Les *morbleu !* les *sangdieu !* les *morts de tous
les diables !* se croisaient dans l'air. D'Artagnan cherchait une tapisserie derrière laquelle se cacher, et se
sentait une envie démesurée de se fourrer sous la
table.

« Eh bien ! mon capitaine, dit Porthos hors de lui,

---

1. Tenture masquant un mur ou une porte.
2. Petit poignard.

la vérité est que nous étions six contre six, mais nous avons été pris en traître, et avant que nous eussions eu le temps de tirer nos épées, deux d'entre nous étaient tombés morts, et Athos, blessé grièvement, ne valait guère mieux. Car vous le connaissez, Athos ; eh bien ! capitaine, il a essayé de se relever deux fois, et il est retombé deux fois. Cependant nous ne nous sommes pas rendus, non ! l'on nous a entraînés de force. En chemin, nous nous sommes sauvés. Quant à Athos, on l'avait cru mort, et on l'a laissé bien tranquillement sur le champ de bataille, ne pensant pas qu'il valût la peine d'être emporté. Voilà l'histoire. Que diable, capitaine ! on ne gagne pas toutes les batailles. Le grand Pompée a perdu celle de Pharsale, et le roi François Ier, qui, à ce que j'ai entendu dire, en valait bien un autre, a perdu cependant celle de Pavie [1].

— Et j'ai l'honneur de vous assurer que j'en ai tué un avec sa propre épée, dit Aramis, car la mienne s'est brisée à la première parade... Tué ou poignardé, Monsieur, comme il vous sera agréable.

— Je ne savais pas cela, reprit M. de Tréville d'un ton un peu radouci. M. le cardinal avait exagéré, à ce que je vois.

— Mais de grâce, Monsieur, continua Aramis, qui, voyant son capitaine s'apaiser, osait hasarder une prière, de grâce, Monsieur, ne dites pas qu'Athos lui-même est blessé : il serait au désespoir que cela parvînt aux oreilles du roi, et comme la blessure est des plus graves, attendu qu'après avoir traversé l'épaule elle pénètre dans la poitrine, il serait à craindre... »

Au même instant la portière [2] se souleva, et une tête noble et belle, mais affreusement pâle, parut sous la frange.

---

1. Pompée, célèbre général romain, fut battu par Jules César à la bataille de Pharsale (48 av. J.-C.). François Ier, le vainqueur de Marignan (1515), fut vaincu et fait prisonnier par les Espagnols à Pavie en 1525.
2. Tenture de porte, ici bordée de franges.

« Athos ! s'écrièrent les deux mousquetaires.

— Athos ! répéta M. de Tréville lui-même.

— Vous m'avez mandé [1], Monsieur, dit Athos à M. de Tréville d'une voix affaiblie mais parfaitement calme, vous m'avez demandé, à ce que m'ont dit nos camarades, et je m'empresse de me rendre à vos ordres ; voilà, Monsieur, que me voulez-vous ? »

Et à ces mots le mousquetaire, en tenue irréprochable, sanglé [2] comme de coutume, entra d'un pas ferme dans le cabinet. M. de Tréville, ému jusqu'au fond du cœur de cette preuve de courage, se précipita vers lui.

« J'étais en train de dire à ces Messieurs, ajouta-t-il, que je défends à mes mousquetaires d'exposer leurs jours sans nécessité, car les braves gens sont bien chers au roi, et le roi sait que ses mousquetaires sont les plus braves gens de la terre. Votre main, Athos. »

Et sans attendre que le nouveau venu répondît de lui-même à cette preuve d'affection, M. de Tréville saisissait sa main droite et la lui serrait de toutes ses forces, sans s'apercevoir qu'Athos, quel que fût son empire sur lui-même, laissait échapper un mouvement de douleur et pâlissait encore, ce que l'on aurait pu croire impossible.

La porte était restée entrouverte, tant l'arrivée d'Athos, dont, malgré le secret gardé, la blessure était connue de tous, avait produit de sensation. Un brouhaha de satisfaction accueillit les derniers mots du capitaine et deux ou trois têtes, entraînées par l'enthousiasme, apparurent par les ouvertures de la tapisserie. Sans doute, M. de Tréville allait réprimer par de vives paroles cette infraction aux lois de l'étiquette [3], lorsqu'il sentit tout à coup la main d'Athos se

1. Donner à quelqu'un l'ordre de venir, le convoquer.
2. La taille fortement serrée.
3. L'*étiquette* : cérémonial propre à la cour (ou, par analogie, à tel ou tel milieu particulier). Le mot, d'abord réservé aux cours de Madrid et de Vienne, est employé pour celle de France à la fin du XVIIᵉ siècle.

crisper dans la sienne, et qu'en portant les yeux sur lui il s'aperçut qu'il allait s'évanouir. Au même instant, Athos, qui avait rassemblé toutes ses forces pour lutter contre la douleur, vaincu enfin par elle, tomba sur le parquet comme s'il fût mort.

« Un chirurgien ! cria M. de Tréville. Le mien, celui du roi, le meilleur ! Un chirurgien ! ou, sangdieu ! mon brave Athos va trépasser. »

Aux cris de M. de Tréville, tout le monde se précipita dans son cabinet sans qu'il songeât à en fermer la porte à personne, chacun s'empressant autour du blessé. Mais tout cet empressement eût été inutile, si le docteur demandé ne se fût trouvé dans l'hôtel même ; il fendit la foule, s'approcha d'Athos toujours évanoui, et, comme tout ce bruit et tout ce mouvement le gênait [1] fort, il demanda comme première chose et comme la plus urgente que le mousquetaire fût emporté dans une chambre voisine. Aussitôt M. de Tréville ouvrit une porte et montra le chemin à Porthos et à Aramis, qui emportèrent leur camarade dans leurs bras. Derrière ce groupe marchait le chirurgien, et derrière le chirurgien, la porte se referma.

Alors le cabinet de M. de Tréville, ce lieu ordinairement si respecté, devint momentanément une succursale [2] de l'antichambre. Chacun discourait, pérorait, parlait haut, jurant, sacrant, donnant le cardinal et ses gardes à tous les diables.

Un instant après, Porthos et Aramis rentrèrent ; le chirurgien et M. de Tréville seuls étaient restés près du blessé.

Enfin M. de Tréville rentra à son tour. Le blessé avait repris connaissance ; le chirurgien déclarait que l'état du mousquetaire n'avait rien qui pût inquiéter ses amis, sa faiblesse ayant été purement et simplement occasionnée par la perte de son sang.

---

1. Le texte porte bien *gênait* au singulier.
2. Le mot de *succursale*, qui désignait à l'origine une église annexe de l'église principale, s'est appliqué ensuite aux établissements bancaires et commerciaux.

Puis M. de Tréville fit un signe de la main, et chacun se retira, excepté d'Artagnan, qui n'oubliait point qu'il avait audience et qui, avec sa ténacité de Gascon, était demeuré à la même place.

Lorsque tout le monde fut sorti et que la porte fut refermée, M. de Tréville se retourna et se trouva seul avec le jeune homme. L'événement qui venait d'arriver lui avait quelque peu fait perdre le fil de ses idées. Il s'informa de ce que lui voulait l'obstiné solliciteur. D'Artagnan alors se nomma, et M. de Tréville, se rappelant d'un seul coup tous ses souvenirs du présent et du passé, se trouva au courant de sa situation.

« Pardon, lui dit-il en souriant, pardon, mon cher compatriote, mais je vous avais parfaitement oublié. Que voulez-vous ! un capitaine n'est rien qu'un père de famille chargé d'une plus grande responsabilité qu'un père de famille ordinaire. Les soldats sont de grands enfants ; mais comme je tiens à ce que les ordres du roi, et surtout ceux de M. le cardinal, soient exécutés... »

D'Artagnan ne put dissimuler un sourire. A ce sourire, M. de Tréville jugea qu'il n'avait point affaire à un sot, et venant droit au fait, tout en changeant de conversation :

« J'ai beaucoup aimé Monsieur votre père, dit-il. Que puis-je faire pour son fils ? hâtez-vous, mon temps n'est pas à moi.

— Monsieur, dit d'Artagnan, en quittant Tarbes et en venant ici, je me proposais de vous demander, en souvenir de cette amitié dont vous n'avez pas perdu mémoire, une casaque de mousquetaire ; mais, après tout ce que je vois depuis deux heures, je comprends qu'une telle faveur serait énorme, et je tremble de ne point la mériter.

— C'est une faveur en effet, jeune homme, répondit M. de Tréville ; mais elle peut ne pas être si fort au-dessus de vous que vous le croyez ou que vous avez l'air de le croire. Toutefois une décision de Sa Majesté a prévu ce cas, et je vous annonce avec regret qu'on ne reçoit personne mousquetaire avant l'épreuve préalable de quelques campagnes, de certaines actions d'éclat, ou d'un service de deux ans dans quelque autre régiment moins favorisé que le nôtre. »

D'Artagnan s'inclina sans rien répondre. Il se sentait encore plus avide d'endosser l'uniforme de mousquetaire depuis qu'il y avait de si grandes difficultés à l'obtenir.

« Mais, continua Tréville en fixant sur son compatriote un regard si perçant qu'on eût dit qu'il voulait lire jusqu'au fond de son cœur, mais, en faveur de votre père, mon ancien compagnon, comme je vous l'ai dit, je veux faire quelque chose pour vous, jeune homme. Nos cadets de Béarn ne sont ordinairement pas riches, et je doute que les choses aient fort changé de face depuis mon départ de la province. Vous ne devez donc pas avoir de trop, pour vivre, de l'argent que vous avez apporté avec vous. »

D'Artagnan se redressa d'un air fier qui voulait dire qu'il ne demandait l'aumône à personne.

« C'est bien, jeune homme, c'est bien, continua Tréville, je connais ces airs-là, je suis venu à Paris avec quatre écus dans ma poche, et je me serais battu avec quiconque m'aurait dit que je n'étais pas en état d'acheter le Louvre. »

D'Artagnan se redressa de plus en plus ; grâce à la vente de son cheval, il commençait sa carrière avec quatre écus de plus que M. de Tréville n'avait commencé la sienne.

« Vous devez donc, disais-je, avoir besoin de conserver ce que vous avez, si forte que soit cette somme ; mais vous devez avoir besoin aussi de vous perfectionner dans les exercices qui conviennent à un gentilhomme. J'écrirai dès aujourd'hui une lettre au directeur de l'Académie royale [1], et dès demain il vous recevra sans rétribution aucune. Ne refusez pas cette petite douceur. Nos gentilshommes les mieux nés et

---

1. *Académie* : lieu de réunion où les jeunes nobles s'entraînaient à l'équitation et aux armes. Mais le qualificatif de *royale* était réservé aux académies savantes, vouées aux sciences ou aux arts.

les plus riches la sollicitent quelquefois, sans pouvoir l'obtenir. Vous apprendrez le manège du cheval, l'escrime et la danse ; vous y ferez de bonnes connaissances, et de temps en temps vous reviendrez me voir pour me dire où vous en êtes et si je puis faire quelque chose pour vous. »

D'Artagnan, tout étranger qu'il fût encore aux façons de cour, s'aperçut de la froideur de cet accueil.

« Hélas, Monsieur, dit-il, je vois combien la lettre de recommandation que mon père m'avait remise pour vous me fait défaut aujourd'hui !

— En effet, répondit M. de Tréville, je m'étonne que vous ayez entrepris un aussi long voyage sans ce viatique [1] obligé, notre seule ressource à nous autres Béarnais.

— Je l'avais, Monsieur, et, Dieu merci, en bonne forme, s'écria d'Artagnan ; mais on me l'a perfidement dérobé. »

Et il raconta toute la scène de Meung, dépeignit le gentilhomme inconnu dans ses moindres détails, le tout avec une chaleur, une vérité qui charmèrent M. de Tréville.

« Voilà qui est étrange, dit ce dernier en méditant ; vous aviez donc parlé de moi tout haut ?

— Oui, Monsieur, sans doute j'avais commis cette imprudence ; que voulez-vous, un nom comme le vôtre devait me servir de bouclier en route : jugez si je me suis mis souvent à couvert ! »

La flatterie était fort de mise alors, et M. de Tréville aimait l'encens comme un roi ou comme un cardinal. Il ne put donc s'empêcher de sourire avec une visible satisfaction, mais ce sourire s'effaça bientôt, et revenant de lui-même à l'aventure de Meung :

« Dites-moi, continua-t-il, ce gentilhomme n'avait-il pas une légère cicatrice à la tempe ?

— Oui, comme le ferait l'éraflure d'une balle.

— N'était-ce pas un homme de belle mine ?

---

1. *Viatique* : argent et provisions que l'on emporte pour un voyage (pris ici au sens figuré).

— Oui.

— De haute taille ?

— Oui.

— Pâle de teint et brun de poil ?

— Oui, oui, c'est cela. Comment se fait-il, Monsieur, que vous connaissiez cet homme ? Ah ! si jamais je le retrouve, et je le retrouverai, je vous le jure, fût-ce en enfer...

— Il attendait une femme ? continua Tréville.

— Il est du moins parti après avoir causé un instant avec celle qu'il attendait.

— Vous ne savez pas quel était le sujet de leur conversation ?

— Il lui remettait une boîte, lui disait que cette boîte contenait ses instructions, et lui recommandait de ne l'ouvrir qu'à Londres.

— Cette femme était Anglaise ?

— Il l'appelait Milady.

— C'est lui ! murmura Tréville, c'est lui ! je le croyais encore à Bruxelles !

— Oh ! Monsieur, si vous savez quel est cet homme, s'écria d'Artagnan, indiquez-moi qui il est et d'où il est, puis je vous tiens quitte de tout, même de votre promesse de me faire entrer dans les mousquetaires ; car avant toute chose je veux me venger.

— Gardez-vous-en bien, jeune homme, s'écria Tréville ; si vous le voyez venir, au contraire, d'un côté de la rue, passez de l'autre ! Ne vous heurtez pas à un pareil rocher : il vous briserait comme un verre.

— Cela n'empêche pas, dit d'Artagnan, que si jamais je le retrouve...

— En attendant, reprit Tréville, ne le cherchez pas, si j'ai un conseil à vous donner. »

Tout à coup Tréville s'arrêta, frappé d'un soupçon subit. Cette grande haine que manifestait si hautement le jeune voyageur pour cet homme, qui, chose assez peu vraisemblable, lui avait dérobé la lettre de son père, cette haine ne cachait-elle pas quelque perfidie ? ce jeune homme n'était-il pas envoyé par Son Eminence ? ne venait-il pas pour lui tendre quelque piège ? ce prétendu d'Artagnan n'était-il pas un émissaire du cardinal qu'on cherchait à introduire dans sa maison, et qu'on avait placé près de lui pour surprendre sa confiance et pour le perdre plus tard, comme cela s'était mille fois pratiqué ? Il regarda d'Artagnan plus fixement encore cette seconde fois que la première. Il fut médiocrement rassuré par l'aspect de cette physionomie pétillante d'esprit astucieux et d'humilité affectée.

« Je sais bien qu'il est Gascon, pensa-t-il ; mais il peut l'être aussi bien pour le cardinal que pour moi. Voyons, éprouvons-le. »

« Mon ami, lui dit-il lentement, je veux, comme au fils de mon ancien ami, car je tiens pour vraie l'histoire de cette lettre perdue, je veux, dis-je, pour réparer la froideur que vous avez d'abord remarquée dans mon accueil, vous découvrir les secrets de notre politique. Le roi et le cardinal sont les meilleurs amis ; leurs apparents démêlés ne sont que pour tromper les sots. Je ne prétends [1] pas qu'un compatriote, un joli cavalier, un brave garçon, fait pour avancer, soit la dupe de toutes ces feintises et donne comme un niais dans le panneau [2], à la suite de tant d'autres qui s'y sont perdus. Songez bien que je suis dévoué à ces deux maîtres tout-puissants, et que jamais mes démarches sérieuses n'auront d'autre but que le service du roi et celui de M. le cardinal, un des plus illustres génies que la France ait produits. Maintenant, jeune homme, réglez-vous là-dessus, et si vous avez, soit de famille, soit par relations, soit d'instinct même, quelqu'une de ces inimitiés contre le cardinal telles que nous les voyons éclater chez les gentilshommes, dites-moi adieu, et quittons-nous. Je vous aiderai en mille circonstances, mais sans vous attacher à ma personne. J'espère que ma franchise, en tout cas, vous fera mon ami ; car vous êtes jusqu'à présent le seul jeune homme à qui j'aie parlé comme je le fais. »

1. « Je ne veux pas... »
2. Terme de chasse : filet tendu pour prendre le gibier.

Tréville se disait à part lui :

« Si le cardinal m'a dépêché ce jeune renard, il n'aura certes pas manqué, lui qui sait à quel point je l'exècre, de dire à son espion que le meilleur moyen de me faire la cour est de me dire pis que pendre de lui ; aussi, malgré mes protestations, le rusé compère va-t-il me répondre bien certainement qu'il a l'Eminence en horreur. »

Il en fut tout autrement que s'y attendait Tréville ; d'Artagnan répondit avec la plus grande simplicité :

« Monsieur, j'arrive à Paris avec des intentions toutes semblables. Mon père m'a recommandé de ne souffrir rien que du roi, de M. le cardinal et de vous, qu'il tient pour les trois premiers de France. »

D'Artagnan ajoutait M. de Tréville aux deux autres, comme on peut s'en apercevoir, mais il pensait que cette adjonction ne devait rien gâter.

« J'ai donc la plus grande vénération pour M. le cardinal, continua-t-il, et le plus profond respect pour ses actes. Tant mieux pour moi, Monsieur, si vous me parlez, comme vous le dites, avec franchise ; car alors vous me ferez l'honneur d'estimer cette ressemblance de goût ; mais si vous avez eu quelque défiance, bien naturelle d'ailleurs, je sens que je me perds en disant la vérité ; mais, tant pis, vous ne laisserez pas que de m'estimer [1], et c'est à quoi je tiens plus qu'à toute chose au monde. »

M. de Tréville fut surpris au dernier point. Tant de pénétration, tant de franchise enfin, lui causait de l'admiration, mais ne levait pas entièrement ses doutes : plus ce jeune homme était supérieur aux autres jeunes gens, plus il était à redouter s'il se trompait. Néanmoins il serra la main à d'Artagnan, et lui dit :

« Vous êtes un honnête garçon, mais dans ce moment je ne puis faire que ce que je vous ai offert tout à l'heure. Mon hôtel vous sera toujours ouvert. Plus tard, pouvant me demander à toute heure et par

1. « Vous m'estimerez malgré tout... »

conséquent saisir toutes les occasions, vous obtiendrez probablement ce que vous désirez obtenir.

— C'est-à-dire, Monsieur, reprit d'Artagnan, que vous attendez que je m'en sois rendu digne. Eh bien ! soyez tranquille, ajouta-t-il avec la familiarité du Gascon, vous n'attendrez pas longtemps. »

Et il salua pour se retirer, comme si désormais le reste le regardait.

« Mais attendez donc, dit M. de Tréville en l'arrêtant, je vous ai promis une lettre pour le directeur de l'Académie. Êtes-vous trop fier pour l'accepter, mon jeune gentilhomme ?

— Non, Monsieur, dit d'Artagnan ; je vous réponds qu'il n'en sera pas de celle-ci comme de l'autre. Je la garderai si bien qu'elle arrivera, je vous le jure, à son adresse, et malheur à celui qui tenterait de me l'enlever ! »

M. de Tréville sourit à cette fanfaronnade, et, laissant son jeune compatriote dans l'embrasure de la fenêtre où ils se trouvaient et où ils avaient causé ensemble, il alla s'asseoir à une table et se mit à écrire la lettre de recommandation promise. Pendant ce temps, d'Artagnan, qui n'avait rien de mieux à faire, se mit à battre une marche contre les carreaux [1], regardant les mousquetaires qui s'en allaient les uns après les autres, et les suivant du regard jusqu'à ce qu'ils eussent disparu au tournant de la rue.

M. de Tréville, après avoir écrit la lettre, la cacheta et, se levant, s'approcha du jeune homme pour la lui donner ; mais au moment même où d'Artagnan étendait la main pour la recevoir, M. de Tréville fut bien étonné de voir son protégé faire un soubresaut, rougir de colère et s'élancer hors du cabinet en criant :

« Ah ! sangdieu ! il ne m'échappera pas, cette fois.

— Et qui cela ? demanda M. de Tréville.

— Lui, mon voleur ! répondit d'Artagnan. Ah ! traître ! »

---

1. Il tambourinait avec ses doigts contre les vitres au rythme d'une marche militaire.

Et il disparut.

« Diable de fou ! murmura M. de Tréville. A moins toutefois, ajouta-t-il, que ce ne soit une manière adroite de s'esquiver, en voyant qu'il a manqué son coup. »

IV

L'ÉPAULE D'ATHOS, LE BAUDRIER DE PORTHOS ET LE MOUCHOIR D'ARAMIS

D'Artagnan, furieux, avait traversé l'antichambre en trois bonds et s'élançait sur l'escalier, dont il comptait descendre les degrés quatre à quatre, lorsque, emporté par sa course, il alla donner tête baissée dans un mousquetaire qui sortait de chez M. de Tréville par une porte de dégagement, et, le heurtant du front à l'épaule, lui fit pousser un cri ou plutôt un hurlement.

« Excusez-moi, dit d'Artagnan, essayant de reprendre sa course, excusez-moi, mais je suis pressé. »

A peine avait-il descendu le premier escalier, qu'un poignet de fer le saisit par son écharpe et l'arrêta.

« Vous êtes pressé ! s'écria le mousquetaire, pâle comme un linceul ; sous ce prétexte, vous me heurtez, vous dites : « Excusez-moi », et vous croyez que cela suffit ? Pas tout à fait, mon jeune homme. Croyez-vous, parce que vous avez entendu M. de Tréville nous parler un peu cavalièrement aujourd'hui, que l'on peut nous traiter comme il nous parle ? Détrompez-vous, compagnon, vous n'êtes pas M. de Tréville, vous.

— Ma foi, répliqua d'Artagnan, qui reconnut Athos, lequel, après le pansement opéré par le docteur, regagnait son appartement, ma foi, je ne l'ai pas fait exprès, j'ai dit : « Excusez-moi. » Il me semble donc que c'est assez. Je vous répète cependant, et cette fois c'est trop peut-être, parole d'honneur ! je suis pressé, très pressé. Lâchez-moi donc, je vous prie, et laissez-moi aller où j'ai affaire.

— Monsieur, dit Athos en le lâchant, vous n'êtes pas poli. On voit que vous venez de loin. »

D'Artagnan avait déjà enjambé trois ou quatre degrés, mais à la remarque d'Athos il s'arrêta court.

« Morbleu, Monsieur ! dit-il, de si loin que je vienne, ce n'est pas vous qui me donnerez une leçon de belles manières, je vous préviens.

— Peut-être, dit Athos.

— Ah ! si je n'étais pas si pressé, s'écria d'Artagnan, et si je ne courais pas après quelqu'un...

— Monsieur l'homme pressé, vous me trouverez sans courir, moi, entendez-vous ?

— Et où cela, s'il vous plaît ?

— Près des Carmes-Deschaux [1].

— A quelle heure ?

— Vers midi.

— Vers midi, c'est bien, j'y serai.

— Tâchez de ne pas me faire attendre, car à midi un quart je vous préviens que c'est moi qui courrai après vous et vous couperai les oreilles à la course.

— Bon ! lui cria d'Artagnan ; on y sera à midi moins dix minutes. »

Et il se mit à courir comme si le diable l'emportait, espérant retrouver encore son inconnu, que son pas tranquille ne devait pas avoir conduit bien loin.

Mais, à la porte de la rue, causait Porthos avec un soldat aux gardes. Entre les deux causeurs, il y avait juste l'espace d'un homme. D'Artagnan crut que cet espace lui suffirait, et il s'élança pour passer comme une flèche entre eux deux. Mais d'Artagnan avait compté sans le vent. Comme il allait passer, le vent s'engouffra dans le long manteau de Porthos, et

---

1. Carmes-Deschaux ou Déchaussés : couvent qui occupait l'espace délimité par les rues Cassette, du Regard, de Vaugirard et du Cherche-Midi, et dont l'église subsiste encore.

d'Artagnan vint donner droit dans le manteau. Sans doute, Porthos avait des raisons de ne pas abandonner cette partie essentielle de son vêtement, car, au lieu de laisser aller le pan qu'il tenait, il tira à lui, de sorte que d'Artagnan s'enroula dans le velours par un mouvement de rotation qu'explique la résistance de l'obstiné Porthos.

D'Artagnan, entendant jurer le mousquetaire, voulut sortir de dessous le manteau qui l'aveuglait, et chercha son chemin dans le pli. Il redoutait surtout d'avoir porté atteinte à la fraîcheur du magnifique baudrier que nous connaissons ; mais, en ouvrant timidement les yeux, il se trouva le nez collé entre les deux épaules de Porthos, c'est-à-dire précisément sur le baudrier.

Hélas ! comme la plupart des choses de ce monde qui n'ont pour elles que l'apparence, le baudrier était d'or par-devant et de simple buffle par-derrière [1]. Porthos, en vrai glorieux [2] qu'il était, ne pouvant avoir un baudrier d'or tout entier, en avait au moins la moitié : on comprenait dès lors la nécessité du rhume et l'urgence du manteau.

« Vertubleu ! cria Porthos faisant tous ses efforts pour se débarrasser de d'Artagnan qui lui grouillait dans le dos, vous êtes donc enragé de vous jeter comme cela sur les gens !

— Excusez-moi, dit d'Artagnan reparaissant sous l'épaule du géant, mais je suis très pressé, je cours après quelqu'un, et...

— Est-ce que vous oubliez vos yeux quand vous courez, par hasard ? demanda Porthos.

— Non, répondit d'Artagnan piqué, non, et grâce à mes yeux je vois même ce que ne voient pas les autres. »

1. L'anecdote est empruntée à Courtilz, mais elle concerne chez celui-ci un autre personnage, François de Monlezun, seigneur de Besmaux, futur gouverneur de la Bastille.
2. Vaniteux.

Porthos comprit ou ne comprit pas, toujours est-il que, se laissant aller à sa colère :

« Monsieur, dit-il, vous vous ferez étriller, je vous en préviens, si vous vous frottez ainsi aux mousquetaires.

— Etriller, Monsieur ! dit d'Artagnan, le mot est dur.

— C'est celui qui convient à un homme habitué à regarder en face ses ennemis.

— Ah ! pardieu ! je sais bien que vous ne tournez pas le dos aux vôtres, vous. »

Et le jeune homme, enchanté de son espièglerie, s'éloigna en riant à gorge déployée.

Porthos écuma de rage et fit un mouvement pour se précipiter sur d'Artagnan.

« Plus tard, plus tard, lui cria celui-ci, quand vous n'aurez plus votre manteau.

— A une heure donc, derrière le Luxembourg.

— Très bien, à une heure », répondit d'Artagnan en tournant l'angle de la rue.

Mais ni dans la rue qu'il venait de parcourir, ni dans celle qu'il embrassait maintenant du regard, il ne vit personne. Si doucement qu'eût marché l'inconnu, il avait gagné du chemin ; peut-être aussi était-il entré dans quelque maison. D'Artagnan s'informa de lui à tous ceux qu'il rencontra, descendit jusqu'au bac, remonta par la rue de Seine et la Croix-Rouge [1] ; mais rien, absolument rien. Cependant cette course lui fut

---

1. La rue de Seine existe encore, entre la rue Saint-Sulpice et le quai Malaquais. Le carrefour de la Croix-Rouge, au croisement des rues du Cherche-Midi, de Sèvres, de Grenelle et du Four, a conservé son nom ancien, dû à une croix de couleur rouge. Au début du XVIIe siècle, il n'y avait pas de pont pour traverser la Seine en aval de l'île de la Cité. A proximité du carrefour de la Croix-Rouge se trouvait le bac dont il est question ici et qui a donné son nom à une rue qui existe encore. Il fut remplacé en 1632 par le pont Barbier (du nom de son constructeur) ou Pont-Rouge (à cause de sa couleur), une passerelle de bois fragile, tour à tour détruite par un incendie et par plusieurs crues, qui céda la place en 1685-1689 à un édifice de pierre, le Pont-Royal.

profitable en ce sens qu'à mesure que la sueur inondait son front, son cœur se refroidissait.

Il se mit alors à réfléchir sur les événements qui venaient de se passer ; ils étaient nombreux et néfastes : il était onze heures du matin à peine, et déjà la matinée lui avait apporté la disgrâce de M. de Tréville, qui ne pouvait manquer de trouver un peu cavalière la façon dont d'Artagnan l'avait quitté.

En outre, il avait ramassé deux bons duels avec deux hommes capables de tuer chacun trois d'Artagnan, avec deux mousquetaires enfin, c'est-à-dire avec deux de ces êtres qu'il estimait si fort qu'il les mettait, dans sa pensée et dans son cœur, au-dessus de tous les autres hommes.

La conjoncture était triste. Sûr d'être tué par Athos, on comprend que le jeune homme ne s'inquiétait pas beaucoup de Porthos. Pourtant, comme l'espérance est la dernière chose qui s'éteint dans le cœur de l'homme, il en arriva à espérer qu'il pourrait survivre, avec des blessures terribles, bien entendu, à ces deux duels, et, en cas de survivance, il se fit pour l'avenir les réprimandes suivantes :

« Quel écervelé je fais, et quel butor je suis ! Ce brave et malheureux Athos était blessé juste à l'épaule contre laquelle je m'en vais, moi, donner de la tête comme un bélier. La seule chose qui m'étonne, c'est qu'il ne m'ait pas tué roide ; il en avait le droit, et la douleur que je lui ai causée a dû être atroce. Quant à Porthos ! Oh ! quant à Porthos, ma foi, c'est plus drôle. »

Et malgré lui le jeune homme se mit à rire, tout en regardant néanmoins si ce rire isolé, et sans cause aux yeux de ceux qui le voyaient rire, n'allait pas blesser quelque passant.

« Quant à Porthos, c'est plus drôle ; mais je n'en suis pas moins un misérable étourdi. Se jette-t-on ainsi sur les gens sans dire gare ! non ! et va-t-on leur regarder sous le manteau pour y voir ce qui n'y est pas ! Il m'eût pardonné bien certainement ; il m'eût pardonné si je n'eusse pas été lui parler de ce maudit baudrier, à mots couverts, c'est vrai ; oui, couverts joliment ! Ah ! maudit Gascon que je suis, je ferais de l'esprit dans la poêle à frire [1]. Allons, d'Artagnan mon ami, continua-t-il, se parlant à lui-même avec toute l'aménité qu'il croyait se devoir, si tu en réchappes, ce qui n'est pas probable, il s'agit d'être à l'avenir d'une politesse parfaite. Désormais il faut qu'on t'admire, qu'on te cite comme modèle. Etre prévenant et poli, ce n'est pas être lâche. Regardez plutôt Aramis : Aramis, c'est la douceur, c'est la grâce en personne. Eh bien ! personne s'est-il jamais avisé de dire qu'Aramis était un lâche ? Non, bien certainement, et désormais je veux en tout point me modeler sur lui. Ah ! justement le voici. »

D'Artagnan, tout en marchant et en monologuant, était arrivé à quelques pas de l'hôtel d'Aiguillon [2], et devant cet hôtel il avait aperçu Aramis causant gaiement avec trois gentilshommes des gardes du roi. De son côté, Aramis aperçut d'Artagnan ; mais comme il n'oubliait point que c'était devant ce jeune homme que M. de Tréville s'était si fort emporté le matin, et qu'un témoin des reproches que les mousquetaires avaient reçus ne lui était d'aucune façon agréable, il fit semblant de ne pas le voir. D'Artagnan, tout entier au contraire à ses plans de conciliation et de courtoisie, s'approcha des quatre jeunes gens en leur faisant un grand salut accompagné du plus gracieux sourire. Aramis inclina légèrement la tête, mais ne sourit point. Tous quatre, au reste, interrompirent à l'instant même leur conversation.

D'Artagnan n'était pas assez niais pour ne point s'apercevoir qu'il était de trop ; mais il n'était pas encore assez rompu aux façons du beau monde pour se tirer galamment d'une situation fausse comme

---

1. Familièrement : sur le point de mourir.
2. Hôtel de la rue de Vaugirard, donné par Marie de Médicis à Richelieu, qui le donna en 1639 à sa nièce la duchesse d'Aiguillon. Avant cette date, il s'appelait le Petit-Luxembourg, du nom de son précédent propriétaire.

l'est, en général, celle d'un homme qui est venu se
mêler à des gens qu'il connaît à peine et à une conversation qui ne le regarde pas. Il cherchait donc en
lui-même un moyen de faire sa retraite le moins
gauchement possible, lorsqu'il remarqua qu'Aramis
avait laissé tomber son mouchoir et, par mégarde
sans doute, avait mis le pied dessus ; le moment lui
parut arrivé de réparer son inconvenance : il se
baissa, et de l'air le plus gracieux qu'il pût trouver, il
tira le mouchoir de dessous le pied du mousquetaire,
quelques efforts que celui-ci fît pour le retenir, et lui
dit en le lui remettant :

« Je crois, Monsieur, que voici un mouchoir que
vous seriez fâché de perdre. »

Le mouchoir était en effet richement brodé et portait une couronne et des armes [1] à l'un de ses coins.
Aramis rougit excessivement et arracha plutôt qu'il
ne prit le mouchoir des mains du Gascon.

« Ah ! Ah ! s'écria un des gardes, diras-tu encore,
discret Aramis, que tu es mal avec Mme de Bois-
Tracy, quand cette gracieuse dame a l'obligeance de te
prêter ses mouchoirs ? »

Aramis lança à d'Artagnan un de ces regards qui
font comprendre à un homme qu'il vient de s'acquérir
un ennemi mortel ; puis, reprenant son air douce-
reux :

« Vous vous trompez, Messieurs, dit-il, ce mouchoir n'est pas à moi, et je ne sais pourquoi Monsieur
a eu la fantaisie de me le remettre plutôt qu'à l'un de
vous, et la preuve de ce que je dis, c'est que voici le
mien dans ma poche. »

À ces mots, il tira son propre mouchoir, mouchoir
fort élégant aussi, et de fine batiste, quoique la batiste
fût chère à cette époque, mais mouchoir sans broderie, sans armes et orné d'un seul chiffre, celui de son
propriétaire.

Cette fois, d'Artagnan ne souffla pas mot, il avait

1. Des armoiries.

reconnu sa bévue ; mais les amis d'Aramis ne se laissèrent pas convaincre par ses dénégations, et l'un d'eux, s'adressant au jeune mousquetaire avec un sérieux affecté :

« Si cela était, dit-il, ainsi que tu le prétends, je serais forcé, mon cher Aramis, de te le redemander ; car, comme tu le sais, Bois-Tracy est de mes intimes, et je ne veux pas qu'on fasse trophée des effets de sa femme.

— Tu demandes cela mal, répondit Aramis ; et tout en reconnaissant la justesse de ta réclamation quant au fond, je refuserais à cause de la forme.

— Le fait est, hasarda timidement d'Artagnan, que je n'ai pas vu sortir le mouchoir de la poche de M. Aramis. Il avait le pied dessus, voilà tout, et j'ai pensé que, puisqu'il avait le pied dessus, le mouchoir était à lui.

— Et vous vous êtes trompé, mon cher Monsieur «, répondit froidement Aramis, peu sensible à la réparation.

Puis, se retournant vers celui des gardes qui s'était déclaré l'ami de Bois-Tracy :

— « D'ailleurs, continua-t-il, je réfléchis, mon cher intime de Bois-Tracy, que je suis son ami non moins tendre [1] que tu peux l'être toi-même ; de sorte qu'à la rigueur ce mouchoir peut aussi bien être sorti de ta poche que de la mienne.

— Non, sur mon honneur ! s'écria le garde de Sa Majesté.

— Tu vas jurer sur ton honneur et moi sur ma parole, et alors il y aura évidemment un de nous deux qui mentira. Tiens, faisons mieux, Montaran, prenons-en chacun la moitié.

— Du mouchoir ?

— Oui.

— Parfaitement, s'écrièrent les deux autres gardes,

---

1. Un ami aussi sincère, sans plus.

le jugement du roi Salomon [1]. Décidément, Aramis, tu es plein de sagesse. »

Les jeunes gens éclatèrent de rire, et comme on le pense bien, l'affaire n'eut pas d'autre suite. Au bout d'un instant, la conversation cessa, et les trois gardes et le mousquetaire, après s'être cordialement serré la main, tirèrent [2], les trois gardes de leur côté et Aramis du sien.

« Voilà le moment de faire ma paix avec ce galant homme [3] », se dit à part lui d'Artagnan, qui s'était tenu un peu à l'écart pendant toute la dernière partie de cette conversation. Et, sur ce bon sentiment, se rapprochant d'Aramis, qui s'éloignait sans faire autrement attention à lui :

« Monsieur, lui dit-il, vous m'excuserez, je l'espère.

— Ah ! Monsieur, interrompit Aramis, permettez-moi de vous faire observer que vous n'avez point agi en cette circonstance comme un galant homme le devait faire.

— Quoi, Monsieur ! s'écria d'Artagnan, vous supposez...

— Je suppose, Monsieur, que vous n'êtes pas un sot, et que vous savez bien, quoique arrivant de Gascogne, qu'on ne marche pas sans cause sur les mouchoirs de poche. Que diable ! Paris n'est point pavé en batiste.

— Monsieur, vous avez tort de chercher à m'humilier, dit d'Artagnan, chez qui le naturel querelleur commençait à parler plus haut que les résolutions pacifiques. Je suis de Gascogne, c'est vrai, et puisque

---

1. Jugement célèbre raconté dans la Bible (*Ier Livre des Rois*, III, 16-27). Deux femmes avaient accouché en même temps dans la même maison. L'un des deux enfants était mort et chacune réclamait le survivant comme sien. Salomon proposa alors de partager l'enfant en deux d'un coup d'épée et de leur en donner à chacune la moitié. Mais l'une des femmes se récria, préférant lui sauver la vie en renonçant à lui. Salomon reconnut en elle la vraie mère et lui accorda l'enfant.
2. *Tirèrent* : se retirèrent.
3. Un homme du monde, élégant et de bonne éducation.

vous le savez, je n'aurai pas besoin de vous dire que les Gascons sont peu endurants [1] ; de sorte que, lorsqu'ils se sont excusés une fois, fût-ce d'une sottise, ils sont convaincus qu'ils ont déjà fait moitié plus qu'ils ne devaient faire.

— Monsieur, ce que je vous en dis, répondit Aramis, n'est point pour vous chercher une querelle. Dieu merci ! je ne suis pas un spadassin [2], et n'étant mousquetaire que par intérim, je ne me bats que lorsque j'y suis forcé, et toujours avec une grande répugnance ; mais cette fois l'affaire est grave, car voici une dame compromise par vous.

— Par nous, c'est-à-dire, s'écria d'Artagnan.

— Pourquoi avez-vous eu la maladresse de me rendre le mouchoir ?

— Pourquoi avez-vous eu celle de le laisser tomber ?

— J'ai dit et je répète, Monsieur, que ce mouchoir n'est point sorti de ma poche.

— Eh bien ! vous en avez menti deux fois, Monsieur, car je l'en ai vu sortir, moi.

— Ah ! vous le prenez sur ce ton, Monsieur le Gascon ! eh bien ! je vous apprendrai à vivre.

— Et moi je vous renverrai à votre messe, Monsieur l'abbé ! Dégainez, s'il vous plaît, et à l'instant même.

— Non pas, s'il vous plaît, mon bel ami ; non, pas ici, du moins. Ne voyez-vous pas que nous sommes en face de l'hôtel d'Aiguillon, lequel est plein de créatures du cardinal ? Qui me dit que ce n'est pas Son Eminence qui vous a chargé de lui procurer ma tête ? Or j'y tiens ridiculement, à ma tête, attendu qu'elle me semble aller assez correctement à mes épaules. Je veux donc vous tuer, soyez tranquille, mais vous tuer tout doucement, dans un endroit clos et couvert, là où vous ne puissiez vous vanter de votre mort à personne.

---

1. Patients.
2. Un professionnel des coups d'épée (terme péjoratif).

— Je le veux bien, mais ne vous y fiez pas, et emportez votre mouchoir, qu'il vous appartienne ou non ; peut-être aurez-vous l'occasion de vous en servir.

— Monsieur est Gascon ? demanda Aramis.

— Oui. Monsieur ne remet pas un rendez-vous par prudence ?

— La prudence, Monsieur, est une vertu assez inutile aux mousquetaires, je le sais, mais indispensable aux gens d'Eglise, et comme je ne suis mousquetaire que provisoirement, je tiens à rester prudent. A deux heures, j'aurai l'honneur de vous attendre à l'hôtel de M. de Tréville. Là je vous indiquerai les bons endroits. »

Les deux jeunes gens se saluèrent, puis Aramis s'éloigna en remontant la rue qui remontait au Luxembourg, tandis que d'Artagnan, voyant que l'heure s'avançait, prenait le chemin des Carmes-Deschaux, tout en disant à part soi :

« Décidément, je n'en puis pas revenir ; mais au moins, si je suis tué, je serai tué par un mousquetaire. »

V

LES MOUSQUETAIRES DU ROI ET LES GARDES DE M. LE CARDINAL

D'Artagnan ne connaissait personne à Paris. Il alla donc au rendez-vous d'Athos sans amener de second, résolu de se contenter de ceux qu'aurait choisis son adversaire [1]. D'ailleurs son intention était formelle de faire au brave mousquetaire toutes les excuses conve-

---

1. Au XVIIᵉ siècle, les duellistes se faisaient toujours assister d'un ou plusieurs amis, qui participaient au combat. Ces amis, en principe, n'étaient pas interchangeables !

nables, mais sans faiblesse, craignant qu'il ne résultât de ce duel ce qui résulte toujours de fâcheux, dans une affaire de ce genre, quand un homme jeune et vigoureux se bat contre un adversaire blessé et affaibli : vaincu, il double le triomphe de son antagoniste ; vainqueur, il est accusé de forfaiture [1] et de facile audace.

Au reste, ou nous avons mal exposé le caractère de notre chercheur d'aventures, ou notre lecteur a déjà dû remarquer que d'Artagnan n'était point un homme ordinaire. Aussi, tout en se répétant à lui-même que sa mort était inévitable, il ne se résigna point à mourir tout doucettement, comme un autre moins courageux et moins modéré que lui eût fait à sa place. Il réfléchit aux différents caractères de ceux avec lesquels il allait se battre, et commença à voir plus clair dans sa situation. Il espérait, grâce aux excuses loyales qu'il lui réservait, se faire un ami d'Athos, dont l'air grand seigneur et la mine austère lui agréaient fort. Il se flattait de faire peur à Porthos avec l'aventure du baudrier, qu'il pouvait, s'il n'était pas tué sur le coup, raconter à tout le monde, récit qui, poussé adroitement à l'effet, devait couvrir Porthos de ridicule ; enfin, quant au sournois Aramis, il n'en avait pas très grand-peur, et en supposant qu'il arrivât jusqu'à lui, il se chargeait de l'expédier bel et bien, ou du moins en le frappant au visage, comme César avait recommandé de faire aux soldats de Pompée, d'endommager à tout jamais cette beauté dont il était si fier [2].

Ensuite il y avait chez d'Artagnan ce fonds inébranlable de résolution qu'avaient déposé dans son cœur les conseils de son père, conseils dont la substance était : « Ne rien souffrir de personne que du roi, du cardinal et de M. de Tréville. » Il vola donc plutôt qu'il

1. Manque de loyauté, trahison.
2. A la bataille de Pharsale, César avait en effet ordonné à ses soldats de frapper au visage les jeunes nobles partisans de Pompée, pour les démoraliser — tactique qui lui valut la victoire (Plutarque, *Vies parallèles*, « Pompée », XCVIII, et « Jules César », LIX).

ne marcha vers le couvent des Carmes Déchaussés, ou plutôt Deschaux, comme on disait à cette époque, sorte de bâtiment sans fenêtres, bordé de prés arides, succursale [1] du Pré-aux-Clercs, et qui servait d'ordinaire aux rencontres [2] des gens qui n'avaient pas de temps à perdre.

Lorsque d'Artagnan arriva en vue du petit terrain vague qui s'étendait au pied de ce monastère, Athos attendait depuis cinq minutes seulement, et midi sonnait. Il était donc ponctuel comme la Samaritaine [3], et le plus rigoureux casuiste [4] à l'égard des duels n'avait rien à dire.

Athos, qui souffrait toujours cruellement de sa blessure, quoiqu'elle eût été pansée à neuf par le chirurgien de M. de Tréville, s'était assis sur une borne et attendait son adversaire avec cette contenance paisible et cet air digne qui ne l'abandonnaient jamais. A l'aspect de d'Artagnan, il se leva et fit poliment quelques pas au-devant de lui. Celui-ci, de son côté, n'aborda son adversaire que le chapeau à la main et sa plume traînant jusqu'à terre.

« Monsieur, dit Athos, j'ai fait prévenir deux de mes amis qui me serviront de seconds, mais ces deux amis ne sont point encore arrivés. Je m'étonne qu'ils tardent : ce n'est pas leur habitude.

— Je n'ai pas de seconds, moi, Monsieur, dit d'Artagnan, car arrivé d'hier seulement à Paris, je n'y connais encore personne que M. de Tréville, auquel

1. *Cf.* p. 98, n. 2.
2. *Rencontres*, au sens de « duels ». Le Pré-aux-Clercs était un espace non bâti, qui s'étendait à l'ouest de l'abbaye de Saint-Germain-des-Prés. On allait s'y promener et on pouvait s'y battre en duel discrètement.
3. La pompe de la Samaritaine, construite en 1505 pour distribuer dans la ville l'eau de la Seine, comportait un campanile doté d'un carillon et d'une horloge astronomique.
4. Les casuistes, théologiens spécialisés dans la résolution des cas de conscience, étaient d'une minutie extrême, voire excessive, dans l'appréciation des péchés. Dumas emploie ce terme ici, par analogie, pour désigner un connaisseur très averti des règles du duel.

j'ai été recommandé par mon père qui a l'honneur d'être quelque peu de ses amis. »

Athos réfléchit un instant.

« Vous ne connaissez que M. de Tréville ? demanda-t-il.

— Oui, Monsieur, je ne connais que lui.

— Ah ça, mais..., continua Athos parlant moitié à lui-même, moitié à d'Artagnan, ah ça, mais si je vous tue, j'aurai l'air d'un mangeur d'enfants, moi.

— Pas trop, Monsieur, répondit d'Artagnan avec un salut qui ne manquait pas de dignité ; pas trop, puisque vous me faites l'honneur de tirer l'épée contre moi avec une blessure dont vous devez être fort incommodé.

— Très incommodé, sur ma parole, et vous m'avez fait un mal du diable, je dois le dire ; mais je prendrai la main gauche, c'est mon habitude en pareille circonstance. Ne croyez donc pas que je vous fasse une grâce, je tire [1] proprement des deux mains ; et il y aura même désavantage pour vous : un gaucher est très gênant pour les gens qui ne sont pas prévenus. Je regrette de ne pas vous avoir fait part plus tôt de cette circonstance.

— Vous êtes vraiment, Monsieur, dit d'Artagnan en s'inclinant de nouveau, d'une courtoisie dont je vous suis on ne peut plus reconnaissant.

— Vous me rendez confus, répondit Athos avec son air de gentilhomme ; causons donc d'autre chose, je vous prie, à moins que cela ne vous soit désagréable. Ah ! sangbleu ! que vous m'avez fait mal ! l'épaule me brûle.

— Si vous vouliez permettre..., dit d'Artagnan avec timidité.

— Quoi, Monsieur ?

— J'ai un baume miraculeux pour les blessures, un baume qui me vient de ma mère, et dont j'ai fait l'épreuve sur moi-même.

---

1. Je manie l'épée...

— Eh bien ?

— Eh bien ! je suis sûr qu'en moins de trois jours ce baume vous guérirait, et au bout de trois jours, quand vous seriez guéri, eh bien ! Monsieur, ce me serait toujours un grand honneur d'être votre homme. »

D'Artagnan dit ces mots avec une simplicité qui faisait honneur à sa courtoisie, sans porter aucunement atteinte à son courage.

« Pardieu, Monsieur, dit Athos, voici une proposition qui me plaît, non pas que je l'accepte, mais elle sent son gentilhomme d'une lieue. C'est ainsi que parlaient et faisaient ces preux [1] du temps de Charlemagne, sur lesquels tout cavalier [2] doit chercher à se modeler. Malheureusement, nous ne sommes plus au temps du grand empereur. Nous sommes au temps de M. le cardinal, et d'ici à trois jours on saurait, si bien gardé que soit le secret, on saurait, dis-je, que nous devons nous battre, et l'on s'opposerait à notre combat. Ah çà, mais ! ces flâneurs ne viendront donc pas ?

— Si vous êtes pressé, Monsieur, dit d'Artagnan à Athos avec la même simplicité qu'un instant auparavant il lui avait proposé de remettre le duel à trois jours, si vous êtes pressé et qu'il vous plaise de m'expédier [3] tout de suite, ne vous gênez pas, je vous en prie.

— Voilà encore un mot qui me plaît, dit Athos en faisant un gracieux signe de tête à d'Artagnan, il n'est point d'un homme sans cervelle, et il est à coup sûr d'un homme de cœur. Monsieur, j'aime les hommes de votre trempe, et je vois que si nous ne nous tuons pas l'un l'autre, j'aurai plus tard un vrai plaisir dans votre conversation. Attendons ces Messieurs, je vous prie, j'ai tout le temps, et cela sera plus correct. Ah ! en voici un, je crois. »

---

1. *Preux* (courageux) : nom donné aux compagnons de l'empereur Charlemagne dans les chansons de geste et les romans de chevalerie.
2. *Cavalier* : chevalier, gentilhomme.
3. *M'expédier* : me tuer.

En effet, au bout de la rue de Vaugirard commençait à apparaître le gigantesque Porthos.

« Quoi ! s'écria d'Artagnan, votre premier témoin est M. Porthos ?

— Oui, cela vous contrarie-t-il ?

— Non, aucunement.

— Et voici le second. »

D'Artagnan se retourna du côté indiqué par Athos, et reconnut Aramis.

« Quoi ! s'écria-t-il d'un accent plus étonné que la première fois, votre second témoin est M. Aramis ?

— Sans doute, ne savez-vous pas qu'on ne nous voit jamais l'un sans l'autre, et qu'on nous appelle, dans les mousquetaires et dans les gardes, à la cour et à la ville, Athos, Porthos et Aramis ou les trois inséparables ? Après cela, comme vous arrivez de Dax ou de Pau...

— De Tarbes, dit d'Artagnan.

— ... Il vous est permis d'ignorer ce détail, dit Athos.

— Ma foi, dit d'Artagnan, vous êtes bien nommés, Messieurs, et mon aventure, si elle fait quelque bruit, prouvera du moins que votre union n'est point fondée sur les contrastes. »

Pendant ce temps, Porthos s'était rapproché, avait salué de la main Athos ; puis, se retournant vers d'Artagnan, il était resté tout étonné.

Disons, en passant, qu'il avait changé de baudrier et quitté son manteau.

« Ah ! ah ! fit-il, qu'est-ce que cela ?

— C'est avec Monsieur que je me bats, dit Athos en montrant de la main d'Artagnan, et en le saluant du même geste.

— C'est avec lui que je me bats aussi, dit Porthos.

— Mais à une heure seulement, répondit d'Artagnan.

— Et moi aussi, c'est avec Monsieur que je me bats, dit Aramis en arrivant à son tour sur le terrain.

— Mais à deux heures seulement, fit d'Artagnan avec le même calme.

— Mais à propos de quoi te bats-tu, toi, Athos ? demanda Aramis.

— Ma foi, je ne sais pas trop, il m'a fait mal à l'épaule ; et toi, Porthos ?

— Ma foi, je me bats parce que je me bats », répondit Porthos en rougissant.

Athos, qui ne perdait rien, vit passer un fin sourire sur les lèvres du Gascon.

« Nous avons eu une discussion sur la toilette, dit le jeune homme.

— Et toi, Aramis ? demanda Athos.

— Moi, je me bats pour cause de théologie », répondit Aramis tout en faisant signe à d'Artagnan qu'il le priait de tenir secrète la cause de son duel.

Athos vit passer un second sourire sur les lèvres de d'Artagnan.

« Vraiment, dit Athos.

— Oui, un point de saint Augustin [1] sur lequel nous ne sommes pas d'accord, dit le Gascon.

— Décidément c'est un homme d'esprit, murmura Athos.

— Et maintenant que vous êtes rassemblés, Messieurs, dit d'Artagnan, permettez-moi de vous faire mes excuses. »

A ce mot d'*excuses,* un nuage passa sur le front d'Athos, un sourire hautain glissa sur les lèvres de Porthos, et un signe négatif fut la réponse d'Aramis.

« Vous ne me comprenez pas, Messieurs, dit d'Artagnan en relevant sa tête, sur laquelle jouait en ce moment un rayon de soleil qui en dorait les lignes fines et hardies : je vous demande excuse dans le cas où je ne pourrais vous payer ma dette [2] à tous trois, car M. Athos a le droit de me tuer le premier, ce qui ôte

---

1. La doctrine de saint Augustin était au cœur de tous les débats théologiques du XVIIe siècle, même avant la diffusion du livre de Jansénius, l'*Augustinus* (1640). La discussion tournait autour de la grâce divine et de la liberté humaine.
2. Payer sa *dette* d'honneur : donner l'occasion de venger, par un duel, l'offense subie. Une *créance* est le droit qu'un créancier possède sur son débiteur (ici au sens métaphorique).

beaucoup de sa valeur à votre créance, Monsieur Porthos, et ce qui rend la vôtre à peu près nulle, Monsieur Aramis. Et maintenant, Messieurs, je vous le répète, excusez-moi, mais de cela seulement, et en garde ! »

A ces mots, du geste le plus cavalier qui se puisse voir, d'Artagnan tira son épée.

Le sang était monté à la tête de d'Artagnan, et dans ce moment il eût tiré son épée contre tous les mousquetaires du royaume, comme il venait de faire contre Athos, Porthos et Aramis.

Il était midi et un quart. Le soleil était à son zénith, et l'emplacement choisi pour être le théâtre du duel se trouvait exposé à toute son ardeur.

« Il fait très chaud, dit Athos en tirant son épée à son tour, et cependant je ne saurais ôter mon pourpoint ; car, tout à l'heure encore, j'ai senti que ma blessure saignait, et je craindrais de gêner Monsieur en lui montrant du sang qu'il ne m'aurait pas tiré lui-même.

— C'est vrai, Monsieur, dit d'Artagnan, et tiré par un autre ou par moi, je vous assure que je verrai toujours avec bien du regret le sang d'un aussi brave gentilhomme ; je me battrai donc en pourpoint comme vous.

— Voyons, voyons, dit Porthos, assez de compliments comme cela, et songez que nous attendons notre tour.

— Parlez pour vous seul, Porthos, quand vous aurez à dire de pareilles incongruités, interrompit Aramis. Quant à moi, je trouve les choses que ces Messieurs se disent fort bien dites et tout à fait dignes de deux gentilshommes.

— Quand vous voudrez, Monsieur, dit Athos en se mettant en garde.

— J'attendais vos ordres », dit d'Artagnan en croisant le fer.

Mais les deux rapières avaient à peine résonné en se touchant, qu'une escouade des gardes de Son Eminence, commandée par M. de Jussac [1], se montra à l'angle du couvent.

« Les gardes du cardinal ! s'écrièrent à la fois Porthos et Aramis. L'épée au fourreau, Messieurs ! l'épée au fourreau ! »

Mais il était trop tard. Les deux combattants avaient été vus dans une pose qui ne permettait pas de douter de leurs intentions.

« Holà ! cria Jussac en s'avançant vers eux et en faisant signe à ses hommes d'en faire autant, holà ! mousquetaires, on se bat donc ici ? Et les édits, qu'en faisons-nous ?

— Vous êtes bien généreux, Messieurs les gardes, dit Athos plein de rancune, car Jussac était l'un des agresseurs de l'avant-veille. Si nous vous voyions battre, je vous réponds, moi, que nous nous garderions bien de vous en empêcher. Laissez-nous donc faire, et vous allez avoir du plaisir sans prendre aucune peine.

— Messieurs, dit Jussac, c'est avec grand regret que je vous déclare que la chose est impossible. Notre devoir avant tout. Rengainez donc, s'il vous plaît, et nous suivez [2].

— Monsieur, dit Aramis parodiant Jussac, ce serait avec un grand plaisir que nous obéirions à votre gracieuse invitation, si cela dépendait de nous ; mais malheureusement la chose est impossible : M. de Tréville nous l'a défendu. Passez donc votre chemin, c'est ce que vous avez de mieux à faire. »

Cette raillerie exaspéra Jussac.

« Nous vous chargerons [3] donc, dit-il, si vous désobéissez.

— Ils sont cinq, dit Athos à demi-voix, et nous ne sommes que trois ; nous serons encore battus, et il

---

1. Personnage réel, emprunté à Courtilz, ainsi que ses compagnons.
2. « Suivez-nous ».
3. Au sens militaire : « nous vous attaquerons ».

nous faudra mourir ici, car je le déclare, je ne reparais pas vaincu devant le capitaine. »

Alors Porthos et Aramis se rapprochèrent à l'instant les uns des autres, pendant que Jussac alignait ses soldats.

Ce seul moment suffit à d'Artagnan pour prendre son parti : c'était là un de ces événements qui décident de la vie d'un homme, c'était un choix à faire entre le roi et le cardinal ; ce choix fait, il fallait y persévérer. Se battre, c'est-à-dire désobéir à la loi, c'est-à-dire risquer sa tête, c'est-à-dire se faire d'un seul coup l'ennemi d'un ministre plus puissant que le roi lui-même : voilà ce qu'entrevit le jeune homme, et, disons-le à sa louange, il n'hésita point une seconde. Se tournant donc vers Athos et ses amis :

« Messieurs, dit-il, je reprendrai, s'il vous plaît, quelque chose à vos paroles. Vous avez dit que vous n'étiez que trois, mais il me semble, à moi, que nous sommes quatre.

— Mais vous n'êtes pas des nôtres, dit Porthos.

— C'est vrai, répondit d'Artagnan ; je n'ai pas l'habit, mais j'ai l'âme. Mon cœur est mousquetaire, je le sens bien, Monsieur, et cela m'entraîne.

— Ecartez-vous, jeune homme, cria Jussac, qui sans doute à ses gestes et à l'expression de son visage avait deviné le dessein de d'Artagnan. Vous pouvez vous retirer, nous y consentons. Sauvez votre peau ; allez vite. ».

D'Artagnan ne bougea point.

« Décidément vous êtes un joli garçon [1], dit Athos en serrant la main du jeune homme.

— Allons allons ! prenons un parti, reprit Jussac.

— Voyons, dirent Porthos et Aramis, faisons quelque chose.

— Monsieur est plein de générosité », dit Athos.

---

1. Se disait d'un jeune homme qui se fait estimer. « Vous êtes un joli garçon », dit un jour au jeune abbé de Gondi, futur cardinal de Retz, un adversaire qui consentait à mettre fin à un duel.

Mais tous trois pensaient à la jeunesse de d'Artagnan et redoutaient son inexpérience.

« Nous ne serons que trois, dont un blessé, plus un enfant, reprit Athos, et l'on n'en dira pas moins que nous étions quatre hommes.

— Oui, mais reculer ! dit Porthos.

— C'est difficile », reprit Athos.

D'Artagnan comprit leur irrésolution.

« Messieurs, essayez-moi toujours, dit-il, et je vous jure sur l'honneur que je ne veux pas m'en aller d'ici si nous sommes vaincus.

— Comment vous appelle-t-on, mon brave ? dit Athos.

— D'Artagnan, Monsieur.

— Eh bien, Athos, Porthos, Aramis et d'Artagnan, en avant ! cria Athos.

— Eh bien ! voyons, Messieurs, vous décidez-vous à vous décider ? cria pour la troisième fois Jussac.

— C'est fait, Messieurs, dit Athos.

— Et quel parti prenez-vous ? demanda Jussac.

— Nous allons avoir l'honneur de vous charger, répondit Aramis en levant son chapeau d'une main et tirant son épée de l'autre.

— Ah ! vous résistez ! s'écria Jussac.

— Sangdieu ! cela vous étonne ? »

Et les neuf combattants se précipitèrent les uns sur les autres avec une furie qui n'excluait pas une certaine méthode.

Athos prit un certain Cahusac, favori du cardinal ; Porthos eut Biscarat [1], et Aramis se vit en face de deux adversaires.

Quant à d'Artagnan, il se trouva lancé contre Jussac lui-même.

Le cœur du jeune Gascon battait à lui briser la poitrine, non pas de peur, Dieu merci ! il n'en avait pas l'ombre, mais d'émulation ; il se battait comme un tigre en fureur, tournant dix fois autour de son

---

1. Personnages réels, ici utilisés comme comparses.

adversaire, changeant vingt fois ses gardes [1] et son terrain. Jussac était, comme on le disait alors, friand [2] de la lame, et avait fort pratiqué ; cependant il avait toutes les peines du monde à se défendre contre un adversaire qui, agile et bondissant, s'écartait à tout moment des règles reçues, attaquant de tous côtés à la fois, et tout cela en parant en homme qui a le plus grand respect pour son épiderme.

Enfin cette lutte finit par faire perdre patience à Jussac. Furieux d'être tenu en échec par celui qu'il avait regardé comme un enfant, il s'échauffa et commença à faire des fautes. D'Artagnan, qui, à défaut de la pratique, avait une profonde théorie, redoubla d'agilité. Jussac, voulant en finir, porta un coup terrible à son adversaire en se fendant [3] à fond ; mais celui-ci para prime, et tandis que Jussac se relevait, se glissant comme un serpent sous son fer, il lui passa son épée au travers du corps. Jussac tomba comme une masse.

D'Artagnan jeta alors un coup d'œil inquiet et rapide sur le champ de bataille.

Aramis avait déjà tué un de ses adversaires ; mais l'autre le pressait vivement. Cependant Aramis était en bonne situation et pouvait encore se défendre.

Biscarat et Porthos venaient de faire coup fourré [4] : Porthos avait reçu un coup d'épée au travers du bras, et Biscarat au travers de la cuisse. Mais comme ni l'une ni l'autre des deux blessures n'était grave, ils ne s'en escrimaient qu'avec plus d'acharnement.

Athos, blessé de nouveau par Cahusac, pâlissait à vue d'œil, mais il ne reculait pas d'une semelle : il

1. Ses *gardes* : les différentes manières de placer son épée pour parer les coups.
2. Au sens propre, gourmand. Au figuré, amateur passionné.
3. *Se fendre* : porter un pied vivement en avant en s'élançant sur son adversaire. *Parer prime* : adopter la première position défensive enseignée à l'escrimeur, l'épée pointe en bas, la main à hauteur du visage.
4. *Coup fourré* : se dit, en escrime, en cas de blessures réciproques équivalentes.

avait seulement changé son épée de main, et se battait de la main gauche.

D'Artagnan, selon les lois du duel de cette époque, pouvait secourir quelqu'un ; pendant qu'il cherchait du regard celui de ses compagnons qui avait besoin de son aide, il surprit un coup d'œil d'Athos. Ce coup d'œil était d'une éloquence sublime. Athos serait mort plutôt que d'appeler au secours ; mais il pouvait regarder, et du regard demander un appui. D'Artagnan le devina, fit un bond terrible et tomba sur le flanc de Cahusac en criant :

« A moi, Monsieur le garde, je vous tue ! »

Cahusac se retourna ; il était temps. Athos, que son extrême courage soutenait seul, tomba sur un genou.

« Sangdieu ! criait-il à d'Artagnan, ne le tuez pas, jeune homme, je vous en prie ; j'ai une vieille affaire à terminer avec lui, quand je serai guéri et bien portant. Désarmez-le seulement, liez-lui l'épée [1]. C'est cela. Bien ! très bien ! »

Cette exclamation était arrachée à Athos par l'épée de Cahusac qui sautait à vingt pas de lui. D'Artagnan et Cahusac s'élancèrent ensemble, l'un pour la ressaisir, l'autre pour s'en emparer ; mais d'Artagnan, plus leste, arriva le premier et mit le pied dessus.

Cahusac courut à celui des gardes qu'avait tué Aramis, s'empara de sa rapière, et voulut revenir à d'Artagnan ; mais sur son chemin il rencontra Athos, qui, pendant cette pause d'un instant que lui avait procurée d'Artagnan, avait repris haleine, et qui, de crainte que d'Artagnan ne lui tuât son ennemi, voulait recommencer le combat.

D'Artagnan comprit que ce serait désobliger Athos que de ne pas le laisser faire. En effet, quelques secondes après, Cahusac tomba la gorge traversée d'un coup d'épée.

Au même instant, Aramis appuyait son épée contre

---

1. *Lier l'épée*, c'est exercer une pression enveloppante sur l'épée de l'adversaire pour l'obliger à changer de ligne ou la lui faire sauter des mains.

la poitrine de son adversaire renversé, et le forçait à demander merci.

Restaient Porthos et Biscarat. Porthos faisait mille fanfaronnades, demandant à Biscarat quelle heure il pouvait bien être, et lui faisait ses compliments sur la compagnie que venait d'obtenir son frère dans le régiment de Navarre ; mais, tout en raillant, il ne gagnait rien. Biscarat était un de ces hommes de fer qui ne tombent que morts.

Cependant il fallait en finir. Le guet [1] pouvait arriver et prendre tous les combattants, blessés ou non, royalistes ou cardinalistes. Athos, Aramis et d'Artagnan entourèrent Biscarat et le sommèrent de se rendre. Quoique seul contre tous, et avec un coup d'épée qui lui traversait la cuisse, Biscarat voulait tenir ; mais Jussac, qui s'était relevé sur son coude, lui cria de se rendre. Biscarat était un Gascon comme d'Artagnan ; il fit la sourde oreille et se contenta de rire, et, entre deux parades, trouvant le temps de désigner, du bout de son épée, une place à terre :

« Ici, dit-il, parodiant un verset de la Bible, ici mourra Biscarat, seul de ceux qui sont avec lui [2].

— Mais ils sont quatre contre toi ; finis-en, je te l'ordonne.

— Ah ! si tu l'ordonnes, c'est autre chose, dit Biscarat ; comme tu es mon brigadier [3], je dois obéir. »

Et, faisant un bond en arrière, il cassa son épée sur son genou pour ne pas la rendre, en jeta les morceaux par-dessus le mur du couvent et se croisa les bras en sifflant un air cardinaliste.

La bravoure est toujours respectée, même dans un ennemi. Les mousquetaires saluèrent Biscarat de leurs épées et les remirent au fourreau. D'Artagnan en fit autant, puis, aidé de Biscarat, le seul qui fût resté

---

1. Les agents chargés du maintien de l'ordre.
2. Les recherches pour retrouver le verset de la Bible ici parodié sont restées vaines.
3. Son supérieur hiérarchique, en tant que commandant de la brigade.

debout, il porta sous le porche du couvent Jussac, Cahusac et celui des adversaires d'Aramis qui n'était que blessé. Le quatrième, comme nous l'avons dit, était mort. Puis ils sonnèrent la cloche [1], et, emportant quatre épées sur cinq, ils s'acheminèrent ivres de joie vers l'hôtel de M. de Tréville.

On les voyait entrelacés [2], tenant toute la largeur de la rue, et accostant chaque mousquetaire qu'ils rencontraient, si bien qu'à la fin ce fut une marche triomphale. Le cœur de d'Artagnan nageait dans l'ivresse, il marchait entre Athos et Porthos en les étreignant tendrement.

« Si je ne suis pas encore mousquetaire, dit-il à ses nouveaux amis en franchissant la porte de l'hôtel de M. de Tréville, au moins me voilà reçu apprenti, n'est-ce pas ? »

VI

SA MAJESTÉ LE ROI LOUIS TREIZIÈME

L'affaire fit grand bruit. M. de Tréville gronda beaucoup tout haut contre ses mousquetaires, et les félicita tout bas ; mais comme il n'y avait pas de temps à perdre pour prévenir le roi, M. de Tréville s'empressa de se rendre au Louvre. Il était déjà trop tard, le roi était enfermé avec le cardinal, et l'on dit à M. de Tréville que le roi travaillait et ne pouvait recevoir en ce moment. Le soir, M. de Tréville vint au jeu du roi. Le roi gagnait, et comme Sa Majesté était fort avare [3],

---

1. La cloche placée à la porte du couvent — pour qu'on vienne au secours des blessés.
2. Il vaudrait mieux dire *enlacés*.
3. *Cf.* Tallemant des Réaux (*Historiettes*, « Louis XIII ») : « On l'a reconnu avare en toutes choses. »

elle était d'excellente humeur ; aussi, du plus loin que le roi aperçut Tréville :

« Venez ici, Monsieur le capitaine, dit-il, venez que je vous gronde ; savez-vous que Son Eminence est venue me faire des plaintes sur vos mousquetaires, et cela avec une telle émotion, que ce soir Son Eminence en est malade ? Ah çà, mais ce sont des diables à quatre, des gens à pendre, que vos mousquetaires !

— Non, Sire, répondit Tréville, qui vit du premier coup d'œil comment la chose allait tourner ; non, tout au contraire, ce sont de bonnes créatures, douces comme des agneaux, et qui n'ont qu'un désir, je m'en ferais garant : c'est que leur épée ne sorte du fourreau que pour le service de Votre Majesté. Mais, que voulez-vous, les gardes de M. le cardinal sont sans cesse à leur chercher querelle, et, pour l'honneur même du corps, les pauvres jeunes gens sont obligés de se défendre.

— Ecoutez M. de Tréville ! dit le roi, écoutez-le ! ne dirait-on pas qu'il parle d'une communauté religieuse ! En vérité, mon cher capitaine, j'ai envie de vous ôter votre brevet et de le donner à Mlle de Chemerault [1], à laquelle j'ai promis une abbaye. Mais ne pensez pas que je vous croirai ainsi sur parole. On m'appelle Louis le Juste [2], Monsieur de Tréville, et tout à l'heure, tout à l'heure nous verrons.

— Ah ! c'est parce que je me fie à cette justice, Sire, que j'attendrai patiemment et tranquillement le bon plaisir de Votre Majesté.

---

1. Le *brevet* est un document signé du roi qui confère à quelqu'un une charge — ici celle de capitaine. Mlle de Chémerault est une fille d'honneur de la reine, aux ordres de Richelieu, qui tenta de devenir la favorite, toute platonique, de Louis XIII. Dumas glisse ici un trait de satire contre l'usage des rois qui distribuaient les abbayes (et leurs revenus) au gré de leur caprice.
2. Ce surnom avait été donné à Louis XIII en 1617, selon Tallemant des Réaux. Mais Malherbe écrit en octobre 1614 : « L'on m'a dit qu'il ne voulait pas qu'on l'appelât *Louis le Bègue*, mais *Louis le Juste*. » A quelqu'un qui lui soumettait une plainte, il aurait dit : « Je vous ai présenté une oreille, je garde l'autre pour votre partie. »

— Attendez donc, Monsieur, attendez donc, dit le roi, je ne vous ferai pas longtemps attendre. »

En effet, la chance tournait, et comme le roi commençait à perdre ce qu'il avait gagné, il n'était pas fâché de trouver un prétexte pour faire — qu'on nous passe cette expression de joueur, dont, nous l'avouons, nous ne connaissons pas l'origine —, pour faire charlemagne [1]. Le roi se leva donc au bout d'un instant, et mettant dans sa poche l'argent qui était devant lui et dont la majeure partie venait de son gain :

« La Vieuville [2], dit-il, prenez ma place, il faut que je parle à M. de Tréville pour affaire d'importance. Ah !... j'avais quatre-vingts louis devant moi ; mettez la même somme, afin que ceux qui ont perdu n'aient point à se plaindre. La justice avant tout. »

Puis, se retournant vers M. de Tréville et marchant avec lui vers l'embrasure d'une fenêtre :

« Eh bien ! Monsieur, continua-t-il, vous dites que ce sont les gardes de l'Eminentissime qui ont été chercher querelle à vos mousquetaires ?

— Oui, Sire, comme toujours.

— Et comment la chose est-elle venue, voyons ? car, vous le savez, mon cher capitaine, il faut qu'un juge écoute les deux parties.

— Ah ! mon Dieu de la façon la plus simple et la plus naturelle. Trois de mes meilleurs soldats, que Votre Majesté connaît de nom et dont elle a plus d'une fois apprécié le dévouement, et qui ont, je puis l'affirmer au roi, son service fort à cœur ; — trois de mes meilleurs soldats, dis-je, MM. Athos, Porthos et Aramis, avaient fait une partie de plaisir avec un jeune cadet de Gascogne que je leur avais recommandé le

1. Se retirer du jeu après avoir gagné, sans accorder sa revanche à l'adversaire. Cette expression, qui n'est pas attestée avant le XIXᵉ siècle, serait une allusion aux victoires inespérées de Charlemagne en Espagne.

2. La Vieuville, surintendant des Finances, avait bien été un familier du roi. Mais destitué et arrêté en septembre 1624, il ne retrouva sa charge qu'en 1651.

matin même. La partie allait avoir lieu à Saint-
Germain [1], je crois, et ils s'étaient donné rendez-vous
aux Carmes-Deschaux, lorsqu'elle fut troublée par
M. de Jussac et MM. Cahusac, Biscarat, et deux
autres gardes qui ne venaient certes pas là en si
nombreuse compagnie sans mauvaise intention
contre les édits.

— Ah ! ah ! vous m'y faites penser, dit le roi : sans
doute, ils venaient pour se battre eux-mêmes.

— Je ne les accuse pas, Sire, mais je laisse Votre
Majesté apprécier ce que peuvent aller faire cinq
hommes armés dans un lieu aussi désert que le sont
les environs du couvent des Carmes.

— Oui, vous avez raison, Tréville, vous avez raison.

— Alors, quand ils ont vu mes mousquetaires, ils
ont changé d'idée et ils ont oublié leur haine particulière pour la haine de corps ; car Votre Majesté
n'ignore pas que les mousquetaires, qui sont au roi et
rien qu'au roi, sont les ennemis naturels des gardes,
qui sont à M. le cardinal.

— Oui, Tréville, oui, dit le roi mélancoliquement,
et c'est bien triste, croyez-moi, de voir ainsi deux
partis en France, deux têtes à la royauté ; mais tout
cela finira, Tréville, tout cela finira. Vous dites donc
que les gardes ont cherché querelle aux mousquetaires ?

— Je dis qu'il est probable que les choses se sont
passées ainsi, mais je n'en jure pas, Sire. Vous savez
combien la vérité est difficile à connaître, et à moins
d'être doué de cet instinct admirable qui a fait nommer Louis XIII le Juste...

— Et vous avez raison, Tréville ; mais ils n'étaient
pas seuls, vos mousquetaires, il y avait avec eux un
enfant ?

— Oui, Sire, et un homme blessé, de sorte que trois
mousquetaires du roi, dont un blessé, et un enfant,
non seulement ont tenu tête à cinq des plus terribles

1. Saint-Germain-des-Prés.

gardes de M. le cardinal, mais encore en ont porté quatre à terre.

— Mais c'est une victoire, cela ! s'écria le roi tout rayonnant ; une victoire complète !

— Oui, Sire, aussi complète que celle du pont de Cé [1].

— Quatre hommes, dont un blessé, et un enfant, dites-vous ?

— Un jeune homme à peine ; lequel s'est même si parfaitement conduit en cette occasion, que je prendrai la liberté de le recommander à Votre Majesté.

— Comment s'appelle-t-il ?

— D'Artagnan, Sire. C'est le fils d'un de mes plus anciens amis ; le fils d'un homme qui a fait avec le roi votre père, de glorieuse mémoire, la guerre de partisan [2].

— Et vous dites qu'il s'est bien conduit, ce jeune homme ? Racontez-moi cela, Tréville ; vous savez que j'aime les récits de guerre et de combat. »

Et le roi Louis XIII releva fièrement sa moustache en se posant sur la hanche.

« Sire, reprit Tréville, comme je vous l'ai dit, M. d'Artagnan est presque un enfant, et comme il n'a pas l'honneur d'être mousquetaire, il était en habit bourgeois ; les gardes de M. le cardinal, reconnaissant sa grande jeunesse et, de plus, qu'il était étranger au corps, l'invitèrent donc à se retirer avant qu'ils attaquassent.

— Alors, vous voyez bien, Tréville, interrompit le roi, que ce sont eux qui ont attaqué.

— C'est juste, Sire : ainsi, plus de doute ; ils le sommèrent donc de se retirer ; mais il répondit qu'il était mousquetaire de cœur et tout à Sa Majesté,

---

1. Au passage de la Loire, près d'Angers, les troupes réunies par Marie de Médicis pour affronter celles de son fils s'étaient débandées sans combattre. La « drôlerie du Pont-de-Cé » était devenue proverbiale.

2. *Partisan* : combattant volontaire n'appartenant pas à une armée régulière. Le père de d'Artagnan a pris parti pour Henri de Navarre pendant les guerres de religion.

qu'ainsi donc il resterait avec Messieurs les mousquetaires.

— Brave jeune homme ! murmura le roi.

— En effet, il demeura avec eux ; et Votre Majesté
a là un si ferme champion, que ce fut lui qui donna à
Jussac ce terrible coup d'épée qui met si fort en colère
M. le cardinal.

— C'est lui qui a blessé Jussac ? s'écria le roi ; lui,
un enfant ! Ceci, Tréville, c'est impossible.

— C'est comme j'ai l'honneur de le dire à Votre
Majesté.

— Jussac, une des premières lames du royaume !

— Eh bien, Sire ! il a trouvé son maître.

— Je veux voir ce jeune homme, Tréville, je veux le
voir, et si l'on peut faire quelque chose, eh bien ! nous
nous en occuperons.

— Quand Votre Majesté daignera-t-elle le recevoir ?

— Demain à midi, Tréville.

— L'amènerai-je seul ?

— Non, amenez-les-moi tous les quatre ensemble.
Je veux les remercier tous à la fois ; les hommes
dévoués sont rares, Tréville, et il faut récompenser le
dévouement.

— A midi, Sire, nous serons au Louvre.

— Ah ! par le petit escalier, Tréville, par le petit
escalier. Il est inutile que le cardinal sache...

— Oui, Sire.

— Vous comprenez, Tréville, un édit est toujours
un édit ; il est défendu de se battre, au bout du
compte [1].

— Mais cette rencontre, Sire, sort tout à fait des
conditions ordinaires d'un duel : c'est une rixe, et la
preuve, c'est qu'ils étaient cinq gardes du cardinal
contre mes trois mousquetaires et M. d'Artagnan.

---

1. Sur l'attitude de Louis XIII à l'égard de ses propres édits
contre les duels, *cf.* Tallemant des Réaux (*Historiettes*, « Louis
XIII ») : « Il se raillait de ceux qui ne se battaient pas, au même
temps qu'il faisait une déclaration contre ceux qui se battaient. »

— C'est juste, dit le roi ; mais n'importe, Tréville, venez toujours par le petit escalier. »

Tréville sourit. Mais comme c'était déjà beaucoup pour lui d'avoir obtenu de cet enfant [1] qu'il se révoltât contre son maître, il salua respectueusement le roi, et avec son agrément prit congé de lui.

Dès le soir même, les trois mousquetaires furent prévenus de l'honneur qui leur était accordé. Comme ils connaissaient depuis longtemps le roi, ils n'en furent pas trop échauffés : mais d'Artagnan, avec son imagination gasconne, y vit sa fortune à venir, et passa la nuit à faire des rêves d'or. Aussi, dès huit heures du matin, était-il chez Athos.

D'Artagnan trouva le mousquetaire tout habillé et prêt à sortir. Comme on n'avait rendez-vous chez le roi qu'à midi, il avait formé le projet, avec Porthos et Aramis, d'aller faire une partie de paume dans un tripot [2] situé tout près des écuries du Luxembourg. Athos invita d'Artagnan à les suivre, et malgré son ignorance de ce jeu, auquel il n'avait jamais joué, celui-ci accepta, ne sachant que faire de son temps, depuis neuf heures du matin qu'il était à peine jusqu'à midi.

Les deux mousquetaires étaient déjà arrivés et pelotaient [3] ensemble. Athos, qui était très fort à tous les exercices du corps, passa avec d'Artagnan du côté opposé, et leur fit défi. Mais au premier mouvement qu'il essaya, quoiqu'il jouât de la main gauche, il comprit que sa blessure était encore trop récente pour lui permettre un pareil exercice. D'Artagnan resta donc seul, et comme il déclara qu'il était trop maladroit pour soutenir une partie en règle, on conti-

---

1. En 1625, Louis XIII a vingt-quatre ans. Mais il est resté à bien des égards un enfant. Toute sa vie, il passera pour avoir tremblé devant Richelieu (*Cf.* Tallemant des Réaux, notes de l'éd. Montmerqué).

2. Ce terme, qui signifie aujourd'hui *maison de jeu* (avec nuance péjorative), pouvait aussi désigner au XVIIᵉ siècle un jeu de paume. Le *jeu de paume* (balle) était l'ancêtre du tennis.

3. Echangeaient des *pelotes* (des balles).

nua seulement à s'envoyer des balles sans compter le jeu. Mais une de ces balles, lancée par le poignet herculéen de Porthos, passa si près du visage de d'Artagnan, qu'il pensa que si, au lieu de passer à côté, elle eût donné dedans, son audience était probablement perdue, attendu qu'il lui eût été de toute impossibilité de se présenter chez le roi. Or, comme de cette audience, dans son imagination gasconne, dépendait tout son avenir, il salua poliment Porthos et Aramis, déclarant qu'il ne reprendrait la partie que lorsqu'il serait en état de leur tenir tête, et il s'en revint prendre place près de la corde et dans la galerie [1].

Malheureusement pour d'Artagnan, parmi les spectateurs se trouvait un garde de Son Eminence, lequel, tout échauffé encore de la défaite de ses compagnons, arrivée la veille seulement, s'était promis de saisir la première occasion de la venger. Il crut donc que cette occasion était venue, et s'adressant à son voisin :

« Il n'est pas étonnant, dit-il, que ce jeune homme ait eu peur d'une balle, c'est sans doute un apprenti mousquetaire. »

D'Artagnan se retourna comme si un serpent l'eût mordu, et regarda fixement le garde qui venait de tenir cet insolent propos.

« Pardieu ! reprit celui-ci en frisant insolemment sa moustache, regardez-moi tant que vous voudrez, mon petit Monsieur, j'ai dit ce que j'ai dit.

— Et comme ce que vous avez dit est trop clair pour que vos paroles aient besoin d'explication, répondit d'Artagnan à voix basse, je vous prierai de me suivre.

— Et quand cela ? demanda le garde avec le même air railleur.

— Tout de suite, s'il vous plaît.

— Et vous savez qui je suis, sans doute ?

---

1. La galerie réservée aux spectateurs était séparée du terrain de jeu par une corde.

— Moi, je l'ignore complètement, et je ne m'en inquiète guère.

— Et vous avez tort, car, si vous saviez mon nom, peut-être seriez-vous moins pressé.

— Comment vous appelez-vous ?

— Bernajoux, pour vous servir.

— Eh bien ! Monsieur Bernajoux [1], dit tranquillement d'Artagnan, je vais vous attendre sur la porte.

— Allez, Monsieur, je vous suis.

— Ne vous pressez pas trop, Monsieur, qu'on ne s'aperçoive pas que nous sortons ensemble ; vous comprenez que pour ce que nous allons faire, trop de monde nous gênerait.

— C'est bien », répondit le garde, étonné que son nom n'eût pas produit plus d'effet sur le jeune homme.

En effet, le nom de Bernajoux était connu de tout le monde, de d'Artagnan seul excepté, peut-être ; car c'était un de ceux qui figuraient le plus souvent dans les rixes journalières que tous les édits du roi et du cardinal n'avaient pu réprimer.

Porthos et Aramis étaient si occupés de leur partie, et Athos les regardait avec tant d'attention, qu'ils ne virent pas même sortir leur jeune compagnon, lequel, ainsi qu'il l'avait dit au garde de Son Eminence, s'arrêta sur la porte ; un instant après, celui-ci descendit à son tour. Comme d'Artagnan n'avait pas de temps à perdre, vu l'audience du roi qui était fixée à midi, il jeta les yeux autour de lui, et voyant que la rue était déserte :

« Ma foi, dit-il à son adversaire, il est bien heureux pour vous, quoique vous vous appeliez Bernajoux, de n'avoir affaire qu'à un apprenti mousquetaire ; cependant, soyez tranquille, je ferai de mon mieux. En garde !

— Mais, dit celui que d'Artagnan provoquait ainsi, il me semble que le lieu est assez mal choisi, et que

---

1. Personnage emprunté à Courtilz, chez qui il se bat en duel contre d'Artagnan avant de se lier d'amitié avec lui.

nous serions mieux derrière l'abbaye de Saint-Germain ou dans le Pré-aux-Clercs.

— Ce que vous dites est plein de sens, répondit d'Artagnan ; malheureusement j'ai peu de temps à moi, ayant un rendez-vous à midi juste. En garde donc, Monsieur, en garde ! »

Bernajoux n'était pas homme à se faire répéter deux fois un pareil compliment [1]. Au même instant son épée brilla à sa main, et il fondit sur son adversaire que, grâce à sa grande jeunesse, il espérait intimider.

Mais d'Artagnan avait fait la veille son apprentissage, et tout frais émoulu de sa victoire, tout gonflé de sa future faveur, il était résolu à ne pas reculer d'un pas : aussi les deux fers se trouvèrent-ils engagés jusqu'à la garde, et comme d'Artagnan tenait ferme à sa place, ce fut son adversaire qui fit un pas de retraite. Mais d'Artagnan saisit le moment où, dans ce mouvement, le fer de Bernajoux déviait de la ligne, il dégagea, se fendit et toucha son adversaire à l'épaule. Aussitôt d'Artagnan, à son tour, fit un pas de retraite et releva son épée ; mais Bernajoux lui cria que ce n'était rien, et se fendant aveuglément sur lui, il s'enferra de lui-même [2]. Cependant, comme il ne tombait pas, comme il ne se déclarait pas vaincu, mais que seulement il rompait [3] du côté de l'hôtel de M. de La Trémouille [4] au service duquel il avait un parent, d'Artagnan, ignorant lui-même la gravité de la dernière blessure que son adversaire avait reçue, le pressait vivement, et sans doute allait l'achever d'un troisième coup, lorsque la rumeur qui s'élevait de la

1. *Compliment* se dit de toute parole de convenance liée à une obligation sociale (ici une provocation en duel).

2. Sur les termes d'escrime, *cf.* les notes de la p. 127.

3. *Rompre* : reculer

4. Henri de La Trémouille, duc de Thouars, prince de Talmond (1599-1674), fils d'un compagnon d'armes d'Henri IV, très grand seigneur de confession réformée (il se convertira au catholicisme lors du siège de La Rochelle en 1628). L'hôtel de La Trémouille se trouvait rue de Tournon, non loin du Luxembourg.

rue s'étant étendue jusqu'au jeu de paume, deux des amis du garde, qui l'avaient entendu échanger quelques paroles avec d'Artagnan et qui l'avaient vu sortir à la suite de ces paroles, se précipitèrent l'épée à la main hors du tripot et tombèrent sur le vainqueur. Mais aussitôt Athos, Porthos et Aramis parurent à leur tour, et au moment où les deux gardes attaquaient leur jeune camarade, les forcèrent à se retourner. En ce moment, Bernajoux tomba ; et comme les gardes étaient seulement deux contre quatre, ils se mirent à crier : « A nous, l'hôtel de La Trémouille ! » A ces cris, tout ce qui était dans l'hôtel sortit, se ruant sur les quatre compagnons, qui de leur côté se mirent à crier : « A nous, mousquetaires ! »

Ce cri était ordinairement entendu ; car on savait les mousquetaires ennemis de Son Eminence, et on les aimait pour la haine qu'ils portaient au cardinal. Aussi les gardes des autres compagnies que celles appartenant au duc Rouge, comme l'avait appelé Aramis, prenaient-ils en général parti dans ces sortes de querelles pour les mousquetaires du roi. De trois gardes de la compagnie de M. des Essarts qui passaient, deux vinrent donc en aide aux quatre compagnons, tandis que l'autre courait à l'hôtel de M. de Tréville, criant : « A nous, mousquetaires, à nous ! » Comme d'habitude, l'hôtel de M. de Tréville était plein de soldats de cette arme, qui accoururent au secours de leurs camarades ; la mêlée devint générale, mais la force était aux mousquetaires : les gardes du cardinal et les gens de M. de La Trémouille se retirèrent dans l'hôtel, dont ils fermèrent les portes assez à temps pour empêcher que leurs ennemis n'y fissent irruption en même temps qu'eux. Quant au blessé, il y avait été tout d'abord transporté et, comme nous l'avons dit, en fort mauvais état.

L'agitation était à son comble parmi les mousquetaires et leurs alliés, et l'on délibérait déjà si, pour punir l'insolence qu'avaient eue les domestiques de M. de La Trémouille de faire une sortie sur les mousquetaires du roi, on ne mettrait pas le feu à son hôtel.

La proposition en avait été faite et accueillie avec enthousiasme, lorsque heureusement onze heures sonnèrent ; d'Artagnan et ses compagnons se souvinrent de leur audience, et comme ils eussent regretté que l'on fît un si beau coup sans eux, ils parvinrent à calmer les têtes. On se contenta donc de jeter quelques pavés dans les portes, mais les portes résistèrent : alors on se lassa ; d'ailleurs ceux qui devaient être regardés comme les chefs de l'entreprise avaient depuis un instant quitté le groupe et s'acheminaient vers l'hôtel de M. de Tréville, qui les attendait, déjà au courant de cette algarade [1].

« Vite, au Louvre, dit-il, au Louvre sans perdre un instant, et tâchons de voir le roi avant qu'il soit prévenu par le cardinal ; nous lui raconterons la chose comme une suite de l'affaire d'hier, et les deux passeront ensemble. »

M. de Tréville, accompagné des quatre jeunes gens, s'achemina donc vers le Louvre ; mais, au grand étonnement du capitaine des mousquetaires, on lui annonça que le roi était allé courre [2] le cerf dans la forêt de Saint-Germain. M. de Tréville se fit répéter deux fois cette nouvelle, et à chaque fois ses compagnons virent son visage se rembrunir.

« Est-ce que Sa Majesté, demanda-t-il, avait dès hier le projet de faire cette chasse ?

— Non, Votre Excellence, répondit le valet de chambre, c'est le grand veneur [3] qui est venu lui annoncer ce matin qu'on avait détourné cette nuit un cerf à son intention. Il a d'abord répondu qu'il n'irait pas, puis il n'a pas su résister au plaisir que lui promettait cette chasse, et après le dîner il est parti.

— Et le roi a-t-il vu le cardinal ? demanda M. de Tréville.

---

1. Altercation, querelle.
2. *Courre* : ancien infinitif du verbe courir, qui s'est conservé dans le langage de la chasse.
3. Le grand veneur du roi était chargé de tout ce qui touchait à la chasse à courre, avec meute de chiens.

— Selon toute probabilité, répondit le valet de chambre, car j'ai vu ce matin les chevaux au carrosse de Son Eminence, j'ai demandé où elle allait, et l'on m'a répondu : « A Saint-Germain. »

— Nous sommes prévenus [1], dit M. de Tréville, Messieurs, je verrai le roi ce soir ; mais quant à vous, je ne vous conseille pas de vous y hasarder. »

L'avis était trop raisonnable et surtout venait d'un homme qui connaissait trop bien le roi, pour que les quatre jeunes gens essayassent de le combattre. M. de Tréville les invita donc à rentrer chacun chez eux et à attendre de ses nouvelles.

En entrant à son hôtel, M. de Tréville songea qu'il fallait prendre date en portant plainte le premier. Il envoya un de ses domestiques chez M. de La Trémouille avec une lettre dans laquelle il le priait de mettre hors de chez lui le garde de M. le cardinal, et de réprimander ses gens de l'audace qu'ils avaient eue de faire leur sortie contre les mousquetaires. Mais M. de La Trémouille, déjà prévenu par son écuyer dont, comme on le sait, Bernajoux était le parent, lui fit répondre que ce n'était ni à M. de Tréville, ni à ses mousquetaires de se plaindre, mais bien au contraire à lui dont les mousquetaires avaient chargé les gens et voulu brûler l'hôtel. Or, comme le débat entre ces deux seigneurs eût pu durer longtemps, chacun devant naturellement s'entêter dans son opinion, M. de Tréville avisa un expédient [2] qui avait pour but de tout terminer : c'était d'aller trouver lui-même M. de La Trémouille.

Il se rendit donc aussitôt à son hôtel, et se fit annoncer.

Les deux seigneurs se saluèrent poliment, car, s'il n'y avait pas amitié entre eux, il y avait du moins estime. Tous deux étaient gens de cœur et d'honneur ; et comme M. de La Trémouille, protestant, et voyant rarement le roi, n'était d'aucun parti, il n'apportait en

---

1. *Prévenus* : devancés. Mais un peu plus loin, *prévenu* : averti.
2. Un moyen ingénieux.

général dans ses relations sociales aucune prévention [1]. Cette fois, néanmoins, son accueil quoique poli
fut plus froid que d'habitude.

« Monsieur, dit M. de Tréville, nous croyons avoir à
nous plaindre chacun l'un de l'autre, et je suis venu
moi-même pour que nous tirions de compagnie cette
affaire au clair.

— Volontiers, répondit M. de La Trémouille ; mais
je vous préviens que je suis bien renseigné, et tout le
tort est à vos mousquetaires.

— Vous êtes un homme trop juste et trop raisonnable, Monsieur, dit M. de Tréville, pour ne pas accepter la proposition que je vais faire.

— Faites, Monsieur, j'écoute.

— Comment se trouve M. Bernajoux, le parent de
votre écuyer ?

— Mais, Monsieur, fort mal. Outre le coup d'épée
qu'il a reçu dans le bras, et qui n'est pas autrement
dangereux, il en a encore ramassé un autre qui lui a
traversé le poumon, de sorte que le médecin en dit de
pauvres [2] choses.

— Mais le blessé a-t-il conservé sa connaissance ?

— Parfaitement.

— Parle-t-il ?

— Avec difficulté, mais il parle.

— Eh bien, Monsieur ! rendons-nous près de lui ;
adjurons-le, au nom du Dieu devant lequel il va être
appelé peut-être, de dire la vérité. Je le prends pour
juge dans sa propre cause, Monsieur, et ce qu'il dira je
le croirai. »

M. de La Trémouille réfléchit un instant, puis,
comme il était difficile de faire une proposition plus
raisonnable, il accepta.

Tous deux descendirent dans la chambre où était le
blessé. Celui-ci, en voyant entrer ces deux nobles
seigneurs qui venaient lui faire visite, essaya de se
relever sur son lit, mais il était trop faible, et, épuisé

---

1. Partialité, parti pris.
2. Peu encourageantes.

par l'effort qu'il avait fait, il retomba presque sans connaissance.

M. de La Trémouille s'approcha de lui et lui fit respirer des sels [1] qui le rappelèrent à la vie. Alors M. de Tréville, ne voulant pas qu'on pût l'accuser d'avoir influencé le malade, invita M. de La Trémouille à l'interroger lui-même.

Ce qu'avait prévu M. de Tréville arriva. Placé entre la vie et la mort comme l'était Bernajoux, il n'eut pas même l'idée de taire un instant la vérité, et il raconta aux deux seigneurs les choses exactement, telles qu'elles s'étaient passées.

C'était tout ce que voulait M. de Tréville ; il souhaita à Bernajoux une prompte convalescence, prit congé de M. de La Trémouille, rentra à son hôtel et fit aussitôt prévenir les quatre amis qu'il les attendait à dîner.

M. de Tréville recevait fort bonne compagnie, toute anticardinaliste d'ailleurs. On comprend donc que la conversation roula pendant tout le dîner sur les deux échecs que venaient d'éprouver les gardes de Son Eminence. Or, comme d'Artagnan avait été le héros de ces deux journées, ce fut sur lui que tombèrent toutes les félicitations, qu'Athos, Porthos et Aramis lui abandonnèrent non seulement en bons camarades, mais en hommes qui avaient eu assez souvent leur tour pour qu'ils lui laissassent le sien.

Vers six heures, M. de Tréville annonça qu'il était tenu d'aller au Louvre ; mais comme l'heure de l'audience accordée par Sa Majesté était passée, au lieu de réclamer l'entrée par le petit escalier, il se plaça avec les quatre jeunes gens dans l'antichambre. Le roi n'était pas encore revenu de la chasse. Nos jeunes gens attendaient depuis une demi-heure à peine, mêlés à la foule des courtisans, lorsque toutes les portes s'ouvrirent et qu'on annonça Sa Majesté.

A cette annonce, d'Artagnan se sentit frémir jusqu'à

---

1. *Sels* (toujours au pluriel) : médicaments destinés à prévenir ou à combattre l'évanouissement.

la moelle des os. L'instant qui allait suivre devait, selon toute probabilité, décider du reste de sa vie. Aussi ses yeux se fixèrent-ils avec angoisse sur la porte par laquelle devait entrer le roi.

Louis XIII parut, marchant le premier ; il était en costume de chasse, encore tout poudreux [1], ayant de grandes bottes et tenant un fouet à la main. Au premier coup d'œil, d'Artagnan jugea que l'esprit du roi était à l'orage.

Cette disposition, toute visible qu'elle était chez Sa Majesté, n'empêcha pas les courtisans de se ranger sur son passage : dans les antichambres royales, mieux vaut encore être vu d'un œil irrité que de n'être pas vu du tout. Les trois mousquetaires n'hésitèrent donc pas, et firent un pas en avant, tandis que d'Artagnan au contraire restait caché derrière eux ; mais quoique le roi connût personnellement Athos, Porthos et Aramis, il passa devant eux sans les regarder, sans leur parler et comme s'il ne les avait jamais vus. Quant à M. de Tréville, lorsque les yeux du roi s'arrêtèrent un instant sur lui, il soutint ce regard avec tant de fermeté, que ce fut le roi qui détourna la vue ; après quoi, tout en grommelant, Sa Majesté rentra dans son appartement.

« Les affaires vont mal, dit Athos en souriant, et nous ne serons pas encore fait chevaliers de l'ordre [2] cette fois-ci.

— Attendez ici dix minutes, dit M. de Tréville ; et si au bout de dix minutes vous ne me voyez pas sortir, retournez à mon hôtel : car il sera inutile que vous m'attendiez plus longtemps. »

Les quatre jeunes gens attendirent dix minutes, un quart d'heure, vingt minutes ; et voyant que M. de Tréville ne reparaissait point, ils sortirent fort inquiets de ce qui allait arriver.

M. de Tréville était entré hardiment dans le cabinet

---

1. *Poudreux* : poussiéreux.
2. L'ordre du Saint-Esprit, créé par Henri III : la plus haute décoration du royaume.

du roi, et avait trouvé Sa Majesté de très méchante humeur, assise sur un fauteuil et battant ses bottes du manche de son fouet, ce qui ne l'avait pas empêché de lui demander avec le plus grand flegme des nouvelles de sa santé.

« Mauvaise, Monsieur, mauvaise, répondit le roi, je m'ennuie [1]. »

C'était en effet la pire maladie de Louis XIII, qui souvent prenait un de ses courtisans, l'attirait à une fenêtre et lui disait : « Monsieur un tel, ennuyons-nous ensemble. »

« Comment ! Votre Majesté s'ennuie ! dit M. de Tréville. N'a-t-elle donc pas pris aujourd'hui le plaisir de la chasse ?

— Beau plaisir, Monsieur ! Tout dégénère, sur mon âme, et je ne sais si c'est le gibier qui n'a plus de voie [2] ou les chiens qui n'ont plus de nez. Nous lançons un cerf dix cors [3], nous le courons six heures, et quand il est prêt à tenir [4], quand Saint-Simon [5] met déjà le cor à sa bouche pour sonner l'hallali, crac ! toute la meute prend le change et s'emporte sur un daguet. Vous verrez que je serai obligé de renoncer à la chasse à courre comme j'ai renoncé à la chasse au vol [6]. Ah ! je suis un roi bien malheureux, Monsieur de Tréville ! je n'avais plus qu'un gerfaut, et il est mort avant-hier.

---

1. Sur la passion de Louis XIII pour la chasse et sur sa propension à l'ennui, *cf.* Tallemant des Réaux : « Le soin qu'on avait eu de l'amuser à la chasse servit fort à le rendre sauvage. Mais cela ne l'occupa pas si fort qu'il n'eût tout le loisir de s'ennuyer. »

2. *Voie* : trace laissée par le gibier et qui indique aux chiens par où il a passé.

3. On appelle *cor* chacune des branches adventices des bois d'un cerf. Leur nombre indique son âge. Un *dix-cors* est un cerf de sept ans. Un *daguet* est un jeune cerf de un à deux ans dont les bois ne sont pas encore ramifiés.

4. Arrêter sa course pour faire face aux chasseurs. Il est alors aux abois. On peut sonner l'*hallali*, prélude à la mise à mort.

5. Premier écuyer du roi, père du mémorialiste.

6. Chasse *à courre* : chasse au gros gibier qu'on poursuit avec des chiens. Chasse *au vol* : chasse au petit gibier au moyen d'oiseaux de proie spécialement dressés, par exemple des *gerfauts* (variété de faucons).

— En effet, Sire, je comprends votre désespoir, et le malheur est grand ; mais il vous reste encore, ce me semble, bon nombre de faucons, d'éperviers et de tiercelets [1].

— Et pas un homme pour les instruire, les fauconniers s'en vont, il n'y a plus que moi qui connaisse l'art de la vénerie [2]. Après moi tout sera dit, et l'on chassera avec des traquenards, des pièges, des trappes. Si j'avais le temps encore de former des élèves ! mais oui, M. le cardinal est là qui ne me laisse pas un instant de repos, qui me parle de l'Espagne, qui me parle de l'Autriche, qui me parle de l'Angleterre ! Ah ! à propos de M. le cardinal, Monsieur de Tréville, je suis mécontent de vous. »

M. de Tréville attendait le roi à cette chute. Il connaissait le roi de longue main ; il avait compris que toutes ses plaintes n'étaient qu'une préface, une espèce d'excitation pour s'encourager lui-même, et que c'était où il était arrivé enfin qu'il en voulait venir.

« Et en quoi ai-je été assez malheureux pour déplaire à Votre Majesté ? demanda M. de Tréville en feignant le plus profond étonnement.

— Est-ce ainsi que vous faites votre charge, Monsieur ? continua le roi sans répondre directement à la question de M. de Tréville ; est-ce pour cela que je vous ai nommé capitaine de mes mousquetaires, que ceux-ci assassinent un homme, émeuvent [3] tout un quartier et veulent brûler Paris sans que vous en disiez un mot ? Mais, au reste, continua le roi, sans doute que je me hâte de vous accuser, sans doute que les perturbateurs sont en prison et que vous venez m'annoncer que justice est faite.

— Sire, répondit tranquillement M. de Tréville, je viens vous la demander au contraire.

---

1. Nom donné aux mâles de plusieurs espèces d'oiseaux de proie, d'un tiers plus petits que leurs femelles.
2. La chasse au gros gibier, avec meute de chiens.
3. *Emouvoir* tout un quartier : l'agiter, le bouleverser. Au XVIIᵉ siècle, une *émotion* populaire est une émeute.

— Et contre qui ? s'écria le roi.

— Contre les calomniateurs, dit M. de Tréville.

— Ah ! voilà qui est nouveau, reprit le roi. N'allez-vous pas dire que vos trois mousquetaires damnés, Athos, Porthos et Aramis et votre cadet de Béarn, ne se sont pas jetés comme des furieux sur le pauvre Bernajoux, et ne l'ont pas maltraité de telle façon qu'il est probable qu'il est en train de trépasser à cette heure ! N'allez-vous pas dire qu'ensuite ils n'ont pas fait le siège de l'hôtel du duc de La Trémouille, et qu'ils n'ont point voulu le brûler ! ce qui n'aurait peut-être pas été un très grand malheur en temps de guerre, vu que c'est un nid de huguenots, mais ce qui, en temps de paix, est un fâcheux exemple. Dites, n'allez-vous pas nier tout cela ?

— Et qui vous a fait ce beau récit, Sire ? demanda tranquillement M. de Tréville.

— Qui m'a fait ce beau récit, Monsieur ! et qui voulez-vous que ce soit, si ce n'est celui qui veille quand je dors, qui travaille quand je m'amuse, qui mène tout au-dedans et au-dehors du royaume, en France comme en Europe ?

— Sa Majesté veut parler de Dieu, sans doute, dit M. de Tréville, car je ne connais que Dieu qui soit si fort au-dessus de Sa Majesté.

— Non Monsieur ; je veux parler du soutien de l'Etat, de mon seul serviteur, de mon seul ami, de M. le cardinal.

— Son Eminence n'est pas Sa Sainteté, Sire.

— Qu'entendez-vous par là, Monsieur ?

— Qu'il n'y a que le pape qui soit infaillible [1], et que cette infaillibilité ne s'étend pas aux cardinaux.

— Vous voulez dire qu'il me trompe, vous voulez dire qu'il me trahit. Vous l'accusez alors. Voyons, dites, avouez franchement que vous l'accusez.

---

1. Léger anachronisme : à l'époque, le pape n'était pas tenu pour infaillible. Le dogme de son infaillibilité ne fut proclamé qu'en 1870, mais il avait été dans la première moitié du XVIIᵉ siècle l'objet de débats retentissants.

— Non, Sire ; mais je dis qu'il se trompe lui-même ; je dis qu'il a été mal renseigné ; je dis qu'il a eu hâte d'accuser les mousquetaires de Votre Majesté, pour lesquels il est injuste, et qu'il n'a pas été puiser ses renseignements aux bonnes sources.

— L'accusation vient de M. de La Trémouille, du duc lui-même. Que répondrez-vous à cela ?

— Je pourrais répondre, Sire, qu'il est trop intéressé dans la question pour être un témoin bien impartial ; mais loin de là, Sire, je connais le duc pour un loyal gentilhomme, et je m'en rapporterai à lui, mais à une condition, Sire.

— Laquelle ?

— C'est que Votre Majesté le fera venir, l'interrogera, mais elle-même, en tête-à-tête, sans témoins, et que je reverrai Votre Majesté aussitôt qu'elle aura reçu le duc.

— Oui-da ! fit le roi, et vous vous en rapporterez à ce que dira M. de La Trémouille ?

— Oui, Sire.

— Vous accepterez son jugement ?

— Sans doute.

— Et vous vous soumettrez aux réparations qu'il exigera ?

— Parfaitement.

— La Chesnaye ! fit le roi. La Chesnaye [1] ! »

Le valet de chambre de confiance de Louis XIII, qui se tenait toujours à la porte, entra.

« La Chesnaye, dit le roi, qu'on aille à l'instant même me quérir M. de La Trémouille ; je veux lui parler ce soir.

— Votre Majesté me donne sa parole qu'elle ne verra personne entre M. de La Trémouille et moi ?

— Personne, foi de gentilhomme.

— A demain, Sire, alors.

— A demain, Monsieur.

— A quelle heure, s'il plaît à Votre Majesté ?

---

1. Charles d'Esmé, sieur de La Chesnaye, fut bien jusqu'en 1640 premier valet de chambre du roi.

— A l'heure que vous voudrez.

— Mais, en venant par trop matin, je crains de réveiller Votre Majesté.

— Me réveiller ? Est-ce que je dors ? Je ne dors plus, Monsieur ; je rêve quelquefois, voilà tout. Venez donc d'aussi bon matin que vous voudrez, à sept heures ; mais gare à vous, si vos mousquetaires sont coupables !

— Si mes mousquetaires sont coupables, Sire, les coupables seront remis aux mains de Votre Majesté, qui ordonnera d'eux selon son bon plaisir. Votre Majesté exige-t-elle quelque chose de plus ? qu'elle parle, je suis prêt à lui obéir.

— Non, Monsieur, non, et ce n'est pas sans raison qu'on m'a appelé Louis le Juste. A demain donc, Monsieur, à demain.

— Dieu garde jusque-là Votre Majesté ! »

Si peu que dormit le roi, M. de Tréville dormit plus mal encore ; il avait fait prévenir dès le soir même ses trois mousquetaires et leur compagnon de se trouver chez lui à six heures et demie du matin. Il les emmena avec lui sans rien leur affirmer, sans leur rien promettre, et ne leur cachant pas que leur faveur et même la sienne tenaient à un coup de dés.

Arrivé au bas du petit escalier, il les fit attendre. Si le roi était toujours irrité contre eux, ils s'éloigneraient sans être vus ; si le roi consentait à les recevoir, on n'aurait qu'à les faire appeler.

En arrivant dans l'antichambre particulière du roi, M. de Tréville trouva La Chesnaye, qui lui apprit qu'on n'avait pas rencontré le duc de La Trémouille la veille au soir à son hôtel, qu'il était rentré trop tard pour se présenter au Louvre, qu'il venait seulement d'arriver, et qu'il était à cette heure chez le roi.

Cette circonstance plut beaucoup à M. de Tréville, qui, de cette façon, fut certain qu'aucune suggestion étrangère ne se glisserait entre la déposition de M. de La Trémouille et lui.

En effet, dix minutes s'étaient à peine écoulées, que la porte du cabinet s'ouvrit et que M. de Tréville en vit sortir le duc de La Trémouille, lequel vint à lui et lui dit :

« Monsieur de Tréville, Sa Majesté vient de m'envoyer quérir pour savoir comment les choses s'étaient passées hier matin à mon hôtel. Je lui ai dit la vérité, c'est-à-dire que la faute était à mes gens, et que j'étais prêt à vous en faire mes excuses. Puisque je vous rencontre, veuillez les recevoir, et me tenir toujours pour un de vos amis.

— Monsieur le duc, dit M. de Tréville, j'étais si plein de confiance dans votre loyauté, que je n'avais pas voulu près de Sa Majesté d'autre défenseur que vous-même. Je vois que je ne m'étais pas abusé [1], et je vous remercie de ce qu'il y a encore en France un homme de qui on puisse dire sans se tromper ce que j'ai dit de vous.

— C'est bien, c'est bien ! dit le roi qui avait écouté tous ces compliments entre les deux portes ; seulement, dites-lui, Tréville, puisqu'il se prétend un de vos amis, que moi aussi je voudrais être des siens, mais qu'il me néglige ; qu'il y a tantôt trois ans que je ne l'ai vu, et que je ne le vois que quand je l'envoie chercher [2]. Dites-lui tout cela de ma part, car ce sont de ces choses qu'un roi ne peut dire lui-même.

— Merci, Sire, merci, dit le duc ; mais que Votre Majesté croie bien que ce ne sont pas ceux, je ne dis point cela pour M. de Tréville, que ce ne sont point ceux qu'elle voit à toute heure du jour qui lui sont le plus dévoués.

— Ah ! vous avez entendu ce que j'ai dit ; tant mieux, duc, tant mieux, dit le roi en s'avançant jusque sur la porte. Ah ! c'est vous, Tréville ! où sont vos mousquetaires ? Je vous avais dit avant-hier de me les amener, pourquoi ne l'avez-vous pas fait ?

1. Trompé.
2. S'abstenir de venir régulièrement faire sa cour au roi était considéré comme un marque de mépris à son égard. Ce n'est pas le cas de La Trémoille, qui fuit la cour parce qu'il est protestant.

— Ils sont en bas, Sire, et avec votre congé [1] La Chesnaye va leur dire de monter.

— Oui, oui, qu'ils viennent tout de suite ; il va être huit heures, et à neuf heures j'attends une visite. Allez, Monsieur le duc, et revenez surtout. Entrez, Tréville. »

Le duc salua et sortit. Au moment où il ouvrait la porte, les trois mousquetaires et d'Artagnan, conduits par La Chesnaye, apparaissaient au haut de l'escalier.

« Venez, mes braves, dit le roi, venez ; j'ai à vous gronder. »

Les mousquetaires s'approchèrent en s'inclinant ; d'Artagnan les suivait par-derrière.

« Comment diable ! continua le roi ; à vous quatre, sept gardes de Son Eminence mis hors de combat en deux jours ! C'est trop, Messieurs, c'est trop. A ce compte-là, Son Eminence serait forcée de renouveler sa compagnie dans trois semaines, et moi de faire appliquer les édits dans toute leur rigueur. Un par hasard, je ne dis pas ; mais sept en deux jours, je le répète, c'est trop, c'est beaucoup trop.

— Aussi, Sire, Votre Majesté voit qu'ils viennent tout contrits [2] et tout repentants lui faire leurs excuses.

— Tout contrits et tout repentants ! Hum ! fit le roi, je ne me fie point à leurs faces hypocrites ; il y a surtout là-bas une figure de Gascon. Venez ici, Monsieur. »

D'Artagnan, qui comprit que c'était à lui que le compliment s'adressait, s'approcha en prenant son air le plus désespéré.

« Eh bien, que me disiez-vous donc que c'était un jeune homme ? c'est un enfant, Monsieur de Tréville, un véritable enfant ! Et c'est celui-là qui a donné ce rude coup d'épée à Jussac ?

— Et ces deux beaux coups d'épée à Bernajoux.

— Véritablement !

1. Permission.
2. Plein de *contrition* (regret).

— Sans compter, dit Athos, que s'il ne m'avait pas tiré des mains de Biscarat, je n'aurais très certainement pas l'honneur de faire en ce moment-ci ma très humble révérence à Votre Majesté.

— Mais c'est donc un véritable démon que ce Béarnais, ventre-saint-gris [1] ! Monsieur de Tréville, comme eût dit le roi mon père. A ce métier-là, on doit trouer force pourpoints et briser force épées. Or les Gascons sont toujours pauvres, n'est-ce pas ?

— Sire, je dois dire qu'on n'a pas encore trouvé des mines d'or dans leurs montagnes, quoique le Seigneur leur dût bien ce miracle en récompense de la manière dont ils ont soutenu les prétentions [2] du roi votre père.

— Ce qui veut dire que ce sont les Gascons qui m'ont fait roi moi-même, n'est-ce pas, Tréville, puisque je suis le fils de mon père ? Eh bien ! à la bonne heure, je ne dis pas non. La Chesnaye, allez voir si, en fouillant dans toutes mes poches, vous trouverez quarante pistoles ; et si vous les trouvez, apportez-les-moi. Et maintenant, voyons, jeune homme, la main sur la conscience, comment cela s'est-il passé ! »

D'Artagnan raconta l'aventure de la veille dans tous ses détails : comment, n'ayant pas pu dormir de la joie qu'il éprouvait à voir Sa Majesté, il était arrivé chez ses amis trois heures avant l'heure de l'audience ; comment ils étaient allés ensemble au tripot, et comment, sur la crainte qu'il avait manifestée de recevoir une balle au visage, il avait été raillé par Bernajoux, lequel avait failli payer cette raillerie de la perte de la vie, et M. de La Trémouille, qui n'y était pour rien, de la perte de son hôtel.

« C'est bien cela, murmurait le roi ; oui, c'est ainsi

---

1. Ce juron favori d'Henri IV est un euphémisme pour *ventrebleu*, qui est lui-même un euphémisme pour *le ventre de Dieu*. *Saint Gris* est un saint imaginaire.

2. Les *prétentions* (les droits) d'Henri de Navarre au trône de France étaient contestées parce qu'il était protestant. Il dut faire par les armes la conquête du royaume.

que le duc m'a raconté la chose. Pauvre cardinal ! sept
hommes en deux jours, et de ses plus chers ; mais c'est
assez comme cela, Messieurs, entendez-vous ! c'est
assez : vous avez pris votre revanche de la rue Férou [1],
et au-delà ; vous devez être satisfaits.

— Si Votre Majesté l'est, dit Tréville, nous le sommes.

— Oui, je le suis, ajouta le roi en prenant une
poignée d'or de la main de La Chesnaye, et la mettant
dans celle de d'Artagnan. Voici, dit-il, une preuve de
ma satisfaction. »

A cette époque, les idées de fierté qui sont de mise
de nos jours n'étaient point encore de mode. Un
gentilhomme recevait de la main à la main de l'argent
du roi, et n'en était pas le moins du monde humilié.
D'Artagnan mit donc les quarante pistoles dans sa
poche sans faire aucune façon, et en remerciant tout
au contraire grandement Sa Majesté.

« Là, dit le roi en regardant sa pendule, là, et
maintenant qu'il est huit heures et demie, retirez-
vous ; car, je vous l'ai dit, j'attends quelqu'un à neuf
heures. Merci de votre dévouement, Messieurs. J'y
puis compter, n'est-ce pas ?

— Oh ! Sire, s'écrièrent d'une même voix les quatre
compagnons, nous nous ferions couper en morceaux
pour Votre Majesté.

— Bien, bien ; mais restez entiers : cela vaut
mieux, et vous me serez plus utiles. Tréville, ajouta le
roi à demi-voix pendant que les autres se retiraient,
comme vous n'avez pas de place dans les mousquetaires et que d'ailleurs pour entrer dans ce corps nous
avons décidé qu'il fallait faire un noviciat [2], placez ce
jeune homme dans la compagnie des gardes de
M. des Essarts, votre beau-frère. Ah ! pardieu ! Tréville, je me réjouis de la grimace que va faire le

---

1. *Cf.* p. 93, n. 4.
2. Une période de mise à l'épreuve. Le mot, qui concerne d'habitude l'entrée en religion, est ici appliqué à l'entrée chez les mousquetaires.

cardinal : il sera furieux, mais cela m'est égal ; je suis dans mon droit. »

Et le roi salua de la main Tréville, qui sortit et s'en vint rejoindre ses mousquetaires, qu'il trouva partageant avec d'Artagnan les quarante pistoles.

Et le cardinal, comme l'avait dit Sa Majesté, fut effectivement furieux, si furieux que pendant huit jours il abandonna le jeu du roi, ce qui n'empêchait pas le roi de lui faire la plus charmante mine du monde, et toutes les fois qu'il le rencontrait de lui demander de sa voix la plus caressante :

« Eh bien ! Monsieur le cardinal, comment vont ce pauvre Bernajoux et ce pauvre Jussac, qui sont à vous ? »

VII

L'INTÉRIEUR DES MOUSQUETAIRES

Lorsque d'Artagnan fut hors du Louvre, et qu'il consulta ses amis sur l'emploi qu'il devait faire de sa part des quarante pistoles, Athos lui conseilla de commander un bon repas à la *Pomme de Pin* [1], Porthos de prendre un laquais, et Aramis de se faire une maîtresse convenable.

Le repas fut exécuté le jour même, et le laquais y servit à table. Le repas avait été commandé par Athos, et le laquais fourni par Porthos. C'était un Picard que le glorieux mousquetaire avait embauché le jour même et à cette occasion sur le pont de la Tournelle [2], pendant qu'il faisait des ronds en crachant dans l'eau.

---

1. Taverne légendaire, située dans l'île de la Cité, déjà fréquentée par Villon et Rabelais, et où se retrouveront plus tard les Quatre Amis, Boileau, Molière, La Fontaine et Racine.
2. Pont de bois édifié en 1369 à l'emplacement du pont actuel. Il relie le quai du même nom à l'île Saint-Louis.

Porthos avait prétendu que cette occupation était la preuve d'une organisation [1] réfléchie et contemplative, et il l'avait emmené sans autre recommandation. La grande mine de ce gentilhomme, pour le compte duquel il se crut engagé, avait séduit Planchet — c'était le nom du Picard ; il y eut chez lui un léger désappointement lorsqu'il vit que la place était déjà prise par un confrère nommé Mousqueton, et lorsque Porthos lui eut signifié que son état de maison, quoique grand, ne comportait pas deux domestiques, et qu'il lui fallait entrer au service de d'Artagnan. Cependant, lorsqu'il assista au dîner que donnait son maître et qu'il vit celui-ci tirer en payant une poignée d'or de sa poche, il crut sa fortune faite et remercia le Ciel d'être tombé en la possession d'un pareil Crésus [2] ; il persévéra dans cette opinion jusqu'après le festin, des reliefs [3] duquel il répara de longues abstinences. Mais en faisant, le soir, le lit de son maître, les chimères de Planchet s'évanouirent. Le lit était le seul de l'appartement, qui se composait d'une antichambre et d'une chambre à coucher. Planchet coucha dans l'antichambre sur une couverture tirée du lit de d'Artagnan, et dont d'Artagnan se passa depuis.

Athos, de son côté, avait un valet qu'il avait dressé à son service d'une façon toute particulière, et que l'on appelait Grimaud. Il était fort silencieux, ce digne seigneur. Nous parlons d'Athos, bien entendu. Depuis cinq ou six ans qu'il vivait dans la plus profonde intimité avec ses compagnons Porthos et Aramis, ceux-ci se rappelaient l'avoir vu sourire souvent, mais jamais ils ne l'avaient entendu rire. Ses paroles étaient brèves et expressives, disant toujours ce qu'elles voulaient dire, rien de plus : pas d'enjolive-

---

1. *Cf.* p. 78, n. 2.
2. Roi légendaire de Lydie, célèbre pour sa richesse.
3. Restes.

ments, pas de broderies, pas d'arabesques. Sa conversation était un fait sans aucun épisode [1].

Quoique Athos eût à peine trente ans et fût d'une
grande beauté de corps et d'esprit, personne ne lui
connaissait de maîtresse. Jamais il ne parlait de femmes. Seulement il n'empêchait pas qu'on en parlât
devant lui, quoiqu'il fût facile de voir que ce genre de
conversation, auquel il ne se mêlait que par des mots
amers et des aperçus misanthropiques [2], lui était
parfaitement désagréable. Sa réserve, sa sauvagerie
et son mutisme en faisaient presque un vieillard ; il
avait donc, pour ne point déroger [3] à ses habitudes,
habitué Grimaud à lui obéir sur un simple geste ou
sur un simple mouvement des lèvres. Il ne lui parlait
que dans des circonstances suprêmes.

Quelquefois Grimaud, qui craignait son maître
comme le feu, tout en ayant pour sa personne un
grand attachement et pour son génie une grande
vénération, croyait avoir parfaitement compris ce
qu'il désirait, s'élançait pour exécuter l'ordre reçu, et
faisait précisément le contraire. Alors Athos haussait
les épaules et, sans se mettre en colère, rossait Grimaud. Ces jours-là, il parlait un peu.

Porthos, comme on a pu le voir, avait un caractère
tout opposé à celui d'Athos : non seulement il parlait
beaucoup, mais il parlait haut ; peu lui importait au
reste, il faut lui rendre cette justice, qu'on l'écoutât ou
non ; il parlait pour le plaisir de parler et pour le
plaisir de s'entendre ; il parlait de toutes choses
excepté de sciences, excipant [4] à cet endroit de la
haine invétérée que depuis son enfance il portait,
disait-il, aux savants. Il avait moins grand air
qu'Athos, et le sentiment de son infériorité à ce sujet

---

1. Termes empruntés aux théoriciens du théâtre. Dans une pièce
on distinguait entre le *fait* (l'action principale) et les *épisodes*
(actions secondaires).
2. Hostiles à l'humanité, d'où pessimistes.
3. Faire entorse à...
4. Alléguant, tirant argument de ...

l'avait, dans le commencement de leur liaison, rendu souvent injuste pour ce gentilhomme, qu'il s'était alors efforcé de dépasser par ses splendides toilettes. Mais, avec sa simple casaque de mousquetaire et rien que par la façon dont il rejetait la tête en arrière et avançait le pied, Athos prenait à l'instant même la place qui lui était due et reléguait le fastueux Porthos au second rang. Porthos s'en consolait en remplissant l'antichambre de M. de Tréville et les corps de garde du Louvre du bruit de ses bonnes fortunes [1], dont Athos ne parlait jamais, et pour le moment, après avoir passé de la noblesse de robe à la noblesse d'épée [2], de la robine à la baronne, il n'était question de rien de moins pour Porthos que d'une princesse étrangère qui lui voulait un bien énorme.

Un vieux proverbe dit : « Tel maître, tel valet. » Passons donc du valet d'Athos au valet de Porthos, de Grimaud à Mousqueton.

Mousqueton était un Normand dont son maître avait changé le nom pacifique de Boniface en celui infiniment plus sonore et plus belliqueux de Mousqueton. Il était entré au service de Porthos à la condition qu'il serait habillé et logé seulement, mais d'une façon magnifique ; il ne réclamait que deux heures par jour pour les consacrer à une industrie [3] qui devait suffire à pourvoir à ses autres besoins. Porthos avait accepté le marché ; la chose lui allait à merveille. Il faisait tailler à Mousqueton des pourpoints dans ses vieux habits et dans ses manteaux de rechange, et, grâce à un tailleur fort intelligent qui lui remettait ses hardes [4] à neuf en les retournant, et dont la femme était soupçonnée de vouloir faire descendre

---

1. Conquêtes féminines.
2. La noblesse d'épée, acquise au Moyen Age par les services rendus sur le champ de bataille, était plus prestigieuse que la noblesse de robe, conférée à des magistrats (d'où son nom). Le mot de *robin* était péjoratif. Dumas lui invente un féminin, *robine*.
3. *Industrie* : activité.
4. *Cf.* p. 68, n. 1.

Porthos de ses habitudes aristocratiques, Mousqueton faisait à la suite de son maître fort bonne figure.

Quant à Aramis, dont nous croyons avoir suffisamment exposé le caractère, caractère du reste que, comme celui de ses compagnons, nous pourrons suivre dans son développement, son laquais s'appelait Bazin. Grâce à l'espérance qu'avait son maître d'entrer un jour dans les ordres, il était toujours vêtu de noir, comme doit l'être le serviteur d'un homme d'Église. C'était un Berrichon de trente-cinq à quarante ans, doux, paisible, grassouillet, occupant à lire de pieux ouvrages les loisirs que lui laissait son maître, faisant à la rigueur pour deux un dîner de peu de plats, mais excellent. Au reste, muet, aveugle, sourd et d'une fidélité à toute épreuve.

Maintenant que nous connaissons, superficiellement du moins, les maîtres et les valets, passons aux demeures occupées par chacun d'eux.

Athos habitait rue Férou, à deux pas du Luxembourg ; son appartement se composait de deux petites chambres, fort proprement meublées, dans une maison garnie dont l'hôtesse encore jeune et véritablement encore belle lui faisait inutilement les doux yeux. Quelques fragments d'une grande splendeur passée éclataient çà et là aux murailles de ce modeste logement : c'était une épée, par exemple, richement damasquinée [1], qui remontait pour la façon à l'époque de François Ier, et dont la poignée seule, incrustée de pierres précieuses, pouvait valoir deux cents pistoles, et que cependant, dans ses moments de plus grande détresse, Athos n'avait jamais consenti à engager [2] ni à vendre. Cette épée avait longtemps fait l'ambition de Porthos. Porthos aurait donné dix années de sa vie pour posséder cette épée.

Un jour qu'il avait rendez-vous avec une duchesse, il essaya même de l'emprunter à Athos. Athos, sans

---

1. Incrustée de filets d'or ou d'argent (du nom de la ville de Damas, spécialisée dans ce travail).
2. Déposer comme garantie pour un emprunt.

rien dire, vida ses poches, ramassa tous ses bijoux : bourses, aiguillettes [1] et chaînes d'or, il offrit tout à Porthos ; mais quant à l'épée, lui dit-il, elle était scellée à sa place et ne devait la quitter que lorsque son maître quitterait lui-même son logement. Outre son épée, il y avait encore un portrait représentant un seigneur du temps de Henri III, vêtu avec la plus grande élégance, et qui portait l'ordre du Saint-Esprit [2], et ce portrait avait avec Athos certaines ressemblances de lignes, certaines similitudes de famille, qui indiquaient que ce grand seigneur, chevalier des ordres du roi, était son ancêtre.

Enfin, un coffre de magnifique orfèvrerie, aux mêmes armes [3] que l'épée et le portrait, faisait un milieu de cheminée qui jurait effroyablement avec le reste de la garniture. Athos portait toujours la clef de ce coffre sur lui. Mais un jour il l'avait ouvert devant Porthos, et Porthos avait pu s'assurer que ce coffre ne contenait que des lettres et des papiers : des lettres d'amour et des papiers de famille, sans doute.

Porthos habitait un appartement très vaste et d'une très somptueuse apparence, rue du Vieux-Colombier [4]. Chaque fois qu'il passait avec quelque ami devant ses fenêtres, à l'une desquelles Mousqueton se tenait toujours en grande livrée, Porthos levait la tête et la main, et disait : *Voilà ma demeure !* Mais jamais on ne le trouvait chez lui, jamais il n'invitait personne à y monter, et nul ne pouvait se faire une idée de ce que cette somptueuse apparence renfermait de richesses réelles.

Quant à Aramis, il habitait un petit logement composé d'un boudoir [5], d'une salle à manger et d'une chambre à coucher, laquelle chambre, située comme

---

1. Les *aiguillettes* sont les cordons dont on se servait pour lacer les vêtements. Les pointes métalliques qui en formaient les extrémités, les *ferrets*, pouvaient être enrichies d'or ou de diamants.
2. *Cf.* p. 145, n. 2.
3. Marqué des mêmes armoiries.
4. *Cf.* p. 75, n. 2.
5. *Boudoir* : petit salon intime, généralement réservé aux dames.

le reste de l'appartement au rez-de-chaussée, donnait sur un petit jardin frais, vert, ombreux et impénétrable aux yeux du voisinage.

Quant à d'Artagnan, nous savons comment il était logé, et nous avons déjà fait connaissance avec son laquais, maître Planchet.

D'Artagnan, qui était fort curieux de sa nature, comme sont les gens, du reste, qui ont le génie de l'intrigue, fit tous ses efforts pour savoir ce qu'étaient au juste Athos, Porthos et Aramis ; car, sous ces noms de guerre, chacun des jeunes gens cachait son nom de gentilhomme, Athos surtout, qui sentait son grand seigneur d'une lieue. Il s'adressa donc à Porthos pour avoir des renseignements sur Athos et Aramis, et à Aramis pour connaître Porthos.

Malheureusement, Porthos lui-même ne savait de la vie de son silencieux camarade que ce qui en avait transpiré. On disait qu'il avait eu de grands malheurs dans ses affaires amoureuses, et qu'une affreuse trahison avait empoisonné à jamais la vie de ce galant homme. Quelle était cette trahison ? Tout le monde l'ignorait.

Quant à Porthos, excepté son véritable nom, que M. de Tréville savait seul, ainsi que celui de ses deux camarades, sa vie était facile à connaître. Vaniteux et indiscret, on voyait à travers lui comme à travers un cristal. La seule chose qui eût pu égarer l'investigateur eût été que l'on eût cru tout le bien qu'il disait de lui.

Quant à Aramis, tout en ayant l'air de n'avoir aucun secret, c'était un garçon tout confit de mystères, répondant peu aux questions qu'on lui faisait sur les autres, et éludant celles que l'on faisait sur lui-même. Un jour, d'Artagnan, après l'avoir longtemps interrogé sur Porthos et en avoir appris ce bruit qui courait de la bonne fortune du mousquetaire avec une princesse, voulut savoir aussi à quoi s'en tenir sur les aventures amoureuses de son interlocuteur.

« Et vous, mon cher compagnon, lui dit-il, vous qui

parlez des baronnes, des comtesses et des princesses des autres ?

— Pardon, interrompit Aramis, j'ai parlé parce que Porthos en parle lui-même, parce qu'il a crié toutes ces belles choses devant moi. Mais croyez bien, mon cher Monsieur d'Artagnan, que si je les tenais d'une autre source ou qu'il me les eût confiées, il n'y aurait pas eu de confesseur plus discret que moi.

— Je n'en doute pas, reprit d'Artagnan ; mais enfin, il me semble que vous-même vous êtes assez familier avec les armoiries, témoin certain mouchoir brodé auquel je dois l'honneur de votre connaissance. »

Aramis, cette fois, ne se fâcha point, mais il prit son air le plus modeste et répondit affectueusement :

« Mon cher, n'oubliez pas que je veux être d'Église, et que je fuis toutes les occasions mondaines. Ce mouchoir que vous avez vu ne m'avait point été confié, mais il avait été oublié chez moi par un de mes amis. J'ai dû le recueillir pour ne pas les compromettre, lui et la dame qu'il aime. Quant à moi, je n'ai point et ne veux point avoir de maîtresse, suivant en cela l'exemple très judicieux d'Athos, qui n'en a pas plus que moi.

— Mais, que diable ! vous n'êtes pas abbé, puisque vous êtes mousquetaire.

— Mousquetaire par intérim, mon cher, comme dit le cardinal, mousquetaire contre mon gré, mais homme d'Église dans le cœur, croyez-moi. Athos et Porthos m'ont fourré là-dedans pour m'occuper : j'ai eu, au moment d'être ordonné [1], une petite difficulté avec... Mais cela ne vous intéresse guère, et je vous prends un temps précieux.

— Point du tout, cela m'intéresse fort, s'écria d'Artagnan, et je n'ai pour le moment absolument rien à faire.

— Oui, mais moi j'ai mon bréviaire [2] à dire, répon-

_____

1. Ordonné prêtre.
2. Livre contenant les prières que les prêtres et religieux étaient tenus de dire chaque jour.

dit Aramis, puis quelques vers à composer que m'a demandés Mme d'Aiguillon ; ensuite je dois passer rue Saint-Honoré [1], afin d'acheter du rouge pour Mme de Chevreuse. Vous voyez, mon cher ami, que si rien ne vous presse, je suis très pressé, moi. »

Et Aramis tendit affectueusement la main à son compagnon, et prit congé de lui.

D'Artagnan ne put, quelque peine qu'il se donnât, en savoir davantage sur ses trois nouveaux amis. Il prit donc son parti de croire dans le présent tout ce qu'on disait de leur passé, espérant des révélations plus sûres et plus étendues de l'avenir. En attendant, il considéra Athos comme un Achille, Porthos comme un Ajax, et Aramis comme un Joseph [2].

Au reste, la vie des quatre jeunes gens était joyeuse : Athos jouait, et toujours malheureusement. Cependant il n'empruntait jamais un sou à ses amis, quoique sa bourse fût sans cesse à leur service, et lorsqu'il avait joué sur parole, il faisait toujours réveiller son créancier à six heures du matin pour lui payer sa dette de la veille.

Porthos avait des fougues [3] : ces jours-là, s'il gagnait, on le voyait insolent et splendide ; s'il perdait, il disparaissait complètement pendant quelques jours, après lesquels il reparaissait le visage blême et la mine allongée, mais avec de l'argent dans ses poches.

Quant à Aramis, il ne jouait jamais. C'était bien le

1. La rue Saint-Honoré, qui existe toujours, était une section du grand axe traversant Paris d'ouest en est. La portion ouest était aristocratique, la portion est était populaire, avec de nombreux commerces pour l'habillement et la toilette. Le *rouge* acheté par Aramis est un produit de maquillage. — Sur Mme de Chevreuse, *cf. Répertoire des personnages*.

2. Dans l'*Iliade*, Achille incarne le noble guerrier idéal, Ajax se caractérise par la force physique pure, sans beaucoup d'intelligence. Joseph, lui, est un personnage biblique. Lorsqu'il était jeune esclave chez Putiphar, sa beauté avait suscité la convoitise de la femme de son maître, mais il s'était vertueusement dérobé aux avances de celle-ci. S'agissant d'Aramis, l'allusion est ironique.

3. Des élans d'ardeur.

plus mauvais mousquetaire et le plus méchant [1] convive qui se pût voir. Il avait toujours besoin de travailler. Quelquefois, au milieu d'un dîner, quand chacun, dans l'entraînement du vin et dans la chaleur de la conversation, croyait que l'on en avait encore pour deux ou trois heures à rester à table, Aramis regardait sa montre, se levait avec un gracieux sourire et prenait congé de la société, pour aller, disait-il, consulter un casuiste [2] avec lequel il avait rendez-vous. D'autres fois, il retournait à son logis pour écrire une thèse, et priait ses amis de ne pas le distraire.

Cependant Athos souriait de ce charmant sourire mélancolique, si bien séant à sa noble figure, et Porthos buvait en jurant qu'Aramis ne serait jamais qu'un curé de village.

Planchet, le valet de d'Artagnan, supporta noblement la bonne fortune ; il recevait trente sous par jour, et pendant un mois il revenait au logis gai comme pinson et affable envers son maître. Quand le vent de l'adversité commença à souffler sur le ménage de la rue des Fossoyeurs, c'est-à-dire quand les quarante pistoles du roi Louis XIII furent mangées ou à peu près, il commença des plaintes qu'Athos trouva nauséabondes, Porthos indécentes, et Aramis ridicules. Athos conseilla donc à d'Artagnan de congédier le drôle, Porthos voulait qu'on le bâtonnât auparavant, et Aramis prétendit qu'un maître ne devait entendre que les compliments qu'on fait de lui.

« Cela vous est bien aisé à dire, reprit d'Artagnan : à vous, Athos, qui vivez muet avec Grimaud, qui lui défendez de parler, et qui, par conséquent, n'avez jamais de mauvaises paroles avec lui ; à vous, Porthos, qui menez un train magnifique et qui êtes un dieu pour votre valet Mousqueton ; à vous enfin, Aramis, qui, toujours distrait par vos études théologiques, inspirez un profond respect à votre serviteur

1. Mauvais convive, appréciant peu la bonne chère.
2. *Cf.* p. 118, n. 4.

Bazin, homme doux et religieux ; mais moi qui suis sans consistance et sans ressources, moi qui ne suis pas mousquetaire ni même garde, moi, que ferai-je pour inspirer de l'affection, de la terreur ou du respect à Planchet ?

— La chose est grave, répondirent les trois amis, c'est une affaire d'intérieur ; il en est des valets comme des femmes, il faut les mettre tout de suite sur le pied où l'on désire qu'ils restent. Réfléchissez donc. »

D'Artagnan réfléchit et se résolut à rouer [1] Planchet par provision, ce qui fut exécuté avec la conscience que d'Artagnan mettait en toutes choses ; puis, après l'avoir bien rossé, il lui défendit de quitter son service sans sa permission. « Car, ajouta-t-il, l'avenir ne peut me faire faute ; j'attends inévitablement des temps meilleurs. Ta fortune est donc faite si tu restes près de moi, et je suis trop bon maître pour te faire manquer ta fortune en t'accordant le congé que tu me demandes. »

Cette manière d'agir donna beaucoup de respect aux mousquetaires pour la politique de d'Artagnan. Planchet fut également saisi d'admiration et ne parla plus de s'en aller.

La vie des quatre jeunes gens était devenue commune ; d'Artagnan, qui n'avait aucune habitude, puisqu'il arrivait de sa province et tombait au milieu d'un monde tout nouveau pour lui, prit aussitôt les habitudes de ses amis.

On se levait vers huit heures en hiver, vers six heures en été, et l'on allait prendre le mot d'ordre et l'air des affaires chez M. de Tréville. D'Artagnan, bien qu'il ne fût pas mousquetaire, en faisait le service avec une ponctualité touchante : il était toujours de garde, parce qu'il tenait toujours compagnie à celui de ses trois amis qui montait la sienne. On le connaissait à

---

1. Le *rouer* de coups. *Par provision* (terme de banque) : à titre d'avance, d'acompte sur les coups qu'il mériterait plus tard. On constatera par la suite que d'Artagnan ne le battit plus jamais.

l'hôtel des mousquetaires [1], et chacun le tenait pour un bon camarade ; M. de Tréville, qui l'avait apprécié du premier coup d'œil, et qui lui portait une véritable affection, ne cessait de le recommander au roi.

De leur côté, les trois mousquetaires aimaient fort leur jeune camarade. L'amitié qui unissait ces quatre hommes, et le besoin de se voir trois ou quatre fois par jour, soit pour duel, soit pour affaires, soit pour plaisir, les faisaient sans cesse courir l'un après l'autre comme des ombres ; et l'on rencontrait toujours les inséparables se cherchant du Luxembourg à la place Saint-Sulpice, ou de la rue du Vieux-Colombier au Luxembourg.

En attendant, les promesses de M. de Tréville allaient leur train. Un beau jour, le roi commanda à M. le chevalier des Essarts de prendre d'Artagnan comme cadet dans sa compagnie des gardes. D'Artagnan endossa en soupirant cet habit, qu'il eût voulu, au prix de dix années de son existence, troquer contre la casaque de mousquetaire. Mais M. de Tréville promit cette faveur après un noviciat de deux ans, noviciat [2] qui pouvait être abrégé au reste, si l'occasion se présentait pour d'Artagnan de rendre quelque service au roi ou de faire quelque action d'éclat. D'Artagnan se retira sur cette promesse et, dès le lendemain, commença son service.

Alors ce fut le tour d'Athos, de Porthos et d'Aramis de monter la garde avec d'Artagnan quand il était de garde. La compagnie de M. le chevalier des Essarts prit ainsi quatre hommes au lieu d'un, le jour où elle prit d'Artagnan.

---

1. Il n'y avait pas encore d'hôtel des Mousquetaires. Il ne fut construit, rue du Bac, que dans la seconde moitié du siècle. Mais Courtilz y fait déjà évoluer ses héros.
2. *Cf.* p. 154, n. 2.

VIII

UNE INTRIGUE DE COUR

Cependant les quarante pistoles du roi Louis XIII, ainsi que toutes les choses de ce monde, après avoir eu un commencement avaient eu une fin, et depuis cette fin nos quatre compagnons étaient tombés dans la gêne. D'abord Athos avait soutenu pendant quelque temps l'association de ses propres deniers. Porthos lui avait succédé, et, grâce à une de ces disparitions auxquelles on était habitué, il avait pendant près de quinze jours encore subvenu aux besoins de tout le monde ; enfin était arrivé le tour d'Aramis, qui s'était exécuté de bonne grâce, et qui était parvenu, disait-il, en vendant ses livres de théologie, à se procurer quelques pistoles.

On eut alors, comme d'habitude, recours à M. de Tréville, qui fit quelques avances sur la solde ; mais ces avances ne pouvaient conduire bien loin trois mousquetaires qui avaient déjà force comptes arriérés, et un garde qui n'en avait pas encore.

Enfin, quand on vit qu'on allait manquer tout à fait, on rassembla par un dernier effort huit ou dix pistoles que Porthos joua. Malheureusement, il était dans une mauvaise veine : il perdit tout, plus vingt-cinq pistoles sur parole.

Alors la gêne devint de la détresse ; on vit les affamés suivis de leurs laquais courir les quais et les corps de garde, ramassant chez leurs amis du dehors tous les dîners qu'ils purent trouver ; car, suivant l'avis d'Aramis, on devait dans la prospérité semer des repas à droite et à gauche pour en récolter quelques-uns dans la disgrâce.

Athos fut invité quatre fois et mena chaque fois ses amis avec leurs laquais. Porthos eut six occasions et en fit également jouir ses camarades ; Aramis en eut huit. C'était un homme, comme on a déjà pu s'en apercevoir, qui faisait peu de bruit et beaucoup de besogne.

Quant à d'Artagnan, qui ne connaissait encore personne dans la capitale, il ne trouva qu'un déjeuner de chocolat chez un prêtre de son pays, et un dîner chez un cornette [1] des gardes. Il mena son armée chez le prêtre, auquel on dévora sa provision de deux mois, et chez le cornette, qui fit des merveilles ; mais, comme le disait Planchet, on ne mange toujours qu'une fois, même quand on mange beaucoup.

D'Artagnan se trouva donc assez humilié de n'avoir eu qu'un repas et demi, car le déjeuner chez le prêtre ne pouvait compter que pour un demi-repas, à offrir à ses compagnons en échange des festins que s'étaient procurés Athos, Porthos et Aramis. Il se croyait à charge à la société, oubliant dans sa bonne foi toute juvénile qu'il avait nourri cette société pendant un mois, et son esprit préoccupé se mit à travailler activement. Il réfléchit que cette coalition de quatre hommes jeunes, braves, entreprenants et actifs devait avoir un autre but que des promenades déhanchées [2], des leçons d'escrime et des lazzi [3] plus ou moins spirituels.

En effet, quatre hommes comme eux, quatre hommes dévoués les uns aux autres depuis la bourse jusqu'à la vie, quatre hommes se soutenant toujours, ne reculant jamais, exécutant isolément ou ensemble les résolutions prises en commun ; quatre bras menaçant les quatre points cardinaux ou se tournant vers un seul point, devaient inévitablement, soit souterrainement, soit au jour, soit par la mine, soit par la tranchée [4], soit par la ruse, soit par la force, s'ouvrir

1. Officier.
2. Où l'on marchait en se déhanchant, pour se donner l'air dégagé.
3. *Lazzi* : plaisanteries moqueuses, comme dans la comédie italienne, à qui l'on doit ce mot.
4. Deux moyens de prendre une ville assiégée : par des charges explosives (*mines*) placées au pied des murs ou par un assaut pour lequel l'avance des combattants était protégée par des *tranchées*.

un chemin vers le but qu'ils voulaient atteindre, si bien défendu ou si éloigné qu'il fût. La seule chose qui étonnât d'Artagnan, c'est que ses compagnons n'eussent point songé à cela.

Il y songeait, lui, et sérieusement même, se creusant la cervelle pour trouver une direction à cette force unique quatre fois multipliée avec laquelle il ne doutait pas que, comme avec le levier que cherchait Archimède [1], on ne parvînt à soulever le monde, — lorsque l'on frappa doucement à la porte. D'Artagnan réveilla Planchet et lui ordonna d'aller ouvrir.

Que de cette phrase : d'Artagnan réveilla Planchet, le lecteur n'aille pas augurer qu'il faisait nuit ou que le jour n'était point encore venu. Non ! quatre heures venaient de sonner. Planchet, deux heures auparavant, était venu demander à dîner [2] à son maître, lequel lui avait répondu par le proverbe : « Qui dort dîne. » Et Planchet dînait en dormant.

Un homme fut introduit, de mine assez simple et qui avait l'air d'un bourgeois.

Planchet, pour son dessert, eût bien voulu entendre la conversation ; mais le bourgeois déclara à d'Artagnan que ce qu'il avait à lui dire étant important et confidentiel, il désirait demeurer en tête-à-tête avec lui.

D'Artagnan congédia Planchet et fit asseoir son visiteur.

Il y eut un moment de silence pendant lequel les deux hommes se regardèrent comme pour faire une

1. Archimède, mathématicien grec né à Syracuse (287-212 environ avant J.-C.) est surtout célèbre pour le principe d'hydraulique qui porte son nom. Mais on lui attribue aussi de nombreuses recherches en géométrie, en physique et en mécanique. Il établit notamment la théorie du levier, affirmant qu'il ne lui manquait « qu'un point d'appui pour soulever le monde ». Il se servit de cette théorie pour construire des machines de guerre qui permirent à ses compatriotes assiégés de résister longtemps aux Romains.

2. Le *dîner*, équivalent de notre déjeuner, se prenait entre midi et quatorze heures.

connaissance préalable, après quoi d'Artagnan
s'inclina en signe qu'il écoutait.

« J'ai entendu parler de M. d'Artagnan comme d'un
jeune homme fort brave, dit le bourgeois, et cette
réputation dont il jouit à juste titre m'a décidé à lui
confier un secret.

— Parlez, Monsieur, parlez », dit d'Artagnan, qui
d'instinct flaira quelque chose d'avantageux.

Le bourgeois fit une nouvelle pause et continua :

« J'ai ma femme qui est lingère chez la reine, Monsieur, et qui ne manque ni de sagesse, ni de beauté. On
me l'a fait épouser voilà bientôt trois ans, quoiqu'elle
n'eût qu'un petit avoir, parce que M. de La Porte, le
portemanteau de la reine [1], est son parrain et la
protège...

— Eh bien ! Monsieur ? demanda d'Artagnan.

— Eh bien, reprit le bourgeois, eh bien ! Monsieur,
ma femme a été enlevée hier matin, comme elle
sortait de sa chambre de travail.

— Et par qui votre femme a-t-elle été enlevée ?

— Je n'en sais rien sûrement, Monsieur, mais je
soupçonne quelqu'un.

— Et quelle est cette personne que vous soupçonnez ?

— Un homme qui la poursuivait depuis longtemps.

— Diable !

— Mais voulez-vous que je vous dise, Monsieur,
continua le bourgeois, je suis convaincu, moi, qu'il y
a moins d'amour que de politique dans tout cela.

— Moins d'amour que de politique, reprit d'Artagnan d'un air fort réfléchi, et que soupçonnez-vous ?

— Je ne sais pas si je devrais vous dire ce que je
soupçonne...

— Monsieur, je vous ferai observer que je ne vous
demande absolument rien, moi. C'est vous qui êtes

---

1. Officier qui portait la queue du manteau de la reine et faisait
auprès d'elle office de valet de chambre. Sur Pierre de La Porte, *cf.*
Notice historique et *Répertoire des personnages.*

venu. C'est vous qui m'avez dit que vous aviez un secret à me confier. Faites donc à votre guise, il est encore temps de vous retirer.

— Non, Monsieur, non ; vous m'avez l'air d'un honnête jeune homme, et j'aurai confiance en vous. Je crois donc que ce n'est pas à cause de ses amours que ma femme a été arrêtée, mais à cause de celles d'une plus grande dame qu'elle.

— Ah ! ah ! serait-ce à cause des amours de Mme de Bois-Tracy [1] ? fit d'Artagnan, qui voulut avoir l'air, vis-à-vis de son bourgeois, d'être au courant des affaires de la cour.

— Plus haut, Monsieur, plus haut.

— De Mme d'Aiguillon ?

— Plus haut encore.

— De Mme de Chevreuse ?

— Plus haut, beaucoup plus haut !

— De la... d'Artagnan s'arrêta.

— Oui, Monsieur, répondit si bas, qu'à peine si on put l'entendre, le bourgeois épouvanté.

— Et avec qui ?

— Avec qui cela peut-il être, si ce n'est avec le duc de...

— Le duc de...

— Oui, Monsieur ! répondit le bourgeois, en donnant à sa voix une intonation plus sourde encore.

— Mais comment savez-vous tout cela, vous ?

— Ah ! comment je le sais ?

— Oui, comment le savez-vous ? Pas de demi-confidence, ou... vous comprenez.

— Je le sais par ma femme, Monsieur, par ma femme elle-même.

— Qui le sait, elle, par qui ?

— Par M. de La Porte. Ne vous ai-je pas dit qu'elle était la filleule de M. de La Porte, l'homme de confiance de la reine ? Eh bien, M. de La Porte l'avait mise près de Sa Majesté pour que notre pauvre reine

---

1. Mme de Bois-Tracy est un personnage imaginaire. Sur les deux autres, *cf. Répertoire des personnages*.

au moins eût quelqu'un à qui se fier, abandonnée comme elle l'est par le roi, espionnée comme elle l'est par le cardinal, trahie comme elle l'est par tous.

— Ah ! ah ! voilà qui se dessine, dit d'Artagnan.

— Or ma femme est venue il y a quatre jours, Monsieur ; une de ses conditions était qu'elle devait me venir voir deux fois la semaine ; car, ainsi que j'ai eu l'honneur de vous le dire, ma femme m'aime beaucoup ; ma femme est donc venue, et m'a confié que la reine, en ce moment-ci, avait de grandes craintes.

— Vraiment ?

— Oui, M. le cardinal, à ce qu'il paraît, la poursuit et la persécute plus que jamais. Il ne peut pas lui pardonner l'histoire de la sarabande. Vous savez l'histoire de la sarabande [1] ?

— Pardieu, si je la sais ! répondit d'Artagnan, qui ne savait rien du tout, mais qui voulait avoir l'air d'être au courant.

— De sorte que, maintenant, ce n'est plus de la haine, c'est de la vengeance.

— Vraiment ?

— Et la reine croit...

— Eh bien, que croit la reine ?

— Elle croit qu'on a écrit à M. le duc de Buckingham en son nom.

— Au nom de la reine ?

— Oui, pour le faire venir à Paris, et une fois venu à Paris, pour l'attirer dans quelque piège.

— Diable mais votre femme, mon cher Monsieur, qu'a-t-elle à faire dans tout cela ?

— On connaît son dévouement pour la reine, et

---

1. Allusion à une anecdote controversée, que Dumas a pu trouver dans les *Mémoires* de Louis-Henri de Brienne, publiés en 1828 par J.-F. Barrière (t. I, p. 274). Pour se moquer de Richelieu, qui la courtisait, Anne d'Autriche aurait organisé avec le concours de Mme de Chevreuse une entrevue où il aurait consenti à danser devant elles une sarabande. « Il était vêtu d'un pantalon de velours vert ; il avait à ses jarretières des sonnettes d'argent ; il tenait en main des castagnettes. »

l'on veut ou l'éloigner de sa maîtresse, ou l'intimider pour avoir les secrets de Sa Majesté, ou la séduire pour se servir d'elle comme d'un espion.

— C'est probable, dit d'Artagnan ; mais l'homme qui l'a enlevée, le connaissez-vous ?

— Je vous ai dit que je croyais le connaître.

— Son nom ?

— Je ne le sais pas ; ce que je sais seulement, c'est que c'est une créature du cardinal, son âme damnée.

— Mais vous l'avez vu ?

— Oui, ma femme me l'a montré un jour.

— A-t-il un signalement auquel on puisse le reconnaître ?

— Oh ! certainement, c'est un seigneur de haute mine, poil noir, teint basané, œil perçant, dents blanches et une cicatrice à la tempe.

— Une cicatrice à la tempe ! s'écria d'Artagnan, et avec cela dents blanches, œil perçant, teint basané, poil noir, et haute mine ; c'est mon homme de Meung !

— C'est votre homme, dites-vous ?

— Oui, oui ; mais cela ne fait rien à la chose. Non, je me trompe, cela la simplifie beaucoup, au contraire : si votre homme est le mien, je ferai d'un coup deux vengeances, voilà tout ; mais où rejoindre cet homme ?

— Je n'en sais rien.

— Vous n'avez aucun renseignement sur sa demeure ?

— Aucun ; un jour que je reconduisais ma femme au Louvre, il en sortait comme elle allait y entrer, et elle me l'a fait voir.

— Diable ! diable ! murmura d'Artagnan, tout ceci est bien vague ; par qui avez-vous su l'enlèvement de votre femme ?

— Par M. de La Porte.

— Vous a-t-il donné quelque détail ?

— Il n'en avait aucun.

— Et vous n'avez rien appris d'un autre côté ?

— Si fait, j'ai reçu...

— Quoi ?

— Mais je ne sais pas si je ne commets pas une grande imprudence ?

— Vous revenez encore là-dessus ; cependant je vous ferai observer que, cette fois, il est un peu tard pour reculer.

— Aussi je ne recule pas, mordieu ! s'écria le bourgeois en jurant pour se monter la tête. D'ailleurs, foi de Bonacieux...

— Vous vous appelez Bonacieux ? interrompit d'Artagnan.

— Oui, c'est mon nom.

— Vous disiez donc : foi de Bonacieux ! pardon si je vous ai interrompu ; mais il me semblait que ce nom ne m'était pas inconnu.

— C'est possible, Monsieur. Je suis votre propriétaire.

— Ah ! ah ! fit d'Artagnan en se soulevant à demi et en saluant, vous êtes mon propriétaire ?

— Oui, Monsieur, oui. Et comme depuis trois mois que vous êtes chez moi, et que distrait sans doute par vos grandes occupations vous avez oublié de me payer mon loyer ; comme, dis-je, je ne vous ai pas tourmenté un seul instant, j'ai pensé que vous auriez égard à ma délicatesse.

— Comment donc ! mon cher Monsieur Bonacieux, reprit d'Artagnan, croyez que je suis plein de reconnaissance pour un pareil procédé, et que, comme je vous l'ai dit, si je puis vous être bon à quelque chose...

— Je vous crois, Monsieur, je vous crois, et comme j'allais vous le dire, foi de Bonacieux, j'ai confiance en vous.

— Achevez donc ce que vous avez commencé à me dire. »

Le bourgeois tira un papier de sa poche, et le présenta à d'Artagnan.

« Une lettre ! fit le jeune homme.

— Que j'ai reçue ce matin. »

D'Artagnan l'ouvrit, et comme le jour commençait

à baisser, il s'approcha de la fenêtre. Le bourgeois le suivit.

« Ne cherchez pas votre femme, lut d'Artagnan, elle vous sera rendue quand on n'aura plus besoin d'elle. Si vous faites une seule démarche pour la retrouver, vous êtes perdu. »

« Voilà qui est positif, continua d'Artagnan ; mais après tout, ce n'est qu'une menace.

— Oui, mais cette menace m'épouvante ; moi, Monsieur, je ne suis pas homme d'épée du tout, et j'ai peur de la Bastille.

— Hum ! fit d'Artagnan ; mais c'est que je ne me soucie pas plus de la Bastille que vous, moi. S'il ne s'agissait que d'un coup d'épée, passe encore.

— Cependant, Monsieur, j'avais bien compté sur vous dans cette occasion.

— Oui ?

— Vous voyant sans cesse entouré de mousquetaires à l'air fort superbe, et reconnaissant que ces mousquetaires étaient ceux de M. de Tréville, et par conséquent des ennemis du cardinal, j'avais pensé que vous et vos amis, tout en rendant justice à notre pauvre reine, seriez enchantés de jouer un mauvais tour à Son Eminence.

— Sans doute.

— Et puis j'avais pensé que, me devant trois mois de loyer dont je ne vous ai jamais parlé...

— Oui, oui, vous m'avez déjà donné cette raison, et je la trouve excellente.

— Comptant de plus, tant que vous me ferez l'honneur de rester chez moi, ne jamais vous parler de votre loyer à venir...

— Très bien.

— Et ajoutez à cela, si besoin est, comptant vous offrir une cinquantaine de pistoles si, contre toute probabilité, vous vous trouviez gêné en ce moment.

— A merveille ; mais vous êtes donc riche, mon cher Monsieur Bonacieux ?

— Je suis à mon aise, Monsieur, c'est le mot ; j'ai amassé quelque chose comme deux ou trois mille écus de rente dans le commerce de la mercerie, et, surtout en plaçant quelques fonds sur le dernier voyage du célèbre navigateur Jean Mocquet [1] ; de sorte que, vous comprenez, Monsieur... Ah ! mais... s'écria le bourgeois.

— Quoi ? demanda d'Artagnan.

— Que vois-je là ?

— Où ?

— Dans la rue, en face de vos fenêtres, dans l'embrasure de cette porte : un homme enveloppé dans un manteau.

— C'est lui ! s'écrièrent à la fois d'Artagnan et le bourgeois, chacun d'eux en même temps ayant reconnu son homme.

— Ah ! cette fois-ci, s'écria d'Artagnan en sautant sur son épée, cette fois-ci, il ne m'échappera pas. »

Et tirant son épée du fourreau, il se précipita hors de l'appartement.

Sur l'escalier, il rencontra Athos et Porthos qui le venaient voir. Ils s'écartèrent, d'Artagnan passa entre eux comme un trait.

« Ah çà, où cours-tu ainsi ? lui crièrent à la fois les deux mousquetaires.

— L'homme de Meung ! » répondit d'Artagnan, et il disparut.

D'Artagnan avait plus d'une fois raconté à ses amis son aventure avec l'inconnu, ainsi que l'apparition de la belle voyageuse à laquelle cet homme avait paru confier une si importante missive.

L'avis d'Athos avait été que d'Artagnan avait perdu sa lettre dans la bagarre. Un gentilhomme, selon lui — et, au portrait que d'Artagnan avait fait de l'inconnu, ce ne pouvait être qu'un gentilhomme —, un gentilhomme devait être incapable de cette bassesse, de voler une lettre.

Porthos n'avait vu dans tout cela qu'un rendez-vous amoureux donné par une dame à un cavalier ou par

---

1. Explorateur (1575-1617), dont Dumas avait pu lire les *Voyages en Afrique, Asie, Indes orientales et occidentales*, réédités en 1831.

un cavalier à une dame, et qu'était venue troubler la présence de d'Artagnan et de son cheval jaune.

Aramis avait dit que ces sortes de choses étant mystérieuses, mieux valait ne les point approfondir.

Ils comprirent donc, sur les quelques mots échappés à d'Artagnan, de quelle affaire il était question, et comme ils pensèrent qu'après avoir rejoint son homme ou l'avoir perdu de vue, d'Artagnan finirait toujours par remonter chez lui, ils continuèrent leur chemin.

Lorsqu'ils entrèrent dans la chambre de d'Artagnan, la chambre était vide : le propriétaire, craignant les suites de la rencontre qui allait sans doute avoir lieu entre le jeune homme et l'inconnu, avait, par suite de l'exposition qu'il avait faite lui-même de son caractère, jugé qu'il était prudent de décamper.

IX

D'ARTAGNAN SE DESSINE

Comme l'avaient prévu Athos et Porthos, au bout d'une demi-heure d'Artagnan rentra. Cette fois encore il avait manqué son homme, qui avait disparu comme par enchantement. D'Artagnan avait couru, l'épée à la main, toutes les rues environnantes, mais il n'avait rien trouvé qui ressemblât à celui qu'il cherchait, puis enfin il en était revenu à la chose par laquelle il aurait dû commencer peut-être, et qui était de frapper à la porte contre laquelle l'inconnu était appuyé ; mais c'était inutilement qu'il avait dix ou douze fois de suite fait résonner le marteau, personne n'avait répondu, et des voisins qui, attirés par le bruit, étaient accourus sur le seuil de leur porte ou avaient mis le nez à leurs fenêtres, lui avaient assuré que cette maison, dont au reste toutes les ouvertures étaient closes, était depuis six mois complètement inhabitée.

Pendant que d'Artagnan courait les rues et frappait aux portes, Aramis avait rejoint ses deux compagnons, de sorte qu'en revenant chez lui, d'Artagnan trouva la réunion au grand complet.

« Eh bien ? dirent ensemble les trois mousquetaires en voyant entrer d'Artagnan, la sueur sur le front et la figure bouleversée par la colère.

— Eh bien, s'écria celui-ci en jetant son épée sur le lit, il faut que cet homme soit le diable en personne ; il a disparu comme un fantôme, comme une ombre, comme un spectre.

— Croyez-vous aux apparitions ? demanda Athos à Porthos.

— Moi, je ne crois que ce que j'ai vu, et comme je n'ai jamais vu d'apparitions, je n'y crois pas.

— La Bible, dit Aramis, nous fait une loi d'y croire : l'ombre de Samuel apparut à Saül [1], et c'est un article de foi que je serais fâché de voir mettre en doute, Porthos.

— Dans tous les cas, homme ou diable, corps ou ombre, illusion ou réalité, cet homme est né pour ma damnation, car sa fuite nous fait manquer une affaire superbe, Messieurs, une affaire dans laquelle il y avait cent pistoles et peut-être plus à gagner.

— Comment cela ? » dirent à la fois Porthos et Aramis.

Quant à Athos, fidèle à son système de mutisme, il se contenta d'interroger d'Artagnan du regard.

« Planchet, dit d'Artagnan à son domestique, qui passait en ce moment la tête par la porte entrebâillée pour tâcher de surprendre quelques bribes de la conversation, descendez chez mon propriétaire, M. Bonacieux, et dites-lui de nous envoyer une demi-douzaine de bouteilles de vin de Beaugency : c'est celui que je préfère.

1. Premier livre de *Samuel*, chap. XXVIII, versets 7 *sqq.*

— Ah çà, mais vous avez donc crédit ouvert chez votre propriétaire ? demanda Porthos.

— Oui, répondit d'Artagnan, à compter d'aujourd'hui, et soyez tranquilles, si son vin est mauvais, nous lui en enverrons quérir d'autre.

— Il faut user et non abuser, dit sentencieusement Aramis.

— J'ai toujours dit que d'Artagnan était la forte tête de nous quatre, fit Athos, qui, après avoir émis cette opinion à laquelle d'Artagnan répondit par un salut, retomba aussitôt dans son silence accoutumé.

— Mais enfin, voyons, qu'y a-t-il ? demanda Porthos.

— Oui, dit Aramis, confiez-nous cela, mon cher ami, à moins que l'honneur de quelque dame ne se trouve intéressé à cette confidence, à ce quel cas vous feriez mieux de la garder pour vous.

— Soyez tranquilles, répondit d'Artagnan, l'honneur de personne n'aura à se plaindre de ce que j'ai à vous dire. »

Et alors il raconta mot à mot à ses amis ce qui venait de se passer entre lui et son hôte, et comment l'homme qui avait enlevé la femme du digne propriétaire était le même avec lequel il avait eu maille à partir à l'hôtellerie du *Franc Meunier.*

« Votre affaire n'est pas mauvaise, dit Athos après avoir goûté le vin en connaisseur et indiqué d'un signe de tête qu'il le trouvait bon, et l'on pourra tirer de ce brave homme cinquante à soixante pistoles. Maintenant, reste à savoir si cinquante à soixante pistoles valent la peine de risquer quatre têtes.

— Mais faites attention, s'écria d'Artagnan, qu'il y a une femme dans cette affaire, une femme enlevée, une femme qu'on menace sans doute, qu'on torture peut-être, et tout cela parce qu'elle est fidèle à sa maîtresse

— Prenez garde, d'Artagnan, prenez garde, dit Aramis, vous vous échauffez un peu trop, à mon avis, sur le sort de Mme Bonacieux. La femme a été créée pour notre perte, et c'est d'elle que nous viennent toutes nos misères. »

Athos, à cette sentence d'Aramis, fronça le sourcil et se mordit les lèvres.

« Ce n'est point de Mme Bonacieux que je m'inquiète, s'écria d'Artagnan, mais de la reine, que le roi abandonne, que le cardinal persécute, et qui voit tomber, les unes après les autres, les têtes de tous ses amis.

— Pourquoi aime-t-elle ce que nous détestons le plus au monde, les Espagnols et les Anglais ?

— L'Espagne est sa patrie, répondit d'Artagnan, et il est tout simple qu'elle aime les Espagnols, qui sont enfants de la même terre qu'elle. Quant au second reproche que vous lui faites, j'ai entendu dire qu'elle aimait non pas les Anglais, mais un Anglais.

— Eh ! ma foi, dit Athos, il faut avouer que cet Anglais était bien digne d'être aimé. Je n'ai jamais vu un plus grand air que le sien.

— Sans compter qu'il s'habille comme personne, dit Porthos. J'étais au Louvre le jour où il a semé ses perles [1], et pardieu ! j'en ai ramassé deux que j'ai bien vendues dix pistoles pièce. Et toi, Aramis, le connais-tu ?

— Aussi bien que vous, Messieurs, car j'étais de ceux qui l'ont arrêté dans le jardin d'Amiens, où m'avait introduit M. de Putange, l'écuyer de la reine [2]. J'étais au séminaire à cette époque, et l'aventure me parut cruelle pour le roi.

— Ce qui ne m'empêcherait pas, dit d'Artagnan, si je savais où est le duc de Buckingham, de le prendre par la main et de le conduire près de la reine, ne fût-ce que pour faire enrager M. le cardinal ; car notre véri-

1. Buckingham aurait brisé volontairement l'attache de son collier et en aurait répandu les perles pour pouvoir les offrir aux seigneurs et aux dames qui les avaient ramassées. Source : l'édition des *Mémoires* de Louis- Henri de Brienne par J.-F. Barrière.
2. Sur l'épisode du jardin d'Amiens, *Cf. Notice historique.* — Guillaume Morel, sieur de Putanges, était en effet l'écuyer d'Anne d'Autriche.

table, notre seul, notre éternel ennemi, Messieurs, c'est le cardinal, et si nous pouvions trouver moyen de lui jouer quelque tour bien cruel, j'avoue que j'y engagerais volontiers ma tête.

— Et, reprit Athos, le mercier vous a dit, d'Artagnan, que la reine pensait qu'on avait fait venir Buckingham sur un faux avis ?

— Elle en a peur.

— Attendez donc, dit Aramis.

— Quoi ? demanda Porthos.

— Allez toujours, je cherche à me rappeler des circonstances.

— Et maintenant je suis convaincu, dit d'Artagnan, que l'enlèvement de cette femme de la reine se rattache aux événements dont nous parlons, et peut-être à la présence de M. de Buckingham à Paris.

— Le Gascon est plein d'idées, dit Porthos avec admiration.

— J'aime beaucoup l'entendre parler, dit Athos, son patois m'amuse.

— Messieurs, reprit Aramis, écoutez ceci.

— Ecoutons Aramis, dirent les trois amis.

— Hier je me trouvais chez un savant docteur en théologie que je consulte quelquefois pour mes études... »

Athos sourit.

« Il habite un quartier désert, continua Aramis : ses goûts, sa profession l'exigent. Or, au moment où je sortais de chez lui... »

Ici Aramis s'arrêta.

« Eh bien ? demandèrent ses auditeurs, au moment où vous sortiez de chez lui ? »

Aramis parut faire un effort sur lui-même, comme un homme qui, en plein courant de mensonge, se voit arrêter par quelque obstacle imprévu ; mais les yeux de ses trois compagnons étaient fixés sur lui, leurs oreilles attendaient béantes, il n'y avait pas moyen de reculer.

« Ce docteur a une nièce, continua Aramis.

— Ah ! il a une nièce ! interrompit Porthos.

— Dame fort respectable », dit Aramis.

Les trois amis se mirent à rire.

« Ah ! si vous riez ou si vous doutez, reprit Aramis, vous ne saurez rien.

— Nous sommes croyants comme des mahométistes [1] et muets comme des catafalques, dit Athos.

— Je continue donc, reprit Aramis. Cette nièce vient quelquefois voir son oncle ; or elle s'y trouvait hier en même temps que moi, par hasard, et je dus m'offrir pour la conduire à son carrosse.

— Ah ! elle a un carrosse, la nièce du docteur ? interrompit Porthos, dont un des défauts était une grande incontinence de langue ; belle connaissance, mon ami.

— Porthos, reprit Aramis, je vous ai déjà fait observer plus d'une fois que vous êtes fort indiscret, et que cela vous nuit près des femmes.

— Messieurs, Messieurs, s'écria d'Artagnan, qui entrevoyait le fond de l'aventure, la chose est sérieuse ; tâchons donc de ne pas plaisanter si nous pouvons. Allez, Aramis, allez.

— Tout à coup, un homme grand, brun, aux manières de gentilhomme..., tenez, dans le genre du vôtre, d'Artagnan.

— Le même peut-être, dit celui-ci.

— C'est possible, continua Aramis,... s'approcha de moi, accompagné de cinq ou six hommes qui le suivaient à dix pas en arrière, et du ton le plus poli :

« Monsieur le duc, me dit-il, et vous, Madame », continua-t-il en s'adressant à la dame que j'avais sous le bras...

— A la nièce du docteur ?

— Silence donc, Porthos ! dit Athos, vous êtes insupportable.

— « Veuillez monter dans ce carrosse, et cela sans

---

1. L'adjectif *mahométiste*, calqué sur le nom de mahométisme (religion de l'Islam), semble avoir été créé par Dumas. — Un *catafalque* est une estrade d'apparat édifiée pour recevoir un cercueil.

« essayer la moindre résistance, sans faire le moindre bruit. »

— Il vous avait pris pour Buckingham ! s'écria d'Artagnan.

— Je le crois, répondit Aramis.

— Mais cette dame ? demanda Porthos.

— Il l'avait prise pour la reine ! dit d'Artagnan.

— Justement, répondit Aramis.

— Le Gascon est le diable ! s'écria Athos, rien ne lui échappe.

— Le fait est, dit Porthos, qu'Aramis est de la taille et a quelque chose de la tournure du beau duc ; mais cependant, il me semble que l'habit de mousquetaire...

— J'avais un manteau énorme, dit Aramis.

— Au mois de juillet, diable ! fit Porthos, est-ce que le docteur craint que tu ne sois reconnu ?

— Je comprends encore, dit Athos, que l'espion se soit laissé prendre par la tournure ; mais le visage...

— J'avais un grand chapeau, dit Aramis.

— Oh ! mon Dieu, s'écria Porthos, que de précautions pour étudier la théologie

— Messieurs, Messieurs, dit d'Artagnan, ne perdons pas notre temps à badiner ; éparpillons-nous et cherchons la femme du mercier, c'est la clef de l'intrigue.

— Une femme de condition si inférieure ! vous croyez, d'Artagnan ? fit Porthos en allongeant les lèvres avec mépris.

— C'est la filleule de La Porte, le valet de confiance de la reine. Ne vous l'ai-je pas dit, Messieurs ? Et d'ailleurs, c'est peut-être un calcul de Sa Majesté d'avoir été, cette fois, chercher ses appuis si bas. Les hautes têtes se voient de loin, et le cardinal a bonne vue.

— Eh bien, dit Porthos, faites d'abord prix avec le mercier, et bon prix.

— C'est inutile, dit d'Artagnan, car je crois que s'il ne nous paie pas, nous serons assez payés d'un autre côté. »

En ce moment, un bruit précipité de pas retentit dans l'escalier, la porte s'ouvrit avec fracas, et le malheureux mercier s'élança dans la chambre où se tenait le conseil.

« Ah ! Messieurs, s'écria-t-il, sauvez-moi, au nom du Ciel, sauvez-moi ! Il y a quatre hommes qui viennent pour m'arrêter ; sauvez-moi, sauvez-moi ! »

Porthos et Aramis se levèrent.

« Un moment, s'écria d'Artagnan en leur faisant signe de repousser au fourreau leurs épées à demi tirées ; un moment, ce n'est pas du courage qu'il faut ici, c'est de la prudence.

— Cependant, s'écria Porthos, nous ne laisserons pas...

— Vous laisserez faire d'Artagnan, dit Athos, c'est, je le répète, la forte tête de nous tous, et moi, pour mon compte, je déclare que je lui obéis. Fais ce que tu voudras, d'Artagnan. »

En ce moment, les quatre gardes apparurent à la porte de l'antichambre, et voyant quatre mousquetaires debout et l'épée au côté, hésitèrent à aller plus loin.

« Entrez, Messieurs, entrez, cria d'Artagnan ; vous êtes ici chez moi, et nous sommes tous de fidèles serviteurs du roi et de M. le cardinal.

— Alors, Messieurs, vous ne vous opposerez pas à ce que nous exécutions les ordres que nous avons reçus ? demanda celui qui paraissait le chef de l'escouade.

— Au contraire, Messieurs, et nous vous prêterions main-forte, si besoin était.

— Mais que dit-il donc ? marmotta Porthos.

— Tu es un niais, dit Athos, silence !

— Mais vous m'avez promis..., dit tout bas le pauvre mercier.

— Nous ne pouvons vous sauver qu'en restant libres, répondit rapidement et tout bas d'Artagnan, et si nous faisons mine de vous défendre, on nous arrête avec vous.

— Il me semble, cependant...

— Venez, Messieurs, venez, dit tout haut d'Artagnan ; je n'ai aucun motif de défendre Monsieur. Je l'ai vu aujourd'hui pour la première fois, et encore à quelle occasion, il vous le dira lui-même, pour me venir réclamer le prix de mon loyer. Est-ce vrai, Monsieur Bonacieux ? Répondez !

— C'est la vérité pure, s'écria le mercier, mais Monsieur ne vous dit pas...

— Silence sur moi, silence sur mes amis, silence sur la reine surtout, ou vous perdriez tout le monde sans vous sauver. Allez, allez, Messieurs, emmenez cet homme ! »

Et d'Artagnan poussa le mercier tout étourdi aux mains des gardes, en lui disant :

« Vous êtes un maraud, mon cher ; vous venez me demander de l'argent, à moi ! à un mousquetaire ! En prison, Messieurs, encore une fois, emmenez-le en prison, et gardez-le sous clef le plus longtemps possible, cela me donnera du temps pour payer. »

Les sbires se confondirent en remerciements et emmenèrent leur proie.

Au moment où ils descendaient, d'Artagnan frappa sur l'épaule du chef :

« Ne boirai-je pas à votre santé et vous à la mienne ? dit-il, en remplissant deux verres du vin de Beaugency qu'il tenait de la libéralité de M. Bonacieux.

— Ce sera bien de l'honneur pour moi, dit le chef des sbires, et j'accepte avec reconnaissance.

— Donc, à la vôtre, Monsieur... comment vous nommez-vous ?

— Boisrenard.

— Monsieur Boisrenard !

— A la vôtre, mon gentilhomme : comment vous nommez-vous, à votre tour, s'il vous plaît ?

— D'Artagnan.

— A la vôtre, Monsieur d'Artagnan !

— Et par-dessus toutes celles-là, s'écria d'Artagnan comme emporté par son enthousiasme, à celle du roi et du cardinal. »

Le chef des sbires eût peut-être douté de la sincérité

de d'Artagnan, si le vin eût été mauvais ; mais le vin était bon, il fut convaincu.

« Mais quelle diable de vilenie avez-vous donc faite là ? dit Porthos lorsque l'alguazil [1] en chef eut rejoint ses compagnons, et que les quatre amis se retrouvèrent seuls. Fi donc ! quatre mousquetaires laisser arrêter au milieu d'eux un malheureux qui crie à l'aide ! Un gentilhomme trinquer avec un recors [2] !

— Porthos, dit Aramis, Athos t'a déjà prévenu que tu étais un niais, et je me range de son avis. D'Artagnan, tu es un grand homme, et quand tu seras à la place de M. de Tréville, je te demande ta protection pour me faire avoir une abbaye [3].

— Ah çà, je m'y perds, dit Porthos, vous approuvez ce que d'Artagnan vient de faire ?

— Je le crois parbleu bien, dit Athos ; non seulement j'approuve ce qu'il vient de faire, mais encore je l'en félicite.

— Et maintenant, Messieurs, dit d'Artagnan sans se donner la peine d'expliquer sa conduite à Porthos, tous pour un, un pour tous, c'est notre devise, n'est-ce pas ?

— Cependant... dit Porthos.

— Etends la main et jure ! » s'écrièrent à la fois Athos et Aramis.

Vaincu par l'exemple, maugréant [4] tout bas, Porthos étendit la main, et les quatre amis répétèrent d'une seule voix la formule dictée par d'Artagnan :

« Tous pour un, un pour tous. »

« C'est bien, que chacun se retire maintenant chez soi, dit d'Artagnan comme s'il n'avait fait autre chose que de commander toute sa vie, et attention, car à partir de ce moment, nous voilà aux prises avec le cardinal. »

1. Agent de police, en Espagne.
2. Adjoint d'un huissier (profession très décriée).
3. C'est le roi qui nommait les abbés des principales abbayes, et la faveur y jouait un rôle important.
4. Marmonnant en signe de mauvaise humeur.

X

UNE SOURICIÈRE AU XVIIe SIÈCLE

L'invention de la souricière ne date pas de nos jours ; dès que les sociétés, en se formant, eurent inventé une police quelconque, cette police, à son tour, inventa les souricières.

Comme peut-être nos lecteurs ne sont pas familiarisés encore avec l'argot de la rue de Jérusalem [1], et que c'est, depuis que nous écrivons — et il y a quelque quinze ans de cela —, la première fois que nous employons ce mot appliqué à cette chose, expliquons-leur ce que c'est qu'une souricière.

Quand, dans une maison quelle qu'elle soit, on a arrêté un individu soupçonné d'un crime quelconque, on tient secrète l'arrestation ; on place quatre ou cinq hommes en embuscade dans la première pièce, on ouvre la porte à tous ceux qui frappent, on la referme sur eux et on les arrête ; de cette façon, au bout de deux ou trois jours, on tient à peu près tous les familiers de l'établissement.

Voilà ce que c'est qu'une souricière.

On fit donc une souricière de l'appartement de maître Bonacieux, et quiconque y apparut fut pris et interrogé par les gens de M. le cardinal. Il va sans dire que, comme une allée particulière conduisait au premier étage qu'habitait d'Artagnan, ceux qui venaient chez lui étaient exemptés de toutes visites.

D'ailleurs les trois mousquetaires y venaient seuls ; ils s'étaient mis en quête chacun de son côté, et n'avaient rien trouvé, rien découvert. Athos avait été même jusqu'à questionner M. de Tréville, chose qui, vu le mutisme habituel du digne mousquetaire, avait fort étonné son capitaine. Mais M. de Tréville ne

---

1. L'argot de la police et des prisons. La rue de Jérusalem était une petite rue de l'île de la Cité, aujourd'hui disparue, où se trouvait la Préfecture de police.

savait rien, sinon que, la dernière fois qu'il avait vu le cardinal, le roi et la reine, le cardinal avait l'air fort soucieux, que le roi était inquiet, et que les yeux rouges de la reine indiquaient qu'elle avait veillé ou pleuré. Mais cette dernière circonstance l'avait peu frappé, la reine, depuis son mariage, veillant et pleurant beaucoup.

M. de Tréville recommanda en tout cas à Athos le service du roi et surtout celui de la reine, le priant de faire la même recommandation à ses camarades.

Quant à d'Artagnan, il ne bougeait pas de chez lui. Il avait converti sa chambre en observatoire. Des fenêtres il voyait arriver ceux qui venaient se faire prendre ; puis, comme il avait ôté les carreaux du plancher, qu'il avait creusé le parquet et qu'un simple plafond le séparait de la chambre au-dessous, où se faisaient les interrogatoires, il entendait tout ce qui se passait entre les inquisiteurs [1] et les accusés.

Les interrogatoires, précédés d'une perquisition minutieuse opérée sur la personne arrêtée, étaient presque toujours ainsi conçus :

« Mme Bonacieux vous a-t-elle remis quelque chose pour son mari ou pour quelque autre personne ?

— M. Bonacieux vous a-t-il remis quelque chose pour sa femme ou pour quelque autre personne ?

— L'un et l'autre vous ont-ils fait quelque confidence de vive voix ? »

« S'ils savaient quelque chose, ils ne questionneraient pas ainsi, se dit à lui-même d'Artagnan. Maintenant, que cherchent-ils à savoir ? Si le duc de Buckingham ne se trouve point à Paris et s'il n'a pas eu ou s'il ne doit point avoir quelque entrevue avec la reine. »

---

1. Le mot, qui désigne à l'origine les membres du tribunal religieux de l'Inquisition interrogeant ceux qu'on soupçonnait d'hérésie, s'appliqua ensuite à quiconque était chargé de mener un interrogatoire.

D'Artagnan s'arrêta à cette idée, qui, d'après tout ce qu'il avait entendu, ne manquait pas de probabilité.

En attendant, la souricière était en permanence, et la vigilance de d'Artagnan aussi.

Le soir du lendemain de l'arrestation du pauvre Bonacieux, comme Athos venait de quitter d'Artagnan pour se rendre chez M. de Tréville, comme neuf heures venaient de sonner, et comme Planchet, qui n'avait pas encore fait le lit, commençait sa besogne, on entendit frapper à la porte de la rue ; aussitôt cette porte s'ouvrit et se referma : quelqu'un venait de se prendre à la souricière.

D'Artagnan s'élança vers l'endroit décarrelé, se coucha ventre à terre et écouta.

Des cris retentirent bientôt, puis des gémissements qu'on cherchait à étouffer. D'interrogatoire, il n'en était pas question.

« Diable ! se dit d'Artagnan, il me semble que c'est une femme : on la fouille, elle résiste, — on la violente, — les misérables ! »

Et d'Artagnan, malgré sa prudence, se tenait à quatre pour ne pas se mêler à la scène qui se passait au-dessous de lui.

« Mais je vous dis que je suis la maîtresse de la maison, Messieurs ; je vous dis que je suis Mme Bonacieux ; je vous dis que j'appartiens à la reine ! » s'écriait la malheureuse femme.

« Mme Bonacieux ! murmura d'Artagnan ; serais-je assez heureux pour avoir trouvé ce que tout le monde cherche ? »

« C'est justement vous que nous attendions », reprirent les interrogateurs.

La voix devint de plus en plus étouffée : un mouvement tumultueux fit retentir les boiseries. La victime résistait autant qu'une femme peut résister à quatre hommes.

« Pardon, Messieurs, par... » murmura la voix, qui ne fit plus entendre que des sons inarticulés.

« Ils la bâillonnent, ils vont l'entraîner, s'écria

d'Artagnan en se redressant comme par un ressort. Mon épée ; bon, elle est à mon côté. Planchet !

— Monsieur ?

— Cours chercher Athos, Porthos et Aramis. L'un des trois sera sûrement chez lui, peut-être tous les trois seront-ils rentrés. Qu'ils prennent des armes, qu'ils viennent, qu'ils accourent. Ah ! je me souviens, Athos est chez M. de Tréville.

— Mais où allez-vous, Monsieur, où allez-vous ?

— Je descends par la fenêtre, s'écria d'Artagnan, afin d'être plus tôt arrivé ; toi, remets les carreaux, balaie le plancher, sors par la porte et cours où je te dis.

— Oh ! Monsieur, Monsieur, vous allez vous tuer, s'écria Planchet.

— Tais-toi, imbécile », dit d'Artagnan. Et s'accrochant de la main au rebord de sa fenêtre, il se laissa tomber du premier étage, qui heureusement n'était pas élevé, sans se faire une écorchure.

Puis il alla aussitôt frapper à la porte en murmurant :

« Je vais me faire prendre à mon tour dans la souricière, et malheur aux chats qui se frotteront à pareille souris. »

A peine le marteau eut-il résonné sous la main du jeune homme, que le tumulte cessa, que des pas s'approchèrent, que la porte s'ouvrit, et que d'Artagnan, l'épée nue, s'élança dans l'appartement de maître Bonacieux, dont la porte, sans doute mue par un ressort, se referma d'elle-même sur lui.

Alors ceux qui habitaient encore la malheureuse maison de Bonacieux et les voisins les plus proches entendirent de grands cris, des trépignements, un cliquetis d'épées et un bruit prolongé de meubles. Puis, un moment après, ceux qui, surpris par ce bruit, s'étaient mis aux fenêtres pour en connaître la cause, purent voir la porte se rouvrir et quatre hommes vêtus de noir non pas en sortir, mais s'envoler comme des corbeaux effarouchés, laissant par terre et aux angles des tables des plumes de leurs ailes, c'est-à-dire des loques de leurs habits et des bribes de leurs manteaux.

D'Artagnan était vainqueur sans beaucoup de peine, il faut le dire, car un seul des alguazils [1] était armé, encore se défendit-il pour la forme. Il est vrai que les trois autres avaient essayé d'assommer le jeune homme avec les chaises, les tabourets et les poteries ; mais deux ou trois égratignures faites par la flamberge [2] du Gascon les avaient épouvantés. Dix minutes avaient suffi à leur défaite et d'Artagnan était resté maître du champ de bataille.

Les voisins, qui avaient ouvert leurs fenêtres avec le sang-froid particulier aux habitants de Paris dans ces temps d'émeutes et de rixes perpétuelles, les refermèrent dès qu'ils eurent vu s'enfuir les quatre hommes noirs : leur instinct leur disait que, pour le moment, tout était fini.

D'ailleurs il se faisait tard, et alors comme aujourd'hui on se couchait de bonne heure dans le quartier du Luxembourg.

D'Artagnan, resté seul avec Mme Bonacieux, se retourna vers elle : la pauvre femme était renversée sur un fauteuil et à demi évanouie. D'Artagnan l'examina d'un coup d'œil rapide.

C'était une charmante femme de vingt-cinq à vingt-six ans, brune avec des yeux bleus, ayant un nez légèrement retroussé, des dents admirables, un teint marbré de rose et d'opale. Là cependant s'arrêtaient les signes qui pouvaient la faire confondre avec une grande dame. Les mains étaient blanches, mais sans finesse : les pieds n'annonçaient pas la femme de qualité. Heureusement, d'Artagnan n'en était pas encore à se préoccuper de ces détails.

Tandis que d'Artagnan examinait Mme Bonacieux, et en était aux pieds, comme nous l'avons dit, il vit à terre un fin mouchoir de batiste, qu'il ramassa selon son habitude, et au coin duquel il reconnut le même

1. *Cf.* p. 186, n. 1.
2. Longue épée de duel, très légère.

chiffre qu'il avait vu au mouchoir qui avait failli lui faire couper la gorge avec Aramis.

Depuis ce temps, d'Artagnan se méfiait des mouchoirs armoriés [1] ; il remit donc sans rien dire celui qu'il avait ramassé dans la poche de Mme Bonacieux. En ce moment, Mme Bonacieux reprenait ses sens. Elle ouvrit les yeux, regarda avec terreur autour d'elle, vit que l'appartement était vide, et qu'elle était seule avec son libérateur. Elle lui tendit aussitôt les mains en souriant. Mme Bonacieux avait le plus charmant sourire du monde.

« Ah ! Monsieur ! dit-elle, c'est vous qui m'avez sauvée ; permettez-moi que je vous remercie.

— Madame, dit d'Artagnan, je n'ai fait que ce que tout gentilhomme eût fait à ma place, vous ne me devez donc aucun remerciement.

— Si fait, Monsieur, si fait, et j'espère vous prouver que vous n'avez pas rendu service à une ingrate. Mais que me voulaient donc ces hommes, que j'ai pris d'abord pour des voleurs, et pourquoi M. Bonacieux n'est-il point ici ?

— Madame, ces hommes étaient bien autrement dangereux que ne pourraient être des voleurs, car ce sont des agents de M. le cardinal, et quant à votre mari, M. Bonacieux, il n'est point ici parce qu'hier on est venu le prendre pour le conduire à la Bastille.

— Mon mari à la Bastille ! s'écria Mme Bonacieux ; oh ! mon Dieu ! qu'a-t-il donc fait ? pauvre cher homme ! lui, l'innocence même ! »

Et quelque chose comme un sourire perçait sur la figure encore tout effrayée de la jeune femme.

« Ce qu'il a fait, Madame ? dit d'Artagnan. Je crois que son seul crime est d'avoir à la fois le bonheur et le malheur d'être votre mari.

— Mais, Monsieur, vous savez donc...

— Je sais que vous avez été enlevée, Madame.

_____

1. Comportant des armoiries.

— Et par qui ? Le savez-vous ? Oh ! si vous le savez, dites-le-moi.

— Par un homme de quarante à quarante-cinq ans, aux cheveux noirs, au teint basané, avec une cicatrice à la tempe gauche.

— C'est cela, c'est cela ; mais son nom ?

— Ah ! son nom ? c'est ce que j'ignore.

— Et mon mari savait-il que j'avais été enlevée ?

— Il en avait été prévenu par une lettre que lui avait écrite le ravisseur lui-même.

— Et soupçonne-t-il, demanda Mme Bonacieux avec embarras, la cause de cet événement ?

— Il l'attribuait, je crois, à une cause politique.

— J'en ai douté d'abord, et maintenant je le pense comme lui. Ainsi donc, ce cher M. Bonacieux ne m'a pas soupçonnée un seul instant... ?

— Ah ! loin de là, Madame, il était trop fier de votre sagesse et surtout de votre amour. »

Un second sourire presque imperceptible effleura les lèvres rosées de la belle jeune femme.

« Mais, continua d'Artagnan, comment vous êtes-vous enfuie ?

— J'ai profité d'un moment où l'on m'a laissée seule, et comme je savais depuis ce matin à quoi m'en tenir sur mon enlèvement, à l'aide de mes draps je suis descendue par la fenêtre ; alors, comme je croyais mon mari ici, je suis accourue.

— Pour vous mettre sous sa protection ?

— Oh ! non, pauvre cher homme, je savais bien qu'il était incapable de me défendre ; mais comme il pouvait nous servir à autre chose, je voulais le prévenir.

— De quoi ?

— Oh ! ceci n'est pas mon secret, je ne puis donc pas vous le dire.

— D'ailleurs, dit d'Artagnan (pardon, Madame, si, tout garde que je suis, je vous rappelle à la prudence), d'ailleurs je crois que nous ne sommes pas ici en lieu opportun pour faire des confidences. Les hommes que j'ai mis en fuite vont revenir avec main-forte ; s'ils nous retrouvent ici, nous sommes perdus. J'ai bien fait prévenir trois de mes amis, mais qui sait si on les aura trouvés chez eux !

— Oui, oui, vous avez raison, s'écria Mme Bonacieux effrayée ; fuyons, sauvons-nous. »

A ces mots, elle passa son bras sous celui de d'Artagnan et l'entraîna vivement.

« Mais où fuir ? dit d'Artagnan, où nous sauver ?

— Eloignons-nous d'abord de cette maison, puis après nous verrons. »

Et la jeune femme et le jeune homme, sans se donner la peine de refermer la porte, descendirent rapidement la rue des Fossoyeurs, s'engagèrent dans la rue des Fossés-Monsieur-le-Prince [1] et ne s'arrêtèrent qu'à la place Saint-Sulpice.

« Et maintenant, qu'allons-nous faire, demanda d'Artagnan, et où voulez-vous que je vous conduise ?

— Je suis fort embarrassée de vous répondre, je vous l'avoue, dit Mme Bonacieux ; mon intention était de faire prévenir M. de La Porte par mon mari, afin que M. de La Porte pût nous dire précisément ce qui s'était passé au Louvre depuis trois jours, et s'il n'y avait pas danger pour moi de m'y présenter.

— Mais moi, dit d'Artagnan, je puis aller prévenir M. de La Porte.

— Sans doute ; seulement il n'y a qu'un malheur : c'est qu'on connaît M. Bonacieux au Louvre et qu'on le laisserait passer, lui, tandis qu'on ne vous connaît pas, vous, et que l'on vous fermera la porte.

— Ah ! bah ! dit d'Artagnan, vous avez bien à quelque guichet [2] du Louvre un concierge qui vous est dévoué, et qui grâce à un mot d'ordre... »

Mme Bonacieux regarda fixement le jeune homme.

« Et si je vous donnais ce mot d'ordre, dit-elle,

1. La rue des Fossés-Monsieur-le-Prince suivait en gros le tracé de l'actuelle rue Monsieur-le-Prince.
2. Petite porte aménagée dans une porte monumentale, et qui permettait de filtrer les visiteurs.

l'oublieriez-vous aussitôt que vous vous en seriez servi ?

— Parole d'honneur, foi de gentilhomme ! dit d'Artagnan avec un accent à la vérité duquel il n'y avait pas à se tromper.

— Tenez, je vous crois ; vous avez l'air d'un brave jeune homme, d'ailleurs votre fortune est peut-être au bout de votre dévouement.

— Je ferai sans promesse et de conscience tout ce que je pourrai pour servir le roi et être agréable à la reine, dit d'Artagnan ; disposez donc de moi comme d'un ami.

— Mais moi, où me mettrez-vous pendant ce temps-là ?

— N'avez-vous pas une personne chez laquelle M. de La Porte puisse revenir vous prendre ?

— Non, je ne veux me fier à personne.

— Attendez, dit d'Artagnan ; nous sommes à la porte d'Athos. Oui, c'est cela.

— Qu'est-ce qu'Athos ?

— Un de mes amis.

— Mais s'il est chez lui et qu'il me voie ?

— Il n'y est pas, et j'emporterai la clef après vous avoir fait entrer dans son appartement.

— Mais s'il revient ?

— Il ne reviendra pas ; d'ailleurs on lui dirait que j'ai amené une femme, et que cette femme est chez lui.

— Mais cela me compromettra très fort, savez-vous !

— Que vous importe ! on ne vous connaît pas ; d'ailleurs nous sommes dans une situation à passer par-dessus quelques convenances !

— Allons donc chez votre ami. Où demeure-t-il ?

— Rue Férou, à deux pas d'ici.

— Allons. »

Et tous deux reprirent leur course. Comme l'avait prévu d'Artagnan, Athos n'était pas chez lui : il prit la clef, qu'on avait l'habitude de lui donner comme à un ami de la maison, monta l'escalier et introduisit Mme

Bonacieux dans le petit appartement dont nous avons déjà fait la description.

« Vous êtes chez vous, dit-il ; attendez, fermez la porte en dedans et n'ouvrez à personne, à moins que vous n'entendiez frapper trois coups ainsi : tenez ; et il frappa trois fois : deux coups rapprochés l'un de l'autre et assez forts, un coup plus distant et plus léger.

— C'est bien, dit Mme Bonacieux ; maintenant, à mon tour de vous donner mes instructions.

— J'écoute.

— Présentez-vous au guichet du Louvre, du côté de la rue de l' Échelle [1], et demandez Germain.

— C'est bien. Après ?

— Il vous demandera ce que vous voulez, et alors vous lui répondrez par ces deux mots : Tours et Bruxelles [2]. Aussitôt il se mettra à vos ordres.

— Et que lui ordonnerai-je ?

— D'aller chercher M. de La Porte, le valet de chambre de la reine.

— Et quand il l'aura été chercher et que M. de La Porte sera venu ?

— Vous me l'enverrez.

— C'est bien, mais où et comment vous reverrai-je ?

— Y tenez-vous beaucoup à me revoir ?

— Certainement.

— Eh bien ! reposez-vous sur moi de ce soin, et soyez tranquille.

— Je compte sur votre parole.

— Comptez-y. »

D'Artagnan salua Mme Bonacieux en lui lançant le coup d'œil le plus amoureux qu'il lui fût possible de concentrer sur sa charmante petite personne, et tandis qu'il descendait l'escalier, il entendit la porte se

1. Le guichet qui donnait rue de l'Echelle, sur la façade nord. — On ne connaît aucun personnage historique du nom de Germain.
2. Les deux villes qui constituent ce mot d'ordre sont deux lieux de séjour de Mme de Chevreuse.

fermer derrière lui à double tour. En deux bonds il fut
au Louvre : comme il entrait au guichet de l'Échelle,
dix heures sonnaient. Tous les événements que nous
venons de raconter s'étaient succédé en une demi-
heure.

Tout s'exécuta comme l'avait annoncé Mme Bonacieux. Au mot d'ordre convenu, Germain s'inclina ;
dix minutes après, La Porte était dans la loge ; en
deux mots, d'Artagnan le mit au fait et lui indiqua où
était Mme Bonacieux. La Porte s'assura par deux fois
de l'exactitude de l'adresse, et partit en courant.
Cependant, à peine eut-il fait dix pas, qu'il revint.

« Jeune homme, dit-il à d'Artagnan, un conseil.

— Lequel ?

— Vous pourriez être inquiété pour ce qui vient de
se passer.

— Vous croyez ?

— Oui.

— Avez-vous quelque ami dont la pendule
retarde ?

— Eh bien ?

— Allez le voir pour qu'il puisse témoigner que
vous étiez chez lui à neuf heures et demie. En justice,
cela s'appelle un alibi. »

D'Artagnan trouva le conseil prudent ; il prit ses
jambes à son cou, il arriva chez M. de Tréville ; mais,
au lieu de passer au salon avec tout le monde, il
demanda à entrer dans son cabinet. Comme d'Artagnan était un des habitués de l'hôtel, on ne fit aucune
difficulté d'accéder à sa demande ; et l'on alla prévenir M. de Tréville que son jeune compatriote, ayant
quelque chose d'important à lui dire, sollicitait une
audience particulière. Cinq minutes après, M. de Tréville demandait à d'Artagnan ce qu'il pouvait faire
pour son service et ce qui lui valait sa visite à une
heure si avancée.

« Pardon, Monsieur ! dit d'Artagnan, qui avait profité du moment où il était resté seul pour retarder
l'horloge de trois quarts d'heure ; j'ai pensé que,

comme il n'était que neuf heures vingt-cinq minutes, il était encore temps de me présenter chez vous.

— Neuf heures vingt-cinq minutes ! s'écria M. de Tréville en regardant sa pendule ; mais c'est impossible !

— Voyez plutôt, Monsieur, dit d'Artagnan, voilà qui fait foi.

— C'est juste, dit M. de Tréville, j'aurais cru qu'il était plus tard. Mais voyons, que me voulez-vous ? »

Alors d'Artagnan fit à M. de Tréville une longue histoire sur la reine. Il lui exposa les craintes qu'il avait conçues à l'égard de Sa Majesté ; il lui raconta ce qu'il avait entendu dire des projets du cardinal à l'endroit de Buckingham, et tout cela avec une tranquillité et un aplomb dont M. de Tréville fut d'autant mieux la dupe, que lui-même, comme nous l'avons dit, avait remarqué quelque chose de nouveau entre le cardinal, le roi et la reine.

A dix heures sonnant, d'Artagnan quitta M. de Tréville, qui le remercia de ses renseignements, lui recommanda d'avoir toujours à cœur le service du roi et de la reine, et qui rentra dans le salon. Mais, au bas de l'escalier, d'Artagnan se souvint qu'il avait oublié sa canne : en conséquence, il remonta précipitamment, rentra dans le cabinet, d'un tour de doigt remit la pendule à son heure, pour qu'on ne pût pas s'apercevoir, le lendemain, qu'elle avait été dérangée, et sûr désormais qu'il y avait un témoin pour prouver son alibi, il descendit l'escalier et se trouva bientôt dans la rue.

XI

L'INTRIGUE SE NOUE

Sa visite faite à M. de Tréville, d'Artagnan prit, tout pensif, le plus long pour rentrer chez lui.

A quoi pensait d'Artagnan, qu'il s'écartait ainsi de sa route, regardant les étoiles du ciel, et tantôt soupirant, tantôt souriant ?

Il pensait à Mme Bonacieux. Pour un apprenti mousquetaire, la jeune femme était presque une idéalité amoureuse. Jolie, mystérieuse, initiée à presque tous les secrets de cour, qui reflétaient tant de charmante gravité sur ses traits gracieux, elle était soupçonnée de n'être pas insensible, ce qui est un attrait irrésistible pour les amants novices ; de plus, d'Artagnan l'avait délivrée des mains de ces démons qui voulaient la fouiller et la maltraiter, et cet important service avait établi entre elle et lui un de ces sentiments de reconnaissance qui prennent si facilement un plus tendre caractère.

D'Artagnan se voyait déjà, tant les rêves marchent vite sur les ailes de l'imagination, accosté par un messager de la jeune femme qui lui remettait quelque billet de rendez-vous, une chaîne d'or ou un diamant. Nous avons dit que les jeunes cavaliers recevaient sans honte de leur roi ; ajoutons qu'en ce temps de facile morale, ils n'avaient pas plus de vergogne à l'endroit de leurs maîtresses, et que celles-ci leur laissaient presque toujours de précieux et durables souvenirs, comme si elles eussent essayé de conquérir la fragilité de leurs sentiments par la solidité de leurs dons.

On faisait alors son chemin par les femmes, sans en rougir. Celles qui n'étaient que belles donnaient leur beauté, et de là vient sans doute le proverbe, que la plus belle fille du monde ne peut donner que ce qu'elle a. Celles qui étaient riches donnaient en outre une partie de leur argent, et l'on pourrait citer bon nombre de héros de cette galante époque qui n'eussent gagné ni leurs éperons d'abord, ni leurs batailles ensuite, sans la bourse plus ou moins garnie que leur maîtresse attachait à l'arçon [1] de leur selle.

D'Artagnan ne possédait rien ; l'hésitation du provincial, vernis léger, fleur éphémère, duvet de la pêche, s'était évaporée au vent des conseils peu orthodoxes que les trois mousquetaires donnaient à leur ami. D'Artagnan, suivant l'étrange coutume du temps, se regardait à Paris comme en campagne, et cela ni plus ni moins que dans les Flandres : l'Espagnol là-bas, la femme ici. C'était partout un ennemi à combattre, des contributions [2] à frapper.

Mais, disons-le, pour le moment d'Artagnan était mû d'un sentiment plus noble et plus désintéressé. Le mercier lui avait dit qu'il était riche ; le jeune homme avait pu deviner qu'avec un niais comme l'était M. Bonacieux, ce devait être la femme qui tenait la clef de la bourse. Mais tout cela n'avait influé en rien sur le sentiment produit par la vue de Mme Bonacieux, et l'intérêt était resté à peu près étranger à ce commencement d'amour qui en avait été la suite. Nous disons : à peu près, car l'idée qu'une jeune femme, belle, gracieuse, spirituelle, est riche en même temps, n'ôte rien à ce commencement d'amour, et tout au contraire le corrobore [3].

Il y a dans l'aisance une foule de soins et de caprices aristocratiques qui vont bien à la beauté. Un bas fin et blanc, une robe de soie, une guimpe de dentelle, un joli soulier au pied, un frais ruban sur la tête, ne font point jolie une femme laide, mais font belle une femme jolie, sans compter les mains qui gagnent à tout cela ; les mains, chez les femmes surtout, ont besoin de rester oisives pour rester belles.

Puis d'Artagnan, comme le sait bien le lecteur, auquel nous n'avons pas caché l'état de sa fortune,

---

1. L'armature rigide de la selle.
2. Des impôts à prélever.
3. Le renforce.

d'Artagnan n'était pas un millionnaire ; il espérait bien le devenir un jour, mais le temps qu'il se fixait lui-même pour cet heureux changement était assez éloigné. En attendant, quel désespoir que de voir une femme qu'on aime désirer ces mille riens dont les femmes composent leur bonheur, et de ne pouvoir lui donner ces mille riens ! Au moins, quand la femme est riche et que l'amant ne l'est pas, ce qu'il ne peut lui offrir elle se l'offre elle-même ; et quoique ce soit ordinairement avec l'argent du mari qu'elle se passe cette jouissance, il est rare que ce soit à lui qu'en revienne la reconnaissance.

Puis d'Artagnan, disposé à être l'amant le plus tendre, était en attendant un ami très dévoué. Au milieu de ses projets amoureux sur la femme du mercier, il n'oubliait pas les siens. La jolie Mme Bonacieux était femme à promener dans la plaine Saint-Denis ou dans la foire Saint-Germain [1] en compagnie d'Athos, de Porthos et d'Aramis, auxquels d'Artagnan serait fier de montrer une telle conquête. Puis, quand on a marché longtemps, la faim arrive ; d'Artagnan depuis quelque temps avait remarqué cela. On ferait de ces petits dîners charmants où l'on touche d'un côté la main d'un ami, et de l'autre le pied d'une maîtresse. Enfin, dans les moments pressants, dans les positions extrêmes, d'Artagnan serait le sauveur de ses amis.

Et M. Bonacieux, que d'Artagnan avait poussé dans les mains des sbires en le reniant bien haut et à qui il avait promis tout bas de le sauver ? Nous devons avouer à nos lecteurs que d'Artagnan n'y songeait en aucune façon, ou que, s'il y songeait, c'était pour se dire qu'il était bien où il était, quelque part qu'il fût. L'amour est la plus égoïste de toutes les passions.

1. Au nord de Paris, dans la plaine Saint-Denis, encore champêtre, se tenait au mois de juin la célèbre foire du Lendit. La foire Saint-Germain, elle, se tenait dans le marché du même nom, pendant trois semaines, en février. Toutes deux étaient l'occasion de réjouissances populaires très appréciées.

Cependant, que nos lecteurs se rassurent : si d'Artagnan oublie son hôte ou fait semblant de l'oublier, sous prétexte qu'il ne sait pas où on l'a conduit, nous ne l'oublions pas, nous, et nous savons où il est. Mais pour le moment, faisons comme le Gascon amoureux. Quant au digne mercier, nous reviendrons à lui plus tard.

D'Artagnan, tout en réfléchissant à ses futures amours, tout en parlant à la nuit, tout en souriant aux étoiles, remontait la rue du Cherche-Midi [1] ou Chasse-Midi, ainsi qu'on l'appelait alors. Comme il se trouvait dans le quartier d'Aramis, l'idée lui était venue d'aller faire une visite à son ami, pour lui donner quelques explications sur les motifs qui lui avaient fait envoyer Planchet avec invitation de se rendre immédiatement à la souricière. Or, si Aramis s'était trouvé chez lui lorsque Planchet y était venu, il avait sans aucun doute couru rue des Fossoyeurs, et n'y trouvant personne que ses deux autres compagnons peut-être, ils n'avaient dû savoir, ni les uns ni les autres, ce que cela voulait dire. Ce dérangement méritait donc une explication, voilà ce que disait tout haut d'Artagnan.

Puis, tout bas, il pensait que c'était pour lui une occasion de parler de la jolie petite Mme Bonacieux, dont son esprit, sinon son cœur, était déjà tout plein. Ce n'est pas à propos d'un premier amour qu'il faut demander de la discrétion. Ce premier amour est accompagné d'une si grande joie, qu'il faut que cette joie déborde, sans cela elle vous étoufferait.

Paris depuis deux heures était sombre et commençait à se faire désert. Onze heures sonnaient à toutes les horloges du faubourg Saint-Germain [2], il faisait un temps doux. D'Artagnan suivait une ruelle située

1. Sous le nom de rue du Cherche-Midi, elle existe toujours, entre le carrefour de la Croix-Rouge et la rue de Vaugirard.
2. Faubourg aristocratique, qui tire son nom de l'abbaye de Saint-Germain-des-Prés. La rue d'Assas ne fut ouverte qu'en 1798, sous le nom de rue de l'Ouest. La ruelle que suivait d'Artagnan

sur l'emplacement où passe aujourd'hui la rue d'Assas, respirant les émanations embaumées qui venaient avec le vent de la rue de Vaugirard et qu'envoyaient les jardins rafraîchis par la rosée du soir et par la brise de la nuit. Au loin résonnaient, assourdis cependant par de bons volets, les chants des buveurs dans quelques cabarets perdus dans la plaine. Arrivé au bout de la ruelle, d'Artagnan tourna à gauche. La maison qu'habitait Aramis se trouvait située entre la rue Cassette et la rue Servandoni [1].

D'Artagnan venait de dépasser la rue Cassette et reconnaissait déjà la porte de la maison de son ami, enfouie sous un massif de sycomores et de clématites qui formaient un vaste bourrelet au-dessus d'elle lorsqu'il aperçut quelque chose comme une ombre qui sortait de la rue Servandoni. Ce quelque chose était enveloppé d'un manteau, et d'Artagnan crut d'abord que c'était un homme ; mais, à la petitesse de la taille, à l'incertitude de la démarche, à l'embarras du pas, il reconnut bientôt une femme. De plus, cette femme, comme si elle n'eût pas été bien sûre de la maison qu'elle cherchait, levait les yeux pour se reconnaître, s'arrêtait, retournait en arrière, puis revenait encore. D'Artagnan fut intrigué.

« Si j'allais lui offrir mes services ! pensa-t-il. A son allure, on voit qu'elle est jeune ; peut-être jolie. Oh ! oui. Mais une femme qui court les rues à cette heure ne sort guère que pour aller rejoindre son amant. Peste ! si j'allais troubler les rendez-vous, ce serait une mauvaise porte pour entrer en relations. »

Cependant, la jeune femme s'avançait toujours, comptant les maisons et les fenêtres. Ce n'était, au reste, chose ni longue, ni difficile. Il n'y avait que trois hôtels dans cette partie de la rue, et deux fenêtres

devait se trouver entre la rue de Vaugirard et les arrières du Luxembourg, dans un quartier de monastères et de jardins.
1. La rue Cassette, la rue de Vaugirard et la rue Servandoni existent encore (mais cette dernière s'appelait au XVIIe siècle rue des Fossoyeurs).

ayant vue sur cette rue ; l'une était celle d'un pavillon parallèle à celui qu'occupait Aramis, l'autre était celle d'Aramis lui-même.

« Pardieu ! se dit d'Artagnan, auquel la nièce du théologien revenait à l'esprit ; pardieu ! il serait drôle que cette colombe attardée cherchât la maison de notre ami. Mais, sur mon âme, cela y ressemble fort. Ah ! mon cher Aramis, pour cette fois, j'en veux avoir le cœur net. »

Et d'Artagnan, se faisant le plus mince qu'il put, s'abrita dans le côté le plus obscur de la rue, près d'un banc de pierre situé au fond d'une niche.

La jeune femme continua de s'avancer, car outre la légèreté de son allure, qui l'avait trahie, elle venait de faire entendre une petite toux qui dénonçait une voix des plus fraîches. D'Artagnan pensa que cette toux était un signal.

Cependant, soit qu'on eût répondu à cette toux par un signe équivalent qui avait fixé les irrésolutions de la nocturne chercheuse, soit que sans secours étranger elle eût reconnu qu'elle était arrivée au bout de sa course, elle s'approcha résolument du volet d'Aramis et frappa à trois intervalles égaux avec son doigt recourbé.

« C'est bien chez Aramis, murmura d'Artagnan. Ah ! Monsieur l'hypocrite ! je vous y prends à faire de la théologie ! »

Les trois coups étaient à peine frappés, que la croisée intérieure s'ouvrit et qu'une lumière parut à travers les vitres du volet.

« Ah ! ah ! fit l'écouteur non pas aux portes, mais aux fenêtres, ah ! la visite était attendue. Allons, le volet va s'ouvrir et la dame entrera par escalade. Très bien ! »

Mais, au grand étonnement de d'Artagnan, le volet resta fermé. De plus, la lumière qui avait flamboyé un instant, disparut, et tout rentra dans l'obscurité.

D'Artagnan pensa que cela ne pouvait durer ainsi, et continua de regarder de tous ses yeux et d'écouter de toutes ses oreilles.

Il avait raison : au bout de quelques secondes, deux coups secs retentirent dans l'intérieur.

La jeune femme de la rue répondit par un seul coup, et le volet s'entrouvrit.

On juge si d'Artagnan regardait et écoutait avec avidité.

Malheureusement, la lumière avait été transportée dans un autre appartement. Mais les yeux du jeune homme s'étaient habitués à la nuit. D'ailleurs les yeux des Gascons ont, à ce qu'on assure, comme ceux des chats, la propriété de voir pendant la nuit.

D'Artagnan vit donc que la jeune femme tirait de sa poche un objet blanc qu'elle déploya vivement et qui prit la forme d'un mouchoir. Cet objet déployé, elle en fit remarquer le coin à son interlocuteur.

Cela rappela à d'Artagnan ce mouchoir qu'il avait trouvé aux pieds de Mme Bonacieux, lequel lui avait rappelé celui qu'il avait trouvé aux pieds d'Aramis.

Que diable pouvait donc signifier ce mouchoir ?

Placé où il était, d'Artagnan ne pouvait voir le visage d'Aramis, nous disons d'Aramis, parce que le jeune homme ne faisait aucun doute que ce fût son ami qui dialoguât de l'intérieur avec la dame de l'extérieur ; la curiosité l'emporta donc sur la prudence, et, profitant de la préoccupation dans laquelle la vue du mouchoir paraissait plonger les deux personnages que nous avons mis en scène, il sortit de sa cachette, et prompt comme l'éclair, mais étouffant le bruit de ses pas, il alla se coller à un angle de la muraille, d'où son œil pouvait parfaitement plonger dans l'intérieur de l'appartement d'Aramis.

Arrivé là, d'Artagnan pensa [1] jeter un cri de surprise : ce n'était pas Aramis qui causait avec la nocturne visiteuse, c'était une femme. Seulement, d'Artagnan y voyait assez pour reconnaître la forme de ses vêtements, mais pas assez pour distinguer ses traits.

Au même instant, la femme de l'appartement tira

1. *Pensa* : faillit.

un second mouchoir de sa poche, et l'échangea avec celui qu'on venait de lui montrer. Puis, quelques mots furent prononcés entre les deux femmes. Enfin le volet se referma ; la femme qui se trouvait à l'extérieur de la fenêtre se retourna, et vint passer à quatre pas de d'Artagnan en abaissant la coiffe de sa mante ; mais la précaution avait été prise trop tard, d'Artagnan avait déjà reconnu Mme Bonacieux.

Mme Bonacieux ! Le soupçon que c'était elle lui avait déjà traversé l'esprit quand elle avait tiré le mouchoir de sa poche ; mais quelle probabilité que Mme Bonacieux, qui avait envoyé chercher M. de La Porte pour se faire reconduire par lui au Louvre, courût les rues de Paris seule à onze heures et demie du soir, au risque de se faire enlever une seconde fois ?

Il fallait donc que ce fût pour une affaire bien importante ; et quelle est l'affaire importante d'une femme de vingt-cinq ans ? L'amour.

Mais était-ce pour son compte ou pour le compte d'une autre personne qu'elle s'exposait à de semblables hasards ? Voilà ce que se demandait à lui-même le jeune homme, que le démon de la jalousie mordait au cœur ni plus ni moins qu'un amant en titre.

Il y avait, au reste, un moyen bien simple de s'assurer où allait Mme Bonacieux : c'était de la suivre. Ce moyen était si simple, que d'Artagnan l'employa tout naturellement et d'instinct.

Mais, à la vue du jeune homme qui se détachait de la muraille comme une statue de sa niche, et au bruit des pas qu'elle entendit retentir derrière elle, Mme Bonacieux jeta un petit cri et s'enfuit.

D'Artagnan courut après elle. Ce n'était pas une chose difficile pour lui que de rejoindre une femme embarrassée dans son manteau. Il la rejoignit donc au tiers de la rue dans laquelle elle s'était engagée. La malheureuse était épuisée, non pas de fatigue, mais de terreur, et quand d'Artagnan lui posa la main sur l'épaule, elle tomba sur un genou en criant d'une voix étranglée :

« Tuez-moi si vous voulez, mais vous ne saurez rien. »

D'Artagnan la releva en lui passant le bras autour de la taille ; mais comme il sentait à son poids qu'elle était sur le point de se trouver mal, il s'empressa de la rassurer par des protestations de dévouement. Ces protestations n'étaient rien pour Mme Bonacieux ; car de pareilles protestations peuvent se faire avec les plus mauvaises intentions du monde ; mais la voix était tout. La jeune femme crut reconnaître le son de cette voix : elle rouvrit les yeux, jeta un regard sur l'homme qui lui avait fait si grand-peur, et, reconnaissant d'Artagnan, elle poussa un cri de joie.

« Oh ! c'est vous, c'est vous ! dit-elle ; merci, mon Dieu !

— Oui, c'est moi, dit d'Artagnan, moi que Dieu a envoyé pour veiller sur vous.

— Etait-ce dans cette intention que vous me suiviez ? » demanda avec un sourire plein de coquetterie la jeune femme, dont le caractère un peu railleur reprenait le dessus, et chez laquelle toute crainte avait disparu du moment où elle avait reconnu un ami dans celui qu'elle avait pris pour un ennemi.

« Non, dit d'Artagnan, non, je l'avoue ; c'est le hasard qui m'a mis sur votre route ; j'ai vu une femme frapper à la fenêtre d'un de mes amis...

— D'un de vos amis ? interrompit Mme Bonacieux.

— Sans doute ; Aramis est de mes meilleurs amis.

— Aramis ! qu'est-ce que cela ?

— Allons donc ! allez-vous me dire que vous ne connaissez pas Aramis ?

— C'est la première fois que j'entends prononcer ce nom.

— C'est donc la première fois que vous venez à cette maison ?

— Sans doute.

— Et vous ne saviez pas qu'elle fût habitée par un jeune homme ?

— Non.

— Par un mousquetaire ?

— Nullement.

— Ce n'est donc pas lui que vous veniez chercher ?

— Pas le moins du monde. D'ailleurs, vous l'avez bien vu, la personne à qui j'ai parlé est une femme.

— C'est vrai ; mais cette femme est des amies d'Aramis.

— Je n'en sais rien.

— Puisqu'elle loge chez lui.

— Cela ne me regarde pas.

— Mais qui est-elle ?

— Oh ! cela n'est point mon secret.

— Chère Madame Bonacieux, vous êtes charmante ; mais en même temps vous êtes la femme la plus mystérieuse...

— Est-ce que je perds à cela ?

— Non ; vous êtes, au contraire, adorable.

— Alors, donnez-moi le bras.

— Bien volontiers. Et maintenant ?

— Maintenant, conduisez-moi.

— Où cela ?

— Où je vais.

— Mais où allez-vous ?

— Vous le verrez, puisque vous me laisserez à la porte.

— Faudra-t-il vous attendre ?

— Ce sera inutile.

— Vous reviendrez donc seule ?

— Peut-être oui, peut-être non.

— Mais la personne qui vous accompagnera ensuite sera-t-elle un homme, sera-t-elle une femme ?

— Je n'en sais rien encore.

— Je le saurai bien, moi !

— Comment cela ?

— Je vous attendrai pour vous voir sortir.

— En ce cas, adieu !

— Comment cela ?

— Je n'ai pas besoin de vous.

— Mais vous aviez réclamé...

— L'aide d'un gentilhomme, et non la surveillance d'un espion.

— Le mot est un peu dur !

— Comment appelle-t-on ceux qui suivent les gens malgré eux ?

— Des indiscrets.

— Le mot est trop doux.

— Allons, Madame, je vois bien qu'il faut faire tout ce que vous voulez.

— Pourquoi vous être privé du mérite de le faire tout de suite ?

— N'y en a-t-il donc aucun à se repentir ?

— Et vous repentez-vous réellement ?

— Je n'en sais rien moi-même. Mais ce que je sais, c'est que je vous promets de faire tout ce que vous voudrez si vous me laissez vous accompagner jusqu'où vous allez.

— Et vous me quitterez après ?

— Oui.

— Sans m'épier à ma sortie ?

— Non.

— Parole d'honneur ?

— Foi de gentilhomme !

— Prenez mon bras et marchons alors. »

D'Artagnan offrit son bras à Mme Bonacieux, qui s'y suspendit, moitié rieuse, moitié tremblante, et tous deux gagnèrent le haut de la rue de La Harpe [1]. Arrivée là, la jeune femme parut hésiter, comme elle avait déjà fait dans la rue de Vaugirard. Cependant, à de certains signes, elle sembla reconnaître une porte ; et s'approchant de cette porte :

« Et maintenant, Monsieur, dit-elle, c'est ici que j'ai affaire ; mille fois merci de votre honorable compagnie, qui m'a sauvée de tous les dangers auxquels, seule, j'eusse été exposée. Mais le moment est venu de tenir votre parole : je suis arrivée à ma destination.

---

1. La rue de la Harpe, dont il n'existe plus qu'un court tronçon, remontait alors jusqu'à l'actuel carrefour Médicis. Son tracé a été en grande partie recouvert par celui du boulevard Saint-Michel.

— Et vous n'aurez plus rien à craindre en revenant ?

— Je n'aurai à craindre que les voleurs.

— N'est-ce donc rien ?

— Que pourraient-ils me prendre ? je n'ai pas un denier sur moi.

— Vous oubliez ce beau mouchoir brodé, armorié.

— Lequel ?

— Celui que j'ai trouvé à vos pieds et que j'ai remis dans votre poche.

— Taisez-vous, taisez-vous, malheureux ! s'écria la jeune femme, voulez-vous me perdre ?

— Vous voyez bien qu'il y a encore du danger pour vous, puisqu'un seul mot vous fait trembler, et que vous avouez que, si on entendait ce mot, vous seriez perdue. Ah ! tenez, Madame, s'écria d'Artagnan en lui saisissant la main et la couvrant d'un ardent regard, tenez ! soyez plus généreuse, confiez-vous à moi ; n'avez-vous donc pas lu dans mes yeux qu'il n'y a que dévouement et sympathie dans mon cœur ?

— Si fait, répondit Mme Bonacieux ; aussi demandez-moi mes secrets, et je vous les dirai ; mais ceux des autres, c'est autre chose.

— C'est bien, dit d'Artagnan, je les découvrirai ; puisque ces secrets peuvent avoir une influence sur votre vie, il faut que ces secrets deviennent les miens.

— Gardez-vous-en bien, s'écria la jeune femme avec un sérieux qui fit frissonner d'Artagnan malgré lui. Oh ! ne vous mêlez en rien de ce qui me regarde, ne cherchez point à m'aider dans ce que j'accomplis ; et cela, je vous le demande au nom de l'intérêt que je vous inspire, au nom du service que vous m'avez rendu, et que je n'oublierai de ma vie. Croyez bien plutôt à ce que je vous dis. Ne vous occupez plus de moi, je n'existe plus pour vous, que ce soit comme si vous ne m'aviez jamais vue.

— Aramis doit-il en faire autant que moi, Madame ? dit d'Artagnan piqué.

— Voilà déjà deux ou trois fois que vous avez

prononcé ce nom, Monsieur, et cependant je vous ai dit que je ne le connaissais pas.

— Vous ne connaissez pas l'homme au volet duquel vous avez été frapper. Allons donc, Madame ! vous me croyez par trop crédule, aussi !

— Avouez que c'est pour me faire parler que vous inventez cette histoire, et que vous créez ce personnage.

— Je n'invente rien, Madame, je ne crée rien, je dis l'exacte vérité.

— Et vous dites qu'un de vos amis demeure dans cette maison ?

— Je le dis et je le répète pour la troisième fois, cette maison est celle qu'habite mon ami, et cet ami est Aramis.

— Tout cela s'éclaircira plus tard, murmura la jeune femme ; maintenant, Monsieur, taisez-vous.

— Si vous pouviez voir mon cœur tout à découvert, dit d'Artagnan, vous y liriez tant de curiosité, que vous auriez pitié de moi, et tant d'amour, que vous satisferiez à l'instant même ma curiosité. On n'a rien à craindre de ceux qui vous aiment.

— Vous parlez bien vite d'amour, Monsieur ! dit la jeune femme en secouant la tête.

— C'est que l'amour m'est venu vite et pour la première fois, et que je n'ai pas vingt ans. »

La jeune femme le regarda à la dérobée.

« Ecoutez, je suis déjà sur la trace, dit d'Artagnan. Il y a trois mois, j'ai manqué avoir un duel avec Aramis pour un mouchoir pareil à celui que vous avez montré à cette femme qui était chez lui, pour un mouchoir marqué de la même manière, j'en suis sûr.

— Monsieur, dit la jeune femme, vous me fatiguez fort, je vous le jure, avec ces questions.

— Mais vous, si prudente, Madame, songez-y, si vous étiez arrêtée avec ce mouchoir, et que ce mouchoir fût saisi, ne seriez-vous pas compromise ?

— Pourquoi cela, les initiales ne sont-elles pas les miennes : C. B., Constance Bonacieux ?

— Ou Camille de Bois-Tracy.

— Silence, Monsieur, encore une fois silence ! Ah ! puisque les dangers que je cours pour moi-même ne vous arrêtent pas, songez à ceux que vous pouvez courir, vous !

— Moi ?

— Oui, vous. Il y a danger de la prison, il y a danger de la vie à me connaître.

— Alors, je ne vous quitte plus.

— Monsieur, dit la jeune femme suppliant et joignant les mains, Monsieur, au nom du Ciel, au nom de l'honneur d'un militaire, au nom de la courtoisie d'un gentilhomme, éloignez-vous ; tenez, voilà minuit qui sonne, c'est l'heure où l'on m'attend.

— Madame, dit le jeune homme en s'inclinant, je ne sais rien refuser à qui me demande ainsi ; soyez contente, je m'éloigne.

— Mais vous ne me suivrez pas, vous ne m'épierez pas ?

— Je rentre chez moi à l'instant.

— Ah ! je le savais bien, que vous étiez un brave jeune homme ! » s'écria Mme Bonacieux en lui tendant une main et en posant l'autre sur le marteau d'une petite porte presque perdue dans la muraille.

D'Artagnan saisit la main qu'on lui tendait et la baisa ardemment.

« Ah ! j'aimerais mieux ne vous avoir jamais vue, s'écria d'Artagnan avec cette brutalité naïve que les femmes préfèrent souvent aux afféteries [1] de la politesse, parce qu'elle découvre le fond de la pensée et qu'elle prouve que le sentiment l'emporte sur la raison.

— Eh bien, reprit Mme Bonacieux d'une voix presque caressante, et en serrant la main de d'Artagnan qui n'avait pas abandonné la sienne ; eh bien ! je n'en dirai pas autant que vous : ce qui est perdu pour aujourd'hui n'est pas perdu pour l'avenir. Qui sait si,

---

1. *Afféterie* : affectation, recherche prétentieuse.

lorsque je serai déliée un jour, je ne satisferai pas votre curiosité ?

— Et faites-vous la même promesse à mon amour ? s'écria d'Artagnan au comble de la joie.

— Oh ! de ce côté, je ne veux point m'engager, cela dépendra des sentiments que vous saurez m'inspirer.

— Ainsi, aujourd'hui, Madame...

— Aujourd'hui, Monsieur, je n'en suis encore qu'à la reconnaissance [1].

— Ah ! vous êtes trop charmante, dit d'Artagnan avec tristesse, et vous abusez de mon amour.

— Non, j'use de votre générosité, voilà tout. Mais, croyez-le bien, avec certaines gens tout se retrouve.

— Oh ! vous me rendez le plus heureux des hommes. N'oubliez pas cette soirée, n'oubliez pas cette promesse.

— Soyez tranquille, en temps et lieu je me souviendrai de tout. Eh bien ! partez donc, partez, au nom du Ciel ! On m'attendait à minuit juste, et je suis en retard.

— De cinq minutes.

— Oui ; mais dans certaines circonstances, cinq minutes sont cinq siècles.

— Quand on aime.

— Eh bien ! qui vous dit que je n'ai pas affaire à un amoureux ?

— C'est un homme qui vous attend ? s'écria d'Artagnan, un homme !

— Allons, voilà la discussion qui va recommencer, fit Mme Bonacieux avec un demi-sourire qui n'était pas exempt d'une certaine teinte d'impatience.

— Non, non, je m'en vais, je pars ; je crois en vous, je veux avoir tout le mérite de mon dévouement, ce dévouement dût-il être une stupidité. Adieu, Madame, adieu ! »

1. Y a-t-il ici un écho — anachronique ! — des divers itinéraires que proposait aux amoureux la fameuse carte du pays de Tendre, placée par Madeleine de Scudéry dans le tome I de sa *Clélie* (1654) ? Tendre-sur-Reconnaissance en était une des étapes.

Et comme s'il ne se fût senti la force de se détacher de la main qu'il tenait que par une secousse, il s'éloigna tout courant, tandis que Mme Bonacieux frappait, comme au volet, trois coups lents et réguliers ; puis, arrivé à l'angle de la rue, il se retourna : la porte s'était ouverte et refermée, la jolie mercière avait disparu.

D'Artagnan continua son chemin, il avait donné sa parole de ne pas épier Mme Bonacieux, et sa vie eût-elle dépendu de l'endroit où elle allait se rendre, ou de la personne qui devait l'accompagner, d'Artagnan serait rentré chez lui, puisqu'il avait dit qu'il y rentrait. Cinq minutes après, il était dans la rue des Fossoyeurs.

« Pauvre Athos, disait-il, il ne saura pas ce que cela veut dire. Il se sera endormi en m'attendant, ou il sera retourné chez lui, et en rentrant il aura appris qu'une femme y était venue. Une femme chez Athos ! Après tout, continua d'Artagnan, il y en avait bien une chez Aramis. Tout cela est fort étrange, et je serais bien curieux de savoir comment cela finira.

— Mal, Monsieur, mal » répondit une voix que le jeune homme reconnut pour celle de Planchet ; car tout en monologuant tout haut, à la manière des gens très préoccupés, il s'était engagé dans l'allée au fond de laquelle était l'escalier qui conduisait à sa chambre.

« Comment, mal ? que veux-tu dire, imbécile ? demanda d'Artagnan, qu'est-il donc arrivé ?

— Toutes sortes de malheurs.

— Lesquels ?

— D'abord M. Athos est arrêté.

— Arrêté ! Athos ! arrêté ! pourquoi ?

— On l'a trouvé chez vous ; on l'a pris pour vous.

— Et par qui a-t-il été arrêté ?

— Par la garde qu'ont été chercher les hommes noirs que vous avez mis en fuite.

— Pourquoi ne s'est-il pas nommé ? pourquoi n'a-t-il pas dit qu'il était étranger à cette affaire ?

— Il s'en est bien gardé, Monsieur ; il s'est au

contraire approché de moi et m'a dit : « C'est ton maître qui a besoin de sa liberté en ce moment, et non pas moi, puisqu'il sait tout et que je ne sais rien. On le croira arrêté, et cela lui donnera du temps ; dans trois jours je dirai qui je suis, et il faudra bien qu'on me fasse sortir. »

— Bravo, Athos ! noble cœur, murmura d'Artagnan, je le reconnais bien là ! Et qu'ont fait les sbires ?

— Quatre l'ont emmené je ne sais où, à la Bastille ou au For-l'Evêque [1] ; deux sont restés avec les hommes noirs, qui ont fouillé partout et qui ont pris tous les papiers. Enfin les deux derniers, pendant cette expédition, montaient la garde à la porte ; puis, quand tout a été fini, ils sont partis, laissant la maison vide et tout ouvert.

— Et Porthos et Aramis ?

— Je ne les avais pas trouvés, ils ne sont pas venus.

— Mais ils peuvent venir d'un moment à l'autre, car tu leur as fait dire que je les attendais ?

— Oui, Monsieur.

— Eh bien ! ne bouge pas d'ici ; s'ils viennent, préviens-les de ce qui m'est arrivé, qu'ils m'attendent au cabaret de la *Pomme de Pin* ; ici il y aurait danger, la maison peut être espionnée. Je cours chez M. de Tréville pour lui annoncer tout cela, et je les y rejoins.

— C'est bien, Monsieur, dit Planchet.

— Mais tu resteras, tu n'auras pas peur ! dit d'Artagnan en revenant sur ses pas pour recommander le courage à son laquais.

— Soyez tranquille, Monsieur, dit Planchet, vous ne me connaissez pas encore ; je suis brave quand je m'y mets, allez ; c'est le tout de m'y mettre ; d'ailleurs je suis Picard.

— Alors, c'est convenu, dit d'Artagnan, tu te fais tuer plutôt que de quitter ton poste.

— Oui, Monsieur, et il n'y a rien que je ne fasse pour prouver à Monsieur que je lui suis attaché. »

---

1. Le For-l'Evêque, tout proche du Châtelet, était la prison de la juridiction ecclésiastique du diocèse de Paris.

« Bon, dit en lui-même d'Artagnan, il paraît que la méthode que j'ai employée à l'égard de ce garçon est décidément la bonne : j'en userai dans l'occasion. »

Et de toute la vitesse de ses jambes, déjà quelque peu fatiguées cependant par les courses de la journée, d'Artagnan se dirigea vers la rue du Colombier.

M. de Tréville n'était point à son hôtel ; sa compagnie était de garde au Louvre ; il était au Louvre avec sa compagnie.

Il fallait arriver jusqu'à M. de Tréville ; il était important qu'il fût prévenu de ce qui se passait. D'Artagnan résolut d'essayer d'entrer au Louvre. Son costume de garde dans la compagnie de M. des Essarts lui devait être un passeport.

Il descendit donc la rue des Petits-Augustins [1], et remonta le quai pour prendre le Pont-Neuf. Il avait eu un instant l'idée de passer le bac ; mais en arrivant au bord de l'eau, il avait machinalement introduit sa main dans sa poche et s'était aperçu qu'il n'avait pas de quoi payer le passeur.

Comme il arrivait à la hauteur de la rue Guénégaud, il vit déboucher de la rue Dauphine un groupe composé de deux personnes et dont l'allure le frappa.

Les deux personnes qui composaient le groupe étaient : l'un, un homme ; l'autre, une femme.

La femme avait la tournure de Mme Bonacieux, et l'homme ressemblait à s'y méprendre à Aramis.

En outre, la femme avait cette mante noire que d'Artagnan voyait encore se dessiner sur le volet de la rue de Vaugirard et sur la porte de la rue de La Harpe.

De plus, l'homme portait l'uniforme des mousquetaires.

Le capuchon de la femme était rabattu, l'homme tenait son mouchoir sur son visage ; tous deux, cette

---

1. La rue des Petits-Augustins (aujourd'hui disparue) tirait son nom d'un couvent situé sur la rive gauche. La rue Guénégaud, qui existe encore, débouche sur le quai Conti non loin de la rue Dauphine, qui est dans l'axe du Pont-Neuf. Sur le bac, *cf.* p. 109, n. 1.

double précaution l'indiquait, tous deux avaient donc intérêt à n'être point reconnus.

Ils prirent le pont : c'était le chemin de d'Artagnan, puisque d'Artagnan se rendait au Louvre ; d'Artagnan les suivit.

D'Artagnan n'avait pas fait vingt pas, qu'il fut convaincu que cette femme, c'était Mme Bonacieux, et que cet homme, c'était Aramis.

Il sentit à l'instant même tous les soupçons de la jalousie qui s'agitaient dans son cœur.

Il était doublement trahi et par son ami et par celle qu'il aimait déjà comme une maîtresse. Mme Bonacieux lui avait juré ses grands dieux qu'elle ne connaissait pas Aramis, et un quart d'heure après qu'elle lui avait fait ce serment, il la retrouvait au bras d'Aramis.

D'Artagnan ne réfléchit pas seulement qu'il connaissait la jolie mercière depuis trois heures seulement, qu'elle ne lui devait rien qu'un peu de reconnaissance pour l'avoir délivrée des hommes noirs qui voulaient l'enlever, et qu'elle ne lui avait rien promis. Il se regarda comme un amant outragé, trahi, bafoué ; le sang et la colère lui montèrent au visage, il résolut de tout éclaircir.

La jeune femme et le jeune homme s'étaient aperçus qu'ils étaient suivis, et ils avaient doublé le pas. D'Artagnan prit sa course, les dépassa, puis revint sur eux au moment où ils se trouvaient devant la Samaritaine [1], éclairée par un réverbère qui projetait sa lueur sur toute cette partie du pont.

D'Artagnan s'arrêta devant eux, et ils s'arrêtèrent devant lui.

« Que voulez-vous, Monsieur ? demanda le mousquetaire en reculant d'un pas et avec un accent étranger qui prouvait à d'Artagnan qu'il s'était trompé dans une partie de ses conjectures.

— Ce n'est pas Aramis ! s'écria-t-il.

1. Sur la Samaritaine, *cf.* p. 118, n. 3.

— Non, Monsieur, ce n'est point Aramis, et à votre exclamation je vois que vous m'avez pris pour un autre, et je vous pardonne.

— Vous me pardonnez ! s'écria d'Artagnan.

— Oui, répondit l'inconnu. Laissez-moi donc passer, puisque ce n'est pas à moi que vous avez affaire.

— Vous avez raison, Monsieur, dit d'Artagnan, ce n'est pas à vous que j'ai affaire, c'est à Madame.

— A Madame ! vous ne la connaissez pas, dit l'étranger.

— Vous vous trompez, Monsieur, je la connais.

— Ah ! fit Mme Bonacieux d'un ton de reproche ; ah, Monsieur ! j'avais votre parole de militaire et votre foi de gentilhomme ; j'espérais pouvoir compter dessus.

— Et moi, Madame, dit d'Artagnan embarrassé, vous m'aviez promis...

— Prenez mon bras, Madame, dit l'étranger, et continuons notre chemin. »

Cependant d'Artagnan, étourdi, atterré, anéanti par tout ce qui lui arrivait, restait debout et les bras croisés devant le mousquetaire et Mme Bonacieux.

Le mousquetaire fit deux pas en avant et écarta d'Artagnan avec la main.

D'Artagnan fit un bond en arrière et tira son épée.

En même temps et avec la rapidité de l'éclair, l'inconnu tira la sienne.

« Au nom du Ciel, Milord ! s'écria Mme Bonacieux en se jetant entre les combattants et prenant les épées à pleines mains.

— Milord ! s'écria d'Artagnan illuminé d'une idée subite, Milord ! pardon, Monsieur ; mais est-ce que vous seriez...

— Milord duc de Buckingham, dit Mme Bonacieux à demi-voix ; et maintenant vous pouvez nous perdre tous.

— Milord, Madame, pardon, cent fois pardon ; mais je l'aimais, Milord, et j'étais jaloux ; vous savez ce que c'est que d'aimer, Milord ; pardonnez-moi, et dites-moi comment je puis me faire tuer pour Votre Grâce.

— Vous êtes un brave jeune homme, dit Buckingham en tendant à d'Artagnan une main que celui-ci serra respectueusement ; vous m'offrez vos services, je les accepte ; suivez-nous à vingt pas jusqu'au Louvre ; et si quelqu'un nous épie, tuez-le ! »

D'Artagnan mit son épée nue sous son bras, laissa prendre à Mme Bonacieux et au duc vingt pas d'avance et les suivit, prêt à exécuter à la lettre les instructions du noble et élégant ministre de Charles Ier.

Mais heureusement le jeune séide [1] n'eut aucune occasion de donner au duc cette preuve de son dévouement, et la jeune femme et le beau mousquetaire rentrèrent au Louvre par le guichet de l'Échelle [2] sans avoir été inquiétés.

Quant à d'Artagnan, il se rendit aussitôt au cabaret de la *Pomme de Pin*, où il trouva Porthos et Aramis qui l'attendaient.

Mais, sans leur donner d'autre explication sur le dérangement qu'il leur avait causé, il leur dit qu'il avait terminé seul l'affaire pour laquelle il avait cru un instant avoir besoin de leur intervention.

Et maintenant, emportés que nous sommes par notre récit, laissons nos trois amis rentrer chacun chez soi, et suivons, dans les détours du Louvre, le duc de Buckingham et son guide.

---

1. Homme d'un dévouement aveugle et fanatique.
2. *Cf.* p. 196, n. 1.

XII

GEORGES VILLIERS, DUC DE BUCKINGHAM

Madame Bonacieux et le duc entrèrent au Louvre sans difficulté ; Mme Bonacieux était connue pour appartenir à la reine ; le duc portait l'uniforme des mousquetaires de M. de Tréville, qui, comme nous l'avons dit, était de garde ce soir-là. D'ailleurs Germain était dans les intérêts de la reine, et si quelque chose arrivait, Mme Bonacieux serait accusée d'avoir introduit son amant au Louvre, voilà tout ; elle prenait sur elle le crime : sa réputation était perdue, il est vrai, mais de quelle valeur était dans le monde la réputation d'une petite mercière ?

Une fois entrés dans l'intérieur de la cour, le duc et la jeune femme suivirent le pied de la muraille pendant l'espace d'environ vingt-cinq pas ; cet espace parcouru, Mme Bonacieux poussa une petite porte de service, ouverte le jour, mais ordinairement fermée la nuit ; la porte céda ; tous deux entrèrent et se trouvèrent dans l'obscurité, mais Mme Bonacieux connaissait tous les tours et détours de cette partie du Louvre, destinée aux gens de la suite. Elle referma les portes derrière elle, prit le duc par la main, fit quelques pas en tâtonnant, saisit une rampe, toucha du pied un degré [1], et commença de monter un escalier : le duc compta deux étages. Alors elle prit à droite, suivit un long corridor, redescendit un étage, fit quelques pas encore, introduisit une clef dans une serrure, ouvrit une porte et poussa le duc dans un appartement éclairé seulement par une lampe de nuit, en disant : « Restez ici, Milord duc, on va venir. » Puis elle sortit par la même porte, qu'elle ferma à la clef, de sorte que le duc se trouva littéralement prisonnier.

Cependant, tout isolé qu'il se trouvait, il faut le dire, le duc de Buckingham n'éprouva pas un instant de

_____
1. Une marche.

crainte ; un des côtés saillants de son caractère était la recherche de l'aventure et l'amour du romanesque. Brave, hardi, entreprenant, ce n'était pas la première fois qu'il risquait sa vie dans de pareilles tentatives ; il avait appris que ce prétendu message d'Anne d'Autriche, sur la foi duquel il était venu à Paris, était un piège, et au lieu de regagner l'Angleterre, il avait, abusant de la position qu'on lui avait faite, déclaré à la reine qu'il ne partirait pas sans l'avoir vue. La reine avait positivement refusé d'abord, puis enfin elle avait craint que le duc, exaspéré, ne fît quelque folie. Déjà elle était décidée à le recevoir et à le supplier de partir aussitôt, lorsque, le soir même de cette décision, Mme Bonacieux, qui était chargée d'aller chercher le duc et de le conduire au Louvre, fut enlevée. Pendant deux jours on ignora complètement ce qu'elle était devenue, et tout resta en suspens. Mais une fois libre, une fois remise en rapport avec La Porte, les choses avaient repris leur cours, et elle venait d'accomplir la périlleuse entreprise que, sans son arrestation, elle eût exécutée trois jours plus tôt.

Buckingham, resté seul, s'approcha d'une glace. Cet habit de mousquetaire lui allait à merveille.

A trente-cinq ans qu'il avait alors, il passait à juste titre pour le plus beau gentilhomme et pour le plus élégant cavalier de France et d'Angleterre.

Favori de deux rois [1], riche à millions, tout-puissant dans un royaume qu'il bouleversait à sa fantaisie et calmait à son caprice, Georges Villiers, duc de Buckingham, avait entrepris une de ces existences fabuleuses qui restent dans le cours des siècles comme un étonnement pour la postérité.

Aussi, sûr de lui-même, convaincu de sa puissance, certain que les lois qui régissent les autres hommes ne pouvaient l'atteindre, allait-il droit au but qu'il s'était fixé, ce but fût-il si élevé et si éblouissant que c'eût été folie pour un autre que de l'envisager seulement. C'est

---

1. Les deux rois d'Angleterre successifs, Jacques Ier et Charles Ier.

ainsi qu'il était arrivé à s'approcher plusieurs fois de la belle et fière Anne d'Autriche et à s'en faire aimer, à force d'éblouissement.

Georges Villiers se plaça donc devant une glace, comme nous l'avons dit, rendit à sa belle chevelure blonde les ondulations que le poids de son chapeau lui avait fait perdre, retroussa sa moustache, et le cœur tout gonflé de joie, heureux et fier de toucher au moment qu'il avait si longtemps désiré, se sourit à lui-même d'orgueil et d'espoir.

En ce moment, une porte cachée dans la tapisserie s'ouvrit et une femme apparut. Buckingham vit cette apparition dans la glace ; il jeta un cri, c'était la reine !

Anne d'Autriche avait alors vingt-six ou vingt-sept ans, c'est-à-dire qu'elle se trouvait dans tout l'éclat de sa beauté.

Sa démarche était celle d'une reine ou d'une déesse ; ses yeux, qui jetaient des reflets d'émeraude, étaient parfaitement beaux, et tout à la fois pleins de douceur et de majesté.

Sa bouche était petite et vermeille, et quoique sa lèvre inférieure, comme celle des princes de la maison d'Autriche, avançât légèrement sur l'autre, elle était éminemment gracieuse dans le sourire, mais aussi profondément dédaigneuse dans le mépris.

Sa peau était citée pour sa douceur et son velouté, sa main et ses bras étaient d'une beauté surprenante, et tous les poètes du temps les chantaient comme incomparables.

Enfin ses cheveux, qui, de blonds qu'ils étaient dans sa jeunesse, étaient devenus châtains, et qu'elle portait frisés très clair et avec beaucoup de poudre, encadraient admirablement son visage, auquel le censeur le plus rigide n'eût pu souhaiter qu'un peu moins de rouge, et le statuaire le plus exigeant qu'un peu plus de finesse dans le nez [1].

Buckingham resta un instant ébloui ; jamais Anne

---

1. Ce portrait de la reine doit beaucoup aux *Mémoires* de Mme de Motteville.

d'Autriche ne lui était apparue aussi belle, au milieu des bals, des fêtes, des carrousels, qu'elle lui apparut en ce moment, vêtue d'une simple robe de satin blanc et accompagnée de doña Estefania [1], la seule de ses femmes espagnoles qui n'eût pas été chassée par la jalousie du roi et par les persécutions de Richelieu.

Anne d'Autriche fit deux pas en avant ; Buckingham se précipita à ses genoux, et avant que la reine eût pu l'en empêcher, il baisa le bas de sa robe.

« Duc, vous savez déjà que ce n'est pas moi qui vous ai fait écrire.

— Oh ! oui, Madame, oui, Votre Majesté, s'écria le duc ; je sais que j'ai été un fou, un insensé de croire que la neige s'animerait, que le marbre s'échaufferait ; mais, que voulez-vous, quand on aime, on croit facilement à l'amour ; d'ailleurs je n'ai pas tout perdu à ce voyage, puisque je vous vois.

— Oui, répondit Anne, mais vous savez pourquoi et comment je vous vois, Milord. Je vous vois par pitié pour vous-même ; je vous vois parce qu'insensible à toutes mes peines, vous vous êtes obstiné à rester dans une ville où, en restant, vous courez risque de la vie et me faites courir risque de mon honneur ; je vous vois pour vous dire que tout nous sépare, les profondeurs de la mer, l'inimitié des royaumes, la sainteté des serments. Il est sacrilège de lutter contre tant de choses, Milord. Je vous vois enfin pour vous dire qu'il ne faut plus nous voir.

— Parlez, Madame ; parlez, reine, dit Buckingham ; la douceur de votre voix couvre la dureté de vos paroles. Vous parlez de sacrilège ! mais le sacrilège est dans la séparation des cœurs que Dieu avait formés l'un pour l'autre.

— Milord, s'écria la reine, vous oubliez que je ne vous ai jamais dit que je vous aimais.

---

1. La plupart des suivantes de la reine avaient en effet été congédiées. Mme de Motteville confirme qu'il lui était resté doña Estefania, « qu'elle aimait tendrement, à cause qu'elle l'avait élevée, et qui était auprès d'elle sa première femme de chambre ».

— Mais vous ne m'avez jamais dit non plus que
vous ne m'aimiez point ; et vraiment, me dire de
semblables paroles, ce serait de la part de Votre
Majesté une trop grande ingratitude. Car, dites-moi,
où trouvez-vous un amour pareil au mien, un amour
que ni le temps, ni l'absence, ni le désespoir ne peuvent éteindre ; un amour qui se contente d'un ruban
égaré, d'un regard perdu, d'une parole échappée ?

« Il y a trois ans, Madame, que je vous ai vue pour
la première fois, et depuis trois ans je vous aime ainsi.

« Voulez-vous que je vous dise comment vous étiez
vêtue la première fois que je vous vis ? voulez-vous
que je détaille chacun des ornements de votre toilette ? Tenez, je vous vois encore : vous étiez assise sur
des carreaux [1], à la mode d'Espagne ; vous aviez une
robe de satin vert avec des broderies d'or et d'argent ;
des manches pendantes et renouées sur vos beaux
bras, sur ces bras admirables, avec de gros diamants ;
vous aviez une fraise fermée, un petit bonnet sur
votre tête, de la couleur de votre robe, et sur ce bonnet
une plume de héron [2].

« Oh ! tenez, tenez, je ferme les yeux, et je vous vois
telle que vous étiez alors ; je les rouvre, et je vous vois
telle que vous êtes maintenant, c'est-à-dire cent fois
plus belle encore !

— Quelle folie ! murmura Anne d'Autriche, qui
n'avait pas le courage d'en vouloir au duc d'avoir si
bien conservé son portrait dans son cœur ; quelle

---

1. *Carreaux* : coussins. *Fraise* : collerette de dentelle empesée.
2. *Cf.* Mme de Motteville, évoquant Anne d'Autriche au moment
de son mariage, d'après les souvenirs de la marquise de Morny :
« La première fois qu'elle la vit, elle m'a dit qu'elle était assise sur
des carreaux à la mode d'Espagne, au milieu d'un grand nombre de
dames habillées à l'espagnole, d'un satin vert en broderie d'or et
d'argent, ses manches pendantes et renouées sur les bras avec de
gros diamants qui lui servaient de boutons. Elle avait une fraise
fermée, avec un petit bonnet sur la tête de même couleur que la
robe, où il y avait une plume de héron qui augmentait par sa
noirceur la beauté de ses cheveux. »

folie de nourrir une passion inutile avec de pareils souvenirs !

— Et avec quoi voulez-vous donc que je vive ? je n'ai que des souvenirs, moi. C'est mon bonheur, mon trésor, mon espérance. Chaque fois que je vous vois, c'est un diamant de plus que je renferme dans l'écrin de mon cœur. Celui-ci est le quatrième que vous laissez tomber et que je ramasse ; car en trois ans, Madame, je ne vous ai vue que quatre fois [1] : cette première que je viens de vous dire, la seconde chez Mme de Chevreuse, la troisième dans les jardins d'Amiens.

— Duc, dit la reine en rougissant, ne parlez pas de cette soirée.

— Oh ! parlons-en, au contraire, Madame, parlons-en : c'est la soirée heureuse et rayonnante de ma vie. Vous rappelez-vous la belle nuit qu'il faisait ? Comme l'air était doux et parfumé, comme le ciel était bleu et tout émaillé d'étoiles ! Ah ! cette fois, Madame, j'avais pu être un instant seul avec vous ; cette fois, vous étiez prête à tout me dire, l'isolement de votre vie, les chagrins de votre cœur. Vous étiez appuyée à mon bras, tenez, à celui-ci. Je sentais, en inclinant ma tête à votre côté, vos beaux cheveux effleurer mon visage, et chaque fois qu'ils l'effleuraient je frissonnais de la tête aux pieds. Oh ! reine, reine ! oh ! vous ne savez pas tout ce qu'il y a de félicités du ciel, de joies du paradis enfermées dans un moment pareil [2]. Tenez, mes biens, ma fortune, ma gloire, tout ce qu'il me reste de jours à vivre, pour un pareil instant et pour une semblable nuit ! car cette nuit-là, Madame, cette nuit-là vous m'aimiez, je vous le jure.

— Milord, il est possible, oui, que l'influence du lieu, que le charme de cette belle soirée, que la fasci-

---

1. Sur le décompte des rencontres entre Buckingham et Anne d'Autriche, *cf. Notice historique.*
2. Transposition romantique d'un épisode qui fit scandale. *Cf. Notice historique.*

nation de votre regard, que ces mille circonstances enfin qui se réunissent parfois pour perdre une femme se soient groupées autour de moi dans cette fatale soirée ; mais vous l'avez vu, Milord, la reine est venue au secours de la femme qui faiblissait : au premier mot que vous avez osé dire, à la première hardiesse à laquelle j'ai eu à répondre, j'ai appelé.

— Oh ! oui, oui, cela est vrai, et un autre amour que le mien aurait succombé à cette épreuve ; mais mon amour, à moi, en est sorti plus ardent et plus éternel. Vous avez cru me fuir en revenant à Paris, vous avez cru que je n'oserais quitter le trésor sur lequel mon maître m'avait chargé de veiller [1]. Ah ! que m'importent à moi tous les trésors du monde et tous les rois de la terre ! Huit jours après, j'étais de retour, Madame. Cette fois, vous n'avez rien eu à me dire : j'avais risqué ma faveur, ma vie, pour vous voir une seconde, je n'ai pas même touché votre main, et vous m'avez pardonné en me voyant si soumis et si repentant.

— Oui, mais la calomnie s'est emparée de toutes ces folies dans lesquelles je n'étais pour rien, vous le savez bien, Milord. Le roi, excité par M. le cardinal, a fait un éclat terrible : Mme du Vernet [2] a été chassée, Putange exilé, Mme de Chevreuse est tombée en défaveur, et lorsque vous avez voulu revenir comme ambassadeur en France, le roi lui-même, souvenez-vous-en, Milord, le roi lui-même s'y est opposé.

— Oui, et la France va payer d'une guerre le refus de son roi. Je ne puis plus vous voir, Madame ; eh bien, je veux chaque jour que vous entendiez parler de moi.

« Quel but pensez-vous qu'aient eu cette expédition

---

1. La nouvelle reine d'Angleterre, Henriette de France, que le duc amenait à son époux.
2. Mme du Vernet (et non de Vernel comme le portent les premières éditions), dame d'honneur de la reine, fut en effet chassée après l'incident d'Amiens.

de Ré et cette ligue avec les protestants de La Rochelle que je projette ? Le plaisir de vous voir [1] !

« Je n'ai pas l'espoir de pénétrer à main armée jusqu'à Paris, je le sais bien ; mais cette guerre pourra amener une paix, cette paix nécessitera un négociateur, ce négociateur ce sera moi. On n'osera plus me refuser alors, et je reviendrai à Paris, et je vous reverrai, et je serai heureux un instant. Des milliers d'hommes, il est vrai, auront payé mon bonheur de leur vie ; mais que m'importera, à moi, pourvu que je vous revoie ! Tout cela est peut-être bien fou, peut-être bien insensé ; mais, dites-moi, quelle femme a un amant plus amoureux ? quelle reine a eu un serviteur plus ardent ?

— Milord, Milord, vous invoquez pour votre défense des choses qui vous accusent encore ; Milord, toutes ces preuves d'amour que vous voulez me donner sont presque des crimes.

— Parce que vous ne m'aimez pas, Madame : si vous m'aimiez, vous verriez tout cela autrement ; si vous m'aimiez, oh ! mais, si vous m'aimiez, ce serait trop de bonheur et je deviendrais fou. Ah ! Mme de Chevreuse, dont vous parliez tout à l'heure, Mme de Chevreuse a été moins cruelle que vous ; Holland [2] l'a aimée, et elle a répondu à son amour.

— Mme de Chevreuse n'était pas reine, murmura Anne d'Autriche, vaincue malgré elle par l'expression d'un amour si profond.

— Vous m'aimeriez donc si vous ne l'étiez pas, vous, Madame, dites, vous m'aimeriez donc ? Je puis donc croire que c'est la dignité seule de votre rang qui vous fait cruelle pour moi ; je puis donc croire que si vous eussiez été Mme de Chevreuse, le pauvre Buc-

---

1. Sur cette interprétation de l'expédition anglaise à La Rochelle, *cf. Notice historique.*
2. Gentilhomme anglais, amant de la duchesse de Chevreuse. Il tenta avec elle de favoriser les amours de Buckingham et de la reine.

kingham aurait pu espérer ? Merci de ces douces
paroles, ô ma belle Majesté, cent fois merci.

— Ah ! Milord, vous avez mal entendu, mal inter-
prété ; je n'ai pas voulu dire...

— Silence ! Silence ! dit le duc ; si je suis heureux
d'une erreur, n'ayez pas la cruauté de me l'enlever.
Vous l'avez dit vous-même, on m'a attiré dans un
piège, j'y laisserai ma vie peut-être, car, tenez, c'est
étrange, depuis quelque temps j'ai des pressentiments que je vais mourir. » Et le duc sourit d'un
sourire triste et charmant à la fois.

« Oh ! mon Dieu ! s'écria Anne d'Autriche avec un
accent d'effroi qui prouvait quel intérêt plus grand
qu'elle ne le voulait dire elle prenait au duc.

— Je ne vous dis point cela pour vous effrayer,
Madame, non ; c'est même ridicule ce que je vous dis,
et croyez que je ne me préoccupe point de pareils
rêves. Mais ce mot que vous venez de dire, cette
espérance, que vous m'avez presque donnée, aura
tout payé, fût-ce même ma vie.

— Eh bien ! dit Anne d'Autriche, moi aussi, duc,
moi, j'ai des pressentiments, moi aussi j'ai des rêves.
J'ai songé que je vous voyais couché sanglant, frappé
d'une blessure.

— Au côté gauche, n'est-ce pas, avec un couteau ?
interrompit Buckingham.

— Oui, c'est cela, Milord, c'est cela, au côté gauche
avec un couteau. Qui a pu vous dire que j'avais fait ce
rêve ? Je ne l'ai confié qu'à Dieu, et encore dans mes
prières.

— Je n'en veux pas davantage, et vous m'aimez,
Madame, c'est bien.

— Je vous aime, moi ?

— Oui, vous. Dieu vous enverrait-il les mêmes
rêves qu'à moi, si vous ne m'aimiez pas ? Aurions-
nous les mêmes pressentiments, si nos deux existences ne se touchaient pas par le cœur ? Vous m'aimez,
ô reine, et vous me pleurerez ?

— Oh ! mon Dieu ! mon Dieu ! s'écria Anne
d'Autriche, c'est plus que je n'en puis supporter.

Tenez, duc, au nom du Ciel, partez, retirez-vous ; je ne sais si je vous aime, ou si je ne vous aime pas ; mais ce que je sais, c'est que je ne serai point parjure. Prenez donc pitié de moi, et partez. Oh ! si vous êtes frappé en France, si vous mourez en France, si je pouvais supposer que votre amour pour moi fût cause de votre mort, je ne me consolerais jamais, j'en deviendrais folle. Partez donc, partez, je vous en supplie.

— Oh ! que vous êtes belle ainsi ! Oh ! que je vous aime ! dit Buckingham.

— Partez ! partez ! je vous en supplie, et revenez plus tard ; revenez comme ambassadeur, revenez comme ministre, revenez entouré de gardes qui vous défendront, de serviteurs qui veilleront sur vous, et alors je ne craindrai plus pour vos jours, et j'aurai du bonheur à vous revoir.

— Oh ! est-ce bien vrai ce que vous me dites ?

— Oui...

— Eh bien ! un gage de votre indulgence, un objet qui vienne de vous et qui me rappelle que je n'ai point fait un rêve ; quelque chose que vous ayez porté et que je puisse porter à mon tour, une bague, un collier, une chaîne.

— Et partirez-vous, partirez-vous, si je vous donne ce que vous me demandez ?

— Oui.

— A l'instant même ?

— Oui.

— Vous quitterez la France, vous retournerez en Angleterre ?

— Oui, je vous le jure !

— Attendez, alors, attendez. »

Et Anne d'Autriche rentra dans son appartement et en sortit presque aussitôt, tenant à la main un petit coffret en bois de rose à son chiffre, tout incrusté d'or.

« Tenez, Milord duc, tenez, dit-elle, gardez cela en mémoire de moi. »

Buckingham prit le coffret et tomba une seconde fois à genoux.

« Vous m'avez promis de partir, dit la reine.

— Et je tiens ma parole. Votre main, votre main, Madame, et je pars. »

Anne d'Autriche tendit sa main en fermant les yeux et en s'appuyant de l'autre sur Estefania, car elle sentait que les forces allaient lui manquer.

Buckingham appuya avec passion ses lèvres sur cette belle main, puis se relevant :

« Avant six mois, dit-il, si je ne suis pas mort, je vous aurai revue, Madame, dussé-je bouleverser le monde pour cela. »

Et, fidèle à la promesse qu'il avait faite, il s'élança hors de l'appartement.

Dans le corridor, il rencontra Mme Bonacieux qui l'attendait, et qui, avec les mêmes précautions et le même bonheur, le reconduisit hors du Louvre.

XIII

MONSIEUR BONACIEUX

Il y avait dans tout cela, comme on a pu le remarquer, un personnage dont, malgré sa position précaire, on n'avait paru s'inquiéter que fort médiocrement ; ce personnage était M. Bonacieux, respectable martyr des intrigues politiques et amoureuses qui s'enchevêtraient si bien les unes aux autres, dans cette époque à la fois si chevaleresque et si galante.

Heureusement — le lecteur se le rappelle ou ne se le rappelle pas — heureusement que nous avons promis de ne pas le perdre de vue.

Les estafiers [1] qui l'avaient arrêté le conduisirent droit à la Bastille, où on le fit passer tout tremblant devant un peloton de soldats qui chargeaient leurs mousquets.

---

1. Valets armés.

De là, introduit dans une galerie demi-souterraine, il fut, de la part de ceux qui l'avaient amené, l'objet des plus grossières injures et des plus farouches [1] traitements. Les sbires voyaient qu'ils n'avaient pas affaire à un gentilhomme, et ils le traitaient en véritable croquant [2].

Au bout d'une demi-heure à peu près, un greffier vint mettre fin à ses tortures, mais non pas à ses inquiétudes, en donnant l'ordre de conduire M. Bonacieux dans la chambre des interrogatoires. Ordinairement on interrogeait les prisonniers chez eux, mais avec M. Bonacieux on n'y faisait pas tant de façons.

Deux gardes s'emparèrent du mercier, lui firent traverser une cour, le firent entrer dans un corridor où il y avait trois sentinelles, ouvrirent une porte et le poussèrent dans une chambre basse, où il n'y avait pour tous meubles qu'une table, une chaise et un commissaire. Le commissaire était assis sur la chaise et occupé à écrire sur la table.

Les deux gardes conduisirent le prisonnier devant la table et, sur un signe du commissaire, s'éloignèrent hors de la portée de la voix.

Le commissaire, qui jusque-là avait tenu sa tête baissée sur ses papiers, la releva pour voir à qui il avait affaire. Ce commissaire était un homme à la mine rébarbative, au nez pointu, aux pommettes jaunes et saillantes, aux yeux petits mais investigateurs et vifs, à la physionomie tenant à la fois de la fouine et du renard. Sa tête, supportée par un cou long et mobile, sortait de sa large robe noire en se balançant avec un mouvement à peu près pareil à celui de la tortue tirant sa tête hors de sa carapace.

Il commença par demander à M. Bonacieux ses nom et prénoms, son âge, son état et son domicile.

L'accusé répondit qu'il s'appelait Jacques-Michel

---

1. Brutaux.
2. *Croquants* : nom donné aux paysans révoltés dans le Sud-Ouest de la France, sous Henri IV et Louis XIII. Par extension : hommes du peuple.

Bonacieux, qu'il était âgé de cinquante et un ans, mercier retiré, et qu'il demeurait rue des Fossoyeurs, n° 11 [1].

Le commissaire alors, au lieu de continuer à l'interroger, lui fit un grand discours sur le danger qu'il y a pour un bourgeois obscur à se mêler des choses publiques.

Il compliqua cet exorde d'une exposition [2] dans laquelle il raconta la puissance et les actes de M. le cardinal, ce ministre incomparable, ce vainqueur des ministres passés, cet exemple des ministres à venir : actes et puissance que nul ne contrecarrait [3] impunément.

Après cette deuxième partie de son discours, fixant son regard d'épervier sur le pauvre Bonacieux, il l'invita à réfléchir à la gravité de sa situation.

Les réflexions du mercier étaient toutes faites : il donnait au diable l'instant où M. de La Porte avait eu l'idée de le marier avec sa filleule, et l'instant surtout où cette filleule avait été reçue dame de la lingerie chez la reine.

Le fond du caractère de maître Bonacieux était un profond égoïsme mêlé à une avarice sordide, le tout assaisonné d'une poltronnerie extrême. L'amour que lui avait inspiré sa jeune femme, étant un sentiment tout secondaire, ne pouvait lutter avec les sentiments primitifs que nous venons d'énumérer.

Bonacieux réfléchit, en effet, sur ce qu'on venait de lui dire.

« Mais, Monsieur le commissaire, dit-il timidement, croyez bien que je connais et que j'apprécie plus que personne le mérite de l'incomparable Eminence par laquelle nous avons l'honneur d'être gouvernés.

---

1. Anachronisme : le numérotage des rues n'a commencé à Paris qu'en 1775 et ne fut généralisé qu'en 1805.
2. Termes de rhétorique. L'*exorde* est l'entrée en matière d'un discours. L'*exposition* en constitue la partie suivante.
3. *Contrecarrer* : contrarier, s'opposer à.

— Vraiment ? demanda le commissaire d'un air de doute ; mais s'il en était véritablement ainsi, comment seriez-vous à la Bastille ?

— Comment j'y suis, ou plutôt pourquoi j'y suis, répliqua M. Bonacieux, voilà ce qu'il m'est parfaitement impossible de vous dire, vu que je l'ignore moi-même ; mais, à coup sûr, ce n'est pas pour avoir désobligé, sciemment du moins, M. le cardinal.

— Il faut cependant que vous ayez commis un crime, puisque vous êtes ici accusé de haute trahison.

— De haute trahison ! s'écria Bonacieux épouvanté, de haute trahison ! et comment voulez-vous qu'un pauvre mercier qui déteste les huguenots et qui abhorre les Espagnols [1] soit accusé de haute trahison ? Réfléchissez, Monsieur, la chose est matériellement impossible.

— Monsieur Bonacieux, dit le commissaire en regardant l'accusé comme si ses petits yeux avaient la faculté de lire jusqu'au plus profond des cœurs, Monsieur Bonacieux, vous avez une femme ?

— Oui, Monsieur, répondit le mercier tout tremblant, sentant que c'était là où les affaires allaient s'embrouiller ; c'est-à-dire, j'en avais une.

— Comment ? vous en aviez une ! qu'en avez-vous fait, si vous ne l'avez plus ?

— On me l'a enlevée, Monsieur.

— On vous l'a enlevée ? dit le commissaire. Ah ! » Bonacieux sentit à ce « ah ! » que l'affaire s'embrouillait de plus en plus.

« On vous l'a enlevée ! reprit le commissaire, et savez-vous quel est l'homme qui a commis ce rapt ?

— Je crois le connaître.

— Quel est-il ?

— Songez que je n'affirme rien, Monsieur le commissaire, et que je soupçonne seulement.

---

1. Bonacieux pense aux deux catégories d'ennemis auxquels la France avait alors affaire : les huguenots révoltés et les Espagnols avec qui la guerre allait reprendre bientôt.

— Qui soupçonnez-vous ? Voyons, répondez franchement. »

M. Bonacieux était dans la plus grande perplexité : devait-il tout nier ou tout dire ? En niant tout, on pouvait croire qu'il en savait trop long pour avouer ; en disant tout, il faisait preuve de bonne volonté. Il se décida donc à tout dire.

« Je soupçonne, dit-il, un grand brun, de haute mine, lequel a tout à fait l'air d'un grand seigneur ; il nous a suivis plusieurs fois, à ce qu'il m'a semblé, quand j'attendais ma femme devant le guichet du Louvre pour la ramener chez moi. »

Le commissaire parut éprouver quelque inquiétude.

« Et son nom ? dit-il.

— Oh ! quant à son nom, je n'en sais rien, mais si je le rencontre jamais, je le reconnaîtrai à l'instant même, je vous en réponds, fût-il entre mille personnes. »

Le front du commissaire se rembrunit.

« Vous le reconnaîtriez entre mille, dites-vous ? continua-t-il...

— C'est-à-dire, reprit Bonacieux, qui vit qu'il avait fait fausse route, c'est-à-dire...

— Vous avez répondu que vous le reconnaîtriez, dit le commissaire ; c'est bien, en voici assez pour aujourd'hui ; il faut, avant que nous allions plus loin, que quelqu'un soit prévenu que vous connaissez le ravisseur de votre femme.

— Mais je ne vous ai pas dit que je le connaissais ! s'écria Bonacieux au désespoir. Je vous ai dit au contraire...

— Emmenez le prisonnier, dit le commissaire aux deux gardes.

— Et où faut-il le conduire ? demanda le greffier.

— Dans un cachot.

— Dans lequel ?

— Oh ! mon Dieu, dans le premier venu, pourvu qu'il ferme bien », répondit le commissaire avec une indifférence qui pénétra d'horreur le pauvre Bonacieux.

« Hélas ! hélas ! se dit-il, le malheur est sur ma tête ; ma femme aura commis quelque crime effroyable ; on me croit son complice, et l'on me punira avec elle : elle en aura parlé, elle aura avoué qu'elle m'avait tout dit ; une femme, c'est si faible ! Un cachot, le premier venu ! c'est cela ! une nuit est bientôt passée ; et demain, à la roue [1], à la potence ! Oh ! mon Dieu ! mon Dieu ! ayez pitié de moi ! »

Sans écouter le moins du monde les lamentations de maître Bonacieux, lamentations auxquelles d'ailleurs ils devaient être habitués, les deux gardes prirent le prisonnier par un bras, et l'emmenèrent, tandis que le commissaire écrivait en hâte une lettre que son greffier attendait.

Bonacieux ne ferma pas l'œil, non pas que son cachot fût par trop désagréable, mais parce que ses inquiétudes étaient trop grandes. Il resta toute la nuit sur son escabeau, tressaillant au moindre bruit ; et quand les premiers rayons du jour se glissèrent dans sa chambre, l'aurore lui parut avoir pris des teintes funèbres.

Tout à coup, il entendit tirer les verrous, et il fit un soubresaut terrible. Il croyait qu'on venait le chercher pour le conduire à l'échafaud [2] ; aussi, lorsqu'il vit purement et simplement paraître, au lieu de l'exécuteur qu'il attendait, son commissaire et son greffier de la veille, il fut tout près de leur sauter au cou.

« Votre affaire s'est fort compliquée depuis hier au soir, mon brave homme, lui dit le commissaire, et je vous conseille de dire toute la vérité ; car votre repentir peut seul conjurer la colère du cardinal.

— Mais je suis prêt à tout dire, s'écria Bonacieux, du moins tout ce que je sais. Interrogez, je vous prie.

— Où est votre femme, d'abord ?

---

1. Supplice qui consistait à exposer le condamné sur une roue, les membres brisés, jusqu'à ce que mort s'ensuive.
2. Estrade sur laquelle avaient lieu les exécutions.

— Mais puisque je vous ai dit qu'on me l'avait enlevée.

— Oui, mais depuis hier cinq heures de l'après-midi, grâce à vous, elle s'est échappée.

— Ma femme s'est échappée ! s'écria Bonacieux. Oh ! la malheureuse ! Monsieur, si elle s'est échappée, ce n'est pas ma faute, je vous le jure.

— Qu'alliez-vous donc alors faire chez M. d'Artagnan, votre voisin, avec lequel vous avez eu une longue conférence dans la journée ?

— Ah ! oui, Monsieur le commissaire, oui, cela est vrai, et j'avoue que j'ai eu tort. J'ai été chez M. d'Artagnan.

— Quel était le but de cette visite ?

— De le prier de m'aider à retrouver ma femme. Je croyais que j'avais droit de la réclamer ; je me trompais, à ce qu'il paraît, et je vous en demande bien pardon.

— Et qu'a répondu M. d'Artagnan ?

— M. d'Artagnan m'a promis son aide ; mais je me suis bientôt aperçu qu'il me trahissait.

— Vous en imposez à la justice ! M. d'Artagnan a fait un pacte avec vous, et en vertu de ce pacte il a mis en fuite les hommes de police qui avaient arrêté votre femme, et l'a soustraite à toutes les recherches.

— M. d'Artagnan a enlevé ma femme ! Ah çà, mais que me dites-vous là ?

— Heureusement M. d'Artagnan est entre nos mains, et vous allez lui être confronté.

— Ah ! ma foi, je ne demande pas mieux, s'écria Bonacieux ; je ne serais pas fâché de voir une figure de connaissance.

— Faites entrer M. d'Artagnan », dit le commissaire aux deux gardes.

Les deux gardes firent entrer Athos.

« Monsieur d'Artagnan, dit le commissaire en s'adressant à Athos, déclarez ce qui s'est passé entre vous et Monsieur.

— Mais ! s'écria Bonacieux, ce n'est pas M. d'Artagnan que vous me montrez là !

— Comment ! ce n'est pas M. d'Artagnan ? s'écria le commissaire.

— Pas le moins du monde, répondit Bonacieux.

— Comment se nomme Monsieur ? demanda le commissaire.

— Je ne puis vous le dire, je ne le connais pas.

— Comment ! vous ne le connaissez pas ?

— Non.

— Vous ne l'avez jamais vu ?

— Si fait ; mais je ne sais comment il s'appelle.

— Votre nom ? demanda le commissaire.

— Athos, répondit le mousquetaire.

— Mais ce n'est pas un nom d'homme, ça, c'est un nom de montagne [1] ! s'écria le pauvre interrogateur qui commençait à perdre la tête.

— C'est mon nom, dit tranquillement Athos.

— Mais vous avez dit que vous vous nommiez d'Artagnan.

— Moi ?

— Oui, vous.

— C'est-à-dire que c'est à moi qu'on a dit : « Vous êtes M. d'Artagnan ? » J'ai répondu : « Vous croyez ? » Mes gardes se sont écriés qu'ils en étaient sûrs. Je n'ai pas voulu les contrarier. D'ailleurs je pouvais me tromper.

— Monsieur, vous insultez à la majesté de la justice.

— Aucunement, fit tranquillement Athos.

— Vous êtes M. d'Artagnan.

— Vous voyez bien que vous me le dites encore.

— Mais, s'écria à son tour M. Bonacieux, je vous dis, Monsieur le commissaire, qu'il n'y a pas un instant de doute à avoir. M. d'Artagnan est mon hôte [2], et par conséquent, quoiqu'il ne me paie pas mes loyers, et justement même à cause de cela, je dois

1. Le mont Athos, en Grèce, célèbre pour les monastères orthodoxes qu'il abrite.
2. Mon locataire (le même mot désigne celui qui accueille et celui qui est accueilli).

le connaître. M. d'Artagnan est un jeune homme de dix-neuf à vingt ans à peine, et Monsieur en a trente au moins. M. d'Artagnan est dans les gardes de M. des Essarts, et Monsieur est dans la compagnie des mousquetaires de M. de Tréville : regardez l'uniforme, Monsieur le commissaire, regardez l'uniforme.

— C'est vrai, murmura le commissaire ; c'est pardieu vrai. »

En ce moment la porte s'ouvrit vivement, et un messager, introduit par un des guichetiers [1] de la Bastille, remit une lettre au commissaire.

« Oh ! la malheureuse ! s'écria le commissaire.

— Comment ? que dites-vous ? de qui parlez-vous ? Ce n'est pas de ma femme, j'espère !

— Au contraire, c'est d'elle. Votre affaire est bonne, allez.

— Ah çà ! s'écria le mercier exaspéré, faites-moi le plaisir de me dire, Monsieur, comment mon affaire à moi peut s'empirer de ce que fait ma femme pendant que je suis en prison !

— Parce que ce qu'elle fait est la suite d'un plan arrêté entre vous, plan infernal !

— Je vous jure, Monsieur le commissaire, que vous êtes dans la plus profonde erreur, que je ne sais rien au monde de ce que devait faire ma femme, que je suis entièrement étranger à ce qu'elle a fait, et que, si elle a fait des sottises, je la renie, je la démens, je la maudis.

— Ah çà ! dit Athos au commissaire, si vous n'avez plus besoin de moi ici, renvoyez-moi quelque part, il est très ennuyeux, votre Monsieur Bonacieux.

— Reconduisez les prisonniers dans leurs cachots, dit le commissaire en désignant d'un même geste Athos et Bonacieux, et qu'ils soient gardés plus sévèrement que jamais.

— Cependant, dit Athos avec son calme habituel, si

---

1. Gardien d'un guichet, portier.

c'est à M. d'Artagnan que vous avez affaire, je ne vois pas trop en quoi je puis le remplacer.

— Faites ce que j'ai dit ! s'écria le commissaire, et le secret le plus absolu ! Vous entendez ! »

Athos suivit ses gardes en levant les épaules, et M. Bonacieux en poussant des lamentations à fendre le cœur d'un tigre.

On ramena le mercier dans le même cachot où il avait passé la nuit, et l'on l'y laissa toute la journée. Toute la journée Bonacieux pleura comme un véritable mercier, n'étant pas du tout homme d'épée, il nous l'a dit lui-même.

Le soir, vers les neuf heures, au moment où il allait se décider à se mettre au lit, il entendit des pas dans son corridor. Ces pas se rapprochèrent de son cachot, sa porte s'ouvrit, des gardes parurent.

« Suivez-moi, dit un exempt [1] qui venait à la suite des gardes.

— Vous suivre ! s'écria Bonacieux ; vous suivre à cette heure-ci ! et où cela, mon Dieu ?

— Où nous avons l'ordre de vous conduire.

— Mais ce n'est pas une réponse, cela.

— C'est cependant la seule que nous puissions vous faire.

— Ah ! mon Dieu, mon Dieu, murmura le pauvre mercier, pour cette fois je suis perdu ! »

Et il suivit machinalement et sans résistance les gardes qui venaient le quérir.

Il prit le même corridor qu'il avait déjà pris, traversa une première cour, puis un second corps de logis ; enfin, à la porte de la cour d'entrée, il trouva une voiture entourée de quatre gardes à cheval. On le fit monter dans cette voiture, l'exempt se plaça près de lui, on ferma la portière à clef, et tous deux se trouvèrent dans une prison roulante.

La voiture se mit en mouvement, lente comme un char funèbre. A travers la grille cadenassée, le prison-

1. Officier de police.

nier apercevait les maisons et le pavé, voilà tout ; mais, en véritable Parisien qu'il était, Bonacieux reconnaissait chaque rue aux bornes, aux enseignes, aux réverbères. Au moment d'arriver à Saint-Paul, lieu où l'on exécutait les condamnés de la Bastille [1], il faillit s'évanouir et se signa deux fois. Il avait cru que la voiture devait s'arrêter là. La voiture passa cependant.

Plus loin, une grande terreur le prit encore, ce fut en côtoyant le cimetière Saint-Jean où on enterrait les criminels d'Etat. Une seule chose le rassura un peu, c'est qu'avant de les enterrer on leur coupait généralement la tête, et que sa tête à lui était encore sur ses épaules. Mais lorsqu'il vit que la voiture prenait la route de la Grève, qu'il aperçut les toits aigus de l'Hôtel de Ville, que la voiture s'engagea sous l'arcade, il crut que tout était fini pour lui, voulut se confesser à l'exempt, et, sur son refus, poussa des cris si pitoyables que l'exempt annonça que, s'il continuait à l'assourdir ainsi, il lui mettrait un bâillon.

Cette menace rassura quelque peu Bonacieux : si l'on eût dû l'exécuter en Grève, ce n'était pas la peine de le bâillonner, puisqu'on était presque arrivé au lieu de l'exécution. En effet, la voiture traversa la place

1. On trouve ici transposé et amplifié un épisode des *Mémoires* de La Porte concernant son séjour de 1637 à la Bastille, dont il fut tiré pour comparaître devant Richelieu : « Lorsque je fus descendu dans la basse-cour, je crus aller au supplice. Je demandai au lieutenant où il me menait ; il me répondit fort tristement qu'il n'en savait rien. Je crus d'abord en partant n'aller qu'au coin de Saint-Paul, où ordinairement on exécutait ceux qu'on tirait de la Bastille : quand nous eûmes passé cet endroit, j'eus peur du cimetière Saint-Jean, ensuite de la Grève, et enfin de la Croix-du-Tiroir. » — Les différents lieux évoqués ici sont tous sur le trajet entre la Bastille et le Palais-Cardinal, qui devint le Palais-Royal, — l'église Saint-Paul, aujourd'hui disparue, était la paroisse de la Bastille et son cimetière recevait les dépouilles de ceux qui y mouraient. Sur la place de Grève — notre place de l'Hôtel-de-Ville — on exécutait les criminels d'Etat, qu'on enterrait dans le cimetière de l'église de Saint-Jean-en-Grève, toute proche. A la Croix-du-Trahoir ou du Tiroir, carrefour de la rue Saint-Honoré et de la rue de l'Arbre-Sec, se trouvaient une croix de pierre et un gibet (l'arbre sec).

fatale sans s'arrêter. Il ne restait plus à craindre que la Croix-du-Trahoir : la voiture en prit justement le chemin.

Cette fois, il n'y avait plus de doute, c'était à la Croix-du-Trahoir qu'on exécutait les criminels subalternes. Bonacieux s'était flatté en se croyant digne de Saint-Paul ou de la place de Grève : c'était à la Croix-du-Trahoir qu'allaient finir son voyage et sa destinée ! Il ne pouvait voir encore cette malheureuse croix, mais il la sentait en quelque sorte venir au-devant de lui. Lorsqu'il n'en fut plus qu'à une vingtaine de pas, il entendit une rumeur, et la voiture s'arrêta. C'était plus que n'en pouvait supporter le pauvre Bonacieux, déjà écrasé par les émotions successives qu'il avait éprouvées ; il poussa un faible gémissement, qu'on eût pu prendre pour le dernier soupir d'un moribond, et il s'évanouit.

XIV

L'HOMME DE MEUNG

Ce rassemblement était produit non point par l'attente d'un homme qu'on devait pendre, mais par la contemplation d'un pendu.

La voiture, arrêtée un instant, reprit donc sa marche, traversa la foule, continua son chemin, enfila la rue Saint-Honoré, tourna la rue des Bons-Enfants [1] et s'arrêta devant une porte basse.

La porte s'ouvrit, deux gardes reçurent dans leurs bras Bonacieux, soutenu par l'exempt ; on le poussa dans une allée, on lui fit monter un escalier, et on le déposa dans une antichambre.

---

1. Cette rue, qui devait son nom à la présence d'un collège, longeait la face est du Palais-Cardinal et donnait accès à une porte latérale.

Tous ces mouvements s'étaient opérés pour lui d'une façon machinale.

Il avait marché comme on marche en rêve ; il avait entrevu les objets à travers un brouillard ; ses oreilles avaient perçu des sons sans les comprendre ; on eût pu l'exécuter dans ce moment qu'il n'eût pas fait un geste pour entreprendre sa défense, qu'il n'eût pas poussé un cri pour implorer la pitié.

Il resta donc ainsi sur la banquette, le dos appuyé au mur et les bras pendants, à l'endroit même où les gardes l'avaient déposé.

Cependant, comme, en regardant autour de lui, il ne voyait aucun objet menaçant, comme rien n'indiquait qu'il courût un danger réel, comme la banquette était convenablement rembourrée, comme la muraille était recouverte d'un beau cuir de Cordoue, comme de grands rideaux de damas rouge flottaient devant la fenêtre, retenus par des embrasses d'or [1], il comprit peu à peu que sa frayeur était exagérée, et il commença de remuer la tête à droite et à gauche et de bas en haut.

A ce mouvement, auquel personne ne s'opposa, il reprit un peu de courage et se risqua à ramener une jambe, puis l'autre ; enfin, en s'aidant de ses deux mains, il se souleva sur sa banquette et se trouva sur ses pieds.

En ce moment, un officier de bonne mine ouvrit une portière, continua d'échanger encore quelques paroles avec une personne qui se trouvait dans la pièce voisine, et se retournant vers le prisonnier :

« C'est vous qui vous nommez Bonacieux ? dit-il.

— Oui, Monsieur l'officier, balbutia le mercier, plus mort que vif, pour vous servir.

— Entrez », dit l'officier.

Et il s'effaça pour que le mercier pût passer. Celui-ci

---

1. La ville de Cordoue, en Andalousie, exportait des cuirs réputés. — Le *damas* est un riche tissu de soie monochrome, présentant des motifs à reflets produits par le tissage. — Les *embrasses* sont des liens pour attacher les rideaux en position ouverte.

obéit sans réplique, et entra dans la chambre où il paraissait être attendu.

C'était un grand cabinet, aux murailles garnies d'armes offensives et défensives, clos et étouffé, et dans lequel il y avait déjà du feu, quoique l'on fût à peine à la fin du mois de septembre. Une table carrée, couverte de livres et de papiers sur lesquels était déroulé un plan immense de la ville de La Rochelle, tenait le milieu de l'appartement.

Debout devant la cheminée était un homme de moyenne taille, à la mine haute et fière, aux yeux perçants, au front large, à la figure amaigrie qu'allongeait encore une royale [1] surmontée d'une paire de moustaches. Quoique cet homme eût trente-six à trente-sept ans à peine, cheveux, moustache et royale s'en allaient grisonnant. Cet homme, moins l'épée, avait toute la mine d'un homme de guerre, et ses bottes de buffle encore légèrement couvertes de poussière indiquaient qu'il avait monté à cheval dans la journée.

Cet homme, c'était Armand-Jean Duplessis, cardinal de Richelieu, non point tel qu'on nous le représente, cassé comme un vieillard, souffrant comme un martyr, le corps brisé, la voix éteinte, enterré dans un grand fauteuil comme dans une tombe anticipée, ne vivant plus que par la force de son génie, et ne soutenant plus la lutte avec l'Europe que par l'éternelle application de sa pensée ; mais tel qu'il était réellement à cette époque, c'est-à-dire adroit et galant [2] cavalier, faible de corps déjà, mais soutenu par cette puissance morale qui a fait de lui un des hommes les plus extraordinaires qui aient existé ; se préparant enfin, après avoir soutenu le duc de Nevers dans son duché de Mantoue, après avoir pris Nîmes,

1. Petite touffe de barbe sous la lèvre inférieure.
2. Elégant.

Castres et Uzès, à chasser les Anglais de l'île de Ré et à faire le siège de La Rochelle [1].

A la première vue, rien ne dénotait donc le cardinal, et il était impossible à ceux-là qui ne connaissaient point son visage de deviner devant qui ils se trouvaient.

Le pauvre mercier demeura debout à la porte, tandis que les yeux du personnage que nous venons de décrire se fixaient sur lui, et semblaient vouloir pénétrer jusqu'au fond du passé.

« C'est là ce Bonacieux ? demanda-t-il après un moment de silence.

— Oui, Monseigneur, reprit l'officier.

— C'est bien, donnez-moi ces papiers et laissez-nous. »

L'officier prit sur la table les papiers désignés, les remit à celui qui les demandait, s'inclina jusqu'à terre, et sortit.

Bonacieux reconnut dans ces papiers ses interrogatoires de la Bastille. De temps en temps, l'homme de la cheminée levait les yeux de dessus les écritures, et les plongeait comme deux poignards jusqu'au fond du cœur du pauvre mercier.

Au bout de dix minutes de lecture et dix secondes d'examen, le cardinal était fixé.

« Cette tête-là n'a jamais conspiré, murmura-t-il ; mais n'importe, voyons toujours.

— Vous êtes accusé de haute trahison, dit lentement le cardinal.

— C'est ce qu'on m'a déjà appris, Monseigneur, s'écria Bonacieux, donnant à son interrogateur le titre qu'il avait entendu l'officier lui donner ; mais je vous jure que je n'en savais rien. »

Le cardinal réprima un sourire.

« Vous avez conspiré avec votre femme, avec

---

1. Erreur de chronologie. Dumas intervertit ici les faits. La reprise de l'île de Ré (1627) et le siège de La Rochelle (1627-1628) sont antérieurs à l'expédition d'Italie et à la prise des dernières places protestantes de Nîmes, Castres et Uzès (1629).

Mme de Chevreuse et avec Milord duc de Buckingham.

— En effet, Monseigneur, répondit le mercier, je l'ai entendue prononcer tous ces noms-là.

— Et à quelle occasion ?

— Elle disait que le cardinal de Richelieu avait attiré le duc de Buckingham à Paris pour le perdre et pour perdre la reine avec lui.

— Elle disait cela ? s'écria le cardinal avec violence.

— Oui, Monseigneur ; mais moi je lui ai dit qu'elle avait tort de tenir de pareils propos, et que Son Eminence était incapable...

— Taisez-vous, vous êtes un imbécile, reprit le cardinal.

— C'est justement ce que ma femme m'a répondu, Monseigneur.

— Savez-vous qui a enlevé votre femme ?

— Non, Monseigneur.

— Vous avez des soupçons, cependant ?

— Oui, Monseigneur ; mais ces soupçons ont paru contrarier M. le commissaire, et je ne les ai plus.

— Votre femme s'est échappée, le saviez-vous ?

— Non, Monseigneur, je l'ai appris depuis que je suis en prison, et toujours par l'entremise de M. le commissaire, un homme bien aimable ! »

Le cardinal réprima un second sourire.

« Alors vous ignorez ce que votre femme est devenue depuis sa fuite ?

— Absolument, Monseigneur ; mais elle a dû rentrer au Louvre.

— A une heure du matin elle n'y était pas rentrée encore.

— Ah ! mon Dieu ! mais qu'est-elle devenue alors ?

— On le saura, soyez tranquille ; on ne cache rien au cardinal ; le cardinal sait tout.

— En ce cas, Monseigneur, est-ce que vous croyez que le cardinal consentira à me dire ce qu'est devenue ma femme ?

— Peut-être ; mais il faut d'abord que vous avouiez

tout ce que vous savez relativement aux relations de votre femme avec Mme de Chevreuse.

— Mais, Monseigneur, je n'en sais rien ; je ne l'ai jamais vue.

— Quand vous alliez chercher votre femme au Louvre, revenait-elle directement chez vous ?

— Presque jamais : elle avait affaire à des marchands de toile, chez lesquels je la conduisais.

— Et combien y en avait-il de marchands de toile ?

— Deux, Monseigneur.

— Où demeurent-ils ?

— Un, rue de Vaugirard ; l'autre, rue de La Harpe.

— Entriez-vous chez eux avec elle ?

— Jamais, Monseigneur ; je l'attendais à la porte.

— Et quel prétexte vous donnait-elle pour entrer ainsi toute seule ?

— Elle ne m'en donnait pas ; elle me disait d'attendre, et j'attendais.

— Vous êtes un mari complaisant, mon cher Monsieur Bonacieux ! » dit le cardinal.

« Il m'appelle son cher Monsieur ! dit en lui-même le mercier. Peste ! les affaires vont bien ! »

« Reconnaîtriez-vous ces portes ?

— Oui.

— Savez-vous les numéros [1] ?

— Oui.

— Quels sont-ils ?

— N° 25, dans la rue de Vaugirard ; n° 75, dans la rue de La Harpe.

— C'est bien » dit le cardinal.

A ces mots, il prit une sonnette d'argent, et sonna ; l'officier rentra.

« Allez, dit-il à demi-voix, me chercher Rochefort ; et qu'il vienne à l'instant même, s'il est rentré.

— Le comte est là, dit l'officier, il demande instamment à parler à Votre Eminence ! »

« A Votre Eminence ! murmura Bonacieux, qui

---

1. *Cf.* p. 232, n. 1.

savait que tel était le titre qu'on donnait d'ordinaire à M. le cardinal ;... à Votre Eminence ! »

« Qu'il vienne alors, qu'il vienne ! » dit vivement Richelieu.

L'officier s'élança hors de l'appartement, avec cette rapidité que mettaient d'ordinaire tous les serviteurs du cardinal à lui obéir.

« A Votre Eminence ! » murmurait Bonacieux en roulant des yeux égarés.

Cinq secondes ne s'étaient pas écoulées depuis la disparition de l'officier, que la porte s'ouvrit et qu'un nouveau personnage entra.

« C'est lui, s'écria Bonacieux.

— Qui lui ? demanda le cardinal.

— Celui qui m'a enlevé ma femme. »

Le cardinal sonna une seconde fois. L'officier reparut.

« Remettez cet homme aux mains de ses deux gardes, et qu'il attende que je le rappelle devant moi.

— Non, Monseigneur ! non, ce n'est pas lui ! s'écria Bonacieux ; non, je m'étais trompé : c'est un autre qui ne lui ressemble pas du tout ! Monsieur est un honnête homme.

— Emmenez cet imbécile ! » dit le cardinal.

L'officier prit Bonacieux sous le bras, et le reconduisit dans l'antichambre où il trouva ses deux gardes.

Le nouveau personnage qu'on venait d'introduire suivit des yeux avec impatience Bonacieux jusqu'à ce qu'il fût sorti, et dès que la porte se fut refermée sur lui :

« Ils se sont vus, dit-il en s'approchant vivement du cardinal.

— Qui ? demanda Son Eminence.

— Elle et lui.

— La reine et le duc ? s'écria Richelieu.

— Oui.

— Et où cela ?

— Au Louvre.

— Vous en êtes sûr ?

— Parfaitement sûr.

— Qui vous l'a dit ?

— Mme de Lannoy [1], qui est toute à Votre Eminence, comme vous le savez.

— Pourquoi ne l'a-t-elle pas dit plus tôt ?

— Soit hasard, soit défiance, la reine a fait coucher Mme de Fargis [2] dans sa chambre, et l'a gardée toute la journée.

— C'est bien, nous sommes battus. Tâchons de prendre notre revanche.

— Je vous y aiderai de toute mon âme, Monseigneur, soyez tranquille.

— Comment cela s'est-il passé ?

— A minuit et demi, la reine était avec ses femmes...

— Où cela ?

— Dans sa chambre à coucher...

— Bien.

— Lorsqu'on est venu lui remettre un mouchoir de la part de sa dame de lingerie...

— Après ?

— Aussitôt la reine a manifesté une grande émotion, et, malgré le rouge dont elle avait le visage couvert, elle a pâli.

— Après ! après !

— Cependant, elle s'est levée, et d'une voix altérée : « Mesdames, a-t-elle dit, attendez-moi dix minutes, puis je reviens. » Et elle a ouvert la porte de son alcôve, puis elle est sortie.

— Pourquoi Mme de Lannoy n'est-elle pas venue vous prévenir à l'instant même ?

— Rien n'était bien certain encore ; d'ailleurs, la

---

1. Charlotte de Villiers-Saint-Paul, dame de Lannoy, était la dame d'honneur choisie par Louis XIII pour surveiller la reine. Elle était « sage, vertueuse et âgée », dit Mme de Motteville.

2. Mme du Fargis, née Madeleine de Silly, également placée auprès d'Anne d'Autriche pour l'épier, avait pris le parti de celle-ci. La leçon *Surgis*, qui figure dans le *Siècle* et dans la première édition, est une coquille.

reine avait dit : « Mesdames, attendez-moi » ; et elle n'osait désobéir à la reine.

— Et combien de temps la reine est-elle restée hors de la chambre ?

— Trois quarts d'heure.

— Aucune de ses femmes ne l'accompagnait ?

— Doña Estefania seulement.

— Et elle est rentrée ensuite ?

— Oui, mais pour prendre un petit coffret de bois de rose à son chiffre, et sortir aussitôt.

— Et quand elle est rentrée, plus tard, a-t-elle rapporté le coffret ?

— Non.

— Mme de Lannoy savait-elle ce qu'il y avait dans ce coffret ?

— Oui : les ferrets [1] en diamants que Sa Majesté a donnés à la reine.

— Et elle est rentrée sans ce coffret ?

— Oui.

— L'opinion de Mme de Lannoy est qu'elle les a remis alors à Buckingham ?

— Elle en est sûre.

— Comment cela ?

— Pendant la journée, Mme de Lannoy, en sa qualité de dame d'atour de la reine, a cherché ce coffret, a paru inquiète de ne pas le trouver et a fini par en demander des nouvelles à la reine.

— Et alors, la reine... ?

— La reine est devenue fort rouge et a répondu qu'ayant brisé la veille un de ses ferrets, elle l'avait envoyé raccommoder chez son orfèvre.

— Il faut y passer et s'assurer si la chose est vraie ou non.

— J'y suis passé.

— Eh bien, l'orfèvre ?

— L'orfèvre n'a entendu parler de rien.

---

1. Sur les ferrets, *cf.* p. 160, n. 1.

— Bien ! bien ! Rochefort, tout n'est pas perdu, et peut-être... peut-être tout est-il pour le mieux !

— Le fait est que je ne doute pas que le génie de Votre Eminence...

— Ne répare les bêtises de mon agent, n'est-ce pas ?

— C'est justement ce que j'allais dire, si Votre Éminence m'avait laissé achever ma phrase.

— Maintenant, savez-vous où se cachaient la duchesse de Chevreuse et le duc de Buckingham ?

— Non, Monseigneur, mes gens n'ont pu rien me dire de positif là-dessus.

— Je le sais, moi.

— Vous, Monseigneur ?

— Oui, ou du moins je m'en doute. Ils se tenaient, l'un rue de Vaugirard, n° 25, et l'autre rue de La Harpe, n° 75.

— Votre Eminence veut-elle que je les fasse arrêter tous deux ?

— Il sera trop tard, ils seront partis.

— N'importe, on peut s'en assurer.

— Prenez dix hommes de mes gardes, et fouillez les deux maisons.

— J'y vais, Monseigneur. »

Et Rochefort s'élança hors de l'appartement.

Le cardinal, resté seul, réfléchit un instant et sonna une troisième fois.

Le même officier reparut.

« Faites entrer le prisonnier », dit le cardinal.

Maître Bonacieux fut introduit de nouveau, et, sur un signe du cardinal, l'officier se retira.

« Vous m'avez trompé, dit sévèrement le cardinal.

— Moi, s'écria Bonacieux, moi, tromper Votre Eminence !

— Votre femme, en allant rue de Vaugirard et rue de La Harpe, n'allait pas chez des marchands de toile.

— Et où allait-elle, juste Dieu ?

— Elle allait chez la duchesse de Chevreuse et chez le duc de Buckingham.

— Oui, dit Bonacieux rappelant tous ses souvenirs ; oui, c'est cela, Votre Eminence a raison. J'ai dit plusieurs fois à ma femme qu'il était étonnant que des marchands de toile demeurassent dans des maisons pareilles, dans des maisons qui n'avaient pas d'enseignes, et chaque fois ma femme s'est mise à rire. Ah ! Monseigneur, continua Bonacieux en se jetant aux pieds de l' Éminence, ah ! que vous êtes bien le cardinal, le grand cardinal, l'homme de génie que tout le monde révère. »

Le cardinal, tout médiocre qu'était le triomphe remporté sur un être aussi vulgaire que l'était Bonacieux, n'en jouit pas moins un instant ; puis, presque aussitôt, comme si une nouvelle pensée se présentait à son esprit, un sourire plissa ses lèvres, et tendant la main au mercier :

« Relevez-vous, mon ami, lui dit-il, vous êtes un brave homme.

— Le cardinal m'a touché la main ! j'ai touché la main du grand homme ! s'écria Bonacieux ; le grand homme m'a appelé son ami !

— Oui, mon ami ; oui ! dit le cardinal avec ce ton paterne qu'il savait prendre quelquefois, mais qui ne trompait que les gens qui ne le connaissaient pas ; et comme on vous a soupçonné injustement, eh bien ! il vous faut une indemnité : tenez ! prenez ce sac de cent pistoles, et pardonnez-moi.

— Que je vous pardonne, Monseigneur ! dit Bonacieux hésitant à prendre le sac, craignant sans doute que ce prétendu don ne fût qu'une plaisanterie. Mais vous étiez bien libre de me faire arrêter, vous êtes bien libre de me faire torturer, vous êtes bien libre de me faire pendre : vous êtes le maître, et je n'aurais pas eu le plus petit mot à dire. Vous pardonner, Monseigneur ! Allons donc, vous n'y pensez pas !

— Ah ! mon cher Monsieur Bonacieux ! vous y mettez de la générosité, je le vois, et je vous en remercie. Ainsi donc, vous prenez ce sac, et vous vous en allez sans être trop mécontent ?

— Je m'en vais enchanté, Monseigneur.

— Adieu donc, ou plutôt au revoir, car j'espère que nous nous reverrons.

— Tant que Monseigneur voudra, et je suis bien aux ordres de Son Éminence.

— Ce sera souvent, soyez tranquille, car j'ai trouvé un charme extrême à votre conversation.

— Oh ! Monseigneur !

— Au revoir, Monsieur Bonacieux, au revoir. »

Et le cardinal lui fit un signe de la main, auquel Bonacieux répondit en s'inclinant jusqu'à terre ; puis il sortit à reculons, et quand il fut dans l'antichambre, le cardinal l'entendit qui, dans son enthousiasme, criait à tue-tête : « Vive Monseigneur ! vive Son Éminence ! vive le grand cardinal ! » Le cardinal écouta en souriant cette brillante manifestation des sentiments enthousiastes de maître Bonacieux ; puis, quand les cris de Bonacieux se furent perdus dans l'éloignement :

« Bien, dit-il, voici désormais un homme qui se fera tuer pour moi. »

Et le cardinal se mit à examiner avec la plus grande attention la carte de La Rochelle qui, ainsi que nous l'avons dit, était étendue sur son bureau, traçant avec un crayon la ligne où devait passer la fameuse digue qui, dix-huit mois plus tard, fermait le port de la cité assiégée [1].

Comme il en était au plus profond de ses méditations stratégiques, la porte se rouvrit, et Rochefort rentra.

« Eh bien ? dit vivement le cardinal en se levant avec une promptitude qui prouvait le degré d'importance qu'il attachait à la commission dont il avait chargé le comte.

— Eh bien ! dit celui-ci, une jeune femme de vingt-six à vingt-huit ans et un homme de trente-cinq à quarante ans ont logé effectivement, l'un quatre jours et l'autre cinq, dans les maisons indiquées par Votre

---

1. *Cf. Notice historique.*

Eminence : mais la femme est partie cette nuit, et l'homme ce matin.

— C'étaient eux ! s'écria le cardinal, qui regardait à la pendule ; et maintenant, continua-t-il, il est trop tard pour faire courir après : la duchesse est à Tours, et le duc à Boulogne. C'est à Londres qu'il faut les rejoindre.

— Quels sont les ordres de Votre Eminence ?

— Pas un mot de ce qui s'est passé ; que la reine reste dans une sécurité parfaite ; qu'elle ignore que nous savons son secret ; qu'elle croie que nous sommes à la recherche d'une conspiration quelconque. Envoyez-moi le garde des sceaux Séguier [1].

— Et cet homme, qu'en a fait Votre Eminence ?

— Quel homme ? demanda le cardinal.

— Ce Bonacieux ?

— J'en ai fait tout ce qu'on pouvait en faire. J'en ai fait l'espion de sa femme. »

Le comte de Rochefort s'inclina en homme qui reconnaît la grande supériorité du maître, et se retira.

Resté seul, le cardinal s'assit de nouveau, écrivit une lettre qu'il cacheta de son sceau particulier, puis il sonna. L'officier entra pour la quatrième fois.

« Faites-moi venir Vitray [2], dit-il, et dites-lui de s'apprêter pour un voyage. »

Un instant après, l'homme qu'il avait demandé était debout devant lui, tout botté et tout éperonné.

« Vitray, dit-il, vous allez partir tout courant pour Londres. Vous ne vous arrêterez pas un instant en route. Vous remettrez cette lettre à Milady. Voici un bon de deux cents pistoles, passez chez mon trésorier et faites-vous payer. Il y en a autant à toucher si vous êtes ici de retour dans six jours et si vous avez bien fait ma commission. »

1. Pierre Séguier (1588-1672) ne devint garde des Sceaux qu'en 1633 et chancelier en 1635.
2. Un nommé Vitray apparaît comme serviteur de Richelieu dans les *Historiettes* de Tallemant des Réaux.

Le messager, sans répondre un seul mot, s'inclina, prit la lettre, le bon de deux cents pistoles, et sortit.

Voici ce que contenait la lettre :

—« Milady,

« Trouvez-vous au premier bal où se trouvera le duc de Buckingham. Il aura à son pourpoint douze ferrets de diamants, approchez-vous de lui et coupez-en deux.

« Aussitôt que ces ferrets seront en votre possession, prévenez-moi. [1] »

XV

GENS DE ROBE ET GENS D'ÉPÉE

Le lendemain du jour où ces événements étaient arrivés, Athos n'ayant point reparu, M. de Tréville avait été prévenu par d'Artagnan et par Porthos de sa disparition.

Quant à Aramis, il avait demandé un congé de cinq jours, et il était à Rouen, disait-on, pour affaires de famille.

M. de Tréville était le père de ses soldats. Le moindre et le plus inconnu d'entre eux, dès qu'il portait l'uniforme de la compagnie, était aussi certain de son aide et de son appui qu'aurait pu l'être son frère lui-même.

Il se rendit donc à l'instant chez le lieutenant criminel. On fit venir l'officier qui commandait le poste de la Croix-Rouge, et les renseignements successifs

1. Sur les sources de cet épisode, *cf. Introduction* et *Répertoire des personnages* (article Milady).

apprirent qu'Athos était momentanément logé au
For-l'Evêque [1].

Athos avait passé par toutes les épreuves que nous
avons vu Bonacieux subir.

Nous avons assisté à la scène de confrontation
entre les deux captifs. Athos, qui n'avait rien dit
jusque-là de peur que d'Artagnan, inquiété à son tour,
n'eût point le temps qu'il lui fallait, Athos déclara, à
partir de ce moment, qu'il se nommait Athos et non
d'Artagnan.

Il ajouta qu'il ne connaissait ni Monsieur, ni
Madame Bonacieux, qu'il n'avait jamais parlé ni à
l'un, ni à l'autre ; qu'il était venu vers les dix heures du
soir pour faire visite à M. d'Artagnan, son ami, mais
que jusqu'à cette heure il était resté chez M. de Tréville, où il avait dîné ; vingt témoins, ajouta-t-il, pouvaient attester le fait, et il nomma plusieurs gentilshommes distingués, entre autres M. le duc de La
Trémouille.

Le second commissaire fut aussi étourdi que le
premier de la déclaration simple et ferme de ce mousquetaire, sur lequel il aurait bien voulu prendre la
revanche que les gens de robe aiment tant à gagner
sur les gens d'épée [2] ; mais le nom de M. de Tréville et
celui de M. le duc de La Trémouille méritaient
réflexion.

Athos fut aussi envoyé au cardinal, mais malheureusement le cardinal était au Louvre chez le roi.

C'était précisément le moment où M. de Tréville,
sortant de chez le lieutenant criminel et de chez le
gouverneur du For-l' Évêque, sans avoir pu trouver
Athos, arriva chez Sa Majesté.

Comme capitaine des mousquetaires, M. de Tréville avait à toute heure ses entrées chez le roi.

On sait quelles étaient les préventions du roi contre
la reine, préventions habilement entretenues par le
cardinal, qui, en fait d'intrigues, se défiait infiniment

1. *Cf.* p. 215, n. 1.
2. *Cf.* p. 158, n. 2.

plus des femmes que des hommes. Une des grandes causes surtout de cette prévention était l'amitié d'Anne d'Autriche pour Mme de Chevreuse. Ces deux femmes l'inquiétaient plus que les guerres avec l'Espagne, les démêlés avec l'Angleterre et l'embarras des finances. A ses yeux et dans sa conviction, Mme de Chevreuse servait la reine non seulement dans ses intrigues politiques, mais, ce qui le tourmentait bien plus encore, dans ses intrigues amoureuses.

Au premier mot de ce qu'avait dit M. le cardinal, que Mme de Chevreuse, exilée à Tours [1] et qu'on croyait dans cette ville, était venue à Paris et, pendant cinq jours qu'elle y était restée, avait dépisté la police, le roi était entré dans une furieuse colère. Capricieux et infidèle, le roi voulait être appelé *Louis le Juste* et *Louis le Chaste*. La postérité comprendra difficilement ce caractère, que l'histoire n'explique que par des faits et jamais par des raisonnements.

Mais lorsque le cardinal ajouta que non seulement Mme de Chevreuse était venue à Paris, mais encore que la reine avait renoué avec elle à l'aide d'une de ces correspondances [2] mystérieuses qu'à cette époque on nommait une cabale ; lorsqu'il affirma que lui, le cardinal, allait démêler les fils les plus obscurs de cette intrigue, quand, au moment d'arrêter sur le fait, en flagrant délit, nanti de toutes les preuves, l'émissaire de la reine près de l'exilée, un mousquetaire avait osé interrompre violemment le cours de la justice en tombant, l'épée à la main, sur d'honnêtes gens de loi chargés d'examiner avec impartialité toute l'affaire pour la mettre sous les yeux du roi, — Louis XIII ne se contint plus, il fit un pas vers l'appartement de la reine avec cette pâle et muette indigna-

---

1. En fait Mme de Chevreuse, exilée en Poitou après la conspiration de Chalais, s'était réfugiée en Lorraine. Ce n'est que plus tard, en 1632, qu'elle sera reléguée à Tours. Mais Dumas l'y fixe déjà, pour plus de commodité, et seul les lecteurs très avertis peuvent remarquer cette entorse à l'histoire.
2. *Correspondance* : rapports, relations.

tion qui, lorsqu'elle éclatait, conduisait ce prince jusqu'à la plus froide cruauté.

Et cependant, dans tout cela, le cardinal n'avait pas encore dit un mot du duc de Buckingham.

Ce fut alors que M. de Tréville entra, froid, poli et dans une tenue irréprochable.

Averti de ce qui venait de se passer par la présence du cardinal et par l'altération de la figure du roi, M. de Tréville se sentit fort comme Samson devant les Philistins [1].

Louis XIII mettait déjà la main sur le bouton de la porte ; au bruit que fit M. de Tréville en entrant, il se retourna.

« Vous arrivez bien, Monsieur, dit le roi, qui, lorsque ses passions étaient montées à un certain point, ne savait pas dissimuler, et j'en apprends de belles sur le compte de vos mousquetaires.

— Et moi, dit froidement M. de Tréville, j'en ai de belles à apprendre à Votre Majesté sur ses gens de robe.

— Plaît-il ? dit le roi avec hauteur.

— J'ai l'honneur d'apprendre à Votre Majesté, continua M. de Tréville du même ton, qu'un parti [2] de procureurs, de commissaires et de gens de police, gens fort estimables mais fort acharnés, à ce qu'il paraît, contre l'uniforme, s'est permis d'arrêter dans une maison, d'emmener en pleine rue et de jeter au For-l'Evêque, tout cela sur un ordre que l'on a refusé de me représenter [3], un de mes mousquetaires, ou plutôt des vôtres, Sire, d'une conduite irréprochable, d'une réputation presque illustre, et que Votre Majesté connaît favorablement, M. Athos.

---

1. Samson, héros biblique d'une force exceptionnelle, ignorant la peur, anima la résistance des Hébreux contre les Philistins (Ancien Testament, *Juges*, XIV-XVI).
2. Un *parti* (terme militaire) : une troupe de gens de guerre détachés des autres.
3. De me faire voir...

— Athos, dit le roi machinalement ; oui, au fait, je connais ce nom.

— Que Votre Majesté se le rappelle, dit M. de Tréville ; M. Athos est ce mousquetaire qui, dans le fâcheux duel que vous savez, a eu le malheur de blesser grièvement M. de Cahusac. — A propos, Monseigneur, continua Tréville en s'adressant au cardinal, M. de Cahusac est tout à fait rétabli, n'est-ce pas ?

— Merci ! dit le cardinal en se pinçant les lèvres de colère.

— M. Athos était donc allé rendre visite à l'un de ses amis alors absent, continua M. de Tréville, à un jeune Béarnais, cadet aux gardes de Sa Majesté, compagnie des Essarts ; mais à peine venait-il de s'installer chez son ami et de prendre un livre en l'attendant, qu'une nuée de recors [1] et de soldats mêlés ensemble vint faire le siège de la maison, enfonça plusieurs portes... »

Le cardinal fit au roi un signe qui signifiait : « C'est pour l'affaire dont je vous ai parlé. »

— Nous savons tout cela, répliqua le roi, car tout cela s'est fait pour notre service.

— Alors, dit Tréville, c'est aussi pour le service de Votre Majesté qu'on a saisi un de mes mousquetaires innocent, qu'on l'a placé entre deux gardes comme un malfaiteur, et qu'on a promené au milieu d'une populace insolente ce galant homme, qui a versé dix fois son sang pour le service de Votre Majesté et qui est prêt à le répandre encore.

— Bah ! dit le roi ébranlé, les choses se sont passées ainsi ?

— M. de Tréville ne dit pas, reprit le cardinal avec le plus grand flegme, que ce mousquetaire innocent, que ce galant homme venait, une heure auparavant, de frapper à coups d'épée quatre commissaires instructeurs délégués par moi afin d'instruire une affaire de la plus haute importance.

1. *Cf.* p. 186, n. 2.

— Je défie Votre Eminence de le prouver, s'écria M. de Tréville avec sa franchise toute gasconne et sa rudesse toute militaire, car, une heure auparavant, M. Athos, qui, je le confierai à Votre Majesté, est un homme de la plus haute qualité [1], me faisait l'honneur, après avoir dîné chez moi, de causer dans le salon de mon hôtel avec M. le duc de La Trémouille et M. le comte de Châlus [2], qui s'y trouvaient. »

Le roi regarda le cardinal.

« Un procès-verbal fait foi, dit le cardinal répondant tout haut à l'interrogation muette de Sa Majesté, et les gens maltraités ont dressé le suivant, que j'ai l'honneur de présenter à Votre Majesté.

— Procès-verbal de gens de robe vaut-il la parole d'honneur, répondit fièrement Tréville, d'homme d'épée ?

— Allons, allons, Tréville, taisez-vous, dit le roi.

— Si Son Eminence a quelque soupçon contre un de mes mousquetaires, dit Tréville, la justice de M. le cardinal est assez connue pour que je demande moi-même une enquête.

— Dans la maison où cette descente de justice a été faite, continua le cardinal impassible, loge, je crois, un Béarnais ami du mousquetaire.

— Votre Eminence veut parler de M. d'Artagnan ?

— Je veux parler d'un jeune homme que vous protégez, Monsieur de Tréville.

— Oui, Votre Eminence, c'est cela même.

— Ne soupçonnez-vous pas ce jeune homme d'avoir donné de mauvais conseils...

— A M. Athos, à un homme qui a le double de son âge ? interrompit M. de Tréville ; non, Monseigneur. D'ailleurs, M. d'Artagnan a passé la soirée chez moi.

— Ah çà, dit le cardinal, tout le monde a donc passé la soirée chez vous ?

— Son Eminence douterait-elle de ma parole ? dit Tréville, le rouge de la colère au front.

---

1. *Qualité* : noblesse.
2. Personnage non identifié.

— Non, Dieu m'en garde ! dit le cardinal ; mais, seulement, à quelle heure était-il chez vous ?

— Oh ! cela je puis le dire sciemment à Votre Eminence, car, comme il entrait, je remarquai qu'il était neuf heures et demie à la pendule, quoique j'eusse cru qu'il était plus tard.

— Et à quelle heure est-il sorti de votre hôtel ?

— A dix heures et demie : une heure après l'événement.

— Mais, enfin, répondit le cardinal, qui ne soupçonnait pas un instant la loyauté de Tréville, et qui sentait que la victoire lui échappait, mais, enfin, Athos a été pris dans cette maison de la rue des Fossoyeurs.

— Est-il défendu à un ami de visiter un ami ? à un mousquetaire de ma compagnie de fraterniser avec un garde de la compagnie de M. des Essarts ?

— Oui, quand la maison où il fraternise avec cet ami est suspecte.

— C'est que cette maison est suspecte, Tréville, dit le roi ; peut-être ne le saviez-vous pas ?

— En effet, Sire, je l'ignorais. En tout cas, elle peut être suspecte partout ; mais je nie qu'elle le soit dans la partie qu'habite M. d'Artagnan ; car je puis vous affirmer, Sire, que, si j'en crois ce qu'il a dit, il n'existe pas un plus dévoué serviteur de Sa Majesté, un admirateur plus profond de M. le cardinal.

— N'est-ce pas ce d'Artagnan qui a blessé un jour Jussac dans cette malheureuse rencontre qui a eu lieu près du couvent des Carmes-Déchaussés ? demanda le roi en regardant le cardinal, qui rougit de dépit.

— Et le lendemain, Bernajoux. Oui, Sire, oui, c'est bien cela, et Votre Majesté a bonne mémoire.

— Allons, que résolvons-nous ? dit le roi.

— Cela regarde Votre Majesté plus que moi, dit le cardinal. J'affirmerais la culpabilité.

— Et moi je la nie, dit Tréville. Mais Sa Majesté a des juges, et ses juges décideront.

— C'est cela, dit le roi, renvoyons la cause devant les juges : c'est leur affaire de juger, et ils jugeront.

— Seulement, reprit Tréville, il est bien triste qu'en ce temps malheureux où nous sommes, la vie la plus pure, la vertu la plus incontestable n'exemptent pas un homme de l'infamie et de la persécution. Aussi l'armée sera-t-elle peu contente, je puis en répondre, d'être en butte à des traitements rigoureux à propos d'affaires de police. »

Le mot était imprudent ; mais M. de Tréville l'avait lancé avec connaissance de cause. Il voulait une explosion, parce qu'en cela la mine [1] fait du feu, et que le feu éclaire.

« Affaires de police ! s'écria le roi, relevant les paroles de M. de Tréville : affaires de police ! et qu'en savez-vous, Monsieur ? Mêlez-vous de vos mousquetaires, et ne me rompez pas la tête. Il semble, à vous entendre, que, si par malheur on arrête un mousquetaire, la France est en danger. Eh ! que de bruit pour un mousquetaire ! j'en ferai arrêter dix, ventrebleu ! cent, même ; toute la compagnie ! et je ne veux pas que l'on souffle mot.

— Du moment où ils sont suspects à Votre Majesté, dit Tréville, les mousquetaires sont coupables ; aussi, me voyez-vous, Sire, prêt à vous rendre mon épée ; car, après avoir accusé mes soldats, M. le cardinal, je n'en doute pas, finira par m'accuser moi-même ; ainsi mieux vaut que je me constitue prisonnier avec M. Athos, qui est arrêté déjà, et M. d'Artagnan, qu'on va arrêter sans doute.

— Tête gasconne, en finirez-vous ? dit le roi.

— Sire, répondit Tréville sans baisser le moindrement la voix, ordonnez qu'on me rende mon mousquetaire, ou qu'il soit jugé.

— On le jugera, dit le cardinal.

— Eh bien, tant mieux ; car, dans ce cas, je demanderai à Sa Majesté la permission de plaider pour lui. »

Le roi craignit un éclat.

---

1. Charge explosive utilisée dans les sièges pour faire sauter les murailles, évoquée ici métaphoriquement.

« Si Son Eminence, dit-il, n'avait pas personnellement des motifs... »

Le cardinal vit venir le roi, et alla au-devant de lui :

« Pardon, dit-il, mais du moment où Votre Majesté voit en moi un juge prévenu [1], je me retire.

— Voyons, dit le roi, me jurez-vous, par mon père, que M. Athos était chez vous pendant l'événement, et qu'il n'y a point pris part ?

— Par votre glorieux père et par vous-même, qui êtes ce que j'aime et ce que je vénère le plus au monde, je le jure !

— Veuillez réfléchir, Sire, dit le cardinal. Si nous relâchons ainsi le prisonnier, on ne pourra plus connaître la vérité.

— M. Athos sera toujours là, reprit M. de Tréville, prêt à répondre quand il plaira aux gens de robe de l'interroger. Il ne désertera pas, Monsieur le cardinal ; soyez tranquille, je réponds de lui, moi.

— Au fait, il ne désertera pas, dit le roi ; on le retrouvera toujours, comme dit M. de Tréville. D'ailleurs, ajouta-t-il en baissant la voix et en regardant d'un air suppliant Son Eminence, donnons-leur de la sécurité [2] : cela est politique. »

Cette politique de Louis XIII fit sourire Richelieu.

« Ordonnez, Sire, dit-il, vous avez le droit de grâce.

— Le droit de grâce ne s'applique qu'aux coupables, dit Tréville, qui voulait avoir le dernier mot, et mon mousquetaire est innocent. Ce n'est donc pas grâce que vous allez faire, Sire, c'est justice.

— Et il est au For-l'Evêque ? dit le roi.

— Oui, Sire, et au secret, dans un cachot, comme le dernier des criminels.

— Diable ! diable ! murmura le roi, que faut-il faire ?

— Signer l'ordre de mise en liberté, et tout sera dit,

1. Rempli de préventions défavorables.
2. *Donner de la sécurité* à une personne soupçonnée, c'est lui donner l'impression qu'elle ne l'est pas, pour la pousser à commettre des imprudences.

reprit le cardinal ; je crois, comme Votre Majesté, que la garantie de M. de Tréville est plus que suffisante. »

Tréville s'inclina respectueusement avec une joie qui n'était pas sans mélange de crainte ; il eût préféré une résistance opiniâtre du cardinal à cette soudaine facilité.

Le roi signa l'ordre d'élargissement, et Tréville l'emporta sans retard.

Au moment où il allait sortir, le cardinal lui fit un sourire amical, et dit au roi :

« Une bonne harmonie règne entre les chefs et les soldats, dans vos mousquetaires, Sire ; voilà qui est bien profitable au service et bien honorable pour tous. »

« Il me jouera quelque mauvais tour incessamment, se disait Tréville ; on n'a jamais le dernier mot avec un pareil homme. Mais hâtons-nous, car le roi peut changer d'avis tout à l'heure ; et au bout du compte, il est plus difficile de remettre à la Bastille ou au For-l'Evêque un homme qui en est sorti, que d'y garder un prisonnier qu'on y tient. »

M. de Tréville fit triomphalement son entrée au For-l'Evêque, où il délivra le mousquetaire, que sa paisible indifférence n'avait pas abandonné.

Puis, la première fois qu'il revit d'Artagnan :

« Vous l'échappez belle, lui dit-il ; voilà votre coup d'épée à Jussac payé. Reste bien encore celui de Bernajoux, mais il ne faudrait pas trop vous y fier. »

Au reste, M. de Tréville avait raison de se défier du cardinal et de penser que tout n'était pas fini, car à peine le capitaine des mousquetaires eut-il fermé la porte derrière lui, que Son Eminence dit au roi :

« Maintenant que nous ne sommes plus que nous deux, nous allons causer sérieusement, s'il plaît à Votre Majesté. Sire, M. de Buckingham était à Paris depuis cinq jours et n'en est parti que ce matin. »

XVI

OÙ M. LE GARDE DES SCEAUX SÉGUIER CHERCHA PLUS D'UNE FOIS LA CLOCHE POUR LA SONNER, COMME IL LE FAISAIT AUTREFOIS [1]

Il est impossible de se faire une idée de l'impression que ces quelques mots produisirent sur Louis XIII. Il rougit et pâlit successivement ; et le cardinal vit tout d'abord [2] qu'il venait de conquérir d'un seul coup tout le terrain qu'il avait perdu.

« M. de Buckingham à Paris ! s'écria-t-il, et qu'y vient-il faire ?

— Sans doute conspirer avec nos ennemis les huguenots et les Espagnols.

— Non, pardieu, non ! conspirer contre mon honneur avec Mme de Chevreuse, Mme de Longueville et les Condé [3] !

— Oh ! Sire, quelle idée ! La reine est trop sage, et surtout aime trop Votre Majesté.

— La femme est faible, Monsieur le cardinal, dit le roi ; et quant à m'aimer beaucoup, j'ai mon opinion faite sur cet amour.

— Je n'en maintiens pas moins, dit le cardinal, que le duc de Buckingham est venu à Paris pour un projet tout politique.

— Et moi je suis sûr qu'il est venu pour autre

---

1. Dans cet épisode, Dumas rapporte à l'année 1626, en les transposant, des faits qui se sont produits réellement en 1637 (*cf. Notice historique*). — L'anecdote de la cloche, qui fournit le titre et qui est contée dans le corps du chapitre, est tirée des pseudo-*Mémoires* de d'Artagnan (p. 230 de l'édition princeps).

2. *D'abord* : immédiatement (sens usuel au XVIIᵉ siècle).

3. Inadvertance de Dumas. Si Mme de Chevreuse poussait en effet la reine à s'émanciper, le duc Henri de Condé et son frère s'en tenaient aux complots politiques. Quant à la duchesse de Longueville, il ne peut s'agir ni de celle qui portait alors ce titre et ne joua aucun rôle d'aucune sorte, ni de sa bru, fille du prince de Condé, qui sera l'héroïne de la Fronde, mais n'avait alors que huit ans.

chose, Monsieur le cardinal ; mais si la reine est coupable, qu'elle tremble !

— Au fait, dit le cardinal, quelque répugnance que j'aie à arrêter mon esprit sur une pareille trahison, Votre Majesté m'y fait penser : Mme de Lannoy [1], que, d'après l'ordre de Votre Majesté, j'ai interrogée plusieurs fois, m'a dit ce matin que la nuit avant celle-ci Sa Majesté avait veillé fort tard, que ce matin elle avait beaucoup pleuré et que toute la journée elle avait écrit.

— C'est cela, dit le roi ; à lui sans doute. Cardinal, il me faut les papiers de la reine.

— Mais comment les prendre, Sire ? Il me semble que ce n'est ni moi, ni Votre Majesté qui pouvons nous charger d'une pareille mission.

— Comment s'y est-on pris pour la maréchale d'Ancre [2] ? s'écria le roi au plus haut degré de la colère ; on a fouillé ses armoires, et enfin on l'a fouillée elle-même.

— La maréchale d'Ancre n'était que la maréchale d'Ancre, une aventurière florentine, Sire, voilà tout ; tandis que l'auguste épouse de Votre Majesté est Anne d'Autriche, reine de France, c'est-à-dire une des plus grandes princesses du monde.

— Elle n'en est que plus coupable, Monsieur le duc ! Plus elle a oublié la haute position où elle était placée, plus elle est bas descendue. Il y a longtemps d'ailleurs que je suis décidé à en finir avec toutes ces petites intrigues de politique et d'amour. Elle a aussi près d'elle un certain La Porte...

1. *Cf.* p. 248, n. 1.
2. Après la mise à mort de Concini, maréchal d'Ancre, on perquisitionna dans les appartements de sa femme, Leonora Galigaï. Pour sauver ses bijoux elle les avait enfouis dans son lit, puis s'était déshabillée et couchée, se disant malade. Mais l'exempt, sans égard pour sa pudeur, l'en avait tirée brutalement. L'anecdote est contée dans la *Relation exacte de tout ce qui s'est passé à la mort du maréchal d'Ancre*, par le duc de Chaulnes, mais Dumas dut la connaître par une autre source.

— Que je crois la cheville ouvrière [1] de tout cela, je l'avoue, dit le cardinal.

— Vous pensez donc, comme moi, qu'elle me trompe ? dit le roi.

— Je crois, et je le répète à Votre Majesté, que la reine conspire contre la puissance de son roi, mais je n'ai point dit contre son honneur.

— Et moi je vous dis contre tous deux ; moi je vous dis que la reine ne m'aime pas ; je vous dis qu'elle en aime un autre ; je vous dis qu'elle aime cet infâme duc de Buckingham ! Pourquoi ne l'avez-vous pas fait arrêter pendant qu'il était à Paris ?

— Arrêter le duc ! arrêter le premier ministre du roi Charles Ier ! Y pensez-vous, Sire ? Quel éclat ! et si alors les soupçons de Votre Majesté, ce dont je continue à douter, avaient quelque consistance, quel éclat terrible ! quel scandale désespérant !

— Mais puisqu'il s'exposait comme un vagabond et un larronneur [2], il fallait... »

Louis XIII s'arrêta lui-même, effrayé de ce qu'il allait dire, tandis que Richelieu. allongeant le cou, attendait inutilement la parole qui était restée sur les lèvres du roi.

« Il fallait ?

— Rien, dit le roi, rien. Mais, pendant tout le temps qu'il a été à Paris, vous ne l'avez pas perdu de vue ?

— Non, Sire.

— Où logeait-il ?

— Rue de La Harpe, n° 75.

— Où est-ce, cela ?

— Du côté du Luxembourg.

— Et vous êtes sûr que la reine et lui ne se sont pas vus ?

— Je crois la reine trop attachée à ses devoirs, Sire.

— Mais ils ont correspondu, c'est à lui que la reine a écrit toute la journée ; Monsieur le duc, il me faut ces lettres !

---

1. Le principal organisateur.
2. Mot forgé par Dumas sur *larron* : voleur.

— Sire, cependant...

— Monsieur le duc, à quelque prix que ce soit, je les veux.

— Je ferai pourtant observer à Votre Majesté...

— Me trahissez-vous donc aussi, Monsieur le cardinal, pour vous opposer toujours ainsi à mes volontés ? Êtes-vous aussi d'accord avec l'Espagnol et avec l'Anglais, avec Mme de Chevreuse et avec la reine ?

— Sire, répondit en soupirant le cardinal, je croyais être à l'abri d'un pareil soupçon.

— Monsieur le cardinal, vous m'avez entendu ; je veux ces lettres.

— Il n'y aurait qu'un moyen.

— Lequel ?

— Ce serait de charger de cette mission M. le garde des sceaux Séguier [1]. La chose rentre complètement dans les devoirs de sa charge.

— Qu'on l'envoie chercher à l'instant même !

— Il doit être chez moi, Sire ; je l'avais fait prier de passer, et lorsque je suis venu au Louvre, j'ai laissé l'ordre, s'il se présentait, de le faire attendre.

— Qu'on aille le chercher à l'instant même !

— Les ordres de Votre Majesté seront exécutés ; mais...

— Mais quoi ?

— Mais la reine se refusera peut-être à obéir.

— A mes ordres ?

— Oui, si elle ignore que ces ordres viennent du roi.

— Eh bien ! pour qu'elle n'en doute pas, je vais la prévenir moi-même.

— Votre Majesté n'oubliera pas que j'ai fait tout ce que j'ai pu pour prévenir une rupture.

— Oui, duc, je sais que vous êtes fort indulgent pour la reine, trop indulgent peut-être ; et nous aurons, je vous en préviens, à parler plus tard de cela.

— Quand il plaira à Votre Majesté ; mais je serai

1. Sur Séguier, *cf. Répertoire des personnages.*

toujours heureux et fier, Sire, de me sacrifier à la bonne harmonie que je désire voir régner entre vous et la reine de France.

— Bien, cardinal, bien ; mais en attendant envoyez chercher M. le garde des sceaux ; moi, j'entre chez la reine. »

Et Louis XIII, ouvrant la porte de communication, s'engagea dans le corridor qui conduisait de chez lui chez Anne d'Autriche.

La reine était au milieu de ses femmes, Mme de Guitaut, Mme de Sablé, Mme de Montbazon et Mme de Guéménée [1]. Dans un coin était cette camériste [2] espagnole doña Estefania, qui l'avait suivie de Madrid. Mme de Guéménée faisait la lecture, et tout le monde écoutait avec attention la lectrice, à l'exception de la reine, qui, au contraire, avait provoqué cette lecture afin de pouvoir, tout en feignant d'écouter, suivre le fil de ses propres pensées.

Ces pensées, toutes dorées qu'elles étaient par un dernier reflet d'amour, n'en étaient pas moins tristes. Anne d'Autriche, privée de la confiance de son mari, poursuivie par la haine du cardinal, qui ne pouvait lui pardonner d'avoir repoussé un sentiment plus doux, ayant sous les yeux l'exemple de la reine mère, que cette haine avait tourmentée toute sa vie — quoique Marie de Médicis, s'il faut en croire les mémoires du temps, eût commencé par accorder au cardinal le sentiment qu'Anne d'Autriche finit toujours par lui

1. Trois des noms cités ici sont ceux de très grandes dames, qui ne faisaient pas partie des « femmes » (des suivantes) de la reine vers 1626. Les fonctions de lectrice n'auraient convenu ni à Anne de Rohan, princesse de Guéménée, ni à Marie de Bretagne, duchesse de Montbazon. Madeleine de Souvré, marquise de Sablé, sera plus tard célèbre pour son salon littéraire, mais à cette date, son mari étant en disgrâce, elle ne fréquentait pas la cour. Quant à Mme de Guitaut, épouse d'un capitaine des gardes de la reine, nommé en 1643, elle n'a rien à faire ici. Mais Dumas donne à son récit une couleur historique en le parsemant de noms connus.

2. *Camériste* : femme de chambre.

refuser [1] —, Anne d'Autriche avait vu tomber autour d'elle ses serviteurs les plus dévoués, ses confidents les plus intimes, ses favoris les plus chers. Comme ces malheureux doués d'un don funeste, elle portait malheur à tout ce qu'elle touchait, son amitié était un signe fatal qui appelait la persécution. Mme de Chevreuse et Mme du Vernet étaient exilées ; enfin La Porte ne cachait pas à sa maîtresse qu'il s'attendait à être arrêté d'un instant à l'autre.

C'est au moment où elle était plongée au plus profond et au plus sombre de ces réflexions, que la porte de la chambre s'ouvrit et que le roi entra.

La lectrice se tut à l'instant même, toutes les dames se levèrent, et il se fit un profond silence.

Quant au roi, il ne fit aucune démonstration de politesse ; seulement, s'arrêtant devant la reine :

« Madame, dit-il d'une voix altérée, vous allez recevoir la visite de M. le chancelier, qui vous communiquera certaines affaires dont je l'ai chargé. »

La malheureuse reine, qu'on menaçait sans cesse de divorce, d'exil et de jugement même, pâlit sous son rouge et ne put s'empêcher de dire :

« Mais pourquoi cette visite, Sire ? Que me dira M. le chancelier que Votre Majesté ne puisse me dire elle-même ? »

Le roi tourna sur ses talons sans répondre, et presque au même instant le capitaine des gardes, M. de Guitaut [2], annonça la visite de M. le chancelier.

Lorsque le chancelier parut, le roi était déjà sorti par une autre porte.

Le chancelier entra demi-souriant, demi-rougissant. Comme nous le retrouverons probablement dans le cours de cette histoire, il n'y a pas de mal

1. Sur une très hypothétique liaison entre Marie de Médicis et le cardinal, la source probable de Dumas est Tallemant des Réaux (*Historiettes*, « Richelieu »). Quant à la haine dont il l'aurait poursuivie, elle est postérieure à la « journée des Dupes » en 1630. Il fut d'abord l'homme de confiance de la reine mère et c'est elle qui prit l'initiative d'une rupture dont elle fit les frais.

2. Anachronisme (*cf.* p. 268, n. 1).

à ce que nos lecteurs fassent dès à présent connaissance avec lui.

Ce chancelier était un plaisant homme. Ce fut Des Roches le Masle, chanoine à Notre-Dame [1], et qui avait été autrefois valet de chambre du cardinal, qui le proposa à Son Eminence comme un homme tout dévoué. Le cardinal s'y fia et s'en trouva bien.

On racontait de lui certaines histoires, entre autres celle-ci :

Après une jeunesse orageuse, il s'était retiré dans un couvent pour y expier au moins pendant quelque temps les folies de l'adolescence.

Mais, en entrant dans ce saint lieu, le pauvre pénitent n'avait pu refermer si vite la porte, que les passions qu'il fuyait n'y entrassent avec lui. Il en était obsédé sans relâche, et le supérieur, auquel il avait confié cette disgrâce, voulant autant qu'il était en lui [2] l'en garantir, lui avait recommandé pour conjurer le démon tentateur de recourir à la corde de la cloche et de sonner à toute volée. Au bruit dénonciateur, les moines seraient prévenus que la tentation assiégeait un frère, et toute la communauté se mettrait en prières.

Le conseil parut bon au futur chancelier. Il conjura l'esprit malin à grand renfort de prières faites par les moines ; mais le diable ne se laisse pas déposséder facilement d'une place où il a mis garnison ; à mesure qu'on redoublait les exorcismes, il redoublait les tentations, de sorte que jour et nuit la cloche sonnait à toute volée, annonçant l'extrême désir de mortification qu'éprouvait le pénitent.

Les moines n'avaient plus un instant de repos. Le jour, ils ne faisaient que monter et descendre les escaliers qui conduisaient à la chapelle ; la nuit, outre complies et matines, ils étaient encore obligés de

---

1. Personnage réel, dont Dumas a pris le nom chez Tallemant (*Historiettes*, « Séguier »), qu'il démarque ici de très près.
2. Autant qu'il le pouvait...

sauter vingt fois à bas de leurs lits et de se prosterner sur le carreau de leurs cellules.

On ignore si ce fut le diable qui lâcha prise ou les moines qui se lassèrent ; mais, au bout de trois mois, le pénitent reparut dans le monde avec la réputation du plus terrible possédé qui eût jamais existé.

En sortant du couvent, il entra dans la magistrature, devint président à mortier [1] à la place de son oncle, embrassa le parti du cardinal, ce qui ne prouvait pas peu de sagacité ; devint chancelier [2], servit Son Eminence avec zèle dans sa haine contre la reine mère et sa vengeance contre Anne d'Autriche ; stimula les juges dans l'affaire de Chalais [3], encouragea les essais de M. de Laffemas [4], grand gibecier de France ; puis enfin, investi de toute la confiance du cardinal, confiance qu'il avait si bien gagnée, il en vint à recevoir la singulière commission [5] pour l'exécution de laquelle il se présentait chez la reine.

La reine était encore debout quand il entra, mais à peine l'eut-elle aperçu, qu'elle se rassit sur son fauteuil et fit signe à ses femmes de se rasseoir sur leurs coussins et leurs tabourets, et, d'un ton de suprême hauteur :

« Que désirez-vous, Monsieur, demanda Anne d'Autriche, et dans quel but vous présentez-vous ici ?

— Pour y faire au nom du roi, Madame, et sauf tout le respect que j'ai l'honneur de devoir à Votre Majesté, une perquisition exacte dans vos papiers.

— Comment, Monsieur ! une perquisition dans mes papiers... A moi ! mais voilà une chose indigne !

— Veuillez me le pardonner, Madame, mais, dans cette circonstance, je ne suis que l'instrument dont le

---

1. Charge de magistrat, qui doit son nom au bonnet, dit *mortier*, que portaient les titulaires.
2. Chef suprême de la justice.
3. Sur l'affaire Chalais, *cf. Notice historique.*
4. L'expression plaisante de « grand gibecier » (pourvoyeur de gibets), appliquée à Isaac de Laffemas, procureur du roi célèbre pour sa cruauté, vient des *Mémoires* de La Porte.
5. Mission.

roi se sert. Sa Majesté ne sort-elle pas d'ici, et ne vous a-t-elle pas invitée elle-même à vous préparer à cette visite ?

— Fouillez donc, Monsieur ; je suis une criminelle, à ce qu'il paraît : Estefania, donnez les clefs de mes tables et de mes secrétaires. »

Le chancelier fit pour la forme une visite dans les meubles, mais il savait bien que ce n'était pas dans un meuble que la reine avait dû serrer la lettre importante qu'elle avait écrite dans la journée.

Quand le chancelier eut rouvert et refermé vingt fois les tiroirs du secrétaire, il fallut bien, quelque hésitation qu'il éprouvât, il fallut bien, dis-je, en venir à la conclusion de l'affaire, c'est-à-dire à fouiller la reine elle-même. Le chancelier s'avança donc vers Anne d'Autriche, et d'un ton très perplexe et d'un air fort embarrassé :

« Et maintenant, dit-il, il me reste à faire la perquisition principale.

— Laquelle ? demanda la reine, qui ne comprenait pas ou plutôt qui ne voulait pas comprendre.

— Sa Majesté est certaine qu'une lettre a été écrite par vous dans la journée ; elle sait qu'elle n'a pas encore été envoyée à son adresse. Cette lettre ne se trouve ni dans votre table, ni dans votre secrétaire, et cependant cette lettre est quelque part.

— Oserez-vous porter la main sur votre reine ? dit Anne d'Autriche en se dressant de toute sa hauteur et en fixant sur le chancelier ses yeux, dont l'expression était devenue presque menaçante.

— Je suis un fidèle sujet du roi, Madame ; et tout ce que Sa Majesté ordonnera, je le ferai.

— Eh bien ! c'est vrai, dit Anne d'Autriche, et les espions de M. le cardinal l'ont bien servi. J'ai écrit aujourd'hui une lettre, cette lettre n'est point partie. La lettre est là. »

Et la reine ramena sa belle main à son corsage.

« Alors donnez-moi cette lettre, Madame, dit le chancelier.

— Je ne la donnerai qu'au roi, Monsieur, dit Anne.

— Si le roi eût voulu que cette lettre lui fût remise, Madame, il vous l'eût demandée lui-même. Mais, je vous le répète, c'est moi qu'il a chargé de vous la réclamer, et si vous ne la rendiez pas...

— Eh bien ?

— C'est encore moi qu'il a chargé de vous la prendre.

— Comment, que voulez-vous dire ?

— Que mes ordres vont loin, Madame, et que je suis autorisé à chercher le papier suspect sur la personne même de Votre Majesté.

— Quelle horreur ! s'écria la reine.

— Veuillez donc, Madame, agir plus facilement.

— Cette conduite est d'une violence infâme ; savez-vous cela, Monsieur ?

— Le roi commande, Madame, excusez-moi.

— Je ne le souffrirai pas ; non, non, plutôt mourir ! » s'écria la reine, chez laquelle se révoltait le sang impérieux de l'Espagnole et de l'Autrichienne [1].

Le chancelier fit une profonde révérence, puis avec l'intention bien patente [2] de ne pas reculer d'une semelle dans l'accomplissement de la commission dont il s'était chargé, et comme eût pu le faire un valet de bourreau dans la chambre de la question [3], il s'approcha d'Anne d'Autriche, des yeux de laquelle on vit à l'instant même jaillir des pleurs de rage.

La reine était, comme nous l'avons dit, d'une grande beauté.

La commission pouvait donc passer pour délicate, et le roi en était arrivé, à force de jalousie contre Buckingham, à n'être plus jaloux de personne.

Sans doute le chancelier Séguier chercha des yeux à ce moment le cordon de la fameuse cloche ; mais, ne

1. Deux branches d'une même famille, celle des Habsbourg, occupaient les trônes d'Autriche et d'Espagne. Le nom d'Anne d'Autriche, fille du roi d'Espagne, s'explique par les origines germaniques de cette famille.
2. Visible.
3. Torture destinée à extorquer des aveux à un accusé.

le trouvant pas, il en prit son parti et tendit la main vers l'endroit où la reine avait avoué que se trouvait le papier.

Anne d'Autriche fit un pas en arrière, si pâle qu'on eût dit qu'elle allait mourir ; et, s'appuyant de la main gauche, pour ne pas tomber, à une table qui se trouvait derrière elle, elle tira de la droite un papier de sa poitrine et le tendit au garde des sceaux.

« Tenez, Monsieur, la voilà, cette lettre, s'écria la reine d'une voix entrecoupée et frémissante, prenez-la, et me délivrez de votre odieuse présence. »

Le chancelier, qui de son côté tremblait d'une émotion facile à concevoir, prit la lettre, salua jusqu'à terre et se retira.

A peine la porte se fut-elle refermée sur lui, que la reine tomba à demi évanouie dans les bras de ses femmes.

Le chancelier alla porter la lettre au roi sans en avoir lu un seul mot. Le roi la prit d'une main tremblante, chercha l'adresse, qui manquait, devint très pâle, l'ouvrit lentement, puis, voyant par les premiers mots qu'elle était adressée au roi d'Espagne, il lut très rapidement.

C'était tout un plan d'attaque contre le cardinal. La reine invitait son frère et l'empereur d'Autriche à faire semblant, blessés qu'ils étaient par la politique de Richelieu, dont l'éternelle préoccupation fut l'abaissement de la maison d'Autriche, de déclarer la guerre à la France et d'imposer comme condition de la paix le renvoi du cardinal [1] : mais d'amour, il n'y en avait pas un seul mot dans toute cette lettre.

Le roi, tout joyeux, s'informa si le cardinal était encore au Louvre. On lui dit que Son Eminence attendait, dans le cabinet de travail, les ordres de Sa Majesté.

---

1. Le contenu de cette lettre est évidemment de l'invention de Dumas. Il y est dit que la guerre n'est pas encore déclarée entre la France et l'Espagne : Dumas n'a pas commis à nouveau l'erreur qui figurait à la première page du roman.

Le roi se rendit aussitôt près de lui.

« Tenez, duc, lui dit-il, vous aviez raison, et c'est moi qui avais tort ; toute l'intrigue est politique, et il n'était aucunement question d'amour dans cette lettre, que voici. En échange, il y est fort question de vous. »

Le cardinal prit la lettre et la lut avec la plus grande attention ; puis, lorsqu'il fut arrivé au bout, il la relut une seconde fois.

« Eh bien ! Votre Majesté, dit-il, vous voyez jusqu'où vont mes ennemis : on vous menace de deux guerres, si vous ne me renvoyez pas. A votre place, en vérité, Sire, je céderais à de si puissantes instances, et ce serait de mon côté avec un véritable bonheur que je me retirerais des affaires.

— Que dites-vous là, duc ?

— Je dis, Sire, que ma santé se perd dans ces luttes excessives et dans ces travaux éternels. Je dis que, selon toute probabilité, je ne pourrai pas soutenir les fatigues du siège de La Rochelle, et que mieux vaut que vous nommiez là ou M. de Condé, ou M. de Bassompierre [1], ou enfin quelque vaillant homme dont c'est l'état [2] de mener la guerre, et non pas moi qui suis homme d'Eglise et qu'on détourne sans cesse de ma vocation pour m'appliquer à des choses auxquelles je n'ai aucune aptitude. Vous en serez plus heureux à l'intérieur, Sire, et je ne doute pas que vous n'en soyez plus grand à l'étranger.

— Monsieur le duc, dit le roi, je comprends, soyez tranquille ; tous ceux qui sont nommés dans cette lettre seront punis comme ils le méritent, et la reine elle-même.

— Que dites-vous là, Sire ? Dieu me garde que, pour moi, la reine éprouve la moindre contrariété ! elle m'a toujours cru son ennemi, Sire, quoique Votre Majesté puisse attester que j'ai toujours pris chaude-

1. *Cf. Répertoire des personnages.*
2. *L'état* : le métier.

ment son parti, même contre vous. Oh ! si elle trahissait Votre Majesté à l'endroit de son honneur, ce serait autre chose, et je serais le premier à dire : « Pas de grâce, Sire, pas de grâce pour la coupable ! » Heureusement il n'en est rien, et Votre Majesté vient d'en acquérir une nouvelle preuve.

— C'est vrai, Monsieur le cardinal, dit le roi, et vous aviez raison, comme toujours ; mais la reine n'en mérite pas moins toute ma colère.

— C'est vous, Sire, qui avez encouru la sienne ; et véritablement, quand elle bouderait [1] sérieusement Votre Majesté, je le comprendrais ; Votre Majesté l'a traitée avec une sévérité !...

— C'est ainsi que je traiterai toujours mes ennemis et les vôtres, duc, si haut placés qu'ils soient et quelque péril que je coure à agir sévèrement avec eux.

— La reine est mon ennemie, mais n'est pas la vôtre, Sire ; au contraire, elle est épouse dévouée, soumise et irréprochable ; laissez-moi donc, Sire, intercéder pour elle près de Votre Majesté.

— Qu'elle s'humilie alors, et qu'elle revienne à moi la première !

— Au contraire, Sire, donnez l'exemple ; vous avez eu le premier tort, puisque c'est vous qui avez soupçonné la reine.

— Moi, revenir le premier ? dit le roi ; jamais !

— Sire, je vous en supplie.

— D'ailleurs, comment reviendrais-je le premier ?

— En faisant une chose que vous sauriez lui être agréable.

— Laquelle ?

— Donnez un bal ; vous savez combien la reine aime la danse ; je vous réponds que sa rancune ne tiendra point à une pareille attention.

— Monsieur le cardinal, vous savez que je n'aime pas tous les plaisirs mondains.

— La reine ne vous en sera que plus reconnais-

1. Si elle boudait...

sante, puisqu'elle sait votre antipathie pour ce plaisir ; d'ailleurs ce sera une occasion pour elle de mettre ces beaux ferrets de diamants que vous lui avez donnés l'autre jour à sa fête, et dont elle n'a pas encore eu le temps de se parer.

— Nous verrons, Monsieur le cardinal, nous verrons, dit le roi, qui, dans sa joie de trouver la reine coupable d'un crime dont il se souciait peu, et innocente d'une faute qu'il redoutait fort, était tout prêt à se raccommoder avec elle ; nous verrons, mais, sur mon honneur, vous êtes trop indulgent.

— Sire, dit le cardinal, laissez la sévérité aux ministres, l'indulgence est la vertu royale ; usez-en, et vous verrez que vous vous en trouverez bien. »

Sur quoi le cardinal, entendant la pendule sonner onze heures, s'inclina profondément, demandant congé au roi pour se retirer, et le suppliant de se raccommoder avec la reine.

Anne d'Autriche, qui, à la suite de la saisie de sa lettre, s'attendait à quelque reproche, fut fort étonnée de voir le lendemain le roi faire près d'elle des tentatives de rapprochement. Son premier mouvement fut répulsif, son orgueil de femme et sa dignité de reine avaient été tous deux si cruellement offensés, qu'elle ne pouvait revenir ainsi du premier coup ; mais, vaincue par le conseil de ses femmes, elle eut enfin l'air de commencer à oublier. Le roi profita de ce premier moment de retour pour lui dire qu'incessamment il comptait donner une fête.

C'était une chose si rare qu'une fête pour la pauvre Anne d'Autriche, qu'à cette annonce, ainsi que l'avait pensé le cardinal, la dernière trace de ses ressentiments disparut sinon dans son cœur, du moins sur son visage. Elle demanda quel jour cette fête devait avoir lieu, mais le roi répondit qu'il fallait qu'il s'entendît sur ce point avec le cardinal.

En effet, chaque jour le roi demandait au cardinal à quelle époque cette fête aurait lieu, et chaque jour le cardinal, sous un prétexte quelconque, différait de la fixer.

Dix jours s'écoulèrent ainsi.

Le huitième jour après la scène que nous avons racontée, le cardinal reçut une lettre, au timbre de Londres, qui contenait seulement ces quelques lignes :

« Je les ai ; mais je ne puis quitter Londres, attendu que je manque d'argent ; envoyez-moi cinq cents pistoles, et quatre ou cinq jours après les avoir reçues, je serai à Paris. »

Le jour même où le cardinal avait reçu cette lettre, le roi lui adressa sa question habituelle.

Richelieu compta sur ses doigts et se dit tout bas :

« Elle arrivera, dit-elle, quatre ou cinq jours après avoir reçu l'argent ; il faut quatre ou cinq jours à l'argent pour aller, quatre ou cinq jours à elle pour revenir, cela fait dix jours ; maintenant faisons la part des vents contraires, des mauvais hasards, des faiblesses de femme, et mettons cela à douze jours.

— Eh bien ! Monsieur le duc, dit le roi, vous avez calculé ?

— Oui, Sire : nous sommes aujourd'hui le 20 septembre ; les échevins [1] de la ville donnent une fête le 3 octobre. Cela s'arrangera à merveille, car vous n'aurez pas l'air de faire un retour vers la reine. »

Puis le cardinal ajouta :

« A propos, Sire, n'oubliez pas de dire à Sa Majesté, la veille de cette fête, que vous désirez voir comment lui vont ses ferrets de diamants. »

---

1. Magistrats municipaux.

XVII

LE MÉNAGE BONACIEUX

C'était la seconde fois que le cardinal revenait sur ce point des ferrets de diamants avec le roi. Louis XIII fut donc frappé de cette insistance, et pensa que cette recommandation cachait un mystère.

Plus d'une fois le roi avait été humilié que le cardinal, dont la police, sans avoir atteint encore la perfection de la police moderne, était excellente, fût mieux instruit que lui-même de ce qui se passait dans son propre ménage. Il espéra donc, dans une conversation avec Anne d'Autriche, tirer quelque lumière de cette conversation et revenir ensuite près de Son Éminence avec quelque secret que le cardinal sût ou ne sût pas, ce qui, dans l'un ou l'autre cas, le rehaussait infiniment aux yeux de son ministre.

Il alla donc trouver la reine, et, selon son habitude, l'aborda avec de nouvelles menaces contre ceux qui l'entouraient. Anne d'Autriche baissa la tête, laissa s'écouler le torrent sans répondre et espérant qu'il finirait par s'arrêter ; mais ce n'était pas cela que voulait Louis XIII ; Louis XIII voulait une discussion de laquelle jaillît une lumière quelconque, convaincu qu'il était que le cardinal avait quelque arrière-pensée et lui machinait une surprise terrible comme en savait faire Son Éminence. Il arriva à ce but par sa persistance à accuser.

« Mais, s'écria Anne d'Autriche, lassée de ces vagues attaques ; mais, Sire, vous ne me dites pas tout ce que vous avez dans le cœur. Qu'ai-je donc fait ? Voyons, quel crime ai-je donc commis ? Il est impossible que Votre Majesté fasse tout ce bruit pour une lettre écrite à mon frère. »

Le roi, attaqué à son tour d'une manière si directe, ne sut que répondre ; il pensa que c'était là le moment de placer la recommandation qu'il ne devait faire que la veille de la fête.

« Madame, dit-il avec majesté, il y aura incessamment bal à l'hôtel de ville ; j'entends que, pour faire honneur à nos braves échevins, vous y paraissiez en habit de cérémonie, et surtout parée des ferrets de diamants que je vous ai donnés pour votre fête. Voici ma réponse. »

La réponse était terrible. Anne d'Autriche crut que Louis XIII savait tout, et que le cardinal avait obtenu de lui cette longue dissimulation de sept ou huit jours, qui était au reste dans son caractère. Elle devint excessivement pâle, appuya sur une console sa main d'une admirable beauté, et qui semblait alors une main de cire, et, regardant le roi avec des yeux épouvantés, elle ne répondit pas une seule syllabe.

« Vous entendez, Madame, dit le roi, qui jouissait de cet embarras dans toute son étendue, mais sans en deviner la cause, vous entendez ?

— Oui, Sire, j'entends, balbutia la reine.

— Vous paraîtrez à ce bal ?

— Oui.

— Avec vos ferrets !

— Oui. »

La pâleur de la reine augmenta encore, s'il était possible ; le roi s'en aperçut, et en jouit avec cette froide cruauté [1] qui était un des mauvais côtés de son caractère.

« Alors, c'est convenu, dit le roi, et voilà tout ce que j'avais à vous dire.

— Mais quel jour ce bal aura-t-il lieu ? » demanda Anne d'Autriche.

Louis XIII sentit instinctivement qu'il ne devait pas répondre à cette question, la reine l'ayant faite d'une voix presque mourante.

« Mais très incessamment, Madame, dit-il ; mais je ne me rappelle plus précisément la date du jour, je la demanderai au cardinal.

1. La cruauté est un trait signalé chez Louis XIII par Tallemant.

« — C'est donc le cardinal qui vous a annoncé cette fête ? s'écria la reine.

— Oui, Madame, répondit le roi étonné ; mais pourquoi cela ?

— C'est lui qui vous a dit de m'inviter à y paraître avec ces ferrets ?

— C'est-à-dire, Madame...

— C'est lui, Sire, c'est lui !

— Eh bien ! qu'importe que ce soit lui ou moi ? y a-t-il un crime à cette invitation ?

— Non, Sire.

— Alors vous paraîtrez ?

— Oui, Sire.

— C'est bien, dit le roi en se retirant, c'est bien, j'y compte. »

La reine fit une révérence, moins par étiquette [1] que parce que ses genoux se dérobaient sous elle.

Le roi partit enchanté.

« Je suis perdue, murmura la reine, perdue, car le cardinal sait tout, et c'est lui qui pousse le roi, qui ne sait rien encore, mais qui saura tout bientôt. Je suis perdue ! Mon Dieu ! mon Dieu ! mon Dieu ! »

Elle s'agenouilla sur un coussin et pria, la tête enfoncée entre ses bras palpitants.

En effet, la position était terrible. Buckingham était retourné à Londres, Mme de Chevreuse était à Tours. Plus surveillée que jamais, la reine sentait sourdement qu'une de ses femmes la trahissait, sans savoir dire laquelle. La Porte ne pouvait pas quitter le Louvre. Elle n'avait pas une âme au monde à qui se fier.

Aussi, en présence du malheur qui la menaçait et de l'abandon qui était le sien, éclata-t-elle en sanglots.

« Ne puis-je donc être bonne à rien à Votre Majesté ? » dit tout à coup une voix pleine de douceur et de pitié.

La reine se retourna vivement, car il n'y avait pas à

---

1. *Cf.* p. 97, n. 3.

se tromper à l'expression de cette voix : c'était une amie qui parlait ainsi.

En effet, à l'une des portes qui donnaient dans l'appartement de la reine apparut la jolie Mme Bonacieux ; elle était occupée à ranger les robes et le linge dans un cabinet, lorsque le roi était entré ; elle n'avait pas pu sortir, et avait tout entendu.

La reine poussa un cri perçant en se voyant surprise, car dans son trouble elle ne reconnut pas d'abord la jeune femme qui lui avait été donnée par La Porte.

« Oh ! ne craignez rien, Madame, dit la jeune femme en joignant les mains et en pleurant elle-même des angoisses de la reine ; je suis à Votre Majesté corps et âme, et si loin que je sois d'elle, si inférieure que soit ma position, je crois que j'ai trouvé un moyen de tirer Votre Majesté de peine.

— Vous ! ô Ciel ! vous ! s'écria la reine ; mais voyons regardez-moi en face. Je suis trahie de tous côtés, puis-je me fier à vous ?

— Oh ! Madame ! s'écria la jeune femme en tombant à genoux : sur mon âme, je suis prête à mourir pour Votre Majesté ! »

Ce cri était sorti du plus profond du cœur, et, comme le premier, il n'y avait pas à se tromper.

« Oui, continua Mme Bonacieux, oui, il y a des traîtres ici ; mais, par le saint nom de la Vierge, je vous jure que personne n'est plus dévoué que moi à Votre Majesté. Ces ferrets que le roi redemande, vous les avez donnés au duc de Buckingham, n'est-ce pas ? Ces ferrets étaient enfermés dans une petite boîte en bois de rose qu'il tenait sous son bras ? Est-ce que je me trompe ? Est-ce que ce n'est pas cela ?

— Oh ! mon Dieu ! mon Dieu ! murmura la reine dont les dents claquaient d'effroi.

— Eh bien ! ces ferrets, continua Mme Bonacieux, il faut les ravoir.

— Oui, sans doute, il le faut, s'écria la reine ; mais comment faire, comment y arriver ?

— Il faut envoyer quelqu'un au duc.

— Mais qui ?... qui ?... A qui me fier ?

— Ayez confiance en moi, Madame ; faites-moi cet honneur, ma reine, et je trouverai le messager, moi !

— Mais il faudra écrire !

— Oh ! oui. C'est indispensable. Deux mots de la main de Votre Majesté et votre cachet particulier.

— Mais ces deux mots, c'est ma condamnation. C'est le divorce, l'exil !

— Oui, s'ils tombent entre des mains infâmes ! Mais je réponds que ces deux mots seront remis à leur adresse.

— Oh ! mon Dieu ! il faut donc que je remette ma vie, mon honneur, ma réputation entre vos mains !

— Oui ! oui, Madame, il le faut, et je sauverai tout cela, moi !

— Mais comment ? dites-le-moi, au moins.

— Mon mari a été remis en liberté il y a deux ou trois jours ; je n'ai pas encore eu le temps de le revoir. C'est un brave et honnête homme qui n'a ni haine, ni amour pour personne. Il fera ce que je voudrai : il partira sur un ordre de moi, sans savoir ce qu'il porte, et il remettra la lettre de Votre Majesté, sans même savoir qu'elle est de Votre Majesté, à l'adresse qu'elle indiquera. »

La reine prit les deux mains de la jeune femme avec un élan passionné, la regarda comme pour lire au fond de son cœur, et ne voyant que sincérité dans ses beaux yeux, elle l'embrassa tendrement.

« Fais cela, s'écria-t-elle, et tu m'auras sauvé la vie, tu m'auras sauvé l'honneur !

— Oh ! n'exagérez pas le service que j'ai le bonheur de vous rendre ; je n'ai rien à sauver à Votre Majesté, qui est seulement victime de perfides complots.

— C'est vrai, c'est vrai, mon enfant, dit la reine, et tu as raison.

— Donnez-moi donc cette lettre, Madame, le temps presse. »

La reine courut à une petite table sur laquelle se trouvaient encre, papier et plumes : elle écrivit deux lignes, cacheta la lettre de son cachet et la remit à Mme Bonacieux.

« Et maintenant, dit la reine, nous oublions une chose nécessaire.

— Laquelle ?

— L'argent. »

Mme Bonacieux rougit.

« Oui, c'est vrai, dit-elle, et j'avouerai à Votre Majesté que mon mari...

— Ton mari n'en a pas, c'est cela que tu veux dire.

— Si fait, il en a, mais il est fort avare, c'est là son défaut. Cependant, que Votre Majesté ne s'inquiète pas, nous trouverons moyen...

— C'est que je n'en ai pas non plus, dit la reine (ceux qui liront les Mémoires de Mme de Motteville ne s'étonneront pas de cette réponse) ; mais, attends. »

Anne d'Autriche courut à son écrin.

« Tiens, dit-elle, voici une bague d'un grand prix, à ce qu'on assure ; elle vient de mon frère le roi d'Espagne, elle est à moi et j'en puis disposer. Prends cette bague et fais-en de l'argent, et que ton mari parte.

— Dans une heure, vous serez obéie.

— Tu vois l'adresse, ajouta la reine, parlant si bas qu'à peine pouvait-on entendre ce qu'elle disait : A Milord duc de Buckingham, à Londres.

— La lettre sera remise à lui-même.

— Généreuse enfant ! » s'écria Anne d'Autriche.

Mme Bonacieux baisa les mains de la reine, cacha le papier dans son corsage et disparut avec la légèreté d'un oiseau.

Dix minutes après, elle était chez elle ; comme elle l'avait dit à la reine, elle n'avait pas revu son mari depuis sa mise en liberté ; elle ignorait donc le changement qui s'était fait en lui à l'endroit du cardinal, changement qu'avaient opéré la flatterie et l'argent de Son Eminence et qu'avaient corroboré [1], depuis,

1. Confirmé.

deux ou trois visites du comte de Rochefort, devenu le meilleur ami de Bonacieux, auquel il avait fait croire sans beaucoup de peine qu'aucun sentiment coupable n'avait amené l'enlèvement de sa femme, mais que c'était seulement une précaution politique.

Elle trouva M. Bonacieux seul : le pauvre homme remettait à grand-peine de l'ordre dans la maison, dont il avait trouvé les meubles à peu près brisés et les armoires à peu près vides, la justice n'étant pas une des trois choses que le roi Salomon indique comme ne laissant point de traces de leur passage [1]. Quant à la servante, elle s'était enfuie lors de l'arrestation de son maître. La terreur avait gagné la pauvre fille au point qu'elle n'avait cessé de marcher de Paris jusqu'en Bourgogne, son pays natal.

Le digne mercier avait, aussitôt sa rentrée dans sa maison, fait part à sa femme de son heureux retour, et sa femme lui avait répondu pour le féliciter et pour lui dire que le premier moment qu'elle pourrait dérober à ses devoirs serait consacré tout entier à lui rendre visite.

Ce premier moment s'était fait attendre cinq jours, ce qui, dans toute autre circonstance, eût paru un peu bien long à maître Bonacieux ; mais il avait, dans la visite qu'il avait faite au cardinal et dans les visites que lui faisait Rochefort, ample sujet à réflexion, et, comme on sait, rien ne fait passer le temps comme de réfléchir.

D'autant plus que les réflexions de Bonacieux étaient toutes couleur de rose. Rochefort l'appelait son ami, son cher Bonacieux, et ne cessait de lui dire que le cardinal faisait le plus grand cas de lui. Le mercier se voyait déjà sur le chemin des honneurs et de la fortune.

De son côté, Mme Bonacieux avait réfléchi, mais, il

---

1. Ancien testament, *Proverbes*, XXX, 18-19. Les trois choses insaisissables sont la trace de l'aigle dans les cieux ou du serpent sur le rocher, celle du navire dans la mer et celle de l'homme chez la femme.

faut le dire, à tout autre chose que l'ambition ; malgré elle, ses pensées avaient eu pour mobile constant ce beau jeune homme si brave et qui paraissait si amoureux. Mariée à dix-huit ans à M. Bonacieux, ayant toujours vécu au milieu des amis de son mari, peu susceptibles d'inspirer un sentiment quelconque à une jeune femme dont le cœur était plus élevé que sa position [1], Mme Bonacieux était restée insensible aux séductions vulgaires ; mais, à cette époque surtout, le titre de gentilhomme avait une grande influence sur la bourgeoisie, et d'Artagnan était gentilhomme ; de plus, il portait l'uniforme des gardes, qui, après l'uniforme des mousquetaires, était le plus apprécié des dames. Il était, nous le répétons, beau, jeune, aventureux ; il parlait d'amour en homme qui aime et qui a soif d'être aimé ; il y en avait là plus qu'il n'en fallait pour tourner une tête de vingt-trois ans, et Mme Bonacieux en était arrivée juste à cet âge heureux de la vie.

Les deux époux, quoiqu'ils ne se fussent pas vus depuis plus de huit jours, et que pendant cette semaine de graves événements eussent passé entre eux, s'abordèrent donc avec une certaine préoccupation ; néanmoins, M. Bonacieux manifesta une joie réelle et s'avança vers sa femme à bras ouverts.

Mme Bonacieux lui présenta le front [2].

« Causons un peu, dit-elle.

— Comment ? dit Bonacieux étonné.

— Oui, sans doute, j'ai une chose de la plus haute importance à vous dire.

— Au fait, et moi aussi, j'ai quelques questions assez sérieuses à vous adresser. Expliquez-moi un peu votre enlèvement, je vous prie.

— Il ne s'agit point de cela pour le moment, dit Mme Bonacieux.

— Et de quoi s'agit-il donc ? de ma captivité ?

— Je l'ai apprise le jour même ; mais comme vous

1. Situation sociale.
2. L'aborda directement.

n'étiez coupable d'aucun crime, comme vous n'étiez complice d'aucune intrigue, comme vous ne saviez rien enfin qui pût vous compromettre, ni vous, ni personne, je n'ai attaché à cet événement que l'importance qu'il méritait.

— Vous en parlez bien à votre aise, Madame ! reprit Bonacieux blessé du peu d'intérêt que lui témoignait sa femme ; savez-vous que j'ai été plongé un jour et une nuit dans un cachot de la Bastille ?

— Un jour et une nuit sont bientôt passés ; laissons donc votre captivité, et revenons à ce qui m'amène près de vous.

— Comment ? ce qui vous amène près de moi ! N'est-ce donc pas le désir de revoir un mari dont vous êtes séparée depuis huit jours ? demanda le mercier piqué au vif.

— C'est cela d'abord, et autre chose ensuite.

— Parlez !

— Une chose du plus haut intérêt et de laquelle dépend notre fortune à venir peut-être.

— Notre fortune a fort changé de face depuis que je vous ai vue, Madame Bonacieux, et je ne serais pas étonné que d'ici à quelques mois elle ne fît envie à beaucoup de gens.

— Oui, surtout si vous voulez suivre les instructions que je vais vous donner.

— A moi ?

— Oui, à vous. Il y a une bonne et sainte action à faire, Monsieur, et beaucoup d'argent à gagner en même temps. »

Mme Bonacieux savait qu'en parlant d'argent à son mari, elle le prenait par son faible.

Mais un homme, fût-ce un mercier, lorsqu'il a causé dix minutes avec le cardinal de Richelieu, n'est plus le même homme.

« Beaucoup d'argent à gagner ! dit Bonacieux en allongeant les lèvres.

— Oui, beaucoup.

— Combien, à peu près ?

— Mille pistoles peut-être.

— Ce que vous avez à me demander est donc bien grave ?

— Oui.

— Que faut-il faire ?

— Vous partirez sur-le-champ, je vous remettrai un papier dont vous ne vous dessaisirez sous aucun prétexte, et que vous remettrez en main propre.

— Et pour où partirai-je ?

— Pour Londres.

— Moi, pour Londres ! Allons donc, vous raillez, je n'ai pas affaire à Londres.

— Mais d'autres ont besoin que vous y alliez.

— Quels sont ces autres ? Je vous avertis, je ne fais plus rien en aveugle, et je veux savoir non seulement à quoi je m'expose, mais encore pour qui je m'expose.

— Une personne illustre vous envoie, une personne illustre vous attend : la récompense dépassera vos désirs, voilà tout ce que je puis vous promettre.

— Des intrigues encore, toujours des intrigues ! merci, je m'en défie maintenant, et M. le cardinal m'a éclairé là-dessus.

— Le cardinal ! s'écria Mme Bonacieux, vous avez vu le cardinal !

— Il m'a fait appeler, répondit fièrement le mercier.

— Et vous vous êtes rendu à son invitation, imprudent que vous êtes.

— Je dois dire que je n'avais pas le choix de m'y rendre ou de ne pas m'y rendre, car j'étais entre deux gardes. Il est vrai encore de dire que, comme alors je ne connaissais pas Son Eminence, si j'avais pu me dispenser de cette visite, j'en eusse été fort enchanté.

— Il vous a donc maltraité ? il vous a donc fait des menaces ?

— Il m'a tendu la main et m'a appelé son ami, — son ami ! entendez-vous, Madame ? — je suis l'ami du grand cardinal !

— Du grand cardinal !

— Lui contesteriez-vous ce titre, par hasard, Madame ?

— Je ne lui conteste rien, mais je vous dis que la

faveur d'un ministre est éphémère, et qu'il faut être fou pour s'attacher à un ministre ; il est des pouvoirs au-dessus du sien, qui ne reposent pas sur le caprice d'un homme ou l'issue d'un événement ; c'est à ces pouvoirs qu'il faut se rallier.

— J'en suis fâché, Madame, mais je ne connais pas d'autre pouvoir que celui du grand homme que j'ai l'honneur de servir.

— Vous servez le cardinal ?

— Oui, Madame, et comme son serviteur je ne permettrai pas que vous vous livriez à des complots contre la sûreté de l'Etat, et que vous serviez, vous, les intrigues d'une femme qui n'est pas Française et qui a le cœur espagnol. Heureusement, le grand cardinal est là, son regard vigilant surveille et pénètre jusqu'au fond du cœur. »

Bonacieux répétait mot pour mot une phrase qu'il avait entendu dire au comte de Rochefort ; mais la pauvre femme, qui avait compté sur son mari et qui, dans cet espoir, avait répondu de lui à la reine, n'en frémit pas moins, et du danger dans lequel elle avait failli se jeter, et de l'impuissance dans laquelle elle se trouvait. Cependant, connaissant la faiblesse et surtout la cupidité de son mari, elle ne désespérait pas de l'amener à ses fins.

« Ah ! vous êtes cardinaliste, Monsieur, s'écriat-elle ; ah ! vous servez le parti de ceux qui maltraitent votre femme et qui insultent votre reine !

— Les intérêts particuliers ne sont rien devant les intérêts de tous. Je suis pour ceux qui sauvent l'Etat », dit avec emphase Bonacieux.

C'était une autre phrase du comte de Rochefort, qu'il avait retenue et qu'il trouvait l'occasion de placer.

« Et savez-vous ce que c'est que l'Etat dont vous parlez ? dit Mme Bonacieux en haussant les épaules. Contentez-vous d'être un bourgeois sans finesse aucune, et tournez-vous du côté qui vous offre le plus d'avantages.

— Eh ! eh ! dit Bonacieux en frappant sur un sac à

la panse arrondie et qui rendit un son argentin ; que dites-vous de ceci, Madame la prêcheuse ?

— D'où vient cet argent ?

— Vous ne devinez pas ?

— Du cardinal !

— De lui et de mon ami le comte de Rochefort.

— Le comte de Rochefort ! mais c'est lui qui m'a enlevée !

— Cela se peut, Madame.

— Et vous recevez de l'argent de cet homme ?

— Ne m'avez-vous pas dit que cet enlèvement était tout politique ?

— Oui ; mais cet enlèvement avait pour but de me faire trahir ma maîtresse, de m'arracher par des tortures des aveux qui pussent compromettre l'honneur et peut-être la vie de mon auguste maîtresse.

— Madame, reprit Bonacieux, votre auguste maîtresse est une perfide Espagnole, et ce que le cardinal fait est bien fait.

— Monsieur, dit la jeune femme, je vous savais lâche, avare et imbécile, mais je ne vous savais pas infâme !

— Madame, dit Bonacieux, qui n'avait jamais vu sa femme en colère, et qui reculait devant le courroux conjugal ; Madame, que dites-vous donc ?

— Je dis que vous êtes un misérable ! continua Mme Bonacieux, qui vit qu'elle reprenait quelque influence sur son mari. Ah ! vous faites de la politique, vous ! et de la politique cardinaliste encore ! Ah ! vous vous vendez, corps et âme, au démon pour de l'argent.

— Non, mais au cardinal.

— C'est la même chose ! s'écria la jeune femme. Qui dit Richelieu, dit Satan.

— Taisez-vous, Madame, taisez-vous, on pourrait vous entendre !

— Oui, vous avez raison, et je serais honteuse pour vous de votre lâcheté.

— Mais qu'exigez-vous donc de moi ? voyons !

— Je vous l'ai dit : que vous partiez à l'instant

même, Monsieur, que vous accomplissiez loyalement la commission dont je daigne vous charger, et à cette condition j'oublie tout, je pardonne, et il y a plus — elle lui tendit la main — je vous rends mon amitié. »

Bonacieux était poltron et avare ; mais il aimait sa femme : il fut attendri. Un homme de cinquante ans ne tient pas longtemps rancune à une femme de vingt-trois. Mme Bonacieux vit qu'il hésitait :

« Allons, êtes-vous décidé ? dit-elle.

— Mais, ma chère amie, réfléchissez donc un peu à ce que vous exigez de moi ; Londres est loin de Paris, fort loin, et peut-être la commission dont vous me chargez n'est-elle pas sans dangers.

— Qu'importe, si vous les évitez !

— Tenez, Madame Bonacieux, dit le mercier, tenez, décidément, je refuse : les intrigues me font peur. J'ai vu la Bastille, moi. Brrrrou ! c'est affreux, la Bastille ! Rien que d'y penser, j'en ai la chair de poule. On m'a menacé de la torture. Savez-vous ce que c'est que la torture ? Des coins de bois qu'on vous enfonce entre les jambes jusqu'à ce que les os éclatent [1] ! Non, décidément, je n'irai pas. Et morbleu ! que n'y allez-vous vous-même ? car, en vérité, je crois que je me suis trompé sur votre compte jusqu'à présent : je crois que vous êtes un homme, et des plus enragés encore !

— Et vous, vous êtes une femme, une misérable femme, stupide et abrutie. Ah ! vous avez peur ! Eh bien ! si vous ne partez pas à l'instant même, je vous fais arrêter par l'ordre de la reine, et je vous fais mettre à cette Bastille que vous craignez tant. »

Bonacieux tomba dans une réflexion profonde ; il pesa mûrement les deux colères dans son cerveau, celle du cardinal et celle de la reine : celle du cardinal l'emporta énormément.

« Faites-moi arrêter de la part de la reine, dit-il, et moi je me réclamerai de Son Eminence. »

Pour le coup, Mme Bonacieux vit qu'elle avait été

---

1. C'est la torture dite des brodequins.

trop loin, et elle fut épouvantée de s'être si fort avancée. Elle contempla un instant avec effroi cette figure stupide, d'une résolution invincible, comme celle des sots qui ont peur.

« Eh bien, soit ! dit-elle. Peut-être, au bout du compte, avez-vous raison : un homme en sait plus long que les femmes en politique, et vous surtout, Monsieur Bonacieux, qui avez causé avec le cardinal. Et cependant, il est bien dur, ajouta-t-elle, que mon mari, un homme sur l'affection duquel je croyais pouvoir compter, me traite aussi disgracieusement et ne satisfasse point à ma fantaisie.

— C'est que vos fantaisies peuvent mener trop loin, reprit Bonacieux triomphant, et je m'en défie.

— J'y renoncerai donc, dit la jeune femme en soupirant ; c'est bien, n'en parlons plus.

— Si, au moins, vous me disiez quelle chose je vais faire à Londres, reprit Bonacieux, qui se rappelait un peu tard que Rochefort lui avait recommandé d'essayer de surprendre les secrets de sa femme.

— Il est inutile que vous le sachiez, dit la jeune femme, qu'une défiance instinctive repoussait maintenant en arrière : il s'agissait d'une bagatelle comme en désirent les femmes, d'une emplette [1] sur laquelle il y avait beaucoup à gagner. »

Mais plus la jeune femme se défendait, plus au contraire Bonacieux pensa que le secret qu'elle refusait de lui confier était important. Il résolut donc de courir à l'instant même chez le comte de Rochefort, et de lui dire que la reine cherchait un messager pour l'envoyer à Londres.

« Pardon, si je vous quitte, ma chère Madame Bonacieux, dit-il ; mais, ne sachant pas que vous me viendriez voir, j'avais pris rendez-vous avec un de mes amis ; je reviens à l'instant même, et si vous voulez m'attendre seulement une demi-minute, aussitôt que j'en aurai fini avec cet ami, je reviens vous prendre, et,

---

1. Un achat.

comme il commence à se faire tard, je vous reconduis au Louvre.

— Merci, Monsieur, répondit Mme Bonacieux : vous n'êtes point assez brave pour m'être d'une utilité quelconque, et je m'en retournerai bien au Louvre toute seule.

— Comme il vous plaira, Madame Bonacieux, reprit l'ex-mercier. Vous reverrai-je bientôt ?

— Sans doute ; la semaine prochaine, je l'espère, mon service me laissera quelque liberté, et j'en profiterai pour revenir mettre de l'ordre dans nos affaires, qui doivent être quelque peu dérangées.

— C'est bien ; je vous attendrai. Vous ne m'en voulez pas ?

— Moi ! pas le moins du monde.

— A bientôt, alors ?

— A bientôt. »

Bonacieux baisa la main de sa femme, et s'éloigna rapidement.

« Allons, dit Mme Bonacieux, lorsque son mari eut refermé la porte de la rue, et qu'elle se trouva seule, il ne manquait plus à cet imbécile que d'être cardinaliste ! Et moi qui avais répondu à la reine, moi qui avais promis à ma pauvre maîtresse... Ah ! mon Dieu, mon Dieu ! elle va me prendre pour quelqu'une de ces misérables dont fourmille le palais, et qu'on a placées près d'elle pour l'espionner ! Ah ! Monsieur Bonacieux ! je ne vous ai jamais beaucoup aimé ; maintenant, c'est bien pis : je vous hais ! et, sur ma parole, vous me le paierez ! »

Au moment où elle disait ces mots, un coup frappé au plafond lui fit lever la tête, et une voix, qui parvint à elle à travers le plancher, lui cria :

« Chère Madame Bonacieux, ouvrez-moi la petite porte de l'allée, et je vais descendre près de vous. »

XVIII

L'AMANT ET LE MARI

« Ah ! Madame, dit d'Artagnan en entrant par la porte que lui ouvrait la jeune femme, permettez-moi de vous le dire, vous avez là un triste mari.

— Vous avez donc entendu notre conversation ? demanda vivement Mme Bonacieux en regardant d'Artagnan avec inquiétude.

— Tout entière.

— Mais comment cela ? mon Dieu !

— Par un procédé à moi connu, et par lequel j'ai entendu aussi la conversation plus animée que vous avez eue avec les sbires du cardinal.

— Et qu'avez-vous compris dans ce que nous disions ?

— Mille choses : d'abord, que votre mari est un niais et un sot, heureusement ; puis, que vous étiez embarrassée, ce dont j'ai été fort aise, et que cela me donne une occasion de me mettre à votre service, et Dieu sait si je suis prêt à me jeter dans le feu pour vous ; enfin que la reine a besoin qu'un homme brave, intelligent et dévoué fasse pour elle un voyage à Londres. J'ai au moins deux des trois qualités qu'il vous faut, et me voilà. »

Mme Bonacieux ne répondit pas, mais son cœur battait de joie, et une secrète espérance brilla à ses yeux.

« Et quelle garantie me donnerez-vous, demanda-t-elle, si je consens à vous confier cette mission ?

— Mon amour pour vous. Voyons, dites, ordonnez : que faut-il faire ?

— Mon Dieu ! mon Dieu ! murmura la jeune femme, dois-je vous confier un pareil secret, Monsieur ? Vous êtes presque un enfant !

— Allons, je vois qu'il vous faut quelqu'un qui vous réponde de moi.

— J'avoue que cela me rassurerait fort.

— Connaissez-vous Athos ?

— Non.

— Porthos ?

— Non.

— Aramis ?

— Non. Quels sont ces Messieurs ?

— Des mousquetaires du roi. Connaissez-vous M. de Tréville, leur capitaine ?

— Oh ! oui, celui-là, je le connais, non pas personnellement, mais pour en avoir entendu plus d'une fois parler à la reine comme d'un brave et loyal gentilhomme.

— Vous ne craignez pas que lui vous trahisse pour le cardinal, n'est-ce pas ?

— Oh ! non, certainement.

— Eh bien ! révélez-lui votre secret, et demandez-lui, si important, si précieux, si terrible qu'il soit, si vous pouvez me le confier.

— Mais ce secret ne m'appartient pas, et je ne puis le révéler ainsi.

— Vous l'alliez bien confier à M. Bonacieux, dit d'Artagnan avec dépit.

— Comme on confie une lettre au creux d'un arbre, à l'aile d'un pigeon, au collier d'un chien.

— Et cependant, moi, vous voyez bien que je vous aime.

— Vous le dites.

— Je suis un galant homme !

— Je le crois.

— Je suis brave !

— Oh ! cela, j'en suis sûre.

— Alors, mettez-moi donc à l'épreuve. »

Mme Bonacieux regarda le jeune homme, retenue par une dernière hésitation. Mais il y avait une telle ardeur dans ses yeux, une telle persuasion dans sa voix, qu'elle se sentit entraînée à se fier à lui. D'ailleurs elle se trouvait dans une de ces circonstances où il faut risquer le tout pour le tout. La reine était aussi bien perdue par une trop grande retenue que par une trop grande confiance. Puis, avouons-le, le sentiment involontaire qu'elle éprouvait pour ce jeune protecteur la décida à parler.

« Ecoutez, lui dit-elle, je me rends à vos protestations et je cède à vos assurances. Mais je vous jure devant Dieu qui nous entend, que si vous me trahissez et que mes ennemis me pardonnent, je me tuerai en vous accusant de ma mort.

— Et moi, je vous jure devant Dieu, Madame, dit d'Artagnan, que si je suis pris en accomplissant les ordres que vous me donnez, je mourrai avant de rien faire ou dire qui compromette quelqu'un. »

Alors la jeune femme lui confia le terrible secret dont le hasard lui avait déjà révélé une partie en face de la Samaritaine. Ce fut leur mutuelle déclaration d'amour.

D'Artagnan rayonnait de joie et d'orgueil. Ce secret qu'il possédait, cette femme qu'il aimait, la confiance et l'amour, faisaient de lui un géant.

« Je pars, dit-il, je pars sur-le-champ.

— Comment ! vous partez ! s'écria Mme Bonacieux, et votre régiment, votre capitaine ?

— Sur mon âme, vous m'aviez fait oublier tout cela, chère Constance ! oui, vous avez raison, il me faut un congé.

— Encore un obstacle, murmura Mme Bonacieux avec douleur.

— Oh ! celui-là, s'écria d'Artagnan après un moment de réflexion, je le surmonterai, soyez tranquille.

— Comment cela ?

— J'irai trouver ce soir même M. de Tréville, que je chargerai de demander pour moi cette faveur à son beau-frère, M. des Essarts.

— Maintenant, autre chose.

— Quoi ? demanda d'Artagnan, voyant que Mme Bonacieux hésitait à continuer.

— Vous n'avez peut-être pas d'argent ?

— Peut-être est de trop, dit d'Artagnan en souriant.

— Alors, reprit Mme Bonacieux en ouvrant une armoire et en tirant de cette armoire le sac qu'une demi-heure auparavant caressait si amoureusement son mari, prenez ce sac.

— Celui du cardinal ! s'écria en éclatant de rire d'Artagnan qui, comme on s'en souvient, grâce à ses carreaux enlevés, n'avait pas perdu une syllabe de la conversation du mercier et de sa femme.

— Celui du cardinal, répondit Mme Bonacieux ; vous voyez qu'il se présente sous un aspect assez respectable.

— Pardieu ! s'écria d'Artagnan, ce sera une chose doublement divertissante que de sauver la reine avec l'argent de Son Éminence !

— Vous êtes un aimable et charmant jeune homme, dit Mme Bonacieux. Croyez que Sa Majesté ne sera point ingrate.

— Oh ! je suis déjà grandement récompensé ! s'écria d'Artagnan. Je vous aime, vous me permettez de vous le dire ; c'est déjà plus de bonheur que je n'en osais espérer.

— Silence ! dit Mme Bonacieux en tressaillant.

— Quoi ?

— On parle dans la rue.

— C'est la voix...

— De mon mari. Oui, je l'ai reconnue ! »

D'Artagnan courut à la porte et poussa le verrou.

« Il n'entrera pas que je ne sois parti, dit-il, et quand je serai parti, vous lui ouvrirez.

— Mais je devrais être partie aussi, moi. Et la disparition de cet argent, comment la justifier si je suis là ?

— Vous avez raison, il faut sortir.

— Sortir, comment ? Il nous verra si nous sortons.

— Alors il faut monter chez moi.

— Ah ! s'écria Mme Bonacieux, vous me dites cela d'un ton qui me fait peur. »

Mme Bonacieux prononça ces paroles avec une larme dans les yeux. D'Artagnan vit cette larme, et, troublé, attendri, il se jeta à ses genoux.

« Chez moi, dit-il, vous serez en sûreté comme dans

un temple, je vous en donne ma parole de gentilhomme.

— Partons, dit-elle, je me fie à vous, mon ami. »

D'Artagnan rouvrit avec précaution le verrou, et
tous deux, légers comme des ombres, se glissèrent par
la porte intérieure dans l'allée, montèrent sans bruit
l'escalier et rentrèrent dans la chambre de d'Artagnan.

Une fois chez lui, pour plus de sûreté, le jeune
homme barricada la porte ; ils s'approchèrent tous
deux de la fenêtre, et par une fente du volet ils virent
M. Bonacieux qui causait avec un homme en manteau.

A la vue de l'homme en manteau, d'Artagnan bondit, et, tirant son épée à demi, s'élança vers la porte.

C'était l'homme de Meung.

« Qu'allez-vous faire ? s'écria Mme Bonacieux ;
vous nous perdez.

— Mais j'ai juré de tuer cet homme ! dit d'Artagnan.

— Votre vie est vouée [1] en ce moment et ne vous
appartient pas. Au nom de la reine, je vous défends de
vous jeter dans aucun péril étranger à celui du
voyage.

— Et en votre nom, n'ordonnez-vous rien ?

— En mon nom, dit Mme Bonacieux avec une vive
émotion ; en mon nom, je vous en prie. Mais écoutons, il me semble qu'ils parlent de moi. »

D'Artagnan se rapprocha de la fenêtre et prêta
l'oreille.

M. Bonacieux avait rouvert sa porte, et voyant
l'appartement vide, il était revenu à l'homme au manteau qu'un instant il avait laissé seul.

« Elle est partie, dit-il, elle sera retournée au Louvre.

— Vous êtes sûr, répondit l'étranger, qu'elle ne s'est
pas doutée dans quelles intentions vous êtes sorti ?

---

1. Littéralement : consacrée par un vœu.

— Non, répondit Bonacieux avec suffisance ; c'est une femme trop superficielle.

— Le cadet aux gardes est-il chez lui ?

— Je ne le crois pas ; comme vous le voyez, son volet est fermé, et l'on ne voit aucune lumière briller à travers les fentes.

— C'est égal, il faudrait s'en assurer.

— Comment cela ?

— En allant frapper à sa porte.

— Je demanderai à son valet.

— Allez. »

Bonacieux rentra chez lui, passa par la même porte qui venait de donner passage aux deux fugitifs, monta jusqu'au palier de d'Artagnan et frappa.

Personne ne répondit. Porthos, pour faire plus grande figure, avait emprunté ce soir-là Planchet. Quant à d'Artagnan, il n'avait garde de donner signe d'existence.

Au moment où le doigt de Bonacieux résonna sur la porte, les deux jeunes gens sentirent bondir leurs cœurs.

« Il n'y a personne chez lui, dit Bonacieux.

— N'importe, rentrons toujours chez vous, nous serons plus en sûreté que sur le seuil d'une porte.

— Ah ! mon Dieu ! murmura Mme Bonacieux, nous n'allons plus rien entendre.

— Au contraire, dit d'Artagnan, nous n'entendrons que mieux. »

D'Artagnan enleva les trois ou quatre carreaux qui faisaient de sa chambre une autre oreille de Denys [1], étendit un tapis à terre, se mit à genoux, et fit signe à Mme Bonacieux de se pencher, comme il le faisait, vers l'ouverture.

« Vous êtes sûr qu'il n'y a personne ? dit l'inconnu.

1. Le tyran Denys avait fait construire à Syracuse une prison souterraine en forme d'oreille, dont l'acoustique lui permettait d'entendre, par l'orifice supérieur, tout ce que disaient les prisonniers. Dumas l'avait sans doute visitée lors de son voyage en Sicile en 1835 ou 1836.

— J'en réponds, dit Bonacieux.

— Et vous pensez que votre femme ?...

— Est retournée au Louvre.

— Sans parler à aucune personne qu'à vous ?

— J'en suis sûr.

— C'est un point important, comprenez-vous ?

— Ainsi, la nouvelle que je vous ai apportée a donc une valeur... ?

— Très grande, mon cher Bonacieux, je ne vous le cache pas.

— Alors le cardinal sera content de moi ?

— Je n'en doute pas.

— Le grand cardinal !

— Vous êtes sûr que, dans sa conversation avec vous, votre femme n'a pas prononcé de noms propres ?

— Je ne crois pas.

— Elle n'a nommé ni Mme de Chevreuse, ni M. de Buckingham, ni Mme de Vernet ?

— Non, elle m'a dit seulement qu'elle voulait m'envoyer à Londres pour servir les intérêts d'une personne illustre. »

« Le traître ! murmura Mme Bonacieux.

— Silence ! » dit d'Artagnan en lui prenant une main qu'elle lui abandonna sans y penser.

« N'importe, continua l'homme au manteau, vous êtes un niais de n'avoir pas feint d'accepter la commission, vous auriez la lettre à présent ; l'Etat qu'on menace était sauvé, et vous...

— Et moi ?

— Eh bien, vous ! le cardinal vous donnait des lettres de noblesse...

— Il vous l'a dit ?

— Oui, je sais qu'il voulait vous faire cette surprise.

— Soyez tranquille, reprit Bonacieux ; ma femme m'adore, et il est encore temps. »

« Le niais ! murmura Mme Bonacieux.

— Silence ! » dit d'Artagnan en lui serrant plus fortement la main.

« Comment est-il encore temps ? reprit l'homme au manteau.

— Je retourne au Louvre, je demande Mme Bonacieux, je dis que j'ai réfléchi, je renoue l'affaire, j'obtiens la lettre, et je cours chez le cardinal.

— Eh bien ! allez vite ; je reviendrai bientôt savoir le résultat de votre démarche. »

L'inconnu sortit.

« L'infâme ! dit Mme Bonacieux en adressant encore cette épithète à son mari.

— Silence ! » répéta d'Artagnan en lui serrant la main plus fortement encore.

Un hurlement terrible interrompit alors les réflexions de d'Artagnan et de Mme Bonacieux. C'était son mari, qui s'était aperçu de la disparition de son sac et qui criait au voleur.

« Oh ! mon Dieu ! s'écria Mme Bonacieux, il va ameuter tout le quartier. »

Bonacieux cria longtemps ; mais comme de pareils cris, attendu leur fréquence, n'attiraient personne dans la rue des Fossoyeurs, et que d'ailleurs la maison du mercier était depuis quelque temps assez mal famée, voyant que personne ne venait, il sortit en continuant de crier, et l'on entendit sa voix qui s'éloignait dans la direction de la rue du Bac.

« Et maintenant qu'il est parti, à votre tour de vous éloigner, dit Mme Bonacieux ; du courage, mais surtout de la prudence, et songez que vous vous devez à la reine.

— A elle et à vous ! s'écria d'Artagnan. Soyez tranquille, belle Constance, je reviendrai digne de sa reconnaissance ; mais reviendrai-je aussi digne de votre amour ? »

La jeune femme ne répondit que par la vive rougeur qui colora ses joues. Quelques instants après, d'Artagnan sortit à son tour, enveloppé, lui aussi, d'un grand manteau que retroussait cavalièrement le fourreau d'une longue épée.

Mme Bonacieux le suivit des yeux avec ce long regard d'amour dont la femme accompagne l'homme qu'elle se sent aimer ; mais lorsqu'il eut disparu à l'angle de la rue, elle tomba à genoux, et joignant les mains :

« O mon Dieu ! s'écria-t-elle, protégez la reine, protégez-moi ! »

XIX

PLAN DE CAMPAGNE

D'Artagnan se rendit droit chez M. de Tréville. Il avait réfléchi que, dans quelques minutes, le cardinal serait averti par ce damné inconnu, qui paraissait être son agent, et il pensait avec raison qu'il n'y avait pas un instant à perdre.

Le cœur du jeune homme débordait de joie. Une occasion où il y avait à la fois gloire à acquérir et argent à gagner se présentait à lui, et, comme premier encouragement, venait de le rapprocher d'une femme qu'il adorait. Ce hasard faisait donc presque du premier coup, pour lui, plus qu'il n'eût osé demander à la Providence.

M. de Tréville était dans son salon avec sa cour habituelle de gentilshommes. D'Artagnan, que l'on connaissait comme un familier de la maison, alla droit à son cabinet et le fit prévenir qu'il l'attendait pour chose d'importance.

D'Artagnan était là depuis cinq minutes à peine, lorsque M. de Tréville entra. Au premier coup d'œil et à la joie qui se peignait sur son visage, le digne capitaine comprit qu'il se passait effectivement quelque chose de nouveau.

Tout le long de la route, d'Artagnan s'était demandé s'il se confierait à M. de Tréville, ou si seulement il lui demanderait de lui accorder carte blanche pour une affaire secrète. Mais M. de Tréville avait toujours été si parfait pour lui, il était si fort dévoué au roi et à la reine, il haïssait si cordialement le cardinal, que le jeune homme résolut de tout lui dire.

« Vous m'avez fait demander, mon jeune ami ? dit M. de Tréville.

— Oui, Monsieur, dit d'Artagnan, et vous me pardonnerez, je l'espère, de vous avoir dérangé, quand vous saurez de quelle chose importante il est question.

— Dites alors, je vous écoute.

— Il ne s'agit de rien de moins, dit d'Artagnan, en baissant la voix, que de l'honneur et peut-être de la vie de la reine.

— Que dites-vous là ? demanda M. de Tréville en regardant tout autour de lui s'ils étaient bien seuls, et en ramenant son regard interrogateur sur d'Artagnan.

— Je dis, Monsieur, que le hasard m'a rendu maître d'un secret...

— Que vous garderez, j'espère, jeune homme, sur votre vie.

— Mais que je dois vous confier, à vous, Monsieur, car vous seul pouvez m'aider dans la mission que je viens de recevoir de Sa Majesté.

— Ce secret est-il à vous ?

— Non, Monsieur, c'est celui de la reine.

— Etes-vous autorisé par Sa Majesté à me le confier ?

— Non, Monsieur, car au contraire le plus profond mystère m'est recommandé.

— Et pourquoi donc allez-vous le trahir vis-à-vis de moi ?

— Parce que, je vous le dis, sans vous je ne puis rien, et que j'ai peur que vous ne me refusiez la grâce que je viens vous demander, si vous ne savez pas dans quel but je vous la demande.

— Gardez votre secret, jeune homme, et dites-moi ce que vous désirez.

— Je désire que vous obteniez pour moi, de M. des Essarts, un congé de quinze jours.

— Quand cela ?

— Cette nuit même.

— Vous quittez Paris ?

— Je vais en mission.

— Pouvez-vous me dire où ?

— A Londres.

— Quelqu'un a-t-il intérêt à ce que vous n'arriviez pas à votre but ?

— Le cardinal, je le crois, donnerait tout au monde pour m'empêcher de réussir.

— Et vous partez seul ?

— Je pars seul.

— En ce cas, vous ne passerez pas Bondy [1] ; c'est moi qui vous le dis, foi de Tréville.

— Comment cela ?

— On vous fera assassiner.

— Je serai mort en faisant mon devoir.

— Mais votre mission ne sera pas remplie.

— C'est vrai, dit d'Artagnan.

— Croyez-moi, continua Tréville, dans les entreprises de ce genre, il faut être quatre pour arriver un.

— Ah ! vous avez raison, Monsieur, dit d'Artagnan ; mais vous connaissez Athos, Porthos et Aramis, et vous savez si je puis disposer d'eux.

— Sans leur confier le secret que je n'ai pas voulu savoir ?

— Nous nous sommes juré, une fois pour toutes, confiance aveugle et dévouement à toute épreuve ; d'ailleurs vous pouvez leur dire que vous avez toute confiance en moi, et ils ne seront pas plus incrédules que vous.

— Je puis leur envoyer à chacun un congé de quinze jours, voilà tout : à Athos, que sa blessure fait toujours souffrir, pour aller aux eaux de Forges [2] ! à Porthos et à Aramis, pour suivre leur ami, qu'ils ne

---

1. La forêt de Bondy, au nord-est de Paris, légendaire repaire de brigands, était propice à un assassinat.
2. Forges-les-Eaux, près de Dieppe, était au XVIIᵉ siècle une station thermale réputée.

veulent pas abandonner dans une si douloureuse position. L'envoi de leur congé sera la preuve que j'autorise leur voyage.

— Merci, Monsieur, et vous êtes cent fois bon.

— Allez donc les trouver à l'instant même, et que tout s'exécute cette nuit. Ah ! et d'abord écrivez-moi votre requête à M. des Essarts. Peut-être aviez-vous un espion à vos trousses, et votre visite, qui dans ce cas est déjà connue du cardinal, sera légitimée ainsi. »

D'Artagnan formula cette demande, et M. de Tréville, en la recevant de ses mains, assura qu'avant deux heures du matin les quatre congés seraient au domicile respectif des voyageurs.

« Ayez la bonté d'envoyer le mien chez Athos, dit d'Artagnan. Je craindrais, en rentrant chez moi, d'y faire quelque mauvaise rencontre.

— Soyez tranquille. Adieu et bon voyage ! A propos ! » dit M. de Tréville en le rappelant.

D'Artagnan revint sur ses pas.

« Avez-vous de l'argent ? »

D'Artagnan fit sonner le sac qu'il avait dans sa poche.

« Assez ? demanda M. de Tréville.

— Trois cents pistoles.

— C'est bien, on va au bout du monde avec cela ; allez donc. »

D'Artagnan salua M. de Tréville, qui lui tendit la main ; d'Artagnan la lui serra avec un respect mêlé de reconnaissance. Depuis qu'il était arrivé à Paris, il n'avait eu qu'à se louer de cet excellent homme, qu'il avait toujours trouvé digne, loyal et grand.

Sa première visite fut pour Aramis ; il n'était pas revenu chez son ami depuis la fameuse soirée où il avait suivi Mme Bonacieux. Il y a plus : à peine avait-il vu le jeune mousquetaire, et à chaque fois qu'il l'avait revu, il avait cru remarquer une profonde tristesse empreinte sur son visage.

Ce soir encore, Aramis veillait sombre et rêveur ; d'Artagnan lui fit quelques questions sur cette mélancolie profonde ; Aramis s'excusa sur un commentaire du dix-huitième chapitre de saint Augustin qu'il était forcé d'écrire en latin pour la semaine suivante, et qui le préoccupait beaucoup.

Comme les deux amis causaient depuis quelques instants, un serviteur de M. de Tréville entra porteur d'un paquet cacheté.

« Qu'est-ce là ? demanda Aramis.

— Le congé que Monsieur a demandé, répondit le laquais.

— Moi, je n'ai pas demandé de congé.

— Taisez-vous et prenez, dit d'Artagnan. Et vous, mon ami, voici une demi-pistole pour votre peine ; vous direz à M. de Tréville que M. Aramis le remercie bien sincèrement. Allez. »

Le laquais salua jusqu'à terre et sortit.

« Que signifie cela ? demanda Aramis.

— Prenez ce qu'il vous faut pour un voyage de quinze jours, et suivez-moi.

— Mais je ne puis quitter Paris en ce moment, sans savoir... »

Aramis s'arrêta.

« Ce qu'elle est devenue, n'est-ce pas ? continua d'Artagnan.

— Qui ? reprit Aramis.

— La femme qui était ici, la femme au mouchoir brodé.

— Qui vous a dit qu'il y avait une femme ici ? répliqua Aramis en devenant pâle comme la mort.

— Je l'ai vue.

— Et vous savez qui elle est ?

— Je crois m'en douter, du moins.

— Ecoutez, dit Aramis, puisque vous savez tant de choses, savez-vous ce qu'est devenue cette femme ?

— Je présume qu'elle est retournée à Tours.

— A Tours ? oui, c'est bien cela ; vous la connaissez. Mais comment est-elle retournée à Tours sans me rien dire ?

— Parce qu'elle a craint d'être arrêtée.

— Comment ne m'a-t-elle pas écrit ?

— Parce qu'elle craint de vous compromettre.

— D'Artagnan, vous me rendez la vie ! s'écria Aramis. Je me croyais méprisé, trahi. J'étais si heureux de la revoir ! Je ne pouvais croire qu'elle risquât sa liberté pour moi, et cependant pour quelle cause serait-elle revenue à Paris ?

— Pour la cause qui aujourd'hui nous fait aller en Angleterre.

— Et quelle est cette cause ? demanda Aramis.

— Vous le saurez un jour, Aramis ; mais, pour le moment, j'imiterai la retenue de la nièce du docteur. »

Aramis sourit, car il se rappelait le conte qu'il avait fait certain soir à ses amis.

« Eh bien ! donc, puisqu'elle a quitté Paris et que vous en êtes sûr, d'Artagnan, rien ne m'y arrête plus, et je suis prêt à vous suivre. Vous dites que nous allons ?...

— Chez Athos, pour le moment, et si vous voulez venir, je vous invite même à vous hâter, car nous avons déjà perdu beaucoup de temps. A propos, prévenez Bazin.

— Bazin vient avec nous ? demanda Aramis.

— Peut-être. En tout cas, il est bon qu'il nous suive pour le moment chez Athos. »

Aramis appela Bazin, et après lui avoir ordonné de le venir joindre chez Athos :

« Partons donc », dit-il en prenant son manteau, son épée et ses trois pistolets, et en ouvrant inutilement trois ou quatre tiroirs pour voir s'il n'y trouverait pas quelque pistole égarée. Puis, quand il se fut bien assuré que cette recherche était superflue, il suivit d'Artagnan en se demandant comment il se faisait que le jeune cadet aux gardes sût aussi bien que lui quelle était la femme à laquelle il avait donné l'hospitalité, et sût mieux que lui ce qu'elle était devenue.

Seulement, en sortant, Aramis posa sa main sur le bras de d'Artagnan, et le regardant fixement :

« Vous n'avez parlé de cette femme à personne ? dit-il.

— A personne au monde.

— Pas même à Athos et à Porthos ?

— Je ne leur en ai pas soufflé le moindre mot.

— A la bonne heure. »

Et, tranquille sur ce point important, Aramis continua son chemin avec d'Artagnan, et tous deux arrivèrent bientôt chez Athos.

Ils le trouvèrent tenant son congé d'une main et la lettre de M. de Tréville de l'autre.

« Pouvez-vous m'expliquer ce que signifient ce congé et cette lettre que je viens de recevoir ? » dit Athos étonné.

« Mon cher Athos, je veux bien, puisque votre santé l'exige absolument, que vous vous reposiez quinze jours. Allez donc prendre les eaux de Forges ou telles autres qui vous conviendront, et rétablissez-vous promptement.

« Votre affectionné

« TRÉVILLE. »

« Eh bien, ce congé et cette lettre signifient qu'il faut me suivre, Athos.

— Aux eaux de Forges ?

— Là ou ailleurs.

— Pour le service du roi ?

— Du roi ou de la reine : ne sommes-nous pas serviteurs de Leurs Majestés ? »

En ce moment, Porthos entra.

« Pardieu, dit-il, voici une chose étrange : depuis quand, dans les mousquetaires, accorde-t-on aux gens des congés sans qu'ils les demandent ?

— Depuis, dit d'Artagnan, qu'ils ont des amis qui les demandent pour eux.

— Ah ! ah ! dit Porthos, il paraît qu'il y a du nouveau ici ?

— Oui, nous partons, dit Aramis.

— Pour quel pays ? demanda Porthos.

— Ma foi, je n'en sais trop rien, dit Athos : demande cela à d'Artagnan.

— Pour Londres, Messieurs, dit d'Artagnan.

— Pour Londres ! s'écria Porthos ; et qu'allons-nous faire à Londres ?

— Voilà ce que je ne puis vous dire, Messieurs, et il faut vous fier à moi.

— Mais pour aller à Londres, ajouta Porthos, il faut de l'argent, et je n'en ai pas.

— Ni moi, dit Aramis.

— Ni moi, dit Athos.

— J'en ai, moi, reprit d'Artagnan en tirant son trésor de sa poche et en le posant sur la table. Il y a dans ce sac trois cents pistoles ; prenons-en chacun soixante-quinze ; c'est autant qu'il en faut pour aller à Londres et pour en revenir. D'ailleurs, soyez tranquilles, nous n'y arriverons pas tous, à Londres.

— Et pourquoi cela ?

— Parce que, selon toute probabilité, il y en aura quelques-uns d'entre nous qui resteront en route.

— Mais est-ce donc une campagne que nous entreprenons ?

— Et des plus dangereuses, je vous en avertis.

— Ah çà, mais, puisque nous risquons de nous faire tuer, dit Porthos, je voudrais bien savoir pourquoi, au moins ?

— Tu en seras bien plus avancé ! dit Athos.

— Cependant, dit Aramis, je suis de l'avis de Porthos.

— Le roi a-t-il l'habitude de vous rendre des comptes ? Non ; il vous dit tout bonnement : « Messieurs, « on se bat en Gascogne ou dans les Flandres ; allez « vous battre », et vous y allez. Pourquoi ? vous ne vous en inquiétez même pas.

— D'Artagnan a raison, dit Athos, voilà nos trois congés qui viennent de M. de Tréville, et voilà trois cents pistoles qui viennent je ne sais d'où. Allons nous faire tuer où l'on nous dit d'aller. La vie vaut-elle la peine de faire autant de questions ? D'Artagnan, je suis prêt à te suivre.

— Et moi aussi, dit Porthos.

— Et moi aussi, dit Aramis. Aussi bien, je ne suis pas fâché de quitter Paris. J'ai besoin de distractions.

— Eh bien ! vous en aurez, des distractions, Messieurs, soyez tranquilles, dit d'Artagnan.

— Et maintenant, quand partons-nous ? dit Athos.

— Tout de suite, répondit d'Artagnan, il n'y a pas une minute à perdre.

— Holà ! Grimaud, Planchet, Mousqueton, Bazin ! crièrent les quatre jeunes gens appelant leurs laquais, graissez nos bottes et ramenez les chevaux de l'hôtel. »

En effet, chaque mousquetaire laissait à l'hôtel général comme à une caserne son cheval et celui de son laquais.

Planchet, Grimaud, Mousqueton et Bazin partirent en toute hâte.

« Maintenant, dressons le plan de campagne, dit Porthos. Où allons-nous d'abord ?

— A Calais, dit d'Artagnan ; c'est la ligne la plus directe pour arriver à Londres.

— Eh bien ! dit Porthos, voici mon avis.

— Parle.

— Quatre hommes voyageant ensemble seraient suspects : d'Artagnan nous donnera à chacun ses instructions, je partirai en avant par la route de Boulogne pour éclairer le chemin ; Athos partira deux heures après par celle d'Amiens ; Aramis nous suivra par celle de Noyon ; quant à d'Artagnan, il partira par celle qu'il voudra, avec les habits de Planchet, tandis que Planchet nous suivra en d'Artagnan et avec l'uniforme des gardes.

— Messieurs, dit Athos, mon avis est qu'il ne convient pas de mettre en rien des laquais dans une pareille affaire : un secret peut par hasard être trahi par des gentilshommes, mais il est presque toujours vendu par des laquais.

— Le plan de Porthos me semble impraticable, dit d'Artagnan, en ce que j'ignore moi-même quelles instructions je puis vous donner. Je suis porteur d'une lettre, voilà tout. Je n'ai pas et ne puis faire trois copies de cette lettre, puisqu'elle est scellée ; il faut donc, à mon avis, voyager de compagnie. Cette lettre est là, dans cette poche. Et il montra la poche où était la lettre. Si je suis tué, l'un de vous la prendra et vous continuerez la route ; s'il est tué, ce sera le tour d'un autre, et ainsi de suite ; pourvu qu'un seul arrive, c'est tout ce qu'il faut.

— Bravo, d'Artagnan ! ton avis est le mien, dit Athos. Il faut être conséquent [1], d'ailleurs : je vais prendre les eaux, vous m'accompagnerez ; au lieu des eaux de Forges, je vais prendre les eaux de mer [2] ; je suis libre. On veut nous arrêter, je montre la lettre de M. de Tréville, et vous montrez vos congés ; on nous attaque, nous nous défendons ; on nous juge, nous soutenons mordicus que nous n'avions d'autre intention que de nous tremper un certain nombre de fois dans la mer ; on aurait trop bon marché de quatre hommes isolés, tandis que quatre hommes réunis font une troupe. Nous armerons les quatre laquais de pistolets et de mousquetons ; si l'on envoie une armée contre nous, nous livrerons bataille, et le survivant, comme l'a dit d'Artagnan, portera la lettre.

— Bien dit, s'écria Aramis ; tu ne parles pas souvent, Athos, mais quand tu parles, c'est comme saint Jean Bouche d'or [3]. J'adopte le plan d'Athos. Et toi, Porthos ?

— Moi aussi, dit Porthos, s'il convient à d'Artagnan. D'Artagnan, porteur de la lettre, est naturellement le chef de l'entreprise ; qu'il décide, et nous exécuterons.

— Eh bien ! dit d'Artagnan, je décide que nous adoptions le plan d'Athos et que nous partions dans une demi-heure.

— Adopté ! » reprirent en chœur les trois mousquetaires.

---

1. Logique.
2. Excuse peu vraisemblable, mais plaisante. Au XVIIe siècle, les bains de mer étaient réservés au traitement de la rage.
3. Père de l'Eglise surnommé Chrysostome (en grec « Bouche d'or ») à cause de son éloquence et dont le nom est passé en proverbe.

Et chacun, allongeant la main vers le sac, prit soixante-quinze pistoles et fit ses préparatifs pour partir à l'heure convenue.

XX

VOYAGE

A deux heures du matin, nos quatre aventuriers sortirent de Paris par la barrière Saint-Denis ; tant qu'il fit nuit, ils restèrent muets ; malgré eux, ils subissaient l'influence de l'obscurité et voyaient des embûches partout.

Aux premiers rayons du jour, leurs langues se délièrent ; avec le soleil, la gaieté revint : c'était comme à la veille d'un combat, le cœur battait, les yeux riaient ; on sentait que la vie qu'on allait peut-être quitter était, au bout du compte, une bonne chose.

L'aspect de la caravane, au reste, était des plus formidables [1] : les chevaux noirs des mousquetaires, leur tournure martiale, cette habitude de l'escadron qui fait marcher régulièrement ces nobles compagnons du soldat, eussent trahi le plus strict incognito.

Les valets suivaient, armés jusqu'aux dents.

Tout alla bien jusqu'à Chantilly, où l'on arriva vers les huit heures du matin. Il fallait déjeuner. On descendit devant une auberge que recommandait une enseigne représentant saint Martin donnant la moitié de son manteau à un pauvre [2]. On enjoignit aux laquais de ne pas desseller les chevaux et de se tenir prêts à repartir immédiatement.

---

1. *Formidable* : au sens étymologique, qui inspire respect et crainte.
2. Saint Martin, apôtre des Gaules, était un des saints les plus populaires de l'ancienne France. Le partage de son manteau avec un pauvre est l'épisode de sa vie le plus souvent évoqué.

On entra dans la salle commune, et l'on se mit à table.

Un gentilhomme, qui venait d'arriver par la route de Dammartin, était assis à cette même table et déjeunait. Il entama la conversation sur la pluie et le beau temps ; les voyageurs répondirent : il but à leur santé ; les voyageurs lui rendirent sa politesse.

Mais au moment où Mousqueton venait annoncer que les chevaux étaient prêts et où l'on se levait de table, l'étranger proposa à Porthos la santé du cardinal. Porthos répondit qu'il ne demandait pas mieux, si l'étranger à son tour voulait boire à la santé du roi. L'étranger s'écria qu'il ne connaissait d'autre roi que Son Eminence. Porthos l'appela ivrogne ; l'étranger tira son épée.

« Vous avez fait une sottise, dit Athos ; n'importe, il n'y a plus à reculer maintenant : tuez cet homme et venez nous rejoindre le plus vite que vous pourrez. »

Et tous trois remontèrent à cheval et repartirent à toute bride, tandis que Porthos promettait à son adversaire de le perforer de tous les coups connus dans l'escrime.

« Et d'un ! dit Athos au bout de cinq cents pas.

— Mais pourquoi cet homme s'est-il attaqué à Porthos plutôt qu'à tout autre ? demanda Aramis.

— Parce que, Porthos parlant plus haut que nous tous, il l'a pris pour le chef, dit d'Artagnan.

— J'ai toujours dit que ce cadet de Gascogne était un puits de sagesse », murmura Athos.

Et les voyageurs continuèrent leur route.

A Beauvais, on s'arrêta deux heures, tant pour faire souffler les chevaux que pour attendre Porthos. Au bout de deux heures, comme Porthos n'arrivait pas, ni aucune nouvelle de lui, on se remit en chemin.

A une lieue de Beauvais, à un endroit où le chemin se trouvait resserré entre deux talus, on rencontra huit ou dix hommes qui, profitant de ce que la route était dépavée en cet endroit, avaient l'air d'y travailler en y creusant des trous et en pratiquant des ornières boueuses.

Aramis, craignant de salir ses bottes dans ce mortier artificiel, les apostropha durement. Athos voulut le retenir, il était trop tard. Les ouvriers se mirent à railler les voyageurs, et firent perdre par leur insolence la tête même au froid Athos qui poussa son cheval contre l'un d'eux.

Alors chacun de ces hommes recula jusqu'au fossé et y prit un mousquet caché ; il en résulta que nos sept voyageurs furent littéralement passés par les armes. Aramis reçut une balle qui lui traversa l'épaule, et Mousqueton une autre balle qui se logea dans les parties charnues qui prolongent le bas des reins. Cependant Mousqueton seul tomba de cheval, non pas qu'il fût grièvement blessé, mais, comme il ne pouvait voir sa blessure, sans doute il crut être plus dangereusement blessé qu'il ne l'était.

« C'est une embuscade, dit d'Artagnan, ne brûlons pas une amorce [1], et en route. »

Aramis, tout blessé qu'il était, saisit la crinière de son cheval, qui l'emporta avec les autres. Celui de Mousqueton les avait rejoints, et galopait tout seul à son rang.

« Cela nous fera un cheval de rechange, dit Athos.

— J'aimerais mieux un chapeau, dit d'Artagnan ; le mien a été emporté par une balle. C'est bien heureux, ma foi, que la lettre que je porte n'ait pas été dedans [2].

— Ah çà, mais ils vont tuer le pauvre Porthos quand il passera, dit Aramis.

— Si Porthos était sur ses jambes, il nous aurait rejoints maintenant, dit Athos. M'est avis que, sur le terrain, l'ivrogne se sera dégrisé. »

Et l'on galopa encore pendant deux heures, quoique les chevaux fussent si fatigués, qu'il était à craindre qu'ils ne refusassent bientôt le service.

Les voyageurs avaient pris la traverse, espérant de cette façon être moins inquiétés, mais, à Crèvecœur,

---

1. Ne tirons pas un coup de feu.
2. Il était fréquent, à l'époque, de glisser des papiers précieux dans la doublure des chapeaux.

Aramis déclara qu'il ne pouvait aller plus loin. En effet, il avait fallu tout le courage qu'il cachait sous sa forme élégante et sous ses façons polies pour arriver jusque-là. A tout moment il pâlissait, et l'on était obligé de le soutenir sur son cheval ; on le descendit à la porte d'un cabaret, on lui laissa Bazin qui, au reste, dans une escarmouche, était plus embarrassant qu'utile, et l'on repartit dans l'espérance d'aller coucher à Amiens.

« Morbleu ! dit Athos, quand ils se retrouvèrent en route, réduits à deux maîtres et à Grimaud et Planchet, morbleu ! je ne serai plus leur dupe, et je vous réponds qu'ils ne me feront pas ouvrir la bouche ni tirer l'épée d'ici à Calais. J'en jure...

— Ne jurons pas, dit d'Artagnan, galopons, si toutefois nos chevaux y consentent. »

Et les voyageurs enfoncèrent leurs éperons dans le ventre de leurs chevaux, qui, vigoureusement stimulés, retrouvèrent des forces. On arriva à Amiens à minuit, et l'on descendit à l'auberge du *Lis d'Or*.

L'hôtelier avait l'air du plus honnête homme de la terre, il reçut les voyageurs son bougeoir d'une main et son bonnet de coton de l'autre ; il voulut loger les deux voyageurs chacun dans une charmante chambre, malheureusement chacune de ces chambres était à l'extrémité de l'hôtel. D'Artagnan et Athos refusèrent ; l'hôte répondit qu'il n'y en avait cependant pas d'autres dignes de Leurs Excellences ; mais les voyageurs déclarèrent qu'ils coucheraient dans la chambre commune, chacun sur un matelas qu'on leur jetterait à terre. L'hôte insista, les voyageurs tinrent bon ; il fallut faire ce qu'ils voulurent.

Ils venaient de disposer leur lit et de barricader leur porte en dedans, lorsqu'on frappa au volet de la cour ; ils demandèrent qui était là, reconnurent la voix de leurs valets et ouvrirent.

En effet, c'étaient Planchet et Grimaud.

« Grimaud suffira pour garder les chevaux, dit Planchet ; si ces Messieurs veulent, je coucherai en travers de leur porte ; de cette façon-là, ils seront sûrs qu'on n'arrivera pas jusqu'à eux.

— Et sur quoi coucheras-tu ? dit d'Artagnan.

— Voici mon lit », répondit Planchet.

Et il montra une botte de paille.

« Viens donc, dit d'Artagnan, tu as raison : la figure de l'hôte ne me convient pas, elle est trop gracieuse.

— Ni à moi non plus », dit Athos.

Planchet monta par la fenêtre, s'installa en travers de la porte, tandis que Grimaud allait s'enfermer dans l'écurie, répondant qu'à cinq heures du matin lui et les quatre chevaux seraient prêts.

La nuit fut assez tranquille, on essaya bien vers les deux heures du matin d'ouvrir la porte ; mais comme Planchet se réveilla en sursaut et cria : *Qui va là ?* on répondit qu'on se trompait, et on s'éloigna.

A quatre heures du matin, on entendit un grand bruit dans les écuries. Grimaud avait voulu réveiller les garçons d'écurie, et les garçons d'écurie le battaient. Quand on ouvrit la fenêtre, on vit le pauvre garçon sans connaissance, la tête fendue d'un coup de manche à fourche.

Planchet descendit dans la cour et voulut seller les chevaux ; les chevaux étaient fourbus. Celui de Mousqueton seul, qui avait voyagé sans maître pendant cinq ou six heures la veille, aurait pu continuer la route ; mais, par une erreur inconcevable, le chirurgien vétérinaire qu'on avait envoyé chercher, à ce qu'il paraît, pour saigner le cheval de l'hôte, avait saigné celui de Mousqueton.

Cela commençait à devenir inquiétant : tous ces accidents successifs étaient peut-être le résultat du hasard, mais ils pouvaient tout aussi bien être le fruit d'un complot. Athos et d'Artagnan sortirent, tandis que Planchet allait s'informer s'il n'y avait pas trois chevaux à vendre dans les environs. A la porte étaient deux chevaux tout équipés, frais et vigoureux. Cela faisait bien l'affaire. Il demanda où étaient les maîtres ; on lui dit que les maîtres avaient passé la nuit dans l'auberge et réglaient leur compte à cette heure avec le maître.

Athos descendit pour payer la dépense, tandis que d'Artagnan et Planchet se tenaient sur la porte de la rue ; l'hôtelier était dans une chambre basse et reculée, on pria Athos d'y passer.

Athos entra sans défiance et tira deux pistoles pour payer : l'hôte était seul et assis devant son bureau, dont un des tiroirs était entrouvert. Il prit l'argent que lui présenta Athos, le tourna et le retourna dans ses mains, et tout à coup, s'écriant que la pièce était fausse, il déclara qu'il allait le faire arrêter, lui et son compagnon, comme faux monnayeurs.

« Drôle ! dit Athos, en marchant sur lui, je vais te couper les oreilles ! »

Au même moment, quatre hommes armés jusqu'aux dents entrèrent par les portes latérales et se jetèrent sur Athos.

« Je suis pris, cria Athos de toutes les forces de ses poumons ; au large, d'Artagnan ! pique, pique ! » et il lâcha deux coups de pistolet.

D'Artagnan et Planchet ne se le firent pas répéter à deux fois, ils détachèrent les deux chevaux qui attendaient à la porte, sautèrent dessus, leur enfoncèrent leurs éperons dans le ventre et partirent au triple galop.

« Sais-tu ce qu'est devenu Athos ? demanda d'Artagnan à Planchet en courant.

— Ah ! Monsieur, dit Planchet, j'en ai vu tomber deux à ses deux coups, et il m'a semblé, à travers la porte vitrée, qu'il ferraillait avec les autres.

— Brave Athos ! murmura d'Artagnan. Et quand on pense qu'il faut l'abandonner ! Au reste, autant nous attend peut-être à deux pas d'ici. En avant, Planchet, en avant ! tu es un brave homme.

— Je vous l'ai dit, Monsieur, répondit Planchet, les

Picards, ça se reconnaît à l'user [1] ; d'ailleurs je suis ici dans mon pays, ça m'excite. »

Et tous deux, piquant de plus belle, arrivèrent à Saint-Omer d'une seule traite. A Saint-Omer, ils firent souffler les chevaux la bride passée à leurs bras, de peur d'accident, et mangèrent un morceau sur le pouce tout debout dans la rue, après quoi ils repartirent.

A cent pas des portes de Calais, le cheval de d'Artagnan s'abattit, et il n'y eut pas moyen de le faire se relever : le sang lui sortait par le nez et par les yeux ; restait celui de Planchet, mais celui-là s'était arrêté, et il n'y eut plus moyen de le faire repartir.

Heureusement, comme nous l'avons dit, ils étaient à cent pas de la ville ; ils laissèrent les deux montures sur le grand chemin et coururent au port. Planchet fit remarquer à son maître un gentilhomme qui arrivait avec son valet et qui ne les précédait que d'une cinquantaine de pas.

Ils s'approchèrent vivement de ce gentilhomme, qui paraissait fort affairé. Il avait ses bottes couvertes de poussière, et s'informait s'il ne pourrait point passer à l'instant même en Angleterre.

« Rien ne serait plus facile, répondit le patron d'un bâtiment prêt à mettre à la voile ; mais, ce matin, est arrivé l'ordre de ne laisser partir personne sans une permission expresse de M. le cardinal.

— J'ai cette permission, dit le gentilhomme en tirant un papier de sa poche ; la voici.

— Faites-la viser par le gouverneur du port, dit le patron, et donnez-moi la préférence.

— Où trouverai-je le gouverneur ?

— A sa campagne.

— Et cette campagne est située ?

— A un quart de lieue de la ville ; tenez, vous la voyez d'ici, au pied de cette petite éminence, ce toit en ardoises.

1. A l'usage.

— Très bien ! » dit le gentilhomme.

Et, suivi de son laquais, il prit le chemin de la maison de campagne du gouverneur.

D'Artagnan et Planchet suivirent le gentilhomme à cinq cents pas de distance.

Une fois hors de la ville, d'Artagnan pressa le pas et rejoignit le gentilhomme comme il entrait dans un petit bois.

« Monsieur, lui dit d'Artagnan, vous me paraissez fort pressé ?

— On ne peut plus pressé, Monsieur.

— J'en suis désespéré, dit d'Artagnan, car, comme je suis très pressé aussi, je voulais vous prier de me rendre un service.

— Lequel ?

— De me laisser passer le premier.

— Impossible, dit le gentilhomme, j'ai fait soixante lieues en quarante-quatre heures, et il faut que demain à midi je sois à Londres.

— J'ai fait le même chemin en quarante heures, et il faut que demain à dix heures du matin je sois à Londres.

— Désespéré, Monsieur ; mais je suis arrivé le premier et je ne passerai pas le second.

— Désespéré, Monsieur ; mais je suis arrivé le second, et je passerai le premier.

— Service du roi ! dit le gentilhomme.

— Service de moi ! dit d'Artagnan.

— Mais c'est une mauvaise querelle que vous me cherchez là, ce me semble.

— Parbleu que voulez-vous que ce soit ?

— Que désirez-vous ?

— Vous voulez le savoir ?

— Certainement.

— Eh bien ! je veux l'ordre dont vous êtes porteur, attendu que je n'en ai pas, moi, et qu'il m'en faut un.

— Vous plaisantez, je présume.

— Je ne plaisante jamais.

— Laissez-moi passer !

— Vous ne passerez pas.

— Mon brave jeune homme, je vais vous casser la tête. Holà, Lubin ! mes pistolets.

— Planchet, dit d'Artagnan, charge-toi du valet, je me charge du maître. »

Planchet, enhardi par le premier exploit, sauta sur Lubin, et comme il était fort et vigoureux, il le renversa les reins contre terre et lui mit le genou sur la poitrine.

« Faites votre affaire, Monsieur, dit Planchet ; moi, j'ai fait la mienne. »

Voyant cela, le gentilhomme tira son épée et fondit sur d'Artagnan ; mais il avait affaire à forte partie.

En trois secondes d'Artagnan lui fournit trois coups d'épée en disant à chaque coup :

« Un pour Athos, un pour Porthos, un pour Aramis. »

Au troisième coup, le gentilhomme tomba comme une masse.

D'Artagnan le crut mort, ou tout au moins évanoui, et s'approcha pour lui prendre l'ordre ; mais au moment où il étendait le bras afin de le fouiller, le blessé qui n'avait pas lâché son épée, lui porta un coup de pointe dans la poitrine en disant :

« Un pour vous.

— Et un pour moi ! au dernier les bons ! » s'écria d'Artagnan furieux, en le clouant par terre d'un quatrième coup d'épée dans le ventre.

Cette fois, le gentilhomme ferma les yeux et s'évanouit.

D'Artagnan fouilla dans la poche où il l'avait vu remettre l'ordre de passage, et le prit. Il était au nom du comte de Wardes [1].

Puis, jetant un dernier coup d'œil sur le beau jeune homme, qui avait vingt-cinq ans à peine et qu'il laissait là, gisant, privé de sentiment et peut-être mort, il poussa un soupir sur cette étrange destinée qui porte les hommes à se détruire les uns les autres pour les

---

1. *Cf. Répertoire des personnages.*

intérêts de gens qui leur sont étrangers et qui souvent ne savent pas même qu'ils existent.

Mais il fut bientôt tiré de ces réflexions par Lubin, qui poussait des hurlements et criait de toutes ses forces au secours.

Planchet lui appliqua la main sur la gorge et serra de toutes ses forces.

« Monsieur, dit-il, tant que je le tiendrai ainsi, il ne criera pas, j'en suis bien sûr ; mais aussitôt que je le lâcherai, il va se remettre à crier. Je le reconnais pour un Normand, et les Normands sont entêtés. »

En effet, tout comprimé qu'il était, Lubin essayait encore de filer des sons.

« Attends ! » dit d'Artagnan.

Et prenant son mouchoir, il le bâillonna.

« Maintenant, dit Planchet, lions-le à un arbre. »

La chose fut faite en conscience, puis on tira le comte de Wardes près de son domestique ; et comme la nuit commençait à tomber et que le garrotté et le blessé étaient tous deux à quelques pas dans le bois, il était évident qu'ils devaient rester jusqu'au lendemain.

« Et maintenant, dit d'Artagnan, chez le gouverneur !

— Mais vous êtes blessé, ce me semble ? dit Planchet.

— Ce n'est rien, occupons-nous du plus pressé ; puis nous reviendrons à ma blessure, qui, au reste, ne me paraît pas très dangereuse. »

Et tous deux s'acheminèrent à grands pas vers la campagne du digne fonctionnaire.

On annonça M. le comte de Wardes.

D'Artagnan fut introduit.

« Vous avez un ordre signé du cardinal ? dit le gouverneur.

Oui, Monsieur, répondit d'Artagnan, le voici.

— Ah ! ah ! il est en règle et bien recommandé, dit le gouverneur.

— C'est tout simple, répondit d'Artagnan, je suis de ses plus fidèles.

— Il paraît que Son Eminence veut empêcher quelqu'un de parvenir en Angleterre.

— Oui, un certain d'Artagnan, un gentilhomme béarnais qui est parti de Paris avec trois de ses amis dans l'intention de gagner Londres.

— Le connaissez-vous personnellement ? demanda le gouverneur.

— Qui cela ?

— Ce d'Artagnan ?

— A merveille.

— Donnez-moi son signalement alors.

— Rien de plus facile. »

Et d'Artagnan donna trait pour trait le signalement du comte de Wardes.

« Est-il accompagné ? demanda le gouverneur.

— Oui, d'un valet nommé Lubin.

— On veillera sur eux, et si on leur met la main dessus, Son Eminence peut être tranquille, ils seront reconduits à Paris sous bonne escorte.

— Et ce faisant, Monsieur le gouverneur, dit d'Artagnan, vous aurez bien mérité du cardinal.

— Vous le reverrez à votre retour, Monsieur le comte ?

— Sans aucun doute.

— Dites-lui, je vous prie, que je suis bien son serviteur.

— Je n'y manquerai pas. »

Et joyeux de cette assurance, le gouverneur visa le laissez-passer et le remit à d'Artagnan.

D'Artagnan ne perdit pas son temps en compliments inutiles, il salua le gouverneur, le remercia et partit.

Une fois dehors, lui et Planchet prirent leur course, et faisant un long détour, ils évitèrent le bois et rentrèrent par une autre porte.

Le bâtiment était toujours prêt à partir, le patron attendait sur le port.

« Eh bien ? dit-il en apercevant d'Artagnan.

— Voici ma passe [1] visée, dit celui-ci.

— Et cet autre gentilhomme ?

— Il ne partira pas aujourd'hui, dit d'Artagnan, mais soyez tranquille, je paierai le passage pour nous deux.

— En ce cas, partons, dit le patron.

— Partons ! » répéta d'Artagnan.

Et il sauta avec Planchet dans le canot ; cinq minutes après, ils étaient à bord.

Il était temps : à une demi-lieue en mer, d'Artagnan vit briller une lumière et entendit une détonation.

C'était le coup de canon qui annonçait la fermeture du port.

Il était temps de s'occuper de sa blessure ; heureusement, comme l'avait pensé d'Artagnan, elle n'était pas des plus dangereuses : la pointe de l'épée avait rencontré une côte et avait glissé le long de l'os ; de plus, la chemise s'était collée aussitôt à la plaie, et à peine avait-elle répandu quelques gouttes de sang.

D'Artagnan était brisé de fatigue : on lui étendit un matelas sur le pont, il se jeta dessus et s'endormit.

Le lendemain, au point du jour, il se trouva à trois ou quatre lieues seulement des côtes d'Angleterre ; la brise avait été faible toute la nuit, et l'on avait peu marché.

A dix heures, le bâtiment jetait l'ancre dans le port de Douvres.

A dix heures et demie, d'Artagnan mettait le pied sur la terre d'Angleterre, en s'écriant :

« Enfin, m'y voilà ! »

Mais ce n'était pas tout : il fallait gagner Londres. En Angleterre, la poste [2] était assez bien servie. D'Artagnan et Planchet prirent chacun un bidet [3], un postillon courut devant eux ; en quatre heures ils arrivèrent aux portes de la capitale.

1. Mon passeport.
2. La *poste* : le réseau de chevaux de poste qu'on trouve à chaque relais.
3. *Cf.* p. 57, n. 3.

D'Artagnan ne connaissait pas Londres, d'Artagnan ne savait pas un mot d'anglais ; mais il écrivit le nom de Buckingham sur un papier, et chacun lui indiqua l'hôtel du duc.

Le duc était à la chasse à Windsor [1], avec le roi.

D'Artagnan demanda le valet de chambre de confiance du duc, qui, l'ayant accompagné dans tous ses voyages, parlait parfaitement français ; il lui dit qu'il arrivait de Paris pour affaire de vie et de mort, et qu'il fallait qu'il parlât à son maître à l'instant même.

La confiance avec laquelle parlait d'Artagnan convainquit Patrice ; c'était le nom de ce ministre du ministre. Il fit seller deux chevaux et se chargea de conduire le jeune garde. Quant à Planchet, on l'avait descendu de sa monture, raide comme un jonc : le pauvre garçon était au bout de ses forces ; d'Artagnan semblait de fer.

On arriva au château ; là on se renseigna : le roi et Buckingham chassaient à l'oiseau dans des marais situés à deux ou trois lieues de là.

En vingt minutes on fut au lieu indiqué. Bientôt Patrice entendit la voix de son maître, qui appelait son faucon.

« Qui faut-il que j'annonce à Milord duc ? demanda Patrice.

— Le jeune homme qui, un soir, lui a cherché une querelle sur le Pont-Neuf, en face de la Samaritaine.

— Singulière recommandation !

— Vous verrez qu'elle en vaut bien une autre. »

Patrice mit son cheval au galop, atteignit le duc et lui annonça dans les termes que nous avons dits qu'un messager l'attendait.

Buckingham reconnut d'Artagnan à l'instant même, et se doutant que quelque chose se passait en France dont on lui faisait parvenir la nouvelle, il ne prit que le temps de demander où était celui qui la lui apportait ; et ayant reconnu de loin l'uniforme des

---

1. Château situé à 40 km, à l'ouest de Londres, propriété de la famille royale d'Angleterre.

gardes, il mit son cheval au galop et vint droit à d'Artagnan. Patrice, par discrétion, se tint à l'écart.

« Il n'est point arrivé malheur à la reine ? s'écria Buckingham, répandant toute sa pensée et tout son amour dans cette interrogation.

— Je ne crois pas ; cependant je crois qu'elle court quelque grand péril dont Votre Grâce seule peut la tirer.

— Moi ? s'écria Buckingham. Eh quoi ! je serais assez heureux pour lui être bon à quelque chose ! Parlez ! parlez !

— Prenez cette lettre, dit d'Artagnan.

— Cette lettre ! de qui vient cette lettre ?

— De Sa Majesté, à ce que je pense.

— De Sa Majesté ! » dit Buckingham, pâlissant si fort que d'Artagnan crut qu'il allait se trouver mal.

Et il brisa le cachet.

« Quelle est cette déchirure ? dit-il en montrant à d'Artagnan un endroit où elle était percée à jour.

— Ah ! ah ! dit d'Artagnan, je n'avais pas vu cela ; c'est l'épée du comte de Wardes qui aura fait ce beau coup en me trouant la poitrine.

— Vous êtes blessé ? demanda Buckingham en rompant le cachet.

— Oh ! rien ! dit d'Artagnan, une égratignure.

— Juste Ciel ! qu'ai-je lu ! s'écria le duc. Patrice, reste ici, ou plutôt rejoins le roi partout où il sera, et dis à Sa Majesté que je la supplie bien humblement de m'excuser, mais qu'une affaire de la plus haute importance me rappelle à Londres. Venez, Monsieur, venez. »

Et tous deux reprirent au galop le chemin de la capitale.

XXI

LA COMTESSE DE WINTER

Tout le long de la route, le duc se fit mettre au courant par d'Artagnan non pas de tout ce qui s'était passé, mais de ce que d'Artagnan savait. En rapprochant ce qu'il avait entendu sortir de la bouche du jeune homme de ses souvenirs à lui, il put donc se faire une idée assez exacte d'une position de la gravité de laquelle, au reste, la lettre de la reine, si courte et si peu explicite qu'elle fût, lui donnait la mesure. Mais ce qui l'étonnait surtout, c'est que le cardinal, intéressé comme il l'était à ce que le jeune homme ne mît pas le pied en Angleterre, ne fût point parvenu à l'arrêter en route. Ce fut alors, et sur la manifestation de cet étonnement, que d'Artagnan lui raconta les précautions prises, et comment, grâce au dévouement de ses trois amis qu'il avait éparpillés tout sanglants sur la route, il était arrivé à en être quitte pour le coup d'épée qui avait traversé le billet de la reine, et qu'il avait rendu à M. de Wardes en si terrible monnaie. Tout en écoutant ce récit, fait avec la plus grande simplicité, le duc regardait de temps en temps le jeune homme d'un air étonné, comme s'il n'eût pas pu comprendre que tant de prudence, de courage et de dévouement s'alliât avec un visage qui n'indiquait pas encore vingt ans.

Les chevaux allaient comme le vent, et en quelques minutes ils furent aux portes de Londres. D'Artagnan avait cru qu'en arrivant dans la ville le duc allait ralentir l'allure du sien, mais il n'en fut pas ainsi : il continua sa route à fond de train, s'inquiétant peu de renverser ceux qui étaient sur son chemin. En effet, en traversant la Cité, deux ou trois accidents de ce genre arrivèrent ; mais Buckingham ne détourna pas même la tête pour regarder ce qu'étaient devenus ceux qu'il avait culbutés. D'Artagnan le suivait au milieu de cris qui ressemblaient fort à des malédictions.

En entrant dans la cour de l'hôtel, Buckingham sauta à bas de son cheval, et, sans s'inquiéter de ce qu'il deviendrait, il lui jeta la bride sur le cou et s'élança vers le perron. D'Artagnan en fit autant, avec un peu plus d'inquiétude, cependant, pour ces nobles animaux dont il avait pu apprécier le mérite ; mais il eut la consolation de voir que trois ou quatre valets s'étaient déjà élancés des cuisines et des écuries, et s'emparaient aussitôt de leurs montures.

Le duc marchait si rapidement, que d'Artagnan avait peine à le suivre. Il traversa successivement plusieurs salons d'une élégance dont les plus grands seigneurs de France n'avaient pas même l'idée, et il parvint enfin dans une chambre à coucher qui était à la fois un miracle de goût et de richesse. Dans l'alcôve de cette chambre était une porte, prise dans la tapisserie, que le duc ouvrit avec une petite clef d'or qu'il portait suspendue à son cou par une chaîne du même métal. Par discrétion, d'Artagnan était resté en arrière ; mais au moment où Buckingham franchissait le seuil de cette porte, il se retourna, et voyant l'hésitation du jeune homme :

« Venez, lui dit-il, et si vous avez le bonheur d'être admis en la présence de Sa Majesté, dites-lui ce que vous avez vu. »

Encouragé par cette invitation, d'Artagnan suivit le duc, qui referma la porte derrière lui.

Tous deux se trouvèrent alors dans une petite chapelle toute tapissée de soie de Perse et brochée d'or, ardemment éclairée par un grand nombre de bougies. Au-dessus d'une espèce d'autel, et au-dessous d'un dais de velours bleu surmonté de plumes blanches et rouges, était un portrait de grandeur naturelle représentant Anne d'Autriche, si parfaitement res-

semblant, que d'Artagnan poussa un cri de surprise :
on eût cru que la reine allait parler [1].

Sur l'autel, et au-dessous du portrait, était le coffret
qui renfermait les ferrets de diamants.

Le duc s'approcha de l'autel, s'agenouilla comme
eût pu faire un prêtre devant le Christ ; puis il ouvrit
le coffret.

« Tenez, lui dit-il en tirant du coffre un gros nœud
de ruban bleu tout étincelant de diamants ; tenez,
voici ces précieux ferrets avec lesquels j'avais fait le
serment d'être enterré. La reine me les avait donnés,
la reine me les reprend : sa volonté, comme celle de
Dieu, soit faite en toutes choses [2]. »

Puis il se mit à baiser les uns après les autres ces
ferrets dont il fallait se séparer. Tout à coup, il poussa
un cri terrible.

« Qu'y a-t-il ? demanda d'Artagnan avec inquiétude, et que vous arrive-t-il, Milord ?

— Il y a que tout est perdu, s'écria Buckingham en
devenant pâle comme un trépassé ; deux de ces ferrets manquent, il n'y en a plus que dix.

— Milord les a-t-il perdus, ou croit-il qu'on les lui
ait volés ?

— On me les a volés, reprit le duc, et c'est le
cardinal qui a fait le coup. Tenez, voyez, les rubans
qui les soutenaient ont été coupés avec des ciseaux.

— Si Milord pouvait se douter qui a commis le
vol... Peut-être la personne les a-t-elle encore entre les
mains.

— Attendez, attendez ! s'écria le duc. La seule fois
que j'ai mis ces ferrets, c'était au bal du roi, il y a huit
jours, à Windsor. La comtesse de Winter, avec laquelle

1. Transposition d'une anecdote rapportée par Tallemant des
Réaux (*Historiettes*, « Richelieu »). Lors de l'expédition à l'île de Ré,
Buckingham avait réservé à son usage la plus belle chambre du
vaisseau amiral. « Cette chambre était fort dorée ; le plancher était
couvert de tapis de Perse, et il y avait comme une espèce d'autel où
était le portrait de la Reine, avec plusieurs flambeaux allumés. »
2. *Cf.* Ancien Testament, *Livre de Job*, I, 20 : « L'Eternel a donné,
l'Eternel a repris : que le nom de l'Eternel soit béni ! »

j'étais brouillé, s'est rapprochée de moi à ce bal. Ce raccommodement, c'était une vengeance de femme jalouse. Depuis ce jour, je ne l'ai pas revue. Cette femme est un agent du cardinal.

— Mais il en a donc dans le monde entier ! s'écria d'Artagnan.

— Oh ! oui, oui, dit Buckingham en serrant les dents de colère ; oui, c'est un terrible lutteur. Mais cependant, quand doit avoir lieu ce bal ?

— Lundi prochain.

— Lundi prochain ! cinq jours encore, c'est plus de temps qu'il ne nous en faut. Patrice ! s'écria le duc en ouvrant la porte de la chapelle, Patrice ! »

Son valet de chambre de confiance parut.

« Mon joaillier et mon secrétaire ! »

Le valet de chambre sortit avec une promptitude et un mutisme qui prouvaient l'habitude qu'il avait contractée d'obéir aveuglément et sans réplique.

Mais, quoique ce fût le joaillier qui eût été appelé le premier, ce fut le secrétaire qui parut d'abord. C'était tout simple, il habitait l'hôtel. Il trouva Buckingham assis devant une table dans sa chambre à coucher, et écrivant quelques ordres de sa propre main.

« Monsieur Jackson, lui dit-il, vous allez vous rendre de ce pas chez le lord-chancelier, et lui dire que je le charge de l'exécution de ces ordres. Je désire qu'ils soient promulgués à l'instant même.

— Mais, Monseigneur, si le lord-chancelier m'interroge sur les motifs qui ont pu porter Votre Grâce à une mesure si extraordinaire, que répondrai-je ?

— Que tel a été mon bon plaisir, et que je n'ai de compte à rendre à personne de ma volonté.

— Sera-ce la réponse qu'il devra transmettre à Sa Majesté, reprit en souriant le secrétaire, si par hasard Sa Majesté avait la curiosité de savoir pourquoi aucun vaisseau ne peut sortir des ports de la Grande-Bretagne ?

— Vous avez raison, Monsieur, répondit Buckingham ; il dirait en ce cas au roi que j'ai décidé la guerre, et que cette mesure est mon premier acte d'hostilité contre la France. »

Le secrétaire s'inclina et sortit.

« Nous voilà tranquilles de ce côté, dit Buckingham en se retournant vers d'Artagnan. Si les ferrets ne sont point déjà partis pour la France, ils n'y arriveront qu'après vous.

— Comment cela ?

— Je viens de mettre un embargo sur tous les bâtiments qui se trouvent à cette heure dans les ports de Sa Majesté [1], et, à moins de permission particulière, pas un seul n'osera lever l'ancre. »

D'Artagnan regarda avec stupéfaction cet homme qui mettait le pouvoir illimité dont il était revêtu par la confiance d'un roi au service de ses amours. Buckingham vit, à l'expression du visage du jeune homme, ce qui se passait dans sa pensée, et il sourit.

« Oui, dit-il, oui, c'est qu'Anne d'Autriche est ma véritable reine ; sur un mot d'elle, je trahirais mon pays, je trahirais mon roi, je trahirais mon Dieu. Elle m'a demandé de ne point envoyer aux protestants de La Rochelle le secours que je leur avais promis, et je l'ai fait [2]. Je manquais à ma parole, mais qu'importe ! j'obéissais à son désir ; n'ai-je point été grandement payé de mon obéissance, dites ? car c'est à cette obéissance que je dois son portrait. »

D'Artagnan admira à quels fils fragiles et inconnus sont parfois suspendues les destinées d'un peuple et la vie des hommes.

Il en était au plus profond de ses réflexions, lorsque l'orfèvre entra : c'était un Irlandais des plus habiles dans son art, et qui avouait lui-même qu'il gagnait cent mille livres par an avec le duc de Buckingham.

« Monsieur O'Reilly, lui dit le duc en le conduisant dans la chapelle, voyez ces ferrets de diamants, et dites-moi ce qu'ils valent la pièce. »

L'orfèvre jeta un seul coup d'œil sur la façon élé-

---

1. Historiquement exact : *cf.* les *Mémoires* de La Rochefoucauld.
2. Bien que le bruit en ait couru, le fait n'est pas certain.

gante dont ils étaient montés, calcula l'un dans l'autre la valeur des diamants, et sans hésitation aucune :

« Quinze cents pistoles la pièce, Milord, répondit-il.

— Combien faudrait-il de jours pour faire deux ferrets comme ceux-là ? Vous voyez qu'il en manque deux.

— Huit jours, Milord.

— Je les paierai trois mille pistoles la pièce, il me les faut après-demain.

— Milord les aura.

— Vous êtes un homme précieux, Monsieur O'Reilly, mais ce n'est pas le tout : ces ferrets ne peuvent être confiés à personne, il faut qu'ils soient faits dans ce palais.

— Impossible, Milord, il n'y a que moi qui puisse les exécuter pour qu'on ne voie pas la différence entre les nouveaux et les anciens.

— Aussi, mon cher Monsieur O'Reilly, vous êtes mon prisonnier, et vous voudriez sortir à cette heure de mon palais que vous ne le pourriez pas ; prenez-en donc votre parti. Nommez-moi ceux de vos garçons dont vous aurez besoin, et désignez-moi les ustensiles qu'ils doivent apporter. »

L'orfèvre connaissait le duc, il savait que toute observation était inutile, il en prit donc à l'instant même son parti.

« Il me sera permis de prévenir ma femme ? demanda-t-il.

— Oh ! il vous sera même permis de la voir, mon cher Monsieur O'Reilly : votre captivité sera douce, soyez tranquille ; et comme tout dérangement vaut un dédommagement, voici, en dehors du prix des deux ferrets, un bon de mille pistoles pour vous faire oublier l'ennui que je vous cause. »

D'Artagnan ne revenait pas de la surprise que lui causait ce ministre, qui remuait à pleines mains les hommes et les millions.

Quant à l'orfèvre, il écrivit à sa femme en lui envoyant le bon de mille pistoles, et en la chargeant de lui retourner en échange son plus habile apprenti, un assortiment de diamants dont il lui donnait le poids et le titre, et une liste des outils qui lui étaient nécessaires.

Buckingham conduisit l'orfèvre dans la chambre qui lui était destinée, et qui, au bout d'une demi-heure, fut transformée en atelier. Puis il mit une sentinelle à chaque porte, avec défense de laisser entrer qui que ce fût, à l'exception de son valet de chambre Patrice. Il est inutile d'ajouter qu'il était absolument défendu à l'orfèvre O'Reilly et à son aide de sortir sous quelque prétexte que ce fût.

Ce point réglé, le duc revint à d'Artagnan.

« Maintenant, mon jeune ami, dit-il, l'Angleterre est à nous deux ; que voulez-vous, que désirez-vous ?

— Un lit, répondit d'Artagnan ; c'est, pour le moment, je l'avoue, la chose dont j'ai le plus besoin. »

Buckingham donna à d'Artagnan une chambre qui touchait à la sienne. Il voulait garder le jeune homme sous sa main, non pas qu'il se défiât de lui, mais pour avoir quelqu'un à qui parler constamment de la reine.

Une heure après fut promulguée dans Londres l'ordonnance de ne laisser sortir des ports aucun bâtiment chargé pour la France, pas même le paque-bot des lettres. Aux yeux de tous, c'était une déclaration de guerre entre les deux royaumes.

Le surlendemain, à onze heures, les deux ferrets en diamants étaient achevés, mais si exactement imités, mais si parfaitement pareils, que Buckingham ne put reconnaître les nouveaux des anciens, et que les plus exercés en pareille matière y auraient été trompés comme lui.

Aussitôt il fit appeler d'Artagnan.

« Tenez, lui dit-il, voici les ferrets de diamants que vous êtes venu chercher, et soyez mon témoin que tout ce que la puissance humaine pouvait faire, je l'ai fait.

— Soyez tranquille, Milord : je dirai ce que j'ai vu ; mais Votre Grâce me remet les ferrets sans la boîte ?

— La boîte vous embarrasserait. D'ailleurs la boîte

m'est d'autant plus précieuse, qu'elle me reste seule. Vous direz que je la garde.

— Je ferai votre commission mot à mot, Milord.

— Et maintenant, reprit Buckingham en regardant fixement le jeune homme, comment m'acquitterai-je jamais envers vous ? »

D'Artagnan rougit jusqu'au blanc des yeux. Il vit que le duc cherchait un moyen de lui faire accepter quelque chose, et cette idée que le sang de ses compagnons et le sien lui allait être payé par de l'or anglais lui répugnait étrangement.

« Entendons-nous, Milord, répondit d'Artagnan, et pesons bien les faits d'avance, afin qu'il n'y ait point de méprise. Je suis au service du roi et de la reine de France, et fais partie de la compagnie des gardes de M. des Essarts, lequel, ainsi que son beau-frère M. de Tréville, est tout particulièrement attaché à Leurs Majestés. J'ai donc tout fait pour la reine et rien pour Votre Grâce. Il y a plus, c'est que peut-être n'eussé-je rien fait de tout cela, s'il ne se fût agi d'être agréable à quelqu'un qui est ma dame à moi, comme la reine est la vôtre.

— Oui, dit le duc en souriant, et je crois même connaître cette autre personne, c'est...

— Milord, je ne l'ai point nommée, interrompit vivement le jeune homme.

— C'est juste, dit le duc ; c'est donc à cette personne que je dois être reconnaissant de votre dévouement.

— Vous l'avez dit, Milord, car justement à cette heure qu'il est question de guerre, je vous avoue que je ne vois dans Votre Grâce qu'un Anglais, et par conséquent qu'un ennemi que je serais encore plus enchanté de rencontrer sur le champ de bataille que dans le parc de Windsor ou dans les corridors du Louvre ; ce qui, au reste, ne m'empêchera pas d'exécuter de point en point ma mission et de me faire tuer, si besoin est, pour l'accomplir ; mais, je le répète à Votre Grâce, sans qu'elle ait personnellement pour cela plus à me remercier de ce que je fais pour moi dans cette seconde entrevue, que de ce que j'ai déjà fait pour elle dans la première.

— Nous disons, nous : « Fier comme un Ecossais », murmura Buckingham.

— Et nous disons, nous : « Fier comme un Gascon », répondit d'Artagnan. Les Gascons sont les Ecossais de la France. »

D'Artagnan salua le duc et s'apprêta à partir.

« Eh bien ! vous vous en allez comme cela ? Par où ? Comment ?

— C'est vrai.

— Dieu me damne ! les Français ne doutent de rien !

— J'avais oublié que l'Angleterre était une île, et que vous en étiez le roi.

— Allez au port, demandez le brick [1] le *Sund,* remettez cette lettre au capitaine ; il vous conduira à un petit port où certes on ne vous attend pas, et où n'abordent ordinairement que des bâtiments pêcheurs.

— Ce port s'appelle ?

— Saint-Valery [2] ; mais, attendez donc : arrivé là, vous entrerez dans une mauvaise auberge sans nom et sans enseigne, un véritable bouge [3] à matelots ; il n'y a pas à vous tromper, il n'y en a qu'une.

— Après ?

— Vous demanderez l'hôte, et vous lui direz : *Forward.*

— Ce qui veut dire ?

— En avant : c'est le mot d'ordre. Il vous donnera un cheval tout sellé et vous indiquera le chemin que vous devez suivre ; vous trouverez ainsi quatre relais sur votre route. Si vous voulez, à chacun d'eux, donner votre adresse à Paris, les quatre chevaux vous y suivront ; vous en connaissez déjà deux, et vous m'avez paru les apprécier en amateur : ce sont ceux

1. Navire à voiles à deux mâts carrés.
2. Saint-Valery-en-Caux.
3. Taudis.

que nous montions ; rapportez-vous-en à moi, les autres ne leur sont point inférieurs. Ces quatre chevaux sont équipés pour la campagne. Si fier que vous soyez, vous ne refuserez pas d'en accepter un et de faire accepter les trois autres à vos compagnons : c'est pour nous faire la guerre, d'ailleurs. La fin excuse les moyens, comme vous dites, vous autres Français, n'est-ce pas ?

— Oui, Milord, j'accepte, dit d'Artagnan ; et s'il plaît à Dieu, nous ferons bon usage de vos présents.

— Maintenant, votre main, jeune homme ; peut-être nous rencontrerons-nous bientôt sur le champ de bataille ; mais, en attendant, nous nous quitterons bons amis, je l'espère.

— Oui, Milord, mais avec l'espérance de devenir ennemis bientôt.

— Soyez tranquille, je vous le promets.

— Je compte sur votre parole, Milord. »

D'Artagnan salua le duc et s'avança vivement vers le port.

En face la Tour de Londres, il trouva le bâtiment désigné, remit sa lettre au capitaine, qui la fit viser par le gouverneur du port, et appareilla aussitôt.

Cinquante bâtiments étaient en partance et attendaient.

En passant bord à bord de l'un d'eux, d'Artagnan crut reconnaître la femme de Meung, la même que le gentilhomme inconnu avait appelée « Milady », et que lui, d'Artagnan, avait trouvée si belle ; mais grâce au courant du fleuve et au bon vent qui soufflait, son navire allait si vite qu'au bout d'un instant on fut hors de vue.

Le lendemain, vers neuf heures du matin, on aborda à Saint-Valery.

D'Artagnan se dirigea à l'instant même vers l'auberge indiquée, et la reconnut aux cris qui s'en échappaient : on parlait de guerre entre l'Angleterre et la France comme de chose prochaine et indubitable, et les matelots joyeux faisaient bombance.

D'Artagnan fendit la foule, s'avança vers l'hôte, et

prononça le mot *Forward*. A l'instant même, l'hôte lui
fit signe de le suivre, sortit avec lui par une porte qui
donnait dans la cour, le conduisit à l'écurie où l'attendait un cheval tout sellé, et lui demanda s'il avait
besoin de quelque autre chose.

« J'ai besoin de connaître la route que je dois suivre,
dit d'Artagnan.

— Allez d'ici à Blangy, et de Blangy à Neufchâtel [1].
A Neufchâtel, entrez à l'auberge de la *Herse d'Or*,
donnez le mot d'ordre à l'hôtelier, et vous trouverez
comme ici un cheval tout sellé.

— Dois-je quelque chose ? demanda d'Artagnan.

— Tout est payé, dit l'hôte, et largement. Allez
donc, et que Dieu vous conduise !

— Amen ! » répondit le jeune homme en partant
au galop.

Quatre heures après, il était à Neufchâtel.

Il suivit strictement les instructions reçues ; à Neufchâtel, comme à Saint-Valery, il trouva une monture
toute sellée et qui l'attendait ; il voulut transporter les
pistolets de la selle qu'il venait de quitter à la selle qu'il
allait prendre : les fontes [2] étaient garnies de pistolets
pareils.

« Votre adresse à Paris ?

— Hôtel des Gardes, compagnie des Essarts.

— Bien, répondit celui-ci.

— Quelle route faut-il prendre ? demanda à son
tour d'Artagnan.

— Celle de Rouen ; mais vous laisserez la ville à
votre droite. Au petit village d'Ecouis, vous vous arrêterez, il n'y a qu'une auberge, l'*Ecu de France*. Ne la
jugez pas d'après son apparence ; elle aura dans ses
écuries un cheval qui vaudra celui-ci.

— Même mot d'ordre ?

— Exactement.

— Adieu, maître !

1. Localités de Seine-Maritime.
2. Sacoches suspendues à la selle.

— Bon voyage, gentilhomme ! avez-vous besoin de quelque chose ? »

D'Artagnan fit signe de la tête que non, et repartit à fond de train. A Ecouis, la même scène se répéta : il trouva un hôte aussi prévenant, un cheval frais et reposé ; il laissa son adresse comme il l'avait fait, et repartit du même train pour Pontoise. A Pontoise, il changea une dernière fois de monture, et à neuf heures il entrait au grand galop dans la cour de l'hôtel de M. de Tréville.

Il avait fait près de soixante lieues en douze heures.

M. de Tréville le reçut comme s'il l'avait vu le matin même ; seulement, en lui serrant la main un peu plus vivement que de coutume, il lui annonça que la compagnie de M. des Essarts était de garde au Louvre et qu'il pouvait se rendre à son poste.

XXII

LE BALLET DE LA MERLAISON [1]

Le lendemain, il n'était bruit dans tout Paris que du bal que MM. les échevins de la ville donnaient au roi et à la reine, et dans lequel Leurs Majestés devaient danser le fameux ballet de la Merlaison, qui était le ballet favori du roi.

Depuis huit jours on préparait, en effet, toutes choses à l'Hôtel de Ville pour cette solennelle soirée.

---

1. Le ballet de la Merlaison doit son nom au passe-temps hivernal de Louis XIII, la chasse au merle, qui en fournissait le thème. Mais il fut dansé en 1635. En réalité, Dumas raconte sous ce nom un autre ballet, dansé le 24 février 1626, qui a fait l'objet d'une relation détaillée de J.-F. Barrière dans son édition des *Mémoires* de L.-H. de Brienne (I, p. 336 *sqq.*). Il démarque cette relation de très près, notamment pour les préparatifs techniques, le déroulement du cérémonial et pour les noms des comparses. Mais il y fait figurer la reine, indispensable à l'action, alors qu'elle n'y était pas.

Le menuisier de la ville avait dressé des échafauds [1] sur lesquels devaient se tenir les dames invitées ; l'épicier de la ville avait garni les salles de deux cents flambeaux de cire blanche, ce qui était un luxe inouï pour cette époque ; enfin vingt violons avaient été prévenus, et le prix qu'on leur accordait avait été fixé au double du prix ordinaire, attendu, dit ce rapport, qu'ils devaient sonner [2] toute la nuit.

A dix heures du matin, le sieur de La Coste, enseigne des gardes du roi, suivi de deux exempts [3] et de plusieurs archers du corps, vint demander au greffier de la ville, nommé Clément, toutes les clefs des portes, des chambres et bureaux de l'Hôtel. Ces clefs lui furent remises à l'instant même ; chacune d'elles portait un billet [4] qui devait servir à la faire reconnaître, et à partir de ce moment le sieur de La Coste fut chargé de la garde de toutes les portes et de toutes les avenues.

A onze heures vint à son tour Duhallier, capitaine des gardes, amenant avec lui cinquante archers qui se répartirent aussitôt dans l'Hôtel de Ville, aux portes qui leur avaient été assignées.

A trois heures arrivèrent deux compagnies des gardes, l'une française, l'autre suisse. La compagnie des gardes françaises était composée moitié des hommes de M. Duhallier, moitié des hommes de M. des Essarts.

A six heures du soir, les invités commencèrent à entrer. A mesure qu'ils entraient, ils étaient placés dans la grande salle, sur les échafauds préparés.

A neuf heures arriva Mme la première présidente [5]. Comme c'était, après la reine, la personne la plus considérable de la fête, elle fut reçue par Messieurs de

1. Des estrades.
2. Résonner, jouer.
3. *Cf.* p. 239, n. 1.
4. Une sorte d'étiquette.
5. La femme du Premier Président du parlement de Paris, ici à l'honneur parce que c'est la Ville de Paris qui offre le bal.

la ville et placée dans la loge en face de celle que devait occuper la reine.

A dix heures on dressa la collation des confitures pour le roi, dans la petite salle du côté de l'église Saint-Jean, et cela en face du buffet d'argent de la ville, qui était gardé par quatre archers.

A minuit on entendit de grands cris et de nombreuses acclamations : c'était le roi qui s'avançait à travers les rues qui conduisent du Louvre à l'Hôtel de Ville, et qui étaient toutes illuminées avec des lanternes de couleur.

Aussitôt MM. les échevins, vêtus de leurs robes de drap et précédés de six sergents tenant chacun un flambeau à la main, allèrent au-devant du roi, qu'ils rencontrèrent sur les degrés, où le prévôt des marchands [1] lui fit compliment sur sa bienvenue, compliment auquel Sa Majesté répondit en s'excusant d'être venue si tard, mais en rejetant la faute sur M. le cardinal, lequel l'avait retenue jusqu'à onze heures pour parler des affaires de l'Etat.

Sa Majesté, en habit de cérémonie, était accompagnée de S. A. R. Monsieur, du comte de Soissons, du grand prieur, du duc de Longueville, du duc d'Elbeuf, du comte d'Harcourt, du comte de La Roche-Guyon, de M. de Liancourt, de M. de Baradas, du comte de Cramail et du chevalier de Souveray [2].

Chacun remarqua que le roi avait l'air triste et préoccupé.

Un cabinet avait été préparé pour le roi, et un autre pour Monsieur. Dans chacun de ces cabinets étaient déposés des habits de masques [3]. Autant avait été fait pour la reine et pour Mme la présidente. Les seigneurs et les dames de la suite de Leurs Majestés

1. Le prévôt des marchands est le chef du Conseil de Ville, dont les membres sont les échevins.
2. Cette liste de grands personnages, cités par ordre hiérarchique décroissant, est empruntée textuellement à Barrière. Son Altesse Royale Monsieur est le frère du roi, Gaston d'Orléans.
3. Des déguisements.

devaient s'habiller deux par deux dans des chambres préparées à cet effet.

Avant d'entrer dans le cabinet, le roi recommanda qu'on le vînt prévenir aussitôt que paraîtrait le cardinal.

Une demi-heure après l'entrée du roi, de nouvelles acclamations retentirent : celles-là annonçaient l'arrivée de la reine : les échevins firent ainsi qu'ils avaient fait déjà, et, précédés des sergents, ils s'avancèrent au-devant de leur illustre convive.

La reine entra dans la salle : on remarqua que, comme le roi, elle avait l'air triste et surtout fatigué.

Au moment où elle entrait, le rideau d'une petite tribune qui jusque-là était resté fermé s'ouvrit, et l'on vit apparaître la tête pâle du cardinal vêtu en cavalier espagnol. Ses yeux se fixèrent sur ceux de la reine, et un sourire de joie terrible passa sur ses lèvres : la reine n'avait pas ses ferrets de diamants.

La reine resta quelque temps à recevoir les compliments de Messieurs de la ville et à répondre aux saluts des dames.

Tout à coup, le roi apparut avec le cardinal à l'une des portes de la salle. Le cardinal lui parlait tout bas, et le roi était très pâle.

Le roi fendit la foule et, sans masque, les rubans de son pourpoint à peine noués, il s'approcha de la reine, et d'une voix altérée :

« Madame, lui dit-il, pourquoi donc, s'il vous plaît, n'avez-vous point vos ferrets de diamants, quand vous savez qu'il m'eût été agréable de les voir ? »

La reine étendit son regard autour d'elle, et vit derrière le roi le cardinal qui souriait d'un sourire diabolique.

« Sire, répondit la reine d'une voix altérée, parce qu'au milieu de cette grande foule j'ai craint qu'il ne leur arrivât malheur.

— Et vous avez eu tort, Madame ! Si je vous ai fait ce cadeau, c'était pour que vous vous en pariez. Je vous dis que vous avez eu tort. »

Et la voix du roi était tremblante de colère ; chacun

regardait et écoutait avec étonnement, ne comprenant rien à ce qui se passait.

« Sire, dit la reine, je puis les envoyer chercher au Louvre, où ils sont, et ainsi les désirs de Votre Majesté seront accomplis.

— Faites, Madame, faites, et cela au plus tôt : car dans une heure le ballet va commencer. »

La reine salua en signe de soumission et suivit les dames qui devaient la conduire à son cabinet.

De son côté, le roi regagna le sien.

Il y eut dans la salle un moment de trouble et de confusion.

Tout le monde avait pu remarquer qu'il s'était passé quelque chose entre le roi et la reine ; mais tous deux avaient parlé si bas, que, chacun par respect s'étant éloigné de quelques pas, personne n'avait rien entendu. Les violons sonnaient de toutes leurs forces, mais on ne les écoutait pas.

Le roi sortit le premier de son cabinet ; il était en costume de chasse des plus élégants, et Monsieur et les autres seigneurs étaient habillés comme lui. C'était le costume que le roi portait le mieux, et vêtu ainsi il semblait véritablement le premier gentilhomme de son royaume.

Le cardinal s'approcha du roi et lui remit une boîte. Le roi l'ouvrit et y trouva deux ferrets de diamants.

« Que veut dire cela ? demanda-t-il au cardinal.

— Rien, répondit celui-ci ; seulement si la reine a les ferrets, ce dont je doute, comptez-les, Sire, et si vous n'en trouvez que dix, demandez à Sa Majesté qui peut lui avoir dérobé les deux ferrets que voici. »

Le roi regarda le cardinal comme pour l'interroger ; mais il n'eut le temps de lui adresser aucune question : un cri d'admiration sortit de toutes les bouches. Si le roi semblait le premier gentilhomme de son royaume, la reine était à coup sûr la plus belle femme de France.

Il est vrai que sa toilette de chasseresse lui allait à merveille ; elle avait un chapeau de feutre avec des

plumes bleues, un surtout [1] en velours gris perle
rattaché avec des agrafes de diamants, et une jupe de
satin bleu toute brodée d'argent. Sur son épaule gauche étincelaient les ferrets soutenus par un nœud de
même couleur que les plumes et la jupe.

Le roi tressaillit de joie et le cardinal de colère ;
cependant, distants comme ils l'étaient de la reine, ils
ne pouvaient compter les ferrets ; la reine les avait,
seulement en avait-elle dix ou en avait-elle douze ?

En ce moment, les violons sonnèrent le signal du
ballet. Le roi s'avança vers Mme la présidente, avec
laquelle il devait danser, et S. A. R. Monsieur avec la
reine. On se mit en place, et le ballet commença.

Le roi figurait en face de la reine, et chaque fois qu'il
passait près d'elle, il dévorait du regard ces ferrets,
dont il ne pouvait savoir le compte. Une sueur froide
couvrait le front du cardinal.

Le ballet dura une heure ; il avait seize entrées [2].

Le ballet finit au milieu des applaudissements de
toute la salle, chacun reconduisit sa dame à sa place ;
mais le roi profita du privilège qu'il avait de laisser la
sienne où il se trouvait, pour s'avancer vivement vers
la reine.

« Je vous remercie, Madame, lui dit-il, de la déférence que vous avez montrée pour mes désirs, mais je
crois qu'il vous manque deux ferrets, et je vous les
rapporte. »

A ces mots, il tendit à la reine les deux ferrets que lui
avait remis le cardinal.

« Comment, Sire ! s'écria la jeune reine jouant la
surprise, vous m'en donnez encore deux autres ; mais
alors, cela m'en fera donc quatorze ? »

En effet, le roi compta, et les douze ferrets se
trouvèrent sur l'épaule de Sa Majesté.

Le roi appela le cardinal :

« Eh bien ! que signifie cela, Monsieur le cardinal ?
demanda le roi d'un ton sévère.

---

1. Vêtement ample porté par-dessus les autres.
2. Les *entrées* sont les séquences successives d'un ballet.

— Cela signifie, Sire, répondit le cardinal, que je désirais faire accepter ces deux ferrets à Sa Majesté, et que n'osant les lui offrir moi-même, j'ai adopté ce moyen.

— Et j'en suis d'autant plus reconnaissante à Votre Eminence, répondit Anne d'Autriche avec un sourire qui prouvait qu'elle n'était pas dupe de cette ingénieuse galanterie, que je suis certaine que ces deux ferrets vous coûtent aussi cher à eux seuls que les douze autres ont coûté à Sa Majesté. »

Puis, ayant salué le roi et le cardinal, la reine reprit le chemin de la chambre où elle s'était habillée et où elle devait se dévêtir.

L'attention que nous avons été obligés de donner pendant le commencement de ce chapitre aux personnages illustres que nous y avons introduits nous a écartés un instant de celui à qui Anne d'Autriche devait le triomphe inouï qu'elle venait de remporter sur le cardinal, et qui, confondu, ignoré, perdu dans la foule entassée à l'une des portes, regardait de là cette scène compréhensible seulement pour quatre personnes : le roi, la reine, Son Eminence et lui.

La reine venait de regagner sa chambre, et d'Artagnan s'apprêtait à se retirer, lorsqu'il sentit qu'on lui touchait légèrement l'épaule ; il se retourna, et vit une jeune femme qui lui faisait signe de la suivre. Cette jeune femme avait le visage couvert d'un loup [1] de velours noir, mais malgré cette précaution, qui, au reste, était bien plutôt prise pour les autres que pour lui, il reconnut à l'instant même son guide ordinaire, la légère et spirituelle Mme Bonacieux.

La veille ils s'étaient vus à peine chez le suisse Germain, où d'Artagnan l'avait fait demander. La hâte qu'avait la jeune femme de porter à la reine cette excellente nouvelle de l'heureux retour de son messager fit que les deux amants échangèrent à peine quelques paroles. D'Artagnan suivit donc Mme Bona-

---

1. Demi-masque de velours, couvrant le front et le haut du nez et des joues.

cieux, mû par un double sentiment, l'amour et la curiosité. Pendant toute la route, et à mesure que les corridors devenaient plus déserts, d'Artagnan voulait arrêter la jeune femme, la saisir, la contempler, ne fût-ce qu'un instant ; mais, vive comme un oiseau, elle glissait toujours entre ses mains, et lorsqu'il voulait parler, son doigt ramené sur sa bouche avec un petit geste impératif plein de charme lui rappelait qu'il était sous l'empire d'une puissance à laquelle il devait aveuglément obéir, et qui lui interdisait jusqu'à la plus légère plainte ; enfin, après une minute ou deux de tours et de détours, Mme Bonacieux ouvrit une porte et introduisit le jeune homme dans un cabinet tout à fait obscur. Là elle lui fit un nouveau signe de mutisme, et ouvrant une seconde porte cachée par une tapisserie dont les ouvertures répandirent tout à coup une vive lumière, elle disparut.

D'Artagnan demeura un instant immobile et se demandant où il était, mais bientôt un rayon de lumière qui pénétrait par cette chambre, l'air chaud et parfumé qui arrivait jusqu'à lui, la conversation de deux ou trois femmes, au langage à la fois respectueux et élégant, le mot de Majesté plusieurs fois répété, lui indiquèrent clairement qu'il était dans un cabinet attenant à la chambre de la reine [1].

Le jeune homme se tint dans l'ombre et attendit.

La reine paraissait gaie et heureuse, ce qui semblait fort étonner les personnes qui l'entouraient, et qui avaient au contraire l'habitude de la voir presque toujours soucieuse. La reine rejetait ce sentiment joyeux sur la beauté de la fête, sur le plaisir que lui avait fait éprouver le ballet, et comme il n'est pas permis de contredire une reine, qu'elle sourie ou qu'elle pleure, chacun renchérissait sur la galanterie de MM. les échevins de la ville de Paris.

Quoique d'Artagnan ne connût point la reine, il

---

1. Il ne s'agit pas de la chambre personnelle d'Anne d'Autriche au Louvre, mais de la pièce qui lui a été attribuée pour revêtir son costume de bal, à l'Hôtel de Ville où se déroule tout l'épisode.

distingua sa voix des autres voix, d'abord à un léger accent étranger, puis à ce sentiment de domination naturellement empreint dans toutes les paroles souveraines. Il l'entendait s'approcher et s'éloigner de cette porte ouverte, et deux ou trois fois il vit même l'ombre d'un corps intercepter la lumière.

Enfin, tout à coup une main et un bras adorables de forme et de blancheur passèrent à travers la tapisserie ; d'Artagnan comprit que c'était sa récompense : il se jeta à genoux, saisit cette main et appuya respectueusement ses lèvres ; puis cette main se retira laissant dans les siennes un objet qu'il reconnut pour être une bague ; aussitôt la porte se referma, et d'Artagnan se retrouva dans la plus complète obscurité.

D'Artagnan mit la bague à son doigt et attendit de nouveau ; il était évident que tout n'était pas fini encore. Après la récompense de son dévouement venait la récompense de son amour. D'ailleurs, le ballet était dansé, mais la soirée était à peine commencée : on soupait à trois heures, et l'horloge Saint-Jean, depuis quelque temps déjà, avait sonné deux heures trois quarts.

En effet, peu à peu le bruit des voix diminua dans la chambre voisine ; puis on l'entendit s'éloigner ; puis la porte du cabinet où était d'Artagnan se rouvrit, et Mme Bonacieux s'y élança.

« Vous, enfin ! s'écria d'Artagnan.

— Silence dit la jeune femme en appuyant sa main sur les lèvres du jeune homme : silence ! et allez-vous-en par où vous êtes venu.

— Mais où et quand vous reverrai-je ? s'écria d'Artagnan.

— Un billet que vous trouverez en rentrant vous le dira. Partez, partez ! »

Et à ces mots elle ouvrit la porte du corridor et poussa d'Artagnan hors du cabinet.

D'Artagnan obéit comme un enfant, sans résistance et sans objection aucune, ce qui prouve qu'il était bien réellement amoureux.

XXIII

LE RENDEZ-VOUS

D'Artagnan revint chez lui tout courant, et quoiqu'il fût plus de trois heures du matin, et qu'il eût les plus méchants quartiers de Paris à traverser, il ne fit aucune mauvaise rencontre. On sait qu'il y a un dieu pour les ivrognes et les amoureux.

Il trouva la porte de son allée entrouverte, monta son escalier, et frappa doucement et d'une façon convenue entre lui et son laquais. Planchet, qu'il avait renvoyé deux heures auparavant de l'Hôtel de Ville en lui recommandant de l'attendre, vint lui ouvrir la porte.

« Quelqu'un a-t-il apporté une lettre pour moi ? demanda vivement d'Artagnan.

— Personne n'a apporté de lettre, Monsieur, répondit Planchet ; mais il y en a une qui est venue toute seule.

— Que veux-tu dire, imbécile ?

— Je veux dire qu'en rentrant, quoique j'eusse la clef de votre appartement dans ma poche et que cette clef ne m'eût point quitté, j'ai trouvé une lettre sur le tapis vert de la table, dans votre chambre à coucher.

— Et où est cette lettre ?

— Je l'ai laissée où elle était, Monsieur. Il n'est pas naturel que les lettres entrent ainsi chez les gens. Si la fenêtre était ouverte encore, ou seulement entre-bâillée, je ne dis pas ; mais non, tout était herméti-quement fermé. Monsieur, prenez garde, car il y a très certainement quelque magie là-dessous. »

Pendant ce temps, le jeune homme s'élançait dans la chambre et ouvrait la lettre ; elle était de Mme Bonacieux, et conçue en ces termes :

« On a de vifs remerciements à vous faire et à vous transmettre. Trouvez-vous ce soir vers dix heures à

Saint-Cloud, en face du pavillon qui s'élève à l'angle de la maison de M. d'Estrées [1].

> « C. B. »

En lisant cette lettre, d'Artagnan sentait son cœur se dilater et s'étreindre de ce doux spasme qui torture et caresse le cœur des amants.

C'était le premier billet qu'il recevait, c'était le premier rendez-vous qui lui était accordé. Son cœur, gonflé par l'ivresse de la joie, se sentait prêt à défaillir sur le seuil de ce paradis terrestre qu'on appelait l'amour.

« Eh bien ! Monsieur, dit Planchet, qui avait vu son maître rougir et pâlir successivement ; eh bien ! n'est-ce pas que j'avais deviné juste et que c'est quelque méchante affaire ?

— Tu te trompes, Planchet, répondit d'Artagnan, et la preuve, c'est que voici un écu pour que tu boives à ma santé.

— Je remercie Monsieur de l'écu qu'il me donne, et je lui promets de suivre exactement ses instructions ; mais il n'en est pas moins vrai que les lettres qui entrent ainsi dans les maisons fermées...

— Tombent du ciel, mon ami, tombent du ciel.

— Alors, Monsieur est content ? demanda Planchet.

— Mon cher Planchet, je suis le plus heureux des hommes !

— Et je puis profiter du bonheur de Monsieur pour aller me coucher ?

— Oui, va.

— Que toutes les bénédictions du Ciel tombent sur Monsieur, mais il n'en est pas moins vrai que cette lettre... »

Et Planchet se retira en secouant la tête avec un air de doute que n'était point parvenue à effacer entièrement la libéralité de d'Artagnan.

---

1. Maison non identifiée.

Resté seul, d'Artagnan lut et relut son billet, puis il baisa et rebaisa vingt fois ces lignes tracées par la main de sa belle maîtresse. Enfin il se coucha, s'endormit et fit des rêves d'or.

A sept heures du matin, il se leva et appela Planchet, qui, au second appel, ouvrit la porte, le visage encore mal nettoyé des inquiétudes de la veille.

« Planchet, lui dit d'Artagnan, je sors pour toute la journée peut-être ; tu es donc libre jusqu'à sept heures du soir ; mais, à sept heures du soir, tiens-toi prêt avec deux chevaux.

— Allons dit Planchet, il paraît que nous allons encore nous faire traverser la peau en plusieurs endroits.

— Tu prendras ton mousqueton et tes pistolets.

— Eh bien ! que disais-je ? s'écria Planchet. Là, j'en étais sûr ; maudite lettre !

— Mais rassure-toi donc, imbécile, il s'agit tout simplement d'une partie de plaisir.

— Oui ! comme les voyages d'agrément de l'autre jour, où il pleuvait des balles et où il poussait des chausse-trapes [1].

— Au reste, si vous avez peur, Monsieur Planchet, reprit d'Artagnan, j'irai sans vous ; j'aime mieux voyager seul que d'avoir un compagnon qui tremble.

— Monsieur me fait injure, dit Planchet ; il me semblait cependant qu'il m'avait vu à l'œuvre.

— Oui, mais j'ai cru que tu avais usé tout ton courage d'une seule fois.

— Monsieur verra que dans l'occasion il m'en reste encore ; seulement je prie Monsieur de ne pas trop le prodiguer, s'il veut qu'il m'en reste longtemps.

— Crois-tu en avoir encore une certaine somme à dépenser ce soir ?

— Je l'espère.

— Eh bien ! je compte sur toi.

— A l'heure dite, je serai prêt ; seulement je croyais

1. Pièges, embuscades.

que Monsieur n'avait qu'un cheval à l'écurie des gardes.

— Peut-être n'y en a-t-il qu'un encore dans ce moment-ci, mais ce soir il y en aura quatre.

— Il paraît que notre voyage était un voyage de remonte [1] ?

— Justement », dit d'Artagnan.

Et ayant fait à Planchet un dernier geste de recommandation, il sortit.

M. Bonacieux était sur sa porte. L'intention de d'Artagnan était de passer outre, sans parler au digne mercier ; mais celui-ci fit un salut si doux et si bénin, que force fut à son locataire non seulement de le lui rendre, mais encore de lier conversation avec lui.

Comment d'ailleurs ne pas avoir un peu de condescendance pour un mari dont la femme vous a donné un rendez-vous le soir même à Saint-Cloud, en face du pavillon de M. d'Estrées ! D'Artagnan s'approcha de l'air le plus aimable qu'il put prendre.

La conversation tomba tout naturellement sur l'incarcération du pauvre homme. M. Bonacieux, qui ignorait que d'Artagnan eût entendu sa conversation avec l'inconnu de Meung, raconta à son jeune locataire les persécutions de ce monstre de M. de Laffemas [2], qu'il ne cessa de qualifier pendant tout son récit du titre de bourreau du cardinal et s'étendit longuement sur la Bastille, les verrous, les guichets, les soupiraux, les grilles et les instruments de torture.

D'Artagnan l'écouta avec une complaisance exemplaire ; puis, lorsqu'il eut fini :

« Et Mme Bonacieux, dit-il enfin, savez-vous qui l'avait enlevée ? car je n'oublie pas que c'est à cette circonstance fâcheuse que je dois le bonheur d'avoir fait votre connaissance.

— Ah ! dit M. Bonacieux, ils se sont bien gardés de me le dire, et ma femme de son côté m'a juré ses

---

1. Terme militaire : réapprovisionnement d'une armée en chevaux.
2. *Cf.* p. 271, n. 4.

grands dieux qu'elle ne le savait pas. Mais vous-même, continua M. Bonacieux d'un ton de bonhomie parfaite, qu'êtes-vous devenu tous ces jours passés ? je ne vous ai vu, ni vous ni vos amis, et ce n'est pas sur le pavé de Paris, je pense, que vous avez ramassé toute la poussière que Planchet époussetait hier sur vos bottes.

— Vous avez raison, mon cher Monsieur Bonacieux, mes amis et moi nous avons fait un petit voyage.

— Loin d'ici ?

— Oh ! mon Dieu non, à une quarantaine de lieues seulement ; nous avons été conduire M. Athos aux eaux de Forges, où mes amis sont restés.

— Et vous êtes revenu, vous, n'est-ce pas ? reprit M. Bonacieux en donnant à sa physionomie son air le plus malin. Un beau garçon comme vous n'obtient pas de longs congés de sa maîtresse, et nous étions impatiemment attendu à Paris, n'est-ce pas ?

— Ma foi, dit en riant le jeune homme, je vous l'avoue d'autant mieux, mon cher Monsieur Bonacieux, que je vois qu'on ne peut rien vous cacher. Oui, j'étais attendu, et bien impatiemment, je vous en réponds. »

Un léger nuage passa sur le front de Bonacieux, mais si léger, que d'Artagnan ne s'en aperçut pas.

« Et nous allons être récompensé de notre diligence [1] ? continua le mercier avec une légère altération dans la voix, altération que d'Artagnan ne remarqua pas plus qu'il n'avait fait du nuage momentané qui, un instant auparavant, avait assombri la figure du digne homme.

— Ah ! faites donc le bon apôtre [2] ! dit en riant d'Artagnan.

— Non, ce que je vous en dis, reprit Bonacieux, c'est seulement pour savoir si nous rentrons tard.

— Pourquoi cette question, mon cher hôte ?

---

1. Soin, zèle.
2. *Faire le bon apôtre* (contrefaire l'homme de bien) est ironique.

demanda d'Artagnan ; est-ce que vous comptez m'attendre ?

— Non, c'est que depuis mon arrestation et le vol qui a été commis chez moi, je m'effraie chaque fois que j'entends ouvrir une porte, et surtout la nuit. Dame, que voulez-vous ! je ne suis point homme d'épée, moi !

— Eh bien, ne vous effrayez pas si je rentre à une heure, à deux ou trois heures du matin ; si je ne rentre pas du tout, ne vous effrayez pas encore. »

Cette fois, Bonacieux devint si pâle, que d'Artagnan ne put faire autrement que de s'en apercevoir, et lui demanda ce qu'il avait.

« Rien, répondit Bonacieux, rien. Depuis mes malheurs seulement, je suis sujet à des faiblesses qui me prennent tout à coup, et je viens de me sentir passer un frisson. Ne faites pas attention à cela, vous qui n'avez à vous occuper que d'être heureux.

— Alors j'ai de l'occupation, car je le suis.

— Pas encore, attendez donc, vous avez dit : à ce soir.

— Eh bien ! ce soir arrivera, Dieu merci ! et peut-être l'attendez-vous avec autant d'impatience que moi. Peut-être, ce soir, Mme Bonacieux visitera-t-elle le domicile conjugal.

— Mme Bonacieux n'est pas libre ce soir, répondit gravement le mari ; elle est retenue au Louvre par son service.

— Tant pis pour vous, mon cher hôte, tant pis ; quand je suis heureux, moi, je voudrais que tout le monde le fût ; mais il paraît que ce n'est pas possible. »

Et le jeune homme s'éloigna en riant aux éclats de la plaisanterie que lui seul, pensait-il, pouvait comprendre.

« Amusez-vous bien ! » répondit Bonacieux d'un air sépulcral.

Mais d'Artagnan était déjà trop loin pour l'entendre, et l'eût-il entendu, dans la disposition d'esprit où il était, il ne l'eût certes pas remarqué.

Il se dirigea vers l'hôtel de M. de Tréville ; sa visite de la veille avait été, on se le rappelle, très courte et très peu explicative.

Il trouva M. de Tréville dans la joie de son âme. Le roi et la reine avaient été charmants pour lui au bal. Il est vrai que le cardinal avait été parfaitement maussade.

A une heure du matin, il s'était retiré sous prétexte qu'il était indisposé. Quant à Leurs Majestés, elles n'étaient rentrées au Louvre qu'à six heures du matin.

« Maintenant, dit M. de Tréville en baissant la voix et en interrogeant du regard tous les angles de l'appartement pour voir s'ils étaient bien seuls, maintenant parlons de vous, mon jeune ami, car il est évident que votre heureux retour est pour quelque chose dans la joie du roi, dans le triomphe de la reine et dans l'humiliation de Son Eminence. Il s'agit de bien vous tenir.

— Qu'ai-je à craindre, répondit d'Artagnan, tant que j'aurai le bonheur de jouir de la faveur de Leurs Majestés ?

— Tout, croyez-moi. Le cardinal n'est point homme à oublier une mystification tant qu'il n'aura pas réglé ses comptes avec le mystificateur, et le mystificateur m'a bien l'air d'être certain Gascon de ma connaissance.

— Croyez-vous que le cardinal soit aussi avancé que vous et sache que c'est moi qui ai été à Londres ?

— Diable vous avez été à Londres. Est-ce de Londres que vous avez rapporté ce beau diamant qui brille à votre doigt ? Prenez garde, mon cher d'Artagnan, ce n'est pas une bonne chose que le présent d'un ennemi ; n'y a-t-il pas là-dessus certain vers latin... Attendez donc...

— Oui, sans doute, reprit d'Artagnan, qui n'avait jamais pu se fourrer la première règle du rudiment [1] dans la tête, et qui, par ignorance, avait fait le déses-

_____

1. Le *rudiment* : la grammaire latine enseignée aux écoliers.

poir de son précepteur ; oui, sans doute, il doit y en avoir un.

— Il y en a un certainement, dit M. de Tréville, qui avait une teinte de lettres, et M. de Benserade [1] me le citait l'autre jour... Attendez donc... Ah ! m'y voici :

... timeo Danaos et dona ferentes [2].

« Ce qui veut dire : « Défiez-vous de l'ennemi qui vous fait des présents. »

— Ce diamant ne vient pas d'un ennemi, Monsieur, reprit d'Artagnan, il vient de la reine.

— De la reine ! oh ! oh ! dit M. de Tréville. Effectivement, c'est un véritable bijou royal, qui vaut mille pistoles comme un denier. Par qui la reine vous a-t-elle fait remettre ce cadeau ?

— Elle me l'a remis elle-même.

— Où cela ?

— Dans le cabinet attenant à la chambre où elle a changé de toilette.

— Comment ?

— En me donnant sa main à baiser.

— Vous avez baisé la main de la reine ! s'écria M. de Tréville en regardant d'Artagnan.

— Sa Majesté m'a fait l'honneur de m'accorder cette grâce !

— Et cela en présence de témoins ? Imprudente, trois fois imprudente !

— Non, Monsieur, rassurez-vous, personne ne l'a vue », reprit d'Artagnan. Et il raconta à M. de Tréville comment les choses s'étaient passées.

« Oh ! les femmes, les femmes ! s'écria le vieux soldat, je les reconnais bien à leur imagination romanesque ; tout ce qui sent le mystérieux les charme ;

---

1. Isaac de Benserade (1613-1691) ne s'illustra que plus tard comme poète précieux.
2. Mot à mot : « Je crains les Grecs même quand ils m'apportent des présents » (Virgile, *Enéide*, II, 49). Ce vers, qui fait allusion au cheval de Troie, est l'exemple scolaire type pour l'emploi de « et » au sens de « même ».

ainsi vous avez vu le bras, voilà tout ; vous rencontre-
riez la reine, que vous ne la reconnaîtriez pas ; elle
vous rencontrerait, qu'elle ne saurait pas qui vous
êtes.

— Non, mais grâce à ce diamant..., reprit le jeune
homme.

— Ecoutez, dit M. de Tréville, voulez-vous que je
vous donne un conseil, un bon conseil, un conseil
d'ami ?

— Vous me ferez honneur, Monsieur, dit d'Artagnan.

— Eh bien ! allez chez le premier orfèvre venu et
vendez-lui ce diamant pour le prix qu'il vous en
donnera ; si juif qu'il soit, vous en trouverez toujours
bien huit cents pistoles. Les pistoles n'ont pas de nom,
jeune homme, et cette bague en a un terrible, et qui
peut trahir celui qui la porte.

— Vendre cette bague ! une bague qui vient de ma
souveraine ! jamais, dit d'Artagnan.

— Alors tournez-en le chaton en dedans, pauvre
fou, car on sait qu'un cadet de Gascogne ne trouve pas
de pareils bijoux dans l'écrin de sa mère.

— Vous croyez donc que j'ai quelque chose à craindre ? demanda d'Artagnan.

— C'est-à-dire, jeune homme, que celui qui
s'endort sur une mine dont la mèche est allumée doit
se regarder comme en sûreté en comparaison de
vous.

— Diable ! dit d'Artagnan, que le ton d'assurance
de M. de Tréville commençait à inquiéter : diable, que
faut-il faire ?

— Vous tenir sur vos gardes toujours et avant toute
chose. Le cardinal a la mémoire tenace et la main
longue ; croyez-moi, il vous jouera quelque tour.

— Mais lequel ?

— Eh ! le sais-je, moi ! est-ce qu'il n'a pas à son
service toutes les ruses du démon ? Le moins qui
puisse vous arriver est qu'on vous arrête.

— Comment ! on oserait arrêter un homme au
service de Sa Majesté ?

— Pardieu ! on s'est bien gêné pour Athos ! En tout cas, jeune homme, croyez-en un homme qui est depuis trente ans à la cour : ne vous endormez pas dans votre sécurité, ou vous êtes perdu. Bien au contraire, et c'est moi qui vous le dis, voyez des ennemis partout. Si l'on vous cherche querelle, évitez-la, fût-ce un enfant de dix ans qui vous la cherche ; si l'on vous attaque de nuit ou de jour, battez en retraite et sans honte ; si vous traversez un pont, tâtez les planches, de peur qu'une planche ne vous manque sous le pied ; si vous passez devant une maison qu'on bâtit, regardez en l'air de peur qu'une pierre ne vous tombe sur la tête ; si vous rentrez tard, faites-vous suivre par votre laquais, et que votre laquais soit armé, si toutefois vous êtes sûr de votre laquais. Défiez-vous de tout le monde, de votre ami, de votre frère, de votre maîtresse, de votre maîtresse surtout. »

D'Artagnan rougit.

« De ma maîtresse, répéta-t-il machinalement ; et pourquoi plutôt d'elle que d'un autre ?

— C'est que la maîtresse est un des moyens favoris du cardinal, il n'en a pas de plus expéditif : une femme vous vend pour dix pistoles, témoin Dalila [1]. Vous savez les Ecritures, hein ? »

D'Artagnan pensa au rendez-vous que lui avait donné Mme Bonacieux pour le soir même ; mais nous devons dire, à la louange de notre héros, que la mauvaise opinion que M. de Tréville avait des femmes en général ne lui inspira pas le moindre petit soupçon contre sa jolie hôtesse.

« Mais, à propos, reprit M. de Tréville, que sont devenus vos trois compagnons ?

— J'allais vous demander si vous n'en aviez pas appris quelques nouvelles.

— Aucune, Monsieur.

— Eh bien ! je les ai laissés sur ma route : Porthos

---

1. Ancien Testament, *Juges*, XVI. Dalila vendit en effet Samson, mais beaucoup plus cher (mille et cent sicles d'argent).

à Chantilly, avec un duel sur les bras ; Aramis à
Crèvecœur, avec une balle dans l'épaule ; et Athos à
Amiens, avec une accusation de faux monnayeur sur
le corps.

— Voyez-vous ! dit M. de Tréville ; et comment
vous êtes-vous échappé, vous ?

— Par miracle, Monsieur, je dois le dire, avec un
coup d'épée dans la poitrine, et en clouant M. le
comte de Wardes sur le revers de la route de Calais,
comme un papillon à une tapisserie.

— Voyez-vous encore ! de Wardes, un homme au
cardinal, un cousin de Rochefort. Tenez, mon cher
ami, il me vient une idée.

— Dites, Monsieur.

— A votre place, je ferais une chose.

— Laquelle ?

— Tandis que Son Eminence me ferait chercher à
Paris, je reprendrais, moi, sans tambour ni trom-
pette, la route de Picardie, et je m'en irais savoir des
nouvelles de mes trois compagnons. Que diable ! ils
méritent bien cette petite attention de votre part.

— Le conseil est bon, Monsieur, et demain je partirai.

— Demain ! et pourquoi pas ce soir ?

— Ce soir, Monsieur, je suis retenu à Paris par une
affaire indispensable.

— Ah ! jeune homme ! jeune homme ! quelque
amourette ? Prenez garde, je vous le répète : c'est la
femme qui nous a perdus, tous tant que nous sommes. Croyez-moi, partez ce soir.

— Impossible ! Monsieur.

— Vous avez donc donné votre parole ?

— Oui, Monsieur.

— Alors c'est autre chose ; mais promettez-moi
que si vous n'êtes pas tué cette nuit, vous partirez
demain.

— Je vous le promets.

— Avez-vous besoin d'argent ?

— J'ai encore cinquante pistoles. C'est autant qu'il
m'en faut, je le pense.

— Mais vos compagnons ?

— Je pense qu'ils ne doivent pas en manquer. Nous sommes sortis de Paris chacun avec soixante-quinze pistoles dans nos poches.

— Vous reverrai-je avant votre départ ?

— Non, pas que je pense, Monsieur, à moins qu'il n'y ait du nouveau.

— Allons, bon voyage !

— Merci, Monsieur. »

Et d'Artagnan prit congé de M. de Tréville, touché plus que jamais de sa sollicitude toute paternelle pour ses mousquetaires.

Il passa successivement chez Athos, chez Porthos et chez Aramis. Aucun d'eux n'était rentré. Leurs laquais aussi étaient absents, et l'on n'avait des nouvelles ni des uns, ni des autres.

Il se serait bien informé d'eux à leurs maîtresses, mais il ne connaissait ni celle de Porthos, ni celle d'Aramis ; quant à Athos, il n'en avait pas.

En passant devant l'hôtel des Gardes, il jeta un coup d'œil dans l'écurie : trois chevaux étaient déjà rentrés sur quatre. Planchet, tout ébahi, était en train de les étriller, et avait déjà fini avec deux d'entre eux.

« Ah ! Monsieur, dit Planchet en apercevant d'Artagnan, que je suis aise de vous voir !

— Et pourquoi cela, Planchet ? demanda le jeune homme.

— Auriez-vous confiance en M. Bonacieux, notre hôte ?

— Moi ? pas le moins du monde.

— Oh ! que vous faites bien, Monsieur.

— Mais d'où vient cette question ?

— De ce que, tandis que vous causiez avec lui, je vous observais sans vous écouter ; Monsieur, sa figure a changé deux ou trois fois de couleur.

— Bah !

— Monsieur n'a pas remarqué cela, préoccupé qu'il était de la lettre qu'il venait de recevoir ; mais moi, au contraire, que l'étrange façon dont cette lettre était parvenue à la maison avait mis sur mes gardes, je n'ai pas perdu un mouvement de sa physionomie.

— Et tu l'as trouvée... ?

— Traîtreuse [1], Monsieur.

— Vraiment !

— De plus, aussitôt que Monsieur l'a eu quitté et qu'il a disparu au coin de la rue, M. Bonacieux a pris son chapeau, a fermé sa porte et s'est mis à courir par la rue opposée.

— En effet, tu as raison, Planchet tout cela me paraît fort louche, et, sois tranquille, nous ne lui paierons pas notre loyer que la chose ne nous ait été catégoriquement expliquée.

— Monsieur plaisante, mais Monsieur verra.

— Que veux-tu, Planchet, ce qui doit arriver est écrit !

— Monsieur ne renonce donc pas à sa promenade de ce soir ?

— Bien au contraire, Planchet, plus j'en voudrai à M. Bonacieux, et plus j'irai au rendez-vous que m'a donné cette lettre qui t'inquiète tant.

— Alors, si c'est la résolution de Monsieur...

— Inébranlable, mon ami ; ainsi donc, à neuf heures, tiens-toi prêt ici, à l'hôtel ; je viendrai te prendre. »

Planchet, voyant qu'il n'y avait plus aucun espoir de faire renoncer son maître à son projet, poussa un profond soupir, et se mit à étriller le troisième cheval.

Quant à d'Artagnan, comme c'était au fond un garçon plein de prudence, au lieu de rentrer chez lui, il s'en alla dîner chez ce prêtre gascon qui, au moment de la détresse des quatre amis, leur avait donné un déjeuner de chocolat.

---

1. Ce doublet populaire de *traîtresse* semble une création de Dumas.

XXIV

LE PAVILLON

A neuf heures, d'Artagnan était à l'hôtel des Gardes ; il trouva Planchet sous les armes. Le quatrième cheval était arrivé.

Planchet était armé de son mousqueton et d'un pistolet.

D'Artagnan avait son épée et passa deux pistolets à sa ceinture, puis tous deux enfourchèrent chacun un cheval et s'éloignèrent sans bruit. Il faisait nuit close, et personne ne les vit sortir. Planchet se mit à la suite de son maître, et marcha par-derrière à dix pas.

D'Artagnan traversa les quais, sortit par la porte de la Conférence [1] et suivit alors le chemin, bien plus beau alors qu'aujourd'hui, qui mène à Saint-Cloud.

Tant qu'on fut dans la ville, Planchet garda respectueusement la distance qu'il s'était imposée ; mais dès que le chemin commença à devenir plus désert et plus obscur, il se rapprocha tout doucement : si bien que, lorsqu'on entra dans le bois de Boulogne, il se trouva tout naturellement marcher côte à côte avec son maître. En effet, nous ne devons pas dissimuler que l'oscillation des grands arbres et le reflet de la lune dans les taillis sombres lui causaient une vive inquiétude. D'Artagnan s'aperçut qu'il se passait chez son laquais quelque chose d'extraordinaire.

« Eh bien ! Monsieur Planchet, lui demanda-t-il, qu'avons-nous donc ?

— Ne trouvez-vous pas, Monsieur, que les bois sont comme les églises [2] ?

— Pourquoi cela, Planchet ?

1. La porte de la Conférence, sur le quai, non loin de l'actuelle place de la Concorde, ne fut ainsi nommée que plus tard, après les conférences où l'on débattit du mariage de Louis XIV.
2. Faut-il voir ici un souvenir humoristique d'une des plus célèbres pages du *Génie du christianisme* ?

— Parce qu'on n'ose point parler haut dans ceux-ci comme dans celles-là.

— Pourquoi n'oses-tu parler haut, Planchet ? parce que tu as peur ?

— Peur d'être entendu, oui, Monsieur.

— Peur d'être entendu ! Notre conversation est cependant morale, mon cher Planchet, et nul n'y trouverait à redire.

— Ah ! Monsieur ! reprit Planchet en revenant à son idée mère, que ce M. Bonacieux a quelque chose de sournois dans ses sourcils et de déplaisant dans le jeu de ses lèvres !

— Qui diable te fait penser à Bonacieux ?

— Monsieur, l'on pense à ce que l'on peut et non pas à ce que l'on veut.

— Parce que tu es un poltron, Planchet.

— Monsieur, ne confondons pas la prudence avec la poltronnerie ; la prudence est une vertu.

— Et tu es vertueux, n'est-ce pas, Planchet ?

— Monsieur, n'est-ce point le canon d'un mousquet qui brille là-bas ? Si nous baissions la tête ?

— En vérité, murmura d'Artagnan, à qui les recommandations de M. de Tréville revenaient en mémoire ; en vérité, cet animal finirait par me faire peur. »

Et il mit son cheval au trot.

Planchet suivit le mouvement de son maître, exactement comme s'il eût été son ombre, et se retrouva trottant près de lui.

« Est-ce que nous allons marcher comme cela toute la nuit, Monsieur ? demanda-t-il.

— Non, Planchet, car tu es arrivé, toi.

— Comment, je suis arrivé ? et Monsieur ?

— Moi, je vais encore à quelques pas.

— Et Monsieur me laisse seul ici ?

— Tu as peur, Planchet ?

— Non, mais je fais seulement observer à Monsieur que la nuit sera très froide, que les fraîcheurs donnent des rhumatismes, et qu'un laquais qui a des rhumatismes est un triste serviteur, surtout pour un maître alerte comme Monsieur.

— Eh bien ! si tu as froid, Planchet, tu entreras dans un de ces cabarets que tu vois là-bas, et tu m'attendras demain matin à six heures devant la porte.

— Monsieur, j'ai bu et mangé respectueusement l'écu que vous m'avez donné ce matin ; de sorte qu'il ne me reste pas un traître sou dans le cas où j'aurais froid.

— Voici une demi-pistole. A demain. »

D'Artagnan descendit de son cheval, jeta la bride au bras de Planchet et s'éloigna rapidement en s'enveloppant dans son manteau.

« Dieu que j'ai froid ! » s'écria Planchet dès qu'il eut perdu son maître de vue ; — et pressé qu'il était de se réchauffer, il se hâta d'aller frapper à la porte d'une maison parée de tous les attributs d'un cabaret de banlieue.

Cependant d'Artagnan, qui s'était jeté dans un petit chemin de traverse, continuait sa route et atteignait Saint-Cloud ; mais, au lieu de suivre la grande rue, il tourna derrière le château, gagna une espèce de ruelle fort écartée, et se trouva bientôt en face du pavillon indiqué. Il était situé dans un lieu tout à fait désert. Un grand mur, à l'angle duquel était ce pavillon, régnait d'un côté de cette ruelle, et de l'autre une haie défendait contre les passants un petit jardin au fond duquel s'élevait une maigre cabane.

Il était arrivé au rendez-vous, et comme on ne lui avait pas dit d'annoncer sa présence par aucun signal, il attendit.

Nul bruit ne se faisait entendre, on eût dit qu'on était à cent lieues de la capitale. D'Artagnan s'adossa à la haie après avoir jeté un coup d'œil derrière lui. Par-delà cette haie, ce jardin et cette cabane, un brouillard sombre enveloppait de ses plis cette immensité où dort Paris, vide, béant, immensité où brillaient quelques points lumineux, étoiles funèbres de cet enfer.

Mais pour d'Artagnan tous les aspects revêtaient une forme heureuse, toutes les idées avaient un sourire, toutes les ténèbres étaient diaphanes [1]. L'heure du rendez-vous allait sonner.

En effet, au bout de quelques instants, le beffroi [2] de Saint-Cloud laissa lentement tomber dix coups de sa large gueule mugissante.

Il y avait quelque chose de lugubre à cette voix de bronze qui se lamentait ainsi au milieu de la nuit.

Mais chacune de ces heures qui composaient l'heure attendue vibrait harmonieusement au cœur du jeune homme.

Ses yeux étaient fixés sur le petit pavillon situé à l'angle de la rue et dont toutes les fenêtres étaient fermées par des volets, excepté une seule du premier étage.

A travers cette fenêtre brillait une lumière douce qui argentait le feuillage tremblant de deux ou trois tilleuls qui s'élevaient formant groupe en dehors du parc. Evidemment derrière cette petite fenêtre, si gracieusement éclairée, la jolie Mme Bonacieux l'attendait.

Bercé par cette douce idée, d'Artagnan attendit de son côté une demi-heure sans impatience aucune, les yeux fixés sur ce charmant petit séjour dont d'Artagnan apercevait une partie de plafond aux moulures dorées, attestant l'élégance du reste de l'appartement.

Le beffroi de Saint-Cloud sonna dix heures et demie.

Cette fois-ci, sans que d'Artagnan comprît pourquoi, un frisson courut dans ses veines. Peut-être aussi le froid commençait-il à le gagner et prenait-il pour une impression morale une sensation tout à fait physique.

Puis l'idée lui vint qu'il avait mal lu et que le rendez-vous était pour onze heures seulement.

Il s'approcha de la fenêtre, se plaça dans un rayon

---

1. Transparentes.
2. Tour de guet, surmontant l'hôtel de ville de certaines cités.

de lumière, tira sa lettre de sa poche et la relut ; il ne s'était point trompé : le rendez-vous était bien pour dix heures.

Il alla reprendre son poste, commençant à être assez inquiet de ce silence et de cette solitude.

Onze heures sonnèrent.

D'Artagnan commença à craindre véritablement qu'il ne fût arrivé quelque chose à Mme Bonacieux.

Il frappa trois coups dans ses mains, signal ordinaire des amoureux ; mais personne ne lui répondit : pas même l'écho.

Alors il pensa avec un certain dépit que peut-être la jeune femme s'était endormie en l'attendant.

Il s'approcha du mur et essaya d'y monter ; mais le mur était nouvellement crépi, et d'Artagnan se retourna inutilement les ongles.

En ce moment il avisa les arbres, dont la lumière continuait d'argenter les feuilles, et comme l'un d'eux faisait saillie sur le chemin, il pensa que du milieu de ses branches son regard pourrait pénétrer dans le pavillon.

L'arbre était facile. D'ailleurs d'Artagnan avait vingt ans à peine, et par conséquent se souvenait de son métier d'écolier. En un instant il fut au milieu des branches, et par les vitres transparentes ses yeux plongèrent dans l'intérieur du pavillon.

Chose étrange et qui fit frissonner d'Artagnan de la plante des pieds à la racine des cheveux, cette douce lumière, cette calme lampe éclairait une scène de désordre épouvantable ; une des vitres de la fenêtre était cassée, la porte de la chambre avait été enfoncée et, à demi brisée, pendait à ses gonds ; une table qui avait dû être couverte d'un élégant souper gisait à terre ; les flacons en éclats, les fruits écrasés jonchaient le parquet ; tout témoignait dans cette chambre d'une lutte violente et désespérée ; d'Artagnan crut même reconnaître au milieu de ce pêle-mêle étrange des lambeaux de vêtements et quelques taches sanglantes maculant la nappe et les rideaux.

Il se hâta de redescendre dans la rue avec un

horrible battement de cœur, il voulait voir s'il ne trouverait pas d'autres traces de violence.

La petite lueur suave brillait toujours dans le calme de la nuit. D'Artagnan s'aperçut alors, chose qu'il n'avait pas remarquée d'abord, car rien ne le poussait à cet examen, que le sol, battu ici, troué là, présentait des traces confuses de pas d'hommes, et de pieds de chevaux. En outre, les roues d'une voiture, qui paraissait venir de Paris, avaient creusé dans la terre molle une profonde empreinte qui ne dépassait pas la hauteur du pavillon et qui retournait vers Paris.

Enfin d'Artagnan, en poursuivant ses recherches, trouva près du mur un gant de femme déchiré. Cependant ce gant, par tous les points où il n'avait pas touché la terre boueuse, était d'une fraîcheur irréprochable. C'était un de ces gants parfumés comme les amants aiment à les arracher d'une jolie main.

A mesure que d'Artagnan poursuivait ses investigations, une sueur plus abondante et plus glacée perlait sur son front, son cœur était serré par une horrible angoisse, sa respiration était haletante ; et cependant il se disait, pour se rassurer, que ce pavillon n'avait peut-être rien de commun avec Mme Bonacieux ; que la jeune femme lui avait donné rendez-vous devant ce pavillon, et non dans ce pavillon ; qu'elle avait pu être retenue à Paris par son service, par la jalousie de son mari peut-être.

Mais tous ces raisonnements étaient battus en brèche, détruits, renversés par ce sentiment de douleur intime qui, dans certaines occasions, s'empare de tout notre être et nous crie, par tout ce qui est destiné chez nous à entendre, qu'un grand malheur plane sur nous.

Alors d'Artagnan devint presque insensé : il courut sur la grande route, prit le même chemin qu'il avait déjà fait, s'avança jusqu'au bac, et interrogea le passeur.

Vers les sept heures du soir, le passeur avait fait traverser la rivière à une femme enveloppée d'une mante noire, qui paraissait avoir le plus grand intérêt à ne pas être reconnue ; mais, justement à cause des précautions qu'elle prenait, le passeur avait prêté une attention plus grande, et il avait reconnu que la femme était jeune et jolie.

Il y avait alors, comme aujourd'hui, une foule de jeunes et jolies femmes qui venaient à Saint-Cloud et qui avaient intérêt à ne pas être vues, et cependant d'Artagnan ne douta point un instant que ce ne fût Mme Bonacieux qu'avait remarquée le passeur.

D'Artagnan profita de la lampe qui brillait dans la cabane du passeur pour relire encore une fois le billet de Mme Bonacieux et s'assurer qu'il ne s'était pas trompé, que le rendez-vous était bien à Saint-Cloud et non ailleurs, devant le pavillon de M. d'Estrées et non dans une autre rue.

Tout concourait à prouver à d'Artagnan que ses pressentiments ne le trompaient point et qu'un grand malheur était arrivé.

Il reprit le chemin du château tout courant ; il lui semblait qu'en son absence quelque chose de nouveau s'était peut-être passé au pavillon et que des renseignements l'attendaient là.

La ruelle était toujours déserte, et la même lueur calme et douce s'épanchait de la fenêtre.

D'Artagnan songea alors à cette masure muette et aveugle mais qui sans doute avait vu et qui peut-être pouvait parler.

La porte de clôture était fermée, mais il sauta par-dessus la haie, et malgré les aboiements du chien à la chaîne, il s'approcha de la cabane.

Aux premiers coups qu'il frappa, rien ne répondit.

Un silence de mort régnait dans la cabane comme dans le pavillon ; cependant, comme cette cabane était sa dernière ressource, il s'obstina.

Bientôt il lui sembla entendre un léger bruit intérieur, bruit craintif, et qui semblait trembler lui-même d'être entendu.

Alors d'Artagnan cessa de frapper et pria, avec un accent si plein d'inquiétude et de promesses, d'effroi et de cajolerie, que sa voix était de nature à rassurer de plus peureux. Enfin un vieux volet vermoulu s'ouvrit, ou plutôt s'entrebâilla, et se referma dès que la lueur d'une misérable lampe qui brûlait dans un coin eut éclairé le baudrier, la poignée de l'épée et le pommeau des pistolets de d'Artagnan. Cependant, si rapide qu'eût été le mouvement, d'Artagnan avait eu le temps d'entrevoir une tête de vieillard.

« Au nom du Ciel ! dit-il, écoutez-moi : j'attendais quelqu'un qui ne vient pas, je meurs d'inquiétude. Serait-il arrivé quelque malheur aux environs ? Parlez. »

La fenêtre se rouvrit lentement, et la même figure apparut de nouveau : seulement elle était plus pâle encore que la première fois.

D'Artagnan raconta naïvement son histoire, aux noms près ; il dit comment il avait rendez-vous avec une jeune femme devant ce pavillon, et comment, ne la voyant pas venir, il était monté sur le tilleul et, à la lueur de la lampe, il avait vu le désordre de la chambre.

Le vieillard l'écouta attentivement, tout en faisant signe que c'était bien cela : puis, lorsque d'Artagnan eut fini, il hocha la tête d'un air qui n'annonçait rien de bon.

« Que voulez-vous dire ? s'écria d'Artagnan. Au nom du Ciel ! voyons, expliquez-vous.

— Oh ! Monsieur, dit le vieillard, ne me demandez rien ; car si je vous disais ce que j'ai vu, bien certainement il ne m'arriverait rien de bon.

— Vous avez donc vu quelque chose ? reprit d'Artagnan. En ce cas, au nom du Ciel ! continua-t-il en lui jetant une pistole, dites, dites ce que vous avez vu, et je vous donne ma foi de gentilhomme que pas une de vos paroles ne sortira de mon cœur. »

Le vieillard lut tant de franchise et de douleur sur le visage de d'Artagnan, qu'il lui fit signe d'écouter et qu'il lui dit à voix basse :

— « Il était neuf heures à peu près, j'avais entendu quelque bruit dans la rue et je désirais savoir ce que ce pouvait être, lorsqu'en m'approchant de ma porte je m'aperçus qu'on cherchait à entrer. Comme je suis pauvre et que je n'ai pas peur qu'on me vole, j'allai ouvrir et je vis trois hommes à quelques pas de là. Dans l'ombre était un carrosse avec des chevaux attelés et des chevaux de main [1]. Ces chevaux de main appartenaient évidemment aux trois hommes qui étaient vêtus en cavaliers.

« — Ah, mes bons Messieurs ! m'écriai-je, que « demandez-vous ?

« — Tu dois avoir une échelle ? me dit celui qui « paraissait le chef de l'escorte.

« — Oui, Monsieur ; celle avec laquelle je cueille « mes fruits.

« — Donne-nous-la, et rentre chez toi, voilà un écu « pour le dérangement que nous te causons. « Souviens-toi seulement que si tu dis un mot de ce « que tu vas voir et de ce que tu vas entendre (car tu « regarderas et tu écouteras, quelque menace que « nous te fassions, j'en suis sûr), tu es perdu. »

« A ces mots, il me jeta un écu, que je ramassai, et il prit mon échelle.

« Effectivement, après avoir refermé la porte de la haie derrière eux, je fis semblant de rentrer à la maison ; mais j'en sortis aussitôt par la porte de derrière, et, me glissant dans l'ombre, je parvins jusqu'à cette touffe de sureau, du milieu de laquelle je pouvais tout voir sans être vu.

« Les trois hommes avaient fait avancer la voiture sans aucun bruit, ils en tirèrent un petit homme, gros, court, grisonnant, mesquinement vêtu de couleur sombre, lequel monta avec précaution à l'échelle, regarda sournoisement dans l'intérieur de la chambre, redescendit à pas de loup et murmura à voix basse :

« — C'est elle ! »

« Aussitôt celui qui m'avait parlé s'approcha de la porte du pavillon, l'ouvrit avec une clef qu'il portait

---

1. *Chevaux de main* : chevaux tenus à la main par la bride, donc ni attelés, ni montés.

sur lui, referma la porte et disparut ; en même temps, les deux autres hommes montèrent à l'échelle. Le petit vieux demeurait à la portière, le cocher maintenait les chevaux de la voiture, et un laquais les chevaux de selle.

« Tout à coup de grands cris retentirent dans le pavillon, une femme accourut à la fenêtre et l'ouvrit comme pour se précipiter. Mais aussitôt qu'elle aperçut les deux hommes, elle se rejeta en arrière ; les deux hommes s'élancèrent après elle dans la chambre.

« Alors je ne vis plus rien ; mais j'entendis le bruit des meubles que l'on brise. La femme criait et appelait au secours. Mais bientôt ses cris furent étouffés ; les trois hommes se rapprochèrent de la fenêtre, emportant la femme dans leurs bras ; deux descendirent par l'échelle et la transportèrent dans la voiture, où le petit vieux entra après elle. Celui qui était resté dans le pavillon referma la croisée, sortit un instant après par la porte et s'assura que la femme était bien dans la voiture : ses deux compagnons l'attendaient déjà à cheval, il sauta à son tour en selle ; le laquais reprit sa place près du cocher ; le carrosse s'éloigna au galop escorté par les trois cavaliers, et tout fut fini. A partir de ce moment-là, je n'ai plus rien vu, rien entendu [1]. »

D'Artagnan, écrasé par une si terrible nouvelle, resta immobile et muet, tandis que tous les démons de la colère et de la jalousie hurlaient dans son cœur.

« Mais, mon gentilhomme, reprit le vieillard, sur lequel ce muet désespoir causait certes plus d'effet que n'en eussent produit des cris et des larmes ; allons, ne vous désolez pas, ils ne vous l'ont pas tuée, voilà l'essentiel.

— Savez-vous à peu près, dit d'Artagnan, quel est l'homme qui conduisait cette infernale expédition ?

---

1. L'idée de l'enlèvement de Mme Bonacieux a peut-être été suggérée par celui de Mme de Maramion, qui figure chez Courtilz. Mais les circonstances sont très différentes.

— Je ne le connais pas.

— Mais puisqu'il vous a parlé, vous avez pu le voir.

— Ah ! c'est son signalement que vous me demandez ?

— Oui.

— Un grand sec, basané, moustaches noires, œil noir, l'air d'un gentilhomme.

— C'est cela, s'écria d'Artagnan ; encore lui ! toujours lui ! C'est mon démon, à ce qu'il paraît ! Et l'autre ?

— Lequel ?

— Le petit.

— Oh ! celui-là n'est pas un seigneur, j'en réponds : d'ailleurs il ne portait pas l'épée, et les autres le traitaient sans aucune considération.

— Quelque laquais, murmura d'Artagnan. Ah ! pauvre femme ! pauvre femme ! qu'en ont-ils fait ?

— Vous m'avez promis le secret, dit le vieillard.

— Et je vous renouvelle ma promesse, soyez tranquille, je suis gentilhomme. Un gentilhomme n'a que sa parole, et je vous ai donné la mienne. »

D'Artagnan reprit, l'âme navrée, le chemin du bac. Tantôt il ne pouvait croire que ce fût Mme Bonacieux, et il espérait le lendemain la retrouver au Louvre ; tantôt il craignait qu'elle n'eût eu une intrigue avec quelque autre et qu'un jaloux ne l'eût surprise et fait enlever. Il flottait, il se désolait, il se désespérait.

— « Oh ! si j'avais là mes amis ! s'écriait-il, j'aurais au moins quelque espérance de la retrouver ; mais qui sait ce qu'ils sont devenus eux-mêmes ! »

Il était minuit à peu près ; il s'agissait de retrouver Planchet. D'Artagnan se fit ouvrir successivement tous les cabarets dans lesquels il aperçut un peu de lumière ; dans aucun d'eux il ne retrouva Planchet.

Au sixième, il commença de réfléchir que la recherche était un peu hasardée. D'Artagnan n'avait donné rendez-vous à son laquais qu'à six heures du matin, et quelque part qu'il fût, il était dans son droit.

D'ailleurs, il vint au jeune homme cette idée, qu'en restant aux environs du lieu où l'événement s'était

passé, il obtiendrait peut-être quelque éclaircisse-
ment sur cette mystérieuse affaire. Au sixième cabaret, comme nous l'avons dit, d'Artagnan s'arrêta donc,
demanda une bouteille de vin de première qualité,
s'accouda dans l'angle le plus obscur et se décida à
attendre ainsi le jour ; mais cette fois encore son
espérance fut trompée, et quoiqu'il écoutât de toutes
ses oreilles, il n'entendit, au milieu des jurons, des
lazzi [1] et des injures qu'échangeaient entre eux les
ouvriers, les laquais et les rouliers [2] qui composaient
l'honorable société dont il faisait partie, rien qui pût
le mettre sur la trace de la pauvre femme enlevée.
Force lui fut donc, après avoir avalé sa bouteille par
désœuvrement et pour ne pas éveiller des soupçons,
de chercher dans son coin la posture la plus satisfaisante possible et de s'endormir tant bien que mal.
D'Artagnan avait vingt ans, on se le rappelle, et à cet
âge le sommeil a des droits imprescriptibles qu'il
réclame impérieusement, même sur les cœurs les
plus désespérés.

Vers six heures du matin, d'Artagnan se réveilla
avec ce malaise qui accompagne ordinairement le
point du jour après une mauvaise nuit. Sa toilette
n'était pas longue à faire ; il se tâta pour savoir si on
n'avait pas profité de son sommeil pour le voler, et
ayant retrouvé son diamant à son doigt, sa bourse
dans sa poche et ses pistolets à sa ceinture, il se leva,
paya sa bouteille et sortit pour voir s'il n'aurait pas
plus de bonheur dans la recherche de son laquais le
matin que la nuit. En effet, la première chose qu'il
aperçut à travers le brouillard humide et grisâtre fut
l'honnête Planchet qui, les deux chevaux en main,
l'attendait à la porte d'un petit cabaret borgne devant
lequel d'Artagnan était passé sans même soupçonner
son existence.

1. *Cf.* p. 168, n. 3.
2. Voituriers transportant des marchandises.

XXV

LA MAÎTRESSE DE PORTHOS [1]

Au lieu de rentrer chez lui directement, d'Artagnan mit pied à terre à la porte de M. de Tréville, et monta rapidement l'escalier. Cette fois, il était décidé à lui raconter tout ce qui venait de se passer. Sans doute il lui donnerait de bons conseils dans toute cette affaire ; puis, comme M. de Tréville voyait presque journellement la reine, il pourrait peut-être tirer de Sa Majesté quelque renseignement sur la pauvre femme à qui l'on faisait sans doute payer son dévouement à sa maîtresse.

M. de Tréville écouta le récit du jeune homme avec une gravité qui prouvait qu'il voyait autre chose, dans toute cette aventure, qu'une intrigue d'amour ; puis, quand d'Artagnan eut achevé :

« Hum ! dit-il, tout ceci sent Son Eminence d'une lieue.

— Mais, que faire ? dit d'Artagnan.

— Rien, absolument rien, à cette heure, que quitter Paris, comme je vous l'ai dit, le plus tôt possible. Je verrai la reine, je lui raconterai les détails de la disparition de cette pauvre femme, qu'elle ignore sans doute ; ces détails la guideront de son côté, et, à votre retour, peut-être aurai-je quelque bonne nouvelle à vous dire. Reposez-vous-en sur moi. »

D'Artagnan savait que, quoique Gascon, M. de Tréville n'avait pas l'habitude de promettre, et que lorsque par hasard il promettait, il tenait plus qu'il n'avait promis. Il le salua donc, plein de reconnaissance pour le passé et pour l'avenir, et le digne capitaine, qui de son côté éprouvait un vif intérêt pour ce jeune homme si brave et si résolu, lui serra affectueusement la main en lui souhaitant un bon voyage.

---

1. Ce chapitre est intitulé *Porthos* lors de la publication en feuilleton et *La maîtresse de Porthos* dans l'édition en librairie.

Décidé à mettre les conseils de M. de Tréville en pratique à l'instant même, d'Artagnan s'achemina vers la rue des Fossoyeurs, afin de veiller à la confection de son portemanteau [1]. En s'approchant de sa maison, il reconnut M. Bonacieux en costume du matin, debout sur le seuil de sa porte. Tout ce que lui avait dit, la veille, le prudent Planchet sur le caractère sinistre de son hôte revint alors à l'esprit de d'Artagnan, qui le regarda plus attentivement qu'il n'avait fait encore. En effet, outre cette pâleur jaunâtre et maladive qui indique l'infiltration de la bile dans le sang et qui pouvait d'ailleurs n'être qu'accidentelle, d'Artagnan remarqua quelque chose de sournoisement perfide dans l'habitude des rides de sa face [2]. Un fripon ne rit pas de la même façon qu'un honnête homme, un hypocrite ne pleure pas les mêmes larmes qu'un homme de bonne foi. Toute fausseté est un masque, et si bien fait que soit le masque, on arrive toujours, avec un peu d'attention, à le distinguer du visage.

Il sembla donc à d'Artagnan que M. Bonacieux portait un masque, et même que ce masque était des plus désagréables à voir.

En conséquence il allait, vaincu par sa répugnance pour cet homme, passer devant lui sans lui parler, quand, ainsi que la veille, M. Bonacieux l'interpella.

« Eh bien ! jeune homme, lui dit-il, il paraît que nous faisons de grasses nuits ? Sept heures du matin, peste ! Il me semble que vous retournez tant soit peu les habitudes reçues, et que vous rentrez à l'heure où les autres sortent.

— On ne vous fera pas le même reproche, maître Bonacieux, dit le jeune homme, et vous êtes le modèle des gens rangés. Il est vrai que lorsque l'on possède une jeune et jolie femme, on n'a pas besoin de courir

---

1. *Cf.* p. 62, n. 4.
2. Dumas veut dire que les rides tendent à fixer sur le visage de Bonacieux les expressions qui lui sont habituelles : ici la perfidie.

après le bonheur : c'est le bonheur qui vient vous trouver ; n'est-ce pas, Monsieur Bonacieux ? »

Bonacieux devint pâle comme la mort et grimaça un sourire.

« Ah ! ah ! dit Bonacieux, vous êtes un plaisant compagnon. Mais où diable avez-vous été courir cette nuit, mon jeune maître ? Il paraît qu'il ne faisait pas bon dans les chemins de traverse. »

D'Artagnan baissa les yeux vers ses bottes toutes couvertes de boue ; mais dans ce mouvement ses regards se portèrent en même temps sur les souliers et les bas du mercier ; on eût dit qu'on les avait trempés dans le même bourbier ; les uns et les autres étaient maculés de taches absolument pareilles.

Alors une idée subite traversa l'esprit de d'Artagnan. Ce petit homme gros, court, grisonnant, cette espèce de laquais vêtu d'un habit sombre, traité sans considération par les gens d'épée qui composaient l'escorte, c'était Bonacieux lui-même. Le mari avait présidé à l'enlèvement de sa femme.

Il prit à d'Artagnan une terrible envie de sauter à la gorge du mercier et de l'étrangler ; mais, nous l'avons dit, c'était un garçon fort prudent, et il se contint. Cependant la révolution qui s'était faite sur son visage était si visible, que Bonacieux en fut effrayé et essaya de reculer d'un pas ; mais justement il se trouvait devant le battant de la porte, qui était fermée, et l'obstacle qu'il rencontra le força de se tenir à la même place.

« Ah çà ! mais vous qui plaisantez [1], mon brave homme, dit d'Artagnan, il me semble que si mes bottes ont besoin d'un coup d'éponge, vos bas et vos souliers réclament aussi un coup de brosse. Est-ce que de votre côté vous auriez couru la prétentaine [2],

---

1. Tel est bien le texte de Dumas. Certains éditeurs, croyant à une négligence, ont corrigé en : « Mais *c'est* vous qui... » Mais cette correction ne semble pas nécessaire dans un dialogue un peu vif, pouvant s'accommoder d'une syntaxe souple.
2. Erré en quête d'aventures galantes.

maître Bonacieux ? Ah ! diable, ceci ne serait point pardonnable à un homme de votre âge et qui, de plus, a une jeune et jolie femme comme la vôtre.

— Oh ! mon Dieu, non, dit Bonacieux ; mais hier j'ai été à Saint-Mandé [1] pour prendre des renseignements sur une servante dont je ne puis absolument me passer, et comme les chemins étaient mauvais, j'en ai rapporté toute cette fange, que je n'ai pas encore eu le temps de faire disparaître. »

Le lieu que désignait Bonacieux comme celui qui avait été le but de sa course fut une nouvelle preuve à l'appui des soupçons qu'avait conçus d'Artagnan. Bonacieux avait dit Saint-Mandé, parce que Saint-Mandé est le point absolument opposé à Saint-Cloud.

Cette probabilité lui fut une première consolation. Si Bonacieux savait où était sa femme, on pourrait toujours, en employant des moyens extrêmes, forcer le mercier à desserrer les dents et à laisser échapper son secret. Il s'agissait seulement de changer cette probabilité en certitude.

« Pardon, mon cher Monsieur Bonacieux, si j'en use avec vous sans façon, dit d'Artagnan ; mais rien n'altère comme de ne pas dormir, j'ai donc une soif d'enragé ; permettez-moi de prendre un verre d'eau chez vous ; vous le savez, cela ne se refuse pas entre voisins. »

Et sans attendre la permission de son hôte, d'Artagnan entra vivement dans la maison, et jeta un coup d'œil rapide sur le lit. Le lit n'était pas défait. Bonacieux ne s'était pas couché. Il rentrait donc seulement il y avait une heure ou deux ; il avait accompagné sa femme jusqu'à l'endroit où on l'avait conduite, ou tout au moins jusqu'au premier relais.

« Merci, maître Bonacieux, dit d'Artagnan en vidant son verre, voilà tout ce que je voulais de vous. Maintenant je rentre chez moi, je vais faire brosser

1. Village au sud-est de Paris.

mes bottes par Planchet, et quand il aura fini, je vous l'enverrai si vous voulez pour brosser vos souliers. »

Et il quitta le mercier tout ébahi de ce singulier adieu et se demandant s'il ne s'était pas enferré lui-même.

Sur le haut de l'escalier il trouva Planchet tout effaré.

« Ah ! Monsieur, s'écria Planchet dès qu'il eut aperçu son maître, en voilà bien d'une autre, et il me tardait bien que vous rentrassiez.

— Qu'y a-t-il donc ? demanda d'Artagnan.

— Oh ! je vous le donne en cent, Monsieur, je vous le donne en mille de deviner la visite que j'ai reçue pour vous en votre absence.

— Quand cela ?

— Il y a une demi-heure, tandis que vous étiez chez M. de Tréville.

— Et qui donc est venu ? Voyons, parle.

— M. de Cavois [1].

— M. de Cavois ?

— En personne.

— Le capitaine des gardes de Son Eminence ?

— Lui-même.

— Il venait m'arrêter ?

— Je m'en suis douté, Monsieur, et cela malgré son air patelin.

— Il avait l'air patelin, dis-tu ?

— C'est-à-dire qu'il était tout miel, Monsieur.

— Vraiment ?

— Il venait, disait-il de la part de Son Eminence, qui vous voulait beaucoup de bien, vous prier de le suivre au Palais-Royal.

— Et tu lui as répondu ?

— Que la chose était impossible, attendu que vous étiez hors de la maison, comme il le pouvait voir.

— Alors qu'a-t-il dit ?

— Que vous ne manquiez pas de passer chez lui

1. Personnage réel.

dans la journée ; puis il a ajouté tout bas : « Dis à ton
« maître que Son Eminence est parfaitement dis-
« posée pour lui, et que sa fortune dépend peut-être
« de cette entrevue. »

— Le piège est assez maladroit pour le cardinal,
reprit en souriant le jeune homme.

— Aussi, je l'ai vu, le piège, et j'ai répondu que vous
seriez désespéré à votre retour.

«— Où est-il allé ? a demandé M. de Cavois.

«— A Troyes en Champagne, ai-je répondu.

«— Et quand est-il parti ?

«— Hier soir. »

— Planchet, mon ami, interrompit d'Artagnan, tu
es véritablement un homme précieux.

— Vous comprenez, Monsieur, j'ai pensé qu'il
serait toujours temps, si vous désirez voir M. de
Cavois, de me démentir en disant que vous n'étiez
point parti ; ce serait moi, dans ce cas, qui aurais fait
le mensonge, et comme je ne suis pas gentilhomme,
moi, je puis mentir.

— Rassure-toi, Planchet, tu conserveras ta réputation d'homme véridique : dans un quart d'heure nous
partons.

— C'est le conseil que j'allais donner à Monsieur ;
et où allons-nous, sans être trop curieux ?

— Pardieu ! du côté opposé à celui vers lequel tu as
dit que j'étais allé. D'ailleurs, n'as-tu pas autant de
hâte d'avoir des nouvelles de Grimaud, de Mousqueton et de Bazin que j'en ai, moi, de savoir ce que sont
devenus Athos, Porthos et Aramis ?

— Si fait, Monsieur, dit Planchet, et je partirai
quand vous voudrez ; l'air de la province vaut mieux
pour nous, à ce que je crois, en ce moment, que l'air de
Paris. Ainsi donc...

— Ainsi donc, fais notre paquet, Planchet, et partons ; moi, je m'en vais devant, les mains dans mes
poches, pour qu'on ne se doute de rien. Tu me rejoin-
dras à l'hôtel des Gardes. A propos, Planchet, je crois
que tu as raison à l'endroit de notre hôte, et que c'est
décidément une affreuse canaille.

— Ah ! croyez-moi, Monsieur, quand je vous dis quelque chose ; je suis physionomiste, moi, allez ! »

D'Artagnan descendit le premier, comme la chose avait été convenue ; puis, pour n'avoir rien à se reprocher, il se dirigea une dernière fois vers la demeure de ses trois amis : on n'avait reçu aucune nouvelle d'eux ; seulement une lettre toute parfumée et d'une écriture élégante et menue était arrivée pour Aramis. D'Artagnan s'en chargea. Dix minutes après, Planchet le rejoignait dans les écuries de l'hôtel des Gardes. D'Artagnan, pour qu'il n'y eût pas de temps perdu, avait déjà sellé son cheval lui-même.

« C'est bien, dit-il à Planchet, lorsque celui-ci eut joint le portemanteau à l'équipement ; maintenant selle les trois autres, et partons.

— Croyez-vous que nous irons plus vite avec chacun deux chevaux ? demanda Planchet avec son air narquois.

— Non, Monsieur le mauvais plaisant, répondit d'Artagnan, mais avec nos quatre chevaux nous pourrons ramener nos trois amis, si toutefois nous les retrouvons vivants.

— Ce qui serait une grande chance, répondit Planchet, mais enfin il ne faut pas désespérer de la miséricorde de Dieu.

— Amen », dit d'Artagnan en enfourchant son cheval.

Et tous deux sortirent de l'hôtel des Gardes, s'éloignèrent chacun par un bout de la rue, l'un devant quitter Paris par la barrière de la Villette et l'autre par la barrière de Montmartre [1], pour se rejoindre au-delà de Saint-Denis, manœuvre stratégique qui, ayant été exécutée avec une égale ponctualité, fut couronnée des plus heureux résultats. D'Artagnan et Planchet entrèrent ensemble à Pierrefitte.

Planchet était plus courageux, il faut le dire, le jour que la nuit.

---

1. Les *barrières* étaient des barrières d'octroi, où l'on devait payer une taxe sur les marchandises entrant dans Paris.

Cependant sa prudence naturelle ne l'abandonnait pas un seul instant ; il n'avait oublié aucun des incidents du premier voyage, et il tenait pour ennemis tous ceux qu'il rencontrait sur la route. Il en résultait qu'il avait sans cesse le chapeau à la main, ce qui lui valait de sévères mercuriales [1] de la part de d'Artagnan, qui craignait que, grâce à cet excès de politesse, on ne le prît pour le valet d'un homme de peu.

Cependant, soit qu'effectivement les passants fussent touchés de l'urbanité [2] de Planchet, soit que cette fois personne ne fût aposté sur la route du jeune homme, nos deux voyageurs arrivèrent à Chantilly sans accident aucun et descendirent à l'hôtel du *Grand Saint Martin*, le même dans lequel ils s'étaient arrêtés lors de leur premier voyage.

L'hôte, en voyant un jeune homme suivi d'un laquais et de deux chevaux de main [3], s'avança respectueusement sur le seuil de la porte. Or, comme il avait déjà fait onze lieues, d'Artagnan jugea à propos de s'arrêter, que Porthos fût ou ne fût pas dans l'hôtel. Puis peut-être n'était-il pas prudent de s'informer du premier coup de ce qu'était devenu le mousquetaire. Il résulta de ces réflexions que d'Artagnan, sans demander aucune nouvelle de qui que ce fût, descendit, recommanda les chevaux à son laquais, entra dans une petite chambre destinée à recevoir ceux qui désiraient être seuls, et demanda à son hôte une bouteille de son meilleur vin et un déjeuner aussi bon que possible, demande qui corrobora encore la bonne opinion que l'aubergiste avait prise de son voyageur à la première vue.

Aussi d'Artagnan fut-il servi avec une célérité [4] miraculeuse.

---

1. Séances du Parlement qui se tenaient le mercredi (d'où leur nom), où le Premier Président dénonçait toutes les entorses commises contre la justice. Le mot désigne, par extension, toute réprimande un peu vive.
2. Politesse.
3. *Cf.* p. 367, n. 1.
4. Rapidité.

Le régiment des gardes se recrutait parmi les premiers gentilshommes du royaume, et d'Artagnan, suivi d'un laquais et voyageant avec quatre chevaux magnifiques, ne pouvait, malgré la simplicité de son uniforme, manquer de faire sensation. L'hôte voulut le servir lui-même ; ce que voyant, d'Artagnan fit apporter deux verres et entama la conversation suivante :

« Ma foi, mon cher hôte, dit d'Artagnan en remplissant les deux verres, je vous ai demandé de votre meilleur vin, et si vous m'avez trompé, vous allez être puni par où vous avez péché, attendu que, comme je déteste boire seul, vous allez boire avec moi. Prenez donc ce verre, et buvons. A quoi boirons-nous, voyons, pour ne blesser aucune susceptibilité ? Buvons à la prospérité de votre établissement !

— Votre Seigneurie me fait honneur, dit l'hôte, et je la remercie bien sincèrement de son bon souhait.

— Mais ne vous y trompez pas, dit d'Artagnan, il y a plus d'égoïsme peut-être que vous ne le pensez dans mon toast [1] : il n'y a que les établissements qui prospèrent dans lesquels on soit bien reçu ; dans les hôtels qui périclitent, tout va à la débandade, et le voyageur est victime des embarras de son hôte ; or, moi qui voyage beaucoup et surtout sur cette route, je voudrais voir tous les aubergistes faire fortune.

— En effet, dit l'hôte, il me semble que ce n'est pas la première fois que j'ai l'honneur de voir Monsieur.

— Bah ? je suis passé dix fois peut-être à Chantilly, et sur les dix fois je me suis arrêté au moins trois ou quatre fois chez vous. Tenez, j'y étais encore il y a dix ou douze jours à peu près ; je faisais la conduite à des amis, à des mousquetaires, à telle enseigne que [2] l'un

---

1. Le substantif *toast*, ainsi que le verbe *toaster*, au sens de boire à la santé de quelqu'un, nous sont venus d'Angleterre au XVIIIᵉ siècle, mais ils dérivaient d'un vieux mot français d'origine latine *toster* (griller). Le *toast* anglais pouvait désigner du pain grillé, le vin qu'on buvait avec ce pain et la santé qu'on portait avec ce vin.

2. *Enseigne* : indice, preuve. *A telle(s) enseigne(s) que...* : comme preuve que j'étais chez vous, vous devez vous souvenir que....

d'eux s'est pris de dispute avec un étranger, un inconnu, un homme qui lui a cherché je ne sais quelle querelle.

— Ah ! oui vraiment ! dit l'hôte, et je me le rappelle parfaitement. N'est-ce pas de M. Porthos que Votre Seigneurie veut me parler ?

— C'est justement le nom de mon compagnon de voyage.

— Mon Dieu ! mon cher hôte, dites-moi, lui serait-il arrivé malheur ?

— Mais Votre Seigneurie a dû remarquer qu'il n'a pas pu continuer sa route.

— En effet, il nous avait promis de nous rejoindre, et nous ne l'avons pas revu.

— Il nous a fait l'honneur de rester ici.

— Comment ! il vous a fait l'honneur de rester ici ?

— Oui, Monsieur, dans cet hôtel ; nous sommes même bien inquiets.

— Et de quoi ?

— De certaines dépenses qu'il a faites.

— Eh bien ! mais les dépenses qu'il a faites, il les paiera.

— Ah ! Monsieur, vous me mettez véritablement du baume dans le sang ! Nous avons fait de fort grandes avances, et ce matin encore le chirurgien nous déclarait que si M. Porthos ne le payait pas, c'était à moi qu'il s'en prendrait, attendu que c'était moi qui l'avais envoyé chercher.

— Mais Porthos est donc blessé ?

— Je ne saurais vous le dire, Monsieur.

— Comment, vous ne sauriez me le dire ? vous devriez cependant être mieux informé que personne.

— Oui, mais dans notre état nous ne disons pas tout ce que nous savons, Monsieur, surtout quand on nous a prévenus que nos oreilles répondraient pour notre langue [1].

— Eh bien, puis-je voir Porthos ?

---

1. Qu'on nous couperait les oreilles si nous parlions.

— Certainement, Monsieur. Prenez l'escalier, montez au premier et frappez au numéro 1. Seulement, prévenez que c'est vous.

— Comment que je prévienne que c'est moi ?

— Oui, car il pourrait vous arriver malheur.

— Et quel malheur voulez-vous qu'il m'arrive ?

— M. Porthos peut vous prendre pour quelqu'un de la maison et, dans un mouvement de colère, vous passer son épée à travers le corps ou vous brûler la cervelle.

— Que lui avez-vous donc fait ?

— Nous lui avons demandé de l'argent.

— Ah ! diable, je comprends cela ; c'est une demande que Porthos reçoit très mal quand il n'est pas en fonds ; mais je sais qu'il devait y être.

— C'est ce que nous avions pensé aussi, Monsieur ; comme la maison est fort régulière et que nous faisons nos comptes toutes les semaines, au bout de huit jours nous lui avons présenté notre note ; mais il paraît que nous sommes tombés dans un mauvais moment, car, au premier mot que nous avons prononcé sur la chose, il nous a envoyés à tous les diables ; il est vrai qu'il avait joué la veille.

— Comment, il avait joué la veille ! et avec qui ?

— Oh ! mon Dieu, qui sait cela ? avec un seigneur qui passait et auquel il avait fait proposer une partie de lansquenet [1].

— C'est cela, le malheureux aura tout perdu.

— Jusqu'à son cheval, Monsieur, car lorsque l'étranger a été pour partir, nous nous sommes aperçus que son laquais sellait le cheval de M. Porthos. Alors nous lui en avons fait l'observation, mais il nous a répondu que nous nous mêlions de ce qui ne nous regardait pas et que ce cheval était à lui. Nous avons aussitôt fait prévenir M. Porthos de ce qui se passait, mais il nous a fait dire que nous étions des

---

1. Jeu de cartes introduit en France par les lansquenets (mercenaires allemands).

faquins [1] de douter de la parole d'un gentilhomme, et que, puisque celui-là avait dit que le cheval était à lui, il fallait bien que cela fût.

— Je le reconnais bien là, murmura d'Artagnan.

— Alors, continua l'hôte, je lui fis répondre que du moment où nous paraissions destinés à ne pas nous entendre à l'endroit du paiement, j'espérais qu'il aurait au moins la bonté d'accorder la faveur de sa pratique [2] à mon confrère le maître de l'*Aigle d'Or* ; mais M. Porthos me répondit que mon hôtel étant le meilleur, il désirait y rester.

« Cette réponse était trop flatteuse pour que j'insistasse sur son départ. Je me bornai donc à le prier de me rendre sa chambre, qui est la plus belle de l'hôtel, et de se contenter d'un joli petit cabinet au troisième. Mais à ceci M. Porthos répondit que, comme il attendait d'un moment à l'autre sa maîtresse, qui était une des plus grandes dames de la cour, je devais comprendre que la chambre qu'il me faisait l'honneur d'habiter chez moi était encore bien médiocre pour une pareille personne.

« Cependant, tout en reconnaissant la vérité de ce qu'il disait, je crus devoir insister ; mais, sans même se donner la peine d'entrer en discussion avec moi, il prit son pistolet, le mit sur sa table de nuit et déclara qu'au premier mot qu'on lui dirait d'un déménagement quelconque à l'extérieur ou à l'intérieur, il brûlerait la cervelle à celui qui serait assez imprudent pour se mêler d'une chose qui ne regardait que lui. Aussi, depuis ce temps-là, Monsieur, personne n'entre plus dans sa chambre, si ce n'est son domestique.

— Mousqueton est donc ici ?

— Oui, Monsieur ; cinq jours après son départ, il est revenu de fort mauvaise humeur de son côté ; il paraît que lui aussi a eu du désagrément dans son voyage. Malheureusement, il est plus ingambe [3] que

1. Termes injurieux (au sens propre : portefaix).
2. Clientèle.
3. Alerte, leste.

son maître, ce qui fait que pour son maître il met tout sens dessus dessous, attendu que, comme il pense qu'on pourrait lui refuser ce qu'il demande, il prend tout ce dont il a besoin sans demander.

— Le fait est, répondit d'Artagnan, que j'ai toujours remarqué dans Mousqueton un dévouement et une intelligence très supérieurs.

— Cela est possible, Monsieur ; mais supposez qu'il m'arrive seulement quatre fois par an de me trouver en contact avec une intelligence et un dévouement semblables, et je suis un homme ruiné.

— Non, car Porthos vous paiera.

— Hum ! fit l'hôtelier d'un ton de doute.

— C'est le favori d'une très grande dame qui ne le laissera pas dans l'embarras pour une misère comme celle qu'il vous doit.

— Si j'ose dire ce que je crois là-dessus...

— Ce que vous croyez ?

— Je dirai plus : ce que je sais.

— Ce que vous savez ?

— Et même ce dont je suis sûr.

— Et de quoi êtes-vous sûr, voyons ?

— Je dirai que je connais cette grande dame.

— Vous ?

— Oui, moi.

— Et comment la connaissez-vous ?

— Oh ! Monsieur, si je croyais pouvoir me fier à votre discrétion...

— Parlez, et foi de gentilhomme, vous n'aurez pas à vous repentir de votre confiance.

— Eh bien ! Monsieur, vous concevez, l'inquiétude fait faire bien des choses.

— Qu'avez-vous fait ?

— Oh ! d'ailleurs, rien qui ne soit dans le droit d'un créancier.

— Enfin ?

— M. Porthos nous a remis un billet pour cette duchesse, en nous recommandant de le jeter à la poste. Son domestique n'était pas encore arrivé.

Comme il ne pouvait pas quitter sa chambre, il fallait bien qu'il nous chargeât de ses commissions.

— Ensuite ?

— Au lieu de mettre la lettre à la poste, ce qui n'est jamais bien sûr, j'ai profité de l'occasion de l'un de mes garçons qui allait à Paris, et je lui ai ordonné de la remettre à cette duchesse elle-même. C'était remplir les intentions de M. Porthos, qui nous avait si fort recommandé cette lettre, n'est-ce pas ?

— A peu près.

— Eh bien ! Monsieur, savez-vous ce que c'est que cette grande dame ?

— Non ; j'en ai entendu parler à Porthos, voilà tout.

— Savez-vous ce que c'est que cette prétendue duchesse ?

— Je vous le répète, je ne la connais pas.

— C'est une vieille procureuse [1] au Châtelet, Monsieur, nommée Mme Coquenard, laquelle a au moins cinquante ans, et se donne encore des airs d'être jalouse. Cela me paraissait aussi fort singulier, une princesse qui demeure rue aux Ours [2].

— Comment savez-vous cela ?

— Parce qu'elle s'est mise dans une grande colère en recevant la lettre, disant que M. Porthos était un volage, et que c'était encore pour quelque femme qu'il avait reçu ce coup d'épée.

— Mais il a donc reçu un coup d'épée ?

— Ah ! mon Dieu ! qu'ai-je dit là ?

— Vous avez dit que Porthos avait reçu un coup d'épée.

— Oui ; mais il m'avait si fort défendu de le dire !

---

1. La femme d'un procureur (officier de justice, en général de condition bourgeoise). C'est le mari, bien sûr, et non elle, qui est employé au Châtelet.

2. La rue aux Ours, par déformation du vieux mot *oues*, qui signifiait *oies*, existe encore, entre la rue Saint-Martin et le boulevard de Sébastopol. Ce n'était pas un quartier résidentiel noble, mais un quartier commerçant, où exerçaient de nombreux rôtisseurs.

— Pourquoi cela ?

— Dame ! Monsieur, parce qu'il s'était vanté de
perforer cet étranger avec lequel vous l'avez laissé en
dispute, et que c'est cet étranger, au contraire, qui,
malgré toutes ses rodomontades [1], l'a couché sur le
carreau. Or, comme M. Porthos est un homme fort
glorieux, excepté envers la duchesse, qu'il avait cru
intéresser en lui faisant le récit de son aventure, il ne
veut avouer à personne que c'est un coup d'épée qu'il
a reçu.

— Ainsi c'est donc un coup d'épée qui le retient
dans son lit ?

— Et un maître coup d'épée, je vous l'assure. Il faut
que votre ami ait l'âme chevillée dans le corps.

— Vous étiez donc là ?

— Monsieur, je les avais suivis par curiosité, de
sorte que j'ai vu le combat sans que les combattants
me vissent.

— Et comment cela s'est-il passé ?

— Oh ! la chose n'a pas été longue, je vous en
réponds. Ils se sont mis en garde ; l'étranger a fait une
feinte et s'est fendu [2] ; tout cela si rapidement, que
lorsque M. Porthos est arrivé à la parade, il avait déjà
trois pouces de fer dans la poitrine. Il est tombé en
arrière. L'étranger lui a mis aussitôt la pointe de son
épée à la gorge ; et M. Porthos, se voyant à la merci de
son adversaire, s'est avoué vaincu. Sur quoi, l'étranger lui a demandé son nom, et apprenant qu'il s'appelait M. Porthos, et non M. d'Artagnan, lui a offert son
bras, l'a ramené à l'hôtel, est monté à cheval et a
disparu.

— Ainsi c'est à M. d'Artagnan qu'en voulait cet
étranger ?

— Il paraît que oui.

— Et savez-vous ce qu'il est devenu ?

— Non ; je ne l'avais jamais vu jusqu'à ce moment
et nous ne l'avons pas revu depuis.

1. *Rodomontades* : vantardises. *Glorieux* : vaniteux.
2. *Cf.* p. 127, n. 3.

— Très bien ; je sais ce que je voulais savoir. Maintenant, vous dites que la chambre de Porthos est au premier, numéro 1 ?

— Oui, Monsieur, la plus belle de l'auberge ; une chambre que j'aurais déjà eu dix fois l'occasion de louer.

— Bah ! tranquillisez vous, dit d'Artagnan en riant ; Porthos vous paiera avec l'argent de la duchesse Coquenard.

— Oh ! Monsieur, procureuse ou duchesse, si elle lâchait les cordons de sa bourse, ce ne serait rien ; mais elle a positivement répondu qu'elle était lasse des exigences et des infidélités de M. Porthos, et qu'elle ne lui enverrait pas un denier.

— Et avez-vous rendu cette réponse à votre hôte ?

— Nous nous en sommes bien gardés : il aurait vu de quelle manière nous avions fait la commission.

— Si bien qu'il attend toujours son argent ?

— Oh ! mon Dieu, oui ! Hier encore, il a écrit ; mais, cette fois, c'est son domestique qui a mis la lettre à la poste.

— Et vous dites que la procureuse est vieille et laide ?

— Cinquante ans au moins, Monsieur, et pas belle du tout, à ce qu'a dit Pathaud.

— En ce cas, soyez tranquille, elle se laissera attendrir ; d'ailleurs Porthos ne peut pas vous devoir grand-chose.

— Comment, pas grand-chose ! Une vingtaine de pistoles déjà, sans compter le médecin. Oh ! il ne se refuse rien, allez ! on voit qu'il est habitué à bien vivre.

— Eh bien ! si sa maîtresse l'abandonne, il trouvera des amis, je vous le certifie. Ainsi, mon cher hôte, n'ayez aucune inquiétude, et continuez d'avoir pour lui tous les soins qu'exige son état.

— Monsieur m'a promis de ne pas parler de la procureuse et de ne pas dire un mot de la blessure.

— C'est chose convenue ; vous avez ma parole.

— Oh ! c'est qu'il me tuerait, voyez-vous !

— N'ayez pas peur ; il n'est pas si diable qu'il en a l'air. »

En disant ces mots, d'Artagnan monta l'escalier, laissant son hôte un peu plus rassuré à l'endroit de deux choses auxquelles il paraissait beaucoup tenir : sa créance et sa vie.

Au haut de l'escalier, sur la porte la plus apparente du corridor était tracé, à l'encre noire, un numéro 1 gigantesque ; d'Artagnan frappa un coup, et, sur l'invitation de passer outre qui lui vint de l'intérieur, il entra.

Porthos était couché, et faisait une partie de lansquenet avec Mousqueton, pour s'entretenir la main, tandis qu'une broche chargée de perdrix tournait devant le feu, et qu'à chaque coin d'une grande cheminée bouillaient sur deux réchauds deux casseroles, d'où s'exhalait une double odeur de gibelotte et de matelote [1] qui réjouissait l'odorat. En outre, le haut d'un secrétaire et le marbre d'une commode étaient couverts de bouteilles vides.

A la vue de son ami, Porthos jeta un grand cri de joie ; et Mousqueton, se levant respectueusement, lui céda la place et s'en alla donner un coup d'œil aux deux casseroles, dont il paraissait avoir l'inspection particulière.

« Ah ! pardieu ! c'est vous, dit Porthos à d'Artagnan, soyez le bienvenu, et excusez-moi si je ne vais pas au-devant de vous. Mais, ajouta-t-il en regardant d'Artagnan avec une certaine inquiétude, vous savez ce qui m'est arrivé ?

— Non.

— L'hôte ne vous a rien dit ?

— J'ai demandé après vous, et je suis monté tout droit. »

Porthos parut respirer plus librement.

« Et que vous est-il donc arrivé, mon cher Porthos ? continua d'Artagnan.

---

1. *Gibelotte* : fricassée de lapin au vin blanc. *Matelote* : plat de poissons mijotés avec vin et oignons.

— Il m'est arrivé qu'en me fendant sur mon adversaire, à qui j'avais déjà allongé trois coups d'épée, et avec lequel je voulais en finir d'un quatrième, mon pied a porté sur une pierre, et je me suis foulé le genou.

— Vraiment ?

— D'honneur ! Heureusement pour le maraud, car je ne l'aurais laissé que mort sur la place, je vous en réponds.

— Et qu'est-il devenu ?

— Oh ! je n'en sais rien ; il en a eu assez, et il est parti sans demander son reste ; mais vous, mon cher d'Artagnan, que vous est-il arrivé ?

— De sorte, continua d'Artagnan, que cette foulure, mon cher Porthos, vous retient au lit ?

— Ah ! mon Dieu, oui, voilà tout ; du reste, dans quelques jours je serai sur pied.

— Pourquoi alors ne vous êtes-vous pas fait transporter à Paris ? Vous devez vous ennuyer cruellement ici.

— C'était mon intention ; mais, mon cher ami, il faut que je vous avoue une chose.

— Laquelle ?

— C'est que, comme je m'ennuyais cruellement, ainsi que vous le dites, et que j'avais dans ma poche les soixante-quinze pistoles que vous m'aviez distribuées, j'ai, pour me distraire, fait monter près de moi un gentilhomme qui était de passage, et auquel j'ai proposé de faire une partie de dés. Il a accepté, et, ma foi, mes soixante-quinze pistoles sont passées de ma poche dans la sienne, sans compter mon cheval, qu'il a encore emporté par-dessus le marché. Mais vous, mon cher d'Artagnan ?

— Que voulez-vous, mon cher Porthos, on ne peut pas être privilégié de toutes façons, dit d'Artagnan ; vous savez le proverbe : « Malheureux au jeu, heureux en amour. » Vous êtes trop heureux en amour pour que le jeu ne se venge pas ; mais que vous importent, à vous, les revers de la fortune ! n'avez-vous pas, heureux coquin que vous êtes, n'avez-vous pas votre duchesse, qui ne peut manquer de vous venir en aide ?

— Eh bien ! voyez, mon cher d'Artagnan, comme je joue de guignon, répondit Porthos de l'air le plus dégagé du monde ! je lui ai écrit de m'envoyer quelque cinquante louis dont j'avais absolument besoin, vu la position où je me trouvais...

— Eh bien ?

— Eh bien ! il faut qu'elle soit dans ses terres [1], car elle ne m'a pas répondu.

— Vraiment ?

— Non. Aussi je lui ai adressé hier une seconde épître plus pressante encore que la première ; mais vous voilà, mon très cher, parlons de vous. Je commençais, je vous l'avoue, à être dans une certaine inquiétude sur votre compte.

— Mais votre hôte se conduit bien envers vous, à ce qu'il paraît, mon cher Porthos, dit d'Artagnan, montrant au malade les casseroles pleines et les bouteilles vides.

— Couci-couci ! répondit Porthos. Il y a déjà trois ou quatre jours que l'impertinent m'a monté son compte, et que je les ai mis à la porte, son compte et lui ; de sorte que je suis ici comme une façon de vainqueur, comme une manière de conquérant. Aussi, vous le voyez, craignant toujours d'être forcé dans la position, je suis armé jusqu'aux dents.

— Cependant, dit en riant d'Artagnan, il me semble que de temps en temps vous faites des sorties. »

Et il montrait du doigt les bouteilles et les casseroles.

« Non, pas moi, malheureusement ! dit Porthos. Cette misérable foulure me retient au lit, mais Mousqueton bat la campagne, et il rapporte des vivres. Mousqueton, mon ami, continua Porthos, vous voyez qu'il nous arrive du renfort, il nous faudra un supplément de victuailles.

---

1. Elle est nécessairement, forcément, dans ses terres (latinisme).

— Mousqueton, dit d'Artagnan, il faudra que vous me rendiez un service.

— Lequel, Monsieur ?

— C'est de donner votre recette à Planchet ; je pourrais me trouver assiégé à mon tour, et je ne serais pas fâché qu'il me fît jouir des mêmes avantages dont vous gratifiez votre maître.

— Eh ! mon Dieu ! Monsieur, dit Mousqueton d'un air modeste, rien de plus facile. Il s'agit d'être adroit, voilà tout. J'ai été élevé à la campagne, et mon père, dans ses moments perdus, était quelque peu braconnier.

— Et le reste du temps, que faisait-il ?

— Monsieur, il pratiquait une industrie [1] que j'ai toujours trouvée assez heureuse.

— Laquelle ?

— Comme c'était au temps des guerres des catholiques et des huguenots, et qu'il voyait les catholiques exterminer les huguenots, et les huguenots exterminer les catholiques, le tout au nom de la religion, il s'était fait une croyance mixte, ce qui lui permettait d'être tantôt catholique, tantôt huguenot. Or il se promenait habituellement, son escopette [2] sur l'épaule, derrière les haies qui bordent les chemins, et quand il voyait venir un catholique seul, la religion protestante l'emportait aussitôt dans son esprit. Il abaissait son escopette dans la direction du voyageur ; puis, lorsqu'il était à dix pas de lui, il entamait un dialogue qui finissait presque toujours par l'abandon que le voyageur faisait de sa bourse pour sauver sa vie. Il va sans dire que lorsqu'il voyait venir un huguenot, il se sentait pris d'un zèle catholique si ardent, qu'il ne comprenait pas comment, un quart d'heure auparavant, il avait pu avoir des doutes sur la supériorité de notre sainte religion. Car, moi, Monsieur, je suis catholique, mon père, fidèle à ses principes, ayant fait mon frère aîné huguenot.

1. *Cf.* p. 158, n. 3.
2. Ancienne arme à feu à bouche évasée.

— Et comment a fini ce digne homme ? demanda d'Artagnan.

— Oh ! de la façon la plus malheureuse, Monsieur. Un jour, il s'était trouvé pris dans un chemin creux entre un huguenot et un catholique à qui il avait déjà eu affaire, et qui le reconnurent tous deux ; de sorte qu'ils se réunirent contre lui et le pendirent à un arbre ; puis ils vinrent se vanter de la belle équipée qu'ils avaient faite dans le cabaret du premier village, où nous étions à boire, mon frère et moi.

— Et que fîtes-vous ? dit d'Artagnan.

— Nous les laissâmes dire, reprit Mousqueton. Puis comme, en sortant de ce cabaret, ils prenaient chacun une route opposée, mon frère alla s'embusquer sur le chemin du catholique, et moi sur celui du protestant. Deux heures après, tout était fini, nous leur avions fait à chacun son affaire, tout en admirant la prévoyance de notre pauvre père qui avait pris la précaution de nous élever chacun dans une religion différente.

— En effet, comme vous le dites, Mousqueton, votre père me paraît avoir été un gaillard fort intelligent. Et vous dites donc que, dans ses moments perdus, le brave homme était braconnier ?

— Oui, Monsieur, et c'est lui qui m'a appris à nouer un collet et à placer une ligne de fond. Il en résulte que lorsque j'ai vu que notre gredin d'hôte nous nourrissait d'un tas de grosses viandes [1] bonnes pour des manants, et qui n'allaient point à deux estomacs aussi débilités que les nôtres, je me suis remis quelque peu à mon ancien métier. Tout en me promenant dans le bois de M. le Prince [2], j'ai tendu des collets dans les passées ; tout en me couchant au bord des pièces

___

1. Les *viandes* : les aliments en général. *Manants* : paysans. *Débilités* : affaiblis.
2. *Monsieur le Prince* — titre passant de père en fils — désignait le prince de Condé, premier prince du sang. Les bois de M. le Prince, ce sont ceux qui entourent le château de Chantilly, dont le souvenir est resté attaché jusqu'à nos jours à la famille de Condé. Mais ce domaine ne lui appartint qu'à partir de 1643. A la date de

d'eau de Son Altesse, j'ai glissé des lignes dans les étangs. De sorte que maintenant, grâce à Dieu, nous ne manquons pas, comme Monsieur peut s'en assurer, de perdrix et de lapins, de carpes et d'anguilles, tous aliments légers et sains, convenables pour des malades.

— Mais le vin, dit d'Artagnan, qui fournit le vin ? c'est votre hôte ?

— C'est-à-dire, oui et non.

— Comment, oui et non ?

— Il le fournit, il est vrai, mais il ignore qu'il a cet honneur.

— Expliquez-vous, Mousqueton, votre conversation est pleine de choses instructives.

— Voici, Monsieur. Le hasard a fait que j'ai rencontré dans mes pérégrinations un Espagnol qui avait vu beaucoup de pays, et entre autres le Nouveau Monde.

— Quel rapport le Nouveau Monde peut-il avoir avec les bouteilles qui sont sur ce secrétaire et sur cette commode ?

— Patience, Monsieur, chaque chose viendra à son tour.

— C'est juste, Mousqueton ; je m'en rapporte à vous, et j'écoute.

— Cet Espagnol avait à son service un laquais qui l'avait accompagné dans son voyage au Mexique. Ce laquais était mon compatriote, de sorte que nous nous liâmes d'autant plus rapidement qu'il y avait entre nous de grands rapports de caractère. Nous aimions tous deux la chasse par-dessus tout, de sorte qu'il me racontait comment, dans les plaines de pampas [1], les naturels du pays chassent le tigre et les taureaux avec de simples nœuds coulants qu'ils jettent au cou de ces terribles animaux. D'abord, je ne voulais pas croire qu'on pût en arriver à ce degré

_____

notre roman, il était la propriété du duc Henri II de Montmorency.
— Les *passées* sont les traces laissées par le gibier.
    1. Prairies sud-américaines.

d'adresse, de jeter à vingt ou trente pas l'extrémité d'une corde où l'on veut ; mais devant la preuve il fallait bien reconnaître la vérité du récit. Mon ami plaçait une bouteille à trente pas, et à chaque coup il lui prenait le goulot dans un nœud coulant. Je me livrai à cet exercice, et comme la nature m'a doué de quelques facultés, aujourd'hui je jette le *lasso* aussi bien qu'aucun homme du monde. Eh bien ! comprenez-vous ? Notre hôte a une cave très bien garnie, mais dont la clef ne le quitte pas ; seulement, cette cave a un soupirail. Or, par ce soupirail, je jette le lasso ; et comme je sais maintenant où est le bon coin, j'y puise. Voici, Monsieur, comment le Nouveau Monde se trouve être en rapport avec les bouteilles qui sont sur cette commode et sur ce secrétaire. Maintenant, voulez-vous goûter notre vin, et, sans prévention, vous nous direz ce que vous en pensez.

— Merci, mon ami, merci ; malheureusement, je viens de déjeuner.

— Eh bien ! dit Porthos, mets la table, Mousqueton, et tandis que nous déjeunerons, nous, d'Artagnan nous racontera ce qu'il est devenu lui-même, depuis dix jours qu'il nous a quittés.

— Volontiers », dit d'Artagnan.

Tandis que Porthos et Mousqueton déjeunaient avec des appétits de convalescents et cette cordialité de frères qui rapproche les hommes dans le malheur, d'Artagnan raconta comment Aramis blessé avait été forcé de s'arrêter à Crèvecœur, comment il avait laissé Athos se débattre à Amiens entre les mains de quatre hommes qui l'accusaient d'être un faux-monnayeur, et comment, lui, d'Artagnan, avait été forcé de passer sur le ventre du comte de Wardes pour arriver jusqu'en Angleterre.

Mais là s'arrêta la confidence de d'Artagnan ; il annonça seulement qu'à son retour de la Grande-Bretagne il avait ramené quatre chevaux magnifiques, dont un pour lui et un autre pour chacun de ses compagnons ; puis il termina en annonçant à Porthos que celui qui lui était destiné était déjà installé dans l'écurie de l'hôtel.

En ce moment Planchet entra ; il prévenait son maître que les chevaux étaient suffisamment reposés, et qu'il serait possible d'aller coucher à Clermont [1].

Comme d'Artagnan était à peu près rassuré sur Porthos, et qu'il lui tardait d'avoir des nouvelles de ses deux autres amis, il tendit la main au malade, et le prévint qu'il allait se mettre en route pour continuer ses recherches. Au reste, comme il comptait revenir par la même route, si, dans sept à huit jours, Porthos était encore à l'hôtel du *Grand Saint Martin*, il le reprendrait en passant.

Porthos répondit que, selon toute probabilité, sa foulure ne lui permettrait pas de s'éloigner d'ici là. D'ailleurs il fallait qu'il restât à Chantilly pour attendre une réponse de sa duchesse.

D'Artagnan lui souhaita cette réponse prompte et bonne ; et après avoir recommandé de nouveau Porthos à Mousqueton, et payé sa dépense à l'hôte, il se remit en route avec Planchet, déjà débarrassé d'un de ses chevaux de main.

XXVI

LA THÈSE D'ARAMIS

D'Artagnan n'avait rien dit à Porthos de sa blessure ni de sa procureuse. C'était un garçon fort sage que notre Béarnais, si jeune qu'il fût. En conséquence, il avait fait semblant de croire tout ce que lui avait raconté le glorieux [2] mousquetaire, convaincu qu'il n'y a pas d'amitié qui tienne à un secret surpris,

---

1. Clermont-de-l'Oise.
2. *Glorieux* : vaniteux. *Qui tienne* : qui résiste.

surtout quand ce secret intéresse l'orgueil ; puis on a toujours une certaine supériorité morale sur ceux dont on sait la vie.

Or d'Artagnan, dans ses projets d'intrigue à venir, et décidé qu'il était à faire de ses trois compagnons les instruments de sa fortune, d'Artagnan n'était pas fâché de réunir d'avance dans sa main les fils invisibles à l'aide desquels il comptait les mener.

Cependant, tout le long de la route, une profonde tristesse lui serrait le cœur : il pensait à cette jeune et jolie Mme Bonacieux qui devait lui donner le prix de son dévouement ; mais, hâtons-nous de le dire, cette tristesse venait moins chez le jeune homme du regret de son bonheur perdu que de la crainte qu'il éprouvait qu'il n'arrivât malheur à cette pauvre femme. Pour lui, il n'y avait pas de doute, elle était victime d'une vengeance du cardinal, et, comme on le sait, les vengeances de Son Eminence étaient terribles. Comment avait-il trouvé grâce devant les yeux du ministre, c'est ce qu'il ignorait lui-même et sans doute ce que lui eût révélé M. de Cavois, si le capitaine des gardes l'eût trouvé chez lui.

Rien ne fait marcher le temps et n'abrège la route comme une pensée qui absorbe en elle-même toutes les facultés de l'organisation [1] de celui qui pense. L'existence extérieure ressemble alors à un sommeil dont cette pensée est le rêve. Par son influence, le temps n'a plus de mesure, l'espace n'a plus de distance. On part d'un lieu, et l'on arrive à un autre, voilà tout. De l'intervalle parcouru, rien ne reste présent à votre souvenir qu'un brouillard vague dans lequel s'effacent mille images confuses d'arbres, de montagnes et de paysages. Ce fut en proie à cette hallucination que d'Artagnan franchit, à l'allure que voulut prendre son cheval, les six ou huit lieues qui séparent Chantilly de Crèvecœur, sans qu'en arrivant dans ce

1. *Cf.* p. 78, n. 2.

village il se souvînt d'aucune des choses qu'il avait rencontrées sur sa route.

Là seulement la mémoire lui revint, il secoua la tête, aperçut le cabaret où il avait laissé Aramis, et, mettant son cheval au trot, il s'arrêta à la porte.

Cette fois ce ne fut pas un hôte, mais une hôtesse qui le reçut ; d'Artagnan était physionomiste, il enveloppa d'un coup d'œil la grosse figure réjouie de la maîtresse du lieu, et comprit qu'il n'avait pas besoin de dissimuler avec elle, et qu'il n'avait rien à craindre de la part d'une si joyeuse physionomie.

« Ma bonne dame, lui demanda d'Artagnan, pourriez-vous me dire ce qu'est devenu un de mes amis, que nous avons été forcés de laisser ici il y a une douzaine de jours ?

— Un beau jeune homme de vingt-trois à vingt-quatre ans, doux, aimable, bien fait ?

— De plus, blessé à l'épaule.

— C'est cela !

— Justement.

— Eh bien ! Monsieur, il est toujours ici.

— Ah ! pardieu, ma chère dame, dit d'Artagnan en mettant pied à terre et en jetant la bride de son cheval au bras de Planchet, vous me rendez la vie ; où est-il, ce cher Aramis, que je l'embrasse ? Car, je l'avoue, j'ai hâte de le revoir.

— Pardon, Monsieur, mais je doute qu'il puisse vous recevoir en ce moment.

— Pourquoi cela ? est-ce qu'il est avec une femme ?

— Jésus ! que dites-vous là ! le pauvre garçon ! Non, Monsieur, il n'est pas avec une femme.

— Et avec qui est-il donc ?

— Avec le curé de Montdidier et le supérieur des jésuites d'Amiens [1].

— Mon Dieu ! s'écria d'Artagnan, le pauvre garçon irait-il plus mal ?

---

1. Deux personnages choisis au hasard. — Montdidier est un gros bourg proche de Crèvecœur, où s'est arrêté Aramis.

— Non, Monsieur, au contraire ; mais, à la suite de sa maladie, la grâce l'a touché et il s'est décidé à entrer dans les ordres.

— C'est juste, dit d'Artagnan, j'avais oublié qu'il n'était mousquetaire que par intérim.

— Monsieur insiste-t-il toujours pour le voir ?

— Plus que jamais.

— Eh bien ! Monsieur n'a qu'à prendre l'escalier à droite dans la cour, au second, n° 5. »

D'Artagnan s'élança dans la direction indiquée et trouva un de ces escaliers extérieurs comme nous en voyons encore aujourd'hui dans les cours des anciennes auberges. Mais on n'arrivait pas ainsi chez le futur abbé ; les défilés de la chambre d'Aramis étaient gardés ni plus ni moins que les jardins d'Armide [1] ; Bazin stationnait dans le corridor et lui barra le passage avec d'autant plus d'intrépidité qu'après bien des années d'épreuve, Bazin se voyait enfin près d'arriver au résultat qu'il avait éternellement ambitionné.

En effet, le rêve du pauvre Bazin avait toujours été de servir un homme d'Eglise, et il attendait avec impatience le moment sans cesse entrevu dans l'avenir où Aramis jetterait enfin la casaque aux orties pour prendre la soutane. La promesse renouvelée chaque jour par le jeune homme que le moment ne pouvait tarder l'avait seule retenu au service d'un mousquetaire, service dans lequel, disait-il, il ne pouvait manquer de perdre son âme.

Bazin était donc au comble de la joie. Selon toute probabilité, cette fois son maître ne se dédirait pas. La réunion de la douleur physique à la douleur morale avait produit l'effet si longtemps désiré : Aramis, souffrant à la fois du corps et de l'âme, avait enfin arrêté sur la religion ses yeux et sa pensée, et il avait regardé comme un avertissement du Ciel le double

1. Allusion aux jardins enchantés où la magicienne Armide retient prisonnier le croisé Renaud, dans *La Jérusalem délivrée*, du Tasse (1581) — ouvrage très lu au XVIIe siècle.

accident qui lui était arrivé, c'est-à-dire la disparition subite de sa maîtresse et sa blessure à l'épaule.

On comprend que rien ne pouvait, dans la disposition où il se trouvait, être plus désagréable à Bazin que l'arrivée de d'Artagnan, laquelle pouvait rejeter son maître dans le tourbillon des idées mondaines [1] qui l'avaient si longtemps entraîné. Il résolut donc de défendre bravement la porte ; et comme, trahi par la maîtresse de l'auberge, il ne pouvait dire qu'Aramis était absent, il essaya de prouver au nouvel arrivant que ce serait le comble de l'indiscrétion que de déranger son maître dans la pieuse conférence qu'il avait entamée depuis le matin, et qui, au dire de Bazin, ne pouvait être terminée avant le soir.

Mais d'Artagnan ne tint aucun compte de l'éloquent discours de maître Bazin, et comme il ne se souciait pas d'entamer une polémique avec le valet de son ami, il l'écarta tout simplement d'une main, et de l'autre il tourna le bouton de la porte n° 5.

La porte s'ouvrit, et d'Artagnan pénétra dans la chambre.

Aramis, en surtout [2] noir, le chef accommodé d'une espèce de coiffure ronde et plate qui ne ressemblait pas mal à une calotte, était assis devant une table oblongue [3] couverte de rouleaux de papier et d'énormes in-folio [4] ; à sa droite était assis le supérieur des jésuites, et à sa gauche le curé de Montdidier. Les rideaux étaient à demi clos et ne laissaient pénétrer qu'un jour mystérieux, ménagé pour une béate rêverie. Tous les objets mondains qui peuvent frapper l'œil quand on entre dans la chambre d'un jeune homme, et surtout lorsque ce jeune homme est mousquetaire, avaient disparu comme par enchantement ;

1. *Idées mondaines* : idées propres aux gens qui ont choisi de vivre dans le *monde* au lieu d'être hommes d'Eglise, qui font passer les soucis de la vie terrestre avant la préoccupation du salut éternel.

2. Vêtement ample porté par-dessus les autres.

3. De forme allongée.

4. Livres de grand format, où la feuille de papier n'a été pliée qu'en deux.

et, de peur sans doute que leur vue ne ramenât son maître aux idées de ce monde, Bazin avait fait main basse [1] sur l'épée, les pistolets, le chapeau à plume, les broderies et les dentelles de tout genre et de toute espèce.

Mais, en leur lieu et place, d'Artagnan crut apercevoir dans un coin obscur comme une forme de discipline [2] suspendue par un clou à la muraille.

Au bruit que fit d'Artagnan en ouvrant la porte, Aramis leva la tête et reconnut son ami. Mais, au grand étonnement du jeune homme, sa vue ne parut pas produire une grande impression sur le mousquetaire, tant son esprit était détaché des choses de la terre.

« Bonjour, cher d'Artagnan, dit Aramis ; croyez que je suis heureux de vous voir.

— Et moi aussi, dit d'Artagnan, quoique je ne sois pas encore bien sûr que ce soit à Aramis que je parle.

— A lui-même, mon ami, à lui-même ; mais qui a pu vous faire douter ?

— J'avais peur de me tromper de chambre, et j'ai cru d'abord entrer dans l'appartement de quelque homme d'Eglise ; puis une autre terreur m'a pris en vous trouvant en compagnie de ces Messieurs : c'est que vous ne fussiez gravement malade. »

Les deux hommes noirs lancèrent sur d'Artagnan, dont ils comprirent l'intention, un regard presque menaçant ; mais d'Artagnan ne s'en inquiéta pas.

« Je vous trouble peut-être, mon cher Aramis, continua d'Artagnan ; car, d'après ce que je vois, je suis porté à croire que vous vous confessez à ces Messieurs. »

Aramis rougit imperceptiblement.

« Vous, me troubler ? oh ! bien au contraire, cher ami, je vous le jure ; et comme preuve de ce que je dis, permettez-moi de me réjouir en vous voyant sain et sauf.

---

1. S'était saisi de...
2. Fouet servant d'instrument de pénitence.

— Ah ! il y vient enfin ! pensa d'Artagnan, ce n'est pas malheureux.

— Car, Monsieur, qui est mon ami, vient d'échapper à un rude danger, continua Aramis avec onction [1], en montrant de la main d'Artagnan aux deux ecclésiastiques.

— Louez Dieu, Monsieur, répondirent ceux-ci en s'inclinant à l'unisson.

— Je n'y ai pas manqué, mes révérends, répondit le jeune homme en leur rendant leur salut à son tour.

— Vous arrivez à propos, cher d'Artagnan, dit Aramis, et vous allez, en prenant part à la discussion, l'éclairer de vos lumières. M. le principal [2] d'Amiens, M. le curé de Montdidier et moi, nous argumentons sur certaines questions théologiques dont l'intérêt nous captive depuis longtemps ; je serais charmé d'avoir votre avis.

— L'avis d'un homme d'épée est bien dénué de poids, répondit d'Artagnan, qui commençait à s'inquiéter de la tournure que prenaient les choses, et vous pouvez vous en tenir, croyez-moi, à la science de ces Messieurs. »

Les deux hommes noirs saluèrent à leur tour.

« Au contraire, reprit Aramis, et votre avis nous sera précieux ; voici de quoi il s'agit : M. le principal croit que ma thèse doit être surtout dogmatique et didactique [3].

— Votre thèse ! vous faites donc une thèse ?

— Sans doute, répondit le jésuite ; pour l'examen qui précède l'ordination, une thèse est de rigueur [4].

— L'ordination ! s'écria d'Artagnan, qui ne pouvait

1. Douceur dans les intonations et les gestes, typique des hommes d'Eglise.

2. Le *principal* : le supérieur d'un collège (ici de jésuites).

3. *Dogmatique* : en rapport avec le dogme, les vérités de la foi. *Didactique* : qui a pour but d'instruire.

4. Il n'était pas nécessaire, bien sûr, d'avoir soutenu une thèse pour être ordonné prêtre. Dans toute la comédie qui suit, Dumas, peu soucieux d'exactitude, s'amuse.

croire à ce que lui avaient dit successivement l'hôtesse et Bazin,... l'ordination ! »

Et il promenait ses yeux stupéfaits sur les trois personnages qu'il avait devant lui.

« Or », continua Aramis en prenant sur son fauteuil la même pose gracieuse que s'il eût été dans une ruelle [1] et en examinant avec complaisance sa main blanche et potelée comme une main de femme, qu'il tenait en l'air pour en faire descendre le sang : « or, comme vous l'avez entendu, d'Artagnan, M. le principal voudrait que ma thèse fût dogmatique, tandis que je voudrais, moi, qu'elle fût idéale [2]. C'est donc pourquoi M. le principal me proposait ce sujet qui n'a point encore été traité, dans lequel je reconnais qu'il y a matière à de magnifiques développements :

« *Utraque manus in benedicendo clericis inferioribus necessaria est.* »

D'Artagnan, dont nous connaissons l'érudition, ne sourcilla pas plus à cette citation qu'à celle que lui avait faite M. de Tréville à propos des présents qu'il prétendait que d'Artagnan avait reçus de M. de Buckingham [3].

« Ce qui veut dire, reprit Aramis pour lui donner toute facilité : les deux mains sont indispensables aux prêtres des ordres inférieurs, quand ils donnent la bénédiction.

— Admirable sujet ! s'écria le jésuite.

— Admirable et dogmatique ! » répéta le curé qui, de la force de d'Artagnan à peu près sur le latin [4], surveillait soigneusement le jésuite pour emboîter le pas avec lui et répéter ses paroles comme un écho.

---

1. Espace proche du lit d'apparat où les grandes dames recevaient leurs visiteurs familiers.

2. Le sens de *idéale* (en opposition avec *dogmatique)* n'est pas très clair. Aramis semble préférer un sujet qui relève des idées pures et n'exige pas de connaissances approfondies.

3. *Cf.* p. 353, n. 2.

4. Le bas clergé était en effet, dans le premier tiers du XVIIᵉ siècle, d'une ignorance extrême, à laquelle Vincent de Paul tentera de remédier.

Quant à d'Artagnan, il demeura parfaitement indifférent à l'enthousiasme des deux hommes noirs.

« Oui, admirable ! *prorsus admirabile* [1] ! continua Aramis, mais qui exige une étude approfondie des Pères et des Ecritures. Or j'ai avoué à ces savants ecclésiastiques, et cela en toute humilité, que les veilles des corps de garde et le service du roi m'avaient fait un peu négliger l'étude. Je me trouverai donc plus à mon aise, *facilius natans*, dans un sujet de mon choix, qui serait à ces rudes questions théologiques ce que la morale est à la métaphysique en philosophie. »

D'Artagnan s'ennuyait profondément, le curé aussi.

« Voyez quel exorde ! s'écria le jésuite.

— *Exordium*, répéta le curé pour dire quelque chose.

— *Quemadmodum inter cœlorum immensitatem.* » Aramis jeta un coup d'œil de côté sur d'Artagnan, et il vit que son ami bâillait à se démonter la mâchoire.

« Parlons français, mon père, dit-il au jésuite, M. d'Artagnan goûtera plus vivement nos paroles.

— Oui, je suis fatigué de la route, dit d'Artagnan, et tout ce latin m'échappe.

— D'accord, dit le jésuite un peu dépité, tandis que le curé, transporté d'aise, tournait sur d'Artagnan un regard plein de reconnaissance ; eh bien ! voyez le parti qu'on tirerait de cette glose [2].

— Moïse, serviteur de Dieu... il n'est que serviteur, entendez-vous bien ! Moïse bénit avec les mains ; il se fait tenir les deux bras, tandis que les Hébreux battent leurs ennemis ; donc il bénit avec les deux mains [3].

1. *Prorsus admirabile* : « tout à fait admirable ». *Facilius natans* : « nageant plus facilement ». *Quemadmodum inter cœlorum immensitatem* : « comme dans l'immensité des cieux ». — L'exorde (en latin *exordium*) est le début d'un discours.

2. *Glose* : commentaire servant à l'intelligence d'un texte.

3. Interprétation fantaisiste d'un passage de la Bible (*Exode*, XVII, 11-13). Moïse, tenant en main la verge (bâton de commandement) de Dieu, assiste du haut d'une colline à un combat entre les Hébreux et les Amalécites : « Et lorsque Moïse tenait les mains élevées, Israël était victorieux ; mais lorsqu'il les abaissait un peu,

D'ailleurs, que dit l'Evangile [1] : *imponite manus*, et non pas *manum*. Imposez les mains, et non pas la main.

— Imposez les mains, répéta le curé en faisant un geste.

— A saint Pierre, au contraire, de qui les papes sont successeurs, continua le jésuite : *Porrige digitos*. Présentez les doigts ; y êtes-vous maintenant ?

— Certes, répondit Aramis en se délectant, mais la chose est subtile.

— Les doigts ! reprit le jésuite ; saint Pierre bénit avec les doigts. Le pape bénit donc aussi avec les doigts. Et avec combien de doigts bénit-il ? Avec trois doigts, un pour le Père, un pour le Fils, et un pour le Saint-Esprit. »

Tout le monde se signa ; d'Artagnan crut devoir imiter cet exemple.

« Le pape est successeur de saint Pierre et représente les trois pouvoirs divins [2] ; le reste, *ordines inferiores* [3] de la hiérarchie ecclésiastique, bénit par le nom des saints archanges et des anges. Les plus humbles clercs, tels que nos diacres [4] et sacristains, bénissent avec les goupillons, qui simulent un nombre indéfini de doigts bénissants. Voilà le sujet simplifié, *argumentum omni denudatum ornamento* [5]. Je

---

Amalec avait l'avantage. Cependant les mains de Moïse étaient lasses et appesanties. C'est pourquoi ils prirent une pierre, et l'ayant mise sous lui, il s'y assit ; et Aaron et Hur lui soutenaient les mains, des deux côtés. Ainsi ses mains ne se lassèrent point jusqu'au coucher du soleil. Et Josué défit Amalec et son peuple à la pointe de l'épée. »

1. *Cf. Evangile selon saint Marc*, 18 : « Ils imposeront les mains aux malades et les malades seront guéris. »

2. Les trois personnes de la Trinité.

3. Les ordres inférieurs.

4. *Diacre* : clerc qui a reçu l'ordre immédiatement inférieur à la prêtrise. *Sacristain* : employé chargé de l'entretien d'une église, et qui n'a, bien sûr, pas qualité pour bénir. Mais il tend aux fidèles le *goupillon*, instrument qui sert à asperger d'eau bénite. Avec ces éléments, Dumas s'amuse à faire un étalage d'érudition burlesque.

5. « Le sujet dépouillé de tout ornement ».

ferais avec cela, continua le jésuite, deux volumes de la taille de celui-ci. »

Et, dans son enthousiasme, il frappait sur le saint Chrysostome [1] in-folio qui faisait plier la table sous son poids.

D'Artagnan frémit.

« Certes, dit Aramis, je rends justice aux beautés de cette thèse, mais en même temps je la reconnais écrasante pour moi. J'avais choisi ce texte ; dites-moi, cher d'Artagnan, s'il n'est point de votre goût : *Non inutile est desiderium in oblatione,* ou mieux encore : Un peu de regret ne messied pas dans une offrande au Seigneur [2].

— Halte-là ! s'écria le jésuite, car cette thèse frise l'hérésie ; il y a une proposition presque semblable dans l'*Augustinus* de l'hérésiarque Jansénius [3], dont tôt ou tard le livre sera brûlé par les mains du bourreau. Prenez garde ! mon jeune ami ; vous penchez vers les fausses doctrines, mon jeune ami ; vous vous perdrez !

— Vous vous perdrez, dit le curé en secouant douloureusement la tête.

— Vous touchez à ce fameux point du libre arbitre, qui est un écueil mortel. Vous abordez de front les insinuations des pélagiens et des demi-pélagiens [4].

— Mais, mon révérend..., reprit Aramis quelque

1. Sur saint Jean Chrysostome, *cf.* p. 311, n. 3.
2. Traduction littérale, moins élégante que celle d'Aramis : « Le regret n'est pas inutile dans l'offrande ». — *Messied,* contraire de *sied,* signifie : convient mal.
3. Anachronisme : le conflit autour du jansénisme est postérieur à l'époque évoquée par Dumas. Le fameux traité de l'*Augustinus* ne fut publié qu'en 1640, deux ans après la mort de Jansénius et ce n'est qu'en 1653 qu'on en tira *cinq propositions* qui furent déclarées hérétiques et condamnées par le pape.
4. Le principal point de divergence entre jansénistes et jésuites tenait au rôle respectif joué dans le salut par la grâce divine et la liberté humaine. Pélage et ses disciples avaient été combattus par saint Augustin comme hérétiques parce qu'ils minimisaient le rôle de la grâce. Les augustiniens sont accusés, inversement, de nier le libre arbitre.

peu abasourdi de la grêle d'arguments qui lui tombait sur la tête.

— Comment prouverez-vous, continua le jésuite sans lui donner le temps de parler, que l'on doit regretter le monde lorsqu'on s'offre à Dieu ? Ecoutez ce dilemme [1] : Dieu est Dieu, et le monde est le diable. Regretter le monde, c'est regretter le diable : voilà ma conclusion.

— C'est la mienne aussi, dit le curé.

— Mais de grâce !... dit Aramis.

— *Desideras diabolum*, infortuné ! s'écria le jésuite.

— Il regrette le diable ! Ah ! mon jeune ami, reprit le curé en gémissant, ne regrettez pas le diable, c'est moi qui vous en supplie. »

D'Artagnan tournait à l'idiotisme [2] ; il lui semblait être dans une maison de fous, et qu'il allait devenir fou comme ceux qu'il voyait. Seulement il était forcé de se taire, ne comprenant point la langue qui se parlait devant lui.

« Mais écoutez-moi donc, reprit Aramis avec une politesse sous laquelle commençait à percer un peu d'impatience, je ne dis pas que je regrette ; non, je ne prononcerai jamais cette phrase qui ne serait pas orthodoxe... [3] »

Le jésuite leva les bras au ciel, et le curé en fit autant.

« Non, mais convenez au moins qu'on a mauvaise grâce de n'offrir au Seigneur que ce dont on est parfaitement dégoûté. Ai-je raison, d'Artagnan ?

— Je le crois pardieu bien ! » s'écria celui-ci.

Le curé et le jésuite firent un bond sur leur chaise.

1. *Dilemme* : raisonnement comprenant deux prémisses contradictoires, mais menant à une même conclusion, qui s'impose donc.

2. *Idiotisme* n'est plus usité aujourd'hui dans le sens de « idiotie, folie », mais dans celui de « tournure particulière à une langue donnée, intraduisible ».

3. *Orthodoxe* : conforme à la doctrine de l'Eglise, par opposition à *hérétique*.

« Voici mon point de départ, c'est un syllogisme [1] : le monde ne manque pas d'attraits, je quitte le monde, donc je fais un sacrifice ; or l'Ecriture dit positivement : Faites un sacrifice au Seigneur.

— Cela est vrai, dirent les antagonistes [2].

— Et puis, continua Aramis en se pinçant l'oreille pour la rendre rouge, comme il se secouait les mains pour les rendre blanches, et puis j'ai fait certain rondeau là-dessus que je communiquai à M. Voiture [3] l'an passé, et duquel ce grand homme m'a fait mille compliments.

— Un rondeau ! fit dédaigneusement le jésuite.

— Un rondeau ! dit machinalement le curé.

— Dites, dites, s'écria d'Artagnan, cela nous changera quelque peu.

— Non, car il est religieux, répondit Aramis, et c'est de la théologie en vers.

— Diable ! fit d'Artagnan.

— Le voici, dit Aramis d'un petit air modeste qui n'était pas exempt d'une certaine teinte d'hypocrisie :

> *Vous qui pleurez un passé plein de charmes,*
> *Et qui traînez des jours infortunés,*
> *Tous vos malheurs se verront terminés,*
> *Quand à Dieu seul vous offrirez vos larmes,*
> *Vous qui pleurez* [4].

D'Artagnan et le curé parurent flattés. Le jésuite persista dans son opinion.

---

1. Raisonnement fondé sur trois propositions liées logiquement, la majeure, la mineure et la conclusion. Exemple type : tous les hommes sont mortels, Socrate est homme, donc Socrate est mortel.
2. Adversaires.
3. Le poète Vincent Voiture (1598-1648) n'avait pas encore connu la notoriété qu'il aura par la suite. — *Rondeau* : petit poème à forme fixe sur deux rimes et un refrain, souvent d'inspiration mondaine.
4. Dumas a-t-il emprunté ces vers à un recueil poétique du XVIIᵉ siècle ou les a-t-il composés lui-même ? On ne sait.

« Gardez-vous du goût profane dans le style théologique. Que dit en effet saint Augustin ? *Severus sit clericorum sermo* [1].

— Oui, que le sermon soit clair ! dit le curé.

— Or, se hâta d'interrompre le jésuite en voyant que son acolyte [2] se fourvoyait, or votre thèse plaira aux dames, voilà tout ; elle aura le succès d'une plaidoirie de maître Patru [3].

— Plaise à Dieu ! s'écria Aramis transporté.

— Vous le voyez, s'écria le jésuite, le monde parle encore en vous à haute voix, *altissima voce*. Vous suivez le monde, mon jeune ami, et je tremble que la grâce ne soit point efficace [4].

— Rassurez-vous, mon révérend, je réponds de moi.

— Présomption [5] mondaine !

— Je me connais, mon père, ma résolution est irrévocable.

— Alors vous vous obstinez à poursuivre cette thèse ?

— Je me sens appelé à traiter celle-là, et non pas une autre ; je vais donc la continuer, et demain j'espère que vous serez satisfait des corrections que j'y aurai faites d'après vos avis.

— Travaillez lentement, dit le curé, nous vous laissons dans des dispositions excellentes.

— Oui, le terrain est tout ensemencé, dit le jésuite, et nous n'avons pas à craindre qu'une partie du grain soit tombée sur la pierre, l'autre le long du chemin, et

1. Le curé fait un contresens sur la phrase latine, qui signifie : « Que la parole des clercs soit austère. » Elle ne se trouve pas chez saint Augustin.
2. *Acolyte* : servant du prêtre à l'autel (terme de la langue religieuse). *Se fourvoyer* : faire fausse route.
3. Patru (1604-1681), avocat célèbre pour l'élégance de ses plaidoiries. Mais Dumas anticipe.
4. A la différence des jansénistes, les jésuites soutenaient que Dieu accorde à chaque homme la *grâce suffisante* pour faire son salut, à charge pour lui de la rendre *efficace* par l'intervention de sa libre volonté.
5. Confiance excessive en soi.

que les oiseaux du ciel aient mangé le reste, *aves cœli comederunt illam* [1].

— Que la peste t'étouffe avec ton latin ! dit d'Artagnan, qui se sentait au bout de ses forces.

— Adieu, mon fils, dit le curé, à demain.

— A demain, jeune téméraire, dit le jésuite ; vous promettez d'être une des lumières de l'Eglise ; veuille le Ciel que cette lumière ne soit pas un feu dévorant. »

D'Artagnan, qui pendant une heure s'était rongé les ongles d'impatience, commençait à attaquer la chair.

Les deux hommes noirs se levèrent, saluèrent Aramis et d'Artagnan, et s'avancèrent vers la porte. Bazin, qui s'était tenu debout et qui avait écouté toute cette controverse [2] avec une pieuse jubilation, s'élança vers eux, prit le bréviaire [3] du curé, le missel du jésuite, et marcha respectueusement devant eux pour leur frayer le chemin.

Aramis les conduisit jusqu'au bas de l'escalier et remonta aussitôt près de d'Artagnan qui rêvait encore.

Restés seuls, les deux amis gardèrent d'abord un silence embarrassé ; cependant il fallait que l'un des deux le rompît le premier, et comme d'Artagnan paraissait décidé à laisser cet honneur à son ami :

« Vous le voyez, dit Aramis, vous me trouvez revenu à mes idées fondamentales.

— Oui, la grâce efficace vous a touché, comme disait ce Monsieur tout à l'heure.

— Oh ! ces plans de retraite sont formés depuis longtemps ; et vous m'en avez déjà ouï parler, n'est-ce pas, mon ami ?

— Sans doute, mais je vous avoue que j'ai cru que vous plaisantiez.

— Avec ces sortes de choses ! Oh ! d'Artagnan !

— Dame ! on plaisante bien avec la mort.

1. *Cf.*, dans l'*Evangile selon saint Matthieu* (XIII, 4), la fameuse parabole du Semeur.
2. *Controverse* : débat contradictoire.
3. Livres de prières.

— Et l'on a tort, d'Artagnan : car la mort, c'est la porte qui conduit à la perdition ou au salut.

— D'accord ; mais, s'il vous plaît, ne théologisons [1] pas, Aramis ; vous devez en avoir assez pour le reste de la journée ; quant à moi, j'ai à peu près oublié le peu de latin que je n'ai jamais su [2] ; puis, je vous l'avouerai, je n'ai rien mangé depuis ce matin dix heures, et j'ai une faim de tous les diables.

— Nous dînerons tout à l'heure, cher ami ; seulement, vous vous rappellerez que c'est aujourd'hui vendredi ; or, dans un pareil jour, je ne puis ni voir, ni manger de la chair [3]. Si vous voulez vous contenter de mon dîner, il se compose de tétragones cuits et de fruits.

— Qu'entendez-vous par tétragones ? demanda d'Artagnan avec inquiétude.

— J'entends des épinards, reprit Aramis ; mais pour vous j'ajouterai des œufs, et c'est une grave infraction à la règle, car les œufs sont viande, puisqu'ils engendrent le poulet.

— Ce festin n'est pas succulent, mais n'importe ; pour rester avec vous, je le subirai.

— Je vous suis reconnaissant du sacrifice, dit Aramis ; mais s'il ne profite pas à votre corps, il profitera, soyez-en certain, à votre âme.

— Ainsi, décidément, Aramis, vous entrez en religion. Que vont dire nos amis, que va dire M. de Tréville ? Ils vous traiteront de déserteur, je vous en préviens.

— Je n'entre pas en religion, j'y rentre. C'est l'Eglise que j'avais désertée pour le monde, car vous savez que je me suis fait violence pour prendre la casaque de mousquetaire.

1. Littré cite deux exemples du verbe *théologiser*, l'un au XIVᵉ siècle, l'autre au début du XVIIIᵉ, mais il est si rare que Dumas a sans doute cru l'inventer.
2. Inadvertance ou plaisanterie ? La tournure correcte serait : « ... que j'aie jamais su ».
3. De la viande.

— Moi, je n'en sais rien.

— Vous ignorez comment j'ai quitté le séminaire ?

— Tout à fait.

— Voici mon histoire ; d'ailleurs les Ecritures disent : « Confessez-vous les uns aux autres [1] », et je me confesse à vous, d'Artagnan.

— Et moi, je vous donne l'absolution d'avance, vous voyez que je suis bon homme.

— Ne plaisantez pas avec les choses saintes, mon ami.

— Alors, dites, je vous écoute.

— J'étais donc au séminaire depuis l'âge de neuf ans, j'en avais vingt dans trois jours, j'allais être abbé, et tout était dit. Un soir que je me rendais, selon mon habitude, dans une maison que je fréquentais avec plaisir — on est jeune, que voulez-vous ! on est faible — ,un officier qui me voyait d'un œil jaloux lire les vies des saints à la maîtresse de la maison, entra tout à coup et sans être annoncé. Justement, ce soir-là, j'avais traduit un épisode de Judith [2], et je venais de communiquer mes vers à la dame qui me faisait toutes sortes de compliments, et, penchée sur mon épaule, les relisait avec moi. La pose, qui était quelque peu abandonnée, je l'avoue, blessa cet officier ; il ne dit rien, mais lorsque je sortis, il sortit derrière moi, et me rejoignant :

« — Monsieur l'abbé, dit-il, aimez-vous les coups « de canne ?

« — Je ne puis le dire, Monsieur, répondis-je, per- « sonne n'ayant jamais osé m'en donner.

« — Eh bien ! écoutez-moi, Monsieur l'abbé, si « vous retournez dans la maison où je vous ai ren- « contré ce soir, j'oserai, moi. »

---

1. Nouveau Testament, *Epitre de Jacques,* v, 16 : « Avouez-vous donc entre vous vos péchés et priez les uns pour les autres afin d'être guéris. »
2. Le livre de *Judith,* dans l'Ancien Testament, est connu soit par le texte grec des Septante, soit par le texte latin de la Vulgate. Le plus probable est qu'Aramis a traduit le texte latin.

« Je crois que j'eus peur, je devins fort pâle, je sentis les jambes qui me manquaient, je cherchai une réponse que je ne trouvai pas, je me tus.

« L'officier attendait cette réponse, et voyant qu'elle tardait, il se mit à rire, me tourna le dos et rentra dans la maison. Je rentrai au séminaire.

« Je suis bon gentilhomme et j'ai le sang vif, comme vous avez pu le remarquer, mon cher d'Artagnan ; l'insulte était terrible, et, tout inconnue qu'elle était restée au monde [1], je la sentais vivre et remuer au fond de mon cœur. Je déclarai à mes supérieurs que je ne me sentais pas suffisamment préparé pour l'ordination, et, sur ma demande, on remit la cérémonie à un an.

« J'allai trouver le meilleur maître d'armes de Paris, je fis condition [2] avec lui pour prendre une leçon d'escrime chaque jour, et chaque jour, pendant une année, je pris cette leçon. Puis, le jour anniversaire de celui où j'avais été insulté, j'accrochai ma soutane à un clou, je pris un costume complet de cavalier, et je me rendis à un bal que donnait une dame de mes amies, et où je savais que devait se trouver mon homme. C'était rue des Francs-Bourgeois, tout près de la Force [3].

« En effet, mon officier y était ; je m'approchai de lui, comme il chantait un lai [4] d'amour en regardant tendrement une femme, et je l'interrompis au beau milieu du second couplet.

« — Monsieur, lui dis-je, vous déplaît-il toujours « que je retourne dans certaine maison de la rue « Payenne [5], et me donnerez-vous encore des coups

---

1. « Bien qu'elle fût restée inconnue... » — Une insulte est plus grave si elle est publique que si elle se passe sans témoins.

2. « Je passai un marché... »

3. La rue des Francs-Bourgeois, dans le quartier du Marais, existe toujours ; mais au XVIIe siècle, elle s'arrêtait à la rue Vieille-du-Temple. La prison de la Force se trouvait tout près, rue Pavée.

4. Poème à forme fixe, dont les règles remontent au Moyen Age.

5. Cette rue existe toujours, dans ce même quartier du Marais.

« de canne, s'il me prend fantaisie de vous déso-
« béir ? »

« L'officier me regarda avec étonnement, puis il
dit :

«— Que me voulez-vous, Monsieur ? Je ne vous
« connais pas.

«— Je suis, répondis-je, le petit abbé qui lit les vies
« des saints et qui traduit Judith en vers.

«— Ah ! ah ! je me rappelle, dit l'officier en gogue-
« nardant ; que me voulez-vous ?

«— Je voudrais que vous eussiez le loisir de venir
« faire un tour de promenade avec moi.

«— Demain matin, si vous le voulez bien, et ce sera
« avec le plus grand plaisir.

«— Non, pas demain matin, s'il vous plaît, tout de
« suite.

«— Si vous l'exigez absolument...

«— Mais oui, je l'exige.

«— Alors, sortons. Mesdames, dit l'officier, ne vous
« dérangez pas. Le temps de tuer Monsieur seule-
« ment, et je reviens vous achever le dernier couplet. »

« Nous sortîmes.

« Je le menai rue Payenne, juste à l'endroit où un an
auparavant, heure pour heure, il m'avait fait le compliment [1] que je vous ai rapporté. Il faisait un clair de
lune superbe. Nous mîmes l'épée à la main, et à la
première passe [2], je le tuai roide.

— Diable ! fit d'Artagnan.

— Or, continua Aramis, comme les dames ne
virent pas revenir leur chanteur, et qu'on le trouva rue
Payenne avec un grand coup d'épée au travers du
corps, on pensa que c'était moi qui l'avais accommodé ainsi, et la chose fit scandale. Je fus donc pour
quelque temps forcé de renoncer à la soutane. Athos,
dont je fis la connaissance à cette époque, et Porthos,
qui m'avait, en dehors de mes leçons d'escrime,

1. *Cf.* p. 139, n. 1.
2. Passe d'armes, assaut.

appris quelques bottes [1] gaillardes, me décidèrent à
demander une casaque de mousquetaire. Le roi avait
fort aimé mon père, tué au siège d'Arras [2], et l'on
m'accorda cette casaque. Vous comprenez donc
qu'aujourd'hui le moment est venu pour moi de rentrer dans le sein de l'Eglise.

— Et pourquoi aujourd'hui plutôt qu'hier et que
demain ? Que vous est-il donc arrivé aujourd'hui, qui
vous donne de si méchantes idées ?

— Cette blessure, mon cher d'Artagnan, m'a été un
avertissement du Ciel.

— Cette blessure ? bah ! elle est à peu près guérie,
et je suis sûr qu'aujourd'hui ce n'est pas celle-là qui
vous fait le plus souffrir.

— Et laquelle ? demanda Aramis en rougissant.

— Vous en avez une au cœur, Aramis, une plus vive
et plus sanglante, une blessure faite par une femme. »

L'œil d'Aramis étincela malgré lui.

« Ah ! dit-il en dissimulant son émotion sous une
feinte négligence, ne parlez pas de ces choses-là ; moi,
penser à ces choses-là ! avoir des chagrins d'amour ?
Vanitas vanitatum [3] *!* Me serais-je donc, à votre avis,
retourné la cervelle, et pour qui ? pour quelque grisette [4], pour quelque fille de chambre, à qui j'aurais
fait la cour dans une garnison, fi !

— Pardon, mon cher Aramis, mais je croyais que
vous portiez vos visées plus haut.

— Plus haut ? et que suis-je pour avoir tant d'ambition ? un pauvre mousquetaire fort gueux [5] et fort

---

1. *Bottes* : en escrime, coups imprévus destinés à déconcerter
l'adversaire.
2. Les Français disputèrent longtemps Arras aux Espagnols
avant de s'en emparer au prix de combats meurtriers. Mais aucun
des sièges de la ville n'offre une date satisfaisante pour la mort du
père d'Aramis.
3. « Vanité des vanités » : c'est le second verset et le thème
général de tout le livre biblique de l'*Ecclésiaste*.
4. Jeune fille coquette de condition modeste, généralement
ouvrière de mode.
5. *Gueux* : pauvre.

obscur, qui hait les servitudes et se trouve grandement déplacé dans le monde !

— Aramis, Aramis ! s'écria d'Artagnan en regardant son ami avec un air de doute.

— Poussière, je rentre dans la poussière [1]. La vie est pleine d'humiliations et de douleurs, continua-t-il en s'assombrissant ; tous les fils qui la rattachent au bonheur se rompent tour à tour dans la main de l'homme, surtout les fils d'or. O mon cher d'Artagnan ! reprit Aramis en donnant à sa voix une légère teinte d'amertume, croyez-moi, cachez bien vos plaies quand vous en aurez. Le silence est la dernière joie des malheureux ; gardez-vous de mettre qui que ce soit sur la trace de vos douleurs, les curieux pompent nos larmes comme les mouches font du sang d'un daim blessé.

— Hélas, mon cher Aramis, dit d'Artagnan en poussant à son tour un profond soupir, c'est mon histoire à moi-même que vous faites là.

— Comment ?

— Oui, une femme que j'aimais, que j'adorais, vient de m'être enlevée de force. Je ne sais pas où elle est, où on l'a conduite ; elle est peut-être prisonnière, elle est peut-être morte.

— Mais vous avez au moins la consolation de vous dire qu'elle ne vous a pas quitté volontairement ; que si vous n'avez point de ses nouvelles, c'est que toute communication avec vous lui est interdite, tandis que...

— Tandis que...

— Rien, reprit Aramis, rien.

— Ainsi, vous renoncez à jamais au monde ; c'est un parti pris, une résolution arrêtée ?

— A tout jamais. Vous êtes mon ami aujourd'hui, demain vous ne serez plus pour moi qu'une ombre ;

---

1. *Ecclésiaste* : « Tout vient de la poussière et retournera à la poussière » (III, 20).

ou plutôt même, vous n'existerez plus. Quant au monde, c'est un sépulcre [1] et pas autre chose.

— Diable ! c'est fort triste ce que vous me dites là.

— Que voulez-vous ! ma vocation m'attire, elle m'enlève. »

D'Artagnan sourit et ne répondit point. Aramis continua :

« Et cependant, tandis que je tiens encore à la terre, j'eusse voulu vous parler de vous, de nos amis.

— Et moi, dit d'Artagnan, j'eusse voulu vous parler de vous-même, mais je vous vois si détaché de tout ; les amours, vous en faites fi ; les amis sont des ombres, le monde est un sépulcre.

— Hélas ! vous le verrez par vous-même, dit Aramis avec un soupir.

— N'en parlons donc plus, dit d'Artagnan, et brûlons cette lettre qui, sans doute, vous annonçait quelque nouvelle infidélité de votre grisette ou de votre fille de chambre.

— Quelle lettre ? s'écria vivement Aramis.

— Une lettre qui était venue chez vous en votre absence et qu'on m'a remise pour vous.

— Mais de qui cette lettre ?

— Ah ! de quelque suivante éplorée, de quelque grisette au désespoir ; la fille de chambre de Mme de Chevreuse peut-être, qui aura été obligée de retourner à Tours avec sa maîtresse, et qui, pour se faire pimpante, aura pris du papier parfumé et aura cacheté sa lettre avec une couronne de duchesse.

— Que dites-vous là ?

— Tiens, je l'aurai perdue ! dit sournoisement le jeune homme en faisant semblant de chercher. Heureusement que le monde est un sépulcre, que les hommes et par conséquent les femmes sont des ombres, que l'amour est un sentiment dont vous faites fi !

---

1. *Sépulcre* : tombeau (terme religieux).

— Ah ! d'Artagnan, d'Artagnan ! s'écria Aramis, tu me fais mourir !

— Enfin, la voici ! » dit d'Artagnan.

Et il tira la lettre de sa poche.

Aramis fit un bond, saisit la lettre, la lut ou plutôt la dévora ; son visage rayonnait.

« Il paraît que la suivante a un beau style, dit nonchalamment le messager.

— Merci, d'Artagnan ! s'écria Aramis presque en délire. Elle a été forcée de retourner à Tours ; elle ne m'est pas infidèle, elle m'aime toujours. Viens, mon ami, viens que je t'embrasse ; le bonheur m'étouffe ! »

Et les deux amis se mirent à danser autour du vénérable saint Chrysostome, piétinant bravement les feuillets de la thèse qui avaient roulé sur le parquet.

En ce moment, Bazin entrait avec les épinards et l'omelette.

« Fuis, malheureux ! s'écria Aramis en lui jetant sa calotte au visage ; retourne d'où tu viens, remporte ces horribles légumes et cet affreux entremets [1] ! demande un lièvre piqué [2], un chapon gras, un gigot à l'ail et quatre bouteilles de vieux bourgogne. »

Bazin, qui regardait son maître et qui ne comprenait rien à ce changement, laissa mélancoliquement glisser l'omelette dans les épinards, et les épinards sur le parquet.

« Voilà le moment de consacrer votre existence au Roi des Rois [3], dit d'Artagnan, si vous tenez à lui faire une politesse : *Non inutile desiderium in oblatione.*

— Allez-vous-en au diable avec votre latin ! Mon cher d'Artagnan, buvons, morbleu, buvons frais, buvons beaucoup, et racontez-moi un peu ce qu'on fait là-bas. »

---

1. Le mot *entremets* désignait des plats aussi bien salés que sucrés, servis entre d'autres mets plus consistants.
2. Un lièvre *piqué* de lardons ou d'épices.
3. Le *Roi des Rois* : Dieu.

XXVII

LA FEMME D'ATHOS

« Il reste maintenant à savoir des nouvelles d'Athos », dit d'Artagnan au fringant Aramis, quand il l'eut mis au courant de ce qui s'était passé dans la capitale depuis leur départ, et qu'un excellent dîner leur eut fait oublier à l'un sa thèse, à l'autre sa fatigue.

« Croyez-vous donc qu'il lui soit arrivé malheur ? demanda Aramis. Athos est si froid, si brave et manie si habilement son épée.

— Oui, sans doute, et personne ne reconnaît mieux que moi le courage et l'adresse d'Athos, mais j'aime mieux sur mon épée le choc des lances que celui des bâtons ; je crains qu'Athos n'ait été étrillé par de la valetaille, les valets sont gens qui frappent fort et ne finissent pas tôt. Voilà pourquoi, je vous l'avoue, je voudrais repartir le plus tôt possible.

— Je tâcherai de vous accompagner, dit Aramis, quoique je ne me sente guère en état de monter à cheval. Hier, j'essayai de la discipline [1] que vous voyez sur ce mur, et la douleur m'empêcha de continuer ce pieux exercice.

— C'est qu'aussi, mon cher ami, on n'a jamais vu essayer de guérir un coup d'escopette avec des coups de martinet ; mais vous étiez malade, et la maladie rend la tête faible, ce qui fait que je vous excuse.

— Et quand partez-vous ?

— Demain, au point du jour ; reposez-vous de votre mieux cette nuit, et demain, si vous le pouvez, nous partirons ensemble.

— A demain donc, dit Aramis ; car tout de fer que vous êtes, vous devez avoir besoin de repos. »

Le lendemain, lorsque d'Artagnan entra chez Aramis, il le trouva à sa fenêtre.

---

1. *Cf.* p. 399, n. 2.

« Que regardez-vous donc là ? demanda d'Artagnan.

— Ma foi ! J'admire ces trois magnifiques chevaux que les garçons d'écurie tiennent en bride ; c'est un plaisir de prince que de voyager sur de pareilles montures.

— Eh bien, mon cher Aramis, vous vous donnerez ce plaisir-là, car l'un de ces chevaux est à vous.

— Ah ! bah ! et lequel ?

— Celui des trois que vous voudrez : je n'ai pas de préférence.

— Et le riche caparaçon [1] qui le couvre est à moi aussi ?

— Sans doute.

— Vous voulez rire, d'Artagnan.

— Je ne ris plus depuis que vous parlez français.

— C'est pour moi, ces fontes [2] dorées, cette housse de velours, cette selle chevillée d'argent ?

— A vous-même, comme le cheval qui piaffe est à moi, comme cet autre cheval qui caracole est à Athos.

— Peste ! ce sont trois bêtes superbes.

— Je suis flatté qu'elles soient de votre goût.

— C'est donc le roi qui vous a fait ce cadeau-là ?

— A coup sûr, ce n'est point le cardinal, mais ne vous inquiétez pas d'où ils viennent, et songez seulement qu'un des trois est votre propriété.

— Je prends celui que tient le valet roux.

— A merveille !

— Vive Dieu ! s'écria Aramis, voilà qui me fait passer le reste de ma douleur ; je monterais là-dessus avec trente balles dans le corps. Ah ! sur mon âme, les beaux étriers ! Holà ! Bazin, venez çà, et à l'instant même. »

Bazin apparut, morne et languissant, sur le seuil de la porte.

« Fourbissez mon épée, redressez mon feutre, bros-

1. Housse richement décorée.
2. *Cf.* p. 336, n. 2.

sez mon manteau, et chargez mes pistolets ! dit Aramis.

— Cette dernière recommandation est inutile, interrompit d'Artagnan : il y a des pistolets chargés dans vos fontes. »

Bazin soupira.

« Allons, maître Bazin, tranquillisez-vous, dit d'Artagnan ; on gagne le royaume des cieux dans toutes les conditions [1].

— Monsieur était déjà si bon théologien ! dit Bazin presque larmoyant ; il fût devenu évêque et peut-être cardinal.

— Eh bien ! mon pauvre Bazin, voyons, réfléchis un peu ; à quoi sert d'être homme d'Eglise, je te prie ? on n'évite pas pour cela d'aller faire la guerre ; tu vois bien que le cardinal va faire la première campagne avec le pot [2] en tête et la pertuisane au poing ; et M. de Nogaret de La Valette [3], qu'en dis-tu ? il est cardinal aussi ; demande à son laquais combien de fois il lui a fait de la charpie [4].

— Hélas ! soupira Bazin, je le sais, Monsieur, tout est bouleversé dans le monde aujourd'hui. »

Pendant ce temps, les deux jeunes gens et le pauvre laquais étaient descendus.

« Tiens-moi l'étrier, Bazin », dit Aramis.

Et Aramis s'élança en selle avec sa grâce et sa légèreté ordinaires ; mais après quelques voltes [5] et quelques courbettes du noble animal, son cavalier ressentit des douleurs tellement insupportables, qu'il pâlit et chancela. D'Artagnan qui, dans la prévision de

1. *Conditions* sociales.
2. *Pot* : espèce de casque qui ne couvrait que la moitié de la tête. *Pertuisane* : hallebarde légère à long fer triangulaire.
3. Louis de Nogaret de La Valette, troisième fils du duc d'Epernon, entré dans les ordres contre son gré, fut archevêque de Toulouse et cardinal, ce qui ne l'empêcha pas de mener en parallèle une carrière d'homme de guerre.
4. *Charpie* : débris de toile usée dont on se servait comme pansement.
5. Figures d'équitation en forme de mouvement circulaire.

cet accident, ne l'avait pas perdu des yeux, s'élança vers lui, le retint dans ses bras et le conduisit à sa chambre.

« C'est bien, mon cher Aramis, soignez-vous, dit-il, j'irai seul à la recherche d'Athos.

— Vous êtes un homme d'airain, lui dit Aramis.

— Non, j'ai du bonheur [1], voilà tout ; mais comment allez-vous vivre en m'attendant ? plus de thèse, plus de glose [2] sur les doigts et les bénédictions, hein ? »

Aramis sourit.

« Je ferai des vers, dit-il.

— Oui, des vers parfumés à l'odeur du billet de la suivante de Mme de Chevreuse. Enseignez donc la prosodie [3] à Bazin, cela le consolera. Quant au cheval, montez-le tous les jours un peu, et cela vous habituera aux manœuvres.

— Oh ! pour cela, soyez tranquille, dit Aramis, vous me retrouverez prêt à vous suivre. » Ils se dirent adieu et, dix minutes après, d'Artagnan, après avoir recommandé son ami à Bazin et à l'hôtesse, trottait dans la direction d'Amiens.

Comment allait-il retrouver Athos, et même le retrouverait-il ?

La position dans laquelle il l'avait laissé était critique ; il pouvait bien avoir succombé. Cette idée, en assombrissant son front, lui arracha quelques soupirs et lui fit formuler tout bas quelques serments de vengeance. De tous ses amis, Athos était le plus âgé, et partant le moins rapproché en apparence de ses goûts et de ses sympathies.

Cependant il avait pour ce gentilhomme une préférence marquée. L'air noble et distingué d'Athos, ces éclairs de grandeur qui jaillissaient de temps en temps de l'ombre où il se tenait volontairement

1. De la chance.
2. *Cf.* p. 402, n. 2.
3. *Prosodie* : ensemble des règles régissant la quantité des voyelles — brèves ou longues — dans la poésie grecque et latine.

enfermé, cette inaltérable égalité d'humeur qui en faisait le plus facile compagnon de la terre, cette gaieté forcée et mordante, cette bravoure qu'on eût appelée aveugle si elle n'eût été le résultat du plus rare sang-froid, tant de qualités attiraient plus que l'estime, plus que l'amitié de d'Artagnan, elles attiraient son admiration.

En effet, considéré même auprès de M. de Tréville, l'élégant et noble courtisan, Athos, dans ses jours de belle humeur, pouvait soutenir avantageusement la comparaison ; il était de taille moyenne, mais cette taille était si admirablement prise et si bien proportionnée, que, plus d'une fois, dans ses luttes avec Porthos, il avait fait plier le géant dont la force physique était devenue proverbiale parmi les mousquetaires ; sa tête, aux yeux perçants, au nez droit, au menton dessiné comme celui de Brutus [1], avait un caractère indéfinissable de grandeur et de grâce ; ses mains, dont il ne prenait aucun soin, faisaient le désespoir d'Aramis, qui cultivait les siennes à grand renfort de pâte d'amandes et d'huile parfumée ; le son de sa voix était pénétrant et mélodieux tout à la fois, et puis, ce qu'il y avait d'indéfinissable dans Athos, qui se faisait toujours obscur et petit, c'était cette science délicate du monde et des usages de la plus brillante société, cette habitude de bonne maison [2] qui perçait comme à son insu dans ses moindres actions.

S'agissait-il d'un repas, Athos l'ordonnait mieux qu'aucun homme du monde, plaçant chaque convive à la place et au rang que lui avaient faits ses ancêtres ou qu'il s'était faits lui-même. S'agissait-il de science

---

1. Selon les tenants de la physiognomonie, ou science des traits du visage, un menton bien dessiné dénotait la force de caractère. L'histoire romaine offre deux personnages célèbres, également énergiques, ayant porté ce nom : Lucius Junius Brutus, qui chassa Tarquin le Superbe, et Marcus Junius Brutus, qui tua Jules César. Dumas pense probablement au second, dont il a pu voir la statue dans divers musées d'Italie.

2. *Maison* : famille.

héraldique [1], Athos connaissait toutes les familles
nobles du royaume, leur généalogie, leurs alliances,
leurs armes et l'origine de leurs armes. L'étiquette [2]
n'avait pas de minuties qui lui fussent étrangères, il
savait quels étaient les droits des grands propriétai-
res, il connaissait à fond la vénerie et la fauconnerie [3],
et un jour il avait, en causant de ce grand art, étonné
le roi Louis XIII lui-même, qui cependant y était
passé maître.

Comme tous les grands seigneurs de cette époque,
il montait à cheval et faisait des armes dans la perfection. Il y a plus : son éducation avait été si peu
négligée, même sous le rapport des études scolasti-
ques [4], si rares à cette époque chez les gentilshommes, qu'il souriait aux bribes de latin que détachait
Aramis, et qu'avait l'air de comprendre Porthos ; deux
ou trois fois même, au grand étonnement de ses amis,
il lui était arrivé lorsque Aramis laissait échapper
quelque erreur de rudiment [5], de remettre un verbe à
son temps et un nom à son cas. En outre, sa probité
était inattaquable, dans ce siècle où les hommes de
guerre transigeaient si facilement avec leur religion et
leur conscience, les amants avec la délicatesse rigou-
reuse de nos jours, et les pauvres avec le septième
commandement de Dieu [6]. C'était donc un homme
fort extraordinaire qu'Athos.

Et cependant, on voyait cette nature si distinguée,
cette créature si belle, cette essence si fine, tourner
insensiblement vers la vie matérielle, comme les
vieillards tournent vers l'imbécillité physique et
morale. Athos, dans ses heures de privation, et ces
heures étaient fréquentes, s'éteignait dans toute sa

---

1. La science du blason, des armoiries.
2. *Cf.* p. 97, n. 3.
3. La *vénerie* est la chasse au gros gibier avec meutes de chiens,
la *fauconnerie* la chasse au petit gibier au moyen d'oiseaux de proie.
4. L'enseignement philosophique et théologique dispensé dans
les universités.
5. *Cf.* p. 352, n. 1.
6. Le septième commandement est : « Tu ne voleras pas ».

partie lumineuse, et son côté brillant disparaissait comme dans une profonde nuit.

Alors, le demi-dieu évanoui, il restait à peine un homme. La tête basse, l'œil terne, la parole lourde et pénible, Athos regardait pendant de longues heures soit sa bouteille et son verre, soit Grimaud, qui, habitué à lui obéir par signes, lisait dans le regard atone de son maître jusqu'à son moindre désir, qu'il satisfaisait aussitôt. La réunion des quatre amis avait-elle lieu dans un de ces moments-là, un mot, échappé avec un violent effort, était tout le contingent [1] qu'Athos fournissait à la conversation. En échange, Athos à lui seul buvait comme quatre, et cela sans qu'il y parût autrement que par un froncement de sourcil plus indiqué et par une tristesse plus profonde.

D'Artagnan, dont nous connaissons l'esprit investigateur et pénétrant, n'avait, quelque intérêt qu'il eût à satisfaire sa curiosité sur ce sujet, pu encore assigner aucune cause à ce marasme [2], ni en noter les occurrences [3]. Jamais Athos ne recevait de lettres, jamais Athos ne faisait aucune démarche qui ne fût connue de tous ses amis.

On ne pouvait dire que ce fût le vin qui lui donnât cette tristesse, car au contraire il ne buvait que pour combattre cette tristesse, que ce remède, comme nous l'avons dit, rendait plus sombre encore. On ne pouvait attribuer cet excès d'humeur noire au jeu, car, au contraire de Porthos, qui accompagnait de ses chants ou de ses jurons toutes les variations de la chance, Athos, lorsqu'il avait gagné, demeurait aussi impassible que lorsqu'il avait perdu. On l'avait vu, au cercle des mousquetaires, gagner un soir trois mille pistoles, les perdre jusqu'au ceinturon brodé d'or des jours de gala ; regagner tout cela, plus cent louis, sans que son beau sourcil noir eût haussé ou baissé d'une

1. Quantité que l'on doit fournir ou recevoir.
2. Découragement, dépression.
3. Les moments où il intervenait.

demi-ligne, sans que ses mains eussent perdu leur nuance nacrée, sans que sa conversation, qui était agréable ce soir-là, eût cessé d'être calme et agréable.

Ce n'était pas non plus, comme chez nos voisins les Anglais, une influence atmosphérique qui assombrissait son visage, car cette tristesse devenait plus intense en général vers les beaux jours de l'année ; juin et juillet étaient les mois terribles d'Athos.

Pour le présent, il n'avait pas de chagrin, il haussait les épaules quand on lui parlait de l'avenir ; son secret était donc dans le passé, comme on l'avait dit vaguement à d'Artagnan.

Cette teinte mystérieuse répandue sur toute sa personne rendait encore plus intéressant l'homme dont jamais les yeux ni la bouche, dans l'ivresse la plus complète, n'avaient rien révélé, quelle que fût l'adresse des questions dirigées contre lui.

« Eh bien ! pensait d'Artagnan, le pauvre Athos est peut-être mort à cette heure, et mort par ma faute, car c'est moi qui l'ai entraîné dans cette affaire, dont il ignorait l'origine, dont il ignorera le résultat et dont il ne devait tirer aucun profit.

— Sans compter, Monsieur, répondait Planchet, que nous lui devons probablement la vie. Vous rappelez-vous comme il a crié : « Au large, d'Artagnan ! je suis pris. » Et après avoir déchargé ses deux pistolets, quel bruit terrible il faisait avec son épée ! On eût dit vingt hommes, ou plutôt vingt diables enragés ! »

Et ces mots redoublaient l'ardeur de d'Artagnan, qui excitait son cheval, lequel n'ayant pas besoin d'être excité emportait son cavalier au galop.

Vers onze heures du matin, on aperçut Amiens ; à onze heures et demie, on était à la porte de l'auberge maudite.

D'Artagnan avait souvent médité contre l'hôte perfide une de ces bonnes vengeances qui consolent, rien qu'en espérance. Il entra donc dans l'hôtellerie, le feutre sur les yeux, la main gauche sur le pommeau de l'épée et faisant siffler sa cravache de la main droite.

« Me reconnaissez-vous ? dit-il à l'hôte, qui s'avançait pour le saluer.

— Je n'ai pas cet honneur, Monseigneur, répondit celui-ci les yeux encore éblouis du brillant équipage avec lequel d'Artagnan se présentait.

— Ah ! vous ne me connaissez pas !

— Non, Monseigneur.

— Eh bien ! deux mots vont vous rendre la mémoire. Qu'avez-vous fait de ce gentilhomme à qui vous eûtes l'audace, voici quinze jours passés à peu près, d'intenter une accusation de fausse monnaie ? »

L'hôte pâlit, car d'Artagnan avait pris l'attitude la plus menaçante, et Planchet se modelait sur son maître.

« Ah ! Monseigneur, ne m'en parlez pas, s'écria l'hôte de son ton de voix le plus larmoyant ; ah ! Seigneur, combien j'ai payé cette faute ! Ah ! malheureux que je suis !

— Ce gentilhomme, vous dis-je, qu'est-il devenu ?

— Daignez m'écouter, Monseigneur, et soyez clément. Voyons, asseyez-vous, par grâce ! »

D'Artagnan, muet de colère et d'inquiétude, s'assit, menaçant comme un juge. Planchet s'adossa fièrement à son fauteuil.

« Voici l'histoire, Monseigneur, reprit l'hôte tout tremblant, car je vous reconnais à cette heure ; c'est vous qui êtes parti quand j'eus ce malheureux démêlé avec ce gentilhomme dont vous parlez.

— Oui, c'est moi ; ainsi vous voyez bien que vous n'avez pas de grâce à attendre si vous ne dites pas toute la vérité.

— Aussi veuillez m'écouter, et vous la saurez tout entière.

— J'écoute.

— J'avais été prévenu par les autorités qu'un faux-monnayeur célèbre arriverait à mon auberge avec plusieurs de ses compagnons, tous déguisés sous le costume de gardes ou de mousquetaires. Vos chevaux, vos laquais, votre figure, Messeigneurs, tout m'avait été dépeint.

— Après, après ? dit d'Artagnan, qui reconnut bien vite d'où venait le signalement si exactement donné.

— Je pris donc, d'après les ordres de l'autorité, qui m'envoya un renfort de six hommes, telles mesures que je crus urgentes afin de m'assurer de la personne des prétendus faux-monnayeurs.

— Encore ! dit d'Artagnan, à qui ce mot de faux-monnayeur échauffait terriblement les oreilles.

— Pardonnez-moi, Monseigneur, de dire de telles choses, mais elles sont justement mon excuse. L'autorité m'avait fait peur, et vous savez qu'un aubergiste doit ménager l'autorité.

— Mais encore une fois, ce gentilhomme, où est-il ? qu'est-il devenu ? Est-il mort ? est-il vivant ?

— Patience, Monseigneur, nous y voici. Il arriva donc ce que vous savez, et dont votre départ précipité, ajouta l'hôte avec une finesse qui n'échappa point à d'Artagnan, semblait autoriser l'issue. Ce gentilhomme votre ami se défendit en désespéré. Son valet, qui, par un malheur imprévu, avait cherché querelle aux gens de l'autorité, déguisés en garçons d'écurie...

— Ah ! misérable ! s'écria d'Artagnan, vous étiez tous d'accord, et je ne sais à quoi tient que je ne vous extermine tous !

— Hélas ! non, Monseigneur, nous n'étions pas tous d'accord, et vous l'allez bien voir. Monsieur votre ami (pardon de ne point l'appeler par le nom honorable qu'il porte sans doute, mais nous ignorons ce nom), Monsieur votre ami, après avoir mis hors de combat deux hommes de ses deux coups de pistolet, battit en retraite en se défendant avec son épée dont il estropia encore un de mes hommes, et d'un coup du plat de laquelle il m'étourdit.

— Mais, bourreau, finiras-tu ? dit d'Artagnan. Athos, que devint Athos ?

— En battant en retraite, comme j'ai dit à Monseigneur, il trouva derrière lui l'escalier de la cave, et comme la porte était ouverte, il tira la clef à lui et se barricada en dedans. Comme on était sûr de le retrouver là, on le laissa libre.

— Oui, dit d'Artagnan, on ne tenait pas tout à fait à le tuer, on ne cherchait qu'à l'emprisonner.

— Juste Dieu ! à l'emprisonner, Monseigneur ? il s'emprisonna bien lui-même, je vous le jure. D'abord il avait fait de rude besogne, un homme était tué sur le coup, et deux autres étaient blessés grièvement. Le mort et les deux blessés furent emportés par leurs camarades, et jamais je n'ai plus entendu parler ni des uns, ni des autres. Moi-même, quand je repris mes sens, j'allai trouver M. le gouverneur [1], auquel je racontai tout ce qui s'était passé, et auquel je demandai ce que je devais faire du prisonnier. Mais M. le gouverneur eut l'air de tomber des nues ; il me dit qu'il ignorait complètement ce que je voulais dire, que les ordres qui m'étaient parvenus n'émanaient pas de lui, et que si j'avais le malheur de dire à qui que ce fût qu'il était pour quelque chose dans toute cette échauffourée, il me ferait pendre. Il paraît que je m'étais trompé, Monsieur, que j'avais arrêté l'un pour l'autre, et que celui qu'on devait arrêter était sauvé.

— Mais Athos ? s'écria d'Artagnan, dont l'impatience se doublait de l'abandon où l'autorité laissait la chose ; Athos, qu'est-il devenu ?

— Comme j'avais hâte de réparer mes torts envers le prisonnier, reprit l'aubergiste, je m'acheminai vers la cave afin de lui rendre sa liberté. Ah ! Monsieur, ce n'était plus un homme, c'était un diable. A cette proposition de liberté, il déclara que c'était un piège qu'on lui tendait et qu'avant de sortir il entendait imposer ses conditions. Je lui dis bien humblement, car je ne me dissimulais pas la mauvaise position où je m'étais mis en portant la main sur un mousquetaire de Sa Majesté, je lui dis que j'étais prêt à me soumettre à ses conditions.

« — D'abord, dit-il, je veux qu'on me rende mon « valet tout armé. »

On s'empressa d'obéir à cet ordre ; car vous com-

----

1. Le gouverneur de la province de Picardie.

prenez bien, Monsieur, que nous étions disposés à faire tout ce que voudrait votre ami. M. Grimaud (il a dit ce nom, celui-là, quoiqu'il ne parle pas beaucoup), M. Grimaud fut donc descendu à la cave, tout blessé qu'il était ; alors, son maître l'ayant reçu, rebarricada la porte et nous ordonna de rester dans notre boutique.

— Mais enfin, s'écria d'Artagnan, où est-il ? où est Athos ?

— Dans la cave, Monsieur.

— Comment, malheureux, vous le retenez dans la cave depuis ce temps-là ?

— Bonté divine ! Non, Monsieur. Nous, le retenir dans la cave ! Vous ne savez donc pas ce qu'il y fait, dans la cave ! Ah ! si vous pouviez l'en faire sortir, Monsieur, je vous en serais reconnaissant toute ma vie, vous adorerais comme mon patron [1].

— Alors il est là, je le retrouverai là ?

— Sans doute, Monsieur, il s'est obstiné à y rester. Tous les jours on lui passe par le soupirail du pain au bout d'une fourche, et de la viande quand il en demande ; mais, hélas ! ce n'est pas de pain et de viande qu'il fait la plus grande consommation. Une fois, j'ai essayé de descendre avec deux de mes garçons, mais il est entré dans une terrible fureur. J'ai entendu le bruit de ses pistolets qu'il armait et de son mousqueton qu'armait son domestique. Puis, comme nous leur demandions quelles étaient leurs intentions, le maître a répondu qu'ils avaient quarante coups à tirer lui et son laquais, et qu'ils les tireraient jusqu'au dernier plutôt que de permettre qu'un seul de nous mît le pied dans la cave. Alors, Monsieur, j'ai été me plaindre au gouverneur, lequel m'a répondu que je n'avais que ce que je méritais, et que cela m'apprendrait à insulter les honorables seigneurs qui prenaient gîte chez moi.

— De sorte que, depuis ce temps ?... reprit d'Arta-

---

1. Mon saint patron.

gnan ne pouvant s'empêcher de rire de la figure piteuse de son hôte.

— De sorte que, depuis ce temps, Monsieur, continua celui-ci, nous menons la vie la plus triste qui se puisse voir ; car, Monsieur, il faut que vous sachiez que toutes nos provisions sont dans la cave ; il y a notre vin en bouteilles et notre vin en pièces [1], la bière, l'huile et les épices, le lard et les saucissons ; et comme il nous est défendu d'y descendre, nous sommes forcés de refuser le boire et le manger aux voyageurs qui nous arrivent, de sorte que tous les jours notre hôtellerie se perd. Encore une semaine avec votre ami dans ma cave, et nous sommes ruinés.

— Et ce sera justice, drôle. Ne voyait-on pas bien, à notre mine, que nous étions gens de qualité et non faussaires, dites ?

— Oui, Monsieur, oui, vous avez raison, dit l'hôte. Mais tenez, tenez, le voilà qui s'emporte.

— Sans doute qu'on l'aura troublé, dit d'Artagnan.

— Mais il faut bien qu'on le trouble, s'écria l'hôte ; il vient de nous arriver deux gentilshommes anglais.

— Eh bien ?

— Eh bien ! les Anglais aiment le bon vin, comme vous savez, Monsieur ; ceux-ci ont demandé du meilleur. Ma femme alors aura sollicité de M. Athos la permission d'entrer pour satisfaire ces Messieurs ; et il aura refusé comme de coutume. Ah ! bonté divine ! voilà le sabbat [2] qui redouble ! »

D'Artagnan, en effet, entendit mener un grand bruit du côté de la cave ; il se leva et, précédé de l'hôte qui se tordait les mains, et suivi de Planchet qui tenait son mousqueton tout armé, il s'approcha du lieu de la scène.

Les deux gentilshommes étaient exaspérés, ils avaient fait une longue course et mouraient de faim et de soif.

---

1. En fûts.
2. Le mot est pris au sens d'assemblée de sorciers et de sorcières présidée par Satan.

« Mais c'est une tyrannie, s'écriaient-ils en très bon français, quoique avec un accent étranger, que ce maître fou ne veuille pas laisser à ces bonnes gens l'usage de leur vin. Çà, nous allons enfoncer la porte, et s'il est trop enragé, eh bien ! nous le tuerons.

— Tout beau, Messieurs ! dit d'Artagnan en tirant ses pistolets de sa ceinture ; vous ne tuerez personne, s'il vous plaît.

— Bon, bon, disait derrière la porte la voix calme d'Athos, qu'on les laisse un peu entrer, ces mangeurs de petits enfants, et nous allons voir. »

Tout braves qu'ils paraissaient être, les deux gentilshommes anglais se regardèrent en hésitant ; on eût dit qu'il y avait dans cette cave un de ces ogres faméliques, gigantesques héros des légendes populaires, et dont nul ne force impunément la caverne.

Il y eut un moment de silence ; mais enfin les deux Anglais eurent honte de reculer, et le plus hargneux des deux descendit les cinq ou six marches dont se composait l'escalier et donna dans la porte un coup de pied à fendre une muraille.

« Planchet, dit d'Artagnan en armant ses pistolets, je me charge de celui qui est en haut, charge-toi de celui qui est en bas. Ah ! Messieurs ! vous voulez de la bataille ! eh bien ! on va vous en donner !

— Mon Dieu, s'écria la voix creuse d'Athos, j'entends d'Artagnan, ce me semble.

— En effet, dit d'Artagnan en haussant la voix à son tour, c'est moi-même, mon ami.

— Ah ! bon ! alors, dit Athos, nous allons les travailler [1], ces enfonceurs de portes. »

Les gentilshommes avaient mis l'épée à la main, mais ils se trouvaient pris entre deux feux ; ils hésitèrent un instant encore ; mais, comme la première fois, l'orgueil l'emporta, et un second coup de pied fit craquer la porte dans toute sa hauteur.

---

1. Les *travailler* à l'épée.

« Range-toi, d'Artagnan, range-toi, cria Athos, range-toi, je vais tirer.

— Messieurs, dit d'Artagnan, que la réflexion n'abandonnait jamais, Messieurs, songez-y ! De la patience, Athos. Vous vous engagez là dans une mauvaise affaire, et vous allez être criblés. Voici mon valet et moi qui vous lâcherons trois coups de feu, autant vous arriveront de la cave ; puis nous aurons encore nos épées, dont, je vous assure, mon ami et moi nous jouons passablement. Laissez-moi faire vos affaires et les miennes. Tout à l'heure vous aurez à boire, je vous en donne ma parole.

— S'il en reste », grogna la voix railleuse d'Athos.

L'hôtelier sentit une sueur froide couler le long de son échine.

« Comment, s'il en reste ! murmura-t-il.

— Que diable ! il en restera, reprit d'Artagnan ; soyez donc tranquille, à eux deux ils n'auront pas bu toute la cave. Messieurs, remettez vos épées au fourreau.

— Eh bien ! vous, remettez vos pistolets à votre ceinture.

— Volontiers. »

Et d'Artagnan donna l'exemple. Puis, se retournant vers Planchet, il lui fit signe de désarmer son mousqueton.

Les Anglais, convaincus, remirent en grommelant leurs épées au fourreau. On leur raconta l'histoire de l'emprisonnement d'Athos. Et comme ils étaient bons gentilshommes, ils donnèrent tort à l'hôtelier.

« Maintenant, Messieurs, dit d'Artagnan, remontez chez vous, et, dans dix minutes, je vous réponds qu'on vous y portera tout ce que vous pourrez désirer. »

Les Anglais saluèrent et sortirent.

« Maintenant que je suis seul, mon cher Athos, dit d'Artagnan, ouvrez-moi la porte, je vous en prie.

— A l'instant même », dit Athos.

Alors on entendit un grand bruit de fagots entre-choqués et de poutres gémissantes : c'étaient les contrescarpes et les bastions [1] d'Athos, que l'assiégé démolissait lui-même.

Un instant après, la porte s'ébranla, et l'on vit paraître la tête pâle d'Athos qui, d'un coup d'œil rapide, explorait les environs.

D'Artagnan se jeta à son cou et l'embrassa tendrement ; puis il voulut l'entraîner hors de ce séjour humide, alors il s'aperçut qu'Athos chancelait.

« Vous êtes blessé ? lui dit-il.

— Moi pas le moins du monde ; je suis ivre mort, voilà tout, et jamais homme n'a mieux fait ce qu'il fallait pour cela. Vive Dieu ! mon hôte, il faut que j'en aie bu au moins pour ma part cent cinquante bouteilles.

— Miséricorde s'écria l'hôte, si le valet en a bu la moitié du maître seulement, je suis ruiné.

— Grimaud est un laquais de bonne maison, qui ne se serait pas permis le même ordinaire que moi ; il a bu à la pièce seulement ; tenez, je crois qu'il a oublié de remettre le fosset [2]. Entendez-vous ? cela coule. »

D'Artagnan partit d'un éclat de rire qui changea le frisson de l'hôte en fièvre chaude.

En même temps, Grimaud parut à son tour derrière son maître, le mousqueton sur l'épaule, la tête tremblante, comme ces satyres ivres des tableaux de Rubens [3]. Il était arrosé par-devant et par-derrière d'une liqueur grasse que l'hôte reconnut pour être sa meilleure huile d'olive.

Le cortège traversa la grande salle et alla s'installer dans la meilleure chambre de l'auberge, que d'Artagnan occupa d'autorité.

Pendant ce temps, l'hôte et sa femme se précipitè-

---

1. Termes militaires : ouvrages protégeant une ville assiégée.
2. Ancienne orthographe pour *fausset* : cheville de bois obturant l'ouverture d'un tonneau.
3. Personnages mythologiques, mi-hommes, mi-boucs, souvent représentés ivres et poursuivant des nymphes. La référence à Rubens, peintre favori de Marie de Médicis, est ici en situation. Des satyres figurent sur certains de ses tableaux, notamment le célèbre *Silène ivre* de la Pinacothèque de Munich.

rent avec des lampes dans la cave, qui leur avait été si longtemps interdite et où un affreux spectacle les attendait.

Au-delà des fortifications auxquelles Athos avait fait brèche pour sortir et qui se composaient de fagots, de planches et de futailles vides entassées selon toutes les règles de l'art stratégique, on voyait çà et là, nageant dans les mares d'huile et de vin, les ossements de tous les jambons mangés, tandis qu'un amas de bouteilles cassées jonchait tout l'angle gauche de la cave et qu'un tonneau, dont le robinet était resté ouvert, perdait par cette ouverture les dernières gouttes de son sang. L'image de la dévastation et de la mort, comme dit le poète de l'Antiquité [1], régnait là comme sur un champ de bataille.

Sur cinquante saucissons, pendus aux solives [2], dix restaient à peine.

Alors les hurlements de l'hôte et de l'hôtesse percèrent la voûte de la cave, d'Artagnan lui-même en fut ému. Athos ne tourna pas même la tête.

Mais à la douleur succéda la rage. L'hôte s'arma d'une broche et, dans son désespoir, s'élança dans la chambre où les deux amis s'étaient retirés.

« Du vin ! dit Athos en apercevant l'hôte.

— Du vin ! s'écria l'hôte stupéfait, du vin mais vous m'en avez bu pour plus de cent pistoles ; mais je suis un homme ruiné, perdu, anéanti

— Bah dit Athos, nous sommes constamment restés sur notre soif.

— Si vous vous étiez contentés de boire, encore ; mais vous avez cassé toutes les bouteilles.

— Vous m'avez poussé sur un tas qui a dégringolé. C'est votre faute.

— Toute mon huile est perdue

— L'huile est un baume souverain pour les blessu-

---

1. Est-il judicieux de chercher de quel poète il s'agit ? La formule de Dumas est un cliché.
2. Les *solives* : les poutres.

res, et il fallait bien que ce pauvre Grimaud pansât celles que vous lui avez faites.

— Tous mes saucissons rongés !

— Il y a énormément de rats dans cette cave.

— Vous allez me payer tout cela, cria l'hôte exaspéré.

— Triple drôle ! » dit Athos en se soulevant. Mais il retomba aussitôt ; il venait de donner la mesure de ses forces. D'Artagnan vint à son secours en levant sa cravache.

L'hôte recula d'un pas et se mit à fondre en larmes.

« Cela vous apprendra, dit d'Artagnan, à traiter d'une façon plus courtoise les hôtes que Dieu vous envoie.

— Dieu..., dites le diable

— Mon cher ami, dit d'Artagnan, si vous nous rompez encore les oreilles, nous allons nous renfermer tous les quatre dans votre cave, et nous verrons si véritablement le dégât est aussi grand que vous le dites.

— Eh bien ! oui, Messieurs, dit l'hôte, j'ai tort, je l'avoue ; mais à tout péché miséricorde ; vous êtes des seigneurs et je suis un pauvre aubergiste, vous aurez pitié de moi.

— Ah ! si tu parles comme cela, dit Athos, tu vas me fendre le cœur, et les larmes vont couler de mes yeux comme le vin coulait de tes futailles. On n'est pas si diable qu'on en a l'air. Voyons, viens ici et causons. »

L'hôte s'approcha avec inquiétude.

« Viens, te dis-je, et n'aie pas peur, continua Athos. Au moment où j'allais te payer, j'avais posé ma bourse sur la table.

— Oui, Monseigneur.

— Cette bourse contenait soixante pistoles, où est-elle ?

— Déposée au greffe [1], Monseigneur : on avait dit que c'était de la fausse monnaie.

_____

1. Secrétariat d'une juridiction judiciaire.

— Eh bien ! fais-toi rendre ma bourse, et garde les soixante pistoles.

— Mais Monseigneur sait bien que le greffe ne lâche pas ce qu'il tient. Si c'était de la fausse monnaie, il y aurait encore de l'espoir ; mais malheureusement ce sont de bonnes pièces.

— Arrange-toi avec lui, mon brave homme, cela ne me regarde pas, d'autant plus qu'il ne me reste pas une livre.

— Voyons, dit d'Artagnan, l'ancien cheval d'Athos, où est-il ?

— A l'écurie.

— Combien vaut-il ?

— Cinquante pistoles tout au plus.

— Il en vaut quatre-vingts ; prends-le, et que tout soit dit.

— Comment ! tu vends mon cheval, dit Athos, tu vends mon Bajazet ? et sur quoi ferai-je la campagne ? sur Grimaud ?

— Je t'en amène un autre, dit d'Artagnan.

— Un autre ?

— Et magnifique ! s'écria l'hôte.

— Alors, s'il y en a un autre plus beau et plus jeune, prends le vieux, et à boire !

— Duquel ? demanda l'hôte tout à fait rasséréné.

— De celui qui est au fond, près des lattes [1] ; il en reste encore vingt-cinq bouteilles, toutes les autres ont été cassées dans ma chute. Montez-en six.

— Mais c'est un foudre [2] que cet homme ! dit l'hôte à part lui ; s'il reste seulement quinze jours ici, et qu'il paie ce qu'il boira, je rétablirai mes affaires.

— Et n'oublie pas, continua d'Artagnan, de monter quatre bouteilles du pareil aux deux seigneurs anglais.

— Maintenant, dit Athos, en attendant qu'on nous apporte du vin, conte-moi, d'Artagnan, ce que sont devenus les autres ; voyons. »

---

1. Planchettes de bois.
2. Tonneau de grande capacité (de 50 à 300 hl).

D'Artagnan lui raconta comment il avait trouvé Porthos dans son lit avec une foulure, et Aramis à une table entre les deux théologiens. Comme il achevait, l'hôte rentra avec les bouteilles demandées et un jambon qui, heureusement pour lui, était resté hors de la cave.

« C'est bien, dit Athos en remplissant son verre et celui de d'Artagnan, voilà pour Porthos et pour Aramis ; mais vous, mon ami, qu'avez-vous et que vous est-il arrivé personnellement ? Je vous trouve un air sinistre.

— Hélas ! dit d'Artagnan, c'est que je suis le plus malheureux de nous tous, moi !

— Toi malheureux, d'Artagnan ! dit Athos. Voyons, comment es-tu malheureux ? Dis-moi cela.

— Plus tard, dit d'Artagnan.

— Plus tard ! et pourquoi plus tard ? parce que tu crois que je suis ivre, d'Artagnan ? Retiens bien ceci : je n'ai jamais les idées plus nettes que dans le vin. Parle donc, je suis tout oreilles. »

D'Artagnan raconta son aventure avec Mme Bonacieux.

Athos l'écouta sans sourciller ; puis, lorsqu'il eut fini :

« Misères que tout cela, dit Athos, misères ! »

C'était le mot d'Athos.

« Vous dites toujours *misères* ! mon cher Athos, dit d'Artagnan ; cela vous sied bien mal, à vous qui n'avez jamais aimé.

L'œil mort d'Athos s'enflamma soudain ; mais ce ne fut qu'un éclair, il redevint terne et vague comme auparavant.

« C'est vrai, dit-il tranquillement, je n'ai jamais aimé, moi.

— Vous voyez bien alors, cœur de pierre, dit d'Artagnan, que vous avez tort d'être dur pour nous autres cœurs tendres.

— Cœurs tendres, cœurs percés, dit Athos.

— Que dites-vous ?

— Je dis que l'amour est une loterie où celui qui

gagne, gagne la mort ! Vous êtes bien heureux d'avoir perdu, croyez-moi, mon cher d'Artagnan. Et si j'ai un conseil à vous donner, c'est de perdre toujours.

— Elle avait l'air de si bien m'aimer !

— Elle en avait l'air.

— Oh ! elle m'aimait.

— Enfant ! il n'y a pas un homme qui n'ait cru comme vous que sa maîtresse l'aimait, et il n'y a pas un homme qui n'ait été trompé par sa maîtresse.

— Excepté vous, Athos, qui n'en avez jamais eu.

— C'est vrai, dit Athos après un moment de silence, je n'en ai jamais eu, moi. Buvons !

— Mais alors, philosophe que vous êtes, dit d'Artagnan, instruisez-moi, soutenez-moi ; j'ai besoin de savoir et d'être consolé.

— Consolé de quoi ?

— De mon malheur.

— Votre malheur fait rire, dit Athos en haussant les épaules ; je serais curieux de savoir ce que vous diriez si je vous racontais une histoire d'amour.

— Arrivée à vous ?

— Ou à un de mes amis, qu'importe !

— Dites, Athos, dites.

— Buvons, nous ferons mieux.

— Buvez et racontez.

— Au fait, cela se peut, dit Athos en vidant et remplissant son verre, les deux choses vont à merveille ensemble.

— J'écoute », dit d'Artagnan.

Athos se recueillit, et, à mesure qu'il se recueillait, d'Artagnan le voyait pâlir ; il en était à cette période de l'ivresse où les buveurs vulgaires tombent et dorment. Lui, il rêvait tout haut sans dormir. Ce somnambulisme de l'ivresse avait quelque chose d'effrayant.

« Vous le voulez absolument ? demanda-t-il.

— Je vous en prie, dit d'Artagnan.

— Qu'il soit fait donc comme vous le désirez. Un de mes amis, un de mes amis, entendez-vous bien ! pas moi, dit Athos en s'interrompant avec un sourire sombre ; un des comtes de ma province, c'est-à-dire du Berry, noble comme un Dandolo ou un Montmorency [1], devint amoureux à vingt-cinq ans d'une jeune fille de seize, belle comme les amours. A travers la naïveté de son âge perçait un esprit ardent, un esprit non pas de femme, mais de poète ; elle ne plaisait pas, elle enivrait ; elle vivait dans un petit bourg, près de son frère qui était curé. Tous deux étaient arrivés dans le pays : ils venaient on ne savait d'où ; mais en la voyant si belle et en voyant son frère si pieux, on ne songeait pas à leur demander d'où ils venaient. Du reste, on les disait de bonne extraction [2]. Mon ami, qui était le seigneur du pays, aurait pu la séduire ou la prendre de force, à son gré, il était le maître ; qui serait venu à l'aide de deux étrangers, de deux inconnus ? Malheureusement il était honnête homme, il l'épousa. Le sot, le niais, l'imbécile !

— Mais   pourquoi   cela,   puisqu'il   l'aimait ? demanda d'Artagnan.

— Attendez donc, dit Athos. Il l'emmena dans son château, et en fit la première dame de sa province ; et il faut lui rendre justice, elle tenait parfaitement son rang.

— Eh bien ? demanda d'Artagnan.

— Eh bien ! un jour qu'elle était à la chasse avec son mari, continua Athos à voix basse et en parlant fort vite, elle tomba de cheval et s'évanouit ; le comte s'élança à son secours, et comme elle étouffait dans ses habits, il les fendit avec son poignard et lui découvrit l'épaule. Devinez ce qu'elle avait sur l'épaule, d'Artagnan ? dit Athos avec un grand éclat de rire.

— Puis-je le savoir ? demanda d'Artagnan.

---

1. Sur le domaine patrimonial berrichon d'Athos, *cf. Répertoire des personnages.* — Les Dandolo étaient une riche famille patricienne de Venise, les Montmorency appartenaient à la plus ancienne noblesse française.
2. De bonne famille.

— Une fleur de lys, dit Athos. Elle était marquée [1] ! »

Et Athos vida d'un seul trait le verre qu'il tenait à la main.

« Horreur ! s'écria d'Artagnan, que me dites-vous là ?

— La vérité. Mon cher, l'ange était un démon. La pauvre fille avait volé.

— Et que fit le comte ?

— Le comte était un grand seigneur, il avait sur ses terres droit de justice basse et haute [2] : il acheva de déchirer les habits de la comtesse, il lui lia les mains derrière le dos et la pendit à un arbre.

— Ciel ! Athos ! un meurtre ! s'écria d'Artagnan.

— Oui, un meurtre, pas davantage, dit Athos pâle comme la mort. Mais on me laisse manquer de vin, ce me semble. »

Et Athos saisit au goulot la dernière bouteille qui restait, l'approcha de sa bouche et la vida d'un seul trait, comme il eût fait d'un verre ordinaire.

Puis il laissa tomber sa tête sur ses deux mains ; d'Artagnan demeura devant lui, saisi d'épouvante.

« Cela m'a guéri des femmes belles, poétiques et amoureuses, dit Athos en se relevant et sans songer à continuer l'apologue [3] du comte. Dieu vous en accorde autant ! Buvons !

— Ainsi elle est morte ? balbutia d'Artagnan.

— Parbleu dit Athos. Mais tendez votre verre. Du jambon, drôle, cria Athos, nous ne pouvons plus boire !

— Et son frère ? ajouta timidement d'Artagnan.

---

1. On disait aussi *flétrie*. La flétrissure était une peine infamante consistant à infliger au coupable une marque indélébile — en France, au XVIIᵉ siècle, une fleur de lys imprimée sur l'épaule au fer rouge.
2. Droits seigneuriaux, datant de la féodalité, autorisant le détenteur d'un fief à punir les délits (*basse* justice) ou même les crimes (*haute* justice). Le terme de *meurtre*, employé par d'Artagnan et repris par Athos, témoigne de quelques doutes sur la légitimité de cette procédure.
3. *Apologue* : fable, récit comportant un enseignement moral.

— Son frère ? reprit Athos.

— Oui, le prêtre ?

— Ah ! je m'en informai pour le faire pendre à son tour ; mais il avait pris les devants, il avait quitté sa cure depuis la veille.

— A-t-on su au moins ce que c'était que ce misérable ?

— C'était sans doute le premier amant et le complice de la belle, un digne homme qui avait fait semblant d'être curé peut-être pour marier sa maîtresse et lui assurer un sort. Il aura été écartelé [1], je l'espère.

— Oh ! mon Dieu ! mon Dieu ! fit d'Artagnan, tout étourdi de cette horrible aventure.

— Mangez donc de ce jambon, d'Artagnan, il est exquis, dit Athos en coupant une tranche qu'il mit sur l'assiette du jeune homme. Quel malheur qu'il n'y en ait pas eu seulement quatre comme celui-là dans la cave ! j'aurais bu cinquante bouteilles de plus. »

D'Artagnan ne pouvait plus supporter cette conversation, qui l'eût rendu fou ; il laissa tomber sa tête sur ses deux mains et fit semblant de s'endormir.

« Les jeunes gens ne savent plus boire, dit Athos en le regardant en pitié, et pourtant celui-là est des meilleurs... »

XXVIII

RETOUR

D'Artagnan était resté étourdi de la terrible confidence d'Athos ; cependant bien des choses lui paraissaient encore obscures dans cette demi-révélation ;

---

1. Supplice, très rarement pratiqué, consistant à arracher les membres du condamné.

d'abord elle avait été faite par un homme tout à fait ivre à un homme qui l'était à moitié et cependant, malgré ce vague que fait monter au cerveau la fumée de deux ou trois bouteilles de bourgogne, d'Artagnan, en se réveillant le lendemain matin, avait chaque parole d'Athos aussi présente à son esprit que si, à mesure qu'elles étaient tombées de sa bouche, elles s'étaient imprimées dans son esprit. Tout ce doute ne lui donna qu'un plus vif désir d'arriver à une certitude, et il passa chez son ami avec l'intention bien arrêtée de renouer sa conversation de la veille ; mais il trouva Athos de sens tout à fait rassis, c'est-à-dire le plus fin et le plus impénétrable des hommes.

Au reste, le mousquetaire, après avoir échangé avec lui une poignée de main, alla le premier au-devant de sa pensée.

« J'étais bien ivre hier, mon cher d'Artagnan, dit-il, j'ai senti cela ce matin à ma langue, qui était encore fort épaisse, et à mon pouls qui était encore fort agité ; je parie que j'ai dit mille extravagances. »

Et, en disant ces mots, il regarda son ami avec une fixité qui l'embarrassa.

« Mais non pas, répliqua d'Artagnan, et, si je me le rappelle bien, vous n'avez rien dit que de fort ordinaire.

— Ah ! vous m'étonnez ! Je croyais vous avoir raconté une histoire des plus lamentables. »

Et il regardait le jeune homme comme s'il eût voulu lire au plus profond de son cœur.

« Ma foi ! dit d'Artagnan, il paraît que j'étais encore plus ivre que vous, puisque je ne me souviens de rien. »

Athos ne se paya point de cette parole, et il reprit :

« Vous n'êtes pas sans avoir remarqué, mon cher ami, que chacun a son genre d'ivresse, triste ou gaie ; moi, j'ai l'ivresse triste, et, quand une fois je suis gris, ma manie est de raconter toutes les histoires lugubres que ma sotte nourrice m'a inculquées dans le cerveau. C'est mon défaut ; défaut capital, j'en conviens ; mais, à cela près, je suis bon buveur. »

Athos disait cela d'une façon si naturelle, que d'Artagnan fut ébranlé dans sa conviction.

« Oh ! c'est donc cela, en effet, reprit le jeune homme en essayant de ressaisir la vérité, c'est donc cela que je me souviens, comme, au reste, on se souvient d'un rêve, que nous avons parlé de pendus.

— Ah ! vous voyez bien, dit Athos en pâlissant et cependant en essayant de rire, j'en étais sûr, les pendus sont mon cauchemar, à moi.

— Oui, oui, reprit d'Artagnan, et voilà la mémoire qui me revient ; oui, il s'agissait... attendez donc... il s'agissait d'une femme.

— Voyez, répondit Athos en devenant presque livide, c'est ma grande histoire de la femme blonde, et quand je raconte celle-là, c'est que je suis ivre mort.

— Oui, c'est cela, dit d'Artagnan, l'histoire de la femme blonde, grande et belle, aux yeux bleus.

— Oui, et pendue.

— Par son mari, qui était un seigneur de votre connaissance, continua d'Artagnan en regardant fixement Athos.

— Eh bien ! voyez cependant comme on compromettrait un homme quand on ne sait plus ce que l'on dit, reprit Athos en haussant les épaules, comme s'il se fût pris lui-même en pitié. Décidément, je ne veux plus me griser, d'Artagnan, c'est une trop mauvaise habitude. »

D'Artagnan garda le silence.

Puis Athos, changeant tout à coup de conversation :

« A propos, dit-il, je vous remercie du cheval que vous m'avez amené.

— Est-il de votre goût ? demanda d'Artagnan.

— Oui, mais ce n'était pas un cheval de fatigue [1].

— Vous vous trompez ; j'ai fait avec lui dix lieues en moins d'une heure et demie, et il n'y paraissait pas plus que s'il eût fait le tour de la place Saint-Sulpice.

1. Capable de supporter la fatigue.

— Ah çà, vous allez me donner des regrets.

— Des regrets ?

— Oui, je m'en suis défait.

— Comment cela ?

— Voici le fait : ce matin, je me suis réveillé à six heures, vous dormiez comme un sourd, et je ne savais que faire ; j'étais encore tout hébété de notre débauche d'hier ; je descendis dans la grande salle, et j'avisai un de nos Anglais qui marchandait un cheval à un maquignon, le sien étant mort hier d'un coup de sang. Je m'approchai de lui, et comme je vis qu'il offrait cent pistoles d'un alezan brûlé [1] : « Par Dieu, lui « dis-je, mon gentilhomme, moi aussi j'ai un cheval à « vendre.

« — Et très beau même, dit-il, je l'ai vu hier, le valet « de votre ami le tenait en main.

« — Trouvez-vous qu'il vaille cent pistoles ?

« — Oui, et voulez-vous me le donner pour ce « prix-là ?

« — Non, mais je vous le joue.

« — Vous me le jouez ?

« — Oui.

« — A quoi ?

« — Aux dés. »

« Ce qui fut dit fut fait ; et j'ai perdu le cheval. Ah ! mais, par exemple, continua Athos, j'ai regagné le caparaçon [2]. »

D'Artagnan fit une mine assez maussade.

« Cela vous contrarie ? dit Athos.

— Mais oui, je vous l'avoue, reprit d'Artagnan ; ce cheval devait servir à nous faire reconnaître un jour de bataille ; c'était un gage, un souvenir. Athos, vous avez eu tort.

— Eh ! mon cher ami, mettez-vous à ma place, reprit le mousquetaire ; je m'ennuyais à périr, moi, et puis, d'honneur, je n'aime pas les chevaux anglais.

---

1. *Alezan* : jaune rougeâtre, ici précisé par l'adjectif : couleur de pain brûlé.
2. *Cf.* p. 418, n. 1.

Voyons, s'il ne s'agit que d'être reconnu par quelqu'un, eh bien ! la selle suffira ; elle est assez remarquable. Quant au cheval, nous trouverons quelque excuse pour motiver sa disparition. Que diable ! un cheval est mortel ; mettons que le mien a eu la morve ou le farcin [1]. »

D'Artagnan ne se déridait pas.

« Cela me contrarie, continua Athos, que vous paraissiez tant tenir à ces animaux, car je ne suis pas au bout de mon histoire.

— Qu'avez-vous donc fait encore ?

— Après avoir perdu mon cheval, neuf contre dix, voyez le coup, l'idée me vint de jouer le vôtre.

— Oui, mais vous vous en tîntes, j'espère, à l'idée ?

— Non pas, je la mis à exécution à l'instant même.

— Ah ! par exemple ! s'écria d'Artagnan inquiet.

— Je jouai, et je perdis.

— Mon cheval ?

— Votre cheval ; sept contre huit ; faute d'un point..., vous connaissez le proverbe [2].

— Athos, vous n'êtes pas dans votre bon sens, je vous jure !

— Mon cher, c'était hier, quand je vous contais mes sottes histoires, qu'il fallait me dire cela, et non pas ce matin. Je le perdis donc avec tous les équipages et harnais possibles.

— Mais c'est affreux !

— Attendez donc, vous n'y êtes point, je ferais un joueur excellent, si je ne m'entêtais pas ; mais je m'entête, c'est comme quand je bois ; je m'entêtai donc...

— Mais que pûtes-vous jouer, il ne vous restait plus rien ?

— Si fait, si fait, mon ami ; il nous restait ce diamant qui brille à votre doigt, et que j'avais remarqué hier.

---

1. *Morve* : grave maladie des fosses nasales chez les chevaux. Le *farcin* en est une autre forme, qui affecte la peau.
2. « Faute d'un point, Martin perdit son âne. »

— Ce diamant ! s'écria d'Artagnan, en portant vivement la main à sa bague.

— Et comme je suis connaisseur, en ayant eu quelques-uns pour mon propre compte, je l'avais estimé mille pistoles.

— J'espère, dit sérieusement d'Artagnan à demi mort de frayeur, que vous n'avez aucunement fait mention de mon diamant ?

— Au contraire, cher ami ; vous comprenez, ce diamant devenait notre seule ressource ; avec lui, je pouvais regagner nos harnais et nos chevaux, et, de plus, l'argent pour faire la route.

— Athos, vous me faites frémir ! s'écria d'Artagnan.

— Je parlai donc de votre diamant à mon partenaire, lequel l'avait aussi remarqué. Que diable aussi, mon cher, vous portez à votre doigt une étoile du ciel, et vous ne voulez pas qu'on y fasse attention ! Impossible !

— Achevez, mon cher ; achevez ! dit d'Artagnan, car, d'honneur ! avec votre sang-froid, vous me faites mourir !

— Nous divisâmes donc ce diamant en dix parties de cent pistoles chacune.

— Ah ! vous voulez rire et m'éprouver ? dit d'Artagnan, que la colère commençait à prendre aux cheveux comme Minerve prend Achille, dans l'*Iliade* [1].

— Non, je ne plaisante pas, mordieu ! j'aurais bien voulu vous y voir, vous ! il y avait quinze jours que je n'avais envisagé face humaine et que j'étais là à m'abrutir en m'abouchant avec des bouteilles.

— Ce n'est point une raison pour jouer mon diamant, cela ! répondit d'Artagnan en serrant sa main avec une crispation nerveuse.

— Ecoutez donc la fin ; dix parties de cent pistoles chacune en dix coups sans revanche. En treize coups

1. Au chant I de l'*Iliade*, Pallas Athéné (Minerve), saisit bien Achille « par ses blonds cheveux », mais c'est pour calmer sa fureur et non pour l'attiser (v. 194 *sqq.*).

je perdis tout. En treize coups ! Le nombre 13 m'a toujours été fatal, c'était le 13 du mois de juillet que...

— Ventrebleu ! s'écria d'Artagnan en se levant de table, l'histoire du jour lui faisant oublier celle de la veille.

— Patience, dit Athos, j'avais un plan. L'Anglais était un original, je l'avais vu le matin causer avec Grimaud, et Grimaud m'avait averti qu'il lui avait fait des propositions pour entrer à son service. Je lui joue Grimaud, le silencieux Grimaud, divisé en dix portions.

— Ah ! pour le coup ! dit d'Artagnan éclatant de rire malgré lui.

— Grimaud lui-même, entendez-vous cela ! et avec les dix parts de Grimaud, qui ne vaut pas en tout un ducaton [1], je regagne le diamant. Dites maintenant que la persistance n'est pas une vertu.

— Ma foi, c'est très drôle ! s'écria d'Artagnan consolé et se tenant les côtes de rire.

— Vous comprenez que, me sentant en veine, je me remis aussitôt à jouer sur le diamant.

— Ah ! diable, dit d'Artagnan assombri de nouveau.

— J'ai regagné vos harnais, puis votre cheval, puis mes harnais, puis mon cheval, puis reperdu. Bref, j'ai rattrapé votre harnais, puis le mien. Voilà où nous en sommes. C'est un coup superbe ; aussi je m'en suis tenu là. »

D'Artagnan respira comme si on lui eût enlevé l'hôtellerie de dessus la poitrine.

« Enfin, le diamant me reste ? dit-il timidement.

— Intact ! cher ami ; plus les harnais de votre Bucéphale [2] et du mien.

— Mais que ferons-nous de nos harnais sans chevaux ?

— J'ai une idée sur eux.

— Athos, vous me faites frémir.

1. Ancienne monnaie d'argent, de médiocre valeur.
2. Bucéphale était le cheval d'Alexandre le Grand.

Anne d'Autriche.
*Détail d'un tableau
de Rubens.*
« Anne d'Autriche
avait alors
vingt-six ou
vingt-sept ans,
c'est-à-dire
qu'elle se trouvait
dans tout l'éclat
de sa beauté »
(p. 222).

Photo Bulloz

Buckingham,
par Rubens.
« Favori de deux rois,
riche à millions,
une de ces existences
fabuleuses qui
restent comme un
étonnement pour la
postérité » (p. 221).

— Ecoutez, vous n'avez pas joué depuis long-temps, vous, d'Artagnan ?

— Et je n'ai point l'envie de jouer.

— Ne jurons de rien. Vous n'avez pas joué depuis longtemps, disais-je, vous devez donc avoir la main bonne.

— Eh bien ! après ?

— Eh bien ! l'Anglais et son compagnon sont encore là. J'ai remarqué qu'ils regrettaient beaucoup les harnais. Vous, vous paraissez tenir à votre cheval. A votre place, je jouerais vos harnais contre votre cheval.

— Mais il ne voudra pas un seul harnais.

— Jouez les deux, pardieu ! je ne suis point un égoïste comme vous, moi.

— Vous feriez cela ? dit d'Artagnan indécis, tant la confiance d'Athos commençait à le gagner à son insu.

— Parole d'honneur, en un seul coup.

— Mais c'est qu'ayant perdu les chevaux, je tenais énormément à conserver les harnais.

— Jouez votre diamant, alors.

— Oh ! ceci, c'est autre chose ; jamais, jamais.

— Diable ! dit Athos, je vous proposerais bien de jouer Planchet ; mais comme cela a déjà été fait, l'Anglais ne voudrait peut-être plus.

— Décidément, mon cher Athos, dit d'Artagnan, j'aime mieux ne rien risquer.

— C'est dommage, dit froidement Athos, l'Anglais est cousu de pistoles. Eh ! mon Dieu ! essayez un coup, un coup est bientôt joué.

— Et si je perds ?

— Vous gagnerez.

— Mais si je perds ?

— Eh bien ! vous donnerez les harnais.

— Va pour un coup », dit d'Artagnan.

Athos se mit en quête de l'Anglais et le trouva dans l'écurie, où il examinait les harnais d'un œil de convoitise. L'occasion était bonne. Il fit ses conditions : les deux harnais contre un cheval ou cent pistoles, à choisir. L'Anglais calcula vite : les deux harnais valaient trois cents pistoles à eux deux ; il topa.

D'Artagnan jeta les dés en tremblant et amena le nombre trois ; sa pâleur effraya Athos, qui se contenta de dire :

« Voilà un triste coup, compagnon ; vous aurez les chevaux tout harnachés, Monsieur. »

L'Anglais, triomphant, ne se donna même la peine de rouler les dés, il les jeta sur la table sans regarder, tant il était sûr de la victoire ; d'Artagnan s'était détourné pour cacher sa mauvaise humeur.

« Tiens, tiens, tiens, dit Athos avec sa voix tranquille, ce coup de dés est extraordinaire, et je ne l'ai vu que quatre fois dans ma vie : deux as ! »

L'Anglais regarda et fut saisi d'étonnement, d'Artagnan regarda et fut saisi de plaisir.

« Oui, continua Athos, quatre fois seulement : une fois chez M. de Créquy [1] ; une autre fois chez moi, à la campagne, dans mon château de... quand j'avais un château ; une troisième fois chez M. de Tréville, où il nous surprit tous ; enfin une quatrième fois au cabaret, où il échut à moi et où je perdis sur lui cent louis et un souper.

— Alors, Monsieur reprend son cheval, dit l'Anglais.

— Certes, dit d'Artagnan.

— Alors il n'y a pas de revanche ?

— Nos conditions disaient : pas de revanche, vous vous le rappelez ?

— C'est vrai ; le cheval va être rendu à votre valet, Monsieur.

— Un moment, dit Athos ; avec votre permission, Monsieur, je demande à dire un mot à mon ami.

— Dites. »

Athos tira d'Artagnan à part.

1. Le nom de Charles de Blanchefort, sire de Créquy, maréchal de France, est placé là par Dumas comme un détail concret, sans signification particulière.

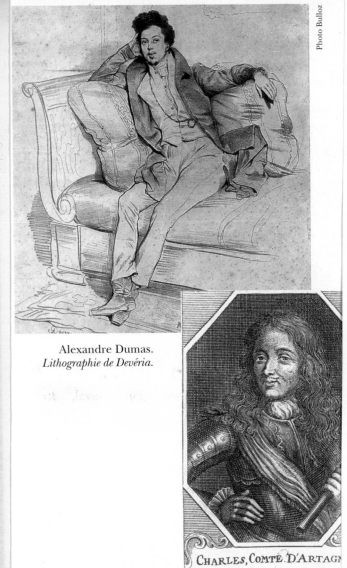

Alexandre Dumas.
Lithographie de Devéria.

CHARLES, COMTE D'ARTAG
Capitaine Lieutenant de la pr
Compagnie des Mousquetaires

« Figurez-vous Don Quichotte à dix-huit ans... sans haubert et sans cuissards » (pp. 56-57).

Richelieu dans son cabinet de travail. « Nul n'avait l'œil plus profondément scrutateur que le cardinal » (p. 570).

Louis XIII *par Dumonstier.* « Louis XIII prenait un de ses courtisans, l'attirait et lui disait : Monsieur un tel, ennuyons-nous ensemble » (p. 146).

Un bal sous Louis XIII. *Gravure de Blondel.*
« Le ballet finit au milieu des applaudissements
de toute la salle, chacun reconduisit sa dame
à sa place » (p. 342).

Madame Bonacieux.
« La jeune femme
était presque une
idéalité amoureuse »
(p. 199).

Les
mousquetaires.
*Gravure de
Huyot, d'après
Maurice Leloir.*
« Il faut
déchirer
ce papier,
s'écria
d'Artagnan »
(p. 647).

L'évasion de Milady. « Tous deux restèrent suspendus, immobiles et sans souffle, à vingt pieds du sol » (p. 780).

D'Artagnan et le cardinal de Richelieu. *Gravure de Huyot, d'après Maurice Leloir.* « Ah ! Monseigneur, épargnez-moi le poids de votre disgrâce » (p. 575).

L'exécution de Milady.
« Alors on vit, de l'autre rive,
le bourreau lever lentement ses deux bras... » (pp. 862-863).

« Eh bien ! lui dit d'Artagnan, que me veux-tu encore, tentateur, tu veux que je joue, n'est-ce pas ?

— Non, je veux que vous réfléchissiez.

— A quoi ?

— Vous allez reprendre le cheval, n'est-ce pas ?

— Sans doute.

— Vous avez tort, je prendrais les cent pistoles ; vous savez que vous avez joué les harnais contre le cheval ou cent pistoles, à votre choix.

— Oui.

— Je prendrais les cent pistoles.

— Eh bien ! moi, je prends le cheval.

— Et vous avez tort, je vous le répète ; que ferons-nous d'un cheval pour nous deux, je ne puis pas monter en croupe, nous aurions l'air des deux fils Aymon qui ont perdu leurs frères [1] ; vous ne pouvez pas m'humilier en chevauchant près de moi, en chevauchant sur ce magnifique destrier. Moi, sans balancer un seul instant, je prendrais les cent pistoles, nous avons besoin d'argent pour revenir à Paris.

— Je tiens à ce cheval, Athos.

— Et vous avez tort, mon ami ; un cheval prend un écart, un cheval bute et se couronne, un cheval mange dans un râtelier où a mangé un cheval morveux [2] : voilà un cheval ou plutôt cent pistoles perdues ; il faut que le maître nourrisse son cheval, tandis qu'au contraire cent pistoles nourrissent leur maître.

— Mais comment reviendrons-nous ?

— Sur les chevaux de nos laquais, pardieu ! on verra toujours bien à l'air de nos figures que nous sommes gens de condition.

— La belle mine que nous aurons sur des bidets, tandis qu'Aramis et Porthos caracoleront sur leurs chevaux !

---

1. Les quatre fils Aymon, héros de plusieurs chansons de geste et romans de chevalerie, étaient portés tous quatre par le vaillant cheval Bayard.

2. *Ecart* : entorse des membres antérieurs. *Bute et se couronne* : tombe et se blesse au genou. Un cheval *morveux* : cf. p. 444, n. 1.

— Aramis ! Porthos ! s'écria Athos, et il se mit à rire.

— Quoi ? demanda d'Artagnan, qui ne comprenait rien à l'hilarité de son ami.

— Bien, bien, continuons, dit Athos.

— Ainsi, votre avis... ?

— Est de prendre les cent pistoles, d'Artagnan ; avec les cent pistoles nous allons festiner [1] jusqu'à la fin du mois ; nous avons essuyé des fatigues, voyez-vous, et il sera bon de nous reposer un peu.

— Me reposer ! oh ! non, Athos, aussitôt à Paris je me mets à la recherche de cette pauvre femme.

— Eh bien ! croyez-vous que votre cheval vous sera aussi utile pour cela que de bons louis d'or ? Prenez les cent pistoles, mon ami, prenez les cent pistoles. »

D'Artagnan n'avait besoin que d'une raison pour se rendre. Celle-là lui parut excellente. D'ailleurs, en résistant plus longtemps, il craignait de paraître égoïste aux yeux d'Athos ; il acquiesça donc et choisit les cent pistoles, que l'Anglais lui compta sur-le-champ.

Puis l'on ne songea plus qu'à partir. La paix signée avec l'aubergiste, outre le vieux cheval d'Athos, coûta six pistoles ; d'Artagnan et Athos prirent les chevaux de Planchet et de Grimaud, les deux valets se mirent en route à pied, portant les selles sur leurs têtes.

Si mal montés que fussent les deux amis, ils prirent bientôt les devants sur leurs valets et arrivèrent à Crèvecœur. De loin ils aperçurent Aramis mélancoliquement appuyé sur sa fenêtre et regardant, comme *ma sœur Anne* [2], poudroyer l'horizon.

« Holà ! eh ! Aramis ! que diable faites-vous donc là ? crièrent les deux amis.

— Ah ! c'est vous, d'Artagnan, c'est vous, Athos, dit le jeune homme ; je songeais avec quelle rapidité s'en vont les biens de ce monde, et mon cheval anglais, qui

---

1. *Festiner* : vieux mot pour *festoyer*.
2. Allusion au conte de Barbe-Bleue, de Perrault, évidemment postérieur à l'époque de d'Artagnan.

s'éloignait et qui vient de disparaître au milieu d'un tourbillon de poussière, m'était une vivante image de la fragilité des choses de la terre. La vie elle-même peut se résoudre en trois mots : *Erat, est, fuit* [1].

— Cela veut dire au fond ? demanda d'Artagnan, qui commençait à se douter de la vérité.

— Cela veut dire que je viens de faire un marché de dupe : soixante louis, un cheval qui, à la manière dont il file, peut faire au trot cinq lieues à l'heure. »

D'Artagnan et Athos éclatèrent de rire.

« Mon cher d'Artagnan, dit Aramis, ne m'en veuillez pas trop, je vous prie : nécessité n'a pas de loi ; d'ailleurs je suis le premier puni, puisque cet infâme maquignon m'a volé cinquante louis au moins. Ah ! vous êtes bons ménagers [2], vous autres vous venez sur les chevaux de vos laquais et vous faites mener vos chevaux de luxe en main, doucement et à petites journées. »

Au même instant un fourgon [3], qui depuis quelques instants pointait sur la route d'Amiens, s'arrêta, et l'on vit sortir Grimaud et Planchet leurs selles sur la tête. Le fourgon retournait à vide vers Paris, et les deux laquais s'étaient engagés, moyennant leur transport, à désaltérer le voiturier tout le long de la route.

« Qu'est-ce que cela ? dit Aramis en voyant ce qui se passait ; rien que les selles ?

— Comprenez-vous maintenant ? dit Athos.

— Mes amis, c'est exactement comme moi. J'ai conservé le harnais, par instinct. Holà, Bazin ! portez mon harnais neuf auprès de celui de ces Messieurs.

— Et qu'avez-vous fait de vos curés ? demanda d'Artagnan.

— Mon cher, je les ai invités à dîner le lendemain, dit Aramis : il y a ici du vin exquis, cela soit dit en passant ; je les ai grisés de mon mieux ; alors le curé

---

1. « Ce sera, c'est, ce fut. »
2. *Ménagers* : économes.
3. Véhicule pour le transport des marchandises.

m'a défendu de quitter la casaque, et le jésuite m'a prié de le faire recevoir mousquetaire.

— Sans thèse ! cria d'Artagnan, sans thèse ! je demande la suppression de la thèse, moi !

— Depuis lors, continua Aramis, je vis agréablement. J'ai commencé un poème en vers d'une syllabe [1] ; c'est assez difficile, mais le mérite en toutes choses est dans la difficulté. La matière est galante, je vous lirai le premier chant, il a quatre cents vers et dure une minute.

— Ma foi, mon cher Aramis, dit d'Artagnan, qui détestait presque autant les vers que le latin, ajoutez au mérite de la difficulté celui de la brièveté, et vous êtes sûr au moins que votre poème aura deux mérites.

— Puis, continua Aramis, il respire [2] des passions honnêtes, vous verrez. Ah çà ! mes amis, nous retournons donc à Paris ? Bravo, je suis prêt ; nous allons donc revoir ce bon Porthos, tant mieux. Vous ne croyez pas qu'il me manquait, ce grand niais-là ? Ce n'est pas lui qui aurait vendu son cheval, fût-ce contre un royaume [3]. Je voudrais déjà le voir sur sa bête et sur sa selle. Il aura, j'en suis sûr, l'air du Grand Mogol [4]. »

On fit une halte d'une heure pour faire souffler les chevaux ; Aramis solda son compte [5], plaça Bazin dans le fourgon avec ses camarades, et l'on se mit en route pour aller retrouver Porthos.

On le trouva debout, moins pâle que ne l'avait vu

---

1. Dumas se raille sans doute ici des expériences poétiques d'un contemporain (peut-être un nommé Amédée Pommier, auteur d'un poème en monosyllabes).

2. Il manifeste, il exprime...

3. Allusion à une exclamation célèbre du roi Richard III dans le drame de Shakespeare qui porte son nom. Sur le point de perdre la bataille décisive qui lui coûtera la vie, le souverain aux abois s'écrie : « Un cheval ! Mon royaume pour un cheval ! » (acte V, sc. IV).

4. *Grands Moghols* ou *Mogols* : souverains qui règnèrent sur le nord de l'Inde à partir du XVIe siècle ; passés dans la légende comme des parangons de richesse et de faste.

5. Paya ce qu'il devait à l'aubergiste.

d'Artagnan à sa première visite, et assis à une table où, quoiqu'il fût seul, figurait un dîner de quatre personnes ; ce dîner se composait de viandes [1] galamment troussées, de vins choisis et de fruits superbes.

« Ah ! pardieu ! dit-il en se levant, vous arrivez à merveille, Messieurs, j'en étais justement au potage, et vous allez dîner avec moi.

— Oh ! oh ! fit d'Artagnan, ce n'est pas Mousqueton qui a pris au lasso de pareilles bouteilles, puis voilà un fricandeau [2] piqué et un filet de bœuf...

— Je me refais, dit Porthos, je me refais, rien n'affaiblit comme ces diables de foulures ; avez-vous eu des foulures, Athos ?

— Jamais ; seulement je me rappelle que dans notre échauffourée de la rue Férou je reçus un coup d'épée qui, au bout de quinze ou dix-huit jours, m'avait produit exactement le même effet.

— Mais ce dîner n'était pas pour vous seul, mon cher Porthos ? dit Aramis.

— Non, dit Porthos ; j'attendais quelques gentilshommes du voisinage qui viennent de me faire dire qu'ils ne viendraient pas ; vous les remplacerez, et je ne perdrai pas au change. Holà ! Mousqueton ! des sièges, et que l'on double les bouteilles !

— Savez-vous ce que nous mangeons ici ? dit Athos au bout de dix minutes.

— Pardieu, répondit d'Artagnan, moi je mange du veau piqué aux cardons [3] et à la moelle.

— Et moi des filets d'agneau, dit Porthos.

— Et moi un blanc de volaille, dit Aramis.

— Vous vous trompez tous, Messieurs, répondit Athos, vous mangez du cheval.

— Allons donc ! dit d'Artagnan.

— Du cheval ! » fit Aramis avec une grimace de dégoût.

1. *Cf.* p. 391, n. 1.
2. Tranche de veau lardée et braisée.
3. Plante potagère dont on consomme les côtes charnues des feuilles.

Porthos seul ne répondit pas.

« Oui, du cheval ; n'est-ce pas, Porthos, que nous mangeons du cheval ? Peut-être même les caparaçons avec !

— Non, Messieurs, j'ai gardé le harnais, dit Porthos.

— Ma foi, nous nous valons tous, dit Aramis : on dirait que nous nous sommes donné le mot.

— Que voulez-vous, dit Porthos, ce cheval faisait honte à mes visiteurs, et je n'ai pas voulu les humilier !

— Puis, votre duchesse est toujours aux eaux, n'est-ce pas ? reprit d'Artagnan.

— Toujours, répondit Porthos. Or, ma foi, le gouverneur de la province, un des gentilshommes que j'attendais aujourd'hui à dîner, m'a paru le désirer si fort que je le lui ai donné.

— Donné ! s'écria d'Artagnan.

— Oh ! mon Dieu ! oui ! donné ! c'est le mot, dit Porthos ; car il valait certainement cent cinquante louis, et le ladre [1] n'a voulu me le payer que quatre-vingts.

— Sans la selle ? dit Aramis.

— Oui, sans la selle.

— Vous remarquerez, Messieurs, dit Athos, que c'est encore Porthos qui a fait le meilleur marché de nous tous. »

Ce fut alors un hourra de rires dont le pauvre Porthos fut tout saisi ; mais on lui expliqua bientôt la raison de cette hilarité, qu'il partagea bruyamment selon sa coutume.

« De sorte que nous sommes tous en fonds ? dit d'Artagnan.

— Mais pas pour mon compte, dit Athos ; j'ai trouvé le vin d'Espagne d'Aramis si bon, que j'en ai fait charger une soixantaine de bouteilles dans le fourgon des laquais : ce qui m'a fort désargenté.

1. Avare.

— Et moi, dit Aramis, imaginez donc que j'avais donné jusqu'à mon dernier sou à l'église de Montdidier et aux jésuites d'Amiens ; que j'avais pris en outre des engagements qu'il m'a fallu tenir, des messes commandées pour moi et pour vous, Messieurs, que l'on dira, Messieurs, et dont je ne doute pas que nous ne nous trouvions à merveille.

— Et moi, dit Porthos, ma foulure, croyez-vous qu'elle ne m'a rien coûté ? sans compter la blessure de Mousqueton, pour laquelle j'ai été obligé de faire venir le chirurgien deux fois par jour, lequel m'a fait payer ses visites double, sous prétexte que cet imbécile de Mousqueton avait été se faire donner une balle dans un endroit qu'on ne montre ordinairement qu'aux apothicaires [1] ; aussi je lui ai bien recommandé de ne plus se faire blesser là.

— Allons, allons, dit Athos, en échangeant un sourire avec d'Artagnan et Aramis, je vois que vous vous êtes conduit grandement à l'égard du pauvre garçon : c'est d'un bon maître.

— Bref, continua Porthos, ma dépense payée, il me restera bien une trentaine d'écus.

— Et à moi une dizaine de pistoles, dit Aramis.

— Allons, allons, dit Athos, il paraît que nous sommes les Crésus [2] de la société. Combien vous reste-t-il sur vos cent pistoles, d'Artagnan ?

— Sur mes cent pistoles ? D'abord, je vous en ai donné cinquante.

— Vous croyez ?

— Pardieu !

— Ah c'est vrai, je me rappelle.

— Puis, j'en ai payé six à l'hôte.

— Quel animal que cet hôte ! pourquoi lui avez-vous donné six pistoles ?

— C'est vous qui m'avez dit de les lui donner.

— C'est vrai que je suis trop bon. Bref, en reliquat ?

— Vingt-cinq pistoles, dit d'Artagnan.

1. Ce sont les apothicaires qui administraient les lavements.
2. *Cf.* p. 156, n. 2.

— Et moi, dit Athos en tirant quelque menue monnaie de sa poche, moi...

— Vous, rien.

— Ma foi, ou si peu de chose, que ce n'est pas la peine de rapporter à la masse [1].

— Maintenant, calculons combien nous possédons en tout : Porthos ?

— Trente écus.

— Aramis ?

— Dix pistoles.

— Et vous, d'Artagnan ?

— Vingt-cinq.

— Cela fait en tout ? dit Athos.

— Quatre cent soixante-quinze livres ! dit d'Artagnan, qui comptait comme Archimède [2].

— Arrivés à Paris, nous en aurons bien encore quatre cents, dit Porthos, plus les harnais.

— Mais nos chevaux d'escadron [3] ? dit Aramis.

— Eh bien ! des quatre chevaux des laquais nous en ferons deux de maître que nous tirerons au sort ; avec les quatre cents livres, on en fera un demi pour un des démontés, puis nous donnerons les grattures [4] de nos poches à d'Artagnan, qui a la main bonne, et qui ira les jouer dans le premier tripot venu, voilà.

— Dînons donc, dit Porthos, cela refroidit. »

Les quatre amis, plus tranquilles désormais sur leur avenir, firent honneur au repas, dont les restes furent abandonnés à MM. Mousqueton, Bazin, Planchet et Grimaud.

En arrivant à Paris, d'Artagnan trouva une lettre de M. de Tréville qui le prévenait que, sur sa demande, le roi venait de lui accorder la faveur d'entrer dans les mousquetaires [5].

---

1. De l'ajouter à la somme restante.
2. Sur Archimède, *cf.* p. 169, n. 1. Sur les calculs auxquels se livre ici d'Artagnan, *cf. Notice historique*, p. 40-41.
3. Les chevaux qu'ils monteront à l'armée.
4. Débris provenant du grattage (mot rare).
5. En fait, dès le chapitre suivant, on voit que Dumas remet à plus tard l'entrée de son héros aux mousquetaires. Car il a besoin

Comme c'était tout ce que d'Artagnan ambitionnait au monde, à part bien entendu le désir de retrouver Mme Bonacieux, il courut tout joyeux chez ses camarades, qu'il venait de quitter il y avait une demi-heure, et qu'il trouva fort tristes et fort préoccupés. Ils étaient réunis en conseil chez Athos : ce qui indiquait toujours des circonstances d'une certaine gravité.

M. de Tréville venait de les faire prévenir que l'intention bien arrêtée de Sa Majesté étant d'ouvrir la campagne le 1er mai [1], ils eussent à préparer incontinent leurs équipages [2].

Les quatre philosophes se regardèrent tout ébahis : M. de Tréville ne plaisantait pas sous le rapport de la discipline.

« Et à combien estimez-vous ces équipages ? dit d'Artagnan.

— Oh ! il n'y a pas à dire, reprit Aramis, nous venons de faire nos comptes avec une lésinerie de Spartiates [3], et il nous faut à chacun quinze cents livres.

— Quatre fois quinze font soixante, soit six mille livres, dit Athos.

— Moi, dit d'Artagnan, il me semble qu'avec mille livres chacun, il est vrai que je ne parle pas en Spartiate, mais en procureur... »

Ce mot de procureur réveilla Porthos.

« Tiens, j'ai une idée ! dit-il.

— C'est déjà quelque chose : moi, je n'en ai pas même l'ombre, fit froidement Athos, mais quant à d'Artagnan, Messieurs, le bonheur d'être désormais des nôtres l'a rendu fou ; mille livres ! je déclare que pour moi seul il m'en faut deux mille.

de le séparer de ses amis pendant siège de La Rochelle. Mais il ne prend pas la peine de rectifier.

1. Le 1er mai 1627.

2. Tout ce qui leur était nécessaire pour partir en campagne (habillement, armement, monture) et que les officiers devaient payer eux-mêmes. — *Incontinent* : immédiatement.

3. Les habitants de la ville de Sparte, dans la Grèce antique, étaient entraînés à mener une vie frugale.

— Quatre fois deux font huit, dit alors Aramis : c'est donc huit mille livres qu'il nous faut pour nos équipages, sur lesquels équipages, il est vrai, nous avons déjà les selles.

— Plus, dit Athos, en attendant que d'Artagnan qui allait remercier M. de Tréville eût fermé la porte, plus ce beau diamant qui brille au doigt de notre ami. Que diable ! d'Artagnan est trop bon camarade pour laisser des frères dans l'embarras, quand il porte à son médius la rançon d'un roi. »

XXIX

LA CHASSE À L'ÉQUIPEMENT

Le plus préoccupé des quatre amis était bien certainement d'Artagnan, quoique d'Artagnan, en sa qualité de garde, fût bien plus facile à équiper que Messieurs les mousquetaires, qui étaient des seigneurs ; mais notre cadet de Gascogne était, comme on a pu le voir, d'un caractère prévoyant et presque avare, et avec cela (expliquez les contraires) glorieux [1] presque à rendre des points à Porthos. A cette préoccupation de sa vanité, d'Artagnan joignait en ce moment une inquiétude moins égoïste. Quelques informations qu'il eût pu prendre sur Mme Bonacieux, il ne lui en était venu aucune nouvelle. M. de Tréville en avait parlé à la reine ; la reine ignorait où était la jeune mercière et avait promis de la faire chercher. Mais cette promesse était bien vague et ne rassurait guère d'Artagnan.

Athos ne sortait pas de sa chambre ; il était résolu à ne pas risquer une enjambée pour s'équiper.

« Il nous reste quinze jours, disait-il à ses amis ; eh

1. Vaniteux.

bien ! si au bout de ces quinze jours je n'ai rien trouvé, ou plutôt si rien n'est venu me trouver, comme je suis trop bon catholique pour me casser la tête d'un coup de pistolet [1], je chercherai une bonne querelle à quatre gardes de Son Eminence ou à huit Anglais, et je me battrai jusqu'à ce qu'il y en ait un qui me tue, ce qui, sur la quantité, ne peut manquer de m'arriver. On dira alors que je suis mort pour le roi, de sorte que j'aurai fait mon service sans avoir eu besoin de m'équiper. »

Porthos continuait à se promener, les mains derrière le dos, en hochant la tête de haut en bas et disant :

« Je poursuivrai mon idée. »

Aramis, soucieux et mal frisé, ne disait rien.

On peut voir par ces détails désastreux que la désolation régnait dans la communauté.

Les laquais, de leur côté, comme les coursiers d'Hippolyte [2], partageaient la triste peine de leurs maîtres. Mousqueton faisait des provisions de croûtes ; Bazin, qui avait toujours donné dans la dévotion, ne quittait plus les églises ; Planchet regardait voler les mouches ; et Grimaud, que la détresse générale ne pouvait déterminer à rompre le silence imposé par son maître, poussait des soupirs à attendrir des pierres.

Les trois amis — car, ainsi que nous l'avons dit, Athos avait juré de ne pas faire un pas pour s'équiper — les trois amis sortaient donc de grand matin et rentraient fort tard. Ils erraient par les rues, regardant sur chaque pavé pour savoir si les personnes qui y étaient passées avant eux n'y avaient pas laissé quelque bourse. On eût dit qu'ils suivaient des pistes, tant ils étaient attentifs partout où ils allaient.

---

1. Rappelons que la religion catholique interdit le suicide.
2. *Cf.* Racine, *Phèdre*, v, 6 :
« Ses superbes coursiers, qu'on voyait autrefois/Pleins d'une ardeur si noble obéir à sa voix, L'œil morne maintenant et la tête baissée, Semblaient se conformer à sa triste pensée. »
Souvenir de collège probable. Le récit de Théramène, dont sont tirés ces vers, fut appris et récité par cent générations de potaches.

Quand ils se rencontraient, ils avaient des regards désolés qui voulaient dire : As-tu trouvé quelque chose ?

Cependant, comme Porthos avait trouvé le premier son idée, et comme il l'avait poursuivie avec persistance, il fut le premier à agir. C'était un homme d'exécution que ce digne Porthos. D'Artagnan l'aperçut un jour qu'il s'acheminait vers l'église Saint-Leu [1], et le suivit instinctivement : il entra au lieu saint après avoir relevé sa moustache et allongé sa royale [2], ce qui annonçait toujours de sa part les intentions les plus conquérantes. Comme d'Artagnan prenait quelques précautions pour se dissimuler, Porthos crut n'avoir pas été vu. D'Artagnan entra derrière lui, Porthos alla s'adosser au côté d'un pilier ; d'Artagnan, toujours inaperçu, s'appuya de l'autre.

Justement il y avait un sermon, ce qui faisait que l'église était fort peuplée. Porthos profita de la circonstance pour lorgner les femmes : grâce aux bons soins de Mousqueton, l'extérieur était loin d'annoncer la détresse de l'intérieur ; son feutre était bien un peu râpé, sa plume était bien un peu déteinte, ses broderies étaient bien un peu ternies, ses dentelles étaient bien éraillées ; mais dans la demi-teinte toutes ces bagatelles disparaissaient, et Porthos était toujours le beau Porthos.

D'Artagnan remarqua, sur le banc le plus rapproché du pilier où Porthos et lui étaient adossés, une espèce de beauté mûre, un peu jaune, un peu sèche, mais raide et hautaine sous ses coiffes noires. Les yeux de Porthos s'abaissaient furtivement sur cette dame, puis papillonnaient au loin dans la nef.

De son côté, la dame, qui de temps en temps rougissait, lançait avec la rapidité de l'éclair un coup d'œil sur le volage Porthos, et aussitôt les yeux de Porthos de papillonner avec fureur. Il était clair que c'était un manège qui piquait au vif la dame aux

1. Eglise Saint-Leu-Saint-Gilles, rue Saint-Denis.
2. *Cf.* p. 243, n. 1.

coiffes noires, car elle se mordait les lèvres jusqu'au sang, se grattait le bout du nez, et se démenait désespérément sur son siège.

Ce que voyant, Porthos retroussa de nouveau sa moustache, allongea une seconde fois sa royale, et se mit à faire des signaux à une belle dame qui était près du chœur, et qui non seulement était une belle dame, mais encore une grande dame sans doute, car elle avait derrière elle un négrillon qui avait apporté le coussin sur lequel elle était agenouillée, et une suivante qui tenait le sac armorié [1] dans lequel on renfermait le livre où elle lisait sa messe.

La dame aux coiffes noires suivit à travers tous ses détours le regard de Porthos, et reconnut qu'il s'arrêtait sur la dame au coussin de velours, au négrillon et à la suivante.

Pendant ce temps, Porthos jouait serré : c'étaient des clignements d'yeux, des doigts posés sur les lèvres, de petits sourires assassins qui réellement assassinaient la belle dédaignée.

Aussi poussa-t-elle, en forme de *mea-culpa* [2] et en se frappant la poitrine, un hum ! tellement vigoureux que tout le monde, même la dame au coussin rouge, se retourna de son côté ; Porthos tint bon : pourtant il avait bien compris, mais il fit le sourd.

La dame au coussin rouge fit un grand effet, car elle était fort belle, sur la dame aux coiffes noires, qui vit en elle une rivale véritablement à craindre ; un grand effet sur Porthos, qui la trouva plus jolie que la dame aux coiffes noires ; un grand effet sur d'Artagnan, qui reconnut la dame de Meung, de Calais et de Douvres, que son persécuteur, l'homme à la cicatrice, avait saluée du nom de Milady.

D'Artagnan, sans perdre de vue la dame au coussin rouge, continua de suivre le manège de Porthos, qui l'amusait fort ; il crut deviner que la dame aux coiffes

---

1. Orné d'armoiries.
2. Formule de contrition qu'on prononce à la messe en se frappant la poitrine : « C'est ma faute... »

noires était la procureuse de la rue aux Ours, d'autant mieux que l'église Saint-Leu n'était pas très éloignée de ladite rue.

Il devina alors par induction que Porthos cherchait à prendre sa revanche de sa défaite de Chantilly, alors que la procureuse s'était montrée si récalcitrante à l'endroit de la bourse.

Mais, au milieu de tout cela, d'Artagnan remarqua aussi que pas une figure ne correspondait [1] aux galanteries de Porthos. Ce n'étaient que chimères et illusions ; mais pour un amour réel, pour une jalousie véritable, y a-t-il d'autre réalité que les illusions et les chimères ?

Le sermon finit : la procureuse s'avança vers le bénitier ; Porthos l'y devança, et, au lieu d'un doigt, y mit toute la main. La procureuse sourit, croyant que c'était pour elle que Porthos se mettait en frais : mais elle fut promptement et cruellement détrompée : lorsqu'elle ne fut plus qu'à trois pas de lui, il détourna la tête, fixant invariablement les yeux sur la dame au coussin rouge, qui s'était levée et qui s'approchait suivie de son négrillon et de sa fille de chambre.

Lorsque la dame au coussin rouge fut près de Porthos, Porthos tira sa main toute ruisselante du bénitier ; la belle dévote toucha de sa main effilée la grosse main de Porthos, fit en souriant le signe de la croix et sortit de l'église.

C'en fut trop pour la procureuse : elle ne douta plus que cette dame et Porthos fussent en galanterie. Si elle eût été une grande dame, elle se serait évanouie [2] ; mais comme elle n'était qu'une procureuse, elle se contenta de dire au mousquetaire avec une fureur concentrée :

« Eh ! Monsieur Porthos, vous ne m'en offrez pas à moi, d'eau bénite ? »

Porthos fit, au son de cette voix, un soubresaut

1. Personne ne répondait...
2. Les grandes dames passent pour plus délicates et fragiles que les bourgeoises.

comme ferait un homme qui se réveillerait après un somme de cent ans.

« Ma... Madame ! s'écria-t-il, est-ce bien vous ? Comment se porte votre mari, ce cher Monsieur Coquenard ? Est-il toujours aussi ladre [1] qu'il était ? Où avais-je donc les yeux, que je ne vous ai pas même aperçue pendant les deux heures qu'a duré ce sermon ?

— J'étais à deux pas de vous, Monsieur, répondit la procureuse ; mais vous ne m'avez pas aperçue parce que vous n'aviez d'yeux que pour la belle dame à qui vous venez de donner de l'eau bénite. »

Porthos feignit d'être embarrassé.

« Ah ! dit-il, vous avez remarqué...

— Il eût fallu être aveugle pour ne pas le voir.

— Oui, dit négligemment Porthos, c'est une duchesse de mes amies avec laquelle j'ai grand-peine à me rencontrer à cause de la jalousie de son mari, et qui m'avait fait prévenir qu'elle viendrait aujourd'hui, rien que pour me voir, dans cette chétive église, au fond de ce quartier perdu.

— Monsieur Porthos, dit la procureuse, auriez-vous la bonté de m'offrir le bras pendant cinq minutes, je causerais volontiers avec vous ?

— Comment donc, Madame », dit Porthos en se clignant de l'œil à lui-même comme un joueur qui rit de la dupe qu'il va faire.

Dans ce moment, d'Artagnan passait poursuivant Milady ; il jeta un regard de côté sur Porthos, et vit ce coup d'œil triomphant.

« Eh ! eh ! se dit-il à lui-même en raisonnant dans le sens de la morale étrangement facile de cette époque galante, en voici un qui pourrait bien être équipé pour le terme voulu. »

Porthos, cédant à la pression du bras de sa procureuse comme une barque cède au gouvernail, arriva

1. Avare.

au cloître Saint-Magloire [1], passage peu fréquenté,
enfermé d'un tourniquet à ses deux bouts. On n'y
voyait, le jour, que mendiants qui mangeaient ou
enfants qui jouaient.

« Ah ! Monsieur Porthos ! s'écria la procureuse,
quand elle se fut assurée qu'aucune personne étrangère à la population habituelle de la localité ne pouvait les voir ni les entendre ; ah ! Monsieur Porthos !
vous êtes un grand vainqueur, à ce qu'il paraît !

— Moi, Madame ! dit Porthos en se rengorgeant, et
pourquoi cela ?

— Et les signes de tantôt, et l'eau bénite ? Mais
c'est une princesse pour le moins, que cette dame
avec son négrillon et sa fille de chambre !

— Vous vous trompez ; mon Dieu ! non, répondit
Porthos, c'est tout bonnement une duchesse.

— Et ce coureur [2] qui attendait à la porte, et ce
carrosse avec un cocher à grande livrée qui attendait
sur son siège ? »

Porthos n'avait vu ni le coureur, ni le carrosse ;
mais, de son regard de femme jalouse, Mme Coquenard avait tout vu.

Porthos regretta de n'avoir pas, du premier coup,
fait la dame au coussin rouge princesse.

« Ah ! vous êtes l'enfant chéri des belles, Monsieur
Porthos ! reprit en soupirant la procureuse.

— Mais, répondit Porthos, vous comprenez
qu'avec un physique comme celui dont la nature m'a
doué, je ne manque pas de bonnes fortunes.

— Mon Dieu ! comme les hommes oublient vite !
s'écria la procureuse en levant les yeux au ciel.

— Moins vite encore que les femmes, ce me semble, répondit Porthos ; car enfin, moi, Madame, je

---

1. Le couvent de Saint-Magloire était situé rue Saint-Denis, en
face de l'église Saint-Leu. Les religieux, expulsés en 1572, s'instal-
lèrent au Faubourg-Saint-Jacques, mais l'ancien cloître, préservé,
servit de jardin public. — Les tourniquets étaient destinés à y
interdire la circulation autre que piétonnière.
2. Valet accompagnant à pied la voiture.

puis dire que j'ai été votre victime, lorsque blessé, mourant, je me suis vu abandonné des chirurgiens ; moi, le rejeton d'une famille illustre, qui m'étais fié à votre amitié, j'ai manqué mourir de mes blessures d'abord, et de faim ensuite, dans une mauvaise auberge de Chantilly, et cela sans que vous ayez daigné répondre une seule fois aux lettres brûlantes que je vous ai écrites.

— Mais, Monsieur Porthos..., murmura la procureuse, qui sentait qu'à en juger par la conduite des plus grandes dames de ce temps-là, elle était dans son tort.

— Moi qui avais sacrifié pour vous la comtesse de Penaflor [1]...

— Je le sais bien.

— La baronne de...

— Monsieur Porthos, ne m'accablez pas.

— La duchesse de...

— Monsieur Porthos, soyez généreux !

— Vous avez raison, Madame, et je n'achèverai pas.

— Mais c'est mon mari qui ne veut pas entendre parler de prêter.

— Madame Coquenard, dit Porthos, rappelez-vous la première lettre que vous m'avez écrite et que je conserve gravée dans ma mémoire. »

La procureuse poussa un gémissement.

« Mais c'est qu'aussi, dit-elle, la somme que vous demandiez à emprunter était un peu bien forte.

— Madame Coquenard, je vous donnais la préférence. Je n'ai eu qu'à écrire à la duchesse de... Je ne veux pas dire son nom, car je ne sais pas ce que c'est que de compromettre une femme ; mais ce que je sais, c'est que je n'ai eu qu'à lui écrire pour qu'elle m'en envoyât quinze cents. »

La procureuse versa une larme.

« Monsieur Porthos, dit-elle, je vous jure que vous

1. Ce nom est placé ici pour sa sonorité exotique. Il faudrait, normalement, mettre un tilde sur le n.

m'avez grandement punie, et que si dans l'avenir vous vous retrouviez en pareille passe, vous n'auriez qu'à vous adresser à moi.

— Fi donc, Madame ! dit Porthos comme révolté, ne parlons pas argent, s'il vous plaît, c'est humiliant.

— Ainsi, vous ne m'aimez plus ! » dit lentement et tristement la procureuse.

Porthos garda un majestueux silence.

« C'est ainsi que vous me répondez ? Hélas ! je comprends.

— Songez à l'offense que vous m'avez faite, Madame : elle est restée là, dit Porthos, en posant la main à son cœur et en l'y appuyant avec force.

— Je la réparerai ; voyons, mon cher Porthos !

— D'ailleurs, que vous demandais-je, moi ? reprit Porthos avec un mouvement d'épaules plein de bonhomie ; un prêt, pas autre chose. Après tout, je ne suis pas un homme déraisonnable. Je sais que vous n'êtes pas riche, Madame Coquenard, et que votre mari est obligé de sangsurer [1] les pauvres plaideurs pour en tirer quelques pauvres écus. Oh ! si vous étiez comtesse, marquise ou duchesse, ce serait autre chose, et vous seriez impardonnable. »

La procureuse fut piquée.

« Apprenez, Monsieur Porthos, dit-elle, que mon coffre-fort, tout coffre-fort de procureuse qu'il est, est peut-être mieux garni que celui de toutes vos mijaurées [2] ruinées.

— Double offense que vous m'avez faite alors, dit Porthos en dégageant le bras de la procureuse de dessous le sien ; car si vous êtes riche, Madame Coquenard, alors votre refus n'a plus d'excuse.

— Quand je dis riche, reprit la procureuse, qui vit qu'elle s'était laissé entraîner trop loin, il ne faut pas

1. Mot plaisant, forgé sur *sangsue* (ver marin utilisé pour sucer le sang des malades : au XVIᵉ siècle existait en médecine le verbe *sangsuer*). Au figuré, on traite de sangsue quelqu'un qui tire de l'argent des autres par tous les moyens.
2. *Mijaurées* : femmes maniérées.

prendre le mot au pied de la lettre. Je ne suis pas précisément riche, je suis à mon aise.

— Tenez, Madame, dit Porthos, ne parlons plus de tout cela, je vous en prie. Vous m'avez méconnu ; toute sympathie est éteinte entre nous.

— Ingrat que vous êtes !

— Ah ! je vous conseille de vous plaindre ! dit Porthos.

— Allez donc avec votre belle duchesse ! je ne vous retiens plus.

— Eh ! elle n'est déjà point si décharnée [1], que je crois !

— Voyons, Monsieur Porthos, encore une fois, c'est la dernière : m'aimez-vous encore ?

— Hélas ! Madame, dit Porthos du ton le plus mélancolique qu'il put prendre, quand nous allons entrer en campagne, dans une campagne où mes pressentiments me disent que je serai tué...

— Oh ! ne dites pas de pareilles choses ! s'écria la procureuse en éclatant en sanglots.

— Quelque chose me le dit, continua Porthos en mélancolisant [2] de plus en plus.

— Dites plutôt que vous avez un nouvel amour.

— Non pas, je vous parle franc. Nul objet nouveau ne me touche, et même je sens là, au fond de mon cœur, quelque chose qui parle pour vous. Mais, dans quinze jours, comme vous le savez ou comme vous ne le savez pas, cette fatale campagne s'ouvre ; je vais être affreusement préoccupé de mon équipement. Puis je vais faire un voyage dans ma famille, au fond de la Bretagne, pour réaliser la somme nécessaire à mon départ. »

Porthos remarqua un dernier combat entre l'amour et l'avarice.

« Et comme, continua-t-il, la duchesse que vous venez de voir à l'église a ses terres près des miennes,

---

1. Réplique peu claire. Certaines éditions ont corrigé *décharnée* en *déchirée*, ce qui ne vaut guère mieux.

2. Le mot *mélancoliser* est une création du XIXe siècle.

nous ferons le voyage ensemble. Les voyages, vous le savez, paraissent beaucoup moins longs quand on les fait à deux.

— Vous n'avez donc point d'amis à Paris, Monsieur Porthos ? dit la procureuse.

— J'ai cru en avoir, dit Porthos en prenant son air mélancolique, mais j'ai bien vu que je me trompais.

— Vous en avez, Monsieur Porthos, vous en avez, reprit la procureuse dans un transport qui la surprit elle-même ; revenez demain à la maison. Vous êtes le fils de ma tante, mon cousin par conséquent ; vous venez de Noyon en Picardie, vous avez plusieurs procès à Paris, et pas de procureur. Retiendrez-vous bien tout cela ?

— Parfaitement, Madame.

— Venez à l'heure du dîner.

— Fort bien.

— Et tenez ferme devant mon mari, qui est retors [1], malgré ses soixante-seize ans.

— Soixante-seize ans ! peste ! le bel âge ! reprit Porthos.

— Le grand âge, vous voulez dire, Monsieur Porthos. Aussi le pauvre cher homme peut me laisser veuve d'un moment à l'autre, continua la procureuse en jetant un regard significatif à Porthos. Heureusement que, par contrat de mariage, nous nous sommes tout passé au dernier vivant.

— Tout ? dit Porthos.

— Tout.

— Vous êtes femme de précaution, je le vois, ma chère Madame Coquenard, dit Porthos en serrant tendrement la main de la procureuse.

— Nous sommes donc réconciliés, cher Monsieur Porthos ? dit-elle en minaudant.

— Pour la vie, répliqua Porthos sur le même air.

— Au revoir donc, mon traître.

— Au revoir, mon oublieuse.

1. Rusé.

— A demain, mon ange !
— A demain, flamme de ma vie ! »

XXX

MILADY

D'Artagnan avait suivi Milady sans être aperçu par
elle : il la vit monter dans son carrosse, et il l'entendit
donner à son cocher l'ordre d'aller à Saint-Germain.

Il était inutile d'essayer de suivre à pied une voiture
emportée au trot de deux vigoureux chevaux. D'Artagnan revint donc rue Férou [1].

Dans la rue de Seine, il rencontra Planchet, qui
était arrêté devant la boutique d'un pâtissier, et qui
semblait en extase devant une brioche de la forme la
plus appétissante.

Il lui donna l'ordre d'aller seller deux chevaux dans
les écuries de M. de Tréville, un pour lui d'Artagnan,
l'autre pour lui Planchet, et de venir le joindre chez
Athos, — M. de Tréville, une fois pour toutes, ayant
mis ses écuries au service de d'Artagnan.

Planchet s'achemina vers la rue du Colombier, et
d'Artagnan vers la rue Férou. Athos était chez lui,
vidant tristement une des bouteilles de ce fameux vin
d'Espagne qu'il avait rapporté de son voyage en Picardie. Il fit signe à Grimaud d'apporter un verre pour
d'Artagnan, et Grimaud obéit comme d'habitude.

D'Artagnan raconta alors à Athos tout ce qui s'était
passé à l'église entre Porthos et la procureuse, et
comment leur camarade était probablement, à cette
heure, en voie de s'équiper.

« Quant à moi, répondit Athos à tout ce récit, je suis

1. *Cf.* p. 93, n. 4.

bien tranquille, ce ne seront pas les femmes qui feront les frais de mon harnais.

— Et cependant, beau, poli, grand seigneur comme vous l'êtes, mon cher Athos, il n'y aurait ni princesses, ni reines à l'abri de vos traits amoureux.

— Que ce d'Artagnan est jeune ! » dit Athos en haussant les épaules.

Et il fit signe à Grimaud d'apporter une seconde bouteille.

En ce moment, Planchet passa modestement la tête par la porte entrebâillée, et annonça à son maître que les deux chevaux étaient là.

« Quels chevaux ? demanda Athos.

— Deux que M. de Tréville me prête pour la promenade, et avec lesquels je vais aller faire un tour à Saint-Germain.

— Et qu'allez-vous faire à Saint-Germain ? » demanda encore Athos.

Alors d'Artagnan lui raconta la rencontre qu'il avait faite dans l'église, et comment il avait retrouvé cette femme qui, avec le seigneur au manteau noir et à la cicatrice près de la tempe, était sa préoccupation éternelle.

« C'est-à-dire que vous êtes amoureux de celle-là, comme vous l'étiez de Mme Bonacieux, dit Athos en haussant dédaigneusement les épaules, comme s'il eût pris en pitié la faiblesse humaine.

— Moi, point du tout ! s'écria d'Artagnan. Je suis seulement curieux d'éclaircir le mystère auquel elle se rattache. Je ne sais pourquoi, je me figure que cette femme, tout inconnue qu'elle m'est et tout inconnu que je lui suis, a une action sur ma vie.

— Au fait, vous avez raison, dit Athos, je ne connais pas une femme qui vaille la peine qu'on la cherche quand elle est perdue. Mme Bonacieux est perdue, tant pis pour elle ! qu'elle se retrouve !

— Non, Athos, non, vous vous trompez, dit d'Artagnan ; j'aime ma pauvre Constance plus que jamais, et si je savais le lieu où elle est, fût-elle au bout du monde, je partirais pour la tirer des mains de ses

ennemis ; mais je l'ignore, toutes mes recherches ont
été inutiles. Que voulez-vous, il faut bien se distraire.

— Distrayez-vous donc avec Milady, mon cher
d'Artagnan ; je le souhaite de tout mon cœur, si cela
peut vous amuser.

— Ecoutez, Athos, dit d'Artagnan, au lieu de vous
tenir enfermé ici comme si vous étiez aux arrêts,
montez à cheval et venez vous promener avec moi à
Saint- Germain.

— Mon cher, répliqua Athos, je monte mes chevaux quand j'en ai, sinon je vais à pied.

— Eh bien ! moi, répondit d'Artagnan en souriant
de la misanthropie d'Athos, qui dans un autre l'eût
certainement blessé, moi, je suis moins fier que vous,
je monte ce que je trouve. Ainsi, au revoir, mon cher
Athos.

— Au revoir », dit le mousquetaire en faisant signe
à Grimaud de déboucher la bouteille qu'il venait
d'apporter.

D'Artagnan et Planchet se mirent en selle et prirent
le chemin de Saint-Germain.

Tout le long de la route, ce qu'Athos avait dit au
jeune homme de Mme Bonacieux lui revenait à
l'esprit. Quoique d'Artagnan ne fût pas d'un caractère
fort sentimental, la jolie mercière avait fait une
impression réelle sur son cœur : comme il le disait, il
était prêt à aller au bout du monde pour la chercher.
Mais le monde a bien des bouts, par cela même qu'il
est rond ; de sorte qu'il ne savait de quel côté se
tourner.

En attendant, il allait tâcher de savoir ce que c'était
que Milady. Milady avait parlé à l'homme au manteau
noir, donc elle le connaissait. Or, dans l'esprit de
d'Artagnan, c'était l'homme au manteau noir qui
avait enlevé Mme Bonacieux une seconde fois,
comme il l'avait enlevée une première. D'Artagnan ne
mentait donc qu'à moitié, ce qui est bien peu mentir,
quand il disait qu'en se mettant à la recherche de
Milady, il se mettait en même temps à la recherche de
Constance.

Tout en songeant ainsi et en donnant de temps en temps un coup d'éperon à son cheval, d'Artagnan avait fait la route et était arrivé à Saint-Germain. Il venait de longer le pavillon où, dix ans plus tard, devait naître Louis XIV [1]. Il traversait une rue fort déserte, regardant à droite et à gauche s'il ne reconnaîtrait pas quelque vestige de sa belle Anglaise, lorsque au rez-de-chaussée d'une jolie maison qui, selon l'usage du temps, n'avait aucune fenêtre sur la rue, il vit apparaître une figure de connaissance. Cette figure se promenait sur une sorte de terrasse garnie de fleurs. Planchet la reconnut le premier.

« Eh ! Monsieur, dit-il s'adressant à d'Artagnan, ne vous remettez-vous pas ce visage qui baye aux corneilles ?

— Non, dit d'Artagnan ; et cependant je suis certain que ce n'est point la première fois que je le vois, ce visage.

— Je le crois pardieu bien, dit Planchet : c'est ce pauvre Lubin, le laquais du comte de Wardes, celui que vous avez si bien accommodé il y a un mois, à Calais, sur la route de la maison de campagne du gouverneur.

— Ah ! oui bien, dit d'Artagnan, et je le reconnais à cette heure. Crois-tu qu'il te reconnaisse, toi ?

— Ma foi, Monsieur, il était si fort troublé que je doute qu'il ait gardé de moi une mémoire bien nette.

— Eh bien ! va donc causer avec ce garçon, dit d'Artagnan, et informe-toi dans la conversation si son maître est mort. »

Planchet descendit de cheval, marcha droit à Lubin, qui en effet ne le reconnut pas, et les deux laquais se mirent à causer dans la meilleure intelligence du monde, tandis que d'Artagnan poussait les deux chevaux dans une ruelle et, faisant le tour d'une maison, s'en revenait assister à la conférence derrière une haie de coudriers [2].

1. Onze ans plus tard, le 5 septembre 1638.
2. Noisetiers.

Au bout d'un instant d'observation derrière la haie, il entendit le bruit d'une voiture, et il vit s'arrêter en face de lui le carrosse de Milady. Il n'y avait pas à s'y tromper. Milady était dedans. D'Artagnan se coucha sur le cou de son cheval, afin de tout voir sans être vu.

Milady sortit sa charmante tête blonde par la portière, et donna des ordres à sa femme de chambre.

Cette dernière, jolie fille de vingt à vingt-deux ans, alerte et vive, véritable soubrette de grande dame, sauta en bas du marchepied, sur lequel elle était assise selon l'usage du temps, et se dirigea vers la terrasse où d'Artagnan avait aperçu Lubin.

D'Artagnan suivit la soubrette des yeux, et la vit s'acheminer vers la terrasse. Mais, par hasard, un ordre de l'intérieur avait appelé Lubin, de sorte que Planchet était resté seul, regardant de tous côtés par quel chemin avait disparu d'Artagnan.

La femme de chambre s'approcha de Planchet, qu'elle prit pour Lubin, et lui tendant un petit billet :

« Pour votre maître, dit-elle.

— Pour mon maître ? reprit Planchet étonné.

— Oui, et très pressé. Prenez donc vite. »

Là-dessus elle s'enfuit vers le carrosse, retourné à l'avance du côté par lequel il était venu ; elle s'élança sur le marchepied, et le carrosse repartit.

Planchet tourna et retourna le billet, puis, accoutumé à l'obéissance passive, il sauta à bas de la terrasse, enfila la ruelle et rencontra au bout de vingt pas d'Artagnan qui, ayant tout vu, allait au-devant de lui.

« Pour vous, Monsieur, dit Planchet, présentant le billet au jeune homme.

— Pour moi ? dit d'Artagnan ; en es-tu bien sûr ?

— Pardieu ! si j'en suis sûr ; la soubrette a dit : « Pour ton maître. » Je n'ai d'autre maître que vous ; ainsi... Un joli brin de fille, ma foi, que cette soubrette ! »

D'Artagnan ouvrit la lettre, et lut ces mots :

« Une personne qui s'intéresse à vous plus qu'elle ne peut le dire voudrait savoir quel jour vous serez en état de vous promener dans la forêt. Demain, à l'hôtel du *Champ du Drap d'Or*, un laquais noir et rouge attendra votre réponse. «

« Oh ! oh ! se dit d'Artagnan, voilà qui est un peu vif. Il paraît que Milady et moi nous sommes en peine de la santé de la même personne. Eh bien ! Planchet, comment se porte ce bon M. de Wardes ? il n'est donc pas mort ?

— Non, Monsieur, il va aussi bien qu'on peut aller avec quatre coups d'épée dans le corps, car vous lui en avez, sans reproche, allongé quatre, à ce cher gentilhomme, et il est encore bien faible, ayant perdu presque tout son sang. Comme je l'avais dit à Monsieur, Lubin ne m'a pas reconnu, et m'a raconté d'un bout à l'autre notre aventure.

— Fort bien, Planchet, tu es le roi des laquais ; maintenant, remonte à cheval et rattrapons le carrosse. »

Ce ne fut pas long ; au bout de cinq minutes on aperçut le carrosse arrêté sur le revers de la route ; un cavalier richement vêtu se tenait à la portière.

La conversation entre Milady et le cavalier était tellement animée, que d'Artagnan s'arrêta de l'autre côté du carrosse sans que personne autre que la jolie soubrette s'aperçût de sa présence.

La conversation avait lieu en anglais, langue que d'Artagnan ne comprenait pas ; mais, à l'accent, le jeune homme crut deviner que la belle Anglaise était fort en colère ; elle termina par un geste qui ne lui laissa point de doute sur la nature de cette conversation : c'était un coup d'éventail appliqué de telle force, que le petit meuble [1] féminin vola en mille morceaux.

Le cavalier poussa un éclat de rire qui parut exaspérer Milady.

D'Artagnan pensa que c'était le moment d'interve-

---

1. *Meuble* (de la même racine que *mobile*) se disait aussi des accessoires, des petits objets qu'on pouvait porter avec soi (par opposition aux biens *immeubles*).

nir ; il s'approcha de l'autre portière, et se découvrant respectueusement :

« Madame, dit-il, me permettez-vous de vous offrir mes services ? Il me semble que ce cavalier vous a mise en colère. Dites un mot, Madame, et je me charge de le punir de son manque de courtoisie. »

Aux premières paroles, Milady s'était retournée, regardant le jeune homme avec étonnement, et lorsqu'il eut fini :

« Monsieur, dit-elle en très bon français, ce serait de grand cœur que je me mettrais sous votre protection si la personne qui me querelle n'était point mon frère.

— Ah ! excusez-moi, alors, dit d'Artagnan ; vous comprenez que j'ignorais cela, Madame.

— De quoi donc se mêle cet étourneau, s'écria en s'abaissant à la hauteur de la portière le cavalier que Milady avait désigné comme son parent, et pourquoi ne passe-t-il pas son chemin ?

— Etourneau vous-même, dit d'Artagnan en se baissant à son tour sur le cou de son cheval, et en répondant de son côté par la portière ; je ne passe pas mon chemin parce qu'il me plaît de m'arrêter ici. »

Le cavalier adressa quelques mots en anglais à sa sœur.

« Je vous parle français, moi, dit d'Artagnan ; faites-moi donc, je vous prie, le plaisir de me répondre dans la même langue. Vous êtes le frère de Madame, soit, mais vous n'êtes pas le mien, heureusement. »

On eût pu croire que Milady, craintive comme l'est ordinairement une femme, allait s'interposer dans ce commencement de provocation, afin d'empêcher que la querelle n'allât plus loin ; mais, tout au contraire, elle se rejeta au fond de son carrosse, et cria froidement au cocher :

« Touche à l'hôtel [1] ! »

La jolie soubrette jeta un regard d'inquiétude sur d'Artagnan, dont la bonne mine paraissait avoir produit son effet sur elle.

Le carrosse partit et laissa les deux hommes en face l'un de l'autre, aucun obstacle matériel ne les séparant plus.

Le cavalier fit un mouvement pour suivre la voiture ; mais d'Artagnan, dont la colère déjà bouillante s'était encore augmentée en reconnaissant en lui l'Anglais qui, à Amiens, lui avait gagné son cheval et avait failli gagner à Athos son diamant, sauta à la bride et l'arrêta.

« Eh ! Monsieur, dit-il, vous me semblez encore plus étourneau que moi, car vous me faites l'effet d'oublier qu'il y a entre nous une petite querelle engagée.

— Ah ! ah ! dit l'Anglais, c'est vous, mon maître. Il faut donc toujours que vous jouiez un jeu ou un autre ?

— Oui, et cela me rappelle que j'ai une revanche à prendre. Nous verrons, mon cher Monsieur, si vous maniez aussi adroitement la rapière que le cornet [2].

— Vous voyez bien que je n'ai pas d'épée, dit l'Anglais ; voulez-vous faire le brave contre un homme sans armes ?

— J'espère bien que vous en avez chez vous, répondit d'Artagnan. En tout cas, j'en ai deux, et si vous le voulez, je vous en jouerai une.

— Inutile, dit l'Anglais, je suis muni suffisamment de ces sortes d'ustensiles.

— Eh bien ! mon digne gentilhomme, reprit d'Artagnan, choisissez la plus longue et venez me la montrer ce soir.

— Où cela, s'il vous plaît ?

1. Expression elliptique : *toucher,* quand il s'agit d'un cocher, c'est frapper les bêtes de son fouet pour les mettre en marche. *A l'hôtel* (son hôtel particulier) : indique la destination.
2. L'épée que le cornet à dés.

« — Derrière le Luxembourg, c'est un charmant quartier pour les promenades dans le genre de celle que je vous propose.

— C'est bien, on y sera.

— Votre heure ?

— Six heures.

— A propos, vous avez aussi probablement un ou deux amis ?

— Mais j'en ai trois qui seront fort honorés de jouer la même partie que moi.

— Trois ? à merveille ! comme cela se rencontre ! dit d'Artagnan, c'est juste mon compte.

— Maintenant, qui êtes-vous ? demanda l'Anglais.

— Je suis M. d'Artagnan, gentilhomme gascon, servant aux gardes, compagnie de M. des Essarts. Et vous ?

— Moi, je suis Lord de Winter, baron de Sheffield [1].

— Eh bien, je suis votre serviteur, Monsieur le baron, dit d'Artagnan, quoique vous ayez des noms bien difficiles à retenir. »

Et piquant son cheval, il le mit au galop, et reprit le chemin de Paris.

Comme il avait l'habitude de le faire en pareille occasion, d'Artagnan descendit droit chez Athos.

Il trouva Athos couché sur un grand canapé, où il attendait, comme il l'avait dit, que son équipement le vînt trouver.

Il raconta à Athos tout ce qui venait de se passer, moins la lettre de M. de Wardes.

Athos fut enchanté lorsqu'il sut qu'il allait se battre contre un Anglais. Nous avons dit que c'était son rêve.

On envoya chercher à l'instant même Porthos et Aramis par les laquais, et on les mit au courant de la situation.

Porthos tira son épée hors du fourreau et se mit à espadonner [2] contre le mur en se reculant de temps

1. Personnage imaginaire. *Cf. Répertoire des personnages.*
2. Manœuvrer l'*espadon*, large épée qu'on maniait à deux mains (mot rare). — *Pliés* : flexions des jambes.

en temps et en faisant des pliés comme un danseur. Aramis, qui travaillait toujours à son poème, s'enferma dans le cabinet d'Athos et pria qu'on ne le dérangeât plus qu'au moment de dégainer.

Athos demanda par signe à Grimaud une bouteille.

Quant à d'Artagnan, il arrangea en lui-même un petit plan dont nous verrons plus tard l'exécution, et qui lui promettait quelque gracieuse aventure, comme on pouvait le voir aux sourires qui, de temps en temps, passaient sur son visage dont ils éclairaient la rêverie.

XXXI

ANGLAIS ET FRANÇAIS

L'heure venue, on se rendit avec les quatre laquais, derrière le Luxembourg, dans un enclos abandonné aux chèvres. Athos donna une pièce de monnaie au chevrier pour qu'il s'écartât. Les laquais furent chargés de faire sentinelle.

Bientôt une troupe silencieuse s'approcha du même enclos, y pénétra et joignit les mousquetaires ; puis, selon les habitudes d'outre-mer, les présentations eurent lieu.

Les Anglais étaient tous gens de la plus haute qualité, les noms bizarres de leurs adversaires furent donc pour eux un sujet non seulement de surprise, mais encore d'inquiétude.

« Mais, avec tout cela, dit Lord de Winter quand les trois amis eurent été nommés, nous ne savons pas qui vous êtes, et nous ne nous battrons pas avec des noms pareils ; ce sont des noms de bergers [1], cela.

---

1. Des noms tels qu'en portent les bergers dans la littérature pastorale.

— Aussi, comme vous le supposez bien, Milord, ce sont de faux noms, dit Athos.

— Ce qui ne nous donne qu'un plus grand désir de connaître les noms véritables, répondit l'Anglais.

— Vous avez bien joué contre nous sans les connaître, dit Athos, à telles enseignes que [1] vous nous avez gagné nos deux chevaux ?

— C'est vrai, mais nous ne risquions que nos pistoles ; cette fois nous risquons notre sang : on joue avec tout le monde, on ne se bat qu'avec ses égaux.

— C'est juste », dit Athos. Et il prit à l'écart celui des quatre Anglais avec lequel il devait se battre, et lui dit son nom tout bas.

Porthos et Aramis en firent autant de leur côté.

« Cela vous suffit-il, dit Athos à son adversaire, et me trouvez-vous assez grand seigneur pour me faire la grâce de croiser l'épée avec moi ?

— Oui, Monsieur, dit l'Anglais en s'inclinant.

— Eh bien, maintenant, voulez-vous que je vous dise une chose ? reprit froidement Athos.

— Laquelle ? demanda l'Anglais.

— C'est que vous auriez aussi bien fait de ne pas exiger que je me fisse connaître.

— Pourquoi cela ?

— Parce qu'on me croit mort, que j'ai des raisons pour désirer qu'on ne sache pas que je vis, et que je vais être obligé de vous tuer, pour que mon secret ne coure pas les champs. »

L'Anglais regarda Athos, croyant que celui-ci plaisantait ; mais Athos ne plaisantait pas le moins du monde.

« Messieurs, dit-il en s'adressant à la fois à ses compagnons et à leurs adversaires, y sommes-nous ?

— Oui, répondirent tout d'une voix Anglais et Français.

— Alors, en garde », dit Athos.

Et aussitôt huit épées brillèrent aux rayons du

---

1. *A telles enseignes que...* : la preuve en est que...

soleil couchant, et le combat commença avec un acharnement bien naturel entre gens deux fois ennemis.

Athos s'escrimait avec autant de calme et de méthode que s'il eût été dans une salle d'armes.

Porthos, corrigé sans doute de sa trop grande confiance par son aventure de Chantilly, jouait un jeu plein de finesse et de prudence.

Aramis, qui avait le troisième chant de son poème à finir, se dépêchait en homme très pressé.

Athos, le premier, tua son adversaire : il ne lui avait porté qu'un coup, mais, comme il l'en avait prévenu, le coup avait été mortel, l'épée lui traversa le cœur.

Porthos, le second, étendit le sien sur l'herbe : il lui avait percé la cuisse. Alors, comme l'Anglais, sans faire plus longue résistance, lui avait rendu son épée, Porthos le prit dans ses bras et le porta dans son carrosse.

Aramis poussa le sien si vigoureusement, qu'après avoir rompu[1] une cinquantaine de pas, il finit par prendre la fuite à toutes jambes et disparut aux huées des laquais.

Quant à d'Artagnan, il avait joué purement et simplement un jeu défensif ; puis, lorsqu'il avait vu son adversaire bien fatigué, il lui avait, d'une vigoureuse flanconade[2], fait sauter son épée. Le baron, se voyant désarmé, fit deux ou trois pas en arrière ; mais, dans ce mouvement, son pied glissa, et il tomba à la renverse.

D'Artagnan fut sur lui d'un seul bond, et lui portant l'épée à la gorge :

« Je pourrais vous tuer, Monsieur, dit-il à l'Anglais, et vous êtes bien entre mes mains, mais je vous donne la vie pour l'amour de votre sœur. »

D'Artagnan était au comble de la joie ; il venait de réaliser le plan qu'il avait arrêté d'avance, et dont le

1. *Rompre* : reculer en parant les coups, mais sans attaquer.
2. *Flanconade* : botte portée au flanc de l'adversaire.

développement avait fait éclore sur son visage les sourires dont nous avons parlé.

L'Anglais, enchanté d'avoir affaire à un gentil-homme d'aussi bonne composition, serra d'Artagnan entre ses bras, fit mille caresses aux trois mousque-taires, et, comme l'adversaire de Porthos était déjà installé dans la voiture et que celui d'Aramis avait pris la poudre d'escampette, on ne songea plus qu'au défunt.

Comme Porthos et Aramis le déshabillaient dans l'espérance que sa blessure n'était pas mortelle, une grosse bourse s'échappa de sa ceinture. D'Artagnan la ramassa et la tendit à Lord de Winter.

« Et que diable voulez-vous que je fasse de cela ? dit l'Anglais.

— Vous la rendrez à sa famille, dit d'Artagnan.

— Sa famille se soucie bien de cette misère : elle hérite de quinze mille louis de rente : gardez cette bourse pour vos laquais. »

D'Artagnan mit la bourse dans sa poche.

« Et maintenant, mon jeune ami, car vous me per-mettrez, je l'espère, de vous donner ce nom, dit Lord de Winter, dès ce soir, si vous le voulez bien, je vous présenterai à ma sœur, Lady Clarick ; car je veux qu'elle vous prenne à son tour dans ses bonnes grâces, et, comme elle n'est point tout à fait mal en cour, peut-être dans l'avenir un mot dit par elle ne vous serait-il point inutile. »

D'Artagnan rougit de plaisir, et s'inclina en signe d'assentiment.

Pendant ce temps, Athos s'était approché de d'Arta-gnan.

« Que voulez-vous faire de cette bourse ? lui dit-il tout bas à l'oreille.

— Mais je comptais vous la remettre, mon cher Athos.

— A moi ? et pourquoi cela ?

— Dame, vous l'avez tué : ce sont les dépouilles opimes [1].

— Moi, héritier d'un ennemi ! dit Athos, pour qui donc me prenez-vous ?

— C'est l'habitude à la guerre, dit d'Artagnan ; pourquoi ne serait-ce pas l'habitude dans un duel ?

— Même sur le champ de bataille, dit Athos, je n'ai jamais fait cela. »

Porthos leva les épaules. Aramis, d'un mouvement de lèvres, approuva Athos.

« Alors, dit d'Artagnan, donnons cet argent aux laquais, comme Lord de Winter nous a dit de le faire.

— Oui, dit Athos, donnons cette bourse, non à nos laquais, mais aux laquais anglais. »

Athos prit la bourse, et la jeta dans la main du cocher :

« Pour vous et vos camarades. »

Cette grandeur de manières dans un homme entièrement dénué frappa Porthos lui-même, et cette générosité française, redite par Lord de Winter et son ami, eut partout un grand succès, excepté auprès de MM. Grimaud, Mousqueton, Planchet et Bazin.

Lord de Winter, en quittant d'Artagnan, lui donna l'adresse de sa sœur ; elle demeurait place Royale [2], qui était alors le quartier à la mode, au numéro 6. D'ailleurs, il s'engageait à le venir prendre pour le présenter. D'Artagnan lui donna rendez-vous à huit heures, chez Athos.

Cette présentation à Milady occupait fort la tête de notre Gascon. Il se rappelait de quelle façon étrange cette femme avait été mêlée jusque-là dans sa desti-

---

1. Les *dépouilles opimes* : à Rome, armes du général ennemi, que le vainqueur avait le privilège de recueillir pour les offrir à Jupiter.
2. La place Royale (de nos jours place des Vosges), construite au tout début du XVIIᵉ siècle, était bordée d'hôtels particuliers presque identiques. Celui où Dumas loge Milady (non numéroté à l'époque, mais qui porta ensuite le n° 6) n'est pas choisi au hasard. Il avait abrité Marion de Lorme de 1640 à 1648. De plus, Dumas le fréquentait personnellement, puisque Victor Hugo y habitait depuis 1832.

née. Selon sa conviction, c'était quelque créature du cardinal, et cependant il se sentait invinciblement entraîné vers elle, par un de ces sentiments dont on ne se rend pas compte. Sa seule crainte était que Milady ne reconnût en lui l'homme de Meung et de Douvres. Alors, elle saurait qu'il était des amis de M. de Tréville, et par conséquent qu'il appartenait corps et âme au roi, ce qui, dès lors, lui ferait perdre une partie de ses avantages, puisque, connu de Milady comme il la connaissait, il jouerait avec elle à jeu égal. Quant à ce commencement d'intrigue entre elle et le comte de Wardes, notre présomptueux ne s'en préoccupait que médiocrement, bien que le marquis fût jeune, beau, riche et fort avant dans la faveur du cardinal. Ce n'est pas pour rien que l'on a vingt ans, et surtout que l'on est né à Tarbes.

D'Artagnan commença par aller faire chez lui une toilette flamboyante ; puis, il s'en revint chez Athos, et, selon son habitude, lui raconta tout. Athos écouta ses projets ; puis il secoua la tête, et lui recommanda la prudence avec une sorte d'amertume.

« Quoi ! lui dit-il, vous venez de perdre une femme que vous disiez bonne, charmante, parfaite, et voilà que vous courez déjà après une autre ! »

D'Artagnan sentit la vérité de ce reproche.

« J'aimais Mme Bonacieux avec le cœur, tandis que j'aime Milady avec la tête, dit-il ; en me faisant conduire chez elle, je cherche surtout à m'éclairer sur le rôle qu'elle joue à la cour.

— Le rôle qu'elle joue, pardieu ! il n'est pas difficile à deviner d'après tout ce que vous m'avez dit. C'est quelque émissaire du cardinal : une femme qui vous attirera dans un piège, où vous laisserez votre tête tout bonnement.

— Diable ! mon cher Athos, vous voyez les choses bien en noir, ce me semble.

— Mon cher, je me défie des femmes ; que voulez-vous ! je suis payé pour cela, et surtout des femmes blondes. Milady est blonde, m'avez-vous dit ?

— Elle a les cheveux du plus beau blond qui se puisse voir.

— Ah ! mon pauvre d'Artagnan, fit Athos.

— Ecoutez, je veux m'éclairer ; puis, quand je saurai ce que je désire savoir, je m'éloignerai.

— Eclairez-vous », dit flegmatiquement Athos.

Lord de Winter arriva à l'heure dite, mais Athos, prévenu à temps, passa dans la seconde pièce. Il trouva donc d'Artagnan seul, et, comme il était près de huit heures, il emmena le jeune homme.

Un élégant carrosse attendait en bas, et comme il était attelé de deux excellents chevaux, en un instant on fut place Royale.

Milady Clarick reçut gracieusement d'Artagnan. Son hôtel était d'une somptuosité remarquable ; et, bien que la plupart des Anglais, chassés par la guerre, quittassent la France, ou fussent sur le point de la quitter, Milady venait de faire faire chez elle de nouvelles dépenses : ce qui prouvait que la mesure générale qui renvoyait les Anglais ne la regardait pas [1].

« Vous voyez, dit Lord de Winter en présentant d'Artagnan à sa sœur, un jeune gentilhomme qui a tenu ma vie entre ses mains, et qui n'a point voulu abuser de ses avantages, quoique nous fussions deux fois ennemis, puisque c'est moi qui l'ai insulté, et que je suis Anglais. Remerciez-le donc, Madame, si vous avez quelque amitié pour moi. »

Milady fronça légèrement le sourcil ; un nuage à peine visible passa sur son front, et un sourire tellement étrange apparut sur ses lèvres, que le jeune homme, qui vit cette triple nuance, en eut comme un frisson.

Le frère ne vit rien ; il s'était retourné pour jouer avec le singe favori de Milady, qui l'avait tiré par son pourpoint.

« Soyez le bienvenu, Monsieur, dit Milady d'une voix dont la douceur singulière contrastait avec les

---

1. Les Anglais prirent l'initiative des hostilités au mois de juin 1627, ce qui permet de dater cet épisode du roman.

symptômes de mauvaise humeur que venait de remarquer d'Artagnan, vous avez acquis aujourd'hui des droits éternels à ma reconnaissance. »

L'Anglais alors se retourna et raconta le combat sans omettre un détail. Milady l'écouta avec la plus grande attention ; cependant on voyait facilement, quelque effort qu'elle fît pour cacher ses impressions, que ce récit ne lui était point agréable. Le sang lui montait à la tête, et son petit pied s'agitait impatiemment sous sa robe.

Lord de Winter ne s'aperçut de rien. Puis, lorsqu'il eut fini, il s'approcha d'une table où étaient servis sur un plateau une bouteille de vin d'Espagne et des verres. Il emplit deux verres et d'un signe invita d'Artagnan à boire.

D'Artagnan savait que c'était fort désobliger un Anglais que de refuser de toaster [1] avec lui. Il s'approcha donc de la table, et prit le second verre. Cependant il n'avait point perdu de vue Milady, et dans la glace il s'aperçut du changement qui venait de s'opérer sur son visage. Maintenant qu'elle croyait n'être plus regardée, un sentiment qui ressemblait à de la férocité animait sa physionomie. Elle mordait son mouchoir à belles dents.

Cette jolie petite soubrette, que d'Artagnan avait déjà remarquée, entra alors ; elle dit en anglais quelques mots à Lord de Winter, qui demanda aussitôt à d'Artagnan la permission de se retirer, s'excusant sur l'urgence de l'affaire qui l'appelait, et chargeant sa sœur d'obtenir son pardon.

D'Artagnan échangea une poignée de main avec Lord de Winter et revint près de Milady. Le visage de cette femme, avec une mobilité surprenante, avait repris son expression gracieuse, seulement quelques petites taches rouges disséminées sur son mouchoir indiquaient qu'elle s'était mordu les lèvres jusqu'au sang.

1. Cf. p. 379, n. 1.

Ses lèvres étaient magnifiques, on eût dit du corail.

La conversation prit une tournure enjouée. Milady paraissait s'être entièrement remise. Elle raconta que Lord de Winter n'était que son beau-frère et non son frère : elle avait épousé un cadet de famille qui l'avait laissée veuve avec un enfant. Cet enfant était le seul héritier de Lord de Winter, si Lord de Winter ne se mariait point. Tout cela laissait voir à d'Artagnan un voile qui enveloppait quelque chose, mais il ne distinguait pas encore sous ce voile.

Au reste, au bout d'une demi-heure de conversation, d'Artagnan était convaincu que Milady était sa compatriote : elle parlait le français avec une pureté et une élégance qui ne laissaient aucun doute à cet égard.

D'Artagnan se répandit en propos galants et en protestations de dévouement. A toutes les fadaises qui échappèrent à notre Gascon, Milady sourit avec bienveillance. L'heure de se retirer arriva. D'Artagnan prit congé de Milady et sortit du salon le plus heureux des hommes.

Sur l'escalier il rencontra la jolie soubrette, laquelle le frôla doucement en passant, et, tout en rougissant jusqu'aux yeux, lui demanda pardon de l'avoir touché, d'une voix si douce, que le pardon lui fut accordé à l'instant même.

D'Artagnan revint le lendemain et fut reçu encore mieux que la veille. Lord de Winter n'y était point, et ce fut Milady qui lui fit cette fois tous les honneurs de la soirée. Elle parut prendre un grand intérêt à lui, lui demanda d'où il était, quels étaient ses amis, et s'il n'avait pas pensé quelquefois à s'attacher au service de M. le cardinal.

D'Artagnan, qui, comme on le sait, était fort prudent pour un garçon de vingt ans, se souvint alors de ses soupçons sur Milady ; il lui fit un grand éloge de son Eminence, lui dit qu'il n'eût point manqué d'entrer dans les gardes du cardinal au lieu d'entrer dans les gardes du roi, s'il eût connu par exemple M. de Cavois [1] au lieu de connaître M. de Tréville.

Milady changea de conversation sans affectation aucune, et demanda à d'Artagnan de la façon la plus négligée du monde s'il n'avait jamais été en Angleterre.

D'Artagnan répondit qu'il y avait été envoyé par M. de Tréville pour traiter d'une remonte [2] de chevaux, et qu'il en avait même ramené quatre comme échantillon.

Milady, dans le cours de la conversation, se pinça deux ou trois fois les lèvres : elle avait affaire à un Gascon qui jouait serré.

A la même heure que la veille d'Artagnan se retira. Dans le corridor il rencontra encore la jolie Ketty ; c'était le nom de la soubrette. Celle-ci le regarda avec une expression de mystérieuse bienveillance à laquelle il n'y avait point à se tromper. Mais d'Artagnan était si préoccupé de la maîtresse, qu'il ne remarquait absolument que ce qui venait d'elle.

D'Artagnan revint chez Milady le lendemain et le surlendemain, et chaque fois Milady lui fit un accueil plus gracieux.

Chaque fois aussi, soit dans l'antichambre, soit dans le corridor, soit sur l'escalier, il rencontrait la jolie soubrette.

Mais, comme nous l'avons dit, d'Artagnan ne faisait aucune attention à cette persistance de la pauvre Ketty.

1. Cf. p. 375, n. 1.
2. *Cf.* p. 349, n. 1.

XXXII

UN DÎNER DE PROCUREUR [1]

Cependant le duel dans lequel Porthos avait joué un rôle si brillant ne lui avait pas fait oublier le dîner auquel l'avait invité la femme du procureur. Le lendemain, vers une heure, il se fit donner le dernier coup de brosse par Mousqueton, et s'achemina vers la rue aux Ours, du pas d'un homme qui est en double bonne fortune.

Son cœur battait, mais ce n'était pas, comme celui de d'Artagnan, d'un jeune et impatient amour. Non, un intérêt plus matériel lui fouettait le sang, il allait enfin franchir ce seuil mystérieux, gravir cet escalier inconnu qu'avaient monté un à un les vieux écus de maître Coquenard.

Il allait voir en réalité certain bahut dont vingt fois il avait vu l'image dans ses rêves ; bahut de forme longue et profonde, cadenassé, verrouillé, scellé au sol ; bahut dont il avait si souvent entendu parler, et que les mains un peu sèches, il est vrai, mais non pas sans élégance de la procureuse, allaient ouvrir à ses regards admirateurs.

Et puis lui, l'homme errant sur la terre, l'homme sans fortune, l'homme sans famille, le soldat habitué aux auberges, aux cabarets, aux tavernes, aux posadas [2], le gourmet forcé pour la plupart du temps de s'en tenir aux lippées [3] de rencontre, il allait tâter des repas de ménage, savourer un intérieur confortable, et se laisser faire à ces petits soins, qui, plus on est dur, plus ils plaisent, comme disent les vieux soudards [4].

---

1. Deux sources possibles pour ce morceau d'anthologie comique : la Satire IV de Furetière (*Le déjeuner d'un procureur*) et la Satire III de Boileau (*Le repas ridicule*), qui datent de 1655 et 1665.

2. *Posada* : auberge espagnole (vieux mot).

3. *Lippée* : ce qu'on prend avec les lèvres. Souvent accompagnée de l'adjectif *franche* (gratuite). Le mot est péjoratif.

4. Soldat (péjoratif).

Venir en qualité de cousin s'asseoir tous les jours à une bonne table, dérider le front jaune et plissé du vieux procureur, plumer quelque peu les jeunes clercs en leur apprenant la bassette, le passe-dix et le lansquenet [1] dans leurs plus fines pratiques, et en leur gagnant par manière d'honoraires, pour la leçon qu'il leur donnerait en une heure, leurs économies d'un mois, tout cela souriait énormément à Porthos.

Le mousquetaire se retraçait bien, de-ci, de-là, les mauvais propos qui couraient dès ce temps-là sur les procureurs et qui leur ont survécu : la lésine [2], la rognure, les jours de jeûne, mais comme, après tout, sauf quelques accès d'économie que Porthos avait toujours trouvés fort intempestifs, il avait vu la procureuse assez libérale, pour une procureuse, bien entendu, il espéra rencontrer une maison montée sur un pied flatteur.

Cependant, à la porte, le mousquetaire eut quelques doutes, l'abord n'était point fait pour engager les gens : allée puante et noire, escalier mal éclairé par des barreaux au travers desquels filtrait le jour gris d'une cour voisine ; au premier une porte basse et ferrée d'énormes clous comme la porte principale du Grand Châtelet [3].

Porthos heurta du doigt ; un grand clerc pâle et enfoui sous une forêt de cheveux vierges vint ouvrir et salua de l'air d'un homme forcé de respecter à la fois dans un autre la haute taille qui indique la force, l'habit militaire qui indique l'état, et la mine vermeille qui indique l'habitude de bien vivre.

Autre clerc plus petit derrière le premier, autre clerc plus grand derrière le second, saute-ruisseau [4] de douze ans derrière le troisième.

1. Les deux premiers sont des jeux de cartes, le troisième un jeu de dés.
2. L'avarice.
3. Le Grand Châtelet, à l'emplacement de l'actuelle place du même nom, était une prison.
4. Jeune clerc de notaire, employé à faire les courses.

En tout, trois clercs et demi ; ce qui, pour le temps, annonçait une étude des plus achalandées [1].

Quoique le mousquetaire ne dût arriver qu'à une heure, depuis midi la procureuse avait l'œil au guet et comptait sur le cœur et peut-être aussi sur l'estomac de son adorateur pour lui faire devancer l'heure.

Mme Coquenard arriva donc par la porte de l'appartement, presque en même temps que son convive arrivait par la porte de l'escalier, et l'apparition de la digne dame le tira d'un grand embarras. Les clercs avaient l'œil curieux, et lui, ne sachant trop que dire à cette gamme ascendante et descendante [2], demeurait la langue muette.

« C'est mon cousin, s'écria la procureuse ; entrez donc, entrez donc, Monsieur Porthos. »

Le nom de Porthos fit son effet sur les clercs, qui se mirent à rire ; mais Porthos se retourna, et tous les visages rentrèrent dans leur gravité.

On arriva dans le cabinet du procureur après avoir traversé l'antichambre où étaient les clercs, et l'étude où ils auraient dû être : cette dernière chambre était une sorte de salle noire et meublée de paperasses. En sortant de l'étude on laissa la cuisine à droite, et l'on entra dans la salle de réception.

Toutes ces pièces qui se commandaient n'inspirèrent point à Porthos de bonnes idées. Les paroles devaient s'entendre de loin par toutes ces portes ouvertes ; puis, en passant, il avait jeté un regard rapide et investigateur sur la cuisine, et il s'avouait à lui-même, à la honte de la procureuse et à son grand regret, à lui, qu'il n'y avait pas vu ce feu, cette animation, ce mouvement qui, au moment d'un bon repas, règnent ordinairement dans ce sanctuaire de la gourmandise.

Le procureur avait sans doute été prévenu de cette visite, car il ne témoigna aucune surprise à la vue de

---

1. Pourvue de nombreux *chalands* (clients).
2. Les quatre clercs de taille inégale sont comparés à des notes hautes ou basses sur une portée.

Porthos, qui s'avança jusqu'à lui d'un air assez dégagé et le salua courtoisement.

« Nous sommes cousins, à ce qu'il paraît, Monsieur Porthos ? » dit le procureur en se soulevant à la force des bras sur son fauteuil de canne [1].

Le vieillard, enveloppé dans un grand pourpoint noir où se perdait son corps fluet, était vert et sec ; ses petits yeux gris brillaient comme des escarboucles [2], et semblaient, avec sa bouche grimaçante, la seule partie de son visage où la vie fût demeurée. Malheureusement les jambes commençaient à refuser le service à toute cette machine osseuse ; depuis cinq ou six mois que cet affaiblissement s'était fait sentir, le digne procureur était à peu près devenu l'esclave de sa femme.

Le cousin fut accepté avec résignation, voilà tout. Maître Coquenard ingambe [3] eût décliné toute parenté avec M. Porthos.

« Oui, Monsieur, nous sommes cousins, dit sans se déconcerter Porthos, qui, d'ailleurs, n'avait jamais compté être reçu par le mari avec enthousiasme.

— Par les femmes, je crois ? » dit malicieusement le procureur.

Porthos ne sentit point cette raillerie et la prit pour une naïveté dont il rit dans sa grosse moustache. Mme Coquenard, qui savait que le procureur naïf était une variété fort rare dans l'espèce, sourit un peu et rougit beaucoup.

Maître Coquenard avait, dès l'arrivée de Porthos, jeté les yeux avec inquiétude sur une grande armoire placée en face de son bureau de chêne. Porthos comprit que cette armoire, quoiqu'elle ne répondît point par la forme à celle qu'il avait vue dans ses songes, devait être le bienheureux bahut, et il s'applaudit de ce que la réalité avait six pieds de plus en hauteur que le rêve.

---

1. De rotin.
2. Ancien nom des rubis.
3. Qui a les jambes agiles.

Maître Coquenard ne poussa pas plus loin ses investigations généalogiques, mais en ramenant son regard inquiet de l'armoire sur Porthos, il se contenta de dire :

« Monsieur notre cousin, avant son départ pour la campagne, nous fera bien la grâce de dîner une fois avec nous, n'est-ce pas, Madame Coquenard ! »

Cette fois, Porthos reçut le coup en plein estomac et le sentit ; il paraît que de son côté Mme Coquenard non plus n'y fut pas insensible, car elle ajouta :

« Mon cousin ne reviendra pas s'il trouve que nous le traitons mal ; mais, dans le cas contraire, il a trop peu de temps à passer à Paris, et par conséquent à nous voir, pour que nous ne lui demandions pas presque tous les instants dont il peut disposer jusqu'à son départ.

— Oh ! mes jambes, mes pauvres jambes ! où êtes-vous ? » murmura Coquenard. Et il essaya de sourire.

Ce secours qui était arrivé à Porthos au moment où il était attaqué dans ses espérances gastronomiques inspira au mousquetaire beaucoup de reconnaissance pour sa procureuse.

Bientôt l'heure du dîner arriva. On passa dans la salle à manger, grande pièce noire qui était située en face de la cuisine.

Les clercs, qui, à ce qu'il paraît, avaient senti dans la maison des parfums inaccoutumés, étaient d'une exactitude militaire, et tenaient en main leurs tabourets, tout prêts qu'ils étaient à s'asseoir. On les voyait d'avance remuer les mâchoires avec des dispositions effrayantes.

« Tudieu ! pensa Porthos en jetant un regard sur les trois affamés, car le saute-ruisseau n'était pas, comme on le pense bien, admis aux honneurs de la table magistrale ; tudieu ! à la place de mon cousin, je ne garderais pas de pareils gourmands. On dirait des naufragés qui n'ont pas mangé depuis six semaines. »

Maître Coquenard entra, poussé sur son fauteuil à roulettes par Mme Coquenard, à qui Porthos, à son tour, vint en aide pour rouler son mari jusqu'à la table.

A peine entré, il remua le nez et les mâchoires à l'exemple de ses clercs.

« Oh ! oh ! dit-il, voici un potage qui est engageant ! »

« Que diable sentent-ils donc d'extraordinaire dans ce potage ? » dit Porthos à l'aspect d'un bouillon pâle, abondant, mais parfaitement aveugle [1], et sur lequel quelques croûtes nageaient rares comme les îles d'un archipel.

Mme Coquenard sourit, et, sur un signe d'elle, tout le monde s'assit avec empressement.

Maître Coquenard fut le premier servi, puis Porthos ; ensuite Mme Coquenard emplit son assiette, et distribua les croûtes sans bouillon aux clercs impatients.

En ce moment la porte de la salle à manger s'ouvrit d'elle-même en criant, et Porthos, à travers les battants entrebâillés, aperçut le petit clerc, qui, ne pouvant prendre part au festin, mangeait son pain à la double odeur de la cuisine et de la salle à manger [2].

Après le potage la servante apporta une poule bouillie ; magnificence qui fit dilater les paupières des convives, de telle façon qu'elles semblaient prêtes à se fendre.

« On voit que vous aimez votre famille, Madame Coquenard, dit le procureur avec un sourire presque tragique ; voilà certes une galanterie que vous faites à votre cousin. »

La pauvre poule était maigre et revêtue d'une de ces grosses peaux hérissées que les os ne percent jamais malgré leurs efforts ; il fallait qu'on l'eût cherchée

---

1. *Aveugle* : dépourvu d'yeux, c'est-à-dire de graisse flottant à la surface.
2. Dumas se souvient peut-être ici de l'anecdote contée par Rabelais au chapitre XXXVII du *Quart Livre*, sur le pauvre homme qui mangeait son pain sec à la fumée d'une rôtisserie et le trouvait « grandement savoureux ».

bien longtemps avant de la trouver sur le perchoir où elle s'était retirée pour mourir de vieillesse.

« Diable ! pensa Porthos, voilà qui est fort triste ; je respecte la vieillesse, mais j'en fais peu de cas bouillie ou rôtie. »

Et il regarda à la ronde pour voir si son opinion était partagée ; mais tout au contraire de lui, il ne vit que des yeux flamboyants, qui dévoraient d'avance cette sublime poule, objet de ses mépris.

Mme Coquenard tira le plat à elle, détacha adroitement les deux grandes pattes noires, qu'elle plaça sur l'assiette de son mari ; trancha le cou, qu'elle mit avec la tête à part pour elle-même ; leva l'aile pour Porthos, et remit à la servante, qui venait de l'apporter, l'animal qui s'en retourna presque intact, et qui avait disparu avant que le mousquetaire eût eu le temps d'examiner les variations que le désappointement [1] amène sur les visages, selon les caractères et les tempéraments de ceux qui l'éprouvent.

Au lieu de poulet, un plat de fèves fit son entrée, plat énorme, dans lequel quelques os de mouton, qu'on eût pu, au premier abord, croire accompagnés de viande, faisaient semblant de se montrer.

Mais les clercs ne furent pas dupes de cette supercherie, et les mines lugubres devinrent des visages résignés.

Mme Coquenard distribua ce mets aux jeunes gens avec la modération d'une bonne ménagère.

Le tour du vin était venu. Maître Coquenard versa d'une bouteille de grès fort exiguë le tiers d'un verre à chacun des jeunes gens, s'en versa à lui-même dans des proportions à peu près égales, et la bouteille passa aussitôt du côté de Porthos et de Mme Coquenard.

Les jeunes gens remplissaient d'eau ce tiers de vin, puis, lorsqu'ils avaient bu la moitié du verre, ils le remplissaient encore, et ils faisaient toujours ainsi ; ce qui les amenait à la fin du repas à avaler une

1. La déception.

boisson qui de la couleur du rubis était passée à celle de la topaze [1] brûlée.

Porthos mangea timidement son aile de poule, et frémit lorsqu'il sentit sous la table le genou de la procureuse qui venait trouver le sien. Il but aussi un demi-verre de ce vin fort ménagé [2], et qu'il reconnut pour cet horrible cru de Montreuil [3], la terreur des palais exercés.

Maître Coquenard le regarda engloutir ce vin pur et soupira.

« Mangerez-vous bien de ces fèves, mon cousin Porthos ? dit Mme Coquenard de ce ton qui veut dire : croyez-moi, n'en mangez pas.

« Du diable si j'en goûte ! » murmura tout bas Porthos...

Puis tout haut :

« Merci, ma cousine, dit-il, je n'ai plus faim. »

Il se fit un silence : Porthos ne savait quelle contenance tenir. Le procureur répéta plusieurs fois :

« Ah ! Madame Coquenard ! je vous en fais mon compliment, votre dîner était un véritable festin ; Dieu ! ai-je mangé ! »

Maître Coquenard avait mangé son potage, les pattes noires de la poule et le seul os de mouton où il y eût un peu de viande.

Porthos crut qu'on le mystifiait, et commença à relever sa moustache et à froncer le sourcil ; mais le genou de Mme Coquenard vint tout doucement lui conseiller la patience.

Ce silence et cette interruption de service, qui étaient restés inintelligibles pour Porthos, avaient au contraire une signification terrible pour les clercs ; sur un regard du procureur, accompagné d'un sourire de Mme Coquenard, ils se levèrent lentement de

1. Pierre fine de couleur jaune, tirant ici sur le brun.
2. *Ménagé* : économisé.
3. Village des environs de Paris, dont le vignoble donnait un très mauvais vin.

table, plièrent leurs serviettes plus lentement encore, puis ils saluèrent et partirent.

« Allez, jeunes gens, allez faire la digestion en travaillant », dit gravement le procureur.

Les clercs partis, Mme Coquenard se leva et tira d'un buffet un morceau de fromage, des confitures de coings et un gâteau qu'elle avait fait elle-même avec des amandes et du miel.

Maître Coquenard fronça le sourcil, parce qu'il voyait trop de mets ; Porthos se pinça les lèvres, parce qu'il voyait qu'il n'y avait pas de quoi dîner.

Il regarda si le plat de fèves était encore là, le plat de fèves avait disparu.

« Festin décidément, s'écria maître Coquenard en s'agitant sur sa chaise, véritable festin, *epulæ epularum ;* Lucullus dîne chez Lucullus [1]. »

Porthos regarda la bouteille qui était près de lui, et il espéra qu'avec du vin, du pain et du fromage il dînerait ; mais le vin manquait, la bouteille était vide ; M. et Mme Coquenard n'eurent point l'air de s'en apercevoir.

« C'est bien, se dit Porthos à lui-même, me voilà prévenu. »

Il passa la langue sur une petite cuillerée de confitures, et s'englua les dents dans la pâte collante de Mme Coquenard.

« Maintenant, se dit-il, le sacrifice est consommé. Ah ! si je n'avais pas l'espoir de regarder avec Mme Coquenard dans l'armoire de son mari ! »

Maître Coquenard, après les délices d'un pareil repas, qu'il appelait un excès, éprouva le besoin de faire sa sieste. Porthos espérait que la chose aurait lieu séance tenante et dans la localité même [2] ; mais le procureur maudit ne voulut entendre à rien : il fallut le conduire dans sa chambre et il cria tant qu'il ne fut

---

1. *Epulæ epularum* : « festin des festins » (déterminant à valeur de superlatif). — Lucullus était un Romain de l'époque impériale célèbre pour la somptuosité de sa table.
2. Sur place, c'est-à-dire dans la salle à manger.

pas devant son armoire, sur le rebord de laquelle, pour plus de précaution encore, il posa ses pieds.

La procureuse emmena Porthos dans une chambre voisine et l'on commença de poser les bases de la réconciliation.

« Vous pourrez venir dîner trois fois la semaine, dit Mme Coquenard.

— Merci, dit Porthos, je n'aime pas à abuser ; d'ailleurs, il faut que je songe à mon équipement.

— C'est vrai, dit la procureuse en gémissant... c'est ce malheureux équipement.

— Hélas ! oui, dit Porthos, c'est lui.

— Mais de quoi donc se compose l'équipement de votre corps [1], Monsieur Porthos ?

— Oh ! de bien des choses, dit Porthos ; les mousquetaires, comme vous savez, sont soldats d'élite, et il leur faut beaucoup d'objets inutiles aux gardes ou aux Suisses.

— Mais encore, détaillez-le-moi.

— Mais cela peut aller à... », dit Porthos, qui aimait mieux discuter le total que le menu.

La procureuse attendait frémissante.

« A combien ? dit-elle, j'espère bien que cela ne passe point... »

Elle s'arrêta, la parole lui manquait.

« Oh ! non, dit Porthos, cela ne passe point deux mille cinq cents livres ; je crois même qu'en y mettant de l'économie, avec deux mille livres je m'en tirerai.

— Bon Dieu, deux mille livres ! s'écria-t-elle, mais c'est une fortune. »

Porthos fit une grimace des plus significatives, Mme Coquenard la comprit.

« Je demandais le détail, dit-elle, parce qu'ayant beaucoup de parents et de pratiques [2] dans le commerce, j'étais presque sûre d'obtenir les choses à cent pour cent au-dessous du prix où vous les payeriez vous-même.

---

1. Votre régiment.
2. Clients.

— Ah ! ah ! fit Porthos, si c'est cela que vous avez voulu dire !

— Oui, cher Monsieur Porthos ! ainsi ne vous faut-il pas d'abord un cheval ?

— Oui, un cheval.

— Eh bien ! justement j'ai votre affaire.

— Ah ! dit Porthos rayonnant, voilà donc qui va bien quant à mon cheval ; ensuite il me faut le harnachement complet, qui se compose d'objets qu'un mousquetaire seul peut acheter, et qui ne montera pas, d'ailleurs, à plus de trois cents livres.

— Trois cents livres : alors mettons trois cents livres », dit la procureuse avec un soupir.

Porthos sourit : on se souvient qu'il avait la selle qui lui venait de Buckingham, c'était donc trois cents livres qu'il comptait mettre sournoisement dans sa poche.

« Puis, continua-t-il, il y a le cheval de mon laquais et ma valise ; quant aux armes, il est inutile que vous vous en préoccupiez, je les ai.

— Un cheval pour votre laquais ? reprit en hésitant la procureuse ; mais c'est bien grand seigneur, mon ami.

— Eh ! Madame ! dit fièrement Porthos, est-ce que je suis un croquant [1], par hasard ?

— Non ; je vous disais seulement qu'un joli mulet avait quelquefois aussi bon air qu'un cheval, et qu'il me semble qu'en vous procurant un joli mulet pour Mousqueton...

— Va pour un joli mulet, dit Porthos ; vous avez raison, j'ai vu de très grands seigneurs espagnols dont toute la suite était à mulets. Mais alors, vous comprenez, Madame Coquenard, un mulet avec des panaches et des grelots ?

— Soyez tranquille, dit la procureuse.

— Reste la valise, reprit Porthos.

— Oh ! que cela ne vous inquiète point, s'écria

---

1. *Cf.* p. 231, n. 2.

Mme Coquenard : mon mari a cinq ou six valises, vous choisirez la meilleure ; il y en a une surtout qu'il affectionnait dans ses voyages, et qui est grande à tenir un monde.

— Elle est donc vide, votre valise ? demanda naïvement Porthos.

— Assurément qu'elle est vide, répondit naïvement de son côté la procureuse.

— Ah ! mais la valise dont j'ai besoin est une valise bien garnie, ma chère. »

Mme Coquenard poussa de nouveaux soupirs. Molière n'avait pas encore écrit sa scène de l'*Avare*. Mme Coquenard a donc le pas sur Harpagon [1].

Enfin le reste de l'équipement fut successivement débattu de la même manière ; et le résultat de la scène fut que la procureuse demanderait à son mari un prêt de huit cents livres en argent, et fournirait le cheval et le mulet qui auraient l'honneur de porter à la gloire Porthos et Mousqueton.

Ces conditions arrêtées, et les intérêts stipulés [2] ainsi que l'époque du remboursement, Porthos prit congé de Mme Coquenard. Celle-ci voulait bien le retenir en lui faisant les yeux doux ; mais Porthos prétexta les exigences du service, et il fallut que la procureuse cédât le pas au roi.

Le mousquetaire rentra chez lui avec une faim de fort mauvaise humeur.

---

1. La scène 1 de l'acte III de *L'Avare* (1668), où Harpagon débat avec ses serviteurs de l'ordonnance du repas qu'il veut offrir à sa fiancée. — *Le pas* : la priorité, l'antériorité.
2. Fixés.

XXXIII

SOUBRETTE ET MAÎTRESSE

Cependant, comme nous l'avons dit, malgré les cris de sa conscience et les sages conseils d'Athos, d'Artagnan devenait d'heure en heure plus amoureux de Milady ; aussi ne manquait-il pas tous les jours d'aller lui faire une cour à laquelle l'aventureux Gascon était convaincu qu'elle ne pouvait, tôt ou tard, manquer de répondre.

Un soir qu'il arrivait le nez au vent, léger comme un homme qui attend une pluie d'or, il rencontra la soubrette sous la porte cochère ; mais cette fois la jolie Ketty ne se contenta point de lui sourire en passant, elle lui prit doucement la main.

« Bon ! fit d'Artagnan, elle est chargée de quelque message pour moi de la part de sa maîtresse ; elle va m'assigner quelque rendez-vous qu'on n'aura pas osé me donner de vive voix. »

Et il regarda la belle enfant de l'air le plus vainqueur qu'il put prendre.

« Je voudrais bien vous dire deux mots, Monsieur le chevalier..., balbutia la soubrette.

— Parle, mon enfant, parle, dit d'Artagnan, j'écoute.

— Ici, impossible : ce que j'ai à vous dire est trop long et surtout trop secret.

— Eh bien ! mais comment faire alors ?

— Si Monsieur le chevalier voulait me suivre, dit timidement Ketty.

— Où tu voudras, ma belle enfant.

— Alors, venez. »

Et Ketty, qui n'avait point lâché la main de d'Artagnan, l'entraîna par un petit escalier sombre et tournant, et, après lui avoir fait monter une quinzaine de marches, ouvrit une porte.

« Entrez, Monsieur le chevalier, dit-elle, ici nous serons seuls et nous pourrons causer.

— Et quelle est donc cette chambre, ma belle enfant ? demanda d'Artagnan.

— C'est la mienne, Monsieur le chevalier ; elle communique avec celle de ma maîtresse par cette porte. Mais soyez tranquille, elle ne pourra entendre ce que nous dirons, jamais elle ne se couche qu'à minuit. »

D'Artagnan jeta un coup d'œil autour de lui. La petite chambre était charmante de goût et de propreté ; mais, malgré lui, ses yeux se fixèrent sur cette porte que Ketty lui avait dit conduire à la chambre de Milady.

Ketty devina ce qui se passait dans l'âme du jeune homme et poussa un soupir.

« Vous aimez donc bien ma maîtresse, Monsieur le chevalier ! dit-elle.

— Oh ! plus que je ne puis dire ! j'en suis fou ! »

Ketty poussa un second soupir.

« Hélas ! Monsieur, dit-elle, c'est bien dommage !

— Et que diable vois-tu donc là de si fâcheux ? demanda d'Artagnan.

— C'est que, Monsieur, reprit Ketty, ma maîtresse ne vous aime pas du tout.

— Hein ! fit d'Artagnan, t'aurait-elle chargée de me le dire ?

— Oh ! non pas, Monsieur ! mais c'est moi qui, par intérêt pour vous, ai pris la résolution de vous en prévenir.

— Merci, ma bonne Ketty, mais de l'intention seulement, car la confidence, tu en conviendras, n'est point agréable.

— C'est-à-dire que vous ne croyez point à ce que je vous ai dit, n'est-ce pas ?

— On a toujours peine à croire de pareilles choses, ma belle enfant, ne fût-ce que par amour-propre.

— Donc vous ne me croyez pas ?

— J'avoue que jusqu'à ce que tu daignes me donner quelques preuves de ce que tu avances...

— Que dites-vous de celle-ci ? »

Et Ketty tira de sa poitrine un petit billet.

« Pour moi ? dit d'Artagnan en s'emparant vivement de la lettre.

— Non, pour un autre.

— Pour un autre ?

— Oui.

— Son nom, son nom ! s'écria d'Artagnan.

— Voyez l'adresse.

— M. le comte de Wardes. »

Le souvenir de la scène de Saint-Germain se présenta aussitôt à l'esprit du présomptueux Gascon ; par un mouvement rapide comme la pensée, il déchira l'enveloppe malgré le cri que poussa Ketty en voyant ce qu'il allait faire, ou plutôt ce qu'il faisait.

« Oh ! mon Dieu ! Monsieur le chevalier, dit-elle, que faites-vous ?

— Moi, rien ! » dit d'Artagnan, et il lut :

« Vous n'avez pas répondu à mon premier billet ; êtes-vous donc souffrant, ou bien auriez-vous oublié quels yeux vous me fîtes au bal de Mme de Guise [1] ? Voici l'occasion, comte ! ne la laissez pas échapper. »

D'Artagnan pâlit ; il était blessé dans son amour-propre, il se crut blessé dans son amour.

« Pauvre cher Monsieur d'Artagnan ! dit Ketty d'une voix pleine de compassion et en serrant de nouveau la main du jeune homme.

— Tu me plains, bonne petite ! dit d'Artagnan.

— Oh ! oui, de tout mon cœur ! car je sais ce que c'est que l'amour, moi !

— Tu sais ce que c'est que l'amour ? dit d'Artagnan la regardant pour la première fois avec une certaine attention.

— Hélas ! oui.

— Eh bien ! au lieu de me plaindre, alors, tu ferais bien mieux de m'aider à me venger de ta maîtresse.

— Et quelle sorte de vengeance voudriez-vous en tirer ?

1. Ce nom de grande dame est lancé ici au hasard.

— Je voudrais triompher d'elle, supplanter mon rival.

— Je ne vous aiderai jamais à cela, Monsieur le chevalier ! dit vivement Ketty.

— Et pourquoi cela ? demanda d'Artagnan.

— Pour deux raisons.

— Lesquelles ?

— La première, c'est que jamais ma maîtresse ne vous aimera.

— Qu'en sais-tu ?

— Vous l'avez blessée au cœur.

— Moi ! en quoi puis-je l'avoir blessée, moi qui, depuis que je la connais, vis à ses pieds comme un esclave ! parle, je t'en prie.

— Je n'avouerais jamais cela qu'à l'homme... qui lirait jusqu'au fond de mon âme ! »

D'Artagnan regarda Ketty pour la seconde fois. La jeune fille était d'une fraîcheur et d'une beauté que bien des duchesses eussent achetées de leur couronne.

« Ketty, dit-il, je lirai jusqu'au fond de ton âme quand tu voudras ; qu'à cela ne tienne, ma chère enfant. »

Et il lui donna un baiser sous lequel la pauvre enfant devint rouge comme une cerise.

« Oh ! non, s'écria Ketty, vous ne m'aimez pas ! C'est ma maîtresse que vous aimez, vous me l'avez dit tout à l'heure.

— Et cela t'empêche-t-il de me faire connaître la seconde raison ?

— La seconde raison, Monsieur le chevalier, reprit Ketty enhardie par le baiser d'abord et ensuite par l'expression des yeux du jeune homme, c'est qu'en amour chacun pour soi. »

Alors seulement d'Artagnan se rappela les coups d'œil languissants de Ketty, ses rencontres dans l'antichambre, sur l'escalier, dans le corridor, ses frôlements de main chaque fois qu'elle le rencontrait, et ses soupirs étouffés ; mais, absorbé par le désir de plaire à la grande dame, il avait dédaigné la sou-

brette : qui chasse l'aigle ne s'inquiète pas du passe-
reau.

Mais cette fois notre Gascon vit d'un seul coup d'œil
tout le parti qu'on pouvait tirer de cet amour que
Ketty venait d'avouer d'une façon si naïve ou si effron-
tée : interception [1] des lettres adressées au comte de
Wardes, intelligences dans la place, entrée à toute
heure dans la chambre de Ketty, contiguë à celle de sa
maîtresse. Le perfide, comme on le voit, sacrifiait déjà
en idée la pauvre fille pour obtenir Milady de gré ou
de force.

« Eh bien ! dit-il à la jeune fille, veux-tu, ma chère
Ketty, que je te donne une preuve de cet amour dont
tu doutes ?

— De quel amour ? demanda la jeune fille.

— De celui que je suis tout prêt à ressentir pour toi.

— Et quelle est cette preuve ?

— Veux-tu que ce soir je passe avec toi le temps que
je passe ordinairement avec ta maîtresse ?

— Oh ! oui, dit Ketty en battant des mains, bien
volontiers.

— Eh bien ! ma chère enfant, dit d'Artagnan en
s'établissant dans un fauteuil, viens çà que je te dise
que tu es la plus jolie soubrette que j'aie jamais vue ! »

Et il le lui dit tant et si bien, que la pauvre enfant,
qui ne demandait pas mieux que de le croire, le crut...
Cependant, au grand étonnement de d'Artagnan, la
jolie Ketty se défendait avec une certaine résolution.

Le temps passe vite, lorsqu'il se passe en attaques et
en défenses.

Minuit sonna, et l'on entendit presque en même
temps retentir la sonnette dans la chambre de Milady.

« Grand Dieu ! s'écria Ketty, voici ma maîtresse qui
m'appelle ! Partez, partez vite ! »

D'Artagnan se leva, prit son chapeau comme s'il
avait l'intention d'obéir ; puis, ouvrant vivement la
porte d'une grande armoire au lieu d'ouvrir celle de

---

1. *Interception* : action d'arrêter au passage. — *Intelligences* :
complicités.

l'escalier, il se blottit dedans au milieu des robes et des peignoirs de Milady.

« Que faites-vous donc ? » s'écria Ketty.

D'Artagnan, qui d'avance avait pris la clef, s'enferma dans son armoire sans répondre.

« Eh bien ! cria Milady d'une voix aigre, dormez-vous donc que vous ne venez pas quand je sonne ? »

Et d'Artagnan entendit qu'on ouvrit violemment la porte de communication.

« Me voici, Milady, me voici », s'écria Ketty en s'élançant à la rencontre de sa maîtresse.

Toutes deux rentrèrent dans la chambre à coucher, et comme la porte de communication resta ouverte, d'Artagnan put entendre quelque temps encore Milady gronder sa suivante ; puis enfin elle s'apaisa, et la conversation tomba sur lui tandis que Ketty accommodait [1] sa maîtresse.

« Eh bien ! dit Milady, je n'ai pas vu notre Gascon ce soir ?

— Comment, Madame, dit Ketty, il n'est pas venu ! Serait-il volage avant d'être heureux ?

— Oh non ! il faut qu'il ait été empêché par M. de Tréville ou par M. des Essarts. Je m'y connais, Ketty, et je le tiens, celui-là.

— Qu'en fera Madame ?

— Ce que j'en ferai !... Sois tranquille, Ketty, il y a entre cet homme et moi une chose qu'il ignore... il a manqué me faire perdre mon crédit près de Son Eminence... Oh ! je me vengerai !

— Je croyais que Madame l'aimait ?

— Moi, l'aimer ! je le déteste ! Un niais, qui tient la vie de Lord de Winter entre ses mains et qui ne le tue pas, et qui me fait perdre trois cent mille livres de rente !

— C'est vrai, dit Ketty, votre fils était le seul héritier de son oncle, et jusqu'à sa majorité vous auriez eu la jouissance de sa fortune. »

---

1. Arrangeait, déshabillait pour la nuit.

D'Artagnan frissonna jusqu'à la moelle des os en entendant cette suave créature lui reprocher, avec cette voix stridente qu'elle avait tant de peine à cacher dans la conversation, de n'avoir pas tué un homme qu'il l'avait vue combler d'amitié.

« Aussi, continua Milady, je me serais déjà vengée sur lui-même, si, je ne sais pourquoi, le cardinal ne m'avait recommandé de le ménager.

— Oh ! oui, mais Madame n'a point ménagé cette petite femme qu'il aimait.

— Oh ! la mercière de la rue des Fossoyeurs : est-ce qu'il n'a pas déjà oublié qu'elle existait ? La belle vengeance, ma foi ! »

Une sueur froide coulait sur le front de d'Artagnan : c'était donc un monstre que cette femme.

Il se remit à écouter, mais malheureusement la toilette était finie.

« C'est bien, dit Milady, rentrez chez vous et demain tâchez enfin d'avoir une réponse à cette lettre que je vous ai donnée.

— Pour M. de Wardes ? dit Ketty.

— Sans doute, pour M. de Wardes.

— En voilà un, dit Ketty, qui m'a bien l'air d'être tout le contraire de ce pauvre M. d'Artagnan.

— Sortez, Mademoiselle, dit Milady, je n'aime pas les commentaires. »

D'Artagnan entendit la porte qui se refermait, puis le bruit de deux verrous que mettait Milady afin de s'enfermer chez elle ; de son côté, mais le plus doucement qu'elle put, Ketty donna à la serrure un tour de clef ; d'Artagnan alors poussa la porte de l'armoire.

« O mon Dieu ! dit tout bas Ketty, qu'avez-vous et comme vous êtes pâle !

— L'abominable créature ! murmura d'Artagnan.

— Silence ! silence ! sortez, dit Ketty ; il n'y a qu'une cloison entre ma chambre et celle de Milady, on entend de l'une tout ce qui se dit dans l'autre !

— C'est justement pour cela que je ne sortirai pas, dit d'Artagnan.

— Comment ? fit Ketty en rougissant.

— Ou du moins que je sortirai... plus tard. »

Et il attira Ketty à lui ; il n'y avait plus moyen de résister, la résistance fait tant de bruit ! aussi Ketty céda.

C'était un mouvement de vengeance contre Milady. D'Artagnan trouva qu'on avait raison de dire que la vengeance est le plaisir des dieux. Aussi, avec un peu de cœur, se serait-il contenté de cette nouvelle conquête ; mais d'Artagnan n'avait que de l'ambition et de l'orgueil.

Cependant, il faut le dire à sa louange, le premier emploi qu'il avait fait de son influence sur Ketty avait été d'essayer de savoir d'elle ce qu'était devenue Mme Bonacieux, mais la pauvre fille jura sur le crucifix à d'Artagnan qu'elle l'ignorait complètement, sa maîtresse ne laissant jamais pénétrer que la moitié de ses secrets ; seulement, elle croyait pouvoir répondre qu'elle n'était pas morte.

Quant à la cause qui avait manqué faire perdre à Milady son crédit près du cardinal, Ketty n'en savait pas davantage ; mais cette fois, d'Artagnan était plus avancé qu'elle : comme il avait aperçu Milady sur un bâtiment consigné [1] au moment où lui-même quittait l'Angleterre, il se douta qu'il était question cette fois des ferrets de diamants.

Mais ce qu'il y avait de plus clair dans tout cela, c'est que la haine véritable, la haine profonde, la haine invétérée [2] de Milady lui venait de ce qu'il n'avait pas tué son beau-frère.

D'Artagnan retourna le lendemain chez Milady. Elle était de fort méchante humeur, d'Artagnan se douta que c'était le défaut [3] de réponse de M. de Wardes qui l'agaçait ainsi. Ketty entra ; mais Milady la reçut fort durement. Un coup d'œil qu'elle lança à

---

1. Un navire immobilisé au port.
2. *Invétérée* (fortement enracinée par le temps) est ici impropre, puisque le duel entre d'Artagnan et lord de Winter est récent. Le sens est simplement : très forte.
3. L'absence.

d'Artagnan voulait dire : Vous voyez ce que je souffre pour vous.

Cependant vers la fin de la soirée, la belle lionne s'adoucit, elle écouta en souriant les doux propos de d'Artagnan, elle lui donna même sa main à baiser.

D'Artagnan sortit ne sachant plus que penser : mais comme c'était un garçon à qui on ne faisait pas facilement perdre la tête, tout en faisant sa cour à Milady il avait bâti dans son esprit un petit plan.

Il trouva Ketty à la porte, et comme la veille il monta chez elle pour avoir des nouvelles. Ketty avait été fort grondée, on l'avait accusée de négligence. Milady ne comprenait rien au silence du comte de Wardes, et elle lui avait ordonné d'entrer chez elle à neuf heures du matin pour y prendre une troisième lettre.

D'Artagnan fit promettre à Ketty de lui apporter chez lui cette lettre le lendemain matin ; la pauvre fille promit tout ce que voulut son amant : elle était folle.

Les choses se passèrent comme la veille : d'Artagnan s'enferma dans son armoire, Milady appela, fit sa toilette, renvoya Ketty et referma sa porte. Comme la veille d'Artagnan ne rentra chez lui qu'à cinq heures du matin.

A onze heures, il vit arriver Ketty ; elle tenait à la main un nouveau billet de Milady. Cette fois, la pauvre enfant n'essaya pas même de le disputer à d'Artagnan ; elle le laissa faire ; elle appartenait corps et âme à son beau soldat.

D'Artagnan ouvrit le billet et lut ce qui suit :

« Voilà la troisième fois que je vous écris pour vous dire que je vous aime. Prenez garde que je ne vous écrive une quatrième pour vous dire que je vous déteste.

« Si vous vous repentez de la façon dont vous avez agi avec moi, la jeune fille qui vous remettra ce billet vous dira de quelle manière un galant homme peut obtenir son pardon. »

D'Artagnan rougit et pâlit plusieurs fois en lisant ce billet.

« Oh ! vous l'aimez toujours ! dit Ketty, qui n'avait pas détourné un instant les yeux du visage du jeune homme.

— Non, Ketty, tu te trompes, je ne l'aime plus ; mais je veux me venger de ses mépris.

— Oui, je connais votre vengeance ; vous me l'avez dite.

— Que t'importe, Ketty ! tu sais bien que c'est toi seule que j'aime.

— Comment peut-on savoir cela ?

— Par le mépris que je ferai d'elle. »

Ketty soupira.

D'Artagnan prit une plume et écrivit :

« Madame, jusqu'ici j'avais douté que ce fût bien à moi que vos deux premiers billets eussent été adressés, tant je me croyais indigne d'un pareil honneur ; d'ailleurs j'étais si souffrant, que j'eusse en tout cas hésité à y répondre.

« Mais aujourd'hui il faut bien que je croie à l'excès de vos bontés, puisque non seulement votre lettre, mais encore votre suivante, m'affirme que j'ai le bonheur d'être aimé de vous.

« Elle n'a pas besoin de me dire de quelle manière un galant homme peut obtenir son pardon. J'irai donc vous demander le mien ce soir à onze heures. Tarder d'un jour serait à mes yeux, maintenant, vous faire une nouvelle offense.

« Celui que vous avez rendu le plus heureux des hommes.

« Comte DE WARDES. »

Ce billet était d'abord un faux, c'était ensuite une indélicatesse ; c'était même, au point de vue de nos mœurs actuelles, quelque chose comme une infamie ; mais on se ménageait moins à cette époque qu'on ne le fait aujourd'hui. D'ailleurs d'Artagnan, par ses propres aveux, savait Milady coupable de trahison à des chefs [1] plus importants, et il n'avait pour elle qu'une estime fort mince. Et cependant malgré ce peu d'estime, il sentait qu'une passion insensée le brûlait pour cette femme. Passion ivre de mépris, mais passion ou soif, comme on voudra.

L'intention de d'Artagnan était bien simple : par la chambre de Ketty il arrivait à celle de sa maîtresse ; il profitait du premier moment de surprise, de honte, de terreur pour triompher d'elle ; peut-être aussi échouerait-il, mais il fallait bien donner quelque chose au hasard. Dans huit jours la campagne s'ouvrait, et il fallait partir ; d'Artagnan n'avait pas le temps de filer le parfait amour.

« Tiens, dit le jeune homme en remettant à Ketty le billet tout cacheté, donne cette lettre à Milady ; c'est la réponse de M. de Wardes. »

La pauvre Ketty devint pâle comme la mort, elle se doutait de ce que contenait le billet.

« Ecoute, ma chère enfant, lui dit d'Artagnan, tu comprends qu'il faut que tout cela finisse d'une façon ou de l'autre ; Milady peut découvrir que tu as remis le premier billet à mon valet, au lieu de le remettre au valet du comte ; que c'est moi qui ai décacheté les autres qui devaient être décachetés par M. de Wardes ; alors Milady te chasse, et, tu la connais, ce n'est pas une femme à borner là sa vengeance.

— Hélas ! dit Ketty, pour qui me suis-je exposée à tout cela ?

— Pour moi, je le sais bien, ma toute belle, dit le jeune homme, aussi je t'en suis bien reconnaissant, je te le jure.

— Mais enfin, que contient votre billet ?

— Milady te le dira.

— Ah ! vous ne m'aimez pas ! s'écria Ketty, et je suis bien malheureuse ! »

A ce reproche il y a une réponse à laquelle les femmes se trompent toujours ; d'Artagnan répondit

---

1. *Chef,* au sens juridique : point capital sur lequel porte l'accusation.

de manière que Ketty demeurât dans la plus grande erreur.

Cependant elle pleura beaucoup avant de se décider à remettre cette lettre à Milady, mais enfin elle se décida, c'est tout ce que voulait d'Artagnan.

D'ailleurs il lui promit que le soir il sortirait de bonne heure de chez sa maîtresse, et qu'en sortant de chez sa maîtresse il monterait chez elle.

Cette promesse acheva de consoler la pauvre Ketty.

XXXIV

OÙ IL EST TRAITÉ DE L'ÉQUIPEMENT D'ARAMIS ET DE PORTHOS

Depuis que les quatre amis étaient chacun à la chasse de son équipement, il n'y avait plus entre eux de réunion arrêtée. On dînait les uns sans les autres, où l'on se trouvait, ou plutôt où l'on pouvait. Le service, de son côté, prenait aussi sa part de ce temps précieux, qui s'écoulait si vite. Seulement on était convenu de se trouver une fois la semaine, vers une heure, au logis d'Athos, attendu que ce dernier, selon le serment qu'il avait fait, ne passait plus le seuil de sa porte.

C'était le jour même où Ketty était venue trouver d'Artagnan chez lui, jour de réunion.

A peine Ketty fut-elle sortie, que d'Artagnan se dirigea vers la rue Férou.

Il trouva Athos et Aramis qui philosophaient. Aramis avait quelques velléités de revenir à la soutane. Athos, selon ses habitudes, ne le dissuadait ni ne l'encourageait. Athos était pour qu'on laissât à chacun son libre arbitre. Il ne donnait jamais de conseils qu'on ne les lui demandât [1]. Encore fallait-il les lui demander deux fois.

« En général, on ne demande de conseils, disait-il, que pour ne les pas suivre ; ou, si on les a suivis, que pour avoir quelqu'un à qui l'on puisse faire le reproche de les avoir donnés. »

Porthos arriva un instant après d'Artagnan. Les quatre amis se trouvaient donc réunis.

Les quatre visages exprimaient quatre sentiments différents : celui de Porthos la tranquillité, celui de d'Artagnan l'espoir, celui d'Aramis l'inquiétude, celui d'Athos l'insouciance.

Au bout d'un instant de conversation dans laquelle Porthos laissa entrevoir qu'une personne haut placée avait bien voulu se charger de le tirer d'embarras, Mousqueton entra.

Il venait prier Porthos de passer à son logis, où, disait-il d'un air fort piteux, sa présence était urgente.

« Sont-ce mes équipages ? demanda Porthos.

— Oui et non, répondit Mousqueton.

— Mais enfin que veux-tu dire ?...

— Venez, Monsieur. »

Porthos se leva, salua ses amis et suivit Mousqueton.

Un instant après, Bazin apparut au seuil de la porte.

« Que me voulez-vous, mon ami ? dit Aramis avec cette douceur de langage que l'on remarquait en lui chaque fois que ses idées le ramenaient vers l'Eglise...

— Un homme attend Monsieur à la maison, répond Bazin.

— Un homme ! quel homme ?

— Un mendiant.

— Faites-lui l'aumône, Bazin, et dites-lui de prier pour un pauvre pécheur.

— Ce mendiant veut à toute force vous parler, et prétend que vous serez bien aise de le voir.

---

1. A moins qu'on ne les lui demande.

— N'a-t-il rien dit de particulier pour moi ?

— Si fait. « Si M. Aramis, a-t-il dit, hésite à me venir trouver, vous lui annoncerez que j'arrive de Tours. »

— De Tours ? s'écria Aramis ; Messieurs, mille pardons, mais sans doute cet homme m'apporte des nouvelles que j'attendais. »

Et, se levant aussitôt, il s'éloigna rapidement.

Restèrent Athos et d'Artagnan.

« Je crois que ces gaillards-là ont trouvé leur affaire. Qu'en pensez-vous, d'Artagnan ? dit Athos.

— Je sais que Porthos était en bon train, dit d'Artagnan ; et quant à Aramis, à vrai dire, je n'en ai jamais été sérieusement inquiet : mais vous, mon cher Athos, vous qui avez si généreusement distribué les pistoles de l'Anglais qui étaient votre bien légitime, qu'allez-vous faire ?

— Je suis fort content d'avoir tué ce drôle, mon enfant, vu que c'est pain bénit que de tuer un Anglais : mais si j'avais empoché ses pistoles, elles me pèseraient comme un remords.

— Allons donc, mon cher Athos ! vous avez vraiment des idées inconcevables.

— Passons, passons ! Que me disait donc M. de Tréville, qui me fit l'honneur de me venir voir hier, que vous hantez ces Anglais suspects que protège le cardinal ?

— C'est-à-dire que je rends visite à une Anglaise, celle dont je vous ai parlé.

— Ah ! oui, la femme blonde au sujet de laquelle je vous ai donné des conseils que naturellement vous vous êtes bien gardé de suivre.

— Je vous ai donné mes raisons.

— Oui ; vous voyez là votre équipement, je crois, à ce que vous m'avez dit.

— Point du tout ! j'ai acquis la certitude que cette femme était pour quelque chose dans l'enlèvement de Mme Bonacieux.

— Oui, et je comprends ; pour retrouver une

femme, vous faites la cour à une autre : c'est le chemin le plus long, mais le plus amusant. »

D'Artagnan fut sur le point de tout raconter à Athos ; mais un point l'arrêta : Athos était un gentilhomme sévère sur le point d'honneur, et il y avait, dans tout ce petit plan que notre amoureux avait arrêté à l'endroit de Milady, certaines choses qui, d'avance, il en était sûr, n'obtiendraient pas l'assentiment du puritain [1] ; il préféra donc garder le silence, et comme Athos était l'homme le moins curieux de la terre, les confidences de d'Artagnan en étaient restées là.

Nous quitterons donc les deux amis, qui n'avaient rien de bien important à se dire, pour suivre Aramis.

A cette nouvelle, que l'homme qui voulait lui parler arrivait de Tours, nous avons vu avec quelle rapidité le jeune homme avait suivi ou plutôt devancé Bazin ; il ne fit donc qu'un saut de la rue Férou à la rue de Vaugirard.

En entrant chez lui, il trouva effectivement un homme de petite taille, aux yeux intelligents, mais couvert de haillons.

« C'est vous qui me demandez ? dit le mousquetaire.

— C'est-à-dire que je demande M. Aramis : est-ce vous qui vous appelez ainsi ?

— Moi-même : vous avez quelque chose à me remettre ?

— Oui, si vous me montrez certain mouchoir brodé.

— Le voici, dit Aramis en tirant une clef de sa poitrine, et en ouvrant un petit coffret de bois d'ébène incrusté de nacre, le voici, tenez.

---

1. Les *puritains*, comme on le verra plus loin en la personne de Felton, étaient en Grande-Bretagne les membres d'une communauté religieuse protestante. Comme ils prônaient une morale très sévère, leur nom désigne aussi, par extension, les hommes aux mœurs rigides (en matière sexuelle notamment). — *Assentiment* : approbation.

— C'est bien, dit le mendiant, renvoyez votre laquais. »

En effet, Bazin, curieux de savoir ce que le mendiant voulait à son maître, avait réglé son pas sur le sien, et était arrivé presque en même temps que lui ; mais cette célérité [1] ne lui servit pas à grand-chose ; sur l'invitation du mendiant, son maître lui fit signe de se retirer, et force lui fut d'obéir.

Bazin parti, le mendiant jeta un regard rapide autour de lui, afin d'être sûr que personne ne pouvait ni le voir ni l'entendre, et ouvrant sa veste en haillons mal serrée par une ceinture de cuir, il se mit à découdre le haut de son pourpoint, d'où il tira une lettre.

Aramis jeta un cri de joie à la vue du cachet, baisa l'écriture, et avec un respect presque religieux, il ouvrit l'épître qui contenait ce qui suit :

« Ami, le sort veut que nous soyons séparés quelque temps encore ; mais les beaux jours de la jeunesse ne sont pas perdus sans retour. Faites votre devoir au camp ; je fais le mien autre part. Prenez ce que le porteur vous remettra ; faites la campagne en beau et bon gentilhomme, et pensez à moi, qui baise tendrement vos yeux noirs.

« Adieu, ou plutôt au revoir ! »

Le mendiant décousait toujours ; il tira une à une de ses sales habits cent cinquante doubles pistoles d'Espagne, qu'il aligna sur la table ; puis, il ouvrit la porte, salua et partit avant que le jeune homme, stupéfait, eût osé lui adresser une parole.

Aramis alors relut la lettre, et s'aperçut que cette lettre avait un *post-scriptum*.

« *P.S.* — Vous pouvez faire accueil au porteur, qui est comte et grand d'Espagne. »

« Rêves dorés ! s'écria Aramis. Oh ! la belle vie ! oui, nous sommes jeunes ! oui, nous aurons encore des jours heureux ! Oh ! à toi, mon amour, mon sang, ma vie ! tout, tout, tout, ma belle maîtresse ! »

---

1. Rapidité.

Et il baisait la lettre avec passion, sans même regarder l'or qui étincelait sur la table.

Bazin gratta à la porte ; Aramis n'avait plus de raison pour le tenir à distance ; il lui permit d'entrer.

Bazin resta stupéfait à la vue de cet or, et oublia qu'il venait annoncer d'Artagnan, qui, curieux de savoir ce que c'était que le mendiant, venait chez Aramis en sortant de chez Athos.

Or, comme d'Artagnan ne se gênait pas avec Aramis, voyant que Bazin oubliait de l'annoncer, il s'annonça lui-même.

« Ah ! diable, mon cher Aramis, dit d'Artagnan, si ce sont là les pruneaux [1] qu'on nous envoie de Tours, vous en ferez mon compliment au jardinier qui les récolte.

— Vous vous trompez, mon cher, dit Aramis toujours discret : c'est mon libraire qui vient de m'envoyer le prix de ce poème en vers d'une syllabe que j'avais commencé là-bas.

— Ah ! vraiment ! dit d'Artagnan ; eh bien ! votre libraire est généreux, mon cher Aramis, voilà tout ce que je puis vous dire.

— Comment, Monsieur ! s'écria Bazin, un poème se vend si cher ! c'est incroyable ! Oh ! Monsieur ! vous faites tout ce que vous voulez, vous pouvez devenir l'égal de M. de Voiture et de M. de Benserade [2]. J'aime encore cela, moi. Un poète, c'est presque un abbé [3]. Ah ! Monsieur Aramis, mettez-vous donc poète, je vous en prie.

— Bazin, mon ami, dit Aramis, je crois que vous vous mêlez à la conversation. »

Bazin comprit qu'il était dans son tort ; il baissa la tête, et sortit.

« Ah ! dit d'Artagnan avec un sourire, vous vendez

---

1. La Touraine produisait des pruneaux réputés.
2. Poètes mondains. Pour plus de détails, *cf. Répertoire des personnages*.
3. Au XVIIe siècle, il n'était pas rare en effet d'être à la fois abbé et poète (*cf.* Godeau).

vos productions au poids de l'or : vous êtes bien heureux, mon ami ; mais prenez garde, vous allez perdre cette lettre qui sort de votre casaque, et qui est sans doute aussi de votre libraire. »

Aramis rougit jusqu'au blanc des yeux, renfonça sa lettre, et reboutonna son pourpoint.

« Mon cher d'Artagnan, dit-il, nous allons, si vous le voulez bien, aller trouver nos amis ; et puisque je suis riche, nous recommencerons aujourd'hui à dîner ensemble en attendant que vous soyez riches à votre tour.

— Ma foi ! dit d'Artagnan, avec grand plaisir. Il y a longtemps que nous n'avons fait un dîner convenable ; et comme j'ai pour mon compte une expédition quelque peu hasardeuse à faire ce soir, je ne serais pas fâché, je l'avoue, de me monter un peu la tête avec quelques bouteilles de vieux bourgogne.

— Va pour le vieux bourgogne ; je ne le déteste pas non plus », dit Aramis, auquel la vue de l'or avait enlevé comme avec la main ses idées de retraite.

Et ayant mis trois ou quatre doubles pistoles dans sa poche pour répondre aux besoins du moment, il enferma les autres dans le coffre d'ébène incrusté de nacre, où était déjà le fameux mouchoir qui lui avait servi de talisman.

Les deux amis se rendirent d'abord chez Athos, qui, fidèle au serment qu'il avait fait de ne pas sortir, se chargea de faire apporter à dîner chez lui : comme il entendait à merveille les détails gastronomiques, d'Artagnan et Aramis ne firent aucune difficulté de lui abandonner ce soin important.

Ils se rendaient chez Porthos, lorsque, au coin de la rue du Bac, ils rencontrèrent Mousqueton, qui, d'un air piteux, chassait devant lui un mulet et un cheval.

D'Artagnan poussa un cri de surprise, qui n'était pas exempt d'un mélange de joie.

« Ah ! mon cheval jaune ! s'écria-t-il. Aramis, regardez ce cheval !

— Oh ! l'affreux roussin [1] ! dit Aramis.

— Eh bien ! mon cher, reprit d'Artagnan, c'est le cheval sur lequel je suis venu à Paris.

— Comment, Monsieur connaît ce cheval ? dit Mousqueton.

— Il est d'une couleur originale, fit Aramis ; c'est le seul que j'aie jamais vu de ce poil-là.

— Je le crois bien, reprit d'Artagnan, aussi je l'ai vendu trois écus, et il faut bien que ce soit pour le poil, car la carcasse ne vaut certes pas dix-huit livres [2]. Mais comment ce cheval se trouve-t-il entre tes mains, Mousqueton ?

— Ah ! dit le valet, ne m'en parlez pas, Monsieur, c'est un affreux tour du mari de notre duchesse !

— Comment cela, Mousqueton ?

— Oui, nous sommes vus d'un très bon œil par une femme de qualité, la duchesse de... ; mais pardon ! mon maître m'a recommandé d'être discret : elle nous avait forcés d'accepter un petit souvenir, un magnifique genet d'Espagne [3] et un mulet andalou, que c'était merveilleux à voir ; le mari a appris la chose, il a confisqué au passage les deux magnifiques bêtes qu'on nous envoyait, et il leur a substitué ces horribles animaux !

— Que tu lui ramènes ? dit d'Artagnan.

— Justement ! reprit Mousqueton ; vous comprenez que nous ne pouvons point accepter de pareilles montures en échange de celles que l'on nous avait promises.

— Non, pardieu, quoique j'eusse voulu voir Porthos sur mon Bouton-d'Or ; cela m'aurait donné une idée de ce que j'étais moi-même, quand je suis arrivé

---

1. *Roussin* (au Moyen Age solide cheval de charge, pas forcément roux) était devenu par la suite un terme péjoratif.
2. Une certaine confusion règne ici dans les monnaies. Car d'Artagnan a vendu son cheval *trois* écus, c'est-à-dire *neuf* livres (p. 75). Or son raisonnement implique ici que seule la couleur de la bête a justifié un tel prix, la carcasse valant moins, et non davantage.
3. Cheval de petite taille, mais très réputé.

à Paris. Mais que nous ne t'arrêtions pas, Mousqueton ; va faire la commission de ton maître, va. Est-il chez lui ?

— Oui, Monsieur, dit Mousqueton, mais bien maussade, allez ! »

Et il continua son chemin vers le quai des Grands-Augustins [1], tandis que les deux amis allaient sonner à la porte de l'infortuné Porthos. Celui-ci les avait vus traversant la cour, et il n'avait garde d'ouvrir. Ils sonnèrent donc inutilement.

Cependant, Mousqueton continuait sa route, et, traversant le Pont-Neuf, toujours chassant devant lui ses deux haridelles [2], il atteignit la rue aux Ours. Arrivé là, il attacha, selon les ordres de son maître, cheval et mulet au marteau de la porte du procureur ; puis, sans s'inquiéter de leur sort futur, il s'en revint trouver Porthos et lui annonça que sa commission était faite.

Au bout d'un certain temps, les deux malheureuses bêtes, qui n'avaient pas mangé depuis le matin, firent un tel bruit en soulevant et en laissant retomber le marteau de la porte, que le procureur ordonna à son saute-ruisseau d'aller s'informer dans le voisinage à qui appartenaient ce cheval et ce mulet.

Mme Coquenard reconnut son présent, et ne comprit rien d'abord à cette restitution ; mais bientôt la visite de Porthos l'éclaira. Le courroux qui brillait dans les yeux du mousquetaire, malgré la contrainte qu'il s'imposait, épouvanta la sensible amante. En effet, Mousqueton n'avait point caché à son maître qu'il avait rencontré d'Artagnan et Aramis, et que d'Artagnan, dans le cheval jaune, avait reconnu le bidet béarnais sur lequel il était venu à Paris, et qu'il avait vendu trois écus.

Porthos sortit après avoir donné rendez-vous à la

---

1. Le quai des Grands-Augustins, sur la rive gauche de la Seine, existe encore, entre la place Saint-Michel et la rue Dauphine. Il doit son nom à un très important couvent.

2. *Haridelle* : mauvais cheval maigre et mal bâti.

procureuse dans le cloître Saint-Magloire [1]. Le procureur, voyant que Porthos partait, l'invita à dîner, invitation que le mousquetaire refusa avec un air plein de majesté.

Mme Coquenard se rendit toute tremblante au cloître Saint-Magloire, car elle devinait les reproches qui l'y attendaient ; mais elle était fascinée par les grandes façons de Porthos.

Tout ce qu'un homme blessé dans son amour-propre peut laisser tomber d'imprécations [2] et de reproches sur la tête d'une femme, Porthos le laissa tomber sur la tête courbée de la procureuse.

« Hélas ! dit-elle, j'ai fait pour le mieux. Un de nos clients est marchand de chevaux, il devait de l'argent à l'étude, et s'est montré récalcitrant. J'ai pris ce mulet et ce cheval pour ce qu'il nous devait ; il m'avait promis deux montures royales.

— Eh bien ! Madame, dit Porthos, s'il vous devait plus de cinq écus, votre maquignon est un voleur.

— Il n'est pas défendu de chercher le bon marché, Monsieur Porthos, dit la procureuse cherchant à s'excuser.

— Non, Madame, mais ceux qui cherchent le bon marché doivent permettre aux autres de chercher des amis plus généreux. »

Et Porthos, tournant sur ses talons, fit un pas pour se retirer.

« Monsieur Porthos ! Monsieur Porthos ! s'écria la procureuse, j'ai tort, je le reconnais, je n'aurais pas dû marchander quand il s'agissait d'équiper un cavalier comme vous ! »

Porthos, sans répondre, fit un second pas de retraite.

La procureuse crut le voir dans un nuage étincelant tout entouré de duchesses et de marquises qui lui jetaient des sacs d'or sous les pieds.

1. *Cf.* p. 464, n. 1.
2. Malédictions.

« Arrêtez, au nom du Ciel ! Monsieur Porthos, s'écria-t-elle, arrêtez et causons.

— Causer avec vous me porte malheur, dit Porthos.

— Mais, dites-moi, que demandez-vous ?

— Rien, car cela revient au même que si je vous demandais quelque chose. »

La procureuse se pendit au bras de Porthos, et, dans l'élan de sa douleur, elle s'écria :

« Monsieur Porthos, je suis ignorante de tout cela, moi ; sais-je ce que c'est qu'un cheval ? sais-je ce que c'est que des harnais !

— Il fallait vous en rapporter à moi, qui m'y connais, Madame ; mais vous avez voulu ménager [1], et, par conséquent, prêter à usure.

— C'est un tort, Monsieur Porthos, et je le réparerai sur ma parole d'honneur.

— Et comment cela ? demanda le mousquetaire.

— Ecoutez. Ce soir M. Coquenard va chez M. le duc de Chaulnes [2], qui l'a mandé. C'est pour une consultation qui durera deux heures au moins, venez, nous serons seuls, et nous ferons nos comptes.

— A la bonne heure ! voilà qui est parler, ma chère !

— Vous me pardonnez ?

— Nous verrons », dit majestueusement Porthos.

Et tous deux se séparèrent en se disant : « A ce soir. »

« Diable ! pensa Porthos en s'éloignant, il me semble que je me rapproche enfin du bahut de maître Coquenard. »

---

1. *Ménager* : économiser. *Prêter à usure* : prêter à des taux excessifs, et par extension, faire des bénéfices indus. Rappelons qu'au XVIIᵉ siècle, les prêts à intérêt, même non usuraire, étaient interdits par l'Eglise.

2. Personnage réel, dont le nom est jeté ici au hasard.

XXXV

LA NUIT TOUS LES CHATS SONT GRIS

Ce soir, attendu si impatiemment par Porthos et par d'Artagnan, arriva enfin.

D'Artagnan, comme d'habitude, se présenta vers les neuf heures chez Milady. Il la trouva d'une humeur charmante ; jamais elle ne l'avait si bien reçu. Notre Gascon vit du premier coup d'œil que son billet avait été remis, et ce billet faisait son effet.

Ketty entra pour apporter des sorbets. Sa maîtresse lui fit une mine charmante, lui sourit de son plus gracieux sourire ; mais, hélas ! la pauvre fille était si triste, qu'elle ne s'aperçut même pas de la bienveillance de Milady.

D'Artagnan regardait l'une après l'autre ces deux femmes, et il était forcé de s'avouer que la nature s'était trompée en les formant ; à la grande dame elle avait donné une âme vénale [1] et vile, à la soubrette elle avait donné le cœur d'une duchesse.

A dix heures Milady commença à paraître inquiète, d'Artagnan comprit ce que cela voulait dire ; elle regardait la pendule, se levait, se rasseyait, souriait à d'Artagnan d'un air qui voulait dire : Vous êtes fort aimable sans doute, mais vous seriez charmant si vous partiez !

D'Artagnan se leva et prit son chapeau ; Milady lui donna sa main à baiser ; le jeune homme sentit qu'elle la lui serrait et comprit que c'était par un sentiment non pas de coquetterie, mais de reconnaissance à cause de son départ.

« Elle l'aime diablement », murmura-t-il. Puis il sortit.

Cette fois Ketty ne l'attendait aucunement, ni dans l'antichambre, ni dans le corridor, ni sous la grande

---

1. *Vénal* : qu'on peut acheter avec de l'argent.

porte. Il fallut que d'Artagnan trouvât tout seul l'escalier et la petite chambre.

Ketty était assise la tête cachée dans ses mains, et pleurait.

Elle entendit entrer d'Artagnan, mais elle ne releva point la tête ; le jeune homme alla à elle et lui prit les mains, alors elle éclata en sanglots.

Comme l'avait présumé d'Artagnan, Milady, en recevant la lettre, avait, dans le délire de sa joie, tout dit à sa suivante ; puis, en récompense de la manière dont cette fois elle avait fait la commission, elle lui avait donné une bourse. Ketty, en rentrant chez elle, avait jeté la bourse dans un coin, où elle était restée tout ouverte, dégorgeant trois ou quatre pièces d'or sur le tapis.

La pauvre fille, à la voix de d'Artagnan, releva la tête. D'Artagnan lui-même fut effrayé du bouleversement de son visage ; elle joignit les mains d'un air suppliant, mais sans oser dire une parole.

Si peu sensible que fût le cœur de d'Artagnan, il se sentit attendri par cette douleur muette ; mais il tenait trop à ses projets et surtout à celui-ci, pour rien changer au programme qu'il avait fait d'avance. Il ne laissa donc à Ketty aucun espoir de le fléchir, seulement il lui présenta son action comme une simple vengeance.

Cette vengeance, au reste, devenait d'autant plus facile, que Milady, sans doute pour cacher sa rougeur à son amant, avait recommandé à Ketty d'éteindre toutes les lumières dans l'appartement, et même dans sa chambre, à elle. Avant le jour, M. de Wardes devait sortir, toujours dans l'obscurité.

Au bout d'un instant on entendit Milady qui rentrait dans sa chambre. D'Artagnan s'élança aussitôt dans son armoire. A peine y était-il blotti que la sonnette se fit entendre.

Ketty entra chez sa maîtresse, et ne laissa point la porte ouverte ; mais la cloison était si mince, que l'on entendait à peu près tout ce qui se disait entre les deux femmes.

Milady semblait ivre de joie, elle se faisait répéter par Ketty les moindres détails de la prétendue entre-vue de la soubrette avec de Wardes, comment il avait reçu sa lettre, comment il avait répondu, quelle était l'expression de son visage, s'il paraissait bien amou-reux ; et à toutes ces questions la pauvre Ketty, forcée de faire bonne contenance, répondait d'une voix étouffée dont sa maîtresse ne remarquait même pas l'accent douloureux, tant le bonheur est égoïste.

Enfin, comme l'heure de son entretien avec le comte approchait, Milady fit en effet tout éteindre chez elle, et ordonna à Ketty de rentrer dans sa chambre, et d'introduire de Wardes aussitôt qu'il se présenterait.

L'attente de Ketty ne fut pas longue. A peine d'Arta-gnan eut-il vu par le trou de la serrure de son armoire que tout l'appartement était dans l'obscurité, qu'il s'élança de sa cachette au moment même où Ketty refermait la porte de communication.

« Qu'est-ce que ce bruit ? demanda Milady.

— C'est moi, dit d'Artagnan à demi-voix ; moi, le comte de Wardes.

— Oh ! mon Dieu, mon Dieu ! murmura Ketty, il n'a pas même pu attendre l'heure qu'il avait fixée lui-même !

— Eh bien ! dit Milady d'une voix tremblante, pourquoi n'entre-t-il pas ? Comte, comte, ajouta-t-elle, vous savez bien que je vous attends ! »

A cet appel, d'Artagnan éloigna doucement Ketty et s'élança dans la chambre de Milady.

Si la rage et la douleur doivent torturer une âme, c'est celle de l'amant qui reçoit sous un nom qui n'est pas le sien des protestations d'amour qui s'adressent à son heureux rival.

D'Artagnan était dans une situation douloureuse qu'il n'avait pas prévue, la jalousie le mordait au cœur, et il souffrait presque autant que la pauvre Ketty, qui pleurait en ce même moment dans la chambre voi-sine.

« Oui, comte, disait Milady de sa plus douce voix en

lui serrant tendrement la main dans les siennes ; oui, je suis heureuse de l'amour que vos regards et vos paroles m'ont exprimé chaque fois que nous nous sommes rencontrés. Moi aussi, je vous aime. Oh ! demain, demain, je veux quelque gage de vous qui me prouve que vous pensez à moi, et comme vous pourriez m'oublier, tenez. »

Et elle passa une bague de son doigt à celui de d'Artagnan.

D'Artagnan se rappela avoir vu cette bague à la main de Milady : c'était un magnifique saphir entouré de brillants.

Le premier mouvement de d'Artagnan fut de le lui rendre, mais Milady ajouta :

« Non, non ; gardez cette bague pour l'amour de moi. Vous me rendez d'ailleurs, en l'acceptant, ajouta-t-elle d'une voix émue, un service bien plus grand que vous ne sauriez l'imaginer. »

« Cette femme est pleine de mystères », murmura en lui-même d'Artagnan.

En ce moment il se sentit prêt à tout révéler. Il ouvrit la bouche pour dire à Milady qui il était, et dans quel but de vengeance il était venu, mais elle ajouta :

« Pauvre ange, que ce monstre de Gascon a failli tuer ! »

Le monstre, c'était lui.

« Oh ! continua Milady, est-ce que vos blessures vous font encore souffrir ?

— Oui, beaucoup, dit d'Artagnan, qui ne savait trop que répondre.

— Soyez tranquille, murmura Milady, je vous vengerai, moi et cruellement ! »

« Peste ! se dit d'Artagnan, le moment des confidences n'est pas encore venu. »

Il fallut quelque temps à d'Artagnan pour se remettre de ce petit dialogue : mais toutes les idées de vengeance qu'il avait apportées s'étaient complètement évanouies. Cette femme exerçait sur lui une incroyable puissance, il la haïssait et l'adorait à la fois, il n'avait jamais cru que deux sentiments si contraires pussent habiter dans le même cœur, et en se réunissant, former un amour étrange et en quelque sorte diabolique.

Cependant une heure venait de sonner ; il fallut se séparer ; d'Artagnan, au moment de quitter Milady, ne sentit plus qu'un vif regret de s'éloigner, et, dans l'adieu passionné qu'ils s'adressèrent réciproquement, une nouvelle entrevue fut convenue pour la semaine suivante. La pauvre Ketty espérait pouvoir adresser quelques mots à d'Artagnan lorsqu'il passerait dans sa chambre ; mais Milady le reconduisit elle-même dans l'obscurité et ne le quitta que sur l'escalier.

Le lendemain au matin, d'Artagnan courut chez Athos. Il était engagé dans une si singulière aventure qu'il voulait lui demander conseil. Il lui raconta tout : Athos fronça plusieurs fois le sourcil.

« Votre Milady, lui dit-il, me paraît une créature infâme, mais vous n'en avez pas moins eu tort de la tromper : vous voilà d'une façon ou d'une autre une ennemie terrible sur les bras. »

Et tout en lui parlant, Athos regardait avec attention le saphir entouré de diamants qui avait pris au doigt de d'Artagnan la place de la bague de la reine, soigneusement remise dans un écrin.

« Vous regardez cette bague ? dit le Gascon tout glorieux d'étaler aux regards de ses amis un si riche présent.

— Oui, dit Athos, elle me rappelle un bijou de famille.

— Elle est belle, n'est-ce pas ? dit d'Artagnan.

— Magnifique ! répondit Athos ; je ne croyais pas qu'il existât deux saphirs d'une si belle eau. L'avez-vous donc troquée contre votre diamant ?

— Non, dit d'Artagnan ; c'est un cadeau de ma belle Anglaise, ou plutôt de ma belle Française : car, quoique je ne le lui aie point demandé, je suis convaincu qu'elle est née en France.

— Cette bague vous vient de Milady ? s'écria Athos

avec une voix dans laquelle il était facile de distinguer une grande émotion.

— D'elle-même ; elle me l'a donnée cette nuit.

— Montrez-moi donc cette bague, dit Athos.

— La voici », répondit d'Artagnan en la tirant de son doigt.

Athos l'examina et devint très pâle, puis il l'essaya à l'annulaire de sa main gauche ; elle allait à ce doigt comme si elle eût été faite pour lui. Un nuage de colère et de vengeance passa sur le front ordinairement calme du gentilhomme.

« Il est impossible que ce soit la même, dit-il ; comment cette bague se trouverait-elle entre les mains de Milady Clarick ? Et cependant il est bien difficile qu'il y ait entre deux bijoux une pareille ressemblance.

— Connaissez-vous cette bague ? demanda d'Artagnan.

— J'avais cru la reconnaître, dit Athos, mais sans doute que je me trompais. »

Et il la rendit à d'Artagnan, sans cesser cependant de la regarder.

« Tenez, dit-il au bout d'un instant, d'Artagnan, ôtez cette bague de votre doigt ou tournez-en le chaton en dedans ; elle me rappelle de si cruels souvenirs, que je n'aurais pas ma tête pour causer avec vous. Ne veniez-vous pas me demander des conseils, ne me disiez-vous point que vous étiez embarrassé sur ce que vous deviez faire ?... Mais attendez... rendez-moi ce saphir : celui dont je voulais parler doit avoir une de ses faces éraillée par suite d'un accident. »

D'Artagnan tira de nouveau la bague de son doigt et la rendit à Athos.

Athos tressaillit :

« Tenez, dit-il, voyez, n'est-ce pas étrange ? »

Et il montrait à d'Artagnan cette égratignure qu'il se rappelait devoir exister.

« Mais de qui vous venait ce saphir, Athos ?

— De ma mère, qui le tenait de sa mère à elle.

Comme je vous le dis, c'est un vieux bijou... qui ne devait jamais sortir de la famille.

— Et vous l'avez... vendu ? demanda avec hésitation d'Artagnan.

— Non, reprit Athos avec un singulier sourire ; je l'ai donné pendant une nuit d'amour, comme il vous a été donné à vous. »

D'Artagnan resta pensif à son tour, il lui semblait voir dans l'âme de Milady des abîmes dont les profondeurs étaient sombres et inconnues.

Il remit la bague non pas à son doigt, mais dans sa poche.

« Ecoutez, lui dit Athos en lui prenant la main, vous savez si je vous aime, d'Artagnan ; j'aurais un fils que je ne l'aimerais pas plus que vous. Eh bien ! croyez-moi, renoncez à cette femme. Je ne la connais pas, mais une espèce d'intuition me dit que c'est une créature perdue, et qu'il y a quelque chose de fatal en elle.

— Et vous avez raison, dit d'Artagnan. Aussi, je m'en sépare ; je vous avoue que cette femme m'effraie moi-même.

— Aurez-vous ce courage ? dit Athos.

— Je l'aurai, répondit d'Artagnan, et à l'instant même.

— Eh bien ! vrai, mon enfant, vous avez raison, dit le gentilhomme en serrant la main du Gascon avec une affection presque paternelle ; que Dieu veuille que cette femme, qui est à peine entrée dans votre vie, n'y laisse pas une trace funeste ! »

Et Athos salua d'Artagnan de la tête, en homme qui veut faire comprendre qu'il n'est pas fâché de rester seul avec ses pensées.

En rentrant chez lui d'Artagnan trouva Ketty, qui l'attendait. Un mois de fièvre n'eût pas plus changé la pauvre enfant qu'elle ne l'était pour cette nuit d'insomnie et de douleur.

Elle était envoyée par sa maîtresse au faux de Wardes. Sa maîtresse était folle d'amour, ivre de joie :

elle voulait savoir quand le comte lui donnerait une seconde entrevue.

Et la pauvre Ketty, pâle et tremblante, attendait la réponse de d'Artagnan.

Athos avait une grande influence sur le jeune homme : les conseils de son ami joints aux cris de son propre cœur l'avaient déterminé, maintenant que son orgueil était sauvé et sa vengeance satisfaite, à ne plus revoir Milady. Pour toute réponse il prit donc une plume et écrivit la lettre suivante :

« Ne comptez pas sur moi, Madame, pour le prochain rendez-vous : depuis ma convalescence j'ai tant d'occupations de ce genre qu'il m'a fallu y mettre un certain ordre. Quand votre tour viendra, j'aurai l'honneur de vous en faire part.

« Je vous baise les mains.

« Comte DE WARDES. »

Du saphir pas un mot : le Gascon voulait-il garder une arme contre Milady ? ou bien, soyons franc, ne conservait-il pas ce saphir comme une dernière ressource pour l'équipement ?

On aurait tort au reste de juger les actions d'une époque au point de vue d'une autre époque. Ce qui aujourd'hui serait regardé comme une honte pour un galant homme était dans ce temps une chose toute simple et toute naturelle, et les cadets des meilleures familles se faisaient en général entretenir par leurs maîtresses.

D'Artagnan passa sa lettre tout ouverte à Ketty, qui la lut d'abord sans la comprendre et qui faillit devenir folle de joie en la relisant une seconde fois.

Ketty ne pouvait croire à ce bonheur : d'Artagnan fut forcé de lui renouveler de vive voix les assurances que la lettre lui donnait par écrit ; et quel que fût, avec le caractère emporté de Milady, le danger que courût la pauvre enfant à remettre ce billet à sa maîtresse, elle n'en revint pas moins place Royale de toute la vitesse de ses jambes.

Le cœur de la meilleure femme est impitoyable pour les douleurs d'une rivale.

Milady ouvrit la lettre avec un empressement égal à celui que Ketty avait mis à l'apporter ; mais au premier mot qu'elle lut, elle devint livide ; puis elle froissa le papier ; puis elle se retourna avec un éclair dans les yeux du côté de Ketty.

« Qu'est-ce que cette lettre ? dit-elle.

— Mais c'est la réponse à celle de Madame, répondit Ketty toute tremblante.

— Impossible ! s'écria Milady ; impossible qu'un gentilhomme ait écrit à une femme une pareille lettre ! »

Puis tout à coup tressaillant :

« Mon Dieu ! dit-elle, saurait-il... » Et elle s'arrêta.

Ses dents grinçaient, elle était couleur de cendre : elle voulut faire un pas vers la fenêtre pour aller chercher de l'air ; mais elle ne put qu'étendre les bras, les jambes lui manquèrent, et elle tomba sur un fauteuil.

Ketty crut qu'elle se trouvait mal et se précipita pour ouvrir son corsage. Mais Milady se releva vivement :

« Que me voulez-vous ? dit-elle, et pourquoi portez-vous la main sur moi ?

— J'ai pensé que Madame se trouvait mal et j'ai voulu lui porter secours, répondit la suivante tout épouvantée de l'expression terrible qu'avait prise la figure de sa maîtresse.

— Me trouver mal, moi ? moi ? me prenez-vous pour une femmelette ? Quand on m'insulte, je ne me trouve pas mal, je me venge, entendez-vous ! »

Et de la main elle fit signe à Ketty de sortir.

XXXVI

RÊVE DE VENGEANCE

Le soir Milady donna l'ordre d'introduire M. d'Artagnan aussitôt qu'il viendrait, selon son habitude. Mais il ne vint pas.

Le lendemain Ketty vint voir de nouveau le jeune homme et lui raconta tout ce qui s'était passé la veille : d'Artagnan sourit ; cette jalouse colère de Milady, c'était sa vengeance.

Le soir Milady fut plus impatiente encore que la veille, elle renouvela l'ordre relatif au Gascon ; mais comme la veille elle l'attendit inutilement.

Le lendemain Ketty se présenta chez d'Artagnan, non plus joyeuse et alerte comme les deux jours précédents, mais au contraire triste à mourir.

D'Artagnan demanda à la pauvre fille ce qu'elle avait ; mais celle-ci, pour toute réponse, tira une lettre de sa poche et la lui remit.

Cette lettre était de l'écriture de Milady : seulement cette fois elle était bien à l'adresse de d'Artagnan et non à celle de M. de Wardes.

Il l'ouvrit et lut ce qui suit :

« Cher Monsieur d'Artagnan, c'est mal de négliger ainsi ses amis, surtout au moment où l'on va les quitter pour si longtemps. Mon beau-frère et moi nous avons attendu hier et avant-hier inutilement. En sera-t-il de même ce soir ?

« Votre bien reconnaissante,

« LADY CLARICK. »

« C'est tout simple, dit d'Artagnan, et je m'attendais à cette lettre. Mon crédit hausse de la baisse du comte de Wardes.

— Est-ce que vous irez ? demanda Ketty.

— Ecoute, ma chère enfant, dit le Gascon, qui cherchait à s'excuser à ses propres yeux de manquer à la promesse qu'il avait faite à Athos, tu comprends qu'il serait impolitique de ne pas se rendre à une invitation si positive. Milady, en ne me voyant pas revenir, ne comprendrait rien à l'interruption de mes visites, elle pourrait se douter de quelque chose, et qui peut dire jusqu'où irait la vengeance d'une femme de cette trempe [1] ?

— Oh ! mon Dieu ! dit Ketty, vous savez présenter les choses de façon que vous avez toujours raison. Mais vous allez encore lui faire la cour ; et si cette fois vous alliez lui plaire sous votre véritable nom et votre vrai visage, ce serait bien pis que la première fois ! »

L'instinct faisait deviner à la pauvre fille une partie de ce qui allait arriver.

D'Artagnan la rassura du mieux qu'il put et lui promit de rester insensible aux séductions de Milady.

Il lui fit répondre qu'il était on ne peut plus reconnaissant de ses bontés et qu'il se rendrait à ses ordres ; mais il n'osa lui écrire de peur de ne pouvoir, à des yeux aussi exercés que ceux de Milady, déguiser suffisamment son écriture.

A neuf heures sonnant, d'Artagnan était place Royale. Il était évident que les domestiques qui attendaient dans l'antichambre étaient prévenus, car aussitôt que d'Artagnan parut, avant même qu'il eût demandé si Milady était visible, un d'eux courut l'annoncer.

« Faites entrer », dit Milady d'une voix brève, mais si perçante que d'Artagnan l'entendit de l'antichambre.

On l'introduisit.

« Je n'y suis pour personne, dit Milady ; entendez-vous, pour personne. »

Le laquais sortit.

D'Artagnan jeta un regard curieux sur Milady : elle était pâle et avait les yeux fatigués, soit par les larmes, soit par l'insomnie. On avait avec intention diminué

---

1. *Trempe* : traitement qu'on fait subir à l'acier pour le durcir ; d'où, au figuré, fermeté morale.

le nombre habituel des lumières, et cependant la jeune femme ne pouvait arriver à cacher les traces de la fièvre qui l'avait dévorée depuis deux jours.

D'Artagnan s'approcha d'elle avec sa galanterie ordinaire ; elle fit alors un effort suprême pour le recevoir, mais jamais physionomie plus bouleversée ne démentit sourire plus aimable.

Aux questions que d'Artagnan lui fit sur sa santé :

« Mauvaise, répondit-elle, très mauvaise.

— Mais alors, dit d'Artagnan, je suis indiscret, vous avez besoin de repos sans doute et je vais me retirer.

— Non pas, dit Milady ; au contraire, restez, Monsieur d'Artagnan, votre aimable compagnie me distraira. »

« Oh ! oh ! pensa d'Artagnan, elle n'a jamais été si charmante, défions-nous. »

Milady prit l'air le plus affectueux qu'elle put prendre, et donna tout l'éclat possible à sa conversation. En même temps cette fièvre qui l'avait abandonnée un instant revenait rendre l'éclat à ses yeux, le coloris à ses joues, le carmin à ses lèvres. D'Artagnan retrouva la Circé [1] qui l'avait déjà enveloppé de ses enchantements. Son amour, qu'il croyait éteint et qui n'était qu'assoupi, se réveilla dans son cœur. Milady souriait et d'Artagnan sentait qu'il se damnerait pour ce sourire.

Il y eut un moment où il sentit quelque chose comme un remords de ce qu'il avait fait contre elle.

Peu à peu Milady devint plus communicative. Elle demanda à d'Artagnan s'il avait une maîtresse.

« Hélas ! dit d'Artagnan de l'air le plus sentimental qu'il put prendre, pouvez-vous être assez cruelle pour me faire une pareille question, à moi qui, depuis que je vous ai vue, ne respire et ne soupire que par vous et pour vous ! »

Milady sourit d'un étrange sourire.

---

1. Circé est la magicienne qui ensorcelle Ulysse et ses compagnons dans l'*Odyssée*.

« Ainsi vous m'aimez ? dit-elle.

— Ai-je besoin de vous le dire, et ne vous en êtes-vous point aperçue ?

— Si fait ; mais, vous le savez, plus les cœurs sont fiers, plus ils sont difficiles à prendre.

— Oh ! les difficultés ne m'effraient pas, dit d'Artagnan ; il n'y a que les impossibilités qui m'épouvantent.

— Rien n'est impossible, dit Milady, à un véritable amour.

— Rien, Madame ?

— Rien », reprit Milady.

« Diable ! reprit d'Artagnan à part lui, la note est changée. Deviendrait-elle amoureuse de moi, par hasard, la capricieuse, et serait-elle disposée à me donner à moi-même quelque autre saphir pareil à celui qu'elle m'a donné me prenant pour de Wardes ? »

D'Artagnan rapprocha vivement son siège de celui de Milady.

« Voyons, dit-elle, que feriez-vous bien pour prouver cet amour dont vous parlez ?

— Tout ce qu'on exigerait de moi. Qu'on ordonne, et je suis prêt.

— A tout ?

— A tout ! s'écria d'Artagnan qui savait d'avance qu'il n'avait pas grand-chose à risquer en s'engageant ainsi.

— Eh bien ! causons un peu, dit à son tour Milady en rapprochant son fauteuil de la chaise de d'Artagnan.

— Je vous écoute, Madame », dit celui-ci.

Milady resta un instant soucieuse et comme indécise ; puis paraissant prendre une résolution :

« J'ai un ennemi, dit-elle.

— Vous, Madame ! s'écria d'Artagnan jouant la surprise, est-ce possible, mon Dieu ? belle et bonne comme vous l'êtes !

— Un ennemi mortel.

— En vérité ?

— Un ennemi qui m'a insultée si cruellement que c'est entre lui et moi une guerre à mort. Puis-je compter sur vous comme auxiliaire ? »

D'Artagnan comprit sur-le-champ où la vindicative [1] créature en voulait venir.

« Vous le pouvez, Madame, dit-il avec emphase, mon bras et ma vie vous appartiennent comme mon amour.

— Alors, dit Milady, puisque vous êtes aussi généreux qu'amoureux... »

Elle s'arrêta.

« Eh bien ? demanda d'Artagnan.

— Eh bien ! reprit Milady après un moment de silence, cessez dès aujourd'hui de parler d'impossibilités.

— Ne m'accablez pas de mon bonheur », s'écria d'Artagnan en se précipitant à genoux et en couvrant de baisers les mains qu'on lui abandonnait.

« Venge-moi de cet infâme de Wardes, murmura Milady entre ses dents, et je saurai bien me débarrasser de toi ensuite, double sot, lame d'épée vivante ! »

« Tombe volontairement entre mes bras après m'avoir raillé si effrontément, hypocrite et dangereuse femme, pensait d'Artagnan de son côté, et ensuite je rirai de toi avec celui que tu veux tuer par ma main. »

D'Artagnan releva la tête.

« Je suis prêt, dit-il.

— Vous m'avez donc comprise, cher Monsieur d'Artagnan ! dit Milady.

— Je devinerais un de vos regards.

— Ainsi vous emploieriez pour moi votre bras, qui s'est déjà acquis tant de renommée ?

— A l'instant même.

— Mais moi, dit Milady, comment paierai-je un pareil service ; je connais les amoureux, ce sont des gens qui ne font rien pour rien ?

1. Avide de vengeance.

— Vous savez la seule réponse que je désire, dit d'Artagnan, la seule qui soit digne de vous et de moi ! »

Et il l'attira doucement vers lui.

Elle résista à peine.

« Intéressé ! dit-elle en souriant.

— Ah ! s'écria d'Artagnan véritablement emporté par la passion que cette femme avait le don d'allumer dans son cœur, ah ! c'est que mon bonheur me paraît invraisemblable, et qu'ayant toujours peur de le voir s'envoler comme un rêve, j'ai hâte d'en faire une réalité.

— Eh bien ! méritez donc ce prétendu bonheur.

— Je suis à vos ordres, dit d'Artagnan.

— Bien sûr ? fit Milady avec un dernier doute.

— Nommez-moi l'infâme qui a pu faire pleurer vos beaux yeux.

— Qui vous dit que j'ai pleuré ? dit-elle.

— Il me semblait...

— Les femmes comme moi ne pleurent pas, dit Milady.

— Tant mieux ! Voyons, dites-moi comment il s'appelle.

— Songez que son nom c'est tout mon secret.

— Il faut cependant que je sache son nom.

— Oui, il le faut ; voyez si j'ai confiance en vous !

— Vous me comblez de joie. Comment s'appelle-t-il ?

— Vous le connaissez.

— Vraiment ?

— Oui.

— Ce n'est pas un de mes amis ? reprit d'Artagnan en jouant l'hésitation pour faire croire à son ignorance.

— Si c'était un de vos amis, vous hésiteriez donc ? » s'écria Milady. Et un éclair de menace passa dans ses yeux.

« Non, fût-ce mon frère ! » s'écria d'Artagnan comme emporté par l'enthousiasme.

Notre Gascon s'avançait sans risque ; car il savait où il allait.

« J'aime votre dévouement, dit Milady.

— Hélas n'aimez-vous que cela en moi ? demanda d'Artagnan.

— Je vous aime aussi, vous », dit-elle en lui prenant la main.

Et l'ardente pression fit frissonner d'Artagnan, comme si, par le toucher, cette fièvre qui brûlait Milady le gagnait lui-même.

« Vous m'aimez, vous ! s'écria-t-il. Oh ! si cela était, ce serait à en perdre la raison. »

Et il l'enveloppa de ses deux bras. Elle n'essaya point d'écarter ses lèvres de son baiser, seulement elle ne le lui rendit pas.

Ses lèvres étaient froides : il sembla à d'Artagnan qu'il venait d'embrasser une statue.

Il n'en était pas moins ivre de joie, électrisé d'amour ; il croyait presque à la tendresse de Milady ; il croyait presque au crime de de Wardes. Si de Wardes eût été en ce moment sous sa main, il l'eût tué.

Milady saisit l'occasion.

« Il s'appelle..., dit-elle à son tour.

— De Wardes, je le sais, s'écria d'Artagnan.

— Et comment le savez-vous ? » demanda Milady en lui saisissant les deux mains et en essayant de lire par ses yeux jusqu'au fond de son âme.

D'Artagnan sentit qu'il s'était laissé emporter, et qu'il avait fait une faute.

« Dites, dites, mais dites donc ! répétait Milady, comment le savez-vous ?

— Comment je le sais ? dit d'Artagnan.

— Oui.

— Je le sais, parce que, hier, de Wardes, dans un salon où j'étais, a montré une bague qu'il a dit tenir de vous.

— Le misérable ! » s'écria Milady.

L'épithète, comme on le comprend bien, retentit jusqu'au fond du cœur de d'Artagnan.

« Eh bien ? continua-t-elle.

— Eh bien ! je vous vengerai de ce misérable, reprit d'Artagnan en se donnant des airs de don Japhet d'Arménie [1].

— Merci, mon brave ami ! s'écria Milady ; et quand serai-je vengée ?

— Demain, tout de suite, quand vous voudrez. »

Milady allait s'écrier : « Tout de suite » ; mais elle réfléchit qu'une pareille précipitation serait peu gracieuse pour d'Artagnan.

D'ailleurs, elle avait mille précautions à prendre, mille conseils à donner à son défenseur, pour qu'il évitât les explications devant témoins avec le comte. Tout cela se trouva prévu par un mot de d'Artagnan.

« Demain, dit-il, vous serez vengée ou je serai mort.

— Non ! dit-elle, vous me vengerez ; mais vous ne mourrez pas. C'est un lâche.

— Avec les femmes peut-être, mais pas avec les hommes. J'en sais quelque chose, moi.

— Mais il me semble que dans votre lutte avec lui, vous n'avez pas eu à vous plaindre de la fortune.

— La fortune est une courtisane [2] : favorable hier, elle peut me trahir demain.

— Ce qui veut dire que vous hésitez maintenant.

— Non, je n'hésite pas, Dieu m'en garde ; mais serait-il juste de me laisser aller à une mort possible sans m'avoir donné au moins un peu plus que de l'espoir ? »

Milady répondit par un coup d'œil qui voulait dire : « N'est-ce que cela ? parlez donc. »

Puis, accompagnant le coup d'œil de paroles explicatives :

« C'est trop juste, dit-elle tendrement.

— Oh ! vous êtes un ange, dit le jeune homme.

---

1. La comédie de Scarron qui porte ce titre fut créée en 1651-1652. Elle resta longtemps au répertoire. On la jouait encore sous la Restauration. Le personnage de Don Japhet, bouffon de Charles Quint, fou dans les deux sens du terme, était célèbre pour ses vantardises burlesques.
2. Une prostituée, ignorant la fidélité.

— Ainsi, tout est convenu ? dit-elle.

— Sauf ce que je vous demande, chère âme !

— Mais, lorsque je vous dis que vous pouvez vous fier à ma tendresse ?

— Je n'ai pas de lendemain pour attendre.

— Silence ; j'entends mon frère : il est inutile qu'il vous trouve ici. »

Elle sonna ; Ketty parut.

« Sortez par cette porte, dit-elle en poussant une petite porte dérobée, et revenez à onze heures ; nous achèverons cet entretien : Ketty vous introduira chez moi. »

La pauvre enfant pensa tomber à la renverse en entendant ces paroles.

« Eh bien ! que faites-vous, Mademoiselle, à demeurer là immobile comme une statue ? Allons, reconduisez le chevalier ; et ce soir, à onze heures, vous avez entendu ! »

« Il paraît que ses rendez-vous sont à onze heures, pensa d'Artagnan : c'est une habitude prise. »

Milady lui tendit une main qu'il baisa tendrement.

« Voyons, dit-il en se retirant et en répondant à peine aux reproches de Ketty, voyons, ne soyons pas un sot ; décidément cette femme est une grande scélérate : prenons garde. »

XXXVII

LE SECRET DE MILADY

D'Artagnan était sorti de l'hôtel au lieu de monter tout de suite chez Ketty, malgré les instances que lui avait faites la jeune fille, et cela pour deux raisons : la première, parce que de cette façon il évitait les reproches, les récriminations, les prières ; la seconde, parce qu'il n'était pas fâché de lire un peu dans sa pensée, et, s'il était possible, dans celle de cette femme.

Tout ce qu'il y avait de plus clair là-dedans, c'est que d'Artagnan aimait Milady comme un fou et qu'elle ne l'aimait pas le moins du monde. Un instant d'Artagnan comprit que ce qu'il aurait de mieux à faire serait de rentrer chez lui et d'écrire à Milady une longue lettre dans laquelle il lui avouerait que lui et de Wardes étaient jusqu'à présent absolument le même, que par conséquent il ne pouvait s'engager, sous peine de suicide, à tuer de Wardes. Mais lui aussi était éperonné d'un féroce désir de vengeance ; il voulait posséder à son tour cette femme sous son propre nom ; et comme cette vengeance lui paraissait avoir une certaine douceur, il ne voulait point y renoncer.

Il fit cinq ou six fois le tour de la place Royale, se retournant de dix pas en dix pas pour regarder la lumière de l'appartement de Milady, qu'on apercevait à travers les jalousies ; il était évident que cette fois la jeune femme était moins pressée que la première de rentrer dans sa chambre.

Enfin la lumière disparut.

Avec cette lueur s'éteignit la dernière irrésolution dans le cœur de d'Artagnan ; il se rappela les détails de la première nuit, et, le cœur bondissant, la tête en feu, il rentra dans l'hôtel et se précipita dans la chambre de Ketty.

La jeune fille, pâle comme la mort, tremblant de tous ses membres, voulut arrêter son amant ; mais Milady, l'oreille au guet, avait entendu le bruit qu'avait fait d'Artagnan : elle ouvrit la porte.

« Venez », dit-elle.

Tout cela était d'une si incroyable imprudence, d'une si monstrueuse effronterie, qu'à peine si d'Artagnan pouvait croire à ce qu'il voyait et à ce qu'il entendait. Il croyait être entraîné dans quelqu'une de ces intrigues fantastiques comme on en accomplit en rêve.

Il ne s'élança pas moins vers Milady, cédant à cette attraction que l'aimant exerce sur le fer.

La porte se referma derrière eux.

Ketty s'élança à son tour contre la porte.

La jalousie, la fureur, l'orgueil offensé, toutes les passions enfin qui se disputent le cœur d'une femme amoureuse la poussaient à une révélation ; mais elle était perdue si elle avouait avoir donné les mains [1] à une pareille machination ; et, par-dessus tout, d'Artagnan était perdu pour elle. Cette dernière pensée d'amour lui conseilla encore ce dernier sacrifice.

D'Artagnan, de son côté, était arrivé au comble de tous ses vœux : ce n'était plus un rival qu'on aimait en lui, c'était lui-même qu'on avait l'air d'aimer. Une voix secrète lui disait bien au fond du cœur qu'il n'était qu'un instrument de vengeance que l'on caressait en attendant qu'il donnât la mort, mais l'orgueil, mais l'amour-propre, mais la folie faisaient taire cette voix, étouffaient ce murmure. Puis notre Gascon, avec la dose de confiance que nous lui connaissons, se comparait à de Wardes et se demandait pourquoi, au bout du compte, on ne l'aimerait pas, lui aussi, pour lui-même.

Il s'abandonna donc tout entier aux sensations du moment. Milady ne fut plus pour lui cette femme aux intentions fatales qui l'avait un instant épouvanté, ce fut une maîtresse ardente et passionnée s'abandonnant tout entière à un amour qu'elle semblait éprouver elle-même. Deux heures à peu près s'écoulèrent ainsi.

Cependant les transports des deux amants se calmèrent ; Milady, qui n'avait point les mêmes motifs que d'Artagnan pour oublier, revint la première à la réalité et demanda au jeune homme si les mesures qui devaient amener le lendemain entre lui et de Wardes une rencontre étaient bien arrêtées d'avance dans son esprit.

Mais d'Artagnan, dont les idées avaient pris un tout autre cours, s'oublia comme un sot et répondit

1. Collaboré.

galamment qu'il était bien tard pour s'occuper de duels à coups d'épée.

Cette froideur pour les seuls intérêts qui l'occupassent effraya Milady, dont les questions devinrent plus pressantes.

Alors d'Artagnan, qui n'avait jamais sérieusement pensé à ce duel impossible, voulut détourner la conversation, mais il n'était plus de force.

Milady le contint dans les limites qu'elle avait tracées d'avance avec son esprit irrésistible et sa volonté de fer.

D'Artagnan se crut fort spirituel en conseillant à Milady de renoncer, en pardonnant à de Wardes, aux projets furieux qu'elle avait formés.

Mais aux premiers mots qu'il dit, la jeune femme tressaillit et s'éloigna.

« Auriez-vous peur, cher d'Artagnan ? dit-elle d'une voix aiguë et railleuse qui résonna étrangement dans l'obscurité.

— Vous ne le pensez pas, chère âme ! répondit d'Artagnan ; mais enfin, si ce pauvre comte de Wardes était moins coupable que vous ne le pensez ?

— En tout cas, dit gravement Milady, il m'a trompée, et du moment où il m'a trompée il a mérité la mort.

— Il mourra donc, puisque vous le condamnez ! » dit d'Artagnan d'un ton si ferme, qu'il parut à Milady l'expression d'un dévouement à toute épreuve.

Aussitôt elle se rapprocha de lui.

Nous ne pourrions dire le temps que dura la nuit pour Milady ; mais d'Artagnan croyait être près d'elle depuis deux heures à peine lorsque le jour parut aux fentes des jalousies [1] et bientôt envahit la chambre de sa lueur blafarde.

Alors Milady, voyant que d'Artagnan allait la quitter, lui rappela la promesse qu'il lui avait faite de la venger de de Wardes.

---

1. Dispositif de fermeture composé de lamelles mobiles orientables.

« Je suis tout prêt, dit d'Artagnan, mais auparavant je voudrais être certain d'une chose.

— De laquelle ? demanda Milady.

— C'est que vous m'aimez.

— Je vous en ai donné la preuve, ce me semble.

— Oui, aussi je suis à vous corps et âme.

— Merci, mon brave amant ! mais de même que je vous ai prouvé mon amour, vous me prouverez le vôtre à votre tour, n'est-ce pas ?

— Certainement. Mais si vous m'aimez comme vous me le dites, reprit d'Artagnan, ne craignez-vous pas un peu pour moi ?

— Que puis-je craindre ?

— Mais enfin, que je sois blessé dangereusement, tué même.

— Impossible, dit Milady, vous êtes un homme si vaillant et une si fine épée.

— Vous ne préféreriez donc point, reprit d'Artagnan, un moyen qui vous vengerait de même tout en rendant inutile le combat. »

Milady regarda son amant en silence : cette lueur blafarde des premiers rayons du jour donnait à ses yeux clairs une expression étrangement funeste.

« Vraiment, dit-elle, je crois que voilà que vous hésitez maintenant.

— Non, je n'hésite pas ; mais c'est que ce pauvre comte de Wardes me fait vraiment peine depuis que vous ne l'aimez plus, et il me semble qu'un homme doit être si cruellement puni par la perte seule de votre amour, qu'il n'a pas besoin d'autre châtiment.

— Qui vous dit que je l'aie aimé ? demanda Milady.

— Au moins puis-je croire maintenant sans trop de fatuité que vous en aimez un autre, dit le jeune homme d'un ton caressant, et je vous le répète, je m'intéresse au comte.

— Vous ? demanda Milady.

— Oui moi.

— Et pourquoi vous ?

— Parce que seul je sais...

— Quoi ?

— Qu'il est loin d'être ou plutôt d'avoir été aussi coupable envers vous qu'il le paraît.

— En vérité ! dit Milady d'un air inquiet ; expliquez-vous, car je ne sais vraiment ce que vous voulez dire. »

Et elle regardait d'Artagnan, qui la tenait embrassée, avec des yeux qui semblaient s'enflammer peu à peu.

« Oui, je suis galant homme, moi ! dit d'Artagnan, décidé à en finir ; et depuis que votre amour est à moi, que je suis bien sûr de le posséder, car je le possède, n'est-ce pas ?...

— Tout entier, continuez.

— Eh bien ! je me sens comme transporté, un aveu me pèse.

— Un aveu ?

— Si j'eusse douté de votre amour je ne l'eusse pas fait ; mais vous m'aimez, ma belle maîtresse ? n'est-ce pas, vous m'aimez ?

— Sans doute.

— Alors si par excès d'amour je me suis rendu coupable envers vous, vous me pardonnerez ?

— Peut-être ! »

D'Artagnan essaya, avec le plus doux sourire qu'il pût prendre, de rapprocher ses lèvres des lèvres de Milady, mais celle-ci l'écarta.

« Cet aveu, dit-elle en pâlissant, quel est cet aveu ?

— Vous aviez donné rendez-vous à de Wardes, jeudi dernier, dans cette même chambre, n'est-ce pas ?

— Moi, non ! cela n'est pas, dit Milady d'un ton de voix si ferme et d'un visage si impassible, que si d'Artagnan n'eût pas eu une certitude si parfaite, il eût douté.

— Ne mentez pas, mon bel ange, dit d'Artagnan en souriant, ce serait inutile.

— Comment cela ? parlez donc ! vous me faites mourir !

— Oh ! rassurez-vous, vous n'êtes point coupable envers moi, et je vous ai déjà pardonné !

— Après, après ?

— De Wardes ne peut se glorifier de rien.

— Pourquoi ? Vous m'avez dit vous-même que cette bague...

— Cette bague, mon amour, c'est moi qui l'ai. Le comte de Wardes de jeudi et le d'Artagnan d'aujourd'hui sont la même personne. »

L'imprudent s'attendait à une surprise mêlée de pudeur, à un petit orage qui se résoudrait en larmes ; mais il se trompait étrangement, et son erreur ne fut pas longue.

Pâle et terrible, Milady se redressa, et, repoussant d'Artagnan d'un violent coup dans la poitrine, elle s'élança hors du lit.

Il faisait alors presque grand jour.

D'Artagnan la retint par son peignoir de fine toile des Indes pour implorer son pardon ; mais elle, d'un mouvement puissant et résolu, elle essaya de fuir. Alors la batiste se déchira en laissant à nu les épaules, et, sur l'une de ces belles épaules rondes et blanches, d'Artagnan, avec un saisissement inexprimable, reconnut la fleur de lys, cette marque indélébile qu'imprime la main infamante du bourreau.

« Grand Dieu ! » s'écria d'Artagnan en lâchant le peignoir.

Et il demeura muet, immobile et glacé sur le lit.

Mais Milady se sentait dénoncée par l'effroi même de d'Artagnan. Sans doute il avait tout vu : le jeune homme maintenant savait son secret, secret terrible, que tout le monde ignorait, excepté lui.

Elle se retourna, non plus comme une femme furieuse, mais comme une panthère blessée.

« Ah ! misérable, dit-elle, tu m'as lâchement trahie, et de plus tu as mon secret ! Tu mourras ! »

Et elle courut à un coffret de marqueterie posé sur la toilette, l'ouvrit d'une main fiévreuse et tremblante, en tira un petit poignard à manche d'or, à la lame aiguë et mince, et revint d'un bond sur d'Artagnan à demi nu.

Quoique le jeune homme fût brave, on le sait, il fut

épouvanté de cette figure bouleversée, de ces pupilles dilatées horriblement, de ces joues pâles et de ces lèvres sanglantes ; il recula jusqu'à la ruelle [1], comme il eût fait à l'approche d'un serpent qui eût rampé vers lui, et son épée se rencontrant sous sa main souillée de sueur, il la tira du fourreau.

Mais sans s'inquiéter de l'épée, Milady essaya de remonter sur le lit pour le frapper, et elle ne s'arrêta que lorsqu'elle sentit la pointe aiguë sur sa gorge.

Alors elle essaya de saisir cette épée avec les mains ; mais d'Artagnan l'écarta toujours de ses étreintes, et, la lui présentant tantôt aux yeux, tantôt à la poitrine, il se laissa glisser à bas du lit, cherchant pour faire retraite la porte qui conduisait chez Ketty.

Milady, pendant ce temps, se ruait sur lui avec d'horribles transports, rugissant d'une façon formidable [2].

Cependant cela ressemblait à un duel, aussi d'Artagnan se remettait petit à petit.

« Bien, belle dame, bien ! disait-il, mais, de par Dieu, calmez-vous, ou je vous dessine une seconde fleur de lis sur l'autre épaule.

— Infâme ! infâme ! » hurlait Milady.

Mais d'Artagnan, cherchant toujours la porte, se tenait sur la défensive.

Au bruit qu'ils faisaient, elle renversant les meubles pour aller à lui, lui s'abritant derrière les meubles pour se garantir d'elle, Ketty ouvrit la porte. D'Artagnan, qui avait sans cesse manœuvré pour se rapprocher de cette porte, n'en était plus qu'à trois pas. D'un seul élan il s'élança de la chambre de Milady dans celle de la suivante, et, rapide comme l'éclair, il referma la porte, contre laquelle il s'appuya de tout son poids tandis que Ketty poussait les verrous.

1. Espace entre le lit et le mur.
2. *Cf.* p. 312, n. 1.

Alors Milady essaya de renverser l'arc-boutant [1] qui l'enfermait dans sa chambre, avec des forces bien au-dessus de celles d'une femme ; puis, lorsqu'elle sentit que c'était chose impossible, elle cribla la porte de coups de poignard, dont quelques-uns traversèrent l'épaisseur du bois.

Chaque coup était accompagné d'une imprécation terrible.

« Vite, vite, Ketty, dit d'Artagnan à demi-voix lorsque les verrous furent mis, fais-moi sortir de l'hôtel, ou si nous lui laissons le temps de se retourner, elle me fera tuer par les laquais.

— Mais vous ne pouvez pas sortir ainsi, dit Ketty, vous êtes tout nu.

— C'est vrai, dit d'Artagnan, qui s'aperçut alors seulement du costume dans lequel il se trouvait, c'est vrai ; habille-moi comme tu pourras, mais hâtons-nous ; comprends-tu, il y va de la vie et de la mort ! »

Ketty ne comprenait que trop ; en un tour de main elle l'affubla d'une robe à fleurs, d'une large coiffe et d'un mantelet ; elle lui donna des pantoufles, dans lesquelles il passa ses pieds nus, puis elle l'entraîna par les degrés [2]. Il était temps, Milady avait déjà sonné et réveillé tout l'hôtel. Le portier tira le cordon [3] à la voix de Ketty au moment même où Milady, à demi nue de son côté, criait par la fenêtre :

« N'ouvrez pas ! »

---

1. Au sens propre, maçonnerie élevée à l'extérieur d'une église pour équilibrer la poussée des voûtes sur les murs. Il s'agit ici de la porte.
2. L'escalier.
3. Le *cordon* commandant l'ouverture de la porte sur la rue.

XXXVIII

COMMENT, SANS SE DÉRANGER, ATHOS TROUVA SON ÉQUIPEMENT

Le jeune homme s'enfuit tandis qu'elle le menaçait encore d'un geste impuissant. Au moment où elle le perdit de vue, Milady tomba évanouie dans sa chambre.

D'Artagnan était tellement bouleversé, que, sans s'inquiéter de ce que deviendrait Ketty, il traversa la moitié de Paris tout en courant, et ne s'arrêta que devant la porte d'Athos. L'égarement de son esprit, la terreur qui l'éperonnait, les cris de quelques patrouilles qui se mirent à sa poursuite, et les huées de quelques passants qui, malgré l'heure peu avancée, se rendaient à leurs affaires, ne firent que précipiter sa course.

Il traversa la cour, monta les deux étages d'Athos et frappa à la porte à tout rompre.

Grimaud vint ouvrir les yeux bouffis de sommeil. D'Artagnan s'élança avec tant de force dans l'antichambre, qu'il faillit le culbuter en entrant.

Malgré le mutisme habituel du pauvre garçon, cette fois la parole lui revint.

« Hé, là, là ! s'écria-t-il, que voulez-vous, coureuse ? que demandez-vous, drôlesse ? »

D'Artagnan releva ses coiffes et dégagea ses mains de dessous son mantelet ; à la vue de ses moustaches et de son épée nue, le pauvre diable s'aperçut qu'il avait affaire à un homme.

Il crut alors que c'était quelque assassin.

« Au secours ! à l'aide ! au secours ! s'écria-t-il.

— Tais-toi, malheureux ! dit le jeune homme, je suis d'Artagnan, ne me reconnais-tu pas ? Où est ton maître ?

— Vous, Monsieur d'Artagnan ! s'écria Grimaud épouvanté. Impossible.

— Grimaud, dit Athos sortant de son appartement

en robe de chambre, je crois que vous vous permettez de parler.

— Ah ! Monsieur ! c'est que...

— Silence. »

Grimaud se contenta de montrer du doigt d'Artagnan à son maître.

Athos reconnut son camarade, et, tout flegmatique qu'il était, il partit d'un éclat de rire que motivait bien la mascarade étrange qu'il avait sous les yeux : coiffes de travers, jupes tombantes sur les souliers ; manches retroussées et moustaches raides d'émotion.

« Ne riez pas, mon ami, s'écria d'Artagnan ; de par le Ciel ne riez pas, car, sur mon âme, je vous le dis, il n'y a point de quoi rire. »

Et il prononça ces mots d'un air si solennel et avec une épouvante si vraie qu'Athos lui prit aussitôt les mains en s'écriant :

« Seriez-vous blessé, mon ami ? vous êtes bien pâle !

— Non, mais il vient de m'arriver un terrible événement. Êtes-vous seul, Athos ?

— Pardieu ! qui voulez-vous donc qui soit chez moi à cette heure ?

— Bien, bien. »

Et d'Artagnan se précipita dans la chambre d'Athos.

« Hé, parlez ! dit celui-ci en refermant la porte et en poussant les verrous pour n'être pas dérangés. Le roi est-il mort ? Avez-vous tué M. le cardinal ? Vous êtes tout renversé ; voyons, voyons, dites, car je meurs véritablement d'inquiétude.

— Athos, dit d'Artagnan se débarrassant de ses vêtements de femme et apparaissant en chemise, préparez-vous à entendre une histoire incroyable, inouïe.

— Prenez d'abord cette robe de chambre », dit le mousquetaire à son ami.

D'Artagnan passa la robe de chambre, prenant une manche pour une autre tant il était encore ému.

« Eh bien ? dit Athos.

— Eh bien ! répondit d'Artagnan en se courbant vers l'oreille d'Athos et en baissant la voix, Milady est marquée d'une fleur de lys à l'épaule.

— Ah ! cria le mousquetaire comme s'il eût reçu une balle dans le cœur.

— Voyons, dit d'Artagnan, êtes-vous sûr que l'*autre* soit bien morte ?

— L'*autre* ? dit Athos d'une voix si sourde, qu'à peine si d'Artagnan l'entendit.

— Oui, celle dont vous m'avez parlé un jour à Amiens. »

Athos poussa un gémissement et laissa tomber sa tête dans ses mains.

« Celle-ci, continua d'Artagnan, est une femme de vingt-six à vingt-huit ans.

— Blonde, dit Athos, n'est-ce pas ?

— Oui.

— Des yeux bleu clair, d'une clarté étrange, avec des cils et sourcils noirs.

— Oui.

— Grande, bien faite ? Il lui manque une dent près de l'œillère [1] gauche.

— Oui.

— La fleur de lys est petite, rousse de couleur et comme effacée par les couches de pâte qu'on y applique.

— Oui.

— Cependant vous dites qu'elle est Anglaise !

— On l'appelle Milady, mais elle peut être Française. Malgré cela, Lord de Winter n'est que son beau-frère.

— Je veux la voir, d'Artagnan.

— Prenez garde, Athos, prenez garde ; vous avez voulu la tuer, elle est femme à vous rendre la pareille et à ne pas vous manquer.

— Elle n'osera rien dire, car ce serait se dénoncer elle-même.

---

1. Une des canines supérieures, dites dents de l'œil.

— Elle est capable de tout ! L'avez-vous jamais vue furieuse ?

— Non, dit Athos.

— Une tigresse, une panthère ! Ah ! mon cher Athos ! j'ai bien peur d'avoir attiré sur nous deux une vengeance terrible ! »

D'Artagnan raconta tout alors : la colère insensée de Milady et ses menaces de mort.

« Vous avez raison, et, sur mon âme, je donnerais ma vie pour un cheveu [1], dit Athos. Heureusement, c'est après-demain que nous quittons Paris ; nous allons, selon toute probabilité, à La Rochelle, et une fois partis...

— Elle vous suivra jusqu'au bout du monde, Athos, si elle vous reconnaît ; laissez donc sa haine s'exercer sur moi seul.

— Ah ! mon cher ! que m'importe qu'elle me tue ! dit Athos ; est-ce que par hasard vous croyez que je tiens à la vie ?

— Il y a quelque horrible mystère sous tout cela. Athos ! cette femme est l'espion du cardinal, j'en suis sûr !

— En ce cas, prenez garde à vous. Si le cardinal ne vous a pas dans une haute admiration pour l'affaire de Londres, il vous a en grande haine ; mais comme, au bout du compte, il ne peut rien vous reprocher ostensiblement, et qu'il faut que haine se satisfasse, surtout quand c'est une haine de cardinal, prenez garde à vous ! Si vous sortez, ne sortez pas seul ; si vous mangez, prenez vos précautions : méfiez-vous de tout enfin, même de votre ombre.

— Heureusement, dit d'Artagnan, qu'il s'agit seulement d'aller jusqu'à après-demain soir sans encombre, car une fois à l'armée nous n'aurons plus, je l'espère, que des hommes à craindre.

— En attendant, dit Athos, je renonce à mes projets de réclusion [2], et je vais partout avec vous : il faut

1. Je crois que ma vie ne tient qu'à un cheveu.
2. Enfermement.

que vous retourniez rue des Fossoyeurs, je vous accompagne.

— Mais si près que ce soit d'ici, reprit d'Artagnan, je ne puis y retourner comme cela.

— C'est juste », dit Athos. Et il tira la sonnette.

Grimaud entra.

Athos lui fit signe d'aller chez d'Artagnan, et d'en rapporter des habits.

Grimaud répondit par un autre signe qu'il comprenait parfaitement et partit.

« Ah çà ! mais voilà qui ne nous avance pas pour l'équipement, cher ami, dit Athos ; car, si je ne m'abuse, vous avez laissé toute votre défroque chez Milady, qui n'aura sans doute pas l'attention de vous la retourner. Heureusement que vous avez le saphir.

— Le saphir est à vous, mon cher Athos ! Ne m'avez-vous pas dit que c'était une bague de famille ?

— Oui, mon père l'acheta deux mille écus [1], à ce qu'il me dit autrefois ; il faisait partie des cadeaux de noce qu'il fit à ma mère ; et il est magnifique. Ma mère me le donna, et moi, fou que j'étais, plutôt que de garder cette bague comme une relique sainte, je la donnai à mon tour à cette misérable.

— Alors, mon cher, reprenez cette bague, à laquelle je comprends que vous devez tenir.

— Moi, reprendre cette bague, après qu'elle a passé par les mains de l'infâme ! jamais : cette bague est souillée, d'Artagnan.

— Vendez-la donc.

— Vendre un diamant qui vient de ma mère ! je vous avoue que je regarderais cela comme une profanation.

— Alors engagez-la, on vous prêtera bien dessus un millier d'écus. Avec cette somme vous serez au-dessus de vos affaires, puis, au premier argent qui vous rentrera, vous la dégagerez, et vous la repren-

---

1. Inadvertances : Athos a dit plus haut que ce saphir venait de sa grand-mère maternelle et, plus bas, il parle d'un diamant.

drez lavée de ses anciennes taches, car elle aura passé
par les mains des usuriers. »

Athos sourit.

« Vous êtes un charmant compagnon, dit-il, mon
cher d'Artagnan ; vous relevez par votre éternelle
gaieté les pauvres esprits dans l'affliction. Eh bien !
oui, engageons cette bague, mais à une condition !

— Laquelle ?

— C'est qu'il y aura cinq cents écus pour vous et
cinq cents écus pour moi.

— Y songez-vous, Athos ? Je n'ai pas besoin du
quart de cette somme, moi qui suis dans les gardes, et
en vendant ma selle je me la procurerai. Que me
faut-il ? Un cheval pour Planchet, voilà tout. Puis
vous oubliez que j'ai une bague aussi.

— A laquelle vous tenez encore plus, ce me semble,
que je ne tiens, moi, à la mienne ; du moins j'ai cru
m'en apercevoir.

— Oui, car dans une circonstance extrême elle
peut nous tirer non seulement de quelque grand
embarras, mais encore de quelque grand danger ;
c'est non seulement un diamant précieux, mais c'est
encore un talisman enchanté.

— Je ne vous comprends pas, mais je crois à ce que
vous me dites. Revenons donc à ma bague, ou plutôt
à la vôtre ; vous toucherez la moitié de la somme
qu'on nous donnera sur elle ou je la jette dans la
Seine, et je doute que, comme à Polycrate, quelque
poisson soit assez complaisant pour nous la rapporter [1].

— Eh bien ! donc, j'accepte ! » dit d'Artagnan.

En ce moment Grimaud rentra accompagné de
Planchet ; celui-ci, inquiet de son maître et curieux de
savoir ce qui lui était arrivé, avait profité de la circonstance et apportait les habits lui-même.

---

1. Selon l'historien grec Hérodote, le tyran de Samos Polycrate,
qui jouissait d'une chance insolente, avait voulu faire un sacrifice à
la fortune en jetant à la mer un anneau auquel il tenait. Mais il le
retrouva dans le ventre d'un poisson que lui apporta un pêcheur.

D'Artagnan s'habilla, Athos en fit autant : puis quand tous deux furent prêts à sortir, ce dernier fit à Grimaud le signe d'un homme qui met en joue ; celui-ci décrocha aussitôt son mousqueton et s'apprêta à accompagner son maître.

Athos et d'Artagnan suivis de leurs valets arrivèrent sans incident à la rue des Fossoyeurs. Bonacieux était sur la porte, il regarda d'Artagnan d'un air goguenard.

« Eh, mon cher locataire ! dit-il, hâtez-vous donc, vous avez une belle jeune fille qui vous attend chez vous, et les femmes, vous le savez, n'aiment pas qu'on les fasse attendre !

— C'est Ketty ! » s'écria d'Artagnan.

Et il s'élança dans l'allée.

Effectivement, sur le carré [1] conduisant à sa chambre, et tapie contre sa porte, il trouva la pauvre enfant toute tremblante. Dès qu'elle l'aperçut :

« Vous m'avez promis votre protection, vous m'avez promis de me sauver de sa colère, dit-elle ; souvenez-vous que c'est vous qui m'avez perdue !

— Oui, sans doute, dit d'Artagnan, sois tranquille, Ketty. Mais qu'est-il arrivé après mon départ ?

— Le sais-je ? dit Ketty. Aux cris qu'elle a poussés les laquais sont accourus, elle était folle de colère ; tout ce qu'il existe d'imprécations elle les a vomies contre vous. Alors j'ai pensé qu'elle se rappellerait que c'était par ma chambre que vous aviez pénétré dans la sienne, et qu'alors elle songerait que j'étais votre complice ; j'ai pris le peu d'argent que j'avais, mes hardes les plus précieuses, et je me suis sauvée.

— Pauvre enfant ! Mais que vais-je faire de toi ? Je pars après-demain.

— Tout ce que vous voudrez, Monsieur le chevalier, faites-moi quitter Paris, faites-moi quitter la France.

— Je ne puis cependant pas t'emmener avec moi au siège de La Rochelle, dit d'Artagnan.

— Non ; mais vous pouvez me placer en province,

1. Le palier.

chez quelque dame de votre connaissance : dans votre pays, par exemple.

— Ah ! ma chère amie ! dans mon pays les dames n'ont point de femmes de chambre. Mais, attends, j'ai ton affaire. Planchet, va me chercher Aramis : qu'il vienne tout de suite. Nous avons quelque chose de très important à lui dire.

— Je comprends, dit Athos ; mais pourquoi pas Porthos ? Il me semble que sa marquise...

— La marquise de Porthos se fait habiller par les clercs de son mari, dit d'Artagnan en riant. D'ailleurs Ketty ne voudrait pas demeurer rue aux Ours, n'est-ce pas, Ketty ?

— Je demeurerai où l'on voudra, dit Ketty, pourvu que je sois bien cachée et que l'on ne sache pas où je suis.

— Maintenant, Ketty, que nous allons nous séparer, et par conséquent que tu n'es plus jalouse de moi...

— Monsieur le chevalier, de loin ou de près, dit Ketty, je vous aimerai toujours. »

« Où diable la constance va-t-elle se nicher ? » murmura Athos.

« Moi aussi, dit d'Artagnan, moi aussi, je t'aimerai toujours, sois tranquille. Mais voyons, réponds-moi. Maintenant j'attache une grande importance à la question que je te fais : n'aurais-tu jamais entendu parler d'une jeune dame qu'on aurait enlevée pendant une nuit.

— Attendez donc... Oh ! mon Dieu ! Monsieur le chevalier, est-ce que vous aimez encore cette femme ?

— Non, c'est un de mes amis qui l'aime. Tiens, c'est Athos que voilà.

— Moi ! s'écria Athos avec un accent pareil à celui d'un homme qui s'aperçoit qu'il va marcher sur une couleuvre.

— Sans doute, vous ! fit d'Artagnan en serrant la main d'Athos. Vous savez bien l'intérêt que nous prenons tous à cette pauvre petite Mme Bonacieux. D'ailleurs Ketty ne dira rien : n'est-ce pas, Ketty ? Tu comprends, mon enfant, continua d'Artagnan, c'est la femme de cet affreux magot [1] que tu as vu sur le pas de la porte en entrant ici.

— Oh ! mon Dieu ! s'écria Ketty, vous me rappelez ma peur ; pourvu qu'il ne m'ait pas reconnue !

— Comment, reconnue ! tu as donc déjà vu cet homme ?

— Il est venu deux fois chez Milady.

— C'est cela. Vers quelle époque ?

— Mais il y a quinze ou dix-huit jours à peu près.

— Justement.

— Et hier soir il est revenu.

— Hier soir.

— Oui, un instant avant que vous vinssiez vous-même.

— Mon cher Athos, nous sommes enveloppés dans un réseau d'espions ! Et tu crois qu'il t'a reconnue, Ketty ?

— J'ai baissé ma coiffe en l'apercevant, mais peut-être était-il trop tard.

— Descendez, Athos, vous dont il se méfie moins que de moi, et voyez s'il est toujours sur sa porte. »

Athos descendit et remonta bientôt.

« Il est parti, dit-il, et la maison est fermée.

— Il est allé faire son rapport, et dire que tous les pigeons sont en ce moment au colombier.

— Eh bien ! mais, envolons-nous, dit Athos, et ne laissons ici que Planchet pour nous rapporter les nouvelles.

— Un instant ! Et Aramis que nous avons envoyé chercher !

— C'est juste, dit Athos, attendons Aramis. »

En ce moment Aramis entra.

On lui exposa l'affaire, et on lui dit comment il était urgent que parmi toutes ses hautes connaissances il trouvât une place à Ketty.

---

1. *Magot* (au sens propre, singe du genre des macaques) désigne aussi une statuette représentant un personnage obèse et grimaçant.

Aramis réfléchit un instant, et dit en rougissant :

« Cela vous rendra-t-il bien réellement service, d'Artagnan ?

— Je vous en serai reconnaissant toute ma vie.

— Eh bien ! Mme de Bois-Tracy m'a demandé, pour une de ses amies qui habite la province, je crois, une femme de chambre sûre ; et si vous pouvez, mon cher d'Artagnan, me répondre de Mademoiselle...

— Oh ! Monsieur, s'écria Ketty, je serai toute dévouée, soyez-en certain, à la personne qui me donnera les moyens de quitter Paris.

— Alors, dit Aramis, cela va pour le mieux. »

Il se mit à une table et écrivit un petit mot qu'il cacheta avec une bague, et donna le billet à Ketty.

« Maintenant, mon enfant, dit d'Artagnan, tu sais qu'il ne fait pas meilleur ici pour nous que pour toi. Ainsi séparons-nous. Nous nous retrouverons dans des jours meilleurs.

— Et dans quelque temps que nous nous retrouvions et dans quelque lieu que ce soit, dit Ketty, vous me retrouverez vous aimant encore comme je vous aime aujourd'hui. »

« Serment de joueur », dit Athos pendant que d'Artagnan allait reconduire Ketty sur l'escalier.

Un instant après, les trois jeunes gens se séparèrent en prenant rendez-vous à quatre heures chez Athos et en laissant Planchet pour garder la maison.

Aramis rentra chez lui, et Athos et d'Artagnan s'inquiétèrent du placement du saphir.

Comme l'avait prévu notre Gascon, on trouva facilement trois cents pistoles sur la bague. De plus, le juif [1] annonça que si on voulait la lui vendre, comme elle lui ferait un pendant magnifique pour des boucles d'oreilles, il en donnerait jusqu'à cinq cents pistoles.

Athos et d'Artagnan, avec l'activité de deux soldats et la science de deux connaisseurs, mirent trois heures à peine à acheter tout l'équipement du mousque-

---

1. La profession de prêteur sur gages était souvent exercée par des Juifs au XVIIᵉ siècle.

taire. D'ailleurs Athos était de bonne composition et grand seigneur jusqu'au bout des ongles. Chaque fois qu'une chose lui convenait, il payait le prix demandé sans essayer même d'en rabattre. D'Artagnan voulait bien là-dessus faire ses observations, mais Athos lui posait la main sur l'épaule en souriant, et d'Artagnan comprenait que c'était bon pour lui, petit gentilhomme gascon, de marchander, mais non pour un homme qui avait les airs d'un prince.

Le mousquetaire trouva un superbe cheval andalou, noir comme du jais, aux narines de feu, aux jambes fines et élégantes, qui prenait six ans [1]. Il l'examina et le trouva sans défaut. On le lui fit mille livres.

Peut-être l'eût-il eu pour moins ; mais tandis que d'Artagnan discutait sur le prix avec le maquignon, Athos comptait les cent pistoles sur la table.

Grimaud eut un cheval picard, trapu et fort, qui coûta trois cents livres.

Mais la selle de ce dernier cheval et les armes de Grimaud achetées, il ne restait plus un sou des cent cinquante pistoles d'Athos. D'Artagnan offrit à son ami de mordre une bouchée dans la part qui lui revenait, quitte à lui rendre plus tard ce qu'il lui aurait emprunté.

Mais Athos, pour toute réponse, se contenta de hausser les épaules.

« Combien le juif donnait-il du saphir pour l'avoir en toute propriété ? demanda Athos.

— Cinq cents pistoles.

— C'est-à-dire, deux cents pistoles de plus ; cent pistoles pour vous, cent pistoles pour moi. Mais c'est une véritable fortune, cela, mon ami, retournez chez le juif.

— Comment, vous voulez...

— Cette bague, décidément, me rappellerait de trop tristes souvenirs ; puis nous n'aurons jamais

---

1. Qui allait avoir six ans.

trois cents pistoles à lui rendre, de sorte que nous perdrions deux mille livres à ce marché. Allez lui dire que la bague est à lui, d'Artagnan, et revenez avec les deux cents pistoles.

— Réfléchissez, Athos.

— L'argent comptant est cher par le temps qui court, et il faut savoir faire des sacrifices. Allez, d'Artagnan, allez ; Grimaud vous accompagnera avec son mousqueton. »

Une demi-heure après, d'Artagnan revint avec les deux mille livres et sans qu'il lui fût arrivé aucun accident.

Ce fut ainsi qu'Athos trouva dans son ménage des ressources auxquelles il ne s'attendait pas.

XXXIX

UNE VISION

A quatre heures, les quatre amis étaient donc réunis chez Athos. Leurs préoccupations sur l'équipement avaient tout à fait disparu, et chaque visage ne conservait plus l'expression que de ses propres et secrètes inquiétudes ; car derrière tout bonheur présent est cachée une crainte à venir.

Tout à coup Planchet entra apportant deux lettres à l'adresse de d'Artagnan.

L'une était un petit billet gentiment plié en long avec un joli cachet de cire verte sur lequel était empreinte une colombe rapportant un rameau vert.

L'autre était une grande épître carrée et resplendissante des armes terribles de Son Eminence le cardinal-duc.

A la vue de la petite lettre, le cœur de d'Artagnan bondit, car il avait cru reconnaître l'écriture ; et quoiqu'il n'eût vu cette écriture qu'une fois, la mémoire en était restée au plus profond de son cœur.

Il prit donc la petite épître et la décacheta vivement.

« Promenez-vous, lui disait-on, mercredi prochain, de six heures à sept heures du soir, sur la route de Chaillot [1], et regardez avec soin dans les carrosses qui passeront, mais si vous tenez à votre vie et à celle des gens qui vous aiment, ne dites pas un mot, ne faites pas un mouvement qui puisse faire croire que vous avez reconnu celle qui s'expose à tout pour vous apercevoir un instant. »

Pas de signature.

« C'est un piège, dit Athos, n'y allez pas, d'Artagnan.

— Cependant, dit d'Artagnan, il me semble bien reconnaître l'écriture.

— Elle est peut-être contrefaite, reprit Athos ; à six ou sept heures, dans ce temps-ci, la route de Chaillot est tout à fait déserte : autant que vous alliez vous promener dans la forêt de Bondy [2].

— Mais si nous y allions tous ! dit d'Artagnan ; que diable ! on ne nous dévorera point tous les quatre ; plus, quatre laquais ; plus, les chevaux ; plus les armes.

— Puis ce sera une occasion de montrer nos équipages, dit Porthos.

— Mais si c'est une femme qui écrit, dit Aramis, et que cette femme désire ne pas être vue, songez que vous la compromettez, d'Artagnan : ce qui est mal de la part d'un gentilhomme.

— Nous resterons en arrière, dit Porthos, et lui seul s'avancera.

— Oui, mais un coup de pistolet est bientôt tiré d'un carrosse qui marche au galop.

— Bah ! dit d'Artagnan, on me manquera. Nous rejoindrons alors le carrosse, et nous exterminerons ceux qui se trouvent dedans. Ce sera toujours autant d'ennemis de moins.

1. Colline à l'ouest de Paris, aujourd'hui englobée dans la ville.
2. *Cf.* p. 304, n. 1.

— Il a raison, dit Porthos ; bataille ; il faut bien essayer nos armes d'ailleurs.

— Bah ! donnons-nous ce plaisir, dit Aramis de son air doux et nonchalant.

— Comme vous voudrez, dit Athos.

— Messieurs, dit d'Artagnan, il est quatre heures et demie, et nous avons le temps à peine d'être à six heures sur la route de Chaillot.

— Puis, si nous sortions trop tard, dit Porthos, on ne nous verrait pas, ce qui serait dommage. Allons donc nous apprêter, Messieurs.

— Mais cette seconde lettre, dit Athos, vous l'oubliez ; il me semble que le cachet indique cependant qu'elle mérite bien d'être ouverte : quant à moi, je vous déclare, mon cher d'Artagnan, que je m'en soucie bien plus que du petit brimborion [1] que vous venez tout doucement de glisser sur votre cœur.» »

D'Artagnan rougit.

« Eh bien ! dit le jeune homme, voyons, Messieurs, ce que me veut Son Eminence. »

Et d'Artagnan décacheta la lettre et lut :

« M. d'Artagnan, garde du roi, compagnie des Essarts, est attendu au Palais-Cardinal ce soir à huit heures.

« LA HOUDINIÈRE,

« Capitaine des gardes [2]. »

« Diable ! dit Athos, voici un rendez-vous bien autrement inquiétant que l'autre.

— J'irai au second en sortant du premier, dit d'Artagnan : l'un est pour sept heures, l'autre pour huit ; il y aura temps pour tout.

— Hum ! je n'irais pas, dit Aramis : un galant chevalier ne peut manquer à un rendez-vous donné par une dame ; mais un gentilhomme prudent peut

---

1. Petit objet de peu de valeur.
2. Personnage réel, dont Dumas a pu trouver le nom soit dans les *Mémoires* de La Porte, soit chez Courtilz.

s'excuser de ne pas se rendre chez Son Eminence, surtout lorsqu'il a quelque raison de croire que ce n'est pas pour y recevoir des compliments.

— Je suis de l'avis d'Aramis, dit Porthos.

— Messieurs, répondit d'Artagnan, j'ai déjà reçu par M. de Cavois pareille invitation de Son Eminence [1], je l'ai négligée, et le lendemain il m'est arrivé un grand malheur ! Constance a disparu ; quelque chose qui puisse advenir, j'irai.

— Si c'est un parti pris, dit Athos, faites.

— Mais la Bastille ? dit Aramis.

— Bah ! vous m'en tirerez, reprit d'Artagnan.

— Sans doute, reprirent Aramis et Porthos avec un aplomb admirable et comme si c'était la chose la plus simple, sans doute nous vous en tirerons ; mais, en attendant, comme nous devons partir après-demain, vous feriez mieux de ne pas risquer cette Bastille.

— Faisons mieux, dit Athos, ne le quittons pas de la soirée, attendons-le chacun à une porte du palais avec trois mousquetaires derrière nous ; si nous voyons sortir quelque voiture à portière fermée et à demi suspecte, nous tomberons dessus. Il y a longtemps que nous n'avons eu maille à partir avec les gardes de M. le cardinal, et M. de Tréville doit nous croire morts.

— Décidément, Athos, dit Aramis, vous étiez fait pour être général d'armée ; que dites-vous du plan, Messieurs ?

— Admirable ! répétèrent en chœur les jeunes gens.

— Eh bien ! dit Porthos, je cours à l'hôtel, je préviens nos camarades de se tenir prêts pour huit heures, le rendez-vous sera sur la place du Palais-Cardinal ; vous, pendant ce temps, faites seller les chevaux par les laquais.

— Mais moi, je n'ai pas de cheval, dit d'Artagnan ; mais je vais en faire prendre un chez M. de Tréville.

1. *Cf.* p. 375.

— C'est inutile, dit Aramis, vous prendrez un des miens.

— Combien en avez-vous donc ? demanda d'Artagnan.

— Trois, répondit en souriant Aramis.

— Mon cher ! dit Athos, vous êtes certainement le poète le mieux monté de France et de Navarre.

— Ecoutez, mon cher Aramis, vous ne saurez que faire de trois chevaux, n'est-ce pas ? je ne comprends pas même que vous ayez acheté trois chevaux.

— Aussi, je n'en ai acheté que deux, dit Aramis.

— Le troisième vous est donc tombé du ciel ?

— Non, le troisième m'a été amené ce matin même par un domestique sans livrée [1] qui n'a pas voulu me dire à qui il appartenait et qui m'a affirmé avoir reçu l'ordre de son maître...

— Ou de sa maîtresse, interrompit d'Artagnan.

— La chose n'y fait rien, dit Aramis en rougissant... et qui m'a affirmé, dis-je, avoir reçu l'ordre de sa maîtresse de mettre ce cheval dans mon écurie sans me dire de quelle part il venait.

— Il n'y a qu'aux poètes que ces choses-là arrivent, reprit gravement Athos.

— Eh bien ! en ce cas, faisons mieux, dit d'Artagnan ; lequel des deux chevaux monterez-vous : celui que vous avez acheté, ou celui qu'on vous a donné ?

— Celui que l'on m'a donné sans contredit ; vous comprenez, d'Artagnan, que je ne puis faire cette injure...

— Au donateur inconnu, reprit d'Artagnan.

— Ou à la donatrice mystérieuse, dit Athos.

— Celui que vous avez acheté vous devient donc inutile ?

— A peu près.

— Et vous l'avez choisi vous-même ?

— Et avec le plus grand soin ; la sûreté du cavalier,

---

1. Laquais sans *livrée* : en tenue neutre, sans le costume permettant d'identifier son maître.

vous le savez, dépend presque toujours de son cheval !

— Eh bien ! cédez-le-moi pour le prix qu'il vous a coûté !

— J'allais vous l'offrir, mon cher d'Artagnan, en vous donnant tout le temps qui vous sera nécessaire pour me rendre cette bagatelle.

— Et combien vous coûte-t-il ?

— Huit cents livres.

— Voici quarante doubles pistoles, mon cher ami, dit d'Artagnan en tirant la somme de sa poche ; je sais que c'est la monnaie avec laquelle on vous paie vos poèmes.

— Vous êtes donc en fonds ? dit Aramis.

— Riche, richissime, mon cher ! »

Et d'Artagnan fit sonner dans sa poche le reste de ses pistoles.

« Envoyez votre selle à l'Hôtel des Mousquetaires, et l'on vous amènera votre cheval ici avec les nôtres.

— Très bien ; mais il est bientôt cinq heures, hâtons-nous. »

Un quart d'heure après, Porthos apparut à un bout de la rue Férou sur un genet [1] magnifique ; Mousqueton le suivait sur un cheval d'Auvergne, petit, mais solide. Porthos resplendissait de joie et d'orgueil.

En même temps Aramis apparut à l'autre bout de la rue monté sur un superbe coursier anglais ; Bazin le suivait sur un cheval rouan, tenant en laisse un vigoureux mecklembourgeois [2] : c'était la monture de d'Artagnan.

Les deux mousquetaires se rencontrèrent à la porte : Athos et d'Artagnan les regardaient par la fenêtre.

« Diable ! dit Aramis, vous avez là un superbe cheval, mon cher Porthos.

---

1. *Genet* : *cf.* p. 518, n. 3.
2. *Rouan* : dont la robe est un mélange de poils blancs, fauves et noirs. — Le Mecklembourg, en Allemagne, produisait de solides chevaux.

— Oui, répondit Porthos ; c'est celui qu'on devait m'envoyer tout d'abord : une mauvaise plaisanterie du mari lui a substitué l'autre ; mais le mari a été puni depuis et j'ai obtenu toute satisfaction. »

Planchet et Grimaud parurent alors à leur tour, tenant en main les montures de leurs maîtres ; d'Artagnan et Athos descendirent, se mirent en selle près de leurs compagnons, et tous quatre se mirent en marche : Athos sur le cheval qu'il devait à sa femme, Aramis sur le cheval qu'il devait à sa maîtresse, Porthos sur le cheval qu'il devait à sa procureuse, et d'Artagnan sur le cheval qu'il devait à sa bonne fortune, la meilleure maîtresse qui soit.

Les valets suivirent.

Comme l'avait pensé Porthos, la cavalcade fit bon effet ; et si Mme Coquenard s'était trouvée sur le chemin de Porthos et eût pu voir quel grand air il avait sur son beau genet d'Espagne, elle n'aurait pas regretté la saignée qu'elle avait faite au coffre-fort de son mari.

Près du Louvre les quatre amis rencontrèrent M. de Tréville qui revenait de Saint-Germain ; il les arrêta pour leur faire compliment sur leur équipage, ce qui en un instant amena autour d'eux quelques centaines de badauds.

D'Artagnan profita de la circonstance pour parler à M. de Tréville de la lettre au grand cachet rouge et aux armes ducales ; il est bien entendu que de l'autre il n'en souffla point mot.

M. de Tréville approuva la résolution qu'il avait prise, et l'assura que, si le lendemain il n'avait pas reparu, il saurait bien le retrouver, lui, partout où il serait.

En ce moment, l'horloge de la Samaritaine [1] sonna six heures ; les quatre amis s'excusèrent sur un rendez-vous, et prirent congé de M. de Tréville.

Un temps de galop les conduisit sur la route de

1. *Cf.* p. 118, n. 3.

Chaillot ; le jour commençait à baisser, les voitures passaient et repassaient ; d'Artagnan, gardé à quelques pas par ses amis, plongeait ses regards jusqu'au fond des carrosses, et n'y apercevait aucune figure de connaissance.

Enfin, après un quart d'heure d'attente et comme le crépuscule tombait tout à fait, une voiture apparut, arrivant au grand galop par la route de Sèvres ; un pressentiment dit d'avance à d'Artagnan que cette voiture renfermait la personne qui lui avait donné rendez-vous : le jeune homme fut tout étonné lui-même de sentir son cœur battre si violemment. Presque aussitôt une tête de femme sortit par la portière, deux doigts sur la bouche, comme pour recommander le silence, ou comme pour envoyer un baiser ; d'Artagnan poussa un léger cri de joie, cette femme, ou plutôt cette apparition, car la voiture était passée avec la rapidité d'une vision, était Mme Bonacieux.

Par un mouvement involontaire, et malgré la recommandation faite, d'Artagnan lança son cheval au galop et en quelques bonds rejoignit la voiture ; mais la glace de la portière était hermétiquement fermée : la vision avait disparu.

D'Artagnan se rappela alors cette recommandation : « Si vous tenez à votre vie et à celle des personnes qui vous aiment, demeurez immobile et comme si vous n'aviez rien vu. »

Il s'arrêta donc, tremblant non pour lui, mais pour la pauvre femme qui évidemment s'était exposée à un grand péril en lui donnant ce rendez-vous.

La voiture continua sa route toujours marchant à fond de train, s'enfonça dans Paris et disparut.

D'Artagnan était resté interdit à la même place et ne sachant que penser. Si c'était Mme Bonacieux et si elle revenait à Paris, pourquoi ce rendez-vous fugitif, pourquoi ce simple échange d'un coup d'œil, pourquoi ce baiser perdu ? Si d'un autre côté ce n'était pas elle, ce qui était encore bien possible, car le peu de jour qui restait rendait une erreur facile, si ce n'était pas elle, ne serait-ce pas le commencement d'un coup de main monté contre lui avec l'appât de cette femme pour laquelle on connaissait son amour ?

Les trois compagnons se rapprochèrent de lui. Tous trois avaient parfaitement vu une tête de femme apparaître à la portière, mais aucun d'eux, excepté Athos, ne connaissait Mme Bonacieux. L'avis d'Athos, au reste, fut que c'était bien elle ; mais moins préoccupé que d'Artagnan de ce joli visage, il avait cru voir une seconde tête, une tête d'homme au fond de la voiture.

« S'il en est ainsi, dit d'Artagnan, ils la transportent sans doute d'une prison dans une autre. Mais que veulent-ils donc faire de cette pauvre créature, et comment la rejoindrai-je jamais ?

— Ami, dit gravement Athos, rappelez-vous que les morts sont les seuls qu'on ne soit pas exposé à rencontrer sur la terre. Vous en savez quelque chose ainsi que moi, n'est-ce pas ? Or, si votre maîtresse n'est pas morte, si c'est elle que nous venons de voir, vous la retrouverez un jour ou l'autre. Et peut-être, mon Dieu, ajouta-t-il avec un accent misanthropique qui lui était propre, peut-être plus tôt que vous ne voudrez. »

Sept heures et demie sonnèrent, la voiture était en retard d'une vingtaine de minutes sur le rendez-vous donné. Les amis de d'Artagnan lui rappelèrent qu'il avait une visite à faire, tout en lui faisant observer qu'il était encore temps de s'en dédire.

Mais d'Artagnan était à la fois entêté et curieux. Il avait mis dans sa tête qu'il irait au Palais-Cardinal, et qu'il saurait ce que voulait lui dire Son Eminence. Rien ne put le faire changer de résolution.

On arriva rue Saint-Honoré, et place du Palais-Cardinal on trouva les douze mousquetaires convoqués qui se promenaient en attendant leurs camarades. Là seulement, on leur expliqua ce dont il était question.

D'Artagnan était fort connu dans l'honorable corps des mousquetaires du roi, où l'on savait qu'il prendrait un jour sa place ; on le regardait donc d'avance comme un camarade. Il résulta de ces antécédents que chacun accepta de grand cœur la mission pour laquelle il était convié ; d'ailleurs il s'agissait, selon toute probabilité, de jouer un mauvais tour à M. le cardinal et à ses gens, et pour de pareilles expéditions, ces dignes gentilshommes étaient toujours prêts.

Athos les partagea donc en trois groupes, prit le commandement de l'un, donna le second à Aramis et le troisième à Porthos, puis chaque groupe alla s'embusquer en face d'une sortie.

D'Artagnan, de son côté, entra bravement par la porte principale.

Quoiqu'il se sentît vigoureusement appuyé, le jeune homme n'était pas sans inquiétude en montant pas à pas le grand escalier. Sa conduite avec Milady ressemblait tant soit peu à une trahison, et il se doutait des relations politiques qui existaient entre cette femme et le cardinal ; de plus, de Wardes, qu'il avait si mal accommodé, était des fidèles de Son Eminence, et d'Artagnan savait que si Son Eminence était terrible à ses ennemis, elle était fort attachée à ses amis.

« Si de Wardes a raconté toute notre affaire au cardinal, ce qui n'est pas douteux, et s'il m'a reconnu, ce qui est probable, je dois me regarder à peu près comme un homme condamné, disait d'Artagnan en secouant la tête. Mais pourquoi a-t-il attendu jusqu'aujourd'hui ? C'est tout simple, Milady aura porté plainte contre moi avec cette hypocrite douleur qui la rend si intéressante, et ce dernier crime aura fait déborder le vase.

« Heureusement, ajouta-t-il, mes bons amis sont en bas, et ils ne me laisseront pas emmener sans me défendre. Cependant la compagnie des mousquetaires de M. de Tréville ne peut pas faire à elle seule la guerre au cardinal, qui dispose des forces de toute la France, et devant lequel la reine est sans pouvoir et le roi sans volonté. D'Artagnan, mon ami, tu es brave, tu as d'excellentes qualités, mais les femmes te perdront ! »

Il en était à cette triste conclusion lorsqu'il entra

dans l'antichambre. Il remit sa lettre à l'huissier de service qui le fit passer dans la salle d'attente et s'enfonça dans l'intérieur du palais.

Dans cette salle d'attente étaient cinq ou six gardes de M. le cardinal, qui, reconnaissant d'Artagnan et sachant que c'était lui qui avait blessé Jussac, le regardèrent en souriant d'un singulier sourire.

Ce sourire parut à d'Artagnan d'un mauvais augure ; seulement, comme notre Gascon n'était pas facile à intimider, ou que plutôt, grâce à un grand orgueil naturel aux gens de son pays, il ne laissait pas voir facilement ce qui se passait dans son âme, quand ce qui s'y passait ressemblait à de la crainte, il se campa fièrement devant MM. les gardes et attendit la main sur la hanche, dans une attitude qui ne manquait pas de majesté.

L'huissier rentra et fit signe à d'Artagnan de le suivre. Il sembla au jeune homme que les gardes, en le regardant s'éloigner, chuchotaient entre eux.

Il suivit un corridor, traversa un grand salon, entra dans une bibliothèque, et se trouva en face d'un homme assis devant un bureau et qui écrivait.

L'huissier l'introduisit et se retira sans dire une parole. D'Artagnan crut d'abord qu'il avait affaire à quelque juge examinant son dossier, mais il s'aperçut que l'homme de bureau écrivait ou plutôt corrigeait des lignes d'inégales longueurs, en scandant des mots sur ses doigts ; il vit qu'il était en face d'un poète. Au bout d'un instant, le poète ferma son manuscrit sur la couverture duquel était écrit : MIRAME, *tragédie en cinq actes* [1], et leva la tête.

D'Artagnan reconnut le cardinal.

---

1. Cette tragédie, signée de Desmarets de Saint-Sorlin, passait pour avoir été écrite par Richelieu, qui se piquait de littérature. Elle ne fut jouée qu'en 1641. Selon Tallemant des Réaux (*Historiettes*, « Richelieu », éd. Adam, I, p. 237) et l'abbé Arnauld, les contemporains crurent y voir des allusions à l'idylle entre Anne d'Autriche et Buckingham, notamment dans les deux vers suivants, que pro-

XL

LE CARDINAL

Le cardinal appuya son coude sur son manuscrit, sa joue sur sa main, et regarda un instant le jeune homme. Nul n'avait l'œil plus profondément scrutateur que le cardinal de Richelieu, et d'Artagnan sentit ce regard courir par ses veines comme une fièvre.

Cependant il fit bonne contenance, tenant son feutre à la main, et attendant le bon plaisir de Son Eminence, sans trop d'orgueil, mais aussi sans trop d'humilité.

« Monsieur, lui dit le cardinal, êtes-vous un d'Artagnan du Béarn ?

— Oui, Monseigneur, répondit le jeune homme.

— Il y a plusieurs branches de d'Artagnan à Tarbes et dans les environs, dit le cardinal, à laquelle appartenez-vous ?

— Je suis le fils de celui qui a fait les guerres de religion avec le grand roi Henri, père de Sa Gracieuse Majesté.

— C'est bien cela. C'est vous qui êtes parti, il y a sept à huit mois à peu près, de votre pays, pour venir chercher fortune dans la capitale ?

— Oui, Monseigneur.

— Vous êtes venu par Meung, où il vous est arrivé quelque chose, je ne sais plus trop quoi, mais enfin quelque chose.

— Monseigneur, dit d'Artagnan, voici ce qui m'est arrivé...

---

nonce l'héroïne : « Je me sens criminelle, aimant un étranger / Qui met, pour mon amour, cet Etat en danger ». Mais la source directe de Dumas est ici l'*Essai* joint par J.-F. Barrière aux *Mémoires* de Louis-Henri de Brienne.

— Inutile, inutile, reprit le cardinal avec un sourire qui indiquait qu'il connaissait l'histoire aussi bien que celui qui voulait la lui raconter ; vous étiez recommandé à M. de Tréville, n'est-ce pas ?

— Oui, Monseigneur ; mais justement, dans cette malheureuse affaire de Meung...

— La lettre avait été perdue, reprit l'Eminence ; oui, je sais cela ; mais M. de Tréville est un habile physionomiste qui connaît les hommes à la première vue, et il vous a placé dans la compagnie de son beau-frère, M. des Essarts, en vous laissant espérer qu'un jour ou l'autre vous entreriez dans les mousquetaires.

— Monseigneur est parfaitement renseigné, dit d'Artagnan.

— Depuis ce temps-là, il vous est arrivé bien des choses : vous vous êtes promené derrière les Chartreux, un jour qu'il eût mieux valu que vous fussiez ailleurs ; puis, vous avez fait avec vos amis un voyage aux eaux de Forges ; eux se sont arrêtés en route ; mais vous, vous avez continué votre chemin. C'est tout simple, vous aviez des affaires en Angleterre.

— Monseigneur, dit d'Artagnan tout interdit, j'allais...

— A la chasse, à Windsor, ou ailleurs, cela ne regarde personne. Je sais cela, moi, parce que mon état [1] est de tout savoir. A votre retour, vous avez été reçu par une auguste personne, et je vois avec plaisir que vous avez conservé le souvenir qu'elle vous a donné. »

D'Artagnan porta la main au diamant qu'il tenait de la reine, et en tourna vivement le chaton en dedans ; mais il était trop tard.

« Le lendemain de ce jour, vous avez reçu la visite de Cavois, reprit le cardinal ; il allait vous prier de passer au palais ; cette visite vous ne la lui avez pas rendue, et vous avez eu tort.

1. *Etat* : métier.

— Monseigneur, je craignais d'avoir encouru la disgrâce de Votre Eminence.

— Eh ! pourquoi cela, Monsieur ? pour avoir suivi les ordres de vos supérieurs avec plus d'intelligence et de courage que ne l'eût fait un autre, encourir ma disgrâce quand vous méritiez des éloges ! Ce sont les gens qui n'obéissent pas que je punis, et non pas ceux qui, comme vous, obéissent... trop bien... Et, la preuve, rappelez-vous la date du jour où je vous avais fait dire de me venir voir, et cherchez dans votre mémoire ce qui est arrivé le soir même. »

C'était le soir même qu'avait eu lieu l'enlèvement de Mme Bonacieux. D'Artagnan frissonna ; et il se rappela qu'une demi-heure auparavant la pauvre femme était passée près de lui, sans doute encore emportée par la même puissance qui l'avait fait disparaître.

« Enfin, continua le cardinal, comme je n'entendais pas parler de vous depuis quelque temps, j'ai voulu savoir ce que vous faisiez. D'ailleurs, vous me devez bien quelque remerciement : vous avez remarqué vous-même combien vous avez été ménagé dans toutes les circonstances. »

D'Artagnan s'inclina avec respect.

« Cela, continua le cardinal, partait non seulement d'un sentiment d'équité naturelle, mais encore d'un plan que je m'étais tracé à votre égard. »

D'Artagnan était de plus en plus étonné.

« Je voulais vous exposer ce plan le jour où vous reçûtes ma première invitation ; mais vous n'êtes pas venu. Heureusement, rien n'est perdu pour ce retard, et aujourd'hui vous allez l'entendre. Asseyez-vous là, devant moi, Monsieur d'Artagnan : vous êtes assez bon gentilhomme pour ne pas écouter debout. »

Et le cardinal indiqua du doigt une chaise au jeune homme, qui était si étonné de ce qui se passait, que, pour obéir, il attendit un second signe de son interlocuteur.

« Vous êtes brave, Monsieur d'Artagnan, continua l'Eminence ; vous êtes prudent, ce qui vaut mieux. J'aime les hommes de tête et de cœur, moi ; ne vous effrayez pas, dit-il en souriant, par les hommes de cœur, j'entends les hommes de courage ; mais, tout jeune que vous êtes, et à peine entrant dans le monde, vous avez des ennemis puissants : si vous n'y prenez garde, ils vous perdront !

— Hélas ! Monseigneur, répondit le jeune homme, ils le feront bien facilement, sans doute ; car ils sont forts et bien appuyés, tandis que moi je suis seul !

— Oui, c'est vrai ; mais, tout seul que vous êtes, vous avez déjà fait beaucoup, et vous ferez encore plus, je n'en doute pas. Cependant, vous avez, je le crois, besoin d'être guidé dans l'aventureuse carrière que vous avez entreprise ; car, si je ne me trompe, vous êtes venu à Paris avec l'ambitieuse idée de faire fortune.

— Je suis dans l'âge des folles espérances, Monseigneur, dit d'Artagnan.

— Il n'y a de folles espérances que pour les sots, Monsieur, et vous êtes homme d'esprit. Voyons, que diriez-vous d'une enseigne dans mes gardes, et d'une compagnie [1] après la campagne ?

— Ah ! Monseigneur !

— Vous acceptez, n'est-ce pas ?

— Monseigneur, reprit d'Artagnan d'un air embarrassé.

— Comment, vous refusez ? s'écria le cardinal avec étonnement.

— Je suis dans les gardes de Sa Majesté, Monseigneur, et je n'ai point de raisons d'être mécontent.

— Mais il me semble, dit l'Eminence, que mes gardes, à moi, sont aussi les gardes de Sa Majesté, et que, pourvu qu'on serve dans un corps français, on sert le roi.

— Monseigneur, Votre Eminence a mal compris mes paroles.

— Vous voulez un prétexte, n'est-ce pas ? Je comprends. Eh bien ! ce prétexte, vous l'avez. L'avance-

1. Une charge d'*enseigne*, c'est-à-dire de porte-drapeau, puis le commandement d'une compagnie.

ment, la campagne qui s'ouvre, l'occasion que je vous offre, voilà pour le monde ; pour vous, le besoin de protections sûres ; car il est bon que vous sachiez, Monsieur d'Artagnan, que j'ai reçu des plaintes graves contre vous, vous ne consacrez pas exclusivement vos jours et vos nuits au service du roi. »

D'Artagnan rougit.

« Au reste, continua le cardinal en posant la main sur une liasse de papiers, j'ai là tout un dossier qui vous concerne ; mais avant de le lire, j'ai voulu causer avec vous. Je vous sais homme de résolution, et vos services, bien dirigés, au lieu de vous mener à mal, pourraient vous rapporter beaucoup. Allons, réfléchissez, et décidez-vous.

— Votre bonté me confond, Monseigneur, répondit d'Artagnan, et je reconnais dans Votre Eminence une grandeur d'âme qui me fait petit comme un ver de terre ; mais enfin, puisque Monseigneur me permet de lui parler franchement... »

D'Artagnan s'arrêta.

« Oui, parlez.

— Eh bien ! je dirai à Votre Eminence que tous mes amis sont aux mousquetaires et aux gardes du roi, et que mes ennemis, par une fatalité inconcevable, sont à Votre Eminence ; je serais donc mal venu ici et mal regardé là-bas, si j'acceptais ce que m'offre Monseigneur.

— Auriez-vous déjà cette orgueilleuse idée que je ne vous offre pas ce que vous valez, Monsieur ? dit le cardinal avec un sourire de dédain.

— Monseigneur, Votre Eminence est cent fois trop bonne pour moi, et au contraire je pense n'avoir point encore fait assez pour être digne de ses bontés. Le siège de La Rochelle va s'ouvrir, Monseigneur ; je servirai sous les yeux de Votre Eminence, et si j'ai le bonheur de me conduire à ce siège de telle façon que je mérite d'attirer ses regards, eh bien ! après j'aurai au moins derrière moi quelque action d'éclat pour justifier la protection dont elle voudra bien m'honorer. Toute chose doit se faire à son temps, Monseigneur ; peut-être plus tard aurai-je le droit de me donner, à cette heure j'aurais l'air de me vendre.

— C'est-à-dire que vous refusez de me servir, Monsieur, dit le cardinal avec un ton de dépit dans lequel perçait cependant une sorte d'estime ; demeurez donc libre et gardez vos haines et vos sympathies.

— Monseigneur...

— Bien, bien, dit le cardinal, je ne vous en veux pas, mais vous comprenez, on a assez de défendre ses amis et de les récompenser, on ne doit rien à ses ennemis, et cependant je vous donnerai un conseil : tenez-vous bien, Monsieur d'Artagnan, car, du moment que j'aurai retiré ma main de dessus vous, je n'achèterai pas votre vie pour une obole [1].

— J'y tâcherai, Monseigneur, répondit le Gascon avec une noble assurance.

— Songez plus tard, et à un certain moment, s'il vous arrive malheur, dit Richelieu avec intention, que c'est moi qui ai été vous chercher, et que j'ai fait ce que j'ai pu pour que ce malheur ne vous arrivât pas.

— J'aurai, quoi qu'il arrive, dit d'Artagnan en mettant la main sur sa poitrine et en s'inclinant, une éternelle reconnaissance à Votre Eminence de ce qu'elle fait pour moi en ce moment.

— Eh bien donc ! comme vous l'avez dit, Monsieur d'Artagnan, nous nous reverrons après la campagne ; je vous suivrai des yeux ; car je serai là-bas, reprit le cardinal en montrant du doigt à d'Artagnan une magnifique armure qu'il devait endosser, et à notre retour, eh bien ! nous compterons !

— Ah ! Monseigneur, s'écria d'Artagnan, épargnez-moi le poids de votre disgrâce ; restez neutre, Monseigneur, si vous trouvez que j'agis en galant homme.

— Jeune homme, dit Richelieu, si je puis vous dire encore une fois ce que je vous ai dit aujourd'hui, je vous promets de vous le dire. »

---

1. En Grèce, pièce valant un sixième de drachme. Le mot est passé dans la langue courante pour désigner une toute petite pièce de monnaie — de celles qu'on donne aux mendiants.

Cette dernière parole de Richelieu exprimait un doute terrible ; elle consterna d'Artagnan plus que n'eût fait une menace, car c'était un avertissement. Le cardinal cherchait donc à le préserver de quelque malheur qui le menaçait. Il ouvrit la bouche pour répondre, mais d'un geste hautain, le cardinal le congédia.

D'Artagnan sortit ; mais à la porte le cœur fut prêt à lui manquer, et peu s'en fallut qu'il ne rentrât. Cependant la figure grave et sévère d'Athos lui apparut : s'il faisait avec le cardinal le pacte que celui-ci lui proposait, Athos ne lui donnerait plus la main, Athos le renierait.

Ce fut cette crainte qui le retint, tant est puissante l'influence d'un caractère vraiment grand sur tout ce qui l'entoure.

D'Artagnan descendit par le même escalier qu'il était entré, et trouva devant la porte Athos et les quatre mousquetaires qui attendaient son retour et qui commençaient à s'inquiéter. D'un mot d'Artagnan les rassura, et Planchet courut prévenir les autres postes qu'il était inutile de monter une plus longue garde, attendu que son maître était sorti sain et sauf du Palais-Cardinal.

Rentrés chez Athos, Aramis et Porthos s'informèrent des causes de cet étrange rendez-vous ; mais d'Artagnan se contenta de leur dire que M. de Richelieu l'avait fait venir pour lui proposer d'entrer dans ses gardes avec le grade d'enseigne, et qu'il avait refusé.

« Et vous avez eu raison «, s'écrièrent d'une seule voix Porthos et Aramis.

Athos tomba dans une profonde rêverie et ne répondit rien. Mais lorsqu'il fut seul avec d'Artagnan :

« Vous avez fait ce que vous deviez faire, d'Artagnan, dit Athos, mais peut-être avez-vous eu tort. »

D'Artagnan poussa un soupir ; car cette voix répondait à une voix secrète de son âme, qui lui disait que de grands malheurs l'attendaient.

La journée du lendemain se passa en préparatifs de

départ ; d'Artagnan alla faire ses adieux à M. de Tréville. A cette heure on croyait encore que la séparation
des gardes et des mousquetaires serait momentanée,
le roi tenant son parlement [1] le jour même et devant
partir le lendemain. M. de Tréville se contenta donc
de demander à d'Artagnan s'il avait besoin de lui,
mais d'Artagnan répondit fièrement qu'il avait tout ce
qu'il lui fallait.

La nuit réunit tous les camarades de la compagnie
des gardes de M. des Essarts et de la compagnie des
mousquetaires de M. de Tréville, qui avaient fait
amitié ensemble. On se quittait pour se revoir quand
il plairait à Dieu et s'il plaisait à Dieu. La nuit fut donc
des plus bruyantes, comme on peut le penser, car, en
pareil cas, on ne peut combattre l'extrême préoccupation que par l'extrême insouciance.

Le lendemain, au premier son des trompettes, les
amis se quittèrent : les mousquetaires coururent à
l'hôtel de M. de Tréville, les gardes à celui de M. des
Essarts. Chacun des capitaines conduisit aussitôt sa
compagnie au Louvre, où le roi passait sa revue.

Le roi était triste et paraissait malade, ce qui lui
ôtait un peu de sa haute mine. En effet, la veille, la
fièvre l'avait pris au milieu du parlement et tandis
qu'il tenait son lit de justice [2]. Il n'en était pas moins
décidé à partir le soir même ; et, malgré les observations qu'on lui avait faites, il avait voulu passer sa
revue, espérant, par le premier coup de vigueur, vaincre la maladie qui commençait à s'emparer de lui.

La revue passée, les gardes se mirent seuls en
marche, les mousquetaires ne devant partir qu'avec le
roi, ce qui permit à Porthos d'aller faire, dans son
superbe équipage, un tour dans la rue aux Ours.

---

1. Devant présider la séance du Parlement de Paris (cour de
justice et d'enregistrement et non pas assemblée législative).

2. *Lit de justice* : c'est le nom que prend une séance du Parlement
quand elle est présidée par le roi. Avant de partir pour La Rochelle,
Louis XIII se rendit en effet au Parlement pour y faire enregistrer
une série d'ordonnances administratives. Il y fut pris de fièvre.
Source : les *Mémoires* de Bassompierre.

La procureuse le vit passer dans son uniforme neuf et sur son beau cheval. Elle aimait trop Porthos pour le laisser partir ainsi ; elle lui fit signe de descendre et de venir auprès d'elle. Porthos était magnifique ; ses éperons résonnaient, sa cuirasse brillait, son épée lui battait fièrement les jambes. Cette fois les clercs n'eurent aucune envie de rire, tant Porthos avait l'air d'un coupeur d'oreilles.

Le mousquetaire fut introduit près de M. Coquenard, dont le petit œil gris brilla de colère en voyant son cousin tout flambant neuf. Cependant une chose le consola intérieurement ; c'est qu'on disait partout que la campagne serait rude : il espérait tout doucement, au fond du cœur, que Porthos y serait tué.

Porthos présenta ses compliments [1] à maître Coquenard et lui fit ses adieux ; maître Coquenard lui souhaita toutes sortes de prospérités. Quant à Mme Coquenard, elle ne pouvait retenir ses larmes ; mais on ne tira aucune mauvaise conséquence de sa douleur, on la savait fort attachée à ses parents, pour lesquels elle avait toujours eu de cruelles disputes avec son mari.

Mais les véritables adieux se firent dans la chambre de Mme Coquenard : ils furent déchirants.

Tant que la procureuse put suivre des yeux son amant, elle agita un mouchoir en se penchant hors de la fenêtre, à croire qu'elle voulait se précipiter. Porthos reçut toutes ces marques de tendresse en homme habitué à de pareilles démonstrations. Seulement, en tournant le coin de la rue, il souleva son feutre et l'agita en signe d'adieu.

De son côté, Aramis écrivait une longue lettre. A qui ? Personne n'en savait rien. Dans la chambre voisine, Ketty, qui devait partir le soir même pour Tours, attendait cette lettre mystérieuse.

Athos buvait à petits coups la dernière bouteille de son vin d'Espagne.

1. *Cf.* p. 139, n. l.

Pendant ce temps, d'Artagnan défilait avec sa compagnie.

En arrivant au faubourg Saint-Antoine, il se retourna pour regarder gaiement la Bastille ; mais, comme c'était la Bastille seulement qu'il regardait, il ne vit point Milady, qui, montée sur un cheval isabelle [1], le désignait du doigt à deux hommes de mauvaise mine qui s'approchèrent aussitôt des rangs pour le reconnaître. Sur une interrogation qu'ils firent du regard, Milady répondit par un signe que c'était bien lui. Puis, certaine qu'il ne pouvait plus y avoir de méprise dans l'exécution de ses ordres, elle piqua son cheval et disparut.

Les deux hommes suivirent alors la compagnie, et, à la sortie du faubourg Saint-Antoine, montèrent sur des chevaux tout préparés qu'un domestique sans livrée [2] tenait en main en les attendant.

XLI

LE SIÈGE DE LA ROCHELLE [3]

Le siège de La Rochelle fut un des grands événements politiques du règne de Louis XIII, et une des grandes entreprises militaires du cardinal. Il est donc intéressant, et même nécessaire, que nous en disions quelques mots ; plusieurs détails de ce siège se liant d'ailleurs d'une manière trop importante à l'histoire que nous avons entrepris de raconter, pour que nous les passions sous silence.

1. *Isabelle* : de couleur brun jaunâtre.
2. Cf. p. 563, n. 1.
3. A partir de ce chapitre, on dispose d'importants fragments du manuscrit de Maquet. Ce dernier était visiblement chargé de préparer les développements historiques, que Dumas allégeait et clarifiait.

Les vues politiques du cardinal, lorsqu'il entreprit ce siège, étaient considérables. Exposons-les d'abord, puis nous passerons aux vues particulières qui n'eurent peut-être pas sur Son Eminence moins d'influence que les premières.

Des villes importantes données par Henri IV aux huguenots comme places de sûreté [1], il ne restait plus que La Rochelle. Il s'agissait donc de détruire ce dernier boulevard du calvinisme, levain dangereux, auquel se venaient incessamment mêler des ferments de révolte civile ou de guerre étrangère.

Espagnols, Anglais, Italiens mécontents, aventuriers de toute nation, soldats de fortune de toute secte accouraient au premier appel sous les drapeaux des protestants et s'organisaient comme une vaste association dont les branches divergeaient à loisir sur tous les points de l'Europe.

La Rochelle, qui avait pris une nouvelle importance de la ruine des autres villes calvinistes, était donc le foyer des dissensions et des ambitions. Il y avait plus, son port était la dernière porte ouverte aux Anglais dans le royaume de France ; et en la fermant à l'Angleterre, notre éternelle ennemie, le cardinal achevait l'œuvre de Jeanne d'Arc et du duc de Guise [2].

Aussi Bassompierre, qui était à la fois protestant et catholique, protestant de conviction et catholique comme commandeur du Saint-Esprit [3] ; Bassompierre, qui était Allemand de naissance et Français de cœur ; Bassompierre, enfin, qui avait un commandement particulier au siège de La Rochelle, disait-il, en chargeant à la tête de plusieurs autres seigneurs protestants comme lui :

1. Diverses places fortes, dites « places de sûreté » avaient été concédées aux protestants lors des guerres de religion. Henri IV, par l'édit de Nantes, leur avait confirmé la possession de quelques-unes d'entre elles.
2. Les souvenirs de la guerre de Cent Ans sont encore vifs au XVIIᵉ siècle. François de Guise (1519-1563) n'avait repris Calais aux Anglais qu'en 1558.
3. Inexact : il était sincèrement catholique.

« Vous verrez, Messieurs, que nous serons assez bêtes pour prendre La Rochelle [1] ! »

Et Bassompierre avait raison : la canonnade de l'île de Ré [2] lui présageait les dragonnades [3] des Cévennes ; la prise de La Rochelle était la préface de la révocation de l'édit de Nantes.

Mais nous l'avons dit, à côté de ces vues du ministre niveleur et simplificateur, et qui appartiennent à l'histoire, le chroniqueur est bien forcé de reconnaître les petites visées de l'homme amoureux et du rival jaloux.

Richelieu, comme chacun sait, avait été amoureux de la reine ; cet amour avait-il chez lui un simple but politique ou était-ce tout naturellement une de ces profondes passions comme en inspira Anne d'Autriche à ceux qui l'entouraient, c'est ce que nous ne saurions dire ; mais en tout cas on a vu, par les développements antérieurs de cette histoire, que Buckingham l'avait emporté sur lui, et que, dans deux ou trois circonstances et particulièrement dans celles des ferrets, il l'avait, grâce au dévouement des trois mousquetaires et au courage de d'Artagnan, cruellement mystifié.

Il s'agissait donc pour Richelieu, non seulement de débarrasser la France d'un ennemi, mais de se venger d'un rival ; au reste, la vengeance devait être grande et éclatante, et digne en tout d'un homme qui tient dans sa main, pour épée de combat, les forces de tout un royaume.

Richelieu savait qu'en combattant l'Angleterre il

1. Ce mot de Bassompierre, qu'on trouve rapporté un peu partout (avec la variante *fous* au lieu de *bêtes*), est ici détourné de son sens. Le maréchal ne pensait pas aux protestants, mais à la noblesse, à qui il prédisait un renforcement de l'autorité royale à ses dépens.
2. Sur les combats pour la possession de l'île de Ré, *cf.* page suivante et *Notice historique*.
3. Persécutions menées par les *dragons* (soldats) de Louis XIV contre les protestants à la veille de la révocation de l'édit de Nantes (1685).

combattait Buckingham, qu'en triomphant de l'Angleterre il triomphait de Buckingham, enfin qu'en humiliant l'Angleterre aux yeux de l'Europe il humiliait Buckingham aux yeux de la reine.

De son côté Buckingham, tout en mettant en avant l'honneur de l'Angleterre, était mû par des intérêts absolument semblables à ceux du cardinal ; Buckingham aussi poursuivait une vengeance particulière : sous aucun prétexte, Buckingham n'avait pu rentrer en France comme ambassadeur, il voulait y rentrer comme conquérant.

Il en résulte que le véritable enjeu de cette partie, que les deux plus puissants royaumes jouaient pour le bon plaisir de deux hommes amoureux, était un simple regard d'Anne d'Autriche [1].

Le premier avantage avait été au duc de Buckingham : arrivé inopinément en vue de l'île de Ré avec quatre-vingt-dix vaisseaux et vingt mille hommes à peu près, il avait surpris le comte de Toiras [2], qui commandait pour le roi dans l'île ; il avait, après un combat sanglant, opéré son débarquement.

Relatons en passant que dans ce combat avait péri le baron de Chantal ; le baron de Chantal laissait orpheline une petite fille de dix-huit mois.

Cette petite fille fut depuis Mme de Sévigné [3].

Le comte de Toiras se retira dans la citadelle Saint-Martin avec la garnison, et jeta une centaine d'hommes dans un petit fort qu'on appelait le fort de La Prée.

Cet événement avait hâté les résolutions du cardinal ; et en attendant que le roi et lui pussent aller prendre le commandement du siège de La Rochelle,

---

1. Sur les enjeux sentimentaux de cette guerre et sur ses principales péripéties, *cf. Introduction* et *Notice historique*. Les indications qui suivent, sur la conduite des opérations et sur la maladie du roi, sont exactes.
2. Jean du Caylar de Saint-Bonnet, comte de Toiras, commandait en effet à l'île de Ré.
3. Marie de Rabutin-Chantal, marquise de Sévigné (1626-1696), auteur d'admirables *Lettres*.

qui était résolu, il avait fait partir Monsieur [1] pour diriger les premières opérations, et avait fait filer vers le théâtre de la guerre toutes les troupes dont il avait pu disposer.

C'était de ce détachement envoyé en avant-garde que faisait partie notre ami d'Artagnan.

Le roi, comme nous l'avons dit, devait suivre, aussitôt son lit de justice tenu ; mais en se levant de ce lit de justice, le 28 juin, il s'était senti pris par la fièvre ; il n'en avait pas moins voulu partir, mais, son état empirant, il avait été forcé de s'arrêter à Villeroi [2].

Or, où s'arrêtait le roi s'arrêtaient les mousquetaires ; il en résultait que d'Artagnan, qui était purement et simplement dans les gardes, se trouvait séparé, momentanément du moins, de ses bons amis Athos, Porthos et Aramis ; cette séparation, qui n'était pour lui qu'une contrariété, fût certes devenue une inquiétude sérieuse s'il eût pu deviner de quels dangers inconnus il était entouré.

Il n'en arriva pas moins sans accident au camp établi devant La Rochelle, vers le 10 du mois de septembre de l'année 1627.

Tout était dans le même état : le duc de Buckingham et ses Anglais, maîtres de l'île de Ré, continuaient d'assiéger, mais sans succès, la citadelle de Saint-Martin et le fort de La Prée, et les hostilités avec La Rochelle étaient commencées depuis deux ou trois jours à propos d'un fort que le duc d'Angoulême [3] venait de faire construire près de la ville.

Les gardes, sous le commandement de M. des Essarts, avaient leur logement aux Minimes [4].

---

1. Gaston d'Orléans, frère du roi.
2. Villeroy, près de Corbeil, dans la vallée de l'Essonne. Le roi y séjourna du 6 juillet au 19 août 1627, puis rentra à Saint-Germain, d'où il repartit le 20 septembre pour La Rochelle.
3. Charles de Valois, comte d'Auvergne, duc d'Angoulême. Le fort en question se nommait Fort-Louis.
4. Il y a, à l'entrée sud de la rade de La Rochelle, une pointe dite des Minimes, mais le couvent qui lui donna son nom n'existait pas en 1627.

Mais, nous le savons, d'Artagnan, préoccupé de l'ambition de passer aux mousquetaires, avait rarement fait amitié avec ses camarades ; il se trouvait donc isolé et livré à ses propres réflexions.

Ses réflexions n'étaient pas riantes : depuis un an qu'il était arrivé à Paris [1], il s'était mêlé aux affaires publiques ; ses affaires privées n'avaient pas fait grand chemin comme amour et comme fortune.

Comme amour, la seule femme qu'il eût aimée était Mme Bonacieux, et Mme Bonacieux avait disparu sans qu'il pût découvrir encore ce qu'elle était devenue.

Comme fortune, il s'était fait, lui chétif, ennemi du cardinal, c'est-à-dire d'un homme devant lequel tremblaient les plus grands du royaume, à commencer par le roi.

Cet homme pouvait l'écraser, et cependant il ne l'avait pas fait : pour un esprit aussi perspicace que l'était d'Artagnan, cette indulgence était un jour [2] par lequel il voyait dans un meilleur avenir.

Puis, il s'était fait encore un autre ennemi moins à craindre, pensait-il, mais que cependant il sentait instinctivement n'être pas à mépriser : cet ennemi, c'était Milady.

En échange de tout cela il avait acquis la protection et la bienveillance de la reine, mais la bienveillance de la reine était, par le temps qui courait, une cause de plus de persécution ; et sa protection, on le sait, protégeait fort mal : témoins Chalais [3] et Mme Bonacieux.

Ce qu'il avait donc gagné de plus clair dans tout cela, c'était le diamant de cinq ou six mille livres qu'il portait au doigt ; et encore ce diamant, en supposant que d'Artagnan, dans ses projets d'ambition, voulût le

1. Si l'on se fie à la date initiale du 1er avril 1625, il est à Paris depuis deux ans. Mais en fait, le récit de Dumas ne couvre qu'une année.
2. Un *jour* : une ouverture, une possibilité.
3. *Cf.* p. 88, n. 1 et *Notice historique*.

garder pour s'en faire un jour un signe de reconnais-sance près de la reine, n'avait en attendant, puisqu'il ne pouvait s'en défaire, pas plus de valeur que les cailloux qu'il foulait à ses pieds.

Nous disons « que les cailloux qu'il foulait à ses pieds », car d'Artagnan faisait ces réflexions en se promenant solitairement sur un joli petit chemin qui conduisait du camp au village d'Angoutin [1] ; or ces réflexions l'avaient conduit plus loin qu'il ne croyait, et le jour commençait à baisser, lorsqu'au dernier rayon du soleil couchant il lui sembla voir briller derrière une haie le canon d'un mousquet.

D'Artagnan avait l'œil vif et l'esprit prompt, il comprit que le mousquet n'était pas venu là tout seul et que celui qui le portait ne s'était pas caché derrière une haie dans des intentions amicales. Il résolut donc de gagner au large, lorsque de l'autre côté de la route, derrière un rocher, il aperçut l'extrémité d'un second mousquet.

C'était évidemment une embuscade.

Le jeune homme jeta un coup d'œil sur le premier mousquet et vit avec une certaine inquiétude qu'il s'abaissait dans sa direction, mais aussitôt qu'il vit l'orifice du canon immobile il se jeta ventre à terre. En même temps le coup partit, il entendit le sifflement d'une balle qui passait au-dessus de sa tête.

Il n'y avait pas de temps à perdre, d'Artagnan se redressa d'un bond, et au même moment la balle de l'autre mousquet fit voler les cailloux à l'endroit même du chemin où il s'était jeté la face contre terre.

D'Artagnan n'était pas un de ces hommes inutile-ment braves qui cherchent une mort ridicule pour qu'on dise d'eux qu'ils n'ont pas reculé d'un pas, d'ailleurs il ne s'agissait plus de courage ici, d'Arta-gnan était tombé dans un guet-apens.

« S'il y a un troisième coup, se dit-il, je suis un homme perdu ! »

1. Ou plutôt Angoulins, au sud de La Rochelle.

Et aussitôt prenant ses jambes à son cou, il s'enfuit dans la direction du camp, avec la vitesse des gens de son pays si renommés pour leur agilité ; mais, quelle que fût la rapidité de sa course, le premier qui avait tiré, ayant eu le temps de recharger son arme, lui tira un second coup si bien ajusté, cette fois, que la balle traversa son feutre et le fit voler à dix pas de lui.

Cependant, comme d'Artagnan n'avait pas d'autre chapeau, il ramassa le sien tout en courant, arriva fort essoufflé et fort pâle dans son logis, s'assit sans rien dire à personne et se mit à réfléchir.

Cet événement pouvait avoir trois causes :

La première et la plus naturelle pouvait être une embuscade des Rochelois, qui n'eussent pas été fâchés de tuer un des gardes de Sa Majesté, d'abord parce que c'était un ennemi de moins, et que cet ennemi pouvait avoir une bourse bien garnie dans sa poche.

D'Artagnan prit son chapeau, examina le trou de la balle, et secoua la tête. La balle n'était pas une balle de mousquet, c'était une balle d'arquebuse ; la justesse du coup lui avait déjà donné l'idée qu'il avait été tiré par une arme particulière : ce n'était donc pas une embuscade militaire, puisque la balle n'était pas de calibre.

Ce pouvait être un bon souvenir de M. le cardinal. On se rappelle qu'au moment même où il avait, grâce à ce bienheureux rayon de soleil, aperçu le canon du fusil, il s'étonnait de la longanimité [1] de Son Eminence à son égard.

Mais d'Artagnan secoua la tête. Pour les gens vers lesquels elle n'avait qu'à étendre la main, Son Eminence recourait rarement à de pareils moyens.

Ce pouvait être une vengeance de Milady.

Ceci, c'était plus probable.

Il chercha inutilement à se rappeler ou les traits ou le costume des assassins ; il s'était éloigné d'eux si

---

1. Mansuétude, bienveillance.

rapidement, qu'il n'avait eu le loisir de rien remarquer.

« Ah ! mes pauvres amis, murmura d'Artagnan, où êtes-vous ? et que vous me faites faute [1] ! »

D'Artagnan passa une fort mauvaise nuit. Trois ou quatre fois il se réveilla en sursaut, se figurant qu'un homme s'approchait de son lit pour le poignarder. Cependant le jour parut sans que l'obscurité eût amené aucun incident.

Mais d'Artagnan se douta bien que ce qui était différé n'était pas perdu.

D'Artagnan resta toute la journée dans son logis ; il se donna pour excuse, vis-à-vis de lui-même, que le temps était mauvais.

Le surlendemain, à neuf heures, on battit aux champs [2]. Le duc d'Orléans [3] visitait les postes. Les gardes coururent aux armes, d'Artagnan prit son rang au milieu de ses camarades.

Monsieur passa sur le front de bataille ; puis tous les officiers supérieurs s'approchèrent de lui pour lui faire leur cour, M. des Essarts, le capitaine des gardes, comme les autres.

Au bout d'un instant il parut à d'Artagnan que M. des Essarts lui faisait signe de s'approcher de lui : il attendit un nouveau geste de son supérieur, craignant de se tromper, mais ce geste s'étant renouvelé, il quitta les rangs et s'avança pour prendre l'ordre.

« Monsieur va demander des hommes de bonne volonté pour une mission dangereuse, mais qui fera honneur à ceux qui l'auront accomplie, et je vous ai fait signe afin que vous vous tinssiez prêt.

— Merci, mon capitaine ! » répondit d'Artagnan, qui ne demandait pas mieux que de se distinguer sous les yeux du lieutenant général.

---

1. « Que vous me manquez ! »
2. La batterie de tambours ou sonnerie de clairons *Aux Champs* appelait les soldats pour une revue militaire.
3. Gaston, duc d'Orléans, frère du roi, qui portait le titre de *Monsieur*, était lieutenant général des armées du royaume.

En effet, les Rochelois avaient fait une sortie pendant la nuit et avaient repris un bastion dont l'armée royaliste s'était emparée deux jours auparavant ; il s'agissait de pousser une reconnaissance perdue [1] pour voir comment l'armée gardait ce bastion.

Effectivement, au bout de quelques instants, Monsieur éleva la voix et dit :

« Il me faudrait, pour cette mission, trois ou quatre volontaires conduits par un homme sûr.

— Quant à l'homme sûr, je l'ai sous la main, Monseigneur, dit M. des Essarts en montrant d'Artagnan ; et quant aux quatre ou cinq volontaires, Monseigneur n'a qu'à faire connaître ses intentions, et les hommes ne lui manqueront pas.

— Quatre hommes de bonne volonté pour venir se faire tuer avec moi ! » dit d'Artagnan en levant son épée.

Deux de ses camarades aux gardes s'élancèrent aussitôt, et deux soldats s'étant joints à eux, il se trouva que le nombre demandé était suffisant ; d'Artagnan refusa donc tous les autres, ne voulant pas faire de passe-droit à ceux qui avaient la priorité.

On ignorait si, après la prise du bastion, les Rochelois l'avaient évacué ou s'ils y avaient laissé garnison ; il fallait donc examiner le lieu indiqué d'assez près pour vérifier la chose.

D'Artagnan partit avec ses quatre compagnons et suivit la tranchée : les deux gardes marchaient au même rang que lui et les soldats venaient par-derrière.

Ils arrivèrent ainsi, en se couvrant de revêtements [2], jusqu'à une centaine de pas du bastion ! Là, d'Artagnan, en se retournant, s'aperçut que les deux soldats avaient disparu.

Il crut qu'ayant eu peur ils étaient restés en arrière et continua d'avancer.

1. Une reconnaissance isolée.
2. En s'abritant derrière des fortifications.

Au détour de la contrescarpe [1], ils se trouvèrent à soixante pas à peu près du bastion.

On ne voyait personne, et le bastion semblait abandonné.

Les trois enfants perdus [2] délibéraient s'ils iraient plus avant, lorsque tout à coup une ceinture de fumée ceignit le géant de pierre, et une douzaine de balles vinrent siffler autour de d'Artagnan et de ses deux compagnons.

Ils savaient ce qu'ils voulaient savoir : le bastion était gardé. Une plus longue station dans cet endroit dangereux eût donc été une imprudence inutile ; d'Artagnan et les deux gardes tournèrent le dos et commencèrent une retraite qui ressemblait à une fuite.

En arrivant à l'angle de la tranchée qui allait leur servir de rempart, un des gardes tomba : une balle lui avait traversé la poitrine. L'autre, qui était sain et sauf, continua sa course vers le camp.

D'Artagnan ne voulut pas abandonner ainsi son compagnon, et s'inclina vers lui pour le relever et l'aider à rejoindre les lignes ; mais en ce moment deux coups de fusil partirent : une balle cassa la tête du garde déjà blessé, et l'autre vint s'aplatir sur le roc après avoir passé à deux pouces de d'Artagnan.

Le jeune homme se retourna vivement, car cette attaque ne pouvait venir du bastion, qui était masqué par l'angle de la tranchée. L'idée des deux soldats qui l'avaient abandonné lui revint à l'esprit et lui rappela ses assassins de la surveille ; il résolut donc cette fois de savoir à quoi s'en tenir, et tomba sur le corps de son camarade comme s'il était mort.

Il vit aussitôt deux têtes qui s'élevaient au-dessus d'un ouvrage abandonné qui était à trente pas de là : c'étaient celles de nos deux soldats. D'Artagnan ne s'était pas trompé : ces deux hommes ne l'avaient

1. Talus extérieur du fossé d'un ouvrage fortifié.
2. On appelait *enfants perdus* des soldats marchant isolément, séparés de leur régiment.

suivi que pour l'assassiner, espérant que la mort du jeune homme serait mise sur le compte de l'ennemi.

Seulement, comme il pouvait n'être que blessé et dénoncer leur crime, ils s'approchèrent pour l'achever ; heureusement, trompés par la ruse de d'Artagnan, ils négligèrent de recharger leurs fusils.

Lorsqu'ils furent à dix pas de lui, d'Artagnan, qui en tombant avait eu grand soin de ne pas lâcher son épée, se releva tout à coup et d'un bond se trouva près d'eux.

Les assassins comprirent que s'ils s'enfuyaient du côté du camp sans avoir tué leur homme, ils seraient accusés par lui ; aussi leur première idée fut-elle de passer à l'ennemi. L'un d'eux prit son fusil par le canon, et s'en servit comme d'une massue : il en porta un coup terrible à d'Artagnan, qui l'évita en se jetant de côté, mais par ce mouvement il livra passage au bandit, qui s'élança aussitôt vers le bastion. Comme les Rochelois qui le gardaient ignoraient dans quelle intention cet homme venait à eux, ils firent feu sur lui et il tomba frappé d'une balle qui lui brisa l'épaule.

Pendant ce temps, d'Artagnan s'était jeté sur le second soldat, l'attaquant avec son épée ; la lutte ne fut pas longue, ce misérable n'avait pour se défendre que son arquebuse déchargée ; l'épée du garde glissa contre le canon de l'arme devenue inutile et alla traverser la cuisse de l'assassin, qui tomba. D'Artagnan lui mit aussitôt la pointe du fer sur la gorge.

« Oh ! ne me tuez pas ! s'écria le bandit ; grâce, grâce, mon officier ! et je vous dirai tout.

— Ton secret vaut-il la peine que je te garde la vie au moins ? demanda le jeune homme en retenant son bras.

— Oui ; si vous estimez que l'existence soit quelque chose quand on a vingt-deux ans comme vous et qu'on peut arriver à tout, étant beau et brave comme vous l'êtes.

— Misérable ! dit d'Artagnan, voyons, parle vite, qui t'a chargé de m'assassiner ?

— Une femme que je ne connais pas, mais qu'on appelle Milady.

— Mais si tu ne connais pas cette femme, comment sais-tu son nom ?

— Mon camarade la connaissait et l'appelait ainsi, c'est à lui qu'elle a eu affaire et non pas à moi ; il a même dans sa poche une lettre de cette personne qui doit avoir pour vous une grande importance, à ce que je lui ai entendu dire.

— Mais comment te trouves-tu de moitié dans ce guet-apens ?

— Il m'a proposé de faire le coup à nous deux et j'ai accepté.

— Et combien vous a-t-elle donné pour cette belle expédition ?

— Cent louis.

— Eh bien ! à la bonne heure, dit le jeune homme en riant, elle estime que je vaux quelque chose ; cent louis ! c'est une somme pour deux misérables comme vous : aussi je comprends que tu aies accepté, et je te fais grâce, mais à une condition !

— Laquelle ? demanda le soldat inquiet en voyant que tout n'était pas fini.

— C'est que tu vas aller me chercher la lettre que ton camarade a dans sa poche.

— Mais, s'écria le bandit, c'est une autre manière de me tuer ; comment voulez-vous que j'aille chercher cette lettre sous le feu du bastion ?

— Il faut pourtant que tu te décides à l'aller chercher, ou je te jure que tu vas mourir de ma main.

— Grâce, Monsieur, pitié ! au nom de cette jeune dame que vous aimez, que vous croyez morte peut-être, et qui ne l'est pas ! s'écria le bandit en se mettant à genoux et s'appuyant sur sa main, car il commençait à perdre ses forces avec son sang.

— Et d'où sais-tu qu'il y a une jeune femme que j'aime, et que j'ai cru cette femme morte ? demanda d'Artagnan.

— Par cette lettre que mon camarade a dans sa poche.

— Tu vois bien alors qu'il faut que j'aie cette lettre, dit d'Artagnan ; ainsi donc plus de retard, plus d'hésitation, ou quelle que soit ma répugnance à tremper une seconde fois mon épée dans le sang d'un misérable comme toi, je le jure par ma foi d'honnête homme... »

Et à ces mots d'Artagnan fit un geste si menaçant, que le blessé se releva.

« Arrêtez ! arrêtez ! s'écria-t-il reprenant courage à force de terreur, j'irai... j'irai !... »

D'Artagnan prit l'arquebuse du soldat, le fit passer devant lui et le poussa vers son compagnon en lui piquant les reins de la pointe de son épée.

C'était une chose affreuse que de voir ce malheureux, laissant sur le chemin qu'il parcourait une longue trace de sang, pâle de sa mort prochaine, essayant de se traîner sans être vu jusqu'au corps de son complice qui gisait à vingt pas de là !

La terreur était tellement peinte sur son visage couvert d'une froide sueur, que d'Artagnan en eut pitié ; et que, le regardant avec mépris :

« Eh bien ! lui dit-il, je vais te montrer la différence qu'il y a entre un homme de cœur et un lâche comme toi ; reste, j'irai. »

Et d'un pas agile, l'œil au guet, observant les mouvements de l'ennemi, s'aidant de tous les accidents de terrain, d'Artagnan parvint jusqu'au second soldat.

Il y avait deux moyens d'arriver à son but : le fouiller sur la place, ou l'emporter en se faisant un bouclier de son corps, et le fouiller dans la tranchée.

D'Artagnan préféra le second moyen et chargea l'assassin sur ses épaules au moment même où l'ennemi faisait feu.

Une légère secousse, le bruit mat de trois balles qui trouaient les chairs, un dernier cri, un frémissement d'agonie prouvèrent à d'Artagnan que celui qui avait voulu l'assassiner venait de lui sauver la vie.

D'Artagnan regagna la tranchée et jeta le cadavre auprès du blessé aussi pâle qu'un mort.

Aussitôt il commença l'inventaire : un portefeuille

de cuir, une bourse où se trouvait évidemment une partie de la somme que le bandit avait reçue, un cornet et des dés formaient l'héritage du mort.

Il laissa le cornet et les dés où ils étaient tombés, jeta la bourse au blessé et ouvrit avidement le portefeuille.

Au milieu de quelques papiers sans importance, il trouva la lettre suivante : c'était celle qu'il était allé chercher au risque de sa vie :

« Puisque vous avez perdu la trace de cette femme et qu'elle est maintenant en sûreté dans ce couvent où vous n'auriez jamais dû la laisser arriver, tâchez au moins de ne pas manquer l'homme ; sinon, vous savez que j'ai la main longue et que vous payeriez cher les cent louis que vous avez à moi. »

Pas de signature. Néanmoins il était évident que la lettre venait de Milady. En conséquence, il la garda comme pièce à conviction, et, en sûreté derrière l'angle de la tranchée, il se mit à interroger le blessé. Celui-ci confessa qu'il s'était chargé avec son camarade, le même qui venait d'être tué, d'enlever une jeune femme qui devait sortir de Paris par la barrière de La Villette [1], mais que, s'étant arrêtés à boire dans un cabaret, ils avaient manqué la voiture de dix minutes.

« Mais qu'eussiez-vous fait de cette femme ? demanda d'Artagnan avec angoisse.

— Nous devions la remettre dans un hôtel de la place Royale, dit le blessé.

— Oui oui ! murmura d'Artagnan, c'est bien cela, chez Milady elle-même. »

Alors le jeune homme comprit en frémissant quelle terrible soif de vengeance poussait cette femme à le perdre, ainsi que ceux qui l'aimaient, et combien elle en savait sur les affaires de la cour, puisqu'elle avait

---

1. Au nord-est de Paris.

tout découvert. Sans doute elle devait ces renseignements au cardinal.

Mais, au milieu de tout cela, il comprit, avec un sentiment de joie bien réel, que la reine avait fini par découvrir la prison où la pauvre Mme Bonacieux expiait son dévouement, et qu'elle l'avait tirée de cette prison. Alors la lettre qu'il avait reçue de la jeune femme et son passage sur la route de Chaillot, passage pareil à une apparition, lui furent expliqués.

Dès lors, ainsi qu'Athos l'avait prédit, il était possible de retrouver Mme Bonacieux, et un couvent n'était pas imprenable.

Cette idée acheva de lui remettre la clémence au cœur. Il se retourna vers le blessé qui suivait avec anxiété toutes les expressions diverses de son visage, et lui tendant le bras :

« Allons, lui dit-il, je ne veux pas t'abandonner ainsi. Appuie-toi sur moi et retournons au camp.

— Oui, dit le blessé, qui avait peine à croire à tant de magnanimité, mais n'est-ce point pour me faire pendre ?

— Tu as ma parole, dit-il, et pour la seconde fois je te donne la vie. »

Le blessé se laissa glisser à genoux et baisa de nouveau les pieds de son sauveur ; mais d'Artagnan, qui n'avait plus aucun motif de rester si près de l'ennemi, abrégea lui-même les témoignages de sa reconnaissance.

Le garde qui était revenu à la première décharge des Rochelois avait annoncé la mort de ses quatre compagnons. On fut donc à la fois fort étonné et fort joyeux dans le régiment, quand on vit reparaître le jeune homme sain et sauf.

D'Artagnan expliqua le coup d'épée de son compagnon par une sortie qu'il improvisa. Il raconta la mort de l'autre soldat et les périls qu'ils avaient courus. Ce récit fut pour lui l'occasion d'un véritable triomphe. Toute l'armée parla de cette expédition pendant un jour, et Monsieur lui en fit faire ses compliments.

Au reste, comme toute belle action porte avec elle

sa récompense, la belle action de d'Artagnan eut pour résultat de lui rendre la tranquillité qu'il avait perdue. En effet, d'Artagnan croyait pouvoir être tranquille, puisque, de ses deux ennemis, l'un était tué et l'autre dévoué à ses intérêts.

Cette tranquillité prouvait une chose, c'est que d'Artagnan ne connaissait pas encore Milady.

XLII

LE VIN D'ANJOU

Après des nouvelles presque désespérées du roi, le bruit de sa convalescence commençait à se répandre dans le camp ; et comme il avait grande hâte d'arriver en personne au siège, on disait qu'aussitôt qu'il pourrait remonter à cheval, il se remettrait en route.

Pendant ce temps, Monsieur, qui savait que, d'un jour à l'autre, il allait être remplacé dans son commandement, soit par le duc d'Angoulême, soit par Bassompierre ou par Schomberg, qui se disputaient le commandement [1], faisait peu de choses, perdait ses journées en tâtonnements, et n'osait risquer quelque grande entreprise pour chasser les Anglais de l'île de Ré, où ils assiégeaient toujours la citadelle Saint-Martin et le fort de La Prée, tandis que, de leur côté, les Français assiégeaient La Rochelle.

D'Artagnan, comme nous l'avons dit, était redevenu plus tranquille, comme il arrive toujours après un danger passé, et quand le danger semble évanoui ; il ne lui restait qu'une inquiétude, c'était de n'apprendre aucune nouvelle de ses amis.

Mais, un matin du commencement du mois de

---

1. Indications exactes. Les dissensions entre les différents chefs militaires étaient notoires. — Sur Schomberg, *cf. Répertoire des personnages.*

novembre, tout lui fut expliqué par cette lettre, datée
de Villeroi :

« Monsieur d'Artagnan,

« MM. Athos, Porthos et Aramis, après avoir fait
une bonne partie chez moi, et s'être égayés beaucoup,
ont mené si grand bruit, que le prévôt [1] du château,
homme très rigide, les a consignés pour quelques
jours ; mais j'accomplis les ordres qu'ils m'ont donnés, de vous envoyer douze bouteilles de mon vin
d'Anjou, dont ils ont fait grand cas : ils veulent que
vous buviez à leur santé avec leur vin favori.

« Je l'ai fait, et suis, Monsieur, avec un grand respect,

« Votre serviteur très humble et très obéissant,

« GODEAU,

« Hôtelier de Messieurs les mousquetaires. »

« A la bonne heure ! s'écria d'Artagnan, ils pensent
à moi dans leurs plaisirs comme je pensais à eux dans
mon ennui ; bien certainement que je boirai à leur
santé et de grand cœur ; mais je n'y boirai pas seul. »
Et d'Artagnan courut chez deux gardes, avec lesquels il avait fait plus amitié qu'avec les autres, afin de
les inviter à boire avec lui le délicieux petit vin
d'Anjou qui venait d'arriver de Villeroi. L'un des deux
gardes était invité pour le soir même, et l'autre invité
pour le lendemain ; la réunion fut donc fixée au
surlendemain.

D'Artagnan, en rentrant, envoya les douze bouteilles de vin à la buvette des gardes, en recommandant qu'on les lui gardât avec soin ; puis, le jour de la
solennité, comme le dîner était fixé pour l'heure de
midi, d'Artagnan envoya, dès neuf heures, Planchet
pour tout préparer.

Planchet, tout fier d'être élevé à la dignité de maître
d'hôtel, songea à tout apprêter en homme intelligent ;
à cet effet il s'adjoignit le valet d'un des convives de

---

1. Officier de police. — *Consignés* : mis aux arrêts.

son maître, nommé Fourreau, et ce faux soldat qui avait voulu tuer d'Artagnan, et qui, n'appartenant à aucun corps, était entré à son service ou plutôt à celui de Planchet, depuis que d'Artagnan lui avait sauvé la vie.

L'heure du festin venue, les deux convives arrivèrent, prirent place et les mets s'alignèrent sur la table. Planchet servait la serviette au bras, Fourreau débouchait les bouteilles, et Brisemont, c'était le nom du convalescent, transvasait dans des carafons de verre le vin qui paraissait avoir déposé [1] par l'effet des secousses de la route. De ce vin, la première bouteille était un peu trouble vers la fin, Brisemont versa cette lie dans un verre, et d'Artagnan lui permit de la boire ; car le pauvre diable n'avait pas encore beaucoup de forces.

Les convives, après avoir mangé le potage, allaient porter le premier verre à leurs lèvres, lorsque tout à coup le canon retentit au fort Louis et au fort Neuf [2] ; aussitôt les gardes, croyant qu'il s'agissait de quelque attaque imprévue, soit des assiégés, soit des Anglais, sautèrent sur leurs épées ; d'Artagnan, non moins leste, fit comme eux, et tous trois sortirent en courant, afin de se rendre à leurs postes.

Mais à peine furent-ils hors de la buvette, qu'ils se trouvèrent fixés sur la cause de ce grand bruit ; les cris de Vive le roi ! Vive M. le cardinal ! retentissaient de tous côtés, et les tambours battaient dans toutes les directions.

En effet, le roi, impatient comme on l'avait dit, venait de doubler deux étapes, et arrivait à l'instant même avec toute sa maison [3] et un renfort de dix mille hommes de troupe ; ses mousquetaires le précédaient et le suivaient. D'Artagnan, placé en haie avec sa compagnie, salua d'un geste expressif ses

---

1. Déposé de la lie au fond des bouteilles.
2. Inadvertance probable pour *Port-Neuf*.
3. L'ensemble des personnes attachées à son service.

amis, qui lui répondirent des yeux, et M. de Tréville, qui le reconnut tout d'abord.

La cérémonie de réception achevée, les quatre amis furent bientôt dans les bras l'un de l'autre.

« Pardieu ! s'écria d'Artagnan, il n'est pas possible de mieux arriver, et les viandes [1] n'auront pas encore eu le temps de refroidir ! n'est-ce pas, Messieurs ? ajouta le jeune homme en se tournant vers les deux gardes, qu'il présenta à ses amis.

— Ah ! ah ! il paraît que nous banquetions, dit Porthos.

— J'espère, dit Aramis, qu'il n'y a pas de femmes à votre dîner !

— Est-ce qu'il y a du vin potable [2] dans votre bicoque ? demanda Athos.

— Mais, pardieu ! il y a le vôtre, cher ami, répondit d'Artagnan.

— Notre vin ? fit Athos étonné.

— Oui, celui que vous m'avez envoyé.

— Nous vous avons envoyé du vin ?

— Mais vous savez bien, de ce petit vin des coteaux d'Anjou ?

— Oui, je sais bien de quel vin vous voulez parler.

— Le vin que vous préférez.

— Sans doute, quand je n'ai ni champagne ni chambertin.

— Eh bien ! à défaut de champagne et de chambertin, vous vous contenterez de celui-là.

— Nous avons donc fait venir du vin d'Anjou, gourmet que nous sommes ? dit Porthos.

— Mais non, c'est le vin qu'on m'a envoyé de votre part.

— De notre part ? firent les trois mousquetaires.

— Est-ce vous, Aramis, dit Athos, qui avez envoyé du vin ?

— Non, et vous, Porthos ?

— Non, et vous, Athos ?

---

1. Les aliments.
2. Au sens étymologique : buvable.

— Non.

— Si ce n'est pas vous, dit d'Artagnan, c'est votre hôtelier.

— Notre hôtelier ?

— Eh oui ! votre hôtelier, Godeau, hôtelier des mousquetaires.

— Ma foi, qu'il vienne d'où il voudra, n'importe, dit Porthos, goûtons-le, et, s'il est bon, buvons-le.

— Non pas, dit Athos, ne buvons pas le vin qui a une source inconnue.

— Vous avez raison, Athos, dit d'Artagnan. Personne de vous n'a chargé l'hôtelier Godeau de m'envoyer du vin ?

— Non ! et cependant il vous en a envoyé de notre part ?

— Voici la lettre ! » dit d'Artagnan.

Et il présenta le billet à ses camarades.

« Ce n'est pas son écriture ! s'écria Athos, je la connais, c'est moi qui, avant de partir, ai réglé les comptes de la communauté.

— Fausse lettre, dit Porthos ; nous n'avons pas été consignés.

— D'Artagnan, demanda Aramis d'un ton de reproche, comment avez-vous pu croire que nous avions fait du bruit ?... »

D'Artagnan pâlit, et un tremblement convulsif secoua tous ses membres.

« Tu m'effraies, dit Athos, qui ne le tutoyait que dans les grandes occasions, qu'est-il donc arrivé ?

— Courons, courons, mes amis ! s'écria d'Artagnan, un horrible soupçon me traverse l'esprit ! serait-ce encore une vengeance de cette femme ? »

Ce fut Athos qui pâlit à son tour.

D'Artagnan s'élança vers la buvette, les trois mousquetaires et les deux gardes l'y suivirent.

Le premier objet qui frappa la vue de d'Artagnan en entrant dans la salle à manger fut Brisemont étendu par terre et se roulant dans d'atroces convulsions.

Planchet et Fourreau, pâles comme des morts, essayaient de lui porter secours ; mais il était évident que tout secours était inutile : tous les traits du moribond étaient crispés par l'agonie.

« Ah ! s'écria-t-il en apercevant d'Artagnan, ah ! c'est affreux, vous avez l'air de me faire grâce et vous m'empoisonnez !

— Moi ! s'écria d'Artagnan, moi, malheureux ! moi ! que dis-tu donc là ?

— Je dis que c'est vous qui m'avez donné ce vin, je dis que c'est vous qui m'avez dit de le boire, je dis que vous avez voulu vous venger de moi, je dis que c'est affreux !

— N'en croyez rien, Brisemont, dit d'Artagnan, n'en croyez rien ; je vous jure, je vous proteste...

— Oh ! mais Dieu est là ! Dieu vous punira ! Mon Dieu ! qu'il souffre un jour ce que je souffre !

— Sur l'Evangile, s'écria d'Artagnan en se précipitant vers le moribond, je vous jure que j'ignorais que ce vin fût empoisonné et que j'allais en boire comme vous.

— Je ne vous crois pas », dit le soldat.

Et il expira dans un redoublement de tortures.

« Affreux ! affreux ! murmurait Athos, tandis que Porthos brisait les bouteilles et qu'Aramis donnait des ordres un peu tardifs pour qu'on allât chercher un confesseur.

— O mes amis ! dit d'Artagnan, vous venez encore une fois de me sauver la vie, non seulement à moi, mais à ces Messieurs. Messieurs, continua-t-il en s'adressant aux gardes, je vous demanderai le silence sur toute cette aventure ; de grands personnages pourraient avoir trempé dans ce que vous avez vu, et le mal de tout cela retomberait sur nous.

— Ah ! Monsieur ! balbutiait Planchet plus mort que vif ; ah ! Monsieur ! que je l'ai échappé belle !

— Comment, drôle, s'écria d'Artagnan, tu allais donc boire mon vin ?

— A la santé du roi, Monsieur, j'allais en boire un pauvre verre, si Fourreau ne m'avait pas dit qu'on m'appelait.

— Hélas ! dit Fourreau, dont les dents claquaient de terreur, je voulais l'éloigner pour boire tout seul !

— Messieurs, dit d'Artagnan en s'adressant aux gardes, vous comprenez qu'un pareil festin ne pourrait être que fort triste après ce qui vient de se passer ; ainsi recevez toutes mes excuses et remettez la partie à un autre jour, je vous prie. »

Les deux gardes acceptèrent courtoisement les excuses de d'Artagnan, et, comprenant que les quatre amis désiraient demeurer seuls, ils se retirèrent.

Lorsque le jeune garde et les trois mousquetaires furent sans témoins, ils se regardèrent d'un air qui voulait dire que chacun comprenait la gravité de la situation.

« D'abord, dit Athos, sortons de cette chambre ; c'est une mauvaise compagnie qu'un mort, mort de mort violente.

— Planchet, dit d'Artagnan, je vous recommande le cadavre de ce pauvre diable. Qu'il soit enterré en terre sainte. Il avait commis un crime, c'est vrai, mais il s'en était repenti. »

Et les quatre amis sortirent de la chambre, laissant à Planchet et à Fourreau le soin de rendre les honneurs mortuaires à Brisemont.

L'hôte leur donna une autre chambre dans laquelle il leur servit des œufs à la coque et de l'eau, qu'Athos alla puiser lui-même à la fontaine. En quelques paroles Porthos et Aramis furent mis au courant de la situation.

« Eh bien ! dit d'Artagnan à Athos, vous le voyez, cher ami, c'est une guerre à mort. »

Athos secoua la tête.

« Oui, oui, dit-il, je le vois bien ; mais croyez-vous que ce soit elle ?

— J'en suis sûr.

— Cependant je vous avoue que je doute encore.

— Mais cette fleur de lys sur l'épaule ?

— C'est une Anglaise qui aura commis quelque méfait en France, et qu'on aura flétrie à la suite de son crime.

— Athos, c'est votre femme, vous dis-je, répétait d'Artagnan, ne vous rappelez-vous donc pas comme les deux signalements se ressemblent ?

— J'aurais cependant cru que l'autre était morte, je l'avais si bien pendue [1]. »

Ce fut d'Artagnan qui secoua la tête à son tour.

« Mais enfin, que faire ? dit le jeune homme.

— Le fait est qu'on ne peut rester ainsi avec une épée éternellement suspendue au-dessus de sa tête, dit Athos, et qu'il faut sortir de cette situation.

— Mais comment ?

— Ecoutez, tâchez de la rejoindre et d'avoir une explication avec elle ; dites-lui : La paix ou la guerre ! ma parole de gentilhomme de ne jamais rien dire de vous, de ne jamais rien faire contre vous ; de votre côté serment solennel de rester neutre à mon égard : sinon, je vais trouver le chancelier, je vais trouver le roi, je vais trouver le bourreau, j'ameute la cour contre vous, je vous dénonce comme flétrie, je vous fais mettre en jugement, et si l'on vous absout, eh bien ! je vous tue, foi de gentilhomme ! au coin de quelque borne, comme je tuerais un chien enragé.

— J'aime assez ce moyen, dit d'Artagnan, mais comment la joindre ?

— Le temps, cher ami, le temps amène l'occasion, l'occasion c'est la martingale [2] de l'homme : plus on a engagé, plus l'on gagne quand on sait attendre.

— Oui, mais attendre entouré d'assassins et d'empoisonneurs...

— Bah ! dit Athos, Dieu nous a gardés jusqu'à présent, Dieu nous gardera encore.

— Oui, nous ; nous d'ailleurs, nous sommes des

---

1. Inadvertance de Dumas ? Il faut supposer, en effet, que toute une part de ce dialogue se déroule en aparté entre Athos et d'Artagnan. Sans quoi leurs deux amis auraient exprimé leur supéfaction, comme ils le font plus loin, au chap. XLVIII (p. 661), lorsque le secret d'Athos leur est partiellement révélé.
2. Au jeu, le fait de doubler sa mise, avec persévérance, jusqu'à ce qu'on gagne.

hommes, et, à tout prendre, c'est notre état de risquer notre vie : mais elle ! ajouta-t-il à demi-voix.

— Qui elle ? demanda Athos.

— Constance.

— Mme Bonacieux ! ah ! c'est juste, fit Athos ; pauvre ami ! j'oubliais que vous étiez amoureux.

— Eh bien ! mais, dit Aramis, n'avez-vous pas vu par la lettre même que vous avez trouvée sur le misérable mort qu'elle était dans un couvent ? On est très bien dans un couvent, et aussitôt le siège de La Rochelle terminé, je vous promets que pour mon compte...

— Bon ! dit Athos, bon ! oui, mon cher Aramis ! nous savons que vos vœux tendent à la religion.

— Je ne suis mousquetaire que par intérim, dit humblement Aramis.

— Il paraît qu'il y a longtemps qu'il n'a reçu des nouvelles de sa maîtresse, dit tout bas Athos ; mais ne faites pas attention, nous connaissons cela.

— Eh bien ! dit Porthos, il me semble qu'il y aurait un moyen bien simple.

— Lequel ? demanda d'Artagnan.

— Elle est dans un couvent, dites-vous ? reprit Porthos.

— Oui.

— Eh bien ! aussitôt le siège fini, nous l'enlevons de ce couvent.

— Mais encore faut-il savoir dans quel couvent elle est.

— C'est juste, dit Porthos.

— Mais, j'y pense, dit Athos, ne prétendez-vous pas, cher d'Artagnan, que c'est la reine qui a fait choix de ce couvent pour elle ?

— Oui, je le crois du moins.

— Eh bien ! mais Porthos nous aidera là-dedans.

— Et comment cela, s'il vous plaît ?

— Mais par votre marquise, votre duchesse, votre princesse ; elle doit avoir le bras long.

— Chut ! dit Porthos en mettant un doigt sur ses lèvres, je la crois cardinaliste et elle ne doit rien savoir.

— Alors, dit Aramis, je me charge, moi, d'en avoir des nouvelles.

— Vous, Aramis, s'écrièrent les trois amis, vous, et comment cela ?

— Par l'aumônier de la reine, avec lequel je suis fort lié... », dit Aramis en rougissant.

Et sur cette assurance, les quatre amis, qui avaient achevé leur modeste repas, se séparèrent avec promesse de se revoir le soir même : d'Artagnan retourna aux Minimes, et les trois mousquetaires rejoignirent le quartier du roi, où ils avaient à faire préparer leur logis.

XLIII

L'AUBERGE DU COLOMBIER-ROUGE [1]

A peine arrivé au camp, le roi, qui avait si grande hâte de se trouver en face de l'ennemi, et qui, à meilleur droit que le cardinal, partageait sa haine contre Buckingham, voulut faire toutes les dispositions, d'abord pour chasser les Anglais de l'île de Ré, ensuite pour presser le siège de La Rochelle ; mais, malgré lui, il fut retardé par les dissensions qui éclatèrent entre MM. de Bassompierre et Schomberg, contre le duc d'Angoulême.

MM. de Bassompierre et Schomberg étaient maréchaux de France, et réclamaient leur droit de commander l'armée sous les ordres du roi ; mais le cardinal, qui craignait que Bassompierre, huguenot au fond du cœur, ne pressât faiblement les Anglais et les

---

1. Ce nom si pittoresque de Colombier-Rouge n'est pas inventé. Il désignait non pas une auberge, mais une redoute fortifiée, au nord de La Rochelle. Dumas (ou plutôt Maquet) l'a trouvé dans les *Mémoires* de Bassompierre, largement mis à contribution dans ce chapitre, et d'où sont tirés notamment les autres noms de lieux.

Rochelois, ses frères en religion, poussait au contraire le duc d'Angoulême, que le roi, à son instigation [1], avait nommé lieutenant général. Il en résulta que, sous peine de voir MM. de Bassompierre et Schomberg déserter l'armée, on fut obligé de faire à chacun un commandement particulier : Bassompierre prit ses quartiers au nord de la ville, depuis La Leu jusqu'à Dompierre ; le duc d'Angoulême à l'est, depuis Dompierre jusqu'à Périgny ; et M. de Schomberg au midi, depuis Périgny jusqu'à Angoutin.

Le logis de Monsieur était à Dompierre.

Le logis du roi était tantôt à Etré, tantôt à La Jarrie.

Enfin le logis du cardinal était sur les dunes, au pont de La Pierre, dans une simple maison sans aucun retranchement [2].

De cette façon, Monsieur surveillait Bassompierre ; le roi, le duc d'Angoulême, et le cardinal, M. de Schomberg.

Aussitôt cette organisation établie, on s'était occupé de chasser les Anglais de l'île.

La conjoncture était favorable : les Anglais, qui ont, avant toute chose, besoin de bons vivres pour être de bons soldats, ne mangeant que des viandes salées et de mauvais biscuits, avaient force malades dans leur camp ; de plus, la mer, fort mauvaise à cette époque de l'année sur toutes les côtes de l'océan, mettait tous les jours quelque petit bâtiment à mal ; et la plage, depuis la pointe de l'Aiguillon jusqu'à la tranchée, était littéralement, à chaque marée, couverte des débris de pinasses, de roberges [3] et de felouques ; il en

1. Poussé par lui.
2. Détails authentiques. *Etré* : Aytré.
3. La *tranchée* : le fossé entourant les remparts de la ville. *Roberge* : ce mot, qui figure dans les dictionnaires sous la forme *rambarge*, est la transcription phonétique de l'anglais *rawbarge*, qui désigne des bateaux de guerre britanniques à rames. Dumas l'a emprunté aux *Mémoires* de Bassompierre. Les *felouques* et les *pinasses*, respectivement typiques de la Méditerranée et du Sud-Ouest, ont été ajoutées pour le pittoresque.

résultait que, même les gens du roi se tinssent-ils [1] dans leur camp, il était évident qu'un jour ou l'autre Buckingham, qui ne demeurait dans l'île de Ré que par entêtement, serait obligé de lever le siège.

Mais, comme M. de Toiras fit dire que tout se préparait dans le camp ennemi pour un nouvel assaut, le roi jugea qu'il fallait en finir et donna les ordres nécessaires pour une affaire décisive.

Notre intention n'étant pas de faire un journal de siège, mais au contraire de n'en rapporter que les événements qui ont trait à l'histoire que nous racontons, nous nous contenterons de dire en deux mots que l'entreprise réussit au grand étonnement du roi et à la grande gloire de M. le cardinal. Les Anglais, repoussés pied à pied, battus dans toutes les rencontres, écrasés au passage de l'île de Loix [2], furent obligés de se rembarquer, laissant sur le champ de bataille deux mille hommes parmi lesquels cinq colonels, trois lieutenants-colonels, deux cent cinquante capitaines et vingt gentilshommes de qualité, quatre pièces de canon et soixante drapeaux qui furent apportés à Paris par Claude de Saint-Simon [3], et suspendus en grande pompe aux voûtes de Notre-Dame.

Des *Te Deum* [4] furent chantés au camp, et de là se répandirent par toute la France.

Le cardinal resta donc maître de poursuivre le siège sans avoir, du moins momentanément, rien à craindre de la part des Anglais.

Mais, comme nous venons de le dire, le repos n'était que momentané.

Un envoyé du duc de Buckingham, nommé Montaigu, avait été pris, et l'on avait acquis la preuve

---

1. Même si les gens du roi se tenaient...
2. Petite île (aujourd'hui presqu'île) au nord-ouest de Ré, où les troupes de Buckingham se firent massacrer au cours de leur retraite.
3. Claude de Saint-Simon (le père du mémorialiste) était alors le favori de Louis XIII.
4. Messes d'actions de grâces.

d'une ligue entre l'Empire, l'Espagne, l'Angleterre et la Lorraine [1].

Cette ligue était dirigée contre la France.

De plus, dans le logis de Buckingham, qu'il avait été forcé d'abandonner plus précipitamment qu'il ne l'avait cru, on avait trouvé des papiers qui confirmaient cette ligue, et qui, à ce qu'assure M. le cardinal dans ses Mémoires, compromettaient fort Mme de Chevreuse, et par conséquent la reine [2].

C'était sur le cardinal que pesait toute la responsabilité, car on n'est pas ministre absolu sans être responsable ; aussi toutes les ressources de son vaste génie étaient-elles tendues nuit et jour, et occupées à écouter le moindre bruit qui s'élevait dans un des grands royaumes de l'Europe.

Le cardinal connaissait l'activité et surtout la haine de Buckingham ; si la ligue qui menaçait la France triomphait, toute son influence était perdue : la politique espagnole et la politique autrichienne avaient leurs représentants dans le cabinet du Louvre, où elles n'avaient encore que des partisans ; lui Richelieu, le ministre français, le ministre national par excellence, était perdu. Le roi, qui, tout en lui obéissant comme un enfant, le haïssait comme un enfant hait son maître [3], l'abandonnait aux vengeances réunies de Monsieur et de la reine ; il était donc perdu, et peut-être la France avec lui. Il fallait parer à tout cela.

Aussi vit-on les courriers, devenus à chaque instant plus nombreux, se succéder nuit et jour dans cette petite maison du pont de La Pierre, où le cardinal avait établi sa résidence.

---

1. Indications exactes. Lord Ralph Montaigu, mi-ambassadeur, mi-espion au service du roi d'Angleterre, avait été arrêté et embastillé en 1627, puis relâché. Mme de Chevreuse, qui fut sans doute sa maîtresse, avait part à ses intrigues.

2. Ce détail figure en effet dans les *Mémoires* de Richelieu. Il y est question de Mme de Chevreuse, mais pas de la reine.

3. Sur Louis XIII « enfant enfantissime », *cf.* Tallemant des Réaux, (*Historiettes*, « Louis XIII ») et les annotations de l'édition Monmerqué.

C'étaient des moines qui portaient si mal le froc, qu'il était facile de reconnaître qu'ils appartenaient surtout à l'Eglise militante [1] ; des femmes un peu gênées dans leurs costumes de pages, et dont les larges trousses [2] ne pouvaient entièrement dissimuler les formes arrondies ; enfin des paysans aux mains noircies, mais à la jambe fine, et qui sentaient l'homme de qualité à une lieue à la ronde.

Puis encore d'autres visites moins agréables, car deux ou trois fois le bruit se répandit que le cardinal avait failli être assassiné.

Il est vrai que les ennemis de Son Eminence disaient que c'était elle-même qui mettait en campagne les assassins maladroits, afin d'avoir le cas échéant le droit d'user de représailles ; mais il ne faut croire ni à ce que disent les ministres, ni à ce que disent leurs ennemis.

Ce qui n'empêchait pas, au reste, le cardinal, à qui ses plus acharnés détracteurs n'ont jamais contesté la bravoure personnelle, de faire force courses nocturnes tantôt pour communiquer au duc d'Angoulême des ordres importants, tantôt pour aller se concerter avec le roi, tantôt pour aller conférer avec quelque messager qu'il ne voulait pas qu'on laissât entrer chez lui.

De leur côté les mousquetaires, qui n'avaient pas grand-chose à faire au siège, n'étaient pas tenus sévèrement et menaient joyeuse vie. Cela leur était d'autant plus facile, à nos trois compagnons surtout, qu'étant des amis de M. de Tréville, ils obtenaient facilement de lui de s'attarder et de rester après la fermeture du camp avec des permissions particulières.

---

1. En théologie, l'Eglise *militante* est l'assemblée des fidèles sur la terre, par opposition à l'Eglise triomphante (les saints, les bienheureux) et à l'Eglise souffrante (les âmes du Purgatoire). Dumas joue ici sur l'analogie entre *militante* et *militaire*.

2. *Trousses* : hauts-de-chausses courts et relevés, que portaient autrefois les pages.

Or, un soir que d'Artagnan, qui était de tranchée, n'avait pu les accompagner, Athos, Porthos et Aramis, montés sur leurs chevaux de bataille, enveloppés de manteaux de guerre, une main sur la crosse de leurs pistolets, revenaient tous trois d'une buvette qu'Athos avait découverte deux jours auparavant sur la route de La Jarrie, et qu'on appelait le Colombier-Rouge, suivant le chemin qui conduisait au camp, tout en se tenant sur leurs gardes, comme nous l'avons dit, de peur d'embuscade, lorsqu'à un quart de lieue à peu près du village de Boisnar [1] ils crurent entendre le pas d'une cavalcade qui venait à eux ; aussitôt tous trois s'arrêtèrent, serrés l'un contre l'autre, et attendirent, tenant le milieu de la route : au bout d'un instant, et comme la lune sortait justement d'un nuage, ils virent apparaître au détour d'un chemin deux cavaliers qui, en les apercevant, s'arrêtèrent à leur tour, paraissant délibérer s'ils devaient continuer leur route ou retourner en arrière. Cette hésitation donna quelques soupçons aux trois amis, et Athos, faisant quelques pas en avant, cria de sa voix ferme :

« Qui vive ?

— Qui vive vous-même ? répondit un de ces deux cavaliers.

— Ce n'est pas répondre, cela ! dit Athos. Qui vive ? Répondez, ou nous chargeons.

— Prenez garde à ce que vous allez faire, Messieurs ! dit alors une voix vibrante qui paraissait avoir l'habitude du commandement.

— C'est quelque officier supérieur qui fait sa ronde de nuit, dit Athos, que voulez-vous faire, Messieurs ?

— Qui êtes-vous ? dit la même voix du même ton de commandement ; répondez à votre tour, ou vous pourriez vous mal trouver de votre désobéissance.

— Mousquetaires du roi, dit Athos, de plus en plus convaincu que celui qui les interrogeait en avait le droit.

---

1. Sans doute une coquille pour Boineau.

— Quelle compagnie ?

— Compagnie de Tréville.

— Avancez à l'ordre, et venez me rendre compte de ce que vous faites ici, à cette heure. »

Les trois compagnons s'avancèrent, l'oreille un peu basse, car tous trois maintenant étaient convaincus qu'ils avaient affaire à plus fort qu'eux ; on laissa, au reste, à Athos le soin de porter la parole.

Un des deux cavaliers, celui qui avait pris la parole en second lieu, était à dix pas en avant de son compagnon ; Athos fit signe à Porthos et à Aramis de rester de leur côté en arrière, et s'avança seul.

« Pardon, mon officier ! dit Athos ; mais nous ignorions à qui nous avions affaire, et vous pouvez voir que nous faisions bonne garde.

— Votre nom ? dit l'officier, qui se couvrait une partie du visage avec son manteau.

— Mais vous-même, Monsieur, dit Athos qui commençait à se révolter contre cette inquisition ; donnez-moi, je vous prie, la preuve que vous avez le droit de m'interroger.

— Votre nom ? reprit une seconde fois le cavalier en laissant tomber son manteau de manière à avoir le visage découvert.

— Monsieur le cardinal ! s'écria le mousquetaire stupéfait.

— Votre nom ? reprit pour la troisième fois Son Eminence.

— Athos », dit le mousquetaire.

Le cardinal fit un signe à l'écuyer, qui se rapprocha.

« Ces trois mousquetaires nous suivront, dit-il à voix basse, je ne veux pas qu'on sache que je suis sorti du camp, et, en nous suivant, nous serons sûrs qu'ils ne le diront à personne.

— Nous sommes gentilshommes, Monseigneur, dit Athos ; demandez-nous donc notre parole et ne vous inquiétez de rien. Dieu merci, nous savons garder un secret. »

Le cardinal fixa ses yeux perçants sur ce hardi interlocuteur.

« Vous avez l'oreille fine, Monsieur Athos, dit le cardinal ; mais maintenant, écoutez ceci : ce n'est point par défiance que je vous prie de me suivre, c'est pour ma sûreté : sans doute vos deux compagnons sont MM. Porthos et Aramis ?

— Oui, Votre Eminence, dit Athos, tandis que les deux mousquetaires restés en arrière s'approchaient, le chapeau à la main.

— Je vous connais, Messieurs, dit le cardinal, je vous connais : je sais que vous n'êtes pas tout à fait de mes amis, et j'en suis fâché, mais je sais que vous êtes de braves et loyaux gentilshommes, et qu'on peut se fier à vous. Monsieur Athos, faites-moi donc l'honneur de m'accompagner, vous et vos deux amis, et alors j'aurai une escorte à faire envie à Sa Majesté, si nous la rencontrons. »

Les trois mousquetaires s'inclinèrent jusque sur le cou de leurs chevaux.

« Eh bien ! sur mon honneur, dit Athos, Votre Eminence a raison de nous emmener avec elle : nous avons rencontré sur la route des visages affreux, et nous avons même eu avec quatre de ces visages une querelle au Colombier-Rouge.

— Une querelle, et pourquoi, Messieurs ? dit le cardinal ; je n'aime pas les querelleurs, vous le savez !

— C'est justement pour cela que j'ai l'honneur de prévenir Votre Eminence de ce qui vient d'arriver ; car elle pourrait l'apprendre par d'autres que par nous, et, sur un faux rapport, croire que nous sommes en faute.

— Et quels ont été les résultats de cette querelle ? demanda le cardinal en fronçant le sourcil.

— Mais mon ami Aramis, que voici, a reçu un petit coup d'épée dans le bras, ce qui ne l'empêchera pas, comme Votre Eminence peut le voir, de monter à l'assaut demain, si Votre Eminence ordonne l'escalade.

— Mais vous n'êtes pas hommes à vous laisser donner des coups d'épée ainsi, dit le cardinal : voyons, soyez francs, Messieurs, vous en avez bien rendu quelques-uns ; confessez-vous, vous savez que j'ai le droit de donner l'absolution.

— Moi, Monseigneur, dit Athos, je n'ai pas même mis l'épée à la main, mais j'ai pris celui à qui j'avais affaire à bras-le-corps et je l'ai jeté par la fenêtre ; il paraît qu'en tombant, continua Athos avec quelque hésitation, il s'est cassé la cuisse.

— Ah ! ah ! fit le cardinal ; et vous, Monsieur Porthos ?

— Moi, Monseigneur, sachant que le duel est défendu, j'ai saisi un banc, et j'en ai donné à l'un de ces brigands un coup qui, je crois, lui a brisé l'épaule.

— Bien, dit le cardinal ; et vous, Monsieur Aramis ?

— Moi, Monseigneur, comme je suis d'un naturel très doux et que, d'ailleurs, ce que Monseigneur ne sait peut-être pas, je suis sur le point de rentrer dans les ordres, je voulais séparer mes camarades, quand un de ces misérables m'a donné traîtreusement un coup d'épée à travers le bras gauche : alors la patience m'a manqué, j'ai tiré mon épée à mon tour, et comme il revenait à la charge, je crois avoir senti qu'en se jetant sur moi il se l'était passée au travers du corps : je sais bien qu'il est tombé seulement, et il m'a semblé qu'on l'emportait avec ses deux compagnons.

— Diable, Messieurs ! dit le cardinal, trois hommes hors de combat pour une dispute de cabaret, vous n'y allez pas de main morte ; et à propos de quoi était venue la querelle ?

— Ces misérables étaient ivres, dit Athos, et sachant qu'il y avait une femme qui était arrivée le soir dans le cabaret, ils voulaient forcer la porte.

— Forcer la porte ! dit le cardinal, et pour quoi faire ?

— Pour lui faire violence sans doute, dit Athos ; j'ai eu l'honneur de dire à Votre Eminence que ces misérables étaient ivres.

— Et cette femme était jeune et jolie ? demanda le cardinal avec une certaine inquiétude.

— Nous ne l'avons pas vue, Monseigneur, dit Athos.

— Vous ne l'avez pas vue ; ah ! très bien, reprit vivement le cardinal ; vous avez bien fait de défendre l'honneur d'une femme, et, comme c'est à l'auberge du Colombier-Rouge que je vais moi-même, je saurai si vous m'avez dit la vérité.

— Monseigneur, dit fièrement Athos, nous sommes gentilshommes, et pour sauver notre tête, nous ne ferions pas un mensonge.

— Aussi je ne doute pas de ce que vous me dites, Monsieur Athos, je n'en doute pas un seul instant ; mais, ajouta-t-il pour changer la conversation, cette dame était donc seule ?

— Cette dame avait un cavalier enfermé avec elle, dit Athos ; mais, comme malgré le bruit ce cavalier ne s'est pas montré, il est à présumer que c'est un lâche.

— Ne jugez pas témérairement, dit l'Evangile [1] », répliqua le cardinal.

Athos s'inclina.

« Et maintenant, Messieurs, c'est bien, continua Son Eminence, je sais ce que je voulais savoir ; suivez-moi. »

Les trois mousquetaires passèrent derrière le cardinal, qui s'enveloppa de nouveau le visage de son manteau et remit son cheval en marche, se tenant à huit ou dix pas en avant de ses quatre compagnons.

On arriva bientôt à l'auberge silencieuse et solitaire ; sans doute l'hôte savait quel illustre visiteur il attendait, et en conséquence il avait renvoyé les importuns.

Dix pas avant d'arriver à la porte, le cardinal fit signe à son écuyer et aux trois mousquetaires de faire halte, un cheval tout sellé était attaché au contrevent, le cardinal frappa trois coups et de certaine façon.

Un homme enveloppé d'un manteau sortit aussitôt et échangea quelques rapides paroles avec le cardi-

1. *Cf.* notamment la fin du Sermon sur la montagne (*Evangile selon saint Matthieu*, VII, 1-2).

nal ; après quoi il remonta à cheval et repartit dans la direction de Surgères, qui était aussi celle de Paris.

« Avancez, Messieurs, dit le cardinal.

— Vous m'avez dit la vérité, mes gentilshommes, dit-il en s'adressant aux trois mousquetaires, il ne tiendra pas à moi que notre rencontre de ce soir ne vous soit avantageuse ; en attendant, suivez-moi. »

Le cardinal mit pied à terre, les trois mousquetaires en firent autant ; le cardinal jeta la bride de son cheval aux mains de son écuyer, les trois mousquetaires attachèrent les brides des leurs aux contrevents.

L'hôte se tenait sur le seuil de la porte ; pour lui, le cardinal n'était qu'un officier venant visiter une dame.

« Avez-vous quelque chambre au rez-de-chaussée où ces Messieurs puissent m'attendre près d'un bon feu ? » dit le cardinal.

L'hôte ouvrit la porte d'une grande salle, dans laquelle justement on venait de remplacer un mauvais poêle par une grande et excellente cheminée.

« J'ai celle-ci, répondit-il.

— C'est bien, dit le cardinal ; entrez là, Messieurs, et veuillez m'attendre ; je ne serai pas plus d'une demi-heure. »

Et tandis que les trois mousquetaires entraient dans la chambre du rez-de-chaussée, le cardinal, sans demander plus amples renseignements, monta l'escalier en homme qui n'a pas besoin qu'on lui indique son chemin.

XLIV

DE L'UTILITÉ DES TUYAUX DE POÊLE

Il était évident que, sans s'en douter, et mus seulement par leur caractère chevaleresque et aventureux, nos trois amis venaient de rendre service à quelqu'un que le cardinal honorait de sa protection particulière.

Maintenant quel était ce quelqu'un ? C'est la question que se firent d'abord les trois mousquetaires ; puis, voyant qu'aucune des réponses que pouvait leur faire leur intelligence n'était satisfaisante, Porthos appela l'hôte et demanda des dés.

Porthos et Aramis se placèrent à une table et se mirent à jouer. Athos se promena en réfléchissant.

En réfléchissant et en se promenant, Athos passait et repassait devant le tuyau du poêle rompu par la moitié et dont l'autre extrémité donnait dans la chambre supérieure, et à chaque fois qu'il passait et repassait, il entendait un murmure de paroles qui finit par fixer son attention. Athos s'approcha, et il distingua quelques mots qui lui parurent sans doute mériter un si grand intérêt qu'il fit signe à ses compagnons de se taire, restant lui-même courbé l'oreille tendue à la hauteur de l'orifice inférieur.

« Ecoutez, Milady, disait le cardinal, l'affaire est importante ; asseyez-vous là et causons.

— Milady ! murmura Athos.

— J'écoute Votre Eminence avec la plus grande attention, répondit une voix de femme qui fit tressaillir le mousquetaire.

— Un petit bâtiment avec équipage anglais, dont le capitaine est à moi, vous attend à l'embouchure de la Charente, au fort de La Pointe ; il mettra à la voile demain matin.

— Il faut alors que je m'y rende cette nuit ?

— A l'instant même, c'est-à-dire lorsque vous aurez reçu mes instructions. Deux hommes que vous trouverez à la porte en sortant vous serviront d'escorte ; vous me laisserez sortir le premier, puis une demi-heure après moi, vous sortirez à votre tour.

— Oui, Monseigneur. Maintenant revenons à la mission dont vous voulez bien me charger ; et, comme je tiens à continuer de mériter la confiance de Votre Eminence, daignez me l'exposer en termes clairs et précis, afin que je ne commette aucune erreur. »

Il y eut un instant de profond silence entre les deux interlocuteurs ; il était évident que le cardinal mesurait d'avance les termes dans lesquels il allait parler, et que Milady recueillait toutes ses facultés intellectuelles pour comprendre les choses qu'il allait dire et les graver dans sa mémoire quand elles seraient dites.

Athos profita de ce moment pour dire à ses deux compagnons de fermer la porte en dedans et pour leur faire signe de venir écouter avec lui.

Les deux mousquetaires, qui aimaient leurs aises, apportèrent une chaise pour chacun d'eux, et une chaise pour Athos. Tous trois s'assirent alors, leurs têtes rapprochées et l'oreille au guet.

« Vous allez partir pour Londres, continua le cardinal. Arrivée à Londres, vous irez trouver Buckingham.

— Je ferai observer à Son Eminence, dit Milady, que depuis l'affaire des ferrets de diamants, pour laquelle le duc m'a toujours soupçonnée, Sa Grâce se défie de moi.

— Aussi cette fois-ci, dit le cardinal, ne s'agit-il plus de capter sa confiance, mais de se présenter franchement et loyalement à lui comme négociatrice.

— Franchement et loyalement, répéta Milady avec une indicible expression de duplicité.

— Oui, franchement et loyalement, reprit le cardinal du même ton ; toute cette négociation doit être faite à découvert.

— Je suivrai à la lettre les instructions de Son Eminence, et j'attends qu'elle me les donne.

— Vous irez trouver Buckingham de ma part, et vous lui direz que je sais tous les préparatifs qu'il fait, mais que je ne m'en inquiète guère, attendu qu'au premier mouvement qu'il risquera, je perds la reine.

— Croira-t-il que Votre Eminence est en mesure d'accomplir la menace qu'elle lui fait ?

— Oui, car j'ai des preuves.

— Il faut que je puisse présenter ces preuves à son appréciation.

— Sans doute, et vous lui direz que je publie le rapport de Bois-Robert et du marquis de Beautru [1] sur l'entrevue que le duc a eue chez Mme la connétable avec la reine, le soir que Mme la connétable [2] a donné une fête masquée ; vous lui direz, afin qu'il ne doute de rien, qu'il y est venu sous le costume du Grand Mogol que devait porter le chevalier de Guise, et qu'il a acheté à ce dernier moyennant la somme de trois mille pistoles.

— Bien, Monseigneur.

— Tous les détails de son entrée au Louvre et de sa sortie pendant la nuit où il s'est introduit au palais sous le costume d'un diseur de bonne aventure italien me sont connus ; vous lui direz, pour qu'il ne doute pas encore de l'authenticité de mes renseignements, qu'il avait sous son manteau une grande robe blanche semée de larmes noires, de têtes de mort et d'os en sautoir : car, en cas de surprise, il devait se faire passer pour le fantôme de la Dame blanche [3] qui, comme chacun le sait, revient au Louvre chaque fois que quelque grand événement va s'accomplir.

— Est-ce tout, Monseigneur ?

1. Boisrobert et Bautru : deux écrivains mondains, grands faiseurs de mots d'esprit et colporteurs d'indiscrétions.

2. Inadvertance. La connétable de Luynes était remariée avec le duc de Chevreuse dès 1622, c'est-à-dire avant la première rencontre de Buckingham avec Anne d'Autriche. L'anecdote des costumes échangés est citée par Dumas dans deux de ses compilations historiques, *Louis XIV et son siècle* (1844) et *Les Grands Hommes en robe de chambre : Henri IV, Louis XIII et Richelieu* (1856). Mais on ne sait d'où il l'a tirée. Elle ne peut se rapporter, si elle est exacte, qu'à l'année 1625.

3. La légende de la Dame Blanche, d'origine nordique, est très ancienne et très connue.

— Dites-lui que je sais encore tous les détails de l'aventure d'Amiens [1], que j'en ferai faire un petit roman, spirituellement tourné, avec un plan du jardin et les portraits des principaux acteurs de cette scène nocturne.

— Je lui dirai cela.

— Dites-lui encore que je tiens Montaigu [2], que Montaigu est à la Bastille, qu'on n'a surpris aucune lettre sur lui, c'est vrai, mais que la torture peut lui faire dire ce qu'il sait, et même... ce qu'il ne sait pas.

— A merveille.

— Enfin ajoutez que Sa Grâce, dans la précipitation qu'elle a mise à quitter l'île de Ré, oublia dans son logis certaine lettre de Mme de Chevreuse qui compromet singulièrement la reine, en ce qu'elle prouve non seulement que Sa Majesté peut aimer les ennemis du roi, mais encore qu'elle conspire avec ceux de la France. Vous avez bien retenu tout ce que je vous ai dit, n'est-ce pas ?

— Votre Eminence va en juger : le bal de Mme la connétable ; la nuit du Louvre ; la soirée d'Amiens ; l'arrestation de Montaigu ; la lettre de Mme de Chevreuse.

— C'est cela, dit le cardinal, c'est cela : vous avez une bien heureuse mémoire, Milady.

— Mais, reprit celle à qui le cardinal venait d'adresser ce compliment flatteur, si malgré toutes ces raisons le duc ne se rend pas et continue de menacer la France ?

— Le duc est amoureux comme un fou, ou plutôt comme un niais, reprit Richelieu avec une profonde amertume ; comme les anciens paladins [3], il n'a entrepris cette guerre que pour obtenir un regard de sa belle. S'il sait que cette guerre peut coûter l'honneur et peut-être la liberté à la dame de ses pensées,

---

1. Sur l'aventure d'Amiens, cf. *Notice historique*.
2. *Cf.* p.607, n. 1.
3. Seigneurs de la suite de Charlemagne, puis chevaliers errants, dans les romans de chevalerie.

comme il dit, je vous réponds qu'il y regardera à deux fois.

— Et cependant, dit Milady avec une persistance qui prouvait qu'elle voulait voir clair jusqu'au bout, dans la mission dont elle allait être chargée, cependant s'il persiste ?

— S'il persiste, dit le cardinal..., ce n'est pas probable.

— C'est possible, dit Milady.

— S'il persiste... » Son Eminence fit une pause et reprit : « S'il persiste, eh bien ! j'espérerai dans un de ces événements qui changent la face des Etats.

— Si Son Eminence voulait me citer dans l'histoire quelques-uns de ces événements, dit Milady, peut-être partagerais-je sa confiance dans l'avenir.

— Eh bien tenez ! par exemple, dit Richelieu, lorsqu'en 1610, pour une cause à peu près pareille à celle qui fait mouvoir le duc, le roi Henri IV, de glorieuse mémoire, allait à la fois envahir les Flandres et l'Italie pour frapper à la fois l'Autriche des deux côtés, eh bien ! n'est-il pas arrivé un événement qui a sauvé l'Autriche ? Pourquoi le roi de France n'aurait-il pas la même chance que l'empereur ?

— Votre Eminence veut parler du coup de couteau de la rue de la Ferronnerie [1] ?

— Justement, dit le cardinal.

— Votre Eminence ne craint-elle pas que le supplice de Ravaillac épouvante ceux qui auraient un instant l'idée de l'imiter ?

— Il y aura en tout temps et dans tous les pays, surtout si ces pays sont divisés de religion, des fanatiques qui ne demanderont pas mieux que de se faire martyrs. Et tenez, justement il me revient à cette heure que les puritains sont furieux contre le duc de

---

1. Henri IV s'apprêtait à secourir le duché de Clèves et Juliers, attaqué par l'Empereur, lorsqu'il fut assassiné. L'attentat eut lieu rue de la Ferronnerie. L'assassin, Ravaillac, fut écartelé.

Buckingham et que leurs prédicateurs le désignent comme l'Antéchrist [1].

— Eh bien ? fit Milady.

— Eh bien ! continua le cardinal d'un air indifférent, il ne s'agirait, pour le moment, par exemple, que de trouver une femme, belle, jeune, adroite, qui eût à se venger elle-même du duc. Une pareille femme peut se rencontrer : le duc est homme à bonnes fortunes, et, s'il a semé bien des amours par ses promesses de constance éternelle, il a dû semer bien des haines aussi par ses éternelles infidélités.

— Sans doute, dit froidement Milady, une pareille femme peut se rencontrer.

— Eh bien ! une pareille femme, qui mettrait le couteau de Jacques Clément ou de Ravaillac [2] aux mains d'un fanatique, sauverait la France.

— Oui, mais elle serait la complice d'un assassinat.

— A-t-on jamais connu les complices de Ravaillac ou de Jacques Clément ?

— Non, car peut-être étaient-ils placés trop haut pour qu'on osât les aller chercher là où ils étaient : on ne brûlerait pas le Palais de Justice pour tout le monde, Monseigneur [3].

— Vous croyez donc que l'incendie du Palais de Justice a une cause autre que celle du hasard ? demanda Richelieu du ton dont il eût fait une question sans aucune importance.

— Moi, Monseigneur, répondit Milady, je ne crois

---

1. La Réforme avait revêtu en Angleterre plusieurs visages. L'anglicanisme, religion d'Etat, était suspecte aux yeux des puritains de pactiser avec le « papisme ». Ils reprochaient à Buckingham, non seulement le mariage du roi avec une princesse française, catholique, mais la liberté de ses mœurs et son faste outrancier.

2. Assassins respectifs d'Henri III et d'Henri IV.

3. On soupçonna, derrière Ravaillac, des commanditaires très haut placés, voire même la reine Marie de Médicis. Et l'on murmura que l'incendie du palais de Justice (5-6 mars 1618) avait été allumé intentionnellement pour faire disparaître des dossiers compromettants. En revanche, Mlle de Montpensier (1627-1693), fille de Gaston d'Orléans, n'a rien à faire ici.

rien, je cite un fait, voilà tout ; seulement, je dis que si je m'appelais Mlle de Monpensier ou la reine Marie de Médicis, je prendrais moins de précautions que j'en prends, m'appelant tout simplement Lady Clarick.

— C'est juste, dit Richelieu, et que voudriez-vous donc ?

— Je voudrais un ordre qui ratifiât d'avance tout ce que je croirai devoir faire pour le plus grand bien de la France.

— Mais il faudrait d'abord trouver la femme que j'ai dit, et qui aurait à se venger du duc.

— Elle est trouvée, dit Milady.

— Puis il faudrait trouver ce misérable fanatique qui servira d'instrument à la justice de Dieu.

— On le trouvera.

— Eh bien ! dit le duc, alors il sera temps de réclamer l'ordre que vous demandiez tout à l'heure.

— Votre Eminence a raison, dit Milady, et c'est moi qui ai eu tort de voir dans la mission dont elle m'honore autre chose que ce qui est réellement, c'est-à-dire d'annoncer à Sa Grâce, de la part de Son Eminence, que vous connaissez les différents déguisements à l'aide desquels il est parvenu à se rapprocher de la reine pendant la fête donnée par Mme la connétable ; que vous avez les preuves de l'entrevue accordée au Louvre par la reine à certain astrologue italien qui n'est autre que le duc de Buckingham ; que vous avez commandé un petit roman, des plus spirituels, sur l'aventure d'Amiens, avec plan du jardin où cette aventure s'est passée et portraits des acteurs qui y ont figuré ; que Montaigu est à la Bastille, et que la torture peut lui faire dire des choses dont il se souvient et même des choses qu'il aurait oubliées ; enfin, que vous possédez certaine lettre de Mme de Chevreuse, trouvée dans le logis de Sa Grâce, qui compromet singulièrement, non seulement celle qui l'a écrite, mais encore celle au nom de qui elle a été écrite. Puis, s'il persiste malgré tout cela, comme c'est à ce que je viens de dire que se borne ma mission, je n'aurai plus qu'à prier Dieu de faire un miracle pour sauver la France. C'est bien cela, n'est-ce pas, Monseigneur, et je n'ai pas autre chose à faire ?

— C'est bien cela, reprit sèchement le cardinal.

— Et maintenant, dit Milady sans paraître remarquer le changement de ton du duc à son égard, maintenant que j'ai reçu les instructions de Votre Eminence à propos de ses ennemis, Monseigneur me permettra-t-il de lui dire deux mots des miens ?

— Vous avez donc des ennemis ? demanda Richelieu.

— Oui, Monseigneur ; des ennemis contre lesquels vous me devez tout votre appui, car je me les suis faits en servant Votre Eminence.

— Et lesquels ? répliqua le duc.

— D'abord une petite intrigante du nom de Bonacieux.

— Elle est dans la prison de Mantes.

— C'est-à-dire qu'elle y était, reprit Milady, mais la reine a surpris [1] un ordre du roi, à l'aide duquel elle l'a fait transporter dans un couvent.

— Dans un couvent ? dit le duc.

— Oui, dans un couvent.

— Et dans lequel ?

— Je l'ignore, le secret a été bien gardé...

— Je le saurai, moi !

— Et Votre Eminence me dira dans quel couvent est cette femme ?

— Je n'y vois pas d'inconvénient, dit le cardinal.

— Bien ; maintenant j'ai un autre ennemi bien autrement à craindre pour moi que cette petite Mme Bonacieux.

— Et lequel ?

— Son amant.

— Comment s'appelle-t-il ?

— Oh ! Votre Eminence le connaît bien, s'écria Milady emportée par la colère, c'est notre mauvais

---

1. Obtenu par surprise.

génie à tous deux ; c'est celui qui, dans une rencontre avec les gardes de Votre Eminence, a décidé la victoire en faveur des mousquetaires du roi ; c'est celui qui a donné trois coups d'épée à de Wardes, votre émissaire, et qui a fait échouer l'affaire des ferrets ; c'est celui enfin qui, sachant que c'était moi qui lui avais enlevé Mme Bonacieux, a juré ma mort.

— Ah ! ah ! dit le cardinal, je sais de qui vous voulez parler.

— Je veux parler de ce misérable d'Artagnan.

— C'est un hardi compagnon, dit le cardinal.

— Et c'est justement parce que c'est un hardi compagnon qu'il n'en est que plus à craindre.

— Il faudrait, dit le duc, avoir une preuve de ses intelligences avec Buckingham.

— Une preuve ! s'écria Milady, j'en aurai dix.

— Eh bien, alors ! c'est la chose la plus simple du monde, ayez-moi cette preuve et je l'envoie à la Bastille.

— Bien, Monseigneur ! mais ensuite ?

— Quand on est à la Bastille, il n'y a pas d'ensuite, dit le cardinal d'une voix sourde. Ah ! pardieu, continua-t-il, s'il m'était aussi facile de me débarrasser de mon ennemi qu'il m'est facile de me débarrasser des vôtres, et si c'était contre de pareilles gens que vous me demandiez l'impunité !...

— Monseigneur, reprit Milady, troc pour troc, existence pour existence, homme pour homme ; donnez-moi celui-là, je vous donne l'autre.

— Je ne sais pas ce que vous voulez dire, reprit le cardinal, et ne veux même pas le savoir ; mais j'ai le désir de vous être agréable et ne vois aucun inconvénient à vous donner ce que vous demandez à l'égard d'une si infime créature ; d'autant plus, comme vous me le dites, que ce petit d'Artagnan est un libertin [1], un duelliste, un traître.

— Un infâme, Monseigneur, un infâme !

---

1. Au sens moderne (allusion à la liberté de mœurs, plutôt qu'à la liberté de pensée).

— Donnez-moi donc du papier, une plume et de l'encre, dit le cardinal.

— En voici, Monseigneur. »

Il se fit un instant de silence qui prouvait que le cardinal était occupé à chercher les termes dans lesquels devait être écrit le billet, ou même à l'écrire. Athos, qui n'avait pas perdu un mot de la conversation, prit ses deux compagnons chacun par une main et les conduisit à l'autre bout de la chambre.

« Eh bien ! dit Porthos, que veux-tu, et pourquoi ne nous laisses-tu pas écouter la fin de la conversation ?

— Chut ! dit Athos parlant à voix basse, nous en avons entendu tout ce qu'il est nécessaire que nous entendions ; d'ailleurs je ne vous empêche pas d'écouter le reste, mais il faut que je sorte.

— Il faut que tu sortes ! dit Porthos ; mais si le cardinal te demande, que répondrons-nous ?

— Vous n'attendrez pas qu'il me demande, vous lui direz les premiers que je suis parti en éclaireur parce que certaines paroles de notre hôte m'ont donné à penser que le chemin n'était pas sûr ; j'en toucherai d'abord deux mots à l'écuyer du cardinal ; le reste me regarde, ne vous en inquiétez pas.

— Soyez prudent, Athos ! dit Aramis.

— Soyez tranquille, répondit Athos, vous le savez, j'ai du sang-froid. »

Porthos et Aramis allèrent reprendre leur place près du tuyau de poêle.

Quant à Athos, il sortit sans aucun mystère, alla prendre son cheval attaché avec ceux de ses deux amis aux tourniquets des contrevents, convainquit en quatre mots l'écuyer de la nécessité d'une avant-garde pour le retour, visita avec affectation l'amorce de ses pistolets, mit l'épée aux dents et suivit, en enfant perdu [1], la route qui conduisait au camp.

1. *Cf.* p. 589, n. 2.

XLV

SCÈNE CONJUGALE

Comme l'avait prévu Athos, le cardinal ne tarda point à descendre ; il ouvrit la porte de la chambre où étaient entrés les mousquetaires, et trouva Porthos faisant une partie de dés acharnée avec Aramis. D'un coup d'œil rapide, il fouilla tous les coins de la salle, et vit qu'un de ses hommes lui manquait.

« Qu'est devenu M. Athos ? demanda-t-il.

— Monseigneur, répondit Porthos, il est parti en éclaireur sur quelques propos de notre hôte, qui lui ont fait croire que la route n'était pas sûre.

— Et vous, qu'avez-vous fait, Monsieur Porthos ?

— J'ai gagné cinq pistoles à Aramis.

— Et maintenant, vous pouvez revenir avec moi ?

— Nous sommes aux ordres de Votre Eminence.

— A cheval donc, Messieurs, car il se fait tard. »

L'écuyer était à la porte, et tenait en bride le cheval du cardinal. Un peu plus loin, un groupe de deux hommes et de trois chevaux apparaissait dans l'ombre ; ces deux hommes étaient ceux qui devaient conduire Milady au fort de La Pointe, et veiller à son embarquement.

L'écuyer confirma au cardinal ce que les deux mousquetaires lui avaient déjà dit à propos d'Athos. Le cardinal fit un geste approbateur, et reprit la route, s'entourant au retour des mêmes précautions qu'il avait prises au départ.

Laissons-le suivre le chemin du camp, protégé par l'écuyer et les deux mousquetaires, et revenons à Athos.

Pendant une centaine de pas, il avait marché de la même allure ; mais, une fois hors de vue, il avait lancé son cheval à droite, avait fait un détour, et était revenu à une vingtaine de pas, dans le taillis, guetter le passage de la petite troupe ; ayant reconnu les chapeaux bordés [1] de ses compagnons et la frange dorée du manteau de M. le cardinal, il attendit que les cavaliers eussent tourné l'angle de la route, et, les ayant perdus de vue, il revint au galop à l'auberge, qu'on lui ouvrit sans difficulté.

L'hôte le reconnut.

« Mon officier, dit Athos, a oublié de faire à la dame du premier une recommandation importante, il m'envoie pour réparer son oubli.

— Montez, dit l'hôte, elle est encore dans sa chambre. »

Athos profita de la permission, monta l'escalier de son pas le plus léger, arriva sur le carré [2], et, à travers la porte entrouverte, il vit Milady qui attachait son chapeau.

Il entra dans la chambre, et referma la porte derrière lui.

Au bruit qu'il fit en repoussant le verrou, Milady se retourna.

Athos était debout devant la porte, enveloppé dans son manteau, son chapeau rabattu sur ses yeux.

En voyant cette figure muette et immobile comme une statue, Milady eut peur.

« Qui êtes-vous ? et que demandez-vous ? » s'écria-t-elle.

« Allons, c'est bien elle ! » murmura Athos.

Et, laissant tomber son manteau, et relevant son feutre, il s'avança vers Milady.

« Me reconnaissez-vous, Madame ? » dit-il.

Milady fit un pas en avant, puis recula comme à la vue d'un serpent.

« Allons, dit Athos, c'est bien, je vois que vous me reconnaissez.

— Le comte de La Fère [3] ! murmura Milady en

---

1. Bordés d'un galon.
2. *Cf.* p. 554, n. 1.
3. Sur l'identité véritable d'Athos et de Milady, *cf. Répertoire des personnages.*

pâlissant et en reculant jusqu'à ce que la muraille l'empêchât d'aller plus loin.

— Oui, Milady, répondit Athos, le comte de La Fère en personne, qui revient tout exprès de l'autre monde pour avoir le plaisir de vous voir. Asseyons-nous donc, et causons, comme dit Monseigneur le cardinal. »

Milady, dominée par une terreur inexprimable, s'assit sans proférer une seule parole.

« Vous êtes donc un démon envoyé sur la terre ? dit Athos. Votre puissance est grande, je le sais ; mais vous savez aussi qu'avec l'aide de Dieu les hommes ont souvent vaincu les démons les plus terribles. Vous vous êtes déjà trouvée sur mon chemin, je croyais vous avoir terrassée, Madame ; mais, ou je me trompais, ou l'enfer vous a ressuscitée. »

Milady, à ces paroles qui lui rappelaient des souvenirs effroyables, baissa la tête avec un gémissement sourd.

« Oui, l'enfer vous a ressuscitée, reprit Athos, l'enfer vous a faite riche, l'enfer vous a donné un autre nom, l'enfer vous a presque refait même un autre visage ; mais il n'a effacé ni les souillures de votre âme, ni la flétrissure de votre corps. »

Milady se leva comme mue par un ressort, et ses yeux lancèrent des éclairs. Athos resta assis.

« Vous me croyiez mort, n'est-ce pas, comme je vous croyais morte ? et ce nom d'Athos avait caché le comte de La Fère, comme le nom de Milady Clarick avait caché Anne de Breuil ! N'était-ce pas ainsi que vous vous appeliez quand votre honoré frère nous a mariés ? Notre position est vraiment étrange, poursuivit Athos en riant ; nous n'avons vécu jusqu'à présent l'un et l'autre que parce que nous nous croyions morts, et qu'un souvenir gêne moins qu'une créature, quoique ce soit chose dévorante parfois qu'un souvenir !

— Mais enfin, dit Milady d'une voix sourde, qui vous ramène vers moi ? et que me voulez-vous ?

— Je veux vous dire que, tout en restant invisible à vos yeux, je ne vous ai pas perdue de vue, moi !

— Vous savez ce que j'ai fait ?

— Je puis vous raconter jour par jour vos actions, depuis votre entrée au service du cardinal jusqu'à ce soir. »

Un sourire d'incrédulité passa sur les lèvres pâles de Milady.

« Ecoutez : c'est vous qui avez coupé les deux ferrets de diamants sur l'épaule du duc de Buckingham ; c'est vous qui avez fait enlever Mme Bonacieux ; c'est vous qui, amoureuse de de Wardes, et croyant passer la nuit avec lui, avez ouvert votre porte à M. d'Artagnan ; c'est vous qui, croyant que de Wardes vous avait trompée, avez voulu le faire tuer par son rival ; c'est vous qui, lorsque ce rival eut découvert votre infâme secret, avez voulu le faire tuer à son tour par deux assassins que vous avez envoyés à sa poursuite ; c'est vous qui, voyant que les balles avaient manqué leur coup, avez envoyé du vin empoisonné avec une fausse lettre, pour faire croire à votre victime que ce vin venait de ses amis ; c'est vous, enfin, qui venez là, dans cette chambre, assise sur cette chaise où je suis, de prendre avec le cardinal de Richelieu l'engagement de faire assassiner le duc de Buckingham, en échange de la promesse qu'il vous a faite de vous laisser assassiner d'Artagnan. »

Milady était livide.

« Mais vous êtes donc Satan ? dit-elle.

— Peut-être, dit Athos ; mais, en tout cas, écoutez bien ceci : Assassinez ou faites assassiner le duc de Buckingham, peu m'importe ! je ne le connais pas : d'ailleurs c'est un Anglais ; mais ne touchez pas du bout du doigt à un seul cheveu de d'Artagnan, qui est un fidèle ami que j'aime et que je défends, ou, je vous le jure par la tête de mon père, le crime que vous aurez commis sera le dernier.

— M. d'Artagnan m'a cruellement offensée, dit Milady d'une voix sourde, M. d'Artagnan mourra.

— En vérité, cela est-il possible qu'on vous offense, Madame ? dit en riant Athos ; il vous a offensée, et il mourra ?

— Il mourra, reprit Milady ; elle d'abord, lui ensuite. »

Athos fut saisi comme d'un vertige : la vue de cette créature, qui n'avait rien d'une femme, lui rappelait des souvenirs terribles ; il pensa qu'un jour, dans une situation moins dangereuse que celle où il se trouvait, il avait déjà voulu la sacrifier à son honneur ; son désir de meurtre lui revint brûlant et l'envahit comme une fièvre ardente : il se leva à son tour, porta la main à sa ceinture, en tira un pistolet et l'arma.

Milady, pâle comme un cadavre, voulut crier, mais sa langue glacée ne put proférer qu'un son rauque qui n'avait rien de la parole humaine et qui semblait le râle d'une bête fauve ; collée contre la sombre tapisserie, elle apparaissait, les cheveux épars, comme l'image effrayante de la terreur.

Athos leva lentement son pistolet, étendit le bras de manière que l'arme touchât presque le front de Milady, puis, d'une voix d'autant plus terrible qu'elle avait le calme suprême d'une inflexible résolution :

« Madame, dit-il, vous allez à l'instant même me remettre le papier que vous a signé le cardinal, ou, sur mon âme, je vous fais sauter la cervelle. »

Avec un autre homme Milady aurait pu conserver quelque doute, mais elle connaissait Athos ; cependant elle resta immobile.

« Vous avez une seconde pour vous décider «, dit-il.

Milady vit à la contraction de son visage que le coup allait partir ; elle porta vivement la main à sa poitrine, en tira un papier et le tendit à Athos.

« Tenez, dit-elle, et soyez maudit ! »

Athos prit le papier, repassa le pistolet à sa ceinture, s'approcha de la lampe pour s'assurer que c'était bien celui-là, le déplia et lut :

« *C'est par mon ordre et pour le bien de l'Etat que le porteur du présent [1] a fait ce qu'il a fait.*

« *3 décembre 1627.* »   « RICHELIEU. »

---

1. Du présent papier.

« Et maintenant, dit Athos en reprenant son manteau et en replaçant son feutre sur sa tête, maintenant que je t'ai arraché les dents, vipère, mords si tu peux. »

Et il sortit de la chambre sans même regarder en arrière.

A la porte il trouva les deux hommes et le cheval qu'ils tenaient en main.

« Messieurs, dit-il, l'ordre de Monseigneur, vous le savez, est de conduire cette femme, sans perdre de temps, au fort de La Pointe et de ne la quitter que lorsqu'elle sera à bord. »

Comme ces paroles s'accordaient effectivement avec l'ordre qu'ils avaient reçu, ils inclinèrent la tête en signe d'assentiment.

Quant à Athos, il se mit légèrement en selle et partit au galop ; seulement, au lieu de suivre la route, il prit à travers champs, piquant avec vigueur son cheval et de temps en temps s'arrêtant pour écouter.

Dans une de ces haltes, il entendit sur la route le pas de plusieurs chevaux. Il ne douta point que ce ne fût le cardinal et son escorte. Aussitôt il fit une nouvelle pointe en avant, bouchonna [1] son cheval avec de la bruyère et des feuilles d'arbres, et vint se mettre en travers de la route à deux cents pas du camp à peu près.

« Qui vive ? cria-t-il, de loin quand il aperçut les cavaliers.

— C'est notre brave mousquetaire, je crois, dit le cardinal.

— Oui, Monseigneur, répondit Athos. C'est lui-même.

— Monsieur Athos, dit Richelieu, recevez tous mes remerciements pour la bonne garde que vous nous avez faite ; Messieurs, nous voici arrivés : prenez la porte à gauche, le mot d'ordre est *Roi et Ré*. »

En disant ces mots, le cardinal salua de la tête les

---

1. Frotta, étrilla.

trois amis, et prit à droite suivi de son écuyer ; car, cette nuit-là, lui-même couchait au camp.

« Eh bien ! dirent ensemble Porthos et Aramis lorsque le cardinal fut hors de la portée de la voix, eh bien ! il a signé le papier qu'elle demandait.

— Je le sais, dit tranquillement Athos, puisque le voici. »

Et les trois amis n'échangèrent plus une seule parole jusqu'à leur quartier, excepté pour donner le mot d'ordre aux sentinelles.

Seulement, on envoya Mousqueton dire à Planchet que son maître était prié, en relevant de tranchée [1], de se rendre à l'instant même au logis des mousquetaires.

D'un autre côté, comme l'avait prévu Athos, Milady, en retrouvant à la porte les hommes qui l'attendaient, ne fit aucune difficulté de les suivre ; elle avait bien eu l'envie un instant de se faire reconduire devant le cardinal et de lui tout raconter, mais une révélation de sa part amenait une révélation de la part d'Athos : elle dirait bien qu'Athos l'avait pendue, mais Athos dirait qu'elle était marquée ; elle pensa qu'il valait donc encore mieux garder le silence, partir discrètement, accomplir avec son habileté ordinaire la mission difficile dont elle s'était chargée, puis, toutes les choses accomplies à la satisfaction du cardinal, venir lui réclamer sa vengeance.

En conséquence, après avoir voyagé toute la nuit, à sept heures du matin elle était au fort de La Pointe, à huit heures elle était embarquée, et à neuf heures le bâtiment, qui, avec des lettres de marque [2] du cardinal, était censé être en partance pour Bayonne, levait l'ancre et faisait voile pour l'Angleterre.

1. Lorsqu'il serait relevé de sa garde à la tranchée.
2. Ici, sorte de passeport maritime.

XLVI

LE BASTION SAINT-GERVAIS [1]

En arrivant chez ses trois amis, d'Artagnan les trouva réunis dans la même chambre : Athos réfléchissait, Porthos frisait sa moustache, Aramis disait ses prières dans un charmant petit livre d'heures relié en velours bleu.

« Pardieu, Messieurs ! dit-il, j'espère que ce que vous avez à me dire en vaut la peine, sans cela je vous préviens que je ne vous pardonnerai pas de m'avoir fait venir, au lieu de me laisser reposer après une nuit passée à prendre et à démanteler un bastion. Ah ! que n'étiez-vous là, Messieurs ! il y a fait chaud !

— Nous étions ailleurs, où il ne faisait pas froid non plus ! répondit Porthos tout en faisant prendre à sa moustache un pli qui lui était particulier.

— Chut ! dit Athos.

— Oh ! oh ! fit d'Artagnan comprenant le léger froncement de sourcils du mousquetaire, il paraît qu'il y a du nouveau ici.

— Aramis, dit Athos, vous avez été déjeuner avant-hier à l'auberge du Parpaillot [2], je crois ?

— Oui.

— Comment est-on là ?

— Mais, j'y ai fort mal mangé pour mon compte, avant-hier était un jour maigre, et ils n'avaient que du gras.

— Comment ! dit Athos, dans un port de mer ils n'ont pas de poisson ?

---

1. Aucun bastion de ce nom n'est mentionné sur les cartes ou dans les récits du siège de La Rochelle. — La source probable de l'épisode raconté ici est le récit d'un pari analogue prêté à Barradas lors du siège de Casal en 1630. Mais on ne sait comment cette anecdote est venue à la connaissance de Dumas. Bien entendu, la finalité secrète du pari — se concerter en toute tranquillité — est une invention de son cru.

2. *Parpaillot* : surnom donné aux protestants.

— Ils disent, reprit Aramis en se remettant à sa pieuse lecture, que la digue que fait bâtir M. le cardinal le chasse en pleine mer [1].

— Mais, ce n'est pas cela que je vous demandais, Aramis, reprit Athos ; je vous demandais si vous aviez été bien libre, et si personne ne vous avait dérangé ?

— Mais il me semble que nous n'avons pas eu trop d'importuns ; oui, au fait, pour ce que vous voulez dire, Athos, nous serons assez bien au Parpaillot.

— Allons donc au Parpaillot, dit Athos, car ici les murailles sont comme des feuilles de papier. »

D'Artagnan, qui était habitué aux manières de faire de son ami, et qui reconnaissait tout de suite à une parole, à un geste, à un signe de lui, que les circonstances étaient graves, prit le bras d'Athos et sortit avec lui sans rien dire ; Porthos suivit en devisant avec Aramis.

En route, on rencontra Grimaud, Athos lui fit signe de suivre ; Grimaud, selon son habitude, obéit en silence ; le pauvre garçon avait à peu près fini par désapprendre de parler.

On arriva à la buvette du Parpaillot : il était sept heures du matin, le jour commençait à paraître ; les trois amis commandèrent à déjeuner, et entrèrent dans une salle où, au dire de l'hôte, ils ne devaient pas être dérangés.

Malheureusement l'heure était mal choisie pour un conciliabule ; on venait de battre la diane [2], chacun secouait le sommeil de la nuit, et, pour chasser l'air humide du matin, venait boire la goutte à la buvette : dragons, Suisses, gardes, mousquetaires, chevau-légers [3] se succédaient avec une rapidité qui devait très bien faire les affaires de l'hôte, mais qui remplissait fort mal les vues des quatre amis. Aussi

1. Sur la digue construite pour barrer le port, cf. *Notice historique*.
2. Batterie de tambour annonçant le réveil.
3. *Dragons* : soldats d'un corps de cavalerie créé au XVIᵉ siècle. *Chevau-légers* : soldats d'un corps de cavalerie légère.

répondaient-ils d'une manière fort maussade aux saluts, aux toasts et aux lazzi [1] de leurs compagnons.

« Allons ! dit Athos, nous allons nous faire quelque bonne querelle, et nous n'avons pas besoin de cela en ce moment. D'Artagnan, racontez-nous votre nuit ; nous vous raconterons la nôtre après.

— En effet, dit un chevau-léger qui se dandinait en tenant à la main un verre d'eau-de-vie qu'il dégustait lentement ; en effet, vous étiez de tranchée cette nuit, Messieurs les gardes, et il me semble que vous avez eu maille à partir avec les Rochelois ? »

D'Artagnan regarda Athos pour savoir s'il devait répondre à cet intrus qui se mêlait à la conversation.

« Eh bien ! dit Athos, n'entends-tu pas M. de Busigny [2] qui te fait l'honneur de t'adresser la parole ? Raconte ce qui s'est passé cette nuit, puisque ces Messieurs désirent le savoir.

— N'avre-bous bas bris un pastion ? demanda un Suisse qui buvait du rhum dans un verre à bière.

— Oui, Monsieur, répondit d'Artagnan en s'inclinant, nous avons eu cet honneur, nous avons même, comme vous avez pu l'entendre, introduit sous un des angles un baril de poudre qui, en éclatant, a fait une fort jolie brèche ; sans compter que, comme le bastion n'était pas d'hier, tout le reste de la bâtisse s'en est trouvé fort ébranlé.

— Et quel bastion est-ce ? demanda un dragon qui tenait enfilée à son sabre une oie qu'il apportait pour qu'on la fît cuire.

— Le bastion Saint-Gervais, répondit d'Artagnan, derrière lequel les Rochelois inquiétaient nos travailleurs.

— Et l'affaire a été chaude ?

— Mais, oui ; nous y avons perdu cinq hommes, et les Rochelois huit ou dix.

— Balzampleu ! fit le Suisse, qui, malgré l'admira-

---

1. *Cf.* p. 168, n. 3.
2. Nom jeté ici au hasard.

ble collection de jurons que possède la langue allemande, avait pris l'habitude de jurer en français.

— Mais il est probable, dit le chevau-léger, qu'ils
vont, ce matin, envoyer des pionniers [1] pour remettre
le bastion en état.

— Oui, c'est probable, dit d'Artagnan.

— Messieurs, dit Athos, un pari !

— Ah ! woui ! un bari ! dit le Suisse.

— Lequel ? demanda le chevau-léger.

— Attendez, dit le dragon en posant son sabre
comme une broche sur les deux grands chenets de fer
qui soutenaient le feu de la cheminée, j'en suis. Hôtelier de malheur ! une lèchefrite [2] tout de suite, que je
ne perde pas une goutte de la graisse de cette estimable volaille.

— Il avre raison, dit le Suisse, la graisse t'oie, il est
très ponne avec des gonfitures.

— Là ! dit le dragon. Maintenant, voyons le pari !
Nous écoutons, Monsieur Athos !

— Oui, le pari ! dit le chevau-léger.

— Eh bien ! Monsieur de Busigny, je parie avec
vous, dit Athos, que mes trois compagnons, MM.
Porthos, Aramis, d'Artagnan et moi, nous allons
déjeuner dans le bastion Saint-Gervais et que nous y
tenons une heure, montre à la main, quelque chose
que l'ennemi fasse [3] pour nous déloger. »

Porthos et Aramis se regardèrent, ils commençaient à comprendre.

« Mais, dit d'Artagnan en se penchant à l'oreille
d'Athos, tu vas nous faire tuer sans miséricorde.

— Nous sommes bien plus tués, répondit Athos, si
nous n'y allons pas.

— Ah ! ma foi ! Messieurs, dit Porthos en se renversant sur sa chaise et frisant sa moustache, voici un
beau pari, j'espère.

---

1. Soldats employés aux terrassements.
2. Récipient placé sous la broche pour recueillir la graisse coulant d'une grillade ou d'un rôti.
3. Malgré tout ce que l'ennemi pourra faire...

— Aussi je l'accepte, dit M. de Busigny ; maintenant il s'agit de fixer l'enjeu.

— Mais vous êtes quatre, Messieurs, dit Athos, nous sommes quatre ; un dîner à discrétion pour huit, cela vous va-t-il ?

— A merveille, reprit M. de Busigny.

— Parfaitement, dit le dragon.

— Ça me fa », dit le Suisse.

Le quatrième auditeur, qui, dans toute cette conversation, avait joué un rôle muet, fit un signe de la tête en signe qu'il acquiesçait à la proposition.

« Le déjeuner de ces Messieurs est prêt, dit l'hôte.

— Eh bien ! apportez-le », dit Athos.

L'hôte obéit. Athos appela Grimaud, lui montra un grand panier qui gisait dans un coin et fit le geste d'envelopper dans les serviettes les viandes apportées.

Grimaud comprit à l'instant même qu'il s'agissait d'un déjeuner sur l'herbe, prit le panier, empaqueta les viandes, y joignit les bouteilles et prit le panier à son bras.

« Mais où allez-vous manger mon déjeuner ? dit l'hôte.

— Que vous importe, dit Athos, pourvu qu'on vous le paie ? »

Et il jeta majestueusement deux pistoles sur la table.

« Faut-il vous rendre, mon officier ? dit l'hôte.

— Non ; ajoute seulement deux bouteilles de vin de Champagne et la différence sera pour les serviettes. »

L'hôte ne faisait pas une aussi bonne affaire qu'il l'avait cru d'abord, mais il se rattrapa en glissant aux quatre convives deux bouteilles de vin d'Anjou au lieu de deux bouteilles de vin de Champagne.

« Monsieur de Busigny, dit Athos, voulez-vous bien régler votre montre sur la mienne, ou me permettre de régler la mienne sur la vôtre ?

— A merveille, Monsieur ! dit le chevau-léger en tirant de son gousset une fort belle montre entourée de diamants ; sept heures et demie, dit-il.

— Sept heures trente-cinq minutes, dit Athos ;
nous saurons que j'avance de cinq minutes sur vous,
Monsieur. »

Et, saluant les assistants ébahis, les quatre jeunes
gens prirent le chemin du bastion Saint-Gervais, suivis de Grimaud, qui portait le panier, ignorant où il
allait, mais, dans l'obéissance passive dont il avait
pris l'habitude avec Athos, ne songeait pas même à le
demander.

Tant qu'ils furent dans l'enceinte du camp, les quatre amis n'échangèrent pas une parole ; d'ailleurs ils
étaient suivis par les curieux, qui, connaissant le pari
engagé, voulaient savoir comment ils s'en tireraient.

Mais une fois qu'ils eurent franchi la ligne de cir-
convallation [1] et qu'ils se trouvèrent en plein air,
d'Artagnan, qui ignorait complètement ce dont il
s'agissait, crut qu'il était temps de demander une
explication.

« Et maintenant, mon cher Athos, dit-il, faites-moi
l'amitié de m'apprendre où nous allons ?

— Vous le voyez bien, dit Athos, nous allons au
bastion.

— Mais qu'y allons-nous faire ?

— Vous le savez bien, nous y allons déjeuner.

— Mais pourquoi n'avons-nous pas déjeuné au
Parpaillot ?

— Parce que nous avons des choses fort importantes à nous dire, et qu'il était impossible de causer cinq
minutes dans cette auberge avec tous ces importuns
qui vont, qui viennent, qui saluent, qui accostent ; ici,
du moins, continua Athos en montrant le bastion, on
ne viendra pas nous déranger.

— Il me semble, dit d'Artagnan avec cette prudence qui s'alliait si bien et si naturellement chez lui
à une excessive bravoure, il me semble que nous
aurions pu trouver quelque endroit écarté dans les
dunes, au bord de la mer.

1. Lignes de tranchées bordées de pieux et de palissades protégeant le camp des assiégeants.

— Où l'on nous aurait vus conférer tous les quatre ensemble, de sorte qu'au bout d'un quart d'heure le cardinal eût été prévenu par ses espions que nous tenions conseil.

— Oui, dit Aramis, Athos a raison : *Animadvertuntur in desertis* [1].

— Un désert n'aurait pas été mal, dit Porthos, mais il s'agissait de le trouver.

— Il n'y a pas de désert où un oiseau ne puisse passer au-dessus de la tête, où un poisson ne puisse sauter au-dessus de l'eau, où un lapin ne puisse partir de son gîte, et je crois qu'oiseau, poisson, lapin, tout s'est fait espion du cardinal. Mieux vaut donc poursuivre notre entreprise, devant laquelle d'ailleurs nous ne pouvons plus reculer sans honte ; nous avons fait un pari, un pari qui ne pouvait être prévu, et dont je défie qui que ce soit de deviner la véritable cause : nous allons, pour le gagner, tenir une heure dans le bastion. Ou nous serons attaqués, ou nous ne le serons pas. Si nous ne le sommes pas, nous aurons tout le temps de causer et personne ne nous entendra, car je réponds que les murs de ce bastion n'ont pas d'oreilles ; si nous le sommes, nous causerons de nos affaires tout de même, et de plus, tout en nous défendant, nous nous couvrons de gloire. Vous voyez bien que tout est bénéfice.

— Oui, dit d'Artagnan, mais nous attraperons indubitablement une balle.

— Eh ! mon cher, dit Athos, vous savez bien que les balles les plus à craindre ne sont pas celles de l'ennemi.

— Mais il me semble que pour une pareille expédition, nous aurions dû au moins emporter nos mousquets.

— Vous êtes un niais, ami Porthos ; pourquoi nous charger d'un fardeau inutile ?

— Je ne trouve pas inutile en face de l'ennemi un

---

1. « On les remarque dans les endroits les plus déserts » : citation d'allure biblique dont on n'a pas retrouvé l'origine.

bon mousquet de calibre, douze cartouches et une poire à poudre.

— Oh ! bien, dit Athos, n'avez-vous pas entendu ce qu'a dit d'Artagnan ?

— Qu'a dit d'Artagnan ? demanda Porthos.

— D'Artagnan a dit que dans l'attaque de cette nuit il y avait eu huit ou dix Français de tués et autant de Rochelois.

— Après ?

— On n'a pas eu le temps de les dépouiller, n'est-ce pas ? attendu qu'on avait autre chose pour le moment de plus pressé à faire.

— Eh bien ?

— Eh bien ! nous allons trouver leurs mousquets, leurs poires à poudre et leurs cartouches, et au lieu de quatre mousquetons et de douze balles, nous allons avoir une quinzaine de fusils et une centaine de coups à tirer.

— O Athos ! dit Aramis, tu es véritablement un grand homme ! »

Porthos inclina la tête en signe d'adhésion.

D'Artagnan seul ne paraissait pas convaincu.

Sans doute Grimaud partageait les doutes du jeune homme ; car, voyant que l'on continuait de marcher vers le bastion, chose dont il avait douté jusqu'alors, il tira son maître par le pan de son habit.

« Où allons-nous ? » demanda-t-il par geste.

Athos lui montra le bastion.

« Mais, dit toujours dans le même dialecte le silencieux Grimaud, nous y laisserons notre peau. »

Athos leva les yeux et le doigt vers le ciel.

Grimaud posa son panier à terre et s'assit en secouant la tête.

Athos prit à sa ceinture un pistolet, regarda s'il était bien amorcé, l'arma et approcha le canon de l'oreille de Grimaud.

Grimaud se retrouva sur ses jambes comme par un ressort.

Athos alors lui fit signe de prendre le panier et de marcher devant.

Grimaud obéit.

Tout ce qu'avait gagné le pauvre garçon à cette pantomime d'un instant, c'est qu'il était passé de l'arrière-garde à l'avant-garde.

Arrivés au bastion, les quatre amis se retournèrent.

Plus de trois cents soldats de toutes armes étaient assemblés à la porte du camp, et dans un groupe séparé on pouvait distinguer M. de Busigny, le dragon, le Suisse et le quatrième parieur.

Athos ôta son chapeau, le mit au bout de son épée et l'agita en l'air.

Tous les spectateurs lui rendirent son salut, accompagnant cette politesse d'un grand hourra qui arriva jusqu'à eux.

Après quoi, ils disparurent tous quatre dans le bastion, où les avait déjà précédés Grimaud.

XLVII

LE CONSEIL DES MOUSQUETAIRES

Comme l'avait prévu Athos, le bastion n'était occupé que par une douzaine de morts tant Français que Rochelois.

« Messieurs, dit Athos, qui avait pris le commandement de l'expédition, tandis que Grimaud va mettre la table, commençons par recueillir les fusils et les cartouches ; nous pouvons d'ailleurs causer tout en accomplissant cette besogne. Ces Messieurs, ajouta-t-il en montrant les morts, ne nous écoutent pas.

— Mais nous pourrions toujours les jeter dans le fossé, dit Porthos, après toutefois nous être assurés qu'ils n'ont rien dans leurs poches.

— Oui, dit Aramis, c'est l'affaire de Grimaud.

— Ah ! bien alors, dit d'Artagnan, que Grimaud les fouille et les jette par-dessus les murailles.

— Gardons-nous-en bien, dit Athos, ils peuvent nous servir.

— Ces morts peuvent nous servir ? dit Porthos. Ah çà ! vous devenez fou, cher ami.

— Ne jugez pas témérairement [1], disent l'Evangile et M. le cardinal, répondit Athos ; combien de fusils, Messieurs ?

— Douze, répondit Aramis.

— Combien de coups à tirer ?

— Une centaine.

— C'est tout autant qu'il nous en faut ; chargeons les armes. »

Les quatre mousquetaires se mirent à la besogne. Comme ils achevaient de charger le dernier fusil, Grimaud fit signe que le déjeuner était servi.

Athos répondit, toujours par geste, que c'était bien, et indiqua à Grimaud une espèce de poivrière [2] où celui-ci comprit qu'il se devait tenir en sentinelle. Seulement, pour adoucir l'ennui de la faction, Athos lui permit d'emporter un pain, deux côtelettes et une bouteille de vin.

« Et maintenant, à table », dit Athos.

Les quatre amis s'assirent à terre, les jambes croisées, comme les Turcs ou comme les tailleurs.

« Ah ! maintenant, dit d'Artagnan, que tu n'as plus la crainte d'être entendu, j'espère que tu vas nous faire part de ton secret, Athos.

— J'espère que je vous procure à la fois de l'agrément et de la gloire, Messieurs, dit Athos. Je vous ai fait faire une promenade charmante ; voici un déjeuner des plus succulents, et cinq cents personnes là-bas, comme vous pouvez les voir à travers les meurtrières [3], qui nous prennent pour des fous ou pour des héros, deux classes d'imbéciles qui se ressemblent assez.

1. *Cf.* p. 613, n. 1.
2. Petite tourelle de guet, de forme ronde.
3. Etroite ouverture pratiquée dans une muraille pour l'observation et pour l'envoi de projectiles.

— Mais ce secret ? demanda d'Artagnan.

— Le secret, dit Athos, c'est que j'ai vu Milady hier soir. »

D'Artagnan portait son verre à ses lèvres ; mais à ce nom de Milady, la main lui trembla si fort, qu'il le posa à terre pour ne pas en répandre le contenu.

« Tu as vu ta fem...

— Chut donc ! interrompit Athos : vous oubliez, mon cher, que ces Messieurs ne sont pas initiés comme vous dans le secret de mes affaires de ménage ; j'ai vu Milady.

— Et où cela ? demanda d'Artagnan.

— A deux lieues d'ici à peu près, à l'auberge du Colombier-Rouge.

— En ce cas je suis perdu, dit d'Artagnan.

— Non, pas tout à fait encore, reprit Athos ; car, à cette heure, elle doit avoir quitté les côtes de France. »

D'Artagnan respira.

« Mais au bout du compte, demanda Porthos, qu'est-ce donc que cette Milady ?

— Une femme charmante, dit Athos en dégustant un verre de vin mousseux. Canaille d'hôtelier ! s'écria-t-il, qui nous donne du vin d'Anjou pour du vin de Champagne, et qui croit que nous nous y laisserons prendre ! Oui, continua-t-il, une femme charmante qui a eu des bontés pour notre ami d'Artagnan, qui lui a fait je ne sais quelle noirceur dont elle a essayé de se venger, il y a un mois en voulant le faire tuer à coups de mousquet, il y a huit jours en essayant de l'empoisonner, et hier en demandant sa tête au cardinal.

— Comment ! en demandant ma tête au cardinal ? s'écria d'Artagnan, pâle de terreur.

— Ça, dit Porthos, c'est vrai comme l'Evangile ; je l'ai entendu de mes deux oreilles.

— Moi aussi, dit Aramis.

— Alors, dit d'Artagnan en laissant tomber son bras avec découragement, il est inutile de lutter plus longtemps ; autant que je me brûle la cervelle et que tout soit fini !

— C'est la dernière sottise qu'il faut faire, dit Athos, attendu que c'est la seule à laquelle il n'y ait pas de remède.

— Mais je n'en réchapperai jamais, dit d'Artagnan, avec des ennemis pareils. D'abord mon inconnu de Meung ; ensuite de Wardes, à qui j'ai donné trois coups d'épée ; puis Milady, dont j'ai surpris le secret ; enfin, le cardinal, dont j'ai fait échouer la vengeance.

— Eh bien ! dit Athos, tout cela ne fait que quatre, et nous sommes quatre, un contre un. Pardieu ! si nous en croyons les signes que nous fait Grimaud, nous allons avoir affaire à un bien plus grand nombre de gens. Qu'y a-t-il, Grimaud ? Considérant la gravité de la circonstance, je vous permets de parler, mon ami, mais soyez laconique je vous prie. Que voyez-vous ?

— Une troupe.

— De combien de personnes ?

— De vingt hommes.

— Quels hommes ?

— Seize pionniers [1], quatre soldats.

— A combien de pas sont-ils ?

— A cinq cents pas.

— Bon, nous avons encore le temps d'achever cette volaille et de boire un verre de vin à ta santé, d'Artagnan !

— A ta santé ! répétèrent Porthos et Aramis.

— Eh bien donc, à ma santé ! quoique je ne croie pas que vos souhaits me servent à grand-chose.

— Bah ! dit Athos, Dieu est grand, comme disent les sectateurs de Mahomet, et l'avenir est dans ses mains. »

Puis, avalant le contenu de son verre, qu'il posa près de lui, Athos se leva nonchalamment, prit le premier fusil venu et s'approcha d'une meurtrière.

Porthos, Aramis et d'Artagnan en firent autant.

1. *Cf.* p. 635, n. 1.

Quant à Grimaud, il reçut l'ordre de se placer derrière les quatre amis afin de recharger les armes.

Au bout d'un instant on vit paraître la troupe ; elle suivait une espèce de boyau de tranchée qui établissait une communication entre le bastion et la ville.

« Pardieu ! dit Athos, c'est bien la peine de nous déranger pour une vingtaine de drôles armés de pioches, de hoyaux [1] et de pelles ! Grimaud n'aurait eu qu'à leur faire signe de s'en aller, et je suis convaincu qu'ils nous eussent laissés tranquilles.

— J'en doute, observa d'Artagnan, car ils avancent fort résolument de ce côté. D'ailleurs, il y a avec les travailleurs quatre soldats et un brigadier armés de mousquets.

— C'est qu'ils ne nous ont pas vus, reprit Athos.

— Ma foi ! dit Aramis, j'avoue que j'ai répugnance à tirer sur ces pauvres diables de bourgeois.

— Mauvais prêtre, répondit Porthos, qui a pitié des hérétiques [2] !

— En vérité, dit Athos, Aramis a raison, je vais les prévenir.

— Que diable faites-vous donc ? s'écria d'Artagnan, vous allez vous faire fusiller, mon cher. »

Mais Athos ne tint aucun compte de l'avis, et, montant sur la brèche [3], son fusil d'une main et son chapeau de l'autre :

« Messieurs, dit-il en s'adressant aux soldats et aux travailleurs, qui, étonnés de son apparition, s'arrêtaient à cinquante pas environ du bastion, et en les saluant courtoisement, Messieurs, nous sommes, quelques amis et moi, en train de déjeuner dans ce bastion. Or, vous savez que rien n'est désagréable comme d'être dérangé quand on déjeune ; nous vous prions donc, si vous avez absolument affaire ici, d'attendre que nous ayons fini notre repas, ou de repasser plus tard, à moins qu'il ne vous prenne la

1. Sortes de houes, de bêches à lame aplatie.
2. Rappelons que les Rochelais sont protestants.
3. Au sens propre d'ouverture faite dans un rempart.

salutaire envie de quitter le parti de la rébellion et de venir boire avec nous à la santé du roi de France.

— Prends garde, Athos ! s'écria d'Artagnan ; ne vois-tu pas qu'ils te mettent en joue ?

— Si fait, si fait, dit Athos, mais ce sont des bourgeois qui tirent fort mal, et qui n'ont garde de me toucher. »

En effet, au même instant quatre coups de fusil partirent, et les balles vinrent s'aplatir autour d'Athos, mais sans qu'une seule le touchât.

Quatre coups de fusil leur répondirent presque en même temps, mais ils étaient mieux dirigés que ceux des agresseurs, trois soldats tombèrent tués raide, et un des travailleurs fut blessé.

« Grimaud, un autre mousquet ! » dit Athos toujours sur la brèche.

Grimaud obéit aussitôt. De leur côté, les trois amis avaient chargé leurs armes ; une seconde décharge suivit la première : le brigadier et deux pionniers tombèrent morts, le reste de la troupe prit la fuite.

« Allons, Messieurs, une sortie », dit Athos.

Et les quatre amis, s'élançant hors du fort, parvinrent jusqu'au champ de bataille, ramassèrent les quatre mousquets des soldats et la demi-pique [1] du brigadier ; et, convaincus que les fuyards ne s'arrêteraient qu'à la ville, reprirent le chemin du bastion, rapportant les trophées [2] de leur victoire.

« Rechargez les armes, Grimaud, dit Athos, et nous, Messieurs, reprenons notre déjeuner et continuons notre conversation. Où en étions-nous ?

— Je me le rappelle, dit d'Artagnan, qui se préoccupait fort de l'itinéraire que devait suivre Milady.

— Elle va en Angleterre, répondit Athos.

— Et dans quel but ?

— Dans le but d'assassiner ou de faire assassiner Buckingham. »

1. Pique de longueur réduite.
2. Dépouilles prises à l'ennemi.

D'Artagnan poussa une exclamation de surprise et d'indignation.

« Mais c'est infâme ! s'écria-t-il.

— Oh ! quant à cela, dit Athos, je vous prie de croire que je m'en inquiète fort peu. Maintenant que vous avez fini, Grimaud, continua Athos, prenez la demi-pique de notre brigadier, attachez-y une serviette et plantez-la au haut de notre bastion, afin que ces rebelles de Rochelois voient qu'ils ont affaire à de braves et loyaux soldats du roi [1]. »

Grimaud obéit sans répondre. Un instant après le drapeau blanc flottait au-dessus de la tête des quatre amis ; un tonnerre d'applaudissements salua son apparition ; la moitié du camp était aux barrières.

« Comment ! reprit d'Artagnan, tu t'inquiètes fort peu qu'elle tue ou qu'elle fasse tuer Buckingham ? Mais le duc est notre ami.

— Le duc est Anglais, le duc combat contre nous ; qu'elle fasse du duc ce qu'elle voudra, je m'en soucie comme d'une bouteille vide. »

Et Athos envoya à quinze pas de lui une bouteille qu'il tenait, et dont il venait de transvaser jusqu'à la dernière goutte dans son verre.

« Un instant, dit d'Artagnan, je n'abandonne pas Buckingham ainsi ; il nous avait donné de fort beaux chevaux.

— Et surtout de fort belles selles, ajouta Porthos, qui, à ce moment même, portait à son manteau le galon de la sienne.

— Puis, observa Aramis, Dieu veut la conversion et non la mort du pécheur.

— *Amen*, dit Athos, et nous reviendrons là-dessus plus tard, si tel est votre plaisir ; mais ce qui, pour le moment, me préoccupait le plus, et je suis sûr que tu me comprendras, d'Artagnan, c'était de reprendre à

1. Le blanc était la couleur des étendards du roi de France. Ne pas confondre avec un drapeau blanc indiquant aujourd'hui qu'on demande une trève.

cette femme une espèce de blanc-seing [1] qu'elle avait extorqué au cardinal, et à l'aide duquel elle devait impunément se débarrasser de toi et peut-être de nous.

— Mais c'est donc un démon que cette créature ? dit Porthos en tendant son assiette à Aramis, qui découpait une volaille.

— Et ce blanc-seing, dit d'Artagnan, ce blanc-seing est-il resté entre ses mains ?

— Non, il est passé dans les miennes ; je ne dirai pas que ce fut sans peine, par exemple, car je mentirais.

— Mon cher Athos, dit d'Artagnan, je ne compte plus les fois que je vous dois la vie.

— Alors c'était donc pour venir près d'elle que vous nous avez quittés ? demanda Aramis.

— Justement.

— Et tu as cette lettre du cardinal ? dit d'Artagnan.

— La voici », dit Athos.

Et il tira le précieux papier de la poche de sa casaque.

D'Artagnan le déplia d'une main dont il n'essayait pas même de dissimuler le tremblement et lut :

« *C'est par mon ordre et pour le bien de l'Etat que le porteur du présent a fait ce qu'il a fait.*

« *5* [2] *décembre 1627.* »

« RICHELIEU. »

« En effet, dit Aramis, c'est une absolution [3] dans toutes les règles.

— Il faut déchirer ce papier, s'écria d'Artagnan, qui semblait lire sa sentence de mort.

— Bien au contraire, dit Athos, il faut le conserver

---

1. Au sens propre, feuille blanche au bas de laquelle on met sa signature et que l'on confie à quelqu'un pour qu'il la remplisse à sa guise.
2. Légère inadvertance : le *3 décembre* est devenu le *5.*
3. Terme juridique : acte effaçant un crime.

précieusement, et je ne donnerais pas ce papier quand on le couvrirait de pièces d'or.

— Et que va-t-elle faire maintenant ? demanda le jeune homme.

— Mais, dit négligemment Athos, elle va probablement écrire au cardinal qu'un damné mousquetaire, nommé Athos, lui a arraché son sauf-conduit ; elle lui donnera dans la même lettre le conseil de se débarrasser, en même temps que de lui, de ses deux amis, Porthos et Aramis ; le cardinal se rappellera que ce sont les mêmes hommes qu'il rencontre toujours sur son chemin ; alors, un beau matin, il fera arrêter d'Artagnan, et, pour qu'il ne s'ennuie pas tout seul, il nous enverra lui tenir compagnie à la Bastille.

— Ah çà, mais ! dit Porthos, il me semble que vous faites là de tristes plaisanteries, mon cher.

— Je ne plaisante pas, répondit Athos.

— Savez-vous, dit Porthos, que tordre le cou à cette damnée Milady serait un péché moins grand que de le tordre à ces pauvres diables de huguenots, qui n'ont jamais commis d'autres crimes que de chanter en français des psaumes que nous chantons en latin [1] ?

— Qu'en dit l'abbé ? demanda tranquillement Athos.

— Je dis que je suis de l'avis de Porthos, répondit Aramis.

— Et moi donc ! fit d'Artagnan.

— Heureusement qu'elle est loin, observa Porthos ; car j'avoue qu'elle me gênerait fort ici.

— Elle me gêne en Angleterre aussi bien qu'en France, dit Athos.

— Elle me gêne partout, continua d'Artagnan.

— Mais puisque vous la teniez, dit Porthos, que ne l'avez-vous noyée, étranglée, pendue ? Il n'y a que les morts qui ne reviennent pas.

---

1. Le recours au français pour la célébration du culte et notamment le chant de psaumes, librement traduits de la Bible, fut en effet un point de discorde entre les réformés et l'Eglise catholique.

— Vous croyez cela, Porthos ? répondit le mousquetaire avec un sombre sourire que d'Artagnan comprit seul.

— J'ai une idée, dit d'Artagnan.

— Voyons, dirent les mousquetaires.

— Aux armes ! » cria Grimaud.

Les jeunes gens se levèrent vivement et coururent aux fusils.

Cette fois, une petite troupe s'avançait composée de vingt ou vingt-cinq hommes ; mais ce n'étaient plus des travailleurs, c'étaient des soldats de la garnison.

« Si nous retournions au camp ? dit Porthos, il me semble que la partie n'est pas égale.

— Impossible pour trois raisons, répondit Athos : la première, c'est que nous n'avons pas fini de déjeuner ; la seconde, c'est que nous avons encore des choses d'importance à dire ; la troisième, c'est qu'il s'en manque encore de dix minutes que l'heure ne soit écoulée.

— Voyons, dit Aramis, il faut cependant arrêter un plan de bataille.

— Il est bien simple, répondit Athos : aussitôt que l'ennemi est à portée de mousquet, nous faisons feu ; s'il continue d'avancer, nous faisons feu encore, nous faisons feu tant que nous avons des fusils chargés ; si ce qui reste de la troupe veut encore monter à l'assaut, nous laissons les assiégeants descendre jusque dans le fossé, et alors nous leur poussons sur la tête ce pan de mur qui ne tient plus que par un miracle d'équilibre.

— Bravo ! s'écria Porthos ; décidément, Athos, vous étiez né pour être général, et le cardinal, qui se croit un grand homme de guerre, est bien peu de chose auprès de vous.

— Messieurs, dit Athos, pas de double emploi, je vous prie ; visez bien chacun votre homme.

— Je tiens le mien, dit d'Artagnan.

— Et moi le mien, dit Porthos.

— Et moi idem, dit Aramis.

— Alors feu ! » dit Athos.

Les quatre coups de fusil ne firent qu'une détonation, et quatre hommes tombèrent.

Aussitôt le tambour battit, et la petite troupe s'avança au pas de charge.

Alors les coups de fusil se succédèrent sans régularité, mais toujours envoyés avec la même justesse. Cependant, comme s'ils eussent connu la faiblesse numérique des amis, les Rochelois continuaient d'avancer au pas de course.

Sur trois autres coups de fusil, deux hommes tombèrent ; mais cependant la marche de ceux qui restaient debout ne se ralentissait pas.

Arrivés au bas du bastion, les ennemis étaient encore douze ou quinze ; une dernière décharge les accueillit, mais ne les arrêta point : ils sautèrent dans le fossé et s'apprêtèrent à escalader la brèche.

« Allons, mes amis, dit Athos, finissons-en d'un coup : à la muraille ! à la muraille ! »

Et les quatre amis, secondés par Grimaud, se mirent à pousser avec le canon de leurs fusils un énorme pan de mur, qui s'inclina comme si le vent le poussait, et, se détachant de sa base, tomba avec un bruit horrible dans le fossé : puis on entendit un grand cri, un nuage de poussière monta vers le ciel, et tout fut dit.

« Les aurions-nous écrasés depuis le premier jusqu'au dernier ? demanda Athos.

— Ma foi, cela m'en a l'air, dit d'Artagnan.

— Non, dit Porthos, en voilà deux ou trois qui se sauvent tout éclopés. »

En effet, trois ou quatre de ces malheureux, couverts de boue et de sang, fuyaient dans le chemin creux et regagnaient la ville : c'était tout ce qui restait de la petite troupe.

Athos regarda à sa montre.

« Messieurs, dit-il, il y a une heure que nous sommes ici, et maintenant le pari est gagné, mais il faut être beaux joueurs : d'ailleurs d'Artagnan ne nous a pas dit son idée. »

Et le mousquetaire, avec son sang-froid habituel, alla s'asseoir devant les restes du déjeuner.

« Mon idée ? dit d'Artagnan.

— Oui, vous disiez que vous aviez une idée, répliqua Athos.

— Ah ! j'y suis, reprit d'Artagnan : je passe en Angleterre une seconde fois, je vais trouver M. de Buckingham et je l'avertis du complot tramé contre sa vie.

— Vous ne ferez pas cela, d'Artagnan, dit froidement Athos.

— Et pourquoi cela ? ne l'ai-je pas fait déjà ?

— Oui, mais à cette époque nous n'étions pas en guerre ; à cette époque, M. de Buckingham était un allié et non un ennemi : ce que vous voulez faire serait taxé de trahison. »

D'Artagnan comprit la force de ce raisonnement et se tut.

« Mais, dit Porthos, il me semble que j'ai une idée à mon tour.

— Silence pour l'idée de M. Porthos ! dit Aramis.

— Je demande un congé à M. de Tréville, sous un prétexte quelconque que vous trouverez : je ne suis pas fort sur les prétextes, moi. Milady ne me connaît pas, je m'approche d'elle sans qu'elle me redoute, et lorsque je trouve ma belle, je l'étrangle.

— Eh bien ! dit Athos, je ne suis pas très éloigné d'adopter l'idée de Porthos.

— Fi donc ! dit Aramis, tuer une femme ! Non, tenez, moi, j'ai la véritable idée.

— Voyons votre idée, Aramis ! demanda Athos, qui avait beaucoup de déférence pour le jeune mousquetaire.

— Il faut prévenir la reine.

— Ah ! ma foi, oui, s'écrièrent ensemble Porthos et d'Artagnan ; je crois que nous touchons au moyen.

— Prévenir la reine ! dit Athos, et comment cela ? Avons-nous des relations à la cour ? Pouvons-nous envoyer quelqu'un à Paris sans qu'on le sache au camp ? D'ici à Paris il y a cent quarante lieues ; notre lettre ne sera pas à Angers que nous serons au cachot, nous.

— Quant à ce qui est de faire remettre sûrement une lettre à Sa Majesté, proposa Aramis en rougissant, moi, je m'en charge ; je connais à Tours une personne adroite... »

Aramis s'arrêta en voyant sourire Athos.

« Eh bien ! vous n'adoptez pas ce moyen, Athos ? dit d'Artagnan.

— Je ne le repousse pas tout à fait, dit Athos, mais je voulais seulement faire observer à Aramis qu'il ne peut quitter le camp ; que tout autre qu'un de nous n'est pas sûr ; que, deux heures après que le messager sera parti, tous les capucins, tous les alguazils, tous les bonnets noirs du cardinal [1] sauront votre lettre par cœur, et qu'on arrêtera vous et votre adroite personne.

— Sans compter, objecta Porthos, que la reine sauvera M. de Buckingham, mais ne nous sauvera pas du tout, nous autres.

— Messieurs, dit d'Artagnan, ce qu'objecte Porthos est plein de sens.

— Ah ! ah ! que se passe-t-il donc dans la ville ? dit Athos.

— On bat la générale [2]. »

Les quatre amis écoutèrent, et le bruit du tambour parvint effectivement jusqu'à eux.

« Vous allez voir qu'ils vont nous envoyer un régiment tout entier, dit Athos.

— Vous ne comptez pas tenir contre un régiment tout entier ? dit Porthos.

— Pourquoi pas ? dit le mousquetaire, je me sens en train ; et je tiendrais devant une armée, si nous avions seulement eu la précaution de prendre une douzaine de bouteilles en plus.

---

1. Les *capucins* sont des moines (Richelieu passait pour en utiliser comme espions), les *alguazils* sont des agents de police en Espagne. Quant aux bonnets noirs, on ne sait.
2. Batterie ou sonnerie appelant les militaires au combat.

— Sur ma parole, le tambour se rapproche, dit d'Artagnan.

— Laissez-le se rapprocher, dit Athos ; il y a pour un quart d'heure de chemin d'ici à la ville, et par conséquent de la ville ici. C'est plus de temps qu'il ne nous en faut pour arrêter notre plan ; si nous nous en allons d'ici, nous ne retrouverons jamais un endroit aussi convenable. Et tenez, justement, Messieurs, voilà la vraie idée qui me vient.

— Dites alors.

— Permettez que je donne à Grimaud quelques ordres indispensables. »

Athos fit signe à son valet d'approcher.

« Grimaud, dit Athos, en montrant les morts qui gisaient dans le bastion, vous allez prendre ces Messieurs, vous allez les dresser contre la muraille, vous leur mettrez leur chapeau sur la tête et leur fusil à la main.

— O grand homme ! s'écria d'Artagnan, je te comprends.

— Vous comprenez ? dit Porthos.

— Et toi, comprends-tu, Grimaud ? » demanda Aramis.

Grimaud fit signe que oui.

« C'est tout ce qu'il faut, dit Athos, revenons à mon idée.

— Je voudrais pourtant bien comprendre, observa Porthos.

— C'est inutile.

— Oui, oui, l'idée d'Athos, dirent en même temps d'Artagnan et Aramis.

— Cette Milady, cette femme, cette créature, ce démon, a un beau-frère, à ce que vous m'avez dit, je crois, d'Artagnan.

— Oui, je le connais beaucoup même, et je crois aussi qu'il n'a pas une grande sympathie pour sa belle-sœur.

— Il n'y a pas de mal à cela, répondit Athos, et il la détesterait que cela n'en vaudrait que mieux.

— En ce cas nous sommes servis à souhait.

— Cependant, dit Porthos, je voudrais bien comprendre ce que fait Grimaud.

— Silence, Porthos ! dit Aramis.

— Comment se nomme ce beau-frère ?

— Lord de Winter.

— Où est-il maintenant ?

— Il est retourné à Londres au premier bruit de guerre.

— Eh bien ! voilà justement l'homme qu'il nous faut, dit Athos, c'est celui qu'il nous convient de prévenir ; nous lui ferons savoir que sa belle-sœur est sur le point d'assassiner quelqu'un, et nous le prierons de ne pas la perdre de vue. Il y a bien à Londres, je l'espère, quelque établissement dans le genre des Madelonnettes ou des Filles repenties [1] ; il y fait mettre sa belle-sœur, et nous sommes tranquilles.

— Oui, dit d'Artagnan, jusqu'à ce qu'elle en sorte.

— Ah ! ma foi, reprit Athos, vous en demandez trop, d'Artagnan, je vous ai donné tout ce que j'avais et je vous préviens que c'est le fond de mon sac.

— Moi, je trouve que c'est ce qu'il y a de mieux, dit Aramis ; nous prévenons à la fois la reine et Lord de Winter.

— Oui, mais par qui ferons-nous porter la lettre à Tours et la lettre à Londres ?

— Je réponds de Bazin, dit Aramis.

— Et moi de Planchet, continua d'Artagnan.

— En effet, dit Porthos, si nous ne pouvons nous absenter du camp, nos laquais peuvent le quitter.

— Sans doute, dit Aramis, et dès aujourd'hui nous écrivons les lettres, nous leur donnons de l'argent, et ils partent.

— Nous leur donnons de l'argent ? reprit Athos, vous en avez donc, de l'argent ? »

Les quatre amis se regardèrent, et un nuage passa sur les fronts qui s'étaient un instant éclaircis.

« Alerte ! cria d'Artagnan, je vois des points noirs et

---

1. Couvents où l'on enfermait les femmes de mauvaise vie.

des points rouges qui s'agitent là-bas ; que disiez-vous donc d'un régiment, Athos ? c'est une véritable armée.

— Ma foi, oui, dit Athos, les voilà. Voyez-vous les sournois qui venaient sans tambours ni trompettes. Ah ! ah ! tu as fini, Grimaud ? »

Grimaud fit signe que oui, et montra une douzaine de morts qu'il avait placés dans les attitudes les plus pittoresques : les uns au port d'armes, les autres ayant l'air de mettre en joue, les autres l'épée à la main.

« Bravo ! reprit Athos, voilà qui fait honneur à ton imagination.

— C'est égal, dit Porthos, je voudrais cependant bien comprendre.

— Décampons d'abord, interrompit d'Artagnan, tu comprendras après.

— Un instant, Messieurs, un instant ! donnons le temps à Grimaud de desservir.

— Ah ! dit Aramis, voici les points noirs et les points rouges qui grandissent fort visiblement et je suis de l'avis de d'Artagnan ; je crois que nous n'avons pas de temps à perdre pour regagner notre camp.

— Ma foi, dit Athos, je n'ai plus rien contre la retraite : nous avions parié pour une heure, nous sommes restés une heure et demie ; il n'y a rien à dire ; partons, Messieurs, partons. »

Grimaud avait déjà pris les devants avec le panier et la desserte [1].

Les quatre amis sortirent derrière lui et firent une dizaine de pas.

« Eh ! s'écria Athos, que diable faisons-nous, Messieurs ?

— Avez-vous oublié quelque chose ? demanda Aramis.

— Et le drapeau, morbleu ! Il ne faut pas laisser un drapeau aux mains de l'ennemi, même quand ce drapeau ne serait qu'une serviette. »

---

1. Les restes du repas.

Et Athos s'élança dans le bastion, monta sur la plate-forme, et enleva le drapeau ; seulement comme les Rochelois étaient arrivés à portée de mousquet, ils firent un feu terrible sur cet homme, qui, comme par plaisir, allait s'exposer aux coups.

Mais on eût dit qu'Athos avait un charme [1] attaché à sa personne, les balles passèrent en sifflant tout autour de lui, pas une ne le toucha.

Athos agita son étendard en tournant le dos aux gens de la ville et en saluant ceux du camp. Des deux côtés de grands cris retentirent, d'un côté des cris de colère, de l'autre des cris d'enthousiasme.

Une seconde décharge suivit la première, et trois balles, en la trouant, firent réellement de la serviette un drapeau. On entendit les clameurs de tout le camp qui criait :

« Descendez, descendez ! »

Athos descendit ; ses camarades, qui l'attendaient avec anxiété, le virent paraître avec joie.

« Allons, Athos, allons, dit d'Artagnan, allongeons, allongeons [2] ; maintenant que nous avons tout trouvé, excepté l'argent, il serait stupide d'être tués. »

Mais Athos continua de marcher majestueusement, quelque observation que pussent lui faire ses compagnons, qui, voyant toute observation inutile, réglèrent leur pas sur le sien.

Grimaud et son panier avaient pris les devants et se trouvaient tous deux hors d'atteinte.

Au bout d'un instant on entendit le bruit d'une fusillade enragée.

« Qu'est-ce que cela ? demanda Porthos, et sur quoi tirent-ils ? Je n'entends pas siffler les balles et je ne vois personne.

— Ils tirent sur nos morts, répondit Athos.

— Mais nos morts ne répondront pas.

— Justement ; alors ils croiront à une embuscade, ils délibéreront ; ils enverront un parlementaire, et

---

1. Un talisman, une protection magique.
2. « Allongeons le pas. »

quand ils s'apercevront de la plaisanterie, nous serons hors de la portée des balles. Voilà pourquoi il est inutile de gagner une pleurésie en nous pressant.

— Oh ! je comprends, s'écria Porthos émerveillé.

— C'est bien heureux ! » dit Athos en haussant les épaules.

De leur côté, les Français, en voyant revenir les quatre amis au pas, poussaient des cris d'enthousiasme.

Enfin une nouvelle mousquetade se fit entendre, et cette fois les balles vinrent s'aplatir sur les cailloux autour des quatre amis et siffler lugubrement à leurs oreilles. Les Rochelois venaient enfin de s'emparer du bastion.

« Voici des gens bien maladroits, dit Athos ; combien en avons-nous tué ? douze ?

— Ou quinze.

— Combien en avons-nous écrasé ?

— Huit ou dix.

— Et en échange de tout cela pas une égratignure ? Ah ! si fait ! Qu'avez-vous donc là à la main, d'Artagnan ? du sang, ce me semble ?

— Ce n'est rien, dit d'Artagnan.

— Une balle perdue ?

— Pas même.

— Qu'est-ce donc alors ? »

Nous l'avons dit, Athos aimait d'Artagnan comme son enfant, et ce caractère sombre et inflexible avait parfois pour le jeune homme des sollicitudes de père.

« Une écorchure, reprit d'Artagnan ; mes doigts ont été pris entre deux pierres, celle du mur et celle de ma bague ; alors la peau s'est ouverte.

— Voilà ce que c'est que d'avoir des diamants, mon maître, dit dédaigneusement Athos.

— Ah çà, mais, s'écria Porthos, il y a un diamant en effet, et pourquoi diable alors, puisqu'il y a un diamant, nous plaignons-nous de ne pas avoir d'argent ?

— Tiens, au fait ! dit Aramis.

— A la bonne heure, Porthos ; cette fois-ci voilà une idée.

— Sans doute, dit Porthos, en se rengorgeant sur le compliment d'Athos, puisqu'il y a un diamant, vendons-le.

— Mais, dit d'Artagnan, c'est le diamant de la reine.

— Raison de plus, reprit Athos, la reine sauvant M. de Buckingham son amant, rien de plus juste ; la reine nous sauvant, nous ses amis, rien de plus moral : vendons le diamant. Qu'en pense Monsieur l'abbé ? Je ne demande pas l'avis de Porthos, il est donné.

— Mais je pense, dit Aramis en rougissant, que sa bague ne venant pas d'une maîtresse, et par conséquent n'étant pas un gage d'amour, d'Artagnan peut la vendre.

— Mon cher, vous parlez comme la théologie en personne. Ainsi votre avis est ?...

— De vendre le diamant, répondit Aramis.

— Eh bien ! dit gaiement d'Artagnan, vendons le diamant et n'en parlons plus. »

La fusillade continuait, mais les amis étaient hors de portée, et les Rochelois ne tiraient plus que pour l'acquit de leur conscience.

« Ma foi, dit Athos, il était temps que cette idée vînt à Porthos ; nous voici au camp. Ainsi, Messieurs, pas un mot de plus sur cette affaire. On nous observe, on vient à notre rencontre, nous allons être portés en triomphe. »

En effet, comme nous l'avons dit, tout le camp était en émoi ; plus de deux mille personnes avaient assisté, comme à un spectacle, à l'heureuse forfanterie [1] des quatre amis, forfanterie dont on était bien loin de soupçonner le véritable motif. On n'entendait que le cri de : Vivent les gardes ! Vivent les mousquetaires ! M. de Busigny était venu le premier serrer la main à Athos et reconnaître que le pari était perdu. Le dragon et le Suisse l'avaient suivi, tous les camarades

1. Fanfaronnade.

avaient suivi le dragon et le Suisse. C'étaient des félicitations, des poignées de main, des embrassades à n'en plus finir, des rires inextinguibles à l'endroit des Rochelois ; enfin, un tumulte si grand, que M. le cardinal crut qu'il y avait émeute et envoya La Houdinière, son capitaine des gardes, s'informer de ce qui se passait.

La chose fut racontée au messager avec toute l'efflorescence [1] de l'enthousiasme.

« Eh bien ? demanda le cardinal en voyant La Houdinière.

— Eh bien ! Monseigneur, dit celui-ci, ce sont trois mousquetaires et un garde qui ont fait le pari avec M. de Busigny d'aller déjeuner au bastion Saint-Gervais, et qui, tout en déjeunant, ont tenu là deux heures contre l'ennemi, et ont tué je ne sais combien de Rochelois.

— Vous êtes-vous informé du nom de ces trois mousquetaires ?

— Oui, Monseigneur.

— Comment les appelle-t-on ?

— Ce sont MM. Athos, Porthos et Aramis.

— Toujours mes trois braves ! murmura le cardinal. Et le garde ?

— M. d'Artagnan.

— Toujours mon jeune drôle ! Décidément il faut que ces quatre hommes soient à moi. »

Le soir même, le cardinal parla à M. de Tréville de l'exploit du matin, qui faisait la conversation de tout le camp. M. de Tréville, qui tenait le récit de l'aventure de la bouche même de ceux qui en étaient les héros, la raconta dans tous ses détails à Son Eminence, sans oublier l'épisode de la serviette.

« C'est bien, Monsieur de Tréville, dit le cardinal, faites-moi tenir cette serviette, je vous prie. J'y ferai broder trois fleurs de lys d'or, et je la donnerai pour guidon [2] à votre compagnie.

---

1. Au sens propre, épanouissement, d'où amplification.
2. Etendard.

— Monseigneur, dit M. de Tréville, il y aura injustice pour les gardes : M. d'Artagnan n'est pas à moi, mais à M. des Essarts.

— Eh bien ! prenez-le, dit le cardinal ; il n'est pas juste que, puisque ces quatre braves militaires s'aiment tant, ils ne servent pas dans la même compagnie [1]. »

Le même soir, M. de Tréville annonça cette bonne nouvelle aux trois mousquetaires et à d'Artagnan, en les invitant tous les quatre à déjeuner le lendemain.

D'Artagnan ne se possédait pas de joie. On le sait, le rêve de toute sa vie avait été d'être mousquetaire.

Les trois amis étaient fort joyeux.

« Ma foi ! dit d'Artagnan à Athos, tu as eu une triomphante idée, et, comme tu l'as dit, nous y avons acquis de la gloire, et nous avons pu lier une conversation de la plus haute importance.

— Que nous pourrons reprendre maintenant, sans que personne nous soupçonne ; car, avec l'aide de Dieu, nous allons passer désormais pour des cardinalistes. »

Le même soir, d'Artagnan alla présenter ses hommages à M. des Essarts, et lui faire part de l'avancement qu'il avait obtenu.

M. des Essarts, qui aimait beaucoup d'Artagnan, lui fit alors ses offres de service : ce changement de corps amenant des dépenses d'équipement.

D'Artagnan refusa ; mais, trouvant l'occasion bonne, il le pria de faire estimer le diamant qu'il lui remit, et dont il désirait faire de l'argent.

Le lendemain, à huit heures du matin, le valet de M. des Essarts entra chez d'Artagnan, et lui remit un sac d'or contenant sept mille livres.

C'était le prix du diamant de la reine.

---

1. Cette fois-ci, à la différence de la première fois (p. 456), d'Artagnan entre aux mousquetaires pour de bon.

XLVIII

AFFAIRE DE FAMILLE

Athos avait trouvé le mot : *affaire de famille*. Une affaire de famille n'était point soumise à l'investigation [1] du cardinal ; une affaire de famille ne regardait personne ; on pouvait s'occuper devant tout le monde d'une affaire de famille.

Ainsi, Athos avait trouvé le mot : affaire de famille.

Aramis avait trouvé l'idée : les laquais.

Porthos avait trouvé le moyen : le diamant.

D'Artagnan seul n'avait rien trouvé, lui ordinairement le plus inventif des quatre ; mais il faut dire aussi que le nom seul de Milady le paralysait.

Ah ! si, nous nous trompons : il avait trouvé un acheteur pour le diamant.

Le déjeuner chez M. de Tréville fut d'une gaieté charmante. D'Artagnan avait déjà son uniforme ; comme il était à peu près de la même taille qu'Aramis, et qu'Aramis, largement payé, comme on se le rappelle, par le libraire qui lui avait acheté son poème, avait fait tout en double, il avait cédé à son ami un équipement complet.

D'Artagnan eût été au comble de ses vœux, s'il n'eût point vu pointer Milady, comme un nuage sombre à l'horizon.

Après déjeuner, on convint qu'on se réunirait le soir au logis d'Athos, et que là on terminerait l'affaire.

D'Artagnan passa la journée à montrer son habit de mousquetaire dans toutes les rues du camp.

Le soir, à l'heure dite, les quatre amis se réunirent : il ne restait plus que trois choses à décider :

Ce qu'on écrirait au frère de Milady ;

Ce qu'on écrirait à la personne adroite de Tours ;

Et quels seraient les laquais qui porteraient les lettres.

---

1. Enquête attentive et suivie.

Chacun offrait le sien : Athos parlait de la discrétion de Grimaud, qui ne parlait que lorsque son maître lui décousait la bouche ; Porthos vantait la force de Mousqueton, qui était de taille à rosser quatre hommes de complexion [1] ordinaire ; Aramis, confiant dans l'adresse de Bazin, faisait un éloge pompeux de son candidat ; enfin, d'Artagnan avait foi entière dans la bravoure de Planchet, et rappelait de quelle façon il s'était conduit dans l'affaire épineuse de Boulogne.

Ces quatre vertus disputèrent longtemps le prix, et donnèrent lieu à de magnifiques discours, que nous ne rapporterons pas ici, de peur qu'ils ne fassent longueur.

« Malheureusement, dit Athos, il faudrait que celui qu'on enverra possédât en lui seul les quatre qualités réunies.

— Mais où rencontrer un pareil laquais ?

— Introuvable ! dit Athos ; je le sais bien : prenez donc Grimaud.

— Prenez Mousqueton.

— Prenez Bazin.

— Prenez Planchet ; Planchet est brave et adroit : c'est déjà deux qualités sur quatre.

— Messieurs, dit Aramis, le principal n'est pas de savoir lequel de nos quatre laquais est le plus discret, le plus fort, le plus adroit ou le plus brave ; le principal est de savoir lequel aime le plus l'argent.

— Ce que dit Aramis est plein de sens, reprit Athos ; il faut spéculer [2] sur les défauts des gens et non sur leurs vertus : Monsieur l'abbé, vous êtes un grand moraliste !

— Sans doute, répliqua Aramis ; car non seulement nous avons besoin d'être bien servis pour réussir, mais encore pour ne pas échouer ; car, en cas d'échec, il y va de la tête, non pas pour les laquais...

— Plus bas, Aramis ! dit Athos.

---

1. Constitution physique.
2. Méditer attentivement sur, d'où agir en fonction de...

— C'est juste, non pas pour les laquais, reprit Aramis, mais pour le maître, et même pour les maîtres ! Nos valets nous sont-ils assez dévoués pour risquer leur vie pour nous ? Non.

— Ma foi, dit d'Artagnan, je répondrais [1] presque de Planchet, moi.

— Eh bien ! mon cher ami, ajoutez à son dévouement naturel une bonne somme qui lui donne quelque aisance, et alors, au lieu d'en répondre une fois, répondez-en deux.

— Eh ! bon Dieu ! vous serez trompés tout de même, dit Athos, qui était optimiste quand il s'agissait des choses, et pessimiste quand il s'agissait des hommes. Ils promettront tout pour avoir de l'argent, et en chemin la peur les empêchera d'agir. Une fois pris, on les serrera [2] ; serrés, ils avoueront. Que diable ! nous ne sommes pas des enfants ! Pour aller en Angleterre (Athos baissa la voix), il faut traverser toute la France, semée d'espions et de créatures du cardinal ; il faut une passe [3] pour s'embarquer ; il faut savoir l'anglais pour demander son chemin à Londres. Tenez, je vois la chose bien difficile.

— Mais point du tout, dit d'Artagnan, qui tenait fort à ce que la chose s'accomplît ; je la vois facile, au contraire, moi. Il va sans dire, parbleu ! que si l'on écrit à Lord de Winter des choses par-dessus les maisons [4], des horreurs du cardinal...

— Plus bas ! dit Athos.

— Des intrigues et des secrets d'Etat, continua d'Artagnan en se conformant à la recommandation, il va sans dire que nous serons tous roués [5] vifs ; mais, pour Dieu, n'oubliez pas, comme vous l'avez dit vous-même, Athos, que nous lui écrivons pour affaire de famille ; que nous lui écrivons à cette seule fin qu'il

1. « Je me porterais garant... »
2. Presser, torturer.
3. Un laissez-passer.
4. Des choses énormes.
5. *Cf.* p. 235, n. l.

mette Milady, dès son arrivée à Londres, hors d'état de nous nuire. Je lui écrirai donc une lettre à peu près en ces termes :

— Voyons, dit Aramis, en prenant par avance un visage de critique.

— « Monsieur et cher ami... »

— Ah ! oui ; cher ami, à un Anglais, interrompit Athos ; bien commencé ! bravo, d'Artagnan ! Rien qu'avec ce mot-là vous serez écartelé [1], au lieu d'être roué vif.

— Eh bien ! soit ; je dirai donc « Monsieur » tout court.

— Vous pouvez même dire « Milord » reprit Athos, qui tenait fort aux convenances.

— « Milord, vous souvient-il du petit enclos aux chèvres du Luxembourg ? »

— Bon ! le Luxembourg à présent ! On croira que c'est une allusion à la reine mère [2] ! Voilà qui est ingénieux, dit Athos.

— Eh bien, nous mettrons tout simplement : « Milord, vous souvient-il de certain petit enclos où l'on vous sauva la vie ? »

— Mon cher d'Artagnan, dit Athos, vous ne serez jamais qu'un fort mauvais rédacteur : « Où l'on vous sauva la vie ! » Fi donc ! ce n'est pas digne. On ne rappelle pas ces services-là à un galant homme. Bienfait reproché, offense faite.

— Ah ! mon cher, dit d'Artagnan, vous êtes insupportable, et s'il faut écrire sous votre censure, ma foi, j'y renonce.

— Et vous faites bien. Maniez le mousquet et l'épée, mon cher, vous vous tirez galamment des deux exercices ; mais passez la plume à M. l'abbé, cela le regarde.

---

1. *Cf.* p. 440, n. 1. — Rappelons que la France est alors en guerre contre l'Angleterre.
2. Le palais du Luxembourg avait été construit par Marie de Médicis pour lui servir de résidence.

— Ah ! oui, au fait, dit Porthos, passez la plume à Aramis, qui écrit des thèses en latin, lui.

— Eh bien ! soit, dit d'Artagnan, rédigez-nous cette note, Aramis ; mais, de par notre Saint-Père le pape ! tenez-vous serré [1], car je vous épluche à mon tour, je vous en préviens.

— Je ne demande pas mieux, dit Aramis avec cette naïve confiance que tout poète a en lui-même ; mais qu'on me mette au courant : j'ai bien ouï dire, de-ci, de-là, que cette belle-sœur était une coquine, j'en ai même acquis la preuve en écoutant sa conversation avec le cardinal.

— Plus bas donc, sacrebleu ! dit Athos.

— Mais, continua Aramis, le détail m'échappe.

— Et à moi aussi », dit Porthos.

D'Artagnan et Athos se regardèrent quelque temps en silence. Enfin Athos, après s'être recueilli, et en devenant plus pâle encore qu'il n'était de coutume, fit un signe d'adhésion, d'Artagnan comprit qu'il pouvait parler.

« Eh bien ! voici ce qu'il y a à dire, reprit d'Artagnan : « Milord, votre belle-sœur est une scélérate, qui a voulu vous faire tuer pour hériter de vous. Mais elle ne pouvait épouser votre frère, étant déjà mariée en France, et ayant été... » »

D'Artagnan s'arrêta comme s'il cherchait le mot, en regardant Athos.

« Chassée par son mari, dit Athos.

— Parce qu'elle avait été marquée, continua d'Artagnan.

— Bah ! s'écria Porthos, impossible ! elle a voulu faire tuer son beau-frère ?

— Oui.

— Elle était mariée ! demanda Aramis.

— Oui.

— Et son mari s'est aperçu qu'elle avait une fleur de lys sur l'épaule ? s'écria Porthos.

---

1. « Surveillez-vous de près... »

— Oui. »

Ces trois *oui* avaient été dits par Athos, chacun avec une intonation plus sombre.

« Et qui l'a vue, cette fleur de lys ? demanda Aramis.

— D'Artagnan et moi, ou plutôt, pour observer l'ordre chronologique, moi et d'Artagnan, répondit Athos.

— Et le mari de cette affreuse créature vit encore ? dit Aramis.

— Il vit encore.

— Vous en êtes sûr ?

— J'en suis sûr. »

Il y eut un instant de froid silence, pendant lequel chacun se sentit impressionné selon sa nature.

« Cette fois, reprit Athos, interrompant le premier le silence, d'Artagnan nous a donné un excellent programme, et c'est cela qu'il faut écrire d'abord.

— Diable ! vous avez raison, Athos, reprit Aramis, et la rédaction est épineuse. M. le chancelier [1] lui-même serait embarrassé pour rédiger une épître de cette force, et cependant M. le chancelier rédige très agréablement un procès-verbal. N'importe ! taisez-vous, j'écris. »

Aramis en effet prit la plume, réfléchit quelques instants, se mit à écrire huit ou dix lignes d'une charmante petite écriture de femme, puis, d'une voix douce et lente, comme si chaque mot eût été scrupu-leusement pesé, il lut ce qui suit :

« Milord,

« La personne qui vous écrit ces quelques lignes a eu l'honneur de croiser l'épée avec vous dans un petit enclos de la rue d'Enfer [2]. Comme vous avez bien

---

1. Magistrat suprême en charge de la justice.
2. Il y avait plusieurs rues d'Enfer à Paris. Celle dont il est question ici est une ancienne voie romaine (*via inferior*). Au XVIIe siècle, elle longeait le jardin du Luxembourg sur sa face ouest et aboutissait à notre actuel boulevard de Port-Royal ; elle fut pro-

voulu, depuis, vous dire plusieurs fois l'ami de cette personne, elle vous doit de reconnaître cette amitié par un bon avis. Deux fois vous avez failli être victime d'une proche parente que vous croyez votre héritière, parce que vous ignorez qu'avant de contracter mariage en Angleterre, elle était déjà mariée en France. Mais, la troisième fois, qui est celle-ci, vous pouvez y succomber. Votre parente est partie de La Rochelle pour l'Angleterre pendant la nuit. Surveillez son arrivée, car elle a de grands et terribles projets. Si vous tenez absolument à savoir ce dont elle est capable, lisez son passé sur son épaule gauche. »

« Eh bien ! voilà qui est à merveille, dit Athos, et vous avez une plume de secrétaire d'Etat, mon cher Aramis. Lord de Winter fera bonne garde maintenant, si toutefois l'avis lui arrive ; et tombât-il aux mains de Son Eminence elle-même, nous ne saurions être compromis. Mais comme le valet qui partira pourrait nous faire accroire qu'il a été à Londres et s'arrêter à Châtellerault, ne lui donnons avec la lettre que la moitié de la somme en lui promettant l'autre moitié en échange de la réponse. Avez-vous le diamant ? continua Athos.

— J'ai mieux que cela, j'ai la somme. »

Et d'Artagnan jeta le sac sur la table : au son de l'or, Aramis leva les yeux. Porthos tressaillit ; quant à Athos, il resta impassible.

« Combien dans ce petit sac ? dit-il.

— Sept mille livres en louis de douze francs [1].

— Sept mille livres ! s'écria Porthos, ce mauvais petit diamant valait sept mille livres ?

— Il paraît, dit Athos, puisque les voilà ; je ne

---

longée au siècle suivant jusqu'à la barrière d'Enfer, ouverte dans le mur des Fermiers généraux (actuelle place Denfert-Rochereau).

1. Dumas fait ici une entorse à la règle qu'il suit d'ordinaire sur les monnaies et selon laquelle un louis vaut dix francs (*cf. Notice historique*).

présume pas que notre ami d'Artagnan y ait mis du sien.

— Mais, Messieurs, dans tout cela, dit d'Artagnan, nous ne pensons pas à la reine. Soignons un peu la santé de son cher Buckingham. C'est le moins que nous lui devions.

— C'est juste, dit Athos, mais ceci regarde Aramis.

— Eh bien ! répondit celui-ci en rougissant, que faut-il que je fasse ?

— Mais, répliqua Athos, c'est tout simple : rédiger une seconde lettre pour cette adroite personne qui habite Tours. »

Aramis reprit la plume, se mit à réfléchir de nouveau, et écrivit les lignes suivantes, qu'il soumit à l'instant même à l'approbation de ses amis :

« Ma chère cousine... »

« Ah ! dit Athos, cette personne adroite est votre parente !

— Cousine germaine, dit Aramis.

— Va donc pour cousine ! »

Aramis continua :

« Ma chère cousine, Son Eminence le cardinal, que Dieu conserve [1] pour le bonheur de la France et la confusion des ennemis du royaume, est sur le point d'en finir avec les rebelles hérétiques de La Rochelle : il est probable que le secours de la flotte anglaise n'arrivera pas même en vue de la place ; j'oserai même dire que je suis certain que M. de Buckingham sera empêché de partir par quelque grand événement. Son Eminence est le plus illustre politique des temps passés, du temps présent et probablement des temps à venir. Il éteindrait le soleil si le soleil le gênait. Donnez ces heureuses nouvelles à votre sœur, ma chère cousine. J'ai rêvé que cet Anglais maudit était mort. Je ne puis me rappeler si c'était par le fer ou par le poison ; seulement ce dont je suis sûr, c'est que j'ai rêvé qu'il était mort, et, vous le savez, mes rêves ne me

---

1. *Que Dieu conserve* est au subjonctif. C'est un souhait, placé en incise dans la phrase.

trompent jamais. Assurez-vous donc de me voir revenir bientôt. »

« A merveille ! s'écria Athos, vous êtes le roi des poètes ; mon cher Aramis, vous parlez comme l'Apocalypse [1] et vous êtes vrai comme l'Evangile. Il ne vous reste maintenant que l'adresse à mettre sur cette lettre.

— C'est bien facile », dit Aramis.

Il plia coquettement la lettre, la reprit et écrivit :

« A Mademoiselle Marie Michon, lingère à Tours. »

Les trois amis se regardèrent en riant : ils étaient pris.

« Maintenant, dit Aramis, vous comprenez, Messieurs, que Bazin seul peut porter cette lettre à Tours ; ma cousine ne connaît que Bazin et n'a confiance qu'en lui : tout autre ferait échouer l'affaire. D'ailleurs Bazin est ambitieux et savant ; Bazin a lu l'histoire, Messieurs, il sait que Sixte Quint est devenu pape après avoir gardé les pourceaux [2] ; eh bien ! comme il compte se mettre d'Eglise en même temps que moi, il ne désespère pas à son tour de devenir pape ou tout au moins cardinal : vous comprenez qu'un homme qui a de pareilles visées ne se laissera pas prendre, ou, s'il est pris, subira le martyre plutôt que de parler.

— Bien, bien, dit d'Artagnan, je vous passe de grand cœur Bazin ; mais passez-moi Planchet : Milady l'a fait jeter à la porte, certain jour, avec force coups de bâton ; or Planchet a bonne mémoire, et, je vous en réponds, s'il peut supposer une vengeance possible, il se fera plutôt échiner que d'y renoncer. Si vos affaires de Tours sont vos affaires, Aramis, celles de Londres sont les miennes. Je prie donc qu'on choisisse Planchet, lequel d'ailleurs a déjà été à Londres avec moi et sait dire très correctement : *London*,

---

1. L'Apocalypse, dernier livre du Nouveau Testament, attribué à l'apôtre Jean, annonce la fin du monde.

2. Le pape Sixte-Quint (1520-1590) était en effet le fils d'un paysan pauvre. Le grand *Dictionnaire* de Moreri mentionne qu'il avait gardé des porcs : ce détail était très connu.

sir, if you please et *my master lord d'Artagnan* ; avec cela soyez tranquilles, il fera son chemin en allant et en revenant.

— En ce cas, dit Athos, il faut que Planchet reçoive sept cents livres pour aller et sept cents livres pour revenir, et Bazin, trois cents livres pour aller et trois cents livres pour revenir ; cela réduira la somme à cinq mille livres ; nous prendrons mille livres chacun pour les employer comme bon nous semblera, et nous laisserons un fond de mille livres que gardera l'abbé pour les cas extraordinaires ou les besoins communs. Cela vous va-t-il ?

— Mon cher Athos, dit Aramis, vous parlez comme Nestor, qui était, comme chacun sait, le plus sage des Grecs [1].

— Eh bien ! c'est dit, reprit Athos, Planchet et Bazin partiront ; à tout prendre, je ne suis pas fâché de conserver Grimaud : il est accoutumé à mes façons et j'y tiens ; la journée d'hier a déjà dû l'ébranler, ce voyage le perdrait. »

On fit venir Planchet, et on lui donna des instructions ; il avait été prévenu déjà par d'Artagnan, qui, du premier coup, lui avait annoncé la gloire, ensuite l'argent, puis le danger.

« Je porterai la lettre dans le parement de mon habit, dit Planchet, et je l'avalerai si l'on me prend.

— Mais alors tu ne pourras pas faire la commission, dit d'Artagnan.

— Vous m'en donnerez ce soir une copie que je saurai par cœur demain. »

D'Artagnan regarda ses amis comme pour leur dire :

« Eh bien ! que vous avais-je promis ? »

« Maintenant, continua-t-il en s'adressant à Planchet, tu as huit jours pour arriver près de Lord de Winter, tu as huit autres jours pour revenir ici, en tout

---

1. Membre de l'expédition contre Troie, mais trop âgé pour prétendre aux exploits militaires, il est la voix de la sagesse dans l'*Iliade*.

seize jours ; si le seizième jour de ton départ, à huit heures du soir, tu n'es pas arrivé, pas d'argent, fût-il huit heures cinq minutes.

— Alors, Monsieur, dit Planchet, achetez-moi une montre.

— Prends celle-ci, dit Athos, en lui donnant la sienne avec une insouciante générosité [1], et sois brave garçon. Songe que, si tu parles, si tu bavardes, si tu flânes, tu fais couper le cou à ton maître, qui a si grande confiance dans ta fidélité qu'il nous a répondu de toi. Mais songe aussi que s'il arrive, par ta faute, malheur à d'Artagnan, je te retrouverai partout, et ce sera pour t'ouvrir le ventre.

— Oh ! Monsieur ! dit Planchet, humilié du soupçon et surtout effrayé de l'air calme du mousquetaire.

— Et moi, dit Porthos en roulant ses gros yeux, songe que je t'écorche vif.

— Ah ! Monsieur !

— Et moi, continua Aramis de sa voix douce et mélodieuse, songe que je te brûle à petit feu comme un sauvage.

— Ah ! Monsieur ! »

Et Planchet se mit à pleurer ; nous n'oserions dire si ce fut de terreur, à cause des menaces qui lui étaient faites, ou d'attendrissement de voir quatre amis si étroitement unis.

D'Artagnan lui prit la main, et l'embrassa.

« Vois-tu, Planchet, lui dit-il, ces Messieurs te disent tout cela par tendresse pour moi, mais au fond ils t'aiment.

— Ah ! Monsieur ! dit Planchet, ou je réussirai, ou l'on me coupera en quatre ; me coupât-on en quatre, soyez convaincu qu'il n'y a pas un morceau qui parlera. »

Il fut décidé que Planchet partirait le lendemain à huit heures du matin, afin, comme il l'avait dit, qu'il pût, pendant la nuit, apprendre la lettre par cœur. Il

1. Les montres étaient alors des objets rares et coûteux, surtout les montres de luxe ornées de pierreries.

gagna juste douze heures à cet arrangement ; il devait être revenu le seizième jour, à huit heures du soir.

Le matin, au moment où il allait monter à cheval, d'Artagnan, qui se sentait au fond du cœur un faible pour le duc, prit Planchet à part.

« Ecoute, lui dit-il, quand tu auras remis la lettre à Lord de Winter et qu'il l'aura lue, tu lui diras encore : « Veillez sur Sa Grâce Lord Buckingham, car on veut l'assassiner. » Mais ceci, Planchet, vois-tu, c'est si grave et si important, que je n'ai pas même voulu avouer à mes amis que je te confierais ce secret, et que pour une commission [1] de capitaine je ne voudrais pas te l'écrire.

— Soyez tranquille, Monsieur, dit Planchet, vous verrez si l'on peut compter sur moi. »

Et monté sur un excellent cheval, qu'il devait quitter à vingt lieues de là pour prendre la poste, Planchet partit au galop, le cœur un peu serré par la triple promesse que lui avaient faite les mousquetaires, mais du reste dans les meilleures dispositions du monde.

Bazin partit le lendemain matin pour Tours, et eut huit jours pour faire sa commission.

Les quatre amis, pendant toute la durée de ces deux absences, avaient, comme on le comprend bien, plus que jamais l'œil au guet, le nez au vent et l'oreille aux écoutes. Leurs journées se passaient à essayer de surprendre ce qu'on disait, à guetter les allures du cardinal et à flairer les courriers qui arrivaient. Plus d'une fois un tremblement insurmontable les prit, lorsqu'on les appela pour quelque service inattendu. Ils avaient d'ailleurs à se garder pour leur propre sûreté ; Milady était un fantôme qui, lorsqu'il était apparu une fois aux gens, ne les laissait pas dormir tranquillement.

Le matin du huitième jour, Bazin, frais comme toujours et souriant selon son habitude, entra dans le

---

1. Une charge.

cabaret du Parpaillot, comme les quatre amis étaient en train de déjeuner, en disant, selon la convention arrêtée : « Monsieur Aramis, voici la réponse de votre cousine. »

Les quatre amis échangèrent un coup d'œil joyeux : la moitié de la besogne était faite ; il est vrai que c'était la plus courte et la plus facile.

Aramis prit, en rougissant malgré lui, la lettre, qui était d'une écriture grossière et sans orthographe.

« Bon Dieu ! s'écria-t-il en riant, décidément j'en désespère ; jamais cette pauvre Michon n'écrira comme M. de Voiture [1].

— Qu'est-ce que cela feut dire, cette baufre Migeon ? demanda le Suisse, qui était en train de causer avec les quatre amis quand la lettre était arrivée.

— Oh ! mon Dieu ! moins que rien, dit Aramis, une petite lingère charmante que j'aimai fort et à qui j'ai demandé quelques lignes de sa main en manière de souvenir.

— Dutieu ! dit le Suisse ; zi zella il être auzi grante tame que son l'égridure, fous l'être en ponne fordune, mon gamarate ! »

Aramis lut la lettre et la passa à Athos.

« Voyez donc ce qu'elle m'écrit, Athos », dit-il.

Athos jeta un coup d'œil sur l'épître, et, pour faire évanouir tous les soupçons qui auraient pu naître, lut tout haut :

« Mon cousin, ma sœur et moi devinons très bien les rêves, et nous en avons même une peur affreuse ; mais du vôtre, on pourra dire, je l'espère, tout songe est mensonge. Adieu ! portez-vous bien, et faites que de temps en temps nous entendions parler de vous.

« AGLAÉ MICHON [2]. »

---

1. *Cf. Répertoire des personnages.*
2. Inadvertance : *Marie* Michon (p. 669) est devenue *Aglaé.*

« Et de quel rêve parle-t-elle ? demanda le dragon, qui s'était approché pendant la lecture.

— Foui, te quel rêfe ? dit le Suisse.

— Eh ! pardieu ! dit Aramis, c'est tout simple, d'un rêve que j'ai fait et que je lui ai raconté.

— Oh ! foui, par Tieu ! c'être tout simple de ragonter son rêfe ; mais moi je ne rêfe jamais.

— Vous êtes fort heureux, dit Athos en se levant, et je voudrais bien pouvoir en dire autant que vous !

— Chamais ! reprit le Suisse, enchanté qu'un homme comme Athos lui enviât quelque chose, chamais ! chamais ! »

D'Artagnan, voyant qu'Athos se levait, en fit autant, prit son bras, et sortit.

Porthos et Aramis restèrent pour faire face aux quolibets du dragon et du Suisse.

Quant à Bazin, il s'alla coucher sur une botte de paille ; et comme il avait plus d'imagination que le Suisse, il rêva que M. Aramis, devenu pape, le coiffait d'un chapeau de cardinal.

Mais, comme nous l'avons dit, Bazin n'avait, par son heureux retour, enlevé qu'une partie de l'inquiétude qui aiguillonnait les quatre amis. Les jours de l'attente sont longs, et d'Artagnan surtout aurait parié que les jours avaient maintenant quarante-huit heures. Il oubliait les lenteurs obligées de la navigation, il s'exagérait la puissance de Milady. Il prêtait à cette femme, qui lui apparaissait pareille à un démon, des auxiliaires surnaturels comme elle ; il s'imaginait, au moindre bruit, qu'on venait l'arrêter, et qu'on ramenait Planchet pour le confronter avec lui et ses amis. Il y a plus : sa confiance autrefois si grande dans le digne Picard diminuait de jour en jour. Cette inquiétude était si grande, qu'elle gagnait Porthos et Aramis. Il n'y avait qu'Athos qui demeurât impassible, comme si aucun danger ne s'agitait autour de lui, et qu'il respirât son atmosphère quotidienne.

Le seizième jour surtout, ces signes d'agitation étaient si visibles chez d'Artagnan et ses deux amis, qu'ils ne pouvaient rester en place, et qu'ils erraient comme des ombres sur le chemin par lequel devait revenir Planchet.

« Vraiment, leur disait Athos, vous n'êtes pas des hommes, mais des enfants, pour qu'une femme vous fasse si grand-peur ! Et de quoi s'agit-il, après tout ? D'être emprisonnés ! Eh bien ! mais on nous tirera de prison : on en a bien retiré Mme Bonacieux. D'être décapités ? Mais tous les jours, dans la tranchée, nous allons joyeusement nous exposer à pis que cela, car un boulet peut nous casser la jambe, et je suis convaincu qu'un chirurgien nous fait plus souffrir en nous coupant la cuisse qu'un bourreau en nous coupant la tête [1]. Demeurez donc tranquilles ; dans deux heures, dans quatre, dans six heures, au plus tard, Planchet sera ici : il a promis d'y être, et moi j'ai très grande foi aux promesses de Planchet, qui m'a l'air d'un fort brave garçon.

— Mais s'il n'arrive pas ? dit d'Artagnan.

— Eh bien ! s'il n'arrive pas, c'est qu'il aura été retardé, voilà tout. Il peut être tombé de cheval, il peut avoir fait une cabriole par-dessus le pont, il peut avoir couru si vite qu'il en ait attrapé une fluxion de poitrine. Eh ! Messieurs ! faisons donc la part des événements. La vie est un chapelet de petites misères que le philosophe égrène en riant. Soyez philosophes comme moi, Messieurs, mettez-vous à table et buvons ; rien ne fait paraître l'avenir couleur de rose comme de le regarder à travers un verre de chambertin.

— C'est fort bien, répondit d'Artagnan ; mais je suis las d'avoir à craindre, en buvant frais, que le vin ne sorte de la cave de Milady.

— Vous êtes bien difficile, dit Athos, une si belle femme !

— Une femme de marque [2] ! » dit Porthos avec son gros rire.

---

1. Les amputations se faisaient alors sans anesthésie.
2. Jeu de mots : *femme de marque* peut signifier femme de qualité, noble, ou femme marquée d'une fleur de lys.

Athos tressaillit, passa la main sur son front pour en essuyer la sueur, et se leva à son tour avec un mouvement nerveux qu'il ne put réprimer.

Le jour s'écoula cependant, et le soir vint plus lentement, mais enfin il vint ; les buvettes s'emplirent de chalands [1] ; Athos, qui avait empoché sa part du diamant, ne quittait plus le Parpaillot. Il avait trouvé dans M. de Busigny, qui, au reste, leur avait donné un dîner magnifique, un partner [2] digne de lui. Ils jouaient donc ensemble, comme d'habitude, quand sept heures sonnèrent : on entendit passer les patrouilles qui allaient doubler les postes ; à sept heures et demie la retraite sonna.

« Nous sommes perdus, dit d'Artagnan à l'oreille d'Athos.

— Vous voulez dire que nous avons perdu, dit tranquillement Athos en tirant quatre pistoles de sa poche et en les jetant sur la table. Allons, Messieurs, continua-t-il, on bat la retraite, allons nous coucher. »

Et Athos sortit du Parpaillot suivi de d'Artagnan. Aramis venait derrière donnant le bras à Porthos. Aramis mâchonnait des vers, et Porthos s'arrachait de temps en temps quelques poils de moustache en signe de désespoir.

Mais voilà que tout à coup, dans l'obscurité, une ombre se dessine, dont la forme est familière à d'Artagnan, et qu'une voix bien connue lui dit :

« Monsieur, je vous apporte votre manteau, car il fait frais ce soir.

— Planchet ! s'écria d'Artagnan, ivre de joie.

— Planchet ! répétèrent Porthos et Aramis.

— Eh bien ! oui, Planchet, dit Athos, qu'y a-t-il d'étonnant à cela ? Il avait promis d'être de retour à huit heures, et voilà les huit heures qui sonnent.

1. Clients.
2. Partenaire. Ce mot, emprunté à l'anglais au XVIIIe siècle, avait conservé à l'époque de Dumas la graphie *partner*. Mais il provenait à l'origine du vieux français *parçonier* (associé), lui-même tiré du latin *partitio* (partage).

Bravo ! Planchet, vous êtes un garçon de parole, et si jamais vous quittez votre maître, je vous garde une place à mon service.

— Oh ! non, jamais, dit Planchet, jamais je ne quitterai M. d'Artagnan. »

En même temps d'Artagnan sentit que Planchet lui glissait un billet dans la main.

D'Artagnan avait grande envie d'embrasser Planchet au retour comme il l'avait embrassé au départ ; mais il eut peur que cette marque d'effusion, donnée à son laquais en pleine rue, ne parût extraordinaire à quelque passant, et il se contint.

« J'ai le billet, dit-il à Athos et à ses amis.

— C'est bien, dit Athos, entrons chez nous, et nous le lirons. »

Le billet brûlait la main de d'Artagnan : il voulait hâter le pas ; mais Athos lui prit le bras et le passa sous le sien, et force fut au jeune homme de régler sa course sur celle de son ami.

Enfin on entra dans la tente, on alluma une lampe, et tandis que Planchet se tenait sur la porte pour que les quatre amis ne fussent pas surpris, d'Artagnan, d'une main tremblante, brisa le cachet et ouvrit la lettre tant attendue.

Elle contenait une demi-ligne, d'une écriture toute britannique et d'une concision toute spartiate [1] :

« *Thank you, be easy.* »

Ce qui voulait dire :

« Merci, soyez tranquille. »

Athos prit la lettre des mains de d'Artagnan, l'approcha de la lampe, y mit le feu, et ne la lâcha point qu'elle ne fût réduite en cendres.

Puis appelant Planchet :

« Maintenant, mon garçon, lui dit-il, tu peux réclamer tes sept cents livres, mais tu ne risquais pas grand-chose avec un billet comme celui-là.

1. *Cf.* p. 457, n. 3.

— Ce n'est pas faute que j'aie inventé bien des moyens de le serrer [1], dit Planchet.

— Eh bien ! dit d'Artagnan, conte-nous cela.

— Dame ! c'est bien long, Monsieur.

— Tu as raison, Planchet, dit Athos ; d'ailleurs la retraite est battue, et nous serions remarqués en gardant de la lumière plus longtemps que les autres.

— Soit, dit d'Artagnan, couchons-nous. Dors bien, Planchet !

— Ma foi, Monsieur ! ce sera la première fois depuis seize jours.

— Et moi aussi ! dit d'Artagnan.

— Et moi aussi ! répéta Porthos.

— Et moi aussi ! répéta Aramis.

— Eh bien ! voulez-vous que je vous avoue la vérité ? et moi aussi ! » dit Athos.

XLIX

FATALITÉ

Cependant Milady, ivre de colère, rugissant sur le pont du bâtiment, comme une lionne qu'on embarque, avait été tentée de se jeter à la mer pour regagner la côte, car elle ne pouvait se faire à l'idée qu'elle avait été insultée par d'Artagnan, menacée par Athos, et qu'elle quittait la France sans se venger d'eux. Bientôt, cette idée était devenue pour elle tellement insupportable, qu'au risque de ce qui pouvait arriver de terrible pour elle-même, elle avait supplié le capitaine de la jeter sur la côte ; mais le capitaine, pressé d'échapper à sa fausse position, placé entre les croi-

1. Ranger, cacher.

seurs français et anglais, comme la chauve-souris [1] entre les rats et les oiseaux, avait grande hâte de regagner l'Angleterre, et refusa obstinément d'obéir à ce qu'il prenait pour un caprice de femme, promettant à sa passagère, qui au reste lui était particulièrement recommandée par le cardinal, de la jeter [2], si la mer et les Français le permettaient, dans un des ports de la Bretagne, soit à Lorient, soit à Brest ; mais en attendant, le vent était contraire, la mer mauvaise, on louvoyait et l'on courait des bordées [3]. Neuf jours après la sortie de la Charente, Milady, toute pâle de ses chagrins et de sa rage, voyait apparaître seulement les côtes bleuâtres du Finistère.

Elle calcula que pour traverser ce coin de la France et revenir près du cardinal il lui fallait au moins trois jours ; ajoutez un jour pour le débarquement et cela faisait quatre ; ajoutez ces quatre jours aux neuf autres, c'était treize jours de perdus, treize jours pendant lesquels tant d'événements importants se pouvaient passer à Londres. Elle songea que sans aucun doute le cardinal serait furieux de son retour, et que par conséquent il serait plus disposé à écouter les plaintes qu'on porterait contre elle que les accusations qu'elle porterait contre les autres. Elle laissa donc passer Lorient et Brest sans insister près du capitaine, qui, de son côté, se garda bien de lui donner l'éveil. Milady continua donc sa route, et le jour même où Planchet s'embarquait de Portsmouth pour la France, la messagère de Son Eminence entrait triomphante dans le port.

Toute la ville était agitée d'un mouvement extraordinaire : quatre grands vaisseaux récemment achevés venaient d'être lancés à la mer ; debout sur la jetée, chamarré d'or, éblouissant, selon son habitude, de

---

1. Souvenir probable d'une fable de La Fontaine, *La Chauve-Souris et les Deux Belettes* (II, v).
2. Déposer à terre.
3. Manœuvres destinées à faire avancer une navire à voiles contre le vent.

diamants et de pierreries, le feutre orné d'une plume blanche qui retombait sur son épaule, on voyait Buckingham entouré d'un état-major presque aussi brillant que lui.

C'était une de ces belles et rares journées d'hiver [1] où l'Angleterre se souvient qu'il y a un soleil. L'astre pâli, mais cependant splendide encore, se couchait à l'horizon, empourprant à la fois le ciel et la mer de bandes de feu et jetant sur les tours et les vieilles maisons de la ville un dernier rayon d'or qui faisait étinceler les vitres comme le reflet d'un incendie. Milady, en respirant cet air de l'océan plus vif et plus balsamique [2] à l'approche de la terre, en contemplant toute la puissance de ces préparatifs qu'elle était chargée de détruire, toute la puissance de cette armée qu'elle devait combattre à elle seule — elle femme — avec quelques sacs d'or, se compara mentalement à Judith, la terrible Juive, lorsqu'elle pénétra dans le camp des Assyriens et qu'elle vit la masse énorme de chars, de chevaux, d'hommes et d'armes qu'un geste de sa main devait dissiper comme un nuage de fumée [3].

On entra dans la rade ; mais comme on s'apprêtait à y jeter l'ancre, un petit cutter [4] formidablement armé s'approcha du bâtiment marchand, se donnant comme garde-côte, et fit mettre à la mer son canot, qui se dirigea vers l'échelle [5]. Ce canot renfermait un

---

1. Dumas triche ici avec la chronologie. Il fait débarquer Milady à Portsmouth au mois de décembre et escamote ensuite les huit mois qui auraient dû séparer son arrivée de l'assassinat de Buckingham, le 23 août 1628.

2. Chargé de baumes, de senteurs.

3. Alors que les Assyriens, dirigés par Holopherne, s'apprêtaient à attaquer les Hébreux dans Béthulie avec une armée formidable, une jeune veuve juive, Judith, réussit à s'introduire dans leur camp, à séduire Holopherne et à le tuer (Ancien Testament, *Judith*, I-XXVI).

4. Équivalent anglais de notre *cotre* : petit navire de guerre à un seul mât.

5. L'échelle de coupée, permettant de monter à bord.

officier, un contremaître [1] et huit rameurs ; l'officier seul monta à bord, où il fut reçu avec toute la déférence qu'inspire l'uniforme.

L'officier s'entretint quelques instants avec le patron, lui fit lire un papier dont il était porteur, et, sur l'ordre du capitaine marchand, tout l'équipage du bâtiment, matelots et passagers, fut appelé sur le pont.

Lorsque cette espèce d'appel fut fait, l'officier s'enquit tout haut du point de départ du brick [2], de sa route, de ses atterrissements [3], et à toutes les questions le capitaine satisfit sans hésitation et sans difficulté. Alors l'officier commença de passer la revue de toutes les personnes les unes après les autres, et, s'arrêtant à Milady, la considéra avec un grand soin, mais sans lui adresser une seule parole.

Puis il revint au capitaine, lui dit encore quelques mots ; et, comme si c'eût été à lui désormais que le bâtiment dût obéir, il commanda une manœuvre que l'équipage exécuta aussitôt. Alors le bâtiment se remit en route, toujours escorté du petit cutter, qui voguait bord à bord avec lui, menaçant son flanc de la bouche de ses six canons ; tandis que la barque suivait dans le sillage du navire, faible point près de l'énorme masse.

Pendant l'examen que l'officier avait fait de Milady, Milady, comme on le pense bien, l'avait de son côté dévoré du regard. Mais, quelque habitude que cette femme aux yeux de flamme eût de lire dans le cœur de ceux dont elle avait besoin de deviner les secrets, elle trouva cette fois un visage d'une impassibilité telle qu'aucune découverte ne suivit son investigation. L'officier qui s'était arrêté devant elle et qui l'avait silencieusement étudiée avec tant de soin pouvait être âgé de vingt-cinq à vingt-six ans, était blanc de visage avec des yeux bleu clair un peu enfoncés ; sa bouche,

---

1. Troisième officier de manœuvre à bord d'un navire de guerre.
2. Navire à voiles à deux mâts carrés.
3. Ce mot, qui signifie en géographie *amas de terre apporté par les eaux*, est pris ici au sens d'*atterrissage*.

fine et bien dessinée, demeurait immobile dans ses lignes correctes ; son menton, vigoureusement accusé, dénotait cette force de volonté qui, dans le type vulgaire britannique, n'est ordinairement que de l'entêtement ; un front un peu fuyant, comme il convient aux poètes, aux enthousiastes et aux soldats, était à peine ombragé d'une chevelure courte et clairsemée, qui, comme la barbe qui couvrait le bas de son visage, était d'une belle couleur châtain foncé [1].

Lorsqu'on entra dans le port, il faisait déjà nuit. La brume épaississait encore l'obscurité et formait autour des fanaux [2] et des lanternes des jetées un cercle pareil à celui qui entoure la lune quand le temps menace de devenir pluvieux. L'air qu'on respirait était triste, humide et froid.

Milady, cette femme si forte, se sentait frissonner malgré elle.

L'officier se fit indiquer les paquets de Milady, fit porter son bagage dans le canot ; et lorsque cette opération fut faite, il l'invita à y descendre elle-même en lui tendant sa main.

Milady regarda cet homme et hésita.

« Qui êtes-vous, Monsieur, demanda-t-elle, qui avez la bonté de vous occuper si particulièrement de moi ?

— Vous devez le voir, Madame, à mon uniforme ; je suis officier de la marine anglaise, répondit le jeune homme.

— Mais enfin, est-ce l'habitude que les officiers de la marine anglaise se mettent aux ordres de leurs compatriotes lorsqu'ils abordent dans un port de la Grande-Bretagne, et poussent la galanterie jusqu'à les conduire à terre ?

— Oui, Milady, c'est l'habitude, non point par

1. Les liens ici établis entre les traits du visage et le caractère des individus doivent beaucoup aux travaux prétendûment scientifiques de Lavater sur la *physiognomonie*. Balzac s'en inspira également.

2. *Fanal* : lanterne de marine.

galanterie, mais par prudence, qu'en temps de guerre les étrangers soient conduits à une hôtellerie désignée, afin que jusqu'à parfaite information sur eux ils restent sous la surveillance du gouvernement. »

Ces mots furent prononcés avec la politesse la plus exacte et le calme le plus parfait. Cependant ils n'eurent point le don de convaincre Milady.

« Mais je ne suis pas étrangère, Monsieur, dit-elle avec l'accent le plus pur qui ait jamais retenti de Portsmouth à Manchester, je me nomme Lady Clarick, et cette mesure...

— Cette mesure est générale, Milady, et vous tenteriez inutilement de vous y soustraire.

— Je vous suivrai donc, Monsieur. »

Et acceptant la main de l'officier, elle commença de descendre l'échelle au bas de laquelle l'attendait le canot. L'officier la suivit ; un grand manteau était étendu à la poupe, l'officier la fit asseoir sur le manteau et s'assit près d'elle.

« Nagez [1] », dit-il aux matelots.

Les huit rames retombèrent dans la mer, ne formant qu'un seul bruit, ne frappant qu'un seul coup, et le canot sembla voler sur la surface de l'eau.

Au bout de cinq minutes on touchait à terre.

L'officier sauta sur le quai et offrit la main à Milady.

Une voiture attendait.

« Cette voiture est-elle pour nous ? demanda Milady.

— Oui, Madame, répondit l'officier.

— L'hôtellerie est donc bien loin ?

— A l'autre bout de la ville.

— Allons », dit Milady.

Et elle monta résolument dans la voiture.

L'officier veilla à ce que les paquets fussent soigneusement attachés derrière la caisse [2], et cette opération terminée, prit sa place près de Milady et referma la portière.

---

1. *Nager* (terme de marine) : ramer.
2. La *caisse* : le corps de la voiture, par opposition au châssis.

Aussitôt, sans qu'aucun ordre fût donné et sans qu'on eût besoin de lui indiquer sa destination, le cocher partit au galop et s'enfonça dans les rues de la ville.

Une réception si étrange devait être pour Milady une ample matière à réflexion ; aussi, voyant que le jeune officier ne paraissait nullement disposé à lier conversation, elle s'accouda dans un angle de la voiture et passa les unes après les autres en revue toutes les suppositions qui se présentaient à son esprit.

Cependant, au bout d'un quart d'heure, étonnée de la longueur du chemin, elle se pencha vers la portière pour voir où on la conduisait. On n'apercevait plus de maisons ; des arbres apparaissaient dans les ténèbres comme de grands fantômes noirs courant les uns après les autres.

Milady frissonna.

« Mais nous ne sommes plus dans la ville, Monsieur », dit-elle.

Le jeune officier garda le silence.

« Je n'irai pas plus loin, si vous ne me dites pas où vous me conduisez ; je vous en préviens, Monsieur ! »

Cette menace n'obtint aucune réponse.

« Oh ! c'est trop fort ! s'écria Milady, au secours ! au secours ! »

Pas une voix ne répondit à la sienne, la voiture continua de rouler avec rapidité ; l'officier semblait une statue.

Milady regarda l'officier avec une de ces expressions terribles, particulières à son visage et qui manquaient si rarement leur effet ; la colère faisait étinceler ses yeux dans l'ombre.

Le jeune homme resta impassible.

Milady voulut ouvrir la portière et se précipiter.

« Prenez garde, Madame, dit froidement le jeune homme, vous vous tuerez en sautant. »

Milady se rassit écumante ; l'officier se pencha, la regarda à son tour et parut surpris de voir cette figure, si belle naguère, bouleversée par la rage et devenue presque hideuse. L'astucieuse créature comprit qu'elle se perdait en laissant voir ainsi dans son âme ; elle rasséréna ses traits, et d'une voix gémissante :

« Au nom du Ciel, Monsieur ! dites-moi si c'est à vous, si c'est à votre gouvernement, si c'est à un ennemi que je dois attribuer la violence que l'on me fait ?

— On ne vous fait aucune violence, Madame, et ce qui vous arrive est le résultat d'une mesure toute simple que nous sommes forcés de prendre avec tous ceux qui débarquent en Angleterre.

— Alors vous ne me connaissez pas, Monsieur ?

— C'est la première fois que j'ai l'honneur de vous voir.

— Et, sur votre honneur, vous n'avez aucun sujet de haine contre moi ?

— Aucun, je vous le jure. »

Il y avait tant de sérénité, de sang-froid, de douceur même dans la voix du jeune homme, que Milady fut rassurée.

Enfin, après une heure de marche à peu près, la voiture s'arrêta devant une grille de fer qui fermait un chemin creux conduisant à un château sévère de forme, massif et isolé. Alors, comme les roues tournaient sur un sable fin, Milady entendit un vaste mugissement, qu'elle reconnut pour le bruit de la mer qui vient se briser sur une côte escarpée.

La voiture passa sous deux voûtes, et enfin s'arrêta dans une cour sombre et carrée ; presque aussitôt la portière de la voiture s'ouvrit, le jeune homme sauta légèrement à terre et présenta sa main à Milady, qui s'appuya dessus, et descendit à son tour avec assez de calme.

« Toujours est-il, dit Milady en regardant autour d'elle et en ramenant ses yeux sur le jeune officier avec le plus gracieux sourire, que je suis prisonnière ; mais ce ne sera pas pour longtemps, j'en suis sûre, ajouta-t-elle, ma conscience et votre politesse, Monsieur, m'en sont garants. »

Si flatteur que fût le compliment, l'officier ne répondit rien ; mais, tirant de sa ceinture un petit sifflet d'argent pareil à celui dont se servent les contremaîtres [1] sur les bâtiments de guerre, il siffla trois fois, sur trois modulations [2] différentes : alors plusieurs hommes parurent, dételèrent les chevaux fumants et emmenèrent la voiture sous une remise.

Puis l'officier, toujours avec la même politesse calme, invita sa prisonnière à entrer dans la maison. Celle-ci, toujours avec son même visage souriant, lui prit le bras, et entra avec lui sous une porte basse et cintrée [3] qui, par une voûte éclairée seulement au fond, conduisait à un escalier de pierre tournant autour d'une arête de pierre ; puis on s'arrêta devant une porte massive qui, après l'introduction dans la serrure d'une clef que le jeune homme portait sur lui, roula lourdement sur ses gonds et donna ouverture à la chambre destinée à Milady.

D'un seul regard, la prisonnière embrassa l'appartement dans ses moindres détails.

C'était une chambre dont l'ameublement était à la fois bien propre [4] pour une prison et bien sévère pour une habitation d'homme libre ; cependant, des barreaux aux fenêtres et des verrous extérieurs à la porte décidaient le procès en faveur de la prison.

Un instant toute la force d'âme de cette créature, trempée cependant aux sources les plus vigoureuses, l'abandonna ; elle tomba sur un fauteuil, croisant les bras, baissant la tête, et s'attendant à chaque instant à voir entrer un juge pour l'interroger.

Mais personne n'entra, que deux ou trois soldats de marine qui apportèrent les malles et les caisses, les déposèrent dans un coin et se retirèrent sans rien dire.

L'officier présidait à tous ces détails avec le même calme que Milady lui avait constamment vu, ne pro-

---

1. *Cf.* p. 681, n. 1.
2. Changements de ton, d'accent ou d'intensité dans l'émission d'un son.
3. Voûtée.
4. Soigné.

nonçant pas une parole lui-même, et se faisant obéir d'un geste de sa main ou d'un coup de son sifflet.

On eût dit qu'entre cet homme et ses inférieurs la langue parlée n'existait pas ou devenait inutile.

Enfin Milady n'y put tenir plus longtemps, elle rompit le silence :

« Au nom du Ciel, Monsieur ! s'écria-t-elle, que veut dire tout ce qui se passe ? Fixez mes irrésolutions ; j'ai du courage pour tout danger que je prévois, pour tout malheur que je comprends. Où suis-je et que suis-je ici ? Suis-je libre, pourquoi ces barreaux et ces portes ? Suis-je prisonnière, quel crime ai-je commis ?

— Vous êtes ici dans l'appartement qui vous est destiné, Madame. J'ai reçu l'ordre d'aller vous prendre en mer et de vous conduire en ce château : cet ordre, je l'ai accompli, je crois, avec toute la rigidité d'un soldat, mais aussi avec toute la courtoisie d'un gentilhomme. Là se termine, du moins jusqu'à présent, la charge que j'avais à remplir près de vous, le reste regarde une autre personne.

— Et cette autre personne, quelle est-elle ? demanda Milady ; ne pouvez-vous me dire son nom ?... »

En ce moment on entendit par les escaliers un grand bruit d'éperons ; quelques voix passèrent et s'éteignirent, et le bruit d'un pas isolé se rapprocha de la porte.

« Cette personne, la voici, Madame », dit l'officier en démasquant le passage, et en se rangeant dans l'attitude du respect et de la soumission.

En même temps, la porte s'ouvrit ; un homme parut sur le seuil.

Il était sans chapeau, portait l'épée au côté, et froissait un mouchoir entre ses doigts.

Milady crut reconnaître cette ombre dans l'ombre, elle s'appuya d'une main sur le bras de son fauteuil, et avança la tête comme pour aller au-devant d'une certitude.

Alors l'étranger s'avança lentement ; et, à mesure qu'il s'avançait en entrant dans le cercle de lumière

projeté par la lampe, Milady se reculait involontaire-
ment.

Puis, lorsqu'elle n'eut plus aucun doute :

« Eh quoi ! mon frère ! s'écria-t-elle au comble de la
stupeur, c'est vous ?

— Oui, belle dame ! répondit Lord de Winter en
faisant un salut moitié courtois, moitié ironique,
moi-même.

— Mais alors, ce château ?

— Est à moi.

— Cette chambre ?

— C'est la vôtre.

— Je suis donc votre prisonnière ?

— A peu près.

— Mais c'est un affreux abus de la force !

— Pas de grands mots ; asseyons-nous, et causons
tranquillement, comme il convient de faire entre un
frère et une sœur. »

Puis, se retournant vers la porte, et voyant que le
jeune officier attendait ses derniers ordres :

« C'est bien, dit-il, je vous remercie ; maintenant,
laissez-nous, Monsieur Felton. »

L

CAUSERIE D'UN FRÈRE AVEC SA SŒUR

Pendant le temps que Lord de Winter mit à fermer
la porte, à pousser un volet et à approcher un siège du
fauteuil de sa belle-sœur, Milady, rêveuse, plongea
son regard dans les profondeurs de la possibilité, et
découvrit toute la trame qu'elle n'avait pas même pu
entrevoir, tant qu'elle ignorait en quelles mains elle
était tombée. Elle connaissait son beau-frère pour un
bon gentilhomme, franc chasseur, joueur intrépide,
entreprenant près des femmes, mais d'une force infé-

rieure à la sienne à l'endroit de l'intrigue. Comment avait-il pu découvrir son arrivée ? la faire saisir ? Pourquoi la retenait-il ?

Athos lui avait bien dit quelques mots qui prouvaient que la conversation qu'elle avait eue avec le cardinal était tombée dans des oreilles étrangères ; mais elle ne pouvait admettre qu'il eût pu creuser une contre-mine [1] si prompte et si hardie.

Elle craignit bien plutôt que ses précédentes opérations en Angleterre n'eussent été découvertes. Buckingham pouvait avoir deviné que c'était elle qui avait coupé les deux ferrets, et se venger de cette petite trahison ; mais Buckingham était incapable de se porter à aucun excès contre une femme, surtout si cette femme était censée avoir agi par un sentiment de jalousie.

Cette supposition lui parut la plus probable ; il lui sembla qu'on voulait se venger du passé, et non aller au-devant de l'avenir. Toutefois, et en tout cas, elle s'applaudit d'être tombée entre les mains de son beau-frère, dont elle comptait avoir bon marché, plutôt qu'entre celles d'un ennemi direct et intelligent.

« Oui, causons, mon frère, dit-elle avec une espèce d'enjouement, décidée qu'elle était à tirer de la conversation, malgré toute la dissimulation que pourrait y apporter Lord de Winter, les éclaircissements dont elle avait besoin pour régler sa conduite à venir.

— Vous vous êtes donc décidée à revenir en Angleterre, dit Lord de Winter, malgré la résolution que vous m'aviez si souvent manifestée à Paris de ne jamais remettre les pieds sur le territoire de la Grande-Bretagne ? »

Milady répondit à une question par une autre question.

« Avant tout, dit-elle, apprenez-moi donc comment vous m'avez fait guetter assez sévèrement pour être

---

1. Au sens propre, galerie souterraine creusée pour se protéger d'une attaque éventuelle à la mine. Au figuré, contre-attaque.

d'avance prévenu non seulement de mon arrivée, mais encore du jour, de l'heure et du port où j'arrivais. »

Lord de Winter adopta la même tactique que Milady, pensant que, puisque sa belle-sœur l'employait, ce devait être la bonne.

« Mais, dites-moi vous-même, ma chère sœur, reprit-il, ce que vous venez faire en Angleterre.

— Mais je viens vous voir, reprit Milady, sans savoir combien elle aggravait, par cette réponse, les soupçons qu'avait fait naître dans l'esprit de son beau-frère la lettre de d'Artagnan, et voulant seulement capter la bienveillance de son auditeur par un mensonge.

— Ah ! me voir ? dit sournoisement Lord de Winter.

— Sans doute, vous voir. Qu'y a-t-il d'étonnant à cela ?

— Et vous n'avez pas, en venant en Angleterre, d'autre but que de me voir ?

— Non.

— Ainsi, c'est pour moi seul que vous vous êtes donné la peine de traverser la Manche ?

— Pour vous seul.

— Peste ! quelle tendresse, ma sœur !

— Mais ne suis-je pas votre plus proche parente ? demanda Milady du ton de la plus touchante naïveté.

— Et même ma seule héritière, n'est-ce pas ? » dit à son tour Lord de Winter, en fixant ses yeux sur ceux de Milady.

Quelque puissance qu'elle eût sur elle-même, Milady ne put s'empêcher de tressaillir, et comme, en prononçant les dernières paroles qu'il avait dites, Lord de Winter avait posé la main sur le bras de sa sœur, ce tressaillement ne lui échappa point.

En effet, le coup était direct et profond. La première idée qui vint à l'esprit de Milady fut qu'elle avait été trahie par Ketty, et que celle-ci avait raconté au baron cette aversion intéressée dont elle avait imprudemment laissé échapper des marques devant sa suivante ; elle se rappela aussi la sortie furieuse et imprudente qu'elle avait faite contre d'Artagnan, lorsqu'il avait sauvé la vie de son beau-frère.

« Je ne comprends pas, Milord, dit-elle pour gagner du temps et faire parler son adversaire. Que voulez-vous dire ? Et y a-t-il quelque sens inconnu caché sous vos paroles ?

— Oh ! mon Dieu, non, dit Lord de Winter avec une apparente bonhomie ; vous avez le désir de me voir, et vous venez en Angleterre. J'apprends ce désir, ou plutôt je me doute que vous l'éprouvez, et afin de vous épargner tous les ennuis d'une arrivée nocturne dans un port, toutes les fatigues d'un débarquement, j'envoie un de mes officiers au-devant de vous ; je mets une voiture à ses ordres, et il vous amène ici dans ce château, dont je suis gouverneur, où je viens tous les jours, et où, pour que notre double désir de nous voir soit satisfait, je vous fais préparer une chambre. Qu'y a-t-il dans tout ce que je dis là de plus étonnant que dans ce que vous m'avez dit ?

— Non, ce que je trouve d'étonnant, c'est que vous ayez été prévenu de mon arrivée.

— C'est cependant la chose la plus simple, ma chère sœur : n'avez-vous pas vu que le capitaine de votre petit bâtiment avait, en entrant dans la rade, envoyé en avant et afin d'obtenir son entrée dans le port, un petit canot porteur de son livre de loch [1] et de son registre d'équipage ? Je suis commandant du port, on m'a apporté ce livre, j'y ai reconnu votre nom. Mon cœur m'a dit ce que vient de me confier votre bouche, c'est-à-dire dans quel but vous vous exposiez aux dangers d'une mer si périlleuse ou tout au moins si fatigante en ce moment, et j'ai envoyé mon cutter au-devant de vous. Vous savez le reste. »

Milady comprit que Lord de Winter mentait et n'en fut que plus effrayée.

---

1. Livre ou table *de loch* : document où est consigné en détail l'itinéraire suivi par un navire. Sur le registre d'équipage figurent aussi les noms des passagers.

« Mon frère, continua-t-elle, n'est-ce pas Milord Buckingham que je vis sur la jetée, le soir, en arrivant ?

— Lui-même. Ah ! je comprends que sa vue vous ait frappée, reprit Lord de Winter : vous venez d'un pays où l'on doit beaucoup s'occuper de lui, et je sais que ses armements contre la France préoccupent fort votre ami le cardinal.

— Mon ami le cardinal ! s'écria Milady, voyant que, sur ce point comme sur l'autre, Lord de Winter paraissait instruit de tout.

— N'est-il donc point votre ami ? reprit négligemment le baron ; ah ! pardon, je le croyais ; mais nous reviendrons à Milord duc plus tard, ne nous écartons point du tour sentimental que la conversation avait pris : vous veniez, disiez-vous, pour me voir ?

— Oui.

— Eh bien ! je vous ai répondu que vous seriez servie à souhait et que nous nous verrions tous les jours.

— Dois-je donc demeurer éternellement ici ? demanda Milady avec un certain effroi.

— Vous trouveriez-vous mal logée, ma sœur ? demandez ce qui vous manque, et je m'empresserai de vous le faire donner.

— Mais je n'ai ni mes femmes ni mes gens...

— Vous aurez tout cela, Madame ; dites-moi sur quel pied votre premier mari avait monté votre maison ; quoique je ne sois que votre beau-frère, je vous la monterai sur un pied pareil.

— Mon premier mari ! s'écria Milady en regardant Lord de Winter avec des yeux effarés.

— Oui, votre mari français ; je ne parle pas de mon frère. Au reste, si vous l'avez oublié, comme il vit encore, je pourrais lui écrire et il me ferait passer des renseignements à ce sujet. »

Une sueur froide perla sur le front de Milady.

« Vous raillez, dit-elle d'une voix sourde.

— En ai-je l'air ? demanda le baron en se relevant et en faisant un pas en arrière.

— Ou plutôt vous m'insultez, continua-t-elle en pressant de ses mains crispées les deux bras du fauteuil et en se soulevant sur ses poignets.

— Vous insulter, moi ! dit Lord de Winter avec mépris ; en vérité, Madame, croyez-vous que ce soit possible ?

— En vérité, Monsieur, dit Milady, vous êtes ou ivre ou insensé ; sortez et envoyez-moi une femme.

— Des femmes sont bien indiscrètes, ma sœur ! ne pourrais-je pas vous servir de suivante ? de cette façon tous nos secrets resteraient en famille.

— Insolent ! s'écria Milady, et, comme mue par un ressort, elle bondit sur le baron, qui l'attendait avec impassibilité, mais une main cependant sur la garde de son épée.

— Eh ! eh ! dit-il, je sais que vous avez l'habitude d'assassiner les gens, mais je me défendrai, moi, je vous en préviens, fût-ce contre vous.

— Oh ! vous avez raison, dit Milady, et vous me faites l'effet d'être assez lâche pour porter la main sur une femme.

— Peut-être que oui, d'ailleurs j'aurais mon excuse : ma main ne serait pas la première main d'homme qui se serait posée sur vous, j'imagine. »

Et le baron indiqua d'un geste lent et accusateur l'épaule gauche de Milady, qu'il toucha presque du doigt.

Milady poussa un rugissement sourd, et se recula jusque dans l'angle de la chambre, comme une panthère qui veut s'acculer pour s'élancer.

« Oh ! rugissez tant que vous voudrez, s'écria Lord de Winter, mais n'essayez pas de mordre, car, je vous en préviens, la chose tournerait à votre préjudice : il n'y a pas ici de procureurs qui règlent d'avance les successions, il n'y a pas de chevalier errant qui vienne me chercher querelle pour la belle dame que je retiens prisonnière ; mais je tiens tout prêts des juges qui disposeront d'une femme assez éhontée pour venir se glisser, bigame, dans le lit de Lord de Winter, mon frère aîné, et ces juges, je vous en préviens, vous enverront à un bourreau qui vous fera les deux épaules pareilles. »

Les yeux de Milady lançaient de tels éclairs, que quoiqu'il fût homme et armé devant une femme désarmée, il sentit le froid de la peur se glisser jusqu'au fond de son âme ; il n'en continua pas moins, mais avec une fureur croissante :

« Oui, je comprends, après avoir hérité de mon frère, il vous eût été doux d'hériter de moi ; mais, sachez-le d'avance, vous pouvez me tuer ou me faire tuer, mes précautions sont prises, pas un penny [1] de ce que je possède ne passera dans vos mains. N'êtes-vous pas déjà assez riche, vous qui possédez près d'un million, et ne pouviez-vous vous arrêter dans votre route fatale, si vous ne faisiez le mal que pour la jouissance infinie et suprême de le faire ? Oh ! tenez, je vous le dis, si la mémoire de mon frère ne m'était sacrée, vous iriez pourrir dans un cachot d'Etat ou rassasier à Tyburn [2] la curiosité des matelots ; je me tairai, mais vous, supportez tranquillement votre captivité ; dans quinze ou vingt jours je pars pour La Rochelle avec l'armée ; mais la veille de mon départ, un vaisseau viendra vous prendre, que je verrai partir et qui vous conduira dans nos colonies du Sud : et, soyez tranquille, je vous adjoindrai un compagnon qui vous brûlera la cervelle à la première tentative que vous risquerez pour revenir en Angleterre ou sur le continent. »

Milady écoutait avec une attention qui dilatait ses yeux enflammés.

« Oui, mais à cette heure, continua Lord de Winter, vous demeurerez dans ce château : les murailles en sont épaisses, les portes en sont fortes, les barreaux en sont solides ; d'ailleurs votre fenêtre donne à pic sur la mer : les hommes de mon équipage, qui me

1. La plus faible unité monétaire anglaise.
2. Tyburn : le quartier de Londres où avaient lieu les exécutions capitales et, par métonymie, le gibet, où les corps des suppliciés restaient exposés, pour l'exemple.

sont dévoués à la vie et à la mort, montent la garde autour de cet appartement, et surveillent tous les passages qui conduisent à la cour ; puis arrivée à la cour, il vous resterait encore trois grilles à traverser. La consigne est précise : un pas, un geste, un mot qui simule une évasion, et l'on fait feu sur vous ; si l'on vous tue, la justice anglaise m'aura, je l'espère, quelque obligation de lui avoir épargné de la besogne. Ah ! vos traits reprennent leur calme, votre visage retrouve son assurance : Quinze jours, vingt jours dites-vous, bah ! d'ici là, j'ai l'esprit inventif, il me viendra quelque idée ; j'ai l'esprit infernal, et je trouverai quelque victime. D'ici à quinze jours, vous dites-vous, je serai hors d'ici. Ah ! essayez ! »

Milady se voyant devinée s'enfonça les ongles dans la chair pour dompter tout mouvement qui eût pu donner à sa physionomie une signification quelconque, autre que celle de l'angoisse.

Lord de Winter continua :

« L'officier qui commande seul ici en mon absence, vous l'avez vu, donc vous le connaissez déjà, sait, comme vous voyez, observer une consigne, car vous n'êtes pas, je vous connais, venue de Portsmouth ici sans avoir essayé de le faire parler. Qu'en dites-vous ? Une statue de marbre eût-elle été plus impassible et plus muette ? Vous avez déjà essayé le pouvoir de vos séductions sur bien des hommes, et malheureusement vous avez toujours réussi ; mais essayez sur celui-là, pardieu ! si vous en venez à bout, je vous déclare le démon lui-même. »

Il alla vers la porte et l'ouvrit brusquement.

« Qu'on appelle M. Felton, dit-il. Attendez encore un instant, et je vais vous recommander à lui. »

Il se fit entre ces deux personnages un silence étrange, pendant lequel on entendit le bruit d'un pas lent et régulier qui se rapprochait ; bientôt, dans l'ombre du corridor, on vit se dessiner une forme humaine, et le jeune lieutenant avec lequel nous avons déjà fait connaissance s'arrêta sur le seuil, attendant les ordres du baron.

« Entrez, mon cher John, dit Lord de Winter, entrez et fermez la porte. »

Le jeune officier entra.

« Maintenant, dit le baron, regardez cette femme : elle est jeune, elle est belle, elle a toutes les séductions de la terre, eh bien ! c'est un monstre qui, à vingt-cinq ans, s'est rendu coupable d'autant de crimes que vous pouvez en lire en un an dans les archives de nos tribunaux ; sa voix prévient en sa faveur, sa beauté sert d'appât aux victimes, son corps même paye ce qu'elle a promis, c'est une justice à lui rendre ; elle essayera de vous séduire, peut-être même essayera-t-elle de vous tuer. Je vous ai tiré de la misère, Felton, je vous ai fait nommer lieutenant, je vous ai sauvé la vie une fois, vous savez à quelle occasion ; je suis pour vous non seulement un protecteur, mais un ami ; non seulement un bienfaiteur, mais un père ; cette femme est revenue en Angleterre afin de conspirer contre ma vie ; je tiens ce serpent entre mes mains ; eh bien ! je vous fais appeler et vous dis : Ami Felton, John, mon enfant, garde-moi et surtout garde-toi de cette femme ; jure sur ton salut de la conserver pour le châtiment qu'elle a mérité. John Felton, je me fie à ta parole ; John Felton, je crois à ta loyauté.

— Milord, dit le jeune officier en chargeant son regard pur de toute la haine qu'il put trouver dans son cœur, Milord, je vous jure qu'il sera fait comme vous désirez. »

Milady reçut ce regard en victime résignée : il était impossible de voir une expression plus soumise et plus douce que celle qui régnait alors sur son beau visage. A peine si Lord de Winter lui-même reconnut la tigresse qu'un instant auparavant il s'apprêtait à combattre.

« Elle ne sortira jamais de cette chambre, entendez-vous, John, continua le baron ; elle ne correspondra avec personne, elle ne parlera qu'à vous, si toutefois vous voulez bien lui faire l'honneur de lui adresser la parole.

— Il suffit, Milord, j'ai juré.

— Et maintenant, Madame, tâchez de faire la paix avec Dieu, car vous êtes jugée par les hommes. »

Milady laissa tomber sa tête comme si elle se fût sentie écrasée par ce jugement. Lord de Winter sortit en faisant un geste à Felton, qui sortit derrière lui et ferma la porte.

Un instant après on entendait dans le corridor le pas pesant d'un soldat de marine qui faisait sentinelle, sa hache à la ceinture et son mousquet à la main.

Milady demeura pendant quelques minutes dans la même position, car elle songea qu'on l'examinait peut-être par la serrure ; puis lentement elle releva sa tête, qui avait repris une expression formidable de menace et de défi, courut écouter à la porte, regarda par la fenêtre, et revenant s'enterrer dans un vaste fauteuil, elle songea.

LI

OFFICIER

Cependant le cardinal attendait des nouvelles d'Angleterre, mais aucune nouvelle n'arrivait, si ce n'est fâcheuse et menaçante.

Si bien que La Rochelle fût investie, si certain que pût paraître le succès, grâce aux précautions prises et surtout à la digue qui ne laissait plus pénétrer aucune barque dans la ville assiégée, cependant le blocus pouvait durer longtemps encore ; et c'était un grand affront pour les armes du roi et une grande gêne pour M. le cardinal, qui n'avait plus, il est vrai, à brouiller Louis XIII avec Anne d'Autriche, la chose était faite, mais à raccommoder M. de Bassompierre, qui était brouillé avec le duc d'Angoulême.

Quant à Monsieur, qui avait commencé le siège, il laissait au cardinal le soin de l'achever.

La ville, malgré l'incroyable persévérance de son maire, avait tenté une espèce de mutinerie pour se rendre ; le maire avait fait pendre les émeutiers. Cette exécution calma les plus mauvaises têtes, qui se décidèrent alors à se laisser mourir de faim. Cette mort leur paraissait toujours plus lente et moins sûre que le trépas par strangulation [1].

De leur côté, de temps en temps, les assiégeants prenaient des messagers que les Rochelois envoyaient à Buckingham ou des espions que Buckingham envoyait aux Rochelois. Dans l'un et l'autre cas le procès était vite fait. M. le cardinal disait ce seul mot : Pendu ! On invitait le roi à venir voir la pendaison. Le roi venait languissamment, se mettait en bonne place pour voir l'opération dans tous ses détails : cela le distrayait toujours un peu et lui faisait prendre le siège en patience, mais cela ne l'empêchait pas de s'ennuyer fort [2], de parler à tout moment de retourner à Paris ; de sorte que si les messagers et les espions eussent fait défaut, Son Eminence, malgré toute son imagination, se fût trouvée fort embarrassée.

Néanmoins le temps passait, les Rochelois ne se rendaient pas : le dernier espion que l'on avait pris était porteur d'une lettre. Cette lettre disait bien à Buckingham que la ville était à toute extrémité ; mais, au lieu d'ajouter : « Si votre secours n'arrive pas avant quinze jours, nous nous rendrons », elle ajoutait tout simplement : « Si votre secours n'arrive pas avant quinze jours, nous serons tous morts de faim quand il arrivera. »

Les Rochelois n'avaient donc espoir qu'en Bucking-

---

1. Sur tous les détails qui précèdent, *Cf. Mémoires* de Richelieu. — *Strangulation* : étranglement.

2. Tallemant des Réaux signale, dans l'*Historiette* consacrée à Louis XIII, l'ennui chronique dont souffrait ce roi et également sa cruauté.

ham. Buckingham était leur Messie. Il était évident que si un jour ils apprenaient d'une manière certaine qu'il ne fallait plus compter sur Buckingham, avec l'espoir leur courage tomberait.

Le cardinal attendait donc avec grande impatience des nouvelles d'Angleterre qui devaient annoncer que Buckingham ne viendrait pas.

La question d'emporter la ville de vive force, débattue souvent dans le conseil du roi, avait toujours été écartée ; d'abord La Rochelle semblait imprenable, puis le cardinal, quoi qu'il eût dit, savait bien que l'horreur du sang répandu en cette rencontre, où Français devaient combattre contre Français, était un mouvement rétrograde de soixante ans imprimé à la politique, et le cardinal était, à cette époque, ce qu'on appelle aujourd'hui un homme de progrès. En effet, le sac de La Rochelle, l'assassinat de trois ou quatre mille huguenots qui se fussent fait tuer ressemblaient trop, en 1628, au massacre de la Saint-Barthélemy, en 1572 ; et puis, par-dessus tout cela, ce moyen extrême, auquel le roi, bon catholique, ne répugnait aucunement, venait toujours échouer contre cet argument des généraux assiégeants : La Rochelle est imprenable autrement que par la famine.

Le cardinal ne pouvait écarter de son esprit la crainte où le jetait sa terrible émissaire [1], car il avait compris, lui aussi, les proportions étranges de cette femme, tantôt serpent, tantôt lion. L'avait-elle trahi ? était-elle morte ? Il la connaissait assez, en tout cas, pour savoir qu'en agissant pour lui ou contre lui, amie ou ennemie, elle ne demeurerait pas immobile sans de grands empêchements. C'était ce qu'il ne pouvait savoir.

Au reste, il comptait, et avec raison, sur Milady : il avait deviné dans le passé de cette femme de ces

1. Chargée de mission.

choses terribles que son manteau rouge [1] pouvait seul couvrir ; et il sentait que, pour une cause ou pour une autre, cette femme lui était acquise, ne pouvant trouver qu'en lui un appui supérieur au danger qui la menaçait.

Il résolut donc de faire la guerre tout seul et de n'attendre tout succès étranger que comme on attend une chance heureuse. Il continua de faire élever la fameuse digue qui devait affamer La Rochelle ; en attendant, il jeta les yeux sur cette malheureuse ville, qui renfermait tant de misère profonde et tant d'héroïques vertus, et, se rappelant le mot de Louis XI, son prédécesseur politique, comme lui-même était le prédécesseur de Robespierre, il murmura cette maxime du compère de Tristan : « Diviser pour régner. [2] »

Henri IV, assiégeant Paris, faisait jeter par-dessus les murailles du pain et des vivres [3] ; le cardinal fit jeter des petits billets [4] par lesquels il représentait aux Rochelois combien la conduite de leurs chefs était injuste, égoïste et barbare ; ces chefs avaient du blé en abondance, et ne le partageaient pas ; ils adoptaient cette maxime, car eux aussi avaient des maximes, que peu importait que les femmes, les enfants et les vieillards mourussent, pourvu que les hommes qui devaient défendre leurs murailles restassent forts et bien portants. Jusque-là, soit dévouement, soit impuissance de réagir contre elle, cette maxime, sans

---

1. Son *manteau rouge* de cardinal : par métonymie, le cardinal lui-même.
2. Tristan L'Hermitte était le grand prévôt des maréchaux de Louis XI. — La maxime «Diviser pour régner» est de tous les temps et n'a pas d'auteur bien déterminé. Dumas l'utilise ici pour établir une filiation entre trois personnages qu'il admire, mais n'aime guère.
3. Lors du siège de Paris, en 1590, il est exact qu'Henri IV avait fait passer des vivres dans la ville et laissé sortir les bouches inutiles. Richelieu au contraire établit autour de La Rochelle un blocus rigoureux et tenta d'exploiter les divisions des assiégés par le moyen indiqué ici (*cf.* ses *Mémoires*).
4. Nous dirions des *tracts*.

être généralement adoptée, était cependant passée de la théorie à la pratique ; mais les billets vinrent y porter atteinte. Les billets rappelaient aux hommes que ces enfants, ces femmes, ces vieillards qu'on laissait mourir étaient leurs fils, leurs épouses et leurs pères ; qu'il serait plus juste que chacun fût réduit à la misère commune, afin qu'une même position fît prendre des résolutions unanimes.

Ces billets firent tout l'effet qu'en pouvait attendre celui qui les avait écrits, en ce qu'ils déterminèrent un grand nombre d'habitants à ouvrir des négociations particulières avec l'armée royale.

Mais au moment où le cardinal voyait déjà fructifier son moyen et s'applaudissait de l'avoir mis en usage, un habitant de La Rochelle, qui avait pu passer à travers les lignes royales, Dieu sait comment, tant était grande la surveillance de Bassompierre, de Schomberg et du duc d'Angoulême, surveillés eux-mêmes par le cardinal, un habitant de La Rochelle, disons-nous, entra dans la ville, venant de Portsmouth et disant qu'il avait vu une flotte magnifique prête à mettre à la voile avant huit jours. De plus, Buckingham annonçait au maire qu'enfin la grande ligue contre la France allait se déclarer, et que le royaume allait être envahi à la fois par les armées anglaises, impériales et espagnoles. Cette lettre fut lue publiquement sur toutes les places, on en afficha des copies aux angles des rues, et ceux-là mêmes qui avaient commencé d'ouvrir des négociations les interrompirent, résolus d'attendre ce secours si pompeusement annoncé.

Cette circonstance inattendue rendit à Richelieu ses inquiétudes premières, et le força malgré lui à tourner de nouveau les yeux de l'autre côté de la mer.

Pendant ce temps, exempte des inquiétudes de son seul et véritable chef, l'armée royale menait joyeuse vie ; les vivres ne manquaient pas au camp, ni l'argent non plus ; tous les corps rivalisaient d'audace et de gaieté. Prendre des espions et les pendre, faire des expéditions hasardeuses sur la digue ou sur la mer, imaginer des folies, les exécuter froidement, tel était le passe-temps qui faisait trouver courts à l'armée ces jours si longs, non seulement pour les Rochelois, rongés par la famine et l'anxiété, mais encore pour le cardinal qui les bloquait si vivement.

Quelquefois, quand le cardinal, toujours chevauchant comme le dernier gendarme de l'armée, promenait son regard pensif sur ces ouvrages, si lents au gré de son désir, qu'élevaient sous son ordre les ingénieurs qu'il faisait venir de tous les coins du royaume de France, s'il rencontrait un mousquetaire de la compagnie de Tréville, il s'approchait de lui, le regardait d'une façon singulière, et ne le reconnaissant pas pour un de nos quatre compagnons, il laissait aller ailleurs son regard profond et sa vaste pensée.

Un jour où, rongé d'un mortel ennui, sans espérance dans les négociations avec la ville, sans nouvelles d'Angleterre, le cardinal était sorti sans autre but que de sortir, accompagné seulement de Cahusac et de La Houdinière [1], longeant les grèves et mêlant l'immensité de ses rêves à l'immensité de l'océan, il arriva au petit pas de son cheval sur une colline du haut de laquelle il aperçut derrière une haie, couchés sur le sable et prenant au passage un de ces rayons de soleil si rares à cette époque de l'année, sept hommes entourés de bouteilles vides. Quatre de ces hommes étaient nos mousquetaires s'apprêtant à écouter la lecture d'une lettre que l'un d'eux venait de recevoir. Cette lettre était si importante, qu'elle avait fait abandonner sur un tambour des cartes et des dés.

Les trois autres s'occupaient à décoiffer une énorme dame-jeanne [2] de vin de Collioure ; c'étaient les laquais de ces Messieurs.

Le cardinal, comme nous l'avons dit, était de sombre humeur, et rien, quand il était dans cette situation d'esprit, ne redoublait sa maussaderie comme la gaieté des autres. D'ailleurs, il avait une préoccupa-

1. Personnages réels, qui sont ici dans leur rôle.
2. Bonbonne contenant de 20 à 50 litres.

tion [1] étrange, c'était de croire toujours que les causes mêmes de sa tristesse excitaient la gaieté des étrangers. Faisant signe à La Houdinière et à Cahusac de s'arrêter, il descendit de cheval et s'approcha de ces rieurs suspects, espérant qu'à l'aide du sable qui assourdissait ses pas, et de la haie qui voilait sa marche, il pourrait entendre quelques mots de cette conversation qui lui paraissait si intéressante ; à dix pas de la haie seulement il reconnut le babil gascon de d'Artagnan, et comme il savait déjà que ces hommes étaient des mousquetaires, il ne douta pas que les trois autres ne fussent ceux qu'on appelait les inséparables, c'est-à-dire Athos, Porthos et Aramis.

On juge si son désir d'entendre la conversation s'augmenta de cette découverte ; ses yeux prirent une expression étrange, et d'un pas de chat-tigre [2] il s'avança vers la haie ; mais il n'avait pu saisir encore que des syllabes vagues et sans aucun sens positif, lorsqu'un cri sonore et bref le fit tressaillir et attira l'attention des mousquetaires.

« Officier ! cria Grimaud.

— Vous parlez, je crois, drôle », dit Athos se soulevant sur un coude et fascinant Grimaud de son regard flamboyant.

Aussi Grimaud n'ajouta-t-il point une parole, se contentant de tendre le doigt indicateur dans la direction de la haie et dénonçant par ce geste le cardinal et son escorte.

D'un seul bond les quatre mousquetaires furent sur pied et saluèrent avec respect.

Le cardinal semblait furieux.

« Il paraît qu'on se fait garder chez Messieurs les mousquetaires ! dit-il. Est-ce que l'Anglais vient par terre, ou serait-ce que les mousquetaires se regardent comme des officiers supérieurs ?

— Monseigneur, répondit Athos, car au milieu de l'effroi général lui seul avait conservé ce calme et ce

---

1. Idée préconçue.
2. Chat sauvage.

sang-froid de grand seigneur qui ne le quittaient jamais, Monseigneur, les mousquetaires, lorsqu'ils ne sont pas de service, ou que leur service est fini, boivent et jouent aux dés, et ils sont des officiers très supérieurs pour leurs laquais.

— Des laquais ! grommela le cardinal, des laquais qui ont la consigne d'avertir leurs maîtres quand passe quelqu'un, ce ne sont point des laquais, ce sont des sentinelles.

— Son Eminence voit bien cependant que si nous n'avions point pris cette précaution, nous étions exposés à la laisser passer sans lui présenter nos respects et lui offrir nos remerciements pour la grâce qu'elle nous a faite de nous réunir. D'Artagnan, continua Athos, vous qui tout à l'heure demandiez cette occasion d'exprimer votre reconnaissance à Monseigneur, la voici venue, profitez-en. »

Ces mots furent prononcés avec ce flegme imperturbable qui distinguait Athos dans les heures du danger, et cette excessive politesse qui faisait de lui dans certains moments un roi plus majestueux que les rois de naissance.

D'Artagnan s'approcha et balbutia quelques paroles de remerciements, qui bientôt expirèrent sous le regard assombri du cardinal.

« N'importe, Messieurs, continua le cardinal sans paraître le moins du monde détourné de son intention première par l'incident qu'Athos avait soulevé ; n'importe, Messieurs, je n'aime pas que de simples soldats, parce qu'ils ont l'avantage de servir dans un corps privilégié, fassent ainsi les grands seigneurs, et la discipline est la même pour eux que pour tout le monde. »

Athos laissa le cardinal achever parfaitement sa phrase, et, s'inclinant en signe d'assentiment, il reprit à son tour :

« La discipline, Monseigneur, n'a en aucune façon, je l'espère, été oubliée par nous. Nous ne sommes pas de service, et nous avons cru que, n'étant pas de service, nous pouvions disposer de notre temps comme bon nous semblait. Si nous sommes assez heureux pour que Son Eminence ait quelque ordre particulier à nous donner, nous sommes prêts à lui obéir. Monseigneur voit, continua Athos en fronçant le sourcil, car cette espèce d'interrogatoire commençait à l'impatienter, que, pour être prêts à la moindre alerte, nous sommes sortis avec nos armes. »

Et il montra du doigt au cardinal les quatre mousquets en faisceau près du tambour sur lequel étaient les cartes et les dés.

« Que Votre Eminence veuille croire, ajouta d'Artagnan, que nous nous serions portés au-devant d'elle si nous eussions pu supposer que c'était elle qui venait vers nous en si petite compagnie. »

Le cardinal se mordait les moustaches et un peu les lèvres.

« Savez-vous de quoi vous avez l'air, toujours ensemble, comme vous voilà, armés comme vous êtes, et gardés par vos laquais ? dit le cardinal, vous avez l'air de quatre conspirateurs.

— Oh ! quant à ceci, Monseigneur, c'est vrai, dit Athos, et nous conspirons, comme Votre Eminence a pu le voir l'autre matin, seulement c'est contre les Rochelois.

— Eh ! Messieurs les politiques, reprit le cardinal en fronçant le sourcil à son tour, on trouverait peut-être dans vos cervelles le secret de bien des choses qui sont ignorées, si on pouvait y lire comme vous lisiez dans cette lettre que vous avez cachée quand vous m'avez vu venir. »

Le rouge monta à la figure d'Athos, il fit un pas vers Son Eminence.

« On dirait que vous nous soupçonnez réellement, Monseigneur, et que nous subissons un véritable interrogatoire ; s'il en est ainsi, que Votre Eminence daigne s'expliquer, et nous saurons du moins à quoi nous en tenir.

— Et quand cela serait un interrogatoire, reprit le cardinal, d'autres que vous en ont subi, Monsieur Athos, et y ont répondu.

— Aussi, Monseigneur, ai-je dit à Votre Eminence qu'elle n'avait qu'à questionner, et que nous étions prêts à répondre.

— Quelle était cette lettre que vous alliez lire, Monsieur Aramis, et que vous avez cachée ?

— Une lettre de femme, Monseigneur.

— Oh ! je conçois, dit le cardinal, il faut être discret pour ces sortes de lettres ; mais cependant on peut les montrer à un confesseur, et, vous le savez, j'ai reçu les ordres.

— Monseigneur, dit Athos avec un calme d'autant plus terrible qu'il jouait sa tête en faisant cette réponse, la lettre est d'une femme, mais elle n'est signée ni Marion de Lorme, ni Mme d'Aiguillon [1]. »

Le cardinal devint pâle comme la mort, un éclair fauve sortit de ses yeux ; il se retourna comme pour donner un ordre à Cahusac et à La Houdinière. Athos vit le mouvement ; il fit un pas vers les mousquetons, sur lesquels les trois amis avaient les yeux fixés en hommes mal disposés à se laisser arrêter. Le cardinal était, lui, troisième [2] ; les mousquetaires, y compris les laquais, étaient sept : il jugea que la partie serait d'autant moins égale, qu'Athos et ses compagnons conspiraient réellement ; et, par un de ces retours rapides qu'il tenait toujours à sa disposition, toute sa colère se fondit dans un sourire.

« Allons, allons ! dit-il, vous êtes de braves jeunes gens, fiers au soleil, fidèles dans l'obscurité ; il n'y a pas de mal à veiller sur soi quand on veille si bien sur les autres ; Messieurs, je n'ai point oublié la nuit où vous m'avez servi d'escorte pour aller au Colombier-Rouge ; s'il y avait quelque danger à craindre sur la route que je vais suivre, je vous prierais de m'accompagner ; mais, comme il n'y en a pas, restez où vous

1. Marion de Lorme, la célèbre courtisane, avait été la maîtresse de Richelieu et la duchesse d'Aiguillon, sa propre nièce, passait pour l'être.

2. *Lui troisième* veut dire qu'il n'était accompagné que de deux personnes.

êtes, achevez vos bouteilles, votre partie et votre lettre. Adieu, Messieurs. »

Et, remontant sur son cheval, que Cahusac lui avait amené, il les salua de la main et s'éloigna.

Les quatre jeunes gens, debout et immobiles, le suivirent des yeux sans dire un seul mot jusqu'à ce qu'il eût disparu.

Puis ils se regardèrent.

Tous avaient la figure consternée, car malgré l'adieu amical de Son Eminence, ils comprenaient que le cardinal s'en allait la rage dans le cœur.

Athos seul souriait d'un sourire puissant et dédaigneux. Quand le cardinal fut hors de la portée de la voix et de la vue :

« Ce Grimaud a crié bien tard ! » dit Porthos, qui avait grande envie de faire tomber sa mauvaise humeur sur quelqu'un.

Grimaud allait répondre pour s'excuser. Athos leva le doigt et Grimaud se tut.

« Auriez-vous rendu la lettre, Aramis ? dit d'Artagnan.

— Moi, dit Aramis de sa voix la plus flûtée, j'étais décidé : s'il avait exigé que la lettre lui fût remise, je lui présentais la lettre d'une main, et de l'autre je lui passais mon épée au travers du corps.

— Je m'y attendais bien, dit Athos ; voilà pourquoi je me suis jeté entre vous et lui. En vérité, cet homme est bien imprudent de parler ainsi à d'autres hommes ; on dirait qu'il n'a jamais eu affaire qu'à des femmes et à des enfants.

— Mon cher Athos, dit d'Artagnan, je vous admire, mais cependant nous étions dans notre tort, après tout.

— Comment, dans notre tort ! reprit Athos. A qui donc cet air que nous respirons A qui cet océan sur lequel s'étendent nos regards ? A qui ce sable sur lequel nous étions couchés ? A qui cette lettre de votre maîtresse ? Est-ce au cardinal ? Sur mon honneur, cet homme se figure que le monde lui appartient ; vous étiez là, balbutiant, stupéfait, anéanti ; on eût dit que la Bastille se dressait devant vous et que la gigantesque Méduse [1] vous changeait en pierre. Est-ce que c'est conspirer, voyons, que d'être amoureux ? Vous êtes amoureux d'une femme que le cardinal a fait enfermer, vous voulez la tirer des mains du cardinal ; c'est une partie que vous jouez avec Son Eminence : cette lettre c'est votre jeu ; pourquoi montreriez-vous votre jeu à votre adversaire ? cela ne se fait pas. Qu'il le devine, à la bonne heure ! Nous devinons bien le sien, nous !

— Au fait, dit d'Artagnan, c'est plein de sens, ce que vous dites là, Athos.

— En ce cas, qu'il ne soit plus question de ce qui vient de se passer, et qu'Aramis reprenne la lettre de sa cousine où M. le cardinal l'a interrompue. »

Aramis tira la lettre de sa poche, les trois amis se rapprochèrent de lui, et les trois laquais se groupèrent de nouveau auprès de la dame-jeanne.

« Vous n'aviez lu qu'une ligne ou deux, dit d'Artagnan, reprenez donc la lettre à partir du commencement.

— Volontiers », dit Aramis.

« Mon cher cousin, je crois bien que je me déciderai à partir pour Stenay [2], où ma sœur a fait entrer notre petite servante dans le couvent des Carmélites ; cette pauvre enfant s'est résignée, elle sait qu'elle ne peut vivre autre part sans que le salut de son âme soit en danger. Cependant, si les affaires de notre famille s'arrangent comme nous le désirons, je crois qu'elle courra le risque de se damner, et qu'elle reviendra près de ceux qu'elle regrette, d'autant plus qu'elle sait qu'on pense toujours à elle. En attendant, elle n'est pas trop malheureuse : tout ce qu'elle désire c'est une

---

1. *Méduse*, monstre mythologique : une des trois Gorgones, dont le regard à lui seul était mortel.
2. Inadvertances : *Stenay* deviendra *Béthune* un peu plus loin. Quant à *Aglaé* Michon, elle est redevenue ici *Marie* (*cf.* p. 669 et 673).

lettre de son prétendu. Je sais bien que ces sortes de denrées passent difficilement par les grilles ; mais, après tout, comme je vous en ai donné des preuves, mon cher cousin, je ne suis pas trop maladroite et je me chargerai de cette commission. Ma sœur vous remercie de votre bon et éternel souvenir. Elle a eu un instant de grande inquiétude ; mais enfin elle est quelque peu rassurée maintenant, ayant envoyé son commis là-bas afin qu'il ne s'y passe rien d'imprévu.

« Adieu, mon cher cousin, donnez-nous de vos nouvelles le plus souvent que vous pourrez, c'est-à-dire toutes les fois que vous croirez pouvoir le faire sûrement. Je vous embrasse. »

« MARIE MICHON. »

« Oh ! que ne vous dois-je pas, Aramis ? s'écria d'Artagnan. Chère Constance ! j'ai donc enfin de ses nouvelles ; elle vit, elle est en sûreté dans un couvent, elle est à Stenay ! Où prenez-vous Stenay, Athos ?

— Mais à quelques lieues des frontières ; une fois le siège levé, nous pourrons aller faire un tour de ce côté.

— Et ce ne sera pas long, il faut l'espérer, dit Porthos, car on a, ce matin, pendu un espion, lequel a déclaré que les Rochelois en étaient aux cuirs de leurs souliers. En supposant qu'après avoir mangé le cuir ils mangent la semelle, je ne vois pas trop ce qui leur restera après, à moins de se manger les uns les autres.

— Pauvres sots ! dit Athos en vidant un verre d'excellent vin de Bordeaux, qui, sans avoir à cette époque la réputation qu'il a aujourd'hui, ne la méritait pas moins ; pauvres sots ! comme si la religion catholique n'était pas la plus avantageuse et la plus agréable des religions ! C'est égal, reprit-il après avoir fait claquer sa langue contre son palais, ce sont de braves gens. Mais que diable faites-vous donc, Aramis ? continua Athos ; vous serrez cette lettre dans votre poche ?

— Oui, dit d'Artagnan, Athos a raison, il faut la

brûler ; encore, qui sait si M. le cardinal n'a pas un secret pour interroger les cendres ?

— Il doit en avoir un, dit Athos.

— Mais que voulez-vous faire de cette lettre ? demanda Porthos.

— Venez ici, Grimaud », dit Athos.

Grimaud se leva et obéit.

« Pour vous punir d'avoir parlé sans permission, mon ami, vous allez manger ce morceau de papier, puis, pour vous récompenser du service que vous nous aurez rendu, vous boirez ensuite ce verre de vin ; voici la lettre d'abord, mâchez avec énergie. »

Grimaud sourit, et, les yeux fixés sur le verre qu'Athos venait de remplir bord à bord, il broya le papier et l'avala.

« Bravo, maître Grimaud ! dit Athos, et maintenant prenez ceci ; bien, je vous dispense de dire merci. »

Grimaud avala silencieusement le verre de vin de Bordeaux, mais ses yeux levés au ciel parlaient, pendant tout le temps que dura cette douce occupation, un langage qui, pour être muet, n'en était pas moins expressif.

« Et maintenant, dit Athos, à moins que M. le cardinal n'ait l'ingénieuse idée de faire ouvrir le ventre à Grimaud, je crois que nous pouvons être à peu près tranquilles. »

Pendant ce temps, Son Eminence continuait sa promenade mélancolique en murmurant entre ses moustaches :

« Décidément, il faut que ces quatre hommes soient à moi. »

LII

PREMIÈRE JOURNÉE DE CAPTIVITÉ

Revenons à Milady, qu'un regard jeté sur les côtes de France nous a fait perdre de vue un instant.

Nous la retrouverons dans la position désespérée où nous l'avons laissée, se creusant un abîme de sombres réflexions, sombre enfer à la porte duquel elle a presque laissé l'espérance [1] : car pour la première fois elle doute, pour la première fois elle craint.

Dans deux occasions sa fortune [2] lui a manqué, dans deux occasions elle s'est vue découverte et trahie, et dans ces deux occasions, c'est contre le génie fatal envoyé sans doute par le Seigneur pour la combattre qu'elle a échoué : d'Artagnan l'a vaincue, elle, cette invincible puissance du mal.

Il l'a abusée dans son amour, humiliée dans son orgueil, trompée dans son ambition, et maintenant voilà qu'il la perd dans sa fortune, qu'il l'atteint dans sa liberté, qu'il la menace même dans sa vie. Bien plus, il a levé un coin de son masque, cette égide [3] dont elle se couvre et qui la rend si forte.

D'Artagnan a détourné de Buckingham, qu'elle hait, comme elle hait tout ce qu'elle a aimé, la tempête dont le menaçait Richelieu dans la personne de la reine. D'Artagnan s'est fait passer pour de Wardes, pour lequel elle avait une de ces fantaisies de tigresse, indomptables comme en ont les femmes de ce caractère. D'Artagnan connaît ce terrible secret qu'elle a juré que nul ne connaîtrait sans mourir. Enfin, au moment où elle vient d'obtenir un blanc-seing [4] à

---

1. Souvenir de l'inscription qui figure sur la porte de l'Enfer, selon Dante : «Vous qui entrez, perdez toute espérance »(*Divine Comédie*, « Enfer » III, 9).

2. Sa chance.

3. Sorte de bouclier ou de demi-cuirasse faite avec la peau de la chèvre Amalthée, qui procurait à Athéna une protection magique.

4. *Cf.* p. 647, n. 1.

l'aide duquel elle va se venger de son ennemi, le blanc-seing lui est arraché des mains, et c'est d'Artagnan qui la tient prisonnière et qui va l'envoyer dans quelque immonde Botany Bay, dans quelque Tyburn [1] infâme de l'océan Indien.

Car tout cela lui vient de d'Artagnan sans doute ; de qui viendraient tant de hontes amassées sur sa tête sinon de lui ? Lui seul a pu transmettre à Lord de Winter tous ces affreux secrets, qu'il a découverts les uns après les autres par une sorte de fatalité. Il connaît son beau-frère, il lui aura écrit.

Que de haine elle distille ! Là, immobile, et les yeux ardents et fixes dans son appartement désert, comme les éclats de ses rugissements sourds, qui parfois s'échappent avec sa respiration du fond de sa poitrine, accompagnent bien le bruit de la houle qui monte, gronde, mugit et vient se briser, comme un désespoir éternel et impuissant, contre les rochers sur lesquels est bâti ce château sombre et orgueilleux ! Comme, à la lueur des éclairs que sa colère orageuse fait briller dans son esprit, elle conçoit contre Mme Bonacieux, contre Buckingham, et surtout contre d'Artagnan, de magnifiques projets de vengeance, perdus dans les lointains de l'avenir !

Oui, mais pour se venger il faut être libre, et pour être libre, quand on est prisonnier, il faut percer un mur, desceller des barreaux, trouer un plancher ; toutes entreprises que peut mener à bout un homme patient et fort mais devant lesquelles doivent échouer les irritations fébriles d'une femme. D'ailleurs, pour faire tout cela il faut avoir le temps, des mois, des années, et elle... elle a dix ou douze jours, à ce que lui a dit Lord de Winter, son fraternel et terrible geôlier [2].

---

1. Botany Bay, une baie de la côte orientale de l'Australie ne fut découverte qu'en 1770 et ne devint un lieu de déportation qu'en 1787. Sur Tyburn, *cf.* p. 694, n. 2.
2. En même temps que *Les Trois Mousquetaires*, Dumas est en train d'écrire *Monte-Cristo*. Il fait ici une comparaison implicite entre la situation de Milady et celle d'Edmond Dantès.

Et cependant, si elle était un homme, elle tenterait tout cela, et peut-être réussirait-elle : pourquoi donc le Ciel s'est-il ainsi trompé, en mettant cette âme virile dans ce corps frêle et délicat !

Aussi les premiers moments de la captivité ont été terribles : quelques convulsions de rage qu'elle n'a pu vaincre ont payé sa dette de faiblesse féminine à la nature. Mais peu à peu elle a surmonté les éclats de sa folle colère, les frémissements nerveux qui ont agité son corps ont disparu, et maintenant elle s'est repliée sur elle-même comme un serpent fatigué qui se repose.

« Allons, allons ; j'étais folle de m'emporter ainsi, dit-elle en plongeant dans la glace, qui reflète dans ses yeux son regard brûlant, par lequel elle semble s'interroger elle-même. Pas de violence, la violence est une preuve de faiblesse. D'abord je n'ai jamais réussi par ce moyen : peut-être, si j'usais de ma force contre des femmes, aurais-je chance de les trouver plus faibles encore que moi, et par conséquent de les vaincre ; mais c'est contre des hommes que je lutte, et je ne suis qu'une femme pour eux. Luttons en femme, ma force est dans ma faiblesse. »

Alors, comme pour se rendre compte à elle-même des changements qu'elle pouvait imposer à sa physionomie si expressive et si mobile, elle lui fit prendre à la fois toutes les expressions, depuis celle de la colère qui crispait ses traits, jusqu'à celle du plus doux, du plus affectueux et du plus séduisant sourire. Puis ses cheveux prirent successivement sous ses mains savantes les ondulations qu'elle crut pouvoir aider aux charmes de son visage. Enfin elle murmura, satisfaite d'elle-même :

« Allons, rien n'est perdu. Je suis toujours belle. »

Il était huit heures du soir à peu près. Milady aperçut un lit ; elle pensa qu'un repos de quelques heures rafraîchirait non seulement sa tête et ses idées, mais encore son teint. Cependant, avant de se coucher, une idée meilleure lui vint. Elle avait entendu parler de souper. Déjà elle était depuis une heure dans cette chambre, on ne pouvait tarder à lui apporter son repas. La prisonnière ne voulut pas perdre de temps, et elle résolut de faire, dès cette même soirée, quelque tentative pour sonder le terrain, en étudiant le caractère des gens auxquels sa garde était confiée.

Une lumière apparut sous la porte ; cette lumière annonçait le retour de ses geôliers. Milady, qui s'était levée, se rejeta vivement sur son fauteuil, la tête renversée en arrière, ses beaux cheveux dénoués et épars, sa gorge demi-nue sous ses dentelles froissées, une main sur son cœur et l'autre pendante.

On ouvrit les verrous, la porte grinça sur ses gonds, des pas retentirent dans la chambre et s'approchèrent.

« Posez là cette table », dit une voix que la prisonnière reconnut pour celle de Felton.

L'ordre fut exécuté.

« Vous apporterez des flambeaux et ferez relever la sentinelle », continua Felton.

Ce double ordre que donna aux mêmes individus le jeune lieutenant prouva à Milady que ses serviteurs étaient les mêmes hommes que ses gardiens, c'est-à-dire des soldats.

Les ordres de Felton étaient, au reste, exécutés avec une silencieuse rapidité qui donnait une bonne idée de l'état florissant dans lequel il maintenait la discipline.

Enfin, Felton, qui n'avait pas encore regardé Milady, se retourna vers elle.

« Ah ! ah ! dit-il, elle dort, c'est bien : à son réveil elle soupera. »

Et il fit quelques pas pour sortir.

« Mais, mon lieutenant, dit un soldat moins stoïque [1] que son chef, et qui s'était approché de Milady, cette femme ne dort pas.

---

1. Capable de tout supporter avec courage, notamment la douleur et, ici, l'émotion.

— Comment, elle ne dort pas ? dit Felton, que fait-elle donc, alors ?

— Elle est évanouie ; son visage est très pâle, et j'ai beau écouter, je n'entends pas sa respiration.

— Vous avez raison, dit Felton après avoir regardé Milady de la place où il se trouvait, sans faire un pas vers elle, allez prévenir Lord de Winter que sa prisonnière est évanouie, car je ne sais que faire, le cas n'ayant pas été prévu. »

Le soldat sortit pour obéir aux ordres de son officier ; Felton s'assit sur un fauteuil qui se trouvait par hasard près de la porte et attendit sans dire une parole, sans faire un geste. Milady possédait ce grand art, tant étudié par les femmes, de voir à travers ses longs cils sans avoir l'air d'ouvrir les paupières : elle aperçut Felton qui lui tournait le dos, elle continua de le regarder pendant dix minutes à peu près, et pendant ces dix minutes, l'impassible gardien ne se retourna pas une seule fois.

Elle songea alors que Lord de Winter allait venir et rendre, par sa présence, une nouvelle force à son geôlier : sa première épreuve était perdue, elle en prit son parti en femme qui compte sur ses ressources ; en conséquence elle leva la tête, ouvrit les yeux et soupira faiblement.

A ce soupir, Felton se retourna enfin.

« Ah ! vous voici réveillée, Madame ! dit-il, je n'ai donc plus affaire ici ! Si vous avez besoin de quelque chose, vous appellerez.

— Oh ! mon Dieu, mon Dieu ! que j'ai souffert ! » murmura Milady avec cette voix harmonieuse qui, pareille à celle des enchanteresses antiques, charmait tous ceux qu'elle voulait perdre [1].

Et elle prit en se redressant sur son fauteuil une position plus gracieuse et plus abandonnée encore que celle qu'elle avait lorsqu'elle était couchée.

Felton se leva.

---

1. Divers personnages mythologiques charmaient les humains par leur voix, en particulier les Sirènes (*cf.* l'*Odyssée*, chant XII).

« Vous serez servie ainsi trois fois par jour, Madame, dit-il : le matin à neuf heures, dans la journée à une heure, et le soir à huit heures. Si cela ne vous convient pas, vous pouvez indiquer vos heures au lieu de celles que je vous propose, et, sur ce point, on se conformera à vos désirs.

— Mais vais-je donc rester toujours seule dans cette grande et triste chambre ? demanda Milady.

— Une femme des environs a été prévenue, elle sera demain au château, et viendra toutes les fois que vous désirerez sa présence.

— Je vous rends grâce, Monsieur », répondit humblement la prisonnière.

Felton fit un léger salut et se dirigea vers la porte. Au moment où il allait en franchir le seuil, Lord de Winter parut dans le corridor, suivi du soldat qui était allé lui porter la nouvelle de l'évanouissement de Milady. Il tenait à la main un flacon de sels [1].

« Eh bien ! qu'est-ce ? et que se passe-t-il donc ici ? dit-il d'une voix railleuse en voyant sa prisonnière debout et Felton prêt à sortir. Cette morte est-elle donc déjà ressuscitée ? Pardieu, Felton, mon enfant, tu n'as donc pas vu qu'on te prenait pour un novice et qu'on te jouait le premier acte d'une comédie dont nous aurons sans doute le plaisir de suivre tous les développements ?

— Je l'ai bien pensé, Milord, dit Felton ; mais, enfin, comme la prisonnière est femme, après tout, j'ai voulu avoir les égards que tout homme bien né doit à une femme, sinon pour elle, du moins pour lui-même. »

Milady frissonna par tout son corps. Ces paroles de Felton passaient comme une glace par toutes ses veines.

« Ainsi, reprit de Winter en riant, ces beaux cheveux savamment étalés, cette peau blanche et ce

_____
1. *Cf.* p. 144, n. 1.

langoureux regard ne t'ont pas encore séduit, cœur de pierre ?

— Non, Milord, répondit l'impassible jeune homme, et croyez-moi bien, il faut plus que des manèges et des coquetteries de femme pour me corrompre.

— En ce cas, mon brave lieutenant, laissons Milady chercher autre chose et allons souper ; ah ! sois tranquille, elle a l'imagination féconde et le second acte de la comédie ne tardera pas à suivre le premier. »

Et à ces mots Lord de Winter passa son bras sous celui de Felton et l'emmena en riant.

« Oh ! je trouverai bien ce qu'il te faut, murmura Milady entre ses dents ; sois tranquille, pauvre moine manqué, pauvre soldat converti qui t'es taillé ton uniforme dans un froc. »

« A propos, reprit de Winter en s'arrêtant sur le seuil de la porte, il ne faut pas, Milady, que cet échec vous ôte l'appétit. Tâtez de ce poulet et de ces poissons que je n'ai pas fait empoisonner, sur l'honneur. Je m'accommode assez de mon cuisinier, et comme il ne doit pas hériter de moi, j'ai en lui pleine et entière confiance. Faites comme moi. Adieu, chère sœur ! à votre prochain évanouissement. »

C'était tout ce que pouvait supporter Milady : ses mains se crispèrent sur son fauteuil, ses dents grincèrent sourdement, ses yeux suivirent le mouvement de la porte qui se fermait derrière Lord de Winter et Felton ; et, lorsqu'elle se vit seule, une nouvelle crise de désespoir la prit ; elle jeta les yeux sur la table, vit briller un couteau, s'élança et le saisit ; mais son désappointement fut cruel : la lame en était ronde et d'argent flexible.

Un éclat de rire retentit derrière la porte mal fermée, et la porte se rouvrit.

« Ah ! ah ! s'écria Lord de Winter ; ah ! ah ! vois-tu bien, mon brave Felton, vois-tu ce que je t'avais dit : ce couteau, c'était pour toi ; mon enfant, elle t'aurait tué ; vois-tu, c'est un de ses travers, de se débarrasser ainsi, d'une façon ou de l'autre, des gens qui la gênent. Si je t'eusse écouté, le couteau eût été pointu et d'acier : alors plus de Felton, elle t'aurait égorgé et, après toi, tout le monde. Vois donc, John, comme elle sait bien tenir son couteau. »

En effet, Milady tenait encore l'arme offensive dans sa main crispée, mais ces derniers mots, cette suprême insulte, détendirent ses mains, ses forces et jusqu'à sa volonté.

Le couteau tomba par terre.

« Vous avez raison, Milord, dit Felton avec un accent de profond dégoût qui retentit jusqu'au fond du cœur de Milady, vous avez raison et c'est moi qui avais tort. »

Et tous deux sortirent de nouveau.

Mais cette fois, Milady prêta une oreille plus attentive que la première fois, et elle entendit leurs pas s'éloigner et s'éteindre dans le fond du corridor.

« Je suis perdue, murmura-t-elle, me voilà au pouvoir de gens sur lesquels je n'aurai pas plus de prise que sur des statues de bronze ou de granit ; ils me savent par cœur et sont cuirassés contre toutes mes armes.

« Il est cependant impossible que cela finisse comme ils l'ont décidé. »

En effet, comme l'indiquait cette dernière réflexion, ce retour instinctif à l'espérance, dans cette âme profonde la crainte et les sentiments faibles ne surnageaient pas longtemps. Milady se mit à table, mangea de plusieurs mets, but un peu de vin d'Espagne, et sentit revenir toute sa résolution.

Avant de se coucher elle avait déjà commenté, analysé, retourné sur toutes leurs faces, examiné sous tous les points, les paroles, les pas, les gestes, les signes et jusqu'au silence de ses geôliers, et de cette étude profonde, habile et savante, il était résulté que Felton était, à tout prendre, le plus vulnérable de ses deux persécuteurs.

Un mot surtout revenait à l'esprit de la prisonnière :

« Si je t'eusse écouté », avait dit Lord de Winter à Felton.

Donc Felton avait parlé en sa faveur, puisque Lord de Winter n'avait pas voulu écouter Felton.

« Faible ou forte, répétait Milady, cet homme a donc une lueur de pitié dans son âme ; de cette lueur je ferai un incendie qui le dévorera.

« Quant à l'autre, il me connaît, il me craint et sait ce qu'il a à attendre de moi si jamais je m'échappe de ses mains, il est donc inutile de rien tenter sur lui. Mais Felton, c'est autre chose ; c'est un jeune homme naïf, pur et qui semble vertueux ; celui-là, il y a moyen de le perdre. »

Et Milady se coucha et s'endormit le sourire sur les lèvres ; quelqu'un qui l'eût vue dormant eût dit une jeune fille rêvant à la couronne de fleurs qu'elle devait mettre sur son front à la prochaine fête.

LIII

DEUXIÈME JOURNÉE DE CAPTIVITÉ

Milady rêvait qu'elle tenait enfin d'Artagnan, qu'elle assistait à son supplice, et c'était la vue de son sang odieux, coulant sous la hache du bourreau, qui dessinait ce charmant sourire sur les lèvres.

Elle dormait comme dort un prisonnier bercé par sa première espérance.

Le lendemain, lorsqu'on entra dans sa chambre, elle était encore au lit. Felton était dans le corridor : il amenait la femme dont il avait parlé la veille, et qui venait d'arriver ; cette femme entra et s'approcha du lit de Milady en lui offrant ses services.

Milady était habituellement pâle ; son teint pouvait donc tromper une personne qui la voyait pour la première fois.

« J'ai la fièvre, dit-elle ; je n'ai pas dormi un seul instant pendant toute cette longue nuit, je souffre horriblement : serez-vous plus humaine qu'on ne l'a été hier avec moi ? Tout ce que je demande, au reste, c'est la permission de rester couchée.

— Voulez-vous qu'on appelle un médecin ? » dit la femme.

Felton écoutait ce dialogue sans dire une parole.

Milady réfléchissait que plus on l'entourerait de monde, plus elle aurait de monde à apitoyer, et plus la surveillance de Lord de Winter redoublerait ; d'ailleurs le médecin pourrait déclarer que la maladie était feinte, et Milady, après avoir perdu la première partie, ne voulait pas perdre la seconde.

« Aller chercher un médecin, dit-elle, à quoi bon ? ces Messieurs ont déclaré hier que mon mal était une comédie, il en serait sans doute de même aujourd'hui ; car depuis hier soir, on a eu le temps de prévenir le docteur.

— Alors, dit Felton impatienté, dites vous-même, Madame, quel traitement vous voulez suivre.

— Eh ! le sais-je, moi ? mon Dieu ! je sens que je souffre, voilà tout, que l'on me donne ce que l'on voudra, peu m'importe.

— Allez chercher Lord de Winter, dit Felton fatigué de ces plaintes éternelles.

— Oh ! non, non ! s'écria Milady, non, Monsieur, ne l'appelez pas, je vous en conjure, je suis bien, je n'ai besoin de rien, ne l'appelez pas. »

Elle mit une véhémence si prodigieuse, une éloquence si entraînante dans cette exclamation, que Felton, entraîné, fit quelques pas dans la chambre.

« Il est ému », pensa Milady.

« Cependant, Madame, dit Felton, si vous souffrez *réellement,* on enverra chercher un médecin, et si vous nous trompez, eh bien ! ce sera tant pis pour vous, mais du moins, de notre côté, nous n'aurons rien à nous reprocher. »

Milady ne répondit point ; mais renversant sa belle

tête sur son oreiller, elle fondit en larmes et éclata en sanglots.

Felton la regarda un instant avec son impassibilité ordinaire ; puis voyant que la crise menaçait de se prolonger, il sortit ; la femme le suivit. Lord de Winter ne parut pas.

« Je crois que je commence à voir clair », murmura Milady avec une joie sauvage, en s'ensevelissant sous les draps pour cacher à tous ceux qui pourraient l'épier cet élan de satisfaction intérieure.

Deux heures s'écoulèrent.

« Maintenant il est temps que la maladie cesse, dit-elle : levons-nous et obtenons quelque succès dès aujourd'hui ; je n'ai que dix jours, et ce soir il y en aura deux d'écoulés. »

En entrant, le matin, dans la chambre de Milady, on lui avait apporté son déjeuner ; or elle avait pensé qu'on ne tarderait pas à venir enlever la table, et qu'en ce moment elle reverrait Felton.

Milady ne se trompait pas. Felton reparut, et, sans faire attention si Milady avait ou non touché au repas, fit un signe pour qu'on emportât hors de la chambre la table, que l'on apportait ordinairement toute servie.

Felton resta le dernier, il tenait un livre à la main.

Milady, couchée dans un fauteuil près de la cheminée, belle, pâle et résignée, ressemblait à une vierge sainte attendant le martyre.

Felton s'approcha d'elle et dit :

« Lord de Winter, qui est catholique comme vous, Madame, a pensé que la privation des rites et des cérémonies de votre religion peut vous être pénible : il consent donc à ce que vous lisiez chaque jour l'ordinaire de *votre messe*, et voici un livre qui en contient le rituel. »

A l'air dont Felton déposa ce livre sur la petite table près de laquelle était Milady, au ton dont il prononça ces deux mots *votre messe*, au sourire dédaigneux dont il les accompagna, Milady leva la tête et regarda plus attentivement l'officier.

Alors, à cette coiffure sévère, à ce costume d'une simplicité exagérée, à ce front poli comme le marbre, mais dur et impénétrable comme lui, elle reconnut un de ces sombres puritains qu'elle avait rencontrés si souvent tant à la cour du roi Jacques qu'à celle du roi de France, où, malgré le souvenir de la Saint-Barthélemy, ils venaient parfois chercher un refuge [1].

Elle eut donc une de ces inspirations subites comme les gens de génie seuls en reçoivent dans les grandes crises, dans les moments suprêmes qui doivent décider de leur fortune ou de leur vie.

Ces deux mots, *votre messe*, et un simple coup d'œil jeté sur Felton, lui avaient en effet révélé toute l'importance de la réponse qu'elle allait faire.

Mais avec cette rapidité d'intelligence qui lui était particulière, cette réponse toute formulée se présenta sur ses lèvres :

« Moi ! dit-elle avec un accent de dédain monté à l'unisson de celui qu'elle avait remarqué dans la voix du jeune officier, moi, Monsieur, *ma messe* ! Lord de Winter, le catholique corrompu, sait bien que je ne suis pas de sa religion, et c'est un piège qu'il veut me tendre !

— Et de quelle religion êtes-vous donc, Madame ? demanda Felton avec un étonnement que, malgré son empire sur lui-même, il ne put cacher entièrement.

— Je le dirai, s'écria Milady avec une exaltation feinte, le jour où j'aurai assez souffert pour ma foi. »

Le regard de Felton découvrit à Milady toute l'étendue de l'espace qu'elle venait de s'ouvrir par cette seule parole.

Cependant le jeune officier demeura muet et immobile, son regard seul avait parlé.

« Je suis aux mains de mes ennemis, continua-t-elle avec ce ton d'enthousiasme qu'elle savait familier aux

---

1. Sur les *puritains* anglais, *cf.* p. 620, n. 1. — Le roi cité ici est Jacques Ier d'Angleterre (1566-1625), qui tenta d'imposer aux puritains la foi anglicane. Certains d'entre eux se réfugièrent en France au temps d'Henri IV.

puritains ; eh bien ! que mon Dieu me sauve ou que je périsse pour mon Dieu ! voilà la réponse que je vous prie de faire à Lord de Winter. Et quant à ce livre, ajouta-t-elle en montrant le rituel du bout du doigt, mais sans le toucher, comme si elle eût dû être souillée par cet attouchement, vous pouvez le remporter et vous en servir pour vous-même, car sans doute vous êtes doublement complice de Lord de Winter, complice dans sa persécution, complice dans son hérésie [1]. »

Felton ne répondit rien, prit le livre avec le même sentiment de répugnance qu'il avait déjà manifesté et se retira pensif. Lord de Winter vint vers les cinq heures du soir ; Milady avait eu le temps pendant toute la journée de se tracer son plan de conduite ; elle le reçut en femme qui a déjà repris tous ses avantages.

« Il paraît, dit le baron en s'asseyant dans un fauteuil en face de celui qu'occupait Milady et en étendant nonchalamment ses pieds sur le foyer, il paraît que nous avons fait une petite apostasie [2] !

— Que voulez-vous dire, Monsieur ?

— Je veux dire que depuis la dernière fois que nous nous sommes vus, nous avons changé de religion ; auriez-vous épousé un troisième mari protestant, par hasard ?

— Expliquez-vous, Milord, reprit la prisonnière avec majesté, car je vous déclare que j'entends vos paroles, mais que je ne les comprends pas.

— Alors, c'est que vous n'avez pas de religion du tout ; j'aime mieux cela, reprit en ricanant Lord de Winter.

— Il est certain que cela est plus selon vos principes, reprit froidement Milady.

— Oh ! je vous avoue que cela m'est parfaitement égal.

---

1. Catholiques et protestants s'accusaient réciproquement d'hérésie (déviation doctrinale).
2. Action de renier sa foi religieuse.

— Oh ! vous n'avoueriez pas [1] cette indifférence religieuse, Milord, que vos débauches et vos crimes en feraient foi.

— Hein ! vous parlez de débauches, Madame Messaline [2], vous parlez de crimes, Lady Macbeth ! Ou j'ai mal entendu, ou vous êtes, pardieu, bien impudente.

— Vous parlez ainsi parce que vous savez qu'on nous écoute, Monsieur, répondit froidement Milady, et que vous voulez intéresser vos geôliers et vos bourreaux contre moi.

— Mes geôliers ! mes bourreaux ! Ouais, Madame, vous le prenez sur un ton poétique, et la comédie d'hier tourne ce soir à la tragédie. Au reste, dans huit jours vous serez où vous devez être et ma tâche sera achevée.

— Tâche infâme ! tâche impie ! reprit Milady avec l'exaltation de la victime qui provoque son juge.

— Je crois, ma parole d'honneur, dit de Winter en se levant, que la drôlesse devient folle. Allons, allons, calmez-vous, Madame la puritaine, ou je vous fais mettre au cachot. Pardieu ! c'est mon vin d'Espagne qui vous monte à la tête, n'est-ce pas ? Mais, soyez tranquille, cette ivresse-là n'est pas dangereuse et n'aura pas de suites. »

Et Lord de Winter se retira en jurant, ce qui à cette époque était une habitude toute cavalière [3].

Felton était en effet derrière la porte et n'avait pas perdu un mot de toute cette scène.

Milady avait deviné juste.

---

1. Même si vous n'avouiez pas....
2. Messaline, épouse de l'empereur romain Claude, célèbre pour ses débauches, est un personnage historique. Lady Macbeth est l'héroïne de la pièce de Shakespeare portant le nom de son mari ; elle pousse celui-ci au crime.
3. L'adjectif *cavalière* suggère, en même temps qu'un comportement désinvolte, une appartenance politique et religieuse. Les *cavaliers* sont des anglicans modérés, voire des catholiques, partisans du roi, par opposition aux *puritains*, qui s'engageront bientôt contre lui dans la guerre civile.

« Oui, va ! va ! dit-elle à son frère [1], les suites approchent, au contraire, mais tu ne les verras, imbécile, que lorsqu'il ne sera plus temps de les éviter. »

Le silence se rétablit, deux heures s'écoulèrent ; on apporta le souper, et l'on trouva Milady occupée à faire tout haut ses prières, prières qu'elle avait apprises d'un vieux serviteur de son second mari, puritain des plus austères. Elle semblait en extase et ne parut pas même faire attention à ce qui se passait autour d'elle. Felton fit signe qu'on ne la dérangeât point, et lorsque tout fut en état il sortit sans bruit avec les soldats.

Milady savait qu'elle pouvait être épiée, elle continua donc ses prières jusqu'à la fin, et il lui sembla que le soldat qui était de sentinelle à sa porte ne marchait plus du même pas et paraissait écouter.

Pour le moment, elle n'en voulait pas davantage, elle se releva, se mit à table, mangea peu et ne but que de l'eau.

Une heure après on vint enlever la table, mais Milady remarqua que cette fois Felton n'accompagnait point les soldats.

Il craignait donc de la voir trop souvent.

Elle se retourna vers le mur pour sourire, car il y avait dans ce sourire une telle expression de triomphe que ce seul sourire l'eût dénoncée.

Elle laissa encore s'écouler une demi-heure, et comme en ce moment tout faisait silence dans le vieux château, comme on n'entendait que l'éternel murmure de la houle, cette respiration immense de l'océan, de sa voix pure, harmonieuse et vibrante, elle commença le premier couplet de ce psaume alors en entière faveur près des puritains :

Seigneur, si tu nous abandonnes,
C'est pour voir si nous sommes forts.

1. Paroles qu'elle se dit pour elle-même, à voix basse, quand Lord de Winter est déjà sorti.

> *Mais ensuite c'est toi qui donnes*
> *De ta céleste main la palme à nos efforts.*

Ces vers n'étaient pas excellents, il s'en fallait même de beaucoup ; mais, comme on le sait, les protestants ne se piquaient pas de poésie [1].

Tout en chantant, Milady écoutait : le soldat de garde à sa porte s'était arrêté comme s'il eût été changé en pierre. Milady put donc juger de l'effet qu'elle avait produit.

Alors elle continua son chant avec une ferveur et un sentiment inexprimables ; il lui sembla que les sons se répandaient au loin sous les voûtes et allaient comme un charme magique adoucir le cœur de ses geôliers. Cependant il paraît que le soldat en sentinelle, zélé catholique sans doute, secoua le charme, car à travers la porte :

« Taisez-vous donc, Madame, dit-il, votre chanson est triste comme un *De profundis* [2], et si, outre l'agrément d'être en garnison ici, il faut encore y entendre de pareilles choses, ce sera à n'y point tenir.

— Silence ! dit alors une voix grave, que Milady reconnut pour celle de Felton ; de quoi vous mêlez-vous, drôle ? Vous a-t-on ordonné d'empêcher cette femme de chanter ? Non. On vous a dit de la garder, de tirer sur elle si elle essayait de fuir. Gardez-la ; si elle fuit, tuez-la ; mais ne changez rien à la consigne. »

Une expression de joie indicible illumina le visage de Milady, mais cette expression fut fugitive comme le reflet d'un éclair, et, sans paraître avoir entendu le dialogue dont elle n'avait pas perdu un mot, elle reprit

---

1. La présence de ces vers, en surcharge de la main de Dumas, sur le manuscrit de Maquet, invite à penser qu'ils sont de lui. — Bien que leur souci majeur ne fût pas, en effet, d'ordre esthétique, les poètes protestants du XVIᵉ siècle ont écrit d'admirables psaumes.

2. *De profundis* (en latin : « des profondeurs ») : le sixième des sept psaumes de la pénitence, qu'on récite dans les prières pour les morts.

en donnant à sa voix tout le charme, toute l'étendue et toute la séduction que le démon y avait mis :

> *Pour tant de pleurs et de misère,*
> *Pour mon exil et pour mes fers,*
> *J'ai ma jeunesse, ma prière,*
> *Et Dieu, qui comptera les maux que j'ai soufferts.*

Cette voix, d'une étendue inouïe et d'une passion sublime, donnait à la poésie rude et inculte de ces psaumes une magie et une expression que les puritains les plus exaltés trouvaient rarement dans les chants de leurs frères, et qu'ils étaient forcés d'orner de toutes les ressources de leur imagination : Felton crut entendre chanter l'ange qui consolait les trois Hébreux dans la fournaise [1].

Milady continua :

> *Mais le jour de la délivrance*
> *Viendra pour nous, Dieu juste et fort ;*
> *Et s'il trompe notre espérance,*
> *Il nous reste toujours le martyre et la mort.*

Ce couplet, dans lequel la terrible enchanteresse s'efforça de mettre toute son âme, acheva de porter le désordre dans le cœur du jeune officier : il ouvrit brusquement la porte, et Milady le vit apparaître pâle comme toujours, mais les yeux ardents et presque égarés.

« Pourquoi chantez-vous ainsi, dit-il, et avec une pareille voix ?

— Pardon, Monsieur, dit Milady avec douceur, j'oubliais que mes chants ne sont pas de mise dans cette maison. Je vous ai sans doute offensé dans vos croyances ; mais c'était sans le vouloir, je vous jure ;

---

1. Trois Hébreux, jetés dans une fournaise sur l'ordre de Nabuchodonosor, avaient été protégés des flammes par un ange (Ancien Testament, *Livre de Daniel*, III).

pardonnez-moi donc une faute qui est peut-être grande, mais qui certainement est involontaire. »

Milady était si belle dans ce moment, l'extase religieuse dans laquelle elle semblait plongée donnait une telle expression à sa physionomie, que Felton, ébloui, crut voir l'ange que tout à l'heure il croyait seulement entendre.

« Oui, oui, répondit-il, oui : vous troublez, vous agitez les gens qui habitent ce château. »

Et le pauvre insensé ne s'apercevait pas lui-même de l'incohérence de ses discours, tandis que Milady plongeait son œil de lynx au plus profond de son cœur.

« Je me tairai, dit Milady en baissant les yeux avec toute la douceur qu'elle put donner à sa voix, avec toute la résignation qu'elle put imprimer à son maintien.

— Non, non, Madame, dit Felton ; seulement, chantez moins haut, la nuit surtout. »

Et à ces mots, Felton, sentant qu'il ne pourrait pas conserver longtemps sa sévérité à l'égard de la prisonnière, s'élança hors de son appartement.

« Vous avez bien fait, lieutenant, dit le soldat ; ces chants bouleversent l'âme ; cependant on finit par s'y accoutumer : sa voix est si belle ! »

LIV

TROISIÈME JOURNÉE DE CAPTIVITÉ

Felton était venu ; mais il y avait encore un pas à faire : il fallait le retenir, ou plutôt il fallait qu'il restât tout seul ; et Milady ne voyait encore qu'obscurément le moyen qui devait la conduire à ce résultat.

Il fallait plus encore : il fallait le faire parler, afin de lui parler aussi : car, Milady le savait bien, sa plus grande séduction était dans sa voix, qui parcourait si habilement toute la gamme des tons, depuis la parole humaine jusqu'au langage céleste.

Et cependant, malgré toute cette séduction, Milady pouvait échouer, car Felton était prévenu, et cela contre le moindre hasard. Dès lors, elle surveilla toutes ses actions, toutes ses paroles, jusqu'au plus simple regard de ses yeux, jusqu'à son geste, jusqu'à sa respiration, qu'on pouvait interpréter comme un soupir. Enfin, elle étudia tout, comme fait un habile comédien à qui l'on vient de donner un rôle nouveau dans un emploi [1] qu'il n'a pas l'habitude de tenir.

Vis-à-vis de Lord de Winter sa conduite était plus facile ; aussi avait-elle été arrêtée dès la veille. Rester muette et digne en sa présence, de temps en temps l'irriter par un dédain affecté, par un mot méprisant, le pousser à des menaces et à des violences qui faisaient un contraste avec sa résignation à elle, tel était son projet. Felton verrait : peut-être ne dirait-il rien ; mais il verrait.

Le matin, Felton vint comme d'habitude ; mais Milady le laissa présider à tous les apprêts du déjeuner sans lui adresser la parole. Aussi, au moment où il allait se retirer, eut-elle une lueur d'espoir ; car elle crut que c'était lui qui allait parler ; mais ses lèvres remuèrent sans qu'aucun son sortît de sa bouche, et, faisant un effort sur lui-même, il renferma dans son cœur les paroles qui allaient s'échapper de ses lèvres, et sortit.

Vers midi, Lord de Winter entra.

Il faisait une assez belle journée d'hiver, et un rayon de ce pâle soleil d'Angleterre qui éclaire, mais qui n'échauffe pas, passait à travers les barreaux de la prison.

Milady regardait par la fenêtre, et fit semblant de ne pas entendre la porte qui s'ouvrait.

« Ah ! ah ! dit Lord de Winter, après avoir fait de la

---

1. Type de rôle dans lequel un acteur se spécialise.

comédie, après avoir fait de la tragédie, voilà que nous faisons de la mélancolie. »

La prisonnière ne répondit pas.

« Oui, oui, continua Lord de Winter, je comprends ; vous voudriez bien être en liberté sur ce rivage ; vous voudriez bien, sur un bon navire, fendre les flots de cette mer verte comme de l'émeraude ; vous voudriez bien, soit sur terre, soit sur l'océan, me dresser une de ces bonnes petites embuscades comme vous savez si bien les combiner. Patience ! patience ! Dans quatre jours, le rivage vous sera permis, la mer vous sera ouverte, plus ouverte que vous ne le voudrez, car dans quatre jours l'Angleterre sera débarrassée de vous. »

Milady joignit les mains, et levant ses beaux yeux vers le ciel :

« Seigneur ! Seigneur ! dit-elle avec une angélique suavité de geste et d'intonation, pardonnez à cet homme, comme je lui pardonne moi-même.

— Oui, prie, maudite, s'écria le baron, ta prière est d'autant plus généreuse que tu es, je te le jure, au pouvoir d'un homme qui ne pardonnera pas. »

Et il sortit.

Au moment où il sortait, un regard perçant glissa par la porte entrebâillée, et elle aperçut Felton qui se rangeait rapidement pour n'être pas vu d'elle.

Alors elle se jeta à genoux et se mit à prier.

« Mon Dieu ! mon Dieu ! dit-elle, vous savez pour quelle sainte cause je souffre, donnez-moi donc la force de souffrir. »

La porte s'ouvrit doucement ; la belle suppliante fit semblant de n'avoir pas entendu, et d'une voix pleine de larmes, elle continua :

« Dieu vengeur ! Dieu de bonté ! laisserez-vous s'accomplir les affreux projets de cet homme ! »

Alors, seulement, elle feignit d'entendre le bruit des pas de Felton et, se relevant rapide comme la pensée, elle rougit comme si elle eût été honteuse d'avoir été surprise à genoux.

« Je n'aime point à déranger ceux qui prient,

Madame, dit gravement Felton ; ne vous dérangez donc pas pour moi, je vous en conjure.

— Comment savez-vous que je priais, Monsieur ? dit Milady d'une voix suffoquée par les sanglots ; vous vous trompiez, Monsieur, je ne priais pas.

— Pensez-vous donc, Madame, répondit Felton de sa même voix grave, quoique avec un accent plus doux, que je me croie le droit d'empêcher une créature de se prosterner devant son Créateur ? A Dieu ne plaise ! D'ailleurs le repentir sied bien aux coupables ; quelque crime qu'il ait commis, un coupable m'est sacré aux pieds de Dieu.

— Coupable, moi ! dit Milady avec un sourire qui eût désarmé l'ange du jugement dernier. Coupable ! mon Dieu, tu sais si je le suis ! Dites que je suis condamnée, Monsieur, à la bonne heure ; mais vous le savez, Dieu qui aime les martyrs, permet que l'on condamne quelquefois les innocents.

— Fussiez-vous condamnée, fussiez-vous martyre, répondit Felton, raison de plus pour prier, et moi-même, je vous aiderai de mes prières.

— Oh ! vous êtes un juste, vous, s'écria Milady en se précipitant à ses pieds ; tenez, je n'y puis tenir plus longtemps, car je crains de manquer de force au moment où il me faudra soutenir la lutte et confesser [1] ma foi ; écoutez donc la supplication d'une femme au désespoir. On vous abuse, Monsieur, mais il n'est pas question de cela, je ne vous demande qu'une grâce, et, si vous me l'accordez, je vous bénirai dans ce monde et dans l'autre.

— Parlez au maître, Madame, dit Felton ; je ne suis heureusement chargé, moi, ni de pardonner ni de punir, et c'est à plus haut que moi que Dieu a remis cette responsabilité.

— A vous, non, à vous seul. Ecoutez-moi, plutôt que de contribuer à ma perte, plutôt que de contribuer à mon ignominie.

---

1. Déclarer publiquement, au risque du martyre.

— Si vous avez mérité cette honte, Madame, si vous avez encouru cette ignominie, il faut la subir en l'offrant à Dieu.

— Que dites-vous ? Oh ! vous ne me comprenez pas ! Quand je parle d'ignominie, vous croyez que je parle d'un châtiment quelconque, de la prison ou de la mort ! Plût au Ciel ! que m'importent, à moi, la mort ou la prison !

— C'est moi qui ne vous comprends plus, Madame.

— Ou qui faites semblant de ne plus me comprendre, Monsieur, répondit la prisonnière avec un sourire de doute.

— Non, Madame, sur l'honneur d'un soldat, sur la foi d'un chrétien !

— Comment ! vous ignorez les desseins de Lord de Winter sur moi.

— Je les ignore.

— Impossible, vous son confident !

— Je ne mens jamais, Madame.

— Oh ! il se cache trop peu cependant pour qu'on ne les devine pas.

— Je ne cherche à rien deviner, Madame ; j'attends qu'on me confie, et à part ce qu'il m'a dit devant vous, Lord de Winter ne m'a rien confié.

— Mais, s'écria Milady avec un incroyable accent de vérité, vous n'êtes donc pas son complice, vous ne savez donc pas qu'il me destine à une honte que tous les châtiments de la terre ne sauraient égaler en horreur ?

— Vous vous trompez, Madame, dit Felton en rougissant, Lord de Winter n'est pas capable d'un tel crime. »

« Bon, dit Milady en elle-même, sans savoir ce que c'est, il appelle cela un crime ! »

Puis tout haut :

« L'ami de l'infâme est capable de tout.

— Qui appelez-vous l'infâme ? demanda Felton.

— Y a-t-il donc en Angleterre deux hommes à qui un semblable nom puisse convenir ?

— Vous voulez parler de Georges Villiers ? dit Felton, dont les regards s'enflammèrent.

— Que les païens, les gentils [1] et les infidèles appellent duc de Buckingham, reprit Milady ; je n'aurais pas cru qu'il y aurait eu un Anglais dans toute l'Angleterre qui eût eu besoin d'une si longue explication pour reconnaître celui dont je voulais parler !

— La main du Seigneur est étendue sur lui, dit Felton, il n'échappera pas au châtiment qu'il mérite. »

Felton ne faisait qu'exprimer à l'égard du duc le sentiment d'exécration que tous les Anglais avaient voué à celui que les catholiques eux-mêmes appelaient l'exacteur [2], le concussionnaire, le débauché, et que les puritains appelaient tout simplement Satan.

« Oh ! mon Dieu ! mon Dieu ! s'écria Milady, quand je vous supplie d'envoyer à cet homme le châtiment qui lui est dû, vous savez que ce n'est pas ma propre vengeance que je poursuis, mais la délivrance de tout un peuple que j'implore.

— Le connaissez-vous donc ? » demanda Felton.

« Enfin, il m'interroge » se dit en elle-même Milady au comble de la joie d'en être arrivée si vite à un si grand résultat.

« Oh ! si je le connais ! oh, oui ! pour mon malheur, pour mon malheur éternel. »

Et Milady se tordit les bras comme arrivée au paroxysme de la douleur. Felton sentit sans doute en lui-même que sa force l'abandonnait, et il fit quelques pas vers la porte ; la prisonnière, qui ne le perdait pas de vue, bondit à sa poursuite et l'arrêta.

« Monsieur ! s'écria-t-elle, soyez bon, soyez clément, écoutez ma prière : ce couteau que la fatale prudence du baron m'a enlevé, parce qu'il sait l'usage que j'en veux faire ; oh ! écoutez-moi jusqu'au bout !

---

1. *Gentils* : nom donné aux païens par les premiers chrétiens.
2. *Exacteur* (mot rare) : coupable d'exactions, de violences. *Concussionnaire* : coupable de malversations dans la gestion des fonds publics. — Buckingham avait réussi, en effet, à s'attirer une haine presque générale.

ce couteau, rendez-le-moi une minute seulement, par grâce, par pitié ! j'embrasse vos genoux ; voyez, vous fermerez la porte, ce n'est pas à vous que j'en veux : Dieu ! vous en vouloir, à vous, le seul être juste, bon et compatissant que j'aie rencontré ! à vous, mon sauveur peut-être ! une minute, ce couteau, une minute, une seule, et je vous le rends par le guichet [1] de la porte ; rien qu'une minute, Monsieur Felton, et vous m'aurez sauvé l'honneur !

— Vous tuer ! s'écria Felton avec terreur, oubliant de retirer ses mains des mains de la prisonnière ; vous tuer !

— J'ai dit, Monsieur, murmura Milady en baissant la voix et en se laissant tomber affaissée sur le parquet, j'ai dit mon secret ! Il sait tout ! Mon Dieu, je suis perdue ! »

Felton demeurait debout, immobile et indécis.

« Il doute encore, pensa Milady, je n'ai pas été assez vraie. »

On entendit marcher dans le corridor ; Milady reconnut le pas de Lord de Winter. Felton le reconnut aussi et s'avança vers la porte.

Milady s'élança.

« Oh ! pas un mot, dit-elle d'une voix concentrée, pas un mot de tout ce que je vous ai dit à cet homme, ou je suis perdue, et c'est vous, vous... »

Puis, comme les pas se rapprochaient, elle se tut de peur qu'on n'entendît sa voix, appuyant avec un geste de terreur infinie sa belle main sur la bouche de Felton. Felton repoussa doucement Milady, qui alla tomber sur une chaise longue.

Lord de Winter passa devant la porte sans s'arrêter, et l'on entendit le bruit des pas qui s'éloignaient.

Felton, pâle comme la mort, resta quelques instants l'oreille tendue et écoutant, puis quand le bruit se fut éteint tout à fait, il respira comme un homme qui sort d'un songe, et s'élança hors de l'appartement.

---

1. Petite ouverture pratiquée dans une porte.

« Ah ! dit Milady en écoutant à son tour le bruit des pas de Felton, qui s'éloignaient dans la direction opposée à ceux de Lord de Winter, enfin tu es donc à moi ! »

Puis son front se rembrunit.

« S'il parle au baron, dit-elle, je suis perdue, car le baron, qui sait bien que je ne me tuerai pas, me mettra devant lui un couteau entre les mains, et il verra bien que tout ce grand désespoir n'était qu'un jeu. »

Elle alla se placer devant sa glace et se regarda, jamais elle n'avait été si belle.

« Oh ! oui ! dit-elle en souriant, mais il ne lui parlera pas. »

Le soir, Lord de Winter accompagna le souper.

« Monsieur, lui dit Milady, votre présence est-elle un accessoire obligé de ma captivité, et ne pourriez-vous pas m'épargner ce surcroît de tortures que me causent vos visites ?

— Comment donc, chère sœur ! dit de Winter, ne m'avez-vous pas sentimentalement annoncé, de cette jolie bouche si cruelle pour moi aujourd'hui, que vous veniez en Angleterre à cette seule fin de me voir tout à votre aise, jouissance dont, me disiez-vous, vous ressentiez si vivement la privation, que vous avez tout risqué pour cela : mal de mer, tempête, captivité ! eh bien ! me voilà, soyez satisfaite ; d'ailleurs, cette fois ma visite a un motif. »

Milady frissonna, elle crut que Felton avait parlé ; jamais de sa vie, peut-être, cette femme, qui avait éprouvé tant d'émotions puissantes et opposées, n'avait senti battre son cœur si violemment.

Elle était assise ; Lord de Winter prit un fauteuil, le tira à son côté et s'assit auprès d'elle, puis prenant dans sa poche un papier qu'il déploya lentement :

« Tenez, lui dit-il, je voulais vous montrer cette espèce de passeport que j'ai rédigé moi-même et qui vous servira désormais de numéro d'ordre dans la vie que je consens à vous laisser. »

Puis ramenant ses yeux de Milady sur le papier, il lut :

« Ordre de conduire à... » Le nom est en blanc,
interrompit de Winter : si vous avez quelque préférence, vous me l'indiquerez ; et pour peu que ce soit à
un millier de lieues de Londres, il sera fait droit à
votre requête. Je reprends donc : « Ordre de conduire
à... la nommée Charlotte Backson [1], flétrie par la
justice du royaume de France, mais libérée après
châtiment ; elle demeurera dans cette résidence, sans
jamais s'en écarter de plus de trois lieues. En cas de
tentative d'évasion, la peine de mort lui sera appliquée. Elle touchera cinq shillings [2] par jour pour son
logement et sa nourriture. »

« Cet ordre ne me concerne pas, répondit froidement Milady, puisqu'un autre nom que le mien y est
porté.

— Un nom ! Est-ce que vous en avez un ?

— J'ai celui de votre frère.

— Vous vous trompez, mon frère n'est que votre
second mari, et le premier vit encore. Dites-moi son
nom et je le mettrai en place du nom de Charlotte
Backson. Non ?... Vous ne voulez pas ?... Vous gardez
le silence ? C'est bien ! Vous serez écrouée sous le
nom de Charlotte Backson. »

Milady demeura silencieuse ; seulement, cette fois
ce n'était plus par affectation, mais par terreur : elle
crut l'ordre prêt à être exécuté ; elle pensa que Lord de
Winter avait avancé son départ ; elle crut qu'elle était
condamnée à partir le soir même. Tout dans son
esprit fut donc perdu pendant un instant, quand tout
à coup elle s'aperçut que l'ordre n'était revêtu
d'aucune signature.

La joie qu'elle ressentit de cette découverte fut si
grande, qu'elle ne put la cacher.

« Oui, oui, dit Lord de Winter, qui s'aperçut de ce
qui se passait en elle, oui, vous cherchez la signature,

---

1. Sur les différentes identités de Milady, *cf. Répertoire des personnages.*
2. Monnaie anglaise de faible valeur.

et vous vous dites : tout n'est pas perdu, puisque cet acte n'est pas signé ; on me le montre pour m'effrayer, voilà tout. Vous vous trompez : demain cet ordre sera envoyé à Lord Buckingham ; après-demain il reviendra signé de sa main et revêtu de son sceau, et vingt-quatre heures après, c'est moi qui vous en réponds, il recevra son commencement d'exécution. Adieu, Madame, voilà tout ce que j'avais à vous dire.

— Et moi je vous répondrai, Monsieur, que cet abus de pouvoir, que cet exil sous un nom supposé sont une infamie.

— Aimez-vous mieux être pendue sous votre vrai nom, Milady ? Vous le savez, les lois anglaises sont inexorables sur l'abus que l'on fait du mariage ; expliquez-vous franchement : quoique mon nom ou plutôt le nom de mon frère se trouve mêlé dans tout cela, je risquerai le scandale d'un procès public pour être sûr que du coup je serai débarrassé de vous. »

Milady ne répondit pas, mais devint pâle comme un cadavre.

« Oh ! je vois que vous aimez mieux la pérégrination [1]. A merveille, Madame, et il y a un vieux proverbe qui dit que les voyages forment la jeunesse. Ma foi ! vous n'avez pas tort, après tout, et la vie est bonne. C'est pour cela que je ne me soucie pas que vous me l'ôtiez. Reste donc à régler l'affaire des cinq shillings ; je me montre un peu parcimonieux [2], n'est-ce pas ? cela tient à ce que je ne me soucie pas que vous corrompiez vos gardiens. D'ailleurs il vous restera toujours vos charmes pour les séduire. Usez-en si votre échec avec Felton ne vous a pas dégoûtée des tentatives de ce genre. »

« Felton n'a point parlé, se dit Milady à elle-même, rien n'est perdu alors. »

« Et maintenant, Madame, à vous revoir. Demain je viendrai vous annoncer le départ de mon messager. »

---

1. Au sens premier, long voyage à l'étranger.
2. Econome, avare.

Lord de Winter se leva, salua ironiquement Milady et sortit.

Milady respira : elle avait encore quatre jours devant elle ; quatre jours lui suffiraient pour achever de séduire Felton.

Une idée terrible lui vint alors, c'est que Lord de Winter enverrait peut-être Felton lui-même pour faire signer l'ordre à Buckingham ; de cette façon Felton lui échappait, et pour que la prisonnière réussît il fallait la magie d'une séduction continue.

Cependant, comme nous l'avons dit, une chose la rassurait : Felton n'avait pas parlé.

Elle ne voulut point paraître émue par les menaces de Lord de Winter, elle se mit à table et mangea.

Puis, comme elle avait fait la veille, elle se mit à genoux, et répéta tout haut ses prières. Comme la veille, le soldat cessa de marcher et s'arrêta pour l'écouter.

Bientôt elle entendit des pas plus légers que ceux de la sentinelle qui venaient du fond du corridor et qui s'arrêtaient devant sa porte.

« C'est lui », dit-elle.

Et elle commença le même chant religieux qui la veille avait si violemment exalté Felton.

Mais, quoique sa voix douce, pleine et sonore eût vibré plus harmonieuse et plus déchirante que jamais, la porte resta close. Il parut bien à Milady, dans un des regards furtifs qu'elle lançait sur le petit guichet, apercevoir à travers le grillage serré les yeux ardents du jeune homme ; mais, que ce fût une réalité ou une vision, cette fois il eut sur lui-même la puissance de ne pas entrer.

Seulement, quelques instants après qu'elle eut fini son chant religieux, Milady crut entendre un profond soupir ; puis les mêmes pas qu'elle avait entendus s'approcher s'éloignèrent lentement et comme à regret.

LV

QUATRIÈME JOURNÉE DE CAPTIVITÉ

Le lendemain, lorsque Felton entra chez Milady, il la trouva debout, montée sur un fauteuil, tenant entre ses mains une corde tissée à l'aide de quelques mouchoirs de batiste déchirés en lanières tressées les unes avec les autres et attachées bout à bout ; au bruit que fit Felton en ouvrant la porte, Milady sauta légèrement à bas de son fauteuil, et essaya de cacher derrière elle cette corde improvisée, qu'elle tenait à la main.

Le jeune homme était plus pâle encore que d'habitude, et ses yeux rougis par l'insomnie indiquaient qu'il avait passé une nuit fiévreuse.

Cependant son front était armé d'une sérénité plus austère que jamais.

Il s'avança lentement vers Milady, qui s'était assise, et prenant un bout de la tresse meurtrière que par mégarde ou à dessein peut-être elle avait laissé passer :

« Qu'est-ce que cela, Madame ? demanda-t-il froidement.

— Cela, rien, dit Milady en souriant avec cette expression douloureuse qu'elle savait si bien donner à son sourire, l'ennui est l'ennemi mortel des prisonniers, je m'ennuyais et je me suis amusée à tresser cette corde. »

Felton porta les yeux vers le point du mur de l'appartement devant lequel il avait trouvé Milady debout sur le fauteuil où elle était assise maintenant, et au-dessus de sa tête il aperçut un crampon doré, scellé dans le mur, et qui servait à accrocher soit des hardes [1], soit des armes.

Il tressaillit, et la prisonnière vit ce tressaillement ;

1. *Cf.* p. 68, n. 1.

car, quoiqu'elle eût les yeux baissés, rien ne lui échappait.

« Et que faisiez-vous, debout sur ce fauteuil ? demanda-t-il.

— Que vous importe ? répondit Milady.

— Mais, reprit Felton, je désire le savoir.

— Ne m'interrogez pas, dit la prisonnière, vous savez bien qu'à nous autres, véritables chrétiens, il nous est défendu de mentir.

— Eh bien ! dit Felton, je vais vous le dire, ce que vous faisiez, ou plutôt ce que vous alliez faire ; vous alliez achever l'œuvre fatale que vous nourrissez dans votre esprit : songez-y, Madame, si notre Dieu défend le mensonge, il défend bien plus sévèrement encore le suicide.

— Quand Dieu voit une de ses créatures persécutée injustement, placée entre le suicide et le déshonneur, croyez-moi, Monsieur, répondit Milady d'un ton de profonde conviction, Dieu lui pardonne le suicide : car, alors, le suicide c'est le martyre.

— Vous en dites trop ou trop peu ; parlez, Madame, au nom du Ciel, expliquez-vous.

— Que je vous raconte mes malheurs, pour que vous les traitiez de fables ; que je vous dise mes projets, pour que vous alliez les dénoncer à mon persécuteur : non, Monsieur ; d'ailleurs, que vous importe la vie ou la mort d'une malheureuse condamnée ? vous ne répondez [1] que de mon corps, n'est-ce pas ? et pourvu que vous représentiez un cadavre, qu'il soit reconnu pour le mien, on ne vous en demandera pas davantage, et peut-être, même, aurez-vous double récompense.

— Moi, Madame, moi ! s'écria Felton, supposer que j'accepterais jamais le prix de votre vie ; oh ! vous ne pensez pas ce que vous dites.

— Laissez-moi faire, Felton, laissez-moi faire, dit

---

1. *Répondre de quelqu'un* : s'en reconnaître responsable, s'en porter garant. *Représenter quelqu'un* : le remettre entre les mains de ceux qui l'avaient confié à notre garde.

Milady en s'exaltant, tout soldat doit être ambitieux, n'est-ce pas ? Vous êtes lieutenant, eh bien ! vous suivrez mon convoi avec le grade de capitaine.

— Mais que vous ai-je donc fait, dit Felton ébranlé, pour que vous me chargiez d'une pareille responsabilité devant les hommes et devant Dieu ? Dans quelques jours vous allez être loin d'ici, Madame, votre vie ne sera plus sous ma garde, et, ajouta-t-il avec un soupir, alors vous en ferez ce que vous voudrez.

— Ainsi, s'écria Milady comme si elle ne pouvait résister à une sainte indignation, vous, un homme pieux, vous que l'on appelle un juste, vous ne demandez qu'une chose : c'est de n'être point inculpé, inquiété pour ma mort !

— Je dois veiller sur votre vie, Madame, et j'y veillerai.

— Mais comprenez-vous la mission que vous remplissez ? cruelle déjà si j'étais coupable, quel nom lui donnerez-vous, quel nom le Seigneur lui donnera-t-il, si je suis innocente ?

— Je suis soldat, Madame, et j'accomplis les ordres que j'ai reçus.

— Croyez-vous qu'au jour du jugement dernier Dieu séparera les bourreaux aveugles des juges iniques [1] ? Vous ne voulez pas que je tue mon corps, et vous vous faites l'agent de celui qui veut tuer mon âme !

— Mais, je vous le répète, reprit Felton ébranlé, aucun danger ne vous menace, et je réponds de Lord de Winter comme de moi-même.

— Insensé ! s'écria Milady, pauvre insensé, qui ose répondre d'un autre homme quand les plus sages, quand les plus grands selon Dieu hésitent à répondre d'eux-mêmes, et qui se range du parti le plus fort et le plus heureux, pour accabler la plus faible et la plus malheureuse !

— Impossible, Madame, impossible, murmura

---

1. Coupables d'iniquité : très grave injustice.

Felton, qui sentait au fond du cœur la justesse de cet argument : prisonnière, vous ne recouvrerez pas par moi la liberté, vivante, vous ne perdrez pas par moi la vie.

— Oui, s'écria Milady, mais je perdrai ce qui m'est bien plus cher que la vie, je perdrai l'honneur, Felton ; et c'est vous, vous que je ferai responsable devant Dieu et devant les hommes de ma honte et de mon infamie. »

Cette fois Felton, tout impassible qu'il était ou qu'il faisait semblant d'être, ne put résister à l'influence secrète qui s'était déjà emparée de lui : voir cette femme si belle, blanche comme la plus candide vision, la voir tour à tour éplorée et menaçante, subir à la fois l'ascendant de la douleur et de la beauté, c'était trop pour un visionnaire, c'était trop pour un cerveau miné par les rêves ardents de la foi extatique [1], c'était trop pour un cœur corrodé [2] à la fois par l'amour du Ciel qui brûle, par la haine des hommes qui dévore.

Milady vit le trouble, elle sentait par intuition la flamme des passions opposées qui brûlaient avec le sang dans les veines du jeune fanatique ; et, pareille à un général habile qui, voyant l'ennemi prêt à reculer, marche sur lui en poussant un cri de victoire, elle se leva, belle comme une prêtresse antique, inspirée comme une vierge chrétienne, et, le bras étendu, le col découvert, les cheveux épars, retenant d'une main sa robe pudiquement ramenée sur sa poitrine, le regard illuminé de ce feu qui avait déjà porté le désordre dans les sens du jeune puritain, elle marcha vers lui, s'écriant sur un air véhément, de sa voix si douce, à laquelle, dans l'occasion, elle donnait un accent terrible :

> *Livre à Baal sa victime,*
> *Jette aux lions le martyr :*

1. Sujette à l'extase, au ravissement mystique.
2. Rongé comme par corrosion chimique.

> *Dieu te fera repentir !...*
> *Je crie à lui de l'abîme* [1].

Felton s'arrêta sous cette étrange apostrophe, et comme pétrifié.

« Qui êtes-vous, qui êtes-vous ? s'écria-t-il en joignant les mains ; êtes-vous une envoyée de Dieu, êtes-vous un ministre des enfers, êtes-vous ange ou démon, vous appelez-vous Eloa ou Astarté [2] ?

— Ne m'as-tu pas reconnue, Felton ? Je ne suis ni un ange, ni un démon, je suis une fille de la terre, je suis une sœur de ta croyance, voilà tout.

— Oui ! oui ! dit Felton, je doutais encore, mais maintenant je crois.

— Tu crois, et cependant tu es le complice de cet enfant de Bélial [3] qu'on appelle Lord de Winter ! Tu crois, et cependant tu me laisses aux mains de mes ennemis, de l'ennemi de l'Angleterre, de l'ennemi de Dieu ? Tu crois, et cependant tu me livres à celui qui remplit et souille le monde de ses hérésies et de ses débauches, à cet infâme Sardanapale [4] que les aveugles nomment le duc de Buckingham et que les croyants appellent l'Antéchrist.

— Moi, vous livrer à Buckingham ! moi ! que dites-vous là ?

— Ils ont des yeux, s'écria Milady, et ils ne verront pas ; ils ont des oreilles, et ils n'entendront point [5].

— Oui, oui, dit Felton en passant ses mains sur son front couvert de sueur, comme pour en arracher son

---

1. Le nom de Baal désigne dans la Bible tous les faux dieux. — Ces quatre vers figurent dans le manuscrit de Maquet. On ne sait s'ils sont de lui ou non.

2. Eloa, héroïne d'une épopée en vers de Lamartine qui porte son nom, est un ange de forme féminine au rôle salvateur, Astarté une divinité phénicienne, déesse de l'Amour et de la Fécondité, souvent assimilée à Aphrodite (*cf.* Musset, *Rolla*).

3. *Bélial* désigne le Démon dans l'expression biblique « fils de Bélial ».

4. Roi légendaire d'Assyrie, exemple type de tyran débauché.

5. *Cf. Evangile selon saint Matthieu*, XIII, 15, et *Epître aux Romains*, XI, 8.

dernier doute ; oui, je reconnais la voix qui me parle dans mes rêves ; oui, je reconnais les traits de l'ange qui m'apparaît chaque nuit, criant à mon âme qui ne peut dormir : « Frappe, sauve l'Angleterre, sauve-toi, car tu mourras sans avoir désarmé Dieu ! » Parlez, parlez ! s'écria Felton, je puis vous comprendre à présent. »

Un éclair de joie terrible, mais rapide comme la pensée, jaillit des yeux de Milady.

Si fugitive qu'eût été cette lueur homicide, Felton la vit et tressaillit comme si cette lueur eût éclairé les abîmes du cœur de cette femme.

Felton se rappela tout à coup les avertissements de Lord de Winter, les séductions de Milady, ses premières tentatives lors de son arrivée ; il recula d'un pas et baissa la tête, mais sans cesser de la regarder : comme si, fasciné par cette étrange créature, ses yeux ne pouvaient se détacher de ses yeux.

Milady n'était point femme à se méprendre [1] au sens de cette hésitation. Sous ses émotions apparentes, son sang-froid glacé ne l'abandonnait point. Avant que Felton lui eût répondu et qu'elle fût forcée de reprendre cette conversation si difficile à soutenir sur le même accent d'exaltation, elle laissa retomber ses mains, et, comme si la faiblesse de la femme reprenait le dessus sur l'enthousiasme de l'inspirée :

« Mais, non, dit-elle, ce n'est pas à moi d'être la Judith qui délivrera Béthulie de cet Holopherne [2]. Le glaive de l'Eternel est trop lourd pour mon bras. Laissez-moi donc fuir le déshonneur par la mort, laissez-moi me réfugier dans le martyre. Je ne vous demande ni la liberté, comme ferait une coupable, ni la vengeance, comme ferait une païenne. Laissez-moi mourir, voilà tout. Je vous supplie, je vous implore à genoux ; laissez-moi mourir, et mon dernier soupir sera une bénédiction pour mon sauveur. »

A cette voix douce et suppliante, à ce regard timide

---

1. Se tromper.
2. *Cf.* p. 680, n. 3.

et abattu, Felton se rapprocha. Peu à peu l'enchanteresse avait revêtu cette parure magique qu'elle reprenait et quittait à volonté, c'est-à-dire la beauté, la
douceur, les larmes et surtout l'irrésistible attrait de la
volupté mystique, la plus dévorante des voluptés.

« Hélas ! dit Felton, je ne puis qu'une chose, vous
plaindre si vous me prouvez que vous êtes une victime ! Mais Lord de Winter a de cruels griefs contre
vous. Vous êtes chrétienne, vous êtes ma sœur en
religion ; je me sens entraîné vers vous, moi qui n'ai
aimé que mon bienfaiteur, moi qui n'ai trouvé dans la
vie que des traîtres et des impies. Mais vous, Madame,
vous si belle en réalité, vous si pure en apparence,
pour que Lord de Winter vous poursuive ainsi, vous
avez donc commis des iniquités ?

— Ils ont des yeux, répéta Milady avec un accent
d'indicible douleur, et ils ne verront pas ; ils ont des
oreilles, et ils n'entendront point.

— Mais, alors, s'écria le jeune officier, parlez, parlez donc !

— Vous confier ma honte ! s'écria Milady avec le
rouge de la pudeur au visage, car souvent le crime de
l'un est la honte de l'autre ; vous confier ma honte, à
vous homme, moi femme ! Oh ! continua-t-elle en
ramenant pudiquement sa main sur ses beaux yeux,
oh ! jamais, jamais je ne pourrai !

— A moi, à un frère ! » s'écria Felton.

Milady le regarda longtemps avec une expression
que le jeune officier prit pour du doute, et qui cependant n'était que de l'observation et surtout la volonté
de fasciner.

Felton, à son tour suppliant, joignit les mains.

« Eh bien ! dit Milady, je me fie à mon frère, j'oserai ! »

En ce moment, on entendit le pas de Lord de
Winter ; mais, cette fois, le terrible beau-frère de
Milady ne se contenta point, comme il avait fait la
veille, de passer devant la porte et de s'éloigner, il
s'arrêta, échangea deux mots avec la sentinelle, puis
la porte s'ouvrit et il parut.

Pendant ces deux mots échangés, Felton s'était reculé vivement, et lorsque Lord de Winter entra, il était à quelques pas de la prisonnière.

Le baron entra lentement, et porta son regard scrutateur de la prisonnière au jeune officier :

« Voilà bien longtemps, John, dit-il, que vous êtes ici ; cette femme vous a-t-elle raconté ses crimes ? alors je comprends la durée de l'entretien. »

Felton tressaillit, et Milady sentit qu'elle était perdue si elle ne venait au secours du puritain décontenancé [1].

« Ah ! vous craignez que votre prisonnière ne vous échappe ! dit-elle, eh bien ! demandez à votre digne geôlier quelle grâce, à l'instant même, je sollicitais de lui.

— Vous demandiez une grâce ? dit le baron soupçonneux.

— Oui, Milord, reprit le jeune homme confus.

— Et quelle grâce, voyons ? demanda Lord de Winter.

— Un couteau qu'elle me rendra par le guichet, une minute après l'avoir reçu, répondit Felton.

— Il y a donc quelqu'un de caché ici que cette gracieuse personne veuille égorger ? reprit Lord de Winter de sa voix railleuse et méprisante.

— Il y a moi, répondit Milady.

— Je vous ai donné le choix entre l'Amérique et Tyburn [2], reprit Lord de Winter, choisissez Tyburn, Milady : la corde est, croyez-moi, encore plus sûre que le couteau. »

Felton pâlit et fit un pas en avant, en songeant qu'au moment où il était entré, Milady tenait une corde.

« Vous avez raison, dit celle-ci, et j'y avais déjà pensé ; puis elle ajouta d'une voix sourde : j'y penserai encore. »

Felton sentit courir un frisson jusque dans la

---

1. Embarrassé, déconcerté.
2. *Cf.* p. 694, n. 2.

moelle de ses os ; probablement Lord de Winter aperçut ce mouvement.

« Méfie-toi, John, dit-il, John, mon ami, je me suis reposé sur toi, prends garde ! Je t'ai prévenu ! D'ailleurs, aie bon courage, mon enfant, dans trois jours nous serons délivrés de cette créature, et où je l'envoie, elle ne nuira plus à personne.

— Vous l'entendez ! » s'écria Milady avec éclat, de façon que le baron crût qu'elle s'adressait au Ciel et que Felton comprît que c'était à lui.

Felton baissa la tête et rêva.

Le baron prit l'officier par le bras en tournant la tête sur son épaule, afin de ne pas perdre Milady de vue jusqu'à ce qu'il fût sorti.

« Allons, allons, dit la prisonnière lorsque la porte se fut refermée, je ne suis pas encore si avancée que je le croyais. Winter a changé sa sottise ordinaire en une prudence inconnue ; ce que c'est que le désir de la vengeance, et comme ce désir forme l'homme ! Quant à Felton, il hésite. Ah ! ce n'est pas un homme comme ce d'Artagnan maudit. Un puritain n'adore que les vierges, et il les adore en joignant les mains. Un mousquetaire aime les femmes, et il les aime en joignant les bras. »

Cependant Milady attendit avec impatience, car elle se doutait bien que la journée ne se passerait pas sans qu'elle revît Felton. Enfin, une heure après la scène que nous venons de raconter, elle entendit que l'on parlait bas à la porte, puis bientôt la porte s'ouvrit, et elle reconnut Felton.

Le jeune homme s'avança rapidement dans la chambre en laissant la porte ouverte derrière lui et en faisant signe à Milady de se taire ; il avait le visage bouleversé.

« Que me voulez-vous ? dit-elle.

— Ecoutez, répondit Felton à voix basse, je viens d'éloigner la sentinelle pour pouvoir rester ici sans qu'on sache que je suis venu, pour vous parler sans qu'on puisse entendre ce que je vous dis. Le baron vient de me raconter une histoire effroyable. »

Milady prit son sourire de victime résignée, et secoua la tête.

« Ou vous êtes un démon, continua Felton, ou le baron, mon bienfaiteur, mon père, est un monstre. Je vous connais depuis quatre jours, je l'aime depuis dix ans, lui ; je puis donc hésiter entre vous deux : ne vous effrayez pas de ce que je vous dis, j'ai besoin d'être convaincu. Cette nuit, après minuit, je viendrai vous voir, vous me convaincrez.

— Non, Felton, non mon frère, dit-elle, le sacrifice est trop grand, et je sens qu'il vous coûte. Non, je suis perdue, ne vous perdez pas avec moi. Ma mort sera bien plus éloquente que ma vie, et le silence du cadavre vous convaincra bien mieux que les paroles de la prisonnière.

— Taisez-vous, Madame, s'écria Felton, et ne me parlez pas ainsi ; je suis venu pour que vous me promettiez sur l'honneur, pour que vous me juriez sur ce que vous avez de plus sacré, que vous n'attenterez pas à votre vie.

— Je ne veux pas promettre, dit Milady, car personne plus que moi n'a le respect du serment, et, si je promettais, il me faudrait tenir.

— Eh bien ! dit Felton, engagez-vous seulement jusqu'au moment où vous m'aurez revu. Si, lorsque vous m'aurez revu, vous persistez encore, eh bien ! alors, vous serez libre, et moi-même je vous donnerai l'arme que vous m'avez demandée.

— Eh bien ! dit Milady, pour vous j'attendrai.

— Jurez-le.

— Je le jure par notre Dieu. Etes-vous content ?

— Bien, dit Felton, à cette nuit ! »

Et il s'élança hors de l'appartement, referma la porte, et attendit en dehors, la demi-pique du soldat à la main, comme s'il eût monté la garde à sa place.

Le soldat revenu, Felton lui rendit son arme.

Alors, à travers le guichet dont elle s'était rapprochée, Milady vit le jeune homme se signer avec une ferveur délirante et s'en aller par le corridor avec un transport de joie.

Quant à elle, elle revint à sa place, un sourire de sauvage mépris sur les lèvres, et elle répéta en blasphémant ce nom terrible de Dieu, par lequel elle avait juré sans jamais avoir appris à le connaître.

« Mon Dieu ! dit-elle, fanatique insensé ! mon Dieu ! c'est moi, moi et celui qui m'aidera à me venger. »

LVI

CINQUIÈME JOURNÉE DE CAPTIVITÉ

Cependant Milady en était arrivée à un demi-triomphe, et le succès obtenu doublait ses forces.

Il n'était pas difficile de vaincre, ainsi qu'elle l'avait fait jusque-là, des hommes prompts à se laisser séduire, et que l'éducation galante de la cour entraînait vite dans le piège ; Milady était assez belle pour ne pas trouver de résistance de la part de la chair, et elle était assez adroite pour l'emporter sur tous les obstacles de l'esprit.

Mais, cette fois, elle avait à lutter contre une nature sauvage, concentrée, insensible à force d'austérité ; la religion et la pénitence avaient fait de Felton un homme inaccessible aux séductions ordinaires. Il roulait dans cette tête exaltée des plans tellement vastes, des projets tellement tumultueux, qu'il n'y restait plus de place pour aucun amour, de caprice ou de matière, ce sentiment qui se nourrit de loisir et grandit par la corruption. Milady avait donc fait brèche, avec sa fausse vertu, dans l'opinion d'un homme prévenu horriblement contre elle, et par sa beauté, dans le cœur et les sens d'un homme chaste et pur. Enfin, elle s'était donné la mesure de ses moyens, inconnus d'elle-même jusqu'alors, par cette expérience faite sur le sujet le plus rebelle que la nature et la religion pussent soumettre à son étude.

Bien des fois néanmoins pendant la soirée elle avait désespéré du sort et d'elle-même ; elle n'invoquait pas Dieu, nous le savons, mais elle avait foi dans le génie du mal, cette immense souveraineté qui règne dans tous les détails de la vie humaine, et à laquelle, comme dans la fable arabe, un grain de grenade suffit pour reconstruire un monde perdu.

Milady, bien préparée à recevoir Felton, put dresser ses batteries [1] pour le lendemain. Elle savait qu'il ne lui restait plus que deux jours, qu'une fois l'ordre signé par Buckingham (et Buckingham le signerait d'autant plus facilement, que cet ordre portait un faux nom, et qu'il ne pourrait reconnaître la femme dont il était question), une fois cet ordre signé, disons-nous, le baron la faisait embarquer sur-le-champ, et elle savait aussi que les femmes condamnées à la déportation usent d'armes bien moins puissantes dans leurs séductions que les prétendues femmes vertueuses dont le soleil du monde éclaire la beauté, dont la voix de la mode vante l'esprit et qu'un reflet d'aristocratie dore de ses lueurs enchantées. Etre une femme condamnée à une peine misérable et infamante n'est pas un empêchement à être belle, mais c'est un obstacle à jamais redevenir puissante. Comme tous les gens d'un mérite réel, Milady connaissait le milieu qui convenait à sa nature, à ses moyens. La pauvreté lui répugnait, l'abjection [2] la diminuait des deux tiers de sa grandeur. Milady n'était reine que parmi les reines ; il fallait à sa domination le plaisir de l'orgueil satisfait. Commander aux êtres inférieurs était plutôt une humiliation qu'un plaisir pour elle.

Certes, elle fût revenue de son exil, elle n'en doutait pas un seul instant ; mais combien de temps cet exil

---

1. Au propre, disposer son artillerie pour le combat. Au figuré, élaborer des ruses pour triompher.
2. L'extrême bassesse.

pouvait-il durer ? Pour une nature agissante et ambitieuse comme celle de Milady, les jours qu'on n'occupe point à monter sont des jours néfastes ; qu'on trouve donc le mot dont on doive nommer les jours qu'on emploie à descendre ! Perdre un an, deux ans, trois ans, c'est-à-dire une éternité ; revenir quand d'Artagnan, heureux et triomphant, aurait, lui et ses amis, reçu de la reine la récompense qui leur était bien acquise pour les services qu'ils lui avaient rendus ; c'étaient là de ces idées dévorantes qu'une femme comme Milady ne pouvait supporter. Au reste, l'orage qui grondait en elle doublait sa force, et elle eût fait éclater les murs de sa prison, si son corps eût pu prendre un seul instant les proportions de son esprit.

Puis ce qui l'aiguillonnait encore au milieu de tout cela, c'était le souvenir du cardinal. Que devait penser, que devait dire de son silence le cardinal défiant, inquiet, soupçonneux, le cardinal, non seulement son seul appui, son seul soutien, son seul protecteur dans le présent, mais encore le principal instrument de sa fortune et de sa vengeance à venir ? Elle le connaissait, elle savait qu'à son retour, après un voyage inutile, elle aurait beau arguer de la prison, elle aurait beau exalter les souffrances subies, le cardinal répondrait avec ce calme railleur du sceptique puissant à la fois par la force et par le génie : « Il ne fallait pas vous laisser prendre ! »

Alors Milady réunissait toute son énergie, murmurant au fond de sa pensée le nom de Felton, la seule lueur de jour qui pénétrât jusqu'à elle au fond de l'enfer où elle était tombée ; et comme un serpent qui roule et déroule ses anneaux pour se rendre compte à lui-même de sa force, elle enveloppait d'avance Felton dans les mille replis de son inventive imagination.

Cependant le temps s'écoulait, les heures les unes après les autres semblaient réveiller la cloche en passant, et chaque coup du battant d'airain retentissait sur le cœur de la prisonnière. A neuf heures, Lord de Winter fit sa visite accoutumée, regarda la fenêtre et les barreaux, sonda le parquet et les murs, visita la cheminée et les portes, sans que, pendant cette longue et minutieuse visite, ni lui ni Milady prononçassent une seule parole.

Sans doute que tous deux comprenaient que la situation était devenue trop grave pour perdre le temps en mots inutiles et en colère sans effet.

« Allons, allons, dit le baron en la quittant, vous ne vous sauverez pas encore cette nuit ! »

A dix heures, Felton vint placer une sentinelle ; Milady reconnut son pas. Elle le devinait maintenant comme une maîtresse devine celui de l'amant de son cœur, et cependant Milady détestait et méprisait à la fois ce faible fanatique.

Ce n'était point l'heure convenue, Felton n'entra point.

Deux heures après et comme minuit sonnait, la sentinelle fut relevée.

Cette fois c'était l'heure : aussi, à partir de ce moment, Milady attendit-elle avec impatience.

La nouvelle sentinelle commença à se promener dans le corridor.

Au bout de dix minutes Felton vint.

Milady prêta l'oreille.

« Ecoute, dit le jeune homme à la sentinelle, sous aucun prétexte ne t'éloigne de cette porte, car tu sais que la nuit dernière un soldat a été puni par Milord pour avoir quitté son poste un instant, et cependant c'est moi qui, pendant sa courte absence, avais veillé à sa place.

— Oui, je le sais, dit le soldat.

— Je te recommande donc la plus exacte surveillance. Moi, ajouta-t-il, je vais rentrer pour visiter une seconde fois la chambre de cette femme, qui a, j'en ai peur, de sinistres projets sur elle-même et que j'ai reçu l'ordre de surveiller. »

« Bon, murmura Milady, voilà l'austère puritain qui ment ! »

Quant au soldat, il se contenta de sourire.

« Peste ! mon lieutenant, dit-il, vous n'êtes pas malheureux d'être chargé de commissions pareilles, surtout si Milord vous a autorisé à regarder jusque dans son lit. »

Felton rougit ; dans toute autre circonstance il eût réprimandé le soldat qui se permettait une pareille plaisanterie ; mais sa conscience murmurait trop haut pour que sa bouche osât parler.

« Si j'appelle, dit-il, viens ; de même que si l'on vient, appelle-moi.

Oui, mon lieutenant », dit le soldat.

Felton entra chez Milady. Milady se leva.

« Vous voilà ? dit-elle.

— Je vous avais promis de venir, dit Felton, et je suis venu.

— Vous m'avez promis autre chose encore.

— Quoi donc ? mon Dieu, dit le jeune homme, qui malgré son empire sur lui-même, sentait ses genoux trembler et la sueur poindre sur son front.

— Vous avez promis de m'apporter un couteau, et de me le laisser après notre entretien.

— Ne parlez pas de cela, Madame, dit Felton, il n'y a pas de situation, si terrible qu'elle soit, qui autorise une créature de Dieu à se donner la mort. J'ai réfléchi que jamais je ne devais me rendre coupable d'un pareil péché.

— Ah ! vous avez réfléchi ! dit la prisonnière en s'asseyant sur son fauteuil avec un sourire de dédain ; et moi aussi j'ai réfléchi.

— A quoi ?

— Que je n'avais rien à dire à un homme qui ne tenait pas sa parole.

— O mon Dieu ! murmura Felton.

— Vous pouvez vous retirer, dit Milady, je ne parlerai pas.

— Voilà le couteau ! dit Felton tirant de sa poche l'arme que, selon sa promesse, il avait apportée, mais qu'il hésitait à remettre à sa prisonnière.

— Voyons-le, dit Milady.

— Pour quoi faire ?

— Sur l'honneur, je vous le rends à l'instant même ;

vous le poserez sur cette table ; et vous resterez entre lui et moi. »

Felton tendit l'arme à Milady, qui en examina attentivement la trempe [1], et qui en essaya la pointe sur le bout de son doigt.

« Bien, dit-elle en rendant le couteau au jeune officier, celui-ci est en bel et bon acier ; vous êtes un fidèle ami, Felton. »

Felton reprit l'arme et la posa sur la table comme il venait d'être convenu avec sa prisonnière.

Milady le suivit des yeux et fit un geste de satisfaction.

« Maintenant, dit-elle, écoutez-moi. »

La recommandation était inutile : le jeune officier se tenait debout devant elle, attendant ses paroles pour les dévorer.

« Felton, dit Milady avec une solennité pleine de mélancolie, Felton, si votre sœur, la fille de votre père, vous disait : « Jeune encore, assez belle par malheur, on m'a fait tomber dans un piège, j'ai résisté ; on a multiplié autour de moi les embûches, les violences, j'ai résisté ; on a blasphémé la religion que je sers, le Dieu que j'adore, parce que j'appelais à mon secours ce Dieu et cette religion, j'ai résisté ; alors on m'a prodigué les outrages, et comme on ne pouvait perdre mon âme, on a voulu à tout jamais flétrir mon corps ; enfin... »

Milady s'arrêta, et un sourire amer passa sur ses lèvres.

« Enfin, dit Felton, enfin qu'a-t-on fait ?

— Enfin, un soir, on résolut de paralyser cette résistance qu'on ne pouvait vaincre : un soir, on mêla à mon eau un narcotique [2] puissant ; à peine eus-je achevé mon repas, que je me sentis tomber peu à peu dans une torpeur inconnue. Quoique je fusse sans

---

1. L'opération consistant à refroidir brutalement l'acier par *trempage* a pour effet de le durcir. Milady vérifie si la lame du couteau est bien rigide et non flexible.
2. Somnifère.

défiance, une crainte vague me saisit et j'essayai de lutter contre le sommeil ; je me levai, je voulus courir à la fenêtre, appeler au secours, mais mes jambes refusèrent de me porter ; il me semblait que le plafond s'abaissait sur ma tête et m'écrasait de son poids ; je tendis les bras, j'essayai de parler, je ne pus que pousser des sons inarticulés ; un engourdissement irrésistible s'emparait de moi, je me retins à un fauteuil, sentant que j'allais tomber, mais bientôt cet appui fut insuffisant pour mes bras débiles, je tombai sur un genou, puis sur les deux ; je voulus crier, ma langue était glacée ; Dieu ne me vit ni ne m'entendit sans doute, et je glissai sur le parquet, en proie à un sommeil qui ressemblait à la mort.

« De tout ce qui se passa dans ce sommeil et du temps qui s'écoula pendant sa durée, je n'eus aucun souvenir ; la seule chose que je me rappelle, c'est que je me réveillai couchée dans une chambre ronde, dont l'ameublement était somptueux, et dans laquelle le jour ne pénétrait que par une ouverture au plafond. Du reste, aucune porte ne semblait y donner entrée : on eût dit une magnifique prison.

« Je fus longtemps à pouvoir me rendre compte du lieu où je me trouvais et de tous les détails que je rapporte, mon esprit semblait lutter inutilement pour secouer les pesantes ténèbres de ce sommeil auquel je ne pouvais m'arracher ; j'avais des perceptions vagues d'un espace parcouru, du roulement d'une voiture, d'un rêve horrible dans lequel mes forces se seraient épuisées ; mais tout cela était si sombre et si indistinct dans ma pensée, que ces événements semblaient appartenir à une autre vie que la mienne et cependant mêlée à la mienne par une fantastique dualité.

« Quelque temps, l'état dans lequel je me trouvais me sembla si étrange, que je crus que je faisais un rêve. Je me levai chancelante, mes habits étaient près de moi, sur une chaise : je ne me rappelai ni m'être dévêtue, ni m'être couchée. Alors peu à peu la réalité se présenta à moi pleine de pudiques [1] terreurs : je n'étais plus dans la maison que j'habitais ; autant que j'en pouvais juger par la lumière du soleil, le jour était déjà aux deux tiers écoulé ! c'était la veille au soir que je m'étais endormie ; mon sommeil avait donc déjà duré près de vingt-quatre heures. Que s'était-il passé pendant ce long sommeil ?

« Je m'habillai aussi rapidement qu'il me fut possible. Tous mes mouvements lents et engourdis attestaient que l'influence du narcotique n'était point encore entièrement dissipée. Au reste, cette chambre était meublée pour recevoir une femme ; et la coquette la plus achevée n'eût pas eu un souhait à former, qu'en promenant son regard autour de l'appartement elle n'eût vu son souhait accompli.

« Certes, je n'étais pas la première captive qui s'était vue enfermée dans cette splendide prison ; mais, vous le comprenez, Felton, plus la prison était belle, plus je m'épouvantais.

« Oui, c'était une prison, car j'essayai vainement d'en sortir. Je sondai [2] tous les murs afin de découvrir une porte, partout les murs rendirent un son plein et mat.

« Je fis peut-être vingt fois le tour de cette chambre, cherchant une issue quelconque ; il n'y en avait pas : je tombai écrasée de fatigue et de terreur sur un fauteuil.

« Pendant ce temps, la nuit venait rapidement, et avec la nuit mes terreurs augmentaient : je ne savais si je devais rester où j'étais assise ; il me semblait que j'étais entourée de dangers inconnus, dans lesquels j'allais tomber à chaque pas. Quoique je n'eusse rien mangé depuis la veille, mes craintes m'empêchaient de ressentir la faim.

« Aucun bruit du dehors, qui me permît de mesurer le temps, ne venait jusqu'à moi ; je présumai seule-

---

1. Inspirées par la pudeur.
2. On sonde un mur en y frappant des coups, pour voir s'il sonne creux ou plein.

ment qu'il pouvait être sept ou huit heures du soir ; car nous étions au mois d'octobre, et il faisait nuit entière.

« Tout à coup, le cri d'une porte qui tourne sur ses gonds me fit tressaillir ; un globe de feu apparut au-dessus de l'ouverture vitrée du plafond, jetant une vive lumière dans ma chambre, et je m'aperçus avec terreur qu'un homme était debout à quelques pas de moi.

« Une table à deux couverts, supportant un souper tout préparé, s'était dressée comme par magie au milieu de l'appartement.

« Cet homme était celui qui me poursuivait depuis un an, qui avait juré mon déshonneur, et qui, aux premiers mots qui sortirent de sa bouche, me fit comprendre qu'il l'avait accompli la nuit précédente.

— L'infâme ! murmura Felton.

— Oh ! oui, l'infâme ! s'écria Milady, voyant l'intérêt que le jeune officier, dont l'âme semblait suspendue à ses lèvres, prenait à cet étrange récit ; oh ! oui, l'infâme ! il avait cru qu'il lui suffisait d'avoir triomphé de moi dans mon sommeil, pour que tout fût dit ; il venait, espérant que j'accepterais ma honte, puisque ma honte était consommée ; il venait m'offrir sa fortune en échange de mon amour.

« Tout ce que le cœur d'une femme peut contenir de superbe [1] mépris et de paroles dédaigneuses, je le versai sur cet homme ; sans doute, il était habitué à de pareils reproches ; car il m'écouta calme, souriant, et les bras croisés sur la poitrine ; puis, lorsqu'il crut que j'avais tout dit, il s'avança vers moi ; je bondis vers la table, je saisis un couteau, je l'appuyai sur ma poitrine.

« — Faites un pas de plus, lui dis-je, et outre mon déshonneur, vous aurez encore ma mort à vous reprocher. »

« Sans doute, il y avait dans mon regard, dans ma

---

1. Orgueilleux.

voix, dans toute ma personne, cette vérité de geste, de pose et d'accent, qui porte la conviction dans les âmes les plus perverses ; car il s'arrêta.

« — Votre mort ! me dit-il ; oh ! non, vous êtes une trop charmante maîtresse pour que je consente à vous perdre ainsi, après avoir eu le bonheur de vous posséder une seule fois seulement. Adieu, ma toute belle ! j'attendrai, pour revenir vous faire ma visite, que vous soyez dans de meilleures dispositions. »

« A ces mots, il donna un coup de sifflet ; le globe de flamme qui éclairait ma chambre remonta et disparut ; je me retrouvai dans l'obscurité. Le même bruit d'une porte qui s'ouvre et se referme se reproduisit un instant après, le globe flamboyant descendit de nouveau, et je me retrouvai seule.

« Ce moment fut affreux ; si j'avais encore quelques doutes sur mon malheur, ces doutes s'étaient évanouis dans une désespérante réalité : j'étais au pouvoir d'un homme que non seulement je détestais, mais que je méprisais ; d'un homme capable de tout, et qui m'avait déjà donné une preuve fatale de ce qu'il pouvait oser.

— Mais quel était donc cet homme ? demanda Felton.

— Je passai la nuit sur une chaise, tressaillant au moindre bruit ; car, à minuit à peu près, la lampe s'était éteinte, et je m'étais retrouvée dans l'obscurité. Mais la nuit se passa sans nouvelle tentative de mon persécuteur ; le jour vint : la table avait disparu ; seulement, j'avais encore le couteau à la main.

« Ce couteau c'était tout mon espoir.

« J'étais écrasée de fatigue ; l'insomnie brûlait mes yeux ; je n'avais pas osé dormir un seul instant : le jour me rassura, j'allai me jeter sur mon lit sans quitter le couteau libérateur que je cachai sous mon oreiller.

« Quand je me réveillai, une nouvelle table était servie.

« Cette fois, malgré mes terreurs, en dépit de mes angoisses, une faim dévorante se faisait sentir ; il y avait quarante-huit heures que je n'avais pris aucune nourriture : je mangeai du pain et quelques fruits ; puis, me rappelant le narcotique mêlé à l'eau que j'avais bue, je ne touchai point à celle qui était sur la table, et j'allai remplir mon verre à une fontaine [1] de marbre scellée dans le mur, au-dessus de ma toilette.

« Cependant, malgré cette précaution, je ne demeurai pas moins quelque temps encore dans une affreuse angoisse ; mais mes craintes, cette fois, n'étaient pas fondées : je passai la journée sans rien éprouver qui ressemblât à ce que je redoutais.

« J'avais eu la précaution de vider à demi la carafe, pour qu'on ne s'aperçût point de ma défiance.

« Le soir vint, et avec lui l'obscurité ; cependant, si profonde qu'elle fût, mes yeux commençaient à s'y habituer ; je vis, au milieu des ténèbres, la table s'enfoncer dans le plancher ; un quart d'heure après, elle reparut portant mon souper ; un instant après, grâce à la même lampe, ma chambre s'éclaira de nouveau.

« J'étais résolue à ne manger que des objets auxquels il était impossible de mêler aucun somnifère : deux œufs et quelques fruits composèrent mon repas ; puis, j'allai puiser un verre d'eau à ma fontaine protectrice, et je le bus.

« Aux premières gorgées, il me sembla qu'elle n'avait plus le même goût que le matin : un soupçon rapide me prit, je m'arrêtai ; mais j'en avais déjà avalé un demi-verre.

« Je jetai le reste avec horreur, et j'attendis, la sueur de l'épouvante au front.

« Sans doute quelque invisible témoin m'avait vue prendre de l'eau à cette fontaine, et avait profité de ma confiance même pour mieux assurer ma perte si froidement résolue, si cruellement poursuivie.

« Une demi-heure ne s'était pas écoulée, que les mêmes symptômes se produisirent ; seulement,

---

1. Récipient à eau avec couvercle et robinet, placé au-dessus d'une vasque : l'équivalent de notre lavabo.

comme cette fois je n'avais bu qu'un demi-verre d'eau, je luttai plus longtemps, et, au lieu de m'endormir tout à fait, je tombai dans un état de somnolence qui me laissait le sentiment de ce qui se passait autour de moi, tout en m'ôtant la force ou de me défendre ou de fuir.

« Je me traînai vers mon lit, pour y chercher la seule défense qui me restât, mon couteau sauveur ; mais je ne pus arriver jusqu'au chevet : je tombai à genoux, les mains cramponnées à l'une des colonnes du pied ; alors, je compris que j'étais perdue. »

Felton pâlit affreusement, et un frisson convulsif courut par tout son corps.

« Et ce qu'il y avait de plus affreux, continua Milady, la voix altérée comme si elle eût encore éprouvé la même angoisse qu'en ce moment terrible, c'est que, cette fois, j'avais la conscience du danger qui me menaçait ; c'est que mon âme, je puis le dire, veillait dans mon corps endormi ; c'est que je voyais, c'est que j'entendais : il est vrai que tout cela était comme dans un rêve ; mais ce n'en était que plus effrayant.

« Je vis la lampe qui remontait et qui peu à peu me laissait dans l'obscurité ; puis j'entendis le cri si bien connu de cette porte, quoique cette porte ne se fût ouverte que deux fois.

« Je sentis instinctivement qu'on s'approchait de moi : on dit que le malheureux perdu dans les déserts de l'Amérique sent ainsi l'approche du serpent.

« Je voulais faire un effort, je tentai de crier ; par une incroyable énergie de volonté je me relevai même, mais pour retomber aussitôt... et retomber dans les bras de mon persécuteur.

— Dites-moi donc quel était cet homme ? » s'écria le jeune officier.

Milady vit d'un seul regard tout ce qu'elle inspirait de souffrance à Felton, en pesant sur chaque détail de son récit ; mais elle ne voulait lui faire grâce d'aucune torture. Plus profondément elle lui briserait le cœur, plus sûrement il la vengerait. Elle continua donc comme si elle n'eût point entendu son exclamation, ou comme si elle eût pensé que le moment n'était pas encore venu d'y répondre.

« Seulement, cette fois, ce n'était plus à une espèce de cadavre inerte, sans aucun sentiment, que l'infâme avait affaire. Je vous l'ai dit : sans pouvoir parvenir à retrouver l'exercice complet de mes facultés, il me restait le sentiment de mon danger : je luttai donc de toutes mes forces et sans doute j'opposai, tout affaiblie que j'étais, une longue résistance, car je l'entendis s'écrier :

« — Ces misérables puritaines ! je savais bien qu'elles lassaient leurs bourreaux, mais je les croyais moins fortes contre leurs séducteurs. »

« Hélas ! cette résistance désespérée ne pouvait durer longtemps, je sentis mes forces qui s'épuisaient ; et cette fois ce ne fut pas de mon sommeil que le lâche profita, ce fut de mon évanouissement. »

Felton écoutait sans faire entendre autre chose qu'une espèce de rugissement sourd ; seulement la sueur ruisselait sur son front de marbre, et sa main cachée sous son habit déchirait sa poitrine.

« Mon premier mouvement, en revenant à moi, fut de chercher sous mon oreiller ce couteau que je n'avais pu atteindre ; s'il n'avait point servi à la défense, il pouvait au moins servir à l'expiation [1].

« Mais en prenant ce couteau, Felton, une idée terrible me vint. J'ai juré de tout vous dire et je vous dirai tout ; je vous ai promis la vérité, je la dirai, dût-elle me perdre.

— L'idée vous vint de vous venger de cet homme, n'est-ce pas ? s'écria Felton.

— Eh bien, oui ! dit Milady : cette idée n'était pas d'une chrétienne, je le sais ; sans doute cet éternel ennemi de notre âme, ce lion rugissant sans cesse autour de nous [2] la soufflait à mon esprit. Enfin, que vous dirai-je, Felton ? continua Milady du ton d'une

---

1. Au châtiment.
2. C'est-à-dire le démon.

femme qui s'accuse d'un crime, cette idée me vint et ne me quitta plus sans doute. C'est de cette pensée homicide que je porte aujourd'hui la punition.

— Continuez, continuez, dit Felton, j'ai hâte de vous voir arriver à la vengeance.

— Oh ! je résolus qu'elle aurait lieu le plus tôt possible, je ne doutais pas qu'il ne revînt la nuit suivante. Dans le jour je n'avais rien à craindre.

« Aussi, quand vint l'heure du déjeuner, je n'hésitai pas à manger et à boire : j'étais résolue à faire semblant de souper, mais à ne rien prendre : je devais donc par la nourriture du matin combattre le jeûne du soir.

« Seulement je cachai un verre d'eau soustraite à mon déjeuner, la soif ayant été ce qui m'avait le plus fait souffrir quand j'étais demeurée quarante-huit heures sans boire ni manger.

« La journée s'écoula sans avoir d'autre influence sur moi que de m'affermir dans la résolution prise : seulement j'eus soin que mon visage ne trahît en rien la pensée de mon cœur, car je ne doutais pas que je ne fusse observée ; plusieurs fois même je sentis un sourire sur mes lèvres. Felton, je n'ose pas vous dire à quelle idée je souriais, vous me prendriez en horreur...

— Continuez, continuez, dit Felton, vous voyez bien que j'écoute et que j'ai hâte d'arriver.

— Le soir vint, les événements ordinaires s'accomplirent ; pendant l'obscurité, comme d'habitude, mon souper fut servi, puis la lampe s'alluma, et je me mis à table.

« Je mangeai quelques fruits seulement : je fis semblant de me verser de l'eau de la carafe, mais je ne bus que celle que j'avais conservée dans mon verre, la substitution, au reste, fut faite assez adroitement pour que mes espions, si j'en avais, ne conçussent aucun soupçon.

« Après le souper, je donnai les mêmes marques d'engourdissement que la veille ; mais cette fois, comme si je succombais à la fatigue ou comme si je me familiarisais avec le danger, je me traînai vers mon lit, et je fis semblant de m'endormir.

« Cette fois, j'avais retrouvé mon couteau sous l'oreiller, et tout en feignant de dormir, ma main serrait convulsivement la poignée.

« Deux heures s'écoulèrent sans qu'il se passât rien de nouveau : cette fois, ô mon Dieu ! qui m'eût dit cela la veille ? je commençais à craindre qu'il ne vînt pas.

« Enfin, je vis la lampe s'élever doucement et disparaître dans les profondeurs du plafond ; ma chambre s'emplit de ténèbres, mais je fis un effort pour percer du regard l'obscurité.

« Dix minutes à peu près se passèrent. Je n'entendais d'autre bruit que celui du battement de mon cœur.

« J'implorais le Ciel pour qu'il vînt.

« Enfin j'entendis le bruit si connu de la porte qui s'ouvrait et se refermait ; j'entendis, malgré l'épaisseur du tapis, un pas qui faisait crier le parquet ; je vis, malgré l'obscurité, une ombre qui approchait de mon lit.

— Hâtez-vous, hâtez-vous ! dit Felton, ne voyez-vous pas que chacune de vos paroles me brûle comme du plomb fondu !

— Alors, continua Milady, alors je réunis toutes mes forces, je me rappelai que le moment de la vengeance ou plutôt de la justice avait sonné ; je me regardai comme une autre Judith [1] ; je me ramassai sur moi-même, mon couteau à la main, et quand je le vis près de moi, étendant les bras pour chercher sa victime, alors, avec le dernier cri de la douleur et du désespoir, je le frappai au milieu de la poitrine.

« Le misérable ! il avait tout prévu : sa poitrine était couverte d'une cotte de mailles ; le couteau s'émoussa.

« — Ah ! ah ! s'écria-t-il en me saisissant le bras et « en m'arrachant l'arme qui m'avait si mal servie,

1. *Cf.* p. 680, n. 3.

« vous en voulez à ma vie, ma belle puritaine ! mais
« c'est plus que de la haine, cela, c'est de l'ingratitude !
« Allons, allons, calmez-vous, ma belle enfant ! j'avais
« cru que vous vous étiez adoucie. Je ne suis pas de
« ces tyrans qui gardent les femmes de force : vous ne
« m'aimez pas, j'en doutais avec ma fatuité ordinaire ;
« maintenant j'en suis convaincu. Demain, vous serez
« libre. »

« Je n'avais qu'un désir, c'était qu'il me tuât.

« — Prenez garde ! lui dis-je, car ma liberté c'est
« votre déshonneur. Oui, car, à peine sortie d'ici, je
« dirai tout, je dirai la violence dont vous avez usé
« envers moi, je dirai ma captivité. Je dénoncerai ce
« palais d'infamie ; vous êtes bien haut placé, Milord,
« mais tremblez ! Au-dessus de vous il y a le roi,
« au-dessus du roi il y a Dieu.

« Si maître qu'il parût de lui, mon persécuteur
laissa échapper un mouvement de colère. Je ne pouvais voir l'expression de son visage, mais j'avais senti
frémir son bras sur lequel était posée ma main.

« — Alors, vous ne sortirez pas d'ici, dit-il.

« — Bien, bien ! m'écriai-je, alors le lieu de mon
« supplice sera aussi celui de mon tombeau. Bien ! je
« mourrai ici et vous verrez si un fantôme qui accuse
« n'est pas plus terrible encore qu'un vivant qui
« menace !

« — On ne vous laissera aucune arme.

« — Il y en a une que le désespoir a mise à la portée
« de toute créature qui a le courage de s'en servir. Je
« me laisserai mourir de faim.

« — Voyons, dit le misérable, la paix ne vaut-elle
« pas mieux qu'une pareille guerre ? Je vous rends la
« liberté à l'instant même, je vous proclame une
« vertu, je vous surnomme la *Lucrèce de l'Angleterre* [1].

« — Et moi je dis que vous en êtes le *Sextus*, moi je
vous dénonce aux hommes comme je vous ai déjà

1. Lucrèce, noble romaine violée par le roi Sextus Tarquin, se
suicida, d'après Tite-Live (I, LVII-LVIII).

« dénoncé à Dieu ; et s'il faut que, comme Lucrèce, je
« signe mon accusation de mon sang, je la signerai.

« — Ah ! ah ! dit mon ennemi d'un ton railleur,
« alors c'est autre chose. Ma foi, au bout du compte,
« vous êtes bien ici, rien ne vous manquera, et si vous
« vous laissez mourir de faim, ce sera de votre faute. »

« A ces mots, il se retira, j'entendis s'ouvrir et se
refermer la porte, et je restai abîmée, moins encore, je
l'avoue, dans ma douleur, que dans la honte de ne
m'être pas vengée.

« Il me tint parole. Toute la journée, toute la nuit du
lendemain s'écoulèrent sans que je le revisse. Mais
moi aussi je lui tins parole, et je ne mangeai ni ne bus ;
j'étais, comme je le lui avais dit, résolue à me laisser
mourir de faim.

« Je passai le jour et la nuit en prière, car j'espérais
que Dieu me pardonnerait mon suicide.

« La seconde nuit la porte s'ouvrit ; j'étais couchée
à terre sur le parquet, les forces commençaient à
m'abandonner. Au bruit je me relevai sur une main.

« — Eh bien ! me dit une voix qui vibrait d'une
« façon trop terrible à mon oreille pour que je ne la
« reconnusse pas ; eh bien ! sommes-nous un peu
« adoucie, et paierons-nous notre liberté d'une seule
« promesse de silence ? Tenez, moi, je suis bon
« prince, ajouta-t-il, et, quoique je n'aime pas les
« puritains, je leur rends justice, ainsi qu'aux puritai-
« nes, quand elles sont jolies. Allons, faites-moi un
« petit serment sur la croix, je ne vous en demande
« pas davantage.

« — Sur la croix ! m'écriai-je en me relevant, car à
« cette voix abhorrée j'avais retrouvé toutes mes for-
« ces ; sur la croix ! je jure que nulle promesse, nulle
« menace, nulle torture ne me fermera la bouche ; sur
« la croix ! je jure de vous dénoncer partout comme
« un meurtrier, comme un larron [1] d'honneur,
« comme un lâche ; sur la croix ! je jure, si jamais je

---

1. *Larron* : voleur.

« parviens à sortir d'ici, de demander vengeance
« contre vous au genre humain entier.

« — Prenez garde ! dit la voix avec un accent de
« menace que je n'avais pas encore entendu, j'ai un
« moyen suprême, que je n'emploierai qu'à la der-
« nière extrémité, de vous fermer la bouche ou du
« moins d'empêcher qu'on ne croie à un seul mot de
« ce que vous direz. »

« Je rassemblai toutes mes forces pour répondre
par un éclat de rire.

« Il vit que c'était entre nous désormais une guerre
éternelle, une guerre à mort.

« — Ecoutez, dit-il, je vous donne encore le reste de
« cette nuit et la journée de demain ; réfléchissez :
« promettez de vous taire, la richesse, la considéra-
« tion, les honneurs même vous entoureront ; mena-
« cez de parler, et je vous condamne à l'infamie.

« — Vous ! m'écriai-je, vous !

« — A l'infamie éternelle, ineffaçable !

« — Vous » ! répétai-je. Oh ! je vous le dis, Felton, je
le croyais insensé !

« — Oui, moi ! reprit-il.

« — Ah ! laissez-moi, lui dis-je, sortez, si vous ne
« voulez pas qu'à vos yeux je me brise la tête contre la
« muraille !

« — C'est bien, reprit-il, vous le voulez, à demain
« soir !

« — A demain soir », répondis-je en me laissant
tomber et en mordant le tapis de rage... »

Felton s'appuyait sur un meuble, et Milady voyait
avec une joie de démon que la force lui manquerait
peut-être avant la fin du récit.

LVII

UN MOYEN DE TRAGÉDIE CLASSIQUE

Après un moment de silence employé par Milady à observer le jeune homme qui l'écoutait, elle continua son récit :

« Il y avait près de trois jours que je n'avais ni bu ni mangé, je souffrais des tortures atroces : parfois il me passait comme des nuages qui me serraient le front, qui me voilaient les yeux : c'était le délire.

« Le soir vint ; j'étais si faible, qu'à chaque instant je m'évanouissais et à chaque fois que je m'évanouissais je remerciais Dieu, car je croyais que j'allais mourir.

« Au milieu de l'un de ces évanouissements, j'entendis la porte s'ouvrir ; la terreur me rappela à moi.

« Mon persécuteur entra suivi d'un homme masqué, il était masqué lui-même ; mais je reconnus son pas, je reconnus cet air imposant que l'enfer a donné à sa personne pour le malheur de l'humanité.

« — Eh bien ! me dit-il, êtes-vous décidée à me faire « le serment que je vous ai demandé ?

« — Vous l'avez dit, les puritains n'ont qu'une « parole : la mienne, vous l'avez entendue, c'est de « vous poursuivre sur la terre au tribunal des hom- « mes, dans le ciel au tribunal de Dieu !

« — Ainsi, vous persistez ?

« — Je le jure devant ce Dieu qui m'entend : je « prendrai le monde entier à témoin de votre crime, et « cela jusqu'à ce que j'aie trouvé un vengeur.

« — Vous êtes une prostituée, dit-il d'une voix ton- « nante, et vous subirez le supplice des prostituées ! « Flétrie aux yeux du monde que vous invoquerez, « tâchez de prouver à ce monde que vous n'êtes ni « coupable ni folle ! »

« Puis s'adressant à l'homme qui l'accompagnait :

« — Bourreau, dit-il, fais ton devoir. »

— Oh ! son nom, son nom ! s'écria Felton ; son nom, dites-le-moi !

— Alors, malgré mes cris, malgré ma résistance, car je commençais à comprendre qu'il s'agissait pour moi de quelque chose de pire que la mort, le bourreau me saisit, me renversa sur le parquet, me meurtrit de ses étreintes, et suffoquée par les sanglots, presque sans connaissance, invoquant Dieu, qui ne m'écoutait pas, je poussai tout à coup un effroyable cri de douleur et de honte ; un fer brûlant, un fer rouge, le fer du bourreau, s'était imprimé sur mon épaule. »

Felton poussa un rugissement.

« Tenez, dit Milady, en se levant alors avec une majesté de reine, — tenez, Felton, voyez comment on a inventé un nouveau martyre pour la jeune fille pure et cependant victime de la brutalité d'un scélérat. Apprenez à connaître le cœur des hommes, et désormais faites-vous moins facilement l'instrument de leurs injustes vengeances. »

Milady d'un geste rapide ouvrit sa robe, déchira la batiste qui couvrait son sein, et, rouge d'une feinte colère et d'une honte jouée, montra au jeune homme l'empreinte ineffaçable qui déshonorait cette épaule si belle.

« Mais, s'écria Felton, c'est une fleur de lys que je vois là !

— Et voilà justement où est l'infamie, répondit Milady. La flétrissure d'Angleterre !... il fallait prouver quel tribunal me l'avait imposée, et j'aurais fait un appel public à tous les tribunaux du royaume ; mais la flétrissure de France... oh ! par elle, j'étais bien réellement flétrie. »

C'en était trop pour Felton.

Pâle, immobile, écrasé par cette révélation effroyable, ébloui par la beauté surhumaine de cette femme qui se dévoilait à lui avec une impudeur qu'il trouva sublime, il finit par tomber à genoux devant elle comme faisaient les premiers chrétiens devant ces pures et saintes martyres que la persécution des empereurs livrait dans le cirque à la sanguinaire lubricité des populaces. La flétrissure disparut, la beauté seule resta.

« Pardon, pardon ! s'écria Felton, oh ! pardon ! »

Milady lut dans ses yeux : Amour, amour.

« Pardon de quoi ? demanda-t-elle.

— Pardon de m'être joint à vos persécuteurs. »

Milady lui tendit la main.

« Si belle, si jeune ! » s'écria Felton en couvrant cette main de baisers.

Milady laissa tomber sur lui un de ces regards qui d'un esclave font un roi.

Felton était puritain : il quitta la main de cette femme pour baiser ses pieds.

Il ne l'aimait déjà plus, il l'adorait.

Quand cette crise fut passée, quand Milady parut avoir recouvré son sang-froid, qu'elle n'avait jamais perdu ; lorsque Felton eut vu se refermer sous le voile de la chasteté ces trésors d'amour qu'on ne lui cachait si bien que pour les lui faire désirer plus ardemment :

« Ah ! maintenant, dit-il, je n'ai plus qu'une chose à vous demander, c'est le nom de votre véritable bourreau ; car pour moi il n'y en a qu'un ; l'autre était l'instrument, voilà tout.

— Eh quoi, frère ! s'écria Milady, il faut encore que je te le nomme, et tu ne l'as pas deviné ?

— Quoi ! reprit Felton, lui !... encore lui !... toujours lui !... Quoi ! le vrai coupable...

— Le vrai coupable, dit Milady, c'est le ravageur de l'Angleterre, le persécuteur des vrais croyants, le lâche ravisseur de l'honneur de tant de femmes, celui qui pour un caprice de son cœur corrompu va faire verser tant de sang à deux royaumes, qui protège les protestants aujourd'hui et qui les trahira demain...

— Buckingham ! c'est donc Buckingham ! » s'écria Felton exaspéré.

Milady cacha son visage dans ses mains, comme si elle n'eût pu supporter la honte que lui rappelait ce nom.

« Buckingham, le bourreau de cette angélique créature ! s'écria Felton. Et tu ne l'as pas foudroyé, mon Dieu ! et tu l'as laissé noble, honoré, puissant pour notre perte à tous !

— Dieu abandonne qui s'abandonne lui-même, dit Milady.

— Mais il veut donc attirer sur sa tête le châtiment réservé aux maudits ! continua Felton avec une exaltation croissante, il veut donc que la vengeance humaine prévienne [1] la justice céleste !

— Les hommes le craignent et l'épargnent.

— Oh ! moi, dit Felton, je ne le crains pas et je ne l'épargnerai pas !... »

Milady sentit son âme baignée d'une joie infernale.

« Mais comment Lord de Winter, mon protecteur, mon père, demanda Felton, se trouve-t-il mêlé à tout cela ?

— Ecoutez, Felton, reprit Milady, car à côté des hommes lâches et méprisables, il est encore des natures grandes et généreuses. J'avais un fiancé, un homme que j'aimais et qui m'aimait ; un cœur comme le vôtre, Felton, un homme comme vous. Je vins à lui et je lui racontai tout ; il me connaissait, celui-là, et ne douta point un instant. C'était un grand seigneur, c'était un homme en tout point l'égal de Buckingham. Il ne dit rien, il ceignit seulement son épée, s'enveloppa de son manteau et se rendit à Buckingham Palace.

— Oui, oui, dit Felton, je comprends ; quoique avec de pareils hommes ce ne soit pas l'épée qu'il faille employer, mais le poignard.

— Buckingham était parti depuis la veille, envoyé comme ambassadeur en Espagne, où il allait demander la main de l'infante pour le roi Charles Ier, qui n'était alors que prince de Galles [2]. Mon fiancé revint.

« — Ecoutez, me dit-il, cet homme est parti, et pour « le moment, par conséquent, il échappe à ma ven- « geance ; mais en attendant soyons unis, comme « nous devions l'être, puis rapportez-vous-en à Lord

1. Devance.
2. Indications exactes. Ce voyage se situe en 1623. *Cf. Notice historique.*

« de Winter pour soutenir son honneur et celui de sa
« femme. »

— Lord de Winter ! s'écria Felton.

— Oui, dit Milady, Lord de Winter, et maintenant
vous devez tout comprendre, n'est-ce pas ? Buckingham resta plus d'un an absent. Huit jours avant son
arrivée, Lord de Winter mourut subitement, me laissant sa seule héritière. D'où venait le coup ? Dieu, qui
sait tout, le sait sans doute, moi je n'accuse personne...

— Oh ! quel abîme, quel abîme ! s'écria Felton.

— Lord de Winter était mort sans rien dire à son
frère. Le secret terrible devait être caché à tous,
jusqu'à ce qu'il éclatât comme la foudre sur la tête du
coupable. Votre protecteur avait vu avec peine ce
mariage de son frère aîné avec une jeune fille sans
fortune. Je sentis que je ne pouvais attendre d'un
homme trompé dans ses espérances d'héritage aucun
appui. Je passai en France résolue à y demeurer
pendant tout le reste de ma vie. Mais toute ma fortune
est en Angleterre ; les communications fermées par la
guerre, tout me manqua : force fut alors d'y revenir ;
il y a six jours j'abordais à Portsmouth.

— Eh bien ? dit Felton.

— Eh bien ! Buckingham apprit sans doute mon
retour, il en parla à Lord de Winter, déjà prévenu
contre moi, et lui dit que sa belle-sœur était une
prostituée, une femme flétrie. La voix pure et noble de
mon mari n'était plus là pour me défendre. Lord de
Winter crut tout ce qu'on lui dit, avec d'autant plus de
facilité qu'il avait intérêt à le croire. Il me fit arrêter,
me conduisit ici, me remit sous votre garde. Vous
savez le reste : après-demain il me bannit, il me
déporte ; après-demain il me relègue parmi les infâmes. Oh ! la trame est bien ourdie [1], allez ! le complot
est habile et mon honneur n'y survivra pas. Vous

---

1. *Ourdir* : disposer les fils de chaîne sur le métier en vue du
tissage d'une étoffe. La *trame* est l'ensemble des fils transversaux.
Au figuré, *ourdir une trame* : machiner un piège.

voyez bien qu'il faut que je meure, Felton ; Felton, donnez-moi ce couteau ! »

Et à ces mots, comme si toutes ses forces étaient épuisées, Milady se laissa aller débile et languissante entre les bras du jeune officier, qui, ivre d'amour, de colère et de voluptés inconnues, la reçut avec transport, la serra contre son cœur, tout frissonnant à l'haleine de cette bouche si belle, tout éperdu au contact de ce sein si palpitant.

« Non, non, dit-il ; non, tu vivras honorée et pure, tu vivras pour triompher de tes ennemis. »

Milady le repoussa lentement de la main en l'attirant du regard ; mais Felton, à son tour, s'empara d'elle, l'implorant comme une divinité.

« Oh ! la mort, la mort ! dit-elle en voilant sa voix et ses paupières, oh ! la mort plutôt que la honte ; Felton, mon frère, mon ami, je t'en conjure !

— Non, s'écria Felton, non, tu vivras, et tu seras vengée !

— Felton, je porte malheur à tout ce qui m'entoure [1] ! Felton, abandonne-moi ! Felton, laisse-moi mourir !

— Eh bien ! nous mourrons donc ensemble ! » s'écria-t-il en appuyant ses lèvres sur celles de la prisonnière.

Plusieurs coups retentirent à la porte ; cette fois, Milady le repoussa réellement.

« Ecoute, dit-elle, on nous a entendus ; on vient ! c'en est fait, nous sommes perdus !

— Non, dit Felton, c'est la sentinelle qui me prévient seulement qu'une ronde arrive.

— Alors, courez à la porte et ouvrez vous-même. »

Felton obéit ; cette femme était déjà toute sa pensée, toute son âme.

Il se trouva en face d'un sergent commandant une patrouille de surveillance.

---

1. Transcription littérale d'un des vers les plus célèbres d'*Hernani*, de V. Hugo (acte III, sc. IV).

« Eh bien ! qu'y a-t-il ? demanda le jeune lieutenant.

— Vous m'aviez dit d'ouvrir la porte si j'entendais crier au secours, dit le soldat, mais vous aviez oublié de me laisser la clef ; je vous ai entendu crier sans comprendre ce que vous disiez, j'ai voulu ouvrir la porte, elle était fermée en dedans, alors j'ai appelé le sergent.

— Et me voilà », dit le sergent.

Felton, égaré, presque fou, demeurait sans voix.

Milady comprit que c'était à elle de s'emparer de la situation, elle courut à la table et prit le couteau qu'y avait déposé Felton :

« Et de quel droit voulez-vous m'empêcher de mourir ? dit-elle.

— Grand Dieu ! » s'écria Felton en voyant le couteau luire à sa main.

En ce moment, un éclat de rire ironique retentit dans le corridor.

Le baron, attiré par le bruit, en robe de chambre, son épée sous le bras, se tenait debout sur le seuil de la porte.

« Ah ! ah ! dit-il, nous voici au dernier acte de la tragédie ; vous le voyez, Felton, le drame a suivi toutes les phases que j'avais indiquées ; mais soyez tranquille, le sang ne coulera pas. »

Milady comprit qu'elle était perdue si elle ne donnait pas à Felton une preuve immédiate et terrible de son courage.

« Vous vous trompez, Milord, le sang coulera, et puisse ce sang retomber sur ceux qui le font couler ! »

Felton jeta un cri et se précipita vers elle ; il était trop tard : Milady s'était frappée. Mais le couteau avait rencontré, heureusement, nous devrions dire adroitement, le busc [1] de fer qui, à cette époque, défendait comme une cuirasse la poitrine des fem-

1. Baleine (lame de métal rigide) qui maintenait le corset.

mes ; il avait glissé en déchirant la robe, et avait pénétré de biais entre la chair et les côtes.

La robe de Milady n'en fut pas moins tachée de sang en une seconde.

Milady était tombée à la renverse et semblait évanouie.

Felton arracha le couteau.

« Voyez, Milord, dit-il d'un air sombre, voici une femme qui était sous ma garde et qui s'est tuée !

— Soyez tranquille, Felton, dit Lord de Winter, elle n'est pas morte, les démons ne meurent pas si facilement, soyez tranquille et allez m'attendre chez moi.

— Mais, Milord...

— Allez, je vous l'ordonne. »

A cette injonction de son supérieur, Felton obéit ; mais, en sortant, il mit le couteau dans sa poitrine.

Quant à Lord de Winter, il se contenta d'appeler la femme qui servait Milady et, lorsqu'elle fut venue, lui recommandant la prisonnière toujours évanouie, il la laissa seule avec elle.

Cependant, comme à tout prendre, malgré ses soupçons, la blessure pouvait être grave, il envoya, à l'instant même, un homme à cheval chercher un médecin.

LVIII

ÉVASION

Comme l'avait pensé Lord de Winter, la blessure de Milady n'était pas dangereuse ; aussi dès qu'elle se trouva seule avec la femme que le baron avait fait appeler et qui se hâtait de la déshabiller, rouvrit-elle les yeux.

Cependant, il fallait jouer la faiblesse et la douleur ; ce n'étaient pas choses difficiles pour une comédienne comme Milady ; aussi la pauvre femme fut-elle si complètement dupe de sa prisonnière, que, malgré ses instances, elle s'obstina à la veiller toute la nuit.

Mais la présence de cette femme n'empêchait pas Milady de songer.

Il n'y avait plus de doute, Felton était convaincu, Felton était à elle : un ange apparût-il au jeune homme pour accuser Milady, il le prendrait certainement, dans la disposition d'esprit où il se trouvait, pour un envoyé du démon.

Milady souriait à cette pensée, car Felton, c'était désormais sa seule espérance, son seul moyen de salut.

Mais Lord de Winter pouvait l'avoir soupçonné, mais Felton maintenant pouvait être surveillé lui-même.

Vers les quatre heures du matin, le médecin arriva ; mais depuis le temps où Milady s'était frappée, la blessure s'était déjà refermée : le médecin ne put donc en mesurer ni la direction, ni la profondeur ; il reconnut seulement au pouls de la malade que le cas n'était point grave.

Le matin, Milady, sous prétexte qu'elle n'avait pas dormi de la nuit et qu'elle avait besoin de repos, renvoya la femme qui veillait près d'elle.

Elle avait une espérance, c'est que Felton arriverait à l'heure du déjeuner, mais Felton ne vint pas.

Ses craintes s'étaient-elles réalisées ? Felton, soupçonné par le baron, allait-il lui manquer au moment décisif ? Elle n'avait plus qu'un jour ; Lord de Winter lui avait annoncé son embarquement pour le 23 et l'on était arrivé au matin du 22.

Néanmoins, elle attendit encore assez patiemment jusqu'à l'heure du dîner.

Quoiqu'elle n'eût pas mangé le matin, le dîner fut apporté à l'heure habituelle ; Milady s'aperçut alors avec effroi que l'uniforme des soldats qui la gardaient était changé.

Alors elle se hasarda à demander ce qu'était devenu

Felton. On lui répondit que Felton était monté à cheval il y avait une heure, et était parti.

Elle s'informa si le baron était toujours au château ; le soldat répondit que oui, et qu'il avait ordre de le prévenir si la prisonnière désirait lui parler.

Milady répondit qu'elle était trop faible pour le moment, et que son seul désir était de demeurer seule.

Le soldat sortit, laissant le dîner servi.

Felton était écarté, les soldats de marine étaient changés, on se défiait donc de Felton.

C'était le dernier coup porté à la prisonnière.

Restée seule, elle se leva ; ce lit où elle se tenait par prudence et pour qu'on la crût gravement blessée, la brûlait comme un brasier ardent. Elle jeta un coup d'œil sur la porte : le baron avait fait clouer une planche sur le guichet ; il craignait sans doute que, par cette ouverture, elle ne parvînt encore, par quelque moyen diabolique, à séduire les gardes.

Milady sourit de joie ; elle pouvait donc se livrer à ses transports sans être observée : elle parcourait la chambre avec l'exaltation d'une folle furieuse ou d'une tigresse enfermée dans une cage de fer. Certes, si le couteau lui fût resté, elle eût songé, non plus à se tuer elle-même, mais, cette fois, à tuer le baron.

A six heures, Lord de Winter entra ; il était armé jusqu'aux dents. Cet homme, dans lequel, jusque-là, Milady n'avait vu qu'un gentleman assez niais, était devenu un admirable geôlier : il semblait tout prévoir, tout deviner, tout prévenir.

Un seul regard jeté sur Milady lui apprit ce qui se passait dans son âme.

« Soit, dit-il, mais vous ne me tuerez point encore aujourd'hui ; vous n'avez plus d'armes, et d'ailleurs je suis sur mes gardes. Vous aviez commencé à pervertir mon pauvre Felton : il subissait déjà votre infernale influence, mais je veux le sauver, il ne vous verra plus, tout est fini. Rassemblez vos hardes, demain vous partirez. J'avais fixé l'embarquement au 24, mais j'ai pensé que plus la chose serait rapprochée, plus elle serait sûre. Demain à midi j'aurai l'ordre de votre exil, signé Buckingham. Si vous dites un seul mot à qui que ce soit avant d'être sur le navire, mon sergent vous fera sauter la cervelle, et il en a l'ordre ; si, sur le navire, vous dites un mot à qui que ce soit avant que le capitaine vous le permette, le capitaine vous fait jeter à la mer, c'est convenu. Au revoir, voilà ce que pour aujourd'hui j'avais à vous dire. Demain je vous reverrai pour vous faire mes adieux ! »

Et sur ces paroles le baron sortit.

Milady avait écouté toute cette menaçante tirade le sourire du dédain sur les lèvres, mais la rage dans le cœur.

On servit le souper ; Milady sentit qu'elle avait besoin de forces, elle ne savait pas ce qui pouvait se passer pendant cette nuit qui s'approchait menaçante, car de gros nuages roulaient au ciel, et des éclairs lointains annonçaient un orage.

L'orage éclata vers les dix heures du soir : Milady sentait une consolation à voir la nature partager le désordre de son cœur ; la foudre grondait dans l'air comme la colère dans sa pensée ; il lui semblait que la rafale, en passant, échevelait son front comme les arbres dont elle courbait les branches et enlevait les feuilles ; elle hurlait comme l'ouragan, et sa voix se perdait dans la grande voix de la nature, qui, elle aussi, semblait gémir et se désespérer.

Tout à coup elle entendit frapper à une vitre, et, à la lueur d'un éclair, elle vit le visage d'un homme apparaître derrière les barreaux.

Elle courut à la fenêtre et l'ouvrit.

« Felton ! s'écria-t-elle, je suis sauvée !

— Oui, dit Felton ! mais silence, silence ! il me faut le temps de scier vos barreaux. Prenez garde seulement qu'ils ne vous voient par le guichet.

— Oh ! c'est une preuve que le Seigneur est pour nous, Felton, reprit Milady, ils ont fermé le guichet avec une planche.

— C'est bien, Dieu les a rendus insensés [1] ! dit Felton.

— Mais que faut-il que je fasse ? demanda Milady.

— Rien, rien ; refermez la fenêtre seulement. Couchez-vous, ou, du moins, mettez-vous dans votre lit tout habillée ; quand j'aurai fini, je frapperai aux carreaux. Mais pourrez-vous me suivre ?

— Oh ! oui.

— Votre blessure ?

— Me fait souffrir, mais ne m'empêche pas de marcher.

— Tenez-vous donc prête au premier signal. »

Milady referma la fenêtre, éteignit la lampe, et alla, comme le lui avait recommandé Felton, se blottir dans son lit. Au milieu des plaintes de l'orage, elle entendait le grincement de la lime contre les barreaux, et, à la lueur de chaque éclair, elle apercevait l'ombre de Felton derrière les vitres.

Elle passa une heure sans respirer, haletante, la sueur sur le front, et le cœur serré par une épouvantable angoisse à chaque mouvement qu'elle entendait dans le corridor.

Il y a des heures qui durent une année.

Au bout d'une heure, Felton frappa de nouveau.

Milady bondit hors de son lit et alla ouvrir. Deux barreaux de moins formaient une ouverture à passer un homme.

« Etes-vous prête ? demanda Felton.

— Oui. Faut-il que j'emporte quelque chose ?

— De l'or, si vous en avez.

— Oui, heureusement on m'a laissé ce que j'en avais.

— Tant mieux, car j'ai usé tout le mien pour fréter [2] une barque.

— Prenez », dit Milady en mettant aux mains de Felton un sac plein d'or.

---

1. Variante de la formule usuelle : « Dieu aveugle ceux qu'il veut perdre ».
2. Affréter, louer.

Felton prit le sac et le jeta au pied du mur.

« Maintenant, dit-il, voulez-vous venir ?

— Me voici. »

Milady monta sur un fauteuil et passa tout le haut de son corps par la fenêtre : elle vit le jeune officier suspendu au-dessus de l'abîme par une échelle de corde.

Pour la première fois, un mouvement de terreur lui rappela qu'elle était femme.

Le vide l'épouvantait.

« Je m'en étais douté, dit Felton.

— Ce n'est rien, ce n'est rien, dit Milady, je descendrai les yeux fermés.

— Avez-vous confiance en moi ? dit Felton.

— Vous le demandez ?

— Rapprochez vos deux mains ; croisez-les, c'est bien. »

Felton lui lia les deux poignets avec son mouchoir, puis par-dessus le mouchoir, avec une corde.

« Que faites-vous ? demanda Milady avec surprise.

— Passez vos bras autour de mon cou et ne craignez rien.

— Mais je vous ferai perdre l'équilibre, et nous nous briserons tous les deux.

— Soyez tranquille, je suis marin. »

Il n'y avait pas une seconde à perdre ; Milady passa ses deux bras autour du cou de Felton et se laissa glisser hors de la fenêtre.

Felton se mit à descendre les échelons lentement et un à un. Malgré la pesanteur des deux corps, le souffle de l'ouragan les balançait dans l'air.

Tout à coup Felton s'arrêta.

« Qu'y a-t-il ? demanda Milady.

— Silence, dit Felton, j'entends des pas.

— Nous sommes découverts ! »

Il se fit un silence de quelques instants.

« Non, dit Felton, ce n'est rien.

— Mais enfin quel est ce bruit ?

— Celui de la patrouille qui va passer sur le chemin de ronde.

— Où est le chemin de ronde ?

— Juste au-dessous de nous.

— Elle va nous découvrir.

— Non, s'il ne fait pas d'éclairs.

— Elle heurtera le bas de l'échelle.

— Heureusement elle est trop courte de six pieds.

— Les voilà, mon Dieu !

— Silence ! »

Tous deux restèrent suspendus, immobiles et sans souffle, à vingt pieds du sol ; pendant ce temps les soldats passaient au-dessous riant et causant.

Il y eut pour les fugitifs un moment terrible.

La patrouille passa ; on entendit le bruit des pas qui s'éloignait, et le murmure des voix qui allait s'affaiblissant.

« Maintenant, dit Felton, nous sommes sauvés. »

Milady poussa un soupir et s'évanouit.

Felton continua de descendre. Parvenu au bas de l'échelle, et lorsqu'il ne sentit plus d'appui pour ses pieds, il se cramponna avec ses mains ; enfin, arrivé au dernier échelon, il se laissa pendre à la force des poignets et toucha la terre. Il se baissa, ramassa le sac d'or et le prit entre ses dents.

Puis il souleva Milady dans ses bras, et s'éloigna vivement du côté opposé à celui qu'avait pris la patrouille. Bientôt il quitta le chemin de ronde, descendit à travers les rochers, et, arrivé au bord de la mer, fit entendre un coup de sifflet.

Un signal pareil lui répondit, et, cinq minutes après, il vit apparaître une barque montée par quatre hommes.

La barque s'approcha aussi près qu'elle put du rivage, mais il n'y avait pas assez de fond pour qu'elle pût toucher le bord ; Felton se mit à l'eau jusqu'à la ceinture, ne voulant confier à personne son précieux fardeau.

Heureusement la tempête commençait à se calmer, et cependant la mer était encore violente ; la petite barque bondissait sur les vagues comme une coquille de noix.

« Au sloop [1], dit Felton, et nagez vivement. »

Les quatre hommes se mirent à la rame ; mais la mer était trop grosse pour que les avirons eussent grande prise dessus.

Toutefois on s'éloignait du château ; c'était le principal. La nuit était profondément ténébreuse, et il était déjà presque impossible de distinguer le rivage de la barque, à plus forte raison n'eût-on pas pu distinguer la barque du rivage.

Un point noir se balançait sur la mer.

C'était le sloop.

Pendant que la barque s'avançait de son côté de toute la force de ses quatre rameurs, Felton déliait la corde, puis le mouchoir qui liait les mains de Milady.

Puis, lorsque ses mains furent déliées, il prit de l'eau de la mer et la lui jeta au visage.

Milady poussa un soupir et ouvrit les yeux.

« Où suis-je ? dit-elle.

— Sauvée, répondit le jeune officier.

— Oh ! sauvée ! sauvée ! s'écria-t-elle. Oui, voici le ciel, voici la mer ! Cet air que je respire, c'est celui de la liberté. Ah !... merci, Felton, merci ! »

Le jeune homme la pressa contre son cœur.

« Mais qu'ai-je donc aux mains ? demanda Milady ; il me semble qu'on m'a brisé les poignets dans un étau. »

En effet, Milady souleva ses bras : elle avait les poignets meurtris.

« Hélas ! dit Felton en regardant ces belles mains et en secouant doucement la tête.

— Oh ! ce n'est rien, ce n'est rien ! s'écria Milady : maintenant je me rappelle ! »

Milady chercha des yeux autour d'elle.

« Il est là », dit Felton en poussant du pied le sac d'or.

---

1. Le *sloop* est le petit bâtiment à un mât, loué par Felton, et à qui appartient la barque.

On s'approchait du sloop. Le marin de quart [1] héla la barque, la barque répondit.

« Quel est ce bâtiment ? demanda Milady.

— Celui que j'ai frété pour vous.

— Où va-t-il me conduire ?

— Où vous voudrez, pourvu que, moi, vous me jetiez [2] à Portsmouth.

— Qu'allez-vous faire à Portsmouth ? demanda Milady.

— Accomplir les ordres de Lord de Winter, dit Felton avec un sombre sourire.

— Quels ordres ? demanda Milady.

— Vous ne comprenez donc pas ? dit Felton.

— Non ; expliquez-vous, je vous en prie.

— Comme il se défiait de moi, il a voulu vous garder lui-même, et m'a envoyé à sa place faire signer à Buckingham l'ordre de votre déportation.

— Mais s'il se défiait de vous, comment vous a-t-il confié cet ordre ?

— Etais-je censé savoir ce que je portais ?

— C'est juste. Et vous allez à Portsmouth ?

— Je n'ai pas de temps à perdre : c'est demain le 23, et Buckingham part demain avec la flotte.

— Il part demain, pour où part-il ?

— Pour La Rochelle.

— Il ne faut pas qu'il parte ! s'écria Milady, oubliant sa présence d'esprit accoutumée.

— Soyez tranquille, répondit Felton, il ne partira pas. »

Milady tressaillit de joie ; elle venait de lire au plus profond du cœur du jeune homme : la mort de Buckingham y était écrite en toutes lettres.

« Felton..., dit-elle, vous êtes grand comme Judas

---

1. De service au gouvernail.
2. « Débarquiez »

Macchabée [1] ! Si vous mourez, je meurs avec vous : voilà tout ce que je puis vous dire.

— Silence ! dit Felton, nous sommes arrivés. »

En effet, on touchait au sloop.

Felton monta le premier à l'échelle et donna la main à Milady, tandis que les matelots la soutenaient, car la mer était encore fort agitée.

Un instant après ils étaient sur le pont.

« Capitaine, dit Felton, voici la personne dont je vous ai parlé, et qu'il faut conduire saine et sauve en France.

— Moyennant mille pistoles, dit le capitaine.

— Je vous en ai donné cinq cents.

— C'est juste, dit le capitaine.

— Et voilà les cinq cents autres, reprit Milady, en portant la main au sac d'or.

— Non, dit le capitaine, je n'ai qu'une parole, et je l'ai donnée à ce jeune homme ; les cinq cents autres pistoles ne me sont dues qu'en arrivant à Boulogne.

— Et nous y arriverons ?

— Sains et saufs, dit le capitaine, aussi vrai que je m'appelle Jack Buttler.

— Eh bien ! dit Milady, si vous tenez votre parole, ce n'est pas cinq cents, mais mille pistoles que je vous donnerai.

— Hurrah pour vous alors, ma belle dame, cria le capitaine, et puisse Dieu m'envoyer souvent des pratiques [2] comme Votre Seigneurie !

— En attendant, dit Felton, conduisez-nous dans la petite baie de Chichester, en avant de Portsmouth ; vous savez qu'il est convenu que vous nous conduirez là. »

Le capitaine répondit en commandant la manœuvre nécessaire, et vers les sept heures du matin le petit bâtiment jetait l'ancre dans la baie désignée.

---

1. Un des trois frères Maccabées, patriotes juifs qui luttèrent au IIᵉ siècle avant J.-C. pour la liberté de leur peuple, souvent invoqués comme modèles par les protestants.
2. Clients.

Pendant cette traversée, Felton avait tout raconté à Milady : comment, au lieu d'aller à Londres, il avait frété le petit bâtiment, comment il était revenu, comment il avait escaladé la muraille en plaçant dans les interstices des pierres, à mesure qu'il montait, des crampons, pour assurer ses pieds, et comment enfin, arrivé aux barreaux, il avait attaché l'échelle, Milady savait le reste.

De son côté, Milady essaya d'encourager Felton dans son projet ; mais aux premiers mots qui sortirent de sa bouche, elle vit bien que le jeune fanatique avait plutôt besoin d'être modéré que d'être affermi.

Il fut convenu que Milady attendrait Felton jusqu'à dix heures ; si à dix heures il n'était pas de retour, elle partirait.

Alors, en supposant qu'il fût libre, il la rejoindrait en France, au couvent des Carmélites de Béthune.

LIX

CE QUI SE PASSAIT À PORTSMOUTH LE 23 AOÛT 1628 [1]

Felton prit congé de Milady comme un frère qui va faire une simple promenade prend congé de sa sœur en lui baisant la main.

Toute sa personne paraissait dans son état de calme ordinaire : seulement une lueur inaccoutumée brillait dans ses yeux, pareille à un reflet de fièvre ; son front était plus pâle encore que de coutume ; ses

1. Dumas triche ici avec la chronologie. Milady, partie de La Rochelle en décembre n'a pu passer en voyage, puis en prison, plus de trois semaines. On devrait donc se trouver à la fin de janvier. Mais le temps romanesque rejoint brusquement le temps de l'histoire. Sur la date exacte de l'assassinat de Buckingham, *cf. Notice historique*.

dents étaient serrées, et sa parole avait un accent bref et saccadé qui indiquait que quelque chose de sombre s'agitait en lui.

Tant qu'il resta sur la barque qui le conduisait à terre, il demeura le visage tourné du côté de Milady, qui, debout sur le pont, le suivait des yeux. Tous deux étaient assez rassurés sur la crainte d'être poursuivis : on n'entrait jamais dans la chambre de Milady avant neuf heures ; et il fallait trois heures pour venir du château à Londres.

Felton mit pied à terre, gravit la petite crête qui conduisait au haut de la falaise, salua Milady une dernière fois, et prit sa course vers la ville.

Au bout de cent pas, comme le terrain allait en descendant, il ne pouvait plus voir que le mât du sloop.

Il courut aussitôt dans la direction de Portsmouth, dont il voyait en face de lui, à un demi-mille à peu près, se dessiner dans la brume du matin les tours et les maisons.

Au-delà de Portsmouth, la mer était couverte de vaisseaux dont on voyait les mâts, pareils à une forêt de peupliers dépouillés par l'hiver, se balancer sous le souffle du vent.

Felton, dans sa marche rapide, repassait ce que dix années de méditations ascétiques et un long séjour au milieu des puritains lui avaient fourni d'accusations vraies ou fausses contre le favori de Jacques VI et de Charles Ier.

Lorsqu'il comparait les crimes publics de ce ministre, crimes éclatants, crimes européens, si on pouvait le dire, avec les crimes privés et inconnus dont l'avait chargé Milady, Felton trouvait que le plus coupable des deux hommes que renfermait Buckingham était celui dont le public ne connaissait pas la vie. C'est que son amour si étrange, si nouveau, si ardent, lui faisait voir les accusations infâmes et imaginaires de Lady de Winter, comme on voit au travers d'un verre grossissant, à l'état de monstres effroyables, des atomes imperceptibles en réalité auprès d'une fourmi.

La rapidité de sa course allumait encore son sang : l'idée qu'il laissait derrière lui, exposée à une vengeance effroyable, la femme qu'il aimait ou plutôt qu'il adorait comme une sainte, l'émotion passée, sa fatigue présente, tout exaltait encore son âme au-dessus des sentiments humains.

Il entra à Portsmouth vers les huit heures du matin [1] ; toute la population était sur pied ; le tambour battait dans les rues et sur le port ; les troupes d'embarquement descendaient vers la mer.

Felton arriva au palais de l'Amirauté, couvert de poussière et ruisselant de sueur ; son visage, ordinairement si pâle, était pourpre de chaleur et de colère. La sentinelle voulut le repousser ; mais Felton appela le chef du poste, et tirant de sa poche la lettre dont il était porteur :

« Message pressé de la part de Lord de Winter », dit-il.

Au nom de Lord de Winter, qu'on savait l'un des plus intimes de Sa Grâce, le chef de poste donna l'ordre de laisser passer Felton, qui, du reste, portait lui-même l'uniforme d'officier de marine.

Felton s'élança dans le palais.

Au moment où il entrait dans le vestibule un homme entrait aussi, poudreux [2], hors d'haleine, laissant à la porte un cheval de poste qui en arrivant tomba sur les deux genoux.

Felton et lui s'adressèrent en même temps à Patrick, le valet de chambre de confiance du duc. Felton nomma le baron de Winter, l'inconnu ne voulut nommer personne, et prétendit que c'était au duc seul qu'il pouvait se faire connaître. Tous deux insistaient pour passer l'un avant l'autre.

Patrick, qui savait que Lord de Winter était en affaires de service et en relations d'amitié avec le duc, donna la préférence à celui qui venait en son nom.

1. En réalité, l'assassinat eut lieu un peu plus tard, après le dîner (repas de midi).
2. *Cf.* p. 145, n. 1.

L'autre fut forcé d'attendre, et il fut facile de voir combien il maudissait ce retard.

Le valet de chambre fit traverser à Felton une grande salle dans laquelle attendaient les députés de La Rochelle conduits par le prince de Soubise [1], et l'introduisit dans un cabinet où Buckingham, sortant du bain, achevait sa toilette, à laquelle, cette fois comme toujours, il accordait une attention extraordinaire.

« Le lieutenant Felton, dit Patrick, de la part de Lord de Winter.

— De la part de Lord de Winter ! répéta Buckingham, faites entrer. »

Felton entra. En ce moment Buckingham jetait sur un canapé une riche robe de chambre brochée d'or, pour endosser un pourpoint de velours bleu tout brodé de perles.

« Pourquoi le baron n'est-il pas venu lui-même ? demanda Buckingham, je l'attendais ce matin.

— Il m'a chargé de dire à Votre Grâce, répondit Felton, qu'il regrettait fort de ne pas avoir cet honneur, mais qu'il en était empêché par la garde qu'il est obligé de faire au château.

— Oui, oui, dit Buckingham, je sais cela, il a une prisonnière.

— C'est justement de cette prisonnière que je voulais parler à Votre Grâce, reprit Felton.

— Eh bien ! parlez.

— Ce que j'ai à vous dire ne peut être entendu que de vous, Milord.

— Laissez-nous, Patrick, dit Buckingham, mais tenez-vous à portée de la sonnette ; je vous appellerai tout à l'heure. »

1. Indication exacte. Benjamin de Rohan, baron (et non prince) de Soubise, était avec son frère Henri, duc de Rohan, un des plus ardents chefs huguenots. Lui et sa suite auraient même été accusés du meurtre si Felton ne l'avait revendiqué. Mais la présence du serviteur d'Anne d'Autriche, La Porte, est imaginaire, ainsi que le dialogue entre Felton et le duc.

Patrick sortit.

« Nous sommes seuls, Monsieur, dit Buckingham, parlez.

— Milord, dit Felton, le baron de Winter vous a écrit l'autre jour pour vous prier de signer un ordre d'embarquement relatif à une jeune femme nommée Charlotte Backson.

— Oui, Monsieur, et je lui ai répondu de m'apporter ou de m'envoyer cet ordre et que je le signerais.

— Le voici, Milord.

— Donnez », dit le duc.

Et, le prenant des mains de Felton, il jeta sur le papier un coup d'œil rapide. Alors, s'apercevant que c'était bien celui qui lui était annoncé, il le posa sur la table, prit une plume et s'apprêta à signer.

« Pardon, Milord, dit Felton arrêtant le duc, mais Votre Grâce sait-elle que le nom de Charlotte Backson n'est pas le véritable nom de cette jeune femme ?

— Oui, Monsieur, je le sais, répondit le duc en trempant la plume dans l'encrier.

— Alors, Votre Grâce connaît son véritable nom ? demanda Felton d'une voix brève.

— Je le connais. »

Le duc approcha la plume du papier.

« Et, connaissant ce véritable nom, reprit Felton, Monseigneur signera tout de même ?

— Sans doute, dit Buckingham, et plutôt deux fois qu'une.

— Je ne puis croire, continua Felton d'une voix qui devenait de plus en plus brève et saccadée, que Sa Grâce sache qu'il s'agit de Lady de Winter...

— Je le sais parfaitement, quoique je sois étonné que vous le sachiez, vous !

— Et Votre Grâce signera cet ordre sans remords ? »

Buckingham regarda le jeune homme avec hauteur.

« Ah çà, Monsieur, savez-vous bien, lui dit-il, que vous me faites là d'étranges questions, et que je suis bien simple d'y répondre ?

— Répondez-y, Monseigneur, dit Felton, la situation est plus grave que vous ne le croyez peut-être. »

Buckingham pensa que le jeune homme, venant de la part de Lord de Winter, parlait sans doute en son nom et se radoucit.

« Sans remords aucun, dit-il, et le baron sait comme moi que Milady de Winter est une grande coupable, et que c'est presque lui faire grâce que de borner sa peine à l'exportation [1]. »

Le duc posa sa plume sur le papier.

« Vous ne signerez pas cet ordre, Milord ! dit Felton en faisant un pas vers le duc.

— Je ne signerai pas cet ordre, dit Buckingham, et pourquoi ?

— Parce que vous descendrez en vous-même, et que vous rendrez justice à Milady.

— On lui rendra justice en l'envoyant à Tyburn, dit Buckingham ; Milady est une infâme.

— Monseigneur, Milady est un ange, vous le savez bien, et je vous demande sa liberté.

— Ah çà, dit Buckingham, êtes-vous fou de me parler ainsi ?

— Milord, excusez-moi ! je parle comme je puis ; je me contiens. Cependant, Milord, songez à ce que vous allez faire, et craignez d'outrepasser la mesure !

— Plaît-il ?... Dieu me pardonne ! s'écria Buckingham, mais je crois qu'il me menace !

— Non, Milord, je prie encore, et je vous dis : une goutte d'eau suffit pour faire déborder le vase plein, une faute légère peut attirer le châtiment sur la tête épargnée malgré tant de crimes.

— Monsieur Felton, dit Buckingham, vous allez sortir d'ici et vous rendre aux arrêts [2] sur-le-champ.

— Vous allez m'écouter jusqu'au bout, Milord. Vous avez séduit cette jeune fille, vous l'avez outragée, souillée ; réparez vos crimes envers elle, laissez-la

---

1. Bannissement, déportation.
2. A la prison militaire.

partir librement, et je n'exigerai pas autre chose de vous.

— Vous n'exigerez pas ? dit Buckingham regardant Felton avec étonnement et appuyant sur chacune des syllabes des trois mots qu'il venait de prononcer.

— Milord, continua Felton s'exaltant à mesure qu'il parlait, Milord, prenez garde, toute l'Angleterre est lasse de vos iniquités ; Milord, vous avez abusé de la puissance royale que vous avez presque usurpée ; Milord, vous êtes en horreur aux hommes et à Dieu ; Dieu vous punira plus tard, mais, moi, je vous punirai aujourd'hui.

— Ah ! ceci est trop fort ! » cria Buckingham en faisant un pas vers la porte.

Felton lui barra le passage.

« Je vous le demande humblement, dit-il, signez l'ordre de mise en liberté de Lady de Winter ; songez que c'est la femme que vous avez déshonorée.

— Retirez-vous, Monsieur, dit Buckingham, ou j'appelle et vous fais mettre aux fers.

— Vous n'appellerez pas, dit Felton en se jetant entre le duc et la sonnette placée sur un guéridon incrusté d'argent ; prenez garde, Milord, vous voilà entre les mains de Dieu.

— Dans les mains du diable, vous voulez dire, s'écria Buckingham en élevant la voix pour attirer du monde, sans cependant appeler directement.

— Signez, Milord, signez la liberté de Lady de Winter, dit Felton en poussant un papier vers le duc.

— De force ! vous moquez-vous ? holà, Patrick !

— Signez, Milord !

— Jamais !

— Jamais !

— A moi », cria le duc, et en même temps il sauta sur son épée.

Mais Felton ne lui donna pas le temps de la tirer : il tenait tout ouvert et caché dans son pourpoint le couteau dont s'était frappée Milady ; d'un bond il fut sur le duc.

En ce moment Patrick entrait dans la salle en criant :

« Milord, une lettre de France !

— De France ! » s'écria Buckingham, oubliant tout en pensant de qui lui venait cette lettre.

Felton profita du moment et lui enfonça dans le flanc le couteau jusqu'au manche.

« Ah traître ! cria Buckingham, tu m'as tué... [1]

— Au meurtre ! » hurla Patrick.

Felton jeta les yeux autour de lui pour fuir, et, voyant la porte libre, s'élança dans la chambre voisine, qui était celle où attendaient, comme nous l'avons dit, les députés de La Rochelle, la traversa tout en courant et se précipita vers l'escalier ; mais, sur la première marche, il rencontra Lord de Winter, qui, le voyant pâle, égaré, livide, taché de sang à la main et à la figure, lui sauta au cou en s'écriant :

« Je le savais, je l'avais deviné et j'arrive trop tard d'une minute ! Oh ! malheureux que je suis ! »

Felton ne fit aucune résistance ; Lord de Winter le remit aux mains des gardes, qui le conduisirent, en attendant de nouveaux ordres, sur une petite terrasse dominant la mer, et il s'élança dans le cabinet de Buckingham.

Au cri poussé par le duc, à l'appel de Patrick, l'homme que Felton avait rencontré dans l'antichambre se précipita dans le cabinet.

Il trouva le duc couché sur un sofa, serrant sa blessure dans sa main crispée.

« La Porte, dit le duc d'une voix mourante, La Porte, viens-tu de sa part ?

— Oui, Monseigneur, répondit le fidèle serviteur d'Anne d'Autriche, mais trop tard peut-être.

— Silence, La Porte ! on pourrait vous entendre ; Patrick, ne laissez entrer personne : oh ! je ne saurai pas ce qu'elle me fait dire ! mon Dieu, je me meurs ! »

Et le duc s'évanouit.

---

1. Cette exclamation est citée dans les *Mémoires* de Richelieu.

Cependant, Lord de Winter, les députés, les chefs de l'expédition, les officiers de la maison de Buckingham, avaient fait irruption dans sa chambre ; partout des cris de désespoir retentissaient. La nouvelle qui emplissait le palais de plaintes et de gémissements en déborda bientôt partout et se répandit par la ville.

Un coup de canon annonça qu'il venait de se passer quelque chose de nouveau et d'inattendu.

Lord de Winter s'arrachait les cheveux.

« Trop tard d'une minute ! s'écriait-il, trop tard d'une minute ! Oh ! mon Dieu, mon Dieu, quel malheur ! »

En effet, on était venu lui dire à sept heures du matin qu'une échelle de corde flottait à une des fenêtres du château ; il avait couru aussitôt à la chambre de Milady, avait trouvé la chambre vide et la fenêtre ouverte, les barreaux sciés, il s'était rappelé la recommandation verbale que lui avait fait transmettre d'Artagnan par son messager, il avait tremblé pour le duc, et, courant à l'écurie, sans prendre le temps de faire seller son cheval, avait sauté sur le premier venu, était accouru ventre à terre, et sautant à bas dans la cour, avait monté précipitamment l'escalier, et, sur le premier degré, avait, comme nous l'avons dit, rencontré Felton.

Cependant le duc n'était pas mort : il revint à lui, rouvrit les yeux, et l'espoir rentra dans tous les cœurs.

« Messieurs, dit-il, laissez-moi seul avec Patrick et La Porte.

« Ah ! c'est vous, de Winter ! vous m'avez envoyé ce matin un singulier fou, voyez l'état dans lequel il m'a mis !

— Oh ! Milord ! s'écria le baron, je ne m'en consolerai jamais.

— Et tu aurais tort, mon cher de Winter, dit Buckingham en lui tendant la main, je ne connais pas d'homme qui mérite d'être regretté pendant toute la vie d'un autre homme ; mais laisse-nous, je t'en prie. »

Le baron sortit en sanglotant. Il ne resta dans le cabinet que le duc blessé, La Porte et Patrick.

On cherchait un médecin, qu'on ne pouvait trouver.

« Vous vivrez, Milord, vous vivrez, répétait, à genoux devant le sofa du duc, le messager d'Anne d'Autriche.

— Que m'écrivait-elle ? dit faiblement Bucking-ham tout ruisselant de sang et domptant, pour parler de celle qu'il aimait, d'atroces douleurs, que m'écrivait-elle ? Lis-moi sa lettre.

— Oh ! Milord ! fit La Porte.

— Obéis, La Porte ; ne vois-tu pas que je n'ai pas de temps à perdre ? »

La Porte rompit le cachet et plaça le parchemin sous les yeux du duc ; mais Buckingham essaya vainement de distinguer l'écriture.

« Lis donc, dit-il, lis donc, je n'y vois plus ; lis donc ! car bientôt peut-être je n'entendrai plus, et je mourrai sans savoir ce qu'elle m'a écrit. »

La Porte ne fit plus de difficulté, et lut :

> « Milord,
> « Par ce que j'ai, depuis que je vous connais, souffert par vous et pour vous, je vous conjure, si vous avez souci de mon repos, d'interrompre les grands armements que vous faites contre la France et de cesser une guerre dont on dit tout haut que la religion est la cause visible, et tout bas que votre amour pour moi est la cause cachée. Cette guerre peut non seulement amener pour la France et pour l'Angleterre de grandes catastrophes, mais encore pour vous, Milord, des malheurs dont je ne me consolerais pas.
> « Veillez sur votre vie, que l'on menace et qui me sera chère du moment où je ne serai pas obligée de voir en vous un ennemi.
> « Votre affectionnée,
> « ANNE [1]. »

___

1. Cette lettre est, bien sûr, imaginaire.

Buckingham rappela tous les restes de sa vie pour écouter cette lecture ; puis, lorsqu'elle fut finie, comme s'il eût trouvé dans cette lettre un amer désappointement :

« N'avez-vous donc pas autre chose à me dire de vive voix, La Porte ? demanda-t-il.

— Si fait, Monseigneur : la reine m'avait chargé de vous dire de veiller sur vous, car elle avait eu avis qu'on voulait vous assassiner.

— Et c'est tout, c'est tout ? reprit Buckingham avec impatience.

— Elle m'avait encore chargé de vous dire qu'elle vous aimait toujours.

— Ah ! fit Buckingham, Dieu soit loué ! ma mort ne sera donc pas pour elle la mort d'un étranger !... »

La Porte fondit en larmes.

« Patrick, dit le duc, apportez-moi le coffret où étaient les ferrets de diamants. »

Patrick apporta l'objet demandé, que La Porte reconnut pour avoir appartenu à la reine.

« Maintenant le sachet de satin blanc, où son chiffre est brodé en perles. »

Patrick obéit encore.

« Tenez, La Porte, dit Buckingham, voici les seuls gages [1] que j'eusse à elle, ce coffret d'argent, et ces deux lettres. Vous les rendrez à Sa Majesté ; et pour dernier souvenir... (il chercha autour de lui quelque objet précieux)... vous y joindrez... »

Il chercha encore ; mais ses regards obscurcis par la mort ne rencontrèrent que le couteau tombé des mains de Felton, et fumant encore du sang vermeil étendu sur la lame.

« Et vous y joindrez ce couteau », dit le duc en serrant la main de La Porte.

Il put encore mettre le sachet au fond du coffret d'argent, y laissa tomber le couteau en faisant signe à

---

1. Témoignages d'amour. — Par inadvertance le coffret, qui était de bois de rose incrusté d'or au chapitre XII, est maintenant d'argent.

La Porte qu'il ne pouvait plus parler ; puis, dans une dernière convulsion, que cette fois il n'avait plus la force de combattre, il glissa du sofa sur le parquet.

Patrick poussa un grand cri.

Buckingham voulut sourire une dernière fois ; mais la mort arrêta sa pensée, qui resta gravée sur son front comme un dernier baiser d'amour.

En ce moment le médecin du duc arriva tout effaré ; il était déjà à bord du vaisseau amiral, on avait été obligé d'aller le chercher là.

Il s'approcha du duc, prit sa main, la garda un instant dans la sienne, et la laissa retomber.

« Tout est inutile, dit-il, il est mort.

— Mort, mort ! » s'écria Patrick.

A ce cri toute la foule rentra dans la salle, et partout ce ne fut que consternation et que tumulte.

Aussitôt que Lord de Winter vit Buckingham expiré, il courut à Felton, que les soldats gardaient toujours sur la terrasse du palais.

« Misérable ! dit-il au jeune homme qui, depuis la mort de Buckingham, avait retrouvé ce calme et ce sang-froid qui ne devaient plus l'abandonner ; misérable ! qu'as-tu fait ?

— Je me suis vengé, dit-il.

— Toi ! dit le baron ; dis que tu as servi d'instrument à cette femme maudite ; mais je te le jure, ce crime sera son dernier crime.

— Je ne sais ce que vous voulez dire, reprit tranquillement Felton, et j'ignore de qui vous voulez parler, Milord ; j'ai tué M. de Buckingham parce qu'il a refusé deux fois à vous-même de me nommer capitaine [1] : je l'ai puni de son injustice, voilà tout. »

De Winter, stupéfait, regardait les gens qui liaient Felton, et ne savait que penser d'une pareille insensibilité.

Une seule chose jetait cependant un nuage sur le front pur de Felton. A chaque bruit qu'il entendait, le

---

1. C'est en effet une des raisons qu'invoqua Felton, en plus des motivations politiques.

naïf puritain croyait reconnaître les pas et la voix de Milady venant se jeter dans ses bras pour s'accuser et se perdre avec lui.

Tout à coup il tressaillit, son regard se fixa sur un point de la mer, que de la terrasse où il se trouvait on dominait tout entière ; avec ce regard d'aigle du marin, il avait reconnu, là où un autre n'aurait vu qu'un goéland se balançant sur les flots, la voile du sloop qui se dirigeait vers les côtes de France.

Il pâlit, porta la main à son cœur, qui se brisait, et comprit toute la trahison.

« Une dernière grâce, Milord ! dit-il au baron.

— Laquelle ? demanda celui-ci.

— Quelle heure est-il ? »

Le baron tira sa montre.

« Neuf heures moins dix minutes », dit-il.

Milady avait avancé son départ d'une heure et demie ; dès qu'elle avait entendu le coup de canon qui annonçait le fatal événement, elle avait donné l'ordre de lever l'ancre.

La barque voguait sous un ciel bleu à une grande distance de la côte.

« Dieu l'a voulu », dit Felton avec la résignation du fanatique, mais cependant sans pouvoir détacher les yeux de cet esquif [1] à bord duquel il croyait sans doute distinguer le blanc fantôme de celle à qui sa vie allait être sacrifiée.

De Winter suivit son regard, interrogea sa souffrance et devina tout.

« Sois puni *seul* d'abord, misérable, dit Lord de Winter à Felton, qui se laissait entraîner les yeux tournés vers la mer ; mais je te jure, sur la mémoire de mon frère que j'aimais tant, que ta complice n'est pas sauvée. »

Felton baissa la tête sans prononcer une syllabe.

Quant à de Winter, il descendit rapidement l'escalier et se rendit au port.

1. Embarcation légère (terme poétique).

LX

EN FRANCE

La première crainte du roi d'Angleterre, Charles Ier, en apprenant cette mort, fut qu'une si terrible nouvelle ne décourageât les Rochelois ; il essaya, dit Richelieu dans ses Mémoires [1], de la leur cacher le plus longtemps possible, faisant fermer les ports par tout son royaume, et prenant soigneusement garde qu'aucun vaisseau ne sortît jusqu'à ce que l'armée que Buckingham apprêtait fût partie, se chargeant, à défaut de Buckingham, de surveiller lui-même le départ.

Il poussa même la sévérité de cet ordre jusqu'à retenir en Angleterre l'ambassadeur de Danemark, qui avait pris congé, et l'ambassadeur ordinaire de Hollande, qui devait ramener dans le port de Flessingue les navires des Indes que Charles Ier avait fait restituer aux Provinces-Unies.

Mais comme il ne songea à donner cet ordre que cinq heures après l'événement, c'est-à-dire à deux heures de l'après-midi, deux navires étaient déjà sortis du port : l'un emmenant, comme nous le savons, Milady, laquelle, se doutant déjà de l'événement, fut encore confirmée dans cette croyance en voyant le pavillon noir se déployer au mât du vaisseau amiral.

Quant au second bâtiment, nous dirons plus tard qui il portait et comment il partit.

Pendant ce temps, du reste, rien de nouveau au camp de La Rochelle ; seulement le roi, qui s'ennuyait fort, comme toujours, mais peut-être encore un peu plus au camp qu'ailleurs, résolut d'aller incognito

---

1. Les données historiques qui suivent sont en effet tirées des *Mémoires* de Richelieu, notamment la fermeture des ports anglais et la restitution des navires des Indes aux Provinces-Unies (éd. Petitot, t. 24, p. 162). — Flessingue est un port des Pays-Bas.

passer les fêtes de saint Louis [1] à Saint-Germain, et demanda au cardinal de lui faire préparer une escorte de vingt mousquetaires seulement. Le cardinal, que l'ennui du roi gagnait quelquefois, accorda avec grand plaisir ce congé à son royal lieutenant, lequel promit d'être de retour vers le 15 septembre.

M. de Tréville, prévenu par Son Eminence, fit son portemanteau [2], et comme, sans en savoir la cause, il savait le vif désir et même l'impérieux besoin que ses amis avaient de revenir à Paris, il va sans dire qu'il les désigna pour faire partie de l'escorte.

Les quatre jeunes gens surent la nouvelle un quart d'heure après M. de Tréville, car ils furent les premiers à qui il la communiqua. Ce fut alors que d'Artagnan apprécia la faveur que lui avait accordée le cardinal en le faisant enfin passer aux mousquetaires ; sans cette circonstance, il était forcé de rester au camp tandis que ses compagnons partaient.

On verra plus tard que cette impatience de remonter vers Paris avait pour cause le danger que devait courir Mme Bonacieux en se rencontrant au couvent de Béthune avec Milady, son ennemie mortelle. Aussi, comme nous l'avons dit, Aramis avait écrit immédiatement à Marie Michon, cette lingère de Tours qui avait de si belles connaissances, pour qu'elle obtînt que la reine donnât l'autorisation à Mme Bonacieux de sortir du couvent et de se retirer soit en Lorraine, soit en Belgique. La réponse ne s'était pas fait attendre, et, huit ou dix jours après, Aramis avait reçu cette lettre :

« Mon cher cousin,

« Voici l'autorisation de ma sœur à retirer notre petite servante du couvent de Béthune, dont vous pensez que l'air est mauvais pour elle. Ma sœur vous

1. La Saint-Louis tombe le 25 août. Mais il ne semble pas que Louis XIII ait quitté La Rochelle à la date indiquée. Ce voyage « *incognito* » a été inventé pour les besoins de l'intrigue.
2. *Cf.* p. 62, n. 4.

envoie cette autorisation avec grand plaisir, car elle aime fort cette petite fille, à laquelle elle se réserve d'être utile plus tard.

« Je vous embrasse.

« MARIE MICHON. »

A cette lettre était jointe une autorisation ainsi conçue :

« La supérieure du couvent de Béthune remettra aux mains de la personne qui lui remettra ce billet la novice qui était entrée dans son couvent sous ma recommandation et sous mon patronage.

« Au Louvre, le 10 août 1628.

« ANNE. »

On comprend combien ces relations de parenté entre Aramis et une lingère qui appelait la reine sa sœur avaient égayé la verve des jeunes gens ; mais Aramis, après avoir rougi deux ou trois fois jusqu'au blanc des yeux aux grosses plaisanteries de Porthos, avait prié ses amis de ne plus revenir sur ce sujet, déclarant que s'il lui en était dit encore un seul mot, il n'emploierait plus sa cousine comme intermédiaire dans ces sortes d'affaires.

Il ne fut donc plus question de Marie Michon entre les quatre mousquetaires, qui d'ailleurs avaient ce qu'ils voulaient : l'ordre de tirer Mme Bonacieux du couvent des carmélites de Béthune. Il est vrai que cet ordre ne leur servirait pas à grand-chose tant qu'ils seraient au camp de La Rochelle, c'est-à-dire à l'autre bout de la France ; aussi d'Artagnan allait-il demander un congé à M. de Tréville, en lui confiant tout bonnement l'importance de son départ, lorsque cette nouvelle lui fut transmise, ainsi qu'à ses trois compagnons, que le roi allait partir pour Paris avec une escorte de vingt mousquetaires, et qu'ils faisaient partie de l'escorte.

La joie fut grande. On envoya les valets devant avec les bagages, et l'on partit le 16 au matin.

Le cardinal reconduisit Sa Majesté de Surgères à Mauzé [1], et là, le roi et son ministre prirent congé l'un de l'autre avec de grandes démonstrations d'amitié.

Cependant le roi, qui cherchait de la distraction, tout en cheminant le plus vite qu'il lui était possible, car il désirait être arrivé à Paris pour le 23, s'arrêtait de temps en temps pour voler la pie, passe-temps dont le goût lui avait autrefois été inspiré par de Luynes [2], et pour lequel il avait toujours conservé une grande prédilection. Sur les vingt mousquetaires, seize, lorsque la chose arrivait, se réjouissaient fort de ce bon temps ; mais quatre maugréaient [3] de leur mieux. D'Artagnan surtout avait des bourdonnements perpétuels dans les oreilles, ce que Porthos expliquait ainsi :

« Une très grande dame m'a appris que cela veut dire que l'on parle de vous quelque part. »

Enfin l'escorte traversa Paris le 23, dans la nuit ; le roi remercia M. de Tréville, et lui permit de distribuer des congés pour quatre jours, à la condition que pas un des favorisés ne paraîtrait dans un lieu public, sous peine de la Bastille.

Les quatre premiers congés accordés, comme on le pense bien, furent à nos quatre amis. Il y a plus, Athos obtint de M. de Tréville six jours au lieu de quatre et fit mettre dans ces six jours deux nuits de plus, car ils partirent le 24, à cinq heures du soir, et par complaisance encore, M. de Tréville postdata le congé du 25 au matin.

---

1. Surgères, aujourd'hui en Charente-Maritime et Mauzé-sur-le-Mignon, dans les Deux-Sèvres.
2. *Voler* un gibier ; le chasser au moyen d'oiseaux dressés à cet effet. C'est en tant que préposé à la volerie du jeune Louis XIII que Luynes avait conquis sa faveur, selon Tallemant des Réaux. Le roi raffola toute sa vie de ce passe-temps. *Cf.* Mme de Motteville : « Pendant que ses armées prenaient des villes et gagnaient des batailles, il s'amusait à prendre des oiseaux. »
3. Montraient de la mauvaise humeur.

« Eh ! mon Dieu, disait d'Artagnan, qui, comme on le sait, ne doutait jamais de rien, il me semble que nous faisons bien de l'embarras pour une chose bien simple : en deux jours, et en crevant deux ou trois chevaux (peu m'importe : j'ai de l'argent), je suis à Béthune, je remets la lettre de la reine à la supérieure, et je ramène le cher trésor que je vais chercher, non pas en Lorraine, non pas en Belgique, mais à Paris, où il sera mieux caché, surtout tant que M. le cardinal sera à La Rochelle. Puis, une fois de retour de la campagne, eh bien ! moitié par la protection de sa cousine, moitié en faveur de ce que nous avons fait personnellement pour elle, nous obtiendrons de la reine ce que nous voudrons. Restez donc ici, ne vous épuisez pas de fatigue inutilement ; moi et Planchet, c'est tout ce qu'il faut pour une expédition aussi simple. »

A ceci Athos répondit tranquillement :

« Nous aussi, nous avons de l'argent ; car je n'ai pas encore bu tout à fait le reste du diamant, et Porthos et Aramis ne l'ont pas tout à fait mangé. Nous crèverons donc aussi bien quatre chevaux qu'un. Mais songez, d'Artagnan, ajouta-t-il d'une voix si sombre que son accent donna le frisson au jeune homme, songez que Béthune est une ville où le cardinal a donné rendez-vous à une femme qui, partout où elle va, mène le malheur après elle. Si vous n'aviez affaire qu'à quatre hommes, d'Artagnan, je vous laisserais aller seul ; vous avez affaire à cette femme, allons-y quatre, et plaise à Dieu qu'avec nos quatre valets nous soyons en nombre suffisant !

— Vous m'épouvantez, Athos, s'écria d'Artagnan ; que craignez-vous donc, mon Dieu ?

— Tout ! » répondit Athos.

D'Artagnan examina les visages de ses compagnons, qui, comme celui d'Athos, portaient l'empreinte d'une inquiétude profonde, et l'on continua la route au plus grand pas des chevaux, mais sans ajouter une seule parole.

Le 25 au soir, comme ils entraient à Arras, et

comme d'Artagnan venait de mettre pied à terre à l'auberge de la *Herse d'Or* pour boire un verre de vin, un cavalier sortit de la cour de la poste, où il venait de relayer [1], prenant au grand galop, et avec un cheval frais, le chemin de Paris. Au moment où il passait de la grande porte dans la rue, le vent entrouvrit le manteau dont il était enveloppé, quoiqu'on fût au mois d'août, et enleva son chapeau, que le voyageur retint de sa main, au moment où il avait déjà quitté sa tête, et l'enfonça vivement sur ses yeux.

D'Artagnan, qui avait les yeux fixés sur cet homme, devint fort pâle et laissa tomber son verre.

« Qu'avez-vous, Monsieur ? dit Planchet... Oh ! là, accourez, Messieurs, voilà mon maître qui se trouve mal ! »

Les trois amis accoururent et trouvèrent d'Artagnan qui, au lieu de se trouver mal, courait à son cheval. Ils l'arrêtèrent sur le seuil de la porte.

« Eh bien ! où diable vas-tu donc ainsi ? lui cria Athos.

— C'est lui ! s'écria d'Artagnan, pâle de colère et la sueur sur le front, c'est lui ! laissez-moi le rejoindre !

— Mais qui, lui ? demanda Athos.

— Lui, cet homme !

— Quel homme ?

— Cet homme maudit, mon mauvais génie, que j'ai toujours vu lorsque j'étais menacé de quelque malheur : celui qui accompagnait l'horrible femme lorsque je la rencontrai pour la première fois, celui que je cherchais quand j'ai provoqué Athos, celui que j'ai vu le matin du jour où Mme Bonacieux a été enlevée ! l'homme de Meung enfin ! je l'ai vu, c'est lui ! Je l'ai reconnu quand le vent a entrouvert son manteau.

— Diable ! dit Athos rêveur.

— En selle, Messieurs, en selle ; poursuivons-le, et nous le rattraperons.

— Mon cher, dit Aramis, songez qu'il va du côté

_____

1. *Relayer* : changer de cheval.

opposé à celui où nous allons ; qu'il a un cheval frais et que nos chevaux sont fatigués ; que par conséquent nous crèverons nos chevaux sans même avoir la chance de le rejoindre. Laissons l'homme, d'Artagnan, sauvons la femme.

— Eh ! Monsieur ! s'écria un garçon d'écurie courant après l'inconnu, eh ! Monsieur, voilà un papier qui s'est échappé de votre chapeau ! Eh ! Monsieur ! eh !

— Mon ami, dit d'Artagnan, une demi-pistole pour ce papier !

— Ma foi, Monsieur, avec grand plaisir ! Le voici ! »

Le garçon d'écurie, enchanté de la bonne journée qu'il avait faite, rentra dans la cour de l'hôtel : d'Artagnan déplia le papier.

« Eh bien ? demandèrent ses amis en l'entourant.

— Rien qu'un mot ! dit d'Artagnan.

— Oui, dit Aramis, mais ce mot est un nom de ville ou de village.

— « *Armentières* [1] », lut Porthos. Armentières, je ne connais pas cela !

— Et ce nom de ville ou de village est écrit de sa main ! s'écria Athos.

— Allons, allons, gardons soigneusement ce papier, dit d'Artagnan, peut-être n'ai-je pas perdu ma dernière pistole. A cheval, mes amis, à cheval ! »

Et les quatre compagnons s'élancèrent au galop sur la route de Béthune.

1. Petite ville située à une vingtaine de kilomètres au nord-ouest de Lille, sur la Lys.

LXI

LE COUVENT DES CARMÉLITES DE BÉTHUNE

Les grands criminels portent avec eux une espèce de prédestination qui leur fait surmonter tous les obstacles, qui les fait échapper à tous les dangers, jusqu'au moment que la Providence, lassée, a marqué pour l'écueil de leur fortune impie.

Il en était ainsi de Milady : elle passa au travers des croiseurs [1] des deux nations, et arriva à Boulogne sans aucun accident.

En débarquant à Portsmouth. Milady était une Anglaise que les persécutions de la France chassaient de La Rochelle ; débarquée à Boulogne, après deux jours de traversée, elle se fit passer pour une Française que les Anglais inquiétaient à Portsmouth, dans la haine qu'ils avaient conçue contre la France.

Milady avait d'ailleurs le plus efficace des passe-ports : sa beauté, sa grande mine et la générosité avec laquelle elle répandait les pistoles. Affranchie des formalités d'usage par le sourire affable et les manières galantes d'un vieux gouverneur du port, qui lui baisa la main, elle ne resta à Boulogne que le temps de mettre à la poste une lettre ainsi conçue :

« A Son Eminence Monseigneur le cardinal de Richelieu, en son camp devant La Rochelle.

« Monseigneur, que Votre Eminence se rassure ; Sa Grâce le duc de Buckingham ne *partira point* pour la France.

« Boulogne, 25 au soir.

« MILADY DE ***. »

---

1. Navires de guerre rapides.

« *P.-S.* — Selon les désirs de Votre Eminence, je me rends au couvent des carmélites de Béthune où j'attendrai ses ordres. »

Effectivement, le même soir, Milady se mit en route ; la nuit la prit : elle s'arrêta et coucha dans une auberge ; puis, le lendemain, à cinq heures du matin, elle partit, et trois heures après, elle entra à Béthune.

Elle se fit indiquer le couvent des carmélites, et y entra aussitôt.

La supérieure vint au-devant d'elle ; Milady lui montra l'ordre du cardinal, l'abbesse lui fit donner une chambre et servir à déjeuner.

Tout le passé s'était déjà effacé aux yeux de cette femme, et, le regard fixé vers l'avenir, elle ne voyait que la haute fortune que lui réservait le cardinal, qu'elle avait si heureusement servi, sans que son nom fût mêlé en rien à toute cette sanglante affaire. Les passions toujours nouvelles qui la consumaient donnaient à sa vie l'apparence de ces nuages qui volent dans le ciel, reflétant tantôt l'azur, tantôt le feu, tantôt le noir opaque de la tempête, et qui ne laissent d'autres traces sur la terre que la dévastation et la mort.

Après le déjeuner, l'abbesse vint lui faire sa visite ; il y a peu de distraction au cloître, et la bonne supérieure avait hâte de faire connaissance avec sa nouvelle pensionnaire.

Milady voulait plaire à l'abbesse ; or, c'était chose facile à cette femme si réellement supérieure ; elle essaya d'être aimable : elle fut charmante et séduisit la bonne supérieure par sa conversation si variée et par les grâces répandues dans toute sa personne.

L'abbesse, qui était une fille de noblesse, aimait surtout les histoires de cour, qui parviennent si rarement jusqu'aux extrémités du royaume et qui, surtout, ont tant de peine à franchir les murs des couvents, au seuil desquels viennent expirer les bruits du monde.

Milady, au contraire, était fort au courant de toutes

les intrigues aristocratiques, au milieu desquelles, depuis cinq ou six ans, elle avait constamment vécu, elle se mit donc à entretenir la bonne abbesse des pratiques mondaines de la cour de France, mêlées aux dévotions outrées du roi [1], elle lui fit la chronique scandaleuse des seigneurs et des dames de la cour, que l'abbesse connaissait parfaitement de nom, toucha légèrement les amours de la reine et de Buckingham, parlant beaucoup pour qu'on parlât un peu.

Mais l'abbesse se contenta d'écouter et de sourire, le tout sans répondre. Cependant, comme Milady vit que ce genre de récit l'amusait fort, elle continua ; seulement, elle fit tomber la conversation sur le cardinal.

Mais elle était fort embarrassée ; elle ignorait si l'abbesse était royaliste ou cardinaliste : elle se tint dans un milieu prudent ; mais l'abbesse, de son côté, se tint dans une réserve plus prudente encore, se contentant de faire une profonde inclination de tête toutes les fois que la voyageuse prononçait le nom de Son Eminence.

Milady commença à croire qu'elle s'ennuierait fort dans le couvent ; elle résolut donc de risquer quelque chose pour savoir de suite à quoi s'en tenir. Voulant voir jusqu'où irait la discrétion de cette bonne abbesse, elle se mit à dire un mal, très dissimulé d'abord, puis très circonstancié [2] du cardinal, racontant les amours du ministre avec Mme d'Aiguillon, avec Marion de Lorme et avec quelques autres femmes galantes [3].

L'abbesse écouta plus attentivement, s'anima peu à peu et sourit.

« Bon, dit Milady, elle prend goût à mon discours ; si elle est cardinaliste, elle n'y met pas de fanatisme au moins. »

Alors elle passa aux persécutions exercées par le

---

1. La piété du roi passait en effet pour excessive.
2. *Circonstancié* : accompagné de précisions.
3. *Cf.* p. 84, n. 4 et p. 706, n. 1.

cardinal sur ses ennemis. L'abbesse se contenta de se signer, sans approuver ni désapprouver.

Cela confirma Milady dans son opinion que la religieuse était plutôt royaliste que cardinaliste. Milady continua, renchérissant de plus en plus.

« Je suis fort ignorante de toutes ces matières-là, dit enfin l'abbesse, mais tout éloignées que nous sommes de la cour, tout en dehors des intérêts du monde où nous nous trouvons placées, nous avons des exemples fort tristes de ce que vous nous racontez là ; et l'une de nos pensionnaires a bien souffert des vengeances et des persécutions de M. le cardinal.

— Une de vos pensionnaires, dit Milady ; oh ! mon Dieu ! pauvre femme, je la plains alors.

— Et vous avez raison, car elle est bien à plaindre : prison, menaces, mauvais traitements, elle a tout souffert. Mais, après tout, reprit l'abbesse, M. le cardinal avait peut-être des motifs plausibles pour agir ainsi, et quoiqu'elle ait l'air d'un ange, il ne faut pas toujours juger les gens sur la mine. »

« Bon ! dit Milady à elle-même, qui sait ! je vais peut-être découvrir quelque chose ici, je suis en veine. »

Et elle s'appliqua à donner à son visage une expression de candeur parfaite.

« Hélas ! dit Milady, je le sais ; on dit cela, qu'il ne faut pas croire aux physionomies ; mais à quoi croira-t-on cependant, si ce n'est au plus bel ouvrage du Seigneur ? Quant à moi, je serai trompée toute ma vie peut-être ; mais je me fierai toujours à une personne dont le visage m'inspirera de la sympathie.

— Vous seriez donc tentée de croire, dit l'abbesse, que cette jeune femme est innocente ?

— M. le cardinal ne punit pas que les crimes, dit-elle ; il y a certaines vertus qu'il poursuit plus sévèrement que certains forfaits.

— Permettez-moi, Madame, de vous exprimer ma surprise, dit l'abbesse.

— Et sur quoi ? demanda Milady avec naïveté.

— Mais sur le langage que vous tenez.

— Que trouvez-vous d'étonnant à ce langage ? demanda en souriant Milady.

— Vous êtes l'amie du cardinal, puisqu'il vous envoie ici, et cependant...

— Et cependant j'en dis du mal, reprit Milady, achevant la pensée de la supérieure.

— Au moins n'en dites-vous pas de bien.

— C'est que je ne suis pas son amie, dit-elle en soupirant, mais sa victime.

— Mais cependant cette lettre par laquelle il vous recommande à moi ?...

— Est un ordre à moi de me tenir dans une espèce de prison dont il me fera tirer par quelques-uns de ses satellites [1].

— Mais pourquoi n'avez-vous pas fui ?

— Où irais-je ? Croyez-vous qu'il y ait un endroit de la terre où ne puisse atteindre le cardinal, s'il veut se donner la peine de tendre la main ? Si j'étais un homme, à la rigueur cela serait possible encore ; mais une femme, que voulez-vous que fasse une femme ? Cette jeune pensionnaire que vous avez ici a-t-elle essayé de fuir, elle ?

— Non, c'est vrai ; mais elle, c'est autre chose, je la crois retenue en France par quelque amour.

— Alors, dit Milady avec un soupir, si elle aime, elle n'est pas tout à fait malheureuse.

— Ainsi, dit l'abbesse en regardant Milady avec un intérêt croissant, c'est encore une pauvre persécutée que je vois ?

— Hélas, oui », dit Milady.

L'abbesse regarda un instant Milady avec inquiétude, comme si une nouvelle pensée surgissait dans son esprit.

« Vous n'êtes pas ennemie de notre sainte foi ? dit-elle en balbutiant.

— Moi, s'écria Milady, moi, protestante ! Oh ! non,

---

1. Serviteurs (péjoratif).

j'atteste le Dieu qui nous entend que je suis au contraire fervente catholique.

— Alors, Madame, dit l'abbesse en souriant, rassurez-vous ; la maison où vous êtes ne sera pas une prison bien dure, et nous ferons tout ce qu'il faudra pour vous faire chérir la captivité. Il y a plus, vous trouverez ici cette jeune femme persécutée sans doute par suite de quelque intrigue de cour. Elle est aimable, gracieuse.

— Comment la nommez-vous ?

— Elle m'a été recommandée par quelqu'un de très haut placé, sous le nom de Ketty. Je n'ai pas cherché à savoir son autre nom.

— Ketty ! s'écria Milady ; quoi ! vous êtes sûre ?...

— Qu'elle se fait appeler ainsi ? Oui, Madame, la connaîtriez-vous ? »

Milady sourit à elle-même et à l'idée qui lui était venue que cette jeune femme pouvait être son ancienne camérière [1]. Il se mêlait au souvenir de cette jeune fille un souvenir de colère, et un désir de vengeance avait bouleversé les traits de Milady, qui reprirent au reste presque aussitôt l'expression calme et bienveillante que cette femme aux cent visages leur avait momentanément fait perdre.

« Et quand pourrai-je voir cette jeune dame, pour laquelle je me sens déjà une si grande sympathie ? demanda Milady.

— Mais, ce soir, dit l'abbesse, dans la journée même. Mais vous voyagez depuis quatre jours, m'avez-vous dit vous-même ; ce matin vous vous êtes levée à cinq heures, vous devez avoir besoin de repos. Couchez-vous et dormez, à l'heure du dîner nous vous réveillerons. »

Quoique Milady eût très bien pu se passer de sommeil, soutenue qu'elle était par toutes les excitations qu'une aventure nouvelle faisait éprouver à son cœur avide d'intrigues, elle n'en accepta pas moins l'offre

_____

1. Femme de chambre.

de la supérieure : depuis douze ou quinze jours elle avait passé par tant d'émotions diverses que, si son corps de fer pouvait encore soutenir la fatigue, son âme avait besoin de repos.

Elle prit donc congé de l'abbesse et se coucha, doucement bercée par les idées de vengeance auxquelles l'avait tout naturellement ramenée le nom de Ketty. Elle se rappelait cette promesse presque illimitée que lui avait faite le cardinal, si elle réussissait dans son entreprise. Elle avait réussi, elle pourrait donc se venger de d'Artagnan.

Une seule chose épouvantait Milady, c'était le souvenir de son mari, le comte de La Fère, qu'elle avait cru mort ou du moins expatrié, et qu'elle retrouvait dans Athos, le meilleur ami de d'Artagnan.

Mais aussi, s'il était l'ami de d'Artagnan, il avait dû lui prêter assistance dans toutes les menées à l'aide desquelles la reine avait déjoué les projets de Son Eminence ; s'il était l'ami de d'Artagnan, il était l'ennemi du cardinal ; et sans doute elle parviendrait à l'envelopper dans la vengeance aux replis de laquelle elle comptait étouffer le jeune mousquetaire.

Toutes ces espérances étaient de douces pensées pour Milady ; aussi, bercée par elles, s'endormit-elle bientôt.

Elle fut réveillée par une voix douce qui retentit au pied de son lit. Elle ouvrit les yeux, et vit l'abbesse accompagnée d'une jeune femme aux cheveux blonds, au teint délicat, qui fixait sur elle un regard plein d'une bienveillante curiosité.

La figure de cette jeune femme lui était complètement inconnue ; toutes deux s'examinèrent avec une scrupuleuse attention, tout en échangeant les compliments d'usage : toutes deux étaient fort belles, mais de beautés tout à fait différentes. Cependant Milady sourit en reconnaissant qu'elle l'emportait de beaucoup sur la jeune femme en grand air et en façons aristocratiques. Il est vrai que l'habit de novice que portait la jeune femme n'était pas très avantageux pour soutenir une lutte de ce genre.

L'abbesse les présenta l'une à l'autre ; puis, lorsque cette formalité fut remplie, comme ses devoirs l'appelaient à l'église, elle laissa les deux jeunes femmes seules.

La novice, voyant Milady couchée, voulait suivre la supérieure, mais Milady la retint.

« Comment, Madame, lui dit-elle, à peine vous ai-je aperçue et vous voulez déjà me priver de votre présence, sur laquelle je comptais cependant un peu, je vous l'avoue, pour le temps que j'ai à passer ici ?

— Non, Madame, répondit la novice, seulement je craignais d'avoir mal choisi mon temps : vous dormiez, vous êtes fatiguée.

— Eh bien ! dit Milady, que peuvent demander les gens qui dorment ? un bon réveil. Ce réveil, vous me l'avez donné ; laissez-moi en jouir tout à mon aise. »

Et lui prenant la main, elle l'attira sur un fauteuil qui était près de son lit.

La novice s'assit.

« Mon Dieu ! dit-elle, que je suis malheureuse ! voilà six mois que je suis ici, sans l'ombre d'une distraction, vous arrivez, votre présence allait être pour moi une compagnie charmante, et voilà que, selon toute probabilité, d'un moment à l'autre je vais quitter le couvent !

— Comment ! dit Milady, vous sortez bientôt ?

— Du moins je l'espère, dit la novice avec une expression de joie qu'elle ne cherchait pas le moins du monde à déguiser.

— Je crois avoir appris que vous aviez souffert de la part du cardinal, continua Milady ; c'eût été un motif de plus de sympathie entre nous.

— Ce que m'a dit notre bonne mère est donc la vérité, que vous étiez aussi une victime de ce méchant cardinal ?

— Chut ! dit Milady, même ici ne parlons pas ainsi de lui ; tous mes malheurs viennent d'avoir dit à peu près ce que vous venez de dire, devant une femme que je croyais mon amie et qui m'a trahie. Et vous êtes aussi, vous, la victime d'une trahison ?

— Non, dit la novice, mais de mon dévouement à une femme que j'aimais, pour qui j'eusse donné ma vie, pour qui je la donnerais encore.

— Et qui vous a abandonnée, c'est cela !

— J'ai été assez injuste pour le croire, mais depuis deux ou trois jours j'ai acquis la preuve du contraire ; et j'en remercie Dieu ; il m'aurait coûté de croire qu'elle m'avait oubliée. Mais vous, Madame, continua la novice, il me semble que vous êtes libre, et que si vous vouliez fuir, il ne tiendrait qu'à vous.

— Où voulez-vous que j'aille, sans amis, sans argent, dans une partie de la France que je ne connais pas, où je ne suis jamais venue ?...

— Oh ! s'écria la novice, quant à des amis, vous en aurez partout où vous vous montrerez, vous paraissez si bonne et vous êtes si belle !

— Cela n'empêche pas, reprit Milady en adoucissant son sourire de manière à lui donner une expression angélique, que je suis seule et persécutée.

— Ecoutez, dit la novice, il faut avoir bon espoir dans le Ciel, voyez-vous ; il vient toujours un moment où le bien que l'on a fait plaide votre cause devant Dieu, et, tenez, peut-être est-ce un bonheur pour vous, tout humble et sans pouvoir que je suis, que vous m'ayez rencontrée : car, si je sors d'ici, eh bien ! j'aurai quelques amis puissants, qui, après s'être mis en campagne pour moi, pourront aussi se mettre en campagne pour vous.

— Oh ! quand j'ai dit que j'étais seule, dit Milady, espérant faire parler la novice en parlant d'elle-même, ce n'est pas faute d'avoir aussi quelques connaissances haut placées ; mais ces connaissances tremblent elles-mêmes devant le cardinal : la reine elle-même n'ose pas soutenir contre le terrible ministre ; j'ai la preuve que Sa Majesté, malgré son excellent cœur, a plus d'une fois été obligée d'abandonner à la colère de Son Eminence les personnes qui l'avaient servie.

— Croyez-moi, Madame, la reine peut avoir l'air d'avoir abandonné ces personnes-là ; mais il ne faut pas en croire l'apparence : plus elles sont persécutées, plus elle pense à elles, et souvent, au moment où elles y pensent le moins, elles ont la preuve d'un bon souvenir.

— Hélas ! dit Milady, je le crois : la reine est si bonne.

— Oh ! vous la connaissez donc, cette belle et noble reine, que vous parlez d'elle ainsi ! s'écria la novice avec enthousiasme.

— C'est-à-dire, reprit Milady, poussée dans ses retranchements, qu'elle, personnellement, je n'ai pas l'honneur de la connaître ; mais je connais bon nombre de ses amis les plus intimes : je connais M. de Putange ; j'ai connu en Angleterre M. Dujart ; je connais M. de Tréville [1].

— M. de Tréville ! s'écria la novice, vous connaissez M. de Tréville ?

— Oui, parfaitement, beaucoup même.

— Le capitaine des mousquetaires du roi ?

— Le capitaine des mousquetaires du roi.

— Oh ! mais vous allez voir, s'écria la novice, que tout à l'heure nous allons être des connaissances achevées, presque des amies ; si vous connaissez M. de Tréville, vous avez dû aller chez lui ?

— Souvent ! dit Milady, qui, entrée dans cette voie, et s'apercevant que le mensonge réussissait, voulait le pousser jusqu'au bout.

— Chez lui, vous avez dû voir quelques-uns de ses mousquetaires ?

— Tous ceux qu'il reçoit habituellement ! répondit Milady, pour laquelle cette conversation commençait à prendre un intérêt réel.

— Nommez-moi quelques-uns de ceux que vous connaissez, et vous verrez qu'ils seront de mes amis.

1. Les noms cités ici correspondent à des personnages réels. Sur Putanges, *cf.* p. 180, n. 2. — *Dujart* est François de Rochechouart, chevalier de Jars, qui fut en effet exilé en Angleterre.

— Mais, dit Milady embarrassée, je connais M. de Louvigny, M. de Courtivron, M. de Férussac [1]. »

La novice la laissa dire ; puis, voyant qu'elle s'arrêtait :

« Vous ne connaissez pas, dit-elle, un gentilhomme nommé Athos ? »

Milady devint aussi pâle que les draps dans lesquels elle était couchée, et, si maîtresse qu'elle fût d'elle-même, ne put s'empêcher de pousser un cri en saisissant la main de son interlocutrice et en la dévorant du regard.

« Quoi ! qu'avez-vous ? Oh ! mon Dieu ! demanda cette pauvre femme, ai-je donc dit quelque chose qui vous ait blessée ?

— Non ; mais ce nom m'a frappée, parce que, moi aussi, j'ai connu ce gentilhomme, et qu'il me paraît étrange de trouver quelqu'un qui le connaisse beaucoup.

— Oh ! oui ! beaucoup ! beaucoup ! non seulement lui, mais encore ses amis : MM. Porthos et Aramis !

— En vérité ! eux aussi je les connais ! s'écria Milady, qui sentit le froid pénétrer jusqu'à son cœur.

— Eh bien ! si vous les connaissez, vous devez savoir qu'ils sont bons et francs compagnons ; que ne vous adressez-vous à eux, si vous avez besoin d'appui ?

— C'est-à-dire, balbutia Milady, je ne suis liée réellement avec aucun d'eux ; je les connais pour en avoir beaucoup entendu parler par un de leurs amis, M. d'Artagnan.

— Vous connaissez M. d'Artagnan ! » s'écria la novice à son tour, en saisissant la main de Milady et en la dévorant des yeux.

Puis, remarquant l'étrange expression du regard de Milady :

1. Les personnages cités ici sont fictifs.

« Pardon, Madame, dit-elle, vous le connaissez, à quel titre ?

— Mais, reprit Milady embarrassée, mais à titre d'ami.

— Vous me trompez, Madame, dit la novice ; vous avez été sa maîtresse.

— C'est vous qui l'avez été, Madame, s'écria Milady à son tour.

— Moi ! dit la novice.

— Oui, vous ; je vous connais maintenant : vous êtes Madame Bonacieux. »

La jeune femme se recula, pleine de surprise et de terreur.

« Oh ! ne niez pas ! répondez, reprit Milady.

— Eh bien ! oui, Madame ! je l'aime, dit la novice ; sommes-nous rivales ? »

La figure de Milady s'illumina d'un feu tellement sauvage que, dans toute autre circonstance, Mme Bonacieux se fût enfuie d'épouvante ; mais elle était toute à sa jalousie.

« Voyons, dites, Madame, reprit Mme Bonacieux avec une énergie dont on l'eût crue incapable, avez-vous été ou êtes-vous sa maîtresse ?

— Oh ! non ! s'écria Milady avec un accent qui n'admettait pas le doute sur sa vérité, jamais ! jamais !

— Je vous crois, dit Mme Bonacieux ; mais pourquoi donc alors vous êtes-vous écriée ainsi ?

— Comment, vous ne comprenez pas ! dit Milady, qui était déjà remise de son trouble, et qui avait retrouvé toute sa présence d'esprit.

— Comment voulez-vous que je comprenne ? je ne sais rien.

— Vous ne comprenez pas que M. d'Artagnan étant mon ami, il m'avait prise pour confidente ?

— Vraiment !

— Vous ne comprenez pas que je sais tout, votre

enlèvement de la petite maison de Saint-Germain [1], son désespoir, celui de ses amis, leurs recherches inutiles depuis ce moment ! Et comment ne voulez-vous pas que je m'en étonne, quand, sans m'en douter, je me trouve en face de vous, de vous dont nous avons parlé si souvent ensemble, de vous qu'il aime de toute la force de son âme, de vous qu'il m'avait fait aimer avant que je vous eusse vue ? Ah ! chère Constance, je vous trouve donc, je vous vois donc enfin ! »

Et Milady tendit ses bras à Mme Bonacieux, qui, convaincue par ce qu'elle venait de lui dire, ne vit plus dans cette femme, qu'un instant auparavant elle avait crue sa rivale, qu'une amie sincère et dévouée.

« Oh ! pardonnez-moi ! pardonnez-moi ! s'écriat-elle en se laissant aller sur son épaule, je l'aime tant ! »

Ces deux femmes se tinrent un instant embrassées. Certes, si les forces de Milady eussent été à la hauteur de sa haine, Mme Bonacieux ne fût sortie que morte de cet embrassement. Mais, ne pouvant pas l'étouffer, elle lui sourit [2].

« O chère belle ! chère bonne petite ! dit Milady, que je suis heureuse de vous voir ! Laissez-moi vous regarder. Et, en disant ces mots, elle la dévorait effectivement du regard. Oui, c'est bien vous. Ah ! d'après ce qu'il m'a dit, je vous reconnais à cette heure, je vous reconnais parfaitement. »

La pauvre jeune femme ne pouvait se douter de ce qui se passait d'affreusement cruel derrière le rempart de ce front pur, derrière ces yeux si brillants où elle ne lisait que de l'intérêt et de la compassion.

« Alors vous savez ce que j'ai souffert, dit Mme Bonacieux, puisqu'il vous a dit ce qu'il souffrait ; mais souffrir pour lui, c'est du bonheur. »

Milady reprit machinalement :

----

1. Inadvertance : Saint-Cloud (chap. XXIV) est devenu Saint-Germain.
2. Echo probable d'un vers très célèbre de Racine : «J'embrasse mon rival, mais c'est pour l'étouffer » (*Britannicus*, IV, III).

« Oui, c'est du bonheur. »

Elle pensait à autre chose.

« Et puis, continua Mme Bonacieux, mon supplice touche à son terme ; demain, ce soir peut-être, je le reverrai, et alors le passé n'existera plus.

— Ce soir ? demain ? s'écria Milady tirée de sa rêverie par ces paroles, que voulez-vous dire ? Attendez-vous quelque nouvelle de lui ?

— Je l'attends lui-même.

— Lui-même ; d'Artagnan, ici !

— Lui-même.

— Mais, c'est impossible ! il est au siège de La Rochelle avec le cardinal ; il ne reviendra à Paris qu'après la prise de la ville.

— Vous le croyez ainsi, mais est-ce qu'il y a quelque chose d'impossible à mon d'Artagnan, le noble et loyal gentilhomme !

— Oh ! je ne puis vous croire !

— Eh bien, lisez donc ! » dit, dans l'excès de son orgueil et de sa joie, la malheureuse jeune femme en présentant une lettre à Milady.

« L'écriture de Mme de Chevreuse ! se dit en elle-même Milady. Ah ! j'étais bien sûre qu'ils avaient des intelligences [1] de ce côté-là ! »

Et elle lut avidement ces quelques lignes :

« Ma chère enfant, tenez-vous prête ; notre ami vous verra bientôt, et il ne vous verra que pour vous arracher de la prison où votre sûreté exigeait que vous fussiez cachée : préparez-vous donc au départ et ne désespérez jamais de nous.

« Notre charmant Gascon vient de se montrer brave et fidèle comme toujours, dites-lui qu'on lui est bien reconnaissant quelque part de l'avis qu'il a donné. »

« Oui, oui, dit Milady, oui, la lettre est précise. Savez-vous quel est cet avis ?

— Non. Je me doute seulement qu'il aura prévenu

---

1. Relations, ententes secrètes.

la reine de quelque nouvelle machination du cardinal.

— Oui, c'est cela sans doute ! » dit Milady en rendant la lettre à Mme Bonacieux et en laissant retomber sa tête pensive sur sa poitrine.

En ce moment on entendit le galop d'un cheval.

« Oh ! s'écria Mme Bonacieux en s'élançant à la fenêtre, serait-ce déjà lui ? »

Milady était restée dans son lit, pétrifiée par la surprise ; tant de choses inattendues lui arrivaient tout à coup, que pour la première fois la tête lui manquait.

« Lui ! lui ! murmura-t-elle, serait-ce lui ? »

Et elle demeurait dans son lit les yeux fixes.

« Hélas, non ! dit Mme Bonacieux, c'est un homme que je ne connais pas, et qui cependant a l'air de venir ici ; oui, il ralentit sa course, il s'arrête à la porte, il sonne. »

Milady sauta hors de son lit.

« Vous êtes bien sûre que ce n'est pas lui ? dit-elle.

— Oh ! oui, bien sûre !

— Vous avez peut-être mal vu.

— Oh ! je verrais la plume de son feutre, le bout de son manteau, que je le reconnaîtrais, lui ! »

Milady s'habillait toujours.

« N'importe ! cet homme vient ici, dites-vous ?

— Oui, il est entré.

— C'est ou pour vous ou pour moi.

— Oh ! mon Dieu, comme vous semblez agitée !

— Oui, je l'avoue, je n'ai pas votre confiance, je crains tout du cardinal.

— Chut ! dit Mme Bonacieux, on vient ! »

Effectivement, la porte s'ouvrit, et la supérieure entra.

« Est-ce vous qui arrivez de Boulogne ? demanda-t-elle à Milady.

— Oui, c'est moi, répondit celle-ci, et, tâchant de ressaisir son sang-froid, qui me demande ?

— Un homme qui ne veut pas dire son nom, mais qui vient de la part du cardinal.

— Et qui veut me parler ? demanda Milady.

— Qui veut parler à une dame arrivant de Boulogne.

— Alors faites entrer, Madame, je vous prie.

— Oh ! mon Dieu ! mon Dieu ! dit Mme Bonacieux, serait-ce quelque mauvaise nouvelle ?

— J'en ai peur.

— Je vous laisse avec cet étranger, mais aussitôt son départ, si vous le permettez, je reviendrai.

— Comment donc ! je vous en prie. »

La supérieure et Mme Bonacieux sortirent.

Milady resta seule, les yeux fixés sur la porte ; un instant après on entendit le bruit d'éperons qui retentissaient sur les escaliers, puis les pas se rapprochèrent, puis la porte s'ouvrit, et un homme parut.

Milady jeta un cri de joie : cet homme c'était le comte de Rochefort, l'âme damnée de Son Eminence.

LXII

DEUX VARIÉTÉS DE DÉMONS

« Ah ! s'écrièrent ensemble Rochefort et Milady, c'est vous !

— Oui, c'est moi.

— Et vous arrivez... ? demanda Milady.

— De La Rochelle, et vous ?

— D'Angleterre.

— Buckingham ?

— Mort ou blessé dangereusement ; comme je partais sans avoir rien pu obtenir de lui, un fanatique venait de l'assassiner.

— Ah ! fit Rochefort avec un sourire, voilà un hasard bien heureux ! et qui satisfera Son Eminence ! L'avez-vous prévenue ?

— Je lui ai écrit de Boulogne. Mais comment êtes-vous ici ?

— Son Eminence, inquiète, m'a envoyé à votre recherche.

— Je suis arrivée d'hier seulement.

— Et qu'avez-vous fait depuis hier ?

— Je n'ai pas perdu mon temps.

— Oh ! je m'en doute bien !

— Savez-vous qui j'ai rencontré ici ?

— Non.

— Devinez.

— Comment voulez-vous ?...

— Cette jeune femme que la reine a tirée de prison.

— La maîtresse du petit d'Artagnan ?

— Oui, Mme Bonacieux, dont le cardinal ignorait la retraite.

— Eh bien ! dit Rochefort, voilà encore un hasard qui peut aller de pair avec l'autre ; M. le cardinal est en vérité un homme privilégié.

— Comprenez-vous mon étonnement, continua Milady, quand je me suis trouvée face à face avec cette femme ?

— Vous connaît-elle ?

— Non.

— Alors elle vous regarde comme une étrangère ? »

Milady sourit.

« Je suis sa meilleure amie !

— Sur mon honneur, dit Rochefort, il n'y a que vous, ma chère Comtesse, pour faire de ces miracles-là.

— Et bien m'en a pris, chevalier, dit Milady, car savez-vous ce qui se passe ?

— Non.

— On va la venir chercher demain ou après-demain avec un ordre de la reine.

— Vraiment ? et qui cela ?

— D'Artagnan et ses amis.

— En vérité ils en feront tant, que nous serons obligés de les envoyer à la Bastille.

— Pourquoi n'est-ce point déjà fait ?

— Que voulez-vous ! parce que M. le cardinal a pour ces hommes une faiblesse que je ne comprends pas.

— Vraiment ?

— Oui.

— Eh bien ! dites-lui ceci, Rochefort : dites-lui que notre conversation à l'auberge du Colombier-Rouge a été entendue par ces quatre hommes ; dites-lui qu'après son départ l'un d'eux est monté et m'a arraché par violence le sauf-conduit [1] qu'il m'avait donné ; dites-lui qu'ils avaient fait prévenir Lord de Winter de mon passage en Angleterre ; que, cette fois encore, ils ont failli faire échouer ma mission, comme ils ont fait échouer celle des ferrets ; dites-lui que parmi ces quatre hommes, deux seulement sont à craindre, d'Artagnan et Athos ; dites-lui que le troisième, Aramis, est l'amant de Mme de Chevreuse : il faut laisser vivre celui-là, on sait son secret, il peut être utile ; quant au quatrième, Porthos, c'est un sot, un fat et un niais, qu'il ne s'en occupe même pas.

— Mais ces quatre hommes doivent être à cette heure au siège de La Rochelle.

— Je le croyais comme vous ; mais une lettre que Mme Bonacieux a reçue de Mme de Chevreuse, et qu'elle a eu l'imprudence de me communiquer, me porte à croire que ces quatre hommes au contraire sont en campagne pour la venir enlever.

— Diable ! comment faire ?

— Que vous a dit le cardinal à mon égard ?

— De prendre vos dépêches écrites ou verbales, de revenir en poste, et, quand il saura ce que vous avez fait, il avisera à ce que vous devez faire.

— Je dois donc rester ici ? demanda Milady.

— Ici ou dans les environs.

— Vous ne pouvez m'emmener avec vous ?

— Non, l'ordre est formel : aux environs du camp,

---

1. Plus exactement, le papier signé en blanc qui l'absolvait à l'avance de ce qu'elle ferait contre d'Artagnan.

vous pourriez être reconnue, et votre présence, vous le comprenez, compromettrait Son Eminence, surtout après ce qui vient de se passer là-bas. Seulement, dites-moi d'avance où vous attendrez des nouvelles du cardinal, que je sache toujours où vous retrouver.

— Ecoutez, il est probable que je ne pourrai rester ici.

— Pourquoi ?

— Vous oubliez que mes ennemis peuvent arriver d'un moment à l'autre.

— C'est vrai ; mais alors cette petite femme va échapper à Son Eminence ?

— Bah ! dit Milady avec un sourire qui n'appartenait qu'à elle, vous oubliez que je suis sa meilleure amie.

— Ah ! c'est vrai ! je puis donc dire au cardinal, à l'endroit de cette femme...

— Qu'il soit tranquille.

— Voilà tout ?

— Il saura ce que cela veut dire.

— Il le devinera. Maintenant, voyons, que dois-je faire ?

— Repartir à l'instant même ; il me semble que les nouvelles que vous reportez valent bien la peine que l'on fasse diligence.

— Ma chaise [1] s'est cassée en entrant à Lillers.

— A merveille !

— Comment, à merveille ?

— Oui, j'ai besoin de votre chaise, moi, dit la comtesse.

— Et comment partirai-je alors ?

— A franc étrier [2].

— Vous en parlez bien à votre aise, cent quatre-vingts lieues.

— Qu'est-ce que cela ?

— On les fera. Après ?

1. Voiture de voyage légère à deux ou quatre roues. — Lillers est un village entre Saint-Omer et Armentières.
2. Courir *à franc étrier* : aussi vite que le cheval le peut.

— Après : en passant à Lillers, vous me renvoyez la chaise avec ordre à votre domestique de se mettre à ma disposition.

— Bien.

— Vous avez sans doute sur vous quelque ordre du cardinal ?

— J'ai mon plein pouvoir.

— Vous le montrez à l'abbesse, et vous dites qu'on viendra me chercher, soit aujourd'hui, soit demain, et que j'aurai à suivre la personne qui se présentera en votre nom.

— Très bien !

— N'oubliez pas de me traiter durement en parlant de moi à l'abbesse.

— A quoi bon ?

— Je suis une victime du cardinal. Il faut bien que j'inspire de la confiance à cette pauvre petite Mme Bonacieux.

— C'est juste. Maintenant voulez-vous me faire un rapport de tout ce qui est arrivé ?

— Mais je vous ai raconté les événements, vous avez bonne mémoire, répétez les choses comme je vous les ai dites, un papier se perd.

— Vous avez raison ; seulement que je sache où vous retrouver, que je n'aille pas courir inutilement dans les environs.

— C'est juste, attendez.

— Voulez-vous une carte ?

— Oh ! je connais ce pays à merveille.

— Vous ? quand donc y êtes-vous venue ?

— J'y ai été élevée.

— Vraiment ?

— C'est bon à quelque chose, vous le voyez, que d'avoir été élevée quelque part.

— Vous m'attendrez donc... ?

— Laissez-moi réfléchir un instant ; eh ! tenez, à Armentières.

— Qu'est-ce que cela, Armentières ?

— Une petite ville sur la Lys ! je n'aurai qu'à traverser la rivière et je suis en pays étranger [1].

— A merveille ! mais il est bien entendu que vous ne traverserez la rivière qu'en cas de danger.

— C'est bien entendu.

— Et, dans ce cas, comment saurai-je où vous êtes ?

— Vous n'avez pas besoin de votre laquais ?

— Non.

— C'est un homme sûr ?

— A l'épreuve.

— Donnez-le-moi ; personne ne le connaît, je le laisse à l'endroit que je quitte, et il vous conduit où je suis.

— Et vous dites que vous m'attendez à Argentières ?

— A Armentières, répondit Milady.

— Ecrivez-moi ce nom-là sur un morceau de papier, de peur que je l'oublie ; ce n'est pas compromettant, un nom de ville, n'est-ce pas ?

— Eh, qui sait ? N'importe, dit Milady en écrivant le nom sur une demi-feuille de papier, je me compromets.

— Bien ! dit Rochefort en prenant des mains de Milady le papier, qu'il plia et qu'il enfonça dans la coiffe de son feutre ; d'ailleurs, soyez tranquille, je vais faire comme les enfants, et, dans le cas où je perdrais ce papier, répéter le nom tout le long de la route. Maintenant est-ce tout ?

— Je le crois.

— Cherchons bien : Buckingham mort ou grièvement blessé ; votre entretien avec le cardinal entendu des quatre mousquetaires ; Lord de Winter prévenu de votre arrivée à Portsmouth ; d'Artagnan et Athos à la Bastille ; Aramis l'amant de Mme de Chevreuse ; Porthos un fat ; Mme Bonacieux retrouvée ; vous envoyer la chaise le plus tôt possible ; mettre mon

---

1. La Lys servait alors de frontière entre la France et les Pays-Bas espagnols (Belgique actuelle).

laquais à votre disposition ; faire de vous une victime du cardinal, pour que l'abbesse ne prenne aucun soupçon ; Armentières sur les bords de la Lys. Est-ce cela ?

— En vérité, mon cher chevalier, vous êtes un miracle de mémoire. A propos, ajoutez une chose...

— Laquelle ?

— J'ai vu de très jolis bois qui doivent toucher au jardin du couvent, dites qu'il m'est permis de me promener dans ces bois ; qui sait ? j'aurai peut-être besoin de sortir par une porte de derrière.

— Vous pensez à tout.

— Et vous, vous oubliez une chose...

— Laquelle ?

— C'est de me demander si j'ai besoin d'argent.

— C'est juste, combien voulez-vous ?

— Tout ce que vous aurez d'or.

— J'ai cinq cents pistoles à peu près.

— J'en ai autant : avec mille pistoles on fait face à tout ; videz vos poches.

— Voilà, Comtesse.

— Bien, mon cher Comte ! et vous partez... ?

— Dans une heure ; le temps de manger un morceau, pendant lequel j'enverrai chercher un cheval de poste.

— A merveille ! Adieu, Chevalier !

— Adieu, Comtesse

— Recommandez-moi au cardinal, dit Milady.

— Recommandez-moi à Satan », répliqua Rochefort.

Milady et Rochefort échangèrent un sourire et se séparèrent.

Une heure après, Rochefort partit au grand galop de son cheval ; cinq heures après il passait à Arras.

Nos lecteurs savent déjà comment il avait été reconnu par d'Artagnan, et comment cette reconnaissance, en inspirant des craintes aux quatre mousquetaires, avait donné une nouvelle activité à leur voyage.

LXIII

UNE GOUTTE D'EAU

A peine Rochefort fut-il sorti, que Mme Bonacieux rentra. Elle trouva Milady le visage riant.

« Eh bien ! dit la jeune femme, ce que vous craigniez est donc arrivé ; ce soir ou demain le cardinal vous envoie prendre ?

— Qui vous a dit cela, mon enfant ? demanda Milady.

— Je l'ai entendu de la bouche même du messager.

— Venez vous asseoir ici près de moi, dit Milady.

— Me voici.

— Attendez que je m'assure si personne ne nous écoute.

— Pourquoi toutes ces précautions ?

— Vous allez le savoir. »

Milady se leva et alla à la porte, l'ouvrit, regarda dans le corridor, et revint se rasseoir près de Mme Bonacieux.

« Alors, dit-elle, il a bien joué son rôle.

— Qui cela ?

— Celui qui s'est présenté à l'abbesse comme l'envoyé du cardinal.

— C'était donc un rôle qu'il jouait ?

— Oui, mon enfant.

— Cet homme n'est donc pas...

— Cet homme, dit Milady en baissant la voix, c'est mon frère.

— Votre frère ! s'écria Mme Bonacieux.

— Eh bien ! il n'y a que vous qui sachiez ce secret, mon enfant ; si vous le confiez à qui que ce soit au monde, je serai perdue, et vous aussi peut-être.

— Oh ! mon Dieu !

— Ecoutez, voici ce qui se passe : mon frère, qui venait à mon secours pour m'enlever ici de force, s'il le fallait, a rencontré l'émissaire du cardinal qui venait me chercher ; il l'a suivi. Arrivé à un endroit du chemin solitaire et écarté, il a mis l'épée à la main en sommant le messager de lui remettre les papiers dont il était porteur ; le messager a voulu se défendre, mon frère l'a tué.

— Oh ! fit Mme Bonacieux en frissonnant.

— C'était le seul moyen, songez-y. Alors mon frère a résolu de substituer la ruse à la force : il a pris les papiers, il s'est présenté ici comme l'émissaire du cardinal lui-même, et dans une heure ou deux, une voiture doit venir me prendre de la part de Son Eminence.

— Je comprends ; cette voiture, c'est votre frère qui vous l'envoie.

— Justement ; mais ce n'est pas tout : cette lettre que vous avez reçue, et que vous croyez de Mme Chevreuse...

— Eh bien ?

— Elle est fausse.

— Comment cela ?

— Oui, fausse : c'est un piège pour que vous ne fassiez pas de résistance quand on viendra vous chercher.

— Mais c'est d'Artagnan qui viendra.

— Détrompez-vous, d'Artagnan et ses amis sont retenus au siège de La Rochelle.

— Comment savez-vous cela ?

— Mon frère a rencontré des émissaires du cardinal en habits de mousquetaires. On vous aurait appelée à la porte, vous auriez cru avoir affaire à des amis, on vous enlevait et on vous ramenait à Paris.

— Oh ! mon Dieu ! ma tête se perd au milieu de ce chaos d'iniquités [1]. Je sens que si cela durait, continua Mme Bonacieux en portant ses mains à son front, je deviendrais folle !

— Attendez...

— Quoi ?

— J'entends le pas d'un cheval, c'est celui de mon

---

1. Cette accumulation d'infamies.

frère qui repart ; je veux lui dire un dernier adieu, venez. »

Milady ouvrit la fenêtre et fit signe à Mme Bonacieux de l'y rejoindre. La jeune femme y alla.

Rochefort passait au galop.

« Adieu, frère », s'écria Milady.

Le chevalier leva la tête, vit les deux jeunes femmes, et, tout courant, fit à Milady un signe amical de la main.

« Ce bon Georges ! » dit-elle en refermant la fenêtre avec une expression de visage pleine d'affection et de mélancolie.

Et elle revint s'asseoir à sa place, comme si elle eût été plongée dans des réflexions toutes personnelles.

« Chère dame ! dit Mme Bonacieux, pardon de vous interrompre ! mais que me conseillez-vous de faire ? mon Dieu ! Vous avez plus d'expérience que moi, parlez, je vous écoute.

— D'abord, dit Milady, il se peut que je me trompe et que d'Artagnan et ses amis viennent véritablement à votre secours.

— Oh ! c'eût été trop beau ! s'écria Mme Bonacieux, et tant de bonheur n'est pas fait pour moi !

— Alors, vous comprenez ; ce serait tout simplement une question de temps, une espèce de course à qui arrivera le premier. Si ce sont vos amis qui l'emportent en rapidité, vous êtes sauvée ; si ce sont les satellites du cardinal, vous êtes perdue.

— Oh ! oui, oui, perdue sans miséricorde ! Que faire donc ? que faire ?

— Il y aurait un moyen bien simple, bien naturel...

— Lequel, dites ?

— Ce serait d'attendre, cachée dans les environs, et de s'assurer ainsi quels sont les hommes qui viendront vous demander.

— Mais où attendre ?

— Oh ! ceci n'est point une question : moi-même je m'arrête et je me cache à quelques lieues d'ici en attendant que mon frère vienne me rejoindre ; eh bien ! je vous emmène avec moi, nous nous cachons et nous attendons ensemble.

— Mais on ne me laissera pas partir, je suis ici presque prisonnière.

— Comme on croit que je pars sur un ordre du cardinal, on ne vous croira pas très pressée de me suivre.

— Eh bien ?

— Eh bien ! la voiture est à la porte, vous me dites adieu, vous montez sur le marchepied pour me serrer dans vos bras une dernière fois ; le domestique de mon frère qui vient me prendre est prévenu, il fait un signe au postillon, et nous partons au galop.

— Mais d'Artagnan, d'Artagnan, s'il vient ?

— Ne le saurons-nous pas ?

— Comment ?

— Rien de plus facile. Nous renvoyons à Béthune ce domestique de mon frère, à qui, je vous l'ai dit, nous pouvons nous fier ; il prend un déguisement et se loge en face du couvent : si ce sont les émissaires du cardinal qui viennent, il ne bouge pas ; si c'est M. d'Artagnan et ses amis, il les amène où nous sommes.

— Il les connaît donc ?

— Sans doute, n'a-t-il pas vu M. d'Artagnan chez moi !

— Oh ! oui, oui, vous avez raison ; ainsi, tout va bien, tout est pour le mieux ; mais ne nous éloignons pas d'ici.

— A sept ou huit lieues tout au plus, nous nous tenons sur la frontière par exemple, et à la première alerte, nous sortons de France.

— Et d'ici là, que faire ?

— Attendre.

— Mais s'ils arrivent ?

— La voiture de mon frère arrivera avant eux.

— Si je suis loin de vous quand on viendra vous prendre ; à dîner ou à souper, par exemple ?

— Faites une chose.

— Laquelle ?

— Dites à votre bonne supérieure que, pour nous

quitter le moins possible, vous lui demanderez la permission de partager mon repas.

— Le permettra-t-elle ?

— Quel inconvénient y a-t-il à cela ?

— Oh ! très bien, de cette façon nous ne nous quitterons pas un instant !

— Eh bien ! descendez chez elle pour lui faire votre demande ! Je me sens la tête lourde, je vais faire un tour au jardin.

— Allez, et où vous retrouverai-je ?

— Ici, dans une heure.

— Ici, dans une heure ; oh ! vous êtes bonne et je vous remercie.

— Comment ne m'intéresserais-je pas à vous ? Quand vous ne seriez pas belle et charmante, n'êtes-vous pas l'amie d'un de mes meilleurs amis !

— Cher d'Artagnan, oh ! comme il vous remerciera !

— Je l'espère bien. Allons ! tout est convenu, descendons.

— Vous allez au jardin ?

— Oui.

— Suivez ce corridor, un petit escalier vous y conduit.

— A merveille ! merci. »

Et les deux femmes se quittèrent en échangeant un charmant sourire.

Milady avait dit la vérité, elle avait la tête lourde ; car ses projets mal classés s'y heurtaient comme dans un chaos. Elle avait besoin d'être seule pour mettre un peu d'ordre dans ses pensées. Elle voyait vaguement dans l'avenir ; mais il lui fallait un peu de silence et de quiétude [1] pour donner à toutes ses idées, encore confuses, une forme distincte, un plan arrêté.

Ce qu'il y avait de plus pressé, c'était d'enlever Mme Bonacieux, de la mettre en lieu de sûreté, et là, le cas échéant, de s'en faire un otage. Milady commençait à

1. Calme.

redouter l'issue de ce duel terrible, où ses ennemis mettaient autant de persévérance qu'elle mettait, elle, d'acharnement.

D'ailleurs elle sentait, comme on sent venir un orage, que cette issue était proche et ne pouvait manquer d'être terrible.

Le principal pour elle, comme nous l'avons dit, était donc de tenir Mme Bonacieux entre ses mains. Mme Bonacieux, c'était la vie de d'Artagnan ; c'était plus que sa vie, c'était celle de la femme qu'il aimait ; c'était, en cas de mauvaise fortune, un moyen de traiter et d'obtenir sûrement de bonnes conditions.

Or, ce point était arrêté : Mme Bonacieux, sans défiance, la suivait ; une fois cachée avec elle à Armentières, il était facile de lui faire croire que d'Artagnan n'était pas venu à Béthune. Dans quinze jours au plus, Rochefort serait de retour ; pendant ces quinze jours, d'ailleurs, elle aviserait à ce qu'elle aurait à faire pour se venger des quatre amis. Elle ne s'ennuierait pas, Dieu merci, car elle aurait le plus doux passe-temps que les événements pussent accorder à une femme de son caractère : une bonne vengeance à perfectionner.

Tout en rêvant, elle jetait les yeux autour d'elle et classait dans sa tête la topographie [1] du jardin. Milady était comme un bon général, qui prévoit tout ensemble la victoire et la défaite, et qui est tout prêt, selon les chances de la bataille, à marcher en avant ou à battre en retraite.

Au bout d'une heure, elle entendit une douce voix qui l'appelait ; c'était celle de Mme Bonacieux. La bonne abbesse avait naturellement consenti à tout, et, pour commencer, elles allaient souper ensemble.

En arrivant dans la cour, elles entendirent le bruit d'une voiture qui s'arrêtait à la porte.

« Entendez-vous ? dit-elle.

— Oui, le roulement d'une voiture.

1. La disposition des lieux.

— C'est celle que mon frère nous envoie.

— Oh ! mon Dieu !

— Voyons, du courage ! »

On sonna à la porte du couvent, Milady ne s'était pas trompée.

« Montez dans votre chambre, dit-elle à Mme Bonacieux, vous avez bien quelques bijoux que vous désirez emporter.

— J'ai ses lettres, dit-elle.

— Eh bien ! allez les chercher et venez me rejoindre chez moi, nous souperons à la hâte ; peut-être voyagerons-nous une partie de la nuit, il faut prendre des forces.

— Grand Dieu ! dit Mme Bonacieux en mettant la main sur sa poitrine, le cœur m'étouffe, je ne puis marcher.

— Du courage, allons, du courage ! pensez que dans un quart d'heure vous êtes sauvée, et songez que ce que vous allez faire, c'est pour lui que vous le faites.

— Oh ! oui, tout pour lui. Vous m'avez rendu mon courage par un seul mot ; allez, je vous rejoins. »

Milady monta vivement chez elle, elle y trouva le laquais de Rochefort, et lui donna ses instructions.

Il devait attendre à la porte ; si par hasard les mousquetaires paraissaient, la voiture partait au galop, faisait le tour du couvent, et allait attendre Milady à un petit village qui était situé de l'autre côté du bois. Dans ce cas, Milady traversait le jardin et gagnait le village à pied ; nous l'avons dit déjà, Milady connaissait à merveille cette partie de la France.

Si les mousquetaires ne paraissaient pas, les choses allaient comme il était convenu : Mme Bonacieux montait dans la voiture sous prétexte de lui dire adieu, et Milady enlevait Mme Bonacieux.

Mme Bonacieux entra, et pour lui ôter tout soupçon, si elle en avait, Milady répéta devant elle au laquais toute la dernière partie de ses instructions.

Milady fit quelques questions sur la voiture : c'était une chaise attelée de trois chevaux, conduite par un postillon ; le laquais de Rochefort devait la précéder en courrier [1].

C'était à tort que Milady craignait que Mme Bonacieux n'eût des soupçons : la pauvre jeune femme était trop pure pour soupçonner dans une autre femme une telle perfidie ; d'ailleurs le nom de la comtesse de Winter, qu'elle avait entendu prononcer par l'abbesse, lui était parfaitement inconnu, et elle ignorait même qu'une femme eût eu une part si grande et si fatale aux malheurs de sa vie.

« Vous le voyez, dit Milady, lorsque le laquais fut sorti, tout est prêt. L'abbesse ne se doute de rien et croit qu'on me vient chercher de la part du cardinal. Cet homme va donner les derniers ordres ; prenez la moindre chose [2], buvez un doigt de vin et partons.

— Oui, dit machinalement Mme Bonacieux, oui, partons. »

Milady lui fit signe de s'asseoir devant elle, lui versa un petit verre de vin d'Espagne et lui servit un blanc de poulet.

« Voyez, lui dit-elle, si tout ne nous seconde pas : voici la nuit qui vient ; au point du jour nous serons arrivées dans notre retraite, et nul ne pourra se douter où nous sommes. Voyons, du courage, prenez quelque chose. »

Mme Bonacieux mangea machinalement quelques bouchées et trempa ses lèvres dans son verre.

« Allons donc, allons donc, dit Milady portant le sien à ses lèvres, faites comme moi. »

Mais au moment où elle l'approchait de sa bouche, sa main resta suspendue : elle venait d'entendre sur la route comme le roulement lointain d'un galop qui allait s'approchant ; puis, presque en même temps, il lui sembla entendre des hennissements de chevaux.

Ce bruit la tira de sa joie comme un bruit d'orage réveille au milieu d'un beau rêve ; elle pâlit et courut à la fenêtre, tandis que Mme Bonacieux, se levant

1. *En courrier* : à cheval.
2. « Mangez quelque chose. »

toute tremblante, s'appuyait sur sa chaise pour ne point tomber.

On ne voyait rien encore, seulement on entendait le galop qui allait toujours se rapprochant.

« Oh ! mon Dieu, dit Mme Bonacieux, qu'est-ce que ce bruit ?

— Celui de nos amis ou de nos ennemis, dit Milady avec son sang-froid terrible ; restez où vous êtes, je vais vous le dire. »

Mme Bonacieux demeura debout, muette, immobile et pâle comme une statue.

Le bruit devenait plus fort, les chevaux ne devaient pas être à plus de cent cinquante pas ; si on ne les apercevait point encore, c'est que la route faisait un coude. Toutefois, le bruit devenait si distinct, qu'on eût pu compter les chevaux par le bruit saccadé de leurs fers.

Milady regardait de toute la puissance de son attention ; il faisait juste assez clair pour qu'elle pût reconnaître ceux qui venaient.

Tout à coup, au détour du chemin, elle vit reluire des chapeaux galonnés et flotter des plumes ; elle compta deux, puis cinq, puis huit cavaliers ; l'un d'eux précédait tous les autres de deux longueurs de cheval.

Milady poussa un rugissement étouffé. Dans celui qui tenait la tête elle reconnut d'Artagnan.

« Oh ! mon Dieu ! mon Dieu ! s'écria Mme Bonacieux, qu'y a-t-il donc ?

— C'est l'uniforme des gardes de M. le cardinal ; pas un instant à perdre ! s'écria Milady. Fuyons, fuyons !

— Oui, oui, fuyons », répéta Mme Bonacieux, mais sans pouvoir faire un pas, clouée qu'elle était à sa place par la terreur.

On entendit les cavaliers qui passaient sous la fenêtre.

« Venez donc ! mais venez donc ! s'écriait Milady en essayant de traîner la jeune femme par le bras. Grâce au jardin, nous pouvons fuir encore, j'ai la clef, mais hâtons-nous, dans cinq minutes il serait trop tard. »

Mme Bonacieux essaya de marcher, fit deux pas et tomba sur ses genoux.

Milady essaya de la soulever et de l'emporter, mais elle ne put en venir à bout.

En ce moment on entendit le roulement de la voiture, qui à la vue des mousquetaires partait au galop. Puis, trois ou quatre coups de feu retentirent.

« Une dernière fois, voulez-vous venir ? s'écria Milady.

— Oh ! mon Dieu ! mon Dieu ! vous voyez bien que les forces me manquent ; vous voyez bien que je ne puis marcher : fuyez seule.

— Fuir seule ! vous laisser ici ! non, non, jamais », s'écria Milady.

Tout à coup, un éclair livide jaillit de ses yeux, d'un bond, éperdue, elle courut à la table, versa dans le verre de Mme Bonacieux le contenu d'un chaton de bague qu'elle ouvrit avec une promptitude singulière.

C'était un grain rougeâtre qui se fondit aussitôt.

Puis, prenant le verre d'une main ferme :

« Buvez, dit-elle, ce vin vous donnera des forces, buvez. »

Et elle approcha le verre des lèvres de la jeune femme, qui but machinalement.

« Ah ! ce n'est pas ainsi que je voulais me venger, dit Milady en reposant avec un sourire infernal le verre sur la table, mais, ma foi ! on fait ce qu'on peut. »

Et elle s'élança hors de l'appartement.

Mme Bonacieux la regarda fuir, sans pouvoir la suivre ; elle était comme ces gens qui rêvent qu'on les poursuit et qui essayent vainement de marcher.

Quelques minutes se passèrent, un bruit affreux retentissait à la porte ; à chaque instant Mme Bonacieux s'attendait à voir reparaître Milady, qui ne reparaissait pas.

Plusieurs fois, de terreur sans doute, la sueur monta froide à son front brûlant.

Enfin elle entendit le grincement des grilles qu'on

ouvrait, le bruit des bottes et des éperons retentit par les escaliers ; il se faisait un grand murmure de voix qui allaient se rapprochant, et au milieu desquelles il lui semblait entendre prononcer son nom.

Tout à coup elle jeta un grand cri de joie et s'élança vers la porte, elle avait reconnu la voix de d'Artagnan.

« D'Artagnan ! d'Artagnan ! s'écria-t-elle, est-ce vous ? Par ici, par ici.

— Constance ! Constance ! répondit le jeune homme, où êtes-vous ? mon Dieu ! »

Au même moment, la porte de la cellule céda au choc plutôt qu'elle ne s'ouvrit ; plusieurs hommes se précipitèrent dans la chambre ; Mme Bonacieux était tombée dans un fauteuil sans pouvoir faire un mouvement.

D'Artagnan jeta un pistolet encore fumant qu'il tenait à la main, et tomba à genoux devant sa maîtresse, Athos repassa le sien à sa ceinture ; Porthos et Aramis, qui tenaient leurs épées nues, les remirent au fourreau.

« Oh ! d'Artagnan ! mon bien-aimé d'Artagnan ! tu viens donc enfin, tu ne m'avais pas trompée, c'est bien toi !

— Oui, oui, Constance ! réunis !

— Oh ! *elle* avait beau dire que tu ne viendrais pas, j'espérais sourdement ; je n'ai pas voulu fuir ; oh ! comme j'ai bien fait, comme je suis heureuse ! »

A ce mot *elle*, Athos, qui s'était assis tranquillement, se leva tout à coup.

« *Elle* ! qui *elle* ? demanda d'Artagnan.

— Mais ma compagne ; celle qui, par amitié pour moi, voulait me soustraire à mes persécuteurs ; celle qui, vous prenant pour des gardes du cardinal, vient de s'enfuir.

— Votre compagne, s'écria d'Artagnan, devenant plus pâle que le voile blanc de sa maîtresse, de quelle compagne voulez-vous donc parler ?

— De celle dont la voiture était à la porte, d'une femme qui se dit votre amie, d'Artagnan ; d'une femme à qui vous avez tout raconté.

— Son nom, son nom ! s'écria d'Artagnan ; mon Dieu ! ne savez-vous donc pas son nom ?

— Si fait, on l'a prononcé devant moi ; attendez... mais c'est étrange... oh ! mon Dieu ! ma tête se trouble, je n'y vois plus.

— A moi, mes amis, à moi ! ses mains sont glacées, s'écria d'Artagnan, elle se trouve mal ; grand Dieu ! elle perd connaissance ! »

Tandis que Porthos appelait au secours de toute la puissance de sa voix, Aramis courut à la table pour prendre un verre d'eau ; mais il s'arrêta en voyant l'horrible altération du visage d'Athos, qui, debout devant la table, les cheveux hérissés, les yeux glacés de stupeur, regardait l'un des verres et semblait en proie au doute le plus horrible.

« Oh ! disait Athos, oh ! non, c'est impossible ! Dieu ne permettrait pas un pareil crime.

— De l'eau, de l'eau, criait d'Artagnan, de l'eau !

— O pauvre femme, pauvre femme ! » murmurait Athos d'une voix brisée.

Mme Bonacieux rouvrit les yeux sous les baisers de d'Artagnan.

« Elle revient à elle ! s'écria le jeune homme. Oh ! mon Dieu, mon Dieu ! je te remercie !

— Madame, dit Athos, Madame, au nom du Ciel ! à qui ce verre vide ?

— A moi, Monsieur..., répondit la jeune femme d'une voix mourante.

— Mais qui vous a versé ce vin qui était dans ce verre ?

— *Elle*.

— Mais, qui donc *elle* ?

— Ah ! je me souviens, dit Mme Bonacieux, la comtesse de Winter... »

Les quatre amis poussèrent un seul et même cri, mais celui d'Athos domina tous les autres.

En ce moment, le visage de Mme Bonacieux devint livide, une douleur sourde la terrassa, elle tomba haletante dans les bras de Porthos et d'Aramis.

D'Artagnan saisit les mains d'Athos avec une angoisse difficile à décrire.

« Et quoi ! dit-il, tu crois... »

Sa voix s'éteignit dans un sanglot.

« Je crois tout, dit Athos en se mordant les lèvres jusqu'au sang.

— D'Artagnan, d'Artagnan ! s'écria Mme Bonacieux, où es-tu ? ne me quitte pas, tu vois bien que je vais mourir. »

D'Artagnan lâcha les mains d'Athos, qu'il tenait encore entre ses mains crispées, et courut à elle.

Son visage si beau était tout bouleversé, ses yeux vitreux n'avaient déjà plus de regard, un tremblement convulsif agitait son corps, la sueur coulait sur son front.

« Au nom du Ciel ! courez appeler ; Porthos, Aramis, demandez du secours !

— Inutile, dit Athos, inutile, au poison qu'elle verse il n'y a pas de contrepoison.

— Oui, oui, du secours, du secours ! murmura Mme Bonacieux ; du secours ! »

Puis, rassemblant toutes ses forces, elle prit la tête du jeune homme entre ses deux mains, le regarda un instant comme si toute son âme était passée dans son regard, et, avec un cri sanglotant, elle appuya ses lèvres sur les siennes.

« Constance ! Constance ! » s'écria d'Artagnan.

Un soupir s'échappa de la bouche de Mme Bonacieux, effleurant celle de d'Artagnan ; ce soupir, c'était cette âme si chaste et si aimante qui remontait au ciel.

D'Artagnan ne serrait plus qu'un cadavre entre ses bras.

Le jeune homme poussa un cri et tomba près de sa maîtresse, aussi pâle et aussi glacé qu'elle.

Porthos pleura, Aramis montra le poing au ciel, Athos fit le signe de la croix.

En ce moment un homme parut sur la porte, presque aussi pâle que ceux qui étaient dans la chambre, et regarda tout autour de lui, vit Mme Bonacieux morte et d'Artagnan évanoui.

Il apparaissait juste à cet instant de stupeur qui suit les grandes catastrophes.

« Je ne m'étais pas trompé, dit-il, voilà M. d'Artagnan, et vous êtes ses trois amis, MM. Athos, Porthos et Aramis. »

Ceux dont les noms venaient d'être prononcés regardaient l'étranger avec étonnement, il leur semblait à tous trois le reconnaître.

« Messieurs, reprit le nouveau venu, vous êtes comme moi à la recherche d'une femme qui, ajouta-t-il avec un sourire terrible, a dû passer par ici, car j'y vois un cadavre ! »

Les trois amis restèrent muets ; seulement la voix comme le visage leur rappelait un homme qu'ils avaient déjà vu ; cependant, ils ne pouvaient se souvenir dans quelles circonstances.

« Messieurs, continua l'étranger, puisque vous ne voulez pas reconnaître un homme qui probablement vous doit la vie deux fois, il faut bien que je me nomme ; je suis Lord de Winter, le beau-frère de cette femme. »

Les trois amis jetèrent un cri de surprise.

Athos se leva et lui tendit la main.

« Soyez le bienvenu, Milord, dit-il, vous êtes des nôtres.

— Je suis parti cinq heures après elle de Portsmouth, dit Lord de Winter ; je suis arrivé trois heures après elle à Boulogne, je l'ai manquée de vingt minutes à Saint-Omer ; enfin, à Lillers, j'ai perdu sa trace. J'allais au hasard, m'informant à tout le monde, quand je vous ai vus passer au galop ; j'ai reconnu M. d'Artagnan. Je vous ai appelés, vous ne m'avez pas répondu ; j'ai voulu vous suivre, mais mon cheval était trop fatigué pour aller du même train que les vôtres. Et cependant il paraît que malgré la diligence que vous avez faite, vous êtes encore arrivés trop tard !

— Vous voyez, dit Athos en montrant à Lord de Winter Mme Bonacieux morte et d'Artagnan que Porthos et Aramis essayaient de rappeler à la vie.

— Sont-ils donc morts tous deux ? demanda froidement Lord de Winter.

— Non, heureusement, répondit Athos, M. d'Artagnan n'est qu'évanoui.

— Ah ! tant mieux ! » dit Lord de Winter.

En effet, en ce moment d'Artagnan rouvrit les yeux.

Il s'arracha des bras de Porthos et d'Aramis et se jeta comme un insensé sur le corps de sa maîtresse.

Athos se leva, marcha vers son ami d'un pas lent et solennel, l'embrassa tendrement, et, comme il éclatait en sanglots, il lui dit de sa voix si noble et si persuasive :

« Ami, sois homme : les femmes pleurent les morts, les hommes les vengent !

— Oh ! oui, dit d'Artagnan, oui ! si c'est pour la venger, je suis prêt à te suivre ! »

Athos profita de ce moment de force que l'espoir de la vengeance rendait à son malheureux ami pour faire signe à Porthos et à Aramis d'aller chercher la supérieure.

Les deux amis la rencontrèrent dans le corridor, encore toute troublée et tout éperdue de tant d'événements ; elle appela quelques religieuses, qui, contre toutes les habitudes monastiques, se trouvèrent en présence de cinq hommes.

« Madame, dit Athos en passant le bras de d'Artagnan sous le sien, nous abandonnons à vos soins pieux le corps de cette malheureuse femme. Ce fut un ange sur la terre avant d'être un ange au ciel. Traitez-la comme une de vos sœurs ; nous reviendrons un jour prier sur sa tombe. »

D'Artagnan cacha sa figure dans la poitrine d'Athos et éclata en sanglots.

« Pleure, dit Athos, pleure, cœur plein d'amour, de jeunesse et de vie ! Hélas ! je voudrais bien pouvoir pleurer comme toi ! »

Et il entraîna son ami, affectueux comme un père, consolant comme un prêtre, grand comme l'homme qui a beaucoup souffert.

Tous cinq, suivis de leurs valets, tenant leurs chevaux par la bride, s'avancèrent vers la ville de Béthune, dont on apercevait le faubourg, et ils s'arrêtèrent devant la première auberge qu'ils rencontrèrent.

« Mais, dit d'Artagnan, ne poursuivons-nous pas cette femme ?

— Plus tard, dit Athos, j'ai des mesures à prendre.

— Elle nous échappera, reprit le jeune homme, elle nous échappera, Athos, et ce sera ta faute.

— Je réponds d'elle », dit Athos.

D'Artagnan avait une telle confiance dans la parole de son ami, qu'il baissa la tête et entra dans l'auberge sans rien répondre.

Porthos et Aramis se regardaient, ne comprenant rien à l'assurance d'Athos.

Lord de Winter croyait qu'il parlait ainsi pour engourdir la douleur de d'Artagnan.

« Maintenant, Messieurs, dit Athos lorsqu'il se fut assuré qu'il y avait cinq chambres de libres dans l'hôtel, retirons-nous chacun chez soi ; d'Artagnan a besoin d'être seul pour pleurer et vous pour dormir. Je me charge de tout, soyez tranquilles.

— Il me semble cependant, dit Lord de Winter, que s'il y a quelque mesure à prendre contre la comtesse, cela me regarde : c'est ma belle-sœur.

— Et moi, dit Athos, c'est ma femme. »

D'Artagnan tressaillit, car il comprit qu'Athos était sûr de sa vengeance, puisqu'il révélait un pareil secret ; Porthos et Aramis se regardèrent en pâlissant. Lord de Winter pensa qu'Athos était fou.

« Retirez-vous donc, dit Athos, et laissez-moi faire. Vous voyez bien qu'en ma qualité de mari cela me regarde. Seulement, d'Artagnan, si vous ne l'avez pas perdu, remettez-moi ce papier qui s'est échappé du chapeau de cet homme et sur lequel est écrit le nom de la ville...

— Ah ! dit d'Artagnan, je comprends, ce nom écrit de sa main...

— Tu vois bien, dit Athos, qu'il y a un Dieu dans le ciel ! »

LXIV

L'HOMME AU MANTEAU ROUGE

Le désespoir d'Athos avait fait place à une douleur concentrée, qui rendait plus lucides encore les brillantes facultés d'esprit de cet homme.

Tout entier à une seule pensée, celle de la promesse qu'il avait faite et de la responsabilité qu'il avait prise, il se retira le dernier dans sa chambre, pria l'hôte de lui procurer une carte de la province, se courba dessus, interrogea les lignes tracées, reconnut que quatre chemins différents se rendaient de Béthune à Armentières, et fit appeler les valets.

Planchet, Grimaud, Mousqueton et Bazin se présentèrent et reçurent les ordres clairs, ponctuels [1] et graves d'Athos.

Ils devaient partir au point du jour, le lendemain, et se rendre à Armentières, chacun par une route différente. Planchet, le plus intelligent des quatre, devait suivre celle par laquelle avait disparu la voiture sur laquelle les quatre amis avaient tiré, et qui était accompagnée, on se le rappelle, du domestique de Rochefort.

Athos mit les valets en campagne d'abord, parce que, depuis que ces hommes étaient à son service et à celui de ses amis, il avait reconnu en chacun d'eux des qualités différentes et essentielles.

Puis, des valets qui interrogent inspirent aux passants moins de défiance que leurs maîtres, et trouvent plus de sympathie chez ceux auxquels ils s'adressent.

Enfin, Milady connaissait les maîtres, tandis qu'elle ne connaissait pas les valets ; au contraire, les valets connaissaient parfaitement Milady.

Tous quatre devaient se trouver réunis le lendemain, à onze heures à l'endroit indiqué ; s'ils avaient découvert la retraite de Milady, trois resteraient à la

---

1. Portant sur des points précis.

garder, le quatrième reviendrait à Béthune pour prévenir Athos et servir de guide aux quatre amis.

Ces dispositions prises, les valets se retirèrent à leur tour.

Athos alors se leva de sa chaise, ceignit son épée, s'enveloppa dans son manteau et sortit de l'hôtel ; il était dix heures à peu près. A dix heures du soir, on le sait, en province les rues sont peu fréquentées. Athos cependant cherchait visiblement quelqu'un à qui il pût adresser une question. Enfin il rencontra un passant attardé, s'approcha de lui, lui dit quelques paroles ; l'homme auquel il s'adressait recula avec terreur, cependant il répondit aux paroles du mousquetaire par une indication. Athos offrit à cet homme une demi-pistole pour l'accompagner, mais l'homme refusa.

Athos s'enfonça dans la rue que l'indicateur avait désignée du doigt ; mais, arrivé à un carrefour, il s'arrêta de nouveau, visiblement embarrassé. Cependant, comme, plus qu'aucun autre lieu, le carrefour lui offrait la chance de rencontrer quelqu'un, il s'y arrêta. En effet, au bout d'un instant, un veilleur de nuit passa. Athos lui répéta la même question qu'il avait déjà faite à la première personne qu'il avait rencontrée, le veilleur de nuit laissa apercevoir la même terreur, refusa à son tour d'accompagner Athos, et lui montra de la main le chemin qu'il devait suivre.

Athos marcha dans la direction indiquée et atteignit le faubourg situé à l'extrémité de la ville opposée à celle par laquelle lui et ses compagnons étaient entrés. Là il parut de nouveau inquiet et embarrassé, et s'arrêta pour la troisième fois.

Heureusement un mendiant passa, qui s'approcha d'Athos pour lui demander l'aumône. Athos lui proposa un écu pour l'accompagner où il allait. Le mendiant hésita un instant, mais à la vue de la pièce d'argent qui brillait dans l'obscurité, il se décida et marcha devant Athos.

Arrivé à l'angle d'une rue, il lui montra de loin une

petite maison isolée, solitaire, triste ; Athos s'en approcha, tandis que le mendiant, qui avait reçu son salaire, s'en éloignait à toutes jambes.

Athos en fit le tour, avant de distinguer la porte au milieu de la couleur rougeâtre dont cette maison était peinte ; aucune lumière ne paraissait à travers les gerçures des contrevents, aucun bruit ne pouvait faire supposer qu'elle fût habitée, elle était sombre et muette comme un tombeau.

Trois fois Athos frappa sans qu'on lui répondît. Au troisième coup cependant des pas intérieurs se rapprochèrent ; enfin la porte s'entrebâilla, et un homme de haute taille, au teint pâle, aux cheveux et à la barbe noire, parut.

Athos et lui échangèrent quelques mots à voix basse, puis l'homme à la haute taille fit signe au mousquetaire qu'il pouvait entrer. Athos profita à l'instant même de la permission, et la porte se referma derrière lui.

L'homme qu'Athos était venu chercher si loin et qu'il avait trouvé avec tant de peine, le fit entrer dans son laboratoire, où il était occupé à retenir avec des fils de fer les os cliquetants d'un squelette. Tout le corps était déjà rajusté : la tête seule était posée sur une table.

Tout le reste de l'ameublement indiquait que celui chez lequel on se trouvait s'occupait de sciences naturelles : il y avait des bocaux pleins de serpents étiquetés selon les espèces ; des lézards desséchés reluisaient comme des émeraudes taillées dans de grands cadres de bois noir ; enfin, des bottes d'herbes sauvages, odoriférantes et sans doute douées de vertus inconnues au vulgaire des hommes, étaient attachées au plafond et descendaient dans les angles de l'appartement.

Du reste, pas de famille, pas de serviteurs ; l'homme à la haute taille habitait seul cette maison.

Athos jeta un coup d'œil froid et indifférent sur tous les objets que nous venons de décrire, et, sur l'invitation de celui qu'il venait chercher, il s'assit près de lui.

Alors il lui expliqua la cause de sa visite et le service qu'il réclamait de lui ; mais à peine eut-il exposé sa demande, que l'inconnu, qui était resté debout devant le mousquetaire, recula de terreur et refusa. Alors Athos tira de sa poche un petit papier sur lequel étaient écrites deux lignes accompagnées d'une signature et d'un sceau [1], et le présenta à celui qui donnait trop prématurément ces signes de répugnance. L'homme à la grande taille eut à peine lu ces deux lignes, vu la signature et reconnu le sceau, qu'il s'inclina en signe qu'il n'avait plus aucune objection à faire, et qu'il était prêt à obéir.

Athos n'en demanda pas davantage ; il se leva, salua, sortit, reprit en s'en allant le chemin qu'il avait suivi pour venir, rentra dans l'hôtel et s'enferma chez lui.

Au point du jour, d'Artagnan entra dans sa chambre et demanda ce qu'il fallait faire.

« Attendre », répondit Athos.

Quelques instants après, la supérieure du couvent fit prévenir les mousquetaires que l'enterrement de la victime de Milady aurait lieu à midi. Quant à l'empoisonneuse, on n'en avait pas eu de nouvelles ; seulement elle avait dû fuir par le jardin, sur le sable duquel on avait reconnu la trace de ses pas et dont on avait retrouvé la porte fermée ; quant à la clé, elle avait disparu.

A l'heure indiquée, Lord de Winter et les quatre amis se rendirent au couvent : les cloches sonnaient à toute volée, la chapelle était ouverte, la grille du chœur était fermée. Au milieu du chœur, le corps de la victime, revêtue de ses habits de novice, était exposé. De chaque côté du chœur [2] et derrière des grilles s'ouvrant sur le couvent était toute la communauté

---

1. Cachet de cire portant une empreinte identifiable, apposé sur un document pour l'authentifier.

2. Le *chœur*, partie centrale d'une église, est souvent séparé de la nef par une grille qui, dans les monastères, marque la limite de la clôture, que les profanes n'ont pas le droit de franchir.

des carmélites, qui écoutait de là le service divin et mêlait son chant au chant des prêtres, sans voir les profanes et sans être vue d'eux.

A la porte de la chapelle, d'Artagnan sentit son courage qui fuyait de nouveau ; il se retourna pour chercher Athos, mais Athos avait disparu.

Fidèle à sa mission de vengeance, Athos s'était fait conduire au jardin ; et là, sur le sable, suivant les pas légers de cette femme qui avait laissé une trace sanglante [1] partout où elle avait passé, il s'avança jusqu'à la porte qui donnait sur le bois, se la fit ouvrir, et s'enfonça dans la forêt.

Alors tous ses doutes se confirmèrent : le chemin par lequel la voiture avait disparu contournait la forêt. Athos suivit le chemin quelque temps les yeux fixés sur le sol ; de légères taches de sang, qui provenaient d'une blessure faite ou à l'homme qui accompagnait la voiture en courrier, ou à l'un des chevaux, piquetaient le chemin. Au bout de trois quarts de lieue à peu près, à cinquante pas de Festubert [2], une tache de sang plus large apparaissait ; le sol était piétiné par les chevaux. Entre la forêt et cet endroit dénonciateur, un peu en arrière de la terre écorchée, on retrouvait la même trace de petits pas que dans le jardin ; la voiture s'était arrêtée.

En cet endroit, Milady était sortie du bois et était montée dans la voiture.

Satisfait de cette découverte qui confirmait tous ses soupçons, Athos revint à l'hôtel et trouva Planchet qui l'attendait avec impatience.

Tout était comme l'avait prévu Athos.

Planchet avait suivi la route, avait comme Athos

---

1. Au figuré : qui avait laissé des morts derrière elle....
2. Festubert et les autres localités intervenant dans cet épisode sont authentiques. Elles figurent toutes sur les cartes routières actuelles, sauf Goskal. Certes il n'est pas exclu que Dumas ait fait une excursion de reconnaissance sur place. Mais il lui suffisait, pour établir l'itinéraire suivi par ses personnages, de consulter une carte détaillée — celle de Cassini par exemple, qui comporte Goskal.

remarqué les taches de sang, comme Athos il avait reconnu l'endroit où les chevaux s'étaient arrêtés ; mais il avait poussé plus loin qu'Athos, de sorte qu'au village de Festubert, en buvant dans une auberge, il avait, sans avoir eu besoin de questionner, appris que la veille, à huit heures et demie du soir, un homme blessé, qui accompagnait une dame qui voyageait dans une chaise de poste, avait été obligé de s'arrêter, ne pouvant aller plus loin. L'accident avait été mis sur le compte de voleurs qui auraient arrêté la chaise dans le bois. L'homme était resté dans le village, la femme avait relayé [1] et continué son chemin.

Planchet se mit en quête du postillon qui avait conduit la chaise, et le retrouva. Il avait conduit la dame jusqu'à Fromelles, et de Fromelles elle était partie pour Armentières. Planchet prit la traverse, et à sept heures du matin il était à Armentières.

Il n'y avait qu'un seul hôtel, celui de la Poste. Planchet alla s'y présenter comme un laquais sans place qui cherchait une condition [2]. Il n'avait pas causé dix minutes avec les gens de l'auberge, qu'il savait qu'une femme seule était arrivée à onze heures du soir, avait pris une chambre, avait fait venir le maître d'hôtel et lui avait dit qu'elle désirerait demeurer quelque temps dans les environs.

Planchet n'avait pas besoin d'en savoir davantage. Il courut au rendez-vous, trouva les trois laquais exacts à leur poste, les plaça en sentinelles à toutes les issues de l'hôtel, et vint trouver Athos, qui achevait de recevoir les renseignements de Planchet, lorsque ses amis rentrèrent.

Tous les visages étaient sombres et crispés, même le doux visage d'Aramis.

« Que faut-il faire ? demanda d'Artagnan.

— Attendre », répondit Athos.

Chacun se retira chez soi.

A huit heures du soir, Athos donna l'ordre de seller

---

1. *Cf.* p. 802, n. 1.
2. Un emploi de domestique.

les chevaux, et fit prévenir Lord de Winter et ses amis qu'ils eussent à se préparer pour l'expédition.

En un instant tous cinq furent prêts. Chacun visita ses armes et les mit en état. Athos descendit le premier et trouva d'Artagnan déjà à cheval et s'impatientant.

« Patience, dit Athos, il nous manque encore quelqu'un. »

Les quatre cavaliers regardèrent autour d'eux avec étonnement, car ils cherchaient inutilement dans leur esprit quel était ce quelqu'un qui pouvait leur manquer.

En ce moment Planchet amena le cheval d'Athos, le mousquetaire sauta légèrement en selle.

« Attendez-moi, dit-il, je reviens. »

Et il partit au galop.

Un quart d'heure après, il revint effectivement accompagné d'un homme masqué et enveloppé d'un grand manteau rouge.

Lord de Winter et les trois mousquetaires s'interrogèrent du regard. Nul d'entre eux ne put renseigner les autres, car tous ignoraient ce qu'était cet homme. Cependant ils pensèrent que cela devait être ainsi, puisque la chose se faisait par l'ordre d'Athos.

A neuf heures, guidée par Planchet, la petite cavalcade se mit en route, prenant le chemin qu'avait suivi la voiture.

C'était un triste aspect que celui de ces six hommes courant en silence, plongés chacun dans sa pensée, mornes comme le désespoir, sombres comme le châtiment.

LXV

LE JUGEMENT

C'était une nuit orageuse et sombre, de gros nuages couraient au ciel, voilant la clarté des étoiles ; la lune ne devait se lever qu'à minuit.

Parfois, à la lueur d'un éclair qui brillait à l'horizon, on apercevait la route qui se déroulait blanche et solitaire ; puis, l'éclair éteint, tout rentrait dans l'obscurité.

A chaque instant, Athos invitait d'Artagnan, toujours à la tête de la petite troupe, à reprendre son rang qu'au bout d'un instant il abandonnait de nouveau ; il n'avait qu'une pensée, c'était d'aller en avant, et il allait.

On traversa en silence le village de Festubert, où était resté le domestique blessé, puis on longea le bois de Richebourg ; arrivés à Herlies, Planchet, qui dirigeait toujours la colonne, prit à gauche.

Plusieurs fois, Lord de Winter, soit Porthos, soit Aramis, avaient essayé d'adresser la parole à l'homme au manteau rouge ; mais à chaque interrogation qui lui avait été faite, il s'était incliné sans répondre. Les voyageurs avaient alors compris qu'il y avait quelque raison pour que l'inconnu gardât le silence, et ils avaient cessé de lui adresser la parole.

D'ailleurs, l'orage grossissait, les éclairs se succédaient rapidement, le tonnerre commençait à gronder, et le vent, précurseur de l'ouragan, sifflait dans la plaine, agitant les plumes des cavaliers.

La cavalcade prit le grand trot.

Un peu au-delà de Fromelles, l'orage éclata ; on déploya les manteaux ; il restait encore trois lieues à faire : on les fit sous des torrents de pluie.

D'Artagnan avait ôté son feutre et n'avait pas mis son manteau ; il trouvait plaisir à laisser ruisseler l'eau sur son front brûlant et sur son corps agité de frissons fiévreux.

Au moment où la petite troupe avait dépassé Goskal et allait arriver à la poste, un homme, abrité sous un arbre, se détacha du tronc avec lequel il était resté confondu dans l'obscurité, et s'avança jusqu'au milieu de la route, mettant son doigt sur ses lèvres.

Athos reconnut Grimaud.

« Qu'y a-t-il donc ? s'écria d'Artagnan, aurait-elle quitté Armentières ? »

Grimaud fit de sa tête un signe affirmatif. D'Artagnan grinça des dents.

« Silence, d'Artagnan ! dit Athos, c'est moi qui me suis chargé de tout, c'est donc à moi d'interroger Grimaud.

— Où est-elle ? » demanda Athos.

Grimaud étendit la main dans la direction de la Lys.

« Loin d'ici ? » demanda Athos.

Grimaud présenta à son maître son index plié.

« Seule ? » demanda Athos.

Grimaud fit signe que oui.

« Messieurs, dit Athos, elle est seule à une demi-lieue d'ici, dans la direction de la rivière.

— C'est bien, dit d'Artagnan, conduis-nous, Grimaud. »

Grimaud prit à travers champs, et servit de guide à la cavalcade.

Au bout de cinq cents pas à peu près, on trouva un ruisseau, que l'on traversa à gué.

A la lueur d'un éclair, on aperçut le village d'Erquinghem.

« Est-ce là ? » demanda d'Artagnan.

Grimaud secoua la tête en signe de négation.

« Silence donc ! » dit Athos.

Et la troupe continua son chemin.

Un autre éclair brilla ; Grimaud étendit le bras, et à la lueur bleuâtre du serpent de feu on distingua une petite maison isolée, au bord de la rivière, à cent pas d'un bac. Une fenêtre était éclairée.

« Nous y sommes », dit Athos.

En ce moment, un homme couché dans le fossé se

leva, c'était Mousqueton ; il montra du doigt la fenêtre éclairée.

« Elle est là, dit-il.

— Et Bazin ? demanda Athos.

— Tandis que je gardais la fenêtre, il gardait la porte.

— Bien, dit Athos, vous êtes tous de fidèles serviteurs. »

Athos sauta à bas de son cheval, dont il remit la bride aux mains de Grimaud, et s'avança vers la fenêtre après avoir fait signe au reste de la troupe de tourner du côté de la porte.

La petite maison était entourée d'une haie vive, de deux ou trois pieds de haut. Athos franchit la haie, parvint jusqu'à la fenêtre privée de contrevents, mais dont les demi-rideaux étaient exactement tirés.

Il monta sur le rebord de pierre, afin que son œil pût dépasser la hauteur des rideaux.

A la lueur d'une lampe, il vit une femme enveloppée d'une mante de couleur sombre, assise sur un escabeau, près d'un feu mourant : ses coudes étaient posés sur une mauvaise table, et elle appuyait sa tête dans ses deux mains blanches comme l'ivoire.

On ne pouvait distinguer son visage, mais un sourire sinistre passa sur les lèvres d'Athos, il n'y avait pas à s'y tromper ; c'était bien celle qu'il cherchait.

En ce moment un cheval hennit : Milady releva la tête, vit, collé à la vitre, le visage pâle d'Athos, et poussa un cri.

Athos comprit qu'il était reconnu, poussa la fenêtre du genou et de la main, la fenêtre céda, les carreaux se rompirent.

Et Athos, pareil au spectre de la vengeance, sauta dans la chambre.

Milady courut à la porte et l'ouvrit ; plus pâle et plus menaçant encore qu'Athos, d'Artagnan était sur le seuil.

Milady recula en poussant un cri. D'Artagnan, croyant qu'elle avait quelque moyen de fuir et craignant qu'elle ne leur échappât, tira un pistolet de sa ceinture ; mais Athos leva la main.

« Remets cette arme à sa place, d'Artagnan, dit-il, il importe que cette femme soit jugée et non assassinée. Attends encore un instant, d'Artagnan, et tu seras satisfait. Entrez, Messieurs. »

D'Artagnan obéit, car Athos avait la voix solennelle et le geste puissant d'un juge envoyé par le Seigneur lui-même. Aussi, derrière d'Artagnan, entrèrent Porthos, Aramis, Lord de Winter et l'homme au manteau rouge.

Les quatre valets gardaient la porte et la fenêtre.

Milady était tombée sur sa chaise les mains étendues, comme pour conjurer cette terrible apparition ; en apercevant son beau-frère, elle jeta un cri terrible.

« Que demandez-vous ? s'écria Milady.

— Nous demandons, dit Athos, Charlotte Backson, qui s'est appelée d'abord la comtesse de La Fère, puis Lady de Winter, baronne de Sheffield.

— C'est moi, c'est moi ! murmura-t-elle au comble de la terreur, que me voulez-vous ?

— Nous voulons vous juger selon vos crimes, dit Athos : vous serez libre de vous défendre, justifiez-vous si vous pouvez. Monsieur d'Artagnan, à vous d'accuser le premier. »

D'Artagnan s'avança.

« Devant Dieu et devant les hommes, dit-il, j'accuse cette femme d'avoir empoisonné Constance Bonacieux, morte hier soir. »

Il se retourna vers Porthos et vers Aramis.

« Nous attestons », dirent d'un seul mouvement les deux mousquetaires.

D'Artagnan continua.

« Devant Dieu et devant les hommes, j'accuse cette femme d'avoir voulu m'empoisonner moi-même, dans du vin qu'elle m'avait envoyé de Villeroi, avec une fausse lettre, comme si le vin venait de mes amis ; Dieu m'a sauvé ; mais un homme est mort à ma place, qui s'appelait Brisemont.

— Nous attestons, dirent de la même voix Porthos et Aramis.

— Devant Dieu et devant les hommes, j'accuse cette femme de m'avoir poussé au meurtre du baron de Wardes ; et, comme personne n'est là pour attester la vérité de cette accusation, je l'atteste, moi.

« J'ai dit. »

Et d'Artagnan passa de l'autre côté de la chambre avec Porthos et Aramis.

« A vous, Milord ! » dit Athos.

Le baron s'approcha à son tour.

« Devant Dieu et devant les hommes, dit-il, j'accuse cette femme d'avoir fait assassiner le duc de Buckingham.

— Le duc de Buckingham assassiné ? s'écrièrent d'un seul cri tous les assistants.

— Oui, dit le baron, assassiné ! Sur la lettre d'avis que vous m'aviez écrite, j'avais fait arrêter cette femme, et je l'avais donnée en garde à un loyal serviteur ; elle a corrompu cet homme, elle lui a mis le poignard dans la main, elle lui a fait tuer le duc, et dans ce moment peut-être Felton paie de sa tête le crime de cette furie. »

Un frémissement courut parmi les juges à la révélation de ces crimes encore inconnus.

« Ce n'est pas tout, reprit Lord de Winter ; mon frère, qui vous avait faite son héritière, est mort en trois heures d'une étrange maladie qui laisse des taches livides sur tout le corps. Ma sœur, comment votre mari est-il mort ?

— Horreur ! s'écrièrent Porthos et Aramis.

— Assassin de Buckingham, assassin de Felton, assassin de mon frère, je demande justice contre vous, et je déclare que si on ne me la fait pas, je me la ferai. »

Et Lord de Winter alla se ranger près de d'Artagnan, laissant la place libre à un autre accusateur.

Milady laissa tomber son front dans ses deux mains et essaya de rappeler ses idées confondues par un vertige mortel.

« A mon tour, dit Athos, tremblant lui-même comme le lion tremble à l'aspect du serpent, à mon tour. J'épousai cette femme quand elle était jeune fille, je l'épousai malgré toute ma famille ; je lui donnai mon bien, je lui donnai mon nom ; et un jour je m'aperçus que cette femme était flétrie : cette femme était marquée d'une fleur de lys sur l'épaule gauche.

— Oh ! dit Milady en se levant, je défie de retrouver le tribunal qui a prononcé sur moi cette sentence infâme. Je défie de retrouver celui qui l'a exécutée.

— Silence, dit une voix. A ceci, c'est à moi de répondre ! »

Et l'homme au manteau rouge s'approcha à son tour.

« Quel est cet homme, quel est cet homme ? » s'écria Milady suffoquée par la terreur et dont les cheveux se dénouèrent et se dressèrent sur sa tête livide comme s'ils eussent été vivants.

Tous les yeux se tournèrent sur cet homme, car à tous, excepté à Athos, il était inconnu.

Encore Athos le regardait-il avec autant de stupéfaction que les autres, car il ignorait comment il pouvait se trouver mêlé en quelque chose à l'horrible drame qui se dénouait en ce moment.

Après s'être approché de Milady, d'un pas lent et solennel, de manière que la table seule le séparât d'elle, l'inconnu ôta son masque.

Milady regarda quelque temps avec une terreur croissante ce visage pâle encadré de cheveux et de favoris noirs, dont la seule expression était une impassibilité glacée, puis tout à coup :

« Oh ! non, non, dit-elle en se levant et en reculant jusqu'au mur ; non, non, c'est une apparition infernale ! ce n'est pas lui ! A moi ! à moi ! » s'écria-t-elle d'une voix rauque en se retournant vers la muraille, comme si elle eût pu s'y ouvrir un passage avec ses mains.

« Mais qui êtes-vous donc ? s'écrièrent tous les témoins de cette scène.

— Demandez-le à cette femme, dit l'homme au

manteau rouge, car vous voyez bien qu'elle m'a reconnu, elle.

« — Le bourreau de Lille, le bourreau de Lille ! » s'écria Milady en proie à une terreur insensée et se cramponnant des mains à la muraille pour ne pas tomber.

Tout le monde s'écarta, et l'homme au manteau rouge resta seul debout au milieu de la salle.

« Oh ! grâce ! grâce ! pardon ! » s'écria la misérable en tombant à genoux.

L'inconnu laissa le silence se rétablir.

« Je vous le disais bien qu'elle m'avait reconnu reprit-il. Oui, je suis le bourreau de la ville de Lille, et voici mon histoire. »

Tous les yeux étaient fixés sur cet homme dont on attendait les paroles avec une avide anxiété.

« Cette jeune femme était autrefois une jeune fille aussi belle qu'elle est belle aujourd'hui. Elle était religieuse au couvent des bénédictines de Templemar [1]. Un jeune prêtre au cœur simple et croyant desservait l'église de ce couvent ; elle entreprit de le séduire et y réussit, elle eût séduit un saint.

« Leurs vœux à tous deux étaient sacrés, irrévocables ; leur liaison ne pouvait durer longtemps sans les perdre tous deux. Elle obtint de lui qu'ils quitteraient le pays ; mais pour quitter le pays, pour fuir ensemble, pour gagner une autre partie de la France, où ils pussent vivre tranquilles parce qu'ils seraient inconnus, il fallait de l'argent ; ni l'un ni l'autre n'en avait. Le prêtre vola les vases sacrés [2], les vendit ; mais comme ils s'apprêtaient à partir ensemble, ils furent arrêtés tous deux.

« Huit jours après, elle avait séduit le fils du geôlier et s'était sauvée. Le jeune prêtre fut condamné à dix ans de fers et à la flétrissure. J'étais le bourreau de la

---

1. Le village de Templemars, à huit kilomètres de Lille, n'a jamais abrité de couvent.
2. Le calice et les autres pièces d'orfèvrerie servant à célébrer la messe.

ville de Lille, comme dit cette femme. Je fus obligé de marquer le coupable, et le coupable, Messieurs, c'était mon frère !

« Je jurai alors que cette femme qui l'avait perdu, qui était plus que sa complice, puisqu'elle l'avait poussé au crime, partagerait au moins le châtiment. Je me doutai du lieu où elle était cachée, je la poursuivis, je l'atteignis, je la garrottai [1] et lui imprimai la même flétrissure que j'avais imprimée à mon frère.

« Le lendemain de mon retour à Lille, mon frère parvint à s'échapper à son tour, on m'accusa de complicité, et l'on me condamna à rester en prison à sa place tant qu'il ne se serait pas constitué prisonnier. Mon pauvre frère ignorait ce jugement ; il avait rejoint cette femme, ils avaient fui ensemble dans le Berry ; et là, il avait obtenu une petite cure. Cette femme passait pour sa sœur.

« Le seigneur de la terre sur laquelle était située l'église du curé vit cette prétendue sœur et en devint amoureux, amoureux au point qu'il lui proposa de l'épouser. Alors elle quitta celui qu'elle avait perdu pour celui qu'elle devait perdre, et devint la comtesse de La Fère... »

Tous les yeux se tournèrent vers Athos, dont c'était le véritable nom, et qui fit signe de la tête que tout ce qu'avait dit le bourreau était vrai.

« Alors, reprit celui-ci, fou, désespéré, décidé à se débarrasser d'une existence à laquelle elle avait tout enlevé, honneur et bonheur, mon pauvre frère revint à Lille, et apprenant l'arrêt qui m'avait condamné à sa place, se constitua prisonnier et se pendit le même soir au soupirail de son cachot.

« Au reste, c'est une justice à leur rendre, ceux qui m'avaient condamné me tinrent parole. A peine l'identité du cadavre fut-elle constatée qu'on me rendit ma liberté.

---

1. *Garrotter* : lier étroitement.

« Voilà le crime dont je l'accuse, voilà la cause pour laquelle je l'ai marquée.

— Monsieur d'Artagnan, dit Athos, quelle est la peine que vous réclamez contre cette femme ?

— La peine de mort, répondit d'Artagnan.

— Milord de Winter, continua Athos, quelle est la peine que vous réclamez contre cette femme ?

— La peine de mort, reprit Lord de Winter.

— Messieurs Porthos et Aramis, reprit Athos, vous qui êtes ses juges, quelle est la peine que vous portez contre cette femme ?

— La peine de mort », répondirent d'une voix sourde les deux mousquetaires.

Milady poussa un hurlement affreux, et fit quelques pas vers ses juges en se traînant sur ses genoux.

Athos étendit la main vers elle.

« Anne de Breuil, comtesse de La Fère, Milady de Winter, dit-il, vos crimes ont lassé les hommes sur la terre et Dieu dans le ciel. Si vous savez quelque prière, dites-la, car vous êtes condamnée et vous allez mourir. »

A ces paroles, qui ne lui laissaient aucun espoir, Milady se releva de toute sa hauteur et voulut parler, mais les forces lui manquèrent ; elle sentit qu'une main puissante et implacable la saisissait par les cheveux et l'entraînait aussi irrévocablement que la fatalité entraîne l'homme : elle ne tenta donc pas même de faire résistance et sortit de la chaumière.

Lord de Winter, d'Artagnan, Athos, Porthos et Aramis sortirent derrière elle. Les valets suivirent leurs maîtres et la chambre resta solitaire avec sa fenêtre brisée, sa porte ouverte et sa lampe fumeuse qui brûlait tristement sur la table.

LXVI

L'EXÉCUTION

Il était minuit à peu près ; la lune, échancrée par sa décroissance et ensanglantée par les dernières traces de l'orage, se levait derrière la petite ville d'Armentières, qui détachait sur sa lueur blafarde la silhouette sombre de ses maisons et le squelette de son haut clocher découpé à jour. En face, la Lys roulait ses eaux pareilles à une rivière d'étain fondu ; tandis que sur l'autre rive on voyait la masse noire des arbres se profiler sur un ciel orageux envahi par de gros nuages cuivrés qui faisaient une espèce de crépuscule au milieu de la nuit. A gauche s'élevait un vieux moulin abandonné, aux ailes immobiles, dans les ruines duquel une chouette faisait entendre son cri aigu, périodique et monotone. Çà et là dans la plaine, à droite et à gauche du chemin que suivait le lugubre cortège, apparaissaient quelques arbres bas et trapus, qui semblaient des nains difformes accroupis pour guetter les hommes à cette heure sinistre.

De temps en temps un large éclair ouvrait l'horizon dans toute sa largeur, serpentait au-dessus de la masse noire des arbres et venait comme un effrayant cimeterre [1] couper le ciel et l'eau en deux parties. Pas un souffle de vent ne passait dans l'atmosphère alourdie. Un silence de mort écrasait toute la nature ; le sol était humide et glissant de la pluie qui venait de tomber, et les herbes ranimées jetaient leur parfum avec plus d'énergie.

Deux valets traînaient Milady, qu'ils tenaient chacun par un bras ; le bourreau marchait derrière, et Lord de Winter, d'Artagnan, Athos, Porthos et Aramis marchaient derrière le bourreau.

Planchet et Bazin venaient les derniers.

Les deux valets conduisaient Milady du côté de la

---

1. Sabre oriental à lame courbe s'élargissant vers l'extrémité.

rivière. Sa bouche était muette ; mais ses yeux parlaient avec leur inexprimable éloquence, suppliant tour à tour chacun de ceux qu'elle regardait.

Comme elle se trouvait de quelques pas en avant, elle dit aux valets :

« Mille pistoles à chacun de vous si vous protégez ma fuite ; mais si vous me livrez à vos maîtres, j'ai ici près des vengeurs qui vous feront payer cher ma mort. »

Grimaud hésitait. Mousqueton tremblait de tous ses membres.

Athos, qui avait entendu la voix de Milady, s'approcha vivement, Lord de Winter en fit autant.

« Renvoyez ces valets, dit-il, elle leur a parlé, ils ne sont plus sûrs. »

On appela Planchet et Bazin, qui prirent la place de Grimaud et de Mousqueton.

Arrivés au bord de l'eau, le bourreau s'approcha de Milady et lui lia les pieds et les mains.

Alors elle rompit le silence pour s'écrier :

« Vous êtes des lâches, vous êtes des misérables assassins, vous vous mettez à dix pour égorger une femme ; prenez garde, si je ne suis point secourue, je serai vengée.

— Vous n'êtes pas une femme, dit froidement Athos, vous n'appartenez pas à l'espèce humaine, vous êtes un démon échappé de l'enfer et que nous allons y faire rentrer.

— Ah ! Messieurs les hommes vertueux ! dit Milady, faites attention que celui qui touchera un cheveu de ma tête est à son tour un assassin.

— Le bourreau peut tuer, sans être pour cela un assassin, Madame, dit l'homme au manteau rouge en frappant sur sa large épée ; c'est le dernier juge, voilà tout : *Nachrichter* [1], comme disent nos voisins les Allemands. »

Et, comme il la liait en disant ces paroles, Milady

---

1. Mot à mot : « celui qui vient après le juge ».

poussa deux ou trois cris sauvages, qui firent un effet sombre et étrange en s'envolant dans la nuit et en se perdant dans les profondeurs du bois.

« Mais si je suis coupable, si j'ai commis les crimes dont vous m'accusez, hurlait Milady, conduisez-moi devant un tribunal, vous n'êtes pas des juges, vous, pour me condamner.

— Je vous avais proposé Tyburn [1], dit Lord de Winter, pourquoi n'avez-vous pas voulu ?

— Parce que je ne veux pas mourir ! s'écria Milady en se débattant, parce que je suis trop jeune pour mourir !

— La femme que vous avez empoisonnée à Béthune était plus jeune encore que vous, Madame, et cependant elle est morte, dit d'Artagnan.

— J'entrerai dans un cloître, je me ferai religieuse, dit Milady.

— Vous étiez dans un cloître, dit le bourreau, et vous en êtes sortie pour perdre mon frère. »

Milady poussa un cri d'effroi, et tomba sur ses genoux.

Le bourreau la souleva sous les bras, et voulut l'emporter vers le bateau.

« Oh ! mon Dieu ! s'écria-t-elle, mon Dieu ! allez-vous donc me noyer ! »

Ces cris avaient quelque chose de si déchirant, que d'Artagnan, qui d'abord était le plus acharné à la poursuite de Milady, se laissa aller sur une souche, et pencha la tête, se bouchant les oreilles avec les paumes de ses mains ; et cependant, malgré cela, il l'entendait encore menacer et crier.

D'Artagnan était le plus jeune de tous ces hommes, le cœur lui manqua.

« Oh ! je ne puis voir cet affreux spectacle ! je ne puis consentir à ce que cette femme meure ainsi ! »

Milady avait entendu ces quelques mots, et elle s'était reprise à une lueur d'espérance.

1. *Cf.* p. 694. note 2.

« D'Artagnan ! d'Artagnan ! cria-t-elle, souviens-toi que je t'ai aimé ! »

Le jeune homme se leva et fit un pas vers elle.

Mais Athos, brusquement, tira son épée, se mit sur son chemin.

« Si vous faites un pas de plus, d'Artagnan, dit-il, nous croiserons le fer ensemble. »

D'Artagnan tomba à genoux et pria.

« Allons, continua Athos, bourreau, fais ton devoir.

— Volontiers, Monseigneur, dit le bourreau, car aussi vrai que je suis bon catholique, je crois fermement être juste en accomplissant ma fonction sur cette femme.

— C'est bien. »

Athos fit un pas vers Milady.

« Je vous pardonne, dit-il, le mal que vous m'avez fait ; je vous pardonne mon avenir brisé, mon honneur perdu, mon amour souillé et mon salut à jamais compromis par le désespoir où vous m'avez jeté. Mourez en paix. »

Lord de Winter s'avança à son tour.

« Je vous pardonne, dit-il, l'empoisonnement de mon frère, l'assassinat de Sa Grâce Lord Buckingham ; je vous pardonne la mort du pauvre Felton, je vous pardonne vos tentatives sur ma personne. Mourez en paix.

— Et moi, dit d'Artagnan, pardonnez-moi, Madame, d'avoir, par une fourberie indigne d'un gentilhomme, provoqué votre colère ; et, en échange, je vous pardonne le meurtre de ma pauvre amie et vos vengeances cruelles pour moi, je vous pardonne et je pleure sur vous. Mourez en paix.

— *I am lost !* murmura en anglais Milady. *I must die* [1]. »

Alors elle se releva d'elle-même, jeta tout autour d'elle un de ces regards clairs qui semblaient jaillir d'un œil de flamme.

1. « Je suis perdue, je vais devoir mourir. »

Elle ne vit rien.

Elle écouta et n'entendit rien.

Elle n'avait autour d'elle que des ennemis.

« Où vais-je mourir ? dit-elle.

— Sur l'autre rive », répondit le bourreau.

Alors il la fit entrer dans la barque, et, comme il allait y mettre le pied, Athos lui remit une somme d'argent.

« Tenez, dit-il, voici le prix de l'exécution ; que l'on voie bien que nous agissons en juges.

— C'est bien, dit le bourreau ; et que maintenant, à son tour, cette femme sache que je n'accomplis pas mon métier, mais mon devoir. »

Et il jeta l'argent dans la rivière [1].

Le bateau s'éloigna vers la rive gauche de la Lys, emportant la coupable et l'exécuteur ; tous les autres demeurèrent sur la rive droite, où ils étaient tombés à genoux.

Le bateau glissait lentement le long de la corde du bac, sous le reflet d'un nuage pâle qui surplombait l'eau en ce moment.

On le vit aborder sur l'autre rive ; les personnages se dessinaient en noir sur l'horizon rougeâtre.

Milady, pendant le trajet, était parvenue à détacher la corde qui liait ses pieds : en arrivant sur le rivage, elle sauta légèrement à terre et prit la fuite.

Mais le sol était humide ; en arrivant au haut du talus, elle glissa et tomba sur ses genoux.

Une idée superstitieuse la frappa sans doute ; elle comprit que le Ciel lui refusait son secours et resta dans l'attitude où elle se trouvait, la tête inclinée et les mains jointes.

Alors on vit, de l'autre rive, le bourreau lever lente-

---

1. L'édition illustrée de 1846 (J.-B. Fellens et L.-P. Dufour) comporte ici une phrase ajoutée, qui ne figurait pas dans les éditions antérieures : «*Voyez, dit Athos, cette femme a un enfant et cependant elle n'a pas dit un mot de son enfant.*» Le lecteur a déjà été informé de l'existence de ce fils au chapitre XXXI (p. 486). Cette dernière addition, assez maladroite, vient lui suggérer que l'histoire va rebondir : *Vingt Ans après* est paru en librairie.

ment ses deux bras, un rayon de lune se refléta sur la lame de sa large épée, les deux bras retombèrent ; on entendit le sifflement du cimeterre et le cri de la victime, puis une masse tronquée s'affaissa sous le coup.

Alors le bourreau détacha son manteau rouge, l'étendit à terre, y coucha le corps, y jeta la tête, le noua par les quatre coins, le chargea sur son épaule et remonta dans le bateau.

Arrivé au milieu de la Lys, il arrêta la barque, et suspendant son fardeau au-dessus de la rivière :

« Laissez passer la justice de Dieu ! » cria-t-il à haute voix.

Et il laissa tomber le cadavre au plus profond de l'eau, qui se referma sur lui.

Trois jours après, les quatre mousquetaires rentraient à Paris ; ils étaient restés dans les limites de leur congé, et le même soir ils allèrent faire leur visite accoutumée à M. de Tréville.

« Eh bien, Messieurs, leur demanda le brave capitaine, vous êtes-vous bien amusés dans votre excursion ?

— Prodigieusement », répondit Athos, les dents serrées.

LXVII

CONCLUSION

Le 6 du mois suivant [1], le roi, tenant la promesse qu'il avait faite au cardinal de quitter Paris pour revenir à La Rochelle, sortit de sa capitale tout

---

1. Le 6 septembre 1628. Rappelons que Louis XIII, en réalité, n'avait pas quitté La Rochelle.

étourdi encore de la nouvelle qui venait de s'y répandre que Buckingham venait d'être assassiné.

Quoique prévenue que l'homme qu'elle avait tant aimé courait un danger, la reine, lorsqu'on lui annonça cette mort, ne voulut pas la croire ; il lui arriva même de s'écrier imprudemment :

« C'est faux ! il vient de m'écrire [1]. »

Mais le lendemain il lui fallut bien croire à cette fatale nouvelle ; La Porte, retenu comme tout le monde en Angleterre par les ordres du roi Charles Ier, arriva porteur du dernier et funèbre présent que Buckingham envoyait à la reine.

La joie du roi avait été très vive ; il ne se donna pas la peine de la dissimuler et la fit même éclater avec affectation [2] devant la reine. Louis XIII, comme tous les cœurs faibles, manquait de générosité.

Mais bientôt le roi redevint sombre et mal portant : son front n'était pas de ceux qui s'éclaircissent pour longtemps ; il sentait qu'en retournant au camp il allait reprendre son esclavage, et cependant il y retournait.

Le cardinal était pour lui le serpent fascinateur et il était, lui, l'oiseau qui voltige de branche en branche sans pouvoir lui échapper.

Aussi le retour vers La Rochelle était-il profondément triste. Nos quatre amis surtout faisaient l'étonnement de leurs camarades ; ils voyageaient ensemble, côte à côte, l'œil sombre et la tête baissée. Athos relevait seul de temps en temps son large front ; un éclair brillait dans ses yeux, un sourire amer passait sur ses lèvres, puis, pareil à ses camarades, il se laissait de nouveau aller à ses rêveries.

Aussitôt l'arrivée de l'escorte dans une ville, dès qu'ils avaient conduit le roi à son logis, les quatre amis se retiraient ou chez eux ou dans quelque caba-

---

1. « Je viens de recevoir de ses lettres », se serait écriée Anne d'Autriche selon Tallemant des Réaux (*Historiettes*, « Richelieu », éd. Adam, I, p. 241).
2. Insistance, manque de naturel.

ret écarté, où ils ne jouaient ni ne buvaient ; seulement ils parlaient à voix basse en regardant avec attention si nul ne les écoutait.

Un jour que le roi avait fait halte sur la route pour voler la pie [1], et que les quatre amis, selon leur habitude, au lieu de suivre la chasse, s'étaient arrêtés dans un cabaret sur la grande route, un homme, qui venait de La Rochelle à franc étrier [2], s'arrêta à la porte pour boire un verre de vin, et plongea son regard dans l'intérieur de la chambre où étaient attablés les quatre mousquetaires.

« Holà ! Monsieur d'Artagnan ! dit-il, n'est-ce point vous que je vois là-bas ? »

D'Artagnan leva la tête et poussa un cri de joie. Cet homme qu'il appelait son fantôme, c'était son inconnu de Meung, de la rue des Fossoyeurs et d'Arras.

D'Artagnan tira son épée et s'élança vers la porte.

Mais cette fois, au lieu de fuir, l'inconnu s'élança à bas de son cheval, et s'avança à la rencontre de d'Artagnan.

« Ah ! Monsieur, dit le jeune homme, je vous rejoins donc enfin ; cette fois vous ne m'échapperez pas.

— Ce n'est pas mon intention non plus, Monsieur, car cette fois je vous cherchais ; au nom du roi, je vous arrête et dis que vous ayez à me rendre votre épée, Monsieur, et cela sans résistance ; il y va de la tête, je vous en avertis.

— Qui êtes-vous donc ? demanda d'Artagnan en baissant son épée, mais sans la rendre encore.

— Je suis le chevalier de Rochefort, répondit l'inconnu, l'écuyer de M. le cardinal de Richelieu, et j'ai ordre de vous ramener à Son Eminence.

— Nous retournons auprès de Son Eminence, Monsieur le chevalier, dit Athos en s'avançant, et vous accepterez bien la parole de M. d'Artagnan, qu'il va se rendre en droite ligne à La Rochelle.

1. *Cf.* p. 146, n. 6 et p. 800, n. 2.
2. *Cf.* p. 822, n. 2.

— Je dois le remettre entre les mains des gardes qui le ramèneront au camp.

— Nous lui en servirons, Monsieur, sur notre parole de gentilshommes ; mais sur notre parole de gentilshommes aussi, ajouta Athos en fronçant le sourcil, M. d'Artagnan ne nous quittera pas. »

Le chevalier de Rochefort jeta un coup d'œil en arrière et vit que Porthos et Aramis s'étaient placés entre lui et la porte ; il comprit qu'il était complètement à la merci de ces quatre hommes.

« Messieurs, dit-il, si M. d'Artagnan veut me rendre son épée, et joindre sa parole à la vôtre, je me contenterai de votre promesse de conduire M. d'Artagnan au quartier de *Monseigneur* le cardinal.

— Vous avez ma parole, Monsieur, dit d'Artagnan, et voici mon épée.

— Cela me va d'autant mieux, ajouta Rochefort, qu'il faut que je continue mon voyage.

— Si c'est pour rejoindre Milady, dit froidement Athos, c'est inutile, vous ne la retrouverez pas.

— Qu'est-elle donc devenue ? demanda vivement Rochefort.

— Revenez au camp et vous le saurez. »

Rochefort demeura un instant pensif, puis, comme on n'était plus qu'à une journée de Surgères, jusqu'où le cardinal devait venir au-devant du roi, il résolut de suivre le conseil d'Athos et de revenir avec eux.

D'ailleurs ce retour lui offrait un avantage, c'était de surveiller lui-même son prisonnier.

On se remit en route.

Le lendemain, à trois heures de l'après-midi, on arriva à Surgères. Le cardinal y attendait Louis XIII. Le ministre et le roi y échangèrent force caresses [1], se félicitèrent de l'heureux hasard qui débarrassait la France de l'ennemi acharné qui ameutait l'Europe contre elle. Après quoi, le cardinal, qui avait été prévenu par Rochefort que d'Artagnan était arrêté, et

---

1. Amabilités verbales.

qui avait hâte de le voir, prit congé du roi en l'invitant à venir voir le lendemain les travaux de la digue qui étaient achevés.

En revenant le soir à son quartier du pont de La Pierre, le cardinal trouva debout, devant la porte de la maison qu'il habitait, d'Artagnan sans épée et les trois mousquetaires armés.

Cette fois, comme il était en force, il les regarda sévèrement, et fit signe de l'œil et de la main à d'Artagnan de le suivre.

D'Artagnan obéit.

« Nous t'attendrons, d'Artagnan », dit Athos assez haut pour que le cardinal l'entendît.

Son Eminence fronça le sourcil, s'arrêta un instant, puis continua son chemin sans prononcer une seule parole.

D'Artagnan entra derrière le cardinal, et Rochefort derrière d'Artagnan ; la porte fut gardée.

Son Eminence se rendit dans la chambre qui lui servait de cabinet, et fit signe à Rochefort d'introduire le jeune mousquetaire.

Rochefort obéit et se retira.

D'Artagnan resta seul en face du cardinal ; c'était sa seconde entrevue avec Richelieu, et il avoua depuis qu'il avait été bien convaincu que ce serait la dernière.

Richelieu resta debout, appuyé contre la cheminée, une table était dressée entre lui et d'Artagnan.

« Monsieur, dit le cardinal, vous avez été arrêté par mes ordres.

— On me l'a dit, Monseigneur.

— Savez-vous pourquoi ?

— Non, Monseigneur ; car la seule chose pour laquelle je pourrais être arrêté est encore inconnue de Son Eminence. »

Richelieu regarda fixement le jeune homme.

« Oh ! oh ! dit-il, que veut dire cela ?

— Si Monseigneur veut m'apprendre d'abord les crimes qu'on m'impute, je lui dirai ensuite les faits que j'ai accomplis.

— On vous impute des crimes qui ont fait choir des

têtes plus hautes que la vôtre, Monsieur ! dit le cardinal.

— Lesquels, Monseigneur ? demanda d'Artagnan avec un calme qui étonna le cardinal lui-même.

— On vous impute d'avoir correspondu avec les ennemis du royaume, on vous impute d'avoir surpris les secrets de l'État, on vous impute d'avoir essayé de faire avorter les plans de votre général.

— Et qui m'impute cela, Monseigneur ? dit d'Artagnan, qui se doutait que l'accusation venait de Milady : une femme flétrie par la justice du pays, une femme qui a épousé un homme en France et un autre en Angleterre, une femme qui a empoisonné son second mari et qui a tenté de m'empoisonner moi-même !

— Que dites-vous donc là ? Monsieur, s'écria le cardinal étonné, et de quelle femme parlez-vous ainsi ?

— De Milady de Winter, répondit d'Artagnan ; oui, de Milady de Winter, dont, sans doute, Votre Eminence ignorait tous les crimes lorsqu'elle l'a honorée de sa confiance.

— Monsieur, dit le cardinal, si Milady de Winter a commis les crimes que vous dites, elle sera punie.

— Elle l'est, Monseigneur.

— Et qui l'a punie ?

— Nous.

— Elle est en prison ?

— Elle est morte.

— Morte ! répéta le cardinal, qui ne pouvait croire à ce qu'il entendait : morte ! N'avez-vous pas dit qu'elle était morte ?

— Trois fois elle avait essayé de me tuer, et je lui avais pardonné ; mais elle a tué la femme que j'aimais. Alors, mes amis et moi, nous l'avons prise, jugée et condamnée. »

D'Artagnan alors raconta l'empoisonnement de Mme Bonacieux dans le couvent des carmélites de Béthune, le jugement dans la maison isolée, l'exécution sur les bords de la Lys.

Un frisson courut par tout le corps du cardinal, qui cependant ne frissonnait pas facilement.

Mais tout à coup, comme subissant l'influence d'une pensée muette, la physionomie du cardinal, sombre jusqu'alors, s'éclaircit peu à peu et arriva à la plus parfaite sérénité.

« Ainsi, dit-il avec une voix dont la douceur contrastait avec la sévérité de ses paroles, vous vous êtes constitués juges, sans penser que ceux qui n'ont pas mission de punir et qui punissent sont des assassins !

— Monseigneur, je vous jure que je n'ai pas eu un instant l'intention de défendre ma tête contre vous. Je subirai le châtiment que Votre Eminence voudra bien m'infliger. Je ne tiens pas assez à la vie pour craindre la mort.

— Oui, je le sais, vous êtes un homme de cœur, Monsieur, dit le cardinal avec une voix presque affectueuse ; je puis donc vous dire d'avance que vous serez jugé, condamné même.

— Un autre pourrait répondre à Votre Eminence qu'il a sa grâce dans sa poche ; moi je me contenterai de vous dire : « Ordonnez, Monseigneur, je suis prêt. »

— Votre grâce ? dit Richelieu surpris.

— Oui, Monseigneur dit d'Artagnan.

— Et signée de qui ? du roi ? »

Et le cardinal prononça ces mots avec une singulière expression de mépris.

« Non, de Votre Eminence.

— De moi ? vous êtes fou, Monsieur ?

— Monseigneur reconnaîtra sans doute son écriture. »

Et d'Artagnan présenta au cardinal le précieux papier qu'Athos avait arraché à Milady, et qu'il avait donné à d'Artagnan pour lui servir de sauvegarde.

Son Eminence prit le papier et lut d'une voix lente et en appuyant sur chaque syllabe :

« *C'est par mon ordre et pour le bien de l'Etat que le porteur du présent a fait ce qu'il a fait.*

« *Au camp devant La Rochelle, ce 5 août 1628* [1].

« RICHELIEU. »

Le cardinal, après avoir lu ces deux lignes, tomba dans une rêverie profonde, mais il ne rendit pas le papier à d'Artagnan.

« Il médite de quel genre de supplice il me fera mourir, se dit tout bas d'Artagnan ; eh bien ! ma foi ! il verra comment meurt un gentilhomme. »

Le jeune mousquetaire était en excellente disposition pour trépasser héroïquement.

Richelieu pensait toujours, roulait et déroulait le papier dans ses mains. Enfin il leva la tête, fixa son regard d'aigle sur cette physionomie loyale, ouverte, intelligente, lut sur ce visage sillonné de larmes toutes les souffrances qu'il avait endurées depuis un mois, et songea pour la troisième ou quatrième fois combien cet enfant de vingt et un ans avait d'avenir, et quelles ressources son activité, son courage et son esprit pouvaient offrir à un bon maître.

D'un autre côté, les crimes, la puissance, le génie infernal de Milady l'avaient plus d'une fois épouvanté. Il sentait comme une joie secrète d'être à jamais débarrassé de ce complice dangereux.

Il déchira lentement le papier que d'Artagnan lui avait si généreusement remis.

« Je suis perdu », dit en lui-même d'Artagnan.

Et il s'inclina profondément devant le cardinal en homme qui dit : « Seigneur, que votre volonté soit faite [2] ! »

1. Nouvelle inadvertance ou rectification de dernière minute ? Le document remis à Milady et d'abord daté du *3* (p. 629), puis du *5 décembre 1627* (p. 647), retrouve ici, en même temps qu'une indication de lieu, une date en accord avec la chronologie historique. Mais la chronologie interne du roman reste fantaisiste.

2. On reconnaît ici la formule centrale du *Notre Père*. C'est devant la volonté de Dieu que d'Artagnan s'incline.

Le cardinal s'approcha de la table, et, sans s'asseoir, écrivit quelques lignes sur un parchemin dont les deux tiers étaient déjà remplis et y apposa son sceau [1].

« Ceci est ma condamnation, dit d'Artagnan ; il m'épargne l'ennui de la Bastille et les lenteurs d'un jugement. C'est encore fort aimable à lui. »

« Tenez, Monsieur, dit le cardinal au jeune homme, je vous ai pris un blanc-seing et je vous en rends un autre. Le nom manque sur ce brevet [2] : vous l'écrirez vous-même. »

D'Artagnan prit le papier en hésitant et jeta les yeux dessus.

C'était une lieutenance dans les mousquetaires.

D'Artagnan tomba aux pieds du cardinal.

« Monseigneur, dit-il, ma vie est à vous ; disposez-en désormais ; mais cette faveur que vous m'accordez, je ne la mérite pas : j'ai trois amis qui sont plus méritants et plus dignes...

— Vous êtes un brave garçon, d'Artagnan, interrompit le cardinal en lui frappant familièrement sur l'épaule, charmé qu'il était d'avoir vaincu cette nature rebelle. Faites de ce brevet ce qu'il vous plaira. Seulement rappelez-vous que, quoique le nom soit en blanc, c'est à vous que je le donne.

— Je ne l'oublierai jamais, répondit d'Artagnan, Votre Eminence peut en être certaine. »

Le cardinal se retourna et dit à haute voix :

« Rochefort ! »

Le chevalier, qui sans doute était derrière la porte, entra aussitôt.

« Rochefort, dit le cardinal, vous voyez M. d'Artagnan ; je le reçois au nombre de mes amis ; ainsi donc que l'on s'embrasse et que l'on soit sage si l'on tient à conserver sa tête. »

Rochefort et d'Artagnan s'embrassèrent du bout

1. *Cf.* p. 845, n. 1.
2. *Cf.* p. 131, n. 1.

des lèvres ; mais le cardinal était là, qui les observait de son œil vigilant.

Ils sortirent de la chambre en même temps.

« Nous nous retrouverons, n'est-ce pas, Monsieur ?

— Quand il vous plaira, fit d'Artagnan.

— L'occasion viendra, répondit Rochefort.

— Hein ? » fit Richelieu en ouvrant la porte.

Les deux hommes se sourirent, se serrèrent la main et saluèrent Son Eminence.

« Nous commencions à nous impatienter, dit Athos.

— Me voilà, mes amis ! répondit d'Artagnan, non seulement libre, mais en faveur.

— Vous nous conterez cela ?

— Dès ce soir. »

En effet, dès le soir même d'Artagnan se rendit au logis d'Athos, qu'il trouva en train de vider sa bouteille de vin d'Espagne, occupation qu'il accomplissait religieusement tous les soirs.

Il lui raconta ce qui s'était passé entre le cardinal et lui, et tirant le brevet de sa poche :

« Tenez, mon cher Athos, voilà, dit-il, qui vous revient tout naturellement. »

Athos sourit de son doux et charmant sourire.

« Ami, dit-il, pour Athos c'est trop ; pour le comte de La Fère, c'est trop peu. Gardez ce brevet, il est à vous ; hélas, mon Dieu ! vous l'avez acheté assez cher. »

D'Artagnan sortit de la chambre d'Athos, et entra dans celle de Porthos.

Il le trouva vêtu d'un magnifique habit, couvert de broderies splendides, et se mirant dans une glace.

« Ah ! ah ! dit Porthos, c'est vous, cher ami ! comment trouvez-vous que ce vêtement me va ?

— A merveille, dit d'Artagnan, mais je viens vous proposer un habit qui vous ira mieux encore.

— Lequel ? demanda Porthos.

— Celui de lieutenant aux mousquetaires. »

D'Artagnan raconta à Porthos son entrevue avec le cardinal, et tirant le brevet de sa poche :

« Tenez, mon cher, dit-il, écrivez votre nom là-dessus, et soyez bon chef pour moi. »

Porthos jeta les yeux sur le brevet, et le rendit à d'Artagnan, au grand étonnement du jeune homme.

« Oui, dit-il, cela me flatterait beaucoup, mais je n'aurais pas assez longtemps à jouir de cette faveur. Pendant notre expédition de Béthune, le mari de ma duchesse est mort ; de sorte que, mon cher, le coffre du défunt me tendant les bras, j'épouse la veuve. Tenez, j'essayais mon habit de noce ; gardez la lieutenance, mon cher, gardez. »

Et il rendit le brevet à d'Artagnan.

Le jeune homme entra chez Aramis.

Il le trouva agenouillé devant un prie-Dieu, le front appuyé contre son livre d'heures ouvert.

Il lui raconta son entrevue avec le cardinal, et tirant pour la troisième fois son brevet de sa poche :

« Vous, notre ami, notre lumière, notre protecteur invisible, dit-il, acceptez ce brevet ; vous l'avez mérité plus que personne, par votre sagesse et vos conseils toujours suivis de si heureux résultats.

— Hélas, cher ami ! dit Aramis, nos dernières aventures m'ont dégoûté tout à fait de la vie d'homme d'épée. Cette fois, mon parti est pris irrévocablement, après le siège j'entre chez les Lazaristes [1]. Gardez ce brevet, d'Artagnan, le métier des armes vous convient, vous serez un brave et aventureux capitaine. »

D'Artagnan, l'œil humide de reconnaissance et brillant de joie, revint à Athos, qu'il trouva toujours attablé et mirant son dernier verre de malaga [2] à la lueur de la lampe.

« Eh bien ! dit-il, eux aussi m'ont refusé.

— C'est que personne, cher ami, n'en était plus digne que vous. »

---

1. L'ordre des Lazaristes, ou frères de la Mission, n'a été créé par Vincent de Paul qu'en 1632.
2. Vin liquoreux du sud de l'Espagne.

Il prit une plume, écrivit sur le brevet le nom de d'Artagnan, et le lui remit.

« Je n'aurai donc plus d'amis, dit le jeune homme, hélas ! plus rien, que d'amers souvenirs... »

Et il laissa tomber sa tête entre ses deux mains, tandis que deux larmes roulaient le long de ses joues.

« Vous êtes jeune, vous, répondit Athos, et vos souvenirs amers ont le temps de se changer en doux souvenirs ! »

ÉPILOGUE

La Rochelle, privée du secours de la flotte anglaise et de la division promise par Buckingham, se rendit après un siège d'un an. Le 28 octobre 1628, on signa la capitulation.

Le roi fit son entrée à Paris le 23 décembre de la même année. On lui fit un triomphe comme s'il revenait de vaincre l'ennemi et non des Français. Il entra par le faubourg Saint-Jacques sous des arcs de verdure [1].

D'Artagnan prit possession de son grade. Porthos quitta le service et épousa, dans le courant de l'année suivante, Mme Coquenard, le coffre tant convoité contenait huit cent mille livres.

Mousqueton eut une livrée magnifique, et de plus la satisfaction, qu'il avait ambitionnée toute sa vie, de monter derrière un carrosse doré [2].

Aramis, après un voyage en Lorraine, disparut tout à coup et cessa d'écrire à ses amis. On apprit plus tard, par Mme de Chevreuse, qui le dit à deux ou trois de ses amants, qu'il avait pris l'habit dans un couvent de Nancy.

Bazin devint frère lai [3].

Athos resta mousquetaire sous les ordres de d'Arta-

---

1. Indications historiques exactes.
2. Les laquais se tenaient debout sur une sorte de marchepied à l'arrière des carrosses.
3. Religieux non prêtre assurant des services matériels dans un couvent.

gnan jusqu'en 1633, époque à laquelle, à la suite d'un voyage qu'il fit en Touraine, il quitta aussi le service sous prétexte qu'il venait de recueillir un petit héritage en Roussillon.

Grimaud suivit Athos.

D'Artagnan se battit trois fois avec Rochefort et le blessa trois fois.

« Je vous tuerai probablement à la quatrième, lui dit-il en lui tendant la main pour le relever.

— Il vaut donc mieux, pour vous et pour moi, que nous en restions là, répondit le blessé. Corbleu ! je suis plus votre ami que vous ne pensez, car dès la première rencontre j'aurais pu, en disant un mot au cardinal, vous faire couper le cou. »

Ils s'embrassèrent cette fois, mais de bon cœur et sans arrière-pensée.

Planchet obtint de Rochefort le grade de sergent dans les gardes.

M. Bonacieux vivait fort tranquille, ignorant parfaitement ce qu'était devenue sa femme et ne s'en inquiétant guère. Un jour, il eut l'imprudence de se rappeler au souvenir du cardinal ; le cardinal lui fit répondre qu'il allait pourvoir à ce qu'il ne manquât jamais de rien désormais.

En effet, le lendemain, M. Bonacieux, étant sorti à sept heures du soir de chez lui pour se rendre au Louvre, ne reparut plus rue des Fossoyeurs ; l'avis de ceux qui parurent les mieux informés fut qu'il était nourri et logé dans quelque château royal aux frais de sa généreuse Eminence [1].

---

1. Comprenez : en prison.

Répertoire des personnages

Personnages fictifs ou semi-fictifs

D'ARTAGNAN

D'Artagnan a existé ; il a joué un rôle relativement important, au service de Mazarin, puis de Louis XIV. Il apparaît dans la *Correspondance* de Mme de Sévigné et dans les *Mémoires* de l'abbé de Choisy, par exemple. Mais l'information de Dumas sur son compte passe par le prisme déformant des pseudo-*Mémoires* que lui a prêtés Courtilz de Sandras. Des érudits ont enquêté sur sa vie. Voici la substance de ce qu'a découvert Charles Samaran (*D'Artagnan, capitaine des mousquetaires du roi. Histoire véridique d'un héros de roman*, Paris, 1912).

D'une famille de marchands récemment anoblis par l'achat de modestes terres, Charles de Batz, né vers 1615 au petit château de Castelmore, près de Lupiac dans le Gers, avait au moins six frères et sœurs, dont il n'était pas l'aîné. Il entra vers 1635 dans la compagnie des gardes de Richelieu — pas dans celle du roi. On l'y appela d'Artagnan, comme un de ses oncles maternels, Henri de Montesquiou, qui l'y avait précédé. Lors de la guerre franco-espagnole, il participa aux campagnes de 1640-1642 sur la frontière du Nord et en Roussillon, accompagna le comte d'Harcourt en Angleterre et, à son retour en France, se mit au service de Mazarin, qui le fit entrer aux mousquetaires en 1644. Pour peu de temps : cette compagnie fut dissoute en 1646. Il fut ensuite pendant la Fronde un agent de liaison du ministre.

Il entre à la compagnie des gardes et y acquiert du galon, sert à l'armée sous les ordres de Turenne, puis retourne aux mousquetaires lorsque ce corps est rétabli en 1657 et en devient, avec le simple grade de sous-lieutenant, le véritable chef. Aux ordres directs du roi, à qui il est entièrement dévoué, c'est lui qui est chargé d'arrêter et de conduire à Pignerol Fouquet, puis Lauzun. Honneurs et responsabilités s'accumulent sur sa tête. Il commande la Première Compagnie lors de la campagne des Pays-Bas et, le 25 juin 1673, il trouve au siège de Maastricht une mort discrète : au retour de l'assaut, on remarque son absence, on le cherche et l'on découvre son cadavre, la gorge percée d'un coup de mousquet.

Courtilz était plus proche de son personnage que Dumas. Il avait pu entendre parler de lui lors de son propre séjour à la Bastille par le gouverneur de la prison, Besmaux, entré aux mousquetaires en même temps que lui. Mais le respect de la vérité historique est le moindre de ses soucis. Déjà il brode un récit de fantaisie où se mêlent des épisodes authentiques, comme la fouille d'Anne d'Autriche par le chancelier Séguier, et des péripéties inventées, comme le séjour du héros en prison, où se côtoient des personnages réels — gardes et mousquetaires — et des créatures de fiction. Les mésaventures du jeune Gascon débarquant dans la capitale sont de son cru, tout comme les amours qu'il lui prête avec une Anglaise probablement imaginaire. L'enlèvement de Mme de Miramion par Bussy-Rabutin avait défrayé la chronique, mais il n'est dit nulle part ailleurs que d'Artagnan l'ait tirée des griffes de son poursuivant et qu'il ait offert de l'épouser.

Dumas emboîte le pas à Courtilz. Mais il est plus libre que son prédécesseur puisque nul, en 1844, ne se souvient du vrai d'Artagnan. Il peut donc le vieillir de huit ou neuf ans, pour le faire débuter dans la carrière des armes en 1625, le mêler aux événements des années 1626-1628 et lui attribuer des aventures fictives. Il lui prête une personnalité plus brillante, plus chaleureuse, plus enthousiaste — plus sympathique.

En le réinventant, il l'immortalise. Le personnage imaginaire éclipse totalement le personnage réel. Le seul, l'unique d'Artagnan, c'est désormais celui de Dumas.

ATHOS

Le « vrai » Athos se nommait Armand de Sillègue et tirait son nom de la petite terre d'Athos, près de Sauveterre-de-Béarn. Non, il n'a rien à voir avec le mont grec homonyme, couvert de monastères orthodoxes. Mais Dumas s'est plu à jouer du rapprochement : le plus noble de ses héros porte le nom d'une montagne mythique. Né vers 1615, entré aux mousquetaires vers 1640, il mourut trois ans plus tard. C'est tout ce qu'on sait de lui.

Dumas le vieillit sensiblement : il lui donne près de trente ans en 1625, au début des *Trois Mousquetaires*. Il fait de lui un membre de la très haute noblesse, dont Athos n'est que le pseudonyme. Il n'existait pas à l'époque de comte de La Fère, dont les descendants eussent pu s'offenser de l'aventure prêtée à leur ancêtre. Mais le nom est bien choisi. Il fut sans doute suggéré à Dumas par la petite ville de La Fère, dans l'Aisne, à une quarantaine de kilomètres au nord de sa ville natale de Villers-Cotterêts. A la fin du XVIᵉ siècle, cette petite place appartenait au roi et, bien que le gouverneur imposé par la Ligue au temps des guerres civiles se fût intitulé comte de La Fère, le titre ne fut jamais reconnu à personne ; et c'est à Mazarin que furent attribués les revenus de cette parcelle du domaine royal. Le nom était donc disponible pour un personnage de fiction. Mais Dumas — pour décourager les érudits locaux ? — a encore brouillé les pistes. C'est en Berry qu'il place le château familial de son héros (voir article Milady). Il lui prête de la famille en Roussillon et l'installe finalement dans le Val de Loire, où il mènera dans sa maturité l'existence d'un gentilhomme campagnard retiré du monde, incarnation des plus hautes vertus aristocratiques.

Milady

Ce personnage composite est issu de la contamination entre un modèle réel, la Lady Carlisle des *Mémoires* de La Rochefoucauld, et un modèle fictif, la Miledi*** [1] des pseudo-*Mémoires de Monsieur d'Artagnan*, par Courtilz de Sandras.

La Rochefoucauld, seul de tous les mémorialistes du temps, conte comment une maîtresse jalouse délaissée par Buckingham se fait l'auxiliaire de Richelieu et dérobe au duc les ferrets de diamants offerts par Anne d'Autriche. Le duc s'en aperçoit lui-même, en prévoit les conséquences, fait reproduire les bijoux et les fait envoyer à la reine, sans que Lady Carlisle ait pu quitter l'Angleterre.

Mais Dumas a connu cet épisode par l'intermédiaire de J.-F. Barrière, qui le raconte, en l'amplifiant, dans une note de son édition des *Mémoires* de Louis-Henri de Brienne. Lady Carlisle y est devenue Lady Clarik — nom repris par Dumas. C'est un espion attitré du cardinal. Lors d'un bal à Windsor, elle dérobe seulement deux ferrets et les fait passer à Richelieu, qui incite le roi à prier sa femme d'arborer la parure qu'il lui a offerte. Mais trop tard : Bucking-

---

1. En anglais, *Milady* est un titre, toujours suivi d'un nom propre, que Courtilz a remplacé ici par trois points.

ham a eu le temps, grâce à la fermeture des ports, de faire refaire les ferrets manquants et d'expédier le bijou à Mme de Chevreuse, qui se charge de le remettre à la reine.

Chez Courtilz, Miledi*** est une Anglaise qui a suivi la reine d'Angleterre à Paris en 1644. D'Artagnan tient devant elle des propos désobligeants sur ses compatriotes, se bat en duel avec un gentilhomme britannique qui se révèle être son frère. Il le blesse, mais il a l'occasion un peu plus tard de le sauver des griffes d'une bande de voleurs. Il courtise la jeune femme, se fait rabrouer, apprend par la soubrette qu'elle lui en veut de n'avoir pas tué son frère, ce qui lui aurait permis d'hériter de lui, et qu'elle est amoureuse du marquis de Wardes. Il usurpe l'identité de celui-ci pour se glisser dans le lit de la belle avec la complicité de la soubrette dont il a fait la conquête. Après quoi, sous le nom de Wardes, il envoie un billet railleur à celle qu'il a ainsi abusée. Ulcérée, Milady demande alors à d'Artagnan de provoquer Wardes en duel et de le tuer. Il y consent, mais réclame sa récompense d'avance, il possède donc Milady sous son propre nom et lui avoue ensuite la supercherie. Outrée de fureur, elle renvoie la soubrette et dessert d'Artagnan auprès de la reine d'Angleterre, qui lui fait infliger deux mois de prison par son chef, Des Essarts. Puis elle essaie de le faire tuer par deux hommes de main, qui le manquent. Là se borne chez Courtilz la vengeance de Milady, qui disparaît du récit.

Dumas exploite ces deux séries de données, mais il étoffe beaucoup le personnage, en lui prêtant un très lourd passé et en accentuant son caractère diabolique, déjà esquissé chez Courtilz.

Elle a chez Dumas des identités multiples et une appartenance nationale ambiguë. Est-ce une Française, une Anglaise ? elle se donne tantôt pour l'une, tantôt pour l'autre. Elle parle les deux langues apparemment sans accent. On ignore son véritable nom. Si l'on rapproche du roman la pièce homonyme qu'en tira Dumas, on peut reconstituer à peu près son itinéraire. Elle est originaire de la région de Lille. Devenue, on ne sait comment, bénédictine au couvent de Templemars (qui n'a jamais existé !), elle y séduit le jeune prêtre desservant. Ils volent les vases sacrés, sont arrêtés, s'évadent tour à tour et s'enfuient ensemble pour s'installer en Berry, où le jeune homme obtient la petite cure de Vitray (aujourd'hui dans l'Allier, près de Maulne, à une vingtaine de kilomètres au sud-est de Saint-Amand-Montrond), à la limite du Berry et du Bourbonnais, en pleine forêt de Tronçais. Elle passe pour sa sœur, sous le nom d'Anne de Bueil ou de Breuil. C'est là qu'Athos, châtelain local, la rencontre, s'éprend d'elle et l'épouse, puis la pend dans la forêt voisine après avoir découvert qu'elle était marquée à l'épaule d'une fleur de lys infamante. Cet épisode ne doit rien à Courtilz, sauf peut-être la fleur de lys, dont l'idée a pu être suggérée à Dumas par un autre roman du même auteur, les *Mémoires de M.L.C.D.R.*, alias le comte de Rochefort, auquel il a emprunté ce personnage.

Le second acte de son existence mouvementée semble également imaginé par Dumas. Elle échappe à la mort, passe en Angleterre et, sous le nom de Charlotte Backson, parvient à se faire épouser par un des plus grands seigneurs du royaume, Lord de Winter, à qui elle donne un fils, et dont elle se trouve bientôt veuve.

Elle navigue ensuite entre France et Angleterre et devient un agent secret à la solde de Richelieu. C'est alors qu'elle rejoint ses deux modèles, jouant successivement le rôle de Lady Carlisle pour le vol des ferrets et celui de la Milady de Courtilz pour son idylle mensongère avec d'Artagnan.

L'accent est d'abord mis sur la séduction de cette femme d'une ensorcelante beauté. La découverte progressive, soigneusement distillée, de ses turpitudes et de ses crimes est un des ressorts du récit, jusqu'à l'accomplissement final de son destin tragique.

PORTHOS

Le personnage qui a servi de modèle au Porthos de Courtilz de Sandras s'appelait en réalité Isaac de Portau, il était né à Pau vers 1617 dans une famille protestante. Il servit dans la compagnie des gardes de M. Des Essarts avant d'entrer aux mousquetaires vers 1643. C'est tout ce qu'on sait de lui.

Sur ces très minces données, l'imagination du romancier travaille dans deux directions. Porthos est le frère de tous les colosses de légende, peu intelligents, mais courageux et fidèles. Il est d'autre part un type social, traité sur le mode humoristique : un gentilhomme désargenté qui mène une idylle burlesque avec une roturière montée en graine dont il convoite le coffre-fort pour redorer son blason.

ARAMIS

Egalement Béarnais d'origine protestante, il s'appelait Henri d'Aramitz, du nom d'un gros bourg proche d'Oloron. Son père déjà était mousquetaire, beau-frère de M. de Tréville, qui commandait la compagnie. Lui-même y entra vers 1640, se maria en 1654 et eut deux fils. On n'en sait pas davantage.

Il fallait bien différencier entre eux les quatre compagnons. Quels traits spécifiques donner à Aramis ? C'est à Dumas, semble-t-il, que revient l'idée de l'avoir fait balancer entre le métier des armes et l'Eglise. Avec cette particularité que lorsqu'il est mousquetaire, il aspire à entrer dans les ordres (dans le premier volet de la trilogie) et qu'une fois abbé (dans le second volet), il se sent plus mousquetaire que jamais, grand donneur de coups d'épée et grand coureur de salons. C'est l'intellectuel du groupe, dont les talents de théologien et de poète sont traités sur le mode comique, et qui n'a pas son pareil pour tourner élégamment une lettre à double sens.

Aramis est le moins ouvert, le moins franc, le moins

sympathique de l'équipe, le plus ambitieux et le plus dépourvu de scrupules aussi. D'un roman à l'autre, son personnage gagne en complexité et en ambiguïté. Dans *Les Trois Mousquetaires*, son amour pour Mme de Chevreuse lui donne une certaine fraîcheur juvénile. Dans *Vingt Ans après*, sous le nom d'abbé d'Herblay, il se découvre une vocation politique qui le conduira, avec *Le Vicomte de Bragelonne*, aux plus hauts emplois : évêque, général des jésuites, arbitre occulte des destinées de la France et de l'Eglise, il sera le seul des quatre compagnons à céder aux sirènes de l'ambition. Il détonnerait dans le quatuor si l'amitié ne le rachetait.

ROCHEFORT

Au début du récit de Courtilz, un nommé Rosny avait une altercation avec d'Artagnan. Dumas lui substitue un personnage qu'il a sans doute tiré d'un autre ouvrage du même Courtilz, les *Mémoires de M.L.C.D.R.* — ces initiales désignant le comte de Rochefort, un prétendu agent secret de Richelieu. Les érudits ont proposé, sans grande conviction, un « modèle » peu satisfaisant en la personne de Henri Louis d'Aligny, marquis de Rochefort. Mais Dumas avait-il besoin de modèle pour un personnage sans épaisseur, qui n'a aucune consistance historique ni sociologique et se borne à remplir une fonction, toute négative, dans la structure du roman : il est l'homme que d'Artagnan poursuit sans jamais le rattraper. Et il vient étoffer un peu le camp des « méchants » qui, sans lui, se limiterait à une femme, Milady. Ce n'est rien de plus qu'un élément fonctionnel, une « utilité ».

WARDES

Derrière ce nom à qui le W initial donne un air anglais, on a voulu voir François-René du Bec-Crespin, marquis de Vardes (1620-1688), qui fut capitaine des Cent Suisses et gouverneur d'Aigues-Mortes. Mais il est évident que Dumas a emprunté ce personnage au récit de Courtilz sans se poser de questions sur son identité. Il en a fait le cousin de Rochefort, à qui il est lié dans l'action.

LORD DE WINTER

C'est un personnage entièrement fictif, mal défini, dont on ne sait s'il est l'aîné ou le cadet de son défunt frère, époux de Milady. Dumas précise ses traits au fur et à mesure des besoins de l'action, sans se soucier de préparer ni de justifier les changements intervenus chez lui. Il ne lui donne un peu de consistance qu'à la fin du roman, dans son affrontement avec Milady. On voit alors se dessiner le grand seigneur britannique royaliste, qui jouera un grand rôle dans *Vingt ans après* et y incarnera la fidélité indéfectible à son roi.

CONSTANCE BONACIEUX

Personnage fictif, qu'on dit parfois issue de la logeuse de d'Artagnan chez Courtilz : mais celle-ci n'était qu'une cabaretière de mœurs faciles. Il n'est pas moins illusoire de lui chercher des modèles réels dans l'entourage d'Anne d'Autriche. Contrairement à ce qui a été dit, elle ne doit rien à Mme du Fargis, dame d'honneur très dévouée à la reine, mais qui appartenait à la haute noblesse. Elle n'est qu'une modeste lingère. Sa situation au Louvre est imposée par les besoins de l'intrigue. Pour le reste, elle doit tout à l'imagination de Dumas, pour qui elle incarne la plus exquise des amoureuses.

Très active dans la première partie du roman, elle ne joue plus dans la seconde qu'un rôle effacé, passif, et elle semble avoir perdu son esprit avisé en même temps que sa gaîté. Mais il fallait bien l'éliminer. Certes Dumas aurait pu faire mourir son mari. Mais un héros de cape et d'épée comme d'Artagnan ne saurait s'encombrer d'une femme et d'une nichée d'enfants. Il doit rester disponible pour d'autres aventures, tout comme nos modernes agents secrets et autres séduisants aventuriers.

Les laquais — brillantes variations sur quelques types simples — sont de l'invention de Dumas. Il en est de même de M. Bonacieux, ainsi que du procureur Coquenard et de sa femme — excellents personnages de comédie.

Principaux personnages historiques

AIGUILLON (duchesse d'), 1604-1675. Marie-Magdelaine de Vignerot, veuve du sieur de Combalet. Son oncle le cardinal de Richelieu la fit duchesse d'Aiguillon. Bien qu'elle fût très dévote, elle passait pour être sa maîtresse.

ANNE D'AUTRICHE, reine de France, 1601-1666. Fille du roi d'Espagne, Philippe III, et soeur de Philippe IV, elle épousa Louis XIII en 1615. Négligée par lui, elle commit diverses imprudences, qui envenimèrent encore leurs relations (sur l'idylle ébauchée avec le duc de Buckingham, *cf. Notice historique*). Sa vie fut rendue particulièrement pénible par la guerre qui éclata en 1635 entre la France et l'Espagne. Elle resta longtemps sans avoir d'enfant. Mais la naissance inespérée du dauphin en 1638, puis celle d'un second fils en 1640 renforcèrent d'autant plus sa position que Louis XIII, de santé maladive, semblait promis à une mort prochaine. Elle fut nommée régente et dirigea la France avec l'aide du cardinal Mazarin pendant la minorité de Louis XIV (1643-1651), puis jusqu'à ce que celui-ci ait la capacité réelle de gouverner. Ses dernières années furent vouées à la piété. Elle mourut d'un cancer en 1666.

BASSOMPIERRE (François de), 1579-1646. Homme de guerre d'origine allemande, élevé en Lorraine, catholique, entré au service d'Henri IV. Maréchal de France en 1622, il participa au siège de La Rochelle. Il fit ensuite un long séjour à la Bastille pour avoir soutenu Marie de Médicis après la journée des Dupes. Célèbre pour ses succès féminins. Auteur de *Mémoires*.

BENSERADE (Isaac de), vers 1613-1691. Poète précieux très à la mode vers le milieu du XVIIe siècle.

BUCKINGHAM (George Villiers, duc de), 1592-1628. Favori du roi d'Angleterre Jacques Ier (Jacques VI d'Écosse), puis de son fils Charles Ier, qui lui laissèrent la direction du royaume. Il passait pour le plus bel homme du monde et le plus fastueux. Son idylle avortée avec Anne d'Autriche défraya la chronique en son temps. Il tenta vainement de secourir les protestants français assiégés dans La Rochelle et périt sous le couteau de Felton le 23 septembre 1628. (*Cf. Notice historique.*)

CHALAIS (Henri de Talleyrand, comte de), 1599-1626. Il organisa, à l'instigation de sa maîtresse la duchesse de Chevreuse, un complot contre Richelieu qui fut dénoncé. Accusé d'avoir voulu attenter à la vie du roi, il fut condamné à mort et décapité.

CHEVREUSE (Marie de Rohan, duchesse de), 1600-1679. Issue d'une grande famille bretonne, elle épousa d'abord le connétable de Luynes, favori de Louis XIII, puis Claude de Lorraine, duc de Chevreuse. Placée auprès d'Anne d'Autriche comme dame d'atour, elle se lia d'amitié avec la jeune reine, à qui elle tenta de communiquer son goût pour l'intrigue et pour la galanterie. Elle fut la bête noire de Louis XIII et de Richelieu, qui tentèrent à plusieurs reprises de l'éloigner. Redoutablement séduisante, elle eut d'innombrables amants et prit une part active à l'agitation politique, de 1620 environ jusqu'à la fin de la Fronde en 1653.

CONCINI (Concino Concini, maréchal d'Ancre), 1575-1617. Aventurier italien qui, grâce à son épouse Léonora Galigaï, favorite de Marie de Médicis, s'introduisit auprès de celle-ci, dont il devint le conseiller tout puissant. Mis à mort en 1617 sur l'ordre ou du moins avec l'assentiment du jeune Louis XIII.

CONDÉ (Henri II de Bourbon, prince de), 1588-1646, premier prince du sang, père de celui qui sera le « Grand Condé ».

DES ESSARTS (François de Guillon), capitaine des gardes françaises de Louis XIII, beau-frère de Tréville.

DU FARGIS (Madeleine de Silly, dame), dame d'honneur d'Anne d'Autriche.

FELTON (John), vers 1595-1628. Officier de marine britannique, assassin de Buckhingham. Selon ses dires, il en voulait au personnellement au duc pour une promotion refusée, et surtout, puritain fanatique, il pensait délivrer le pays d'un homme d'Etat corrompu, persécuteur de ses coreligionnaires.

LAFFEMAS (Isaac de), 1584-1657. Magistrat célèbre pour son impitoyable cruauté.

La Porte (Pierre de), 1603-1680. « Porte-manteau » d'Anne d'Autriche. Renvoyé après l'incident du jardin d'Amiens en 1625, il fut réintégré en 1631. Particulièrement dévoué à la jeune reine, il risqua pour elle la torture et la mort lors de l'affaire des lettres espagnoles en 1637. Auteur de *Mémoires*.

Louis XIII, 1601-1643, roi de France en 1610. Monté sur le trône à l'âge de neuf ans, après l'assassinat de son père Henri IV, il eut avec sa mère Marie de Médicis des relations en dents de scie, souvent conflictuelles. Il s'entendit très mal avec son épouse Anne d'Autriche. Renfermé, timide, passionné de chasse mais détestant la vie de cour, il avait besoin de s'appuyer sur plus fort que lui. Il finit par reconnaître la valeur de Richelieu, qu'il défendit envers et contre tous, non sans s'irriter parfois de l'emprise que son ministre exerçait sur lui.

Marie de Médicis, 1573-1642, reine de France, épouse de Henri IV et mère de Louis XIII. Très impérieuse et peu intelligente, elle exerça d'abord la régence au nom de son fils, refusa de lui céder le pouvoir et entra en conflit avec lui. Elle crut d'abord pouvoir compter sur Richelieu, qui lui devait son entrée au Conseil, mais elle se brouilla avec lui et exigea son renvoi. Sommé de choisir entre son ministre et sa mère, lors de la fameuse « journée des Dupes » (10-11 novembre 1630), Louis XIII décida de garder Richelieu. Elle passa le reste de sa vie en exil.

Richelieu (Armand-Jean du Plessis), 1585-1642. Evêque de Luçon, cardinal en 1622, il fut d'abord l'homme de confiance de Marie de Médicis, qui le fit entrer au Conseil en 1624. Le siège de La Rochelle acheva de convaincre le roi de ses brillantes capacités politiques et militaires. Un instant menacé par l'animosité de son ancienne protectrice, il devint après

1630 le maître absolu du gouvernement. Il poursuivit deux grands desseins : à l'intérieur, réduire à l'obéissance le parti protestant qui prétendait, dans ses « places de sûreté », échapper à l'autorité royale ; à l'extérieur, briser la puissance de la maison de Habsbourg qui, par l'Espagne, les Pays-Bas et l'Allemagne, menaçait la sécurité de la France.

Homme d'Eglise sans vocation, par obligation familiale — ce qui ne veut pas dire sans foi —, il ne se sentait pas rigoureusement tenu par le vœu de chasteté. On lui prêtait de nombreuses maîtresses, dont sa nièce la duchesse d'Aiguillon et la fameuse courtisane Marion de Lorme. Et, si l'on en croit ses contemporains, il aurait été amoureux d'Anne d'Autriche et ulcéré de l'antipathie qu'elle lui manifestait.

SAINT-SIMON (Claude de Rouvroy, duc de), 1607-1693, favori de Louis XIII, père du mémorialiste.

SÉGUIER (Pierre), 1588-1672, président au Parlement de Paris depuis 1624. Il ne fut nommé garde des Sceaux qu'en 1633 et chancelier de France qu'en 1635.

TRÉVILLE (Arnauld-Jean Du Peyrer, comte de), dit aussi Troisvilles, né à Oloron en 1598. Des gardes françaises il passe aux mousquetaires, où il est enseigne en 1622, sous-lieutenant en 1625 et capitaine en 1634. Tout dévoué à Louis XIII, hostile à Richelieu, qui le redoutait (*cf.* p. 78, note 3) et réussit à le faire exiler en 1642.

VOITURE (Vincent), 1597-1648, poète mondain très goûté en son temps. Ses plus grands succès se situent après l'époque évoquée par Dumas.

Table

Table 893

Composition réalisée par JOUVE

IMPRIMÉ EN FRANCE PAR BRODARD ET TAUPIN
Usine de La Flèche (Sarthe).
LIBRAIRIE GÉNÉRALE FRANÇAISE - 6, rue Pierre-Sarrazin - 75006 Paris.
ISBN : 2 - 253 - 00888 - 5